SURRENDER

SURRENDER

40곡, 하나의 이야기

BONO

앨리를 위해

뒤표지 보노의 손글씨

A book of how, who & a bit of why. ~~A MEmoir~~ A WEmoir, luminous times with some luminous lives. Confessions of ~~an artist~~, ~~activist~~, ~~arsehole~~, actualist

'어떻게', '누가', 약간은 '왜'를 말하는 책. 나의 기록이 아니라 우리의 기억. 멋진 사람들과의 눈부신 시간. ~~예술가~~, ~~행동가~~, ~~멍청이~~, 현실주의자의 고백

일러두기

1. 이 책은 원작자 및 저작권자와의 계약에 따라, 도서의 제목뿐만 아니라 표지 및 면지, 본문 등에 적용한 서체, 레이아웃, 컬러, 후가공 등의 일체 디자인 요소, 그리고 판형과 책등의 두께, 제본 및 제작 사양 등을, 원서 및 글로벌 여타 언어권에서 발행된 도서들과 동일하게 적용하여 발행되었다.
2. 일러두기 1의 계약에 따라, 본문에 인용한 모든 노래의 가사와 시 일부 등은 원문을 그대로 싣고, 우리말 번역은 별도로 〈부록 1〉에 모아서 수록하였다.
3. 본문 각 장의 시작 부분(각 장 시작 왼쪽 면)에 나오는 드로잉 페이지와 사진에 삽입된 설명의 번역은 별도로 〈부록 2〉에 모아서 실었다.
4. 각 장 제목으로 사용된 U2의 노래 외 모든 노래와 앨범의 제목은 원문 그대로 두었다.
5. 본문의 각주는 모두 저자의 주이다(부록 제외).
6. 노래, 시, 사진, 그림 등 예술 작품의 제목은 작은따옴표(' ')로 묶었다.
7. 앨범과 투어, 영화와 TV 시리즈, 오페라와 뮤지컬 등의 제목은 홑꺾쇠표(〈 〉)로 묶었다.
8. 정기간행물과 단행본의 제목은 겹꺾쇠표(《 》)로 묶었다.
9. 이외에 본문의 기울임꼴로 처리된 부분은 원서를 따랐다.

나는 까마득한 옛날부터 내려온 발자국 소리를 듣는다, 바다의 움직임 같은

가끔 돌아서 보면 누군가가 거기에 있다, 하지만 어떨 때는 오직 나 뿐이다

—밥 딜런, 'Every Grain of Sand'

PART I

PART II

PART III

Part I

세상을 바꿀 수는 없어
하지만 내 안의 세상은 바꿀 수 있지

— SFX 극장, 더블린, 1982년 12월

a bicuspid view of the world
starts way before
I am told I have
an eccentric heart.....

1

Lights of Home

집으로 향하는 불빛

I shouldn't be here 'cause I should be dead
I can see the lights in front of me
I believe my best days are ahead
I can see the lights in front of me.

나는 특이한 심장을 가지고 태어났다. 대부분 사람들이 세 개의 문을 가지고 있는 심장의 한 방에, 나는 문이 두 개뿐이다. 2016년 크리스마스, 그렇게 열렸다 닫혔다 해온 두 개의 문이 갑자기 경첩에서 빠져나오려 하고 있었다. 대동맥은 폐에서 산소를 공급받은 혈액을 운반하는 주요 동맥이자 우리의 생명선이고 우리의 생명이기도 하다. 하지만 나의 대동맥에서, 오랫동안 받은 스트레스로 생긴 물집이 발견됐다. 터질 듯한 물집은 119를 부르기도 전에 나를 다음 생으로 보낼 수 있었다. 이번 생에 작별 인사를 고할 틈도 없이.

그래서 나는 지금 여기에 있다. 뉴욕시의 마운트 시나이 병원.

수술대에 누운 내가 보인다. 아크등 불빛이 내가 누운 수술대에 반사되어 번쩍거린다. 그 불빛은 이 스테인리스 강철 수술대보다도 더 딱딱한 느낌이다. 내 몸뚱이가 나와 분리되어 있다. 딱딱한 뼈와 부드러운 살.

꿈도 아니고 환영을 보는 것도 아니다. 마술사가 톱으로 내 몸을 두 동강 내는 느낌. 내 별난 심장은 아까부터 계속 정지 상태였다.

피가 본래 하는 일은 생명의 유지이지만, 그걸 못 하게 되면 스스로 소용돌이를 일으켜 별의별 난장판을 다 만들어낸다. 그 난장판을 정리하려면 몸뚱이에다 상당한 리모델링을 벌여야 한다.

피와 공기.

피. 유혈이 낭자한 난도질.

피와 두뇌. 지금 당장 필요한 건 이거다. 계속 내 삶을 노래하고 누리려면. 나의 피.

하지만 두뇌는 마술사의 두뇌여야 하며, 그의 두 손도 함께 필요하다. 나를 굽어보고 서 있는 이 마술사는 제대로 된 전략을 수행하여 나의 이 끔찍한 날을 정말로 좋은 날로 바꾸어줄 수 있는 사람이다.

그의 강철 같은 배짱, 그의 강철로 된 수술칼이 필요하다.

이제 이 사람이 내 가슴 위로 올라온다. 그가 휘두르는 칼에는 과학의 힘과 짐승 도축술의 힘이 함께 깃들어 있다. 하긴 누군가의 심장을 찢고서 그 안으로 들어가려면 그런 정도의 힘은 있어야겠지. 이게 바로 의학이라는 마법이야.

여덟 시간의 수술을 마치고 깨어난 뒤에는 멋진 하루였다는 생각이 들리가 없다. 하지만 그래도 당연히 깨어나는 편이 그 반대보다는 훨씬 낫다.

설령 숨을 쉬지 못해 질식하는 느낌이라고 해도. 헐떡거리며 공기를 들이마셔 보려다가 실패한다고 해도.

설령 환각 상태가 찾아온다고 해도. 지금 환영이 보이기 시작했다. 시야 안의 모든 세상은 점점 윌리엄 블레이크William Blake 그림이 되어간다.

너무 춥다. 네 옆에 있고 싶어. 네 온기가 필요해. 나를 감싸주는 네 사랑이 필요해. 나는 겨울 복장을 하고 있다. 큰 부츠를 신고서 침대에 누워 있다. 하지만 추워서 죽을 것만 같다.

꿈속이다.

영화의 한 장면 속이다. 주인공에게서 생명이 빠져나오고 있다. 그는 삶의 마지막 순간 성깔을 부리며 자신이 진정으로 사랑하는 이에게 따져 묻는다.

"왜 그래? 어디 가? 가지 마!"

"나 여기 있잖아." 연인이 그를 안심시킨다. "꼼짝도 하지 않고 여기 있잖아."

"뭐라고? 네가 나를 떠나고 있는 게 아니란 말이야? 그럼 내가 너를 떠나고 있는 건가? 내가 왜? 널 두고 떠나지 않아. 제발, 내가 떠나지 못하게 막아줘."

성공이라는 놈은 여러 창피한 비밀들을 숨기고 있다. 지금 그 비밀들이 내 눈앞에 똑똑히 보인다. 그리고 다시 사라진다.

성공은 신경 강박증이라는 역기능을 동력으로 삼기도 하지만, 이는 다시 그 강박증을 변호해주는 구실이 되어버린다.

성공하기 위해 정말로 열심히 땀을 흘리지만, 그렇게 흘리는 땀이 사실은 모종의 신경증세가 있다는 사실을 가린다.

성공에는 건강 위험 신호가 따르게 마련이다. 일 중독자 본인에게나 그 주변 사람들에게나.

성공은 부당하게 얻은 종류의 유리함이나 상황의 결과물일 수 있다. 꼭 사회적 특권 같은 것이 아니더라도, 재능 등의 형태로 부모에게서 물려받은 재산일 수도 있다.

하지만 이런 것들이 있다고 해도 항상 그 뒤에는 열심히 일하여 흘린 땀이 있다.

나는 항상 내 재능이 음악은 물론이고 정치 토론, 장사, 아이디어의 세계 일반에서도 제일 중요한 핵심 멜로디를 찾아내는 데에 있다고 생각했다.

토론, 호객, 명징한 사유 등에 있어서 다른 사람들 귀에는 화성법이나 대위법만 들리는 순간에도 나는 항상 그 핵심 멜로디를 용케도 찾아내는 재주를 가지고 있었다. 아마도 그걸로 노래를 만들거나 장사를 해야만 했기 때문일 것이다.

그런데 이제 나는 내가 가진 무기라는 게 그렇게 심오한 것들이 아니라 아주 평범한, 심지어 비천하기까지 한 것임을 알게 된다. 그것은 유전적으로 물려받은 무기로… 숨 잘 쉬는 재주다.

그렇다.

숨 잘 쉬는 게 나의 무기다.

"남편분이 흉부에 엄청난 무기를 보유하고 계셨더라고요."

수술실에서 내 가슴뼈를 톱으로 절개했던 의사가 수술 후에 내 최측근인 아내 앨리에게 해준 이야기이다.

"환자의 흉부를 봉합하기가 힘들어서 각별히 질긴 끈이 필요했습니다. 아마 남편분은 같은 나이의 보통 사람보다 폐활량이 130퍼센트 정도 될 겁니다."

그 의사는 '괴물'이라는 말을 쓰지는 않았지만, 앨리는 그 이야기를 듣고 내가 1970년대 공상과학 TV 드라마의 주인공 탐정처럼 물속에서도 숨을 쉴 수 있는 아틀란티스에서 온 사나이Man from Atlantis로 보이기 시작했다고 했다.

나의 목숨을 살려준 마법사 의사 선생님인 데이비드 애덤스David Adams는 콧소리가 섞인 미국 남부 악센트로 말했고, 윌리엄 블레이크의 그림처럼 현실과 초현실을 넘나들던 당시의 내 정신 상태에서는, 그가 마치 영화 〈텍사스 전기톱 학살The Texas Chain Saw Massacre〉에 나오는 미치광이 악한으로 보였다.

그가 앨리에게 테너 가수의 특징에 관해 물어보는 소리가 들려왔다. 자신은 테너 가수들이 고음을 내면서 무대를 뛰어다닌다는 소리는 못 들어봤다고.

"테너들은 고음 C를 내기 훨씬 전부터 두 발을 벌려 땅에 착 붙이지 않나요?"

"맞아요." 이렇게 말하고 싶었지만, 약에 취해 있는 상태라 입을 열 수가 없다. "테너 가수들은 유리잔이 깨어질 정도의 소리를 내기 위해서 머리를 공명시켜 두성을 내고 온몸을 울림통으로 만들어야 하니까요."

하지만 나는 지난 30년 동안 공연장에서 'Pride (In the Name of Love)'를 부를 때마다 해마다 다르긴 하지만, 높은 A 혹은 높은 B를 내면서 무대 위를 한껏 뛰어다니고 경기장 한복판을 마구 질주했다.

색깔 있게 노래하는 영국 가수 로버트 파머Robert Palmer가 1980년대에 애덤 클레이턴Adam Clayton을 붙잡고 이렇게 애원한 적이 있었다. "저기, 당신 밴드의 보컬에게 가서 음을 좀 낮춰 부르면 안 되겠냐고 말해주실래요? 본인도 힘들겠지만, 듣는 사람도 너무 힘들어요."

숨은 스태미나다.

숨은 큰 도전이나 큰 적수에게 덤벼들 수 있는 자신감이다.

숨은 인생에서 에베레스트 같은 큰 장애물을 정복하겠다는 의지력이 아니다. 막상 그 에베레스트를 오를 때 버틸 수 있는 능력이다.

숨은 모든 고급 아웃도어 의류의 필수 사양이다.

숨은 체구가 작은 꼬마가 놀이터에서 절대로 센 놈에게 당하지 않는다는 자신감을 주는 물건이다. 나를 무릎 꿇리려면 먼저 내 안의 숨이 다 빠져나갈 때까지 나를 두드려 패야 할 거야.

그런데 지금, 내 생애 처음으로 숨이 없는 상태에 처했다.

병원 응급실에서, 숨도 없이.

호흡도 없이.

우리가 부르는 신의 이름을 보라.

모두 다 숨 쉬는 소리다.

여호와아아아.

알라아아아아.

여호수아아아아아.

숨이 없다…. 숨 한 모금도 쉴 수 없다…. 아리아aria 한 곡도 부를 수 없다.

나는 인생 처음으로 공포에 질렸고, 신앙심에 기대보려 했지만 믿음조차 나타나 주지 않았다.

숨이 없으니까.

기도 한 번 할 수가 없으니까.

나는 물속에서 노래하는 테너입니다. 지금 제 폐에 물이 차고 있습니다. 익사입니다.

나는 또다시 환영을 본다. 아버지가 병원 침대에 누워 계신다. 나는 그 곁의 바닥에 매트리스를 놓고 자고 있다. 2001년 여름, 더블린의 보몬트 병원이다. 아버지는 심호흡을 하고 있지만, 갈수록 그의 가슴팍 가운데의 골처럼 그의 호흡도 얕아져만 간다. 내 이름을 부르신다. 어떨 때는 형을 나로 혼동했다가 그 반대쪽으로도 오락가락하신다.

"폴. 노먼. 폴."

"아빠."

나는 일어서서 간호사를 불렀다.

"밥, 괜찮아요?" 그녀가 아버지의 귀에 속삭인다.

내 환영 속의 세상은 모든 속삭임 소리도 다 생생히 살아서 타악기같이 울리는 세상이다. 또한 비음鼻音의 세상이다. 아버지의 목소리는 고음이었지만 이제 짧게 끊어지는 북소리처럼 변했다. 그리고 숨을 내쉴 때마다 '응' 하는 콧소리가 난다.

"으으으으으으응."

아버지의 목소리는 파킨슨병 때문에 울림 좋던 저음이 사라져 버렸다.

"나 집에 가고 싶어 으으으응 나 여기서 나갈래 으응."

"다시 말해봐, 아빠."

나는 간호사처럼 아버지에게 몸을 기울이고 귀를 그의 입에 가져다 댔다.

침묵.

이어지는 침묵.

그러다가 "꺼져, 씨발!"

우리 아버지는 이렇게 완벽하게 불완전한 모습으로 세상을 떠났다. 아버지가 진짜로 나한테, 혹은 잠도 안 자고 밤새 돌봐준 야간 간호사에게 "꺼져, 씨발!"이라고 말했을 리는 없다. 그 말은 온 생에 걸쳐 오랫동안 그를 괴롭혔던 무언가를 향한 것이었다고 믿고 싶다.

아버지는 만년에 내게 말했다. 당신께서 암이라는 것을 받아들일 때 신앙심도 잃게 되었다고. 하지만 나에게는 꼭 신앙심을 간직하라고 말해주었다. 나라는 사람의 가장 재미난 면은 바로 하나님을 믿는다는 데에 있다면서.

나는 이 말에 용기를 얻어 아버지에게 다윗왕의 노래, 시편 32장을 읽어드렸다.

이 노래를 쓸 당시의 다윗 또한 상당한 곤경에 처해 있었던 것 같다. 하지만 아버지는 설교를 들을 기분이 아니었으며, 감고 있는 눈꺼풀 아래의 눈동자가 돌아가는 것이 보였다. 그의 눈동자가 천국을 향하는 것 같지는 않았다.

While I kept silence, my body wasted away
through my groaning all day long.
For day and night your hand was heavy upon me;
my strength was dried up as by the heat of summer.
Therefore let all who are faithful offer prayer to you;
at a time of distress, the rush of mighty waters shall not reach them.
You are a hiding-place for me; you preserve me from trouble;
you surround me with glad cries of deliverance.

아버지를 위한 노래일까 나를 위한 노래일까?

아버지는 내가 "저 위쪽에 계신 양반과 쌍방향 대화"를 하는 것처럼 보여서 경탄했다고 털어놓으셨다.

"내가 그 양반하고 하는 대화는 항상 일방통행이야, 어쨌든 그만 때려치워라. 나 좀 평화롭게 있자꾸나." 글쎄, 그는 이 세상에서 평화를 얻지 못했다. 하지만 저세상에서는 평화를 얻을 것이라고 믿고 싶다.

저세상이라는 게 어디일까? 집이다.

나도 그게 무언지, 심지어 그걸 내가 아는지 모르는지조차 알지 못한다.

이별을 한다. 다시 깊이 숨을 들이쉬고 그것을 찾아 길을 떠난다.

2015년 봄.

더욱 차가운 형광등 불빛. 강철과 유리.

구토증.

하지만 이번엔 목숨이 달린 상황은 아니다. 나는 캐나다 밴쿠버의 아이스하키 경기장에 있는 분장실에 딸린 화장실에서 거울을 들여다보고 있다. U2의 〈Innocence + Experience Tour〉 첫 번째 공연이 있는 밤이다.

내가 좀 더 젊었을 때 허영심 따위는 전혀 없었다. 거울 앞에 서는 것조차 피할 정도였다. 하지만 지금은 여기 이 백색 타일 벽의 화장실 거울로 내 얼굴을 뚫어지게 보고 있다. 얼굴이 좀 더 매력적으로 보일 때까지 계속 얼굴을 이쪽저쪽으로 돌려가면서.

벽을 통해서 군중들의 노랫소리가 들린다. 게리 뉴먼Gary Newman의 노래 'Cars'를 따라 부르고 있다. "여기 내 차 안에서/나는 제일 안전하다고 느껴/문들을 다 잠글 수 있으니까/그게 살 수 있는 유일한 방법이야/차 안에서 사는 것."

신시사이저 사운드가 요란한 이 노래를 내가 처음 들었던 것은 1970년대 후반인데, 그때 꿈꾸었던 미래를 지금 현실로 구현하는 중이다. 당시에는 각자 스스로 자기 머리에 과산화수소수를 부어서 대충 흉측한 노란색으로 염색하는 게 유행이었다. 55살이 된 지금에 와서 내가 그 머리 색깔을 하게 될 줄은 꿈에도 몰랐다. 한 스페인 논평가의 말처럼, 그야말로 햇병아리 날개 색깔이다. 피가 굳어버릴 것 같은 이 흥분. 경기장에서 들려오는 사람들의 웅성거리는 소리는 그 흥분을 증가시킬 뿐이다. 나는 다시 분장실로 돌아간다. 분장실은 그야말로 타임캡슐이다. 나는 분장실 모습이 왜 지난번 투어 때와 똑같은 거냐며 투덜댄다. 그러자 분장실 모습은 지난 20년간 한결같이 똑같았다는 답이 돌아온다. 녹색 헤센 천, 꼬마전구들, 담배 색깔의 가죽 소파. 그토록 오랫동안 공연을 해 왔는데도, 어째서 나를 가장 아껴주는 18,474명의 친구를 만나러 가는 길에 이리도 안절부절못할까? 이제 세계 투어의 첫날밤이 시작되려 한다. 하지만 보통 그렇듯, 지금도 나는 혼자가 아니다.

우선 천사와 같은 아우라를 두른 래리가 있다. 천국을 본 적이 있는 사람의 얼굴이다. 아마 그랬을 것이다. 바로 어제 아버님의 장례식을 치렀으니까. 애덤은 고급 예술 영화의 주인공처럼 하고 있다. 한 가닥의 흔들림도 없다. 엣지는 팽팽한 긴장과 열정으로 당장 터질 것 같은 상태이지만 겨우 억누르면서 평정을 유지하고 있다.

쇼가 시작되기 전에 항상 하는 것처럼, 우리는 기도한다.

어떨 때는 우리 네 사람이 서로 낯선 사람처럼 느껴지기도 한다. 우리가 기도하는 이유는 이 서걱거리는 네 사람이 밴드 구성원으로서 친밀함을 찾아내기 위함이다. 그러한 친밀함이 오늘 밤에 모인 청중들에게 쓸모가 있을 것이다. 쓸모라. 우리의 기도는 좋은 음악을 만들어내는 데에도 쓸모가 있을 것이다. 더 고차적인 목적에도 쓸모가 있을 것이다. 기도하는 도중에 우리는 참 이상한 그리고 참 익숙한 방식으로 바뀌어간다. 기도를 시작할 때는 동지들이었지만, 기도가 끝났을 때는 친구로 변해 있으며, 우리 자신의 이미지도 달라져 있다. 우리가 곧 만나게 될 청중의 이미지도. 그리고 청중을 만난 다음에는 그들이 우리를 또 한번 다른 모습으로 바꾸어놓을 것이다.

쓸모 있게 해달라는 기도는 참으로 흥미로운 기도다. 낭만 따위는 없다. 따분하기까지 하다. 그렇지만 쓸모는 우리 존재의 핵심이며, 또 그것이 우리가 지금도 여전히 밴드를 유지할 수 있었던 이유다. 우리 네 사람은 소년일 때에 만났다. 그러고는 밴드를 하면서 로큰롤의 가장 핵심이 되는 약속, 즉 온 세계를 다 가질 수 있지만 그 대가로 언젠가 이 세계가 너를 가져가리라는 그 약속을 무시해 버렸다. 메시아 콤플렉스를 품는 것은 네 맘이지만 그 대신 서른세 살의 나이로 십자가에 못 박혀야만 한다. 그렇게 하지 않는다면 모든 이들이 자기들의 돈을 돌려달라고 달려들 것이다. 우리는 거절해왔다. 지금까지도.

우리 네 사람은 각자 세상과 다양한 싸움을 벌여 저마다의 흉터를 얻은 이들이다. 하지만 35년 동안이나 경기장에서 곡을 연주하는 삶이 얼마나 기복이 심하고 초현실적인지 생각해보면, 우리의 눈은 아직 놀랄 만큼 초롱초롱하다.

이제 벽을 넘어서 패티 스미스Patti Smith가 'People Have the Power'를 부르는 소리가 들린다. 이건 쇼가 시작될 때까지 5분 10초가 남았다는 신호다. 5분하고 10초 뒤에는 사람들이 보러 온 '뭔가'가 우리에게 여전히 있는지 여부가 판가름 날 것이다. 그 '뭔가'는 우리의 음악이나 우리의 우정만이 아니다. 우리는 우리 밴드를 하나의 화학실험 용품 세트처럼 보여주어야 하며, 우리와 청중들 사이에 화학반응을 일으켜야만 한다. 그러지 않으면 아무리 좋은 밴드라 해도 위대한 밴드가 될 수 없다.

이제 분장실을 떠나 복도를 걸어간다. 군중들의 함성이 높아진다. 이 함성이 조그만 생쥐 같은 나를 한 마리의 사자로 바꾸어놓을 것이다. 나는 무대로 걸어 나가면서 주먹을 높이 들어 올린다. 노래 안으로 한 걸음 들어가는 준비다. 앞으로 이 책에서 나는 노래 안으로 들어간다는 게 무슨 의미인지를 설명하겠지만, 40년의 경험 속에서 내가 깨달은 것이 하나 있다. 노래 안으로 들어가 거기에 머물 수만 있다면, 내가 노래를 노래하는 게 아니라 노래가 나를 노래하게 되리라는 것. 그리고 공연은 내게 일이 아니라 놀이가 되리라는 것.

거의 2만 명에 달하는 사람들이 'The Miracle'(조이 라몬Joey Ramone의 노래)의 후렴구를 부르고 있다. 엣지, 래리, 애덤은 무대 앞쪽으로 걸어 나가고, 나는 혼자 경기장의 반대쪽 끝으로 간 뒤 이들을 맞으러 걸어 나간다. 함성 지르는 청중을 통과하며 걷는다. 나는 마음속에서 다시 17살이 된다. 더블린의 노스사이드Northside에 있는 우리집에서 나와 시더우드 로드Cedarwood Road를 따라 연습 장소로 가는 길이다. 이 세 남자도 연습 장소에 나와 있다. 그 옛날, 소년이었던 모습들 그대로.

나는 집을 찾기 위해 집을 떠나는 중이다. 그리고 노래하는 중이다.

the miracle of Joey Ramone

2

Out of Control

내 뜻이 아니야

Monday morning
Eighteen years of dawning
I said how long
Said how long.

라몬즈Romones의 앨범 〈Leave Home〉의 곡 'Glad to See You Go'의 사운드에 맞추어 시더우드 로드Cedarwood Road 10번지에 있는 집의 거실을 마구 뛰어다니고 있었다.

You gotta go go go go goodbye
Glad to see you go go go go goodbye

1978년, 내가 18살이 되던 생일날이었다.

이 앨범의 노래들은 아주 단순하지만, 내 인생에 관한 한 도스토옙스키의 《죄와 벌》보다 훨씬 더 복잡하고 많은 이야기를 담고 있다. 당시 나는 《죄와 벌》 읽기를 막 끝낸 참이었다. 이 책을 다 읽는 데 3주하고도 반이 걸렸다. 라몬즈의 앨범은 다 듣는 데에 29분 57초밖에 걸리지 않는다. 노래들은 너무 단순해서 나조차도 기타를 치며 연주할 수 있을 정도다. 참고로 나는 기타를 못 친다.

너무 단순한 노래들이라 심지어 당시의 나조차도 비슷한 곡을 하나 쓸 수 있을 정도였다. 실제로 그런 곡을 썼더라면 모종의 개인적 혁명이었을 것이며, 그 혁명의 소음은 그 집 꼭대기 층에 있는 나의 형 노먼Norman의 빈 방까지 울려 퍼졌을 것이다. 더욱 중요하게는 아버지가 앉아계시는 아래층의 부엌에도 울려 퍼졌을 것이다.

우리 아버지, 나보고 취직하라는 말씀을 하고 싶어 하신다. 취직!

직장이란 당신이 항상 하고 싶어 했던 일을 주말에 할 수 있도록 돈을 내주는 대신, 별로 하고 싶지 않은 일을 하루에 8시간씩 일주일에 5일 또는 6일을 해야 하는 장소다.

일하는 삶은 어떻게든 피하고 싶어. 내가 정말 좋아하는 것을 할 수 있다면 평생 하루도 일하지 않아도 될 거야. 그런데 문제가 있었다. 멋대로 막가는 여드름투성이 10대였던 당시의 나조차도 그건 내가 뭔가를 정말 잘할 때나 가능하다는 것을 알고 있었다.

그런데 내가 정말 잘할 수 있는 게 없잖아. 나는 잘하는 게 아무것도 없잖아.

음, 흉내 내는 거라면 꽤 하지. 친구 레기 마누엘Reggi Manuel은 자기 여자친구였던 잰드라Zandra를 내가 채어갈 수 있었던 게 다 내가 이언 페이즐리Ian Paisley 흉내를 똑같이 낼 수 있었기 때문이라고 했다. 북아일랜드의 영국 통합론자Unionist 이언 페이즐리 목사가 단상에서 부르짖은 호전적인 외침의 목소리를 나는 아주 제대로 흉내 낼 수 있었다.

"항복으은 안 됩니이다아!" 그가 토해내던 포효의 소리였다.

나의 이언 페이즐리 목사 흉내는 잰드라를 너무나 많이 웃게 했기에 어쩌면 내가 사귀자고 하면 넘어올 수도 있겠다고 생각했다. 하지만 그녀가 곧 나를 버리고 얼굴이 잘생긴 키스Keith를 택하리라는 것도 깨달았다. 웃기고 재미있는 것만으로는 안 돼. 머리도 좋아야 돼. 그리고 내 머리는 내가 똑똑하지 않다는 걸 아는 딱 그 정도다. 됐어. 그만두자.

얼마 전까지만 해도 나는 학교에서 머리가 좋은 편이었지만, 최근 들어서는 여자애들과 음악 말고는 어디에도 집중할 수가 없었다. 그리고 그 둘 사이의 상관관계를 이해할 정도의 머리는 있었다.

나는 그림을 꽤 그렸지만 절친인 구기Guggi에 비하면 어림도 없었다. 나는 산문도 꽤 썼지만, 박학다식에 재능까지 갖추고 학교 교지에 글을 싣는 친구 닐 맥코믹Neil McCormick은 따라갈 수 없었다. 기자가 되어보겠다는 생각도 해봤다. 그래서 외국 특파원이 되어 전쟁 지역에서 기사를 쓰고 뉴스를 보도하는 멋진 모습으로 상상의 나래를 펼치기도 했다. 그런데 기자가 되려면 학교 시험 성적이 좋아야 하는데, 내 시험 성적에는 여러 문제가 있었다. 교실에 차분히 앉아 있는 것조차 문제가 있을 지경이었다.

게다가 나는 이미 다른 전쟁 지역에 참전하고 있었다. 우리 동네의 길거리, 우리집, 내 머릿속이 이미 전쟁터였다.

내 침대 밑에 이미 아주 훌륭한 자료들이 많이 있는데 뭐 하러 팀북투Timbuktu까지 가서 종군기자 노릇을 하겠는가? 내 베게 아래에 묻어둔 가지가지의 공포와 유령들 때문에 나는 어떨 때는 아예 이불 밖으로 나가고 싶지도 않았다. 로큰롤이(특히 펑크록) 나를 해방시켜 주리라는 것도 아직 모르고 있었다.

로큰롤 덕분에 침대에서 뒹굴뒹굴하는 것을 업으로 삼는 일도 그만둔 것이다.

시더우드 로드 10번지의 우리집 거실에는 갈색 가죽 소파가 있었다. 검은색 바탕에 가운데가 오렌지색인 카펫이 벽까지 깔려 있어서 겨울에는 우리의 맨발을 따뜻하게 감싸주었다. 그 이전까지만 해도 아침이면 항상 침실에서 화장실로 갈 때에 한기가 쫓아왔지만, 당시에 중앙난방을 막 들여온 덕분에 거기에서도 해방되어 있었다.

우리집은 부자였다.

그래서 우리 아빠는 강철로 된 붉은 색 힐먼 어벤저 차를 몰았다. 그래서 다른 친구들 집보다 먼저 컬러 TV를 들여놓았다. 컬러 TV는 아주 중요한 물건이었다. 이 물건 때문에 우리 집의 실제 생활이 덜 현실적으로 보였기 때문이다. 그리고 나의 10대 시절에는 나에게도, 아빠에게도, 형 노먼에게도 삶이 덜 현실적으로 보일 필요가 있었다.

1970년대 컬러 TV에서는 *오늘의 경기* 코너에 나오는 올드 트래퍼드 축구장이나 안필드 축구장 혹은 하이버리 축구장이 우리 뒷마당 근처의 그 어느 풀밭보다 더 초록색으로 보였다. 조지 베스트와 찰리 조지의 붉은 유니폼은 아예 불타오르는 색깔이었다. 뉴캐슬 유나이티드의 말콤 맥도널드에게는 크게 불리한 일이었다. 흑백 TV가 옛날이야기가 되어버린 판에 유니폼이 흰색과 검은색으로만 되어 있는 뉴캐슬 유나이티드를 응원하는 게 무슨 재미가 있었겠는가?

우리 아빠는 영국 왕실도 이제 사라질 때가 되었다고 말했지만, 영국 여왕이 컬러로 볼 때 더 멋지다는 어머니의 견해에는 동의했다. 매년 크리스마스 때마다 오후 3시에 영국 여왕 폐하께서는 TV에 나와 연설을 행하셨고, 아버지와 어머니는 우리 아일랜드인들이 그 연설을 보자고 크리스마스 점심 식사를 중단해야 하는지를 놓고 깔깔 웃으며 논쟁을 벌이셨다. 팡파르가 울리는 영국 왕실의 '위풍당당' 행진을 보고 싶어 온 세계가 사족을 못 쓰는 듯했다. 하지만 전쟁은 그 끔찍한 현장은 총천연색이었지만, 오로지 이쪽이냐 저쪽이냐의 흑백 논리로만 전개됐다. 우리 아일랜드 안에서는 일부 사람들이 다른 사람들과 전쟁을 벌이고 있었다. 바로 옆 나라인 영국은 힘으로 겁박하는 깡패 노릇을 오랫동안 해왔고, 아일랜드인 중 일부도 스스로 그런 깡패가 되어가고 있었다. 뉴스에는 진홍색 피가 나왔다. 길거리에 점점 더 많은 깃발이 내걸리면서 우리의 공공 공간은 갈등의 역사로 얼룩졌지만, 그래도 영국 여왕 생일에 벌어지는 군기 경례 분열식을(컬러 TV에서 생중계되었다) 보고 싶은 마음을 없애지는 못했다.

하지만 제아무리 영국이 펑크록의 고향이라고 해도, 더블린에 사는 10대 소년인 나에게 정말로 상상력을 자극하는 곳은 미국이었다. 한편에는 존 웨인, 로버트 레드포드, 폴 뉴먼을 위시한 다양한 '카우보이'들이 있었고, 또 다른 한편에는, 비록 그들 자신의 시각으로 그려진 모습은 아니었지만,

'인디언'들이 있었다. 미국 TV에서 그려진 아파치족, 포니족, 모히칸족 등의 모습은 펑크 스타일 패션에 영향을 미치게 된다. 거기에 더하여 더티 해리로 나온 클린트 이스트우드, 콜롬보로 나온 피터 포크, 〈코자크〉에 나온 텔리 사발라스 등의 형사들도 있었다.

하지만 상상력을 자극한다는 점에서 볼 때, 이런 드라마들은 현실에서 벌어지는 미국인들의 삶에 비하면 거의 아무것도 아니었다. 아폴로 우주선을 달나라로 보낸 우주 계획을 생각해보라. 이것이야말로 인간들이 만들어낸 그 모든 비전 중에서도 가장 영감에 가득 찬 것이었다.

달나라에 사람이 착륙한다는 생각을 해내다니, 정말 미국 사람들은 미친 것인가? 게다가 우리 아일랜드인들은 이러한 종류의 광기에 스스로도 뭔가 관련이 있다고 느끼고 있었다. 달에다가 사람을 보낸다는 생각을 처음으로 해냈던 사람이 바로 우리 아일랜드 왕족의 피가 흐르는 존 피츠제럴드 케네디John Fitzgerald Kennedy가 아닌가? 아버지의 말씀이었다.

더블린의 10대였던 나는 창턱마다 장식품이 어지럽게 놓여 있는 시더우드 거리 너머의 세계를 동경했다. 전쟁으로 얼룩진 그 칙칙한 흑백의 세상을 정말로 우리집 거실의 머피 텔레비전에 나오는 종류의 컬러 영상으로 바꾸고 싶었다. 이렇게 삶과 세상을 다르게 보고 싶었던 동시에, 새로운 방식으로 들어보고도 싶었다. 그건 10대에 빠지기 쉬운 절망의 단조로운 소리에서 우리집 거실에 있는 또 다른 예술품이 내뿜는, 더 둥글고 풍부한 소리로 달려가 보는 것이었다.

우리집에는 전축이 있었다.

우리집 전축은 근사한 물건이었다. 아빠가 턴테이블에 레코드를 틀어놓고 오페라를 따라 부르는 소리로 온 집안이 가득 차곤 했다. 전축에는 소니 릴-투-릴 테이프리코더도 달려 있었고, 내 삶도 릴 테이프를 따라 빙빙 돌아가게 됐다. 이후 나는 라몬즈, 더 클래시The Clash, 패티 스미스 등을 들으며 바깥세상을 바라보는 틀을 새롭게 만들게 되지만, 그 작업은 이미 훨씬 전에 더 후The Who와 밥 딜런Bob Dylan을 들으면서 시작됐고, 데이비드 보위

David Bowie에게 특별히 집착했다. 처음에 나는 그가 듀오의 한 구성원이라고 생각했다. 그의 네 번째 앨범의 제목인 〈헝키 도리Hunky Dory〉가 그 듀오의 다른 한 사람인 줄 알았다.

1978년 5월 10일

이날은 자기 키가 172센티미터라고 악을 쓰며 우겨대는 170.7센티미터 키의 풋내기 록스타 소년에게 엄청나게 중요한 날이었다. 단지 그의 18번째 생일이기 때문만은 아니었다. 우리 가족은 서로 생일을 잘 챙기지 않았다. 뭐 아빠한테 5파운드짜리 지폐를 받는 것도 신나는 일이기는 했지만, 이날이 특별했던 건 그 때문이 아니었다.

그날은 마술사 후디니에 견줄만한 대탈출 마법을 배우는 날이었다. 그건 인디언들이 보여주는 그 어떤 밧줄타기 묘기보다도 멋진 재주였다. 이걸 통해서 칙칙한 내 흑백의 세계를 사라지게 만들고 총천연색으로 다시 나타나게 만들 수 있었다. 이날은 바로 내가 U2의 첫 번째 싱글이자 내 인생 처음으로 버젓한 로큰롤 곡을 쓰게 되는 날이었다. 이 기적에 대해 나는 조이 라몬과 그의 기적과도 같은 형제들에게 감사해야 한다. 하지만 나에게도 기적과 같은 형제들인 엣지, 애덤, 래리가 있었고, 이들이 없었다면 내가 쓴 노래는 결코 세상에 태어나지 못했을 것이다.

Monday morning
Eighteen years of dawning
I said how long.
Said how long
It was one dull morning
I woke the world with bawling
I was so sad
They were so glad.
I had the feeling it was out of control

I was of the opinion it was out of control.

나는 이 노래를 'Out of Control'* 이라고 불렀다. 우리 인간들은 우리 인생의 가장 중요한 두 순간에 대해 거의, 혹은 전혀 영향을 미칠 수가 없다는 깨달음이 찾아왔기 때문이었다(여기에서는 표도르 도스토옙스키가 한몫을 했다). 바로 태어나고 죽는 일. 멋진 펑크록 노래라면 이 우주에 엿을 한 방 제대로 먹여야 하는 바, 이 깨달음이야말로 바로 그 한 방이었다.

* 이 노래는 1979년 9월 26일 〈Three〉라는 EP 앨범의 수록곡으로 'Stories for Boys'와 'Boy/Girl'과 함께 발매됐다. 노래 순서는 데이브 페닝(Dave Fanning)의 RTE 라디오 쇼 청취자들이 선택했고, 데이브는 우리의 첫 노래를 처음으로 틀어준 DJ였다. 그 이후로 데이브는 우리의 모든 새 싱글 앨범을 가장 먼저 틀어준 사람이 됐다.

IRIS

3

Iris (Hold Me Close)

아이리스 (꽉 안아 주세요)

The star,
that gives us light
Has been gone a while
But it's not an illusion
The ache
In my heart
Is so much a part of who I am
Something in your eyes
Took a thousand years to get here
Something in your eyes
Took a thousand years, a thousand years.

55살짜리 남자가 매일 밤 2만 명이 지켜보는 가운데 자기 어머니에게 노래를 부르는 모습을 상상해보라.

한 마디로 말도 안 되는 일 아닌가?

14살에 어머니를 잃는 것은 참으로 힘겨운 일이 맞지만, 이제 그 나이가 되면 잊을 때도 된 것 아닌가? 정색하고 하는 말이다.

나는 U2의 리드싱어로서 온갖 조롱을 당한 적이 있다. 온당한 일이든 부당한 일이든, 이것은 그 직업에 종사하는 이라면 당연히 감내해야 할 일이며, 나는 이를 대부분, 그것도 상당히 즐겼다. 하지만 지금까지 내가 당했던 그 어떤 조롱도 이 노래 때문에 내가 스스로에게 쏟아붓는 비난에는 비할 바가 못 된다. 특히 온갖 종류의 심리적 환각적 작용들이 머릿속을 채우게 마련인 무대 위에서 이 노래를 부를 때는 더욱더 괴롭다. 무대 위에도 또 나를 지켜보는 군중들 사이에도 온통 지지직대는 잡음이 가득하다.

이 무슨 말도 안 되는 짓이란 말인가?

55살짜리 남자가 2만 명이 보는 앞에서 매일 밤 자기 어머니에게 노래를 부르다니? 이 질문은 내가 이 노래를 쓰기로 마음먹은 순간부터 내가 나에게 퍼부어 댄 온갖 어리석은 비난 중 하나일 뿐이다. 마치 내 안에 살고 있는 사탄이 내 어깨 위에 앉아 내가 뭔가 하려고 할 때마다 의심의 씨앗을 심는 느낌이었다. 이놈의 작은 악마가 나의 자존감이라는 벽에 온갖 감정적 낙서를 스프레이로 뒤덮어 버리고 말았다. 하지만 그 작은 악마는 바로 나 자신이 아닌가? 애초에 이런 일을 왜 벌였던가?

어떤 이는 기도라는 행위를 노 한 자루 없이 험한 바다 위의 나룻배에 탄 모습에 비유했다. 당신이 쥐고 있는 것은 밧줄 하나뿐. 그 밧줄의 반대쪽 끝은 저 멀리 어딘가에 있을 항구에 묶여 있다. 그 밧줄을 당기고 당기면 하나님에게 가까이 갈 수 있다.

노래는 나에게 기도다.

검은 곱슬머리와 교회들의 거리

나는 어머니 아이리스Iris의 기억이 거의 없다. 우리 형 노먼도 마찬가지다. 이유는 아주 간단하다. 어머니가 돌아가신 뒤 우리집 누구도 어머니 이야기를 하지 않았기 때문이다.

사실 그것보다 더 최악이었다. 우리는 어머니 생각조차 거의 하지 않았다.

세 명의 아일랜드 남자다. 뻔하지 않은가. 어머니를 생각하고 이야기하면 마음이 찢어질 게 틀림없으니 그 고통을 회피했던 것이다.

2014년 〈Songs of Innocence〉 앨범을 준비하면서 나는 이제 그런 태도를 버리기로 했다. 수십 년 동안 내 가슴속을 짓누르던 이 돌덩어리를 들어 올리면 온갖 흉측하게 생긴 벌레들이 기어 나올 것을 알고 있었지만, 그렇게 하기로 했다. 나에게 남은 어머니의 기억을 있는 대로 긁어모아 'Iris'라는 곡으로 엮어내 보고자 했다.

엄마 앞에서 노래를 하기로 했다.

엄마를 찾아보기로 했다.

앨범이 발표되기 사흘 전, 나는 패닉에 빠졌다. 이 곡 'Iris'의 앨범 수록을 후회하게 된 것이다. 앨범 발표와 함께 이 노래도 에테르처럼 공기를 타고 온 세상으로 퍼지게 되겠지. 54살짜리 남자가 자기의 죽은 어머니를 기억하면서 징징대는 노래라니. 마지막 순간에 돌아보니 너무 많은 감정이 실려 있어서 종잡을 수 없는 곡으로 느껴졌다. 너무 부드럽고, 너무 폭넓고, 너무 있는 대로 다 벌거벗은 느낌이고, 등등. 한마디로 가수 한 사람 좋자고 밴드 전체가 짊어지기에는 너무 고생스러운 곡이라는 느낌이었다. 그 앨범은 디지털 형태로만 5억 명에게 보내지는 디지털 출시였으니(이 이야기는 나중에 다시 할 것이다), 나는 이 앨범에서 이 노래를 어떻게든 빼내려고 애를 썼다. 디지털 출시였으니까 옛날처럼 수백만 장의 CD나 LP를 한꺼번에 쓰레기장에 폐기하는 그런 난리법석은 아니었다. 하지만 디지털 출시에도 데드라인이 있는 법이며, 나는 이미 그 데드라인을 놓친 상태였다. 애플에서는 그 셀 수 없이 많은 가상 시스템에 모두 이 앨범을 장착해 놓은 상태였으므로, 그 앨범에서 이 곡만 뺀다는 것은 곧 세상 전체를 폭파시키는 것을 뜻했다.

뭐 꼭 그런 건 아니더라도 그 정도로 끔찍한 일이라는 거다.

나는 벽을 바라보며 나 자신에게 물었다. 어째서 이 문제만 나오면 지금도 이렇게 내가 예민하게 구는 걸까? 어째서 그렇게 많은 시간이 흘렀는데도 아이리스라는 이름이 이토록 나를 아프게 할까? 정확히 몇 년이 된 거지? 지금이 2014년이니 40년이 되었구나. 그것도 지금이 9월이니 꼭 40년이 되었네.

그런가? 그런데 날짜는 어떻게 되지? 기억이 나지 않았다. 나는 형에게 문자를 보냈다. 형도 기억을 못 했다. 형은 잭Jack 삼촌에게 전화를 걸었지만, 삼촌도 기억하지 못했다. 하지만 삼촌은 나의 외할아버지인 "개그스" 랭킨"Gags" Rankin의 장례식이 있었던 날이 9월 9일임은 기억해 냈다. 그날 삼촌이 자기 여동생이자 나의 어머니 아이리스를 마지막으로 보았던 것이다.

9월 9일은 하필 앨범이 출시되는 날이었다. 이 세상에 아무도 아는 이가 없는 일이지만, 〈Songs of Innocence〉는 내가 어머니와 마지막으로 이야기를 나누었던 날과 같은 날짜에 세상에 나오는 것이다. 이 기묘한 인연은 무엇일까? 이게 그냥 우연의 일치일까? 나는 이 우주가 만들어내는 모든 운율rhyme을 소중히 받아들이는 사람이다. 그래서 이 사건도 내가 옳은 일을 하고 있다는 증표라고 나를 위로했다.

Free yourself to be yourself
If only you could see yourself.

이 곡 가사의 이 구절, 즉 "자유롭게 너 자신이 되어봐"라는 부분이 어머니의 기억을 되돌리는 신비의 주문처럼 작동했다.

아이리스는 웃고 있었다. 어두운색의 곱슬머리처럼 그녀는 블랙 유머를 좋아했다. 사람들을 당황하게 만드는 너털웃음은 그녀의 약점이었다. 반면 아버지 밥Bob은 더블린 도심 출신의 남자였다. 한번은 그가 아이리스와 그녀의 여동생인 루스Ruth를 데리고 발레 공연을 보러 갔는데 아이리스는 남성 무용수가 무용복 아래 성기 부분에 차는 툭 튀어나온 박스를 보고서 웃음을 터뜨렸다. 물론 웃음소리를 죽이고 누르려고 애를 썼지만, 그 때문에 나오는 이상한 소리에 오히려 아버지는 더욱더 당황하고 창피해했다고 한다.

일곱 살 혹은 여덟 살 때의 일이었다. 나는 정말로 행실이 고약한 아이였다.

아이리스가 긴 막대를 들고서 나를 쫓아왔다. 그녀의 친구가 이 막대라면 내 몸 안에 깃들어 있는 악한 것을 몰아내어 말 잘 듣는 아이로 만들 거라 장담했다고 한다. 쫓아오는 모습에 나는 기겁해서 정원까지 도망갔다. 용기를 내어 뒤를 돌아보니 그녀는 허리가 끊어지도록 웃고 있었다. 아이에게 악한 것이 깃들어 있다느니 이를 몽둥이로 때려잡는다느니 하는 그런 미신 같은 이야기를 믿는 구석은 조금도 없었다.

또 다른 기억이다. 나는 부엌에 있었고 아이리스가 형의 교복을 다림질하는 것을 보고 있었다. 위층에서 아버지가 전동 드릴로 무언가 작업하는 소리가 들렸다. 우리의 DIY 아빠는 위층에 당신이 만든 선반까지 걸어두고 있었다.

갑자기 아버지의 비명이 터졌다. 인간이 아닌 동물의 울음소리였다.

"여보! 여보! 구급차 불러요!"

우리는 계단 쪽으로 달려갔다. 아버지는 전동 드릴을 손에 든 채 계단 위쪽에 서 있었다. 드릴로 본인의 사타구니에 구멍을 내버린 것 같았다. 작업 중에 드릴 끝이 비껴나갔고, 그는 이제 다시는 거기가 빳빳이 설 수 없을 거라는 공포에 빳빳이 얼어붙고 말았다. "내가 나를 고자로 만들었어!" 그는 울부짖었다.

나도 시더우드 로드 10번지의 거인인 아버지가 벌목 당한 나무처럼 쓰러지는 모습을 보고 충격으로 멍해졌다. 하지만 아버지 말이 무슨 뜻인지는 모르고 있었다. 아이리스는 물론 그게 무슨 뜻인지 알고 있었고 그녀 또한 충격 상태에 있었겠지만, 그녀의 표정만큼은 그런 얼굴이 전혀 아니었다. 그 얼굴은 터져 나오는 웃음을 참으려고 기를 쓰는 아름다운 여인의 얼굴이었으며, 그러다가 결국은 이기지 못하고 웃음을 터뜨려 버리고 마는 아름다운 여인의 얼굴이었다. 교회 예배 중에 불경한 못된 생각이 나서 웃음이 터지려는 것을 억누르고 억누르다가 결국 더 크게 웃음을 터뜨려서 대형 사고를 치고 마는 그런 대담한 소녀의 웃음소리였다.

그녀는 전화기로 갔지만, 허리가 끊어지도록 웃느라고 119 다이얼도 제대로 누를 수 없었다. 아빠의 부상은 회복되었다. 아빠 엄마의 결혼 생활도 별 탈 없었다. 집 생각이 나면 빙긋이 웃음 짓게 만드는 기억이다.

아이리스는 실생활에 강한 여인이었다. 그녀 자신도 상당한 DIY의 인간이었다. 커피포트의 플러그도 직접 교체할 줄 알았으며, 바느질에 능했다. 정말 기가 막힌 솜씨였다. 어머니는 옆집의 절친과 함께 아일랜드의 국영 항공 회사 에어 링구스Aer Lingus에서 청소부로 일하려고 했지만, 아버지가 이를 반대하자 파트타임으로 옷 만드는 일을 하셨다.

이 때문에 아버지와 어머니는 크게 싸움을 벌이셨다. 내가 기억하는 두 사람의 유일한 큰 싸움이다. 나는 내 방에서 엿듣고 있었는데, 어머니가 벌떡 일어서서 아버지 머리 위로 "당신이 내 주인이오?"라는 내용의 긴 설교를 퍼붓고 있었다. 공정하게 말하자면 아버지는 전혀 어머니의 주인이 아니었다. 아버지는 명령이 실패하자 이번에는 애걸하기 시작했고, 결국 이것이 먹혀서 어머니는 자기 친구들과 더블린 공항에서 일할 기회를 포기하고 말았다. 많은 세월이 흐른 뒤 순회공연을 마치고 더블린으로 돌아갔을 때 공항에서 일하고 있는 어머니의 절친들 오나Onagh와 위니Winnie를 만난 적이 있다. 참으로 아픈 기억이었다. 비록 아이리스는 떠났지만, 그 두 사람 곁에 어머니가 나란히 서 있는 모습이 어른거렸기 때문이다.

두 세인트 캐니스의 일요일 아침

Hold me close, hold me close and don't let me go.
Hold me close like I'm someone that you might know
Hold me close the darkness just lets us see
Who we are
I've got your light inside of me.

밥은 가톨릭교도였고 아이리스는 개신교도였다. 당시의 아일랜드 사회는 종교적 분파주의가 지배하고 있었거니와, 그들의 결혼은 그런 분파주의에서의 도피 행각이었던 셈이다. 밥은 아이들의 종교에 대해서는 어머니가 결정권을 가져야 한다고 믿었기에 일요일 아침에는 차를 몰아 나와 형을 어머니와 함께 핑글라스Finglas에 있는 세인트 캐니스 교회St. Canice's Church에 내려주곤 했다. 그러고는 성당으로 가서 미사를 드렸다. 그 성당의 이름 또한 세인트 캐니스 성당이었다.

헷갈리지 않느냐고? 맞다. 헷갈린다!

두 교회 사이의 거리는 1마일도 채 되지 않았지만, 1960년대의 아일랜드에서 1마일은 먼 거리였다. 당시로 보면 '개신교도들Prods'은 음악과 멜로디가 뛰어났던 반면 가톨릭은 무대 장치와 소품이 더 화려했다. 시더우드 거리에 살던 내 친구 개빈 프라이데이Gavin Friday는 "로마 가톨릭은 종교의 글램 록"이라고 말하곤 했다. 무수한 촛불에 사이키델릭한 색깔들(코발트블루, 주홍색, 보라색 등), 향로에서 뿜어나오는 연기 폭탄, 작은 종의 고리 등. "개신교도들"은 더 큰 종들을 활용하는 데에서 강점을 보였으니, 개빈의 말에 의하면 이는 "그들에게 그 종들을 사 올 돈이 있기 때문!"이라고 했다. 아일랜드 사람들의 상당수를 놓고 보면 개신교도들은 부유한 사람들이라는 것이었다. 그리고 부와 개신교 신앙 둘 중 하나라도 가지고 있다는 것은 곧 우리의 적인 영국인들의 부역자임을 뜻한다는 것이었다. 이는 1960년대와 1970년대에 만연했던 상당히 삐뚤어진 사고방식이었다. 사실을 보자. 아일랜드 성공회Church of Ireland는 영국에 맞서 일어섰던 가장 유명한 반란 지도자들을 다수 배출했다. 또 북아일랜드의 남쪽으로 보자면, 그 교인들은 어느 모로 보나 아주 평범한 사람들이었다. 너무나 겸손하고 너무나 친절한 사람들. 사실 이들은 종교적 편협성과는 거리가 먼 이들로서, 흠잡을 데라고는 너무 친절하다는 것밖에 없었다. 이들이 이따금 개최하는 바자회와 벼룩시장 같은 행사들에 가보면, 찾아온 사람들에게 너무 많이 먹여서 배를 터뜨려 죽이겠다는death-by-sticky-bun 느낌을 받게 된다. 아일랜드 성공회의 친절함은 사람을 죽음으로 몰고 갈 수도 있다!

우리 아빠는 자신이 혼인으로 인연을 맺은 이 영국 성공회 공동체에 대해 엄청난 경외심을 품고 있었다. 그래서 길 위쪽에 있는 세인트 캐니스 성당에서 미사를 드리고 나서 우리 쪽의 세인트 캐니스 교회로 돌아와 아내와 아이들이 나올 때까지 차 안에서 조용히 기다리곤 했다.

아이리스와 밥은 더블린 도심의 옥스만타운 로드Oxmantown Road 간선 도로 주변 지역에서 자랐다. 지역 사람들은 이 동네를 "황소 마을Cowtown"이라고 불렀는데, 수요일마다 농산물 직거래 장터가 열렸기 때문이다. 그 바로 옆은 피닉스 공원Phoenix Park이었으며 동네 사람들은 이 공원이 도시에 있는 공원으로서는 유럽에서 가장 크다고 자랑했다. 밥과 아이리스는 이 공원을 함께 걸으며 사슴이 맘껏 뛰어노는 모습을 보며 좋아했다. 밥은 "더브Dub"(이는 더블린 도심 주민들을 부르는 말이었다)답지 않게 공원에서 크리켓을 즐겼고, 그의 어머니인 휴슨 할머니Granny Hewson는 BBC 라디오를 틀어놓고 영국 크리켓 대회English Test matches에서 어느 쪽이 이기는지 귀 기울여 들으셨다.

아일랜드에서 크리켓은 노동계급 스포츠가 아니었다. 게다가 우리 아빠는 당신이 좋아하는 오페라 레코드를 사 모으기도 했고, 아내와 처제를 데리고 발레 공연까지 보러 간 사람이었다. 그리고 어머니가 친구들을 따라서 청소 일을 하려고 했을 때도 자기 아내가 "걸레질 아줌마Mrs. Mops"(아버지가 쓰던 말이었다)가 되는 꼴은 못 보겠다고 버텼던 사람이었다. 그러니 밥에게는 지적인 척하는 속물 냄새가 아주 약간이나마 묻어 있다는 것을 알 수 있다. 그는 자기 동네의 다른 사람들과는 관심사가 분명히 달랐다. 사실 그의 가족 전체가 조금 유별났을 수도 있다. 우리 아버지와 그 형제인 레슬리Leslie는 심지어 더블린 악센트도 거의 없이 말했다. 그들은 항상 마치 전화 교환수와 같은 어조와 목소리로 이야기했다.

아버지의 성인 휴슨Hewson 자체도 특이했다. 개신교도의 이름이기도 하고 가톨릭 신자의 이름이기도 하니까. 나는 예전에 영국 순회공연을 다니던 중 한 고급 술집에서 영국 왕 찰스 1세의 참수와 관련된 허가장charter을 본 적이 있었는데, 거기에 서명한 사람 중 존 휴슨John Hewson이라는 인물이 있었다. 공화파인가? 좋은 일이야. 그런데 크롬웰의 꼬붕이었던 것인가? 이건 싫다.

나는 꼬마 시절부터 아버지 쪽 핏줄은 좀 더 머리에 집중되어 있고 어머니 쪽 핏줄은 좀 더 몸에 집중되어 있음을 느꼈다. 아버지 쪽 사람들은 너무 생각이 과할 때가 있었다. 한 예로 우리 아빠는 초대를 받지 않는 한 형제자매들 집을 찾아가지 않았다. 자기를 보고 싶어 하지 않을 수도 있으니까. 우리 어머니는 아버지에게 그러지 말고 그냥 아무 때나 찾아가라고 말하곤 했다. 어머니 쪽 친척들은 항상 서로의 집에 수시로 드나들곤 했다. 뭐 어때요? 우리 다 가족인데. 어머니 쪽 사람들은 항상 하루 종일 깔깔 웃곤 했다. 아버지 쪽 사람들은 그 대신 항상 무언가에 대고 성깔을 부리는 데에서 재미를 찾았다. 그리고 성깔을 부리면 끝을 보는 편이었다.

나도 그런 성격이 좀 있는지 모른다.

양쪽 집안에 다른 점이 또 하나 있었다. 어머니 쪽 집안 사람들은 유전적으로 뇌동맥류에 걸리는 이들이 많았다.

어머니를 포함한 다섯 명의 자매 중 뇌동맥류로 세상을 떠난 이들이 세 명이었다. 그중 하나가 아이리스였다.

예수, 아이리스, 요셉!

우리 어머니는 내가 사람들 앞에서 노래하는 것을 딱 한 번 들었다. 내가 앤드루 로이드 웨버의 뮤지컬 〈요셉과 어메이징 테크니컬러 드림코트Joseph and the Amzing Technicolor Dreamcoat〉에서 파라오 역을 맡았을 때였다. 이 배역은 사실 엘비스 프레슬리를 모델로 삼아 그를 흉내 내야 했고, 나는 기꺼이 그렇게 했다. 나는 엘비스처럼 차려입고서 입술을 말아 올려 흉내를 냈고, 온 집안이 웃음바다가 되었다. 아이리스는 웃고 웃고 또 웃었다. 그녀는 내가 노래를 잘하고 음악적 재능이 있는 것을 보고 놀란 눈치였다. 이상한 일이었다. 기회가 있을 때마다 그렇다는 티를 내려고 애를 썼건만.

키가 피아노 건반 높이밖에 되지 않던 어린 시절부터 나는 피아노에 완전히 꽂혀 있었다. 우리 교회 예배당에 피아노가 한 대 있었고, 그걸 가지고 놀 시간이 주어지면 나는 이를 완전히 성스러운 시간으로 여겼다. 건반마다 무슨 소리가 나는지 알아내면서, 또 페달들을 발로 밟으면 어떤 일이 벌어지는지를 알아내면서, 나는 시간 가는 줄 모르고 피아노에 열중했다. 나는 댐퍼 페달로 반향을 내는 것이 무언지도 몰랐으므로 그렇게 단순한 동작 하나로 예배당이 큰 성당처럼 변하는 효과가 나는 것에 놀랐다. 내 손이 음정 하나를 누르고 그것과 맞아떨어지는 다른 음정의 건반을 찾고 또 찾으며 계속 더듬거리던 기억이 지금도 있다. 나는 내 머릿속에 멜로디들을 잔뜩 가지고 태어났으며, 그것들을 내 머릿속에서 끄집어내어 이 세상에 울려 퍼지게 할 방법을 찾고 있었던 것이다.

아이리스는 나에게서 그런 종류의 증후를 기대하지도 않고 있었다. 그래서 그런 증후가 나타나도 아예 보지 못했던 것이다.

아이리스는 낭만적인 사람이 아니었다. 그녀는 실용주의자였다. 자기 옷을 스스로 만들어 입는 검약의 태도가 몸에 밴 사람이었다. 우리 할머니가 피아노를 팔기로 했을 때, 나는 그 피아노가 우리집에 아주 잘 맞을 것이라고 엄마에게 온종일 노래를 부르고 다녔다.

"바보 같은 소리 그만. 우리집에 어디 피아노 들어갈 데가 있다고?" 우리 집에는 피아노 안 된다. 자리가 없다.

그다음에도 아이리스는 나의 음악적 재능을 알아볼 기회가 한 번 더 있었다. 내가 11살이 되자 부모님은 나를 도심에 있는 세인트 패트릭 성당 문법 학교St. Patrick's Cathedral Grammar School에 보냈는데, 이 학교는 소년 합창단으로 유명했다. 교장 선생님이었던 호너 씨Mr. Horner는 나에게 합창단에 관심이 있는지 물었다. 나는 가슴이 두근거렸지만, 아직 11살 소년이었던지라 나 자신도 확신이 없는 재능을 내세울 배짱이 없었다. 아이리스는 내가 어쩔 줄 몰라 하는 것을 감지하자 나 대신 대답했다.

"전혀 아니에요. 폴은 노래에는 전혀 관심 없습니다."

음악과 천생연분으로 맺어진 아들을 둔 어머니치고는 조금 이상한 행동이었고, 막내아들을 제대로 파악하지 못했다고 볼 수도 있지만, 나는 그렇게 생각하지 않는다. 아이리스는 있는 문제들을 해결하는 사람이었지 새로운 문제를 만드는 사람은 아니었다. 아이리스는 그저 실용주의자로 행동했던 것뿐이었다.

성당에서 신전으로

Once we are born, we begin to forget
The very reason we came
But you I'm sure I've met
Long before the night the stars went out
We're meeting up again.

1972년 9월, 나는 12살이었고 마운트 템플 종합학교Mount Temple Comprehensive School에서 첫해를 보내고 있었다. 그 전에 다녔던 세인트 패트릭 성당 문법 학교는 나에게도, 학교 차원에서도 불행이었다. 결국 결정적인 사고가 터졌다. 비디Biddy로 불리는 스페인어 교사가 있었는데, 내가 볼 때는 내가 한 숙제를 들추어보지도 않고서 다시 해오라고 퇴짜를 놓은 것이 분명했다. 나는 그녀의 행동이 완전히 폭력이라고 느꼈고, 그래서 내가 시작한 장난은 결국 나 자신도 폭력범으로 만들어 버렸다. 세인트 패트릭 성당은 아일랜드에서 가장 크고 웅장한 성당이며, 비디는 날씨가 좋을 때면 그 성당의 그늘이 드리워진 공원 벤치에 앉아 투명한 플라스틱 박스에 담은 도시락을 먹곤 했다. 학생들은 점심 시간에는 공원에 들어가지 못하게 되어 있었지만, 나는 어느 날 두어 명의 친구들과 공원 울타리를 넘어가 그녀의 도시락통 안으로 개똥을 집어던져 골인시키는 데에 성공했다. 우리들이 열심히 해놓은 숙제를 그녀가 개똥 취급했으니 그에 대한 복수였다. 개똥 일부는 아마도 그녀의 머리카락 속으로 들어갔을 것이며, 상황은 아주 험악해졌다. 비디는 자기 머리카락에 붙은 개똥 같은 이 쪼끄만 자식을 떼어내고 싶어 했으며, 그 학기가 끝날 무렵 아마도 내가 전학을 가는 쪽이 좋을 것임을 시사했다. 그렇게 마운트 템플로 가게 된 것이었다.

마운트 템플은 완전한 해방구였다.

이 학교는 종교와도 관련이 없었고 게다가 실험적인 남녀공학 학교였으니, 당시의 보수적인 아일랜드의 맥락에서 보면 아주 특이한 학교였다. 학급도 A, B, C로 되어 있지 않고 더블린의 철자를 따서 D, U, B, L, I, N으로 되어 있었다. 학생들은 모두 자기 개성을 추구하고 창의성을 발휘하도록 장려되었으며, 교복도 따로 없었다. 그 대신 여학생들이 있었다. 이들도 교복이 아니라 자기들 개성에 따라 옷을 입었다.

문제는 등교하려면 버스를 갈아타야 한다는 것이었다. 우선 서북쪽에서 버스를 타고 먼 거리를 달려 도심으로 온 뒤, 거기에서 다시 동북쪽으로 버스를 타고 나가야 했다. 할 수 없이 나와 친구 레기 마누엘은 자전거를 타고 다니기 시작했다. 끝없이 계속되는 경사길에 지친 우리들은 우유 배달차의 꽁무니를 붙잡고 따라가는 법도 배우게 되었다. 그 당시 레기와 함께 자전거로 등교하던 시절이야말로 내 인생에서 가장 자유롭다고 느낀 시절이었다. 하지만 날씨가 좋지 않으면 자전거를 탈 수 없으니 지루한 버스 등교를 참는 수밖에 없었다. 다른 보상도 있었다. 금요일에는 학교가 끝난 뒤에 시내로 가서 탤보트 스트리트Talbot Street에 있는 레코드 숍 돌핀 디스크Dolphin Discs에서 시간을 보낼 수 있었다. 스투지스Stooges의 〈Raw Power〉나 데이비드 보위의 〈Ziggy Stardust〉 앨범 커버를 실컷 구경할 수 있었다.

땅 위로 쓰러진 사람들

1974년 5월 17일 오후 5시 30분에 나는 돌핀 디스크 앞에 서 있지 않았다. 다른 이유는 없었다. 버스 파업 때문에 자전거를 타는 수밖에 없었다. 그날 탤보트 스트리트에서는 자동차 폭탄으로 돌핀 디스크 주변이 박살 나버렸고, 몇 분 간격으로 파넬 스트리트Parnell Street와 사우스 린스터 스트리트South Leinster Street에서도 폭탄이 터졌다. 이 공격은, 영국 영토인 북아일랜드 남쪽의 아일랜드 지역에도 테러의 맛을 보여주겠다는 얼스터 왕당파Ulster loyalist 극단주의 집단의 작전이었다. 마지막으로 모나건Monaghan에서 네 번째 폭탄이 터졌고, 최종적으로 사망자는 13명으로 집계되었다. 그중에는 임신한 젊은 여성도 있었고, 오브라이언 가족 전체, 홀로코스트 생존자 가정의 한 프랑스 여성도 있었다.

나는 그날 단지 총알 한 발 정도가 아니라 대살육을 피해 갔던 것이다. 구기의 11살짜리 동생, 국 팬츠 델라니Guck Pants Delaney라는 별명으로 불리는 앤드루 로언Andrew Rowen은 이를 피하지 못했다. 그와 그의 아버지 로비 로언Robbie Rowen은 파넬 스트리트에서 폭탄이 터졌을 때 현장에 있었다. 앤드루의 아버지는 사람들을 구하려고 나서면서 어린 앤드루를 가족 밴 차량 안에 두었다. 앤드루는 공포에 떨면서 자기 주변 사방에 갈가리 찢긴 채 널브러져 있는 사람들의 몸뚱어리를 지켜봐야만 했다. 오랜 세월이 지난 후 나는 'Raised by Wolves'라는 제목으로 그날을 다룬 노래를 쓰면서 앤드루에게 전화를 걸어 허락을 구했다. 잠깐만. 그가 말했다. 그가 다시 전화기로 돌아왔을 때 그는 자기가 그때 터진 자동차 폭탄의 파편 조각을 들고 있다고 말했다. 그는 그 폭탄의 작은 조각을 40년간 간직했던 것이다. 자신의 일부를 영영 앗아가 버린 트라우마의 증거물로서. 그가 한 말이었다. 그는 15세 때 자기가 일하던 자전거 가게를 털러 들어온 침입자들에게 총을 쏘면서 신문에 나기도 했다. 20세에는 헤로인 중독자가 되어 런던의 길거리를 헤매는 노숙자가 되었다. 내가 쓴 U2의 노래 'Bad'는 앤드루를 다룬 것이다.

달라이 라마에 따르면, 죽음에 대해 명상을 하지 않으면 삶에 대해서도 진정한 명상을 시작할 수 없다. 어두운 이야기지만 분명히 일리가 있는 말씀이다. 유한성과 무한성은 인간 경험의 두 축이다. 우리가 행하고, 생각하고, 느끼고, 상상하고, 토론하는 모든 것들은 우리의 죽음이 종말인가 아니면 새로운 시작인가에 대한 관념의 틀 안에 있다. 아무런 신앙도 갖지 않으려면 엄청난 신앙이 필요하다. 죽은 뒤의 삶을 암시하는 고대의 경전들을 뿌리치기 위해서는 아주 강한 인격을 형성하지 않으면 안 된다.

이런 이야기들이 추상적으로 들릴지도 모른다. 하지만 14살의 나에게는 모두 뼈저리게 구체적인 이야기였다.

현실일까 가위에 눌린 것일까

1974년 9월 9일 월요일, 나는 14살이었다. 포켓볼에서 흰 공으로 삼각형을 깰 때처럼 사람들은 사방으로 흩어졌고, 어머니를 팔에 안은 아버지는 그 사이로 달려갔다. 병원으로. 어머니가 외할아버지의 장례식에서 입관 절차를 지켜보다가 그대로 쓰러지고 말았던 것이다.

"아이리스가 기절했어. 아이리스가 기절했어."

이모들, 사촌들이 저마다 이야기했다. 그들의 목소리가 나뭇잎을 흔드는 미풍처럼 사방에 돌아다니고 있다. "괜찮을 거야. 괜찮을 거야. 그냥 기절한 거야."

그녀가 그녀가 그녀가…. 바람이 속삭인다. 기절을 기절을 했어…. 아아 아이이이리이이스가아아 기절했어. 나도 누구도 생각은커녕 눈조차 깜빡이지 못하고 있을 때 아버지는 이미 아이리스를 자가용 뒷자리에 태웠고, 21세의 형 노먼은 운전대에 앉아 총알같이 차를 몰고 나갈 준비를 하고 있었다. 하지만 그날의 비극은 피할 수 없는 것이었다. 나는 사촌들과 함께 장례식에 남아 외할아버지의 마지막 가는 길을 마저 지켜보았고, 그다음 다 함께 외할머니 댁으로 돌아왔다. 카우퍼 스트리트Cowper Street 8번지에 있는 우리 외할머니 댁의 작은 부엌은 샌드위치, 비스킷, 차를 만들어내는 공장이 되었다.

위층에 방 두 개, 아래층에 방 두 개에 욕실/화장실은 별채에 있는 작은 집은 무수한 사람들로 붐볐고, 게다가 이들을 다 배불리 먹이는 기적까지 벌어졌다.

그 바로 사흘 전 밤, 외할아버지께서는 50번째 결혼기념일을 맞아 마이클 피니건Michael Finnegan 춤곡을 부르며 춤까지 추셨다. 화장실은 별채에 있는데 외할아버지가 술을 너무 많이 드셨다 보니 자식들은 혹여나 밤중에 깨어나 곤란해하실까봐 걱정했다. 그래서 외할아버지 침대 옆에 요강 삼아 양동이를 놓아 드렸다. 외할아버지는 그 양동이를 걷어차시고 이 세상을 떠나셨다. 그렇다. 50회 결혼기념일 밤에 심각한 심장마비가 와서 글자 그대로 '양동이를 걷어차신kick the bucket' 것이다.

그날 어머니 쪽 집안의 모든 형제자매 사촌들까지 이 작은 붉은 벽돌집에 꾸역꾸역 모여들었다. 비록 외할아버지의 장례식날이고 아이리스가 기절했지만, 우리 아이들은 여전히 마구 뛰어다녔고 사촌들과 깔깔거리며 웃고 놀았다. 그러다가 거칠게 문이 열렸다. 막내 이모이자 어머니의 절친인 루스가 그녀의 남편인 테디Teddy와 함께 문을 박차고 들어온 것이다. 테디는 눈물을 흘리고 있었다.

"아이리스가 죽는대요. 아이리스가 죽는대요." 그가 말했다. *"아이리스가 뇌졸중이래요."*

테디 이모부는 엉엉 소리 내 울기 시작했지만, 모두가 그를 둘러싸고 모여들어 어떻게 된 영문인지 캐물었다.

아이리스는 8명 자식들 중 한 명이었으며, 자매는 네 사람(루스, 스텔라Stella, 팻Pat, 올리브Olive) 그리고 형제는 세 사람이었다(나이 많은 순으로 클로드Claude, 알렉스Alex, 잭). 잭은 바바라Barbara와 결혼했고 그 부부는 우리집과 워낙 가까이 지내어 휴가 때에 여행도 함께 가곤 했다. 잭과 바바라는 루스와 테디 부부와 이야기를 나누었다. 나는 바바라의 얼굴을 올려다보았다. 바바라는 우리 어머니 일이라면 팔을 걷어붙이고 나서는 이였으며, 나는 그녀의 얼굴에서 엄청난 무게의 수심을 읽어냈다. 지구의 중력이 두 배로 늘어나는 느낌이었다.

바바라는 쓰러지려고 했다. 루스는 어머니와 나이도 제일 가까울 뿐만 아니라 여러 많은 것들을 함께했던 이모였다. 루스는 곧바로 맏언니 노릇을 하면서 상황을 정리하기 시작했다.

이 모든 일이 벌어진 순간, 누군가가 나도 거기에 있다는 것을 깨달았다. 아이리스의 막내아들인 내가 바로 그 순간에 그런 식으로 소식을 듣는 것은 적절치 못한 일이었을 것이다. 하지만 어쨌든 일은 벌어지고 말았다. 나는 14살에 불과했지만 이상할 정도로 평정을 유지했다. 나는 이모들과 삼촌들에게 모든 일이 괜찮아질 거라고 말했다. 하지만 아니었다. 괜찮아질 일이 아니었다.

모든 일이 다 달라질 것이었다.

사흘 후 형 노먼과 나는 어머니에게 작별 인사를 하러 병원으로 갔다. 그녀는 간신히 마지막 숨을 지키고 있었다. 우리 마을의 성직자인 시드니 랭 Sidney Laing이(당시 나는 그의 딸과 사귀는 중이었다) 그 자리에 있었다. 루스는 병실 밖에서 엉엉 울고 있었다. 바바라도 마찬가지였다. 아버지도 마찬가지였고, 그의 눈은 어머니의 눈만큼도 살아 있는 사람의 눈 같지 않았다. 노먼과 내가 들어선 응급실은 마치 우주전쟁이 벌어진 것처럼 오만가지 기계소리로 소란했지만 아이리스는 아주 평화로워 보였다. 그녀의 생명이 이미 많은 부분 그녀를 떠났다는 사실을 도저히 받아들일 수가 없었다. 겨자씨만 한 믿음만 있어도 산을 움직일 수 있다는 성경 말씀을 떠올려 보았다. 하지만 이 산은 내 엄마의 죽음이며, 이는 무슨 짓을 해도 미동조차 하지 않을 일이었다. 우리는 그녀의 손을 잡고 안녕 인사를 했다. 딸깍하는 소리가 났지만 우리는 듣지 못했다. 스위치 소리였다. 아이리스의 생명을 유지해주던 장치가 꺼졌다. 전기가 나갔다. 번뇌의 속세에 묶어주던 고리가 끊어졌다. 그녀가 떠났다.

The stars are bright but do they know
The universe is beautiful but cold.

옛 흑인 영가의 제목처럼, 나도 때로는 엄마 없는 아이 같다는 느낌이 든다. 엄마를 잃는다는 게 어떤 것인 줄 아는지? 아이의 마음속에는 어머니가 자기를 버리기로 선택했다는 느낌과 생각이 들게 된다는 것을 아는지?

버림을 받았다는 느낌은 아마도 피해망상증의 뿌리일 것이다. 존 레넌, 폴 매카트니, 밥 겔도프, 존 린든John Lyndon 등 많은 로큰롤 가수들이 어린 나이에 어머니를 잃었다. 무언가 공통점이 있음에 틀림없다. 한 친구는 버림받았다는 느낌이 힙합에서도 비슷한 의미를 갖는다고 말해주었다. 아버지에게 버림받았다는 느낌이 힙합의 동력이라는 것이었다.

노래는 이어진다: 아이리스에서 앨리로

거대한 드럼 소리, 거대한 주제들, 거대한 감정들. 나는 언제나 거대한 음악을 사랑했다. 노래는 나의 기도다. 노래는 내가 사는 집이다. 노래를 집으로 삼아 살게 된 이상 노래에 많은 방이 있기를 바랄 수밖에 없다. 그래야 다양한 측면의 정서 생활이 자기에게 맞는 방에 담길 수 있으니까. 내가 시더우드 로드 10번지에 사는 소년이었던 시절 표출하지 못했던 많은 감정들은 그 이후 U2의 노래들로 표출되게 된다.

이 노래들은 내가 사는 집이 되었다.

'아이리스'라는 노래를 쓰는 가운데 나는 내가 노래하는 대상이 나의 어머니에서 나의 아내 앨리로 넘어가는 것을 느끼게 되었다. 이해할 수 있는 일이다. 하지만 용서할 수 없는 일이기도 하다. 사랑하는 여인을 자기 어머니로 만드는 일은 남자가 절대로 해서는 안 되는 짓이다. 이기적인 남자들이 항상 이걸 이용해서 여자를 착취하고, 또 정이 많고 따뜻한 마음을 가진 여자들은 항상 여기에 넘어가게 마련이다. 그런데 이 곡을 쓰는 동안 그런 일이 벌어진 것이다. 나는 아이리스를 노래하려고 했는데 불현듯 그게 아니게 된 것이다.

You took me by the hand
I thought that I was leading you
But it was you made me your man
Machine
I dream
Where you are
Iris standing in the hall
She tells me I can do it all.

크라프트베르크Kraftwerk의 앨범 〈The Man-Machine〉은 내가 앨리에게 제일 처음 사 준 선물이었다. 앨리는 그녀의 아버지가 수집한 조용한 발라드 음반들을 주로 듣는 듯했다. 당시의 나로서는 알 수 없었지만, 앨리는 어머니가 세상을 떠난 후 나를 정말로 믿어주는 단 한 사람이 된다. 당시의 나로서는 알 수 없었지만, 긴 세월이 지나 아버지가 세상을 떠나셨을 때 앨리는 내가 아이리스의 죽음을 아버지 탓으로 돌리고 있었다는 것을 설명해주었다. 그리고 내 안에 도사리고 있는 분노, 지금 이 순간도 여전히 나를 집어삼킬 듯이 이글거리는 이 분노의 뿌리가 바로 거기에 있다는 것도 설명해주었다.

Iris playing on the strand
She buries the boy beneath the sand,
Iris says that I will be the death of her
It was not me.

그 분노는 바로 로큰롤이다.

사람을 살아 있게 만들어 무대로 끌어내는 분노. 매일 밤 로큰롤을 노래하며 그것을 통과하고 그것에 도달하게 만드는 분노.

나는 그녀를 죽이지 않았다. 당신이 죽였다. 그녀를 무시하고 저버린 것은 당신이다.

하지만 나까지 무시하고 저버릴 수는 없어!

아이리스.

이제 더 이상 내가 노래하는 것이 아니다. 노래가 나를 노래하고 있다.

공연예술가라면 자의식으로부터 벗어나는 여행이야말로 가장 중요한 여행이며, 또 가장 어려운 여행이기도 하다. 하지만 그걸 제대로만 해낸다면, 무대는 정말로 편하게 뒹굴 수 있는 곳이 되며, 당신은 모종의 기묘한 방식으로 완전한 당신 자신이 된다.

아일랜드 시인 윌리엄 버틀러 예이츠William Butler Yeats는 이것을 이해했다.

오 음악에 내맡긴 신체여, 오 빛을 발하는 시선이여,
춤과 춤추는 이를 어찌 떼어놓을 수 있으랴.

5
GUGGI
10
Home of BONO
'a baritone who thinks he is a tenor'
CEDARWOOD ROAD
and BOB HEWSON an actual tenor
140
MR FRIDAY 2U

4

Cedarwood Road

시더우드 로드

I was running down the road
The fear was all I knew
I was looking for a soul that's real
Then I ran into you
And that cherry blossom tree
Was a gateway to the sun
And friendship once it's won
It's won . . . it's won.

아버지는 테너였다. 정말 정말 훌륭한 테너였다. 노래를 불러 사람들을 감동시킬 수 있었다. 그런데 사람들을 음악으로 감동시킬 수 있으려면 먼저 자기 스스로가 음악에 감동할 수 있어야 한다.

아버지가 시더우드 로드의 우리집 거실에 서 있는 모습이 눈에 선하다. 어머니가 뜨개질바늘을 양손에 들고 전축 앞에 서 있는 모습. 그는 지휘자다. 베토벤과 모차르트를 지휘한다. 또 리하르트 슈트라우스의 '네 개의 마지막 노래'를 부르는 엘리자베스 슈와르츠코프Elizabeth Schwarzkopf를 지휘한다.

지금은 〈라트라비아타〉를 듣고 있다. 눈을 감은 채. 황홀경에 빠져.

음악에 도취된 그는 지금 이 세상 사람이 아니다. 그는 〈라트라비아타〉의 스토리를 정확히 모르지만 마음으로 다 느끼며, 인간의 감정이 정의롭지 못하다는 것도 감지한다. 하지만 내가 거실에 들어와 자신을 보고 있다는 사실은 눈치채지 못한다. 그의 머릿속에 울려 퍼지고 있었던 오페라가 무엇이었는지는 나중에야 알게 되었지만, 음악만이 그에게 세속 잡사를 깨끗이 잊게 해줬다는 것만큼은 이미 그 당시에도 잘 알고 있었다. 그는 다른 것들에는 그렇게 큰 주의를 기울이지 않았다.

어린아이를 만인의 주목을 한 몸에 받으며 스타디움에서 노래하는 가수로 만드는 방법은 별로 없다. 우선 칭찬이라는 방법이 있다. 네 목소리는 정말 대단해. 온 세상이 네 목소리를 들어야 해. 너의 '숨은 천재성'을 숨겨서는 안 돼. 또 다른 방법은 완전히 무시해 버리는 것이다. 이쪽이 더 효과적일 수도 있다. 뛰어난 테너인 아버지가 어째서 자기 아들의 목소리에 그토록 무관심했는지는 설명하기 어려운 일이지만, 아들이 가수가 되는 데에는 그 무관심이 아마도 아주 결정적인 역할을 했을 것이다.

어머니가 세상을 떠난 후, 시더우드 로드의 우리집은 그 자체가 하나의 오페라가 되었다. 그 전에 TV를 향해 소리를 지르는 데에 익숙했던 세 남자가 이제는 서로를 향해 소리를 지르게 되었고, 나는 그런 집에 갇혀 버린 상태였다. 우리들은 모두 분노와 우울감에 빠져 살고 있었고, 우리들의 삶 자체가 미스터리와 멜로드라마였다.

그 오페라의 주제는 아이리스라는 여인이 사라졌다는 것이었다. 그녀의 이름을 말해야 하는 순간이 될 때마다 온 집은 침묵에 휩싸였으며, 그러면 그 침묵의 긴장을 더욱 고조시키라도 하듯 음악 소리가 차오른다. 결국 아무도 그녀의 이름을 절대 입에 올리려 하지 않는다. 이 남자들은 그런 식으로 자기들의 슬픔을 다루려고 했던 것이다. 마치 그런 이름은 애초부터 존재하지 않았던 것처럼 행동하기.

마치 아이리스라는 사람은 존재하지 않았던 것처럼.

이렇게 세 남자는 그 이름에 대해 절대로 이야기하지 않는 것으로 자기들 슬픔을 달래려 한다. 그중 하나인 나는 아직 소년에 불과했고, 이런 집 분위기 때문에 어머니에 대한 기억이 지금도 거의 남아 있지 않다. 침묵의 강이 흘러 그녀를 너무나 깊숙이 땅속으로 묻어버렸으므로 지금 와서 아무리 강바닥을 긁어봤자 생각나는 것이 거의 없다. 그 소년은 그 침묵의 강물에 익사할 뻔했지만, 그 형이 던져준 밧줄로 겨우 살아났다.

형은 밧줄로 동생을 당겨 뗏목 위로 끌어 올렸고, 뗏목은 소년을 강가로 데려갔다. 그 뗏목은 바로 기타였으니, 이는 그 소년의 목숨이자 무기였다.

우리 형 노먼은 고장 난 물건이라면 뭐든지 척척 고치는 재주꾼이었다. 나아가 자기 주변에 있는 것들은 무엇이든 분해했다가 조립해 내는 엔지니어 기계공이었다. 그가 모는 오토바이 엔진, 벽시계, 라디오, 스테레오, 정말로 뭐든지 싹 다. 노먼은 기술도 좋아했고 음악도 좋아했으니, 그 두 취미는 우리집의 '좋은 방'의 탁자 한가운데에 아주 자랑스럽게 떡하니 자리를 잡고 있었던 커다란 소니 크롬 릴-투-릴 테이프리코더에서 교차하고 있었다. 노먼은 혁신가였고, 릴 테이프리코더가 있으면 계속 음반을 살 필요가 없다는 것도 금방 깨달았다. 어떤 음반이든 친구에게서 한 시간만 빌리면 영원히 자기 것으로 간직할 수 있으니까. 1970년대 초 나의 삶은 형이 마련해 놓은 여러 노래들과 앨범들의 방대한 컬렉션에 푹 빠져 있었다. 비틀스에서 롤링 스톤스, 더 후, 나아가 밥 딜런, 레너드 코헨Leonard Cohen, 닐 영Neil Young과 같은 포크 가수들을 거쳐 급기야 데이비드 보위까지.

노먼은 나보다 일곱 살이 많았고, 내가 마운트 템플에 다니던 무렵 이미 직장을 다니고 있었기에 내가 학교에서 집으로 돌아오면 내 유일한 벗은 릴 테이프리코더였다. 늦은 오후가 되면 배가 고파 죽을 지경이었지만 그래도 나는 내가 어디에 있는지 심지어 내가 누군지조차 잊을 수 있었다. 나도 아버지와 똑같이 전축 앞에 서서 집에 불이 나도 모를 정도로 오페라에 빠져들었다. 더 후의 오페라 〈Tommy〉. 록 오페라. 그러다 보면 부엌에는 석탄 연기가 가득 차서 거실까지 흘러들곤 했다.

노먼은 기타 치는 법도 가르쳐 주었다. C코드와 G코드 그리고 F코드는 한 손가락으로 두 줄을 짚어야 하므로 훨씬 어려웠다.

싸구려 엉터리 기타에서 자주 있는 일이지만, 기타 줄이 지판에서 높이 떠 있으면 특히 어려웠다. 그래도 나는 형의 지도 아래에 'If I Had a Hammer'와 'Blowin' in the Wind' 같은 곡들을 치는 법을 배웠다. 또 형이 가지고 있는 비틀스 노래 모음집 덕분에 기타 실력은 더욱 늘었다. 그 책에는 기타 코드와 악보뿐만 아니라 비틀스 노래들에 대한 초현실적인 그림들로 가득 차 있었다. 내 친구 구기는 그 이미지들을 따라 그리려 했지만, 나는 형의 기타를 가지고 'I Want to Hold Your Hand', 'Dear Prudence', 'Here Comes the Sun' 등을 치는 법을 익혔다.

노먼과 나는 정말 많이 싸웠다. 형은 성깔이 고약했지만 아빠와 마찬가지로 명민한 소년으로, 사실 대학에 진학했어야 했다. 그는 "고등학교High School"라는 단순한 이름으로 불리던 아주 명망 있는 학교에 장학금을 받고 들어갔다. 이 학교는 수학과 물리학에 특화된 개신교 중등학교였으며, 특히 아일랜드 시인 윌리엄 버틀러 예이츠의 모교로 유명했다. 하지만 노먼은 학교에 전혀 적응하지 못했다. 교복도, 교과서도 중고였던 데다 가톨릭 신자인 아버지까지 두고 있었기 때문이다. 게다가 더블린의 사우스사이드Southside 지역 출신 개신교도 학생들에 대해 열등감도 느끼고 있었다.

노먼은 가끔 우울함에 사로잡힐 때도 있었지만 천성적으로 낙천적이고 쾌활한 학생이었다. 그는 어머니와 친했다. 나는 그가 아이리스에게 자기가 좋아하는 여학생들에 대해 털어놓고 또 어떻게 접근하면 좋을지 이야기하는 것을 엿들은 적이 있다. 아이리스가 그의 여드름을 짜주던 모습도 기억난다. 아이리스도 노먼처럼 뛰어난 수리공이었지만, 그녀가 수리해주는 건 기계가 아니라 우리의 마음이었다.

아무도 모르는 내 찐따 같은 모습

내가 체스 두는 법을 언제 배웠는지는 기억이 나지 않지만, 장소는 더블린 외곽의 북쪽 해변에 있는 러쉬Rush라는 해안가 마을이었을 것이다. 랭킨 외할아버지는 기차의 낡은 객차 한 칸을 가지고 있었고, 그것을 여름용 오두막으로 개조하여 쓰고 있었다. 그 '오두막'에서는 별로 할 일이 없었다. 페이션스patience나 22와 같은 카드 게임도 있었지만, 순전히 운수로 좌우되는 게임에는 어렸을 때부터 별로 흥미를 느끼지 못했다. 내가 주로 관심을 둔 대상은 아빠였다. 그래서 아빠가 골프를 치거나 책을 읽거나 처남들과 놀 때가 아니면 아빠의 관심을 끌어보려고 애를 썼다. 아빠의 애정에 정말 목말라 있었던 것이다. 아버지와 선창가를 걷던 기억, 내 목을 쓰다듬던 아빠 손의 따뜻함이 지금도 기억난다.

내가 8살인가 9살인가 되었을 때 아버지는 체스 두는 법을 가르쳐 주었다. 나는 여러 체스 말들의 순열과 조합을 금세 익혔고, 정석대로 진을 펼치는 법을 배우기도 전에 스스로 방법을 만들어내기 시작했다.

처음에는 아버지가 내게 일부러 져주는 줄 알았지만, 나중에는 그게 아니라는 것을 알게 되었다. 아, 이거야. 아빠가 다른 생각을 하고 있을 때 그 관심을 *나에게* 돌리는 좋은 방법이야. 아빠를 이겨버리는 거야! 밥은 지는 것을 싫어했는데, 아마 나도 지는 게 싫은 일이라는 것을 그때 배웠던 것 같다. 체스를 두면서 나는 내 삶의 가장 중요한 교훈 하나를 알게 되었다. 체스는 운에 맡기는 게임이 아니라 전략으로 만들어가는 게임이며, 전략이 괜찮다면 운수는 보통 문제가 안 된다는 것이다. 심지어 아주 나쁜 운수라고 해도 극복할 수 있다는 것이다.

나의 10대는 여학생들과 음악이라는 두 개의 거대한 힘으로 처참히 박살이 나기도 했고 또 드높은 고양을 경험하기도 하는 일들로 가득 차기도 했다. 하지만 그렇게 되기 오래전 나는 이미 동네의 체스 선수들과 몰래 화려한 삶을 이루고 있었다. 한 명은 시더우드 로드의 두 번째 집에 사는 니얼 번Niall Byrne이었고, 다른 한 명은 시더우드 공원에서 만난 조셉 마크스Joseph Marks였다. 정말 영리했고 또 재미있는 아이들이었다. 우리들의 실력이 늘자 우리는 주변에서 적수를 찾기가 힘들어졌고, 그래서 어른들의 체스 토너먼트에 나가기 시작했다. 우리가 체스판에서 어른들을 이기기를 얼마나 신나게 즐겼는지 길게 설명할 필요는 없을 것이다. 그건 게임 시작부터 우리들을 얕잡아보고 신문을 읽으면서 체스를 두는 어른들의 코를 납작하게 만드는 것이다. 특히 내가 즐겼던 것은 시간제한 체스lightning chess였다. 10살짜리가 거기에 앉아서 나이가 다섯 배 많은 아저씨를 약 올려가며 체스판을 주도한다…. 이건 완전히 차원이 다른 재미였다.

그러다 차츰 깨닫게 되었다. 나는 많은 사람들이 어렵게 여기는 것들을 아주 손쉽게 할 줄 아는 반면, 다른 사람들이 쉽게 할 줄 아는 많은 것들을 어렵게 여긴다는 걸. 난독증은 분명 아니었다. 책을 읽는 데는 문제가 없었으니까. 학교 공부를 못 따라간 건 아니었지만, 우수한 성적을 받지는 못했다. 세인트 패트릭 학교에 다니다 마운트 템플로 전학한 뒤 성적이 나아졌지만, 아이리스가 세상을 떠난 뒤로 모든 집중력이 사라져 버리고 말았다.

선생님마다 한탄했다. 너희 아버님이 쓰신 편지는 이렇게 달필로 되어 있는데 어째서 너는 글씨가 그 모양이냐고. 어떻게 에세이를 쓰면서 한 부분 전체를 빼먹고도 모를 수가 있는지, 고등수학은 곧잘 하면서 왜 중등수학은 못하는지 등을 따져 묻곤 했다. 나도 설명할 수가 없었다.

나는 시와 역사를 좋아했지만 내 친구들만큼 명민하다고 느끼지는 못했고, 내가 바보가 아닐까 하는 생각이 들기 시작했다. 그리고 그것 때문에 화가 나기 시작했다. 내 마음속 깊은 곳에는 내가 그냥 평범한 학생이 아닐까 하는 두려움이 도사리고 있었다. 사실 훗날 내 인생은 우리 중 평범한 사람은 아무도 없다는 생각을 전달하는 일이 중심을 차지하게 된다. 시인 패트릭 카바나크Patrick Kavanagh의 말을 빌자면, "신께서 만드신 모습 그대로를 받아들이기만 한다면, 세상에 범상한 사람이란 아무도 없다"는 것이다. 하지만 그때의 나는 이를 전혀 모르고 있었다.

결국 나는 모든 면에서 자신감을 잃어가고 있었다. 체스를 두는 것도 그만두었다. 좋아하지 않아서가 아니라, 체스가 '쿨하지 못하다'는 생각이 들어서였다. 어머니라도 있었으면, 정말로 쿨한 것 중 '쿨해 보이는' 것은 없다는 진리를 가르쳐 주었겠지만, 나에게는 그럴 사람도 없었다.

아버지와 나는 체스판을 떠나서 일상 대화에서도 다투는 관계였다. 나는 항상 불손하게 말했고 참다못한 아버지는 폭발하는 일이 많았다. 우리는 어머니가 죽기 전에도 많이 싸웠지만, 그 후에는 더 싸웠다. 훨씬 더 많이. 물론 싸움은 주로 말다툼이었다. 아버지는 내가 좀 맞아야겠지만 당신이 참는다고 말씀하시곤 했다. 그나마도 가끔 있는 일이었다. 사실 내가 14살이 된 이후로는 아버지도 그렇게 해봐야 본인만 손해라는 것을 잘 알고 있었다. 그랬다가 결과가 어디로 튈지 모르는 일이었으니까. 하지만 형 노먼은 버릇없는 나를 놔두지 않았다. 그가 퇴근하고 집에 오면 나는 숙제도 하지 않고 차도 끓여놓지 않고 텔레비전 앞에 늘어져 있을 때가 많았다. 그러면 그는 내게 듣기 싫은 소리를 했으며, 나도 지지 않고 똑같이 갚아주었다. 아마 노먼과 내가 결국 마당을 뒹굴며 한판 싸움을 벌이고 말았던 것 같다. 아버지도 몇 번은 나를 세게 후려치다시피 한 적이 있었지만, 나는 거기에 절대 맞서 싸우지는 않았다. 아버지를 꽉 잡은 적은 몇 번 있었지만.

Sleepwalking down the road
I'm not waking from these dreams
Alive or dead they're in my head
It was a warzone in my teens
I'm still standing on that street
Still need an enemy
The worst ones I can't see
You can . . . you can.

하지만 아버지와 아들의 관계에는 뭔가 묘한 것이 있다. 공기로 된 방울 같기도 하고 모종의 벽 같기도 한 그것을 만약 아들 쪽에서 아버지 쪽으로 터뜨려 버리게 된다면 관계는 다시 돌이킬 수 없게 된다.

형은 화가 나 있었다.

아버지도 화가 나 있었다.

나도 화가 나 있었다.

내 분노의 일부는 내 속에 무언가가 있는데 그걸 찾아내지 못하고 있다는 데에서 왔다. 분명히 뛰어난 무언가를 갖고 있지만 그걸로 학교에서 두각을 나타낼 수 없다는 것이었다.

하지만 어머니에 대한 분노도 있었다. 그녀가 쓰러졌던 날, 나는 그녀가 꼭 일어나 줄 거라는 믿음을 가지고 있었지만 그녀는 그러지 못했다. 나는 이모들에게도 어머니가 꼭 일어나실 거라고 했다. 그래서 우리 모두 다 괜찮을 거라고 말하면서 오히려 이모들을 위로했던 것이다.

하지만 기도란 본래 기도하는 이가 원하는 방식으로 항상 응답이 오지는 않는다. 그때의 나는 그 점을 알지 못했다.

이것이 내가 가진 분노의 일부였으며, 심지어 어머니가 죽고 집이 박살 난 것에 대해 아버지도 가장으로서 책임을 져야 한다는 말도 안 되는 생각까지 가지고 있었던 것 같다.

우리 모두가 이런 어려움에 처했다면 탓할 건 당연히 아빠지.

밥은 오페라였다

아버지 밥 휴슨 자신도 그토록 음악을 사랑하는 이였지만, 우리집에 피아노를 들여놓아야 한다는 이야기는 그의 아내와 마찬가지로 전혀 꺼내지도 않았다. 또한 내 음악 생활이 잘 되어가는지도 전혀 물은 적이 없다. 그는 오페라 이야기를 즐겼지만 아들들과는 하지 않았다. 그는 셰익스피어를 읽었고, 그림도 그렸으며 연극에서 연기도 맡았다. 더블린의 노동계급으로서 이런 일이 전례가 없는 것까지는 아니지만 그래도 흔한 일은 결코 아니었다. 그는 취향으로 보면 거의 희귀종이었던 셈이다.

하지만 무엇보다 그가 큰 열정을 가진 건 음악이었다. 아이리스가 세상을 떠난 뒤 오랫동안 그는 친척들이 모인 자리에서 느닷없이 크리스 크리스토퍼슨Kris Kristofferson의 'For the Good Times'를 부르기 시작해 좌중을 울음바다로 만들곤 했다. 그 노래 가사인 "저는 잘 지낼 거고 당신은 새로운 사람을 만나겠죠" 운운의 이야기는 아마 어머니 시점에서 불렀을 것이었다. 그는 가성의 고음으로 노래를 불러 사람 마음의 껍질을 삶은 달걀 깨듯 쉽게 깨고 들어가는 재주를 갖고 있었다. 정말 멋진 테너였으며, 한번은 나더러 "자기가 테너인 줄 아는 바리톤"이라고 말한 적이 있었다. 이건 정말 제일 심한 공격에 속하는 말이지만, 상당히 정확한 말이기도 하다.

나는 자기가 테너인 줄 아는 바리톤, 맞다.

나는 아빠와 오페라를 생각하면 항상 그가 〈라트라비아타〉나 〈토스카〉에 빠져들어 있는 모습을 바라보던 일이 생각나며, 보다 나중에는 그가 쿨록 뮤지컬 동아리Coolock Musical Society의 무대에 올라 얼굴에 오렌지색 메이크업을 떡칠하고서 〈The Mikado〉에서 〈H.M.S. Pinafore〉에 이르기까지 모든 노래를 다 부르던 모습이 생각난다. 하지만 그것만이 아니다. 아빠와 오페라를 생각하면, 나는 항상 고통스러운 감정으로 복잡해진다. 아버지는 가볍고 즐거운 경가극light operar를 부르셨을지 모르지만, 막상 본인은 그런 경가극의 인물이 아니었다. 그리고 나와 아버지의 관계는 그야말로 '오페라적'이었다는 말이 어울렸다. 나는 분노에 찬 10대였으며, 그는 분노에 찬 성인, 그것도 어린 10대 소년을 전혀 다룰 줄 모르는 전형적인 아일랜드 남자였다. 그는 전형적인 그 시대의 남자로서 자기 아이들에 그다지 관심이 없었지만 이제 홀아버지가 되었고, 그 상황에서 벗어나고 싶어 했다. 나는 그의 관심을 얻는 데에 관심을 두었지만, 나 또한 공연예술가의 씨앗을 품고 있었으니 모든 공연예술가가 그렇듯 무시당하기를 좋아하지 않았다.

If the door is open it isn't theft
You cannot return to where you've never left
Blossoms falling from a tree, they cover you and cover me
Symbols clashing, bibles smashing
You paint the world you need to see

Sometimes fear is the only place we can call home
Cedarwood Road.

이런 멜로드라마 스토리라인은 뻔하다. 아들은 어머니 죽음과 가정생활 파탄을 아버지 탓으로 돌린다. 어린 수사슴은 늙은 수사슴을 공격한다.

부친 살해. 정가극에서나 나오는 테마다. U2의 음악은 사실 진짜 로큰롤과는 전혀 거리가 멀다. 비록 현대적인 옷을 입고는 있지만 사실은 오페라다. 당대에 유행하는 팝 음악에 담긴 거대한 음악, 거대한 감정들.

자기가 바리톤이라는 것을 결코 인정하지 않으면서 앞에 나와 설치는 테너. 거인의 노래들을 부르는 작은 남자.

그 작은 남자는 설명할 길 없는 것을 설명하려고 기를 쓰며 울부짖는다. 인간의 경험은 슬픔이라는 걸 설명할 수 없게 되어 있다. 그런 인간 경험 감옥에 갇힌 모든 이들을 그리고 자신을 석방시키려 기를 쓰는 그 작은 남자.

밥이 10대였던 나에게 많은 관심을 쏟아주지 않았던 것은 내가 스스로를 잘 알아서 돌보리라는 것을 알았기 때문이었을 것이다. 하지만 내 머릿속에는 여전히, 특히 노래할 때 그의 목소리가 들린다. 나는 그가 내 앞길을 막는다고 여겼지만, 아마도 그는 그저 아들의 미래를 걱정해서 그랬을 것이며, 1970년대의 더블린에서는 미래를 열어나간다는 게 쉬운 일이 아니었다. 꿈을 가지고 있으면 실망하게 마련이라는 것을 밥은 알고 있었고, 아들인 내가 그런 일을 겪지 않기를 바랐던 것이다.

나는 그저 그가 참을성을 가지고 나를 대해준 것에 감사할 뿐이다.

나는 그렇게 나쁜 놈처럼 굴었던 것도 사과할 필요가 전혀 없었다. 그가 이 세상을 떠나기 전까지는.

아이리스가 세상을 떠난 뒤 시더우드 로드 10번지는 더 이상 가정이 아니었다. 그저 한 채의 집이었다. 대개 나는 학교에서 오는 길에 고기 통조림 하나, 콩 통조림 하나, 캐드버리 스매시Cadbury's Smash 한 봉지를 들고 집에

왔다. 캐드버리 스매시는 우주인 식량이었지만 그걸 먹는다고 데이비드 보위 노래에 나오는 스타맨Starman이나 엘튼 존 노래에 나오는 로켓맨Rocket Man 같은 기분이 드는 건 전혀 아니었다. 솔직히 먹는 것 같은 느낌도 안 들었다. 그래도 만들기는 쉬웠다. 건조시킨 작은 덩어리들에다 끓는 물을 부으면 그 덩어리들의 모양이 으깬 감자로 바뀌었다. 나는 똑같은 냄비에다가 고기를 부어 데우고, 또 콩을 넣어 데우고, 다시 그 덩어리들을 넣고 뜨거운 물을 부어 음식을 만들었다. 그러고는 컬러 TV 앞에 앉아 그걸 저녁으로 먹었다. 비록 모든 그림은 아주 칙칙한 흑백이었던 셈이지만.

나는 음식을 요리하는 것도 주문하는 것도 별로 즐기지 않는데 그 기원은 이렇게 10대 시절 항상 내가 직접 끓여 먹어야 했기 때문이다. 당시 내게 음식이란 그저 나를 움직이기 위한 연료 같은 것이었다. 우리는 카데트 오렌지Cadet Orange라는 이름의 싸구려 탄산음료를 마시곤 했다. 그걸 마시면 거기 들어있는 설탕 덕분에 움직일 힘이 났을 뿐 아니라 맛이 너무 고약해서 몇 시간 동안은 아무것도 목구멍으로 뭘 넘길 생각이 나지 않았다. 우리는 이걸 들이키고, 가진 돈으로는 음식보다 훨씬 더 중요한 것을 사는 데에 썼다. 예를 들어 앨리스 쿠퍼의 싱글 'Hello Hooray'.

음반 구입을 위해(예를 들어 산타나의 〈Abraxas〉 또는 블랙 사바스의 〈Paranoid〉) 어떤 경우에는 가족 전체의 식료품비를 써야 할 때도 있었다. 그런 경우, 솔직히 고백하자면, 가끔은 사야 할 물건 모두를 식료품점에서 빌려야 했고…. 그중 아무것도 돌려주지 않았다. 어려운 일은 아니었다…. 점퍼 안에 숨기기 어려웠던 식빵 한 봉지는 예외였지만. 나의 부정직한 짓에 대해 솔직히 말하자면, 기분이 전혀 좋지 않았다. 그래서 15세가 되자 나는 '죄와 벌'의 삶을 떨쳐버리고, 상업의 세계로 돌아와 달력을 판매하게 된다.

기내식의 맛

1975년, 형 노먼이 더블린 공항에 취직하면서 우리집에도 운명처럼 행운이 도래했다. 1970년대의 공항이란 심지어 컬러 TV보다도 더 근사한 물건이었으며, 특히 비행기 파일럿이 되는 것은 더욱더 근사한 일이었다.

노먼도 파일럿에 지원했지만 천식을 앓고 있어서 훈련 프로그램에서 탈락했다. 대신 아일랜드 국영 에어 링구스의 컴퓨터 부서인 카라Cara에 취직한다. 노먼은 혼잣말로 컴퓨터 일은 공항 일보다 근사하다고 말하곤 했으며, 돈을 좀 모으면 즉시 작은 비행기 조종법을 배우겠다고 다짐했다.

제트기가 이륙하는 걸 보고 있으면 기묘하고 놀라운 명상에 들어가게 된다. 노먼 같은 사람들에게는 모든 걸 던질 만한 열정의 대상이 된다. 주말마다 더블린 공항에는 수천 명이 모여들어 비행기가 하늘로 오르는 걸 바라본다. 비행기는 중력을 뿌리치고 저기 어딘가 다른 곳을 향해 이륙한다. 비행기가 날아갈 때마다 사람들의 무의식 속에는 필요하다면 아일랜드를 뜨는 것도 가능하다는 깨달음이 찾아온다. 1950년대와 1960년대에 아일랜드 사람 중 50만 명 이상이 편도 항공권을 사서 나라를 떠났다.

그런데 공항 2번 활주로에서 불과 2마일 떨어져 있는 시더우드 10번지의 아빠, 노먼, 나에게 행운이 나타났다. 노먼이 어찌어찌 카라에 있는 직장 상급자를 설득하여 에어 링구스의 기내식 중 남은 것들을 집으로 가져가도 좋다는 허락을 받은 것이었다. 어떨 때는 집으로 가져온 기내식이 여전히 뜨끈뜨끈했고, 우리는 이를 섭씨 185도로 맞춘 오븐에 23분간 데워서 먹었다.

거기에 담긴 음식들은 대단히 이국적인 것들이었다. 돼지 뒷다리 스테이크와 파인애플, 라자냐라는 이름의 이탈리아 요리, 그리고 내가 쌀을 우유 푸딩이 아니라 강낭콩에 곁들여 맛본 것도 그때가 처음이었다. 나는 노먼에게 뭐 이런 맛대가리 없는 디저트가 다 있느냐고 했다.

"야, 그거 디저트 아냐. 그리고 전 세계 사람 절반이 매일 쌀을 먹는다."

노먼은 별 희한한 것을 다 알고 있었다. 쌀 푸딩을 매일 주식으로 먹는다니. 비록 아버지와 나는 노먼 덕분에 식료품을 살 필요도 심지어 요리할 필요도 없어졌다는 것을 뿌듯하게 여겼지만, 그렇게 6개월이 지나자 우리 기억에 남은 것은 기내식이 담긴 깡통의 뒷맛뿐이었다. 밤이 되면 나는 몰래 기내식 대신 차가운 우유에 콘플레이크를 먹곤 했다.

그다음에 나를 먹는 문제의 고통에서 구원해줄 또 하나의 기적이 벌어졌다(최소한 나는 처음에 그렇게 생각했다). 이번에는 내가 다니던 마운트 템플 학교였다. 이제 도시락의 시대는 저물고 학교 급식의 시대가 시작되고 있었다. 의회에서 학교 급식 문제가 통과되었을 때 우리 모두 얼마나 흥분했을지 상상해보라. 하지만 허공에 주먹을 휘두르며 흥분하던 나의 기대는 금방 무참히 짓밟혔다. 교장 선생님 메들리코트Medlycott의 설명에 따르면, 학교에는 충분한 공간이 없어서 조리 시설을 마련할 수 없다는 것이었다. 대신 급식은 다른 곳에서 조리되어 차량으로 운반되어 올 것이며, 그 다른 곳이란…. 바로 그 빌어먹을 더블린 공항이었다! 교장 선생님은 신이 나서 선언하셨다. 그 도시락들은 학교에 도착하자마자 학교 육성위원회가 구입한 오븐에 넣어 섭씨 185도에 23분간 데워지게 될 것이라고.

그때까지 나는 한 번도 비행기를 타본 적이 없었지만, 이미 비행에 대한 환상은 이렇게 다 끝장나고 말았다. 이렇게 나는 기내식에 질릴 대로 질린 상태였으므로 풋내기 록스타가 되어 비행기를 타고 점심 식사에 티타임까지 모두 기내식으로 해결해야 하는 상황을 도저히 참기 어려웠다. 훗날 그 풋내기 록스타는 자기 밴드와 함께 비행기를 타고 하늘에서 살다시피 하게 된다. 에어 링구스 항공기를 타던 초기 시절에는 창밖으로 아래를 내려다보며 우리집이 있는 시더우드 로드를 찾아보려고 했다. 마침내 나는 이 작은 도시 작은 섬을 떠나 그 평평한 들판과 칙칙한 교외 지역의 하늘 위로 높이 솟아올랐고, 내 마음은 온갖 추억으로 가득 차게 되었다. 길거리의 공중전화 부스, 마음에 상처를 입고 깨진 술병을 들고 헤매는 10대들, 상냥하다가도 툭하면 팩 토라지는 이웃들, 우리집 10번지와 로언의 5번지 사이에 있었던 벚나무의 사방으로 뻗은 가지들. 이때쯤이 되면 비행기의 스튜어디스가 와서 그 익숙한 냄새의 기내식을 내 앞에 놓아준다.

MR FRIDAY 2U + the G-man

GAVIN & GUGGI

I was coming to understand that you have the people you need right there beside you if you can see them. Guggi and I had so much in finding each other but we were missing something. Someone –

5

Stories for Boys

소년들을 위한 이야기

There's a picture book
With coloured photographs
Where there is no shame
There is no laugh
Sometimes I find it thrilling
That I can't have what
I don't know
Hello hello

《파리 대왕》을 처음 읽은 것이 11살이었나 12살이었나? 윌리엄 골딩 William Golding이 쓴 이 소설은 학교에 다니는 같은 또래 영국 소년들의 이야기다. 세계대전 중에 이 소년들은 배가 난파되어 태평양에 있는 한 무인도에 표류했다가 구출된다. 이 소설은 인간이 서로에 대해 갖는 두려움이(즉 형이상학적인 의미에서의 '타자'에 대한 두려움이) 우리의 상상력을 지배하게 되고 결국 우리의 사유까지 왜곡하게 만드는 내용을 담고 있다. 꼬마 아이가 갖고 있던 순수함이 어떻게 사라지는지에 대한 이야기로서, 나는 지금도 글이나 생각에서 이 소설의 영향을 받고 있다. 그리고 U2의 첫 번째 앨범 〈Boy〉는 앨범 커버는 물론 전체의 구상 또한 이 소설에 기반하고 있다. 특히 마지막 곡인 'Shadows and Tall Trees'는 이 소설 7장의 제목을 따온 것이다.

Who is it now? Who calls me inside?
Are the leaves on the trees a cover or disguise?
I walk the street rain tragicomedy
I'll walk home again to the street melody.

어느 날 저녁 시더우드 로드를 걷다가 나는 가로등에 비친 내 그림자가 커졌다가 작아졌다가 하는 것을 바라보았고, 전신주들의 그림자가 쪼그라든 침엽수 같은 실루엣을 만드는 것도 바라보았다. 크림색과 녹색이 섞인 공중전화 부스 안에서 이야기하는 사람의 모습은, 1950년대와 1960년대에 저렴하게 지어져서 염가의 주택담보대출로 분배된 이 주택 지구의 저편 멀리에 탐험해야 할 다른 세상이 있음을 알려주는 듯했다. 시더우드 로드에는 가로수가 별로 없었다. 내가 기억하는 한 그루는 벚꽃나무였다. 5번지 도로의 딱딱한 회색 콘크리트를 뚫고서 기적처럼 자라난 나무였고, 위쪽으로 올라갈수록 살색 톤이 강해지면서 전반적으로 핑크색을 띠는 예쁜 모습이었다. 여성적이었다. 초여름이 되면 그 가지에서는 꽃비가 쏟아졌으니, 거기에 사는 가난한 로언 가족에게는 그야말로 사치스러운 호사였다. 그 나무는 성적인 동시에 영적인 듯했고, 전혀 말은 안 되지만(아니, 너무나 말이 되기도 한다), 조금씩 춤도 추었다. 이 나무는 그 옆을 지나는 이곳 주민들 누구에게나 저기 멀리 어딘가에 강렬한 색채의 삶이 열려 있음을 일깨워 주었다.

로언 가족의 '임박한 세상의 종말'

데렉 로언Derek Rowen 즉 구기는 내가 세 살 그가 네 살 때부터 지금까지 나의 친구다. 비록 구기는 나와 친구가 된 것이 단지 우리집 뒷마당에 그네가 있기 때문일 뿐이라고 주장하지만.

구기는 내게 보노Bono라는 이름을 지어줬다. 뿐만 아니라 그는 자기 가족 성원들 모두에게 초현실적 이름들을 붙였다. 그의 형에게는 클라이브 휘슬링 펠로우Clive Whistling Fellow, 동생에게는 맨 오브 스트렝스 앤 애런Man of Strenght and Arran, 남동생에게는 국 팬츠 델라니Guck Pants Delaney, 맏누나에게는 글레니크 카마이클Glennich Carmichael이라는 식이었다.

두 번째 누나에게는 리틀 비디 원웨이 스트리트LIttle Biddy ONe-Way Street, 막내 남동생에게는 호크아이Hawkeye라고 이름 붙였다가 그다음에는 레이다Radar라고 바꾸었다. 이 막내 남동생이 바로 U2의 초기 앨범인 〈Boy〉와 〈War〉의 커버에 모델로 나오는 아이다. 여동생이 한 명 더 있었지만 그녀는 구기가 집을 떠나기 직전에 태어났는지라 그는 그녀를 그냥 진짜 이름인 미리엄Miriam으로 불렀다.

나와 친구로 오래 지내면서 구기는 보노 이외에도 다른 많은 이름을 붙여 주었다.

구기가 내게 붙여주는 이름은 갈수록 더 우스꽝스러운 것이 되어갔다. 우리가 단지 서로를 웃기려고 서로에게 이름을 지어준 건 아니었다. 우리의 인격이 형성되어 가는 과정에서 드러나는 여러 성격, 우리가 태어날 때 가족들이 지어준 이름으로는 포착할 수 없는 그런 성격들을 잡아내는 것이 또한 중요한 목적이었다. 이름은 신체적 특징뿐만 아니라 영혼의 모습도 묘사하는 것으로 여겨졌다. 보노라는 이름은 보노 복스 오브 오코넬 스트리트Bono Vox' of O'Connell Street의 줄임말이었지만, 꼬마 구기의 라틴어 실력은 형편없었다. 구기가 말하려고 했던 뜻은 '큰 목소리'였다. 이 말은 더블린에 있었던 보청기 상점 "보나복스Bonavox"에서 따온 것이었다. 구기는 그냥 이 말을 발음할 때 입에서 스치는 소리를 좋아했다. 시간이 지나면서 그가 내게 붙여준 보노 복스 오브 오코넬 스트리트라는 이름은 본마리Bonmarie로 줄어들었고 그다음에는 그냥 보노가 되었다. 그 전에 구기가 내게 붙인 이름은 슈타인비히 폰 하이센Steinvich von Heischen이었으니, 나는 그저 그 이름이 떨어져 나간 것에 감사할 뿐이었다. 5번지에 사는 그 녀석에게 내가 구기라는 이름을 붙였던 것도 비슷했다. 내 눈에 비친 그 녀석의 머리통 모습을 소리로 옮기자면 그렇게 되었기 때문이었다. 소리로 그린 그림. "구기"라고 말로 소리를 내고서 그의 실물을 본다면 어떤 느낌으로 그런 이름을 붙였는지 알게 될 것이다. 아마도.

구기네 가족은(딸 세 명, 아들 일곱 명) 우리집에서 다섯 번째 아래에 있는 집에 살았지만, 그 집 주변으로 온갖 중고차들이 주차하고 있어서 집은 거의 모습도 보이지 않았다. 구기의 아버지인 로비Robbie는 불같은 신앙을 가진 종교인으로서 언제 세상의 종말이 찾아온다고 해도 만반의 준비가 되어 있는 사람이었다. 로언 씨는 금요일마다《이브닝 해럴드Evening Herald》에 나온 자잘한 광고들을 꼼꼼히 읽으면서 대부분의 시간을 보냈다. 조만간 세상의 종말이 닥쳐오면 필요할 물건들을 찾는 것이었다. 이를테면 타이어 500개. 1957년형 자동차 올즈모빌Oldsmobile. 닭과 칠면조가 뛰어다니는 정원. 즉 냉동 닭 냉동 칠면조가 아니라 먹거나 팔 수 있는 살아 있는 닭과 칠면조들.

나는 가끔 트레버 로언Trevor Rowen과(즉 구기가 붙인 이름으로는 맨 오브 스트렝스 앤애런, 나중에는 그냥 줄여서 스트롱맨Strongman이 되었다) 함께 학교로 자전거를 타고 갔다. 그는 천식을 앓고 있었으며, 그의 쉭쉭 거리는 병든 목소리를 들으면 모든 여학생이 그에게 친절하게 대해주곤 했다. 진짜로 귀여운 소년이었던 그는 스스로를 지키기 위해 무지막지한 유머 감각과 못된 장난을 치는 능력을 장착하고 있었다. 그는 단정하게 정돈된 모습으로 다녔으므로, 학교로 떠나기 전에 전신 거울 앞에 한참을 서서 자신의 모습이 제대로 되었는지, 바짓가랑이를 양말 안에 제대로 넣었는지, 앞머리는 빗질을 제대로 했는지 등을 체크했다. 하지만 나중에 버진 프룬스Virgin Prunes에서 베이스를 칠 때의 모습을 보면 꼭 동굴에서 뛰쳐나온 원시인 같았다.

앤드루 로언은 U2의 노래 중 무려 세 곡의 주인공이 된다. 'Running to Stand Still', 'Bad', 'Raised by Wolves'가 그 곡들이다. 앤드루는 두 살 때 기저귀 사고를 치는 바람에 국 팬츠 델라니라는 이름을 얻게 되었거니와, 거의 사진을 찍은 듯이 정확한 기억력으로 유명했다. 그는 아마도 우리 동네에서 가장 IQ가 높은 아이였을 것이다. 어떨 때는 브리태니커 백과사전을 줄줄 외우는 듯했다. 그는 1살에서 2살이 될 때의 일들도 기억하고 있었다. 그런데 그런 능력 때문에 그가 잊고 싶었던 많은 것들을 그대로 기억하는 고통도 겪게 된다. 그는 어떤 어려운 문제를 내놓아도 멋지게 받아넘기는 것을 장기이자 개인기로 삼고 있었다.

어느 날, 시더우드 로드의 우리집 골방에서 숙제를 하다가 창밖을 보았다. 국 팬츠가 한 바퀴 자전거를 타고 지나가고 있었다. 트럼펫을 불면서.

로비 로언 씨는 언제든 세상의 종말이 올 것이라는 신앙을 가지고 있었을 뿐만 아니라 모험심도 대단했으며, 그 집 아이들 전부에 나까지 데리고 나 혼자라면 결코 가보지 못했을 만한 곳으로 돌아다녔다. 8월이 되면 더블린 공항 뒤쪽으로 가서 블랙베리를 따러 시골길을 돌아다니곤 했다. 또는 '홀인더월hole in the wall' 해변으로 가서 고무보트를 타고 놀기도 했다. 그는 내게 자전거 타는 법을 가르쳐 주었을 뿐만 아니라 내가 8살 때는 처음으로 모터 달린 자전거를 타게 해주었고, 10살 때에는 혼다 오토바이까지 타게 해주었다. 게다가 장사하는 방법까지 가르쳐 주었다.

나는 우리 어머니 쪽 집안이 오래된 떠돌이 행상인 가문이라고 자주 말해 왔으며, 지금도 내가 하는 일 또한 물건 파는 일이라고 생각하고 있다. 나는 아이디어를 팔고, 노래를 팔고, 이따금 이런저런 물건들도 판다. 내가 최초로 물건을 팔았던 기억은 1972년 2월 로비 로언 씨가 안 팔린 달력을 떨이로 잔뜩 사들였을 때로 거슬러 올라간다. 이미 1972년이 시작된 지 2개월이나 지났으므로 헐값이 되어 버린 1972년 달력 수천 개를 그가 사들였던 것이다.

구기와 나는 우리 동네를 집집이 돌아다니면서 그 "전문가들이 찍은 사진"이 실린 달력들을 팔려고 했다. 사람들은 그게 1973년 달력인 줄로 잘못 알고, 달력을 팔기에는 좀 이른 때가 아니냐고 묻기도 했다. 그러면 우리는 이거 내년이 아니라 올해 달력이라고 설명하곤 했다.

"번 아줌마, 솔직히 달력에 처음 몇 달은 없어도 되잖아요?"

구기가 전해준 복음

구기는 내 인생의 방향을 바꾸어놓은 두 가지의 가르침을 주었다.

1. 모든 것을 반반으로 나누어야 한다는 생각이었다. 그에게 50펜스가 있으면 나는 25펜스를 얻었다. 함께 노는 친구들의 숫자가 많아지면 마찬가지로 모든 것을 모두와 나누었다. 이게 그의 세계관이었다.
2. 구기는 내게 하나님께서 우리 한 사람 한 사람 삶의 아주 구체적인 부분까지도 관심을 두신다는 생각을 불어넣어 주었으니, 내가 소년기를 그리고 성년기를 무사히 통과할 수 있게 해준 것이 바로 이 생각이기도 하다(많은 이들이 신이 존재한다는 것을 말도 안 되는 이야기로 여길 것이다. 게다가 설령 그토록 전능한 존재가 있다고 해도, 어느 10대 소년이 갈수록 더 심한 마음의 고통을 안게 된다는 자잘한 일에 관심을 둘 것이라는 생각은 더욱더 말이 안 된다고 여길 것이다).

구기는 아버지 로비가 기분의 변덕이 극심했던 것 그리고 그렇게 변덕이 발동할 때마다 그걸 피해 가느라 자기가 얼마나 노심초사하는지 등을 내게 말해주었다. 그 와중에도 그가 영적 삶을 지켜냈다는 것은 정말 대단한 일로 보였다. 비록 구기는 항상 천국을 이야기했지만, 가끔씩은 삶을 지옥처럼 느끼는 것으로 보였다. 구기의 어머니 위니는 그의 수호천사였다.

"이제 구원받았니?"

가끔 일요일이 되면 구기는 나를 메리온 홀Merrion Hall로 데리고 갔다. 복음 신앙이 투철한 이들을 위한 열광적인 부흥회 같은 곳이었다. 나로서는 도저히 이유를 알 수 없지만, 로언 형제들은 안식일이 되면 세 번이나 교회에 갔으며, 저녁에는 YMCA의 청소년부Boys Department라고 불리는 곳에도 나갔다.

"이제 구원받았니?"

내가 그 첫날 밤 집으로 돌아왔을 때 어머니는 배를 잡고 웃었다. 그녀는 그 청소년부 스타일의 부흥회를 잘 알고 있었다. 하지만 나는 그러한 모임에서 설교를 듣는 가운데에 설교 속의 하나님보다는 그 근거가 되는 성경 말씀의 하나님에게 더욱 끌리게 되었다. 내가 다니던 세인트 캐니스의 아일랜드 성공회 교회에서는 그러한 하나님의 존재와 마주친 적이 없는 것 같았다. 내가 그 교회 목사님의 딸과 잠깐 사귀기도 했으니 아마도 내가 한눈을 팔고 있었기 때문이리라. 나는 분명히 하나님 나라에 대한 생각을 가지고 있었지만, 이는 아직 온전한 형태를 갖추지 못한 초보적인 생각일 뿐이었다. 그렇기 때문에 YMCA에 와서 그 살아계신 하나님의 본성에 대해 여러 실마리를 얻게 되었을 때 나는 거기에 푹 빠지게 되었다. 성경 말씀을 읽을 때면 완전히 빠져들었다. 성경 말씀들이 성경책에서 튀어나와 집까지 나를 따라왔다. 그 옛날 구닥다리 어투의 킹제임스 흠정본 성경이 내게는 여느 시보다도 신비하게 여겨졌다.

곧 나는 더욱 현대적 번역본인《굿 뉴스 바이블Good News Bible》을 접할 수 있게 되었다. 노스 웨일스North Wales의 린 반도Llyn Peninsula에 있는 크리케스Criccieth에서 열렸던 YMCA 여름 수양회에 구기와 함께 갔다가 그 번역본을 만나게 되었다. 내가 가족을 떠나 아일랜드 밖으로 나가본 것도 그때가 처음이었다. 그리고 그렇게 종교에 모든 것을 바친 사람들을 그때 처음으로 만나 보았다. 심지어 축구팀이나 하키팀에도 성경에서 나오는 이름들이 붙어 있었으니, 에베소팀 갈라디아팀 하는 식이었다. 좀 제정신이 아닌 것처럼 보이기도 했지만, 동시에 감동적으로 다가오기도 했다. 나는 이들이 내게 보여준 동지애에 흠뻑 빠졌으며, 설교에도 크게 감동했다.

예배 중에 설교자가 "예수님께 앞으로 나오세요"라고 말하는 순간이 오면, 나는 항상 맨 처음으로 앞에 나갔다. 나는 요즘도 그렇게 한다. 만약 내가 카페에 있는데 누군가가 "예수님께 삶을 바칠 준비가 되어 있는 이들은 자리에서 일어서세요"라고 말한다면 나는 제일 먼저 일어설 것이다. 그때 이후로 나는 어디에 가나 예수님과 함께였으며, 지금도 그러하다. 내 인생의 가장 지루했던 순간에도 또 가장 불경한 행동을 저질렀던 순간에도 나는 한 번도 예수님을 떠나본 적이 없다.

성 아우구스티누스가 주님께 했던 기도로 알려진 말이 있다. "제게 정숙과 금욕을 내리소서, 하지만 나중에." 당시 이 말을 들었다면 무슨 말인지 금방 이해했을 것이다. 구기와 나는 이렇게 외국 여행을 나온 김에 성경책 말고도 관심을 두는 일이 있었다. 우리들은 여자아이들에게 반쯤 미쳐 있었고, 더 나이 많은 누나들의 프렌치키스 연습 상대로 우리를 기꺼이 바쳤다. 이것도 재미난 일이었지만, 우리는 각자 여자 친구를 만들 필요가 있었다. 크리케스에서 나는 아주 솔직한 성격의 소녀, 단연코 웨일스 전체에서 가장 아름다운 소녀인 맨디Mandy에게 눈독을 들였다. 그녀는 마치 검은 머리에 검은색 비키니를 입고 파도로 해변에 밀려온 듯한 모습이었다. 나는 13살이었고 그녀는 14살이었다. 그래서 나는 내가 이미 16살이었으면, 그래서 그녀가 절대로 나를 떠나지 못하게 만들었으면 하고 바랐다. 하지만, 지금 생각해보면 그녀는 아주 손쉽게 나를 버렸던 것 같다.

노스 더블린의 패거리들

심리학 전문가들이 동의할지는 모르겠지만, 내 생각에 우리는 가장 큰 트라우마를 극복하기 전까지 그 트라우마와 맞부닥쳤던 순간에 우리의 한 부분이 계속 멈추어 있다. 그래서 나의 세상은 어머니가 세상을 떠나고 또 사춘기에 들어섰던 14세에 오랫동안 멈추어 있었다.

내 속에는 아직 찐빵 같은 얼굴을 하고 있었던 소년 시절의 내가 여전히 남아 있다. 그 이전에 주근깨가 가득하던 시절의 내 얼굴 사진도 본 적이 있었다. 둥글고 숨김이 없어 보이는 얼굴이었다. 살집이 두툼했지만 이목구비는 뚜렷했다. 14살이 되면 그 찐빵 같던 얼굴에 코가 자라나기 시작했고, 그 찐빵의 가장자리에도 각이 지기 시작했다. 운이 좋아서 내 턱에도 각이

지기 시작하여 균형이 맞아갔다. 얼굴에 점과 얼룩이 좀 있었지만 많지는 않았다. 이렇게 얼굴은 변했지만, 내 세계관은 그대로 멈추어 버렸다. 그리고 내 내면에서는 여드름이 자라나기 시작했다.

구기와 내가 절친이 된 데에는 수많은 이유가 있었지만, 각자의 아버지와의 관계가 큰 역할을 했던 것이 틀림없다. 아버지와 다투는 아들들, 너무나 흔한 이야기이다. 우리는 싸움, 무술, 권투, 레슬링 등에 대한 사랑을 통해 우리의 불안을 표출했다. 우리는 정기적으로 서로를 흠씬 패주었다. 인간은 본래 이 세계를 자기가 가진 고통의 이미지에 따라 만들어내지 않던가? 구기와 나는 당시 우리가 주먹을 휘두른 대상이 사실 각자의 아버지라는 것은 모르고 있었지만, 아버지 대신 흠씬 두드려 팰 대상은 줄을 세워야 할 정도로 얼마든지 차고 넘쳤다. 이렇게 우리는 힘들게 10대 시절을 통과하고 있었다.

아마 우리 둘이 그토록 서로 함께 붙어 다녔던 것은 둘 다 집에 있으면 망명객이 된 느낌을 받는 처지였기 때문일 것이다. 조만간 우리는 둘 다 예술을 탈출구로 삼게 된다. 특히 음악.

우리는 말도 안 되는 노래들을 썼으며, 서로의 모습을 그림으로 그렸다. 구기는 싸구려 푸른색 볼펜으로 그림의 세부 묘사와 명암 표현까지 하려 들었으니, 그것을 본 이들은 모두 다 당혹스러워했다. 우리 아버지도 적잖이 당황하셨다. 아버지는 수채화를 특히 흑백 사진 위에다가 칠하는 것을 즐기는 이였으니까.

우리는 우리의 공포를 똑바로 응시했다. 그래서 우리는 겁대가리를 상실한 상당히 과장된 모습으로 변해갔다. 우리는 아예 우리 자신의 나라를 꿈꾸었다. 최소한 도시 정도라도, 그것도 안 되면 마을. 그래서 우리는 가상의 대안적 공동체를 상상했고, 거기에 립턴 빌리지Lypton Village라고 이름까지 붙였다. 우리는 우리끼리 통하는 언어도 가지고 있었고, 서로만 알아먹는 초현실적 유머 감각도 가지고 있었다. 우리는 다다이스트였던 셈이다. 물론 그런 예술 운동이 있었다는 것도 당시에는 전혀 몰랐지만.

주먹싸움에 지친 구기와 나는 이제 주먹 대신 손가락을 사용하기로 했다. 나는 형의 기타 지판 위에서 손가락을 놀렸으며, 구기는 스케치와 회화로 손가락을 놀렸다. 그리고 우리 둘 다 우리가 적으로 삼은 이들의 세상이 얼마나 멍청한지에 대해서도 손가락질을 해댔다. 우리는 천하무적이었고, 약점이라고는 우월감에 늘 절어 있다는 것뿐이었으며, 별것 아닌 일에도 큰 소리로 웃어댔다.

하지만 나는 서서히 깨닫기 시작했다. 눈으로 보고 말을 걸 수 있는 구체적인 사람들이 있어야 한다는 것을. 구기와 내가 서로에게 그 역할을 해주기는 했지만, 둘만으로는 부족했다. 누군가 다른 사람이 필요했다.

우리들의 미스터 프라이데이

In my imagination
There is just static and flow
No yes or no
Just stories for boys.

여기서 시더우드 로드 140번지의 소년 피오난 한베이Fionán Hanvey(곧 개빈 프라이데이라는 이름으로 바뀐다)가 등장한다. 우리들의 미스터 프라이데이. 구기와 나에게 예술적 삶이 어떤 것이고 그런 삶을 산다는 게 어떤 대가를 치르는 것인지 알려준 것도 바로 그였다.

개빈의 어머니 한베이 부인은 그녀의 감수성 예민한 아들이 월요일 밤마다 그 집의 "좋은 방"에 우리를 데리고 들어가도록 허락했다. 거기에서 우리는 피카소의 그림을 보기도 했고 또 데이비드 보위와 티렉스T. rex의 음악을 감상하기도 했다. 1975년은 더 잼The Jam과 섹스 피스톨즈Sex Pistols의 적나라한 펑크록 괴성이 울려 퍼지기 1년 전이었으며, 우리는 그림을 그리거나 음악에 멍하니 빠져 있곤 했다. 개빈은 티렉스의 마크 볼란Marc Bolan 같은 곱슬머리의 꽃미남이었다. 완벽한 조화의 이마와 턱선, 그린 듯한 입술, 그리고 자기 말대로 "완벽한 코"까지 갖춘 꽃미남이었다.

내가 피오난을 처음 만난 곳은 시더우드 로드였다. 그는 꽉 누른 머리 모양에 청바지에는 형광색으로 "ENO"라는 글자를 그려놓고 있었다. 그의 머릿속에는 항상 데이비드 보위와 마크 볼란이 떠다니고 있는 듯했다. 그는 우리보다 훨씬 쿨했다. 그와 구기는 둘 다 자기 아버지의 못마땅한 눈초리를 피해 다니고 있었기 때문에 아주 친해졌지만, 얼마 뒤에 그의 본모습이 나오는 일이 있었다. 우리집에서 열렸던 10대들의 파티에서 그와 그의 친구들인 프랭크 망간Frank Mangan 그리고 다미안 켈리Damian Kelly가 너무 엉망이 되는 바람에 모두 집 밖으로 쫓겨나는 일도 있었다.

이 소년들은 먼저 앨리와 그녀의 절친인 재키 오언Jackie Owen에게 들이댔지만, "종합학교" 즉 남녀공학을 다니는 소녀들은 여러 가지 문제에 있어서 종합적으로 더 똑똑하고 판단이 빠르다는 것을 곧 깨닫게 된다. 게다가 이 소녀들은 "개신교도들"이었다. 개빈은 개신교도들과 정말로 상대해본 적이 한 번도 없었던지라 조금 겁을 집어먹었다. 하지만 마크 볼란 흉내를 내는 이 친구는 그때 이후로 내 인생에 큰 흔적을 남겼고, 그날 이후로 항상 내가 음악 세계의 어디에 있는지를 알려주는 역할을 하게 된다. 내가 결국은 U2라는 거대한 행성을 진짜 티렉스 공룡처럼 돌아다니게 될 때까지도 말이다.

풋내기 록스타가 막가는 것을 가로막는 것은 단 하나뿐이며, 이는 또 그가 더 막가게 만드는 힘이 되기도 한다. 그것은 바로 연주할 줄 아는 악기가 없다는 것, 그리고 그의 목소리가 대부분 앵앵거리는 소리라는 것이다. 그러니 우리들 대부분에게 있어서 조니 로튼Johnny Rotten은 그 캐릭터로나 목소리로나 너무나 소중한 인물이었다. 섹스 피스톨즈는 적이 누구든 개의치 말고 무조건 그 성벽을 타고 넘어 총진군하라는 호전적인 음악을 미친 듯이 쏟아내던 밴드였으니까.

그리고 당시 16살이었던 구기와 내가 개빈 프라이데이와 일생의 우정을 맺게 된 데에는 우리 각자의 아버지들과의 관계가 작동하기도 했다.

우연하게도 우리 셋의 아버지들은 *모두* 밥Bob이라는 이름으로 불렸다.

개빈의 아빠였던 파스칼 로버트Pascal Robert는 아들의 표현의 자유를 가로막는 최대 장벽 중 하나였다. 그는 올백으로 단정하게 넘긴 머리를 하고 있었으며, 잘생긴 얼굴이었지만 술집 밸리먼 하우스Ballymun House에서 막잔이랍시고 너무 술을 들이킨 나머지 얼굴이 불그죽죽한 모습이었다. 그리고 고집이 세기 이를 데 없었다.

"안녕하세요 한베이 아저씨." 그는 자기 아들과 또 형광색으로 떡칠이 된 전투복을 입은 아들 친구들과 마주치기 싫어서 일부러 길을 건너가곤 했으며, 우리는 또 그에게 일부러 인사를 건넸다.

"그냥 파스칼이라고 불러라." 그는 되돌아보며 쏘아붙였다. "한베이 아저씨가 뭐냐. 창피하게."

"네, 한베이 아저씨."

사실 개빈에게는 다른 적이 있었다. 바로 그의 여자같이 생긴 얼굴이었다. 펑크록 스타일로 아무리 얼굴에 잔뜩 험악하게 낙서칠을 해도 여전히 여자같이 연약한 인상이었다. 누구나 험악한 불량배처럼 보이려고 기를 썼던 당시로서 이런 외모는 모욕이 아닐 수 없었다.

한번은 개빈의 수려한 얼굴에 기분이 상한 어떤 놈이 "네 얼굴에 칼질을 해버린다"는 끔찍한 소리를 한 적이 있었다. 당시 "핸드백 한베이"는 아직 자신이 게이라고 선언하지는 않았었다. 하지만 개빈을 괴롭혔던 놈들이 그에게 쏟아놓은 욕설과 폭력은 사실 개빈이 아니라 그 본인들 스스로가 성적 심리에 있어서 무엇을 악몽으로 여기고 있는지를 적나라하게 드러내는 것뿐이었다. 아마도 개빈에게는 무언가 아니꼽게 보이는 게 있었고 이것 때문에 시비가 붙는 빌미가 되었는지도 모른다. 개빈은 몇 번인가 강간당할 위험에 처하기도 했지만 무사히 살아남았고, 거기에 대해 자부심을 가지고 있었다. "빛의 주변에는 어두움이 모이는 법이다."

개빈은 장차 U2의 창작 생활에 있어서, 음반 제작이나 라이브 쇼에 있어서 절대 없어서는 안 될 인물이 된다.

온당한 일이다. 로큰롤은 결국 복수의 사운드니까.

지금 돌이켜 보면 시더우드 로드의 윗동네와 아랫동네가 눈에 선하게 떠오른다.

시더우드 로드 1번지에는 앤터니 머피Anthony Murphy가(곧 포드Pod라는 이름을 얻게 된다) 있었다. 개빈과 구기는 자기들의 밴드를 데리고 그의 집으로 몰려가서 군대에서 쓰는 드럼을 내어달라고 떼를 썼다. 그러면 그는 드럼을 내어주고 마당에 우두커니 서 있다가 곧 그 드럼 뒤에 앉곤 했다. 그리고 인근의 밸리먼 애비뉴Ballymun Avenue에 사는 레기 마누엘도 놀러 오곤 했으며, 그는 결국 개빈과 구기의 밴드에서 매니저로 활동한다.

그리하여 이 동네에서 두 개의 밴드가 태어난다. 하나는 버진 프룬스로서, 구기와 그의 동생 스트롱맨, 개빈, 그리고 엣지의 형인 디크Dik로 구성된 밴드였다. 그리고 다른 하나는 U2였다.

이 두 밴드는 우리 의지와 무관하게 태어난 가족이 아니라, 우리가 의식적으로 선택한 가족이었다. 뻔한 소리로 들리겠지만, 가족에게서 벗어나려고 기를 쓰던 구기와 내가 만약 이 새로운 삶을 발견하지 못했다면 정말 어떻게 되었을지 모른다. 우리의 인생은 완전히 다른 춤을 추게 되었을 것이다.

DIARY
NOV 1976 a big week for me at
the ROCK N ROLL HIGH SCHOOL
that was Mount Temple Comprehensive

6

Song for Someone

어떤 이를 위한 노래

You got a face not spoiled by beauty
I have some scars from where I've been
You've got eyes that can see right through me
You're not afraid of anything they've seen.

우리가 다니던 마운트 템플 종합학교는 본래 마운트조이 앤 마린Mountjoy and Marine 기숙학교가 있던 자리에 지어졌으며, 학교의 붉은 벽돌 건물과 시계탑은 아일랜드 출신 작가 크리스토퍼 놀란Christopher Nolan의 자전소설《시계의 눈 아래에서Under the Eye of the Clock》덕분에 유명해진 바 있다. 마운트 템플은 아일랜드 최초로 종교와 무관한 남녀공학 고등학교 중 하나였다.

과학 블록과 수학 블록이 따로 있었고 가정 가사를 가르치는 작은 별채도 있었지만, 마운트 템플 본관은 속이 빈 벽돌로 지은 단층짜리 건물이었다. 이 건물에는 녹색, 노란색, 보라색의 세 복도가 있었고, 그 세 복도는 모두 그 중간에서 "몰Mall"이라고 불리는 좀 더 폭이 넓은 복도와 교차하게 되어 있었다. 내가 애덤 클레이턴을 처음으로 본 것도 이 "몰"이었으며, 래리 멀런이 아름다운 여자 친구 앤 애치슨Ann Acheson과 함께 있는 모습을 내가 처음으로 엿보았던 곳도 여기였다. 또 아직 엣지라는 이름이 붙지 않았던 데이비드 에반스David Evans를 내가 처음으로 대면한 곳도 여기였다.

1973년 9월. 나는 낭만주의자의 삶이 감정적으로 아주 혼란스럽다는 것을 점차 깨닫게 되었다. 무엇보다도 내가 당시 셰익스피어의 소네트를 읽고 있었다는 것이 명백한 증거였다. 그리고 나는 사춘기의 호르몬 작용과 10대 특유의 불안감 속에서 한 가지 사실만큼은 명확하게 깨닫게 되었다. 남학생들보다는 여학생들이 정신적으로나 신체적으로나 영적으로나 훨씬 더 흥미로운 존재라는 것이었다. 마운트 템플에서 2학년으로 올라갈 때쯤 내 마음속에는 여학생들에 대한 경외감이 가득했다. 그리고 마침내 허구한 날 경외감만 느끼다 끝날 게 아니라 몸소 구애 전선에 나서 보기로 결심했다. 방학이 끝난 첫 주였다. 나는 두 명의 예쁜 1학년 여학생들이 교실을 찾아 헤매는 것을 보고 그 앞으로 몸을 던졌다.

"너희들 혹시 과학 실험실로 가는 길 알아?"

"아니요, 우리는 1학년이에요. 이제 막 입학했는데요. 그쪽은 2학년 아니세요?"

"길을 잃어서 그래." 나는 대답했다. "아마 나는 맨날 길을 잃고 다닐 것 같아."

여학생들은 딱 멍청한 소리를 하는 멍청한 소년들을 보았을 때처럼 킥킥거리며 웃었고 가던 길을 가버렸다. 하지만 나는 그런 식의 무시 따위는 아랑곳하지 않고 금발 머리 여학생과 내가 합이 맞는지를 재보고 있었다. 음, 어째 아닌 것 같아. 그러면 그 옆에 있던 여학생은? 걔는 분명히 아니지. 그 아이는 검은색 곱슬머리에다 필시 어머니가 손으로 짠 오렌지색 스웨터에 체크무늬 치마를 입고 무릎까지 오는 장화를 신고 있었다. 무슨 옷을 그렇게 입나?

그녀는 얌전한 학생은 아니었지만 누구 눈에 띄는 것을 싫어하는 듯했고, 나에 대한 태도도 마찬가지였다. 이것이 내가 처음으로 앨리슨 스튜어트Alison Stewart에게 관심을 가지게 된 계기였다. 그런데 당시의 나는 몰랐지만, 그녀는 이미 나를 주시하고 있었다. 그녀의 친구인 샤론Sharon이 1년 전부터 그녀와 내가 천생연분이라면서 놀려댔기 때문이었다.

그때는 전혀 의식하지 못했지만, 이 첫 번째 마주침에서 무언가가 나를 사로잡고 말았다. 그녀의 갈색 눈동자를 바라보면 어디론가 실려 가는 느낌이었고, 그녀의 피부색은 흔히들 이야기하는 “다크 아이리쉬”의 발원지 스페인보다도 훨씬 더 먼 나라를 연상시켰다. 또 그녀는 머리도 좋아 보였다. 나는 책벌레 여학생에게 끌리는 경향이 있었다. 후덥지근한 도서관에서 살짝 이마에 땀이 밴 채로 숙제하는 모습의 여학생. 그래서 왠지 *내* 숙제도 해줄 것 같아 보이는 여학생.

몇 학기 뜸을 들이다 결국 앨리슨에게(그녀는 앨리Ali라고 불리는 것을 더 좋아했다) 우리 세인트 캐니스 교회의 교구에 있는 젊은이 클럽으로 초대했다. 우리는 클럽에서 금요일을 불태웠으며, 모임을 “거미줄Web”이라고 불렀다. 꼭 맞는 이름이었다. 이곳은 일단 들어오게 되면 군침을 흘리고 있는 모든 소년, 심지어 모든 소녀의 먹잇감이 되는 곳이었기 때문이다. 게다가 천장에 큰 그물을 걸고 거기에 붉은 백열전구를 달아 예배당처럼 꾸몄으니 이름이 더욱 들어맞았다. 나는 이 모임의 구호로 “거미줄에 걸린 파리 알아서들 잡아먹자”를 제안했었다(뭐라고 하지 마라. 나도 창피하다).

얼마 지나지 않은 어느 금요일 밤, 학교 운동장의 빗물받이 아래에서 나는 처음으로 앨리슨 스튜어트와 키스를 나누었다. 너무 좋았다. 하지만 내가 좀 매달리는 느낌이었다. 키스하는 법을 학교에서 제대로 가르쳐 주는 것은 아니지 않은가. 상대만 잘 만나면 금방 실력이 느는 과목이기는 하지만. 앨리슨은 내 키스 실력이 한참 모자라다고 암시하는 것 같았다.

그때는 어머니가 세상을 떠난 지 몇 달 안 된 시기였다. 내 영혼을 이끌어줄 다른 인도자가 어머니의 빈 자리에 나타났다는 것을, 나의 온갖 부족함을 오히려 나의 강점으로 만들어줄 완벽한 사람이 나타났다는 것을, 당시의 나는 전혀 감을 잡지 못했다. 우리가 키스를 나눈 곳은 더블린의 웨스트 핑글라스West Finglas의 어느 자전거 보관소 옆이었다. 핵분열이 벌어졌고 엄청난 힘이 풀려나왔지만, 그 순간만큼은 아무런 폭발도 변화도 눈에 띄지 않았다. 앨리슨 스튜어트도 전혀 흔들려 보이지 않았다.

키스는 했지만, 사귀기로 하지는 않았다.

나는 목사님 딸하고 헤어진 뒤 아직 마음 정리가 되지 않아서 그런 거라고 스스로에게 말했다. 게다가 나는 이미 셰릴Cheryl과 사귀고 있지 않은가.

게다가 나는 웬디Wendy와 파멜라Pamela도 마음에 두고 있었다. 수잔Susan도.

무슨 말이 하고 싶은 거냐고? 나는 어머니가 죽었다는 사실을 부인하고 있었다. 내 마음은 갈가리 찢어졌지만 몇 달이 지나 조금씩 아픔이 가라앉기 시작했다. 여기에 누군가가 나타나 다시 내 마음을 헤집어 놓는 것만큼은 정말로 원하지 않는 일이었다.

그다음 2년 동안 나와 앨리 단둘이 있을 때도 몇 번 있었지만, 막상 하늘의 계시가 내려온 것은 16살 때였다. 나와 앨리를 천생연분이라고 여기는 친구 레기 마누엘이 자기 야마하 100 오토바이 뒤에 나를 태우고 집으로 가던 중이었다. 갑자기 내 눈에 앨리슨 스튜어트가 학교 광장을 가로질러 걸어가는 모습이 일종의 비전 같은 것으로 나타났다. 아마도 2기통 가솔린 엔진이 뿜어내는 배기가스 때문에 빛이 굴절되어서였겠지만, 내 눈에는 그녀의 이미지가 마치 물 위를 가볍게 걸어 다니다가 물이 되어 사라지는 것처럼 보였다. 그것도 가장 차갑고, 가장 깨끗하고, 가장 고요한 물속으로. 또한 공기 속 열기로 인해, 그녀 모습은 신기루처럼 보였다. 내가 본 어느 예술 영화에는 프랑스 외인부대의 병사가 갈증에 시달리며 사막을 헤매다 신기루를 보는 장면이 있었던 바, 나는 그 병사처럼 그녀라는 신기루를 넋을 잃고 바라보았다. 곧 나는 레기의 오토바이에 몸을 맡긴 채 교문을 빠져나왔다. 이 영화의 한 장면 같은 순간의 배경 음악으로는 디언더톤스The Undertones의 'Teenage Kicks'가 꼭 맞을 것이다(비록 그날 내 머릿속의 음악은 아마도 앨리스 쿠퍼의 'School's Out'이었겠지만). 그때 나는 앨리야말로 나의 미래라는 확신을 가졌으며, 정식으로 데이트를 신청하기로 결심했다.

어른스러운 데이트 말이다.

그때까지 몇 년 동안 나는 우리의 서툴렀던 첫 키스를 한 번도 잊은 적이 없었다. 하지만 학교 공부가 지지부진하고 성격도 이상해지면서, 감히 앨리슨 스튜어트에게 데이트를 신청하는 일은 꿈도 꾸지 못하게 됐다. 그래도 희망의 끈을 놓지 않았던 건 밥 딜런의 노래 'Tangled Up in Blue'에 나오는 것처럼 내 머릿속에서 들리기 시작한 노래들 덕분이었다. 그리고 코커 스패니얼 사냥개처럼 충직한 친구 레기 마누엘 등 친구들의 격려 덕분이었다.

레기가 나를 이끌어 준 일이 또 있다. 어느 날 오후 래리 멀런이 학교 게시판에 밴드를 모집한다는 글을 붙였을 때 래리의 집으로 가보라고 나를 설득한 것도 바로 레기였다.

레기는 자기 야마하 오토바이 뒷자리에 나를 태우고서 로즈마운트 애비뉴Rosemount Avenue에 있는 래리의 집으로 달려갔다. 그날 거기에서 있었던 모임이 결국 내 인생 전체의 여정을 결정해 버리게 된다.

드럼에 래리

"밴드 모집. 드러머가 다른 연주자들을 찾습니다."

운명이란 참으로 무심하게 찾아온다. 래리가 학교 게시판에 붙인 글에 상당히 많은 아이가 호응을 보였고, 방과후 래리네 집의 부엌은 록커 지망생들로 빽빽하여 그야말로 오븐처럼 후끈했다.

우리가 맨 처음에 모였던 그 작은 공간에 어떻게 드럼 세트에, 기타 앰프들에, 풋내기 록스타들까지 다 들어갈 수 있었는지 아직도 수수께끼다. 기타와 베이스가 각자 앰프와 디스토션 페달에 힘을 받아 자기 존재를 알리려고 빽빽거리고 있었지만, 실제로는 물리적 공간도 음악적 공간도 드럼이 다 채우고 있었다.

우리가 처음으로 모인 수요일 방과후 모임에서 제대로 된 소리를 내는 건 래리뿐인 듯했다. 그는 이 쇳소리의 혼돈 속을 아주 편하게 여기는 듯했다.

사실 편할 수밖에 없었다. 자기네 집 부엌이니까. 나는 지금도 래리의 드럼 연주에서 탐탐의 원초적 힘, 한복판에 꽂히는 베이스드럼의 타격, 창문과 벽이 흔들리도록 가볍게 또 무겁게 때리는 스네어 드럼, 그 쏟아지는 소리의 폭력을 적절히 매만져 오케스트라 효과로 만들어주는 금색 은색의 심벌즈 등을 좋아하는데, 그 모든 걸 그때 그 부엌에서도 그대로 들을 수 있었다. 실내에서 이렇게 소란을 떨다가는 집이 무너져 버리겠다는 생각까지 들 정도였다.

그런데 곧 나는 다른 잡음 소리를 감지했다. 창밖에서 여학생들이 킥킥대며 아주 높은 고음으로 소리를 지르고 있었던 것이다. 래리는 이미 팬클럽을 거느리고 있었다. 그래서 그다음 한 시간 동안 그는 우리에게 록스타가 된다는 것의 신비에 대해 강의를 해주기도 했다. 래리는 정원의 호스를 그녀들에게 돌려 물을 뿌려댔다.

베이스를 치는 친구는 애덤 클레이턴이었다. 나는 그가 뭘 연주하고 있는지 도저히 알 수 없었지만, 그는 베이스에 정말로 딱 맞아 보였다. 데이비드 에반스는 그 떠나갈 듯한 소음 속에서도 강력한 냉정함의 아우라를 차갑게 두르고 있었다. 그는 다른 누구와도 연주를 맞출 필요가 없었다. 자기 스스로 완벽하게 조화된 사운드를 내고 있었기 때문이다. 닐 맥코믹의 형제인 이반Ivan과 래리의 친구인 피터 마틴Peter Martin이 잠깐 다녀갔는데, 피터는 마치 방금 기타 상점에서 훔쳐 온 것 같은 순백색의 텔레캐스터 카피 제품을 가지고 있었다(그는 내게 기꺼이 그 기타를 빌려주었지만, 내 손에서 묻은 피로 범벅이 된 것을 보고 후회가 막심했을 것이다). 또 데이비드 에반스의 형이며 똑똑한 것으로 유명했던 디크도 있었다. 디크와 데이비드는 원재료에서 시작하여 전자 기타를 직접 만들 정도로 똑똑한 소년들이었다. 똑똑함이 지나쳐서 맨날 화학 실험을 벌여 서로를 날려버리려 들었고, 그 옆집 사는 친구 셰인 포거티Shane Fogerty에 따르면, 어느 날 실제로 자기네 집의 공구 창고를 통째로 날려버렸다고 한다. 에반스 형제는 괴짜들이라는 평판을 얻고 있었다. 물론 싫지 않은 괴짜였지만, 그래도 괴짜는 괴짜였다.

기타에 엣지

데이비드 에반스에 대한 내 첫 기억은 기하학적인 이미지를 갖고 있다. 심하게 각진 얼굴을 한 이 소년은 마운트 템플의 "몰" 벽에 기대어 예스Yes라는 프로그레시브 록 그룹의 복잡한 기타 선율을 뜯고 있었다. 그는 아일랜드 사람이나 웨일스 사람처럼 보이지 않았고(그는 웨일스 출신이었다), 외모만 보면 꼭 내가 가진 북미 원주민 이미지와 흡사해 보였다. 그는 머리카락을 앞으로 툭 튀어나오도록 빗은 모습이었으며, 아마도 쿨하게 보이고 싶어서 외모를 가꾸는 것 같았다.

1976년 당시 그는 15살이었으니 나보다 한 살 아래였다. 앨리와 같은 반이었으며, 두 사람이 그 학년에서 가장 선망받는 선남선녀라는 소문이 있었다. 또 소문에 따르면 그가 앨리에게 반해서 몇 번 같이 산책을 하는 일도 있었다고 한다. 나는 파티에서 앨리와 함께 장기 자랑을 하느라(아직 우리가 정식으로 사귀기 전이었다) 그녀에게 조지 해리슨George Harrison의 'Something'을 기타로 치는 법을 가르쳐 주었다. 기타도 잘 못치는 주제에 잘 치는 척했던 것이다. 하지만 이제 진짜 기타 선수를 만나 경쟁을 해야 하는 상황이 되었다. 데이비드 에반스는 원하면 어떤 곡이든 칠 수 있었다. 이는 곧 그가 원하는 것은 다 손에 넣을 수 있을 것이라는 신호로 보였다.

그날 학교 건물 복도에서 그가 치고 있었던 것은 예스의 〈Close to the Edge〉 앨범에 나오는 선율이었고, 거기에는 훗날 그를 유명하게 만든 종소리 하모닉스 주법도 들어가 있었다. 나는 프로그레시브 록을 싫어하며, 오늘날까지도 그와 이 문제로 논쟁을 벌인다. 엣지는 항상 내 앞에서는 내게 설득당하는 척하지만 돌아서면 바로 우리가 합의했던 바를 완전히 무시해 버리고 제자리로 돌아가곤 한다. 그와 나 사이를 갈라놓는 것은 거의 없지만, 오늘날까지도 프로그레시브 록에 대한 논쟁은 그 드문 것 중 하나다.

엣지는 1977년 미국으로 가족 여행을 떠나며, 뉴욕 맨해튼의 웨스트 48

번 스트리트에 있는 한 기타 상점에서 그의 첫 번째 기타를 구입한다. 깁슨 익스플로러였으니, 큼직한 턱에 뾰족한 머리가 엣지 본인과 똑 닮아 있었다. 그가 엣지라는 공식 명칭을 얻게 된 것도 대략 그런 이유에서였다. 물론 공식적으로는 그의 두개골 모양이 아니라 거기서 쏟아져 나오는 사운드 때문에 그 이름을 얻은 것으로 되어 있다. 엣지는 기타를 치기 시작하면 일종의 황홀경으로 빠져들었다. 그는 자기가 무얼 연주하고 있는지도 잘 몰랐고, 치고 있는 코드의 이름도 몰랐다. 요즘도 가끔 그럴 때가 있다.

엣지는 음악 이론을 모르는 것은 전혀 아니지만, 연주할 때는 사실 자기 느낌에 맡겨서 음을 찾아가며 음률을 엮어낸다. 그래서 다른 이들이 아직 사용한 적이 없는 독특한 음의 질서를 찾아내는 것이다. 그 음들 사이의 공간을 찾아내면서 누구와도 다른 그만의 연주를 만들어낸다. 그리고 이런저런 불필요한 음들을 모조리 제거하고 가장 최소한의 음으로 모든 것을 표현한다.

엣지는 천성적인 미니멀리스트다. 나는 아니다. 나는 맥시멀리스트다.

엣지는 포커페이스다. 나는 아니다.

엣지와 카드를 치면 그가 손에 든 카드가 무엇인지 절대 감조차 잡을 수 없다. 에이스 네 장이 모두 들어온다고 해도 조금도 흔들림이 없다. 그러니 그의 뻥카 솜씨 또한 일품이다.

그런데 아무 말도 하지 않는 사람들에게서도 배울 수 있는 게 있다.

이를테면 어떤 위기가 있을 때 아무 반응도 하지 말아야 한다는 것. 상황이 워낙 심각하니 경솔하게 굴지 말고 잠자코 숨죽이고 있어야 한다는 것.

엣지는 모든 시끄러운 소리 속에 숨어 있는 침묵이다. 그는 페인트에 가려진 불빛이다.

베이스에 애덤 클레이턴

애덤 클레이턴은 로큰롤의 진정한 신자였다. 그가 원하는 것은 오직 음악뿐. 그는 록스타로서의 스타일, 자세, 야망 모든 것을 갖추고 있었다. 유일한 문제는 악기를 연주할 줄 모른다는 것뿐. 그런데 그렇다고 해서 바로 밴드에서 잘리는 것은 아니었다…. 당시에는 나도 노래 실력이 별로였으니까. 하지만 애덤은 정말로 기묘한, 일종의 음악적 난독증을 가지고 있었다. 그는 연주가 제일 세련된 부분들이나 가장 단순한 부분들은 연주할 수 있었는데 그 중간에서는 거의 어쩔 바를 모르고 가만히 있었다. 베이스가 이런 식이면 보통의 리허설 상황에서 기타, 베이스, 드럼의 합을 맞추는 일이 상당히 골치 아프고 고통스러운 일이 된다. 우리 중 가장 음악적 재능이 뛰어난 엣지가 애덤의 빈틈을 메꾸어냈다. 그는 자기의 어린 시절 친구가 10대의 밴드에서도 함께 연주하기를 간절히 원했던 것이다.

애덤의 부모님인 브라이언Brian과 조Jo는 애덤이 8살 때 그를 가족과 친구들로부터 떼어놓아 그들이 "최고의 기숙학교"라고 묘사했던 곳으로 추방해 버렸으며, 말라하이드Malahide라는 같은 동네에 함께 살았던 엣지 또한 이를 똑똑히 목격했다. 애덤의 부모는 그게 애덤에게 최상의 삶으로 가는 길이라고 믿었다. 브라이언은 공군 비행기 조종사로서 영국의 여러 "식민지들"을 다니면서 영국 상류 계급이 어떤 삶을 살고 있는지 자주 보았으며, 아들 애덤 또한 그런 삶으로 나가도록 하고 싶어 했다.

애덤의 부모님은 출신이 보잘것없었지만, 예멘과 케냐의 공군 기지에서 생활하면서 좀 더 고급스러운 삶이 어떤 것인지 접하게 되었고, 세 아이만큼은(애덤, 신디Sindy, 세바스찬Sebastian) 꼭 그런 삶을 살게 하려 했던 것이다. 불행히도 이 때문에 애덤은 일종의 문화적 트라우마를 안게 되며, 자신이 어디에도 제대로 들어맞지 않는다는 감정을 갖게 된다. 더 나쁜 것은, 그게 다 자신이 시스템에 복종하지 않은 결과 내동댕이쳐졌기 때문이라는 느낌이 들었다는 것이다. 이런 상처는 처음에는 잘 보이지 않았다. 그가 둘러쓴 갑옷으로 철저하게 가려져 있었으니까. 그래서 그가 마운트 템플로 으스대며 걸어들어오던 모습은 너무나 쿨하고 자신감에 차 있어서 말라하이드 동네에서 함께 자라났던 데이비드 에반스조차 알아보지 못할 정도였다.

하지만 운동장을 가로지르던 애덤도 속으로는 분명히 잔뜩 쫄아 있었을 것이다. 그는 금발이면서 아프리카식의 곱슬머리에 양털로 만든 아프가니스탄식 코트를(양이 아직도 살아 움직이는 것 같았다) 입고 있었으며, 76년이라고 쓰인 파키스탄 티셔츠가 아니었으면 소설이나 영화 속에서 걸어 나온 인물처럼 보였을 것이다. 손목에는 강철로 된 팔찌를 여러 개 차고 있어서 항상 둔탁한 종소리 같은 것이 났다. 참으로 등장부터 요란한 장관이었고, 더블린의 노스사이드라는 전혀 다른 환경에서 자라난 거친 아이들도 깊은 인상을 받을 수밖에 없었다.

"담배 피울 장소가 어디인지 알려줄 수 있니?" 그는 완벽한 표준 영어로 이렇게 물었다.

자전거 보관소 건물 뒤편에 짱박혀서 담배를 피우던 학생들 눈에는, 이것이 애덤이라는 녀석이 아무것도 모르면서 동시에 모든 걸 다 아는 놈이라는 분명한 신호로 보였다. 이들 사이에서 애덤은 인기 폭발이었다. 애덤은 까다롭게 구는 다른 녀석들이나 교사들까지도 '완벽한 매너'라는 동일한 전략으로 이리저리 피해갔다. 프랑스어 시간에는 영어 소설을 읽었고, 수학 시간에는 가방에 숨긴 휴대용 술통에 담아온 커피를 마셨다.

"가르치는 게 불가능하다"라는 게 애덤에 대한 한 교사의 반응이었다. "학교 과정에 비추어 지나치게 똑똑하다"는 반응도 있었으며, 이게 아마 더 진실에 가까운 분석이었을 것이다. 애덤은 이후 예술과 삶에 대해서는 아주 진지한 태도를 가지게 되지만, 학교에 대해서는 전혀 진지하지 않았다. 학교는 순전히 재미로 다니는 곳이었다. 애덤처럼 자기 몸을 그렇게 편하게 여기고 또 그 모든 신체 기능들을 반기고 재미있어하는 사람은 거의 본 적이 없다. 특히 그의 거시기.

그는 같이 있는 상대방 의사와는 전혀 무관하게 불시에 그 물건을 바깥으로 끄집어내어 바람을 쐬어주곤 했다. 같은 무리에 여학생이 있어도 아무렇지도 않게 잔디밭 위에 방뇨를 해버리곤 했다. 그는 발가벗은 채 마운트 템플의 여러 복도를 뛰어다녀 결국 퇴학당했는데, 이는 학교에서 일부러 쫓겨나기 위한 작전이기도 했지만 순전히 재미 때문이기도 했다.

애덤은 학교에서는 이렇게 가장 재미나고 별난 학생이었을지 모르지만, 우리 밴드를 진지하게 여기고 고민한 첫 번째 인물이었다. 밴드를 만들고 얼마 지나지 않아 그는 어떤 이를 설득하여 "록 그룹 U2 매니저"라는 명함을 파도록 만들었다. 상류층 영어 악센트와 아무렇지도 않아 하는 자신감 넘치는 분위기 덕분에, 그는 1970년대 더블린에서 벌어졌던 온갖 이상한 행동들을 다 따라 해도 항상 별 문제 없이 빠져나갈 수 있었다.

버스값이 없을 때는 버스 운전사에게 '수표'를 발행하곤 했다. '수표'라고 해봐야 백지 조각에 자기 이름과 주소를 적은 것이 고작이었다. 물론 그대로 버스에서 쫓겨날 때가 많았지만, 어떤 기사들은 그의 부드러운 말씨에 깊은 인상을 품고 그를 공짜로 태워주기도 했다.

애덤은 타고난 사업가였다. 그래서 우리 밴드의 맨 처음 몇 번의 공연을 조직한 것도 그였으며, 당시 악명을 떨치던 아일랜드 펑크록 밴드 더 레디에이터스 프롬 스페이스The Radiators from Space의 싱어 스티브 에이브릴Steve Averill을 우리의 멘토로 영입한 것도 그였다. 그리고 스티브는 당시 우리 밴드의 이름이었던 더 하이프The Hype보다 훨씬 나은 이름을 만들어주었다. 스티브는 애덤과 엣지가 사는 말라하이드 동네의 이웃으로, 행색이나 태도는 완전한 펑크록 뮤지션이었지만 더블린 노스사이드에서 가장 친절하고 좋은 사람이었다. 그는 이후 몇십 년에 걸쳐 U2의 시각 언어를 발전시키는 미술 감독으로서 결정적으로 중요한 역할을 하게 되지만, 그 시작은 그냥 애덤의 형님 노릇을 하면서 우리에게 밴드 이름을 지어준 것이었다.

U2.

바로 이거다. 글자 하나와 숫자 하나. 포스터나 티셔츠에 인쇄하기에 딱 좋다. U-2라는 비밀 정찰기 이름으로 보면 내 마음에 쏙 들었다. 하지만 "너 또한you too"이라는 의미의 썰렁한 말장난으로 보면 영 마음에 들지 않았다. 사실 정말 싫었다. 밴드 이름이 이걸로 결정되는 것을 가로막지는 않았지만, 여기에 한 표를 던지지는 않았다. 나는 그저 우리 네 명 중 하나일 뿐이며, 진짜 로큰롤 밴드는 싱어가 운영하는 법이 아니다. 싱어는 리드를 할 수는 있어도 운영하지는 않는다. 하지만 스티브가 제시했던 두 번째 안인 더 플라잉 타이거스The Flying Tigers라는 이름만큼은 온몸으로 막아냈다.

애덤이 워낙 자신감이 넘쳤기에 음악적 재주가 하나도 없으면서 있는 척했음을 알아내는 데 몇 달이나 걸렸다. 옳은 순서로 옳은 음률을 연주하지 못했고, 사실 조성에 대한 감각조차 없었다. 하지만 당시에는 그게 큰 문제가 아니었다. 1976년 당시 등장한 펑크는 록 음악에 엄청난 동력이 되었고, 애덤은 일종의 상류층 말투를 쓰는 시드 비시우스Sid Vicious처럼 로큰롤 정신 그 자체라고 여겨졌던 것이다. 우리 밴드를 처음 조직한 것은 래리였지만, 밴드에 믿음을 가지고 우리에게 생기를 불어넣은 것은 애덤이었다.

맨 처음 연습 당시에는 디크 또한 우리 밴드의 일원이었다. 그런데 내가 이를테면 롤링 스톤스의 'Satisfaction'을 외쳤는데도 디크는 엉뚱하게 'Brown Sugar'를 연주하는 일이 드물지 않았다. 디크가 음악적 감각이 없어서 그런 것이 아니었다(그의 감각은 대단했다). 그는 누구도 뚫을 수 없는 모종의 거품 안에 살고 있었으며, 그 거품 안에 있는 그의 머릿속에서 벌어지는 일들은 방에서 벌어지는 일들과 맞아떨어지지 않을 때가 많았다. 지금, 이 순간, 그가 있는 평행 우주에서는 'Brown Sugar'가 올바른 선택임이 *확실*하다는 게 그의 주장이었다.

"야, 정말 디크도 밴드에 끼워줄 거야?"

래리는 디크를 어떻게 해야 할지 고민하고 있었다.

"디크는 좋은 녀석이고 다 좋지만, 정말 디크를 밴드에 끼워줄 거야?"

나중에 디크가 대학에 가기로 하면서 우리와 더 이상 연습할 수 없다는 것이 분명해졌고, 굳이 엣지가 자기 형에게 래리가 그를 밴드에 원하지 않는다고 설명할 필요도 없게 되었다. 디크가 밴드를 떠난 직후, 래리는 쭈뼛거리며 다시 물었다. "야, 엣지도 밴드에 끼워줄 거야?"

엣지는 밴드 일원으로 남았고, 다음 몇 주를 거치면서 래리, 애덤, 나도 밴드의 일원이라는 것이 분명해졌다. 우리는 4인조 밴드였다. 약간 믿기 힘든 일이었지만, 매주 토요일마다 학교 음악실을 쓸 수 있었다. 우리 학교가 진보적인 교육 실험으로 생겨난 덕분이었다. 또한 맥켄지Mr. McKenzie와 브래드쇼Mr. Bradshaw와 같은 음악 교사들, 역사 교사 도널드 목스햄Donald Moxham, 학생부 교사이자 가끔 영어를 가르치던 잭 헤슬립Jack Heaslip 등 교사진들 가운데에도 몇몇 동맹군들이 있었던 덕분이기도 했다.

그 음악실에서 깨달은 사실이 있었다. 우리 형의 통기타로는 아무리 해도 안 되던 곡들이 데이브, 애덤, 래리와 함께라면 훨씬 낫게 들린다는 것이었다.

비틀스나 비치 보이스The Beach Boys나 밥 딜런의 노래들뿐만이 아니었다. 우리 스스로 만든 노래들도 있었다. 또한 내가 집단적으로 곡을 쓰는 것이 가능하다는 것을 알게 된 것도 그 음악실에서였다. 감히 우리들끼리 작곡할 생각을 했다는 것이 어찌 보면 황당한 일이지만, 나는 까마득한 옛날부터 분명히 머릿속에 여러 곡의 멜로디를 가지고 있었다. 게다가 애덤은 그 전 몇 년 동안 가사가 될 아이디어들을 노트에 적어둔 바가 있었으므로, 내가 우리의 생각대로 노래를 만들어보자고 제안했을 때 아무도 비웃지 않았다. 그리고 그렇게 해서 우리가 만들었던 노래들은 우리가 카피했던 노래들보다 더 간명하고 확실한 느낌을 주었다. 사실 우리는 다른 이들의 노래를 잘 카피하지 못했다. 우리가 우리의 노래를 만들기 시작했던 건 다른 이들의 노래를 연주할 능력이 없었기 때문이라고 해도 과언이 아니다.

아기 밴드가 아장아장 걸음마를 시작했다.

정말 첫걸음마를 시작한 아이처럼 비틀거렸던 우리였지만, 그래도 정말로 우리가 세상에 태어났다는 느낌을 나는 가지고 있었다. 펑크록이 내 알몸을 정말 세게 후려친 셈이었고, 나는 드디어 울부짖기 시작했다. 그리고 그 울부짖는 소리가 그런대로 음정이 맞았던 것이다.

우리가 최초로 오디션을 치렀던 것도 우리 학교 음악실에서였다. 래리네 집 부엌에서 모였던 첫 모임 이후 1년 반이 지난 시점이었다. 빌 키팅Bil Keating이라는 이름의 TV 방송 프로듀서가 있었는데, 스티브 에이브릴은 우리에게 만약 그의 마음에 들기만 한다면 TV 출연도 가능하다고 말했다.

텔레비전이라고?

당시 〈Young Line〉이라는 이름의 10대와 아이들을 위한 새로운 예술 프로그램이 있었다. 이런 프로에 나간다는 것은 참으로 펑크록의 정신과는 어긋나는 일이었지만 그래도….

텔레비전이라잖아!

그리하여 우리는 1978년 봄 어느 날 그 TV 프로듀서를 기다리게 되었고, 이것이 우리에게 큰 돌파구가 되어줄 것이라는 느낌이 있었다.

그런데 불행히도 그 프로듀서가 음악실 문 앞에 도착한 순간, 우리는 무슨 곡을 연주할지를 놓고 한창 싸우고 있었다.

시작은 어떻게 하고 끝은 어떻게 맺을 것인가.

"쉬, 조용히 하고 일단 문부터 열어드리자…. 야 이거 어떡하냐?"

"문부터 열어드려. 일단 문부터 열라니까."

그 TV 프로듀서가 말했다. "여러분이 스스로 쓴 곡도 있다고 들었습니다."

"그럼요." 나는 대답했지만, 거의 패닉 상태였다. 그러다 불현듯 사기에 가깝지만 이 상황을 모면할 수 있는 아이디어가 떠올랐다. 나는 데이브 에반스의 정직한 눈을 똑바로 보았고, 그 또한 이 상황에서는 이렇게 할 수밖에 없다는 내 생각을 읽은 것 같았다.

"그럼요." 나는 계속 말했다. "이 노래는 우리가 쓴 곡 중 하나인데요. 제목은 'Glad to See You Go'입니다."

엣지가 그때 보여주었던 표정은 그가 오늘날에도 무대 위에서 래리, 애덤과 소통할 때 보여주는 그 표정이었다. 사실 그건 표정이라기보다도 거의 그들끼리 이해하는 모종의 텔레파시 같은 것이었다. 어쨌든 이들은 즉각 머리를 맞대고 라몬즈의 꽤 알려지긴 했지만 아주 유명하지는 않은 곡인 'Glad to See You Go'를 때려대기 시작했다.

우리는 화끈하게 승기를 잡았다.

우리는 음악실에서 그 VIP를 확실하게 휘어잡았다. 그는 이 어린아이들이 그렇게 강력한 짐승 같은 힘을 멜로디에 실어내는 모습에 한없이 놀라고 있었다. 그리하여 우리는 〈Young Line〉 프로그램에서 한 자리를 차지하게 되었으며, 막상 쇼에 나갔을 때는 당연히 'Glad to See You Go'가 아니라 우리가 만든 노래 'Street Mission'을 연주했다.

아무도 눈치챈 이는 없었다.

이 또한 조이 라몬 덕에 벌어진 또 하나의 기적이었다.

번개는 두 번 친다

1976년의 그 주, 내가 훗날 U2라는 이름을 얻게 되는 그 밴드에 합류했던 그 주는 또한 내가 앨리슨 스튜어트에게 정식으로 사귀자고 했던 주이기도 했다.

그 뒤로 모든 것이 달라졌다. 물론 하늘이 갈라진 것도 아니었고, 오던 비가 멈춘 것도 아니었고, 도시가 내려다보이는 언덕 위에서 했던 고백도 아니었다. 사실 내가 그 이야기를 꺼낸 것은 하우스 로드Howth Road의 버스 정류장에서 31a 버스를 기다리던 중이었다. 그리하여 목요일 오후 4시 30분에 우리는 두 번째 키스를 나누었다.

지나가던 사람들은 우리에게 그다지 관심이 없어 보였지만, 주근깨로 가득한 내 머릿속에서는 길거리의 소음을 재료로 삼아 음악이 만들어지고 멜로디라인이 엮어지고 있었다. 혼란 속에 살아가던 내가 드디어 명징한 무엇인가를 찾아냈고, 그것은 바로 이 어린 소녀, 봄의 샘물처럼 맑디 맑은 어린 소녀였다. 또다시 그녀가 물 위를 걸어가는 비전이 보였다. 그리고 그녀는 물이 되어 사라졌다.

나는 그 물속으로 뛰어들었다.

You let me into a conversation
A conversation only we could make
You break and enter my imagination
Whatever's in there
It's yours to take

마운트 템플에서는 수요일 오후에 수업이 없었다. 마치 주말을 조금 훔쳐 와서 주중 한복판에 즐기는 느낌이었다. 섹스에 대해서 나는 항상 관심이 많은 아이였지만, 앨리 옆에 있을 때는 그냥 관심 정도가 아니었다. 그녀에게서 눈을 뗄 수가 없었고 온갖 감각이 과잉으로 들떠버렸다. 그녀가 내 옆에 있으면 한편으로 마음이 편해졌지만 또 한편으로는 도저히 마음을 진정시킬 수가 없었다. 그녀와 단둘이 있기를 정말로 원했지만, 내가 젊은이들 클럽에서 좀 인기 있는 남자아이가 되었다고 해서 이 완벽한 사람에게 추하게 들이대는 짓은 하지 말자고 굳게 다짐했다. 그런데 학교를 일찍 마친 어느 수요일 오후, 나는 앨리에게 미니멀리스트 침대에 알전구 하나만 달려 있는 나의 미니멀리스트 골방을 보여주겠다면서 시더우드 로드 10번지의 우리집에 놀러 가자고 했다. 그녀를 내 침대로 끌어들이려는 (의식적인) 음모 같은 것은 결코 아니었지만, 결국 그렇게 되고 말았다. 얼마나 기뻤는지. 우리는 섹스 이야기는 하지도 않았다. 섹스를 하려던 게 아니었으니까. 그냥 귀여운 애정 표현으로 시작되었다가 킥킥거리는 놀이로 변했다가 갑자기 진지한 로맨스로 변해갔던 것이다.

그런데 바로 그때 우리집 대문이 열리는 소리가 들렸다. 분명히 우리집 대문이었다.

그러고는 아빠가 집으로 들어왔다. 하필 그날 평소보다 말도 없이 일찍 집에 온 것이다. 앨리는 그야말로 벌거벗은 충격 상태에서 나만 뚫어지게 쳐다보았다. 그녀는 아직 아버지와 인사도 한 적이 없었다.

"어쩌지?" 우리는 말도 제대로 나오지 않는 상태였다.

이게 바로 패닉이라는 거구나.

"침대 아래로 들어가!" 내가 불쑥 말했다.

"뭐라고?"

그녀의 표정을 보니 농담이라고 생각하는 듯했다. 하지만 내 표정은 결코 농담이 아니라고 말하고 있었다. 그녀는 밥 휴슨이라는 남자가 어떤 사람인지 잘 모르겠지만, 나는 그를 아주 잘 알고 있었기 때문이었다.

"여기 좁아서 내가 못 들어가."

"들어갈 수 있어. 들어가야 돼."

결국 그녀는 그 안으로 들어갔다.

바로 그때 아빠가 계단을 다 올라와 내 방으로 들어왔다.

"야, 지금이 몇 시인데 침대에서 대체 뭐 하는 거냐?"

"아파요." 물론 거짓말이었지만, 그 순간에는 정말 구토까지 좀 나오던 판이었다. 마치 범죄 현장에라도 있는 것처럼. 자신이 범죄자인 것처럼.

"음…. 어…." 나는 일부러 목쉰 소리를 냈다. "목이 부었어요."

평소에는 그저 무언극이나 오페라에만 푹 빠져 아들에게는 별로 관심도 없던 아버지가 그동안 못한 아버지 노릇을 하필이면 그날에 몰아서 할 줄이야. 아버지는 내 침대에 앉아서 내가 괜찮은지 살피겠다고 온갖 질문을 끝없이 늘어놓았다. 한편 앨리슨 스튜어트는 바로 몇 인치 위에 앉은 이 두 명의 남자에 짓눌려 질식해 가고 있었다.

이러한 '상황'은(아니, '조건'이라고 해야 할 것이다) 그녀가 그 이후로도 오랫동안 쉽사리 떨쳐버리지 못하게 된다.

the gibson
explorer
IRIS
PAUL
the yellow
house

7

I Will Follow

나는 따르리라

A boy tries hard to be a man
His mother lets go of his hand
The gift of grief
Will bring a voice to life.

"방 안의 코끼리"는 내가 좋아하는 말이며, 때에 따라서는 코끼리가 되기도 하고 방이 되기도 한다. 우리는 상황이나 대화에 빠진 나머지 당연한 사실을 놓치곤 한다. 우리를 구원해줄 누군가나 어떤 문제에 대한 해법을 찾고 있지만, 그것들은 우리 코앞에 있을 때가 많다.

우리집 한 벽면 전체는 영화제작자 빔 벤더스Wim Wenders의 미술 작품이 차지하고 있다. 제목은 '에마우스로 가는 길The Road to Emmaus'인데, 최근에 그 길을 찍은 사진이다. 이 길은 예루살렘에 바로 붙은 교외에 있으며, 옛날에 이 길에서 예수님의 가까운 친구들이 그와 나란히 걸었지만, 그가 누구인지 전혀 몰라보았다고 한다. 그가 십자가에 못 박힌 며칠 뒤의 일이었다. 예수가 아직 살아 있으며 그의 시체가 없어졌다는 소문만 돌고 있는 참이었다.

예수님의 친구들은 이 낯선 이의 정체를 전혀 모른 채 혼란, 슬픔, 공포에 빠져 있다가, 마침내 그가 이별을 고할 때에야 비로소 예수님이 쭉 그들 옆에 계셨다는 사실을 알게 된다. 이들은 예수님이 언제나 그들 바로 옆에 있을지도 모른다는 가능성을 그제야 깨닫게 된다. 단지 그분이 어떤 모습을 하고 나타나셨는지를 알아보는 안목이 없을 뿐.

비행기를 탔다. 옆에 앉은 이와 엮이지 않으려고 대화를 피해보려 하지만, 결국에는 그가 내 삶에 나침반이 되어줄 소중한 진리를 가르쳐주었던 경험이 있다. 마음이 열려 있기만 하다면, 길가의 히치하이커들도(내 딸 이브Eve는 "그냥 어떤 사람randomer"이라고 부른다) 하늘에서 보낸 천사가 될 수 있다. 전혀 예측하지 못한 순간에 말이다. 그리고 사람들만이 아니다. 장소 또한 감추어진 희귀한 연관성을 밝혀내는 실마리가 되어주기도 한다.

"노란 집" 시대, 오두막과 치즈

U2는 마운트 템플 학교의 음악실과 엣지의 집에 있는 7피트 × 9피트 면적의 공구 창고를 떠나, 세 번째 연습실로 이주했다. 더블린 카운티County Dublin 북쪽의 묘지에 붙어 있는 작은 오두막이었다. 그 묘지에는 나의 어머니도 묻혀 있었다. 우리는 이 집을 "노란 집Yellow House"이라고 불렀으며, 그곳에는 전기난로도 있어서 래리와 엣지가 각자의 치즈 샌드위치를 데우곤 했다.

나와 애덤은 먹을 것도 없었기에 그야말로 그 둘의 점심을 먹어치웠다. 우리 둘은 음식 훔쳐 먹는 것을 즐기는 데에 한마음이었다. 애덤은 남이 남긴 음식도 좋아했다. 학교 급식 시간이 되면 이 '상류층 소년' 애덤은 짬통 옆에 서서 거의 새것처럼 보이는 감자나 차가운 콩의 바다에 시체처럼 떠다니는 4분의 3쯤 남은 소시지를 가뿐히 건져 올리곤 했다. U2가 순회공연을 다니는 동안에도 애덤이 호텔 객실 바깥에 사람들이 먹고 남긴 음식 그릇을 뒤지는 모습을 흔히 볼 수 있었다. 여기에서는 반쯤 남은 치즈 버거, 저기에서는 차갑게 식은 피자 조각. 래리는 정반대로 음식도 가렸고 많은 사람들 앞에서 먹는 것을 좋아하지도 않았다. 래리는 외모가 뛰어났으므로 여자아이들이나 남자아이들이 뚫어지게 쳐다보면 부담스러워했다.

그렇다면 궁금해질 것이다. 그런 사람이 어째서 팝스타가 되려 했던 것일까?

래리처럼 수줍은 성격의 사람이 어째서 학교 알림판에다가 자기네 집 부엌에서 다른 멤버들을 모집한다는 글을 붙여 놓았던 것일까? 나도 답을 정확히 모르지만, 그가 그렇게 했다는 것을 아주 기쁘게 생각한다. 그의 아이디어 덕분에 U2가 결성되었고, 결국은 그 덕에 모두 큰돈을 벌어 점심밥을 맘껏 먹을 수 있게 되었으니까. 하지만 그렇게 우리가 성공하기 오래전부터 래리는 자기 점심밥을 기꺼이 우리와 함께 나누어 먹었다는 점은 분명히 해두어야 할 미담이다.

한편 엣지는 먹는 일 자체를 까맣게 잊어버리곤 했다. 그는 요즘도 그럴 때가 있다. 그의 어머니인 그웬다Gwenda가 무려 7년 동안이나 그에게 매일 치즈 샌드위치를 싸주었다는 사실과 뭔가 관련이 있지 않을까 싶다.

그리하여 엣지는 하루도 빠짐없이 치즈 샌드위치를 먹었다. 그는 먹는 일에 별로 열성이 없었고 샌드위치도 절반만 먹었으며, 나머지 절반은 내가 먹었다. 그렇다고 그의 집이 가난해서 매일 똑같은 것을 먹어야 했던 것은 아니었다. 그냥 그의 어머니가 그 전날 도시락으로 무얼 싸주었는지 항상 잊어버렸기 때문이었다.

엣지나 엣지의 어머니나 정신이 다른 데에 가 있을 때가 많았다.

생각만 해도 지긋지긋한 음식

칩 샌드위치

튀김 일체(특히 튀긴 햄버거. 버거를 사서 튀김옷을 두른다.)

콘플레이크(아침에도, 점심에도, 저녁에도.)

훈제 대구(아일랜드의 10대들에게는 생선이 생선 모습이나 생선 맛을 내면 안 된다.)

그날도 나는 "노란 집"에서 엣지가 가져온 치즈 샌드위치와 래리가 가져온 햄을 데워 먹고 있었다. 가만히 생각해보면 나에게 말도 걸기 싫었을 친구들이 어째서 점심 도시락통까지 내게 열어줬는지 그저 신기할 따름이다. 그날도 나는 밴드 동료들에게 고함을 지르고 악을 썼다. 오랜 시간이 지난 지금 돌이켜 보면 정말 터무니없는 이유였다. 뻔한 개소리들이었다. 너희들이 너무 빠르게 혹은 너무 느리게 연주를 하잖아. 그리고 내가 옥상에서 뛰어내리려는 참인데 너희들은 왜 도로에서 매트를 들고 제때 나타나 주질 않는 거야?

대수롭지 않은 뻔한 멜로드라마였지만, 당시에는 세상에서 가장 중요한 일로 여겨졌다. 그때 1970년대 말에는 아일랜드가 내전 폭발 직전이었으며, 핵전쟁이 발발하여 인류가 핵겨울에 살게 될 가능성도 있었다. 하지만 나는 모른다. 1978년 겨울의 그날, 나에게는 우리 밴드가 충분한 실력을 갖추지 못했다는 사실이 바로 인류에게 닥친 가장 절박한 문제였다.

만약 1)밴드 멤버들의 실력이 정말 형편없거나 2)내 실력이 더 낫거나 했다면 그나마 이런 주장이 성립했을지 모른다.

하지만 분명히 2)는 아니었다. 그래도 나는 끊임없이 소리를 질러대며 도저히 용서받을 수 없는 중상과 비방을 뿜어댔으니, 비록 오랜 시간이 지난 지금에라도 나는 그들에게 용서를 빌고자 한다. 어쩌다 한 번 있는 일도 아니었다. 이건 아예 우리가 연습하는 방식이 되어버렸다. 지금 돌이켜 보면 이는 정신분석의 대상으로서, 아마도 내가 삶을 *회피하려고 했던* 방식, 즉 상처를 피하려고 상처를 내는 방식이었을 수 있다. 아마도.

아니면 그냥 내가 아주 싸가지 없는 놈이어서였을 수도 있다.

한 가지는 분명하다. 나는 음악에 있어서 내 능력보다 훨씬 더 많은 것을 움켜쥐려고 했다. 나는 머릿속에 음악이 있었지만 연주할 능력은 없었다. 나는 그림을 그리지도, 심지어 스케치도 그리지 못하는 주제에 다른 미술가의 손을 빌리려고 들었던 셈이었다. 내가 그렇게 분통을 터뜨렸던 이유의 상당 부분은 내가 스스로를 표현할 능력이 없다는 데에서 비롯되는 것이었다. 나는 기타 레슨을 몇 번 받은 게 고작이었으므로 이 세 명의 동지에게 온전히 의존할 수밖에 없었다. 나는 내 자아를 숙여야만 했다. 이들이 스스로를 표현할 능력에 기대지 않으면 나는 아무것도 가진 게 없으니까.

아무것도 없는 정도가 아니다.

내가 가진 것은 주변까지 다 빨아들여 버리는 진공, 블랙홀이었으니까.

오늘날 내가 내놓을 수 있는 것은 오직 비대해진 자아뿐이다.

나는 퍼블릭 이미지 리미티드Public Image Ltd.가 내놓은 새로운 노래 'Public Image'가 얼마나 신선하고 짜릿한 곡인지를 설명하려 애쓰고 있었고, 그 곡에 실린 허무주의가 마침내 우리가 익숙하게 자라난 블루스 기초의 록 음악을 관 속에 넣어 뚜껑에 못질을 해버렸다고 주장했다. 나는 그 사운드가 우리 두뇌에 파고드는 전동 드릴과 같고, 과거라는 시체에 파고드는 비수와 같고, 길 앞을 막고 선 모든 장애물을 치워버리는 지게차와 같다고 열을 내며 떠벌였다(무슨 말인지 알 것이다). 너무나 예리한 사운드였다. 그 기타 소리에는 느끼한 기운이라곤 전혀 없었다. 이건 펑크가 아니라 포스트펑크였다(그렇다. "포스트펑크"라는 말을 실제로 썼다. 그리고 우리도 그런 이름으로 불렸다).

나는 위대한 음악은 두 개의 코드와 두 가닥의 현으로 만들 수 있다고 모두에게 설명했다(마치 무슨 선언문이라도 쓰듯). 포스트펑크 존 리든John Lydon이 그렇게 하잖아. 이제 우리는 사용하는 코드의 숫자를 세 개에서 두 개로 줄였다. 그야말로 맥시멈의 미니멀리즘이었다!

나는 엣지에게 우리의 두뇌와 척추를 꿰뚫는 전동 드릴의 사운드를 기타로 내보라고 했지만, 그는 내 말을 알아듣지 못했다(지금 돌이켜 보면 마치 뒷골목의 그라피티 예술가가 위대한 풍경화가에게 스프레이 페인트를 쓰라고 명령하는 격이었다). 엣지도 더 참지 못하게 되었고, 나는 답답해진 나머지 그의 깁슨 익스플로러 기타를, 그가 저축한 돈을 탈탈 털어 뉴욕에서 사 온 그 SF에나 나올 법한 모습의 전자 기타를 그의 목에서 벗겨냈다. 나는 그 기타를 내

목에 두르고서 거칠고도 위험하게 꽥꽥거리는 사운드를 만들어냈다.

"계속해 봐." 엣지가 말했다. "계속해 봐. 거의 비슷해지고 있어."

"맘에 드냐?" 나는 놀라서 물었다.

"맘에 드는지는 잘 모르겠는데, 치과에서 이빨 가는 드릴 소리랑 분명히 비슷해. 한번 내가 발전시켜 볼게."

이렇게 거만하기 짝이 없는 자와 겸손하기 짝이 없는 자가 부딪히는 순간에 'I Will Follow'라는 곡이 생겨났다. 래리가 먼저 록 밴드 조이 디비전Joy Division 풍의 또 다른 튜턴식 드럼 변주를 선보인 뒤, 엣지가 낮은음 쪽 드론을 친다(E현과 D현을 울리며, 2번 줄 3번 줄을 짚어 E/D코드를 쳤다가 D9 코드로 옮겨간다). 그다음에는 내가 만들어낸 코러스와 가사가 나온다.

If you walk away, walk away
I walk away, walk away
I will follow.

이 "떠나간다면, 떠나간다면walk away, walk away"이라는 반복부의 리듬은 하나의 주문이며, 지미 헨드릭스Jimi Hendrix로 치면 와와 페달로서, 듣는 사람을 확 잡아채는 낚싯바늘 효과가 났다.

우리는 뭔가 괜찮은 곡을 썼다는 확신이 생겼다.

"그런데 이게 무슨 이야기야?" 우리는 서로에게 물었다.

"이 곡은 자살 메모야." 나는 목소리를 깔고 엄숙히 말했다. "이 노래는 자기 엄마를 찾고 싶어 하는 어떤 아이에 대한 노래야. 엄마가 무덤에 들어갔다고 해도 그는 엄마를 무덤 속으로 따라갈 거라는 이야기야."

의미심장한 침묵.

그런데 나를 포함한 그 누구도 우리 연습실 바로 옆의 묘지에 나의 어머니가 묻혀 있다는 사실을 생각하지는 못했다. 나는 거기에서 연습하는 동안 한 번도 어머니 무덤에 가보지 않았고 심지어 갈 생각도 하지 않았다. 어머니는 실제로도 죽었고, 나에게는 이미 감정상으로도 죽은 존재였다.

적어도 나는 그렇게 생각했다.

자기 부인은 놀라운 심리적 장치이며, 꼭 필요할 때도 있을 것이다. 하지만 사실을 말하자면, 그 노래가 계속해서 사람들의 마음을 끈 건 자살 메모처럼 허무주의적이라서가 아니었다. 이 곡은 무조건적 사랑에 대한 노래였다. 아가페의 사랑. 영원한 사랑. 아버지보다는 보통 어머니의 사랑으로 이야기되는 그런 사랑.

예수님이 말씀하신 돌아온 탕자 이야기는 많은 사람들이 알고 있다. 아버지의 재산을 미리 상속받아 유흥으로 탕진하고 온갖 고생을 하다가 마침내 빈털터리가 되어 기가 푹 죽어 돌아온 젊은이의 이야기이다. 그런데 사람들이 간과하는 부분이 있다. 그 선한 아버지는 이 탕자가 돌아오기를 집 밖 멀리까지 나와서 애태우며 기다리는 모습을 하고 있다. 이 모습은 사실 아버지보다는 어머니에 더 어울린다.

If you walk away, I will follow.

어리석은, 고집불통의 사랑

사랑에는 영리한 요소도 있고 어리석은 요소도 있다. 빈틈이 있어도 덮어줄 뿐만 아니라, 빈틈이 있다는 사실조차 완전히 모르기도 한다. 앨리와 나는 천천히, 하지만 확실하게 사랑에 빠졌고, 모든 형태의 사랑을 하나씩 살펴보는 가운데에 샬롬Shalom이라는 이름의 기독교 근본주의 집단과 가까워졌다. 그러면서 우리는 우리 두 사람이 각자 창조주께 더 가까워졌다고 느낄수록 서로에 대해서도 더욱 가까워지는 효과를 경험했고, 오늘날에도 우리는 이것이 진실이라고 믿는다.

이 샬롬이라는 집단은 소유에는 관심이 없고 만사를 기적이라고 보았던 기원후 1세기 순수한 초대 기독교인들의 삶을 추구했다. 그 성원들은 빈곤을 두려워하지 않았고 오로지 성경적인 삶만을 추구했다. 이러한 엄격하고도 까다로운 삶에 이끌려 몇몇 괴짜 같은 인물들이 모여들었다.

나는 괴짜 같은 사람들일수록 더 좋은 사람이라는 감정을 항상 품고 있었다. 나와 앨리는 이미 괴짜들과 괴물들과 선동꾼들로 가득한 나의 상상 속의 마을 립턴 빌리지의 주민이 되어 있었기에, 길거리 전도사 데니스 쉬디Dennis Sheedy 같은 이와 어울리는 것도 아무렇지 않게 여겼다. 믿거나 말거나지만, 우리가 그와 함께 어울렸던 곳은 더블린의 펑크 뮤지션들이 노는 한 맥도널드 매장이었다. 이는 그래프턴 스트리트Grafton Street에 있었으며 당시까지도 1950년대 햄버거집 아메리카나와 비슷한 분위기를 간직하고 있었다. 데니스는 그곳의 프렌치 프라이가 감자가 아니라 감잣가루로 만들어졌다고 지적했다.

"그러면 가끔 감자 껍질이 나오는 이유는 뭔가요?" 나는 물었다.

"사람들을 속이려고 나중에 붙인 거야". 항상 진실만을 말한다는 그는 이렇게 응수했다.

"오이피클 이야기는 아예 꺼내지도 마라."

데니스는 구약성경에 나오는 예언자 예레미야가 재림한 듯한 인물이었으니, 이스라엘 사람들 대신 더블린 사람들에게 내려와 헨리 스트리트Henry Street와 같은 큰 도로에서 복음을 전파했다. 비록 어디로 튈지 모르는 인물이었지만 우리는 그를 많이 사랑했다. 20년이 지난 뒤에도 마찬가지였다. 비록 그때는 데니스가 그물망 스타킹, 하이힐, 밝은 핑크색 립스틱을 칠하고 퍼시 씨Mr. Pussy의 카페 디럭스Cafe de Luxe에 나타났지만. 천둥 같은 외침은 약간 줄어들었다 해도 설교는 여전했다. 사랑이야말로 모든 것을 초월하는 법이다.

우리의 첫 번째 사무실은… 빗속이었다

맹목적인 신앙은 아무 결실도 볼 수 없지만, 무언가를 시작하게 만들어 주기는 한다.

"노란 집"에서 맨날 연습만 하다가 돈을 내고 들어온 관객 앞에서 실제로 연주하겠다고 나섰던 것도 마찬가지로 순전히 똥배짱 덕분이었다. 우리가 연주했던 장소인 맥고나글즈McGonagles에서 상연된 쇼들은 괴상한 것들이었고, 어떨 때는 초현실적인 것들이었고, 이따금 초월적인 것들도 있었다. 이곳은 당시 더블린의 주요한 펑크록 클럽으로서, 가구나 장식을 보면 마치 1940년대에서 마지못해 1970년대로 끌려온 듯한 모습이었다. 술 자국으로 카펫이 끈적거리는 와인바, 무대 옆의 가짜 플라스틱 나무 등. 나중에 알게 된 일이지만, 부모님인 밥과 아이리스 또한 이곳에서 춤을 즐겼으며 그때는 이곳이 "크리스탈 볼룸Crystal Ballroom"이라고 불렸다고 한다. 우리는 도시 전체의 음악 연주자들이 쉬는 월요일 밤을 배정받았다. 오는 손님도 적어 꽉 차는 법은 없었지만, 그래도 한잔 걸치고서 재미있는 것을 찾는 온갖 부류의 사람들이 모여들어 청중을 이루고 있었다. 연주만 잘한다면 많은 사람을 모을 수도 있었다.

우리가 오르는 무대 바로 앞에는 춤추는 공간이 있었고 그곳은 항상 흥분으로 가득했다. 우리가 친구들에게 공연에 와서 그 자리를 메워달라고 부탁했던 게 주효했던 탓일까. 아니면 그들은 정말로 흥분한 청중들이었을까. 무대 위의 나에게 앨리, 앤Ann, 아이슬린Aislinn 등 우리 여자 친구들이 마치 우리가 비틀스라도 되는 듯 비명을 질러대는 소리가 들렸다. 개빈, 구기 등의 립턴 빌리지 주민들은 제법 냉정을 유지하며 보고 있었지만, 결국에는 다 펑크록의 발작을 일으키며 폭발하곤 했다. 지역의 음악잡지《핫 프레스Hot Press》의 편집장인 니얼 스토크스Niall Stokes는 그의 아내 메이린Mairin 그리고 그 잡지의 스타 작가였던 빌 그레이엄Bill Graham과 함께 자주 우리를 찾아왔다.

빌은 트리니티 칼리지Trinity College의 대학생이었으며, 동료 학생인 폴 맥기니스Paul McGuinness를 우리에게 소개해주었다. 빌은 우리들만큼이나 U2에 열성을 보였다. 나는 비록 아버지에게 말하지는 않았지만, 대학을 가지 않기로 했거니와, 그래도 빌의 머릿속을 한번 방문해보면 대학 수업을 듣는 것보다 더 많은 것을 배울 수 있었다. 빌은 스티브 에이브릴에 이어 우리의 두 번째 정신적 지주가 되었으며, 또 우리의 세 번째 정신적 지주인 폴과 연결해주었다. 그리고 폴은 다시 우리의 네 번째, 다섯 번째, 여섯 번째의 정신적 지주와 연결해주었다. 우리들의 삶 속에서 폴의 손길이 닿지 않은 부분은 없다고 해도 좋다. 이렇게 폴은 우리의 동맹자 중에서도 가장 결정적으로 중요한 인물이 된다(비록 항상 그렇게 느껴졌던 것은 아니었지만).

어느 날 밤 공연이 끝난 후, 나는 이 갓난아기 U2를 사춘기로, 또 거의 성인으로까지 키워내게 될 사람인 폴과 함께 서 있었다. 우리가 서 있었던 곳은 우리의 첫 번째 사무실인 빗속이었다. 우리는 사무실이 따로 있지 않았다. 우리가 우리의 매니저와 의논하는 곳이 바로 사무실이었으며, 그날 밤은 맥고나글즈 클럽의 바깥이 사무실이었다. 빗속이었다. 폴과 나는 아직 알게 된 지 얼마 안 되었고, 서로를 재보고 있는 참이었다. 우리는 영국의 전국 레코드 회사와 음반 계약을 맺어 그 돈으로 슈퍼스타의 길을 갈 계획이었지만, 폴은 아직 우리에게 그런 음반 계약을 따오지 못한 상태였다.

그는 조만간 이 대박을 가져다주겠다고 나를 설득하고 있었지만, 꺼졌다 켜졌다 하는 맥고나글즈 클럽의 고장 난 네온등과 같은 그의 몸짓으로 볼 때 "아직은 아니다"라는 뜻이 분명했다. 우리는 서로 말꼬리 잡고 늘어지는 말싸움을 하게 되었고, 이런 종류의 말싸움은 고성이 오가는 싸움으로 격화되기 마련이었다. 나는 우선 음반 계약이 요원할 뿐만 아니라 내가 그토록 이야기했던 밴 차량도 아직 마련되지 않았다는 말을 도저히 받아들일 수 없었다. 우리에게는 밴이 있어야만 집에서 나와 자유롭게 이동하며 싼 값에 식사와 잠자리를 해결할 수 있었기 때문이다. 한창 자라나는 펑크록 밴드에게는 밴이야말로 가장 필수적인 장비라는 것이 내가 확신하는 바였다. 나는 그에게 기타, 베이스, 드럼만큼 중요한 거라고 말했다. 그도 이를 모르는 바가 아니었다.

나: 아일랜드에서는 밴이 있어야 밴드가 이곳저곳을 다니면서 돈을 모을 수 있어요. 밴이 없으면 밴 차량을 빌리는 수밖에 없는데 그럼 번 돈이 다 나간단 말이에요.

폴: 야, 너도 잘 모르는 이야기를 확실한 것처럼 하지 마라.

나: (본격적으로 열이 받는다) 폴, 그런 차량이 없으면 될 일도 안 된다는 거 정말 모르세요? 진짜 매니저라면 밴을 구해오세요.

폴: 보노, 밴을 구할 돈이 우리가 어디 있니? 왜 벌써 밴 타령이야.

나: (말도 안 되는 소리를 내뱉는다) 말씨는 완전 금수저이신데, 실제로는 흙수저이신가 보네요.

폴: 보노, 말도 안 되는 말 그만해. 상황을 제대로 보고 참을 줄도 알아야지.

나: 그런 소리 우리 아빠한테나 가서 하세요.

폴: 얼마든지 하지. 사실 이미 애덤과 엣지의 가족하고는 말씀을 나누었어.

나: 분명히 말해두죠. 우리, 그러니까 우리 네 명은 무슨 수를 써서라도 구할 거예요. 그러려면 돈이 있어야 되는데, 그 돈을 구하려면 음반 계약을 따내야죠. 그러니까 바로 런던으로 가서 이 문제 해결해 오셔야 돼요.

폴: 보노, 런던은 모든 준비가 다 되었을 때 가는 건데, 너희 밴드는 아직 런던에 갈 준비가 안 되어 있어. 아직 멀었다고.

나: 참 나, 그럼 우리에게 음반 계약을 따내 줄 이가 도대체 누구란 말이에요?

폴: 좋은 질문이다.

나: 아무래도 우리 밴드에 큰 열성이 없으시다는 이야기로밖에 안 들려요. 정말 열성이 있으셨다면 밴을 구해다 주셨을 거예요.

폴: 야, 내가 너희 밴드에 열성이 없다면 이 빗속에서 뭐 하러 거의 45분 동안이나 너하고 입씨름하고 있겠냐?

나: 그건 그러네요.

당시 내가 함께 비를 맞아가며 일을 도모해야 할 사람은 폴 이외에 따로 없었다. 때만 맞으면 낯선 이든 친구든 심지어 물리적 경관까지도 저절로 우리를 찾아오게 되어 있다. 하지만 그렇다고 해서 우리가 그렇게 찾아온 것들의 역할을 항상 발견해 내는 것은 아니다.

세상에서 가장 깔끔한 도둑놈

그로부터 몇 년 뒤의 일이다. 나는 내가 자라난 시더우드 로드 10번지의 집을 떠났다. 그리고 아버지에게도 이사를 가도록 권했지만 아버지는 요지부동이셨고, 그래서 하우스Howth의 바닷가에 작은 해변이 내려다보이는 아름다운 마을이 있는데 그곳에 있는 작은 아파트를 내가 샀다는 선의의 거짓말을 했다. 그러니까 내가 없는 동안 아버지가 그 집에 들어와 살면서 관리도 해주고 원래 살던 시더우드 로드의 집은 세를 놓아 연금 수입에 보태는 게 어떠냐는 말이었다. 그리하여 아버지는 세상을 떠날 때까지 그 아파트에서 지냈다. 아버지는 그 집을 좋아했고, 그 집도 아버지를 좋아하는 듯했다.

아버지가 이사를 온 몇 달 뒤 루스 이모가 그 집을 방문했고, 우리가 전혀 모르던 사실을 알려주었다. 자기와 자기 언니인 아이리스 즉 나의 어머니이자 아버지의 아내인 아이리스가 10대 내내 그 해변에서 수영을 즐겼다는 것이었다.

하우스까지는 기차를 타고 한참 가야 했지만 아이리스는 개의치 않았다고 했다. 하우스 해변에서 수영하고 일광욕하면서 태양과 하나가 되는 일을 너무나 즐겼다는 것이다.

다시 그로부터 몇십 년 후의 일이다. 폴은 나를 차에 태우고 더블린의 선창에 있는 페리맨Ferryman 펍으로 데려갔다. 페리맨 펍은 크게 변한 것이 없었지만, 폴이 모는 검은색 재규어 XJ8 차량의 크롬 휠은 주변 환경에 비해 너무 고급으로 튀어 보였다. 나는 《뉴욕 타임스》의 음악 비평가 존 파렐리스Jon Pareles를 만나러 갔다. 그가 내게 던진 질문은 내가 대충 우회하거나 건너뛸 수 있는 것이 아니었다. 나의 출신과 성장에 대한 질문이었으니까.

"성장 과정에서 아버님과의 관계는 어떠셨는지요?"

그런데 그때 술집에 두 사람의 남자들이 들어왔다. 이들이 들어서는 순간 내 목뒤의 털들이 쭈뼛쭈뼛 일어서는 것을 느끼면서(나는 사실 목뒤에 털도 없다) 나는 이들이 험한 사람이라는 것을 직감적으로 눈치챘다. 나이는 30대였지만 모습은 40대였고, 한 사람은 스티커를 얼굴에 붙인 듯한 미소를 짓고 있었으며, 또 한 사람은 담뱃진으로 이빨이 누렇게 되어 있었다. 이들은 당구를 치기 시작했지만, 나는 곧 이들이 나를 주시하고 있다는 것을 감지했고, 결국 그들은 내게 다가왔다.

"안녕하슈 형씨? 이렇게 만나게 되어 기쁘구말."

더블린의 험한 동네에서는 말할 때 세게 보이기 위해 n 대신 l 발음을 쓰는 경향이 있다. 더블린은 그야말로 사투리와 방언이 넘쳐나는 곳이다.

그: "당신 시더우드에 살았지? 기억나. 시더우드 그로브 모퉁이 바로 맞은편 집, 10번지였지?"

"맞아요." 나는 말했다. 《뉴욕 타임스》 기자에게 내가 10대에 어떤 환경에서 어떤 이들과 부대끼며 자라났는지 설명해야 할 판이었는데 마침 딱 맞는 장소에 딱 맞는 인물들이 나타나 은근히 기뻤다.

"오, 기억력 좋으시네." 나도 댓거리를 했다. "그런데 우리 초면 아닌감? 이쪽은 존이고, 형씨들 이름은 어떻게 되는지?"

그가 말을 자르고 들어왔다.

"응, 우리 초면 맞어. 그리고 우리 같은 사람들은 안 마주치는 게 좋지."

나는 눈 하나 깜빡하지 않았다.

패럴리스는 몇 번 연달아 눈을 깜빡였다.

"에이, 농담이야 농담. 형씨 멋져. 형씨 잘해. 우리 다 형씨 자랑스러워해."

"말이라도 고맙구먼." 내가 말했다. 아차, n 대신 l로 끝내야 세게 보이는데 그걸 잊었다.

"80년대 초에 집에 도둑 많이 들지 않았나?"

"그랬지." 나는 대답하면서 존을 바라보았다. 그의 얼굴이 갑자기 창백해졌다. "그건 왜?"

"돈 조금하고, 테레비 몇 대, 전축, 그리고 한번은 주전자였지, 아 맞다, 키타도 있었어. 그거 당신 키타였나?"

"아니, 우리 형 기타였는데."

"가죽 외투. 그것도 형 거였나?"

"아니, 그건 내 거였어."

"그리고 릴 테이프도 좀 있었지. 뭐 전혀 듣지는 않았지만, 그것도 당신 거였나?"

"아니."

피가 끓어오르기 시작했다. 이 상황이 엉망이 되면, 내가 엉망이 되면 어떤 결과들이 나올지를 생각하면서 간신히 화를 누르고 있었다.

그런데 그때 갑자기 아주 시적인 상황이 벌어졌다. 지금도 전혀 이해할 수는 없지만, 또 전혀 잊어버릴 수도 없는 상황이었다.

"그런데 말야, 우리가 집을 어지른 적은 한 번도 없었지?" 이렇게 물어보는 그의 눈빛에는 뻔뻔스러운 당당함뿐만 아니라 자긍심까지 가득했다.

"그게 말야, 당신네 집을 우리가 작살낸 적은 없다고. 그리고 이거 진짜인데, 한번은 당신네 집에서 차도 한 잔 끓여 마셨는데 설거지까지 했다 이거야. 컵을 씻고 물기까지 닦아냈다는 거 아냐."

이 말에 나는 갑자기 좀 당황했다. 그 누런 담뱃진 이빨 사내의 말은 거짓이 아니었다. 실제로 우리 가족은 그 사건을 두고 많은 이야기를 했었으니까. 그러니 나는 지금 세상에서 가장 깔끔한 도둑놈과 함께 앉아 있는 셈이다.

"하지만 그 주전자는 우리가 훔쳐갔다 이거야! 하하하!" 그는 너털웃음을 터뜨렸다.

나: 대체 무슨 짓이었던 거야?

그: 들어봐, 그때 우리는 이런저런 물건이랑 장비를 잔뜩 모으고 있었어. 그러다가 그 짓에 중독이 되어버린 거야. 너네 아빠는 중독 안 되지. 왜냐면 너 같은 아들이 있으니까. 그치? 이해하겠나? 그래서 우리는 개판을 치지는 않아. 우리는 도둑놈이 아니야. 그저 이런저런 장비랑 물건을 모으는 중독자들일 뿐이지. 간단해.

나: 요새는 뭐 하고 다니는데?

그: 방금 나왔어.

나: 전에는 뭐 하고 다녔는데?

그: 좀 무거운 새였지Some heavy bird.

"감옥에 있었다는 뜻입니다." 나는《뉴욕 타임스》음악비평가에게 그 은어를 번역해주었다. "무슨 건으로?"

"무장 강도죄. 너도 알 텐데?"

"아이고, 나는 몰라." 이렇게 말하지는 않았다. 오히려 나는 고개를 끄덕였다. 마치 나도 공범인 것처럼.

나는 존을 보았다. 그는 자기의 아이와Aiwa 녹음기를 내려다보고 있었다. 그는 이제 음악 비평가가 아니라 졸지에 범죄 사건을 다루는 기자가 되어 있었다. 비록 나이는 20세에 불과했지만.

있어야 할 바로 그 장소에 있으면, 만나야 할 바로 그 사람을 만나게 된다.

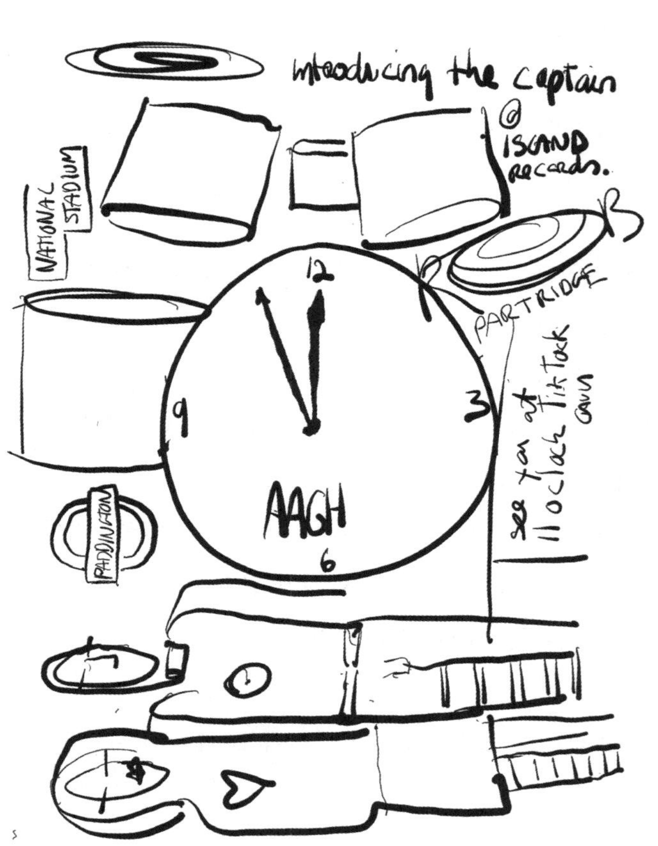
introducing the captain
@ ISLAND records.
NATIONAL STADIUM
12
PARTRIDGE
9
3
AAGH
6
PADDINGTON
see you at
11 oclock Tik Tock
Gavin

8

11 O'Clock Tick Tock

11시가 되면

It's cold outside
It gets so hot in here.
The boys and girls collide
To the music in my ear.
I hear the children crying
And I see it's time to go.
I hear the children crying
Take me home.

기차가 리듬을 따라 덜컹거렸다. 기차는 시간표를 맞추느라 속도를 내기도 늦추기도 했다. 웨일스 악센트를 쓰던 마을과 계곡이 사라지고 환호와 조롱이 뒤섞여 있는 잉글랜드 농촌이 나타났다. 우리의 눈이 빨갛게 충혈될 때쯤 기차가 마침내 런던의 지하 세계에 도착했다. 기차가 타일벽의 터널로 들어서고 북소리가 점점 커지더니, 기차는 마침내 우리를 런던 W2의 패딩턴에 있는 한 기차역 플랫폼에 뱉어 놓았다.

여기가 거기다.

짐승의 뱃속.

리라 대신 카세트 플레이어를 손에 들고 지하 세계로 내려온 오르페우스.

오르페우스와 그의 연인 에우리디케. 하지만 구출되어야 하는 이는 신비의 여인 에우리디케가 아니라 오르페우스 자신이다. 그녀는 만약 그가 여기에서 음악인이 되지 못한다면 그가 목숨 또한 잃게 될 것을 알고 있기 때문에 그를 살리려고 온 것이다. 이 이야기는 지옥에 빠진 오르페우스를 에우리디케가 구출한다는 이야기다.

이것은 앨리슨 스튜어트가 어떻게 나를 구출했는지에 대한 이야기이다. 나 자신으로부터.

앨리는 신앙이 있었다. 그녀는 나를 믿었다. 비록 재능과 자원이라는 면에서 우리가 가진 것과 우리가 갖지 못한 것 사이에 큰 간격이 있었지만, 또 그녀는 자신이 기도하는 하나님께서 그 간격을 메워 주실 것이라고 확신하고 있었다. 분명코 우리가 가진 신앙은 우리를 건네줄 나룻배였다. 신앙이란 놀라운 것이다. 신앙이 있으면 엄청난 어리석음도 상당히 해소되기 때문이다. 한 예로 이 두 명의 아일랜드 10대는 런던으로 온 첫 번째 여행에서 밤을 지낼 곳도 마련하지 못했다. 우리는 그날 밤을 패딩턴역에서 잤다(나는 그전부터 구기와 함께 공중전화 부스에서 자는 법을 배웠다. 둘 다 일어선 채로 서로의 침대가 되어주는 것이다). 이는 단테와 베아트리체라기보다는 고래 배 속에 떨어진 요나의 이야기에 가까웠지만, 다음날 아침이 되어 햇빛이 눈 부신 땅 위로 계단을 올라왔을 때 우리의 심장은 기차처럼 빠르게 뛰고 있었다. 뉴스에서나 보고 또 소설에서나 보면서 상상만 했던 세상을 이제 바로 눈앞에서 보게 된 것이다.

우정이라는 성찬

나는 항상 여행을 떠날 때마다 길잡이를 찾는다. 비록 내게는 신앙이라는 나침반이 있지만, 그래도 길을 이끌어줄 꼭 맞는 동반자를 찾는 것이다. 인간의 몸으로 내려오신 영靈을 찾는 것이다. 예수의 몸이 된 성찬식 빵처럼, 우정을 듬뿍 담은 인간을 찾는 것이다.

나는 처음 구기를 통해 우정이 무언지 배웠으며, 우정이 어떻게 내 삶을 새로운 가능성과 모험으로 열어주는지 배웠다. 나는 이 세상이 그렇게 무서운 곳이 아니라는 것을 이해하기 시작했다. 중요한 고비마다 누군가가 기다리고 있다가 그다음에 펼쳐질 여정을 함께 걸어가 주게 되어 있으니까.

앨리는 어머니의 빈자리를 천천히 하지만 확실하게 채우면서 나의 동반자가 되어주었다. 앨리가 나를 이끄는 것인지 그 반대인지 항상 분명하지는 않았지만, 우리는 성령께서 우리를 이끄신다고 느꼈으며, 그분께서 우리를 이끄실 수 있도록 마음을 열기만 한다면 계속 우리를 이끌어주실 것이라고 느꼈다.

U2의 첫 번째 리허설로 나를 데려다준 것이 레기 마누엘이었다면, 나를 런던으로 데려다준 것은 앨리였다. 그리고 이곳 런던에서 나는 반드시 음반 계약을 따내 우리를 세상에 알릴 것이다. 그리고 더욱 중요한 일이 있다. 음반 계약으로 돈이 들어오면 꿈에 그리던 밴 차량을 구할 것이다. 이 밴은 우리가 슈퍼스타가 될 수 있는 밑천이 되어줄 것이다. 슈퍼스타가 되지 못한다 해도 최소한 아버지가 나를 대학으로 보내려 하거나, 더 끔찍하게는 "진짜 직장"을 구하도록 만드는 일만큼은 피할 수 있을 것이다.

런던 콜링

우리는 런던 킹스 로드King's Road의 펑크록 판에서 벌어지는 일들을 사진으로 이미 보았지만, 비비안 웨스트우드Vivienne Westwood와 말콤 맥라렌Malcolm Mclaren이 운영하던 *섹스*Sex라는 가게에 진열된 온갖 희한한 물건들은 완전히 처음 보는 것이었다. 본디지bondage도 하나의 테마였던 듯했지만, 나는 이 모든 지배와 종속의 형식 아래에 무언가 숨은 맥락이 있지 않겠느냐는 생각을 피할 수 없었다. 영국 펑크의 여러 부분들은 그야말로… 영국적이었다. 1970년대 영국에 새로 등장한 이 "새로운 녀석들new boys"의 클럽은 음악 매체들에서 비판 정도가 아니라 거의 뭇매를 두들겨 맞고 있었다. 일종의 징벌성 가학 행위 같은 것이었다. 그런데 아일랜드 10대인 나의 눈으로 볼 때 노동계급의 반란으로 생겨난 음악을 놓고 이렇게까지 하는 것은 영국의 기숙학교에서 벌어진다는 여러 창피 주기 관행과 너무 똑같아 보였다. 하지만 이런 글들은 정말로 흥미진진했다. 사람을 빨아들이는 필력을 가진 필자들도 나타났으며, 매주 쏟아지는 펑크록 비판 글들은 아주 재미있었다. 비록 가끔은 지나치게 혹독한 글들도 있었지만, 그 또한 열정으로 가득한 글들이었다. 음악은 어때야 하며 복장은 어때야 하는지에 대해 분명한 규칙이 있다는 이러한 근본주의적 입장은 내가 더블린에서 맞서 싸워야 했던 것과 별로 다르지 않게 느껴졌다.

펑크록 십계명

열일곱 살이 될 때까지 모든 것을 깨닫고 굳건한 확신을 가져라.

원년을 선언하고 모든 과거를 무시하라. 새로운 것만이 중요하기 때문이다.

찢어진 가죽 재킷과 가죽 바지를 입고, S&M을 암시하는 액세서리를 걸치고, 닥터마틴 신발을 신어라.

그대의 티셔츠에는 그대가 만든 가사처럼 남의 기분을 건드리는 구호를 담아라.

항상 지루해하든가, 화가 나 있든가, 한가롭게 멍을 때리든가, 살짝 열 받아 있으라.

성을 "썩어 빠진Rotten"이나 "악랄한Vicious"과 같은 형용사로 바꾸어라.

아무런 영웅도 갖지 말아라. 그 누구의 권위도 받아들이지 마라.

청중들과 교감하여 그들이 그대의 무대 위로 침입하든가 그대가 뱉은 침을 자기들 눈에 맞도록 하라. 무대 앞에서 맘껏 춤추도록 두어라.

그대가 아일랜드 출신이거나 별 볼 일 없는 잉글랜드 사립학교 출신이라고 해도, 가짜 코크니 악센트로 진리를 말하라.

어른이 되지 말아라. 어른이 되면 그대가 패배시켜야 할 가장 큰 권위가 그대 자신임을 깨닫게 된다.

아무도 모르는 내 찐따 같은 모습

가끔 영국의 펑크는 미술학교의 실험 미술 수업이 학교 작업실에서 빠져나와 프롤레타리아트로 우글거리는 교외의 길거리로 쏟아져 나온 형국일 때가 있었다. 런던의 펑크족들은 "미래란 없다"는 문구를 벽이나 티셔츠에다 새겼다. 그 세대의 젊은이들은 나라 전체가 이제 위기의 문 앞에 서 있음을 감지했으므로 이에 동조했다.

"미래가 없다"고? 우리가 살던 더블린에서는 과거나 미래는커녕 현재도 없는데? 우리 밴드는 도무지 이어받고 고수할 수 있는 어떤 전통도 없다고 느끼고 있었다. 아일랜드에서 자라난다는 것은 곧 미래란 항상 다른 어딘가에 있다고 느끼며 사는 것을 뜻했다.

그런데 국경을 넘고 바다를 건너 영국으로 와보니, 한때 영국을 위대한 나라로 만들어주었던 도시들과 산업들이 이제는 쪼그라들어 있었고, 이들이 안게 된 새로운 산업의 문제들은 세계화 때문이 아니라 노조가 너무 강경해서 벌어진 일이라고 믿도록 겁박을 당하고 있었다. 세계화라는 프로젝트를 통해 세계 곳곳에서 혜택을 얻게 되었지만, 막상 그것을 만들어낸 서방 나라들에서는 그에 상응하는 대가를 치러야 했다. 세상은 변하고 있었다. 철강, 석탄, 증기 등 옛날 세상의 일자리들은 임금이 더욱 저렴해졌거니와, 그 원인은 한때 영국의 식민지였던 나라들일 경우가 많았다. 독립국이 된 인도와 방글라데시는 곧 더욱 저렴한 노동력을 제공하면서 자유시장의 더 많은 몫을 차지하게 된다.

1960년대에 태어난 우리들 다수는 개인적 독립을 추구했다. 아무도 우리 얼굴을 알아보는 사람이 없는 세상에서 새로 시작하고 싶었던 것이다. 우리는 음악에서 일종의 해방 혹은 혁명을 기대했다. 우리는 폐쇄공포증을 앓고 있었다. 섹스 피스톨즈의 싱어가 입은 구속복은 나의 마음에 공감을 주었다. 그 싱어의 이름은 조니 로튼이었다. 섹스 피스톨즈 멤버 전원은 "쇼비즈니스"를 거부했고, 그 방식 또한 언론 매체에 대해 욕설을 퍼붓거나 아예 매체에 나와서 욕지거리를 내뱉는 실로 요란스러운 것이었다. 이들의 음악이 나오면서 새로운 음악의 시대가 열렸다. 그야말로 펑크록의 빅뱅이 시작된 것으로, 분란outrage이라는 말보다는 분노rage라는 말이 더 어울렸다. 우리 세대에게 있어서 그들의 노래 'Pretty Vacant'는 우리 이전에 있었던 모든 것을 향해 "꺼져라"의 메시지를 날리는 참으로 신나는 곡이었다. 10대의 테러.

이로써 그 직전의 글램록 및 그 시대에 당연한 것으로 여겨지던 여성성은 사라지고, 그 대신 전통적인 남녀 구별과 무관한 일종의 광적인 마초주의machismo가 들어섰다. 데이비드 보위는 담벼락뿐만 아니라 티셔츠에도 스프레이로 칠을 해대는 불량배로 나타났다. 엘리자베스 여왕의 즉위 25주년을 맞아 섹스 피스톨즈는 영국 국가인 '신이여, 여왕을 구하소서God Save the Queen'를 싱글로 발표했고, BBC에서는 이들에게 방송 금지 조치를 내렸다.

조니 로튼은 그 곡의 가사를 쓰고서 "우리 진심이에요!"라고 우긴다. 그리고 음흉하게 웃으면서 이렇게 말한다. "내게는 아무런 미래도 없어요."

어떤 곡의 아이디어를 실행에 옮길 능력보다 그 아이디어 자체가 더 중요해졌다. 무언가 할 말이 있다는 게 그 말을 어떻게 하느냐보다 더 중요했다. 소년이든 소녀이든 사진에 예쁘게 나올 필요도 없었다. *아메리칸 아이돌*의 정반대를 상상하면 그게 바로 펑크록이었다. 사실 *아메리칸 아이돌*식의 쇼비즈니스 조건이라면 U2도 별 볼 일 없었을 것이다. 우리는 1977년 더블린의 트리니티 칼리지에서 더 클래시가 연주하는 것을 보았고, 그 모습은 청중들에게 객석에서 뛰쳐나와 무대로 뛰어 올라오라고 선동하는 것 같았다.

더 클래시는 1976년 노팅힐에서 자신들이 목격했던 인종 폭동에 합류하고 싶은 심정을 노래했다. "백인 폭동, 우리 백인들도 폭동을…." 우리도 폭동을 원했지만, 우리가 반란을 일으킨 대상은 "기성권력the establishment"처럼 명확한 것은 전혀 아니었다. 우리의 반란 대상은 우리 스스로였으며, 아마도 우리 이전 세대에 명멸했던 여러 밴드들이었을 것이다.

당시의 상황은 아마도 세대 간 전쟁이 음악으로 벌어졌던 마지막 시기였을 것이다. 우리 형의 음악 영웅들이 피워대던 재주나 긴 머리 등은 모두 꺼져라. 심지어 비틀스조차 턱수염을 기르지 않았던가(따라서 이들도 사라져야 한다). 롤링 스톤스는 아슬아슬하게 이런 비난을 피해갔지만, 더 후는 어서 면도를 해야 한다. 레드 제플린Led Zeppelin도 비록 행실이 나쁘다는 점은 맘에 들지만, 우리 형 누나 세대에 너무 인기가 좋으므로 이들 또한 금지되어야 한다 등등.

첼시의 킹스 로드를 앨리와 함께 걷다가 우리는 커다란 간판 앞에 섰다. "세상의 끝World's End". 그곳에는 본래 "세상의 끝"이라는 펍이 있었다. 이제 모든 것이 끝나고 새로 시작되는 그 순간 한잔 마시기에 여기보다 더 좋은 곳이 없었다. 그날로 그날 이전까지의 모든 음악은 금지될지어다. 스타들은 이제 우리의 적이다. 더 스트랭글러스The Stranglers가 노래했듯이, "이제 영웅이란 없다."

이렇게 온 세상이 되돌이킬 수 없이 변하는 와중에 이 세상의 중심인 런던이라는 도시에 있다는 것은 참으로 흥분되는 일이었다.

나는 무서울 것이 없었다.

실패 말고 무서워할 게 뭐가 있는가. 실패 또한 어차피 내 손으로 빚어낸 결과가 아니겠는가. 하지만 나도 무서운 것이 있었다.

이곳 런던에 한몫 끼지 못하는 것이었다.

나보다는 앨리가 정말로 펑크다운 아이였다. 앨리는 애초에 자기 이외의 모습이 되는 게 전혀 불가능한 사람이었고, 이는 참으로 짜증 나는 일이었다. 그녀는 사실상 애초부터 해방되려 애써야 할 대상이 없었기 때문이었다. 유일한 예외는 그녀에게 진심을 바치는 남자 친구뿐. 스타일 파시스트들에게 쫄아서 겁을 집어먹은 것도 나였지 그녀가 아니었다. 그녀는 피카딜리 서커스 지역을 돌아보느라 어느 날 오전을 보내기는 했지만, 펑크록 서커스에는 눈길조차 주지 않았다. 그녀는 자기 자신의 범주에 속한 사람이었다. 그래도 그날 밤에는 우리 둘 다 진짜 침대에서 자야만 했다. 우리들 주머니에는 37파운드뿐이었지만, 믿음만큼은 커다란 붉은색 런던 버스만큼이나 컸다. 이제 모든 일이 잘될 것이다.

그렇지 않겠는가?

우리는 여정의 계획을 기도에 맡겼다. 하나님께서 보낸 여행사 에이전트가 다 알아서 해주실 것으로 믿었다. 우리가 필요로 하는 모든 것은 바로 우리 발밑에 있어, 라고 우리는 스스로 말했다. 빵빵거리는 거대도시 한복판이지만 가만히 귀를 기울이기만 하면 뭔가 실마리가 잡힐 거야. 에지웨어로드Edgware Road로 가면 침대 및 조식을 구할 수 있다는 이야기를 들었다. 그리하여 우리는 런던 동쪽의 코크니cockney 악센트와 점잔 빼는 플러미plummy 악센트로 외치는 여러 호객 소리를 뿌리쳤고, 자메이카 악센트와 인도 악센트의 호객 소리도 뿌리쳤으며, 마침내 스튜어트 하우스Stewart House라는 이름의 별 특징 없는 빅토리아식 건물 앞에 도달했다. 그 간판의 문구는 분명히 하나의 신호였다.

"너의 아버지께서 기뻐하시리라."

우리 두 사람은 초대 기독교인들을 흠모했으며 스스로를 급진파라고(아마 그냥 짜증 나는 종족들이었을 수 있다) 여겼다. 일요일 아침, 런던의 캠던 록

Camden Lock 지구에서 미국 원주민 모호크족과 같은 머리를 하고 모여든 펑크족들을 보면서 우리는 눈이 휘둥그레졌다. 특히 그들이 입은 검은 가죽 재킷의 등 위에 굵은 글자로 크게 쓰인 A자가 눈에 띄었다.

앨리: 저 A자는 무슨 뜻이지? 애덤 앤 디 앤츠Adam and the Ants 밴드를 말하나?

앨리는 사실 그 밴드의 음악을 한 번도 들은 적이 없지만, 그 이름은 너무 좋아했다.

나: 아냐. 저건 '아나키스트'의 머리글자야.
앨리: 저거 그냥 패션이지, 그치? 쟤네 정말 아나키스트는 아니지?

"나도 몰라. 아마 개중에는 진짜들도 있을걸." 나는 이렇게 말하면서 좀 더 마초스럽게 걸었다. 그리고 "아나키즘"이란 "어떤 규칙에도 구속받지 않는다"라는 뜻이라고 설명할 때는 잡고 있던 그녀의 손까지 놓았다.

앨리: 어떤 규칙도? 아니면 그냥 다른 사람들의 규칙에 구속받지 않는다는 뜻?
나: 앨리, 이 사람들은 우리와 같은 편이야. 아마 조니 로튼도 아나키스트일 게 분명해.
앨리: 하지만 그는 자기를 적그리스도라고도 했잖아.
나: 그건 농담이지. 아일랜드식 농담 말이야. 우리 어머니도 어렸을 때 나를 쪼끄만 적그리스도라고 불렀는데 뭐.
앨리: 그거 농담 아닌데….

우리가 베이컨과 계란을 다 먹을 때쯤에는 예수님도 일종의 아나키스트였고 성령은 "바람과 같은 존재"라는 데에 견해를 같이했다. 성경에도 있지 않은가. "성령께서 오실 때에는 어디서 오시는지 어디로 가시는지 아는 자가 없으리라."

그다음에 나는 이게 바로 밥 딜런의 노래 가사 "친구여, 대답은 바람 속에 날리고 있다네"가 말하는 것이라고 혼자서 떠들었다. 또 밴 모리슨Van Morrison이 신비로움 속으로 배를 저어간다고 노래한 것도 바로 이 이야기가 아니겠는가?

이런 미심쩍은 내 주장을 앨리는 꾹 참고 들어주었다. 나는 신이 나서 밴 모리슨과 밥 딜런이야말로 우리가 볼 수 없는 것들을 믿도록 나를 이끌어 준 최초의 가수들이었다고 설명했다. 우리 둘 다 같은 생각에 도달했다. 우리가 볼 수 없는 것들은 중요한 의미가 있으며, 어떤 사람들에게는 물질matter보다 더욱 중요하다matters고(하여튼 대충 그런 이야기였다).

우리가 런던으로 오게 된 것은 순전히 폴 때문이었다. 그가 우리더러 아직 런던에서 음악을 할 준비가 안 되었다고 말했기 때문에, 우리는 우리 힘으로 런던에 진출하기로 결정했던 것이다. 자, 성령께서 묵을 곳도 마련해주셨으니까 이제 비평가들의 찬사를 불러일으키는 일만 하면 된다. 그다음에는 음반 계약. 그다음에는 쿨한 프로듀서를 찾아내기. 내게 주어진 시간은 딱 7일이었다.

나는 런던의 웨스트엔드로 가서 샤프츠베리 애비뉴Schaftsbury Avenue 근처의 《레코드 미러Record Mirror》 잡지사 1층 사무실로 향했다. 나는 약속을 잡고 왔다고 뻥까지 쳤다.

나: 크리스 웨스트우드 씨를 만나러 왔습니다.
접수 담당자: 아, 예. 잠시만 기다려주세요.

그랬더니 참으로 믿기 힘든 일이지만, 우리가 매주 탐독했던 필자들 중 한 사람인 크리스 웨스트우드Chris Westwood가 진짜로 접수 데스크로 내려온 것이 아닌가. 이거 생각했던 것보다 훨씬 더 일이 수월하게 풀리는데.

나: 크리스, 당신 글 "치유를 찾아서In Search of the Cure" 너무 잘 읽었어요. 이건 우리 데모 테이프인데요. 우리 밴드 이름은 U2입니다.

크리스: 아, 그래요. 고맙게 듣겠습니다.

나: 그럼 한 시간 뒤에 다시 올게요.

크리스: (혼란스러운 표정) 한 시간 뒤라고요?

나: 예. 우리는 더블린에서 왔기 때문에 런던에 며칠 머물다 돌아가거든요. 그러니 당신이 우리 음악을 어떻게 생각하시는지 말씀을 바로 들어야죠. 물론 괜찮으시다면요.

크리스: (불확실하게) 음… 그래요. 그러죠.

나는 보다 펑크 인디 잡지의 성격이 강한 《사운즈Sounds》의 유명 필자 데이브 맥컬록Dave McCullough에게도 똑같은 재주를 시전했다. 데이브에게 다리를 놓아준 것은 스티브 에이브릴의 동료인 필립 셰브론Philip Chevron이었다. 그는 아일랜드가 배출한 가장 걸출한 앨범 중 하나인 〈Ghostown〉을 만들어낸 밴드 더 래디에이터스 프럼 스페이스의 일원이었다.

하지만 《뉴 뮤지컬 익스프레스New Musical Express》에서는 이 작전이 통하지 않았다. 이 잡지에는 내가 정말 좋아하는 필자들이 있었기 때문에 더욱 안타까웠다. 조이 디비전의 음악에 대해 폴 몰리Paul Morley가 썼던 권두 기사는 (앤턴 코르빈Anton Corbijn의 황량한 흑백 사진이 곁들여져 있었다) 내게 맨체스터의 팩토리 레코드Factory Records를 중심으로 한 완전히 새로운 세상을 알려주었을 뿐만 아니라 가수 이언 커티스Ian Curtis의 천재성도 느끼게 해주었으니까. 하지만 음악 주간지 네 군데를 접촉하여 두 군데를 뚫었으니 실적이 나쁘지 않았고, 게다가 두 군데 모두 필자들이 우리 데모 테이프를 아주 좋아해주었으며 우리를 만나보고 싶어 했다.

그 데모 테이프는 우리가 그때까지 행했던 두 번의 스튜디오 녹음에서 가장 잘된 것들을 골라 모은 것이었다. 배리 데블린Barry Devlin과 함께 키스턴 스튜디오Keystone Studios에서 행했던 처음 녹음에는 'Shadows and Tall Trees', 'The Fool', 'Stories from Boys' 등이 있었고, 이먼 앤드루스 스튜디오Eamonn Andrews Studios에서 행했던 두 번째 녹음에는 'Alone in the Light', 'Another Time, Another Place', 'Life on a Distant Planet' 등이 들어 있었다. 나는 런던으로 떠날 때 14개의 카세트테이프를 지니고 있었으며, 런던의 여러 음반회사들 A&R 관계자들 모두의 손에 쥐여주고자 했다. 특히 내가 노렸던 이는 바로 섹스 피스톨즈와 음반 계약을 맺었던 오토매틱 레코드Automatic Records의 닉 몹스Nick Mobbs였다. 아마 기회만 닿았으면 퀸Queen과도 음반 계약을 맺었을 사람이었다.

그런데 그가 우리 데모 테이프를 듣고 좋다고 했다. 이거 참 쉽구먼.

나는 이제 또다시 집집이 문을 두드리는 세일즈맨이 되었다. 기량이라고는 거의 아무것도 없다는 것을 스스로 알면서도 가능성이라는 면에서는 "최고"라고 믿고 싶어 하는 밴드의 희망과 꿈을 파는 사기꾼이 된 것이다. 내 절친의 하나인 사이먼 카모디Simon Carmody(더블린의 펑크록 밴드 더 골든 호드The Golden Horde의 싱어다)는 우리보다 더 뛰어난 재능을 가진 밴드들도 있다고 했다. 연주가 뛰어난 밴드, 외모가 뛰어난 밴드, 모든 것을 다 갖춘 듯 보이는 힙스터 밴드. 하지만 "그들은 '거시기'가 없어."

그의 말에 따르면, "거시기"란 케미, 마법, 막연한 확고함 같은 것이라고 했다.

우리들이 생각하기에, 우리가 가진 것이라고는 바로 그 "거시기"뿐이었다.

BBC 제1라디오의 너무나 중요한 심야 프로그램들을 들을 때마다 나는 역시 밴드란 소통보다는 컨셉이라고 느꼈다. 하지만 존 필John Peel의 저 전설적인 프로그램은 밴드를 세상에 알리고 또 출세시키기도 했다. 우리도 그에게 우리의 데모 테이프를 보냈지만 그는 무시했다. 디 언더톤스와 스티프 리틀 핑거스Stiff Little Fingers 같은 밴드들을 알아보고 세상에 띄워

준 그의 취향이었지만, 아일랜드까지 내려와 U2를 알아주지는 않았던 것이다.

U2를 좋아하지 않는 사람들에 대해서 엣지는 항상 아주 멋진 대응을 내놓았다. “우리 음악을 충분히 열심히 듣지 않은 거야.” 아주 진지한 표정으로.

나는 그 말만 철석같이 믿고서 붉은 공중전화 부스에 들어가 존 필의 집으로 전화를 걸었다. 지금도 떠올려 보면 꺼림칙한 일이었다. 왜냐면 그 전화번호는 일부 껄렁한 음악 잡지 기자 나부랭이들로부터 부정하게 입수한 것이었으니까. 그들도 그 번호를 주면 안 되는 것이었고, 나도 그 번호로 전화해서는 안 되는 것이었다. 하지만 나는 존 필이 U2의 음악을 더 열심히 듣도록 만들고 싶었다. 나는 다윗처럼 쪼끄만 존재였지만, 그는 라디오 전파의 골리앗이었다. 그는 핑크 플로이드Pink Floyd에서 록시 뮤직Roxy Music을 거쳐 데이비드 보위에 이르기까지 모든 중요한 음악인들을 전투적으로 밀어주었던 인물이 아닌가. 통화가 연결되었다. 하지만 이 인디 음악의 수호자는 기분이 좋지 않았다.

“뭐예요? 지금 전화하는 거 누구죠?”

“저기요, 저는 U2라는 밴드 멤버인데요. 혹시….”

“어떻게 이 번호로 전화를 걸었어요?”

“죄송합니다. 통화 길게 못 해요. 동전이 별로 없어서.”

동전이 많이 필요 없었다. 어떤 여자 목소리가 들렸다. 누군가가 수화기를 내려놓아 끊어버렸다. 나는 그의 아내의 명단에도 없었던 게 분명하다.

하루 이틀 뒤 나는 BBC로 직접 찾아갔다. 그가 저녁 프로그램으로 들어가는 길에 붙잡고 데모 테이프를 전해줄 생각이었다. 보안 요원은 나를 들여보내 주지 않았지만 존에게 우리 데모 테이프를 전해주겠다고 약속했다. 그 테이프가 존 필에게 전달되었는지 또 그가 우리의 노래를 방송에서 틀었는지는 기록에 남아 있지 않다. 그저 그가 U2를 높게 평가해주는 일은 없었다는 것뿐이다. 나는 그게 나의 스토킹 때문이었다고 보지는 않는다. 그저 그가 충분히 열심히 우리 음악을 듣지 않았기 때문일 것이라고 믿어 의

심치 않는다.

매니저 계약

우리의 영국 정복 전쟁이 시작되었고, 나는 쓰라린 상처보다는 영광의 훈장을 더 많이 얻었다. 그래서 런던에서의 1주일이 지난 뒤 더블린으로 돌아오는 느낌은 너무나 좋았다. 앨리는 우리가 무언가 중대한 일을 함께 치른 것이라고 느꼈으며, 그래서 우리가 동반자일 뿐만 아니라 동지가 되었다고 느끼고 있었다.

변화는 우리 둘 사이에만 일어난 것이 아니었다. '음악 잡지들the inkies'에서도 우리를 두고 난리를 피웠다. 당시 펑크록은 언더그라운드 판에서 이제 지상으로 막 진출하고 있는 판이었고, 음악 잡지들은 펑크록을 대박이 터질 영역으로 여겼으며 그래서 서로가 펑크록의 '성경'이 되겠다고 경쟁을 벌이는 중이었다. 내가 런던에서 뿌려댄 데모 테이프에 기반하여《멜로디 메이커》,《사운즈》,《레코드 미러Record Mirror》가 모두 우리를 다루는 기사를 내보냈다. 특히《레코드 미러》가 열성을 보였으며, 우리 밴드 전체가 나중에 런던으로 갔을 때는 우리를 표지에 실어주기도 했다. 물론《레코드 미러》는《멜로디 메이커》나《뉴 뮤지컬 익스프레스》만큼 쿨하지는 않았지만, 아직 18~19살밖에 안 된 애들이 만든, 게다가 음반 계약조차 따내지 못한 밴드가 이 정도의 주목을 끌어냈다는 것만으로도 더블린에서는 상당히 사람들의 입담에 오르내리게 되었다.

더블린 사람들은 항상 런던에서의 동향을 의식하며 살았던 것이다.

"보셨죠?" 나는 폴 맥기니스에게 말했다. "아직도 우리가 음반 계약을 하기에 이르다고 생각하세요?"

"흠, 너희는 아직 매니저와 계약도 맺지 않았잖아." 그가 말했다. "내가 그 일을 맡기를 정말로 원한다면, 우선 계약부터 제대로 맺자꾸나."

이렇게 수비와 공격이 절묘하게 결합된 그의 반응에 우리는 어떻게 대응해야 할지를 알 수 없었다. 그는 우리의 데모 테이프를 듣고서도 그걸 직접 런던으로 가져갈 만큼 진지한 태도를 보이지 않았던 이가 아닌가. 그리하여 1978년 10월의 어느 토요일 오후, 우리는 워털루 로드Waterloo Road에 있는 폴 맥기니스의 아파트로 '대화'를 하러 갔다.

워털루 로드는 우편번호가 '더블린 4'라는 것 때문에 유명했으며, 가로수가 죽 늘어선 널찍한 도로였다. 또한 이곳은 일종의 식자층 거주 지역으로서, 작가, 편집자, 광고나 방송 관계자, 언론인 등이 한 집 건너 살고 있었다. 또한 이곳은 전국 TV 및 라디오 방송국인 RTÉ가 있는 곳이어서 이 방송국의 110미터나 되는 송신탑이 하늘 높이 솟아 있었다. 폴은 그의 아내 캐시 길필란Kathy Gilfillan과 살고 있었다. 크고 천장이 높은 조지언 타운하우스의 한 아파트였고, 예쁜 화강암 계단을 오르니 푸른색의 커다란 참나무 문이 나왔다.

야, 이 사람 정말 재밌게 사네, 나는 혼잣말로 말했다. 냉장고에는 틀림없이 우리가 먹을 만한 게 있을 거라고 생각했다. 우리 모두 좀 배가 고팠고, 나는 다른 멤버들에게 떠밀려 대표로 그에게 냉장고에서 먹을 것을 꺼내 샌드위치 좀 만들어 먹어도 되냐고 물어보았다.

"그럼, 얼마든지 꺼내 먹어."

나는 마치 부엌이라는 걸 처음 본 사람처럼 둘러보았다. 도대체 이름도 알 수 없는 희한한 장면에 희한한 냄새가 가득했다. 이 캐시라는 사람은 전문 요리사거나 뭐 그런 사람인가 봐. 하지만 냉장고를 열자 실망스럽게도 치즈 한 덩이만 달랑 있을 뿐이었고, 그것도 너무 딱딱해서 칼로 썰 수도 없었다. 이 사람들, 지금 때가 어느 때인데 이러고 사나? 요즘은 치즈가 슬라이스로도 나오고 또 얇은 은박지에 싸여 세모 모양으로도 나오잖아? 내가 폴에게 그렇게 조언을 하자 그는 나를 네안데르탈인 보듯 황당하다는 표정으로 바라보았다. "보노, 방금 완전히 새로운 신제품을 발명한 것 같아." 그는 웃음을 터뜨리며 말했다. "파마산 치즈 샌드위치. 야, 이건 기록에 남을 만한 물건이네."

나는 그 농담을 알아듣는 척 애쓰고 있었고, 그 사이에 그는 매니저 계약서를 꺼냈다. 그는 자기가 정말로 U2의 일을 진지하게 맡기를 원한다면 U2 또한 자기를 진지하게 받아들여야 한다고 설명했다. 지금 런던의 매체들이 U2에 관심을 보이고 있으니 이 틈을 타서 자기가 런던으로 가서 음반 계약을 따오는 일을 할 수도 있지만, 이를 위해서는 먼저 자기와 계약서에 서명해야 한다는 것이었다.

우리는 충격을 받았다. 이거 영 펑크록과는 거리가 먼 짓인데. 이런 건 완전히 기업적인 일처럼 느껴졌기에, 그런 느낌을 솔직히 말했다.

"응, 밴드는 기업corporation이야." 그는 자신감 넘치는 성숙한 바리톤 목소리로 대답했다. "크기가 아주 작을 뿐이지. 그리고 크게 키우고 싶다면 변호사도 두는 게 좋을걸."

사실 우리는 스스로를 "모종의 협동조합a cooperation"으로 생각한다고 나는 말했다. 폴도 괜찮은 생각이라고 했다. 이야기를 들어보니, 그는 예술가들이 자기들 예술을 위해서는 스스로 조직을 만들어야만 한다는 것이었다. 그리고 그는 이런 생각을 거부하는 음악인들은 참을 수가 없다고 했다. 폴 맥기니스는 이를 너무 히피스럽다고 표현했다.

그는 히피들을 싫어했던 것이다.

우리의 종교인 펑크록에서도 히피들은 배교자들이었다. 펑크족들은 선한 이들이고 히피들은 악한 자들이었다.

이렇게 폴은 우리의 언어인 펑크족의 언어를 쓰고 있었다. 그가 우리 매니저로 적합하다는 또 하나의 사인이었다. 애덤과 엣지의 부모들은 이미 폴을 만났다. 그들은 대학을 나온 중산층의 이 20대 청년에게 좋은 인상을 받았다. 선물로 벌집까지 가져왔으니까. 벌집이 아니라 파인애플이었던가? 어느 쪽이었든 이 글을 쓰면서도 웃음을 참을 수가 없다.

하지만 법적 구속력을 갖는 계약서를 쓰기까지 따져야 할 문제들이 많았다. 한 예로 그는 총수익의 25퍼센트를 원했다.

뭐라고요? 응, 맞아. 25퍼센트야.

우리는 "협상"이라는 말의 의미를 깨닫기 시작했다. 폴의 첫 번째 요구에 응했다는 뜻이 아니었다. 우리는 거부했다. 하지만 이는 협상이 어떻게 이루어지는 것인지를 우리가 이해하게 되는 순간이기도 했다. 우리는 궁지에 몰렸다고 느꼈고, 법적 조언을 받으라는 폴의 조언을 받아들이기로 했다.

몇 주 후 우리는 법적 상담을 통해 얻은 지혜를 장착하고 다시 폴의 아파트에 "협상"하러 나타났다. 우리는 계약서에서 우리가 동의할 수 없는 조항들을 천천히 하나씩 따져나갔고, 시간이 지날수록 폴은 짜증이 치밀어 오르는 모습이 역력했다.

짜증이 절정에 달한 순간 폴은 마침내 방을 나가버렸고 캐시가 들어왔다. 기분이 상한 모습이 분명했다. 캐시는 폴의 비밀 병기였다. 북아일랜드의 개신교도인 그녀는 트리니티 칼리지에서 공부하던 가운데에 폴을 만났다. 그 둘은 똑똑하다는 점에서 우열을 가리기 힘들었고, 그런 두 사람이 뭉치면 시너지까지 일어났다. 상대방을 믿을 때는 농담도 장난도 즐기지만, 상대와의 긴장이 생겨난다고 해서 이를 해소할 필요를 전혀 느끼지 않는 이들이었다. 폴은 잡담 따위는 거의 하는 법이 없었다. 캐시는 아예 사람을 투명 인간처럼 보는 버릇이 있었다. 나는 나중에 그녀가 콘택트 렌즈를 빼면 사람을 제대로 보지 못한다는 것을 알게 되었다. 그녀는 내가 그때까지 만난 적이 없는 종류의 섹시함을 가지고 있었으며, 지적으로 완전히 압도적인 여인이 얼마나 섹시한지 그녀를 통해서 알게 되었다. 초장부터 우리 매니저의 매니저는 캐시라는 것이 분명했다. 폴은 외골수 성격이었지만, 그녀의 의견만큼은 다른 누구의 의견보다도 중요하게 여겼다.

"너희들이 이 계약서에 서명하지 않으려는 게 참으로 괘씸하네." 그녀가 말했다. "폴은 멀쩡하게 영화 쪽에서 일하고 있고, 또 그 일을 계속하는 게 어울려. 너희들의 매니저가 되겠다는 것 자체가 정말 무모한 생각이야. 그런데 너희는 그를 신뢰하지 않는다는 거니?"

"신뢰라는 건 쌍방향으로 이루어지는 것 아닌가요?" 래리가 물었다.

"너희들이 포기하는 게 뭔데?" 그녀가 쏘아붙였다. "하지만 폴은 모든 것을 다 포기해야 돼."

이건 그냥 지나칠 수 없는 논점이었다.

이 강력한 부부의 강력함을 맛본 우리는 협상이라는 행위에 자신감을 잃기 시작했고, 우리 스스로 뭔가 드라마를 펼쳐낼 때라고 느꼈다. 뭔가 극적인 퇴장 같은 것 말이다. 그래서 우리는 생각할 시간이 필요하다고 폴에게 말한 뒤 우리의 작전 회의실로 후퇴했다. 그래프턴 스트리트에 있는 캡틴 아메리카스라는 이름의 햄버거 가게였다. 우리는 밀크셰이크를 사 먹을 돈도 없었지만, 다행히 쫓겨나지는 않았다.

열띤 토론이 벌어진 뒤, 우리는 결론에 도달했다. (계약서에 서명도 하지 않은 주제에) 폴을 자르고 빌리 맥그래스Billy McGrath를 고용하자는 것이었다. 빌리는 우리가 숭상했던 애트릭스Atrix라는 그룹의 매니저였다.

"죄송하지만 말씀 나누시는 걸 듣게 되었는데요."

우리가 이야기하는 중에 옆자리에 앉아 있던 창백한 얼굴의 20대 남자가 말을 걸었다.

"여러분이 말씀하시는 사람, 폴 맥기니스, 제가 잘 알아요." 그는 계속 말했다. "만약 그를 자른다면 여러분 인생 최대의 실수가 될 것입니다."

그도 지역 밴드들의 매니저 일을 했으며 그걸 통해서 폴과 알게 되었다고 했다. 그는 당시 스퍼드Spud라는 이름의 포크록 밴드의 매니저였다. 이름은 루이스 월쉬Louis Walsh였으며, 후에 아일랜드에서 가장 성공한 팝 밴드에 속하는 보이존Boyzone과 웨스트라이프Westlife의 매니저가 된다. 그다음에는 스스로 유명 인사가 되어 오디션 프로그램 〈X 팩터〉의 심판관 중 한 사람이 된다.

우리는 폴 맥기니스를 자르지 않았고, 폴도 우리를 자르지 않았다. 종국에는 양쪽이 타협안을 "협상"해 냈다. 폴은 수익에서 20퍼센트를 가져가기로 했다. 다른 말로 하자면, 그도 우리 네 사람과 같은 몫을 가져가기로 한 것이었다.

어떨 때는 인생을 바꾸어버릴 결정을 내리고도 그것을 전혀 알지 못할 때가 있다. 하지만 이때에는 우리 모두 알고 있었다.

폴이 합류한 이상 이제부터 완전히 다른 판이 펼쳐질 것임을 우리는 알고 있었다.

그와 캐시가 그렇게 무례하고 안절부절못했던 것이야말로 그들이 얼마나 신중하고 무겁게 이번 결정을 내렸는지를 보여주는 것이었다. 그다음 35년 동안 우리는 폴과 하나의 협동체를 이루게 된다.

흥분되는 일이었다. 아니, 흥분을 넘어서는 일이었다.

우리는 이제 우리를 대표하는 일을 전문으로 맡은 매니저를 두게 되었다. 그가 런던으로 가서 "관심을 보이기" 시작한 "음악계 인사들"을 만나 우리들을 "더 알아보고" 게다가 "계약서에 서명"하는 일에 관해 이야기할 것이었다.

음악 저작권 매니저

브라이언 모리슨은 음악 저작권 매니저music publisher였다. 명문 사립학교를 나온 티를 팍팍 내는 업계 인사였다. 그는 핑크 플로이드와 프리티 씽스Pretty Things와 같은 밴드들을 대표하는 업계의 거물이라고 들었다. 그래서 우리가 "노란 집"에서 연습하는 것을 보러 그가 더블린으로 비행기를 타고 왔을 때 우리는 그에게 아일랜드의 본색을 확실하게 보여주기로 결심했다.

우리는 점심을 먹으러 동네의 펍으로 그를 데려갔다. 우리가 좋아하는 펍이 아니었지만, 그곳에서 나오는 반쯤 덜 녹아 얼어있는 햄버거 등을 보면 아일랜드가 어떤 곳인지 제대로 알 수 있겠다고 여겼기 때문이었다. 과연 브라이언도 또 그 장소도 우리를 실망시키지 않았다. 그가 버거의 빵을 들어내자 초록색 곰팡이가 핀 얄팍한 고명 속에 허연색과 핑크색이 뒤섞인 덜 익은 고기가 드러났으며, 그의 얼굴에는 구역질의 기색이 스멀스멀 나타났다. 하지만 곧 그는 다른 곳에 주의를 돌리게 된다. 한쪽 구석의 작은 남성 전용 바에서 평일 오후치고는 지나칠 정도의 소음이 터져 나왔기 때문이었다. 그 소음은 벽을 뚫고 나와 펍 전체를 울리고 있었다. 그냥 소음이 아니었다. 무슨 폭동이라도 터진 것 같았다.

"영국 놈들 몰아내자! 영국 놈들 몰아내자!"

아. 이 익숙한 외침. 거기에 더하여 아일랜드 사람들이 즐겨 부르는 반란의 노래들이 아카펠라로 울려 나온다. 우리의 점심 식사 손님은 바짝 긴장한 듯 보였고, 그 몰아내자는 영국 놈이 바로 자기가 아니냐고 두려워하고 있었다. 우리는 아주 말을 조심하려고 했지만, 결국에는 이 모임이 아무래도 모종의 공화주의자 조직의 지부 모임인 것 같으며, 그들이 부르는 노래들로 보았을 때 "비폭력주의자"들은 아닌 것 같다고(그런 식으로 표현했다) 설명해주었다.

브라이언은 이제 얼굴이 완전히 창백해졌다. 확실하게 함정으로 몰아넣은 것 같았다. 그는 우리에게 선금으로 3천 파운드를 주고 또 음반 계약을 맺게 되면 다시 3천 파운드를 주겠다고 약속했다.

그렇게 큰 돈은 아니지만, 그래도 큰돈이었다…. 내 말뜻을 새겨보라. 그는 우리의 데모 테이프를 들어봤으며, 18~19세 때에 이런 수준의 노래들을 쓸 수 있다면 장기적으로 훌륭한 투자가 될 것임을 이해했다. 우리는 저작권 매니저와 계약을 맺으면서 3만 파운드 심지어 5만 파운드까지도 받은 밴드들이 있다는 이야기를 들은 바 있었다. 하지만 6,000파운드면 밴 차량과 장비를 구할 수 있고, 그걸로 런던에 가서 공연을 할 수 있다. 그리고 런던에 가면 우리는 분명히 음반 계약을 맺을 수 있겠다고 확신했다.

모두가 잘되어 가는 듯 보였다. 그런데 우리가 출발하기 며칠 전에 갑자기 모리슨이 그 액수를 반으로 깎아 버렸다. 폴이 이미 런던의 공연 장소들을 다 예약하고 모든 준비를 마쳐놓았으니, 우리로서는 별 수 없이 그 새 조건을 받아들일 수밖에 없을 거라는 계산속이었다. 그는 틀렸다.

사업을 하다 보면 천사 같던 이가 악마로 돌변하는 일이 늘 있게 마련이며, 우리는 그때 이후 오늘날까지 돈의 논리에 밀려 그런 장난에 놀아나지도 않았다. 다 좋은데, 그럼 여행 비용은 어떻게 마련할 것인가? 이를 갈며 울부짖는 잠깐의 시간을 보낸 뒤, 우리는 공손한 자세로 몸을 낮추어 우리 가족들에게 손을 벌렸고, 가족들은 자기들끼리 돈을 모아 1,500파운드를 마련해주었다. 모리슨 씨, 엿이나 드쇼. 하지만 이제 우리 가족들에게 진 빚을 생각하면 정말로 반드시 음반 계약을 따내고 돌아와야 한다는 마음이 더 간절해졌다.

1,500파운드가 있으면 런던으로 갈 수 있으며, 그 도시에서 우리는 분명코 음반 계약이라는 성배를 움켜쥘 수 있을 것이었다. 이제 음악 매체들에 아는 친구들도 생겼으며, 우리에 대한 관심도 높아서 심지어 우리 매니저도 관심을 가질 정도니까. 그저 실력 발휘만 제대로 하면 된다. 그러니 오로지 연습만이 살길이다.

엣지가 자동차 사고를 당하고도 곧바로 병원에 가지 않았던 것도 그래서다. 엣지는 애덤이 모는 차에 타고 있다가 앞 유리창을 뚫고 튀어 나가는 사고를 당했다.

작은 아치형다리 맞은편에서 커다란 흰색 밴 차량이 운명처럼 나타났다. 하지만 이 밴은 우리 밴드를 운명의 목적지로 데려다 줄 흰색 순회공연 밴 차량이 아니었고, 되려 우리의 운명을 짓밟고 지나가려는 밴이었다. 이 밴을 애덤이 너무 늦게 봐서 피하지 못했던 것이다.

엣지는 역시 엣지였다. 그는 머리통이 앞 유리창을 깨고 튀어 나가는 와중에도 손으로 머리를 감싸서 보호할 정도의 정신을 유지하고 있었다. 그의 몸 전체가 완전히 다 튀어 나간 것은 아니었지만, 그의 몸이 반동으로 다시 차 안으로 돌아올 때 그의 뒷머리가 앞 유리창 틀에 걸려버렸다.

머리는 피투성이가 되었고, 충돌의 충격을 감당해야 했던 손 또한 엉망이 되었다. 너 괜찮아? 엣지는 기억이 나지 않는다고 했다. 그러면서도 기타를 집어들고서 1마일 정도를 걸어 가장 가까운 버스 정류장으로 갔으며, 래리와 나를 만나 그날 밤 런던으로 떠나기 전 마지막 밴드 연습을 했다. 애덤도 다시 합류했다. 그리고 우리 모두는 B&I 페리선을 타고 아일랜드해라는 죽음의 강 스틱스styx를 넘어갔다.

나중에 의사에게 치료를 받기는 했지만, 리버풀로 넘어가는 페리선 안에서 엣지는 심한 고통을 그대로 견뎌야 했다. 그는 손을 얼음에 넣었다가 머리 위로 들어올리기를 반복했다. 주말마다 여행을 다니는 이들은 일렁이는 파도에도 뱃멀미를 앓지 않는 듯했지만 우리 네 사람은 뱃속까지 울렁거려 견디기가 힘들었다. 돈도 시간도 겨우 빌려서 공연 여행을 왔건만 우리의 유일한 희망인 엣지의 눈과 손의 협응은 지금 심각한 위험에 처했다. 드디어 리버풀에 도착하여 우리는 바로 병원으로 엣지를 데리고 가서 치료를 받게 했다. 하지만 엣지는 의사에게 자기 손가락도 심지어 엄지손가락까지도 묶지 못하게 했다.

"우리가 공연이 있어서요…."

다음날 밤에는 웨스트 햄스테드West Hampstead에 있는 문라이트Moonlight 클럽에서 연주했고, 그 며칠 후에는 100 클럽100 Club에서 또 그다음에는 홉 앤 앵커Hope and Anchor 클럽에서 연주했다. 어느 날 밤에는 우리 밴드 이름이 V2로 나온 적도 있었는데, 우리는 당시 세계대전 때 독일이 영국으로 발사했던 미사일과 같은 그 이름이 U2보다 훨씬 더 펑크록답다고 느끼기도 했다.

우리가 런던에서 묵었던 곳은 켄싱턴의 콜링햄 가든스Collingham Gardens에 있는 작은 아파트였다. 참으로 비좁았고 우리의 공연장도 마찬가지였다. 어떤 곳은 1백 명밖에 들어갈 수 없을 만큼 좁았지만 우리는 그 절반도 채우지 못했다. 심지어 4분의 1도. 더 큰 청중이 필요했다. 이렇게 청중이 적으면 우리도 위축되고 음악도 위축되니까. 엣지의 상처는 그다음 2주 동안 회복되었지만, 우리의 연주는 여전히 들쭉날쭉했다. 아주 좋았다가 아주 별로였다가. 또 어떤 밤에는 괜찮았다가 완전히 미칠 지경이 되었다가. 또

두 가지 모두 벌어지기도 했다.

이때 내가 개발한 동작이 있다. 군중들로(아주 적은 숫자의 군중이다) 걸어 들어가서 담배와 라이터를 빌린다. 빌려주는 사람은 전혀 별생각 없이 다른 곳을 보기도 하고 바에 앉아 있기도 한다. 나는 카우보이가 권총의 노리쇠를 당기듯이 라이터를 찰칵 켜고 공연장의 어둠 속에 불꽃을 쏜다. 그러면 우리의 조명 기술자 존 케네디John Kennedy가 그 동작에 맞추어 조명을 켰다 껐다 하며 어지러운 사이키 조명 효과를 낸다. 이게 나의 라이터를 찰칵거리는 카우보이 동작과 정확히 일치해야 하지만, 보통 그러지 못했다. 이렇게 계획만 대충 잡아놓고 즉흥적으로 뭔가를 하는 게 당시 우리의 무대 쇼였다. 하지만 나중에는 그러지 않았다. 우리는 그때 이후 오랫동안 조명과 연출에 좀 더 많은 공을 들였다.

우리는 음반 계약을 따내지 못했다. 모든 음반 회사가 우리를 지나쳐 버렸다.

어느 날 밤 한 음반 회사의 스카우트 요원이 우리의 잠재성을 발견하고 다음날 밤 우리 공연에 상급자를 데리고 왔다가 뜨뜻미지근한 공연을 보고 당황했다. CBS 레코드의 젊은 직원 체스 드 웨일리Chas de Whalley는 우리와 음반 계약을 맺으려고 하다가 아예 회사에서 잘리고 말았다. 그의 상관인 머프 윈우드Muff Winwood는(유명 가수 스티브 윈우드Steve Winwood의 형제다) 우리가 래리를 내보내면 음반 계약을 한번 생각해보겠다고 했다. 그날 이후 우리는 그를 무쓸모 허풍꾼Duff Windbag이라고 불렀다. 죄송해요, 허풍꾼 아저씨. 계약 안 해요.

엔사인 레코드Ensign Records의 나이젤 그레인지Nigel Grainge 또한 우리를 무시했지만, 그의 형제인 루시앤Lucian은 우리 공연을 보러 왔다. 그의 친구 체스가 우리와 음반 계약을 하려다가 잘린 것을 루시앤은 유감스럽게 여겼고 항상 우리를 지켜보았다. 돌이켜 보면 당시 그 또한 우리 나이였고 우리만큼이나 절박한 상황이었다. 지금은 그가 귀족 작위를 받고 유니버설 뮤직Universal Music의 총수가 되어 전 세계 음악 생산의 3분의 1을 통제하고 있다.

공식적으로는 그가 우리의 보스이지만, 우리는 그 반대라고 생각하고 싶다. 폴은 그에게 1980년 여름 노스 런던의 문라이트 클럽에서 있었던 공연에 그를 공짜로 입장시켜 준 게 자기라는 것을 틈만 나면 이야기한다. 그러면 루시앤은 그날 이후로 술값을 낸 게 항상 자기였다는 것을 폴에게 이야기한다.

열 번이 넘는 공연에서 평론가들은 좀 더 나은 공연에 주목했고, 우리는 아주 명성 있는 음악 매체에서도 좋은 평가를 받게 됐다. 우리가 더블린에 돌아왔을 때 매체의 헤드라인은 혼란스러웠다. 어떤 곳에서는 U2가 "차세대 대표 주자"이며, 우리가 "런던에서 대성공을 거두었다"고까지 했다.

실제로는 전혀 그렇게 느껴지지 않았다. 지금 돌이켜 보면, 엣지의 부상으로 시작된 영국 순회공연 때 우리는 얼마간 망가진 상태였다. 그리고 그 모습은 그때 이후로 항상 우리의 매력 포인트였다고 생각된다. U2에게는 아주 뺀질뺀질한 자신에 찬 모습이라든가 완전히 쿨한 모습과는 어울리지 않는 무언가가 있다. 우리의 최고의 작품은 우리의 최악의 작품과 전혀 멀지 않으며, 우리가 너무 프로답게 군다거나 너무 힙하게 굴 때면 오히려 청중이 줄어드는 것 같았다. 아무래도 우리는 뭔가 수세에 몰린 모습이 더 자연스럽다.

1970년대가 끝나고 1980년대가 시작되던 날 밤 나는 앨리의 가족들과 함께 연말 밤을 보내고 있었다. 그다지 큰 잔치는 아니었다. U2는 아일랜드 제2의 도시 코르크Cork에서(훗날 우리 일생의 순회공연진에 함께하게 되는 조 오헐리히Joe O'Herlihy와 샘 오설리번Sam O'Sullivan의 고향이다) 공연을 마치고 온 참이었다. 그날 밤은 분위기가 정말 좋았지만 우리는 음반 계약도, 밴 차량도 얻지 못했다는 것 때문에 여전히 풀이 죽어 있었다. 이래서야 음악에 인생을 걸어볼 생각이 들 수가 없었다. 우리는 텔레비전에서 그해의 하이라이트를 지켜보았다. 교황 요한 바오로 2세가 아일랜드에 왔으며, 존 흄John Hume이 북아일랜드 사회민주노동당SDLP의 당수가 되었다(그가 얼마나 큰 거물이 될지는 우리 중 누구도 예상하지 못했다). U2에게 있어서 그해는 하이라이트보다는 물음표가 더 많은 해였던 듯하다. 그리고 그 가장 중요한 물음표는 우리가 과연 다음 해에도 뭔가를 계속할 수 있을 것인가였다.

나는 그 모든 물음에 대해 대단히 비관적이었다. 너무나 많은 일들이 잘못 풀리고 있었다.

그날 밤 나는 장차 처가댁이 될 집의 문간방에서 바람을 넣는 고무 매트 위에 누워 잠이 들었다. 일어나 보니 추웠다. 정말 추웠다. 20세기 아일랜드의 제일 추운 날이 그날이었다. 하지만 앨리가 들어오자 방이 금방 따뜻해졌다. 그녀는 어머니가 만들어주신 오렌지 네온색 모조 모피 드레싱 가운을 입고 있었다. 뼈가 저리도록 아름다운 모습이라서 나는 그 드레싱 가운 안에 숨겨져 있을 모습을 상상하지 않으려고 기를 써야 했다.

"우울함에 *당한* 상태야?" 그녀가 물었다. 그 "당한"이라는 말에 코믹한 악센트를 넣어서.

우울함에 *당한* 상태라.

맞아, 나 우울함에 *당한* 상태야. 나 이제 어떻게 하지?

나는 U2가 과연 계속 음악을 할 수 있을지의 전망에 대해 갈수록 의문을 품게 되었다.

앨리의 아버지인 테리Terry는 별로 걱정하지 않았지만, 우리 아버지는 걱정이 많았다. 진짜 걱정은 내 마음속에 있었다. 이번에도 "실패"라고 적힌 성적표가 날아올 것 같은 두려움이었다.

애덤은 런던으로 돌아가겠다고 했다. 그는 그곳의 한 생선 가게에서 일한 적이 있으며, 친척도 있다고 했다. 그리고 그 친척이 제대로 된 일자리를 찾아주었다는 것이었다. 또 엣지는 케빈 스트리트 공과대학Kevin Street Technical College에 입학한다는 소문도 있었다. 래리는 아마도 본래 직업이었던 우편배달부로 돌아갈 것이라고 했다.

아무래도 견적이 나오지 않았다. 우리는 음악인으로서의 삶을 살기에 충분한 수입을 올릴 수 없어 보였다.

정말 엿 같은 느낌이었다.

그게 바로 실패의 느낌이었다.

실패하라. 또 실패하라. 더 잘 실패하라. 사무엘 베케트Samuel Beckett는 말했다. 흠, 셋 중에 둘은 이미 해냈군.

실패란, 당신을 마땅히 태워야 할 밴이 당신을 두고 떠나는 것을, 더 운이 나쁘면 당신을 아예 짓밟고 지나가는 것을 지켜보는 느낌이다.

실패란, 배곳 인Baggot Inn 공연장에서 레코드 회사 사람들이 청중들을 밀치고 중간에 나가버리는 것을 바라보는 느낌이다. 청중의 숫자는 많지 않고, 모두가 서로를 잘 알고 있으며, 우리의 꿈이 바로 그 공연장에서의 성패에 달려 있다는 것도 모두가 알고 있다.

하지만 꿈이 실패로 돌아갔다.

앨리네 집 문간방의 고무 매트 위에 누워서 나는 배곳 인 공연에서 있었던 일을 반추하고 있었다. 특히 공연이 끝나고 집으로 돌아오던 길. 시더우드 로드로 가는 마지막 버스를 타러 가는 동안 그래프턴 스트리트에서 내가 아스날 축구팀 로고가 그려진 가방을 화풀이로 걷어찼던 코미디. 가방에는 축축한 옷과 가죽 냄새 풀풀 나는 바지가 땀으로 뒤범벅이 되어 있을 뿐 다른 것은 없었다. 프룬스Prunes의 첫 번째 드러머이자 넘버원인 포드Pod의 깔깔 웃던 머리통이 보였다. 포드는 나의 이 화풀이 행동에서 코미디를 읽어낸 것이다. 그는 보통 이런 상황에서도 뭔가 재미난 것을 찾아내는 재주가 있다.

실패란, 석유 위기가 한창인 가운데 다시 주유소로 돌아가 일을 하는 악몽을 반복해서 꾸는 것이다. 형 노먼은 나보고 "연료 주입 기술자"로서의 길을 가는 것이 어떠냐고 했다. 루스 이모는 지난해 여름 공항으로 가는 도로에 있는 에소Esso 주유소에 일자리를 구해주셨고, 그 일은 완벽해 보였다. 찾아오는 차들이 드물었기에 그 긴 시간 동안 가사를 쓸 수 있었기 때문이다. 하지만 그때 석유 위기가 닥쳤고, 주유소에 길게 늘어선 차들 때문에 가사를 쓸 여유는 전혀 없어졌다.

하지만 이 모든 것보다 더 끔찍한 일도 있겠지?

실패란, 적들이 나를 자기들의 저주 리스트에 올렸던 게 들어맞았다는 걸 인증해주는 일이다.

우리는 실패에 휩싸였지만, 그래도 우리를 꺾지는 못했다. 우리는 어떻게든 믿음을 지켜냈다. 아니, 믿음이 우리를 지켜주었는지도 모른다. 우리는 믿음을 가지고 이 모든 것을 헤쳐 나갔다. 엣지, 래리, 나는 서로 주고받는 눈길 속에서 그리고 함께 나누는 시간 속에서 우리의 기도가 상황을 바꾸어낼 거라는 믿음을 공유했다. 그게 우리의 펑크식 기도였다. 애덤은 우리와 한마음으로 이런 찬송가를 부른 것은 아니었지만, 그는 여전히 음악이 우리를 구원해줄 것이라고 믿고 있었다.

이렇게 고집스럽게 음악판에 남아 있으려고 몸부림을 치는 데에는 뭔가 코미디 같은 면이 있었다. 〈몬티 파이선과 성배Monty Python and the Holy Grail〉에 보면 "흑기사"가 아서왕의 칼에 팔다리가 잘리는 장면이 나온다.

팔, 또 다른 팔, 다리…. 하지만 흑기사는 도무지 굴복하지 않는다. 아서왕이 말한다. "보아라 이 바보 녀석아, 이제 네 팔이 다 잘렸다."

그러자 흑기사가 대답한다. 그건 "그냥 육신에 입은 상처일 뿐이다!"

불가피한 운명 같은 것은 물론 존재하지 않는다. 그러니 우리가 어떻게 끝까지 버텨냈는지도 설명하기가 힘들다. 거스를 수 없는 운명이 작동한 것이라는 식의 내러티브로 빠져들기는 너무나 쉬운 일이지만, 그런 건 실제로 있는 게 아니다. 하지만 끈질기게 버티는 힘이 있으면(우리가 그랬다) 항상 새로운 아이디어가 찾아올 확률이 있다. 그리고 1980년대가 시작되고서 몇 주가 지나자 그 새로운 아이디어가 정말로 찾아와 주었다.

얍삽한 아이디어였다. 또 냉소적이며, 배짱 좋고, 악동스러운 아이디어였다.

에이전트

이 아이디어를 낸 것은 더블린 유니버시티 칼리지University College Dublin의 엔터테인먼트 담당자인 데이브 카바나흐Dave Kavanagh였다. 데이브는 대부분의 잉글랜드 펑크 밴드들이 아일랜드에서 공연할 때 초빙되는 인물이었다. 이 업계에서 가장 똑똑하며 재미있는 사람의 하나로서, 나는 그의 더블린 악센트가 살짝 들어간 재담들을 아직도 기억하고 있다. 그 대상은 폴이나 나였을 때가 많았다.

"자기가 위대한 인물이라는 걸 인정하게 되면" 그의 말이었다. "모든 시대의 모든 이들이 그것을 인정하도록 만들지 않고서는 못 배기지…. 그게 안 되니까 너무 아프고 괴롭지?"

정말 피하고 싶은 인물이 아닌가? 이 사람과 이야기하는 건 "총알 2개 상황"이었다. 첫 번째 총알을 쐈다가 못 맞추면 "두 번째 총알은 자기 머리에 쏠 수 있도록 항상 가까이에 두어야 하는" 상황.

그리고 뭔가 일이 잘 풀릴 것 같은 분위기로 들어설 때는? 어김없이 "고생이 끝날 리가 없어"라고 말한다.

데이브는 도박을 즐기는 것으로도 잘 알려져 있었다. 그는 나에게 "벌벌 떨면서 돈을 걸면 절대로 못 딴다"고 말해주었다. 그리고 돈을 잃으면 "오늘 진짜로 돈을 딴 건 경마 게임이야"라고 말하곤 했다.

이 위대한 도박꾼이야말로 우리 U2 사상 최대의 뻥을 쳐보자는 제안을 내놓을 만한 완벽한 인물이었다. 비록 런던에서 음반 계약을 따내는 데에는 실패했지만, 매체마다 우리를 마구 띄워주었고《핫 프레스Hot Press》의 독자 투표에서도 성공을 거두었으니, 이를 틈타서 마치 대성공을 거두고 더블린으로 금의환향한 것 같은 분위기를 잡아 귀국 공연을 열자는 것이었다. 그래서 지역의 밴드들은 보통 꿈도 꾸지 못하는 공연장을 잡아서 지역 주민들의 호의를 분출시켜 그 물결을 한번 타보자는 것이었다. 예를 들어 국립경기장 같은 곳! 국립경기장에서 공연을 잡는 게 어떠냐는 것이었다.

진짜 국립경기장에서 말이다.

실제로는 사우스 서큘라 로드South Circular Road에 있는, 1,200명을 수용할 수 있는 권투 경기장이었다.

우리는 200명이라도 만족이었다. 그래, 한 250명이면 더 좋겠다.

이 공연은 1980년 2월 26일 밤에 열렸다. 이 커다란 홀에 들어오는 티켓 가격이라고는 그저 숨을 쉬고 있다는 것을(조금만 쉬어도 된다) 입증하는 것뿐이었다. 이 공연이 사실상 무료 티켓 나이트클럽 성격이라는 게 분명해지자 온갖 종류의 사람들이 모여들어 공연장을 채웠다. 우리에 대해 아주 막연한 관심밖에 없는 이들, 우리에게 전혀 관심이 없는 이들, 우리에 대해 들어본 적도 없는 이들, 집이 없어서 그저 추위를 피하러 온 이들, 그리고 오로지 우리가 망하는 것을 보고 싶어 하는 이들 등. 따라서 우리가 "금의 환향" 공연 무대에 오른 순간 공연장은 그래도 절반 정도가 차 있었다. 게다가 그날은 우리의 들쭉날쭉한 기준으로 볼 때 아주 괜찮은 공연이었다. 그 공연이 대단했다고 평가해 준 사람이 최소한 한 명은 있었다. 그는 바로 그 문제의 A&R 요원이었다.

그 A&R 요원

소문에 따르면, 니콜라스 제임스 윌리엄 스튜어트Nicholas James William Stewart는 데리Derry에 주둔한 영국 군대의 대민 업무 관할 장교였다고 한다. 아무리 군복이 아닌 사복을 입었다고 해도, 해로우Harrow 사립학교 출신의 이 큰 키의 상류층 젊은이가 도대체 어떻게 아일랜드 사람들에 섞여들었는지는 그 어떤 인류학자도 풀 수 없는 수수께끼였다. 그는 정복을 차려입고 행진하는 것보다는 음악을 훨씬 더 좋아했기에, 제대하고 나서 아일랜드 레코드Island Records에 입사하여 재능 있는 신인들을 발굴하는 일을 하게 되었다. 아일랜드 레코드는 밥 말리Bob Marley의 집이며, 저 위대한 리 "스크래치" 페리Lee "Scratch" Perry의 집이며, 글램록의 영웅 록시 뮤직의 집이 아닌가.

그런데 캡틴은(우리는 그를 캡틴이라고 부르게 된다) 그의 동료 로브 패트리지Rob Partridge가 우리 밴드의 열성적인 팬이 되었다는 이야기를 듣게 된다. 그리고 이 스파이 감시 비행기 이름을 가진 밴드가 이제는 국립경기장에서 연주를 할 만큼 지역에서 거물로 떴다는 이야기도 듣게 된다.

슈퍼스타 밴드들이야 경기장에서 공연하는 일이 드물지 않지만, 잘 알려지지도 않은 10대 밴드가 그런 곳에서 공연을 한다고?

하지만 막상 도착해보니 그곳은 상상했던 거대한 축구 경기장이나 럭비 경기장이 아니라 훨씬 작은 규모의 권투 경기장이었다는 것을 알게 된다. 우리는 뻥을 치는 일에 항상 능했으며, 이번에도 또 한 번 화끈하게 뻥을 쳤던 것이다. 일단 뻥을 쳐놓으면 사람들이 올 것이다. 그리고 실제로 모여들었다. 어느 정도. 376명의 유료 관객에 더해 한 푼도 내지 않은 사람이 157명이었으니까. 우리는 링에(죄송, 무대에) 올랐다. 이제 우리들 인생에서 가장 중요한 시합 중 하나가 펼쳐지려는 순간이었다.

무대 밖을 보자 우리가 지금까지 모았던 청중 가운데 가장 많은 청중이 모였고, 아는 얼굴도 알지 못하는 얼굴도 있었다. 친구로서, 팬으로서, 궁금증에서, 망하는 꼴을 보기 위해서 등 모인 이유는 다양했지만, 몇 곡을 연주한 뒤에는 이들 모두가 기꺼이 우리가 그날 밤의 승자가 되기를 빌어주었다.

고장 났던 엣지의 손목이 완전히 나았으며, 우리의 자신감도 회복되었고, 게다가 연주했던 곡들은 그동안 고전을 면치 못했지만 착실히 공연에 올렸던 곡들이었다. 그날 밤, 나는 비록 우리의 음악이 아직 그 경기장의 크기를 채울 만큼은 아니지만 그날 밤 모여든 크기의 청중은 충분히 휘어잡을 수 있다는 확신을 갖게 되었다.

그날 그 링에서 벨소리가 울리지는 않았다. 레프리도, 저지도 없었다. 하지만 우리에게 의미가 있는 단 한 명의 심판이 우리에게 통지를 보냈다.

"아일랜드 레코드는 여러분과 기꺼이 음반 계약을 맺겠습니다." 캡틴 닉 스튜어트가 말했다. "확실한 겁니다. 내 상관에게 체크할 필요도 없습니다.

자, 바로 계약 작업에 들어갑시다. 아일랜드 레코드는 분명히 입장을 밝혔습니다."

나는 어지러웠다. 우리 모두 어쩔 바를 몰랐다.

"확실합니까?" 폴이 물었다. "지난번에 우리와 음반 계약을 맺으려던 A&R 요원은 결국 상관에게 해고당했습니다."

"제 직감도 있고요. 제 직감을 따라도 된다는 지시도 받았습니다." 캡틴의 말이었다.

나는 엣지를 보았고, 엣지는 애덤을 보았고, 애덤은 래리를 보았고, 래리는 나를 보았다. 우리는 모두 조 프레이저Joe Frazier와 16라운드의 권투 경기라도 뛴 몰골이었다. 하지만 실패를 경험하고 그렇게 심한 피로감에 시달리던 상태였는데도, 이제 그 피로감은 다 빠져나가는 느낌이었다. 우리 얼굴에서 썩은 표정이 사라지고 해맑은 미소가 그 자리를 차지했다. "그래서 뭐?" 대신 "네 생각은 어때?"가 자리를 차지했다.

11시는 아니었다. 시간은 12시 5분이었다. 승리한 권투 선수처럼 두 팔을 들어 올린 이는 없었고, 또 멍과 상처 위로 번쩍거리는 벨트를 걸친 이도 없었다…. 하지만 우리는 금메달을 딴 기분이었다.

폴은 끄덕거렸다. "이건 진짜야"라는 끄덕거림이었지만, 우리는 전혀 실감이 나질 않았다. 그러다가 한 달 후 런던 라이시엄 극장Lyceum Theatre의 여자 화장실에 모였을 때 비로소 실감이 났다. 우리는 아일랜드 레코드와 전 세계 지역을 대상으로 음반 계약을 맺었으며, 프로 음악인이 된 것이다…. 런던의 웨스트엔드에 있는 가장 오래된 극장의 여자 화장실에서.

"남자 화장실은 꽉 찼고 또 조명도 여자 화장실이 더 좋아서 그쪽이 낫겠어." 우리 매니저가 설명해주었다. 폴도 이제는 급여를 받으면서 우리에게 이런 종류의 수평적 제안을 하는 사람이 되었다.

라이시엄 극장은 19세기 초에 런던에서 오페라를 상영하던 최초의 극장 중 하나였고, 여기에서 많은 오페라 가수들이 오르페우스를 꿈꾸다가 아무런 박수도 받지 못하고 지옥으로 떨어지는 일이 밤마다 벌어지곤 했다. 그런데 이제는 다른 종류의 멜로드라마가 상연됐다. 이 3월 밤에는 레인코트를 입은 포스트펑크 밴드가 공연을 하고 있었을 뿐만 아니라 그 여자 화장실에서는 일종의 아일랜드 스타트업 오페라가 본격적으로 소리를 내기 시작한 것이다. 최소한 나로서는 이 장소의 빛바랜 과거의 영광은 진짜 오페라의 본산인 라 스칼라La Scala, 우리 아버지가 어머니의 뜨개질바늘을 휘두르며 상상 속의 지휘자가 되곤 했던 바로 그 라 스칼라와 똑같은 곳이었다. "계단"을 뜻하는 라 스칼라를 통해 우리는 곤경에서 탈출하고 위로 올라가는 길을 찾아낸 것이었다.

나는 앨리를 생각하지 않을 수 없었다. 그녀의 생일이기도 했지만 그것 때문만은 아니었다. 지하 세계에 내려온 오르페우스는 이제 카세트 녹음기 대신 레코드 스튜디오의 믹싱 데스크에 앉게 되었다. 신화에서는 오르페우스가 길을 멈추고 에우리디케를 돌아보자 그녀가 사라진다. 이 지하 세계의 규칙에 따르면 이 시점에서 앨리와 나는 헤어지게 된다. 하지만 나는 분명히 알고 있었다. 만약 그녀를 찾아내지 못하면 사라져 버리는 것은 내가 되리라는 것을.

and it was not from any dullness, not
from fear, that they were so quiet in themselves,

but from just listening. Bellow, roar, shriek
seemed small inside their hearts. And where there had been
at most a makeshift hut to receive the music,

a shelter nailed up out of their darkest longing,
with an entryway that shuddered in the wind—
you built a temple deep inside their hearing.

—라이너 마리아 릴케, '오르페우스에게 바치는 소네트'

우리는 점선을 따라 서명했지만, 수표는 나중에 우편으로 오게 되어 있었다. 그래서 다른 날처럼 집으로 오려면 돈을 좀 꾸어야 했다. 나는 해로우 사립학교를 졸업한 상류층 캡틴에게 삥을 뜯었다.

we can **debate** whether information or matter is at the heart of the physical universe but there is no argument that the essential building block of the rock n roll solar system is the van

9

Invisible

눈에 보이지 않는

I've finally found my real name
I won't be me when you see me again.

록 음악의 역사를 볼 때 밴드와 매니저는 사이가 좋지 않을 때가 많다. 음악 산업에는 양심 없는 매니저들과 관리가 불가능한 예술가들이 사방 천지에 깔려 있다. 매니저는 록 밴드가 그 약속의 땅에 도착하도록 보내주는 사람일 수도 있지만, 아예 그 길을 막아버리는 사람일 수도 있다. 우리 네 사람은 이제 음반 계약을 따냈으니 그 낯선 세상으로 가는 여권을 얻은 셈이었지만, 여전히 불법 체류자처럼 느껴질 때가 많았다. 폴 맥기니스가 없었다면 우리는 음악 업계에 오래 남아 있지 못했을지도 모른다.

음반 계약을 따낸 덕에 (앨리는 몰라도) 아버지만큼은 확실하게 즉각적인 변화를 보인 문제가 있었다. 이제 내가 돈을 벌게 된 것이다. 매주 30파운드 정도의 돈이었다. 하지만 폴은 즉시 우리에게 그건 30 아일랜드 펀트punts이지 영국 파운드가 아니라고 일깨워 주었다.

"어떻게, 이 돈으로 괜찮으시겠어요, 폴?"

"병원의 의사가 치료비 가지고 흥정하는 것 봤나?" 그가 대답했다. "내가 영화 업계에 있었다면 아마 하루에 1백 파운드는 불렀겠지. 내가 기껏 주당

30파운드 받으려고 그 일을 그만두었겠니? 어림도 없다. 다른 데서 돈을 빌려서라도 그 차액을 메꿀 거야."

"하지만 우리 모두 똑같이 받기로 하지 않았나요?" 나는 방패 삼아 말했다. 폴이 주당 30파운드로 살아가는 일이란 절대로 불가능하다는 것을 잘 알고 있었기에.

"나는 이제 전문 매니저고 너희는 내 고객이야. 너희가 주는 주당 30파운드는 적은 돈이지만 의미가 있는 돈이야. 그리고 너희들은 나 말고도 필요한 전문가들이 많아. 회계사, 새 변호사도 필요하고, 또 데모 테이프를 실제 음반으로 제작하려면 프로듀서도 필요하지. 이 모든 사람들에게 돈을 제대로 지급해야 해. 그리고 그들 모두 청구하는 액수가 너희들이 감당하기 힘든 숫자일 거야. 그러니까 너희에게 내가 있어야 해."

프로듀서

레코드 프로듀서는 영화 프로듀서보다는 영화감독에 더 가깝다. 이들은 대본을 쓰지는 않지만, 배우들로부터 최상의 연기를 뽑아내야 하며 이를 또 가장 적합한 프레임 안에 넣어야 한다. 당시 가장 주목받던 밴드는 맨체스터 출신의 조이 디비전이었으며, 그들의 데뷔 앨범 〈Unknown Pleasures〉를 만든 프로듀싱의 천재는 마틴 하넷Martin Hannett이었다. 그가 더블린 출신의 무명 밴드와 함께 작업할 일은 없으리라고 생각했지만, 그는 기꺼이 그렇게 하겠노라고 했다. 와, 이런 일이. 마틴 하넷이라는 하늘이 내린 음악인이 우리의 첫 번째 아일랜드 레코드 음반 작업을 맡아주러 오는 것인가?

'11 O'Clock Tick Tock'은 독일 바이마르 시대의 카바레 문화에서 영감을 받은 곡이다. 개빈 프라이데이는 나에게 쿠르트 바일Kurt Weil의 음악을 들어보고 또 베르톨트 브레히트Bertolt Brecht의 가사를 연구하도록 만들었는데, 이제 꽃을 피운 셈이다.

내가 이 노래의 “라 다 다 다”를 독일어 악센트로 부르는 것을 상상해보면 그림이 그려질 것이다. 이 노래의 가사는 런던의 일렉트릭 볼룸Electric Ballroom에서 크램프스Cramps와 함께 연주했던 공연 모습을 담은 것이다. 그날 밤 나는 얼굴을 송장처럼 하얗게 칠하고, 기괴한 헤어스타일을 하고, 잘 연출된 상실감을 표출하던 청중들에게 완전히 매료되었다. 크램프스는 명민하고 섬뜩하고 쿨했지만, 내게는 너무나 차갑고 종말론적인 모습이었다.

A painted face
And I know we haven't long
We thought that we had the answers,
It was the questions we had wrong.

—‘11 O'Clock Tick Tock’

천년왕국의 기다림. 세상의 종말을 위한 노래. 마틴은 놀라운 사운드의 지평을 열어주었다. 이 곡은 아주 긴 기타 솔로로 끝나며, 이는 펑크록의 규칙에 완전히 어긋나는 것이었다. 이 곡은 좋은 평을 얻었지만, 레코드 회사에서는 마틴이 우리 앨범의 프로듀서가 되는 것을 거부했다. 마틴은 스튜디오에서도 대단히 실험적이었지만 스튜디오 밖에서도 이런저런 마약을 실험하고 있었으며, 이 때문에 모종의 어두운 골목에도 발을 담그게 되었다. 우리는 개의치 않았다. 유머가 넘치는 동시에 밝은 그를 우리는 좋아했다. 하지만 레코드 회사는 꿈쩍도 하지 않았다.

그래서 두 번째 프로듀서가 등장했다. 그는 우리가 연주하는 것을 보려고 골웨이Galway에서부터 비행기를 타고 아일랜드로 왔다.

스티브 릴리화이트Steve Lillywhite가 시포인트 볼룸Seapoint Ballroom의 분장실로 걸어들어 왔을 때, 우리는 그가 우리 청중의 한 사람인 줄 알았다. 우리보다 몇 살 많지도 않았던 데에다 확실히 동안이었기 때문이다. 그는 아이들 TV 프로에 나오는 영국 보이스카우트 지도자를 방불케 하는 "할 수 있어"의 자세를 가지고 있었다.

"그 친구 꼭 〈블루 피터Blue Peter〉에 나오는 캐릭터 같아." 애덤이 말했다.

"하는 짓도 그래." 엣지가 덧붙였다. "하지만 TV 아동 프로의 주인공이 〈The Scream〉 같은 음반을 프로듀싱하지는 않지."

〈The Scream〉은 수지 앤 더 밴쉬스Siouxsie and the Banshees의 데뷔 앨범이었다. 세속을 초월한 것 같은 라몬스식의 단순함을 가진 그 음악에 우리는 공감했다. 마치 음악인 아닌 음악인들이 만든 것 같았기 때문이었다. 스티브 릴리화이트는 비록 머리를 금발로 염색하고 가죽 재킷을 입기는 했지만, 전혀 펑크족처럼 보이지는 않았다. 그는 가장 좋은 의미에서 완벽하게 투명했으며, 그의 모든 것이 다 들여다보였다. 펑크록에는 모종의 세속적인 면이 있었고 "미국은 지루해"라며 세상을 지겨워하는 태도가 있었지만, 스티브에게는 이런 것들이 전혀 어울리지 않았다. 그는 항상 기쁜 모습이었고, 순수함의 감각이 살아 있었다. 멀리서는 쿨해 보였지만, 가까이에서 보면 전혀 그렇지 않았다…. 그래서 우리는 크게 안심했다.

녹음 스튜디오

스티브는 본래 녹음 스튜디오에 파묻히는 인물이었지만 우리와 함께하면서 완전히 우리와 하나가 되었다. 그는 자신을 그렇게 대단한 존재로 만들어주는 비밀이 자신의 천진난만함이라는 사실을 전혀 모르고 있었다. 세속에 찌든 모습이라고는 전혀 없다는 것 때문에 이 세속에서 그렇게 큰 힘을 발휘한다는 것을 말이다. 스티브는 어떤 의미에서 우리와 똑같은 존재라고 할 수 있었다.

그는 사이키델릭 퍼스Psychedelic Furs의 앨범을 프로듀싱하고 또 피터 가브리엘Peter Gabriel의 세 번째 솔로 앨범 작업을 하다가 곧바로 우리에게 날아왔다. 스티브는 우리의 사운드를 다른 어떤 밴드와도 다르게 만들겠다는 굳은 결의에 차 있었다. 이 앨범의 제목은 〈Boy〉가 될 것이었으며, 우리는 (그리고 그 또한) 아이들처럼 굴었다. 우리는 순회공연을 다니느라 상당히 긴장한 상태였고, 스티브와 세션은 꼭 우리를 놀이터에 풀어놓은 것 같았다. 우리 다섯 명 모두가 음악에 대한 흥분으로 혈당이 있는 대로 치솟은 상태였다.

우리가 작업했던 곳은 더블린의 선창가에 있는 윈드밀 레인Windmill Lane이었는데, 일종의 공상과학 놀이공원 같은 곳이었다. 최신 장비를 갖춘 비디오 편집실과 영화 제작 장비가 바로 위층에 있었다. 아일랜드 어디에도 이런 건물은 없었다. 이 낡고 더러운 더블린에 이런 곳이 있었다니. 아일랜드는 1980년대 초 새롭게 변하고 있었고, 과거에서 벗어나면서 열등감을 떨쳐내고 있었다.

그러니 이곳 아일랜드에서 만들어낸 음악이 전 세계에서 가장 앞선 음악이 되지 말란 법이 있는가?

'I Will Follow'를 녹음할 때 우리는 자전거 바퀴를 타악기로 사용했다. 윈드밀 레인 건물의 홀에서 자전거를 거꾸로 들고 포크와 나이프로 자전거 바큇살을 두드려 리듬 효과를 낸 것이다. 이 곡의 중간 휴지기에 들어간 소리는 우유병을 타일로 된 복도 바닥에 던져 깨트리는 소리다. 그 소리는 조성이 없어 새로운 음악적 효과를 냈다. 특히 애덤과 스티브는 아주 가까워졌으며 나머지 우리들이 스튜디오를 떠난 뒤에도 밤늦게까지 함께 베이스 라인을 새로 만들면서 밤을 보냈다. 무슨 아이디어이든 "한번 해보자"가 우리가 외우는 주문이 되었다. 덕분에 그 장구한 세월이 지난 지금 들어보아도 〈Boy〉 앨범은 독특한 사운드를 유지하고 있다.

나의 목소리를 찾아서… 하지만 대부분은 다른 사람의 것인

싱어는 남 흉내를 잘 내는 이들일 때가 많다. 나는 누구든 함께 일정한 시간을 보내면 그 사람의 목소리를, 최소한 악센트 정도는 그대로 따라 할 수 있다.

나는 수지 수Siouxsie Sioux를 반복해서 듣다가 그녀의 '밴쉬banshee'한 창법을 그대로 따라 하게 되었다. 그녀의 얼음장 같은 가부키식 목소리까지는 따라 할 수 없었지만, 내가 시더우드 로드 출신의 소년이라기보다는 사우스 런던의 브롬리Bromley 출신 소녀 혹은 소년처럼 어느 정도 세련된 목소리를 가지게 된 데에는 분명히 그녀의 도움이 컸다. 브롬리에 살았던 또 한 명의 유명한 음악인은 바로 데이비드 보위였으며, 나는 오늘날까지도 그의 영향을 떨쳐버리겠다는 생각을 결코 한 적이 없다. 그런데 내가 이렇게 딱딱하고 부자연스러운 창법을 갖게 되었는데도 어느 정도 좋은 가창을 이룰 수 있었던 것은 스티브 덕분이었다.

"노래할 때는 가사를 부르는 거예요." 그는 내게 말하곤 했다. "당신이 따라 하고 싶은 사람을 부르는 게 아니에요. 있는 그대로의 당신을 노래로 부르는 거예요."

진실을 말하자면, 가사는 아직 녹음할 정도까지 완성되지는 못한 상태였다. 그냥 미완의 생각들 혹은 스케치 정도였다. 나는 내가 스케치로 잡아낸 생각들이 대부분의 초짜 작사가보다는 더 흥미 있는 것들일 거로 기대했지만, 다루고 있는 주제들로 볼 때 좀 더 독창적인 라임과 좀 더 완결된 생각들을 갖추어야 마땅하다고 생각했다. 이런 고집을 피우는 순진한 젊은 예술가의 초상에는 분명한 이유가 있었다. 당시의 로큰롤에서 중심 스토리라는 것은 모조리 순결과 동정을 잃는 이야기였지만, 우리는 순수함을 고집스럽게 버티며 지켜내는 데에 바치는 찬가를 만들려 했다. 내가 이 앨범에 수록된 노래들을 지금도 들을 수 있는 것은 바로 이러한 당찬 반항의 정서 덕분이다. 하지만 지금 들어보면, 그러한 순수함의 겉면 아래로 좀 더 어두운 그림자가 어른거리는 것도 느낄 수 있다.

"그림자 속에서 소년은 남자를 만난다네."

훗날 나는 팬들과 비평가들에게 여러 번 설명해야 했다. 'Twilight'에 암시되는 사춘기 이야기가 내가 정말로 그림자 속에서 나이가 든 남자를 만났다는 뜻은 아니라고. 물론 공항 가는 도로의 주유소에서 일할 적에 낯선 사람이 내게 다가오던 것은 분명히 기억하지만.

또한 'Stories for Boys'는 자위행위에 대한 노래도 아니었다(그런데 지금 들어보니 그런 생각이 들 법도 하다…).

이제는 'I Will Follow'뿐만 아니라 'A Day Without Me' 또한 무의식중에 자살을 암시하고 있다는 것도 보인다. 자기 삶을 살아가는 게 자기라는 느낌을 완전히 상실했을 때, 자살은 삶에 대해 빠르게 권위를 회복하는 방법이 되어준다.

노래나 시를 쓰거나 혹은 그림을 그리는 종류의 아이들은 지나치게 많은 것을 느끼는 경우가 있으며, 그래서 그 여러 감정에 완전히 압도당해 버리기도 한다. 마운트 템플의 운동장 가장자리에 있던 녹색 들장미와 무성한 나뭇잎이 떠오른다. 철로가에 서서 희망도 사랑도 다 포기해 버리고 여기에 그냥 드러누워 버리면 얼마나 편하고 좋을까 상상하며 어쩔 줄 몰라 하던 10대 소년이 떠오른다.

하지만 내게는 믿음이 있었다.

그 와중에도 나는 삶의 다음 발자국에 대한 믿음이 있었다. 한 걸음 더, 또 한 걸음 더. 그렇게 가다 보면 집이 나올 것이다.

첫 번째 앨범 〈Boy〉는 로큰롤의 역사와는 조화될 수 없는 작품이었다. 로큰롤은 순수함을 박살 내는 것까지는 아니어도 그것을 회피하는 이야기를 담는다. 어른이 되어가는 통과의례를 한껏 뻐겨대며 음악으로 표현하는 것이다. 우리는 순수함을 고수하기로 굳게 결심했고, 그 순수함에 바치는 찬가로서 〈Boy〉 앨범을 만들었다. 우리도 한편으로는 이 세상을 잘 아는 어른 남자가 되고 싶은 마음이 없지 않았지만, "세상"에 대해 지나치게 많은 것을 알지 못하는 소년일 때에 훨씬 더 큰 힘이 나온다고 생각했던 것이다. 세상에 대한 호기심도 컸지만, 나는 그 세상의 거죽 뒤에서 벌어지는 것들에 대해 노래하고 싶었다. 나의 거죽은 구멍이 숭숭 나 있어서 내 주변의 모든 것에 대해 과도하게 예민한 상태였다. 거기에 무슨 자극 따위를 더할 필요도 없었다. 나는 누군가와 마주칠 때는 그 사람이 누구든 항상 강렬하게 느꼈다. 나는 내 영혼을 더 잘 이해하고 싶었기 때문에 인간의 영혼에 대한 노래를 쓰고 싶었다. 내가 어떤 사람으로 되고 싶은지에 대해 나 스스로에게 노래해주기 위해서였다.

〈Boy〉 앨범은 어떤 소년의 얼굴을 커버로 하고 있다. 그 사진은 필름을 완전히 현상하기 전에 약품에서 꺼낸 것이니, 이 세상에 존재하는 소년의 모습이라고 할 수 없다. 시더우드 로드 출신의 한 소년이 자기 주변에서 벌어지는 일들을 궁금해하며 응시하고 있는 모습. 나는 마운트 템플의 사진반에서 필름을 인화하고 현상하여 사진으로 만드는 과정을 처음으로 보았고 무척 신기하게 여겼다. 나는 완성되기 이전 상태의 이미지를 좋아했다. 그 이미지는 이 세상에 있는 것도 저세상에 있는 것도 아니며, 그저 종이 위에만 존재하는 것이기 때문이다. 나는 우리 앨범의 커버에도 그런 이미지를 쓰고자 했다. 초점이 아직 맞지 않은 한 소년의 얼굴 이미지.

이 앨범은 아주 진지한 인상을 남겼으며, 수많은 나라에서 사람들은 이 소년을 반기고 사랑해주었다. 세상은 이렇게 아름답고 꾸밈없는 아이가 있을 거라는 생각도 못 했을지 모른다.

그 소년은 모든 일이 잘 풀려가고 있었다. 그리고 마침내 밴 차량을 손에 넣게 되었다.

밴 차량

이 물리적 우주의 핵심이 정보인지 물질인지는 논쟁이 있을 수 있지만, 로큰롤이라는 태양계를 구성하는 필수적인 요소가 밴 차량이라는 것만큼은 논란이 있을 수 없다. 밴 차량이 없으면 아무 데도 못 간다. 사람들 앞에서 써야 하는 가면을 벗고 진짜 얼굴로 돌아와 한숨 돌릴 수 있게 해주는 교통수단은 밴 차량뿐이기 때문이다. 그뿐만이 아니다. 밴은 타임머신이기도 하다. 일단 그 사이즈가 막 자라나는 초짜 로큰롤 밴드의 공동체를 담아내기에 딱 맞다. 뮤지션 몇 명, 순회공연 매니저 한 사람, 진행 요원 한 두 사람, 어떨 때는 매니저도. 훗날 이 밴에 날개가 돋아나서 전용 비행기가 될 수도 있지만, 그래도 그 크기는 항상 밴 차량과 대략 비슷하게 느껴지게 되어 있다.

폴 맥기니스가 우리에게 밴 차량을 구해주기까지 그토록 긴 시간이 걸렸던 이유를 이제는 받아들일 수 있다. 폴은 밴을 운전하고 싶어 하지 않았던 것이다. 폴이 록 밴드 매니저 일을 맡은 이유는 밴 차량 운전이 아니었다. 폴의 꿈은 긴 대형 리무진으로 이동하는 것이었으며, 밴은 운전은 고사하고 앉아 있는 것조차 원하지 않았던 것이다.

음반 계약을 통해 얻어낸 성과는 사운드를 믹싱할 사람을 고용하는 것만이 아니었다. 우리의 밴 차량을 운전할 사람을 고용할 수 있게 된다는 것도 똑같이 중요하다. 1980년 9월, U2는 흰색 밴 차량과 그것을 몰 순회공연 매니저 팀 니콜슨Tim Nicholson도 확보했다. 플라스틱 구슬들과 모조 양가죽이 덮인 폭스바겐 차량으로서, 우리는 이제 더블린을 나와 아일랜드를, 잉글랜드의 M1 고속도로를, 그리고 온 유럽을 돌아다닐 예정이었다. 이제 우리는 폭스바겐 코끼리를 타고서 알프스산맥을 넘는 한니발 장군이었다.

밴에서 들었던 곡들 목록. 첫 번째 영국 순회공연(카세트)

The Associates, 〈The Affectionate Punch〉

The Clash, 〈London Calling〉

Peter Gariel, 〈Peter Gabriel〉

The Pretenders, 〈Pretenders〉

The Teardrop EXplodes, 〈Kilimanjaro〉

Joy Division, 〈Unknown Pleasures〉

Skids, 〈Days in Europa〉

Pauline Murray and the Invisible Girls, 〈Untitled〉

David Bowie, 〈Scary Mondsters (and Super Creeps)〉

Echo and the Bunnymen, 〈Crocodiles〉

Giorgio Moroder, soundtrack, 〈Midnight Express〉

Blondie, 〈Parallel Lines〉

페리선

우리의 밴 차량이 B&I 페리선에 올라탔고, 우리는 차량 밖으로 나왔다. 아일랜드 갈매기들의 소리와 냄새를 뒤로 하고 떠나려니 슬픈 생각과 행복한 생각이 동시에 밀려왔고, 나는 그것을 즐겼다. 갈매기들도 꽥꽥거리면서 오래도록 우리 페리선을 따라오다가 마침내 우리를 괴롭히는 것에도 싫증을 느꼈는지 어디론가 사라져 버렸다.

우리는 드디어 아일랜드에서 풀려났다. 이제 그 무엇에도 묶이지 않은 순간이다. 자유다. 나는 이 거대한 페리선이 만들어내는 거품과 파도를 응시했고, 예전의 나는 그 파도와 함께 사라지는 것이라고 여겼다. 완전히 새로운 존재가 된 느낌이었다. 물론 배에서는 사람들이 사방에서 뱃멀미로 구토를 하고 있었고 바닥에는 넘쳐흐른 음료수 자국이 가득했으며 그 사이에서 앉은 채로 잠을 청하며 뒤척거려야 했다. 하지만 이제 '어딘가로' 가고 있는 것이며, 결국에는 새로운 땅의 희망을 보게 될 것이었다. 그 땅에도 갈매기들이 있겠지. 다시 밴 차량의 폐쇄된 우주 속으로 기어들어 가고, 앉은 채로 다시 잠을 청하고, 그다음에는 또 앉은 채로 먹고 이야기하고 음악을 듣겠지…. 그런 생각을 하다가 나 또한 구토를 했다.

그 흰색 코끼리 같은 밴 차량 덕분에 우리는 음악을 들으면서 유럽 전역을 누볐다. 최초는 1980년 9월 런던으로, 소호Soho에서 네 번의 공연을 했다. 이제 우리 연극에 등장하는 또 다른 등장인물을 소개할 때다. 무생물이다.

숙소

폴은 밴에서 자는 것을 싫어했지만, 대신 우리를 위해서 (우리로서는 감당하기도 힘든) 고급 숙박업소를 찾아내는 안목이 있었다. 1980년, 그는 런던 하이드 파크 입구의 맞은편인 베이스워터 로드Bayswater Road 근처의 오르미 스퀘어Orme Square에 방 몇 개를 잡아주었다. 우리는 이를 베이스로 삼아 최초의 제대로 된 영국 순회공연인 〈Boy Tour〉를 만들어 나갈 수 있었다.

이렇게 멋진 숙소에 묵게 되었으니, 우리는 먼 곳에서 공연을 해도 다른 밴드들처럼 그곳의 일반 호텔에 묵지 않고 런던으로 돌아왔다. 리버풀, 브라이턴, 심지어 맨체스터에서 공연을 할 때도 마찬가지였다. 공연이 끝나면 우리는 땀투성이인 채로 런던으로 차를 타고 돌아와서 돈을 아꼈다. 수도인 런던의 휘황찬란한 불빛과 냉소로 돌아온 것이다. 물론 런던은 바빌론이었다. 런던은 이집트였다. 그래서 런던은 *위대하고 대단했다*. 런던은 우리가 좋아한 모든 음악의 구심점이었다. 여기서 우리가 펼칠 거대한 연극의 또 하나의 등장인물이 나온다.

공연장

1978년, 우리가 좋아했던 밴드 더 잼의 노래 'There's an 'A' bomb in Wardour Street'가 라디오에서 나왔다. 아마 우리가 의식하지는 못했지만, 그로부터 2년 후 워도 스트리트의 마르퀴 클럽Marquee Club에서 우리가 월요일 심야 공연을 하게 된 것도 그 때문일 것이다. 사실 우리가 런던 곳곳에서 공연을 하기는 했지만, 정말로 빅뱅이 벌어졌던 것은 그곳 마르퀴 클럽이었다. 첫 번째 월요일에는 청중이 반쯤 차 있었다. 두 번째 월요일은 완전히 빽빽했다. 세 번째 월요일에는 줄이 그 블록 전체를 빙빙 감쌀 정도였다.

네 번째 월요일은? 완전히 살인이 날 지경이었다.

우리는 우리 스스로가 만든 포스터에 "U2는 누구에게나 벌어질 수 있습니다U2 could happen to anyone"라고 쓰고 다녔지만, 이 순진한 허풍이 이제는 사실이 된 것 같았다.

어느 날 아침 우리가 그 공연장에 도착했을 때, 끝내주는 쉰 목소리의 싱어이자 베이스 연주자인 레미Lemmy가 있는 것을 보았다. 그룹 모터헤드Motörhead의 최고 에이스인 레미가 우리의 진행 요원들과 함께 짐을 내리고 또 우리가 쓸 장비를 정리하고 있었다. 그는 전날 밤 전자오락 게임 스페이스 인베이더스Space Invaders를 가지고 노느라 아예 공연장 문을 잠그고 밤을 새웠다고 했다. 공연 팀을 도와 짐을 내리는 게 그 전날 스크린에서 우주 괴물들을 쏘아 죽이느라 뿜어낸 아드레날린에서 깨어나 현실로 돌아오는 좋은 방법이라는 것이었다. 초기 펑크록의 원형이자 로큰롤의 구원자인 레미는 그 시절 자주 우리를 보러 왔었다. 비록 우리가 그에게 내놓을 수 있는 것은 별로 없었지만.

이 공연장은 이미 전설이 되어 있었다. 우리의 손이 닿을 수조차 없는 엄청난 밴드들이 여기에서 공연을 했었다. 우리는 이곳에서 공연하는 것만으로도 그 위대한 밴드들과 대결하는 느낌이었다.

가장 유명한 밴드는 더 후였다. 이들은 이 장소를 그들 특유의 극대화된 리듬과 블루스로 채웠고, 그 이후 어떤 밴드도 그들만큼 기쁨과 절망과 저항으로 꽉 찬 무대를 보여주지는 못했다. 물론 펑크 밴드들 중 분노로 속을 뒤집어 놓는 단말마의 사운드를 내놓는 이들이 있었지만, 더 후만큼의 위엄을 보여준 밴드는 없었다. 우리는 그러한 위엄을 조금이라도 펑크록에 담아내고 싶었으며, 'Twilight' 그리고 나중의 'Gloria' 같은 곡에서는 거기에 어느 정도 근접한 순간도 있었다. 그런데 우리의 연극이 이러한 공연의 위엄과 사운드의 장엄함을 갖추기 위해서는 또 다른 등장인물이 필요했다….

팬들

우리의 팬들은 우리와 같은 나이인 경우가 많았고, 우리는 그들과 우리 자신에게 우리야말로 진정한 펑크라는 것을 증명하고자 했다. 우리는 우리가 가진 가치를 이 거대한 도시에 순순히 넘겨주지 않을 것이며, 귀한 돈을 내고 우리를 보러 온 청중들에게 우리의 진정한 펑크의 가치를 바치겠다고 굳게 결심한, 일종의 열심당원zealot이었다. 우리는 청중들이 우리를 붙잡으면 언제나 멈추어서 대화를 나누고 사인을 해주는 것을 우리 본연의 임무로 여겼으며, 그 어떤 펑크 밴드도 이루지 못한 방식으로 청중과 하나로 융합되고자 했다. 그리고 싱어인 나에게는 임무가 있었다. 우리의 팬들이 스스로를 그저 한 무리의 청중들이라고 생각하지 않고 우리와 완전히 하나가 되는 화학 반응을 이끄는 것이었다. 우리의 공연은 단순히 벌거벗은 불안정한 원자핵들이 충돌하는 장이 아니었다. 몇 시간 동안이나마 매일 밤 우리가 펼쳐내는 드라마에서 청중 한 사람 한 사람이 모두 중요한 역할을 맡는 장이었고, 그래서 우리 밴드와 함께 모두가 그전에 한 번도 가보지 못했던 어딘가로 떠나가는 그런 장이었다. 우리 중 누구도 느껴본 적이 없고, 또 앞으로도 느껴볼 수 없는 그런 순간을 만들어 내는 것이었다.

한번 생각해보라.

그건 다른 어딘가로 통하는 문을 찾는 것과 같았다. 우리는 존재하지도 않는 세계로 떠나는 믿을 수 없는 밤을 만들어내고자 했다. 하지만 싱어인 내가 단지 연주가 아니라 음악에 올라타기에는 내 자의식이 너무 강했고 내려놓기도 쉽지 않았다. 밴드와 청중이 서로에게 삼투하여 하나가 되려면 일종의 속임수가 필요하다. 사이비 종교 의식을 치르다가 그것이 곧 진정한 종교로 변하는 것이다. 믿을 수 없는 밤을 찾아서, 모종의 승화를 찾아서 하나가 된 밴드와 팬들의 성찬식.

이런 일이 벌어지는 장소는 어떤 곳일까….

무대

어둠 속에 있다 보면 처음으로 눈에 들어오는 장면이 너무나 중요하다. 무대 위를 가로지르며 라인을 체크하는 진행 요원들의 그림자. 심플 마인즈Simple Minds의 짐 커Jim Kerr가 말했듯이, "앰프에 켜진 빨간 불빛은 활주로의 착륙 유도등 같은 것이다. 오늘 밤하늘로 떠나는 우주선은 한참 후에 불빛을 따라 착륙할 것이다."

이 달나라 여행에 성공하려면, 우주선을 실은 로켓이 제대로 이륙할 수 있느냐가 관건이다. 우리의 경우, 거기에 필요한 이륙의 불쏘시개는 '11 O'Clock Tick Tock'과 'I Will Follow' 두 곡이었다.

하지만 펑크록은 로켓처럼 10을 거꾸로 세는 카운트다운으로 이륙하지 않는다. 싱어는 그저 원, 투, 쓰리, 포를 외칠 뿐이다.

여기 모여든 사람들은 그 외침을 그냥 서서 듣기만 할 것인가? 아니면 거기에 호응하면서 함께 하늘로 떠오를 것인가? 이게 펑크록 밴드의 맛이다. 청중들이 중력을 벗어던지고 함께 수직으로 뛰어오르는 것이다. 이는 연주의 첫 음을 때리는 순간에 터져야만 한다. 그게 안 되면 영영 안 터진다.

수소와 산소가 적정한 온도에서 만난다. 펑. 엄청난 에너지가 쏟아져 나온다.

사람들은 당신의 이름을 부른다. 당신은 당신의 이름마저 잊어버린다. 심지어 자기가 어디서 왔는지조차 잊어버린다.

오로지 지금 여기가 있을 뿐이다. 무대란 얼굴 없는 사람들에 포위된 섬 같은 것이 아니다. 당신은 청중들 한 사람 한 사람과 모두 눈을 맞추려고 해야 한다. 물론 이는 불가능한 일이지만…. 그런데 가능한 일이 된다. 제대로만 한다면, 비단 맨 앞줄의 청중뿐만 아니라 공연장에 온 모든 이들과 눈과 눈을 마주치게 된다. 그리하여 한 사람도 빠짐없이 모든 이들이, 싱어인 당신이 그들의 집까지 따라올 수 있으며, 지갑을 훔칠 수도 있으며, 당신의 복음을 설교할 수도 있으며, 자신과(혹은 자신의 여동생과) 진한 애무를 나눌 수도 있다고 느끼게 된다. 상상 속에서 또 현실에서도 접촉이 이루어진다. 그런데 이 엄청난 드라마에는 또 다른 등장인물이 나타난다….

밤

간혹 밴드와 청중 사이에는 밤이라는 분위기를 타고서 계획에 없었던 소통이 벌어지기도 한다. 그들이 당신을 받아주기도 하며 또는 당신이 그들을 받아주기도 한다. 당신은 그 무대가 너무나 맘에 안 들어서 무대에서 뛰어내리기도 한다. 누구라도 자기를 받아줄 거라는 믿음 하나로. 청중은 당신의 몸을 들어 올려주며, 긁기도 하고, 깨물기도 하고, 키스를 하기도 한다(이들은 이를 즐긴다). 하지만 마침내 마지막 곡을 끝내고 나면 무대를 떠나 청중들을 팔꿈치로 밀면서 공연장 뒷문으로 나온다. 이제 소호 스트리트를 따라 걸으며 카나비Carnaby, 그릭Greek, 딘Dean 등의 거리 이름을 보면서 걸어가고, 마침내 오르미 스퀘어에 있는 최고급 숙소에 도착하게 된다.

런던은 바빌론으로 묘사될 때가 너무나 많으며, 외국에서 온 순진한 우리들 눈에는 그저 사방에 만연한 섹스만 보였다. 하지만 우리들은 여전히 그토록 섹스를 손쉽게 착취해 먹는 권력과 부패가 어떤 것인지가 궁금했다. 나는 욕망으로 가득한 쇼윈도 뒤에 무슨 일이 펼쳐지고 있으며, 그 뒷골목에서 사람들이 사고파는 것은 무엇인지 정말로 궁금해졌다. 그런데 그 세계는 온갖 흥미로운 사람들이 가득한 세상이기는 했지만, 또한 노래를 만들기에는 너무 닳고 닳은 뻔한 세상이기도 했다. 척 베리Chuck Berry를 들으면서 캐딜락 차량의 뒷좌석에서 혹은 프린스Prince를 들으면서 콜벳Corvette 차량 앞자리에서 섹스를 발견하는 기쁨? 이건 아주 극적인 소재이기는 하지만, 참신한 소재와는 거리가 멀다. 저 위대한 필립 리뇨트Philip Lynott는 'Solo in Soho'라는 곡으로 여기서 한발 물러났다. 그로부터 몇 년 후에는 셰인 맥고완 앤 포그스Shane MacGowan and The Pogues 또한 'A Rainy Night in Soho'라는 곡을 썼다. 런던이라는 도시에 대해 더 멋진 노래가 나온 적이 있었던가? 우리가 그런 노래를 써 보려고 했더라도, 전혀 그림을 그려낼 수가 없었을 것이다. 노래에는 삶이 담기게 마련이니까. 우리 모두 이언 듀리Ian Dury의 곡 'Sex & Drugs & Rock & Roll'을 좋아했지만, 솔직히 말하자면 무슨 이야기인지 이해하지 못했다.

나는 15살 때 레이디 에스콰이어Lady Esquire 구두약을 흡입한 적이 있지만, 그때 이후로 약물은 해본 적이 없었다. 그럴 필요가 없었다. 맨정신으로도 이 세상은 놀라움투성이였다. 나는 모든 사물 그리고 마주치는 모든 사람들을 생생하게 느꼈으며, 먹는 것, 마시는 것, 심지어 내 육신 안에 내가 들어 있다는 감각 작용 모두를 생생하게 느꼈다. 나는 이 세상에 어두움도 있다는 것을 알고 있었지만, 그것이 우리를 압도하지는 못할 거라고 확신했다. 되려 우리를 완전히 압도하는 것이 있다면, 그것은 우리가 이 세상을 헤쳐 나가면서 발견하게 되는 무수한 아름다움들일 뿐이었다. 기차역들과 지하철 차량들, 공유지, 공원에 있는 장엄한 모습의 떡갈나무, 잉글랜드와 웨일스에 있는 붉은 벽돌의 빅토리안 건물들, 에든버러와 글래스고에 있는 조지안 건물들의(가끔 검은 눈을 달고 있다) 빛나는 모습.

그리고 여기저기 두리번거리는 우리 청중들의 아름다운 눈동자. 매일 밤 벌어지는 우리의 공연. 누추하지만 어떨 때는 황홀하게 빛나는 우리의 공연. 그 공연이 끝나고 우리가 돌아오는 장소는….

분장실

자랑스러운 정복이 이루어졌지만, 그 뒤에는 심문의 보복이 따라왔다. 밴드의 세 사람에게 괴로운 질문을 던지는 사람이 내가 될 때가 많았다. 그건 내 자신의 무능력을 감추려는 수법이었다. 사실 그 세 사람은 완벽하게 호흡이 맞으면서도 혁신적인 강력한 3인조로서 엄청난 재능을 폭발시키고 있었기 때문이다. 물론 그 폭발이 일어나도록 번갯불을 가져다주는 피뢰침은 나였다. 나는 밴드의 얼굴이었으므로 맨 앞의 얼굴 자리에 있었지만, 뒤를 돌아보면 과연 내가 이렇게 앞자리에 있을 자격이 있나 싶었다. 공연자로서의 나는 돌발성이 너무 강해서 검은 비닐 바지를 입은 전기뱀장어 같았다. 그래서 천상의 노래를 부른다기보다는 하나님에게 소리를 지르며 대드는 식이었다. 반면 그 세 사람은 변함없이 훌륭하고 종종 대단한 연주를 보여주었으니, 나는 이들에게 감히 그렇게 따질 주제가 아니었다. 그리고 가끔은 그 세 사람 모두가 나를 둘러싸고 따져 묻기도 했다.

왜 또라이같이 2층 발코니로 기어 올라가서 공연을 위태롭게 만드는 거야?

왜 덩치 큰 보안요원들한테 막 덤벼드는 거야?

스피커들이 탄탄히 쌓여 있는 것도 아닌데 왜 그 위로 자꾸 기어 올라가서 쓸데없이 쇼를 하는 거야?

혹시 쇼에 푹 빠진 거야? 그런 거 하려고 로큰롤 밴드를 하는 거야?

우리는 서로에게 가혹했다. 공연을 돌아보면 제대로 한 것보다 잘못했다고 따질 것이 훨씬 많았다. 하지만 이러한 사체 부검 뒤에 우리는 항상 팬들을 만나러 밖으로 나갔고, 그다음에는 밴을 타고 숙소로 돌아왔다. 킥킥거리며 서로를 웃음거리로 만들고, 새로 나온 다른 밴드의 음악을 카세트로 들으면서. 혹은 공연을 망친 날에는 조용히 음악만 틀고 어떻게 하면 좀 더 좋은 밴드로 만들어갈 수 있을지 고민하면서.

우리는 여전히 깊은 신앙심을 가지고 있었고, 계속 기도했다. 그러면서 "이 세상 속에 살면서도 이 세상에 지배되지 않는" 방법이 무엇인지 항상 고민했다. 밴에 치이는 대신 밴을 차고 가는 방법은 무엇일까.

숙소나 호텔에서 혼자 떨어져 있어야 했던 애덤에게는 참으로 미안한 노릇이었다. 그가 원하는 것이라고는 그저 베이스의 네 줄로 자기 꿈을 한껏 펴는 것뿐이었건만, 그의 다른 세 명의 밴드 멤버들은 다른 방에 모여서 그 꿈이 우리가 공유하는 비전에 맞는지 고통스럽게 고민하고 있었으니까. 이 세 명은 초보 열심당원 골수 기독교 신자들로서, 믹스 테이프를 만들어내는 일보다는 기도와 명상에 갇혀 있는 때가 더 많았다. 어느 날 밤 호텔에서 한 여성이 우리들 방을 청소하러 들어왔다가 우리 세 사람이 함께 기도하는 것을 보고서 함께 기도하기도 했다. 우리의 기도는 아주 단순했다. 이 망가져 버린 세상에서 우리 밴드가 무슨 도움이 될 수 있는 걸까요? 그런데 예상치 못한 낯선 이들이 찾아와 우리가 이 질문에 답을 찾을 수 있도록 격려하게 된다. 그냥 낯선 이들이었는지 아니면 하늘에서 보낸 천사들이었는지는 모르겠지만, 필요한 순간에는 필요한 사람들이 헛기침하면서 등장해 멋진 대사를 토해놓았던 것 같다. 이를테면….

순회공연 매니저

1983년, 브리스틀 비콘Bristol Beacon에서(그전에는 콜스턴 홀Colston Hall이라는 이름이었다) 공연하고 돌아오는 길이었다. 1980년 우리가 처음으로 브리스틀에서 공연했을 때 청중은 트리니티 홀Trinity Hall에 모인 몇십 명뿐이었지만, 그래도 브리스틀에서의 공연이 중요한 이유가 있었다. 이제 브리스틀은 피그백Pigbag에서 팝 그룹Pop Group에 이르기까지 그리고 마침내는 음악의 역사에서 가장 중요한 밴드 중 하나인 매시브 어택Massive Attack까지 진짜 음악판이 펼쳐지는 곳이었기 때문이다.

엣지는 차의 조수석에 앉아 자는 척하고 앉아 있었다. 애덤은 약을 한 상태로 창밖을 보고 있었다. 래리는 잠들어 있었고 나 또한 잠이 들락 말락 하던 참이었다. 우리의 새 순회공연 매니저 데니스 시핸Dennis Sheehan은 브리스

틀이 집이었지만 우리를 런던으로 데려가 주던 참이었다. 그리고 그는 우리를 먹잇감 삼아 또다시 자신이 가장 즐기는 이야기 주제로 수다를 풀어놓기 시작했다.

벌들의 이야기다.

벌들의 비밀스러운 삶의 이야기다.

그에게 벌은 아주 큰 의미가 있었고, 그 자신이 벌을 치기도 했다. 그래서 엣지는 이제 자는 척하는 게 아니라 깨어 있는 척하게 되었다. 데니스는 우리와 합류한 지 6개월밖에 되지 않았지만 그 사이에 이미 "벌의 날개 길이와 몸체 질량의 비율로 보면 벌이 어떻게 하늘을 날 수 있는지 물리학이 설명하지 못한다"는 점을 우리들 한 사람 한 사람에게 또 전체를 모아놓고서 누누이 설명한 바 있었다. 그래서 엣지는 그 이야기를 또 들으면서 사실상 잠이 든 상태였다. 그가 이야기하는 동안 나는 벌들이 하늘을 날 수 있다는 기적보다는, 엣지가 눈을 뜬 채로 그것도 꼭 맞는 지점에서 고개도 끄덕거리고 맞장구도 쳐가면서 잠을 잘 수 있다는 기적에 더욱 놀랐다. 하지만 결국 데니스의 꿀처럼 달콤한 목소리를 들으며 나도 곯아떨어지고 말았다.

우리보다 몇 살 정도가 더 많은 데니스 시핸은 1982년에 우리의 순회공연 매니저가 되었다. 영국 울버햄프턴Wolverhampton에서 태어나 아일랜드에서 자라난 그는 이미 이기 팝Iggy Pop 그리고 패티 스미스와 함께 일했고, 로버트 플랜트Robert Plant의 개인 조수 일을 하면서 레드 제플린과 함께 성장했다. 그때는 그가 남은 인생 전체를 우리 U2와 함께하게 될 줄 전혀 몰랐다. 데니스는 청소년기의 가톨릭 신앙을 자기 도덕의 중심으로 삼고 있었으며, 우리가 이 음악이라는 새로운 세상으로 나오는 것을 도와준 길잡이들의 한 사람이 되었다. 2015년에 있었던 그의 장례식에서 있었던 일이다. 그의 친절함과 견결한 인격을 칭송하는 감동적인 조사弔辭가 있고 난 뒤, 로버트 플랜트가 내 귀에 이렇게 속삭였다. "그리고 기억해 두어야지, 그는 한창때 엄청난 정력가였다고!"

폴 맥기니스는 우리를 약속의 땅으로 데려다준 사람이기는 했지만, 관세와 관련한 일을 맡아줄 사람은 아니었다. 그 일은 데니스가 맡았다. 그가 구사한 전략은 폴은 물론이고 심지어 우리들도 가끔 스트레스를 느낄 만한 것이었다. 그는 스웨터를 입었다. 그렇다. 털실로 짠 스웨터 말이다. 어떨 때는 심지어 개구쟁이 데니스Dennis the Menace 스웨터를 입기까지 했다. 이는 우리의 포스트펑크 음악과는 전혀 어울리지 않았으며, 우스꽝스럽기까지 했다. 하지만 무표정한 출입국 관리 담당자를 상대할 때에는 아주 효과적인 복장이었다.

대규모 순회공연

록 밴드는 보통 국경의 통관 검문소에서 곤욕을 치를 때가 많다. 개인 소지품도 뒤지고, 마약 단속을 이유로 심지어 항문까지 벌리도록 하여 싹 뒤지고 털어버리니까. 록스타들은 그중에서도 가혹한 포식자를 대번에 알아본다. 그리고 음반 계약조차 얻지 못한 록 밴드는 이 사자들 앞에서 곧바로 순한 양이 되어 얌전히 엎드린다.

1981년 베를린에서 실제로 일이 벌어지기도 했다. 마약 밀수범들이 록 밴드 복장을 하고 다닌다고 믿는 관세청 공무원들이 우리를 작은 방으로 끌고 가서 가두어 놓은 것이다. 하지만 국경을 넘나드는 것은 우리의 본업이었다. 또한 나는 국경을 넘는 일에 큰 매력을 느끼고 있었다. 한 나라를 떠나 다른 나라로 간다는 것, 한 가지 생각을 접어두고 다른 생각으로 빠져든다는 것, 우리의 10대를 마감하고 20대로 들어선다는 것. 서독을 향하여 동쪽으로 간다는 것.

국경선 같은 경계 공간은 참으로 매력적인 곳이다. 피가 뚝뚝 떨어지는 횡단면.

영혼의 비무장지대, 감정의 회색 지대. 국경의 무인지대No-man's-land는 유인지대yes-man's-land이다.

앨범은 여행일지이다. 지리적으로도, 철학적으로도, 성적으로도.

예술가는 아직 발견되지 않은 영토를 찾아 헤맨다. 그리고 또 다른 곳으로 이어지는 장소라면 더욱 좋다.

시인은 갈림길을 사랑한다.

베를린. 사라예보. 이스탄불. 유럽에서 산다는 것은 하루하루가 축복이다. 무수한 언어가 공존하는 이 바벨탑 주민들이 모두 공통의 언어를 말하고자 한다. 통일성. 심지어 브뤼셀의 유럽연합에서 쏟아져 나오는 도저히 알 수 없는 언어Eurobabble조차도, 유럽으로 들어오려다가 국경에서 숨져간 이들의 숫자를 생각한다면 나름 합리적인 이야기라고 느껴진다. 나는 유럽에 매료되었다. 나는 유럽인으로 자라났지만 유럽에 대해 별로 아는 게 없었다. 하지만 그 이후로 나는 유럽으로 대형 순회공연을 떠나게 된다.

유럽. 기적의 간척 도시인 암스테르담과 베니스.

유럽. 국립 소피아 미술관Museo Reina Sofía에 걸려 있는 피카소의 '게르니카'를 감상하고, 그 바로 맞은편 호텔에서 묵은 뒤 다음날 아침 프라도Prado 미술관까지 걸어가 벨라스케스의 '바쿠스의 승리'를 감상할 수 있는 곳.

유럽. 레알 마드리드 축구팀이 경기를 벌였던, 바르셀로나 축구팀이 그 타악기 연주 같은 스타일로 경기를 했던 바로 그 땅.

유럽. 로마의 스페인 계단Spanish Steps을 내려오면서 시인 존 키츠John Keats가 죽을 때까지 살았던 집을 방문하고, 시인의 구차한 편지에 담긴 차가운 수치심을 느낄 수 있는 곳.

더블린의 교외에서 자라난 나로서는, 제임스 조이스가 주로 저녁을 먹었던 파리의 푸케Fouquet's 레스토랑을 지나 호텔로 걸어가는 것조차 뭔가 엄청난 일로 느껴졌다. 복장을 제대로 갖추지 못했다고 입장이 거부됐지만, 이것조차 뭔가 시적인 일처럼 느껴졌고, 이 일을 두고 마땅히 시라도 한 수 지어야 할 것 같았다. 그래서 나는 시장에서 생선을 사서 감당도 안 되는 거금을 들여 신상 꼼 데 가르송Comme des Garçons 양복을 입혀 호텔 지배인에게 선물로 보내겠다고 고집을 피우기까지 했다. ("제임스 조이스가 보냅니다.")

유럽에서의 페스티벌에 참여하면서 우리는 더 큰 규모로 의사소통하는 법을 배우게 되었다. 우리는 스코틀랜드 그룹인 심플 마인즈와 함께 식사할 때가 많았다. 심플 마인즈의 황홀한 음악을 접하면서 우리도 많이 바뀌었고, 짐 커의 가사는 우리가 함께 순회공연을 다니는 유럽 대도시들을 바라보는 방식을 크게 바꾸어놓았다. REM의 마이클 스타이프Michael Stipe의 가사 또한 우리가 미국을 바라보는 방식을 바꾸어놓았다. 그 또한 지구상 어디에서도 듣기 힘든 멋진 목소리를 가지고 있었다. 영국의 밀턴 케인스Milton Keynes에 있었던 한 페스티벌에서 그는 자신의 목소리를 돌리 파튼Dolly Parton의 목소리와 비슷하다고 자랑스러워했다. 그 옆의 거대한 그림자 인형 같은 기타리스트 피터 버크Peter Buck는 자신이 로큰롤에 바치는 사랑은 응분의 보답을 받으리라는 믿음이 있었다. 베이스와 백 보컬을 맡은 마이크 밀즈Mike Mills는 1960년대와 1970년대의 사운드를 하나로 으깨어 1980년대의 사운드로 만들어냈다. 드러머인 빌 베리Bill Berry는 나중에 건강에 대한 염려 때문에 단호하게 팀을 떠나게 된다. 하지만 바로 이 REM이라는 밴드는 나뿐만 아니라 온 세계가 미국 조지아주의 애선스Athens를 방문하고 싶게 만들었다.

나는 내 돈을 내고서라도 그런 곳들을 방문하고 싶었지만, 우리는 돈을 받는 처지였다. 우리가 가는 여정은 공연 계획으로 꽉 차 있었고 가는 곳마다 우리를 환영하는 인파는 점점 불어났다. 설령 공연장이 텅텅 비었다고 해도 멋진 모험이었을 것이며, 이 "영웅의 여정"이 전혀 영웅적이지 못했다고 해도 무언가 신화에 나오는 이야기처럼 느껴졌을 것이다. 무대 장치가 갖추어져 있고 여러 배우와 인물이 다양한 의상을 입고 나오는 모종의 서사극처럼. 여기에 등장하는 인물이 있었으니….

매니저

밴 차량을 타고 돌아다니면서 우리는 폴 맥기니스가 어떤 사람인지 더 잘 알게 되었다. 가끔 행복을 빨아들이는 디멘터dementor 같아서 그렇지, 매니저라기보다는 멘토mentor에 가까운 사람이었다. 우리에게 음악 비즈니스에 대해 그 누구보다도 많은 것을 가르쳐 준 것이 바로 이 사람이었다. 그는 항상 공부하는 자세로 음악 비즈니스의 여러 부문을 통째로 익혀서 집어삼켰다. 미국의 라디오 방송업계, 프랑스의 라디오 쇼, 독일 연방 정부에서 벌어지는 정치적 사건들이 지역에서의 인기에 미치는 효과, 지역의 음악 행사 기획자들과 에이전트 사이의 지나치게 편안한 관계 등등. 폴은 우리들 중 누구보다도 U2를 음악 역사에서 가장 큰 성공을 거둔 그룹으로 만들고자 했으며, 금전적 성공을 척도로 본다면(우리는 몰라도 그는 그렇게 보았다) 실제로 그렇게 해냈다고 믿고 있었다. 그는 록 밴드가 음악뿐만 아니라 비즈니스도 그만큼 잘해야 한다는 것을, 그러지 못할 경우에는 비즈니스가 음악까지 다 잡아먹고 말 것이라는 점을 잘 이해하고 있었다. 이후 그가 설립하게 되는 회사 프린시플 매니지먼트Principle Management는 일을 올바르게 제대로 하는 회사로 유명해지며, 매너라고는 없는 곳으로 여겨졌던 음악 업계에 매너를 심어놓게 된다. 우리보다 훨씬 더 명민하고 강한 이들조차 씹어 삼켜버리는 이 험한 음악 업계의 지형에서 우리의 길잡이가 되어준 이가 바로 폴이다.

하지만 우리의 길잡이께서는 비행기의 이코노미석은 타지 않으신다.

폴은 속물이 아니었지만, 속물 짓을 하기로 마음먹으면 타의 추종을 불허했다. 그는 사람들을 아주 좋아했지만, 그의 영혼 깊숙한 곳에는 그가 그들을 필요로 하는 것보다 그들이 자기를 훨씬 더 필요로 한다는 믿음이 있었다. 그를 매니저로 쓰려면 돈으로는 안 되며, 존중을 해주어야만 했다. 소문에 따르면 그가 웨이터로 일할 때조차도 그런 태도는 똑같았다고 한다. 그가 학생 시절 한 레스토랑에서 웨이터로 일할 때의 일화다. 한 손님이 팁으로 너무 적은 액수를 남기고 가자 폴은 레스토랑 밖으로 나가 손님을 쫓아가서 그 몇 푼의 돈을 되돌려주고 이렇게 말했다고 한다. "이 돈은 저보다 손님에게 훨씬 더 필요할 게 분명합니다."

엘리트 의식일까? 거만함일까? 나는 그 원천이 그가 자신에게 갖고 있는 믿음, 그리고 나중에는 우리 네 사람에게 갖게 되는 믿음에 있다고 생각한다. 어떤 신성한 것에 대한 믿음 같은 것이 아니다. 그저 U2라는 프로젝트에 대한 믿음일 뿐이다.

"일일 경비per diem"라는 말은 꼭 라틴어 기도문 같은 느낌을 주며, 실제로 이는 일종의 "면죄부"이기도 하다. 밴드가 순회공연을 다닐 적에 자동차를 정비하거나 제대로 된 식사를 하는 데에 들어가는 비용으로 레코드 회사에서 매일 지급하는 돈이다. 폴, 데니스, 우리 네 사람은 보통 피시 앤 칩스와 맥주 몇 캔으로 식사를 때우고 그 돈을 아꼈다가 주말이 되면 우리의 고급 숙소에서 고급 보르도 와인을 따곤 했다. 하늘과도 같은 우리 매니저의 진노를 달래기 위해서는 그럴 필요가 있었다.

폴은 무일푼의 우리들이 펼쳐내는 찌질한 이야기가 좀처럼 그가 계획한 성공의 이야기로 이어지지 않자 신경질을 냈다. 그는 영국의 음악 매체들이 U2를 이해하지 못한다고 짜증을 냈다. 그의 주장에 따르면, 영국인들은 감정이라는 것을 이해하지 못하는 족속이기 때문이라는 것이었다. "너희들의 감정 온도가 너무 높아서 그래. 그들은 너희들이 좀 더 차갑게 가라앉기를 바라는 거야."

"그들은 패션을 원하는 거야. 오페라를 원하는 게 아니라고." 그의 아버지는 영국 공군의 폭격기 조종사였으며, 그는 본머스Bournemouth에서 모드mod족으로 10대를 보냈다. 폴은 우리가 성공을 거둘 때마다 이를 기념하기 위해 "뭔가 흥미로운 곳"에서 점심을 먹어야 한다고 고집했다. 그런 곳은 어김없이 어마어마한 셰프가 있는 곳이었다. 심지어 1980년대 초에도 우리들은 우리의 유럽 순회공연 장소들이 하필 미슐랭에서 높은 별점을 받은 레스토랑들이 있는 곳으로 잡힌 것 같다는 사실을 눈치채기 시작했다. 왜 마르세유에서는 하룻밤만 공연을 하면서 리옹에서는 사흘 밤이나 공연하도록 잡혀 있나요? 이 따위 질문에 폴은 대답조차 하지 않으려 했다.

"그런데 내 친구 폴 보퀴제Paul Bocuse 한번 만나볼래? 전 세계까지는 몰라도, 프랑스에서 제일 뛰어난 셰프야."

그러면서 우리를 바라보는 폴의 표정은 마치 돼지 목에 진주 목걸이라도 걸어주는 듯했다. "영화 업계를 떠난 것이 후회 막심"이라고 말하는 것 같았다.

우리는 사업상의 점심 식사 요청이 있을 때마다(레코드 회사, 에이전트, 지역의 공연 기획자 등) 기꺼이 응했지만, 폴은 그런 자리에서는 절대로 사업 이야기를 하지 않았다. 그는 그저 역사, 정치, 최근에 출간된 전기, 영화 업계, 음악 업계의 가십 등의 화제를 전전하다가 다시 그날 주문한 음식 이야기로 되돌아가곤 했다.

우리 네 사람이 다 그 자리에 있었지만, 식탁에서 U2 사업 이야기가 이루어지는 법은 없었다.

폴은 절대로 군인의 자세를 버리는 법이 없었다. 그는 꼭 필요한 때에 꼭 필요한 모습으로 나타난 인물로서, 우리 밴드를 영국으로, 유럽으로, 미국으로, 그리고 전 세계로 이끌 전략을 가지고 있는 우리들의 윈스턴 처칠이었다. 그는 앨범 발매를 "작전 개시"라고 불렀으며, 작전 상황실과 전시 내각을 반드시 구성하곤 했다. 하지만 그렇게 차려놓은 상황실에서 일단 술부터 마셔댔다. 떼땅져 샴페인, 1947년산 바롤로 와인, 어떨 때는 소테른 와인을 몇 병씩이나 해치우는 식이었다. 폴 맥기니스는 고급 식사와 와인으로 혈당이 한껏 올라간 다음에야 비로소 음악 비즈니스라는 전쟁터로 달려갔으며, 그다음에는 자신이 지휘할 수 있는 모든 병력을 지휘하고 배치했다. 그러다가 아르마냑을 한 병 더 마시고 그다음에는 또 다른 침략 계획 이를테면 우리 노래를 틀지 않는 라디오 방송국을 어떻게 뚫을지 등의 계획을 세웠다. 우리는 대낮부터 낮술에 취해 곯아떨어져 있고, 폴 혼자서 흥분해 식탁에서 일어나 그의 수도원장 같은 얼굴 가득 웃음을 띤 채 새로운 계획을 떠들고 있었다. 이렇게 장기판의 말들을 어떻게 움직일지 머리를 짜내면서 오후를 보내곤 했다. 그는 브라이언 엡스타인Brian Epstein이나 키트 램버트Kit Lambert를 잇는 위대한 매니저로서, 고급 사립학교의 영어 악센트를 가진 이가 로큰롤 밴드의 매니저가 되어 공격적으로 사업을 펼치는 일은 실로 드물었다.

나는 식사 자리에서 그렇게 열정적으로 흥분하던 폴의 모습을 사랑했다. 그가 우리 밴드에 얼마나 높은 가치를 부여하고 있었는지는 그의 말이 아니라 이러한 행동으로 아주 뚜렷하게 드러났다. 나는 그의 울림 좋은 바리톤 목소리, 그의 뛰어난 영어 실력을 사랑했다.

그와 함께 있으면 특별 대화술 수업을 받는 기분이었다. 음식 주문이 훌륭한 것은 말할 것도 없었다. 보기 드문 식욕과 광활한 정신세계. 인상이 강력한, 심지어 무섭기까지 한 남자가 커다란 말에 두 다리를 벌리고 떡하니 앉아 있는 느낌. 금수저를 물고 태어나지는 않았지만, 우리에게만큼은 반드시 금수저로 음식을 떠먹일 것이라고 100퍼센트 확신하는 남자.

그리고 성깔 있는 남자. 그의 성깔은 전설적이었다. 1981년 파리의 순환도로Boulevard Périphérique에서 그가 자기 차를 불로 태우려 했던 사건이 그의 성깔을 잘 보여준다. 그의 푸른색 란치아Lancia는 기름이 떨어지고 곧 서버렸으며, 폴은 자기 운전석의 등받이를 래리의 무릎이 쿡쿡 찌르던 것에 진력이 난 상태였다. 그는 차에서 내려 연료 주입구의 뚜껑을 열고 불이 붙은 담배를 그 속으로 던져 넣으려 했기에 우리는 그와 몸싸움을 벌이며 막아야만 했다. 래리가 너무 큰 소리로 웃은 것도 문제였을 것이다.

폴은 또한 아주 감정이 풍부했으며, 어떤 공연에서는 눈물을 줄줄 흘리기도 했다. 하지만 우리의 초기 시절에는 보통 전투적인 모습으로 일관했다. 우리의 처칠께서는 시가를 많이 피우지는 않으셨지만, 만약 누군가가 그를 혹은 그의 밴드를 방해하거나 한다면 그는 그자를 시가로 말아서 피워 버리고 재떨이에 쑤셔 박았을 것이다.

"우리가 두려워해야 할 것은 두려움 그 자체뿐입니다"라고 말한 것은 미국의 루스벨트 대통령이었지만, 그 말을 삶으로 실천한 것은 처칠이었다. 그가 천재적인 지도자였던 것은 단지 그의 대담함뿐 아니라, 동료 시민들에 대한 믿음, 자신에 대한 믿음, 그리고 제2차 세계대전과 관련해서는 미국에 대한 믿음이 있었기 때문이었다. 폴은 영국을 사랑했고 또 유럽을 이리저리 탐험하는 것도 즐거워했지만, 우리의 약속의 땅은 미국이라는 것을 알아챘다. 우리의 출애굽은 서쪽을 향해야 한다는 것이었다.

우리의 데뷔 앨범 공식 출시 날짜가 잡히기도 전에 폴은 그 앨범을 미국 전역의 대학 라디오 방송국 등에 발송했다. 이 때문에 아일랜드 레코드에서도 우리의 앨범 발매를 최우선으로 서두르게 됐다. 또한 그 덕에 우리가 미국의 동부 해안을 따라 소규모의 순회공연 탐색전을 벌이기로 했을 때도 소규모 집단들이 우리를 환영해주었다. 우리 아일랜드 밴드의 미국 침공은 비틀스나 롤링 스톤스 등 영국 밴드들의 유명한 침공과는 달라서 특공대의 습격 같은 성격을 띠고 있었지만, 참여한 모든 이들은 이것이 모종의 운명과의 약속 같은 것이 될 수 있음을 직감했다. 로큰롤 연구자라면 포스트펑크 혹은 포스트포스트펑크라고 불리는 종류의 음악이 그 당시에도 또 지금도 미국에 딱 들어맞는 형식이라는 점을 알 것이다. 비록 우리는 척 베리와 같은 미국 로큰롤 연주자와 로버트 존슨과 같은 블루스맨이 유명하게 만든 특정 코드 진행의 사용을 삼갔지만, 따지고 보면 더 후와 롤링 스톤스의 모든 영감의 원천은 미국 음악이었던 것이다. 비틀스는 조금 달랐지만, 그들 또한 자신들 음악의 원천으로서 엘비스 프레슬리를 숭배했었다. 이제 대서양을 건너 미국으로 뛰어드는 것은 그때까지 우리가 시도했던 가장 커다란 도약이 될 것이었다.

미국에서 (다시) 태어나다

1980년 12월 춥고 습한 어느 날, 우리는 뉴욕에 도착했다. JFK 공항을 본 내 첫인상은 무엇보다 그 엄청난 데시벨이었다. 사람들의 목소리가 너무나 커서 착륙하는 항공기의 소음을 짓누를 정도였다. 사람들이 다 메가폰을 들고 이야기하는 것 같았다. 짐 찾는 곳은 온갖 악센트와 온갖 피부색과 고성의 수다가 뒤섞이는 장이었다. 그런데 사람들이 서로에게 소리를 지르다시피 하는데도 나름 따뜻하고 인간미가 있었다. 하지만 통관 절차에서의 목소리만큼은 딱딱하고 차가웠다.

"뒤로 물러서세요!"

"선을 넘지 마세요!"

"아일랜드에서 온 승객 여러분은 노란색 서류를 준비해주세요…."

래리는 아일랜드가 마치 미국과 무슨 "특별 관계"인 것처럼 이야기한다며 비웃고 있었다.

"얘네들 그런 이야기 모든 나라에 다 해." 애덤이 말했다. "영국은 말할 것도 없고, 스페인에 대해서는 자기들에게 '콜럼버스 데이'가 있다고 말하지."

"얘네들한테 성 패트릭이 아일랜드 사람이 아니라 웨일스 사람이라고 말해줘야 할까?" 엣지가 말했다.

그리고 폴이 우리를 태우려고 긴 검은색 리무진 차량을 준비한 것을 알았을 때 더욱 재미있어졌다. 이렇게 긴 차는 미국에서만 만들어진다. 영화에서만 보던 차량을 실제로 타게 되었으니 우리는 영화 속으로 들어온 느낌이었다. 폴은 운전사에게 WNEW 채널을 라디오에서 찾아달라고 했다. 혹시라도 우리의 싱글 'I Will Follow'가 반복해서 방송되고 있을까 해서였다. 하지만 그렇지는 않았다. 차가 지나가면서 맨해튼의 장엄한 스카이라인이 펼쳐지는 가운데 차창에는 우리의 입김이 얼어붙었으며, 라디오에서는 'All or Nothing At All'이라는(도망치는 것을 노래한 빌리 홀리데이의 찬가다) 노래만 주문처럼 흘러나오고 있었다.

우리가 묵은 곳은 렉싱턴 애비뉴의 그래머시 파크 호텔Gramercy Park Hotel이었다. 이는 헬스키친Hell's Kitchen 동네 및 그 이름의 공원에서 길 하나를 사이에 둔 근접 거리에 있었다. 우리는 눈 덮인 공원 건너편 모퉁이에서 내렸다. 모조 모피 코트에 폭 싸인 채 나는 너무나 편한 기분이었지만, 이상하게 보이는 사내가 자전거를 타고 내게 다가와서 내 이름을 묻는 바람에 산통이 깨지고 말았다. 나는 말을 할 수 없었다. 나는 너무 겁을 먹어서 모기만 한 소리로 몇 마디만 내뱉었다.

"보노요." 나는 염소가 매에 소리를 내듯이 말했다. "U2의 보노요."

다음날 밤 우리는 리츠Ritz라고 불리는 장소에서 첫 뉴욕 공연을 하게 되었는데, 폴의 말에 따르면 그 자리에 중요한 인사들이 몇 명 온다고 했다. 하지만 막상 토요일 밤이 되었을 때, 우리를 보러 온 사람은 아무도 없고 청중들은 그저 자기들끼리 놀려고 온 것 같았다. 나는 신경이 곤두섰다. 사람들이 저마다 알아서 재미있게 노는 데에 배경음이나 깔아주고 있다는 느낌 때문에 과도하게 반응한 것이다. 공연장을 감싸고 있었던 2층 발코니석의 사람들은 서로와의 대화에 몰두해 있었고, 록 밴드 공연임에도 테이블에 앉아서 음악을 듣는 대죄를 저지르고 있었다. 이는 나처럼 성질 더러운 놈의 눈에는 죽어도 싼 죄였으며, 나는 그자들이 우리를 모욕하고 떠나기 전에 내가 그자들에게 모욕을 안겨주어야겠다고 결심했다. 그런데 마음만 조급하여 욕설이 튀어나왔고, 내가 원했던 펑크식 항의와는 거리가 멀었다. 그렇게 풍부한 상상력을 담은 것도 아니었다.

"일어서요." 나는 그들에게 소리 질렀다. "일어서요…. 그래, 거기 양복 입은 노땅들. 일어설 수 있다면 말이지만."

나중에 알고 보니, 개중에는 그날 밤 우리를 보러 온 중요 인사들이 있었다. 레코드 회사와 라디오 방송국 사람들로서, U2에 대해 좋은 평을 듣고 수고스럽게도 그 자리까지 나와서 우리를 반겨준 이들이었다. 그들이 바로 2층 발코니의 식탁 앞에 앉아 있던 이들이었다. 어이쿠.

"잘했다, 보노. 잘했어…."

폴은 이 모든 것을 두 귀로 다 들었다. 무대 뒤에서 그는 두 귀로 수증기를 뿜으며 내게 화풀이했다. "오늘 밤 정말로 너희들이 연주하는 걸 보러 온 사람들은 그들뿐이었단 말이야. 그런데 그런 사람들에게 모욕을 안겨? 잘했다. 축하해!"

사흘 후 우리는 공연이 없는 시점에 뉴욕주 버팔로시 거리를 걷다가 존 레넌이 총에 맞아 죽었다는 뉴스를 접했다. 나는 우리의 내비게이션이 망가져 버린 느낌, 미국에서 길을 잃어버렸다는 느낌을 받고 말았다. 존 레넌은 쉽게 부서졌다가 또 뻔뻔스러울 정도로 자신 있게 저항하는 등 부침이 있는 인물이었지만, 그럼에도 그야말로 우리가 가지고 있는 음악적 양심에 가장 근접한 사람이었다. 그가 "Oh my love, for the first time in my life / My eyes are wide open"라고 노래하는 것을 들었을 때 나는 우주에 바치는 찬미가를 들었다고 느꼈다.

믿음을 지켜주던 북극성이 잘 보이지 않고, 폭풍의 바닷속에서 한 치 앞도 보이지 않는다고 느껴질 때, 우리에게 등대가 되어주었던 이가 바로 존 레넌이었다.

그 전해인 1979년부터 나는 그에게 우리 앨범 〈Boy〉의 프로듀서를 맡아 달라고 부탁하는 편지를 쓰기 시작했다. 우리는 그가 비틀스의 몰락에 대해 툭 던지듯이 내놓았던 설명에 자극을 받아 'The Dream Is Over'라는 곡을 쓴 바도 있었다. 이제 우리들의 꿈이 막 시작되려는 찰나에 비틀스의 꿈이 끝나 버린 것이다. 그 후로 오랜 세월 동안 나는 그의 거친 평화주의자 감성과 상상력을 존경했을 뿐만 아니라 이를 이어가기 위하여 나 자신의 감성과 상상력을 보태려고 노력했다. 나는 우리 아일랜드라는 섬을 갈가리 찢어놓은 분파적 폭력에 항의하기 위해서 아일랜드 국기인 삼색기를 세 쪽으로 찢어서 가운데의 흰색만을 움켜쥐는 퍼포먼스를 정기적으로 벌였거니와, 그때마다 나는 속으로 존 레넌의 노래를 불렀다. 또 내가 흰색 깃발을 들고 페스티벌 무대의 장비 꼭대기까지 기어 올라가는 짓도 존의 "어리석은" 평화 행동이 없었다면 상상할 수도 없는 일이었다.

나는 요즘도 우리가 10대에 썼던 초기 작품 'The Electric Co.'를 부를 때면 중간에 존 레넌의 노래 'Instant Karma!'에 나오는 한 대목을 삽입한다. "Well we all shine on / Like the moon and the star and the sun".

이렇게 미국이라는 사과를 깨물었던 첫맛은 달콤하고도 시큼한 것이었지만, 폴은 우리가 진짜로 미국을 이해하고 또 미국이 진짜로 우리를 이해하려면 해안 지역을 넘어서 내륙으로 들어가야 한다는 것을 알고 있었다. 비록 우리의 가장 큰 청중은 대학교 지역에 있었지만 거기에서만 공연을 해서는 안 된다는 것이었다. 그는 우리가 아무리 청중의 수가 적더라도 진짜 도심에 있는 공연장에서 사람들의 마음을 사로잡아야 한다고 보았다. 왜냐면 이런 청중이야말로 도시의 중심이며 또 장래에 우리 곁에 오래 남아줄 사람들이기 때문이라는 것이었다. 그리하여 우리는 불과 몇 달 후인 다음 해 봄 미국으로 돌아와 60일짜리 순회공연을 가졌다. 그때 또 새로운 등장인물이 나타나는데….

순회공연 버스

우리가 제대로 갖춘 미국 순회공연을 처음으로 떠난 것은 1981년 3월의 일이었다. 그때 우리의 흰색 밴 차량은 대형 푸른색 버스로 탈바꿈했고, 이 푸른색 버스가 폴이 "우리들의 기회의 땅"이라고 부른 미국 전역으로 우리를 운반해주었다. 운전석의 빌리 옆에 앉아 있다 보면 실로 볼만한 광경이 펼쳐졌다. 유럽을 다니는 것이 소설과 같았다면 미국을 다니는 것은 영화 같았다. 이제 앞 유리창은 영화 스크린만큼 넓었고, 우리들은 돌아가면서 앞자리에 앉아 창문으로 쏟아져 들어오는 미국의 엄청난 사이즈에 입을 다물지 못했다.

유럽보다 고속도로도 더 길었고, 그 길바닥에서 보내야 하는 시간도 더 길었다. 도시에는 고층 빌딩이 더 많았고, 동부 해안을 떠나자 도시 간의 거리도 엄청 멀었다. 그런데 이 버스 안에서는 사람들이 잘 수 있는 시설이 있었다. 버스 한가운데에 8개의 관처럼 생긴 직사각형 박스가 한 칸씩 아래에서 위로 쌓여 있었고, 사생활을 위해 커튼도 달려 있었다. 차 뒤쪽으로 가면 좀 더 큰 공유 공간에 테이블이 있었고, 그 앞쪽에는 임시 주방이 있었다.

잭 케루악Jack Kerouac의 《길 위에서On the Road》나 샘 셰퍼드Sam Shepherd의 《모텔 연대기Motel Chronicles》를 읽다 보면, 새로운 도시로 갈 때마다 미국의 지명들은 모조리 책이나 노래의 제목이라는 것을 느끼지 않을 수 없다. 제일 싸구려 호텔 방도 일단 창문을 열고 미시시피 삼각주의 풍요한 풍경을 내려다보면 멋진 숙소로 바뀌게 된다.

뉴올리언스. 수확기를 맞아 귀부병noble rot이 퍼진 포도, 거대한 떡갈나무들, 물이 뚝뚝 떨어지는 습도.

애리조나. 이렇게 바짝 마른 땅 위에, 이렇게 말도 안 되게 가혹한 땡볕 아래에 도시와 마을을 세우다니.

기적적인, 정말 그야말로 기적인 곳. 모래를 녹여 얻은 유리와 강철로 거대한 탑을 쌓아 올린 미국인들.

텍사스. 평야 위에 고속도로가 줄을 긋는 평평한 대륙. 검고 끈적거리는 땅 위에서 머리를 들어 올린 도시들. 검은 황금과 그것을 밟고 올라선 백인들의 특권. 남북전쟁 당시의 정치와 인종 문제에서 아직도 헤어 나오지 못하고 몸부림치는 곳. 보수적인 침례교 성향의 성서 지대Bible Belt. 하지만 그 아래에 흐르는, 믿지 않는 이들의 볼기짝에 몽둥이 상처를 남기는 비기독교적인 흐름.

댈러스와 휴스턴이라는 휘황찬란한 도시들. 모래 폭풍. 대학과 미술관이 밀집한 포트 워스Fort Worth의 지적인 분위기. 오스틴Austin의 보헤미아.

내슈빌. 성서 지대의 한 중심. 한 집에서는 찬송가 소리가 나오고 바로 옆집에서는 백인 촌놈들의 허풍 떠는 노래가 나오는 곳. 아일랜드인들에게 너무나 익숙한 분위기.

그리고 리버럴이 주류인 동부 해안과 서부 해안 지역. 땅의 높낮이 경사가 심한 샌프란시스코, 그 한복판의 텐더로인Tenderloin 지역, 시티 라이츠City Lights 서점, 동부로 가면 보스턴 셀틱스 농구팀과 아이비리그 대학들, 워싱턴, 필라델피아, 그리고 우리의 출발 지점이었던 뉴욕.

1980년 10월 우리의 데뷔 앨범을 출시한 지 1년이 지난 뒤 우리는 폴의 전략이 아주 옳다는 것을 깨닫게 되었다. 로스앤젤레스에서 신호등 대기로 우리 차가 서 있는 동안 엣지와 나는 바로 우리 옆 차의 라디오에서 'I Will Follow'가 흘러나오는 것을 들었다. 그리고 우리 왼쪽의 차에서도 다른 라디오 방송에서 같은 노래를 틀고 있었다. 두 노래에 시차가 있어 더욱 아름답게 들렸다.

소년은 전속력으로 달리고 있었다. 우리는 속도를 늦출 수가 없었다. 공연 약속이 잡히고 잡히고 또 잡혔다. 아일랜드, 영국, 유럽, 미국. 고향 더블린에서 언론 매체들은 우리가 "미국에서 성공을 거둘 것"이라는 징후가 보인다면서 환호를 올리고 있었다.

You don't see me but you will
I am not invisible

하지만 더블린에 돌아왔을 때 무슨 요란한 환영식 따위가 있었던 것은 아니었고, 그저 "노친네the ol' man"가(나와 형 노먼은 아버지를 가끔 이렇게 불렀다) 있었을 뿐이었다. 그는 우리가 성공을 거둔 것을 자랑스럽게 여겼던 게 분명하지만, 악착같이 그런 감정을 숨기고 나를 막 대했다. 그래도 그러한 아버지의 태도에는 옳고 또 안심도 되는 무언가가 있었다.

"너 좀 성공했다고 집에서 막 굴어도 되는 건 아니다. 규칙은 변한 게 없어. 머리 좀 컸다고 잘난 척하고 빼기는 짓 용납 안 해."

"하지만 나는 물건도 작은데, 머리통이라도 좀 크게 굴어야 되는 것 아니에요?"

"아이구, 그래 재밌는 농담이다." 아버지는 전혀 웃지 않는 표정으로 말하고 한숨을 푹 내쉬었다.

나는 이제 노먼의 방을 물려받았다. 그래서 그 방에서 오케스트럴 매뉴버스 인 더 다크Orchestral Manoeuvers in the Dark의 데뷔 앨범 포스터를 걸어놓고 침대에 길게 늘어졌다.

"앨리슨 스튜어트는 어떻게 할 것인가?" 앨리.

이 두 글자가 나의 마음을 가득 채웠다.

나는 순회공연 중에 그녀를 그리워했고, 그녀도 나를 그리워했다는 것을 알고 기뻐했다. 우리 밴드가 성공을 위해 달리느라 떨어져 있을 때도 우리의 관계는 위태로워지지 않았다. 그녀는 우리 밴드가 잘되는 것을 보면서, 무엇보다도 나를 위해 기뻐하고 흥분해주었다. 비록 그 때문에 우리 관계에 어떤 변화가 생기지 않을지도 조금 걱정했지만. 남들의 시선도 있었다. 성공은 사람들의 진짜 모습을 드러낸다. 나를 가리던 커튼을 나 스스로 벗겨내기도 하지만, 가장 가까운 사람들이 그 커튼을 벗겨내기도 한다.

성공은 친구들과 가족들을 지나치게 냉소적으로 만들거나 또 지나치게 공손하게 만들기도 한다.

우리 네 사람은 음반 계약을 따내러 더블린을 떠나던 당시와 똑같은 그 소년들이었을까? 얼마나 변했을까? 하지만 앨리는 그런 식으로 문제를 보지 않았다. 변해가는 것은 자연스럽고 당연한 것 아니야? 왜 변하지 않아야 하는 거지?

그녀는 나에게 있어서 음악이란 곧 자유를 뜻하는 것임을 알았기에 함께 기뻐해주었다. 진짜 직업을 갖지 않아도 된다는 자유, 혹은 자신을 증명하지 않아도 된다는 자유. 더 넓은 세상을 탐험하고 그 속에서 내 자리를 찾아낼 자유.

아니면 "우리의" 자리일까? 나는 내가 더 이상 "나"라는 시점으로 생각하지 않는다는 것을 깨달았다. "나" 대신 "우리"라는 관점으로 이동하고 있었던 것이다.

There is no them
There's only us.

시더우드 로드 10번지에 주차해 놓은 흰색 피아트 127 안에 앉아서 나는 로스앤젤레스의 한 쿨한 레코드 상점에서 사인회를 가졌던 일을 앨리에게 이야기해주었다. 레코드 회사에서는 대형 리무진 차량을 동원하여 우리를 이동시켰다. 하지만 우리는 그런 차를 타고 사람들 앞에 나타나기가 너무 창피해서 한 1백 야드쯤 떨어진 골목 어디에 리무진을 주차해 놓고 레코드 상점으로 걸어 들어갔다.

"사람들이 막 떼로 몰려들었어?" 그녀가 나를 놀렸다.

아니. 리무진을 타고 나타나지를 않았으니 아무도 우리를 알아보지 못했어. 그래서 그 쿨한 외모의 군중들 사이로 뚜벅뚜벅 걸어가서 전혀 쿨하지 못한 우리 네 사람이 바로 여러분이 기다리는 사인회의 주인공들이라고 설명해야 했어. 앨리와 나는 배를 잡고 웃었다. 그 바람에 우리의 작고 귀여운 자동차가 마구 흔들릴 정도였다.

"그래서 네 자아에는 이 리무진에 딱 맞는다는 거야?"

이미 몇 년 동안 익숙해졌던 바였지만, 앨리는 가끔 건강 검진표를 체크하는 의사 같은 시선으로 나를 바라볼 때가 있다. X선처럼 나를 파고들어서 몸 안팎의 골절을 찾아내는 그녀의 시선.

그녀는 나를 이렇게 저렇게 돌려보고 또 속까지 다 들여다본 뒤에 미소를 지었다. 그녀는 나를 읽어낸다. 그녀는 나를 너무나 잘 안다. 오늘날에도 항상 그렇다.

앨리도 우리가 〈Boy〉 앨범을 통해 성취한 일들을 자랑스러워했지만, 우리의 가족과 지인들 공동체 전체 또한 마찬가지였다.

그런데 크기는 작지만 한 예외 집단이 있었다.

악마의 음악인 로큰롤 연주자들과 기독교는 서로 좋은 사이가 아니다. 나, 래리, 엣지에게 너무나 중요한 우리의 교회 공동체 샬롬은 우리가 신앙으로부터 멀어져 그릇된 방향으로 빠져들고 있다고 걱정했다.

나는 우리의 목회자인 크리스 로우Chris Rowe와 그의 부인 릴리언Lilian에게 이제 상황이 나아져서 우리의 교회 소집단이 앞으로 돈 걱정을 하지 않아도 될 것이라고 설명했다. 우리가 돈을 댈 수 있을 테니까.

"주시는 분은 주님이십니다." 그는 내게 일깨워 주었다. 이건 경고 사격일 뿐이었다. 더 많은 일들이 벌어질 것이었다.

GODLY Vs GOD
J:3:16

10

October

10월

October and the trees are stripped bare
Of all they wear.
What do I care?

October and kingdoms rise
And kingdoms fall
But you go on
And on.

이 책을 읽는 이들이 이미 눈치챘겠지만 나는 어느 정도의 분노 조절 장애를 안고 있다. 어떤 상황에서는 도저히 통제가 되질 않는다. 이런 내가 정말로 완전히 추해지는 것을 막아준 유일한 이는 바로 참선을 익힌 장로교인 같은 엣지였다. 〈Boy〉 앨범 미국 순회공연 중 코네티컷주의 뉴 헤이븐New Haven에서 내가 완전히 제정신을 잃어버린 적이 있었고, 실제로 래리의 드럼 키트를 들어 올려 그걸 청중들에게 던져버렸다. 애덤과 래리는 피신했지만, 엣지는 차분히 제 자리에 서 있었다. 내가 그에게 달려들자 그는 내 옆 머리에 주먹 한 방을 날렸다. 그 주먹을 맞자 나도 정신이 들었다. 엣지 정도의 수준으로 눈과 손의 움직임을 조화시킬 줄 아는 사람에게는 절대로 싸움을 걸지 말 것! 그다음에는 창피당할 일만 남았다. 순한 양 같은 뉴 헤이븐 사람들은 이 아일랜드 종족들이 정말 아일랜드식으로 막가는 모습을 보면서 놀라 입을 다물지 못했으니까.

엣지는 나를 때리고 나서 즉시 사과했다. 물론 이것이 엣지의 특징이다. 언제나 이런 식이다. 그는 나쁜 감정을 품고 있는 상태를 견디지 못한다.

나쁜 감정을 품어 마땅한 상황에서도 아예 기억조차 하지 못한다. 지금까지 엣지가 감정에 휩쓸려 큰 사고를 치는 것을 본 것은 서너 번뿐이다. 첫 번째는 1979년이었다. 그날 우리의 연습은 정말로 재앙이었다. 저마다 템포와 조가 달랐으며, 나는 다른 세 사람을 죄인 취급하며 기를 쓰고 욕을 해대고 있었다. 엣지는 그중에서 유일하게 제대로 연주하는 사람이었으며 본인도 그것을 분명히 알고 있었기에 화가 치밀었을 것이다. 그는 기타를 집어 들어 내 쪽으로 던지려고 했다. 한 발을 앞으로 내뻗었고, 공중에 치켜든 기타를 던질까 말까 혼자서 씨름하는 듯하더니, 마침내 스스로를 진정시켰다. 그는 기타를 다시 기타 스탠드에 조심스럽게 걸어놓고 연습실을 나가면서 문을 쾅 닫았다. 그런데 문이 닫히는 쾅 소리가 우리 귀에 닿기도 전에 다시 문을 열고 걸어 들어와서 사과했다. 그의 분노라는 게 이런 식이다. 그 기타는 그의 기타였고 부수고 싶지 않았기에 혼자서 기타를 들고 씨름했던 것이다. 그는 지금도 그 기타로 연주하고 있다.

우리는 악상이 떠오르면 그 최초의 아이디어들을 카세트테이프에 녹음했다. 그 테이프를 거꾸로 연주하면 끽끽거리는 옹알이 소리 같은 것이 나온다. 나에게 이 소리는 언제나 엣지의 두뇌가 돌아가는 소리로 들렸다. 그의 평온한 모습에도 그의 내면 어딘가에는 항상 무언가 소리를 지르는 것이 있었다. 하지만 의지력이 워낙 강하여 그는 그 비명을 짓눌러 침묵으로 만들어버리는 것이었다.

내가 밴드 텔레비전Television의 앨범 〈Marquee Moon〉을 처음 듣기 시작했을 때, 나는 톰벌레인Tom Verlaine과 리처드 로이드Richard Lloyd의 연주에서 엣지의 금욕적 기질과 기타 연주자로서 이야기를 풀어놓고 싶은 열망을 느낄 수 있었다. 펑크록에서 기타 솔로는 제멋에 빠진 추태라고 여겨져 금지되어 있었다. 기타 솔로가 허용되려면 솔로가 짧아야 했고, 전달하고자 하는 바가 뚜렷해야 했으며, 멜로디도 분명해야 했다. 보다 긴 솔로를 구성하려면 멜로디로 스토리를 전달할 수 있어야만 했다. 〈Marquee Moon〉 앨범에는 대단히 뛰어난 기타 솔로들이 수록되어 있었다. 이 앨범을 들으면서 나는 우리가 블루스로부터 멀어지는 것만으로는 충분치 않으며, 조금은 공상과학영화 분위기를 띨 필요가 있다는 직감을 얻었다. 블루스 음계는 이제 너무나 익숙해졌으므로 그걸로 사람들을 놀라게 하기는 어려워진 상태였다. 레미Lemmy가 호크윈드Hawkwind에 있을 적에 그들이 만든 노래 'Silver Machine'에는 공상과학영화의 미래적 분위기가 스며 있다. 핑크 플로이드의 앨범 〈Animals〉의 에코 머신에서도 같은 분위기를 느낄 수 있다.

엣지는 롤랜드Roland의 테이프에코를 빌려 연습에 사용했으며, 여기에서 우리는 'A Day Without Me'의 아이디어를 얻기도 했다. 그 얼마 후 더블린의 악기 상점 매컬러프 피고트McCullough Pigott에서 엣지는 일렉트로-하모닉스Electro-Harmonix에서 나온 '메모리 맨Memory Man'이라는 이름의 에코 페달을 발견했다. 초콜릿 상자 크기의 스테인리스 강철로 되어 있는데, 손으로 돌리는 꼭지들이 달려 있었고, 발로 작동했다. 디지털이 아니라 아날로그였기에 숫자를 입력하는 게 아니라 어떤 템포로 연주할지를 알아서 조절해야 했다. 그렇게 해놓고 기타를 한 번 때리면 그 소리가 슉-슉-슉 하면서 반복되었고, 그 각각의 소리마다 에코가 따라왔다. 그때 이후로 2000년까지 엣지의 발은 메모리 맨과 그 뒤를 이은 장치들 위에 머물렀다. 메모리 맨의 에코와 리버브를 사용하면 아주 작은 펑크 클럽에서도 대성당 같은 음향 효과를 얻을 수 있었다. 깊은 황홀경을 자아내는 교회 음악 같은 소리를 낼 수 있었던 것이다.

엣지는 미래에서 아주 많은 시간을 보내는 사람이지만, 그런 사람치고는 또 자신의 영혼에 오랜 과거 또한 일정하게 담고 다닌다. 아마도 그건 감리교가 지배적인 웨일스 한 마을에서의 기억일 가능성이 높다. 엣지의 아버지인 가빈Garvin은 기계공이었으며, 교회를 열심히 다녔다. 엣지의 어머니는 교사였으며, 또한 교회를 열심히 다녔다. 그 가정에서는 과학과 신앙이 서로 적대적인 관계가 아니었다. 그의 부모님 모두 찬송가 가수들이었던 바, 웨일스에서 찬송가 가수들이란 대형 경기장 록 뮤지션에 해당하는 존재들이다.

Guide me, O thou great Jehovah,
Pilgrim through this barren land;
I am weak, but thou art mighty;
Hold me with thy powerful hand;
Bread of heaven, bread of heaven,
Feed me till I want no more.

우리 음악에서 바흐 혹은 베토벤이 들린다고 말하는 이들이 있다. 너무 나간 이야기처럼 들리지만, 아마도 그건 이 깊은 명상에 잠긴 회중파 개신교도 엣지의 DNA에 들어있는 찬송가 때문일 것이다. 위대한 합창곡들 특히 바흐의 경우에는 5도 화음을 자주 듣게 된다. 이 거대한 찬송가들을 듣게 되면 아무리 소중한 것을 잃었다고 해도 견뎌낼 수 있다. 아무리 심한 타격을 입어도 받아낼 수가 있다. 세상에서 가장 어려운 결정도 내릴 수가 있다. 그 어떤 역경도 뚫고 앞으로 나아갈 수 있다. 엣지의 음악에서 나는 행진곡을 들었으며, 영혼을 뒤흔드는 찰스 웨슬리Charles Wesley, 아이작 와츠Isaac Watts, 존 뉴턴John Newton 등의 거대한 멜로디를 들을 수 있었다. 내가 젊은 시절 찾아 헤매던 바로 그런 멜로디였다. 나는 내 영혼을 송두리째 뒤흔들어 놓을 그런 무언가를 절박하게 원하고 있었다.

〈War〉 앨범에 수록된 'New Year's Day'는 클래식 음악적인 장소에서 나왔으며, 보다 나중에 나온 'Where the Streets Have No Name'이나 'I Still Haven't Found What I'm Looking For'의 경우 음악 안에 일정한 서스펜션이 들어 있다. 즉 노래가 찬송가와 같은 성질을 띠고 있어서, 가스펠과 블루스 사이의 긴장이 유지되며 마구 위로 치솟는 느낌이 있는 것이다.

찬송가는 아프리카와 미국에서 생겨난 가스펠과 블루스가 다시 북유럽, 웨일스, 잉글랜드, 독일 등으로 전파되게 된 경로의 하나였다. 밴드로서의 U2 또한 그 어딘가에서 정수를 찾을 수 있다.

그 초기의 예는 엣지가 피아노에서 연주했던 아름다운 음열로서, 어디에서도 들어보지 못한 소리였다. 'October'는 엣지의 부드러운 힘, 그의 고독의 아픔, 자기가 귀속될 수 있는 곳을 찾고 싶은 열망 등을 그대로 담고 있으며, 만물의 덧없음에 대한 명상이라고 할 수 있다.

또한 믿음에 대해 명상이라고도 할 수 있다.

우리는 모두 믿음을 공유했다. 서로에 대한 믿음이었다. 또 우리가 음악인으로서 하나로 뭉친다면 우리 부분의 합보다 더 큰 무언가가 될 수 있다는 믿음이었다. 그런데 바로 이 믿음 때문에 U2가 거의 깨질 뻔하기도 했다. 왜냐면….

전도사가 될 것이냐 록 뮤지션이 될 것이냐의 긴 고민

…종교적 신앙은 문제가 될 수 있기 때문이다. 신앙은 사람들을 분열시킨다. 신앙은 신앙을 가진 사람들을 분열시킬 뿐만 아니라, 신앙을 가진 사람들과 갖지 않은 사람들을 분열시킨다. 애덤과 폴이 무신론자인지 불가지론자인지는 중요한 문제가 아니었지만, 엣지, 래리, 나는 신이 어쩌고 하는 문제에 그들이 전혀 관심이 없다는 것만큼은 아주 잘 알고 있었다. 폴은 우리가 캐묻는 질문들을 존중했지만, 그 대답들에 대해서는 반대 의견을 말하곤 했다. 나는 이 불같은 영혼들과 함께 삶과 일을 하려면 서로 일정한 관

용과 너그러움이 필요하다는 것을 알게 되었다.

나는 종교에 완전히 빠져 있던 동안에도 이른바 "믿지 않는 자들"과 어울리는 편을 훨씬 더 좋아했다. 내가 아는 가장 멋진 사람들이 별 신앙이 없는 경우가 많아서이기도 했지만, 드러내놓고 자기 신앙을 과시하는 이들은 (어떻게 표현하면 좋을까?) 참으로 짜증 나는 존재들로 여겨졌기 때문이었다. 그렇지 않아도 광고가 넘쳐나서 괴로운 이 세상에, 바로 옆에 있는 사람까지 그 엄청난 질문들에 대한 해답을 남에게 들이대는 것은 실로 보기 괴로운 일이다. 그냥 자신의 사랑을 삶으로 실천하는 게 올바른 답이다.

나는 성 프란체스코가 제자들에게 했다는 말을 신조로 삼는다. "온 세상에 복음을 전하라. 그리고 정 필요하다면 언어도 사용하라." 우리에게 진정 필요한 것은 어떻게 살라는 설교가 아니라 타인에게 영감을 주는 삶을 실제로 사는 사람들이다. 나는 또한 내가 달고 다니는 배지에 못 미치는 부끄러운 사람이라는 사실을 너무나 잘 알고 있다. 나는 예수님의 제자이지만, 그러한 높은 기준에 이르는 사람은 못 된다. 애초에 순례의 길을 떠나게 된 것은 예수님을 따르겠다는 열망이었지만, 나의 삶은 그 열망에 전혀 미치지 못한다.

이는 1970년대 말에 시작된 일이었다. 당시 더블린에서 흥미로운 일이 벌어지고 있었다. 각자의 믿음에 따라 부르는 이름은 달라질 수 있겠지만, 모종의 '부흥', 즉 성령 운동과 같은 것이 벌어졌다. 아일랜드 전역에서 사람들이 모여 전례 없이 극적인 방식으로 하나님 앞에 무릎을 꿇는 모습이 나타났다. 예배에 참석한 이들이 황홀경 속에서 찬양을 하고, 그러다 성령이 임하시면 찬송가 곡조가 변하곤 했다. 나중에 알게 된 바지만, 이는 "은사의 거듭남Charismatic Renewal"이라고 불리는 일이었다. 이 '은사恩賜'란 본래 그리스어로 '선물'을 뜻하는 것으로서, 어떨 때에는 성경에 나오는 것처럼 알 수 없는 언어로 말하는 '방언'이 터져 나오기도 한다. 아일랜드에서는 특히 이러한 일이 개신교 교회와 가톨릭 교회 모두에서 벌어졌다는 일이 놀라운 점이었다. 성령 강림의 이러한 광경이 우리들 10대 후반에 사방에서 벌어졌고, 나와 구기와 우리 립턴 마을의 다른 예술가 집단들 또한 이를 초미의 관심사로 삼게 된다.

물론 많은 경우 이는 멜로드라마에 불과했다. 외향적 성격을 가진 사람들일수록 이 성령과의 만남을 더 극적으로 경험하는 경향이 있었으며, 조용하고 수줍은 성격의 사람들은 별로 그렇지 않았으니까(성령이 차별도 하시나). 하지만 이 가운데에 정말로 진짜의 무언가가 벌어지는 일도 있었다. 우리 또한 전통적 교회의 바깥에서 모종의 영적인 고향을 찾아보고자 시도하게 되었다.

우리가 마운트 템플에 다니는 동안 종교 교사였던 소피 셜리Sophie Shirley는 색다른 기도회 모임을 시작했다. 비교파 학교였기에 그녀가 가톨릭인지 개신교인지는 아무도 알지 못했지만, 그녀가 특별한 영혼을 지닌 사람이라는 것은 모두 알고 있었으며, 그녀의 인도로 성경을 함께 읽어나가면 교실 전체의 기운이 달라지곤 했다. 나는 15살 때 그녀의 수업 중 예상치 못한 마음의 평온을 얻게 되었고, 그녀라는 메신저와 그녀가 전하는 메시지가 하나로 삼투되는 것을 경험했으며, 모든 머리털의 숫자를 다 셀 수 있을 정도로 모골이 송연해졌다. 당시 10대들의 헤어스타일을 생각해보면 이는 아주 놀라운 일이었다.

그녀는 수요일 방과 후에 음악실에서(불과 몇 달 후 우리가 합주를 시작한 바로 그 음악실) 회합을 시작했다. 일부 교사들도 들렀는데, 예상치 못한 인물들이었다. 역사 교사 도널드 목스햄은 역사를 공부만 할 게 아니라 우리 스스로 역사를 만들어보라고 격려했다. 또 흥미로운 인물로 잭 히슬립Jack Heaslip이 있었다. 그는 정통 교리에 대해 겁 없이 질문을 던져댔던 사람이며, 나중에는 용감하게도 내게 운전 교습까지 시켜준 사람이었다. 그는 처음에는 이 '은사'의 종교에 대해 아주 의심쩍어했지만, 곧 그 분위기에 동화되고 만다.

잭은 성격상 1960년대의 비트족에 해당하는 인물로서, 머리가 벗겨지는 가운데 긴 턱수염을 기르고 있었다. 학생들이 어떤 모습으로 나타나도, 화가 나 있든, 슬픈 모습이든, 혼란된 모습이든, 죄의식에 시달리는 모습이든, 그는 항상 학생들에게 열려 있고 이해해주려는 태도를 가지고 있었다.

잭은 지혜로운 상담자였다. 14살 15살짜리들이 위험한 성적 행동에 탐닉한다? 그는 콘돔을 내주었다. 금기시되는 주제는 없었으며, 그 때문에 우리는 그를 전적으로 신뢰했다. 나도 그를 신뢰했다. 특히 몇 번인가 내가 내 분노에 압도당해 경련을 일으켰던 몇 번의 사건이 있고 난 뒤 더욱 신뢰가 굳어졌다. 잭은 참을성 있게 내게 공포와 분노의 관계에 대해 그리고 불안이 모습을 드러내는 방식에 관해 설명해주었다.

그는 때때로 학생들의 기율을 살피는 생활 주임 교사 역할을 맡았다. 하지만 그의 접근법은 독특했다. 다른 친구에게 주먹을 날리거나 창문을 깨버린 학생들이 오면 그는 그들에게 어떤 처벌이 합당할 것인지 스스로 말해보라고 시켰다. 나중에 그가 이야기해 준 바에 따르면, 대부분의 학생은 교칙에 있는 처벌보다 더 무거운 처벌을 선택한다고 했다. 그는 이것을 인간의 실존 조건을 이해하는 실마리로 받아들였다. 사람들이 종교와 멀어지게 되는 데에 죄가 어떤 역할을 하는지. 사람들이 스스로와 멀어지게 되는 데에 죄가 어떤 역할을 하는지. 바로 자기혐오다.

기도회에는 점점 많은 학생이 모였다. 이 학교는 비교파 학교였음에도 소피 셜리, 방금 말한 두 교사, 그리고 60명의 학생이 모여서 예수 그리스도의 이름을 불렀다. 우리는 성경에 나오는 예수에 대한 지식이 거의 없었지만, 우리가 함께 모이면 예수님이 나타나 함께하시는 것 같았다. 우리는 먼저 단순한 노래들을 부르고 나서 나라의 평화를 위해 기도했다. 무언가가 꿈틀거리고 북받치는 느낌이었다. 우리의 영혼 속에서, 우리의 학교에서, 우리의 나라에서. 바로 그 음악실에서 또 다른 황홀경의 음악이 태어났으니, 바로 U2의 음악이었다.

'부흥'을 되살리기

크리스와 릴리언이 이끄는 샬롬 집단은 도심 한가운데에서 회합을 열었으며, 완전히 반문화적countercultural 삶을 영위하고 있었다. 이들은 소유물도 거의 없었고 그에 대한 욕망도 없었다. 그리고 가진 게 없다 보니 초기 기독교 공동체들과 마찬가지로 '모든 것을 공유'했다. 완전히 시대착오적이었으며, 또한 묘한 아름다움을 가지고 있었다.

래리, 엣지 그리고 나에게 있어서 이러한 생활 방식은 큰 진실성을 가진 것으로 느껴졌다. 우리의 어린 마음에는('가짜'가 무엇인지도 모르는 주제들에) 이것이야말로 진짜라고 느껴졌다. 크리스가 성경을 강독하고, 어떻게 해서 기원후 1세기에 팔레스타인의 유대인들 사이에 신께서 인간의 몸으로 내려오셨는지 이야기할 때면 그 말 한마디 한마디가 살아 있는 것 같았다. 우리는 학생이었고 그는 선생이었다. 하지만 아쉬운 점이 있었다. 가끔은 크리스가 그 기독교 공동체 너머의 세상에(그 또한 우리가 사는 세상이었다) 대해서도 *우리에게* 한두 번쯤은 질문을 던져 주었더라면 좋았을 것이다.

1981년 어느 날 우리는 그들의 부엌 식탁에 앉아 이야기를 나누었다. 〈Boy〉 앨범의 성공을 거둔 후였다. 크리스가 우리의 질문에 대답을 내놓으면 우리는 다시 천진한 얼굴로 질문을 내놓았다. 나는 릴리언이 이 상황을 이해할 뿐만 아니라, 우리 사이에 그러한 대조가 나타나는 것을 호의적으로 바라보고 있음을 감지했다. 그녀는 크리스가 영적인 지도자로서 큰 힘을 갖고 있기는 하지만, 그 또한 인간이라는 것을 볼 수 있었다. 그는 다른 시대에 태어난 사람이었고, 성경을 문자 그대로 읽는 독해를 항상 시적인 독해에 비해 우월한 위치에 놓았다. 그런 점에서 볼 때 그는 성경에 대한 명쾌한 해석들과 확신을 가진 근본주의자였다. 크리스는 우리 세대가 예수의 급진적인 복음에 귀를 기울이려 하지 않으며, 기독교를 교회와 혼동하고 있다고 걱정했다.

이런 문제를 어떻게 헤쳐 나갈 수 있을까? 우리는 서툴고 천진난만한 방식으로라도 우리 생각을 그에게 설명해보려고 애를 썼다. 아마도 우리 세대는 명사가 아니라 동사가 필요할 거라고. 강의가 필요한 게 아니라 사랑이 필요할 거라고. "예수천당 불신지옥" 식의 기독교 때문에 우리 세대가 자꾸 교회와 멀어지는 거라고.

크리스는 미셔너리, 즉 선교사가 될 수도 있었을 우리가 음악을 미션으로 삼는 쪽으로 가고 있다는 사실을 분명히 알아채고 있었다. 나는 크리스에게 우리가 하나님께 받은 재능을 제대로 발휘할 때 하나님께 더 잘 복무할 수 있으며, 우리 밴드가 성공을 거두고 지상에서 다른 이들을 조금이라도 더 도울 수 있는 수단을 얻게 된다면 하나님도 틀림없이 기뻐하실 거라고 설득하려 애썼다. 내 생각에는 릴리언이 그 광경을 보면서 혼자 웃음을 지었던 것 같다. 하지만 크리스의 생각은 달랐다. 그는 훌륭한 목자였고, 우리는 그의 길 잃은 양들일 뿐이었다. 그런데 솔직히 말하면 나라는 못된 양은 감히 목자들 또한 길을 잃을 때가 있는 법이라고 생각하기 시작했다.

크리스와 릴리언 부부는 비록 하나님께 받은 은사가 있었지만, 복음주의의 설파에 지나치게 열성적이라는 이야기도 돌고 있었다. 엣지가 그런 평판에 대해 릴리언에게 물었을 때 그녀는 걱정하지 않는다고 답했다. 그녀는 식탁을 닦으면서 "사람의 감정이란 본래 천방지축"이라고 했다. "그러니까 항상 누군가에게 손가락질할 때에는 본인에게 손가락질하는 사람이 셋 이상 있게 마련이라는 법을 기억해야 해요."

그녀는 너그러운 웃음을 보여주었다. 어떨 때는 잔뜩 진지한 모습보다 미소나 웃음이 더욱 믿음이 가는 법이다.

처음에는 샬롬 집단에서도 우리의 복장과 외모를 받아들였다. 개빈은 데이비드 린치David Lynch 감독의 영화 〈이레이저 헤드Eraser Head〉와 같은 헤어스타일을 하고 있어서 보기만 해도 겁이 날 지경이었다. 어떤 날에는 보버 부츠bovver boots를 신고 나타나기도 했다. 장신구도 잔뜩 달고. 엄청나게 큰 반지까지. 처음에는 샬롬 집단이 우리가 듣는 음악에 대해서도 관대한 것 같았지만, 이는 어디까지나 우리를 끌어들이기 위한 것임이 갈수록 분명해졌다. 이 집단은 우리에게 몇 달 동안이나 무수한 질문을 쏟아놓아 우리를 지치게 했다. 우리의 음악이라는 것도 다 이 세속의 덧없는 짓이 아닌가? 진정한 소명은 복음을 설교하는 것이 아닌가? 우리가 진짜 신앙이 있는 것 맞나? 순례자가 될 각오가 정말로 되어 있나? 크리스는 벌써 이런 질문들에 대해 우리에게 답을 재촉하고 있었다.

젊은 남자에게 있어서 그의 열성과 진심에 대해 의문을 던지는 것보다 더 큰 모욕은 없다. 너는 얼마나 강한가? 얼마나 진심이며 진지한 것인가? 대부분의 젊은 남자는 설령 게으름뱅이가 된다고 해도 아주 진지하게 게으름뱅이질을 하게 되어 있는 법이다. 아주 어려운 과제를 던지면 그러한 도전을 오히려 반기는 것이 대부분의 젊은 남자들이다.

예를 들어 자기의 음악을 때려치우는 것.

결국 엣지가 도저히 더 견디지 못했다. 전 지구에 걸쳐 청중을 일구고자 하는 록 밴드 직업과 마을 동네에서 전도사로 일하는 훨씬 소박한 직업 사이에는 분명한 모순이 있었고, 엣지는 그것을 더 이상 견딜 수가 없었다. 그는 예술이 무슨 쓸모가 있느냐는 질문을 계속하고 있었다. 그가 가진 장로교인으로서의 측면이 그의 참선 수행가적 측면을 압도하기 시작했다.

어느 날 저녁 나는 차를 몰아 말라하이드에 있는 그의 부모님 집으로 가서 그의 침대 위에 앉아 대화를 시작했다. 나는 우리의 두 번째 앨범 〈October〉가 어떻게 되어가는지에 대해 그가 별로 이야기하고 싶어 하지 않는다는 것은 느꼈지만, 무슨 생각을 하고 있는지는 잘 알 수 없었다. 그리고 그와의 대화가 끝나고 나면 나도 밴드를 그만두는 중대한 변화가 생길 줄 더더욱 까맣게 모르고 있었다.

"내 문제는 U2 안에서 풀 수 있는 게 아니야." 그는 설명했다. "이런 방식으로 음악을 만드는 게 맞는지 잘 모르겠어."

엣지는 징징거리며 불평을 늘어놓는 성격도 아니었고, 멜로드라마를 펼치는 성격도 아니었다. 하지만 그가 깊은 고민으로 괴로워하고 있다는 것은 분명했다.

“크리스, 데니스, 그들 모두 내가 도저히 답할 수 없는 질문들을 내놓고 있어.”

“어떤 질문인데?” 나는 모르는 척하고 물었다.

“록 밴드를 하는 것하고 진정한 신앙인이 되는 것하고 양립할 수 있느냐는 거야.”

“아, 그 문제. 나도 고민하고 있어. 그런데 말이야. 분명한 건 있어. 함께 연주하고 있으면 정말 특별한 느낌이 있고, 연주를 그만두고 나면 기분이 엿 같아진다는 건 확실해. 그렇지만 솔직히 나도 그 사람들의 질문 때문에 고민 중이야. 어떻게 대답해야 할지 나도 모르겠고.”

하지만 엣지는 분명한 대답을 가지고 있었다. 그것도 아주 급진적인 대답.

“이 세상은 너무나 엉망이고, 복잡한 문제들이 가득해. 그런데 록 밴드에서 서커스나 하겠다고 그 문제들로부터 도망가는 건 주님께서 우리에게, 아니면 적어도 나한테 주신 소명은 아니야. 아이슬린하고도 이야기했어. 그녀도 이해했어. 너도 이해해주면 좋겠어. 보노, 나 U2 그만둘래. 미안해.”

이렇게 대담하게, 하지만 이렇게 논리적으로 설명하는 것을 들으니 나도 충격을 받았다. 다른 선택이 있을 수 없었다.

“음, 네가 그만두면 나도 그만두겠어. 너 없으면 나도 U2 하고 싶지 않아…. 기타를 누가 칠 건데? 래리와 애덤에게 말해야겠다. 폴에게도. 참 썰렁하겠네.”

막 운전을 배운 나는 그 작은 차 피아트 127을 몰고 시더우드 로드의 집으로 돌아왔다. 돌아오는 길에 나는 마음의 평화 같은 것을 느꼈지만, 이 ‘평화’라는 말은 아마 잘못된 말일 것이다. 사람이 큰 문제에 닥쳤을 때 자기가 정말로 원하는 쪽과 이상적으로 더 옳은 쪽 사이에서 후자로 결정을 내리고 나면 모종의 평정심 같은 것이 찾아오게 되어 있다. 아주 약간이지만 순교자가 되는 느낌도 있었을 것이다. 그때의 느낌은 내가 U2를 떠난다는 느낌보다는 군에 입대하여 먼 곳으로 떠나 다시 돌아올 수 없을 전투에 참전하러 가는 느낌에 더욱 가까웠다. 명예로운 행동이며, 그러한 희생을 치르는 것이야말로 내 신념이 얼마나 깊은지를 보여주는 것이라고 스스로 되뇌면서. 아마 오늘날이라면 우리는 이러한 상태를 '세뇌indoctrinated'라는 말로 묘사할 것이다. 아마 그게 맞을 것이다. 하지만 당시로서는 우리 누구도 그걸 알지 못했다.

그토록 오랫동안 열성을 바친 밴드가 이제야 성공의 기미가 보이기 시작했는데, 어쩌다가 이런 결정을 내리게 된 것일까? 이런 질문은 도저히 또렷하게 말로 표현할 수도 없는 것이었다. 아마 운전하고 가는 동안 또 다른 감정 하나가 마음속에 묵직이 들어앉아 있었던 것은 그 때문일 것이다.

엄청난 슬픔. 그리고 고독감.

나는 집으로 돌아왔다. 그리고 계단에 앉아(아니 푹 주저앉아) 앨리에게 전화를 걸었다. 그녀는 이해해주었다. 친구에게, 뭔가 용기가 필요한 어려운 일을 결정했을 때 이해해주는 그런 방식으로.

나는 래리와도 이야기했다. 그 또한 이해했으며, 자기도 고민이 많았다고 했다. 애덤만큼은 도저히 이해하지 못했다. 당연한 일이었다. 애덤은 성령의 불로 타오르는 샬롬과 같은 기도회와는 거리가 멀었으니까. 하지만 그는 인간의 됨됨이와 큰 그릇을 가진 인물이었다. 우리가 다음 순회공연 따위는 없을 것이라고 말하기 위해 폴과 만났을 때도 우리와 같은 입장에 서 주었다.

어쩌면 이는 두 명의 집사, 두 명의 매니저, 두 명의 기획단장 사이의 싸움이었는지도 모르겠다. 두 사람 모두 우리에게 임무를 제시했으며, 어떻게 그 임무를 달성할 수 있는지 길잡이 역할도 하겠다고 나섰으니까. 크리스 로우는 하나님의 사람으로서, 우리가 예수의 근본적 메시지를 전파한다면 세상이 더 좋게 바뀔 거라고 확신하는 인물이었다.

폴 맥기니스는 이 세속의 사람으로서, 로큰롤을 통해서 사람들이 좀 더 자기 본모습을 찾을 수 있다고 믿는 인물이었다. 크리스는 우리가 선교사가 되어야 한다고 보았으며, 폴은 우리가 음악인이 되어야 한다고 보았다.

우리는 폴을 만났고, 그는 우리 이야기를 끝까지 들었다. 잠시 침묵이 흘렀고, 그다음에 폴이 말했다.

"들어보니까 너희들이 직접 하나님과 말씀을 나누었나 보네?" 그가 물었다.

"우리는 이게 하나님의 뜻이라고 믿어요." 우리는 진지하게 답했다.

"그러니까 하나님하고 그렇게 통할 수가 있다는 거지, 너희들?"

"예," 우리는 엄숙하게 답했다.

"음, 그러면 다음번에 하나님과 이야기할 때는 이 지상 위에서 너희들의 대표자가 법적 계약을 막 깨버려도 되는지 한번 물어봐 주련?"

"예? 무슨 말씀인지?"

"너희들은 하나님께서 너희들에게 법적인 계약을 깨버리도록 하신다고 믿고 있잖아? 그런데 그 계약은 너희들을 대표해서 내가 계약한 거잖아? 너희들의 순회공연 계약 말이야. 너희들의 하나님은 너희들이 법을 막 깨버리고 이 공연에 대한 책임을 내팽개쳐도 된다고 생각하시는 거야? 그게 말이 돼?"

"뭐 그런 하나님이 다 있어?"

중요한 점이다. 하나님이 우리에게 법을 깨라고 하실 리가 없다.

엣지도 같은 생각이었고, 그는 항상 밴드를 계속하라는 모종의 신호를 찾고 있었다고 주장했다.

다시 생각해보자.

폴(혼잣말로): 이겼다.

이 회합이 끝날 때에는 우리 모두 최소한 이번 공연까지는 치러야 한다는 쪽으로 생각이 돌아섰다.

사실을 말하자면, 이런 '천국이냐 세상이냐' 식의 기독교에 대해서, 그리고 그에 따라 사람을 정죄하고 판단하는 태도에 대해 우리는 한 번도 편하게 느낀 적이 없었다. 게다가 교회 사람들이 애덤을 대하는 태도를 보면서 이 문제는 더욱 악화됐다. 애덤은 자신을 기독교 신자라고 보지 않았고, 어떤 종류의 신앙도 갖고 있지 않았기 때문이다.

"그러면 너희들은 기독교 밴드는 아니겠네?" 그런 사람들은 애덤에게 묻곤 했다.

"저는 보노와 같은 밴드에 있어요." 그는 웃곤 했다. "이것만으로도 나는 천국의 문 정도는 그냥 입장할 자격이 있다고 봅니다."

래리는 이렇게 응수하곤 했다. "그 얼어 죽을 기독교 밴드 따위 할 생각 없어요. 나는 그저 죽여주는 밴드를 하고 싶어요."

엣지는 우리의 음악이 그런 범주화에서 자유롭기를 원한다고 설명하려 드는 편이었다. 그는 U2의 음악이 U2에 있는 사람들과 모습도 소리도 닮아 있기를 원했다.

나 또한 우리 음악이 우리의 있는 그대로의 모습을 전하기를 원했다. 심지어 우리가 담고 있는 여러 모순까지도. 성경에서 말씀하시는 "이 세상에 머물되 이 세상의 일부가 되지 말라"는 도전은 일생을 고민해보아도 답을 찾기 어려운 문제다. 우리는 예술가로서 이 모순의 역설을 서서히 발견해 나갔으며, 우리가 느끼는 충동에 모순이 있다고 해도 그 모순을 다 해결해야만 하는 게 아니라는 생각을 갖게 되었다.

라틴어는 사랑의 언어

우리의 두 번째 앨범 〈October〉를 제작할 때가 되었다. 하지만 나는 글자 그대로 할 말이 하나도 없었기 때문에 무슨 수를 내지 않을 수 없었다. 〈Boy〉 순회공연 말미에 시애틀의 무대 분장실에서 내 멋쟁이 가죽 백이 도난을 당하는 바람에 내가 여러 생각을 적어놓았던 노트도 함께 잃어버렸다. 가사뿐만 아니라 우리가 나가야 할 여러 방향, 심지어 의상과 외모를 어떻게 할지에 대한 기록이 사라져 버렸다.

I try to sing this song
I, I try to stand up
But I can't find my feet.
I, I try to speak up
But only in you I'm complete.

'Gloria'라는 곡은 성경의 시편에서 그리고 그레고리우스 성가에서(아이러니하게도 이 앨범을 나에게 준 이는 폴이었다) 영감을 받은 곡이었다. 압박 속에서 서둘러 가사를 쓰다 보니 나는 여러 낯선 언어들을 말하게 되었으며, 이번에는 라틴어였다.

Gloria
In te domine
Gloria
Exultate
Gloria
Gloria
Oh, Lord, loosen my lips.

이 앨범에 수록된 곡들은 아주 세련되거나 완성된 것들은 아니지만, 그보다 더 중요할 수도 있는 무언가를 가지고 있다. 그것은 바로 절박함이었다. 또한 그중 가사 몇 줄은 우리 밴드 일생의 첫 번째 단계를 간명하게 포착해 내고 있다. 세속의 일부가 되지 않겠다는 순진무구한 열성당원들의 맑은 눈이 바로 그것이다.

I can't change the world
but I can change the world in me.

— *'Rejoice'*

훗날, 사실은 이 세상이 좀 더 말랑말랑한 것이라는 것을 알게 되지만, 또한 우리가 세상을 바꾸기보다는 세상이 우리를 멋대로 휘두른다는 것 또한 알게 되었다. 그래서 우리는 위와 같은 경고를 뒤집어서 거의 인정하기에 이르렀다.

I can change the world,
but I can't change the world in me.

— *'Lucifer's Hands'*

바로 이것이 내 온 인생의 이야기이다. 이 두 개의 정반대되는 관점 사이에서 오고 갔던 이야기. 하지만 아직 20대 초반이었던 우리에게는 이러한 긴장이라는 게 느긋하게 즐길 수 있는 성격의 것이 아니었다. 사실상 우리는 이 긴장 때문에 거의 무너질 지경이었다.

우리 밴드는 반석 위에 세운 교회가 아니라 모래 위에 지은 집과 같았고, 신앙과 예술 사이의 긴장에 휩쓸리고 뒤흔들리는 집이었다. 우리 가사에는 "왕국들"과 같은 어휘가 나온다. 당시 우리의 상태로 보면 이는 결코 거창한 것이 아니었다. 우리는 이 세상 전체가 무너지고 있다고 느꼈으니까.

엣지는 분명 무너져 있었다. 지금도 그 모습이 눈에 선하다. 말라하이드의 자기 집 침실에 앉아서 밴드를 계속해야 할지 말아야 할지, 스스로와의 전쟁에 휘말려 든 세상에서 평화의 도구가 될 수 있는 최선의 방법이 무엇인지 씨름하고 있던 19살짜리 엣지. 그의 음악적 재능, 자신을 일으켜 세우고 우리 밴드를 일으켜 세웠던 바로 그 음악적 재능을 포기하는 쪽을 선택하던 엣지.

참 흥미로운 일이지만, 엣지가 밴드를 떠나고 래리와 내가 그 뒤를 따랐을 때 우리는 밴드를 되찾게 되었다. 사실 우리는 오늘날까지도 그 질문, 즉 우리가 과연 허영에 가득 차고 자아에 꽁꽁 묶인 예술가와 다른 존재가 될 방법이 무엇인가라는 질문에 한 번도 제대로 답을 찾은 적이 없다. 하지만 그 질문에 답을 하지 않는 가운데 우리는 좀 더 흥미로운 질문과 맞닥뜨리게 되었다. 즉 애초에 그런 질문을 던지는 우리는 대체 누구냐는 것.

세속적인 문제들에서 벗어나 살 수 있다고 믿는 이가 있다면 그 사람은 어딘가 헛바람이 든 사람이다. 아마 종교의 부름을 거부해야 하는 순간도 있을 것이며, 아예 일어서서 분명히 싫다고 말해야 하는 순간까지 있을 것이다. 이를 부인하는 종교라면 사람들을 박해하고 깔보는 종교인 것이며, 그런 종교가 하나님께 정직한 종교일 리는 없다. 우리가 종교적으로 우리의 길을 찾아나가는 데에 가장 큰 장애물이 종교 자체가 될 수 있는 것이다.

우디 거스리Woodie Guthrie는 자기의 기타에다 "이 장치는 파시스트들을 살해합니다"라는 스티커를 붙이고 다녔다. 엣지 또한 이런 문제들을 겪으면서 자기 기타에다가 다음과 같은 가상의 스티커를 붙이게 되었다. "이 장치는 평화를 만들어 냅니다." 이로써 우리는 우리가 물은 적도 없었던 질문에 대한 대답과 맞닥뜨리게 되었다. 그 질문은 노래로 세상을 구원할 수 있느냐가 아니라, 그 노래로 우리를 구원할 수 있느냐였다.

음악은 나름의 기능이 있으며, 사람들을 A에서 Z까지 끌고 갈 수도 있다. 하지만 그런 일이 벌어지려면 음악을 하는 싱어나 연주가가 먼저 음악을 타고 Z까지 가보아야만 한다. 음악이 이룰 수 있는 선한 일들은 여러 가지가 있지만, 그 첫 번째 임무는 음악 하는 이들 스스로를 먼저 구원하는 것이다. 우리의 경우 특히 기타 연주자인 엣지, 그리고 나아가 밴드 4명 전체를 구원하는 일이다.

유럽으로 미국으로 〈October〉 앨범 순회공연을 성공적으로 마친 뒤에도 우리의 질문은 남아 있었다. 이 세상에 U2가 무언가 유용한 것을 내놓을 수 있을 것인가. 그래서 우리 밴드는 잠깐 휴식기를 갖기로 했다. 앨리와 나는 결혼하기로 했으며, 엣지는 완벽한 U2 노래의 형식과 기능을 찾아내기로 했다. 그가 생각하는 바 세상에 쓸모를 가질 수 있는 노래란 4백만 명이 살고 있는 조그만 섬나라가 내전을 앞둔 상황에 대한 노래였다. 의식하지는 못했지만, 이 노래야말로 우리 밴드를 구원해주는 노래가 된다.

the morning of our wedding day, August 31, 1982 I finally left home I can roll cameras even now. the toaster we couldn't train to stop smoking. the DA shaving in our kitchen beside a boiling kettle, squinting in his vest over the sink where he kept a small mirror to clip carefully around the moustache he borrowed from his DA. The blue disposable razor scraping across his white foamed neck before the steamy splashing was going to leave his face reddened. but hey Bob is not embarrassed Newsom is feeling sharp as the [illegible] twin blade he does not dispose of

TWIN BLADE

A + B = FAMILY

despite her discomfort Ali carried the same serenity she always did, the kind I would spend my life trying to inhabit the kind of beauty that invites more of it from those around her.

11

Two Hearts Beats as One

하나로 뛰는 두 심장

They say I'm a fool,
They say I'm nothing
But if I'm a fool for you
Oh, that's something.

아일랜드 음악판에는 U2가 미국에서 거둔 초기의 성공을 탐탁지 않게 여기는 이들도 있었다. 심지어 우리 '마을'에서도 그랬다. 더 클래시가 발견한 바 있지만, 미국이라는 축배는 결국 모든 것을 지루하게 여기라는 펑크의 계명 하나를 깨고 말았다. 캠던 마켓의 펑크족들은 더 클래시의 노래 'I'm So Bored with the U.S.A'를 조롱하는 의미에서 "I'm Not So Bored with the U.S.A."라고 새긴 티셔츠를 입고 다녔다. 버진 프룬스는 갈수록 U2를 빛나는 스테인드글라스로 보면서 자신들은 그것을 거부하며 비추는 검은색 거울이라고 자칭하기를 즐기고 있었다.

쓰디쓴 과일

버진 프룬스는 대중의 감각에 공격을 감행하고자 했으며, 갈수록 록이나 팝 음악과 점점 거리가 멀어지면서 결국 대문자 '예술'의 행위 예술에 가까워졌다. 물론 펑크록도 그전에 어느 정도《동물농장》처럼 된 바 있지만, 개빈이 자신의 지배자들에 대한 복수로 선택한 것은 지배자들을 몰아내는 것이 아니라 그들이 그에게 했던 짓이 무엇인지를 보여주는 것이었다.

버진 프룬스는 여러 개의 돼지 머리를 청중들에게 집어 던졌다. 개빈이 매일 아침 9시에서 저녁 5시까지 일하는 도살장에서 가져온 돼지 머리들이었다. 로큰롤은 본래부터 항상 복수의 사운드였지만, 이는 완전히 다른 수준의 복수였다.

이곳이 아일랜드라는 문제도 있었다. 아일랜드라는 섬은 국경선의 위쪽이나 아래쪽이나 국가와 종교의 분리가 이루어져 있지 않았다는 점을 두고, 그들은 정치적 혹은 종교적 풍자극을 만들어냈다. 트리니티 칼리지에서는 버진 프룬스가 그들의 '도전적인' 작품을 대학의 청중들에게 전시하도록 초빙한 적이 있었다. 그중에는 '양'이라는 제목의 설치 미술도 있었다. 여기에 주인공으로 나오는 이는 개빈의 친구인 니얼 오셰이Niall O'Shea로서, 그는 농가에서 볼 수 있는 양 우리에 들어가 양처럼 손과 무릎으로 엎드리고 있었다. 니얼은 아일랜드의 서쪽에 있는 아란Aran섬에서 온 양털 스웨터를 즐겨 입었다. 그는 제시간에 맞추어 샌드위치를 먹는 쉬는 시간 말고는 아무것도 요구하지 않았다.

어느 날 밤 나의 자동차 피아트 127에 괴한이 침입하는 일이 있었다. 차 도둑이 아니라 내 친구들로서, 그 차로 설치 예술을 만들겠다는 것이었다. 다다이즘을 구실로 삼은 짓이었다. 새벽 세 시에 길에서 소란이 일어나자 나는 잠에서 깨어났고, 내 침실 창문을 열자 계란 공격이 날아들었다.

당시 시더우드 로드 10번지에는 나와 아버지만 살고 있었으며 아버지는 침대 아래에 쇠몽둥이를 두고 잤다. 이런 일이 터지지 않겠느냐는 염려 때문이었다. 나는 내 차가 계란과 화장실 휴지로 만든 일종의 종이 반죽, 그리고 거기에다가 벽지로 완전히 뒤덮인 것을 보고 화가 머리끝까지 치밀었지만, 또 다른 한편으론 아버지가 깨어나서 이 침입자들을 자동차 도둑으로 오해하면 어떡하나 하는 걱정에 사로잡혔다. 이 초현실주의 예술가 중 한 명이라도 아버지에게 걸려 아버지가 직접 만든 곤봉에 처맞는 사태가 벌어지면 어떡하나. 또 아버지가 이놈들 뒤를 쫓다가 심장마비라도 오면 어떡하나.

나의 가장 오랜 친구인 구기와 개빈이었지만, 이때는 우리 사이가 정말로 좋지 않았다. 우리 모두 샬롬이라는 교회 집단의 불로 세례를 받은 것은 마찬가지였지만, 래리, 엣지, 나는 그들에 비하면 살짝 그슬린 정도였다. 그들은 심각한 화상을 입고 있었다.

사태를 더욱 악화시켰던 것은 개빈이 한 인터뷰에서 했던 말 때문이었다. 만약 U2가 하나님이라면 버진 프룬스는 악마라고. 재밌다 그래. 하지만 하나도 재미없다. 그리고 내가 결혼한다는 말을 꺼냈을 때에도 비웃음 소리가 높았다. 이러한 모든 일들 때문에 나는 내가 시더우드 로드에서 함께 자라난 이 대체 가족을 등지게 된다. 나는 이제 나의 다른 대체 가족, 지난 18개월 동안 공연 여행을 함께한 U2에 더 많은 것을 기대하게 되었다. "길 위에서On the road"라고 했을 때 그 말은 이제 더 이상 "시더우드 로드 위에서"를 이야기하는 것이 아니었다.

그리하여 결국 우리 결혼식에서 내 들러리 역할을 하게 된 것은 애덤 클레이턴이었다. 더 적격인 사람이 있을 수 없었다. 비록 당시 그는 연애 관계가 꽤 복잡하긴 했지만, 그를 들러리로 선택한 이유가 두어 가지 있었다.

1. 그가 이 일에 최고 적임자이기 때문이었다. 그는 예식을 주재하는 데에 아주 능했으며, (아일랜드 결혼식에서는 결정적으로 중요한 일로서) 들러리의 연설을 최고로 잘할 수 있을 것이다.
2. 결혼식은 무엇보다도 상징적인 행위이므로, 애덤이 들러리 역할을 하면 최근 들어 가깝게 지내지 못했던 우리 두 사람이 더 가까워질 수 있을

거로 생각했기 때문이었다. 앨리와 나는 이 밴드 초기 시절에 약간 다툼이 있었거니와, 아마도 그 시작은 애덤이 "U2 매니저"라는 명함을 찍고 또 "공연gig"이니 "연주 순서circuit"니 "데모 테이프"니 하는 말들을 사용하기 시작한 이후라고 여겨졌다.

애덤은 우리 밴드가 미래가 있다고 믿었던 첫 번째 멤버였지만, 우리 무대 맨 앞줄의 10대들은 애덤이 무대의 전면으로 나오는 것을 그다지 반기지 않았던 것 같다. 애덤은 록 밴드가 그의 천직이라는 것을 알고 있었다. 그는 15살 때부터 기숙학교의 지루함에서 도망치기 위해 공책에 가사를 곱게 쓰기 시작했다. 비록 그가 다녔던 상류층의 사립학교 캐슬 파크Castle Park와 세인트 콜롬바스 칼리지St. Columba's College가 그의 학업 성적에는 큰 도움이 되지 못했지만, 16살이 된 애덤은 이미 10대들이 선망하는 모든 학업 외 활동들에서는 저만큼 앞서가 있었다. 그는 이 세상의 사람이었다…. 우리 밴드가 막 진입하려는 세상.

게다가 애덤은 우아한 상류층의 태도가 몸에 밴 사람이었다.

나는 전혀 그렇지 못했다.

애덤은 악센트도 달랐다. 그는 담배도 피웠다. 학교에서 내 절친 중 한 명이었던 매브 오리건Maeve O'Reagan이 그에게 반할수록 그를 향한 내 목소리는 더욱 거칠어졌다. 그는 나보다 한 살 더 많았다. 나중에 나이를 먹으면 아무것도 아닌 차이지만, 16살이었던 나에게는 엄청난 차이였다. 게다가 그가 다른 모든 면에서 나보다 경쟁력이 있었으므로, 이러다가는 사회생활에 있어서 그에게 뒤처지지 않으려면 영원토록 기를 써서 따라잡아야 한다는 생각이 들었다. 또한 우리 밴드가 자리를 잡으면서 또한 애덤-폴의 (영국) 사자들이 우리 (아일랜드) 기독교인들과 대치하는 하나의 축을 형성하여 맞서게 되었다.

지금은 옛날에 뭘 가지고 그렇게 허구한 날 애덤과 말다툼을 벌였는지 기억도 나지 않는다. 하지만 분명히 기억나는 게 있다. 우리 결혼식 날, 우리 둘 사이에는 마치 전쟁이 터지듯이 평화가 터져나왔다. 직업상으로도 친구 사이에서도 관계를 어떻게 맺느냐는 중요한 문제다. 좋은 관계를 위해서는 끊임없이 관심을 기울여야 한다. 특히 그 관계가 연인 관계일 때는 더욱.

"그리고 그들은 한몸이 될지니"

앨리와 나는 학교 친구였다. 우리의 연애는 부드러운 연애였다. 우리 주변에 우리가 존경하는 이들의 연인 관계는 항상 그 핵심에 우정이 있었다. 래리와 앤은 서로에게 완벽한 라임이 되어주었다. 앤은 진정한 동반자였고, 아일랜드 시인 셰이머스 히니Seamus Heany의 시처럼 미묘하고 세련된 사람이었다. 그녀는 결코 스스로에게 이목을 끌어당기려고 하지 않았지만, 그녀를 가만히 지켜보면 그야말로 긴 목과 완전한 백색 피부의 가장 완벽한 한 송이 백장미 같았다. 진지할 때는 진지했지만 장난기도 넘쳤다. 래리와 앤은 함께 있으면 항상 킥킥거리고 웃는 것처럼 보였다.

엣지와 아이슬린은 우리보다 훨씬 먼저 연인 관계가 되었다. 둘 다 각각 스타일리시했지만 둘이 함께 있으면 더욱 그랬다. 둘은 가구, 마룻바닥, 식탁, 의자, 식기 도구들에 대해 끊임없이 이야기를 나누었다. 한 쌍의 디자이너들이 자기들의 세상을 디자인하면서 그 중심에 앉아 있는 것 같았다. 원래 엣지는 지식인 타입이었지만, 탐미주의자를 벗으로 삼게 되면서 이제는 그도 탐미주의자로 변해가고 있었다. 연애 이야기로 들어가면 할 이야기가 참 많다.

예를 들어, 섹스 같은 문제.

우리 모두 섹스와 성적 끌림에 대해 참으로 많은 대화를 나누었다. 어째서 사람들은 이 이야기만 나오면 다 귀를 쫑긋하게 기울일까?

"창조주와 피조물의 결합을 나타내는 절대적인 상징이기 때문 아닐까?"

그러면 "어쩌다 섹스" 같은 것도 있을 수 있나?

"당연하지." 대답이 나온다.

"그럼, 운만 좋으면." 다른 대답도 나온다.

"그런데 그걸로 관계가 끝나면" 세 번째 대답이다. "여자들은 계속 상처를 안게 되지."

앨리와 나의 관계는 길을 찾은 셈이다.

우리는 구약의 모세오경에 나오는 아름다운 사상에 완전히 매혹되었다. "그러므로 남자는 아버지와 어머니를 떠나서 그의 아내와 한몸을 이루는 것이다." 모든 종류의 위대한 사랑의 여정은 모두 이러한 하나 됨을 향한다고 나는 확신한다. 하지만 그런 일이 한 큐에, 이를테면 결혼식과 같은 예식을 통해 벌어지는 것이 아니라는 점도 나는 인정한다.

두 연인이 자기들 스스로의 독립성을 갈망하는 것보다 서로의 삶의 일부가 되는 쪽을 선택하며, 그 연속선에서 자기들의 삶을 서로에게 바치기로 서약하기만 한다면, 이는 한밤중에도, 한낮에도, 오만 가지 다양한 조건 아래에서 벌어질 수 있다.

앨리와 나는 우리의 결혼에도 그러한 신비로움들이 내재해 있을지 모른다고 생각했고, 그것들을 정말로 찾아내고 싶어 했다. 비록 나는 교회를 별로 좋아하지는 않았지만, 우리는 교회에서 사용하는 상징들만큼은 정말로 사랑했다. 우리는 세례라는 상징을 사랑했다. 빵과 포도주, 그리고 그것들이 암시하는 기적의 상징인 성찬식의 개념을 사랑했다. 나는 공연예술가의 기질 때문에 그러한 예식과 의례를 즐겼다. 이 모든 의식은 표면적으로 보면 아일랜드식 결혼식의 전통적인 이미지와 날카롭게 대조된다. 아일랜드식 결혼식은 정신없이 왁자지껄한 큰 행사로서, 골목마다 키스를 훔치는 사람들이 넘쳐나고 오래된 집안싸움 소리가 음악을 압도하는 등 사람들의 정념이 폭발하는 장이다. 아마도 아일랜드식 결혼식 날 밤에는 신혼부부 당사자들의 침실에서보다 그 주변 사람들의 침실에서 훨씬 더 많은 섹스가 벌어질 것이다.

굿바이, 시더우드 로드

1982년 8월 31일이 우리의 결혼식이었고, 그날 아침 나는 마침내 내가 태어나고 자란 시더우드 로드의 집을 떠나게 되었다. 그날 내가 찍었던 비디오를 지금도 돌려 볼 수 있다. 빵을 언제나 시커먼 숯덩이로 만들던 우리 부엌의 말 안 듣는 토스트 기계. 아버지는 물 끓는 주전자 옆에서 조끼를 입은 채로 싱크대 위에 둔 작은 거울을 흘겨보면서 면도를 하고 할아버지에게서 물려받은 콧수염을 세심히 다듬는다. 푸른색 일회용 면도기가 하얀 거품이 덮인 목을 긁어내고, 김이 모락모락 나는 수건으로 한 번 닦아내면 그의 벌겋게 된 얼굴이 드러난다. 하지만 아버지는 카메라를 들이대도 쑥스러워하지 않는다. 밥 휴슨 씨는 그가 버리지 않고 계속 쓰는 두 줄짜리 질레트 면도기만큼 샤프한 느낌이다.

아들인 나는 식탁에 앉아 10으로 맞추어진 토스트 기계가 토해낸 시커먼 제물에다가 버터를 바르고 있다. 나는 형 노먼이 위층 화장실을 오가는 쿵쿵 소리를 듣고 있다. 노먼은 당시 인기 차트 1위 곡인 덱시스 미드나잇 러너스Dexys Midnight Runners의 'Come on Eileen'을 혼자서 흥얼거리며 부르고 있다. "투-라-루-라, 투-라-루-라이, 아이…."

이따금 우리가 서로에게 뭐라고 크고 짧게 말하는 소리 말고는, 나와 아버지 사이에 무거운 침묵이 흘러, 이날이 내가 시더우드 로드의 집을 완전히 떠나는 날임을 상기시켜 준다. 나는 그 세월 동안 나를 길러준 데에 대해 아버지에게 어떻게 감사를 표해야 할지 몰랐지만 그래도 표현해보려고 노력은 했으며, 아버지는 또 이를 받아들이려고 노력했다.

"아주 훌륭한 신부야. 도대체 네 놈 어디에 반해서 결혼을 하는 건지."

"뭐 아빠 얘기가 아주 틀린 건 아니네요. 하지만 사람 취향이라는 건 정말 설명이 불가능한 거잖아요, 그렇죠?" 침묵. 물어보고 싶은 게 있는데 어떻게 말해야 할지 모르겠다.

"어머니와 앨리…. 어떻게 생각하세요?"

"음… 어머니는 네가 결혼하는 모습에 무척 기뻐하셨을 거다."

또 침묵.

"그녀 아래에 깔린 너를 빼내는 것만 해도 그게 어디냐!"

그는 반쯤 웃고 있었고, 면도 거품으로 덮인 목에 면도날 상처를 내지 않으려고 목을 길게 빼면서 말했다.

"앨리는 좋은 여자야. 너희 어머니도 아주 만족했을 거야."

나는 아버지에게 아까 그 말이 무슨 뜻이냐고 물었다.

"안전이 중요하다는 거지," 그는 나를 쳐다보며 말했다.

이 대목에서 아마 내 심장이 좀 빠르게 뛰지 않았나 싶다.

부엌문이 열려 있었고, 브래디 부인Mrs. Brady이 담벼락 건너편에서 누군가와 이야기하는 소리가 들린다. 우리는 좋은 이웃들을 두었다. 블레어Blair 부부는 천사같이 친절했고, 번Byrne 부부와 윌리엄스 부부는 무슨 일이든 도움을 주었다. 아버지가 우리집 부엌 찬장을 만들 때 길 건너편의 앤드루 윌리엄스가 도와주었다. 나는 무심한 듯하면서도 내 속에 있는 작가 기질 때문에 오만가지 일들을 기록해 두었고 모든 감각과 소리들을 비디오에 그대로 담아놓았다. 토스터에서 빵이 올라오는 소리, 면도한 뒤 김이 모락모락 나는 수건이 지나가고 나면 드러나는 아버지의 벌건 얼굴과 목, 그날 아침의 집 모습은 보기 좋았고, 아버지도 결혼식에서의 자기 역할에 맞게 복색을 갖추고 있었다. 그는 스타일리시하게 쫙 빼입었고, 사람들은 "말쑥하다dapper"고 말했다. 아버지 밥 휴슨은 상당한 스타일리스트였다. 이제 한 시간 후면 나는 시더우드 로드, 이 집에, 내가 사랑하고 좋아했던 이 거리에 안녕을 고할 것이다. 나의 어린 시절과 10대 시절이여 안녕. 그 밖의 것들도 모두 안녕.

외면의 생활은 다른 사람들과 함께하면서도 항상 자신의 내면생활을 지독하게 사적인 것으로 만들었던 한 소년의 고독함도 이젠 안녕. 이제부터 그 '한' 소년은 두 사람의 절반이 될 것이니.

결혼식도 고분고분 치를 수 있다. 그리고 앨리의 말도 잘 들을 수 있다. 또 우리를 하나로 묶어준 그 힘에도 순종할 수 있다. 하지만 문제는, 과연 내가, 아직 나라는 사람이 어떤 사람인지 스스로 감조차 잡지 못하고 있는 내가, 그녀에게 정말로 가장 좋은 모습의 내가 될 수 있을 것인가?

아마 내놓을 수 있는 것은 절반은커녕 4분의 1에 불과할지도 모른다. 듀엣의 한 사람이라기보다는 4인조 밴드의 한 사람.

군중들 속에서 나는 우쭐했다. 나는 큰 그림에 들어가면 너무나 편해지곤 했다. 대형 화면. 이런 규모에서는 사람을 사랑하는 일도 가능했다. 하지만 과연 클로즈업된 그림 속에서 사람과 직접 맞닿아야 하는 상황에서도 과연 내가 사람을 사랑할 수 있을까? 그 상황을 끝까지 견뎌낼 수 있을 것인가? 그해 여름의 마지막 날, 결혼식장에서 예복을 입고 서 있는 나에게 누군가 물었다면 나는 뭐라고 답했을 것인가?

이렇게 말했을 것이다. "저도 그렇게 할 방법은 모릅니다. 하지만 나를 가르쳐줄 사람을 찾았답니다."

예, 맹서합니다.

1982년이 되면 우리 밴드가 유명해지기 시작했으므로 우리가 교회에 도착했을 때는 상당한 군중이 모여 있었다. 애덤과 노먼이 아버지의 레드 와인색 힐먼 어벤저Hilman Avenger에 나와 아버지를 태우고 운전했다. 예식장인 올 세인츠 처치All Saint's Church는 본래 기니스Guiness 가문 장원에 있는 세인트 앤스 파크Saint Anne's Park의 일부였다.

내 예복은 핀으로 꽉꽉 고정되어 있어서, 내가 그 옷을 빌린 게 아니라 그 옷이 나를 빌린 것 같았다. 게다가 머리 위에는 아무래도 오소리라도 한 마리 올라앉아 있는 것 같았다. 화장실 빗이 그대로 꽂혀 있는 건가? 1980년대에는 앞머리보다 옆머리와 뒷머리를 크게 부풀린 헤어스타일이 다양한 버전으로 유행했었으며 이 때문에 스타일이 상당히 망가지곤 했다. 이를 압도하는 또 끝내주는 유치찬란이 있었으니, 내 머리가 완전 금발로 염색되어 있었다는 것이다. 어이구. 하지만 교회 안에 있는 사람들이나 월요일 밤 공연에서 온 사람들 중에는 더 끔찍한 헤어스타일을 한 사람들도 많았으며, 모두 한목소리로 진심으로 주님을 찬양하고 있었다. 마운트 템플에서 나의 삶을 구원해주었던 교사이자 지금은 성공회 교회 성직자가 되어 있는 잭 히슬립이 혼례를 주재하고 집행하고 있었다. 그는 언제나처럼 고요하고 점잖았다. 하지만 음정도 맞지 않는 합창과 탬버린으로 예수의 부활을 기쁘게 노래하는 소음이 들려오자 가벼운 패닉의 흔적이 그의 얼굴로 스쳐가는 듯했다. 잭은 성령의 은사를 강조하는 당시에 유행했던 종류의 기독교 집단들을 잘 알고 있었지만, 샬롬 집단의 전도사들이 이 고요한 예배당을 뒤집어 놓을까 봐 조금 걱정이 되었던 듯했다.

앨리와 그녀의 아버지는 골목 근처에 주차해 놓고 교회로 들어왔다. 들어오는 그녀의 모습은 형용할 수 없을 만큼 아름다웠다. 하지만 가까이 와서 보니 조금 불편해보였다. 혼인 신고서에 서명을 하는 순서가 있었지만, 나는 그 시간에 내가 왜 이 문서를 교회에서 서명해서는 안 되는지 청중들에게 설명했고 그것 때문에 시간이 더 걸렸으니, 그것 때문에 그녀가 신경이 곤두선 거라고 생각했다. 그런데 나중에 앨리의 설명을 들으니 아니었다. 우리의 친구들이 모두 다 사진사로 변해서 사진을 찍어댔던 게 더 큰 원인이라고 했다.

게다가, "나 꼭 머리에 화분을 얹은 것처럼 보여"라고 그녀는 덧붙였다.

앨리의 머리를 맡은 힙스터 미용사는 당시 원예에 깊이 빠져 있었으며, 앨리는 그녀에게 차마 "하지 마세요"라고 말할 방법을 몰랐다고 했다. 이렇게 불편한 상황이었는데도 그녀는 언제나처럼 우아한 고요함을 유지했다. 이런 모습의 그녀와 함께 있다 보면 모든 사람들이 다 고요해지게 된다. 나는 이후 일생을 이러한 그녀의 모습과 함께 살게 된다.

우리 두 사람이 이렇게 많은 시선을 끌게 된 것은 로큰롤 음악 덕분이었지만, 우리 결혼식 날 나타난 우리 두 사람의 모습은 로큰롤 문화와는 정말로 거리가 멀어 보였다. 촌스럽고, 천진하고, 비세속적이며, 앞으로 두 사람이 살아가면서 받게 될 세상으로부터의 도전에 전혀 준비되어 있지 않은 모습이었다. 하지만 거꾸로 때 묻지 않은, 있는 그대로의 이상주의를 품은 두 사람이었기에, 아직 모습을 드러내지 않은 큰 위험들로부터의 위협을 이겨낼 준비가 되어 있어 보이기도 했다. 이 세상은 이 두 사람이 보기 좋게 실패할 것을 예상하며 한입에 집어삼키려고 군침을 흘렸을 것이다. 이 거만한 것들아. 세상이 만만한 줄 알아? "그 두 사람은 한때 순수했으나 결국 타락하고 말았다."

이토록 완벽하게 완벽하지 못한 사랑을 보면서 우주도 놀랐을지 모르고 별들도 얼떨결에 우리의 길을 비추어주었을지 모른다. 하지만 이 땅 위로 돌아와서 이혼율 통계를 보라. 세상은 만만하지 않다. 그러나 로맨스의 본질은 그런 세상에 한번 도전해보겠다는 태도에 있다. 이 21살과 22살짜리 두 젊은이들이 결혼 생활의 지루함과 황량함에 도전하여 한번 싸워보겠다고 결정했으며, 그래서 이 현대 세계의 그 낡은 결혼식을 치르겠다고 나선 것이니, 실로 똘끼가 충만한 도전이라고 할 수 있을 것이다.

베일 속 앨리의 눈을 응시하면서 나는 설령 그녀가 "좋을 때도 나쁠 때도" 나를 받아들일 준비가 되어 있더라도, 정말로 그녀가 내가 선택한 종류의 삶을 함께할 준비가 되어 있는지 걱정했다.

피로연은 서튼 캐슬 호텔Sutton Castle Hotel에서 열었다. 밴 모리슨의 앨범 〈Veedon Fleece〉의 커버 사진으로 유명해진 곳이었다. 아주 빠른 속도로 모든 것이 사랑스러운 방식으로 엉망이 되었다. 이 잔치를 예수님을 위한 부흥회 같은 것으로 바꾸어보려고 갖은 노력을 다했지만, 이 황홀한 순간이 절대로 지상의 세계를 떠나지 않도록 꽁꽁 묶어둘 만큼 충분한 양의 술이 넘쳐흘렀다. 오랜 전통에 따라 모인 이들 모두가 자기들이 더 선호하는 방식으로 한껏 달아올랐다. 성령Holy Spirit 대신에 온갖 종류의 독주毒酒, spirit가 넘쳐흐르기도 했다. 여기에서도 애덤은 계속 주도적 역할을 맡았다.

앨리와 나는 대략 10시쯤 빠져나와 꾸불꾸불한 하우스 로드Howth Road를 타고서 우리가 10대를 함께 보냈던 여러 장소들을 순례했다. 학교 운동장을 지나, 진저케이크 하나에 우유 한 병으로 반나절을 보냈던 신문 가게에 들렀다. 상징적인 의미에서 우리의 첫날밤을 기념하기 위해 커다란 빅토리안 방 "신혼 스위트 룸"에 들었지만, 전등이 들어오지 않아 우리는 서로를 전혀 볼 수 없는 채로 마주 보며 웃었다. 그 전에 U2는 결국 몇 곡을 연주하게 됐는데(한 곡은 호슬립스Horslips의 배리 데블린Barry Devlin, 또 한 곡은 폴 브래디Paul Brady와 함께. 그동안 나는 식탁에서 일어나 있었다), 우리의 펑크식 결혼 잔치를 뽐내려다가 결국 그 호텔의 전력 회로가 나가버렸던 것이다. 앨리슨과 폴, 앨리와 보노는 어둠 속에서 결혼 생활을 시작했다.

그냥 애들

비록 22살과 21살이었지만, 17살과 16살이라고 해도 큰 차이가 없었을 것이다. 그냥 애들이었다. 우리는 자메이카의 골든아이GoldenEye로 신혼여행을 떠났다. 이곳은 이언 플레밍Ian Flemming이 제임스 본드 소설들을 집필한 곳이었고, 우리를 초대한 것은 아일랜드 레코드사의 창립자인 크리스 블랙웰Chris Blackwell이었다. 그곳은 아주 화려했으며, 우리는 마치 촌닭 같았다. 킹스턴에 도착하자 나는 런던에 도착했을 때만큼 완전히 압도당하여 어찌할 바를 몰랐다. 아는 사람이 아무도 없었으므로, 나는 앨리를 혼자서 킹스턴의 혼란스러운 거리에 버려두고 공중전화 부스를 찾아다녔다. 우리의 가방을 들어주겠다는 사람들이 왜 그리 많은지. 앨리는 열심히 그들을 뿌리치고 있었다.

"미스터르르르 블랙웰, 미스터르르르 블랙웰."

우리의 운전사가 작은 닛산 밴을 타고 나타났다. 눈은 뻘겋고 입에는 커다란 마리화나 담배를 물고 있었다.

"블랙웰 씨를 찾습니다."

우리 차임에 틀림없다. 자메이카 북쪽 해안을 타고 오초 리오스Ocho Rios에 인접한 오라카베사만Oracabessa Bay으로 가는 길은 울퉁불퉁했다. 마을마다 유럽인들이라면 유치하다고 우습게 볼 밝은색으로 칠해져 있었고 카리브해 연안의 상점들도 또 열대 도시 광장도 그런 밝은색으로, 하지만 아주 예술적으로 칠해져 있었다. 자메이카 사람들은 본능적으로 스타일리스트들이었다. 우리의 운전사는 밥 말리를 그저 "밥"이라고만 부르면서 그에 대한 이야기를 끊임없이 늘어놓았다.

"밥은 크리켓 경기를 좋아했죠…. 밥은 옛날에 골든아이의 소유주였어요…. 밥은 축구를 참 잘했어요."

나는 갈래갈래 머리를 딴 밥 말리가 라임색-녹색 아디다스 츄리닝을 입고 공을 차는 모습을 그려보았다. 그의 스타일에 충격을 받은 전 세계가 어떻게 해서 모두 스포츠웨어로 전향하게 되었는지도 그려졌다. 다시 우리의 운전사. "밥은 무조건 BMW만 몰았다는 거 아세요? 밥의 밴드 밥 말리 앤 웨일러스Bob Marley and Wailers의 머리글자와 같았기 때문이에요!"

이렇게 운전사와 뒷자리의 화물 사이에 1시간 반에 걸친 수다와 수화手話가 오고 간 뒤에 우리는 드디어 우리 신혼여행의 첫 번째 목적지에 도착했다. 이제는 태양도 서쪽으로 기울어 한풀 꺾였으며, 지쳐서 눈 밑이 축 처진 신혼부부의 눈에 황혼이 어린 골든아이 건물은 너무나 낭만적으로 보였다. 머리에 극락조를 얹은 모습의 싱어가 나타나자, 한 여인이 건물에서 뛰어나와 우리를 맞았다.

"스팅Sting!" 그녀는 소리쳤다. "다시 보게 돼서 너무 반가워요!"

그녀의 이름은 바이올렛Violet이었다. 이 건물은 잘 정돈된 여러 정원들 가운데에서도 가장 거친 모습의 정원에 자리 잡고 있었으며, 바이올렛은 그 건물에 걸맞은 화려한 색깔로 방문객들을 맞아주는 역할을 하고 있었다. 이언 플레밍이 직접 심은 아키ackee 나무와 아몬드 나무들은 포인시아나 꽃(빛깔이 너무나 화려해서 현지인들은 이를 "숲 속의 불꽃"이라고 부른다)의 라임색과 자주색을 받아 화사한 빛깔을 보여주었다. 바이올렛은 이제 피처럼 붉은 오렌지색이 된 석양 아래에서 우리를 100피트 아래의 바닷가로 인도했다. 하얀 산호모래에 파도가 부서지고 있었다.

"이 계절로 치면 충분히 분위기가 있는 바다랍니다." 그녀가 말했다.

럼 펀치를 두어 잔 마시자 긴장이 풀리고 피로가 밀려왔다. 우리는 곧 방으로 돌아와 침대에 드러누웠다. 천장에는 마호가니 나무로 만들어진 바람개비가 돌고 있었다. 우리의 세상도 따라 돌고 있었다. 우리가 올라탄 물결은 우리를 어디로든 데려갈 것 같았다. 바깥세상으로 나온 순진한 두 젊은이. 탐험가들. 또한 기쁘게 서로를 탐험하고자 하는 젊은이들.

이제 어디를 가든 우리 둘은 함께 다닐 것이었다.

천진함과 경험 사이에서

내가 시더우드 로드를 또 앨리가 세인트 아삼스 애비뉴St. Assams Avenue를 떠난 지 며칠 되지 않았지만, 우리는 벌써 우리가 자라난 아일랜드의 회색빛 어린 녹색의 확실성과 우리에게 열려 있는 시퍼런 가능성 사이의 거리감을 느끼기 시작했다. 집에 있을 때는 납빛 회색의 하늘이었지만 밖으로 나와보니 하늘의 태양이 황금빛으로 작열하고 있었다. 천진함과 현실 사이를 오가게 된 것이다.

이제부터는 어디든 앨리와 내가 함께 있는 곳이 바로 집이 될 것이었다. 하지만 그렇다고 해서 우리가 거리가 없었던 것은 아니었다. 비록 한 지붕 아래에 살게 되었지만, 우리 사이에는 여전히 큰 거리가 있었다. 그런데 이러한 거리는 차가운 느낌이 아니라 항상 흥미로운 느낌을 가져다주었다. 우리 둘 사이에는 자기장 같은 게 있었으며, 앨리는 나보고 이를 존중하도록 가르쳤다. 이것을 건드리면 불꽃이 마구 튀면서 저쪽으로 건너간다. 정적 에너지 상태. 운동 에너지 상태. 다시 정적 에너지 상태. 남자와 여자 사이의 신비로운 거리감. 그녀는 자기장처럼 나를 끌어당긴다.

우리는 그때까지 따로 살아왔던 데다가 각자 모두 자의식이 무척 강한 사람들이라는 것도 알고 있었다. 큰소리로 함께 웃을 때도 조금 억지스러운 데가 있지 않았나 싶다. 의식조차 못 하는 가운데 서로가 서로에 대해 모르는 부분이 너무나 많았기에, 매일매일 서로가 모르는 서로를 열어보고 풀어보는 데에 많은 시간을 보냈다. 그리고 지금까지의 삶을 그 과제를 수행하는 데에 함께 보내왔다. 인간은 누구나 그렇게 많은 사연과 많은 보따리를 지고 사는 존재다.

"이런 얘기는 뭐 하러 꺼내는데?" 이 보따리의 비유를 아주 멀리 확장하자면, 앨리는 이런 식의 질문을 할 때가 있었다. "우리가 이걸 공유할 필요가 있어?"

"나도 모르는 사이에 그랬네," 나는 대답한다. "그냥 잊어버리자."

이미 내 안에서는 무언가가 꿈틀거리고 있었다. 나는 앨리 앞에서 더 훌륭한 남자가 되고 싶었다. 남편 수업을 받는 사이에 또 수영을 하고 산책을 하는 사이에, 나는 내가 정말로 할 줄 아는 것을 했다. U2 일을 하는 것이었다.

노래 만들기.

엣지는 집에 머물면서 스스로 노래를 쓰고 있었다. 우리 밴드에 대해 그가 계속 던지고 있었던 어려운 문제들, 특히 너무나 다른 바깥세상에 과연 우리가 용감하게 나가서 부딪힐 준비가 되어 있는지의 문제. 여기에 답할 수 있는 노래를 쓰고자 했다. 그는 나 없이 혼자서 'Sunday Bloody Sunday'를 쓰기 시작했다. TEAC 4 트랙 테이프 녹음기와 검은색 스트라토캐스터 기타가 장비였다. 그가 이 곡에 넣은 그 딱딱 끊어지도록 내려치는 코드의 리듬을 들으면서 나는 그가 틀림없이 더 클래시를 연상시키려 했다고(더 클래시는 다시 밥 말리를 연상시키려 했다) 믿는다. 하지만 내가 여행에서 돌아와 그가 바로 그 코드 진행을 손가락으로 뜯는 것을 들었을 때 나는 마법의 주문에 걸린 것 같았다.

어떤 기타 연주는 이미 그 안에 노래를 담고 있다는 농담이 있다. 이는 코드 진행에도 해당되는 이야기이다. 멜로디는 아직 없었지만, 나는 코드 진행만 듣고도 이미 멜로디가 느껴졌다. 이런 순간에 엣지와 나는 서로 하나가 되어버리곤 한다. 또한 래리와 애덤이 없다면 우리 둘이 만든 노래를 세상 사람들이 전혀 재미있다고 느끼지 않았을 것이다.

우리는 새로운 앨범을 만들게 된다.

우리는 그 앨범을 〈War〉라고 부르게 된다. 자메이카의 정신에서 영감을 받은 노래들이다. 용감하게 대결하는 노래들, 또 대속과 해방의 노래들. 이것이 밥 말리의 정신이기도 하다. 심지어 오늘날에도 'Sunday Bloody Sunday'를 느린 속도 버전으로 부를 때면 내 귀에는 사랑과 분노를 하나로 융합시킨 밥 말리의 목소리가 가득하다. 그가 전하는 복음은 3개의 코드 진행에 실려 있다. 사랑, 사랑이 가득한 세계에 대한 열망, 저항, 현존하는 불의에 대한 분노.

후에 나는 스팅이 'Every Breath You Take'를 같은 스튜디오에서 작곡했다는 것을 알게 되었다. 그리고 내게 더 큰 의미를 갖는 일은, 그가 절묘하면서도 극도로 고통스러운 노래 'King of Pain' 또한 거기에서 작곡했다는 사실이었다.

There's a little black spot on the sun today
That's my soul up there.

3인조 파워 그룹으로서 더 폴리스The Police에 필적할 만한 밴드는 너바나Nirvana나 크림Cream뿐이다. 스팅이 쓴 멜로디들은 흠잡을 데가 없다. 하지만 폴 사이먼Paul Simon과 마찬가지로 그는 그러한 멜로디에 실린 확실성조차 주춤거리게 만들 정도의 가사를 써낸다. 분명히 사람의 취약성이라는 주제를 노래하고 있건만, 그 자신은 전혀 취약한 데가 없다. 그리고 이러한 아이러니 때문에 한편으로는 품위와 장엄함이 느껴지지만, 다른 한편으로는 지독하게 고통스러워진다.

노래를 쓴다는 것. 그중에서도 가장 뛰어난 경우는 결코 결론을 짓지 않으면서 계속 결론을 찾아나가는 노래 쓰기다. 나는 'Surrender'라고 불리울 노래의 아이디어, 'Red Light'의 아이디어를 얻게 되었다. 그리고 'Two Hearts Beat as One'의 아이디어도 얻게 되었다. 때로는 이렇게 뻔한 제목이 가장 좋은 제목이다.

앨리와 나는 같은 집에 살게 되었고, 함께 움직이기 시작했다. 서면상으로 우리의 결혼 생활은 결혼식 직후부터 이루어진 것으로 되어 있지만, 도무지 실감이 나지 않았다. 우리는 서로를 존중했고 성스러운 서약을 했지만, 인생의 가장 크고 중요한 순간들이 그 순간에 바로 그렇게 느껴지지는 않을 수 있다. 생활을 함께하게 되었다고 해서 화려하고 극적인 순간들이 마구 찾아와 주는 것도 아니었다.

우리는 극작가인 동시에 연극 자체였으며, 배우들이었으며, 비평가들이기도 했다. 또 우리 두 사람의 모험을 시작하면서 흥분하기도 했고 또 긴장하기도 했다. 10년 후에 우리가 어떻게 되어 있을지 어찌 알 것인가. 20년. 30년. 서로를 새로 키운다. 40년.

우리가 함께 되기로 한 그 순간의 의미는 대체 무엇일까. 언젠가는 우리가 알아내게 되겠지. 우리는 사랑으로 빠져들어 갔다기보다는, 그렇게 하나가 되는 지점을 향해 등반을 시작했다.

우리는 지금도 그 등반을 계속하고 있다.

I can't believe the news today . . . . .

all musical instruments are useful for love + exortation
only one is essential for **WAR**. **The DRUMS**
The drums are thin skin stretched tightly over hollow volumes
mostly of wood which gives them their earthiness their sexiness
slapping without the tickling. the hand or the stick
bounces across the skin of the drums
throwing the listener FORWARD
into a dance into a physical response

For **WAR** and in particular **Marching to WAR**. wood
was replaced by metal **The snare** as its known for
good reason supplies **body ARMOUR** to already muscular choices
I dont ever want to be at WAR with **LARRY MULLEN** **AVAILABLE**
But I dont ever want to go to WAR without HIM

12

Sunday Bloody Sunday

일요일 핏빛의 일요일

I can't believe the news today
I can't close my eyes and make it go away
How long, how long must we sing this song?

모든 악기는 사랑과 설득에 쓸모가 있다.

하지만 전쟁에는 단 하나의 악기만 있으면 된다. 북. 북은 빈 통에다가(주로 나무로 만든다) 얇은 가죽을 팽팽하게 당겨 씌워 만들어진다. 그 때문에 북은 세속적이면서도 섹시한 성격을 갖는다. 괜한 간지럽힘 없이 바로 따귀를 날려버리는 소리.

북의 가죽 위로 손이나 스틱이 튀어 오르고, 듣는 사람은 춤을 추는 등 온몸으로 반응하게 된다.

전쟁에서는 특히 행군하는 중에는 나무 대신 쇠가 쓰였다. '덫, 올가미'라는 뜻이 담긴 스네어 드럼은(적절한 이름이다) 이미 충분히 우락부락하게 선택된 재질에다가 다시 갑옷을 입힌 것이다. 이 스네어 드럼에는 모종의 특별한 폭력성이 내재해 있다. 그리고 우리에게 'Sunday Bloody Sunday'의 도입부에서 필요했던 것은 바로 스네어 드럼을 연달아 때리는 소리, 열병식에서 들을 수 있는 종류의 드럼 소리였다. 나는 래리 멀런과 전쟁을 할 생각이 전혀 없지만, 그가 없이 전쟁에 나갈 생각도 전혀 없다.

래리 멀런은 아주 어린 나이 때부터 자신의 기술을 이렇게 설명했다. "나는 먹고 살기 위해 오만 것들을 두드려 팬다." 맞다. 그는 사람도 팬다. 물리적이 아니라 정신적으로. 래리 멀런이 있는 방에 들어오는 사람들이면 그에게 한 방 두들겨 맞는다. 우선 그가 참으로 잘생긴 데에다 스타일리시하기 때문이다. 또한 도대체 왜 이 방에 들어왔는지를 캐묻는 것 같은 느낌을 준다. 의도가 뭐냐. 이 방에 왜 왔냐. 그리고 그가 기분이 좀 나쁜 날에는 아예 너 왜 이 세상에서 숨을 쉬고 있느냐고까지 묻는 느낌이다.

드러머는 타고난다. 만들어지는 게 아니다.

"다시 한번 해보실래요?"

윈드밀 래인 레코딩 스튜디오Windmill Lane Recording Studios의 커다란 유리창 너머에는 온갖 장비가 펼쳐져 있다. 거기에서 스티브 릴리화이트가 세 번째 앨범 〈War〉를 프로듀싱하고 있다. 스티브는 세계 정상급 프로듀서였지만 고작 27세에 불과했으므로 여러 가지를 참아내야만 했다. 그가 우리의 첫 앨범을 프로듀싱한 지 2년이 지났지만 우리는 여전히 음악적으로 세련되지 못했다. 우리는 재능이 있었지만, 현대적인 녹음 스튜디오라는 것이 워낙 살균 처리된 듯한 부자연스러운 분위기인지라 여기에서 음정과 박자를 맞추어 제대로 연주한다는 것은 우리 중 누구에게도 쉬운 일이 아니었다. 이것저것 꼼꼼히 살피다 보면 자의식만 커지게 되며, 처음에는 직관적으로 착상되었던 부분들도 묘하게 바뀌어서 리듬감이 떨어지거나 다른 악기와의 일치가 느슨해지는 일이 얼마든지 벌어질 수 있다. 그렇게 되면 유리창 너머의 통제실에서는 어색한 순간들이 찾아온다. "착착 맞는다tightness", "너무 느슨하다looseness" 같은 말들을 쓰기는 하지만, 그 실제 의미는 "이거 너무 지루해", "여기 전혀 마음에 안 들어"라는 뜻이다.

특히 모든 음악 녹음의 기초가 되는 베이스와 드럼이 애를 먹는다. 더욱

이 오늘날에는 베이스의 앰프와 드럼 세트의 하나하나를 예민한 마이크로폰들이 꽁꽁 싸매고 있기 때문에 현미경에 그대로 노출된 물벼룩 신세라고 할 수 있다. 이는 결코 예술에 도움이 되는 환경은 아니다. 이런 스튜디오는 무대보다는 팔다리에 치명상을 입은 환자를 놓고 어떻게 치료할지 토론하는 수술실과 훨씬 닮았다.

수술을 해서 고칠 것이냐 아니면 아예 잘라낼 것이냐? 환자는 스티브 릴리화이트와 그의 엔지니어 폴 토머스Paul Thomas로 이루어진 프로덕션 팀의 시선 아래에 누운 채로 처분만 기다리고 있다. 멈추었다가 다시 시작했다가 또 멈추었다가가 무수히 반복된다. 스티브의 냉철한 목소리는 우리가 쓰고 있는 '캔 뚜껑' 같은 헤드폰 너머로 아주 작게 들린다.

"다시 한번 해보실래요?" 이 말은 "그걸로는 안 돼요" 대신 쓰는 말이다. 래리 멀런이 너무 압력을 받아 무너지지 않을까? 그럴 걱정은 없다. 스티브 릴리화이트는 특히 드럼 사운드를 전면에 내세우는 것으로 유명한지라 래리 또한 스티브의 암묵적인 비판을 얼마든지 받아들일 준비가 되어 있었기 때문이다. 또한 래리는 이 곡이 아주 대단한 곡이라는 것도 알고 있었다.

이 곡이 대단하다는 점만큼은 우리 모두 알고 있는 것 같았다. 스티브는 위대한 노래란 식탁 두드리는 소리와 통기타 반주만으로도 연주할 수 있는 곡이라고 말한 바 있었다. 이 곡을 우리가 맨 처음 다 같이 공유했던 건 앨리와 내가 살고 있는 서튼Sutton의(몇 년 후 래리도 이곳으로 이사를 온다) 바닷가 연습실에서였다. 우리는 식탁에 둘러앉아 이 곡 가장 초기의 다듬지 않은 버전을 연주해보았는데, 그때 이미 일정한 완결성이 분명히 느껴졌었다.

스티브의 가르침에 따르면, 뭔가 곡의 아이디어가 떠올랐을 때 거기에 좋은 후렴구나 꽂히는 지점이 있는지를 체크해야 했다. 뭔가 꽂히는 지점이 있는지가 노래에서 가장 중요한 점이라는 게 스티브의 말이었다.

밥 딜런의 노래에서는 그 꽂히는 지점이라는 게 가사의 한 구절일 수 있다. 전혀 새롭지 않은 가사일 수도 있다. 예를 들어 "시대, 그건 항상 변하게 되어 있지the times they are a-changing"를 보자. 시대가 변한다는 사실은 모두가 알고 있는 바이므로 새로울 것은 전혀 없다. 하지만 그 강조점이(즉 "시대, 그건 항상 변하게 되어 있지") 중요하며, 또 목소리의 톤이 무언가 위태로움의 정서를 저변에 깔고 있다.

이 "꽂히는 지점"이란 기타 선율일 수도 있다. 기타 가게에 발을 들여본 사람들은 누구든 딥 퍼플Deep Purple의 'Smoke on the Water'의 기타 리프를 기억할 것이다.

"이 노래에서 아무도 가사는 안 들을 거야." 스스로가 뛰어난 작사가이기도 한 엣지는 싱어인 나의 약을 올렸다. 'Sunday Bloody Sunday'에서 꽂히는 지점은 바로 드럼이었다.

로렌스 조셉 멀런 주니어는 더블린의 노스사이드 출신인 아르테인 소년 악단Artane Boys Band의 일원이었다. 이 악단은 군악대로서, 세인트 패트릭스 데이나 크로크 공원Croke Park에서 15명이 뛰는 게일식 축구 시합 같은 큰 공연에서 연주하곤 했으며, 분위기를 띄우고 아일랜드 사람들의 애국심과 자부심을 고취시키는 역할을 했다. 어린 래리 멀런은 걸핏하면 아버지의 머리통을 드럼으로 삼아 두드려 대곤 했으니, 아버지는 이를 막기 위해 그를 이 악단에 집어넣었다고 했다.

엣지는 밴드에 남아 있을 이유를 찾고 있었으며, 그때의 쓰라린 명상과 관조가 'Sunday Bloody Sunday'에 담기게 된다. 우리의 교회 집단인 샬롬에 따르면, 이 세상은 엉망으로 망가져 있는 상태였다. 이를 놓고 고민하던 엣지는 마침내 음악을 통해서 다른 세상을 그리는 지점에까지 이른다. 엣지는 우리 밴드가 북아일랜드의 "문제들"을 노래하기를 원했다. 당시 그 지역에서는 아일랜드 공화군Ireland Republic Army, IRA의 폭탄 공격이 자행되어 아일랜드에서도 또 멀리 영국에서도 큰 고통을 낳고 있었다.

나는 우선 그가 존 레넌의 노래 'Sunday Bloody Sunday'에서 제목을 가져온 것이 마음에 들었지만, 여기에 우리의 독창성을 불어넣을 방법을 찾아야 한다고 생각했다. 정치적인 이유로 살인을 저지르는 것과 그런 이유로 사람들이 죽어가는 것이 얼마나 황당하고 서로 동떨어진 일인지를 지적할 수 있을까? 노래 안에서 1916년 아일랜드 부활절 봉기와 기원후 33년의 첫 번째 부활절에 십자가에 매달렸던 예수님의 몸을 대비해볼 수 있을까? 그러면서 더 클래시 같은 사운드를 낼 수 있을까?

(제발.)

맨 처음 가사인 "오늘 나온 뉴스를 믿을 수가 없어"는 무의식적으로 비틀스의 'A Day in the Life'에 대한 오마주가 되었지만, 사실 이 노래는 그림 같은 성벽이 남아 있는 북아일랜드의 도시 데리Derry에서 1972년 1월 30일에 실제로 벌어졌던 일을 다루고 있다. 이날은 당시를 기억하는 아일랜드 사람이라면 누구나 마음에 문신처럼 새기고 있는 날이다. 결코 우리의 마음 속에서 지울 수 없는 장면들. 북아일랜드 민권 협회Northern Ireland Civil Rights Association가 이끄는 평화 집회 도중 무장 경찰이 대규모 군중을 포위하고 구타하는 혼란이 벌어졌으며, 여기에 영국 군대까지 개입하고 총격을 가하여 28명이 총에 맞았고 그중 14명이 사망했다. 에드워드 데일리 신부Father Edward Daly가 피 묻은 손수건을 흔들면서 "쏘지 마"를 연호할 때 고통으로 일그러졌던 얼굴을 나는 지금도 손으로 그릴 수가 있다. 나는 당시 11살이었으며, 그때 느꼈던 구토감을 지금까지 간직하고 있다.

U2는 우리 아일랜드의 상태에 대해 많은 시간을 이야기했으며, 예수님이라면 자기 이름을 빌려서 나온 종교를 활용하여 무엇을 하셨을지도 토론했다. 기독교의 이름으로 할 수 있는 것은 별로 없을 것이라는 게 우리의 생각이었다. 기독교는 이제 급진적이었던 나사렛 예수의 적이 되어 버린 것으로 보였다. 따지고 보면 예수께서 애초에 교회를 세우고 싶어 했다는 증거도 없지 않은가? 우리가 속했던 교회 집단 샬롬 또한 만사 만물에 또 모든 사람에게 판단과 정죄를 내리다가 그 무게에 스스로 짓눌려 무너져 버린 바 있었다. 샬롬에 몰입했던 경험 때문에 우리의 신앙도 상당한 시험을 받은 바 있었지만, 그래도 우리는 근본적으로는 우리의 신앙이 끄떡없이

버텨내 줄 것이라는 확신이 있었다. 하지만 우리의 음악은 어떻게 되는가? 이는 다른 문제였다. 우리가 목적을 상실해 버린 이상 우리 밴드 또한 원점으로 되돌아간 셈이었고, 존재 이유를 새로 찾아내야 하는 상황이었다.

목소리와 북소리

2015년의 순회공연이었다. 무대에서 길게 뻗어 나온 길이 청중 한가운데를 둘로 가르고 있었으며, 나는 그 길 끝자락에 서 있었다. 'Song for Someone'의 연주가 방금 끝나고 그 여운이 아직 사라지지 않았으며, 나는 다음과 같은 가사를 막 밀어 넣은 참이었다. "의심을 가질 이유가 많아요. 하지만 빛이 있다면 그걸 꺼뜨리지 말아요." 이 부드러운 감정의 순간에 'Sunday Bloody Sunday'의 저 드럼 소리가 터져 나왔다. 귀에 꽂히는 드럼. 그 아래에 숨겨진 폭력성.

이제 53세가 된 래리가 무대 위를 걸어 내 쪽으로 다가오고 있었다. 스네어 드럼을 주문처럼 반복하여 두드려 대면서. 그의 행진용 북을 총처럼 쏘아 대면서.

How long? How long must we sing this song?

참으로 긴 시간이었다. 사실 1세기의 3분의 1이 넘는 기간이었다. 래리는 특출한 집중력을 가지고 있다. 그의 마음은 오로지 하나에만 맞추어져 있다. 그는 청중들 앞에 있을 때도 자기가 청중들의 것이 아니라는 신호를 보낸다. 그는 스스로의 명령을 따를 뿐이다. 그의 예술적 감수성에 뿌리를 둔 모종의 보호 껍질 같은 것이 자라나서 그를 감싸고 있는 것이다. 그는 자기가 취약성 같은 것을 드러내면 그것을 누군가가 이용해 먹을까 봐 바짝 긴장할 때가 많다. 물론 내가 아는 예술가 누구나 다 이러한 이중성에 붙들려 있는 것은 사실이지만, 래리는 그의 보호 껍질에 아예 멋진 무늬까지 새겨놓았다. 나도 래리와 비슷한 편이지만, 철저하게 자신을 보호하고 가리는 데에서는 래리를 전혀 따라가지 못한다.

그는 록스타에 가장 어울리는 사람이면서 동시에 가장 어울리지 않는 사람이기도 하다. 그는 록스타에 따라오는 삶의 방식을 좋아하면서 또 싫어한다. 북 치는 사람과 노래하는 사람 사이의 관계에는 무언가 깊고도 원초적인 게 있다. 리듬과 멜로디야말로 가장 오래된 또 가장 원시적인 소통이니까. 무언가를 두드리는 소리, 그리고 새의 노랫소리. 우리 두 사람은 이 멋진 밴드에 함께하면서 서로가 서로의 그림자이자 피난처라는 사실을 서서히, 주저하면서 발견하게 된다. '필요'라는 말이 꼭 맞는다는 생각이 든다.

래리는 사람들을 사랑할 때 온전한 사랑을 주며, 나는 그 수혜자다. 이는 그가 17살, 내가 18살 때까지로 거슬러 올라간다. 그의 어머니 모린Maureen이 어느 날 갑자기 끔찍한 교통사고로 세상을 떠났다. 래리와 그의 가족은 이미 그보다 5년 전에 여동생 매리Mary의 죽음으로 크나큰 상실을 겪은 바 있었다. 어째서 이렇게 친절한 마음씨를 가진 사람들에게 이토록 잔인한 운명이 벌어져야만 하는 것일까.

래리와 내가 똑같이 어머니를 잃었다는 것이 우리에게 특별한 유대를 가져다주었다고 생각한다.

모린은 천사였다. 정말로 현세에 내려온 천사였다. 우리 밴드의 연습 전후에 간혹 그녀의 옆에 서 있으면 정말로 하늘로부터 축복이 내려오는 느낌이었다. 그녀는 가식이나 꾸밈이라고는 찾아볼 수가 없었으며, 그녀의 아이돌 아들을 정말로 아이돌처럼 모셨다. 그녀는 아들을 차에 태워 연습 장소로 데려다주었고 연습 내내 기다려주었다. 다른 엄마들은 아이들이 머리를 기르는 것을 다 반대하는 와중에도 그녀는 래리가 머리를 기르게 허락했다. 머리 문제는 상당히 중요한 것이었다. 예비 아이돌은 비록 아직 아이돌이 아니라 해도 아이돌다운 외모를 가꾸는 게 반드시 필요한 일이기 때문이다. 래리가 처음 사랑한 음악은 글램록이었고, 애초에 학교에서 밴드 모집 광고를 낸 것도 글램록을 연주하고 싶어서였다. 그가 가장 좋아했던 밴드는 슬레이드Slade, 더 스위트The Sweet, 티렉스T-Rex, 데이비드 보위 등이었다. 래리의 아버지가 그에게 드럼 키트를 사주었던 이유는 재즈 연주를 하라는 것이었지만, 래리는 재즈를 지겨워했다. 이른바 진지한 음악 같은 건 전혀 래리의 취향이 아니었던 것이다. 결국 래리는 재즈를 연주할 것처럼 속여서 드럼 키트를 얻어냈으며, 그것을 통해 팝스타가 된 셈이다.

드러머는 타고나는 것이며, 팝스타는 잘 포장되는 것이지만, 록스타는 이 쇼비즈니스라는 생물종 내에서 자수성가를 이룬 이들이다. 나는 래리가 스스로 인정하는 것 이상으로 록스타의 자리를 즐기고 있는지는 잘 모르겠지만, 그가 U2 안에서 록스타의 역할을 담당하는 데에 최적의 인물이라는 점만큼은 조금도 의심이 없다. 애덤도 그 역할을 하고 싶어 했고 또 잘 소화하기도 했지만, 결국에는 그 위치에서 밀려나 정신을 차려야만 했다. 나는 그때에도 지금도 록스타인 척을 하고는 있지만, 싱어로서 마이크를 쥐고 있는 유리한 위치에도 완벽하게 확신을 주지는 못하고 있다. 엣지는 록스타라는 게 어리석은 짓이며 다 큰 어른이 할 짓이 못 된다는 것을 항상 알고 있었다. 래리는 자기의 의도는 록스타가 되는 것이 전혀 아니라고 항상 주장했다. 바로 그것 때문에 래리는 록스타가 되었다.

우리 밴드의 형성 초기, 모린은 우리를 위해서라면 어떤 일이든 다 맡아 했다. 모리스 1300 차량에 우리를 태우고 어디든 다녔다. 그녀는 자신과 래리가 드럼 키트를 정리하여 차에 싣는 동안 비가 올 것을 대비하여 언제나 큰 모자가 달린 남성용 파카를 입고 다녔다. 그녀와 엣지의 어머니인 그웬다가 우리 최초의 진행 요원이었던 셈이다. 애덤의 어머니 조Jo는 이따금 나타나기는 했지만, 이는 마거릿 공주님의 순방과 비슷한 것이었다. 조는 왕족처럼 차려입고서 왼손에 담배를 든 채 오른손으로 악수하면서, 애덤을 기숙학교에 보냈더니 기껏 펑크록 밴드에서 베이스나 치게 되었다고 불평을 늘어놓았다. 모린은 개의치 않았다. "래리가 행복하기만 하다면 나는 그 아이가 무얼 하든 상관없어요."

래리의 아버지는 래리에게 좀 더 까다롭게 굴었다. 우리는 여러 경연대회에 나갔으며, 그 상으로 일련의 녹음 세션을 얻어냈다. 1978년 11월 더블린의 키스톤 스튜디오Keystone Studio에 가보니 진짜 음악 프로듀서 배리 데블린Barry Devlin이 있었고, 그는 이후 우리의 일생에 걸친 친구가 된다. 그는 지상 최대의 성공을 거둔 전자 포크 그룹 중 하나인 호슬립스Horslips의 싱어, 송라이터, 리더였다. 당시에 우리는 바짝 긴장한 상태였기에 연주 또한 형편없었다. 게다가 레코딩 데크 너머에 있는, 우리보다 훨씬 더 세련된 인물에게(그녀의 이름은 마리엘라 프로스트럽Mariella Frostrup이었다) 조금 압도된 면도 있었다. 하지만 결정타는 스튜디오에 들어선 지 두어 시간쯤 지났을 때 누군가가 문을 박차고 들어왔던 일이었다. 래리의 아버지였다. 래리가 집에 가야 할 시간이었다. 그리고 래리의 아버지는 아들이 연주하는 데가 자신이 허락한 재즈 밴드가 아니라는 것도 거기서 알게 되었다.

래리의 어머니가 세상을 떠났을 때 나와 래리는 단지 사는 데가 같거나 문화가 같다는 것뿐만 아니라 공통의 경험을 가지고 있다는 데에서 공동체를 발견했다. 사람들을 서로 친하게 만들어주는 것은 기쁨보다 슬픔일 때가 많다. 그래서 우리 둘은 가까워졌다. 음악보다 더 큰 무언가로 연결되었으며, 그것은 음악이 만들어지는 이유이기도 했다. 그런 유대는 우리 내부의 아픔을 달래주는 치료제였으며, 바깥으로 난 상처를 감싸주는 붕대였다.

아마 래리가 감수성 있는 음악인이 된 것은 이런 취약성 때문이었을 것이며, 그가 모르는 사람들을 꺼리는 것처럼 보이게 된 것도 이것으로 설명할 수 있을 것이다. 그는 우리 밴드의 보디가드였다. 저 멀리에서부터 골치 아픈 문제가 다가오는 것을 제일 먼저 감지하는 게 래리였으며, 직감이 맞을 때가 많았다. 어떨 때는 우리 공간에(적어도 내 눈에는) 아무런 위협도 없어 보이는데도 그가 아주 험악한 모습으로 일어설 때도 있었다. 하지만 나처럼 스스로 말썽을 일으키는 사람에게는 래리야말로 완벽한 해독제다.

음악인으로 볼 때, 래리는 학생의 자세를 유지하는 법에 아주 능숙하다.

"나 이거 잘 못해."

"저는 여기저기 떠돌면서 기술을 배우는 중입니다."

"나는 이런 가식적인 이야기들은 하나도 모르겠어. 나는 그냥 드럼을 칠 뿐이야."

하지만 래리는 인생에 대해서나 음악에 대해서나 스스로 인정하는 것보다 훨씬 더 복잡한 관점을 가지고 있다. 그리고 가끔씩 그에게서 그런 이야기들이 불쑥 튀어나올 때면 모든 이들은 숙연해지곤 한다. 그의 표현 방식에 있어서 핵심이 되는 것은 정직성에 대한 갈망이며, 그러한 정직성이 바로 U2의 공연을 충전하는 에너지이다. 우리 밴드의 싱어와 드러머는 성격이 극과 극으로 다르다. 나는 호기심이 넘치는 쪽이며, 그는 조심성이 넘치는 쪽이다. 어떨 때는 내가 그를 그 혼자라면 절대로 들어서지 않을 세상으로 인도하기도 하며, 어떨 때는 내가 절대로 들어서서는 안 될 세상으로부터 그가 나를 보호하기도 한다.

반란의 노래가 아닙니다

시작은 엣지였다. 그는 "북아일랜드 문제the Troubles"에 대한 노래를 스케치하면서 우리 밴드가 경계선을 넘도록 만들었으니까. 하지만 나는 거기에 한술 더 떠서 위험 구역으로 더욱 깊이 들어갔고, 밴드는 나를 말리지 못했다. 나는 어떤 것을 하지 말라는 말을 들으면 거기에 더욱 집착하는 일종의 장애를 가지고 있는 것 같다. 그런 말을 들으면 범상하던 것들도 아주 매력적으로 느껴지니까. 'Sunday Bloody Sunday'는 북아일랜드에서 벌어진 사건을 주제로 하고 있었으므로, 우리 같은 아일랜드 남쪽의 아이들이 다루기에는 너무나 위험한 주제였다. 그뿐만 아니었다. 이 노래 때문에 진짜로 우리를 해치고 싶어 하는 이들이 나올 수도 있다는 의미에서 아주 현실적인 위험도 안고 있었다. 이는 신교와 구교로 분열된 양쪽 모두에서 벌어질 수 있는 일이었다. 아무 생각 없는 성공회 왕당파들의 경우 이 노래를 배신으로 여길 것이다. 또 아무 생각 없는 아일랜드 민족주의자들 및 공화주의자들은 이를 정치 선동쯤으로 여길 것이며, 평화 시위를 하던 중에 총을 맞은 28명의 비무장 민간인들에 대한 분노를 일깨우려는 노래로 여길 것이다.

이 곡이 발표되기 전인 1981년 5월 5일에는 바비 샌즈Bobby Sands가 단식 투쟁을 하던 끝에 사망하는 일이 있었다. 샌즈는 IRA 임시 정부가 전쟁을 벌이고 있으며 또 그 수감된 전투원들은 다른 전쟁 포로와 동일한 지위를 누려야 한다고(예를 들어 감옥의 죄수복을 입지 않을 권리) 주장하면서 자신의 목숨을 바친 것이다. 이는 터무니없는 요구는 아니었다. 하지만 샌즈를 지지하는 이들은 IRA가 제네바 협약이나 다른 어떤 협약도 준수하지 않는다는 사실을 그냥 무시하는 듯했다.

당시 영국의 수상이었던 마거릿 대처는 이러한 샌즈의 투쟁을 완전히 무시해 버렸다. 그러자 샌즈는 자신의 단식 투쟁을 완전히 다른 수준으로 가져갔다. 그는 이제 발가벗은 채로 담요 한 장만 두른 채 일체의 화장실 시설을 사용하기를 거부했다. 이 '똥 싸움Dirty Protest'에서 죄수들은 자기들의 배설물을 벽에다가 발라댔거니와, 이는 영국군을 아일랜드섬에서 몰아내고자 했던 IRA의 싸움 중 가장 고통스러운 순간들 중 하나다.

IRA 등의 준 군사 조직들은 아일랜드 국경의 북쪽에서도 남쪽에서도 다수의 지지를 얻지 못했다. 심지어 얼스터Ulster에 있는 전투적인 가톨릭 소수파들 사이에서도 지지를 얻지 못했다. 그럼에도 IRA 등은 아일랜드의 지도를 다시 그리겠다고 싸움을 계속하면서 누가 죽을지 누가 살아남을지를 자기들끼리 결정했다. 하지만 이 모든 것을 떠나서, 27살밖에 되지 않은 샌즈라는 청년이 무려 66일이나 단식을 감행하여 결국 목숨을 잃었다는 사실은 나처럼 지극히 평범한 민족주의자의 마음속에도 온갖 모순되는 감정들을 불러일으켰다.

이는 단순한 비극이 아니었다. 이는 또한 IRA의 역사에서 가장 강력한 국제적인 모금 운동의 촉발제가 되었다. 그 모금 운동의 대부분은 미국에서 벌어졌다. 우리 밴드는 미국 공연 중에 아일랜드의 무장 투쟁에 대한 온갖 낭만주의에 부닥쳐야 했으며, 우리는 그 모든 것들을 한사코 거부했다. 우리는 공연과 인터뷰를 통해서 비폭력이라는 반대의 내러티브를 제시했으며, IRA의 현금 흐름을 마르게 하려고 노력했다. 그렇게 흘러든 돈은 결국 총기와 폭탄으로 변하여 자기들이 원하는 아일랜드를 만들기 위해 사람들을 죽이고 불구로 만들 것이 뻔했기 때문이다. 선거로 선출되지도 않은 자들이 전쟁을 벌이면서 벨파스트나 맨체스터의 이런저런 술집을 놓고 "훌륭한 표적"이라고 결정하는 꼴은 결코 볼 수가 없었던 것이다. 또 이제 연금으로 살아가는 2차 세계대전 참전 노인들이 아무런 경고도 없이 폭탄으로 온몸이 갈기갈기 찢기는 꼴은 결코 볼 수가 없었다.

물론 잔혹 행위가 벌어질 때마다 "불행한 인명 살상"에 대해 분노의 향연이 (가장 충직한 골수 공화주의 동네들에서) 벌어진다. 1~2주 동안은. 그러나 분노가 가라앉으면 이런 비극을 모른 척하면서 또다시 "우리의 멋진 용사들"에 대해 마지못해 만세를 부른다. 이 같은 이중성에 대해 아일랜드 남쪽이나 북쪽 사람들 모두 분노하게 되었다. 나도 분노하게 되었다. 그래서 내가 미국 콜로라도주의 레드록스Red Rocks에서 'Sunday Bloody Sunday'를 시작할 때 목에서 쇳소리가 났던 것이다. 이날 밤의 공연은 영국의 TV에 방영되기로 되어 있었으므로 우리는 보다 폭넓은 청중을 향해 노래하고 있었다.

나는 최대한 올바른 사람인 척하는 목소리로 말했다. "이건 반란의 노래가 아닙니다!" 그리고 빗속에서 엣지는 그의 감상적인 아르페지오를 연주했고, 래리의 행진곡풍 스네어 드럼이 터져 나왔다.

비록 노래 가사의 웅변성은 떨어질지 모르지만, 이 노래의 용감성이 그것을 다 채워줬다. 그 어두운 1월의 그날, 본인 혹은 사랑하는 사람의 목숨을 잃은 무고한 이들이 있고 그들의 고통이 있다. 그 고통을 더 연장하는 데에 우리의 노래가 이용당하는 꼴은 볼 수 없다고 선언할 필요가 있었고, 레드록스 공연은 이를 안팎에 천명하기에 적절한 시점이었다고 여겨졌다.

이 라이브 버전 덕분에 우리의 라이브 앨범 〈Under a Blood Red Sky〉는 앨범 차트의 1위로 올라갔지만, 또한 공화주의자 및 그 동조자들의 빌어먹을 연주 목록에서도 1위를 차지하고 말았다. 이제 아일랜드에서의 우리는 그 이전의 우리로 되돌아갈 수가 없게 되었다.

우리 밴드는 결코 우리의 "아일랜드다움"을 드러내려고 한 적이 없다. 나는 갈수록 이 "아일랜드다움"이라는 것이 아일랜드 공화주의자들의 운동에 볼모로 잡히는 것을 보면서 좌절을 느꼈다. 이들의 운동은 폭력을 사용하여 아일랜드라는 섬에 단 하나의 나라를 만들어야 한다고 믿었다. 그리하여 이들의 운동은 그 이전 여러 세대에 걸쳐 아일랜드의 독립을 외쳤던 투사들과 선동가들까지 모조리 자기들 것으로 가져다가 쓰기 시작했다. 그리고 총질이나 하는 주제들에 자기들과는 아무 상관도 없는 아일랜드의 오래된 시, 민요, 설화의 풍부한 전통을 자기들의 것으로 채갔다.

나에게 있어서 아일랜드인이라는 것은 개신교네 가톨릭이네 하는 것과는 아무 상관도 없었다. 영국 통치에 맞선 가장 위대한 혁명가들 중에는 울프 톤Wolfe Tone에서 모드 곤Maud Gonne과 로저 케이스먼트Roger Casement에 이르는 아일랜드의 개신교도들이 있었다. 나의 아버지는 가톨릭이었지만, 그 또한 아일랜드 공화파의 이른바 "자유 투사"들의 레토릭은 전혀 용납하지 않았을 것이다.

그는 이렇게 말했을 것이다. "나는 가톨릭이다. 하지만 나는 우리 조그만 섬나라의 분열은 개신교도들이 어쩌고 하는 문제가 아니라 영국 조선회사 할란드 앤 울프Harland & Wolff와 훨씬 더 관계가 크다고 말할 수 있다. 영국인들은 조선업과 아마포를 원했던 것이다. 아일랜드 남쪽 사람들이 이 국경을 받아들인 것은 바로 너희 개신교도들의 한 사람인 영국 수상 로이드 조지가 전쟁 위협을 가했기 때문이었다. 하지만 이 모든 부당함에도, 아일랜드 공화파의 테러범들은 이 섬의 북쪽이든 남쪽이든 다수의 의사를 대변하는 것이 아니다."

그는 여기에 이렇게 덧붙일 것이다. "뻔한 개소리는 무시해라." 그러고는 극작가 숀 오케이시Seán O'Casey의 문장 중에서 그가 제일 좋아하는 구절을 인용할 것이다. (하지만 이는 숀 오케이시의 인용문이 아니다. 그가 만들어낸 문장이다.)

"아일랜드, 그 덕분에 내 발이 바다에 잠기지 않았으니 그것으로 족하다."

더욱이 그는 '다른 공동체' 출신 여성과 결혼했다. 그는 반쯤은 진담으로 모든 조국이란 다 거짓말이라고 넌지시 말했다. ("조국이란 결국 우리가 서로 이야기하는 스토리들에 불과하다.") 또한 그는 그러한 내러티브를 통제하는 자들에 대해 의구심을 품고 있었다.

그럼에도 그는 내가 미국 로키산맥에 펼쳐진 무대에서 아일랜드 국기를 찢는 행위 예술을 보고 조금 충격을 받았다. 공연 중 누군가 무대 위로 아일랜드 국기를 던지는 적이 꽤 많았거니와, 가끔 그 깃발을 들어 오렌지색과 녹색 부분을 찢어버리고 비폭력을 지지하는 흰색 깃발로 바꾸어버릴 때가 있다. 나중에 나는 흰색 깃발이 영적인 순종의 이미지라고 강조하기 시작하게 되지만, 당시로서는 그 의미가 분명히 전투적 평화주의였다.

하지만 아일랜드에서는 이런 긴 설명을 하는 것을 누구도 좋아하지 않았으며, 갈수록 많은 이들이 우리들의 애국심에 의구심을 갖기 시작했다. 어떤 이들은 서서히 진실을 알기 시작했다. 2년 후인 1985년 우리는 크로크 공원에서 〈The Unforgettable Fire〉 앨범의 공연을 갖고 있었으며, 나는 그 전에 하던 것과 같은 깃발 찢기 퍼포먼스를 행했다. 하지만 청중들의 일부는 여기에 심한 반감을 표했다. 공연이 끝나고 앨리와 내가 탄 차는 더블린의 한 길목에서 성난 군중들에게 둘러싸였다. 그들은 차 지붕을 두드리면서 갈수록 폭력적으로 변해갔다. 적개심으로 얼굴이 일그러진 한 젊은이는 아일랜드 삼색기에 감싼 주먹으로 앨리 얼굴 바로 옆의 차창을 박살 내려 하고 있었다. 다행히 차창이 깨지지는 않았다. 우리는 어항에 갇힌 물고기 꼴이 되었으며, 어항 바깥쪽의 피라냐들은 바로 몇 시간 전까지만 해도 U2 팬이었던 사람들이었다.

1980년대 말이 되면서 U2가 아일랜드에서 처한 상황은 바뀌고 있었다. 한때 우리는 금메달을 따오는 국가 대표팀처럼 여겨졌었고, 80년대 말이 되어도 여전히 아일랜드에서는 영웅 취급을 받았지만, 분위기가 조금 바뀌었다. 아일랜드에서 1980년대는 나라의 국경뿐만 아니라 영혼의 구원을 놓고도 싸움이 벌어지던 때였기 때문이다. 아일랜드를 가로지르는 국경선은 갈수록 사람들의 마음도 갈라놓았고, 이 섬은 갈수록 분열되었다. U2는 그 종교적 배경이 혼재되어 있었을 뿐 아니라 우리 개개인들의 종교 또한 이렇게 분열된 여러 집단 어디에도 쉽게 들어맞지 않았다.

아일랜드 공화주의 정당 신 페인Sinn Féin의 당수 게리 애덤스Gerry Adams는 《핫 프레스》와의 한 인터뷰에서 자신과 자신의 정당이 (주도한 것은 아니어도) 계속 함께 행동해 왔던 "무장 투쟁"에 의문을 던질 만큼 배짱과 도덕적 진실성이 있던 이였다. 하지만 그는 바로 그 인터뷰에서 나를 묘사하며 "악취가 난다stink"라는 자극적인 언어를 사용했다. 내 개인위생에 대한 평가라면 따끔한 충고로 받을 수 있지만, 나에 대한 인신공격이었다면 이는 골수 공화주의자들에게 나를 똥 덩어리로(달리 표현할 말이 없다) 취급하라는 암묵적인 신호였다.

U2는 (모든 종류의) 무장 집단들에 반대하는 입장을 취했으며, 이 때문에 IRA는 자신들에게 있어서 너무나 중요한 미국에서의 모금 활동에 큰 타격을 받은 바 있다. 이 때문에 가뜩이나 우리에게 열받아 있던 사람들이 많았고, 이러한 게리 애덤스의 언급이 나오면서 U2의 전 국민적 위치를 아예 까뭉개 버리자는 이들이 늘어났으며, 그 표적은 싱어인 나였다. 실제로 우리는 보안 요원을 크게 늘리라는 조언을 받았다. 특히 한 부유한 치과 의사가 볼모로 납치되어 손가락 끝마디 두 개를 잘리는 일이 벌어진 후에 더욱 심해졌다. 하지만 경찰의 특수 공안부는 나보다도 앨리가 타깃이 될 가능성이 크다고 예견했다. 나는 지금도 이를 끔찍한 기억으로 가지고 있다. 이유는 무수히 많다.

우리 밴드가 깊이 간직한 희망은 아일랜드가 언젠가 평화롭고 민주적인 수단을 통하여 다시 통일된 나라가 되는 것이다. 아이러니한 일이지만 우리는 그러한 꿈을 이루는 데에 가장 큰 장애가 되는 것은, 아일랜드 사람들의 불만과 분노를 무장 집단들이 자기들의 무기로 삼는 것이라고 생각한다.

우습지만 우습지 않은 사건들

나는 북아일랜드 방문을 즐긴다. 우리의 순회공연에서 하이라이트는 언제나 벨파스트 공연이다. 심각한 상황에서도 빈정거릴 줄 아는 북아일랜드식 유머를 우리는 사랑한다. 실제로 사람이 죽어 나갈 만큼 심각한 상황이 얼마든지 벌어지는 게 그곳의 현실이기도 하다.

1979년 어느 날 우리는 밴드 스퀴즈Squeeze의 공연 뒤풀이에 초대받았다. 달리는 차 안에서 아주 잘 놀고 있었는데 갑자기 영국군이 우리 차를 세우고 둘러쌌다. 한 장교가 아주 딱딱한 북부 잉글랜드 악센트로 우리에게 두 손을 머리 뒤로 올리고 벽 앞에 서라고 명령했다.

"차 뒤 칸에 뭐가 실려 있나?" 그는 캐물었다.

거기 실려 있는 것은 베이스 연주자 애덤 클레이턴이라는 아주 비싼 화물이었다. 그는 거기에 들어앉아 술을 마시면서 뒷문이 열릴 때마다 길거리의 보행자들에게 술잔을 들어 올리면서 즐기고 있었다. 벨파스트에서는 차 뒤칸이나 트렁크가 노래방 기계가 아닌 테러범 저격수들이 주로 몸을 숨기는 곳이라는 사실은 전혀 모르는 채.

철없던 우리들은 그런 일을 겪고도 정신을 차리지 못했고, 그날 밤 유럽에서 폭탄 테러가 가장 많이 일어난(33회) 호텔인 유로파Europa에 묵었다. 아직도 10대였던 우리는 어떤 호텔이든 호텔에 투숙하게 되었다는 사실만으로도 꽤 흥분했다. 그래서 폴 맥기니스가 바에 앉아 술을 마시고 있는 사이에 호텔 카운터에서 폴의 방 열쇠를 훔쳐서 재빨리 그의 방으로 올라가 마구 어질러 놓았다. TV는 침대 시트로 감싸버렸고, 가구는 다 거꾸로 뒤집어 놓았으며, 화장실 거울에는 면도 거품으로 다음과 같이 갈겨 써 놓았다. "네 차 어디다 주차해 놓았는지 다 안다." 우리는 폴이 이를 재미있어 할 거라고 생각했었음에 틀림없다. 그리고 설령 그게 아니라고 해도 최소한 우리들이 록스타가 호텔에 들었을 때 벌이는 어릿광대짓을 꽤 세련되게 배우고 있음을 높이 평가할 것이라고 여겼다. 하지만 어느 쪽인지 전혀 알 수 없게 되고 말았다. 30분 후 우리는 안전하게 열쇠를 카운터에 반납하고 킥킥거리는 웃음을 감추려고 애를 쓰면서 폴이 있는 바로 갔다. 그런데 어떤 전혀 낯모르는 사람이 들어와 우리가 카운터에 반납한 바로 그 열쇠를 달라고 하는 것이 아닌가. 방이 잘못되었는지 몰랐어요. 누구신지 모르지만 너무너무 죄송해요.

심각한 문제들을 놓고 농담을 하려거든 최소한 농담의 펀치라인만큼은 제대로 구사할 줄 알아야 한다.

사전에서 가장 저평가된 단어

'타협compromise'이야말로 사전에서 가장 저평가된 단어일 것이다. 1998년에 있었던 성 금요일 협정Good Friday Agreement의 정신은 동등한 고통 분담parity of pain이었거니와, 이런 일이 가능했던 것은 양쪽 모두에서 극단주의자들에게 타협을 고려해야 한다는 설득이 오래도록 이루어졌기 때문이었다. 성 금요일 협정에서 모두가 승리할 수 있었던 이유는 아무도 승리를 거두지 못했기 때문이었다.

인간 언어에서 가장 위대한 단어들은 가장 범상한 단어들일 때가 있다. 반면 가장 낭만적인 단어 중 일부는 전혀 쓸모가 없는 것들일 경우도 있다. 한 예로 '평화'라는 단어는 그것을 담아낼 틀이 존재하지 않는 한 아무런 의미도 없다.

성 금요일 협정에 대한 반대

1997년, 영국과 아일랜드 공화국에서 각각 국가 정상으로 선출된 토니 블레어Tony Blair와 버티 아헌Bertie Ahern은 아일랜드에 지속적인 평화를 달성하는 것이 자기들을 뽑은 유권자들의 명령이라는 점을 감지했다. 그리하여 평화 회담이 열리게 되었고, 미국 클린턴 대통령의 특별 대사인 상원의원 조지 미첼George Mitchell이 그 회담의 의장을 맡았다. 북아일랜드에서는 여덟 개의 정당이 참여했고, 그중 세 군데는 무장 집단들과 연계되어 있었다(두 군데는 왕당파, 한 군데는 공화파). 또한 양대 주류 정당인 얼스터 통일당Ulster Unionist Party, UUP과 사회민주주의 노동자당Social Democratic and Labour Party, SDLP도 있었다. 전자는 데이비드 트림블David Trimble이 이끌었고 후자는 존 흄John Hume이 이끌었다. 그보다 전통적인 개신교 공동체는 테러분자들과는 아무런 협상도 하지 않는다는 강경한 입장을 취했으므로 데이비드 트림블은 이 협상에 참여함으로써 자신의 평판을 위태롭게 하는 셈이었다. 흄은 '비폭력'을 삶으로 실천하는 사람이었으며, 그 원칙을 지키기 위해 거의 죽음에 이를 뻔한 적도 몇 번 있었다.

이 타협이 이루어진 데에는 무수한 이름 없는 사람들에게 공을 돌려야 하지만, U2의 관점에서 볼 때에는 존 흄이야말로 이 아일랜드 문제에 있어서 마틴 루터 킹이었다고 할 수 있다. 흄은 또한 데리Derry에 신용조합을 세워서 가톨릭 신자들도 북아일랜드에서 자기 집을 소유할 수 있도록 도왔다. 이는 실로 대담한 행동이었다. 1969년까지는 지방 선거에서 투표권이 오로지 자가 소유자들에게만 주어졌기 때문이다. 2020년 8월 그가 세상을 떠났을 때 나는 데리의 세인트 유진 성당Saint Eugene's Cathedral에서 열렸던 장례식에 짧은 조사를 보냈다.

> 우리는 거인을 찾고 있었습니다. 그런데 우리 모두의 삶을 더 크게 만들어 주는 이를 만났습니다.

> 우리는 초강대국들을 찾고 있었습니다. 그런데 생각이 명료하고, 친절하고, 일관된 이를 만났습니다.
> 우리는 혁명을 찾고 있었습니다. 그런데 교구 홀에서 전등을 밝혀 놓고 차와 비스킷을 갖춘 심야 모임을 만나게 되었습니다.
> 우리가 찾고 있었던 것은 협상가였습니다. 모두가 무언가를 내놓고 함께 승리하지 않는다면 누구도 승리할 수 없다는 것을, 평화야말로 유일한 승리라는 것을 이해한 협상가였습니다.

이렇게 해서 어렵게 협정안이 나왔다. 아일랜드는 종교적인 분리가 남아 있는 지역이었으니, 여기에서 자유로운 삶을 살기를 간절히 원했던 보통 사람들이 이 협정안을 뜨겁게 지지했을 거라고 생각할지도 모르겠다. 하지만 그동안에 쌓인 앙심과 응어리는 쉽게 내려놓을 수 있는 감정이 아니었다. 그리하여 1998년 실제 국민투표가 다가왔을 때 이 협정안의 승인 여부는 아주 불투명했다. 앙심과 응어리는 여전했다. 통일파가 집권했던 벨파스트의 경우에는 시청 건물에 아주 큰 간판을 내걸기도 했다. "벨파스트는 NO라고 말합니다." (그런데 그 이후 어느 해 크리스마스에 벨파스트 시청에서는 이 똑같은 간판에다가 E자와 L자만 덧붙여서 "벨파스트는 NOEL이라고 말합니다"라는 간판을 내거는 품격을 보여주었다.) 전혀 웃기지 않는 상황이었지만 한편으로는 참으로 웃기는 상황이었다. 특히 청년층의 표가 어디로 갈지가 분명치 않은 상황이었기에, 국민투표가 있기 사흘 전 'YES 콘서트'에 U2 또한 다운패트릭 밴드인 애쉬Ash와 함께 참여해 달라는 부탁을 받았다. 우리는 무척 기뻤지만 조건을 달았다. 첫째는 여야의 두 정당 당수들이 무대에 올라와 악수를 해달라는 것. 또 하나는(이건 더욱더 실현 가능성이 떨어지는 요구로 들렸을 것이다) UUP 당수인 데이비드 트림블도 SDLP 당수인 존 흄도 아무 발언도 하지 말 것.

정치인에게 대규모 군중 앞에 나타나서 아무 말도 하지 말라고 하는 것은 코미디언에게 무대에 올라 아무런 농담도 하지 말라고 말하는 것과 마찬가지다. 두 사람 모두 아연실색했다. 우리는 그 어떤 말보다 상징적인 모습이 더 큰 반향을 얻을 거라고 보았고, 또한 어떤 종류의 록 음악 공연이든 어떤 정치가가 나타나서 발언을 했다가는 야유를 받을 위험이 크다고 보았던 것이다. 참으로 어색한 상황이었을 것이다. 그리하여 두 사람 모두 무대 양쪽으로부터 걸어 들어왔다가 바로 퇴장하기로 했다. 두 사람은 약 3초간 악수를 했고, 이 장면 덕분에 두 사람은 나중에 노벨 평화상을 받게 된다. 나는 그 사이에 끼어들어 두 사람의 손을 하늘 높이 들어 올렸다. 둘은 몰랐겠지만, 이는 밥 말리의 유명한 장면을 그대로 복사한 것이었다. 자메이카에서는 내란과 폭력의 위협이 극심했으며 마침내 1978년 밥 말리는 킹스턴에서 있던 공연 무대에 두 명의 여야 정치인 맨리Manley와 시가Seaga를 불러들여 손을 맞잡게 했었다. 이 경우에서도 그 사진 한 장이 그 어떤 말보다 더욱 강력한 이미지가 되어 나타났다.

그 이후에도 지속적인 평화로 가는 길은 멀고 험했지만, 어쨌든 1998년 5월 22일, 국민투표 결과는 '예'로 나왔다.

투표 다음날로 아일랜드는 그 정치적 종교적 편견을 천천히 해체하는 길로 들어섰으며, UDA, UVF, IRA 등 약자를 쓰는 무장 집단들은 폭력을 버리게 되었고, 라이플 대신 투표함을 사용하겠다고 약속했다. 이 과정은 지금도 진행 중이다.

통일파 쪽에서는 데이비드 어빈David Ervine이 중대한 역할을 했다. 게리 애덤스는 비록 '무장 투쟁'에 참여했음을 부인했지만 그 또한 마땅히 인정받아야 할 몫이 있다. 아주 비싼 대가를 치르면서도 지나온 경로를 바꾸는 데에는 많은 용기가 필요하다.

마틴 맥기니스Martin McGuinness는 무장 집단을 이끌며 어둠 속에서 조명을 받다가 이제는 현실 정치의 밝은 빛으로 나오게 되었다. 그는 자신이 IRA의 고위 지도층이었음을 인정했으며, 그가 행로를 바꾸었을 때 역사의 행로도 바뀌게 된다. 나중에는 원래 불구대천의 원수였던 이언 페이즐리 목사와 우정을 맺어 '웃음꽃 형제들Chuckle Brothers'을 구성하게 된다.

2008년 뉴욕에서 한 행사에 참여했다가 떠나는 중에 나는 내 뒤에 누군가가 있다는 느낌이 들어 돌아보았다. 게리 애덤스가 있었다. 그는 몸이 쇠약한 상태였기에 건강이 어떤지 물었다. 내가 가난한 나라들의 부채를 탕감해야 한다는 쥬빌리 2000/부채 탕감Jubilee 2000/Drop the Debt 운동을 전개하고 있을 당시 그가 런던에 있던 사무실에 방문해주었던 것에 나는 감사를 표했다. 그는 손을 내밀었고, 나도 손을 내밀어 악수했다. 나보다 그에게 더 힘든 순간이었을 것이다. 그가 손을 내밀어 준 것에 감사했다.

지금 돌이켜 보면, 만약 빌 클린턴 미국 대통령이 일부러 밤을 새우며 다양한 분쟁 당사자들과 심야에 입씨름을 벌이지 않았더라면, 그리고 그의 편력기사 조지 미첼의 깐깐함이 없었더라면 아일랜드에 과연 평화가 왔을지 의심스럽다. 나는 버티 어헌Bertie Ahern과 영국 수상 토니 블레어에게도 같은 감정을 느낀다. 이들은 전쟁을 피하려고 무수한 시간을 말씨름에 쏟아부었다. 클린턴과 블레어는 또한 옛날에 아프리카에 식민지를 가지고 있었던 나라들과 아프리카 대륙의 관계를 탈바꿈하는 작업을(아직도 완결되지 않았다) 시작했다. 우리는 아프리카 나라들의 부채 탕감을 위하여 두 사람 모두에게 강력한 로비를 벌였다. 국가수반으로서 블레어와 그의 재무장관이었던 고든 브라운Gordon Brown만큼 이 일에 열심이었던 사람은 없었다. 이 두 사람 사이에서 영국의 해외 원조 예산은 두 배로 늘어난다. 이런 이야기들은 추상적인 것으로 들릴 수 있겠지만, 모기에 물려서 혹은 더러운 식수로 인해 죽음을 맞는 사람들 입장에서 보면 전혀 추상적인 게 아니다.

토니 블레어 정권의 세 번째 임기 중 나는 수상 관저에서 블레어와 늦은 만찬을 함께한 적이 있었다. 우리는 만약 그가 록 밴드 어글리 루머즈Ugly Romours의 리드싱어로 계속 남았더라면 어떤 삶이 펼쳐졌을지에 대해 농담을 하며 웃었다. 그는 외모도 훌륭했고, 무대에서의 존재감도 있었고, 멜로디를 만들 줄도 알았다. 나는 반쯤 진담으로 그와 고든 브라운을 국제 개발의 레넌과 매카트니라고 불렀다. 그들이 워낙 많은 일들을 해냈기 때문이었다. 토니 블레어는 술을 좋아하는 이가 아니었지만 나는 그에게 와인을 한 병 따도록 만들었고 그가 한 잔 반을 마셨으며 내가 두 잔 반을 마셨을 것이다. 아마 그가 시간을 잊고 있었던 것 같다. (나는 그가 영국 수상이라는 것을 확실히 잊어버리고 있었다.) 그러다 자정이 지난 직후 그는 중요한 통화 약속에 자기가 늦었다는 것을 기억해 냈다. 그의 얼굴에 유머러스한 패닉이 지나가는 듯싶더니 나에게 말했다. 그 말은 너무 뼈아플 정도로 흔한 관용구라 나는 그 말의 뜻을 거의 놓칠 뻔했다. "나가는 길 아시죠?"

그리하여 아일랜드 남자 한 사람이 영국 수상의 관저를 멋대로 어슬렁거리게 되었다. 변화는 참 쉽게 찾아온다고 생각하다가 나는 내가 나가는 길을 모른다는 사실을 깨달았다.

계단을 찾던 중에 나는 완전히 길을 잃었다. 백화점의 환한 조명을 받으며 길을 잃고 상점마다 들락거리는 아이와 같은 모습이었다. 벽에 걸린 초상화의 익숙한 얼굴들이 나를 내려다보았다. 윈스턴 처칠, 마거릿 대처, 해럴드 윌슨 등.

그리고 여기 있네, 데이비드 로이드 조지David Lloyd George. 전쟁 위협을 내세워서 우리 아일랜드를 남북으로 분단시킨 영국 수상.

"실례합니다, 도와드릴까요?"

아이처럼 떠돌던 나에게 제복을 입은 어른이 다가와 정중하게 나가는 길을 안내해주었다.

블레어는 아일랜드에서의 평화를 증진하기 위하여 무장 집단의 지도자들과의 비밀 회합을 재가하여 자신의 평판을 기꺼이 희생할 각오가 되어 있었다. 그가 수상으로서 초기에 쌓은 명성이 평화와 동의어였다면, 나중에는 인기 없는 전쟁이었던 이라크전에 조지 부시 편을 들면서 그러한 명성을 위태롭게 했다.

사람들을 하나로 뭉치게 했던 이가 기꺼이 사람들을 분열시키기도 했다.

"토니 블레어는 전쟁 범죄자"

2007년 3월, 아일랜드의 한 신문의 헤드라인이었다. 그 전날 더블린의 영국 대사관 관저에서 나는 블레어, 브라운, 영국 정부로 이루어진 원탁으로부터 명예 기사 작위를 수여 받았다. 영국의 식민지였던 지역에서 빈곤과 싸우는 노력에 대한 치하라고 했지만, 예식에서의 표현은 사뭇 달랐다.

이 신문 헤드라인은 어떻게 된 것이냐고? 이는 나의 밴드 동료 래리의 말을 인용한 것이었다. 그는 예식에 오지 않았다. 나와 그가 토니 블레어에 대한 평가에서 의견이 일치하는 날은 영원히 오지 않을 것 같다. 그때나 지금이나 나 자신에게 했던 말도 있다. 이는 좀 더 개인적인 주문으로서, "타협은 큰 대가를 초래하는 단어입니다. 그런데 비타협은 훨씬 더 그렇습니다."

종이 울린다

다시 2015년에 있었던 〈Innocence + Experience〉 공연 무대의 길쭉한 통로로 돌아가 보자. 'Sunday Bloody Sunday'가 끝났다. 그리고 밴드 4인은 한무리가 되어 본 무대로 돌아온다. 그런데 래리가 멈추어 홀로 통로에 남는다. 그는 홀로 거대한 청중들 앞에서 외로이 북을 친다.

그러다가 그가 북채를 머리 위로 들어 올린다. 그의 행진용 드럼이 이제 'Raised by Wolves'라는 묵시록의 도입부를 연주하려 한다. 무대 스크린에는 더블린의 한 자동차 폭탄 사건이 펼쳐진다.

그가 스네어 드럼을 내려친다. 총성 같은 소리가 울려 퍼진다.

GOOD, better, best.....

ENO + LANOIS

GUCK PANTS Delaney
and how the best of us can
be made better or worse by
the company we keep......

13

Bad

나쁜

If you twist and turn away
If you tear yourself in two again
If I could, you know I would
If I could, I would let it go
Surrender.

아버지 밥은 우체국에서 일했다. 브라이언 이노Brian Eno의 아버지도 마찬가지였다. 아버지는 우편물을 배달하지는 않았지만, 나는 그의 지시에 따라 배달 일을 한 적이 있었다. 1976년 겨울 크리스마스 기간의 일자리였다. 쉬운 일이 아니었다. 날씨도 날씨였지만 주소 찾기도 어려웠고 우편물은 가지각색이었다. 브라이언은 자신의 족보를 16세기의 라파엘로까지 거슬러 올라갈 수 있다고 우리에게 말하곤 했다. 나는 라파엘로의 후손 중에 우편배달부가 있다는 것이 참 놀랍다고 생각했지만, 브라이언이 말하는 족보는 예술학교의 족보였다. 브라이언에게는 생각의 족보가 혈연의 족보보다 훨씬 중요했다. 사람은 그 사람이 가진 생각의 소유다. 비록 U2는 예술학교에 다닌 적이 전혀 없었지만 우리는 브라이언에게 배웠다. 브라이언 이노는 저 글램록 시대를 밝혔던 영국의 위대한 밴드 록시 뮤직의 키보드 연주자였다. 아무래도 최고의 걸작은 록시 뮤직 처음 두 장의 앨범이었다. 그 생생한 색깔, 액체와 같이 흐르는 섹슈얼리티, 실험 등 펑크록의 청사진을 제시하는 것과 같은 앨범들이었다. 사진에 나오는 브라이언의 모습은 타조 깃털을 걸친 모습이었고, 록시 뮤직의 공연장이 꽉 찬 청중들의 환호로 터져 나갈 때에 그는 보통 펼쳐놓은 신시사이저에 머리를 푹 박은 모습이었다. 거기에서 흘러나오는 온갖 종류의 네온 빛깔 소리들은 언뜻 들으면 전혀 음악 소리 같지 않았다.

그는 데이비드 보위의 앨범을 프로듀싱했다.

그는 토킹 헤즈Talking Heads의 앨범을 프로듀싱했다.

그는 또한 텔레비전Television의 프로듀서 자리를 제안받았다는 소문이 있었다. 이것이야말로 그가 우리를 다른 수준으로 데려가는 데에 꼭 필요한 사람이라는 확실한 증거였다. 1983년 당시 우리는 스스로를 더 클래시의 이미지와 닮은 록 밴드로 보았지만, 아마 우리는 더 후에 좀 더 가까웠을 것이다. 우리의 노래들에는 영적인 갈망과 멜로드라마가 들어 있었던 데에 반해, 더 클래시는 그에 비하면 너무 세속적이었으니까. 하지만 우리가 아일랜드 레코드에 브라이언과 함께 일하고 싶다고 이야기하자 그들은 반대했다.

대화는 이런 식으로 진행되었었다.

"당신들은 더 클래시나 더 후의 성공을 이어갈 수 있는 선두 주자예요. 그런데 브라이언 이노는 록 음악을 싫어해요. 지금 제정신으로 하는 소리예요?"

"예."

"그의 최근 앨범 들어보셨어요?"

"아니요."

"방금 나왔는데."

"그런데요?"

"새들이 지저귀는 소리를 담아놓았어요."

그 앨범은 〈Ambient 4: On Land〉이다.

그들 이야기가 틀린 것이 아니었다. 우리는 록 밴드였으니까. 하지만 우리는 록 밴드에서 벗어나려 하고 있었다. 어떤 모습이 될지에 대해서는 아직 정확히 알지 못했지만, 뭔가 직감은 있었고, 또 서서히 현현되어 나타나기도 했다. 그리고 브라이언 이노는 우리가 그것을 찾아내도록 도움을 주었다.

내가 브라이언에게 전화했을 때 그는 우리의 작업에 큰 관심을 보이지 않았다. 우리 노래를 한 곡도 들어본 적이 없다고 했고, 내 생각에 그가 거짓말을 했던 것 같지도 않다. 대화가 본격적으로 시작되기 전에 사과부터 늘어놓는 것을 보니 우리의 제안을 거절하려는 자세가 분명했다. 하지만 한 가지만큼은 그도 인정했다. 그의 친구인 트럼펫 연주자 존 하셀John Hassell이 그에게 우리 밴드가 무언가 특별한 것이 있고, 로큰롤의 일반적인 스펙트럼에서는 나올 수 없는 색깔이 있다고 했다는 것이었다. 무언가 다른 것. '타자'스러운 어떤 것.

브라이언이 여기에 흥미를 느낀 것이 분명했다. 왜냐면 (그의 설명에 따르면) 2050년이 되어 사람들이 록 음악 시대를 돌이켜 보면 한결같이 이렇게 말하리라는 것이었다. 어떻게 이토록 모두가 서로 비슷한 소리를 낼 수 있을까. 똑같은 거친 박자, 똑같은 블루스 타입의 감정들, 똑같이 기득권층에 대해 반대하는 삐딱한 자세. 나는 동의할 수가 없었다. 비틀스는 말할 것도 없고 이를테면 에코 앤 더 버니맨Echo and the Bunnymen이 우리의 사운드와 얼마나 다른지를 알고 있었기 때문이다. 하지만 지금은 나도 브라이언의 말이 옳다고 생각한다.

그는 A 마이너에서 D로 가는 코드 진행은 작곡에서 법으로 금지되어야 한다고 했으며, 그다음에는 우리가 마이너 코드가 전혀 나오지 않는 앨범을 만드는 데에 혹시 관심이 있는지 물어보았다. 그게 아니라면 최소한 코드가 남성인지 여성인지는(그의 말은 마이너인지 메이저인지였다) 불분명하게 만들어야 한다는 것이었다. 나는 여기에서 기회를 잡았다.

"그게 바로 엣지의 기타 스타일이랍니다." 나는 설명했다. "그게 바로 우리 밴드가 하고자 하는 거예요. 우리는 기타 코드 하나를 공유하지만 이를 서스펜드 코드로 만들 때가 많아요. 그래서 신나게 미소 짓는 뻔한 메이저 코드로 만들거나 아니면 단조로 만들어 버리는 뻔한 블루스 음계는 사용하지 않으려고 해요."

그러자 브라이언 이노가 관심을 가지기 시작했다.

그리하여 대화가 시작되었다. 통화가 끝날 무렵에 그는 젊은 캐나다인 협업자인 다니엘 라노이스Daniel Lanois의 이름을 언급했다. 라노이스는 보통의 스튜디오 세팅 바깥에서 예술가들의 작업을 녹음하는 특별한 작업을 하는 사람이라고 했다. 이는 우리의 생각과 딱 맞아떨어졌다. 우리는 우리의 네 번째 스튜디오 앨범을 유명한 시골 장원 슬레인 캐슬Slane Castle의(그 소유주 헨리 마운트찰스Henry Mountcharles가 애덤의 친구였다) 무도회장에서 녹음할 생각이었기 때문이었다. 그 무도회장은 음향학적 성질이 특이한 것으로 이름이 알려져 있었다.

"그냥 물어보는 겁니다. 다니엘 라노이스도 당신들과 일할 수 있을까요?" 브라이언이 말했다.

"그럼요." 나는 대답했다. "당신과 함께라면요."

그리하여 거래가 성사되었고 이 두 사람은 서로 아주 다른 이유로 우리의 삶에 들어오게 되었다. 다니엘은 우리들 스스로라면 절대로 도달할 수 없었을 수준의 음악성을 개발시켜 주었다. 브라이언은 무신론자이자 우상파괴자iconoclast로서(하지만 러시아의 성상聖像들과 가스펠 음악을 몰래 좋아하고 있었다) 과거를 통째로 날려버리는 역할을 맡게 된다. 그리고 마이너 코드는 사용하지 않기로 했다.

방랑벽의 마법사

헨리 마운트찰스 경은 음악에도 많은 관심이 있었을 뿐만 아니라 자기 성의 유지 비용을 어떻게 댈지도 고민하고 있었다. 이런 상황에 우리가 나타난 것이었다. 슬레인 캐슬의 무도회장을 본 이들은 누구나 할 것 없이 그 장엄한 모습에 경외감으로 압도당한다. 그런데 우리가 진정으로 끌렸던 것은 그 소리의 장엄함이었다. 우리는 당시 오페라적인 성격을 가진 큰 스케일의 음악을 추구하고 있었다. 아버지는 내가 절대로 테너가 될 수 없을 것이라고 했지만, 내가 마침내 고음을 내면서 처음으로 테너가 되었다는 느낌을 받은 것도 그 무도회장에서 'Pride (In the Name of Love)'를 부를 때였다.

우리의 첫 번째 만남에서 나는 브라이언이 건축가 같은 외모를 한 것을 보고 충격받았다. 록시 뮤직에 있었던 음악인이 이런 복장을 할 줄은 전혀 상상도 못했다. 그는 가죽으로 된 양복 재킷과 가죽 타이와 셔츠를 입고 있었지만, 옛날의 펑크적 방식과는 거리가 멀었다. 아주 우아했다. 거의 정밀하다는 말이 생각날 정도였다. 하지만 6개월이 지나서 그가 〈The Unforgettable Fire〉의 프로듀싱을 마쳤을 때는 그렇게 우아한 모습이 아니었다. 그는 완전히 망가졌고, 공항으로 데려달라고 애걸했으며, 우리의 믹싱 데스크 아래 마룻바닥에 누워 자는 것을 일상으로 삼았다. 브라이언은 큰돈을 요구했음에도 스튜디오에서는 너무나 겸손하게 행동하여 나를 놀라게 했다. 소문에 따르면 그는 토킹 헤즈와도 문제가 있었다고 한다. 그가 데이비드 번David Byrne을 솔로로 독립시켜 함께 일하고자 했기 때문이라는 것이다. 나에 대해서는 그렇게 생각하지 않았던 것이 분명하다. 그는 U2의 모든 성원들에 초점을 맞추었고, 모두가 스스로를 특별한 음악인으로 느끼도록 만들었다.

다만 래리만큼은 브라이언을 어떻게 대해야 할지 몰라서 쩔쩔맸지만, 그에게는 '대니 보이' 라노이스가 있었다. 대니는 온갖 종류의 타악기들을 가지고 있으며, 일체 다른 이야기 없이 어떻게 하면 록 음악의 리듬에 독특한 방식으로 접근할 것인지에 대한 대화를 바로 시작했다. 우리는 당시 드럼 머신을 사용하고 있었지만, 그는 드럼 머신을 사용하지 않는 접근법을 이야기했다.

래리도 드럼 머신을 좋아하지 않았다. 래리 멀런이 드럼 머신을 좋아하지 않았던 이유는 래리 멀런이 드럼 머신이었기 때문이었다. 그는 믿기 힘들 정도의 타이밍 감각을 가지고 있었다. 그는 크라프트베르크에 들어갈 수도 있었을 것이다.

대니와 래리는 멋진 동료 관계를 맺게 되었다.

"스네어 드럼을 안 쓰는 연주를 해본 적 있나요? 팀발레스로 드럼 연주를 해본 적 있나요?"

대니는 그의 동지 브라이언과 동업자 관계로 우리에게 왔지만, 처음에는 대니가 거의 브라이언을 경모하는 관계였다고 한다. 하지만 우리는 대니 자신도 특출한 재능을 가진 음악인이라는 것을 알게 되었다. 나는 그런 사람을 본 적이 없다. 대니는 드럼이면 드럼, 기타면 기타, 슬라이드면 슬라이드, 마라카면 마라카, 어떤 악기를 잡든 다른 사람과는 다른 소리를 만들어냈다. 음악을 사랑한다고 주장하는 이들은 많지만 그건 대부분 짝사랑일 뿐, 내 경험상 음악으로부터 사랑을 돌려받는 사람은 극소수에 불과하다. 하지만 음악은 다니엘 라노이스를 사랑했다. 성경에 나오는 다윗왕이 악마에 시달리다가 오로지 음악만으로 그 악마를 잠재울 수 있다는 것을 알게 되는 이야기처럼, 음악이 원만하게 흘러갈 때는 대니 또한 마찬가지로 원만한 사람이었다. 하지만 음악이 그렇게 굴러가지 않게 되면 그는 내면 깊은 곳에서부터 어지러워지면서 마구 신경질을 내고 화를 퍼부었다. 대니에게는 음악이 산소와 마찬가지였으니, 그게 없으면 그는 질식하는 사람이었다.

우리가 브라이언에게 끌렸던 것은 방랑벽 때문이었다. 우리는 기타, 베이스, 드럼을 로큰롤의 삼원색이라고 말하곤 했지만, 그 세 가지 색깔만으로 구성된 팔레트가 너무 제한적이라고 느껴질 때가 있었고, U2의 악기 구성에서 벗어나 가능성을 멀리 확장하고 싶어지는 때가 있었다. 우리는 그룹이었으므로 솔로 음악인들을 부러워할 때도 있었다. 그런 이들은 그냥 완전히 새로운 구성의 음악인들을 불러들이면 되는 것이니까. 데이비드 보위의 경우, 어느 해에는 믹 론슨Mick Ronson과 스파이더스와 함께 일했다가 다음에는 카를로스 알로마Carlos Alomar와 일하기도 한다. 그는 고전적인 영국식 드라마 록을 연주했다가 그다음에는 소울이 넘치는 미국식 리듬 앤 블루스로 넘어가기도 한다. 그는 밴드 자체를 바꾸어버리며, 그로써 사운드를 바꾼다.

그런데 한 밴드로서는 이게 쉬운 일이 아니다. 비틀스의 경우 새로운 음향과 화음의 자리를 찾아내기 위해서 조지 마틴George Martin의 오케스트라 편곡 실력과 재주를 활용했다. 어떤 면에서는 우리도 1970년대 중반의 전자 음악을 들으며 성장했다. 크라프트베르크뿐만 아니라 캔Can도 있었다. 엣지는 홀저 추케이Holger Czukay와 함께 작업한 적도 있었다. 하지만 1984년에 우리는 또다시 음악적인 방랑벽을 겪고 있었다. 우리는 전자음악에 나오는 차갑고 냉정한 보컬을 원하지는 않았지만, 밴 모리슨이 D.A.F.의 연주에 맞추어 노래한다면 어떨까? 도나 서머는 무슨 생각으로 조르지오 모로더Giorgio Moroder와 음반을 취입했던 것일까? 실제로 브라이언은 베를린에서 데이비드 보위와 작업하고 있을 때 도나 서머의 노래 'I Feel Love'의 음반을 스튜디오로 가져왔다고 한다. 그때 두 사람은 모두 다 바꾸어야 한다는 것을 느꼈다고 한다.

이러한 점을 염두에 둔다면 우리의 노래 'Bad'가 제대로 보일 것이다. 대부분의 사람들은 루 리드Lou Reed와 밴 모리슨 사이의 유사점을 잘 느끼지 못한다. 그 두 사람이 똑같은 아르페지오를 깔고, 똑같은 순환 코드를 사용한다는 점을 깨닫지 못하는 것이다. 또 비록 루 리드는 무표정하게 뉴욕 이야기를 풀어놓고 있으며 밴 모리슨은 그 특출한 소울과 목소리를(샘 쿡Sam

Cooke이나 심지어 엘비스 정도의 가장 위대한 남성 싱어에 속한다) 풀어놓고 있는데도, 그 둘이 실은 똑같은 주술을 사용하고 있다는 점을 깨닫지 못한다. 우리는 'Bad'에서 밴 모리슨과 같은 강도의 소울과 루 리드의 길거리 시가詩歌를 모두 담고자 시도하였다. 그렇지만 불행하게도 가사는 그다지 훌륭하지 못했다.

불행하게도, 이 곡은 전혀 완성된 노래가 아니었다.

그런데 작사가에게는 참으로 불행하게도, 브라이언 이노는 그 미완성 노래의 사운드를 사랑했다.

'Bad'가 U2의 가장 빛나는 곡 중 하나라고 생각하는 이들에게는 참으로 다행하게도, 브라이언은 결국 자기의 고집을 관철했다. 비록 나는 그 후 매일 밤 이 엉성한 가사의 빈틈을 메꾸어보려고 이 생각 저 생각을 하게 되지만, 그래도 이 노래의 모습을 이해한다. 이 노래는 입으로 악기 소리를 내는 마우스 뮤직mouth music이며, 기도문invocation이며, 혀를 앞뒤로 움직이며 소리 내는 혀 노래tongue singing이다. 그리하여 듣는 사람들을 어디론가로 싣고 간다.

또한 이는 약물 특히 헤로인이 정맥주사로 몸에 들어가 퍼지는 몽롱한 느낌을 일으켜보고자 했던 불가능한 시도였다. 캔버스에 페인트를 떡칠할 때마다 내 머릿속에 항상 떠오르는 사람이 있었으니, 구기의 남동생인 앤드루 "국 팬츠 델라니" 로언이었다. 인상주의, 표현주의, 과도신전증over-reachism. 내가 완전히 국 팬츠의 입장이 되었다고 생각한다면 이는 실로 주제넘은 짓이리라. 하지만 나는 이 노래에서 그렇게 해보려고 애를 썼다. 감정이입을 위한 의식적 무의식적 시도로서, 이는 객관적으로 존재하지 않는 어떤 이와의 대화였다. 앤디는 너무나 사랑스러운 아이였지만, 자신의 육신을 되찾기를 원하는 유령이었다. 1980년대 초, 너무나 많은 도시와 교외에서 약물 남용이라는 돌림병이 재앙처럼 덮쳤고, 앤드루의 가족과 친구들은 그 질병에 앤드루를 잃게 될까 봐 공포에 질렸다. 하지만 중독처럼 강력한 구속력을 가진 밧줄은 없다. 나도 시도해보았다. 하지만 실패했다. 밴 모리슨은 이런 시詩를 "마음으로부터 나오는 알아듣기 힘든 연설inarticulate speech of the heart"이라고 불렀다.

"사인 좀 해주실래요?"

우리가 브라이언 및 대니와 함께 〈The Unforgettable Fire〉을 녹음하고 있었던 1984년 7월, 슬레인 캐슬의 대지는 밥 딜런의 대규모 공연장이 된다.

나에게 밥 딜런은 시인이라는 면에서 예이츠나 카바낙Kavanagh 혹은 키츠와 같은 반열에 있는 인물이지만, 특히 내게는 두 가지 점에서 더욱 높은 위치를 점하고 있다. 천국에 대한 구의 탐구와 질문들, 그리고 그의 세속적인 유머 감각. 그리니치 빌리지Greenwich Village에서 가졌던 최초의 쇼에서도 밥 딜런은 노래들 사이에 찰리 채플린 흉내를 내곤 했으며, 그에게는 뭔가 말썽꾸러기와 같은 모습이 있다. 마주치게 되면 도저히 좋아하지 않고는 배길 수가 없는 그런 것이다. 1970년대 말 그는 기독교가 본래 유대교의 한 분파로 출발했다는 사실을 일깨우면서, 자신에게도 예수 그리스도가 삶을 구원하는 모종의 비전을 보여주었다고 공표했다. 비전은 시인들에게 반드시 있어야 하는 것이지만, 유머는 그렇지 않다. 나는 밥 딜런의 음반을 들으면서 다른 그 어느 예술가보다도 더 많이 웃음을 터뜨린 바 있었다. 그렇기 때문에 비록 1984년 당시 나는 아직 그와 실제로 만난 적이 없었지만, 내가 묵고 있는 곳에서 이 시간 여행자와 같은 음유시인이 공연을 베풀어 준다는 것만으로도 각별한 선물이 되었다. 공연이 있었던 날 나는 너무나 흥분하여 거의 말도 하지 못할 지경이었는데, 그때 어떤 낯선 이가 다가와 내 어깨를 두드리는 것이었다.

"사인 좀 해주실래요?" 밥 딜런이었다.

지금은 이게 아주 밥 딜런다운 행동이었다는 것을 이해한다. 입장을 완전히 바꾸어버리기. 밥 딜런과 우연히 마주친다? 이게 어떤 느낌이냐고?

이는 마치 윌리 셰익스피어와 마주치는 것과 비슷하다. 나는 내 발밑이 흔들리는 듯한 느낌을 받으면서 이곳이야말로 성스러운 땅이라고 생각했다. 나는 그의 신발 끈을 묶을 주제도 못 되지만, 다시 정신을 수습하여 그에게 체스를 한판 두자고 했다.

맞다. 체스 한 게임.

밥 딜런은 나를 무대 뒤에 있는 텐트 같은 곳으로 초대하였고, 나는 거기에서 그를 인터뷰했다. 나는《핫 프레스》에 밥 딜런과 함께 밴 모리슨에게도 그들이 아일랜드의 전통 음악을 사랑하는지에 대해 물어서 기사로 싣자고 제안했다. 밥은 브랜던 비언Brendan Behan과 그의 형제 도미니크Dominic 덕분에 유명해진 곡 'The Auld Triangle' 전체를 암송했다. 4절까지 혹은 5절까지도 아니라 6절 전체를. 심지어 대부분의 아일랜드 사람들조차 잘 모르는 가사들을 그는 모두 암송하고 있었다. 그는 아일랜드 발라드 가수들의 노래를 들으며 자라났다고 했다. 그가 웨스트 빌리지West Village에서 있었던 시간의 대부분은 클랜시 브러더스Clancy Brothers와 토미 마컴Tommy Makem의 노래를 듣는 데에 보냈다고 하였다. 또 그는 맥피크 가족McPeake Family을 높게 칭송했다. 그런데 맥피크 가족이라고? 나는 그런 이름을 한 번도 들어본 적이 없었다. 밴 모리슨에 따르면 이들은 북아일랜드 출신이라고 했다. 그러니 남쪽 아일랜드 출신인 내가 몰랐던 것일 수도 있다. 뭔가 앞뒤가 맞고 있었다.

"어떻게 이걸 모를 수가 있죠?" 밥은 내게 물었다. "이건 아일랜드는 말할 것도 없고 전 세계가 꼭 알아야 하는데."

나는 어찌 대답해야 할지 막연했지만 대충 둘러댔다.

"저도 모르죠. 우리 밴드는 꼭 우주에서 온 것 같다는 느낌입니다. 우리와는 전혀 다른 전통을 가진 도시의 외곽에서 온 느낌이고요. 하지만 그 도시는 우리에게 관심을 갖고 있지 않아요. 우리는 새로 시작하려고 노력 중입니다."

"개소리나 지껄이는 노땅들이 우리의 적입니다." 나는 계속 말했다. 그러면서 봐주듯이 이렇게 덧붙였다. "물론 약간의 예외가 있지요."

이 지점에서 내 인생의 가장 중요하고 진지한 예술가가 자신의 광대 분장을 하기 위해 떠나갔다.

어디론가로 떠나기 전에 먼저 내가 어디에서 왔는지를 아는 것이 반드시 필요하다는 것을 배우기 위해 영화 〈Don't Look Back〉의 주인공인 그가 몸소 무언가를 보여주어야 했던 것이다. 방랑벽은 미래뿐만 아니라 과거로도, 두 방향 모두를 향할 필요가 있었던 것이다.

그날 이후로 우리는 브라이언 이노와 함께 미래로 빠르게 달려갔지만, 또한 막아놓은 구멍으로 물이 새어 나가듯이 다니엘 라노이스와 함께 다시 과거로 빠져들어 가기도 했다. 그 구멍 아래로 들어가 하수구로 또 강물로도 따라가 보았다. 그러자 그 바닥에 가라앉아 있었던 모든 것들이 휘저어져 올라와서 우리의 밑거름이 되어주었다. 바로 그렇다. 모든 음악은 물에서 나온다. (이 문장을 쓰며 생각해보니, 이것은 참으로 밥 딜런이 쓸 법한 문장이다.)

그날 밤, 즉흥적인 생각대로 움직이는 밥 딜런은 카를로스 산타나와 나를 불러 함께 'Blowin' in the Wind'를 부르자고 제안했다. 하지만 그가 무대에 불러올린 내가, 그 노래를 감당할 만한 사람이 못 된다는 것을 그는 알고 있었을까? 나는 지독히 변덕스러운 예술가였다. 그리고 그다지 대단한 과거도 없으면서 감히 이 유명한, 노래들의 역사에서도 가장 유명한 노래 가운데 하나를 즉흥적으로 바꾸어 부르겠다고 덤벼드는 무모한 짓을 하였다.

우리 밴드가 처음 시작하던 때부터 나는 곡을 연주하면서 항상 가사를 새로 지어내곤 하였다. 하지만 모든 가사의 단어 하나하나까지 곱씹는 딜런의 팬들로 꽉 차 있는 청중들 앞에서 이러한 접근법이 얼마나 위험한 짓인지는 너무나 자명하였다. 이들은 바뀐 가사의 단어 하나하나를 저울에 매달아 보았다가 시원치 않으면 나까지 목을 매달 이들이었으니까. 그럼은 너무나 아름다웠다. 여름날 저녁, 보인강river Boyne이 유유히 등 뒤로 흐르고 있었고, 저 멀리 언덕 위로는 오래 된 성 한 채가 서 있었으며, 그 사이에 밥 딜런의 열정적인 팬들이 모여 있었다. 하지만 이 아름다운 그림이 나 하나 때문에 추한 그림으로 바뀔 판이었다. 처음에는 청중들 사이에서도 같은 아일랜드 사람인 나를 반기고 자랑스러워하는 분위기가 있었다. 저 친구가 우리 아일랜드 사람이래. 우리가 사랑하는 저 위대한 밥 딜런과 같은 무대에 서다니 참 대단하지 않아. 하지만 이런 분위기는 금세 사라지고 청중들의 얼굴에는 당혹감이 펴져 갔다. 놀라움이 퍼져 갔다. 그다음에는 부끄러움이 퍼져 갔다.

"저 친구 가사를 모르네."

"막 멋대로 가사를 지어내고 있어."

"그런데 그 가사가 형편없네."

나는 미지의 공간으로 점프를 해보았지만 내가 하늘을 날지 못한다는 것만 발견하고 말았다. 노래 제목처럼 "대답이 바람에 날리는" 게 아니라 내가 바람에 날리고 있었다. 먼지처럼 날려가고 있었다. 그리고 거대한 허풍선이가 되고 말았다.

어리고, 자신만만한…. 그런데 완전히 빗나간.

"나도 항상 가사를 바꿔서 불러요." 밥은 나중에 내게 말해주었다. 정말로 기품 있고 따뜻한 위로였다. "흘러가는 시간 속에 고정된 게 뭐가 있겠어요."

브라이언 이노와 캔버스를 끝까지 넓혀보다

브라이언 이노는 아침에 일찍 일어나서 아침 식사 전에 레코딩 스튜디오에 내려온다. 그리하여 창의성과 모험이 벌어질 수 있도록 세팅을 해 놓는다. 브라이언은 이 세상에 단 하나뿐인 존재이다. 대니의 뉴올리언스 친구들인 네빌 브러더스Neville Brothers는 브라이언이 새소리를 기반으로 신시사이저 파트를 만드는 것을 보면서 "저거 정말 대단하다. 완전히 다른 종류의 작업"이라고 말한 바 있다. 그러면서 옆으로 대니를 흘겨보면서 이렇게 물었다. "저런 고양이를 대체 어디서 데리고 온 거야?"

브라이언은 '음악적muso' 용어를 남발하는 대화를 극히 혐오했다. 예를 들어 그는 '리프riff'라는 용어를 절대로 쓰지 않았다. 그는 이를 "모습figure"이라고 불렀다. "기타 모습guitar figure"이라는 식이었다. 그는 '사운드'라는 말을 쓰지 않고 '소닉sonic'이라는 말을 썼다. 그는 매일 그의 검은 양장본 일기장에 자기 생각들을 적어 놓았다. 어떨 때는 말이기도 했지만 어떨 때는 그림이나 도표이기도 했다. 어느 날에는 일반인은 알아볼 수 없는 학술 개념이기도 했고, 또 어떤 날은 야한 그림이 되기도 했다. 하지만 그는 그 기록을 진지하게 받아들였다. 브라이언은 섹스에 대해 이야기하는 것도 좋아했지만, 탈의실에서의 이야기식은 아니었고(이는 우리도 쿨하지 못하다고 여겼다), 과학적 방식으로 이야기했다. 한 예로, 그의 책《맹장이 부은 채로 한 해를A Year with Swollen Appendices》에 보면 그가 생 폴 드 방스St. Paul de Vence에 있는 레스토랑 라 콜롱브 도르La Colombe d'Or에 달린 작은 풀장에서 수영을 하다가 발기를 경험하는 느낌을 묘사하고 있다. 지식인인 척하는 스스로를 비웃으면서.

앨범 작업 과정에서 우리가, 특히 내가 행했던 여러 탐구가 이론적 성격을 많이 띠고 있었기에 어떨 때에는 잘난 척하는 것으로 느껴지기도 했다. 하지만 브라이언과의 대화는 예외였다. 그와 이야기하다 보면 허세를 부리고 어쩌고 할 틈도 없었다. 그는 대화에 분명한 논점이 있을 때만 대화를 했다. 예를 들어 우리는 아프리카 문화의 영향에 대해서, 그리고 부르고 대답하는 무조無調의 아프리카 음악이 어떻게 해서 힙합이라고 불리는 새로운 대중문화 형태를 탄생시켰는지를 이야기했다. 이 독창적인 아프리카의 음악이 이제 샘플러와 드럼 머신 등 온갖 전자 장치들을 통하여 나타나는 것은 참으로 충격적인 일이었다. 이는 클라이브 싱클레어Clive Sinclair와 같은 영국 엔지니어나 로저 린Roger Linn 같은 미국의 디자이너들이 꿈꾸었던 일이 아닌가.

나는 또한 아일랜드 골웨이Galway 출신 영화제작자 밥 퀸Bob Quinn의 저작에 매료되었다. 그는 아일랜드 음악의 기원을 북아프리카와 중동에서 찾고 있었다. 음악학자들의 저작에 따르면 아일랜드의 옛날 멜로디들은 아프리카의 사헬Sahel 지역을 가로질러 중동으로까지 추적할 수 있다는 것이었다. 앨리와 나는 바로 이 경로를 거꾸로 하여 카이로에서 되돌아온 참이었다.

이 당시 우리는 그야말로 음악, 종교, 정치에 대해 전면적으로 왕성하게 질문을 던지고 있었던지라 이 기간은 '탐구'라는 말로 묘사하는 것이 좋겠다. 우리 밴드는 2.5인의 개신교도들과 1.5인의 가톨릭으로 구성되어 있었기에 전통적인 "아일랜드다움"에 기대는 것도 자연스럽지 못했다. 우리 중 누구도 도대체 "아일랜드다움"이 무엇인지 정확히 알지 못했기 때문이었다. 아마 이는 다행인 일이었을 것이다. 우리의 음악적 방랑벽을 채우기 위해 과거를 들여다볼 때 아일랜드가 너무 큰 비중을 차지하지 않는 것이 아마 나았을 것이다.

우리가 슬레인 캐슬에서 〈The Unforgettable Fire〉를 만들면서 나누었던 여러 대화에서 비롯된 것들 중에는 이후 우리 밴드가 걸어온 길을 설명해 주는 것들이 많다. 국제 앰네스티Amnesty International와 함께 미국 여러 곳을 돌아다녔던 일, 나와 앨리가 에티오피아로 함께 여행을 떠났던 일, 시카고의 평화 박물관, 남아프리카의 인종 분리를 반대하는 운동의 일환으로 키스 리처즈Keith Richards와 함께 'Silver and Gold'를 만들었던 일, 이 모든 것들이 한 줄로 이어지면서 3년 후에는 〈The Joshua Tree〉 앨범을 낳게 된다.

이 모든 여정은 슬레인 캐슬에서 브라이언 및 대니와 부엌 식탁에서 나누었던 대화로부터 비롯되는 것들이었다. 아마도 이때가 우리가 처음으로 스스로를 예술가라고 느꼈던 시점이었을 것이다. 브라이언 이노와 함께했던 시간은 특별 교습이었으며, 이를 통해 우리는 우리들 스스로의 삶이 거쳐온 세세한 여정들을 진지하게 받아들이게 되었다.

"당신이 가진 것은 그것뿐이에요." 우편배달부의 아들인 브라이언은 말했다. "그게 다예요. 당신이 생각한 그 모든 것들. 그것들이 당신이 누구인지를 결정하는 겁니다."

I was discovering that adventures
in the wider world are often
attempts to discover who we are
when we are alone in our room
with the lights off

outside its America ......
inside its America too

Bullet the Blue sky
Bullet the Blue sky

14

Bullet the Blue Sky

푸른 하늘을 향한 총알

In the locust wind
Comes a rattle and hum.
Jacob wrestled the angel
And the angel was overcome.

You plant a demon seed
You raise a flower of fire.
See them burnin' crosses
See the flames, higher and higher.

성장기의 기억에서 가장 강렬한 것 중 하나는 폭력이다. 북아일랜드에서 벌어진 폭력, 골목에서 저질러진 폭력, 닫힌 문 뒤에서 자행되는 폭력, 이웃집에서 벌어지는 폭력. 동성애자 친구에게 사람들이 인상을 찌푸리는 정신적 폭력. 물론 사실은 아니었지만, 우리는 항상 골목의 모퉁이를 돌 때마다 뭔가가 덤비는 듯한 느낌을 받았다. 힘센 놈들의 괴롭힘. 10대 때 구기와 나는 2단계 전략을 논의했다.

1. 할 수 있다면 적과 친구를 맺어라.
2. 그게 안 되면, 그놈들을 흠씬 두들겨 패줄 수 있다고 스스로에게 말해라.

그다지 진화된 전략은 아니었다. 게다가 말할 것도 없이 이러한 허세를 항상 실현할 수 있는 것도 아니었으니, 10대 후반에는 그런 유치한 사고방식은 벗어던지게 되었다. "세상 속으로 들어가서 살자." 친구 카르모도그Carmodog는 말한다. "하지만 이 세상의 일부가 되지는 않는다."

하지만 나의 영적인 삶에서도 전쟁이 계속 따라왔다. 나는 노란색 형광펜으로 좋아하는 성경 구절에 표시했다. 바울이 에베소의 새로운 신도들에게 보낸 서한에 나오는 말이다. "악마의 간계에 맞설 수 있도록, 하나님이 주시는 온몸을 덮는 갑옷을 입으십시오. 우리의 싸움은 인간을 적대자로 상대하는 것이 아니라, 통치자들과 권세자들과 이 어두운 세계의 지배자들과 하늘에 있는 악한 영들을 상대로 하는 것입니다."

멋진 구절이다. 나는 닉 케이브Nick Cave 또한 이 구절을 읽었음에 틀림없다고 생각한다. 아마도 셰인 맥고완Shane MacGowan도 마찬가지일 것이다. 밥 딜런과 레너드 코헨 같은 원로들 또한 킹제임스 흠정본 성경의 옛날 말투로 묘사되는 어둠과 악에 대한 이야기를 분명히 잘 알고 있었다.

이런 말들이 "예수의 병사들이여, 앞으로 나아가라!"로 들릴 수도 있겠지만, 어떤 면에서는 이 세계가 지금도 스스로와의 전쟁을 계속하고 있다고 본다. 내가 옛날과 달라진 점이 있다면, 이제 나는 남들의 행동보다는 나 스스로의 행동에서 뭔가를 발견하려는 쪽으로 더 노력한다는 점이다. 내가 서서히 이해하게 된 사실이 있다. 우리가 맞서 싸우려고 하는 힘을 제대로 이해하고자 한다면, 우리 스스로가 추구하는 바의 반대 생각에 익숙해지는 게 도움이 된다는 것이다. 싸움은 그다음에 벌여도 늦지 않다.

악마가 익숙해질 정도로 파악해라. 링 안으로 들어갈 때 가장 준비가 잘된 격투가는 적을 잘 이해하려고 노력한다. 특히 그 적이 당신 자신일 때는 더욱 그렇다.

초라한 총소리

우리가 누구인지 알아내기 위해서는 방 안에 불을 끄고 홀로 틀어박히는 방법만이 아니라, 더 넓은 세상으로 모험을 떠나는 방법도 좋을 때가 많다는 것을 나는 알아가고 있었다. 하지만 이것만으로는 1986년 늦은 봄 내가 앨리에게 중미 지역을 여행하자고 설득했던 것을 설명할 수가 없다. 당시 그곳은 혼란, 혁명, 폭력의 한복판에 있었기 때문이다.

'해방liberation'이라는 말이 목숨을 내걸 만큼 소중한 것임을 이해하지만, 다른 어떤 말보다 이 단어 때문에 목숨을 잃은 사람이 단연코 많다는 걸 생각하면 정신이 번쩍 든다. 해방이라는 사상에 수없이 많은 이들이 목숨을 내던졌다. 나는 해방신학에 관심을 가지게 되었다. 라틴아메리카에서 생겨난 사상으로, 정치적 좌파의 원칙들을 성경에 나온 생각들과 융합하려는 신학이었다. 신봉자들과 급진적 성직자들은 놀라운 성경 지식을 가지고 있었다. 미국 복음주의자들도 이 점만큼은 높게 평가했을지 모르지만, 해방신학이 제시하는 비전에 대해서는 전혀 아니었다. 해방신학의 비전은 미국 정치 세력이 중남미 인민들을 노예로 만들고 있다는 것이었으니까.

니카라과에서 혁명이 일어났다. 미국의 많은 이들은 그 혁명이 더 북쪽으로 올라올 것을 두려워했으며, 그리하여 미국과 국경을 같이하는 멕시코마저 공산주의자들에게 장악당할 것을 두려워했다. 이러한 피해망상은 니카라과에 인접한 엘살바도르를 대상으로 삼아 뚜렷하게 나타났고, 미국인들은 고전적인 냉전의 사고방식에 붙들린 나머지 엘살바도르의 군부독재 집단을 지지했다. 오로지 그들이 공산주의자가 아니라는 이유였다. 착한 사람들이 공산주의자로 변할 것이 두렵다고 해서 그 착한 사람들을 억누르는 나쁜 사람들 편에 서고 말았던 것이다.

엘살바도르 전역에 걸쳐 사람들이 실종되었다. 우리는 비행기를 타고 수도인 산살바도르에 도착해 곧 한 마을로 차를 타고 들어갔다. 가는 길에 우리는 어떤 전륜구동차가 사람 시체 한 구를 길거리에 내던지고 달아나는 것을 보았다. 차를 세우고 시체를 살펴보니 그의 가슴에 다음과 같은 쪽지가 핀으로 달려 있었다. "혁명을 꾀하는 자들은 이 꼴이 난다."

그 시체에 아무도 다가오려고 하지 않았다. 그 마을 사람들조차 시체를 외면했다. 나중에 그 이유를 들었다. 만약 누구든 이 시체를 아는 체하면 길거리에 뒹구는 그다음 시체가 될 수 있다는 것이었다. 정신을 차리고 보니 1980년대 중반 엘살바도르의 악몽이 바로 눈앞에 펼쳐져 있었다.

끔찍한 공포 가운데에서도 코미디 같은 점이 있었다. 사람들을 찍어서 어디론가 끌고 가는 비밀경찰들은 모두 똑같이 검은색 칠갑을 한 일본제 오프로드 차량을 끌고 다닌다는 것이었다. 그렇게 다니면 너무나 티가 나는데 그게 무슨 비밀경찰이라는 것인가? 하지만 그들이 멍청해서 그랬던 건 아니었다. 이는 사람들에게 겁을 주기 위한 일종의 전략이었다. 그 차 한 대가 학교나 교회의 바깥에 주차되어 있다면, 다음과 같은 경고다. "우리가 왔다. 너희를 보고 있다. 누구도 절대로 …를 못 하게 만들 수 있다."

아침 일찍부터 이들은 마을을 습격해 사람들을 끌고 갔고, 그들은 다시 돌아오지 못했다. 내가 'Mothers of the Disappeared'의 가사를 쓴 것은, 사랑하는 자식들을 잃었을 뿐만 아니라 그 시신을 되찾을 기회조차 빼앗기는 수모를 당한 엘살바도르의 어머니들을 만난 뒤였다. 앨리는 아직 어머니가 아니었지만, 그녀가 상상할 수 있는 (혹은 상상할 수도 없는) 이 끔찍한 상실에 대해 몸서리를 치며 괴로워했다. 하지만 이 비밀경찰에 돈을 대는 정부를 바로 양키들과 서방 세계가 지원하고 있었다.

며칠 후, 우리는 반란군 지역으로 차를 몰고 들어갔다. 동행했던 이들은 미국의 인권 NGO인 CAMP(Central American Mission Partners)의 자원자들로서, 엘살바도르에서 살해 위협을 받는 이들을 보호하고 돕는 역할을 하고 있었다. 현지인으로 우리 가이드이자 정보원인 사울Saul, 전체의 리더인 데이브 뱃스톤Dave Batstone이 있었다. 그리고 누더기가 된 자신의 BMW의 지붕에 서프보드를 싣고 북캘리포니아에서부터 내려온 사람 좋은 해럴드 호일

Harold Hoyle도 있었다. 또한 우리와 함께하겠다고 굳은 결의를 보여준 이상주의자 미국 저널리스트인 웬디 브라운Wendy Brown이 있었다. 우리가 하려던 바는, 반란군들에게 크게 동정적이고 선정적인 저널리즘의 집단적 실험에 가까웠다. 앨리와 내가 끼어들 자리는 결단코 아니었다.

우리가 차량에서 내려 도보로 수풀 속으로 들어갔을 때 하늘이 윙윙거리며 땅이 흔들리는 걸 느꼈다. 멀리 하늘 위에 군용기가 작은 마을 위를 빙빙 돌고 있었다. 반란군이 장악한 오지 마을을 폭격하고 있는 거라고 했다. 정부가 취한 전략은 일단 마을 주민들에게 마을을 비우라는 시한을 주고서, 게릴라 전사들이 도망을 나오면 그들을 붙잡거나 살해하는 것이었다. 만약 게릴라 전사들이 나오지 않고 버틴다면? 어차피 거기에서 다 죽을 테니 신경 쓸 것 없다. 그들은 이를 "어항 비우기 전략"이라 불렀다. 어항에서 물을 다 빼버린다면 물고기들은 죽게 돼 있다. 이 살인 행위를 불러온 서면 명령에 어떤 표현이 쓰였든, 그 배후의 정치학은 이런 거였다.

그날은 유독 축축하고 습기가 가득했다. 더위 때문에 식은 땀방울이 흘러내려 햇빛에 그을린 우리의 붉은 얼굴 위에서 반짝였다. 내가 10대 이후로 경험하지 못했던 느낌이 들었다. 뭔가 본능적으로 일이 벌어질 것 같다는 불길한 직감이었다. 하지만 남자다운 모습을 유지해야 했기에 불안감 따위를 입 밖으로 꺼낼 수는 없었다. 이러한 위험을 매일 드나드는 우리의 엘살바도르인 가이드들은 신경도 쓰지 않았다. 우리는 열대 식물들 사이를 지나며 한 시간 넘게 능선을 걸었고, 그때 한 무리의 반란군이 무기를 들고 우리 옆을 스쳐 갔다. 어떤 이들은 15세나 16세밖에 되지 않아 보였으며, 그 무리 중 한 명의 도전적인 표정이 내 뇌리에 남았다. 그녀의 눈에 깃든 느낌은 너무나 많은 것을 말하는 듯했지만, 내가 이해할 수 있는 것은 "내 안에 어떤 불길이 타고 있는지 감히 보려고 하지 마"라는 정도였다.

다음 날, 목초지를 걸어가는 도중에 수풀에서 반란군 병사들이 튀어나와 우리 머리 위로 총질을 하기 시작했다. 우리는 얼어붙었으며 심장이 쿵쾅거렸고 최악의 경우를 생각하고 있었다. 바로 그때 그들이 우리를 놀리며 웃어대기 시작했다. 사실 이들은 수풀에서 나타날 때부터 이미 표정에서 웃음을 머금고 있었고, 그게 곧 장난스러운 웃음으로 터진 것이었다. 이들은 그저 양키들에게 겁을 주려 했을 뿐이었다.

내가 사정거리 바깥에서 내 귀로 직접 총소리를 들은 건 그때가 처음이었고, 그건 결코 잊지 못할 소리였다. "빵 빵 빵" 소리가 아닌 "푯 푯 푯"에 가까운. 초라한 소리였다.

언덕배기에서 우리는 한 농가의 벽에 스프레이로 쓰인 구호를 보았다. "예수, 좆 까라!Fuck Jesus!" 앨리와 나는 이 낙서를 보고 매우 놀랐다. 급진적인 성직자들은 예수 그리스도를 가난한 이들의 친구로 묘사하고 있지 않던가. 그런데 어째서 이런 일이.

"아니요, 아니에요. 저건 예수 그리스도가 아니에요." 가이드가 설명했다. 그는 눈동자를 위로 한 바퀴 굴리면서 스페인어처럼 J를 H로 발음했다.

"저건 '헤수스'예요. 옆 골목에 사는 사람이죠. 그러니까 '헤수스, 좆 까라!' 이런 소리입니다." 웃어도 되는 상황이었지만, 사실 그 상황에서 웃음은 필수적이었다. 교회에서처럼, 엘살바도르와 니카라과에서 예수는 한 명이 아닌 듯했다.

비록 나는 10대에 종군기자를 꿈꾸었지만, 솔직히 지금 우리 부부는 구호 및 개발 기관에 약간의 지원을 하는 것 말고는 그저 서방 세계에 깊이 파묻혀 살고 있을 뿐이다. 하지만 그 당시 나는 이 세상으로 더 깊이 들어가서 나를 둘러싼 세상을 이해하고 싶었다. 그렇게 이해한 바를 말로 푸는 게 아니라 무언가로 보여주고 싶었고, 보는 것만이 아니라 느낌으로도 전달하려 했다. 전혀 다른 이야기 방식을 원했던 것이다.

아일랜드로 돌아온 나는 엣지에게 우리가 본 것을 설명했고, 뉴스 장면들을 밴드 멤버들에게 보여주었다. 우리가 데인즈모트Danesmoate에 마련한 스튜디오에서였다. 우리는 물었다. 엣지가 그 저공비행하는 전투기의 굉음을 낼 수 있을까? 래리는 땅이 흔들리는 소리를 낼 수 있을까? 애덤은 윙윙거리는 베이스 소리로 공포스러운 분위기를 만들 수 있을까? 애덤의 베이스라인에서 시작하는 이 노래 'Bullet the Blue Sky'로 이 사람들의 이야기를 담아낼 수 있을까?

할 수 있든 없든, 우리는 시도해볼 참이었다. 그리하여 'Bullet the Blue Sky'는 우리의 중남미 벽화를 그리는 캔버스가 된다. 이 캔버스 위에 나는 내 첫 번째 절규를 갈겨썼다.

And I can see those fighter planes
And I can see those fighter planes
Across the mud huts as children sleep
Through the alleys of a quiet city street.
You take the staircase to the first floor
You turn the key and you slowly unlock the door
As a man breathes into his saxophone
And through the walls you hear the city groan.
Outside, it's America
Outside, it's America
America

그 후 'Bullet the Blue Sky'의 최초 버전에서 얼마나 많은 변형과 즉흥 연주가 벌어질지 당시로서는 우리 중 아무도 예측하지 못했다. 1987년 3월 〈The Joshua Tree〉가 발매된 이후 우리 밴드는 일관되게 미국의 외교 정책에 맹공격을 퍼부었다. 우리가 서 있는 곳은 명확했다. 바리케이드 뒤였다. 1990년대 초 〈ZOO TV〉 공연에서 나는 밤마다 미국 정부를 비꼬고 풍자했다. 바리케이드 뒤에서.

꺼져라, 미국이여

시간을 앞으로 당겨 최근에 꿈에 나온 펜타곤 이야기를 할까 한다. 꿈속에서 시점은 2008년 1월 23일이었고, 나는 5각형 모양의 펜타곤 건물 깊숙한 곳 3E880호실에서 미국 국방 장관 로버트 게이츠Robert Gates와 6인치 너비의 정사각형 떡갈나무 탁자에 앉아 있다. 한 무리의 장성들이(3성 장관? 4성 장관? 별이 없었나? 잘 모르겠다) 함께 앉아 있었고, 그들이 거느린 부하들이 방을 죽 둘러싸고서 내가 말하는 것을 듣고 있었다. 나는 당혹스러웠다. 사실은 그 이상이었다. 'Bullet the Blue Sky'를 쓴 친구와 미국 군부의 최고 수반이 같은 탁자에 앉아서 나누는 이야기를 이 모든 전쟁 영웅들이 참고 들어주고 있다니?

이 군산복합체 인사들이 동원할 수 있는 화력을 모두 합치면 어마어마했겠지만, 꿈속이라 그런지 그렇게 무섭지는 않았다. 정말 무서웠던 것은 내가 이 자리를 아주 편안히 여겼다는 것, 그리고 국방부 장관과 그의 최고위층 부하들이 너무나 똑똑하다는 점이었다.

그리고 특별히 더 무서운 것이 있었다. 이게 꿈이 아니라는 점이었다.

이건 기억이었다.

이 노래를 쓴 지 20년이 흐르자 더 이상 "꺼져라, 미국이여"가 진리가 아니게 되었다는 반박 불가한 증거다. 나는 이제 미국 안에 들어와 있다. 그것도 가장 중심 자리에. 바리케이드를 기어 반대쪽으로 넘어간 것이다.

물론 내가 거기에 간 것은, 먼 지역의 평화와 안보를 위해서 미국 정부 산하의 국제 원조 및 개발 기구 USAID에 투자해 달라고 설득하기 위해서였다. 빈곤이 지배하게 되면 악한들이 날뛰고 국가가 무너지게 되어 있으며, 이것이 사회 정치적 혼돈을 가져올 수밖에 없기 때문이라는 논리였다.

그리고 개발도상국 세계에서 사태가 터진 뒤 대처하기보다는 사태를 미연에 방지하는 게 더 싸게 먹힌다는 데 국방부 장관이 동의했기 때문이다.

이는 1986년 중남미 상황과 비교해보면 상당한 도약이라고 할 수 있다.

이제는 NATO 전직 최고 사령관 짐 존스Jim Jones 장군조차도 같은 이야기를 하고 있다. 아직은 어떻게 될지 모르지만, 도널드 트럼프가 집권하게 될 경우 국방부 장관이 될 제임스 "미친개" 매티스James "Mad Dog" Mattis조차도 트럼프의 입장을 논박하고 있다. 내 식으로 표현하자면, "USAID 예산을 삭감한다면 내게 총알을 더 사주셔야 할 거요"라는 게 매티스의 주장이다.

이런 일들이 있었지만, 내 의식의 흐름 아래에서는 평화주의자로서의 내가 펜타곤을 편안하게 느낀다는 것이 여전히 불편하다. 맹렬한 평화주의자인 U2 멤버들의 양심은 말할 필요도 없다.

이렇게 바리케이드의 양쪽 모두를 오가고자 했던 충동은 모순된 것으로 보이지만, 나는 이를 즐겨왔다. 나는 우리 밴드 앞에서나 또 우리의 청중 앞에서 그러한 충동을 이야기로 마구 풀어냈으며, 나의 자살을 연출하기 위한 장치로서 'Bullet the Blue Sky'를 활용할 때도 많았다.

나는 그 곡을 노래했으며, 또 몸짓으로 풀어냈다.

나는 바리케이드의 반대쪽으로 넘어가 입장을 정반대로 바꾸어버림으로써, 모순덩어리인 나 자신을 폭로해 버린다.

애덤 클레이턴의 베이스 부분이 그 열쇠key다. 나는 이 곡이 어느 한 조key에 속하는지 모르겠지만(누구도 알 길이 없다), 우리 밴드가 그 곡을 연주하는 시간은 7분에서 8분까지 이어지며, 그동안 베이스라인은 결코 힘이 떨어지는 법이 없다.

2015년 6월 시카고의 유나이티드 센터United Center였다. 나는 정말로 끝장을 볼 셈으로 덤벼들었다. 미국 성조기가 그려진 메가폰을 들고 소리를 지르면서 욕설의 가사를 쏟아놓았다. 보통 극단적 이데올로기나 그것을 대표하는 인물들에게만 쓰는 진짜 욕설이었다. 이 버전의 출처는 아일랜드의 극작가인 코너 맥퍼슨Conor McPherson과의 대화에서 나온 것이었다. 그는 희곡 작가일 뿐만 아니라 재즈 연주자이기도 하다.

This boy comes up to me
His face red like a rose on a thornbush
A young man, a young man's blush
And this boy looks a whole lot like me
And the boy asks me
Have you forgotten who you are?
Have you forgotten where you come from?
You're Irish
A long way from home
But here you are, all smilin' and makin'
out with the powerful.

그야말로 터진 입이다. 나의 젊은 시절의 자아와 늙은 시절의 자아가 기승을 부리며 서로 싸우고 있다. 젊은 쪽이 늙은 쪽을 두고서 "해결책의 일부가 되는 게 아니라 문제의 일부가 되어버렸다"고 으르렁거리는 동안은 나 스스로의 등에다가 채찍질을 퍼붓는 가혹한 자아비판 같다. 하지만 이런 긴 설교가 끝나고 이 곡이 끝날 때는 현재 시제의 실용주의자가 끄떡없이 다시 일어선다.

나는 〈Songs of Innocence〉와 〈Songs of Experience〉의 핵심을 이루는 변증법을 포착하기 위해 이러한 수사학적 도구를 사용해 왔다. 이 한 쌍의 앨범은 윌리엄 블레이크가 18세기에 내놓았던 같은 제목의 시집에서 영감을 얻었다. 스스로에게 혼잣말하는 버릇은 무언가 정신적 문제가 있다는 경종이라고들 말한다. 그런데 이렇게 입으로 뱉어낸 자기 성찰은 재미있을 뿐만 아니라, 지난 20년 동안 어쩌면 속세에 찌들어 완전히 변해버렸을지도 모르는 나의 세속성을 좀 더 명확히 볼 수 있게 해 준다. 20살 시절의 나라면 절대로 그런 세속성을 참아주지 않았을 것이다. 그 시절의 나는 세상을 흑백으로 갈라서 보았으며, 기껏해야 어느 정도의 회색 지대를 (아마도) 인정했을 뿐이었다. 나와 내 친구들, 나와 앨리, 나와 우리 밴드, 그리고 거기에 맞서는 이 세상.

분노 자체는 잘못된 것이 없다. 존 라이든John Lydon의 노래 가사처럼, "분노는 에너지"이니까. 이는 분명히 나에게 익숙한 에너지이며, 나는 그것이 정의의 분노이기를 희망하며 또 그렇다고 믿는다. 하지만 불행히도 가끔은 나도 독선적인 변종의 잘못된 분노에 빠지기도 한다. 추한 분노이며, 전혀 쓸모가 없는 분노다.

하지만 정의의 분노라면?

얼마든지 분노로 들끓어도 좋다.

이 세상은 태초부터 힘으로 겁박하는 자들이 지배해 왔다. 어느 나라든 대부분 지배층은 깡패들이다.

'엘리트'란 깡패들의 다른 이름일 뿐이다. 역사적으로 중요한 위치를 차지했던 나라치고 모종의 지정학적 깡패짓에 몰두하지 않았던 나라는 거의 없다.

이 악당들은 많은 얼굴을 하고 나타난다. 푸틴이나 스탈린 같은 자들은 책을 읽는 이들은 모조리 자기에게 위협이 된다고 생각하여 안경 낀 이들을 죄다 숙청해 버렸다. 마오쩌둥 주석은 색깔이 있는 새들과 꽃들을 퇴폐적이라는 이유로 불법화해 버렸다. 하지만 이렇게 뻔한 악당들만 있는 게 아니다. 우리 2차 세계대전 승전국들은 사실상 전쟁이 끝났는데도 나가사키에 원자폭탄을 떨어뜨리고 드레스덴에 융단 폭격을 가했다. 그리고 내가 살아 있는 동안에도 미국은 이기지도 못할 베트남 전쟁 때문에 비밀리에 캄보디아에 엄청난 폭격을 저질렀다. 그리고 우리 아일랜드만 해도, 군인들이 일상적으로 행하는 각종 잔혹 행위에 저항한다는 명분으로 무장 집단들이 각종 잔혹 행위를 계획한 바 있다.

그런데 다른 종류의 깡패도 있다. 바로 상황이라는 놈이다.

입에 풀칠을 하지 않으면 살아갈 수 없는, 당신과 나와 같은 존재들이 놓인 바로 그런 상황.

our language remembers the word
"**keening**" to explain the unexplainable

15

Where the Streets Have No Name

이름 없는 거리에서

I want to run, I want to hide
I want to tear down the walls
That hold me inside.

땅 위로 안개가 올라온다. 에티오피아의 붉은 대지가 숨을 내쉰다. 땅이 호흡하고 있다. 땅이 살아 있다. 그저 살아 있을 뿐이지만, 그래도 살아 있다. 이 붉은 진흙의 표피 아래로 심장이 쿵쿵 뛴다. 그 리듬이 들려오는 땅 위에서 앨리와 나는 지난 한 달 동안 텐트를 치고 생활했다.

텐트가 있는 곳은 에티오피아 북부 지역인 사우스 올로South Wollo의 아지바르Ajibar라는 곳이다. 여기의 식량 보관소 및 보육원에 와 있다. 1985년 가을, 에티오피아는 기근을 겪고 있었다. 캄보디아 및 방글라데시를 덮쳤던 기근 이후 10년 만에 보는 끔찍한 기근이었다. 대기근은 이 큰 나라 무수한 사람들의 삶을 뒤집어 놓았지만, 보잘것없는 앨리와 나의 삶을 바른 방향으로 세워 놓았다. 우리는 완전히 달라졌다. 하지만 이날 아침 우리를 깨운 것은 미친 듯 폭주하는 활화산 같은 심장 소리 때문이었다.

마치 손에 마체테 칼을 든 소년들에게 쫓기는 야수가 쿵쾅거리면서 땅을 뒤흔드는 듯한 박동 소리였다. 그런데 그건 실제 상황이었다. 정말로 마체테 칼을 든 소년들이 어떤 야수를 뒤쫓고 있었다.

흉포한 야수는 아니었다. 하지만 그 짐승은 우리 텐트 바로 옆 축축한 잔디밭에서 도륙되고 있었다. 텐트 앞쪽 열린 틈으로 살짝 엿보았을 때, 괴상한 투우 게임은 거의 끝나가고 있었고, 불쌍한 소는 땅으로 쓰러졌으며, 칼로 그은 목덜미에서는 피가 강물처럼 흘러내려 잔디밭을 뒤덮었고 거기에서 김이 모락모락 올라왔다. 한 무리의 소년들이 웃고 있었고, 그들의 눈은 그들의 식욕만큼 크게 떠졌다. 웃음으로 입도 한껏 찢어져 있었다. 다른 곳에서 태어났라면 저 찢어진 입만큼 더 큰 가능성을 얻었을 아이들. 하지만 그것보다 더 크게 벌어진 것은 이 나라를 찢어놓은 분열이었다. 하일레 셀라시에Haile Selassie 황제가 군림하던 에티오피아는 십몇 년 전 혁명을 겪었지만, 새로 들어선 신공산주의 전제정은 황실이 이 나라에 입혔던 것보다 더 큰 손상을 입히고 있었고, 나라 전체가 나락으로 떨어져 가고 있었다.

그 한 달 동안 웃음소리와 당당한 기백을 보여준 이들이 적지 않았지만, 이 어린 소년들의 환호를 들으면서 우리는 세계 대부분 지역에서 아이들이 어떻게 지내는지 다시 생각하게 됐다. 우리도 불과 한 달 사이에 극도의 영양실조와 빈곤으로 부풀어오른 복부와 그에 따라오는 일상적인 조용한 고통에 익숙해졌던 것이다. 그러다가 그 슬픔의 낮은 목소리가 크레센도로 치닫는 일이 주기적으로 벌어졌다. 너무나 당연한 이야기이지만, 이 상황에서도 죽음은 여전히 큰 사건이다. 사랑하는 사람을 잃은 이들은 우리 고향에서처럼 소리 없이 눈물을 흘리는 게 아니었다. 울음소리는 오페라를 방불케 했다. 살아 있는 사람들의 피가 굳어버릴 만큼 섬뜩한 그 울음소리는 산 자와 죽은 자를 갈라놓은 거대한 간극까지도 넘어섰다. 아마도 오래전 19세기 중반 아일랜드가 큰 기근을 겪었을 때 우리들도 이런 비명을 질렀을 것이다. 우리 켈트어에는 이 죽음이라는 설명할 수 없는 일을 설명하기 위해 '호곡號哭, keening'이라는 말이 내려온다.

하지만 우리가 텐트의 열린 틈으로 목격한 것은 전혀 다른 종류의 학살이었다.

이 풍요의 세상 한복판에서 기근이라니. 그래서 더 외설스럽고 구역질나는 이 기근은 엉망으로 계획되고 행해지는 느린 도륙처럼 잔인하기 짝이 없었다. 오늘 이 캠프의 일부 사람들은 오랜만에 고기를 먹으면서 필요한 단백질을 보충할 것이다. 이날은 우리가 이 작은 시골 도시에 머무르는 마지막 날이었다. 우리는 이곳의 중요한 특징들도 멀리서 흘끔 보았을 뿐이었다. 여기는 꼭대기가 평평하고 가파른 등성이가 있는 지형으로, 메넬리크 황제가 쉬러 오는 장소의 하나였을 뿐 아니라 시바여왕, 솔로몬왕, 다윗의 혈통, 히브리어 경전들과 연결되는 역사와 전설의 장소이기도 했다.

이곳의 아침에는 땅이 축축하여 안개가 피어나지만, 안개가 걷히면서 기괴한 장면들이 한순간에 드러나는 경우가 있다. 밤을 새워 이곳을 찾아 터덜터덜 걸어온 지친 이들이 낮게 깔린 구름으로부터 불쑥 모습을 드러낸다. 회색의 빛을 받은 유령들처럼. 어떨 때는 여러 가족이, 어떨 때는 서로 얼굴도 모르는 이들이 두 명씩 세 명씩 짝을 지어 함께 걷는다. 어떤 이들은 혼자이지만 어떤 이들은 죽은 아이들을 안거나 업고 온다. 아이들의 죽음을 받아들이지 못해 고통으로 몸부림치면서. 음식이든 다른 무어라도 좋으니 제발 도와달라고 애걸하는 사람들. 정말이지 성경에나 나올 법한 끔찍한 곤경의 장면. 이들은 비록 전쟁에서는 살아남았지만 이제는 잔인하기 짝이 없는 평화에서 또 목숨을 지키기 위해 몸부림쳐야 한다. 새로운 독재자의 북소리에 맞추어 억지로 행진하면서. 일부 사람들의 주장에 따르면 그 독재자는 이 기아 사태를 자신에 대한 저항을 분쇄하는 무기로까지 이용하고 있다고 한다. 하지만 여기 이 역사의 한구석에서 이들은 결코 정복당한 적이 없는 민족으로 여전히 남아 있다.

지난 한 달 우리는 보육원에 자원봉사를 하면서 연극과 음악을 이용한 교육 프로그램 작업을 했다. 무대조명을 맡은 이들과 협업하여 아이들이 보건과 영양의 기본 개념을 배우는 데 도움을 주는 무언극 형식의 단막 노래극을 네 편 만들었고, 아마릭어Amharic로 번역했다.

나는 두 가지 이름으로 불렸다. 하나는 굿모닝 박사, 다른 하나는 수염 달린 소녀였다. 우리가 여기 온 것은 이 나라 사람들과 연대를 표하고, 또 비록 너무나 진부한 질문이지만 분명 이 세상에 존재하는 가장 큰 의문이자 그때 이후 지금까지도 대답해보려 애쓰고 있는 질문을 보다 잘 이해하기 위해서였다. 모든 게 넘쳐나는 세상에 왜 굶주림이 존재하는가? 설탕이 산을 이루고 우유가 바다를 이루는 세상에 왜 어떤 사람들은 일용할 양식조차 없단 말인가? 그렇다면 이를 해결하기 위해 어떤 방법이 있을까?

캠프에는 가시철조망이 둘러쳐져 있었기에 가끔 2차 세계대전 당시의 수용소 같은 이미지가 떠오르기도 했다. 하지만 곧 이 철조망이 우리를 가두기 위해서가 아니라 바깥 사람들이 들어오는 것을 막기 위함이라는 사실을 깨달았다. 이곳은 식량 보관소였다. 그래서 어떨 때는 굶주린 다수의 군중이 정문에 마구 밀어닥치기도 했다. 이곳을 지키는 사람들도 선량한 사람들이었지만, 그 선량한 사람들이 약하고 지친 이들에게 험한 얼굴로, 뒤로 물러서라고 소리 지르는 모습을 보기란 참으로 이상하고도 심란한 일이었다. 이 아름다운 환경의 한복판에서 사람들이 그렇게 험상궂게 얼굴을 찌그러뜨리는 모습은 정말로 어울리지 않는 풍경이었다. 결론은 이랬다. 우리는 뭔가 쓸모가 있기를 바라면서 여기에 왔지만, 이제는 그게 무슨 말인지도 알 수 없게 되어 버렸다고. 그러면 우리는 여기에 왜 온 것일까?

그 가사만큼은 못 부르겠어요…

빈곤이 어느 수준인가는 과연 문명이라는 게 작동하고 있는지, 문명의 혜택이 다수에게 돌아가는지 소수에게 집중되고 있는지를 규정하는 척도일 때가 많다. 서양 세계는 그 뿌리를 유대-기독교 전통에 두고 있으며, 근간을 이루는 여러 역사적 문서에는 빈곤층과 특권층 사이의 격차 문제를 해결하기 위해 최소한 노력이라도 해야 한다는 게 명시적으로 요구되어 있다. 문명은 항상 돈 있는 자들의 지배, 심지어 문화적으로 갖춘 자들의 지배로 치닫게 되지만, 그나마 "내가 나를 대하는 것과 동일한 방식으로 남을 대하라"는 원칙이 버티고 있어서 조금이라도 폭주를 막는 역할을 해왔다.

앨리와 나에게 있어서는 이번 여행이 지금까지 시야에서 가려져 왔던 풍경을(BBC에서 마이클 뷔르크Michael Buerk가 이 기근을 다루었던 뉴스 리포트를 제외하면) 보다 잘 이해하기 위한 순례 여행의 일부였다고 생각한다. 또 밴드 에이드Band Aid의 싱글 'Do They Know It's Christmas?'가 (그리고 그 뒤를 이은 콘서트 〈라이브 에이드Live Aid〉가) 우리를 그곳으로 보냈다고 생각한다. 밥 겔도프Bob Geldof와 미지 우어Midge Ure가 쓴 그 노래에 보컬로 참여했던 나는, 그 곡 전체에서 가장 심란한 가사를 불러야만 했다. "오늘 밤 굶고 있는 것은 운 좋게도 당신이 아니라 그들입니다."

밥이 나에게 가사를 넘겨주었을 때, 생각했다. "다른 가사를 부를게요. 이 부분은 정말 못 부르겠어요…."

아마도 그 생각 때문에 내가 거기로 갔던 것이리라.

나는 밥을 씹으며 놀리는 것을 즐겼다. 무신론자로 유명한 그가 '크리스마스 캐롤'을 쓰다니. 게다가 노래 제목도 하필 '에티오피아 사람들이 크리스마스를 아느냐'라니. 밥은 세계에서 가장 오래된 기독교 교회를 세운 것이 기원후 4세기의 에티오피아 콥트 교도Copt들이며 따라서 이들이 예수의 생일을 분명히 알고 있었다는 점에(그런데 이들은 정교회 교도들이라 12월 25일이 아니라 1월 7일로 본다) 전혀 주의를 기울이지 않았다.

또한 앨리와 나에게 있어서는 그 여행이 일종의 종교적인 탐구의 성격도 있었다. 비록 이를 완전히 의식한 것은 아니었지만. 나는 미국의 부흥목사인 토니 캠폴로Tony Campolo가 이렇게 설명하는 것을 들었던 기억이 있다. 구약과 신약 전체를 통틀어서 성경에는 가난한 이들과 관련된 구절이 무려 2,003개나 나오며, 이보다 언급이 많은 주제는 대속뿐이라는 것이었다. 모세에서 의심 많은 도마까지, 모세 5경에서 산상수훈까지, 일관되게 흐르고 있는 주제가 바로 가난한 이들의 문제라는 것이었다. 놀라운 일이지만, 예수는 실제로 심판의 날과 관련해서 우리가 가난한 이들을 어떻게 대우해야 하는지의 문제를 단 한 번 언급한 바 있다.

> *이에 의인들이 대답하여 이르되, 주여 우리가 어느 때에 주께서 주리신 것을 보고 음식을 대접하였으며 목마르신 것을 보고 마시게 하였나이까.*
> *어느 때에 나그네 되신 것을 보고 영접하였으며 헐벗으신 것을 보고 옷 입혔나이까.*
> *어느 때에 병드신 것이나 옥에 갇히신 것을 보고 가서 뵈었나이까 하리니.*
> *임금이 대답하여 이르시되 내가 진실로 너희에게 이르노니 너희가 여기 내 형제 중에 지극히 작은 자 하나에게 한 것이 곧 내게 한 것이니라.*

하지만 여전히 어떤 이유에서인지 기독교인이라는 이들은 이를테면 노숙인들에게 무슨 일이 벌어지는지보다 자기들의 (혹은 남들의) 성생활이 하나님께 더 중요한 사안일 거라고 생각한다. 기독교의 삶은 가장 가난한 이들의 삶에 있건만, 종교는 예수가 엘비스처럼 건물을 빠져나가자마자 개판으로 변질될 때가 있다. 성령의 은혜를 받았다고 날뛰는 이들과 자기 문제에만 푹 빠져 있는 이들의 '축복을 내리소서' 클럽이 되어 버리는 것이다.

"모든 두려움을 몰아내는 사랑"

1985년 7월, 웸블리 구장. 〈라이브 에이드〉. U2의 모든 이력에서 너무나 거대했던 순간. 또한 수 많은 음악인의 삶에서 너무나 거대했던 순간. 팝 음악이 세상에 실질적인 도움이 될 수 있느냐는 질문을 완전히 바꾸어 버렸던 순간. 참고로 밝혀두지만, 나는 팝 음악은 그저 3분 동안 순수한 즐거움, 예상치 못했던 달콤한 멜로디, 캡슐에(단맛이나 신맛의 껍질에) 담은 진실을 입에서 입으로 전하는 것 말고 그 어떤 의무도 없다고 생각한다.

나에게 있어서 음악은 내가 혼란을 겪고 있을 때 항상 빠져나오게 해줄 수 있는 생명줄이었다. 지금도 그렇다. 음악의 정당화는 이것으로 충분하다. 한 사람의 영혼을 이곳에서 저곳으로 옮겨주는 성스러운 임무는 결코 폄하되어서는 안 될 일이다. 누군가가 그저 아침에 깨어났을 때 침대 밖으로 기어 나와야 할 이유를 제공하는 것만으로도 너무나 중요한 역할을 한다. 음악은 모든 두려움을 몰아내는 사랑이다. 음악은 그 자체로 존재 이유다.

하지만 더 큰 선을 위한 음악의 역사도 있었다. 조지 해리슨George Harrison과 같은 강철같은 이상주의자는 방글라데시를 위한 콘서트를 조직하기도 했으니, 이런 음악인들이야말로 음악이 더 큰 선을 위해 쓰일 수 있다는 장엄한 증거다. 하지만 또 다른 기근에 빠진 에티오피아 사람들을 도울 모금 활동이었던 〈라이브 에이드〉는 규모에 있어서 이제까지 들어본 적도 없는 사건이었다. 전 지구인들을 청중으로 삼아 두 대륙에 걸친 하나의 무대를 만들었던 콘서트였다. 게다가 전례 없는 슈퍼스타들의 호화 출연으로 무려 16시간 동안이나 뜨거운 호응을 끌어냈던 사건이었다.

이야기를 꾸며내는 면허증

반빈곤 활동가 두 사람이 하필 서로 몇 마일 떨어지지 않은 곳에서 태어나 둘 다 로큰롤 밴드에서 연주하게 되었다는 것은 확률상 참으로 드문 일일 것이다. 하지만 문을 열어젖힌 것은 밥 겔도프이며 나는 그저 그 문으로 걸어 들어갔을 뿐이다. 그는 또한 아일랜드 사람으로서, 생각과 이상은 제대로 묘사해주기만 하면 더 큰 권위를 갖는다는 것을 내게 보여주었다.

우리가 처음으로 그를 알았던 것은 활동가로서가 아니라 붐타운 랫츠Boomtown Rats라는 밴드의 리드싱어로서였다. 이 밴드는 더블린 사우스사이드 출신의 상류층 소년들이 거친 척하는 밴드였고, 보다 나이가 어린 우리 U2는 더블린 노스사이드 출신의 거친 아이들이 상류층 소년인 척하는 밴드였다. 뭐 따지고 보면 U2 가운데에도 두 사람은 상류층 출신이긴 했다.

그날 런던의 웸블리 구장과 필라델피아의 JFK 운동장에 설치된 주 무대에는 무수한 거장들이 올라 재능을 보여주었지만, 언어의 재능에 있어서 밥 겔도프를 뛰어넘는 이는 없었다. 그는 사람과의 대화에 있어서만큼은 마일스 데이비스Miles Davis였고, 에릭 클랩턴Eric Clapton이었고, 진저 베이커Ginger Baker였다. 그의 놀라운 천재성은 어휘 선택과 소통 능력에 있었다. 그는 언어를 완전히 자기 것으로 가지고 놀았다. 단어들은 밥이 얼마나 자기들을 경배하는지 잘 알기에 그에게 자기들을 마음대로 가지고 놀도록 특별 허가증이라도 내준 것 같았다. 이 밥이라는 사람의 입에서 나오기만 하면 그냥 평범한 말들도 엄청난 웅변이 됐다. 그는 호전적인 어법을 천재적으로 구사했지만, 언제나 말에 뼈가 있었다. 사람들의 삶이 빈혈증에 빠져도 정치체제는 이를 무덤덤하게 바라보는 데에 익숙해져 있지만, 밥은 이 정치체제의 약점을 찾아내기 위해 인정사정없이 잽을 날린다. TV 화면에서도 또 활자화된 지면에서도 밥은 언어를 마치 수류탄처럼 활용했다. 폭발력이 클수록 더 좋다. 힘이 팍팍 실린 자음들이 둔탁한 모음을 찢어버리고 바로 청중의 눈과 귀에서 폭발한다. 식자들도 할 말을 잃고 그냥 듣기만 할 뿐이다.

"우편 따위 때려치워요. 지금 바로 전화하세요. 돈을 주세요. 지금 당장 사람들이 죽고 있어요. 그러니까 돈을 달라고요.

한껏 차오른 정전기가 방전되어 찌지직거리는 소리를 내며 터져 나와 탁자를 건너온다. 언제나 에너지에 차 있고, 언제나 에너지를 방출한다. 입말에 있어서 그토록 뛰어난 능력을 죽는 날까지 한 번이라도 발휘할 수 있을지에 대해 나는 어림도 없는 일이라 생각한다. 이따금 욕설을 아무렇지도 않게 사용하여 웅변을 만들어내는 그를 따라 하려던 적이 있었지만, 나는 명확하게 표현하지도 못하고 그저 유치하게 반항적인 소리나 하고 끝날 뿐이었다. 거인의 발 앞에 쪼그린 보잘것없는 학생. 하지만 밥이 〈라이브 에이드〉에서 말한 바 있듯이, 죽을 필요가 없는 이들이 얼마나 많이 죽어가는지의 통계 숫자야말로 진짜 우리들 얼굴 위로 쏟아지는 욕설이었다.

쇼 자체에 대해 이야기해보자. 비록 우리 U2의 궤적에 있어서 〈라이브 에이드〉가 엄청난 영향을 발휘한 사건이었지만, 솔직히 말하자면 나는 너무 괴로워서 그 영상 기록을 잘 보지 못한다. 인생 최고의 순간이었지만 하필 그날따라 머리 모양이 엉망이었다. 물론 어떤 이들은 내가 머리 모양이 엉망이었던 게 그날뿐이었느냐, 전 생애에 걸쳐 그러지 않았느냐고도 할 것이다. 하지만 〈라이브 에이드〉에서의 U2 연주 대목을 볼 때면 내 눈에는 딱 하나만 들어온다. 앞머리만 짧게 친 뮬렛mullet 머리.

이 끔찍한 헤어스타일이 눈에 들어오면 숭고한 이타주의의 모든 생각, 정의로운 분노의 모든 생각, 그리고 우리 밴드가 〈라이브 에이드〉에 참여했던 모든 정당한 이유 등은 머릿속에서 다 사라져 버린다. 누군지 몰라도 이 뮬렛 머리를 잘 묘사한 말이 있다. 앞부분은 비즈니스맨이고 뒷부분은 파티 소년인 헤어스타일. 다리미로 가죽 잠바를 다리는 사람이 있을 리 없거늘, 다리미로 주변 머리를 지져버린 듯한 모습은 뭐란 말인가. 무대 예술가의 허영심이 과한 게 아니냐고 하실지 모르겠지만, 어쩔 수 없다.

〈라이브 에이드〉, 〈밴드 에이드〉, 여기에서 파생된 여러 콘서트를 통해서 재난을 당한 이들을 돕기 위해 2억 5천만 달러가 모금되었다. 수년 후, 우리는 아프리카 대륙이 서방의 부유한 나라에게 진 빚을 갚기 위해 그와 동일한 액수의 돈을 매주 지불해야 한다는 것을 알게 된다. 냉전 기간 서방 국가들이 현금을 억지로 떠먹인 것에 대한 대가였다. 밥이라면 이렇게 말할 것이다. 씨팔, 매주. 이런 숫자를 보고 나면 자선 모금 같은 것으로는 문제를 풀 수 없으며, 더 매정하고 풀기 어려운 문제에 도전할 수밖에 없다는 것으로 생각이 옮겨가게 된다. 운이 없어서 생겨난 문제인 것처럼 위장하고 있지만, 명백하게 불의의 문제라는 것을 냉철하게 논의하는 것이다.

앨리와 내가 처음으로 에티오피아에 갔던 것은 자선 문제 때문이었지만, 그로부터 15년 후 다시 가게 된 것은 정의의 문제 때문이었다. '부채를 탕감하라Drop the Debt' 운동이 계기였다. 그렇게 '빈곤'에 대한 내 생각을 크게 바로잡아 주었던 그곳으로 되돌아갔다. 인간이 얼마나 큰 가능성을 가진 존재인가, 그런데 얼마나 허무하게 그 가능성을 빼앗기고 있는가에 대한 내 생각을 완전히 바꾸어 버렸던 땅과 도시의 풍경들. 나를 높이 끌어올려 주었고 그토록 많은 것을 가르쳐 주었던 저 장엄한 대륙.

상상의 나라

앨리와 내가 에티오피아를 여행하고 있을 때 나에게는 다른 단상들도 찾아왔다. 문학적인 단상들. 나는 노트북에 한 노래의 제목으로 삼을 구절을 써 놓았다. 하지만 그 노래가 무엇을 노래하는 것인지는 아직 나 자신도 모르고 있었다. 그 구절은 "Where the streets have no name"이었으며, 지금 생각해보면 나는 그 '다른 나라', 상상의 나라에 관해 쓰고 싶었던 것 같다. 나는 자의식으로부터 해방되고 싶었으며, 숨어 있는 곳에서 빠져나오고 싶었고, 나를 가두고 있는 이 벽들을 찢어버리고 싶었다. 그리하여 그 불꽃을 내 손으로 만져보고 싶었다.

어떤 면에서 보면 완전히 10대스러운 가사였다. 하지만 다른 면에서 보자면 좀 더 성인스러운 측면도 있었다. 노트북에 나는 약간 앞뒤가 뒤바뀐 선언들도 적어 놓았다. 예를 들어 우리의 공연이 "숨기기보다는 드러내기"를 할 것이라는 문장이다. 그중 어떤 것은 지금 제정신으로 읽기 민망하지만, 진정성만큼은 듬뿍 느껴진다. 나는 이런 구절들을 적어놓고도 그게 무엇을 노래하는 것인지는 거의 알지 못했던 반면, 아일랜드에서는 엣지가 'Where the Strees Have No Name'이 될 음악을 작업하고 있었다. 가사는 전혀 생각하지 않은 상태에서 음악만 작업하고 있었던 것이다. 그는 당시 유럽 전역의 클럽에서 붐을 일으키고 있던 트랜스 음악이라는 새로운 장르를 즐기고 있었으니, 그 음악 최적의 템포는 분당 120비트였다. 내가 나도 이해하지 못하는 것들을 적어놓고 있는 동안, 엣지는 도시 외곽의 콘크리트 운동장을 우주선으로 바꾸어 청중들을 다른 우주로 데려가는 거대한 엔진을 구축하고 있었던 것이다. 'Where the Streets Have No Name'의 음악은 나의 가사 스케치보다 훨씬 더 세련된 것이었지만, 두 요소가 하나로 합쳐지면서 부분의 합보다 더 큰 무언가가 되었다. 그리하여 그 이후 몇십 년에 걸쳐 우리 공연에 온 이들은 누구나 이 노래를 들으면서 로큰롤이 갈 수 있는 극한으로 떠나보는 형이상학적 여행을 떠나게 된다.

어떤 노래가 어처구니없을 정도의 위치를 차지하고도 그 이름값에 걸맞는 역할을 하고 있다면, 'Where the Streets Have No Name'이 그런 노래다. 우리는 이 노래를 1,000번도 더 연주했을 테지만, 아무리 공연이 엉망이었어도 또 우리 밴드 아니 싱어의 상태가 아무리 안 좋았어도, 오늘날까지도 이 곡을 연주할 때면 하나님께서 방 안으로 걸어오시는 것 같은 느낌이 든다.

The city's a flood, our love turns to rust
We're beaten and blown by the wind
We labour and lust
Your word is a whisper
In the hurricane
Where the streets have no name.

이 가사는 기근으로 무너진 에티오피아의 음식물 보관소에서 태어났는데, 그 점을 생각하면 더욱 이상한 사실이 있다. 그로부터 15년 후 한 자동차 회사에서 이 노래를 광고에 쓰겠다며 2,300만 달러를 제안했다. 우리가 전혀 고민하지 않았다고 말할 생각은 없다. 하지만 그 고민은 길지 않았다. 물론 거절하기에는 말도 안 되게 큰 액수였고 이를 전액 기부할 수도 있는 문제였지만, 우리의 좋은 친구이자 열렬한 지지자인 지미 아이오빈Jimmy Iovine의 입에서 흘러나온 한마디의 코멘트에 우리는 바로 거절하기로 결정을 내렸다. "그 제안을 받을 수도 있겠지. 하지만 네 말에 따르면 '하나님께서 이 방 안을 걸어가신다'고 말하는 순간들이 이제부터는 '오, 그 자동차 광고 노래가 나오네'로 바뀔 거야. 거기에는 어떻게 대처할 생각이야?"

Best to arrive at her fort defenseless
to have half a chance at challenging her
own almost unbroachable defense system
its the only way over that drawbridge

inscrutable but not unknowable Ali will let her soul
be searched only if you RECIPROCATE and she is
ready for the long dive

there is my way a kind of offcolour
romance to a deserted sea side town in the
winter, four hearts opera scored by the sound
of the tide crashing on a stony beach, shushing
every thing as the waves try to make up their mind whether
they are LEAVING OR STAYING. White waves kissing black stones

white waves kissing black stones
shushing all around them . ssh ... ssh

16

With or Without You

함께 혹은 따로

Through the storm,
We reach the shore
You give it all
But I want more.

마르텔로 탑Martello tower의 벽은 화강암이며 두께는 7인치다. 원형의 방 세 개, 화장실 두 개, 벽 안으로 설치된 부엌을 포함하고 있는 요새다. 거실은 화강암 이글루 같은 모습이며, 여기에는 벽난로로 쓰이는 공간이 자랑스럽게 마련되어 있다. 우리가 자는 방은 감시대로 쓰였던 공간으로, 여기에서 거실로 나선형의 돌계단이 이어져 있다. 이 타워 자체가 하나의 등대였다. 그 꼭대기의 유리로 된 방에서는 해변 도시 브레이Bray의 산책로가 모두 내려다보였다.

이걸 과연 집이라고 부를 수 있을지는 모르겠지만, 이곳이 앨리와 내가 처음으로 소유하여 살았던 거처였다. 그리고 서튼Sutton 해변의 밴드 연습실에서 웅크리고 살았던 우리로서는 이곳이 너무나 로맨틱하게 느껴졌다. 이 마르텔로 탑과 같은 등대들은 전성기에 아주 중요한 군사 기술이 담긴 시설이었다. 19세기 초에는 나폴레옹이 아일랜드를 거쳐서 영국으로 쳐들어

올 거라는 예측이 늘 있었다. 따라서 서로 마주 볼 수 있는 감시탑들을 해안에 죽 세우고서 프랑스 함대가 보이면 곧바로 봉홧불을 붙여서 서로 알리게 되어 있었다. 그 봉홧불을 올리는 포대를 우리가 침실로 쓰고 있었던 것이다. 우리의 침대가 있었던 곳에는 본래 거대한 대포가 놓여 있었으니, 신혼부부의 침실과 관련한 재미난 유머라고 할 수 있겠다.

Blue-eyed boy meets a brown-eyed girl
The sweetest thing.

—'Sweetest Thing'

나의 갈색 눈의 소녀는 친절하고 우아하지만, 그녀는 솔직함과 유머로 사람들을 놀라게 한다. 공손하지만 격식을 갖춘 예의 따위는 없다. 그녀는 강인한 자세로 자신의 세상에 대해서 또 주변 사람들에 대해서 있는 그대로 읽어낼 줄 알기 때문에 처음 대하면 당황할 수도 있다. 앨리는 쉽게 꿰뚫어 볼 수 없는 사람이지만, 알 길이 없는 존재는 아니다. 그래서 자신이 준 것에 화답할 줄 아는 이에게만 자신의 영혼을 탐색하는 것을 허락하며, 당신이 그녀 속으로 깊이 잠겨 있을 수 있도록 너그럽게 기다려 준다. 그녀라는 요새에 도착하면 모든 무장을 스스로 해제하는 것이 최선이다. 그녀의 방어 시스템은 거의 난공불락인지라 그렇게 먼저 갑옷과 무기를 내려놓을 때 그나마 조금이라도 그녀의 방어를 뚫고 들어갈 가능성이 생기니까.

우리는 결국 록스타의 삶을 살게 되었지만, 앨리는 아마 그보다는 더 단순한 인생을 즐겼을 것이며, 결혼한 지 얼마 되지 않아서 나는 벌써 그녀가 우리의 삶으로부터 거리를 두기 시작했다는 것을 느낄 수 있었다. 이기적인 방식으로 투덜거리거나 떼를 쓰는 법은 없었지만, 앨리는 결코 나의 여자 친구에 '불과한' 존재였던 적이 없었으며, 나의 아내에 '불과한' 존재가 될 리도 없었다. 그 '아내'라는 말이 무슨 뜻인지 우리 둘 모두 전혀 알지도 못했고, 또 우리의 관계가 각자에게 얼마나 소중한 것이 될지에 대해서도 전혀 알지 못했다. 우리는 아직 우리 스스로 전혀 알지 못하는 모험에 동참한 동등한 파트너였을 뿐이었다. 그리하여 우리의 길을 가기로 한 동반자였다.

우리는 천진난만했지만, 어떤 면에서는 그렇지 않았다. 결혼식장에서 "죽음이 우리를 갈라놓을 때까지"라고 서약했던 때, 우리는 그 말의 시적인 의미뿐만 아니라 글자 그대로의 의미 또한 잘 알고 있었다. 결혼이라는 게 얼마나 거대한 미친 짓인지도 잘 알고 있었다. 하늘을 날 수 있다고 믿으면서 절벽에서 뛰어내리는 게 바로 결혼이라는 것을. 내가 정말로 하늘을 날 수 있는지는 오로지 공중으로 발을 뗀 상태에서만 알 수 있다는 것을. 우리는 확률에 우리를 맡기기로 했고, 기적을 기대하기로 했다. 그리고 결혼이라는 게 위대한 진통제이기는 하지만 또한 그 자체가 고통의 원천이라는 것도 곧 알게 되었다. 우리가 길을 떠날 때 그 처음부터 위험의 돌발 요소가 또 있었다. 바로 나의 미성숙함이었다. 나는 22살에 결혼했지만 정신연령은 18세였다.

우리 둘 중 한 사람은 다른 사람보다 결혼 생활을 이해하는 데에 더 오래 걸릴 것이라는 게 분명해졌으며, 그 한 명은 앨리가 아니었다. 또한 앨리는 자기의 결혼에 세 남자가 더 있다는 것도 깨달았다. 앨리도 그 남자들을 너무나 좋아하고 친하게 지냈지만, 그들은 그녀의 남자를 빼앗아 가서 전 세계를 빙빙 돌아다녔다.

홈 앤드 어웨이

33대 미국 대통령 해리 트루먼Harry Truman이 말하지 않은 것으로 유명한 말이 있다. "친구를 원한다면 개를 한 마리 키우세요." 또 한 번 순회공연을 마치고 집으로 돌아와 보니 앨리는 나와 상의도 없이 실제로 개를 한 마리 키우고 있었다. 나는 웃을 수가 없었다. 그녀는 조Joe라는 이름의 보더 콜리를 얻어 그 눈을 사랑스럽게 들여다보고 있었고, 나는 그녀의 긴 산책길에 그녀와 동행하는 친구의 자리를 조에게 빼앗겼다는 사실에 망연자실하고 있었다.

사건 1. 앨리는 채식주의자였는데, 어느 날 저녁 부엌에 아일랜드식 스튜 냄새가 가득했다. 나는 감격했지만 그녀는 곧 그 스튜가 나를 위한 게 아니라고 설명했다. 그녀가 정육점에서 직접 사 온 뼈를 곤 그 스튜는 우리집 강아지 조의 식사였다. 나는 웃음을 꾹 누르면서 조의 저녁을 먹어치웠다.

우리가 결혼 생활을 함께한 지 2년도 채 되지 않았지만, 앨리는 이미 자기 내면에 감춘 거대한 침묵으로 서서히 긴 시간에 걸쳐 되돌아가고 있었다. 우리가 매주 함께했던 산책로에는 멜랑콜리의 색조가 물들고 있었다.

겨울이 되어 인적이 끊긴 해변 관광 도시는 본래 모종의 색바랜 낭만이 있는 법이다. 당신의 마음속에는 오페라가 울리며, 돌 많은 해변 위로 떨어지는 파도 소리는 오케스트라가 되어 준다. 파도가 땅 위에 머물지 떠날지 마음을 정하려 하는 동안 모든 것이 고요에 잠긴다. 하얀 파도 물살이 검은 돌들에 입을 맞추며, 주변의 모든 것들이 고요에 잠긴다.

쉬… 쉬.

우리는 침묵과 몽상으로 이끄는 파도 소리를 들으며, 이 옛날 빅토리아 시대의 숙녀와도 같은 이 산책로를 경배하게 되었다. 이 길은 우리 바로 앞에서 바닷속으로 뻗쳐 있었다. 옛날 낭만의 시대의 유물. 빅토리아 여왕 시대의 잉글랜드는 가지가지 위선이 존재했던 시대였지만, 빅토리아 여왕과 앨버트 공작의 결혼만큼은 위선이 아니었다. 그녀는 남편이 죽은 뒤 40년 동안 상복을 입었으며, 시간이 두 사람을 떼어놓지 못했으니까. 그녀가 만약 이 아일랜드 도시 브레이에 왔었더라면 본머스나 블랙풀Blackpool과 같은 잉글랜드 해안 도시와 완벽히 어울린다고 생각했을 것이다.

휴일에 연인에게 구애하기에 꼭 좋은 도시들이었다. 하지만 산책로 걷기의 전성시대는 오래전에 끝나버렸다. 아일랜드 사람들도 잉글랜드 사람들과 마찬가지로 스페인의 모래 해변에서 일광욕을 즐기며 값싸고 시원한 맥주를 마시는 법을 찾아냈기 때문이다. 옛날 빅토리아 시절에는 구애를 위해 춤을 추고 찻집에 가야 했지만, 이제 피시 앤 칩스와 미스터 휘피Mr. Whippy 아이스크림과 같은 달고 짠 맛의 즐거움이, 또 아이들을 데리고 작은 전기 자동차와 외팔이 산적이 나오는 놀이동산으로 향하는 행락객이 그 자리를 차지해 버렸다. 1980년대의 브레이에서 예쁜 옷을 차려입고 산책로를 걷는 남녀가 있다면 이는 옛날의 유령들일 뿐이었다. 당시의 귀부인들이 묵던 호텔들은 이제 문을 닫고 창문들은 판자로 폐쇄되었다. 우리는 그런 결말을 맞지 않기 위해서라도 우리 스스로의 로맨스를 새로 만들어내야만 했다.

앨리는 또한 내가 읽고 있던 키츠, 셸리, 바이런과 같은 낭만파 시인들과 함께 살아야만 했고, 이들과 함께 사는 일은 쉬운 게 아니었다. 나는 예이츠가 쓴《탑The Tower》도 읽었던 데다가, 우리가 살고 있는 곳도 탑이었다. 시를 읽고 쓰는 심각한 남자들의 잔뜩 찌푸린 이마가 앨리와 나의 위를 떠돌고 있었다.

그녀의 고독을 생각해보니 나도 곧 나 자신의 고독이 무언지를 이해할 수 있었다. 앨리는 대포의 포대들을 이리저리 오가며 나를 피해 숨고 있었다. 그녀는 작가의 삶이란 정신적인 방랑벽뿐만 아니라 신체적인 방랑벽도 함께 따라오는 삶이라는 것을 알게 되었다. 내가 집에 있을 때도 나는 집에 있는 듯한 실재감이 없었지만, 그녀는 더욱 심했다. U2가 성공 궤도에 오르면서 그녀는 스스로의 독립을 위해 싸웠고, 더블린의 유니버시티칼리지에서 사회과학과 정치학 과정에 등록하였으며, (항상 비행기를 몰고 싶어 했으므로) 루칸Lucan의 웨스턴 공항Weston Airport에 정기적으로 드나들었다. 우리는 집을 찾아내는 길이 얼마나 험하고 복잡한지를, 그리고 특히 집에 고통이 숨어 있을 때는 더욱 그렇다는 것을 이해하기 시작했다. 그리고 작은 일들이 아주 큰 일들일 때가 많다는 것도 이해하기 시작했다.

사건 2. 1986년 3월 데인스모트Danesmoate에서 〈The Joshua Tree〉 작업

이 한창일 당시 나는 앨리가 나와 말을 하려고 하지 않는다는 것을 깨달았다. 그것을 깨닫자 곧 내가 그녀의 생일을 까먹었다는 사실이 떠올랐다. 맙소사. 물론 어떤 젊은 부부에게도 이는 끔찍한 일이겠지만, 특히 둥근 탑에 살면서 낭만적인 남편이 되겠다고 애쓰는 남자에게는 완전히 말도 안 되는 일이었다. 나의 사과는 (그리고 뒤늦은 생일 선물은) 'Sweetest thing'이라는 노래였다. 이 노래를 녹음하기 위해 어느 주말 나는 스튜디오에 몰래 들어갔다. 거기에 있었던 사람은 팻 매카시Pat McCarthy뿐이었다. 그는 우리의 스튜디오 녹음 작업 및 보조 엔지니어로서, 나중에 마돈나의 앨범 믹싱 작업과 R.E.M.의 프로듀서가 되었다.

Baby's got blue skies up ahead
But in this, I'm a rain-cloud,
Ours is a stormy kind of love.
(Oh, the sweetest thing.)

I'm losin' you, I'm losin' you
Ain't love the sweetest thing?

앨리는 이 노래에 담겨 있는 쓰라린 아이러니를 모두 받아들였고, 이 'Sweetest Thing'을 한 순갈의 설탕처럼 쑥 삼켜주었다. 하지만 다른 선물인 'Easter'라는 제목의 그림에 대해서는 확신이 없어 보였다. 나는 이 그림에서 예수를 성화聖畫 스타일로 그렸고, 옛날 유물의 느낌을 내기 위해 페인트와 캔버스를 많이 긁어냈다.

"당신은 예수님까지 지쳐 빠진 꼴로 만들었네."

비록 그림은 마음에 들지 않았지만, 그녀는 나의 여러 죄를(그녀의 생일을 까먹었던 것은 그 죄들의 상징에 불과했다) 용서해주었고, 나는 겨우 긴장하던 자세에서 풀려날 수 있었다. 우리 두 사람 모두 우리가 가지고 있었던 것을 잃고 싶지 않았다. 그게 무언지는 우리도 정확히 모르기는 했지만.

"만약 이 노래가 선물이면 이 노래는 내 소유일 것이고, 그러면 여기서 나오는 수익금은 내가 마음대로 써도 되겠네? 그치?"

"당연하지." 나는 대답했다. "하지만 먼저 우리 밴드와 문제를 확실히 매듭지어야 해."

"왜?" 그녀는 차갑게 말했다. "이거 당신 거니까 선물한 거 아냐? 당신이 나한테 주는 선물이라고 생각했는데?"

그녀는 나를 괴롭히고 싶었던 것이지 돈이 탐이 났던 것은 아니었다. 그 돈은 오늘날까지도 체로노빌 피해 아동들을 위한 국제기구Chernobyl Children International로 들어가고 있다.

예술학교가 끝난 뒤

그녀는 내가 그림을 그릴 때 가장 나다운 모습이 된다는 것을 간파했다. 그건 나를 놀라게 했는데, 나는 그림을 그리고 있을 때 다른 어떤 것도 눈치채지 못하기 때문이다. 나에게 그림은 명상이다. 재미도 있다. 한편으로는 캔버스에 완전히 몰두하면서 또 한편으로는 내가 듣고 있는 음악에 완전히 몰두하면서도 두 세계에 동시에 들어갈 수 있다는 것을 알게 되었다. 나는 그림을 그리는 동안 많이 웃기도 했다. 앨리는 이게 나에게 꼭 필요한 것이라고 여겼다. 당시의 우리는 U2라는 무거운 바윗돌을 언덕 위로 굴리느라 너무 진지하고 심각하게 살았던 때였기 때문이다. 아마 1986년에 앨리가 나에게 다시 그림을 그려보라고 권했던 것도 그 때문이었을 것이다. 이 기회를 빌려서 나는 내 어린 시절 친구들과의 상처 난 관계를 회복해보려고 했다.

앞에서 이야기했는지 모르겠지만, 나는 내 결혼식에 개빈, 구기, 또 버진 프룬스의 그 누구도 초대하지 않았다. 두 밴드가 서로 험담을 주고받으면서 씨름을 계속한 결과 사이가 이렇게 벌어졌던 것이었지만, 앨리는 내가 10대였을 당시 내 남자 친구들과 초현실 유머를 주고받으며 나누었던 입씨름의 즐거움이야말로 당시 나에게 꼭 필요했다고 생각했다. 나도 우리가 가깝게 지내던 옛날이 그리웠다. 음악에서는 우리들이 너무나 달라져 버렸다고 해도, 그림에서는 다시 가까워질 수 있지 않을까. 그리하여 우리는 '원하는 색으로 동네 전체를 칠하자 그룹paint the town any color you want group'을 결성하여 수요일 밤마다 모였고, 이는 〈The Joshua Tree〉 앨범을 녹음하는 동안 정기 행사가 되었다. 그림을 그리는 동안 우리는 높이 존경받는 북아일랜드 화가이자 도공인 찰리 휘스커Charlie Whisker가 듣는 노래 목록에 우리를 내맡겼고, 그가 즐겼던 블루스, 가스펠, 옛날 포크에 귀를 기울였다. 당시 U2가 녹음하고 있던 앨범은 미국에 바치는 찬가였던 데다가 이 음악들은 그 앨범과 완벽하게 조화를 이루었다.

붓을 놓은 뒤에는 함께 시내로 나가서 한잔 마셨다. 하지만 1986년 당시 더블린에서는 밤 11시가 넘으면 마실 곳이 아주 드물었다. 결국 우리는 컨트리바 혹은 허접한 나이트클럽에 갇히는 몸이 되었고, 사람들이 내 얼굴을 알아볼 때마다 구기가 끼어들어서 "안녕하세요. 저는 짐 보위Jim Bowie라고 해요. 데이비드 보위의 동생이에요"라고 장난을 치곤 했다. 처음에는 당황스러웠지만, 두 번째부터는 나도 그 장난에 동참했다.

보통 사람들이 10대에 하는 술 마시기의 단계를 우리는 밟지 않았다. 애덤을 제외하면 U2의 누구도 술을 그다지 많이 마시지 않았다. 하지만 우리도 이제는 조금씩 풀어졌고, 앨리가 "사고 치기fun trouble"라고 부르는 짓들을 하기 시작했다. 나는 아홉 살 때 구기와 함께 절대로 철들지 않기로 계약을 맺었다. 우리 둘 다 아버지들과 모종의 전쟁 상태였으며, 아버지들은 모두 어른들이었으니까 우리들은 절대로 어른들 세계에 들어가지 않겠다는 것이었다. 로큰롤 밴드를 한다는 것은 그런 뒤처진 성장 발육을 변호할 수 있는 완벽한 구실이었다.

앨리는 우리가 보디가드까지는 몰라도 최소한 밤에 집으로 데려다 줄 사람은 꼭 필요하다고 경고했고, 나도 그 경고를 받아들일 수밖에 없었다. 그리하여 그렉 캐롤Greg Carroll이라는 인물이 등장한다. 그는 뉴질랜드 오클랜드 출신의 우아하고 잘생긴 젊은이로서, 1984년의 〈Unforgettable Fire Tour〉에서 우리와 만난 뒤 우리와 함께 아일랜드에 머무르며 일종의 수행 매니저 역할을 하게 되었다. 어느 날 밤 애덤이 차 사고를 낸 뒤부터 그렉은 밤마다 운전해 멤버들을 집에 데려다주었다.

20대 중반의 우리들은 뒤늦게 10대의 열정에 휩싸였다. 시인이랍시고 항상 진지한 표정으로 일관하면서 낭만파 단계를 겪고 있던 남편이 애처로웠던 부인은 그런 사춘기 놀이들이 치료제가 될 거라고 보아 허락했고, 늦게 배운 사춘기 놀이에 남편은 철모르고 빠져들었다. 그리고 부인의 치료책은 효과를 보았다. 어느 정도.

"강물은 바다로 흐르고"

〈The Joshua Tree〉 앨범을 녹음하던 시절은 우리 넷 모두에게 최고의 시기였다. 당시 나는 내일은 또 어떤 작업을 하게 될까 하는 흥분에 밤잠을 설칠 정도였다. 일이라고 여겨지지도 않았고, 녹음 스튜디오라는 것도 잊어버릴 정도였다.

데인즈모트는 당시에나 지금에나 영국 조지왕 시대에 지어진 육중한 저택의 모습을 갖추고 있었고, 아일랜드에서 가장 상류층 사립학교 중 하나인 콜럼바Columba의 담장 바로 맞은편에 있었다. 한때 극작가인 톰 머피Tom Murphy의 소유이기도 했던 이 건물은 우리가 처음 보았을 때 상당히 검소하고 엄격한 분위기를 풍겼다. 대지가 넓게 펼쳐져 있었고, 숲이 우거진 땅 위로 작은 강이 굽이쳐 흐르고 있었다. 데인즈모트라는 이름은 '요새'를 암시했는데, 산 위에 지어져 도시 전체를 굽어볼 수 있는 이곳은 곧 우리의 음악을 담고 지켜내는 성채가 되었다.

물론 거기에서 굽어보는 도시란 우리의 머릿속에만 존재하는 상상 속의 도시였다. 아마도 미국 도시였을 것이다. 〈The Joshua Tree〉 앨범은 콘셉트 앨범은 아니었지만, 그래도 가사와 음악 모두의 방향을 이끄는 콘셉트가 모호하게나마 존재했고, 나는 이를 "두 개의 미국"이라고 부르고 있었다. 즉 두 개의 미국이라는 비전이 충돌하고 대조되는 모습을 그려내는 것이 나의 비전이었다. 단순히 북부 대 남부, 부자 대 가난한 자, 원주민 대 배타적 백인들의 대립을 넘어서서, 아마도 더욱 중요한 현실의 미국과 상상의 미국이라는 대립의 구도였다.

아일랜드 사람들이 미국을 바라보는 방식은 영국인들이 아일랜드를 바라보는 방식 같다. 자기들 소유물이라는 것이다. 철새들의(우리의 경우에는 순례자들의) 정착지와 같은 식민지이며, 우리들이 들어가기로 되어 있는 약속의 땅이다. 우리가 가지고 놀 수 있는 땅이며 또 흠뻑 빠져들 수 있는 경관을 갖춘 곳이다. 하지만 한때 미국 영화가 그랬던 것처럼, 이제는 미국의 문학이 나의 상상력을 식민지로 만들고 있었다. 샌프란시스코의 시티 라이츠 서점City Lights Bookstore에서 나는 플래너리 오코너Flannery O'Connor와 같은 이야기꾼들, 샘 셰퍼드와 같은 극작가들, 앨런 긴스버그Allen Ginsberg의 '아메리카America'와 같은 시들을 무더기로 발견했다. 샘 셰퍼드는 또한 빔 벤더스 감독의 와이드스크린/클로즈업 영화 〈파리, 텍사스Paris, Texas〉의 대본을 쓰기도 했는데, 이는 〈The Joshua Tree〉 앨범의 노래들을 녹음할 당시 그 배경으로 넣을 만한 영화였다.

브라이언과 다니엘은 다시 우리 예술학교의 캠퍼스로 되돌아왔지만, 두 사람은 아주 다른 학과의 교수들로 부임했다. 그렇다고 해서 브라이언을 '지식인스럽다', 다니엘을 '본능적이다'라는 식으로 규정하려는 것은 물론 아니다. 브라이언은 굉장한 '감성'을 가지고 있으며 다니엘은 음악적 아이디어가 놀라운 사람이기 때문이다. 브라이언은 스튜디오 전체를 마치 하나의 악기인 양 움직였으며, 그의 예술학교에서 우리들은 여전히 학생들이었다.

다니엘은 손에 합판만 한 짝 들려줘도 순식간에 세련된 악기로 만들어 황홀한 연주를 만들어내는 사람이었다.

마크 "플러드" 엘리스Mark "Flood" Ellis는 우리의 엔지니어이자 훗날 프로듀서가 되는 이였다. 플러드는 외모부터 무언가 엔진실 같은 느낌이었으며,

실제로 TV 시리즈 〈스타트렉Star Treck〉의 스코티Scotty를 인용할 때가 많았다. 그가 우리에게 "딜리티움 수정이 깨지고 있습니다. 우주선이 폭발할 수 있습니다"라고 경고를 날릴 때조차도 플러드는 결국 "엔터프라이즈호"를 무사히 집으로 몰고 오곤 했다. 플러드처럼 1960년대의 공상과학 TV 시리즈인 〈스타트렉〉의 오프닝 음악에 친숙하다면, 'With or Without You'의 시작 부분에 나오는 소름 돋는 기타 소리와 어딘가 비슷하다는 것을 느낄 것이다. 무한의 기타The Infinite Guitar.

애덤은 항상 그렇듯이 이번에도 우리가 미처 들어보지 못한 그만의 소리로 대담한 혁신을 이루었다. 'With or Without You'에 나오는 것과 같은 한 손가락 한 음 베이스라인의 미니멀리즘으로 튼튼한 사운드의 기초를 깔아주었던 것이다. 래리는 새로운 소리를 발견하는 기쁨에 빠져 있었다. 다니엘은 그와 〈The Unforgettable Fire〉에서 맺은 파트너십을 새롭게 다졌고, 이번에도 새로운 종류의 드럼 및 타악기들을 가지고 들어왔다. 그가 'A Sort of Homecoming'에서 얕은 소리의 드럼으로 도입했던 팀발레스timbale는 이제 'Where the Streets Have No Name'에서 쓰였고, 모든 악기점에서 불티나게 팔리게 된다.

우리가 음악을 만드는 동안 보헤미안 기질을 가진 매리 고프Mary Gough는 숙소 전체를 운영했고, 식사를 준비했으며, 우리의 늦 배운 사춘기 놀이들도 대부분 웃으며 눈감아 주었다. 우리는 긴 녹음 세션을 마치고 난 뒤 더 블루 라이트The Blue Light라는 펍으로 가서 한잔 마시곤 했다. 녹음 세션이 훌륭했으면 두 잔. 아니 세 잔. 우리는 점점 술을 잘 마시게 되었고, 마침내 세상에는 너무 잘하면 안 되는 게 있다는 것도 슬슬 깨닫게 되었다. 또한 우리는 오토바이에도 능숙해졌다. 가죽 바지를 입고 뻥 뚫린 도로를 질주하는 이 놀이는 미국에 뿌리를 둔 것으로 사춘기 록 밴드들이나 즐기는 것이었다. 래리, 애덤, 나는 할리데이비슨을 즐겨 탔지만 구기는 거기에 더하여 일본제 오토바이도 즐겨 탔다. 아버지가 된 엣지는 오토바이 질주가 금지였다.

우리 모두 함께 오토바이를 타고 도로를 질주하는 가운데 우리의 새로운 동지 그렉 캐롤은 구기와 가까운 친구가 되었다. 앨리와 내가 〈Farm Aid〉 공연 때문에 미국 텍사스로 떠난 도중 그 두 사람은 "프리휠러즈Freewheelers"라는 이름의 불법 오토바이 그룹 회원들과 만나러 오토바이로 워터포드Waterford에 가 있었다. 그들이 더블린으로 돌아오는 길에 도니브룩Donnybrook 근처에서 어떤 차가 그렉을 보지 못하고 갑자기 유턴하다가 그렉의 오토바이와 충돌했다. 그렉은 충격에서 회복되지 못하고 다음 날 이른 아침 병원에서 숨을 거두었다. 이는 아주 가까운 가족의 죽음이나 마찬가지였다. 나는 지금도 기억난다. 보통 남성적이면서도 자신감에 차 있는 구기의 목소리가 그날 텍사스 오스틴에 있는 앨리와 나에게 전화로 그 힘든 소식을 전할 때 이상하고 가냘픈 소리로 변해 있었던 것을.

고향에 있는 우리 작은 공동체는 이 소식에 큰 트라우마를 입었지만, 뉴질랜드에 있는 그렉의 가족에게 전화해 이 설명할 수 없는 일을 설명해야만 했다. 어떤 이들에게 그들이 사랑하는 누군가가 최소한 이 세상에는 존재하지 않는다는 것을 말하기란 불가능한 일이다. 우리는 그렉의 시신이 고향 뉴질랜드까지의 그 먼 길을 혼자 가게 하지 말자고 결정했고, 왕가누이Whanganui 외곽의 카이 이위Kai Iwi까지 모두 함께 가기로 했다. 마오리족은 장례식에 대해 아주 진화된 관점을 가지고 있었다. 고인의 관을 지키는 아일랜드 방식도 있지만, 여기에 해당하는 마오리족의 버전은 탕기tangi라고 불리는 것이었다. 전통적인 마오리족의 탕기에서 사람들은 떠나간 사랑하는 이와 직접 대화를 나누고, 함께 웃고, 실망하게 했던 일들에 대해 미안하다고 말한다. 이는 강력한 몰입적 체험으로서 분노와 슬픔, 웃음과 광란의 물결이 사람들을 덮치게 된다. 나는 앨리가 그토록 고통스러워하는 것을 본 적이 없다. 1997년 마이클 허친스Michael Hutchence가 사망할 때까지.

몇 주 후 데인스모트의 스튜디오에 돌아왔을 때, 브라이언 이노는 그의 야마하 DX7 키보드로 작업하면서 특이한 리듬을 만들어냈다. 그가 만든 "두 부족Two Tribes"이라는 이 비트는 우리에게는 타히티 혹은 남태평양풍으로 느껴졌으며, 그리하여 'One Tree Hill'이라는 노래의 기초가 되었다. 오클랜드에서 우리가 그렉과 특별한 시간을 보냈던 장소를 내려다보는 언덕이 있었으니, 이 곡의 제목은 거기서 따온 것이었다. 이 곡은 우리가 도저히 짊어질 수 없었던 슬픔을 담고 있다.

I'll see you again when the stars fall from the sky
And the moon has turned red over One Tree Hill.

개빈 프라이데이 조약: 피오난 한베이

위대한 사랑 노래들의 주제는 사랑에 대한 갈망이거나 사랑의 상실이다. 나는 정말로 위대한 사랑 노래를 다시는 쓸 수 없을 것이라는 생각으로 겁에 질렸다. 왜냐하면 나는 사랑에 빠진 상태였지만 마음이 아픈 것이 아니라 너무 벅차올라 있었기 때문이다. 골절이 아니라 균열만 있었던 셈이다.

물론 가끔은 우리 사이에도 여러 이유에서 폭풍우가 몰아닥치곤 했다. 앨리와 나는 서로에게 가장 좋은 반려자가 되려 했지만 그러지 못하게 될 것이 두려워 생겨나는 긴장이야말로 가장 위협적인 것이었다. 내 마음속에서의 긴장은 예술가와 가족 사이에서의 선택이었다. 내가 과연 두 가지를 다 잘할 수 있을까? 그냥 정착하고서 얌전히 집안 살림에 길들어간다는 클리셰 혹은 "식민지를 떠도는 험한 사내the wild colonial boy"가 되어 이기적이고 자족적인 예술가가 된다는 클리셰 둘 중 하나에 항복하는 수밖에 없는 것인가?

"훌륭한 예술의 가장 심각한 적은 바로 응접실의 유모차이다." 영국의 문학비평가 시릴 코널리Cyril Connolly는 이 딜레마를 이렇게 정리했다. 여기에서 벗어나는 길은 새로운 삶에 담긴 여러 모순을 이야기로 풀어내는 것이다. 또 그 유모차를 밀고 당기는 일을 대담하게 이야기해보는 것이다. 내가 찾은 돌파구는 내가 처해 있는 순간에 대해 이야기하는 것이었다. 찢어짐. 긴장. 창조성을 잃거나 창조 행위를 제대로 풀어내지 못하게 될까 하는 두려움. 인간이 만들어 낼 수 있는 (혹은 상상하고, 글을 쓰고, 그림을 그리고, 노래로 담아낼 수 있는) 것으로 그 유모차 안의 아기만큼 아름다운 것은 있을 수 없다. 하지만 예술가는 그 아기를 두려워하며 산다. 왜? 그 아기야말로 진정한 창조물이니까. 궁극의 창조성이니까. 이 점에서 여자는 남자보다 항상 우위에 있다.

앨리와 함께라면 우리 둘 다 우리 자신이 될 수 있다는 것을 알게 되었다. 뿐만 아니라 우리 두 사람이 함께 우리를 이룰 수 있다는 것도 알게 되었다. "남편은 바깥에" "부인은 집 안에"라는 이분법이 아니었다. 그녀는 내가 원하는 여자의 모습을 모두 갖고 있었지만, 행인지 불행인지 그 모습들이 동시에 나타나는 것은 아니었다. 우리는 서로에 대해 참을성 있게 기다려야만 했다. 그녀는 속속들이 모두 알아낼 수 있는 사람이 아니라는 것을 나는 받아들여야 했다. 그녀에게는 도저히 짚어낼 수 없는 무언가가 있었다. 그녀는 일종의 미스터리로서 운율이 딱딱 맞는 이행시로는 담아낼 수가 없는 사람이었으니, 그녀에게 단순한 찬가를 바치는 것은 감수성 차원에서 죄악에 해당하는 짓이어서 도저히 그렇게 할 수 없었다. 차라리 그녀를 위해 섹시한 노래, 에로틱한 찬송가를 쓰는 편이 나을 것이다. 그렇기는 하지만….

'With or Without You'라는 곡은 그녀를 온전히 담아낼 수는 없었지만, 최소한 그녀의 어두운 아름다움과 우리의 달곰씁쓸한 이중성을 일부 담아내고 있다. 또한 이 노래는 로이 오비슨Roy Orbison을 너무 많이 들은 결과물이기도 했다. 우리는 밴드 수어사이드Suicide의 살가움, 어두움, 로맨스를 담은 언더그라운드의 클래식 'Cheree'와 같은 곡을 쓰려고 애쓰고 있었다. 또 스콧 워커Scott Walker의 노래와 같은 멜로디와 오페라를 담은 곡이 목표였다. 내가 내 마음이 찢어지는 것을 경험했던 14살 당시 들었던 해리 닐슨의 노래 'Without You'는 내 마음을 나에게 설명해주는 것 같았다. "당신이 삶에 없다면 나는 살아갈 수가 없어요."

그런데 이런 생각들을 몽땅 머릿속에 담고 있다 보면 머리가 칵테일 셰이커가 되어버리게 마련이며, 그 결과물을 부어내면 그것은 완전히 독특한 무언가가 된다. 우리는 누구도 들어보지 못했던 사운드를 원했으며, 결국 그것을 얻어냈다. 그런데 문제가 하나 있었다. 너무 그러다 보니 노래가 너무 달달해져 버리고 말았던 것이다. 결국 이 노래는 진정한 예술을 하는 밴드라면 결코 인정할 수 없는 두려운 것이 되고 말았다. 추한 팝송.

당시에 팝이라는 말은 일종의 욕이었으며, 너무 뻔한 감정이나 코러스를 담은 노래와 우연히 마주치기라도 하면 악취라도 맡은 듯 재수 없다고 투덜거리기까지 했었다. 게다가 브라이언 이노와 다니엘 라노이스가 버티고 있는 판이니 누구도 그 노래에서 나는 악취를 고백할 엄두가 나지 않았다. "이런, 야 냄새 안 나냐? 이건 완전 팝송이잖아!"

그래서 우리는 'With or Without You'를 버리고 말았다.

쓰레기통에 처박힌 이 노래를 다시 꺼내준 이는 바로 개빈 프라이데이였다. 우리 네 사람보다 훨씬 인디밴드에 투철하며, 예술적 반란에 끌린다는 점에서는 브라이언 이노와 마찬가지였던 바로 그 개빈이었다.

"팝 뮤직이 뭐 어떻다고?" 그는 우리에게 캐물었다. "이 멜로디를 들어 봐. 이건 완전 클래식이야. 스콧 워커 같다고!"

개빈은 절정 부분이 너무 빨리 찾아온다는 것 말고는 아무런 문제가 없다고 강력하게 주장했다. 즉 그 처절한 코러스만큼 싱어가 감정을 끌어올릴 여유가 없다는 것이었다. 따라서 이건 편곡의 문제이지 노래 자체의 문제가 아니라는 것이 그의 말이었다.

우리의 가장 유명한 노래 중 하나가 되는 이 곡은 속삭임으로 시작한다. 그래서 천천히 감정을 축적하여 큰 감정을 담은 코러스의 오페라에 달하며, 이 코러스는 노래 끝에 딱 한 번 나온다. 오랜 세월 동안 개빈 프라이데이는 우리의 여러 앨범에서 모종의 산파와 같은 역할을 했다. 개빈은 뒤늦게 합류했지만, 우리가 어떤 문제에 있어서 서로 무슨 생각을 하는지를 너무 뻔히 알아 지겨울 정도가 됐을 때 항상 신선한 귀와 겸자가위를 들고 우리를 찾아와 주곤 했다.

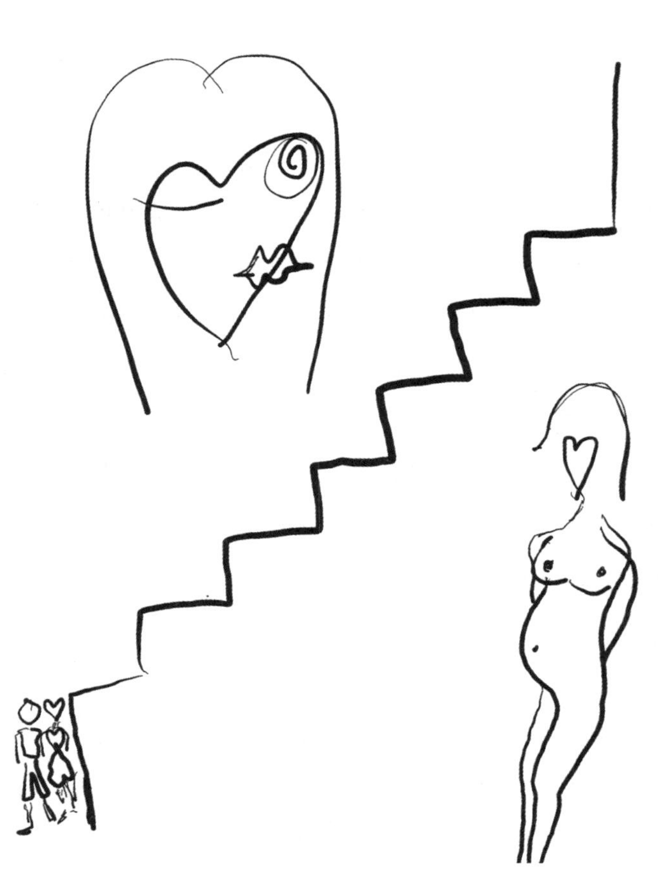

17

Desire

욕망

Lover, I'm off the streets
Gonna go where the bright lights
And the big city meet
With a red guitar, on fire
Desire.

로스앤젤레스. 상상력으로 살아가는 사람들의 숫자가 그 어느 도시보다 많은 곳이다. 나는 나와 우리 밴드가 1981년 처음으로 이곳에 온 이후로 이 도시를 사랑했다. 당시 이 도시는 우리가 그전에 갔었던 어떤 도시보다도 집에서 멀게 느껴졌었다. 그리고 나는 그러한 거리감을 즐기며 흠뻑 빠져들었다. 상점들은 마치 무대장치 같은 모습이었고, 도시의 중심은 따로 없었지만 언덕 위를 올려다보면 오늘날까지도 나를 매료시키는 건축물들을 볼 수 있었다. 지은 지 60년이 지나도 새로 지은 것처럼 보이는 현대적 건물들은, 브라질리아를 제외하면 20세기 중반의 건축이 세계 그 어느 도시보다도 깊게 영향을 준 곳이 바로 이곳임을 증언하고 있다. 노이트라Neutra, 라우트너Lautner, 마이어Meier, 니마이어Niemeyer 등과 같은 건축가들. 만약 새 천년에 들어 세계의 중심이 서방에서 동방으로 이동한다면, 우리 유럽인들보다는 태평양 연안에 자리한 도시들이 세상의 중심에 더 가까워질 것이다. 시드니, 홍콩, 베이징은 밴쿠버, 샌프란시스코, 로스앤젤레스 등과 함께 그 중심의 원 위에 있는 도시들이다. 옛날에는 서부 개척자들의 도시로서 바깥을 바라보고 있었던 도시가 이제는 이 세계의 한가운데로 들어오는 것이다.

사람들은 로스앤젤레스가 진실성 없는 도시라고 말하곤 하지만, 나는 로스앤젤레스 사람들이 투명하고 정직하다고 생각했다. 나쁜 놈들이나 사기꾼들이 없는 건 아니지만, 이들이 다가올 때는 항상 "너를 벗겨 먹을 거야"라고 광고하는 큰 간판을 지고 오는 느낌이었다. 이곳은 예전에나 지금이나 간판, 빌보드의 도시이다. 선셋 스트립Sunset Strip의 타워 레코드Tower Records가 유명해진 것은 그 거대한 앨범 커버들로 최신 음악을 널리 알린 데에 있다. 로스앤젤레스는 도시 전체가 젊고 또 시류의 최전선에 있는 것으로 느껴진다.

이 도시를 처음 방문했던 1981년 3월, 우리는 선셋 마르키스Sunset Marquis라는 제대로 된 로큰롤 호텔에 묵었다. 문을 나서면 언덕 위로 걸어 올라가 선셋 스트립에 닿을 수 있었다. 그곳의 휘황한 네온사인은 온갖 세속적인 모습의 극치이기도 하지만, 어떻게 보면 당시 갓 스무 살이었던 우리들처럼 천진난만한 모습이기도 하다. 물론 그 아래에는 전혀 천진난만하지 않은 다른 세상이 있다는 것을 지금은 알고 있지만, 당시에는 그런 걸 알아볼 만한 눈이 없었다.

클럽하우스에서의 '글라스노스트'

거대도시는 그 화려한 외양에 눈이 멀어 그 바닥의 어두운 물결을 보지 못하게 되기 쉽다. 우리의 첫 공연은 레세다 컨트리 클럽Reseda Country Club이었다. 청중은 600명이었는데 그중 한 사람은 《로스앤젤레스 타임스Los Angeles Times》의 음악 비평가 로버트 힐번Robert Hilburn이었다. 그는 멜로드라마 요소 하나 없이 글을 간결한 분석으로 압축해 내는 데에 천재적이었다.

우리 밴드도, 매니저도, 레코드 회사도, 에이전트도 그의 왕림을 우리에 대한 최고의 환영으로 받아들였고, 그는 우리를 격찬하는 평을 써서 주요 일정 섹션의 앞면에 실어주었다. 몇 달 후 우리는 다시 로스앤젤레스로 돌아와 할리우드 팔라디움Hollywood Palladium에서 공연했으며, 1년 뒤에는 스포츠 아레나Sports Arena에서, 그리고 1987년에는 콜리세움Coliseum에서 공연했다. 불과 7년 만에 600명의 청중이 8만 명으로 불어났다. 게다가 로스앤젤레스는 집처럼 편하게 느껴졌기에 우리는 〈The Joshua Tree〉 순회공연 이후 이곳을 집으로 삼았다.

그 순회공연을 바탕으로 필 조아누Phil Joanou가 만든 영화 〈래틀 앤드 험Rattle and Hum〉의 후반기 작업이 이곳에서 있었고 또 그 사운드트랙을 위한 새로운 노래들로 지미 아이오빈Jimmy Iovine과의 작업도 여기에서 있었던지라 로스앤젤레스로 이주하는 것이 여러모로 유리했던 것이다. 엣지와 그의 가족은 베벌리힐스 플랫츠Beverly Hills Flats에 집을 마련하였고, 애덤, 래리, 나는 벨 에어Bel Air라는 집으로 함께 들어갔는데, 이 집은 얼마 지나지 않아 아수라장이 된다. 이 집은 클럽하우스처럼 다룰 수 있는 집이었고, 여기에서 우리는 우리식의 '글라스노스트'를 시작했다. 이 말은 1985년 미하일 고르바초프가 소련에서 자신이 추진했던 새로운 개방 정책을 묘사하기 위해 썼던 단어였다. 그때까지 우리는 저마다 모종의 자기 보호를 위한 조심성 같은 것을 품고 있었다. 우리가 고향에서 가져온 가치들을 잃어버릴까 두려워서 그런 것이었겠지만, 그 과정에서 우리가 신뢰하는 사람들의 동아리에서 일부 사람들을 몰아내는 일들도 있었을 것이다. 성공했다고 변하는 것이 두려운 나머지 항상 똑같은 모습을 유지하는 위험한 짓을 했던 셈이다. 우리의 이 청교도주의를 극복하고 성공의 현실과 화해할 수는 없을까? 한번 시도해볼 만한 일이었다. 조금은 경직된 이러한 대중적 이미지를 풀어줄 때가 된 것이다. 사실 폴 맥기니스가 우리에게 일깨워 주었듯이, "정상의 자리를 즐기지 못할 정도로 어리석은 밴드로 보인다면 참으로 부끄러운 일"일 터였다.

She's the candle burnin' in my room
Yeah, I'm like the needle
The needle and spoon
Over the counter, with a shotgun
Pretty soon, everybody's got one
I'm in a fever, when I'm beside her
Desire
Desire.

그리하여 1988년 로스앤젤레스에서 우리는 신나게 살기로 했고, 우리 스스로 용납할 수 있는 행동의 경계선을 넓혀 새로운 경험을 찾아 나갔다. 일단 그렇게 마음을 먹으니까 시도해볼 만한 뻔한 짓들은 너무나 많았다. 오토바이를 몰고 나가서 데킬라를 마시기(가끔은 동시에). 헬멧 없이 오토바이를 타고서(이는 곧 불법화된다) 101 도로를 따라 심야 술집으로 가서 마셔대다가 오렌지색 태양이 동쪽 산등성이로 떠오를 때 집으로 돌아오기. 나는 일종의 어리석은 재미를 찾고 있었던 셈이다. 앨리가 도착하여 이 늦게 배운 사춘기 놀이가 한없이 부풀어 오른 꼴을 처음 보았을 때에는 경악을 금치 못했다. 하지만, 깊게 생각해보더니 이게 '필수적 단계'일 수도 있다는 결론을 내렸고, 도시의 레스토랑과 술집들을 돌아다닐 차와 운전사가 필요하다는 선에서 절충을 보았다. 그랬기에 어쩌면 그녀도 우리와 함께 돌아다닐 수 있었을 것이다. 우리는 래리와 함께 로스앤젤레스 다운타운의 지하 세계인 플레이밍 콜로서스Flaming Colussus나 WWIII 같은 곳에도 드나들었다. 낭만의 시절이었다. 작은 불빛들이 반짝이 도시 전체를 내려다보면서 멀홀랜드 드라이브Mulholland Drive를 지나 INXS의 마이클 허친스와 그의 아름다운 오스트레일리아 영화감독 친구 리안 룬슨Lian Lunson을 만나러 간다. 앨리와 나는 우리 밴드의 인기가 높아지면서 우리 두 사람의 결혼 생활이 여러 도전에 직면하게 되었지만, 어쩌면 이 또한 잘 헤쳐 나갈 수 있겠다는 희망을 품기 시작했다.

She's the dollars
She's my protection
Yeah, she's the promise
In the year of election.
Oh, sister, I can't let you go
I'm like a preacher stealin' hearts at a travellin' show
For love or money, money, money . . .
And the fever, gettin' higher
Desire.

퀸시 존스를 통해서 알게 된 고도高度와 태도態度

하지만 아이들이 생기면 또 다른 문제가 된다. 결혼한 지 6년이나 되었고 내 나이도 28세가 되었지만 나는 여전히 내가 밴드 리더이면서 또 능숙하게 아버지 노릇을 할 깜냥이 될지 자신이 없었다. 거기에 수반되는 여러 책임이 두렵기도 했지만, 망쳐버리면 어쩌나 하는 두려움도 컸다.

어느 날 밤 길고 검은 차를 타고 벨 에어Bel Air를 지나 집으로 오는 길에 운전사였던 찰리Charlie가 담배를 사겠다고 차를 멈추었다. 그런데 차로 돌아오자 그는 털어놓을 게 있다고 했다. 우리가 뒷자리에서 프로듀서 퀸시 존스Quincey Jones에 대해 나누는 대화를 우연히 듣게 되었는데, 마침 자기가 퀸시 존스의 친구인지라 그에게 전화를 걸어 우리가 집에 찾아가도 되는지 물어보았다는 것이었다. 뭐라고요? 우리의 감정은 복잡했다. 우리가 우러러보는 인물에게 우리 차의 운전사가 우리를 막 밀어넣는 이 상황은 당혹스러웠고, 음, 아무래도 좀 좋았다. 그리하여 우리는 한밤중에 저 위대한 퀸시 존스의 집에 한잔하자는 초대를 받았다! 우리가 반대하고 어쩌고 할 틈도 없이(물론 그럴 생각도 없었다), 우리는 아주 멋진 벨 에어의 호화 저택 바깥에 주차를 했으며, 바로 그 위대한 퀸시 존스가 우리를 맞으려고 길가에 나와 있었다. 우리가 마지막으로 그를 보았던 것은 그래미상 시상식 때였다. 그때 우리의 〈The Joshua Tree〉는 그가 프로듀서였던 마이클 잭슨의

〈Bad〉를 누르고 올해의 앨범상을 수상하여 모든 이들뿐 아니라 우리도 놀라게 했다. 그날 밤 한 떼의 아일랜드 사람들이 우리에게 몰려와 이 역사적인 밤을 기념하자고 술을 퍼먹여서 그날 밤의 기억이 거의 남아 있지 않았다. 하지만 그중에서도 가장 생생하게 남아 있는 기억은 퀸시 존스의 위엄 있는 모습이었다. 산뜻한 옷차림의 비밥 밴드 지휘자였던 그가 이제는 팝 음악을 가르치는 말쑥한 흑인 재즈 음악 교수님이 되어가고 있었다. 이 감히 범접할 수 없는 재능을 가진 이가 지금 앨리와 나를 데리고 유리로 된 그의 거실로 인도하고 있었다. 거실 창으로는 로스앤젤레스 전경이 내려다보였으며, 스카이라인으로는 로스앤젤레스의 여러 랜드마크들이 보였다. 우리는 상상 속의 폭풍에 턱을 앞으로 내민 흑인 모습의 견목 조각을 지나 걸어갔다.

"그 작품의 제목은 '태도Attitude'랍니다." 퀸시가 설명해주었다. "당신도 그게 좀 필요하죠." 우리는 해가 뜰 때까지 이야기를 나누었으며, 퀸시 존스는 해가 뜨기 전에는 절대로 잠자리에 들지 않는다는 것을 알게 되었다. 그는 그야말로 밤새 연주하는 재즈 밴드와 같은 시간표 속에서 살고 있었다.

"살아 있어서 정말 좋아요." 우리는 꿈꾸듯이 말했다.

"살아 있어서 좋다고요?" 그런데 그가 받아쳤다. "그건 결정적인 문제지!"

새벽 네 시가 되자 우리가 좀 너무 재즈다워지기는 했지만 그때 맺은 우정은 이후에도 지속되었다. 그날 밤 미국 음악의 천재인 이 거장은 그의 지혜를 우리에게 나누어주었다. 그리고 전혀 예상하지 못했던 그의 선물이 또 하나 있었다. 퀸시가 지닌 여러 재능을 이야기해보라고 사람들에게 말하면 부모 노릇부터 이야기할 사람은 거의 없을 것이다. 그런데 우리는 그가 네 명의 여성과의 관계에서 모두 여섯 명의 아이들을 낳았고, 그 아이들 모두와 아주 가깝게 지낸다는 것을 알게 되었다. 그의 모든 부인들 또한 그와 같은 동네에 살고 있는 것으로 보였다. 아주 재즈스러운, 아일랜드와는 아주 다른 삶의 방식이었다. 퀸시의 쿨한 10대 아이들은 그에게 온통 매달리고, 깨물기도 하고, 그의 귀를 간지럽히기도 했다. 나는 그 가운데 가장 나이가 어린 라쉬다Rashida에게(그녀는 나중에 배우이자 감독으로 성공한다) 물었다. 그녀의 아버지가 다른 평범한 아빠들과 다르다는 게 신경이 쓰이는지에 대해서.

"아니에요, 아니에요. 나는 아빠가 다른 아빠들이랑 달라서 너무 좋아요. 아마도 내가 11살 때에는 나도 좀 평범한 아빠가 있었으면 했던 것 같아요. 하지만 이제 그런 유치한 생각은 안 해요."

"지금은 몇 살인데?"

"열두 살이요."

스스로 아버지가 된다는 것

앨리와 내가 퀸시의 집에서 하룻밤을 보내고 나올 때 눈에 보이지 않는 스위치 하나가 눌러졌다. 우리는 서로 아이들에 대해 이야기를 했고, 부모 노릇을 하겠다고 해서 꼭 관습적인 삶을 살아야 하는 것은 아니라는 생각을 나누었다. 상상 속에서 살아가는 사람들도 교사와의 면담, 아이를 학교에 차로 데려다주기, 아이의 생일잔치 차려주기 등과 같이 현실 세계에서 필요한 부모의 삶 또한 얼마든지 잘 해내면서 살아갈 수 있다고. 아이와 함께 있어 준다는 게 꼭 물리적으로 함께 있는 것만을 뜻하는 것은 아니라고. 공기 중에서 향기가 느껴졌으며, 우리는 대문을 넘어 집으로 들어왔고, 그때 사슴 한 마리가 도로를 넘어갔다.

마치 하늘이 우리를 마중 나온 것 같았고, 하늘의 별도 손으로 만질 수 있을 것 같은 밤이었다.

우리는 여름의 습한 바람 속에 누워 그 별들에 몸을 맡겼다.

한 달 후, 앨리가 임신했다. 나는 별들 사이를 오고 갔다. 사실을 말하면, 별들에 매달려 있었다고 해야 할 것이다. 나는 겁에 질렸다. 앨리는 임신 테스트기를 들고 화장실로 들어갔으며, 그녀가 나왔을 때 나는 결과가 임신임을 감지했다. 나는 그녀의 감정을 느꼈다. 또 내 감정도 느꼈다. 패닉. 나는 잠든 척하고 있었다. 그래 봐야 불과 5분이었지만, 그래도 나의 찌질하고 차가운 행동으로 인해 그녀는 그 5분 동안 얼마나 외로웠을까. 하지만 나도 그 5분 동안 완전히 새로운 삶을 준비하려고 노력하고 있었다. 내가 정말 아이들을 키우고 싶다면, 나부터 우선 여러 방면에서 어른이 되어야 했다.

내가 그렇게 두려워했던 것은 대체 무엇이었을까? 그 실마리는 아마도 우리 아버지의 반응에서 찾을 수 있을 것이다. 우리가 더블린으로 돌아가 그에게 이 사실을 알렸을 때였다.

"복수다!" 그는 계속 반복해서 말했다. "복수. 복수."

아버지는 우리의 얼굴에 대고 웃음을 터뜨렸다. 그가 우리에게 나쁘게 굴려는 것은 아니었지만, 그 웃음소리가 내게는 아프게 다가왔다. 나도 마음속 깊은 곳에서는 아버지와 똑같은 생각을 하고 있었던 것이다. 나랑 꼭 닮은 아이가 태어나면 어떻게 하나. 연기자인 나는 마음속의 자기혐오를 감추지 못하고 그대로 드러내고 말았다.

앨리는 나에게 나의 전부를 사랑한다고, 내 영혼의 문제 많은 부분까지도 그녀는 기쁘게 받아들인다고 말해주었다. 네 살, 여덟 살, 열두 살 때의 나도 사랑한다고 말해주었다. 그녀가 13살 때 나를 만나기도 전의 나, 모든 사람을 웃게 만들지만 또 팍 꽂히는 말도 할 줄 아는 소년에 대한 소문을 들었던 그때의 나도 사랑한다고 말해주었다. 내가 어떤 모습으로 되어야 사랑하는 게 아니라고 했다. 그녀는 나를 사랑한다고 했다.

나는 그녀에게 'All I Want Is You'라는 노래를 써 주었지만, 이 노래의 화자는 그녀이다. 그녀가 이 노래를 노래하는 것이다. 이 노래는 U2의 가장 오래가는 노래의 하나가 되었지만, 그 내용은 모든 이들이 이해하는 바와 거의 정반대다.

You say you want diamonds on a ring of gold
You say you want your story to remain untold.
All the promises we make
From the cradle to the grave
When all I want is you.

You say you'll give me a highway with no-one on it
Treasure, just to look upon it
All the riches in the night.
You say you'll give me eyes in the moon of blindness
A river in a time of dryness
A harbour in the tempest.
All the promises we make
From the cradle to the grave
When all I want is you.

〈Rattle and Hum〉 앨범은 1,400만 장이 팔렸다. 하지만 이게 더블 앨범이었기에 우리끼리는 2,800만 장이 팔린 것이라고 이야기하곤 했다. 이건 우리의 경쟁적 본성도 보여주지만, 또 우리의 아일랜드식 허세도 보여주는 한 예다.

리뷰는 그렇게 신나지만은 않았다. 사람들은 이 앨범이 〈The Joshua Tree〉만큼의 독창성이 없다고 생각했으며, 그들이 옳았다. 이것은 라이브 앨범이었다. 비록 새로운 노래들을 쓰기는 했지만, 일부 비평가들은 우리가 미국 음악 앞에 머리를 조아리고는 있되 그 음악의 뿌리에 대해서는 제대로 이해하지 못하고 있다고 주장했다. 우리의 앨범은 위대한 미국의 노래책을 얄팍하게 마구 뒤져서 내놓은 것일 뿐이라고 했다. 나는 옛날 롤링스톤스가 미국 음악에 바치는 오마주인 〈Exile on Main St.〉 앨범을 내놓았을 때에도 최악의 평이 쏟아졌던 것을 기억하면서 위안을 삼았다. 아마도 미국인들은 자기들의 신화를 좀 더 악착같이 지켜내려는 거겠지. 그럴 권리도 있고.

새로운 꿈 꾸기를 다시 시작할 것

필 조아누Phil Joanou가 감독한 그 영화는 제대로 먹혔다. 흑백으로 찍은 덕에 마치 우리 네 사람 모두가 〈성난 황소Raging Bull〉의 로버트 드 니로Robert De Niro처럼 나왔고, 와이드스크린에다가 색종이처럼 색깔을 입힌 조던 크로넨웨스Jordan Cronenweth의 작업은 MTV에서 전혀 볼 수 없던 것이었다. 이제 우리 음악은 주류가 되었지만, 펑크 음악이 다시 일어서면서 그런지록이 막 시작되려는 순간이었고, 유럽에서는 크라프트베르크의 아이들이 록 음악에 댄스 음악을 접목하면서 전자 음악이 새롭게 태어나는 순간이기도 했다. 우리가 주류가 되기를 원하는 것은 아니었지만, 그렇다고 해서 펑크로 되돌아갈 생각도 없었다. 다 해봤던 것이니까. 나는 유럽에서 벌어지고 있는 일들에 관심을 두었다. 특히 베를린에서.

"내 생각에 우리는 이제 미국하고는 연이 다한 것 같아." 나는 밴드 멤버들에게 말했다.

"내가 생각하기에는 미국이 우리하고 연이 다한 것 같은데." 래리의 대답이었다.

일이 구체화되기 시작한 것은 1989년 새해 첫날이었다. 우리는 고향 아일랜드의 포인트 디포Point Depot에서 연주하면서 이 도시에서 우리가 처음 음악을 만들던 날들을 회고해보려고 했다. B. B. 킹B. B. King이 우리와 함께 무대에 올랐고, 그의 멋진 브래스 섹션 또한 우리와 함께했다. 과거의 유산을 모두 제치고 새로 시작한다고 허풍을 떨면서 펑크 음악으로 출발했던 우리 밴드는 이제 그 어느 때보다도 더 풍성하게 음악적 뿌리를 갖추고 있었다. 하지만 어떨 때는 우리 음악이 너무나 많은 뿌리로 땅에 꽁꽁 묶여 있으며, 그 때문에 우리 음악에서 허공으로 올라가는 황홀경의 요소가 계속 제약당하고 억눌린다는 느낌이 들 때도 있었다. 나는 모종의 변명을 불쑥 꺼내 들었다.

"이걸로 U2의 한 국면이 끝났어. 우리는 이제 가진 걸 버리고 새로운 꿈꾸기를 다시 시작해야 해."

몇 개월 후 한 시끄러운 하우스 파티에서 나는 애덤에게 품고 있던 불만을 털어놓았다. 애덤의 함박웃음은 와인으로 이빨이 물들어서 조금 어두워져 있었다.

"좀 그러지 마. 우리 이루어냈잖아… 이 정도면. 또 뭘 어디로 가라고? 여기까지 온 사람이 누가 있어?"

"'이루어냈다'는 게 무슨 말이야?" 나는 짜증을 내며 물었다. "'무엇을' 이루어냈다는 거지?"

"앨범을 대량으로 팔아치우면서 우리가 항상 원했던 일들을 하는 거지. 또 우리가 받은 이 모든 그래미상은 뭔데? 이 삶을 그냥 살아가는 것이 바로 그 이루어낸 '무엇' 아니야?"

애덤은 웃고 있었다. 그런데 왜 나는 그러지 못하고 있었을까?

우리의 가장 성공적인 순간이 또한 우리의 가장 취약한 순간이라고 의심하는 나의 피곤한 버릇 때문이었을까? 나는 '다음에는 어디로 가야 하나'라는 성가신 질문을 떨쳐 버릴 수가 없었다. 우리가 어디에도 도달하지 못했다는, 참으로 성가신 생각이었다.

이게 우리가 U2를 시작했던 이유인가? 래리네 집의 부엌 식탁 아래에서 기어 나와 하나님을 모시는 형제들로부터 도망까지 친 것이 이걸 위해서였나? 유명하고 부유해지기 위해서?

"우리가 그렇게 똑똑했었더라면 얼마나 좋았겠어." 애덤은 내뱉듯이 중얼거렸다. 아마 그는 웃고 있었을 것이다. 하지만 나는 웃고 있지 않았다.

아마 애덤이 옳았을 것이다.

폴 맥기니스의 경고가 떠올랐다. "어떤 밴드가 정상의 자리를 차지하고도 그걸 즐기지 못할 정도로 어리석다면 그것은 참으로 부끄러운 일"이라고 했다. 내가 어리석다고 치자. (나는 항상 어리석었다.) 하지만 나는 또한 정상에 있을 때가 바로 바닥에 있을 때라는 두려움을 가지고 있었다. 나는 지금이야말로 우리가 조슈아 트리를 도끼로 찍어낼 때라는 느낌을 서서히 가지기 시작했다. 다른 누가 전기톱을 들고 나타나기 전에.

PART Ⅱ

세상을 바꿀 수는 있어
하지만 내 안의 세상은 바꿀 수가 없네

—시드니 크리켓 구장, 1994년 1월

memphis
Jordan
JoJo

18

Who's Gonna Ride Your Wild Horses

누가 너의 야생마를 탈 것인가

You're dangerous, 'cos you're honest.
You're dangerous, 'cos you don't know what you want.
Well you left my heart empty as a vacant lot
For any spirit to haunt.

STS 스튜디오는 더블린의 템플 바Temple Bar라고 알려진 지역의 크로우 스트리트Crow Street 클라다 레코드Claddagh Records 위층에 있다. 요즘 이 지역에서는 여러 술집에서 음악이 쏟아져 나오고 버스커들과 술 취한 사람들의 노랫소리로 요란하다. 뉴올리언스로 치자면 프렌치 쿼터French Quarter에 해당하는 곳이다. 하지만 1989년 당시만 해도 이 지역에는 골동품 가게와 낡아빠진 소매점들뿐이었다. 정부는 이들을 퇴거시키고 강제 매입한 후 더블린시의 버스 차고지로 만들 예정이었었다.

클라다 레코드는 무빙 히어로즈Moving Heroes와 같은 현대 포크 음악인들의 대중적인 저항가요부터 시작해 시머스 엔니스Seamus Ennis와 그의 유명한 피리 앨범 〈The Pure Drop〉과 같은 옛날 희귀 음반에 이르기까지 모두 다 갖춘 전설적인 포크 음악 백화점이었다. 우리 네 사람은 퀴퀴한 냄새의 카펫이 깔린 계단을 올라 숨겨진 다락방의 녹음 스튜디오로 올라가면서 꼭 중고품 할인 상점에 온 느낌을 받았다. 하지만 이 스튜디오에서 우리는 우리의 가장 대중적인 노래들 중 몇 곡의 데모 테이프를 만들었다. 화장실도 부엌도 작았던 이곳에서 우리는 마치 단칸 셋방에 들어온 신혼부부 같았으며, 공상과학 영화와 같은 현대적 미학이 넘치던 윈드밀 레인 스튜디오와는 정반대의 느낌이었다. 아마도 그렇기 때문에 우리는 이곳을 편하게 여겼던 것 같다. 이는 죽은 과거의 공간이었지만, 그것을 만든 이는 폴 배럿Paul Barrett이라는 이름의 멀쩡히 살아 있는 음악인이자 시간 여행자였다. 그는 더블린에 일종의 새집을 만든 셈이었다. 폴 자신도 어딘가 새 같은 성질을 가지고 있었다. 그는 항상 자신이 디자인한 독특한 의자에 앉았으며 그 의자를 횃대perch라고 불렀다.

"여기에 앉으면 척추가 바로 서거든요." 그는 설명했다. "이걸로 특허를 낼까 봐요."

또한 폴은 어딘가 발명가 같은 면이 있었다. 그래서 우리는 그를 박사님이라고 불렀다. "닥터 후"도 아니라 "닥터 와이"도 아니라 "닥터 하우"라고. 이런 식이었다. 닥터 하우, 이 곡에 브래스 섹션을 넣으면 사운드가 어떨까요? 혹은 군악대를 쓴다면요? 여기에 색소폰 솔로를 넣는다면 어떨까요? 폴은 중간계Middle-earth의 브라이언 이노였다. 젊은 음악인들은 그가 최신식 MIDI 인터페이스 키보드와 작은 페어라이트 CMIFairlight CMI에서(이 장비만 해도 아마 그의 건물보다 더 비쌌을 것이다) 오만가지 소리를 다 만들어낼 수 있겠다는 인상을 받았다.

또한 그는 시간 여행자이기도 했다. 이 훌륭한 박사님은 1950년대 음악을 오갈 수 있었기 때문이다. 우리가 1988년 버디 홀리 Buddy Holy식의 단순성을 담은 'Desire'를 만들어낼 수 있었던 것도 그를 통해서였다. 또한 우리를 1960년대의 컨트리 음악으로 데려가 'All I Want Is You'를 작곡할 수 있었던 것도 그 덕분이었다. STS 스튜디오의 타임머신 TARDIS를 타고서 우리는 1970년대풍의 'Bullet the Blue Sky'에서 1980년대풍의 'Pride (In the Name of Love)'를 거쳐 미래풍의 'Unforgettable Fire'까지 자유자재로 오갈 수 있었다.

그 박사님은 이 세상 사람이 아닌 듯했지만, 아무래도 좋았다. 우리도 아직 우리가 들어보지 못한 음악을 찾고 있었으니까. 우리는 이따금 옛날로 머리를 돌려 과거에서 아이디어를 훔쳐 오기도 했지만, 우리의 발은 거의 항상 우리가 아직 들어보지 못한 미래의 사운드를 향하고 있었다. 우리가 함께했던 작업 중에서 STS 스튜디오에서의 작업은 단연코 최고였다. 특히 드럼과 베이스는 일종의 화학적 차원에서 결합하는 것 같았다. 스튜디오가 워낙 좁아서였을까? 우리는 옛날 래리네 집 부엌이나 엣지네 집 창고에서처럼 거의 서로의 소리와 싸워가며 녹음을 진행했다. 마치 어머니 자궁 속으로 돌아가는 것 같은 느낌이었다.

자궁 속이라고 하니 생각나는 게 있다.

선견지명과 족집게

1989년 5월 9일, 현실 세상의 박사인 의사로부터 전화를 받고 나는 그날 STS 스튜디오에서의 세션을 취소하겠다고 앨리에게 말했다. 그날은 앨리의 출산 예정일 4일 전이었고, 그녀의 의사는 유도 분만을 생각해볼 테니 앨리에게 마운트 카멜 병원Mount Carmel Hospital으로 오는 게 좋겠다고 말했던 것이다. 나는 앨리에게 아마 유도 분만이란 아기에게 임시 거처에 너무 편하게 있을 생각 말고 빨리 나오라는 친절한 계고장이 아니겠냐고 농담하면서 나의 불안감을 숨기려고 했다. 지금 봐도 전혀 재미없는 농담이다. 어쨌든 나는 그날 세션을 취소하고 그녀를 차로 병원에 데려다주겠다고 했다. 앨리는 들으려고도 하지 않았다. 차라리 자기가 운전해서 병원으로 갈 것이며 그 길에 나를 스튜디오에 내려주겠다는 것이었다. 나는 짐짓 상처받은 척했지만, 내가 운전하면 도저히 앨리가 마음 편히 차에 타고 있을 수 없다는 것을 받아들였다. 나는 내 첫 번째 차를 윌로우 파크 애비뉴Willow Park Avenue에 있는 가로등 기둥 옆에 주차하여 아예 커버까지 씌워두고 있었다. 내가 운전을 하면 앨리는 옆에서 이렇게 잔소리를 하곤 했다. "신호등은 조언이 아니야, 명령이란 말이야."

그녀는 가방을 쌌다. 월트 휘트먼Walt Whitman의 《풀잎Leaves of Grass》, 랭스턴 휴즈Langston Hughs의 블루스 시집, 《큐Q》와 《롤링 스톤Rolling Stone》 같은 잡지들, 그리고 쇠로 된 작은 위스키 통을 집어넣었다.

아마도 그건 아기의 머리를 적시기 위한 준비였다. 선견지명. 족집게. 솔직함. 나는 앨리가 조금이라도 불편해하는 것을 보면 비록 임신부라서 어쩔 수 없다고 해도 도저히 참고 보지를 못했으며, 그동안 앨리는 이런 내 태도를 꾹 참아내야만 했다. 이미 걱정할 것이 산더미 같은 앨리였지만, "내 부인을 울게 만들면 내가 네 놈을 울게 만들어주겠다"는 나의 네안데르탈인 같은 태도가 발동하면 또 무슨 일이 벌어질까를 이미 따져본 결정이었다.

남자가 자기 아내가 출산하는 것을 그저 보고 있는 순간만큼 자신이 쓸모없는 존재임을 절감하는 순간이 또 있을까? 전장으로 향하는 그녀의 등 뒤에서 기껏해야 전투 나팔이나 불어주는 것 이상을 해줄 수가 없다. 게다가 정말 최악의 사실을 보자면, 애초에 그녀가 전장으로 향하게 된 원인을 제공한 존재가 바로 남자 아닌가?

그녀가 출산의 고통에 용감하게 맞서서 목숨을 걸고서 새 생명을 낳는 순간만큼 여성이라는 존재에 경외감을 느끼는 순간이 또 있을까? 나는 보통 다닐 때 떠오르는 생각들과 멜로디들을 녹음하기 위해 배터리로 작동하는 소니 녹음기를 가지고 다녔으며, 지금은 그 녹음기로 아기의 심장 소리를 녹음하느라고 바빴다. 초음파로 잡히는 작지만 의미심장한 리듬. 아마 언젠가 그 심장 소리에 맞추어 노래를 만들게 될 수도 있을 거야. 갈수록 공포에 짓눌려 가는 내 마음을 잡기 위해 만들어낸 창조적 아이디어였다. 지난번 내가 어머니와 병원에 함께 있을 때도 공포에 질렸었는데. 그러다가 결국 어머니가 돌아가셨잖아. 무의식 속에서 나는 최악의 사태가 벌어질까 두려워하고 있었다.

그러다가 정말로 최악의 사태가 터졌다. 아기의 심장 리듬이 느려지고 있었다. 처음에는 미세한 정도였고 그저 약간의 부정맥이었지만, 심장 소리를 녹음하면서 나는 그 간격이 일정하지 않다는 것을 알 수 있었다. 나는 이 점을 간호사 중 한 사람에게 말했지만 그녀는 별로 개의치 않는 것 같았다. 심장 리듬이 또 느려졌다. 이번에는 내가 다른 사람들보다 템포를 훨씬 정확하게 안다는 점을 말했다. 래리 멀런 주니어가 나의 선생님이었으니까. 이 고동 소리가 빨라지는지 느려지는지 나는 알 수 있었으며, 지금은 우리 아기의 심장 안에 있는 드러머가 상당히 리듬을 늦추고 있다고 했다. 이번에는 나의 경고가 심각하게 받아들여졌으며, 사람들 대화의 톤도 달라졌다. 또 다른 간호사 다음에는 의사 한 사람이 곧이어 도착했고, 내가 알아채기도 전에 그들은 앨리를 다른 곳으로 데려갔다.

과학은 하나님의 고마운 선물이다. 의학 또한 그렇다. 의사들과 간호사들도 마찬가지이다. 하얀 옷을 입고 합성수지 장갑을 낀 그들은 기적에 가까운 침착함을 유지하면서 폭풍우와 험악한 파도를 헤치고 우리의 딸아이를 무사히 세상에 내어왔다.

평화. 안식 있으라.

조던 조이 아이리스 스틸 워터 휴슨Jordan Joy Iris Still Water Hewson은 아름다운 날씨의 5월 9일 오후 9시 36분에 이 세상에 나왔다. 나와 생일이 같았다. 불과 5파운드 5온스짜리의 섬세하고 미묘한 선물. 우리는 그녀의 이름을 찬송가에서 따왔다. 나를 실은 이 편한 마차가 낮게 흔들리며 요단강을 건너가고 천사들이 마중을 나온다. 딸아이가 인큐베이션실로 들어간 후 한 간호사가 내게 말했다. 아기가 세상에 나오면서 스트레스를 받아 약간 트라우마가 있을지 모르니 아빠의 가슴에 안겨 잔다면 도움이 될 수 있다고.

"아기는 아직 어머니와 갈라졌다는 것을 알지 못하니까, 대신 아빠의 심장 소리를 들으면 마음이 가라앉을 거예요."

시적인 상상력이 있는 아이디어였고, 나도 뭔가 쓸모가 있다는 생각이 들었다. 그녀가 21살이 된다면 나는 50세가 되겠지, 라고 나는 생각했다. 이 글을 쓰는 시점에 그녀는 32세가 되었다.

그다음 몇 주 동안 나는 제대로 잠을 자지 못했다. 하지만 그건 앨리의 수유 패턴과 맞춰야 해서가 아니라, 내 가슴 위에서 잠들어 있는 5파운드짜리 아기를 혹시라도 떨어뜨리면 어떻게 하나 잔뜩 겁을 먹었기 때문이었다. 그렇게 누워 있으면 나와 아기가 어떻게 연결되어 있는지 느낄 수 있었다. 우리 두 사람의 심장은 우주의 쌍둥이로서 완전히 서로와 함께였다. 지금도 그녀는 그렇게 나와 긴밀히 연결되어 있다.

조던이 폭풍우 속에서 태어났다면, 그녀의 여동생인 이브Eve는 그야말로 폭풍우 자체였다.

프랑스 혁명 당시 바스티유 감옥을 덮쳤던 성난 군중처럼 이브는 1991년 7월 템플 힐에 있는 우리집을 습격했다. 검은 머리에다가 기분이 안 좋을 때도 끊임없이 우스꽝스러운 짓을 계속하는 아기가 출현한 것이다. 그녀는 7월 7일 7시 59분에 태어났으며, 그래서 우리는 '일곱seven'의 철자 중간 세 글자를 따서 "이브Eve"라고 이름을 지었다.

이브가 태어날 당시 우리가 전혀 예상하지 못했던 일이 벌어졌다. 우리 아기가 여자아이라는 것이 우리조차 알기 한 달 전에 먼저 어느 매체의 가십 칼럼에 터졌다. 앨리가 정기적으로 받았던 스캔이 한 타블로이드 저널리스트에 새어나갔던 것이다. 그 저널리스트는 일단 표적으로 삼으면 누가 되었든 무엇이든 파내는 이로 악명이 높았다. 사람들은 누구나 자기 이름이 그녀의 칼럼에 거명되지 않을지 두려워한다고 알려져 있었지만, 그녀가 얼마나 인정사정없는 인물인지 알게 된 사건이 있었다. 어느 날 저녁 그녀의 조수 한 사람이 비밀리에 나에게 접촉하여, 엣지가 자신의 이혼 건과 관련하여 정보를 주어 협력하지 않는다면 삶이 순탄치 않을 것이라고 말했다. 대신 엣지가 협력하기만 한다면 그를 "돌봐주겠다"고 했다.

퍽이나 그랬겠다.

아일랜드에서는 명성이란 대단한 것이 아니다. 아일랜드 사람들은 성공이나 마찬가지로 명성에 대해서도 의심을 품는다. 한 예로 나와 함께 20년을 일해온 카트리오나 가드Catriona Garde가 있다. 그녀는 이름의 발음도 "조심guard"스럽지만 천성적으로도 조심스러운 인물로, 명성이라는 것은 바늘 한 방이면 터지고 마는 열기구 정도로밖에 여기지 않았다. 게다가 날카로운 바늘까지 가지고 있다. 우리는 진짜 영웅이란 의사들과 간호사들, 교사들과 소방관들이라는 것을 마음 깊이 알고 있다. 아마도 우리가 다시는 런던, 뉴욕, 로스앤젤레스 등으로 삶의 터전을 옮기지 않기로 했던 것도 그것 때문일 것이다. 밴드 입장에서 보면 그렇게 하는 편이 예술과 음악 사업 모두에 훨씬 더 합리적일 수 있다고 해도. 우리는 아이들만큼은 무슨 일이 있어도 더블린에서 키우고자 했다. 이렇게 헛된 명성을 우습게 아는 아일랜드의 자연스러운 측면을 가장 잘 보여주는 예가 바로 〈더 레이트 쇼The Late Show〉일 것이다. 이는 아일랜드에서 가장 권위 있는 토크쇼로서, TV 화면에 나오는 유명 인사들과 지역 및 동네에서 유명한 이들을 함께 다루는 진귀한 프로그램이다. 유명 인사들의 문화뿐 아니라 모든 문화를 다루는 것이다. 예를 들자면 마돈나를 꿈꾸면서 코르크에 사는 한 여성과 마돈나를 함께 다루는 식이다.

그 토크쇼의 진행자인 게이 번Gay Byrne은 1990년대에 아일랜드에서 가장 유명한 인물이었다. 우리 아이들이 너무 많은 주목을 받거나 너무 유명해지게 되면 우리는 아이들에게 이렇게 일깨워주곤 했다. 누구도 게이 번만큼 유명한 사람은 없다고. 우리 아이들도 아일랜드의 모든 아이들과 마찬가지로 게이 번이 진행하는 크리스마스 장난감 쇼 특집을 절대 놓치지 않으려 했다. 그런데 가수도 배우도 코미디언도 아닌 그가 어떻게 그렇게 유명해졌을까? 내가 볼 때, 그가 유명해진 것은 그가 진짜 가치를 가진 인물이기 때문이었다. 그는 우리 아일랜드가 필요로 하는 역할을 꼭 맞추어 수행했다. 그는 아일랜드의 보통 사람들에게 자신의 존재와 목소리를 드러낼 수 있다고 느끼게 해줬고, 그를 통해 그들 모두에게 내전만큼은 피해 가도록 설득할 수 있었다고 나는 믿는다.

유명해지려면 재미도 있어야 하지만 불경할 줄도 알아야 한다. 소리를 지르는 사람들이나 속삭이는 사람들이나 똑같이 귀를 기울일 줄 알아야 한다. 하지만 그 무엇보다도 중요한 것은, 세상에 유용해야만 한다. 이것이 그의 행동 방식이라고 나는 항상 생각해 왔고, 이는 우리 가족의 기도에 등장하는 원칙이기도 하다. 단순하다. 직선적이다. 하나님, 우리를 쓸모 있는 존재로 만들어주소서. 우리가 살고 있는 이 세상에서 어떻게 하면 쓸모 있는 존재가 될 수 있을까요?

장난기: 천진함과 유치함

아이를 키우다 보면 다시 어린 시절로 되돌아간다. 아이들이 자라나면 어찌 된 일인지 내가 기억하고 있었는지조차 몰랐던 멜로디와 가사가 저절로 생각이 나서 아이에게 불러주게 된다. 내가 아이였을 때 사람들이 나에게 이 노래를 불러주었던 게 틀림없다. 어린 시절로 되돌아가는 것은 좋은 일이었다. 단지 "아이들 말고는 천국에 들어갈 자가 없기" 때문만이 아니라, 창의성을 끌어내는 방법이기도 하기 때문이다. 성인스러움은 창의성의 적이다. 내 직감이지만, 많은 창조적 인물들의 성장발육이 정지된 것은 그들의 어린 시절이 그들을 지배했기 때문이라고 설명할 수 있다. 노는 방법을 잊어버리지도 않았고, 이미지, 음악, 말의 모래 상자에서 마음대로 장난치는 일을 그만두지 않았던 것이다.

처음에는 아이를 갖는 일을 두려워했지만, 1990년대에 들어 딸들이 우리와 함께 자라나면서 나도 이제 내가 어른이 되는 것을 받아들일 수 있게 되었다.

아이들을 키우다 보면 어른이 된다는 것도 맞는 말이지만, 우리 아이들은 또한 우리에게 너무 심하게 어른이 되지 않는 법도 가르쳐 주었다. 아이들은 일정한 장난기를 가지고 있다. 천진하기도 하고 유치하기도 한. 이브는 그야말로 장난기 그 자체였다. 2살 때부터 연기자였던 이브였기에, 10살도 채 되지 않았던 2001년 〈Elevation Tour〉에서 무대로 걸어 나와 아빠와 함께 'Mysterious Ways'에 맞추어 함께 춤을 추었던 것도 놀라운 일이 아니었다.

장난기야말로 'Elevation' 가사의 원천이었다. 그야말로 아이들이나 지닐 수 있는 장난기. 아버지들이 아이들을 차에 태우고 학교에 데려다 줄 때 즐기는 장난기. 나의 경우엔 잠자리에서 일어나 잠옷을 입은 채 그대로 차를 몰면서 라디오의 노래까지 따라 부르는 장난기. 나는 아이들 입에서 "창피해!" 소리가 나올 것을 고대했고, 소리 지르며 내게 야유하기를 원했다. 때로는 만만한 동네북이 되는 게 아버지 노릇이기도 하니까. 나는 다른 차에 탄 운전자들과 아이들을 더 이상 신경 쓰지 않았다. 자의식만 버린다면 나는 얼마든지 자유로워질 수 있고, 그러면 아마 아이들도 자유로워질 테니까. 나는 아이들이 나에게 바보짓을 하라고 쿡쿡 찌르도록 유도했다. 이를테면 교통 정체 한가운데에서 차 밖으로 나와 백스트리트 보이스Backstreet Boys의 노래 'Everybody'에 맞추어 춤을 춘다든가. 춤 동작은 딸아이들로부터 수업을 받았다. 당시는 스마트폰으로 우리 모두 바보가 되기 전이었기에, 그런 순간들은 오직 기억을 통해서만 간직되어 있다.

조던은 내가 어렸을 때 즐겼던 상상력 넘치는 삶을 상기시켜 주었고, 나는 그녀의 초현실성에 질투를 느꼈다. 우리의 〈Pop〉 앨범에 수록된 'Staring at the Sun'은 그녀가 영감이 되어 쓰게 된 곡이다. 프랑스에서 보냈던 어느 여름날, 나는 그녀가 수영장의 모든 구석을 마치 자기의 의식을 살펴보듯이 샅샅이 탐색하는 것을 지켜보았다. 물속에서도 크게 뜬 그녀의 눈 색깔은 자카란다 나무와 같은 빛깔이었으며, 이 아틀란티스의 세상을 너무나 편하게 여기고 있었다. 그녀는 상상 속에서 자신을 새로이 생각해 냈으며, 자기의 이야기를 쓰기도 했다. 작가의 이야기가 쓰인 것이다. 나도 글이든 노래든 쓴다는 것은 일종의 물속에서의 삶이 아닐까 한다. 물 밖으로 나오긴 해야겠지만, 물속에 있어도 괜찮다면 굳이 올라오려 하지 않는 삶.

딸들은 달키 학교Dalkey School Project National School, DSP를 다녔다. 이 학교는 건물도, 창문도, 문들도 모두 원색으로 칠해져 있었고 디자인 또한 마치 초콜릿 덩이로 만든 듯한 현대적 구조로 되어 있었다. DSP는 특정한 종교와 관계없는 학교로서 훌륭한 가치들을 내걸고 있는 멋진 배움터였다. 학교는 우리 가족을 보호해주었으며, 우리 아이들도 다른 아이들과 똑같은 대우를 받도록 했다. 이는 실로 필수적인 것이었다. 셰이머스 히니가 지적한 바 있듯이, "무의식적 특권의식creeping privilege"은 아주 어렸을 때에 물들 수 있기 때문이다.

학교에서 조던이 만났던 선생님은 그녀에게 (또 우리에게) 초등학교 과정에서도 교육의 핵심은 학생이 스스로의 선생님이 되도록 하는 것에 있다고 했다. 조던의 교육에 있어서 자기가 할 수 있는 일보다 조던 스스로가 책을 사랑하는 것이 훨씬 더 큰 기여를 한다는 것이었다. 책을 사랑하기만 한다면 갈 수 없는 곳이 없으며, 물속 깊이 들어갈 수도 있고 물장구를 칠 수도 있다는 것이었다. 이 선생님의 관심은 우리에게 큰 선물이 되었고 조던은 그 길을 따라 좋은 대학에서 시와 정치학을 공부하게 된다. 그 선생님의 이름은 이알라 오 리오네드Iarla O Lionaird로, 에이프로 켈트 사운드 시스템Afro Celt Sound System과 글로밍Gloaming에서 싱어로 활약하는 이였다. 나는 그가 노래하는 것을 듣고 배우며 공부하기도 했다.

나는 이브를 통해 결단력의 새로운 단계를 배우게 되었다. 그녀는 심지어 규율에 대해서도 자기만의 규율이 있었다. 그런 재주를 자유자재로 꺼냈다가 숨길 수 있는 것은 분명한 하나의 재능이다. 항상 뭔가 장난칠 것이 없나를 찾는 눈을 가진 그녀이기에, 아주 어렸을 때부터 도무지 장난칠 것이 없을 것 같은 상황에서도 또는 분위기가 좋다가 너무 심각해져 버린 상황에서도 늘 재미를 찾아냈다. 이브는 몸 개그를 타고 태어난 아이였다. 그녀가 네 살 때 어른들이 따분해질 것 같으면 성인용 크기의 오토바이 헬멧을 쓰고서 아기들이 타는 세발자전거를 몰고 식탁을 돌아다녔다. 사람들이 웃을수록 그녀의 얼굴은 밝아졌다. 아무 설명도 필요 없다. 행위 예술이다.

그녀의 메소드 연기는 5살 때 영화 〈E.T.〉를 보고 나서 시작되었다. 그녀는 집안에서도 후드티를 입기 시작했고, 엘리엇이라고 부르지 않으면 대답도 하지 않았다. 저 녹색 행성으로 올라가는 아이다운 방식이었다.

그녀는 태어났을 때부터 두 가지 재능을 가지고 있었다. 춤을 정말 잘 췄다. 또 사람들이 웃고 싶어 하지 않을 때도 웃게 만들 수 있었다.

생각나는 장면이 있다. 어느 날 오후, 크리스티나 아길레라의 노래 'You Are What You Are (Beautiful)'이 스피커에서 흘러나오자 그녀의 얼굴이 울상이 되었다.

Every day is so wonderful
Then suddenly it's hard to breathe
Now and then, I get insecure
From all the pain,
I'm so ashamed

린다 페리Linda Perry의 아름다운 가사에, 영상은 소외감에 시달리는 10대들을 위로했다. 나는 이브에게 괜찮냐고 물었고, 무언가 이야기하고 싶은 게 있냐고 물었다. "설명할 수가 없어." 그녀가 말했다. 그녀가 설명할 수 없었던 것이 혹시 내가 그녀에게 가져다 준 삶이었는지 나는 지금도 걱정이다.

나는 좋은 부모가 되고 싶지만, 그건 내가 평가할 일이 아닐 것이다. 부끄럽지만 나는 내 화를 다스리지 못하고 성깔을 부리는 못된 부모가 될 때가 있었다. 아들들은 몰라도, 딸들은 그걸 다 기억한다. 이건 내 아버지 그리고 나와 내 아버지의 관계 때문이었을까? 나는 내가 아버지와 맺었던 것 같은 관계를 아이들과 맺고 싶지 았았다. 어리석은 생각이었을지는 몰라도, 나를 구출해 준 것은 그런 생각이었다. 좋은 시절이었다. 아이들을 학교에 데려다주고 나서 앨리와 함께 킬리니 힐Killiney Hill이나 해변을 걸으면서 하루를 시작하는 나날이 내게는 너무나 행복했다.

'무의식적 특권 의식'

무의식적인 특권 의식은 어른들에게 더 크게 작용할 수 있다. 1990년대의 우리는 즐겁게 사는 법을 배웠다. 지금 돌이켜보면 나는 이 좋은 삶에 좀 너무 익숙해졌고, 여러 자유를 너무 만끽했던 것 같다. 하지만 우리는 성공의 전리품들spoils로 인해 우리 가족생활이 망가지도록spoil 만들지는 않았다. 우리들 삶의 최우선은 아이들이었으며, 비록 U2 일 때문에 다른 아버지들보다 밤에 집 밖으로 떠돌 때가 많았지만, 일단 템플 힐이나 프랑스의 집으로 돌아오면 나는 이를 보상하려고 노력했다. 9시에서 5시까지 일하는 대부분의 부모는 사실 집 밖에 나가 있는 시간이 7시에서 7시가 될 때가 많으며, 전문직 부모들은 더하다. 이들은 그저 밤이나 주말에 아이들을 볼 수 있을 뿐이다. 이에 비하면 나는 아이들과 더 많은 시간을 가진 셈이었다. 게다가 이 기간에 모든 종류의 지원까지 누릴 수 있었다. 앨리는 A팀이었고, 나는 그저 A팀에 속하는 B에 불과할 때가 많았다.

우리는 하고 싶은 일을 맘껏 할 수 있었고, 또 보수가 없다고 해도 할 수 있었다. 이러한 특권을 누리는 우리가 지금까지 지구상에 살았던 인간 중 1퍼센트의 1퍼센트에 해당하는 이들이라는 사실을 잊어서는 안 된다. 역사상 우리 같은 사람들은 거의 존재하지 않았다. 금전적인 걱정에서 이토록 자유롭다는 것은 우리의 청중들이 우리 밴드에게 준 선물이다. 자유롭다는 것. 하고 싶은 일을 하고, 우리가 하는 일을 사랑한다는 것. 이렇게 살 수 있는 사람은 거의 존재하지 않는다. 우리의 조상들에게 역사란 항상 가파른 언덕을 오르는 고생길이었으며, 검은 합성수지 바지를 입고 두 다리로 서 있는 일 따위는 여기에 비기면 무슨 일이라고 할 수도 없다. U2의 경우는 자연에 도저히 그냥 존재할 수 없는 특이한 경우라는 점을 명심하려고 한다. 이는 그야말로 "검은 백조"에 해당하는 사건이다. 세상에는 나보다 훨씬 더 재능 있는 사람들이 있지만 세상은 그들을 외면했다. 그런데 우리의 경우 1980년대 말에 성공을 거둔 이래로 우리 자신은 물론 우리의 가족들까지도 맘껏 자유를 누릴 수 있었다. 이는 많은 부분 이 책을 읽고 있는 바로 당신들의 덕분이라는 점을 우리는 알고 있다.

1990년대에도 간혹 안 좋은 일들이 있었고, 이는 우리가 벌인 일들은 아니었다. 우리는 더블린의 유명한 갱 리더가 우리 딸들을 납치하려는 계획을 세우고 있으며, 그 부하들이 우리집을 몇 달 동안이나 몰래 지켜보면서 세밀한 계획을 세웠다는 것을 알게 되었다. 세월이 지난 후 그 갱 리더의 딸이 쓴 책을 보면 그녀의 아버지가 그 음모를 논의하는 대목이 나온다. 이런 종류의 소식을 듣게 되었으니, 밤잠을 제대로 잘 수도 없게 되었다.

아이들이 하나씩 열두 살쯤 되었을 때, 나는 네 명 모두에게 이제 너희들이 골치 아픈 10대들이 될 것으로 보이며, 나는 그래도 괜찮다는 내용의 이야기를 전해주었다.

"너희들이 나를 극도로 괴롭힐 것이고, 나는 너희들을 통제하려 들겠지. 그러다 우리 모두 나자빠지겠지. 그리고 서로 말도 하지 않을 것이며, 그래서 힘든 세월을 보내겠지. 그러다가 그 세월이 지나 너희들이 20대가 되면 우리는 다시 가까워질 거야."

이게 많이들 벌어지는 일이라고 설명해주었다. 그러고는 이렇게 덧붙였다. 하지만 "우리는 이 단계를 그냥 뛰어넘을 수도 있어."

그러자 아이들 모두가 말했다. "그래, 아빠. 그거 그냥 뛰어넘자." 그리고 실제로 아이들은 그렇게 했다.

물론 나처럼 집 밖으로 전 세계를 돌아다니는 게 아니라 꼼짝없이 집에 붙어서 아이들과 씨름해야 하는 엄마는 다른 이야기를 할지도 모른다. 아이들이 부모들을 극도로 괴롭히지 않은 게 아니라 그 순간에 당신이 없었을 뿐이라고. 또 당신이 아이들과 싸우지 않은 게 아니라 그냥 집에 없었던 것뿐이라고.

UNTIL THE END OF THE WORLD

where Edge and I take a train into a subway / bomb shelter in the capital of Ukraine **AND** Mikhail Gorbachev once leader of the 'UNFREE WORLD' knocks on our door in Dublin to offer a teddy bear for a picnic

19

Until the End of the World

세상 끝까지

Haven't seen you in quite a while
I was down the hold, just killing time.
Last time we met it was a low-lit room
We were as close together as a bride and groom.
We broke the bread, we drank the wine
Everybody having a good time
Except you.
You were talking about the end of the world.

기차가 덜컹거린다. 2022년 봄이다. 덜컹거리는 소리를 들으니 45년 전 앨리와 내가 U2 노래들이 담긴 데모 테이프를 들고 런던으로 갔던 여행이 떠오른다. 런던에 가서 음반 계약을 따오고 새로운 인생을 개척하는 것이 나의 임무였다.

이번 여행은 폴란드에서 우크라이나로 넘어가는 여정이며, 앨리는 내 곁에 없다. 얼룩으로 덮인 차창 밖으로 엣지와 나는 지평선 끝까지 펼쳐져 있는 로켓 발사대들을 노려보았다. 모두 러시아를 향하고 있었다. 이 공상과학 영화에나 나올 장치들을 보니 더블린 항구에 늘어선 크레인들이 떠오른다. 이렇게 거대한 대벌레들이 엄청난 숫자의 크루즈 미사일들을 담고 있었다.

키이우까지 12시간이 걸리는 우리의 기차 여행은 "철로상의 문제" 때문에 우회로로 가고 있었다. 이 말은 이 여정 내내 끊임없이 쏟아졌던 폭격을 완곡하게 표현한 말이다.

"러시아군은 아무래도 구글 맵을 사용해야 할 것 같아요. 자기들 기술로는 계속 우리들을 못 맞추고 빗나가기만 하니까." 올렉산드르Oleksandr가 농담을 한다. 그는 오늘 철로 수리의 책임을 맡았다.

올렉산드르는 분명히 성인이지만, 얼굴은 마치 열네 살 소년처럼 보인다.

"걱정하실 것 없어요. 이제 창문에다 핵폭탄 대비용 필터들을 장착해 놓았으니까요. 지금까지 몇 번 유리창이 깨진 적이 있어요…."

멋진걸.

엣지와 나는 고개를 끄덕였다. 마치 이 길로 매일 통근하는 사람들처럼. 나는 사람들이 전혀 말도 안 되는 비일상적 상황에서도, 마치 낯선 사람들만 있는 파티에서 지인을 만난 것처럼 악착같이 일상적인 모습에 집착하는 것을 보면서 항상 놀란다. 우리에게 그림자처럼 붙어서 수행하는 이는 브라이언 머피Brian Murphy다. 그는 지난 25년 동안 해가 뜨나 해가 지나 항상 U2의 보안 경비팀을 운영해 왔다.

내일은 5월 9일이며, 이날은 우크라이나와 러시아에서 1945년 연합군이 파시스트들에게 승리를 거두었던 것을 기념하는 승전 기념일이다. 모스크바의 블라디미르 푸틴은 러시아가 핵 공격을 받을 경우 "하늘 위의 크렘린"이 되도록 설계된 엄청난 크기의 일류신Ilyushin II-IN 맥스돔 항공기를 내세워 퍼레이드를 벌일 것이다. 또한 전 세계를 겨냥하여 배치한 자기들의 크루즈 미사일들과 두어 대의 WMD(대량 살상 무기, weapons of mass destruction)를 또한 퍼레이드에서 뽐낼 것이다.

U2의 WMD(대량 헌신 무기, weapons of mass devotion) 엣지는 보통 때와 비슷한 방식으로 무장하고 있다. 즉 자기 기타를 들고 그걸 치면서 우리가 꽤 오래 연주하지 않았던 노래들의 코드를 다시 기억해내려는 중이다. 전 영국 정부의 장관이었던 더글러스 알렉산더Douglas Alexander는 전쟁 지역을

몇 번 방문한 적이 있었다. 그래서 우리가 의무적으로 방탄조끼를 입고 끈을 조이자 고리타분한 외교정책 조언을 내놓았다. “헬리콥터로 카불Kabul에 도착할 때 방탄조끼를 깔고 앉으라더군요…. 아래쪽에서 총알이 날아올 가능성이 더 크다나요.”

우리는 힘껏 애써서 큰 소리로 웃어주었다. 더글러스는 지난 5년간 거의 모든 문제에 대해 내게 조언을 아끼지 않았고, 이번 여정에도 자원하여 따라나섰다. 아일랜드 정부의 자문인 마틴 매킨Martin Mackin도 마찬가지였다. 브라이언은 우리들의 스마트폰을 모두 가져가 버렸다. 외국 전화번호를 잔뜩 가지고서 전쟁 지역을 여행하다 보면 쉽사리 적의 감시망에 걸려들게 되어 있다는 것이다. 우리의 이번 여행은 비밀 여행으로 되어 있으니까.

우리가 탄 두 대의 객차는 옛날에 320명의 피난객을 안전히 수송한 적도 있었다고 했다. 꽃무늬의 광택 있는 커튼과 우아한 의자들을 보면 꼭 1940년대로 되돌아가는 느낌이었다. 루스벨트, 처칠, 스탈린 같은 인물들이 전쟁과 평화를 놓고 입씨름하기 위해 만났던 그 시절 말이다. 실제로 1945년에 이들이 만났던 알타 회담Yalta Conference은 크림반도의 남쪽 해안에서 열렸으며, 이 지역은 지금 러시아가 점령하고 병합한 지역이기도 하다. 역사가들에 따르면 냉전의 판이 처음으로 깔린 것은 바로 이 회담 때였다고 한다.

우리가 이 여행을 하게 된 것은 우크라이나의 젤렌스키 대통령이 우리를 초대했기 때문이다. 나는 그가 배우이자 코미디언이었던 시절 키이우에서 만난 적이 있었다. 그 시절에 그는 자기가 러시아의 침공에 맞서 강력한 지능과 굳건한 용기로 조국 방위를 이끄는 사람이 될 거라고는 상상도 하지 못했을 것이다. 그는 싸우기 위해 조국에 남은 3,500만 우크라이나 국민들의 용기를 한 몸에 집약하고, 매일 국민들과의 소통을 통해 그들의 힘을 모으고, 그들 조국뿐 아니라 국민 개개인들의 인격을 온전하게 강화하고 있다. 실로 극적인 방위이며, 이들의 창의성은 전투의 힘으로 모이고 있다. 전쟁의 기술. 이 국민들을 누가 건드리겠는가?

젤렌스키의 이인자인 안드리 예르마크Andriy Yermak는 영화 제작자 출신이다. 나는 이들이 나와 같은 종류의 사람들이라는 생각이 들었다. 전승 기념일의 이야기를 빌려 러시아의 잔혹한 폭격에도 우크라이나의 사기가 무너지지 않았다는 것을 보여주고 말할 수 있는 이야기꾼이라고 말이다. 엣지와 나는 우리들이 할 수 있는 것은 음악이라고 했다. 그리고 음악을 통해 이 현장의 증인이 되겠다고 했다.

네 장의 이미지 캡처

#1: 지하철은 땅속 깊이 묻혀 있었고, 1960년 러시아인들이 조성해 놓은 핵전쟁 방공 시설이기도 했다. 우리는 지역의 밴드 안티틸라Antityla와 합류했던 바, 그 리더인 타라스 토폴리아Taras Topolia는 지금 병사로 참전하고 있다. 나는 'Walk On'을 새롭게 고쳐서, "우리는 세계 지도자들이 코미디언임이 드러나는 것을 익숙하게 보았지만, 그 반대가 된다는 것은 참으로 새로운 사태"라는 것을 설명했다.

And if the comic takes the stage and no one laughs
And dances on his own grave for a photograph
This is not a curtain call this is the greatest act of all
A stand up for freedom . . .

우리의 버스킹은 'Sunday Bloody Sunday', 'Angel of Harlem', 'Pride', 'One'으로 이어졌다. 모인 사람은 100명 정도였지만 우리가 벤 E. 킹Ben E. King의 노래 'Stand by Me'를 'Stand by Ukraine'으로 고쳐서 부르자 마치 천 명의 군중처럼 호응해주었다.

#2: 우크라이나의 가장 유명한 시인이자 화가인 타라스 셰우첸코Taras Shevchenko의 거대한 동상 옆에서, 한 언론인이 엣지에게 이런 상황에서 음악

가와 작가가 맡을 역할이 있는지 물었다. 그는 그 거대한 동상을 올려다보며 대답했다. "제국 시대의 러시아인들은 그렇게 생각했던 것 같네요. 저 시인의 머리에는 총구멍이 나 있지 않은가요?"

#3: 우리는 전쟁 상황실에 있는 젤렌스키 대통령을 만나기 위해 끝없이 이어지는 여러 회랑을 걸어갔고, 불은 다 꺼져 있어서 횃불을 들고 갔다. 그와 그의 오른팔 역할을 하는 이는 온 우크라이나와 마찬가지로 얼룩무늬 군복을 입고 나타났다. 이는 푸틴과 바로 옆 나라 벨라루스의 대통령 루카센코가 회색 양복을 입은 자들에게 둘러싸여 있는 것과 대조적이었다. 푸틴이 요한계시록에 나오는 네 명의 기사들을 향해 신경질적으로 속삭이는 느낌이라면, 우크라이나 지도부는 예술적인 방식으로 삶의 힘을 모아 자유의 소중함을 호소하는 것 같았다.

러시아의 역정보 살포 장치는 인도 그리고 아프리카의 여러 지역에서 사람들에게 러시아에 유리한 내러티브를 펼쳐내고 있었다. 젤렌스키 대통령은 한 작은 원탁회의에서 이를 이겨낼 수 있는 스토리텔링 방법에 대해 우리에게 이야기했다. 러시아를 비난하는 성명을 채택하고자 했던 UN 총회에서 기권했던 나라의 절반이 어째서 아프리카 나라들인지를 그는 물었다. 또 그는 우크라이나의 농작물 수확이 곧 1억 2,000만 톤에 달할 것이지만 러시아의 봉쇄 때문에 이를 선적하여 전 세계의 식량으로 제공할 수가 없을 것이라고 설명했다. 우크라이나는 전 세계의 밀, 보리, 옥수수의 3분의 1 그리고 전 세계 해바라기씨유의 절반을 공급한다. 이 모든 농작물이 선적되지 못하고 썩어가는 동안 가장 가난한 나라들은 굶주릴 수밖에 없다. 젤렌스키 대통령은 기근의 위험에 처한 곳으로 이 곡물을 운반할 방법을 논의한다. 자기 나라가 포위된 상태인데도 이런 문제들까지 깊이 생각한다는 것을 보면 그가 어떤 사람인지 알 수 있다. 그의 국민 우크라이나 사람들이 어떤 사람들인지도 알 수 있다. 이들이 전쟁에 임하는 자세는 도덕적이지만 또한 전략적이기도 하다.

#4: 부차Bucha에서 우리는 러시아 군대가 학살을 저지르는 것을 직접 목격했다. 내 인생이 끝날 때까지 나는 그 장면들을 기억에서 지우기 위해 몸부림칠 것이다. 나의 정신 건강이 위태로워질까봐 도저히 그 장면들을 설명하지는 못하겠다. 나는 지역의 정교회 성직자에게 모스크바의 러시아 정교회 수장에 관해 물었다. 어째서 그는 매일 러시아가 뿌려대는 거짓말에 공모하는 것일까? 진실을 결딴내고 한 민족을 결딴내버리는 그 거짓말들에.

"도대체 그가 기도하는 하나님은 누구인가요?" 나는 물었다.

"블라디미르 푸틴입니다." 그가 대답했다.

역사는 여자들의 이야기이기도 하다

몇몇 개인들은 우리의 상상을 초월해서 역사를 크게 바꾸어놓는다. 우리는 그 개인들의 이야기를 읽는다. 그 개인들은 또 우리에게 글을 써서 남긴다. 지구의 공전은 태양을 중심으로 이루어지지만, 자전만큼은 몇몇 개인들의 행동으로 이루어지는 것인지도 모른다. 대부분의 경우 이 개인들이란 푸틴, 스탈린, 마오, 히틀러 등과 같은 끔찍한 사람들이다. 어떨 때는 알렉산더대왕이나 난쟁이 나폴레옹처럼 위험할 정도로 결함이 있을 수도 있다. 이들은 교활한 전략과 의지력으로 모든 경쟁자들을 제치고 역사에 흔적을 남겨 오래도록 이름을 떨치기도 한다.

다른 이들은 자기들이 모습을 만들어낸 역사에 의해 다시 자기들 모습이 결정되기도 한다. 마치 그들이 맡은 임무가 워낙 크다 보니 그들 자신도 위대해질 수밖에 없고 결국 자기들의 결함을 극복하게 되는 그런 형국이다. 그 이름을 보자면 윈스턴 처칠, 넬슨 만델라, 마틴 루터 킹 그리고… 볼로디미르 젤렌스키이다. 아리스토텔레스나 마르크스도 그렇다. 무하마드 알리, 베토벤, 오스카 와일드 등도 그렇다. 역사는 남자들이 다른 남자들에 대해 쓴 이야기이므로 잔 다르크, 노르위치의 줄리안Julian of Norwich, 로사 파크스Rosa Parks, 매리 로빈슨Mary Robinson, 마리 퀴리, 말랄라 유사프자이Malala

Yousafzai, 그레타 툰베리 등과 같은 이름들은 훨씬 덜 나온다. 역사가 여자들의 이야기로 쓰이는 일은 너무나 드물다.

내가 태어나서 살아온 동안 전 세계에 가장 큰 충격을 가져다준 이는 단연코 미하일 고르바초프다. 비록 블라디미르 푸틴은 어떻게든 장막을 다시 쳐보려고 하지만, 나의 우주에서 냉전 시대의 '철의 장막'을 걷어낸 위업은 달을 걸었던 닐 암스트롱과(내가 텔레비전에서 보았던 가장 엄청난 사건이었다) 견줄 만큼 대단한 일이었다. 하지만 미하일 고르바초프가 착륙한 세상은 달이 아니라 내가 걸어 다니는 바로 이 세상이었다. 이 두 개의 사건은 모두 한 시대의 획을 긋는 것들이었으니, 하나는 인류가 자신들이 살 수 있는 곳의 경계에 도전해보려는 야망을 나타내는 것이었다면 다른 하나는 우리가 실제로 사는 곳의 경계선을 다시 긋는 것이었다.

미하일 고르바초프와 위스키의 시냇물

템플 힐에 있는 우리집은 일요일만 되면 하나의 기차역이 된다. 하지만 기차들이 제시간에 오지도 않으며, 또 누가 기차에서 플랫폼으로 내려올지도 전혀 예측할 수 없다. 부흥목사일 수도, 점쟁이일 수도, 떠도는 음악가일 수도, 책 판매 여행 중인 저자일 수도 있다. 또는 친구들과 가족들이 이리저리 섞여서 나타날 수도 있다. 집 문은 열려 있고, 집에 사는 우리들의 마음도 열려 있다.

2002년 1월의 그날, 초인종이 울렸지만 나보다 앨리가 먼저 문을 열어주러 나갔다. 네이비블루 색깔의 우리집 큰 대문을 열자 그녀는 실물 크기의 장난감 곰 인형과 마주하게 된다. 자세히 보니 그 곰 인형을 들고 있는 것은 평범한 크기의 사람이었다. 비록 역사는 그 사람을 아주 거대한 인물로 평가하게 되겠지만.

나는 앨리에게 미하일 고르바초프가 들를 수 있다고 말하는 걸 깜빡 잊었다. 그는 다른 몇 명의 역사적 인물들과 함께 더블린시에서 수여하는 더블린 자유상Feedom of the City을 받기 위해 왔으며, 우리 가족과 함께 시간을 보내고 싶다며 관심을 보인 바 있었다(예의에서 나온 말이었을 것으로 생각했다).

"약속이나 뭐 그런 것 필요 없습니다." 나는 말했다. "우리집은 일요일에는 누구에게나 열려 있거든요." 그와 동행한 이는 그의 통역사인 니나 코스티나Nina Kostina였다. 그렇게 훌륭한 통역사가 있으면 외국어 사용자들끼리도 대화가 가능할 뿐만 아니라 오히려 그 대화가 더 즐길 만한 것이 된다. 그렇게 조금 지나고 나면 서로가 서로의 언어로 말하는 듯한 착각마저 생겨난다. 아니면 위스키 덕분이었을까? 모두 다 식탁에 둘러앉아 온갖 화제를 가지고 이야기했다.

질문: "냉전이 가장 좋지 않은 상황으로 치달았을 때 MAD(상호확증파괴, mutually assured destruction)라는 핵 억제 전략이 현실화할 가능성은 얼마나 되었던가요? 이렇게 여쭈어보죠. MAD는 그냥 미친 소리였던가요 아니면 정말로 심각한 것이었나요?"

대답: "저는 그런 옵션을 전혀 고려할 수 없었습니다. 온갖 허풍을 다 치던 젊은 시절이었다고 해도, 만약 운명으로 인해 그런 선택에 몰린다 해도 결코 그런 옵션을 행사하지는 않았을 것이라는 점을 잘 알고 있었습니다."

질문: "당신의 도덕적 나침반은 어디서 온 것인가요? 국가가 이러한 종류의 중도적 태도를 장려했던 것인가요?"

대답: "제 어머니와 할머니는 종교를 가지고 있었습니다. 우리 조부모님의 집에는 우리 할머니가 모신 정교회의 기도용 성상星像들이 있었고요. 그런데 바로 그 옆의 다른 테이블에는 공산주의자였던 할아버지가 레닌 초상화를 모셔놓고 있었죠."

"러시아의 혁명이 가장 고귀한 이상들에서 시작되었다는 것을 잊지 말아야 합니다. 우리 할아버지는 그러한 이상들을 신봉하셨습니다."

질문: "당신은 하나님을 믿으시나요?"

대답: "아니요." (오랜 침묵.) "하지만 저는 우주를 믿습니다."

이 시점에서 우주가 끼어들었다.

두 다리에 의족을 한 작은 소녀 하나가 요란한 소리를 내면서 방으로 들어온 것이다. 안나Anna였다. 앨리는 그녀의 대모代母였으며, 주말 동안 우리 집에서 지내기로 되어 있었다.

앨리가 안나를 처음 만났던 것은 벨라루스로 여행하던 도중이었다.

그렇다. 벨라루스.

예전의 벨라루스 소비에트 사회주의 공화국. 소련의 한 부분이었다.

그리고 소련의 마지막 지도자는 바로 미하일 세르게예비치 고르바초프였다.

안나가 심한 신체적 장애를 가지고 태어난 것은 체르노빌 핵 발전소 사고 이후 그녀의 부모들이 피폭을 당했기 때문이었다. 이 방 안에서 이 순간의 아이러니를 알아채지 못하고 있었던 것은 그녀 그리고 전 소련의 수장이었던 고르바초프뿐이었다.

테이블에 둘러앉은 우리는 한 사람씩 이 불시에 이루어진 만남이 얼마나 쓰라린 것인지 느끼게 되었다. 아마 고르바초프도 이러한 분위기의 변화를 감지했는지 안나에게 모든 관심을 쏟았다.

"안녕하세요. 이름이 어떻게 되나요?"

안나는 그에게 다가갔고 그는 그 작은 소녀를 들어 무릎에 앉혔다.

"안나요" 그녀가 말했다. 아일랜드의 코르크 악센트로.

"아나스타시아의 줄임말이에요." 앨리가 설명해주었다. 그녀의 얼굴은 조금 창백해져 있었다. "대통령 각하, 아셔야 할 이야기가 있습니다." 그녀는 주저하며 말했다. "이건 뭔가 짜고 치는 각본이라고 생각하실지도 모르겠습니다만." 정말 각본은 아니었다. "우리 아일랜드 사람들은 원자력에 대해 오래전부터 불편하게 생각해 왔다는 것을 아셔야 합니다."

고르바초프는 술잔을 들고서 통역사의 이야기에 귀를 기울였다. 그러면서 앨리 쪽으로 시선을 돌렸다.

"동쪽 해안, 그러니까 더블린 바로 아래의 해안에서 다운 증후군과 암 환자 발생이 특이하게 높게 나타났는데요. 우리는 이것이 1957년 영국의 윈드스케일Windscale 핵 발전소에서 발생했던 화재 사고에 따른 방사선 피폭이라는 의심을 가지게 되었습니다."

고르바초프는 그다음 나올 이야기까지는 감지할 수 있었겠지만 다시 그 뒤에 이야기가 어디로 갈지는 전혀 감을 잡을 수 없었다. 이 대화가 어떤 방향을 가지고 나아갈 수는 있을까. 어색한 가운데에 위스키병만 비워졌다.

빠른 속도로.

"대통령 각하, 체르노빌 사고 이후 며칠 동안 아일랜드에서는 방사능 오염이 검출되었습니다. 필터에서는 말할 것도 없고 현지 주민들이 가져온 샘플에서도요. 물론 이는 귀국의 국민들이 감당해야 했던 것에 비하면 아무것도 아닙니다만, 우리 아일랜드 사람들은 아까 말씀드린 윈드스케일 분쟁 이후로 원자력의 위험성을 날카롭게 의식하고 있기에 체르노빌 사고에 대해 특별한 관심을 기울였습니다. 그리고 아일랜드 사람들은 오랜 세월 동안 삶이 완전히 파괴당해야 했던 우크라이나와 벨라루스의 사람들이 처한 곤경에 대해 아주 너그러운 마음으로 대했습니다. 지금도 우리들은 그들과 관계를 유지하고 있습니다."

그 문제의 체르노빌 발전소에 대해 최종적 권력을 가지고 있었던 이에게 앨리가 자신이 소련과 또 러시아와 어떤 관계가 있는지를 설명하는 것을 보니 조금 초현실적이라는 생각이 들었다. 앨리는 정말 조용한 성격이었으므로, 그녀가 이렇게 또렷하게 이야기하는 것은 상당한 정신적 집중을 요구하는 일이었다. 하지만 비록 그녀가 신경이 곤두선 상태이기는 했지만 분명히 아픔을 담아 이야기하고 있었다. 앨리는 지금까지 4반세기 동안이

나 아일랜드의 NGO인 체르노빌 국제 아동 원조회Chernobyl Children International와 함께 일해 왔다. 이 단체의 설립자이자 엄청난 에너지의 소유자인 아디 로체Adi Roche가 앨리에게 TV 다큐멘터리인 〈검은 바람, 하얀 땅Black Wind, White Land〉의 내레이터를 맡아달라고 설득한 이후부터의 일이었다.

앨리는 이 지역에 정기적으로 오고 갔다. 보급품을 잔뜩 실은 아일랜드의 트럭과 앰뷸런스 한 무리가 가는 길에 동참하여 더블린에서 민스크까지 2,000킬로미터를 이동하는 것이다. 자신의 반려자가 자신보다 훨씬 강인하다는 것을 보게 되면 겸손해지기도 하며 또 힘이 솟기도 한다. 앨리는 다른 아일랜드 자원봉사자들과 함께 정신병동에서 숙식하면서 벽에 쇠사슬로 묶여 있는 정신병자들을 씻어주는 일을 했다. 그곳의 사람들이 어떤 조건에서 살아가는지에 대해 분노하고 싸우는 가운데 그녀는 그곳 사람들과 사랑에 빠졌으며, 벨라루스로 가는 한 여정에서 안나를 만나게 되었고, 안나는 이후 수술을 받기 위해 아일랜드로 데려온 수천 명의 아이들 중 하나다.

이후 안나는 코르크에 사는 가브리엘 가족에 입양되었다. 그런데 우주의 뜻이었는지 앨리가 하필 이번 주말을 우리집에서 보내자고 그녀를 초대했다. 이 소녀를 무릎에 앉힌 미하일 고르바초프의 목소리는 이제 한 톤 낮아져서 웅얼거리는 소리로 변했다. 그 목소리로 그는 소련이 그 상태로 지속될 수 없다고 자신이 확신한 계기가 1986년의 체르노빌 핵 발전소 사고였다고 설명했다.

"저는 혼자 생각했습니다. 이렇게 중요한 핵 발전소를 국가가 통제하지 못한다면, 국가는 더 이상 국가로 기능하고 있는 게 아니라고. 국가는 완전히 망가졌던 겁니다."

"나라 전체의 사기가 아주 낮았습니다. 우리는 과학자들은 물론이고 군대의 급료조차 지불하기 힘들었습니다. 그러니 핵 발전소 또한 원래의 기준대로 운영할 수가 없었던 거죠."

"체르노빌에서 어떤 참사가 벌어졌는지 보았을 때 저는 생각했습니다. 이건 유지될 수가 없다. 이런 상황은 절대로 받아들일 수 없다고. 소련은 더 이상 유지될 수 없으며, 새로운 경로를 찾아내야 한다고. 그리고 그 경로는 서방과의 화해라는 과제를 꼭 포함해야 한다고."

결국 이것이 그 스스로의 역사뿐만 아니라 우리 인류 전체의 역사를 바꾸었던 순간이었던 셈이다. 우리는 인간이 역사에 의해 결정되는 존재에 불과한 게 아니라는 것을 알게 되었다. 이 세상은 우리가 상상하는 것보다 더 말랑말랑하여 바꾸어내는 일이 가능하다. 그리고 세상은 지금 있는 모습 그대로에서 얼마든지 벗어날 수 있다. 역사는 찰흙 같아서, 으깰 수도 주먹으로 내리칠 수도 있고, 틀에 몰아넣을 수도 있고 심지어 부드럽게 애무할 수도 있다. 그래서 완전히 새로운 모습으로 만들어낼 수 있다.

앙겔라 메르켈의 화면 캡처 네 장

앙겔라 메르켈의 여러 정책은 로큰롤은 물론 폴카라고도 할 수 없고 오히려 클래식 음악에 대단히 가깝다. 그녀는 역사상 가장 규율이 잡혀 있으면서도 원하는 방향으로 상황을 능숙하게 몰아갈 줄 아는 인물로 드러났다. 그녀는 철의 장막 동쪽에서 성장했고, 그 장막이 걷힌 뒤 전면에 나서서 통일된 독일을 이끌게 된다. 내 마음에는 네 장의 그림이 뚜렷이 남아 있다.

#1: 2007년, 하일리겐담의 G8 정상회의

〈ONE〉 캠페인의 일환으로 나는 앙겔라 메르켈에게 독일의 해외 원조를 좀 더 늘려달라고 강하게 압박하고 있었다. 그녀는 내 눈을 똑바로 보더니 동베를린의 루터교회 목사였던 자기 아버지의 말을 인용했다. "우리 아버지께서는 우리에게 실제의 우리보다 더 나은 모습으로 보이는 일은 절대로 피하고, 대신 우리가 겉으로 보이는 모습보다 항상 더 나은 인간이 되도록 노력하라고 가르치셨습니다." 그녀는 총리직을 떠나기 전 독일이 가장 가난한 나라들에 보내는 돈의 액수를 두 배 이상으로 늘려놓았다.

#2: 2012년 8월, 심야의 베를린

우리가 탄 밴 차량이 신호에 걸려 정차했다.

"우리 옆에 선 차에 누가 탔는지 상상도 못 하실걸요." 우리 운전사가 말했다. "메르켈 총리예요."

나는 자동차 행렬이 지나가나 해서 창밖을 보았지만, 그냥 차 두 대였다. 첫 번째 차의 뒷자석에 독일 총리가 앉아 있었고, 그녀의 얼굴을 노트북의 스크린 불빛이 환하게 비추고 있었다.

"그녀는 즐길 만한 사생활도 없나요?" 나는 농담했다.

"없습니다." 우리 운전사가 대답했다. "그래서 우리가 그녀를 찍은 거예요."

#3: 2015년, 뮌헨 기차역

기차로 독일에 도착한 시리아 난민들을, 옷과 아이들 신발 꾸러미를 손에 든 독일인들이 환영했던 장면은 21세기의 역사적 장면 중에서도 오래 기억될 것이다. 그보다 70년 전에 있었던 장면들과는 정반대의 장면들이었다.

이제 독일은 유럽 연합이라는 아이디어가 사람들 사이에 하나의 정서로 자리 잡았다고 믿을 만한 이유를 제공했다. 그리고 앙겔라 메르켈은 유럽의 수장이자 심장이 되었다.

#4: 2018년, 분데스칸즐레람트 빌딩

내가 독일 전역에서 모인 50명의 〈ONE〉 캠페인 홍보대사들을 메르켈 수상에게 소개하려는 순간이었다.

앙겔라 메르켈이 내게 말했다. "팔츠Falz의 노래 'This is Nigeria' 들어보셨어요?"

"수상님께서 저에게 새 음악을 가르쳐 주시는군요?"

"아니 이렇게 인기 있는 노래를 못 들어보셨다니 참 이상하네요."

그러더니 앙겔라 수상은 바로 자신의 아이패드를 꺼내 들어 내게 동영상을 찾아주었다. 그건 차일디시 감비노Childish Gambino의 노래 'This Is

America'를 칭송하며 따라 하는 서아프리카 사람들의 동영상이었다.

"이건 사실은 노래라기보다는 춤이로군요."

정치도 그렇다. 일종의 춤.

사람들이 공통점을 찾을 수 있도록 계속 스텝을 밟는다. 이건 안무에 가깝다. 나는 그녀의 스텝 밟기에 감동을 받았다.

아, 다섯 번째 캡처 이미지가 있지만, 이 사진은 우리집 냉장고 문에 붙여 둘 수 있는 건 아니다. 2011년 후쿠시마 원전 사고 이후의 장면이다.

메르켈 총리는 독일의 원자력 전력망을 해체하는 것에 동의했다. 내가 뛸 듯이 기뻐했을 것으로 생각할지도 모르겠지만, 지금의 나는 그렇지 않다.

고르바초프가 우리집을 방문한 지 거의 20년이 지난 2020년 1월이었다. 앨리는 여전히 반핵 운동 캠페인을 계속하고 있었지만 나는 이제 그러지 않게 되었다.

나는 어둠의 편으로 넘어간 것이다.

나는 시애틀의 한 사무실 건물에 있었고, 거기에서 카네기 과학 연구소Carnegie Institution for Science에서 온 대기과학자인 켄 칼디라Ken Caldeira가 도시란 본질적으로 탄소 덩어리라고 설명하고 있었다.

"창밖을 보세요. 아니, 일단 창문을 보세요. 유리를 만들려면 에너지가 필요하니까, 창문 한 장은 그 무게의 3분의 2에 해당하는 탄소를 배출합니다. 저 밖에 유리로 만들어진 건물들이 얼마나 많은가요…. 또 문제는 콘크리트입니다. 콘크리트는 기본적으로 일부만 콘크리트고 다른 부분은 탄소예요. 왜냐하면 100톤의 콘크리트를 만들려면 100톤의 탄소가 나오게 되니까요."

켄은 길거리를, 지나가는 차들을, 레스토랑들을, 슈퍼마켓들을 가리켰고 그것들끼리의 식량 공급 사슬을 가리켰다. 그는 또 우리가 있었던 방을 둘러보라고 했다. "탁자, 의자… 심지어 이 카펫마저도 탄소 발자국이 있습니다."

켄은 빌 게이츠와 함께 일하는 이였으며, 숫자에 아주 능했고 기후 비상

사태는 결국 두 개의 숫자로 집약된다고 했다. 우선 510억(우리가 매년 대기권에 뿜는 온실가스의 톤수). 그다음은 0(우리가 기후 재앙을 피하려면 추가로 뿜어야 할 온실가스의 톤수). 510억을 0으로 줄이는 일이 태양, 풍력, 조력 등의 재생 에너지만으로는 가능하지 않다는 데에 점차 합의가 되고 있다는 것이었다. 이러한 에너지들이 돌파구가 되어주는 것은 맞지만, 거기에서 나오는 전기를 저장할 수 있는 배터리 용량은 대부분의 지역에서 필요에 한참 못 미친다고 한다. 특히 인도와 아프리카의 여러 나라들처럼 의지할 수 있는 신규 전력원이 필수적인 개발도상국 사람들에게는 더욱 그렇다는 것이다. 수소와 같은 대안적 연료들 또한 과학이 몇십 년은 더 발전해야 사용할 수 있다고 했다.

그보다 30년 전 U2는 퍼블릭 에너미Public Enemy, 빅 오디오 다이너마이트Big Audio Dynamite, 크라프트베르크 등과 함께 영국의 셀라필드Sellafield 핵발전소를 반대하기 위해 반핵 그린피스 공연을 열었다. 하지만 이제는 불편한 진실이 드러났다. 우라늄을 핵분열성 물질로 만들어 무기로 바꾸어버리고 2차대전 이후 세계에서 인류 절멸의 위협을 가져왔던 바로 그 핵분열 과정이 이제는 가장 최근에 나타난 인류 절멸 사태를 회피하기 위해 꼭 필요한 디딤돌이 될 수 있는 것이다.

하지만 이를테면 앨리부터 이러한 논리에 설득되지 않았다.

앨리는 자신이 대모인 소녀 안나를 생각한다.

나는 그 바리케이드의 반대쪽에 서 있게 되었다. 심지어 우리집 부엌에서조차.

ONE

in which, in Berlin, haunted by the ghosts of HANSA, the U2 group fall out and nearly become history ourselves until I am eventually reminded that I am one quarter of an artist without Edge ADAM and Larry.

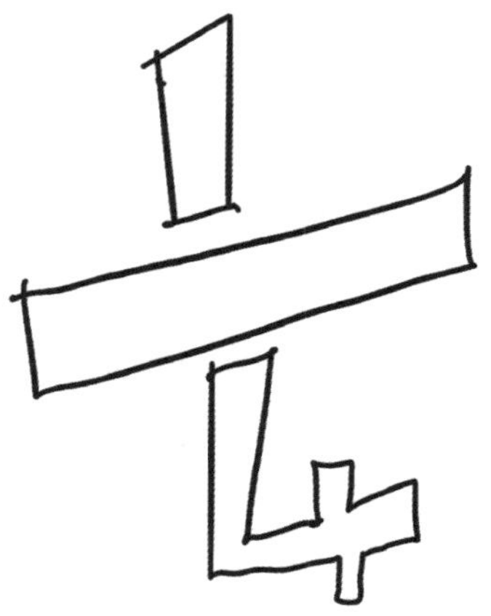

20

One

하나

You say love is a temple, love a higher law
Love is a temple, love the higher law
You ask me to enter, but then you make me crawl
And I can't be holding on to what you got,
When all you got is hurt.

1990년 10월 3일, 우리는 〈Achtung Baby〉 앨범을 녹음하려고 베를린으로 가는 길이었다. 영국 항공British Airways 여객기의 기장은 방송으로 우리에게 말해주었다. 지금 우리가 탄 비행기는 장벽이 무너지기 이전의 베를린으로 가는 마지막 비행기라고.

우리는 비행기에서 내려 역사 속으로 뛰어들었고, 아일랜드의 반항아들이 그러하듯 바로 파티 장소를 찾아 나섰다. 이 순간이야말로 역사상 최고의 파티가 벌어질 상황이 아닌가. 그런데 아니었다. 분위기는 축 처져 있었고, 사람들의 얼굴은 기쁨에 차 있기보다 충격 속에 있었다.

"오, 이런," 애덤의 말이었다. "독일 사람들은 도대체 놀 줄을 모르는구나."

"파티는 어디 갔어!" 래리는 소리쳤다.

우리가 파티 장소에 있는 게 아니라는 생각이 서서히 들기 시작했다. 우리는 항의 시위대에 있었다. 옛날 공산주의 체제에 대한 지지는 완전히 사라지지 않았으며, 우리는 장벽을 지키려던 불만에 찬 공산주의자들과 함께 걷고 있었던 것이다. "U2는 장벽 철폐에 항의한다." 이런 헤드라인의 신문 기사가 나올 뻔했다.

그날 밤 나는 브레즈네프의 침대에서 잤다. 꿈이 아니었다. 실제로 나는 스탈린 이후 가장 오랜 기간 동안 소련을 이끌었던 사람인 레오니트 브레즈네프Leonid Brezhnev가 잠들었던 침대에서 잤던 것이다. 우리의 공연 매니저인 데니스 시핸은 그 건물을 세내는 것이 아주 싸게 먹힌다고 말해주었다. "그 건물은 동베를린에 있는데 아주 비싼 동네예요. 동베를린에서 그 '비싸다'는 말이 어떨지 모르지만. 공산당 정치국 사람들도 옛날에 여기에 묵었대요."

다음날 일어나니 머리가 터질 것 같았다. 내 두뇌는 산소와 H_2O를 달라고 아우성치고 있었다. 일어나서 나는 혹시 물 한 잔 없을까 해서 그 지하실 바닥을 더듬고 다녔다. 하지만 아무것도 없었다. 그저 속옷도 없이 티셔츠 한 장만 입고서 머리통을 쥐어뜯고 있는 록스타 한 사람이 있을 뿐. 또 한 번 뭔가 터지는 소리가 났지만, 이번에는 내 머릿속이 아니었다. 대문. 나는 벽에 머리를 붙인 채 조심조심 계단을 올라갔으며, 중간 규모의 한 가족이 복도에 서 있는 것을 보았다. 엄마, 아빠, 아이들, 할아버지. 이들은 거의 벌거벗은 내 상태를 보고도 당황하지 않았다. 그들은 그저 약이 올라 있는 상태였다.

"이 집에 누가 살고 있는 거야?" 그 할아버지가 내게 캐물었다. 서툰 발음의 영어로.

"제가 사는데요." 나는 문밖으로 들어오는 밝은 아침 햇빛에 눈을 반쯤 감으며 대답했다. "당신들이야말로 왜 여기 계신 거죠?"

"이거 내 집이야!" 서툰 발음의 영어로 대답이 쏟아졌다. "이거 내 집이고 내 아버지의 집이야. 네가 왜 여기에 있어? 당장 나가!"

그제야 상황이 조금씩 이해가 되기 시작했고, 데니스가 임대 계약을 맺었다는 것을 이들에게 설명해 봐야 소용이 없을 듯했다. 그 할아버지가 이 집에 얼마나 큰 정서적 애착을 가졌는지는 분명했고, 지금도 그는 틀림없이 내가 그 집에 들어온 무단 점거자였다고 믿고 있을 것이다. 그 사람들은 자기들의 집을 50년 동안이나 보지 못했으니까. 그 사이를 장벽이 가로막고 있었으니까.

볼룸 블리츠

쾨테너 슈트라세Köthener Straße 38번지의 한자Hansa 스튜디오 위층 창문으로 밖을 내다보면 베를린 장벽이 쭉 보이고 또 그 양쪽으로 비무장지대도 보인다. 베를린은 곧 독일의 수도가 되겠지만, 이 모습만큼은 옛날의 상처로 남게 될 것이었다. 서쪽 편에는 자동차에 연결해서 매달아 놓은 이동식 주택과 텃밭이 희한하게 뒤섞인 대안적 생활 방식의 주거지가 자리 잡고 있었다. 베를린의 한복판에 닭들이 돌아다니고 있었던 것이다. 런던의 트라팔가르 광장에 여행자들 공동체의 이동식 주택 차량이 자리 잡고 있다고 생각해보라.

우리의 녹음실은 1930년대에 나치 친위대 SS가 무도회장ballroom으로 쓰던 곳이었다. 벽을 뒤덮은 마호가니 나무판자를 보면 이건 미래와는 거리가 멀고 저 어두운 과거와 대단히 밀접한 곳이라는 점을 느낄 수 있었다. 이곳에서 먼저 음반 작업을 했던 우리의 음악 영웅들이 혹시 우리에게 뭔가 남겨 둔 것이 없을까 싶어서 우리는 헤링본 무늬의 마룻바닥을 샅샅이 훑어보았다. 혹시 닉 케이브가 남긴 가사가 쓰레기통에 있지 않을까? 코니 플랭크Conny Plank의 프로그래밍이 담겨 있는 초기 모델의 808 드럼머신이 남아 있지 않을까? 씬 화이트 듀크Thin White Duke 본인이 입던 가죽 재킷이 혹시 소파 뒤에 떨어져 있지 않을까?

우리는 브라이언 이노와 함께 베를린의 한자 스튜디오에서 녹음을 하게 되었으니 교만한 생각이 들지 않을 수 없었다. 이노는 우리가 들었던 가장 위대한 음반들 몇 장을 이미 한자 스튜디오에서 만들어낸 적이 있었기 때문이다. 우리도 데이비드 보위의 〈Low〉나 〈Heroes〉, 이기 팝Iggy Pop의 〈Lust for Life〉, 닉 케이브 앤 더 배드 시즈Nick Cave & The Bad Seeds의 〈The Firstborn Is Dead〉 같은 작품을 만들어낼 수 있다고 생각을 하였으니 실로 건방진 일이었다.

하지만 창작 과정에는 일정한 건방짐이 필수적이다.

자신의 사적인 생각이나 감정을 가족이나 친지 이외의 사람들과 나누겠다는 생각 자체가 이미 일종의 건방짐이다. 예술에는 자신이 보잘것없는 존재라는 겸손함이 필요하지만, 그러한 겸손함으로 들어오고 나가는 문이 바로 건방짐이다. 이와 무관하지 않은 게 또 있다. 내가 이 험한 물속 깊이 내려가 가장 깊은 곳에서 나 자신을 찾아내기만 한다면 헤엄치는 법은 저절로 알게 될 것이라는 근거 없는 용기다. 이 또한 바보 같은 생각이지만, 예술적 창의성이 나오기 위해서는 피할 수 없는 진실된 생각이기도 하다.

브라이언만 있는 게 아니었다. 우리에게는 다니엘 라노이스와 플러드도 있었으며, 그들 한 사람 한 사람도 뛰어난 예술가였다. 그러니 모든 일이 만사형통일 수밖에 없지 않겠는가?

그런데 모든 게 다 엉망이 되고 말았다.

아주 중요한 것이 빠져 있었기 때문이었다. 바로 노래들이었다.

우리가 희망을 걸고 있는 데모 테이프들은 딱 고만고만한 수준이었다. 'Sunday Bloody Sunday'나 'Pride'나 'Desire'나 'Angel of Harlem' 같은 곡은 없었다. 뭐 형편없는 것까지는 아니었지만 별로 좋은 곡도 없었다. 그러니 결국 다음의 질문이 나올 수밖에 없었다.

여기서 지금 우리 뭐 하고 있는 거지? 이건 정말 엿 같은 기분이었다.

우리는 한두 곡 정도의 스케치가 있었고, 또 다른 한두 곡 정도를 만들 만한 파편들이 있었다. 'Mysterious Ways'의 일부, 'Even Better Than the Real Thing'의 일부 이런 식이었다. 나머지는? 'Until the End of the World'

에 쓰였다. 이런저런 파일들은 많지만, 하드 디스크에는 없었던 것이다. 조각조각의 부분들. 그리고 믿음뿐.

우리는 이 다층 건물에 우리가 가장 좋아하는 살아 있는 예술가들의 혼이 유령처럼 떠돌고 있을 테니, 그저 오기만 하면 그 유령들이 위대한 새로운 곡들의 모습을 입고서 저절로 나타나 주실 것이라고 믿었던 것이다. 그리하여 우리에게 준비한 노래가 없다고 해도 이를 얼마든지 채워줄 것이라고 믿었던 것이다.

틀린 믿음이었다.

실제로 벌어진 일은 엔트로피 현상이었다. 이 오래된 무도회장은 노래로 가득 채워지기는커녕 창피하게도 자의식으로 가득 채워졌다. 내 머릿속에서는 나를 얕보는 목소리가 계속 들렸다. '너 지금 여기서 뭐 하니?' 그런데 그게 내 머리만이 아니었다. 나는 래리와 애덤의 눈에서도 똑같은 느낌을 받았고, 어떨 때는 그들의 입술에서도 똑같은 이야기를 읽어냈다. 래리는 드럼머신에 대해 회의적이었고, 애덤 또한 우리가 시도하던 새로운 리듬과 느낌에 대해 별로 확신이 없었다. 우리가 기존에 구축해 놓은 색조를 왜 스스로 무너뜨려야 하는 거지? "우리는 지금 지구 최대의 밴드가 되었는데, 우리의 그 사운드만큼은 절대로 쓰면 안 된다고 말하는 거잖아. 왜? 어째서? 그 사운드가 너무 큰 성공을 거두었기 때문에?"

"너무 익숙해져 버렸기 때문이야". 나는 응수했다. "똑같은 사운드가 지나치게 반복되잖아. 한때는 충격적인 것이었다고 해도 곧 클리셰가 되어버린다고."

다니엘도 마찬가지였다. 그는 자유롭게 이것저것을 시도하는 것으로 유명한 밥 딜런을 양 떼처럼 이리저리 몰아 앨범 〈Oh Mercy〉를 만들어 성공을 거둔 직후였다. 그래서 우리가 맥락도 없이 갑자기 전자 음악 쪽으로 나아가기보다는 우리의 포크적 뿌리로 되돌아가기를 훨씬 더 원했다. 항상 그렇지만, 나는 두 방향 모두를 원했다. 적을수록 좋지만, 많을수록 더 좋은 법이니까. 엣지는 이 문제를 지적인 방식으로 풀어나갔다. 그는 포크 또한 예술적 실험으로 보아 받아들였다. 그 전해에 우리는 연극 〈A Clockwork Orange〉의 RSC 무대 제작에서 음악을 맡았던 것처럼, 예술적 실험의 기회로 삼자는 것이었다. 또한 그는 댄스 음악에도 비슷한 관심이 있었다. 하지만 그는 나보다는 우리 밴드의 여러 한계를 존중하는 편이었다. 물론 그 한계를 부정적이라기보다 긍정적으로 보면서. 현명하다. 나는 생각했다. 하지만 현명해지는 것은 나이 든 다음 할 일이고, 지금 당장의 문제는 어떻게 할 것인가?

미개척지로 들어가는 탐험의 기쁨은 간데없고, 지겹게 반복되는 일들과 싸움만 남았다. 베를린의 동서를 나누던 장벽은 무너졌을지 모르지만, 우리의 작은 음악이라는 나라 안에서는 장벽이 세워지고 있었다. 한자 스튜디오의 창문 밖에서는 냉전이 끝나고 있었지만, 스튜디오 안에서는 막 시작되고 있었다.

1990년 겨울의 베를린은 추웠다. 정말 추웠다. 하지만 어떤 날은 길거리보다 스튜디오 안이 더 추웠다. 심지어 스튜디오 아래의 레스토랑으로 내려가서 따뜻한 음식을 먹어도 추웠다. 하지만 어떤 웨이트리스 한 사람이 우리를 따뜻하게 만들어주었고, 특히 엣지에게 따뜻하게 대해주었다. 엣지는 돌아온 싱글이 된 상태였다.

"엣지, 잘 돼가나?"

"뭐가 잘 돼가? 스튜디오에 맨날 처박혀 있는데 무슨 여자를 사귀고 할 시간이 있어?"

주변 사람들이 다 조마조마하며 애를 태운 끝에, 엣지는 겨우 그 웨이트리스에게 데이트를 신청했고 우리 모두 환성을 질렀다. 엣지는 이렇게 웅얼거렸다. "이런 종류의 일에서는 꼭 북해 유전에서 일하는 느낌이 들 때가 있어."

무거운 것을 내려놓아야 물 위로 떠오른다

당시의 우리 팀을 보자. 플러드는 성도 없이 이름만 하나였다. 또 무언가에 초점을 맞추면 거기에 집중했지만, 함께 있으면 좋은 친구였다. 그는 이번처럼 모두가 시추에 실패할 거라고 생각하는 경우에도 멀리서 장치를 움직여서 석유를 뽑아낸 경험이 있었다. 그는 세션이 시작되기 전에 담뱃갑을(말보로 레드) 여러 개 줄 세워 놓는 버릇이 있었다. 그리고 세션이 끝날 때쯤이면 남아 있는 담뱃갑을 세어 자기가 얼마나 오랫동안 믹싱 데스크 앞에 있었는지 가늠했다. 100갑이었을 수도 있다. 200갑이었을 수도 있다. 한자 스튜디오에서 그가 뿜어낸 연기를 생각해보면, 동독 곳곳에 흩어져 있는 국민차 트라비스Trabis의 낡아빠진 연통을 스튜디오 안에 들여온 것이나 마찬가지였다.

플러드는 브라이언과 마찬가지로 우리가 찾고 있었던 사운드를 찾아내 줄 일종의 부적이었다. 디페시 모드Depeche Mode의 앨범을 프로듀싱했던 그의 작업은 급진적이면서도 사람들이 이해할 수 있는 것이었다. 우리들의 작업이 너무 우리들 생각과 감각에 빠져 막 나가지 않게 하려면 그런 조합이 필요했다. 또한 플러드는 밥 딜런의 'Wanted Man'을 닉 케이브가 불렀을 때 그 드럼 사운드를 만들어낸 주역이었다. 너무나 원초적인 사운드라서 직접 스튜디오에 와서 들어보지 않을 수 없는 그런 사운드였다. 그는 우리가 방에서 전통적인 방식으로 연주해 낼 수 있는 사운드와, 전자 장치로 발생 및 처리하여 만들어내는 음악과의 균형이 무엇인지를 이해하고 있었다. 우리는 한 발을 아날로그 세상에 두고 다른 발을 디지털 세상에 두고 싶어 했다. 한 발은 과거에, 한 발은 미래에.

그리고 작업이 너무 무거워진다 싶은 날에는 플러드가 끼어들어 얼마간의 경박함을 주입해주었다. 특히 한 세션은 우리 모두 개퍼 테이프로 몸 이곳저곳을 좀 가린 뒤 벌거벗고 작업한 적이 있었다. 이 모두가 예술의 이름으로 벌어진 일이었으니 이해해주시기를. 오디오 엔지니어인 섀넌 스트롱

Shannon Strong은 검은 군복 셔츠와 창고용 작업복 바지의 유전 유니폼 아래에 생기 넘치는 붉은색 란제리를 드러냈다. "여러분이 저를 선머슴쯤으로 생각하는 거 알아요. 하지만 제게는 여러분이 생각지도 못한 것들이 많이 있어요." 그녀는 웃으면서 말했다. 한편 털투성이 다니엘 라노이스는 개퍼 테이프를 몸에서 떼어내면서 고통에 비명을 질렀다. 섀넌은 전위 예술을 사랑하는 콜로라도 출신의 여성으로서, 뛰어난 음악적 감각과 탐험가의 본능으로 베를린에 오게 되었다. 또한 그녀는 남몰래 작업하는 행위예술가이기도 했으며, 나중에 이름을 밤비 리 새비지Bambi Lee Savage로 공식적으로 바꾸게 된다.

낯선 장소에서 살아가는 어려움 때문이었을까. 음식이 나빠서였을까. 추위 때문이었을까. 베를린의 음울한 겨울 날씨 때문이었을까. 우리 네 사람은 갈수록 신경이 날카로워지기 시작했다. 성공은 그냥 주어지는 것이 아니었다. 한 발을 과거에 두고 한 발을 미래에 둔 상태에서 골짜기를 뛰어넘는 것은 불가능한 일이다. 게다가 모두가 절벽에서 뛰려고 하는 순간에 누군가 "있잖아, 솔직히 나는 건너갈 수 있을지 자신이 없어"라는 이야기가 들리면 그 가능성은 더욱 떨어지게 된다.

브라이언은 이해하고 있었다. 우리가 다시 물 위로 떠오르려면 무게추처럼 우리를 짓누르는 과거의 유산을 내던져야만 한다는 것을. 그리고 이는 큰 용기가 필요하다는 것을.

베를린에는 많이 퍼져 있는 신화와 달리 밤 문화라고 할 것이 별로 없었다. 베를린 장벽이 무너진 뒤로 사람들의 주요 관심사는 부동산 개발업자나 변호사와 함께 어울리면서 누가 어떤 건물을 소유하는지 결정하는 것이었다. 이는 꼭 미국 금광 개척 시대의 클론다이크Klondike 지역 같아서, 호텔마다 거래를 성사하기 위해 오는 사람들로 꽉 차 있는 그런 상황이었다. 와일드 웨스트라기보다는 와일드 이스트였던 셈이다. 한번은 다니엘이 팔라스트 호텔에 묵고 있는 스태프들에게 구두 닦는 일을 하는 여성을 데리고 왔는데, 그녀는 자기가 예전에 이 호텔에서 비밀경찰로 일했다고 했다. 도

어맨도 마찬가지였다고 했다.

"이 호텔의 모든 방은 옛날에는 다 도청되었어요." 그녀가 말했다. "모든 특실들요."

이들은 모두 슈타지Stasi 조직의 일원이었지만, 슈타지가 사라지면서 모두가 실직 상태가 되었다. 옛 동독에서는 비밀경찰의 정보원이었던 이들이 너무나 많았으며 이 이야기는 훗날 오스카상을 수상한 영화 〈타인의 삶The Lives of Others〉으로 그려지기도 한다. 모두가 모두를 대상으로 스파이질을 한다. 이제 그런 피해망상증이 우리의 팔레트에도 올라오게 되었다.

불신을 보류하기

한자 스튜디오 같은 곳에 들어가려면 입장료가 있는가?

분명히 일정한 요금을 지불해야 한다. 잘 준비된 상태라는 단순한 것부터 내놓아야 한다. 하지만 변명을 하자면, 엣지와 나는 데모 테이프를 과도하게 준비하고 싶지 않았다. 래리와 애덤이 함께 노래를 만들어갈 수 있으려면 즉흥적 변형이 들어갈 여지가 있어야 하니까. 하지만 가사가 없는 상태에서 노래를 만들기는 어렵다. 멜로디도 만들기 어렵다. 특히 래리에게는 더욱 그렇다. 그는 드럼을 연주할 때 가사에 집중하며 또 싱어의 노래에 맞추어 연주하기 때문이다. 그러니 곡을 만들면서 즉흥적 연주에 의존하는 것은 아주 큰 믿음의 도약이 필요하다. 집을 지을 때 하늘에서부터 지어 내려오는 것과 마찬가지다.

이게 먹힐 때도 있다. 그러면 곡을 그 자리에서 만들어내는 기가 막힌 느낌을 얻게 된다. 하지만 미지의 장소로 뛰어내렸는데 아무도 당신을 맞아주지 않는다면 정말 좌절스럽다. 또 다른 입장료는 기꺼이 하겠다는 의지다. 여기에 왔으니 반드시 이루고야 말겠다는 것이다. 그 의지를 계속 유지해야 한다.

불신이 생겨도 이를 일단 보류하는 태도는 예술 작품의 감상에 꼭 필요한 것이지만, 예술 작품의 제작에도 꼭 필요하다. 무언가 잘못되었다고 해서 눈알을 굴리며 "이거 잘 안 될 줄 알았어"라는 식으로 굴어서는 안 된다. 하지만 멤버들 간의 우정이 깨지기 시작하면 친구들과 함께해서 기쁘다는 척이 먹히지도 않는다. 어느 날 아침 우리는 세션을 위해 스튜디오에 나타나 연주 준비를 했지만, 1시간이 지난 다음에야 래리의 드럼 의자가 비어 있는 걸 보고 그가 나타나지 않았음을 알게 되었다. 그날 아침 우리가 그를 보았는지 아무도 기억하지 못했다는 것이야말로 가장 뼈아픈 일이었다. 우리가 서로 쳐다보지도 않는다는 것을 뜻하니까. 이는 참으로 모든 게 최악이었던 시점이었다.

래리가 관찰한 바에 따르면, 당시는 우리 밴드가 해체에 가장 근접한 순간이었다. 마지막 믿음의 위기는 그보다 거의 10년 전이었던 1982년이었다. 이야기는 다시 우리가 왜 베를린에 왔는지로 되돌아간다. 1980년대 내내 우리는 우리의 음악을 통해 너무나 많은 것을 하고자 했으므로 80년대가 끝날 쯤에 우리 음악은 거의 진이 빠진 느낌이 되었다. 우리 음악이 너무 심각하고 진지해져서 그 자신의 무게에 짓눌릴 위기에 처한 것이었다. 그리고 이는 필 조아누가 감독한 우리의 대형 화면 록 다큐멘터리 영화 〈래틀 앤드 험〉에 대해 혹평을 한 비평가들의 의견이기도 했다. 아무리 세련되게 처리한다고 해도 음악이 목적성을 가지게 되면 그 목적성에 묶이게 된다. 이제 우리도 우리 음악을 그런 목적성에서 풀어줄 필요가 있었다. 우리 음악의 쓸모가 무엇인가 그리고 어떤 캠페인과 연결되는가 등을 묻는 것도 그만할 때가 되었고, 쓸데없이 무게 잡고 잘난 체하는 것도 그만할 때가 되었다. 그리하여 우리는 이 텅 빈 스튜디오의 유령들인 닉 케이브, 데이비드 보위, 이기 팝 등과 연주하려고 온 것이며, 뿐만 아니라 또한 그들에게 영감을 주었던 그 예전의 유령들인 코니 플랭크Conny Plank, 크라프트베르크, 노이!Neu!, 캔 등의 유령들과 연주하러 온 것이었다. 그런데 우리 네 사람끼리의 소통이 이 꼴이 되다니. 여기에서 모습을 드러내는 것은 오히려 그보다 훨씬 전부터 이 스튜디오에 출몰했던 유령들이 아니었을까? 여기는 본래

나치의 무도회장이었으니까.

나는 오랜 세월 동안 시더우드 로드의 우리집에 몰래 잠입하는 꿈을 반복해서 꾸곤 하였다. 도둑질하려는 게 아니라 아버지를 깨우지 않고 집에 들어가기 위한 것이었다. 이는 내가 10대 시절에 열쇠를 잃어버렸는데 아버지를 깨우고 싶지 않는 등의 이유로 걸핏하면 있었던 일이었다. 빗물받이 파이프를 타고 올라가서 1층의 화장실 창문을 통해 집 안으로 들어가는 건 무슨 암벽 등반을 하는 것처럼 어렵지는 않았지만 그래도 위험한 순간이 한 번은 있었다. 내가 파이프에서 왼발을 떼어 화장실 창문을 찾아내고, 방충망을(보통은 열려 있었다) 더듬는 순간이다. 그다음에는 손을 뻗어 창문을 열고 그 틈으로 몸을 쑤셔 넣는 것이다. 캄캄한 곳인 데에다가 술까지 한두 잔 들이킨 뒤에 더욱이 먼 길을 걸어오느라 잔뜩 지친 바람에 더 버벅거렸다.

어느 날 밤이었다. 작전 도중 내 몸이 반쯤은 집 안에 반쯤은 집 밖에 걸쳐 있는 순간, 아버지가 일어나서 혹시 도둑이 든 게 아닌지 의심하기 시작했다.

"폴!, 폴!" 그가 소리 질렀다. "너냐?"

"예," 나는 내 몸 절반이 창밖에 걸쳐져 있다는 것을 숨기기 위해서 일부러 목소리를 꾸며 소리 지르듯이 속삭였다. "저 화장실에 있어요."

"지금 몇 시냐?" 아버지가 말했다.

"저도 몰라요." 나는 여전히 같은 목소리로 말했다. "아마 한 시쯤요."

"가서 자라."

"예, 아빠."

베를린에 있을 때 나는 참으로 오랜만에 이 꿈을 다시 꾸었다. 하지만 이번에는 내가 화장실 창턱으로 발을 뻗었을 때 나타난 것이 아버지가 아니었다. 이번에는 나의 친구 구기가 화장실 안에서 나타나 내게 손을 내밀었지만, 그다음에는 나를 밀어뜨려 정원에 매어놓은 빨랫줄로 떨어져 버리고 말았다.

잠에서 깨어보니 나는 베개에 얼굴을 깐 채로 식은땀을 흘리고 있었다. 나는 나의 하의식이 무엇 때문에 나를 괴롭히고 있는지 생각해보았다. 이 꿈은 구기에 대한 것이 아니었다. 우정에 관한 꿈이었다. 이 꿈은 내가 친구들을 가장 필요로 하는 순간에 가장 소중한 친구들이 나를 버리면 어떻게 하나라는 공포에 대한 것이었다. 내가 어둠 속에서 위태로운 도약을 시도하는 취약하고 불안한 순간에.

한자 스튜디오에서 나는 결국 문제가 이것이라고 생각하게 되었다.

"여기 있는 모두들, 다 내 편이야 아니야?" (나도 참으로 거만한 놈이 되고 말았다.)

만약 아니라고 한다면? 나의 그다지 세련되지 못한 자아는 알고 싶어했다. 이 밴드가 지금 무얼 해야 하는지에 대해 더 잘 아는 게 누구지? 누가 그걸 그려내고 누가 곡으로 쓸 수 있지?

나는 우리의 능력과 가능성을 놓고서 엣지의 참을성과 상상력을 극단까지 밀어붙였지만, 그는 항상 나의 생존 본능보다 우리의 우정을 우선으로 놓는다면 다 잘 해결될 거라고 생각했다. 관계가 오래 지속될수록 그렇게 될 가능성은 더욱 커진다. 내가 좌절했던 것은, 지금이야말로 우리가 큰 도약을 하려는 시점이며 따라서 내가 친구들을 가장 필요로 하는 순간이라는 확신 때문이었다. 그런 순간에 친구들이 내 편에 서주지 않을 수 있다는 게 나의 가장 깊은 곳에 있는 공포였다. 거기에는 사운드와 태도를 완전히 바꿔버리면 우리의 청중에게도 외면당하지 않을까 하는 두려움도 있는 것일까? 아니면 그저 노래들 자체가 만족스럽지 못하기 때문에 우리 밴드가 주저하고 있는 건 아닐까?

밴드를 해체 직전까지 몰아붙인 것은 나 스스로일 수도 있다는 것을 나는 의식하고 있었던가? 지난번에 엣지가 자신은 밴드를 더 이상 계속할 수 없다고 했을 때 모든 걸 끝장내버릴 뻔했던 것도 나 자신이 아니었던가?

대체 내가 무엇에 홀리기라도 한 걸까? 지금도 무엇에 홀려 있는 것은 아닐까?

지금 내가 가진 것이라고는, 우리가 예술가로서 좀 더 용감하게 어둠 속으로 한 발짝을 내디딘다면 좀 더 밝은 빛에 안기게 될 것이라는 본능적인 직감뿐이다. 그런데 그게 뭐라고 나는 집 전체를 아니 최소한 밴드 전체를 그러한 직감에다가 기꺼이 내걸고 도박을 벌이겠다는 것인가? 우리 밴드가 어떻게 해서든 창문을 찾아낼 거라는 확신은 어디서 오는 것일까? '명백한 운명' 따위는 존재하지 않는다. 이렇게 해서 다 잘될 거라는 보장은 어디에도 없다.

사랑과 영생불사

베를린에서 우리는 성배를 찾는 순례자들처럼 성스러운 음악의 원천을 찾기 위해 성스러운 여행을 하는 순례자들이었다. 우리 순례자들을 맞아준 이들 중 하나가 위대한 영화감독 빔 벤더스였다. 이 보헤미안 기질의 영화감독은 〈파리, 텍사스〉를 찍는 도중에 영화 스태프들이 우리 앨범 〈Boy〉를 계속 들었다고 이야기해주었으며, 이제는 그 보답으로 우리가 베를린에 머무는 동안 정신적인 가이드 역할을 해주었다. 그의 영화 〈베를린 천사의 시 Wings of Desire〉는 한 천사가 평범한 인간과 사랑에 빠진다는 내용으로, 내가 가장 좋아하는 영화 중 하나다. 사랑과 영생불사 사이에서 선택해야 한다는 그 아이디어는 내 마음을 너무나 아프게 했고 그때부터 내 작업에서도 중심 테마가 되기 시작한다. 나는 아마도 그 영화를 열두 번은 보았을 것이며, 그 가운데에 감독이 깊게 꿰뚫는 영화적 눈을 가지고 있을 뿐 아니라 라이너 마리아 릴케의 시에 나오는 천사들로부터 영향을 받았다는 것도 이해하게 되었다. 순간적인 것과 영원한 것, 얼어붙은 이미지와 엔트로피의 생명 등 빔 벤더스가 관심을 두는 많은 주제들이 한군데에 모여 있었다. 내가 밤잠을 설치면서 골똘히 생각하는 질문들. 현실에서 사랑의 한순간을 위해 영생을 포기할 수 있을까? 하지만 사랑의 순간이라면 항상 영원한 것 아닌가?

빔은 우리에게 자신의 새 영화 〈이 세상 끝까지Until the End of the World〉의 초기 편집본을 보게 해줬고, 나는 그 제목에 완전히 반해서 그 필름을 집에 가지고 와 전혀 다른 이야기를 써 내려갔다. 이는 예수와 유다 사이의 대화다. 시인 브렌던 케널리Brendan Kennelly가 쓴 《유다의 서The Book of Judas》를 읽으면서 나는 이러한 신화 속의 대화에 나 자신을 밀어 넣는 것이 얼마나 강력한 상상의 도구인지를 알게 되었다.

I took the money
I spiked your drink
You miss too much these days if you stop to think
You lead me on with those innocent eyes
You know I love the element of surprise.

—'Until the End of the World'

그 가사에다가 붙일 기억에 남을 만한 멜로디를 찾을 수가 없어서 결국 이 곡은 이런 식의 가사를 허용하도록 대화의 형식을 띠게 되었다. 가사에서 사용되는 어휘의 종류는 노래하는 사람의 목소리가 어떤 높이인지에 따라 결정된다. 테너들이 이탈리아어를 배워야 하는 이유는 그 언어가 모음의 장관을 이루고 있기 때문이다. 테너는 바로 이 너무나 낭만적인 장관에서 태어났으니까. 소노sono. 에에오eeo. 알토alto. 독일어로 되어 있는 오페라는 그것을 부르는 이에게는 완전히 다른 세계이다. 독일어에서는 모음을 찾기가 더 힘들며, 극적인 고음과 맞아떨어지는 가사도 찾기 어렵다. 〈Achtung Baby〉 작업을 하는 동안 나는 혼자 보는 노트에 이렇게 썼다. "낮은 음으로 불러라. 필요하다면 기술을 사용하라." 예를 들어 'The Fly'에서 나는 전혀 다른 색깔의 인물을 만들어내기 위해서 전기적인 디스토션을 사용했다. 하지만 'Until the End of the World'에서는 대화체를 사용했다. 예수와의 대화.

In the garden I was playing the tart
I kissed your lips and broke your heart.
You, you were acting like it was the end of the world.

이 앨범을 만드는 작업이 마치 우리에게는 세상의 끝처럼 여겨지던 때가 있었다. 이렇게 말하면 좀 너무 부풀려서 말하는 것 아니냐고 말할 사람이 있을 것이다. 매일 아침 탄광 아래로 내려가는 것도 아니지 않은가. 맞다. 그건 인정한다. 나도 안다. 그건 남자들끼리 자아를 내세우며 치고받는 유치한 싸움이었다. 하지만 우리는 밴드다. 네 명이 하나가 되는. 솔로 아티스트와는 달리 우리는 네 명이 하나의 비전을 공유하고 그것을 구현하려고 애쓰고 있었다. 그게 되기만 하면 그 어떤 것과도 견줄 수 없는 큰 희열을 가져온다. 하지만 그렇게 되지 않으면 실로 두려운 무기력증이 덮쳐 오게 된다.

다행히도 큰 고통이 황홀경으로 전환하는 순간들이 있다.

한자 스튜디오에서의 마지막 주에 우리는 나중에 'Love Is Blindness'라고 불리게 되는 노래를 만들었다. 나는 엣지 옆에 서서 지금 그에게 그의 삶의 스토리를 가장 잘 표현할 수 있는 악기를 통해 풀어보라고 부추겼다. 그 이야기는 그가 해야만 하는 이야기였지만 말로는 도저히 할 수 없는 이야기였다. 너무나 고통스러워 그 스스로에게도 할 수 없는 이야기. 그 이야기는 그의 끝장난 결혼에 대한 이야기였다. 그가 자신의 목숨보다도 사랑하는 세 딸 그리고 그 아이들의 어머니와 어떻게 해서 갈라서게 되었는지의 이야기였다. 그는 아이들의 어머니 또한 사랑했지만 더 이상 서로와의 관계를 유지할 수 없게 되었다. 그 스튜디오에서 엣지는 자기 친구들 앞에 그대로 노출되어 어디 도망갈 데도 없었고, 그의 기타를 든 상태였기에 자기 자신으로부터도 도망갈 데가 없었다. 처음에는 우리 악마들을 쫓아버리려고 연주를 시작했지만, 곧 그 악마들을 지배하며 끌고다니기 시작했다. 단순히 이성을 잃었다고 말하는 것으로는 충분하지 않았다. 그동안 꾹꾹 눌러두었던 모든 분노와 슬픔을 꺼내어 기타 위에 쏟아붓는 것 같았다. 자기 손에 들린 기타를 두드려 패고 그 줄을 뜯어내 버리려 드는 모습은 마치 기타를 처벌하는 것 같았고, 그는 그것으로 자신의 감정들과 싸우고 있었다. 우리들이 볼 때는 마치 이 온 세계가 이 엣지라는 남자와 그의 기타 위로 무너지고 있는 것 같았으며, 그들이 서로와 삼투하여 사람과 물체가 하나가 되어버리는 것 같았다.

이 엄청난 전자 폭풍의 한가운데에서 나는 어떤 분노에 찬 아름다움을 보았다. 그 불협화음 가운데에서 나타나는 아주 잠깐의 황홀한 선율, 이 노래를 듣는 이라면 잊어버리지 못할 멜로디가 떠오른 것이다. 창조가 벌어지는 현장에 함께한다는 것은 참으로 강력한 일이다. 나는 한자 스튜디오에서 그런 순간에 함께했었다는 것을 큰 행운으로 여긴다.

엣지에게는 항상 사운드의 톤이 우선이다. 톤은 코드 진행, 귀에 꽂히는 부분, 가사 등과 똑같이 중요하다. 엣지가 몰두하는 것은 사운드 자체이며, 엣지를 완전히 사로잡는 것도 사운드다.

일종의 소환

우리는 한자 스튜디오에서 신뢰의 붕괴를 겪었으며, 신뢰는 마모되기 시작했다. 우리는 하나였지만, 흠, 나머지는 말할 필요 없을 것이다. 〈Achtung Baby〉는 난산을 겪으며 태어났다. 태어나는 과정에서 거의 유산될 뻔했다. 하지만 아기가 태어나자 우리는 곧 힘든 노동의 고통을 잊어버렸다. 음악에 대한 열망과 기다림으로 인해 그 마지막 노래들은 다른 무언가에 푹 젖어 있다. 이는 일종의 소환이었다.

위대함으로 가는 핵심 요소는, 본인의 마음속 깊이 자리 잡은 그 위대함을 이루겠다는 욕망에 호응하는 것이다. 누군가가 곡을 만들고 녹음할 때 그 곡의 가치를 판별하는 기준은 무엇보다도 본인 스스로가 듣고 싶은 노래인지 여부다. 'One'은 바로 그런 노래였다. 우리는 정말로 그 노래를 들을 필요가 있었기에 그 노래를 썼던 것이다. 이 곡은 엣지가 'Mysterious Ways' 중간의 8소절짜리 브레이트다운 섹션에서 쓰려고 했다가 버린 두 개의 코드 시퀀스로 이루어져 있다. 그가 그 두 시퀀스를 하나로 이어 붙이자 완전히 새로운 노래를 만들지 않을 수 없었다.

그 얼마 전에 달라이라마가 우리에게 "일자성의 페스티벌Festiveal of Oneness"에 참여해달라고 부탁하는 서한을 보낸 바 있었다. 나는 달라이라마에 대해 많이 알지는 못했지만, 그가 비극적 상황에 부닥친 시적 인물이라는 강한 인상을 가지고 있었다. 나는 공손한 답장을 써서 왜 우리가 그 페스티벌에 갈 수 없는지 설명했고, "존경하는 마음으로, 보노respectfully yours, Bono"라고 쓴 뒤에 추신을 붙였다. "하나, 하지만 똑같지는 않은One, but not the same."

나는 그때도 또 지금도 하나 됨이라는 아이디어에 의구심을 가지고 있다. 나는 인간의 경험이 동질성을 가지고 있다는 생각을 믿지 않는다. 나는 우리가 모두 하나라고 생각하지 않는다. 우리가 하나가 될 수는 있지만, 그렇다고 해서 우리가 만사 만물을 똑같은 방식으로 보아야 한다고 생각하지 않는다. 혼란스러운 생각일 수도 있다. 우리는 하나이지만 똑같지는 않다. 우리는 서로를 끌고 함께 간다. 그렇게 해야 할 의무가 있어서가 아니라, 그냥 그렇게 되는 것이다.

나는 어떤 아들이 종교적 신앙이 깊은 아버지에게 자신이 게이라고 말하는 이야기의 가사를 즉흥적으로 만들어보았다. 또 섹스가 없는 결혼 생활을 하던 중에 다른 섹스 상대를 찾다가 들통이 난 여성이 어쩌다가 자기가 이렇게 되었는지를 설명하는 가사도 즉흥적으로 만들어보았다. 극적인 요소를 더해주는 장치는, 이 노래가 그 말싸움의 한가운데에서 시작된다는 것이었다. "기분이 좀 나아졌어요? 아니면 그냥 똑같아요? 이제 누구 욕할 사람이 생겼으니 마음이 좀 편해졌나요?"

사람들의 서로 다른 대화를 너무 많이 엿듣는다. 그래서 스스로 멋대로 결론을 내린다. 옛 동독 시절 팔라스트 호텔에서 슈타지 비밀경찰 동료들과 함께 호텔 방을 도청했던 그 여인처럼. 여러 다른 방에서 온갖 은밀한 대화들을 듣다 보면 그 이야기들은 서로 다른 것보다는 같은 게 많다는 하나의 이야기로 수렴된다. 하지만 그래도 그들은 여전히 다르다. *우리는 우리 모두 똑같다고 억지로 가식을 부릴 필요는 없으며, 서로를 끌고 가야 할 의무도 없다. 하지만 진실을 보자면, 좋든 싫든 우리는 반드시 모두 서로를 끌고 함께 가게 되어 있다.*

위대한 동지애야말로 진정한 밴드의 핵심이다. 그러한 동지애가 떠나버리면 보통 뮤즈 또한 그와 함께 멀리 떠나버린다. 나라는 사람은 특히 친구들에 대한 갈망이 지나칠 정도로 큰 사람이며, 특히 협업에 있어서는 더욱 그렇다. 나는 내 시간을 소중히 여기기도 하지만, 내가 배운 것을 협업 관계로 가져가서 두 배로 아니 네 배로 키우는 것이야말로 진짜 내 성향이다.

우리 밴드가 없다면 나는 내 머릿속의 음악을 실제로 만들어낼 수 없다. 내 배우자가 없다면 나는 내가 정말로 되고 싶은 남자가 될 수 없다. 나는 오로지 협업을 통해서만 성공할 수 있다.

우리가 들을 필요가 있었던 노래

그로부터 거의 30년이 지난 2018년 11월, 완전히 하나로 통일된 베를린의 무대에서 나는 군중들에게 이 도시에서 벌어졌던 그 시절의 일을 설명하게 됐다. 밴드에게, 또 나에게 설명하는 일이기도 했다. 그 공연은 투어의 마지막 공연이었으며, 브라이언 이노도 플러드와 함께 와 있었다. 나는 그 두 사람과 다니엘이 그 기간에 우리에게 얼마나 절대적으로 필요한 사람들이었는지 설명했다. 래리는 드럼 세트 뒤에 굳건히 앉아 있고, 애덤과 엣지는 다음 곡을 준비하고 있었으니, 결국 모든 이야기는 내가 해야 했다. 그래서 〈Achtung Baby〉를 녹음하는 동안 우리가 완전히 나가떨어졌다는 이야기뿐 아니라, 우리가 이 밴드를 계속해야 하는지 정이 떨어져 버렸다는 이야기도 했으며, 하지만 'One'이라는 노래를 통해 우리가 다시 살아난 이야기도 했다.

우리는 우리가 들을 필요가 있었던 곡을 썼던 것이다.

엣지, 애덤, 래리가 없다면 나는 예술가 한 사람의 4분의 1에 불과하다는 것을 결국 이해하게 되었다. 앨리가 없다면 나는 한 사람의 절반에 불과하다. 엑시트 사인이 스탠드에서 번쩍인다. 나는 무대 위의 내 동료들을 돌아보며 내 마음속에 감사함이 솟아오르는 것을 느낀다. 우리는 하나이며, 아주 짧은 순간 우리는 똑같아진다.

The Fly

in which I begin to get out of my own way by discovering the importance of not being earnest .. and start channelling Elvis before Elvis turns up in my Chicago hotel room hoping to become the leader of the free world

21

The Fly

파리

It's no secret that the stars are falling from the sky
It's no secret that our world is in darkness tonight.
They say the sun is sometimes eclipsed by a moon
Y'know I didn't see you when she walked in the room.

첫사랑을 이루고 끝까지 지켜냈다는 것은 이 세상에 당당히 맞서 얻어낸 큰 승리로 느껴진다. 그건 비슷한 종류의 게임에서 아주 드문 확률임에 틀림없다. 하지만 이게 두 사람이 함께해야 할 충분한 이유는 아니다. 엣지와 아이슬린이 결혼에 실패하게 되었을 때, 순수의 상실이라는 감정이 우리 주변을 지배했다. 우리 공동체 전체가 겁을 먹고 호들갑을 떨었다. 우리들 가운데 그 두 사람이야말로 제일 먼저 철이 들었고 제일 먼저 아이도 낳은 커플이었으니까. 그런데 그 두 사람이 실패했다면, 누가 실패하지 않을 수 있을까?

앨리와 나는 서로를 더 진지하게 바라보았다. 마치 우리가 우리 각자에서 벗어 나와 우리의 관계 위를 떠돌아 다니면서 내려다보는 느낌이었다. 우리가 너무 일찍 결혼한 건 아닐까? 그 관계를 지키는 데에 어떤 대가를 치러야 하는지 이해하지도 못하고 서약을 해버린 건 아닐까? 이 두 질문 모두에 대한 대답은 '그렇다'였겠지만, 그래서 우리가 큰 실수를 저질렀느냐고 묻는다면 아주 큰 소리로 '아니'라고 대답했을 것이다. 물론 두 어린 딸을 기르다 보니 "조심해, 얘야Achtung Baby"라고 말하는 순간들을 겪게 마련이었다. 그래서 나는 우리의 음악이 이런 내면적인 이야기들을 더 많이 할 수 있어야 한다는 걸 알게 되었다.

마음의 변화를 정직하게 기록하는 일기를 써봤다면, 배우자에 대한 부정이라는 주제를(그게 진짜든 상상 속이든, 성적인 것이든 영적인 것이든) 무시할 수는 없을 것이다. 〈Achtung Baby〉 앨범에서 처음으로 발매된 싱글 'The Fly'는 한 남자가 자신이 털어놓지 못한 성욕에 비추어 참으로 하찮은 존재라는 이미지를 담고 있을 뿐만 아니라, 그놈의 성욕이라는 게 얼마나 성가신 존재인지도 이야기하고 있다.

A man will rise, a man will fall,
from the sheer face of love,
like a fly from a wall.
It's no secret at all.

여기서 섹스라는 것은 뿌리는 파리 살충제가 된다. 만약 섹스야말로 어른이라는 존재의 가장 핵심에 가깝다는 지그문트 프로이트의 주장이 절반만 진실이라고 해도, 나도 마땅히 이 주제를 다루는 것이 옳다. 이 'The Fly'는 내 생활에서는 몰라도 최소한 U2의 작품 안에서는 음탕해져도 되는 면허를 부여했다. 그런데 아이들 아빠가 13살짜리의 신나는 얼굴을 하고서 무대 위에서 날뛰는 꼴을 보면 슈퍼 록스타의 아내라고 해도 기겁할 것이다… 라고 생각한다면 그건 틀렸다. 앨리는 그 13살짜리 남자가 얼마나 자기를 웃게 했는지 결코 잊은 적이 없었다. 그녀는 우리가 연인으로서 둘 다 뒤늦은 사춘기를 즐기고 있다는 사실을 기뻐했다. 그리고 나라는 인간의 우주에 떠 있는 태양은 오직 하나뿐이라는 사실도 너무나 확고하게 잘 알고 있었다. 이따금 몇 개의 달들이 떠올라 자신을 가리는 일이 벌어지면 그녀는 곧바로 출동하여 중력의 흐름을 완전히 초기화시켜 버린다. 그래서 나는 다시 그녀의 것이 되는 것이다. 하지만 이런 일은 아주 드물게 벌어진다.

'The Fly'의 탄생

1980년대 말 〈Rattle and Hum〉 앨범을 만들기 위해 로스앤젤레스로 이주했을 때 우리는 〈The Joshua Tree〉 앨범의 표지에 나오는 네 명의 심각한 얼굴의 남자들 이미지에서 벗어나기 시작했다. 이제 〈Achtung Baby〉 앨범이 나와 분위기는 더 뜨거워졌고 우리도 이제 우리 스스로가 짊어지고 다녔던 도덕적 짐의 무게에서 훨씬 자유로워졌다. 이제 무거운 짐들을 좀 내려놓을 때였다. 우리의 이미지는 풍선처럼 부풀어 올랐었고, 이는 아주 쉽게 터질 수 있는 것이었다. 그것보다는 차라리 픽 소리와 함께 바람을 토해내면서 럭비공처럼 튀며 재미를 쫓아가는 풍선의 이미지가 되는 편이 훨씬 나았다.

우리는 'The Fly'가 〈The Joshua Tree〉를 베어버리는 네 남자의 사운드라고 불렀다.

내가 너무나 심각한 예술가로서 자신을 드러낼 기회를 찾고 있을 때 앨리는 10대였을 때의 내가 가지고 있던 대담한 얼굴이 그립다고 말했다. 하지만 이러한 심각한 이미지를 누그러뜨리는 가운데 나는 내가 일종의 위선자라고 불리게 되는 것이 두려웠다. 이 문제의 해답은 그 대담한 얼굴을 한 나를 그대로 직시하는 것이었다.

즉 나 자신이 위선자라고 선언하는 것이 해답이었다.

노래에서, 무대에서, 또 카메라 앞에서 나는 내 최악의 막가는 행동들에 걸맞은 캐릭터를 찾아내야 했다. 판타지 속의 록스타. 일종의 초월적 록스타. 사실 내가 한 번도 진짜 록스타라고 느꼈던 적이 없으며, 오로지 파트타임으로만 록스타 행세를 한 것이었다면? 'The Fly'는 어리석음이 얼마나 진지한 모습을 띨 수 있는지 보여주고 있고, 유머를 무기로 이해하고 있으며, 아무도 듣고 싶어하지 않는 이야기를 할 기회는 노래를 만드는 사람보다는 차라리 코미디언에게 더 많다는 것을 보여주고 있다.

크고 높은 이야기들, 작고 짧은 록스타들

1. 싱어들은 키가 작다. 브라이언 페리Brian Ferry는 예외이다. 닉 케이브도 예외이다. 물론 그밖에도 예외들이 있지만, 일반적으로 싱어들은 키가 크지 않다. 무대는 우리의 키높이 신발이다.
2. 초조하고 불안해하는 것이야말로 우리의 최상의 안전 장치다.
3. 술값 밥값을 내야 할 때에는 싱어들이 이미 뒷문으로 빠져나간 다음일 때가 많다.
4. 록스타들이 자기 자신들보다 더 깊은 관심을 가지고 있는 대상은 오로지 다른 록스타들뿐이다.

이 노래의 일부는 다다이즘이며, 일부는 예술에 대한 공격이며, 일부는 셰익스피어에 나오는 어릿광대이다. 나는 말꼬리와 트집을 잡는 궁정의 어릿광대 역할에 한 발을 내디디며 큰 자유를 찾았고 그 자유를 무척 즐겼다. 이제 옛날의 진지한 보노는 사라졌으며, 누가 무슨 탓을 해도 끄떡없는 그림자 자아가 나타났다. 진지한 보노가 되지 않는 것은 얼마나 중요한 일인가.

여기에 더해 차림새도 아주 근사했다! 나는 나의 모든 영웅들로부터 조금씩 훔쳐 왔으며, 엘비스 프레슬리의 〈'68 Comeback Special〉에서는 뭉텅이로 훔쳐 왔다. 엘비스의 가죽 재킷, 짐 모리슨Jim Morrison의 가죽 바지. 무대 아래에서는 루 리드Lou Reed의 레이벤과 닮은 느낌의 선글라스를 꼈으며, 무대 위에서 쓰는 용도로는 벌레처럼 눈이 툭 튀어나온 펑카델릭한 고글을 찾아냈다. 사실은 우리의 의상 담당 "싸우는" 핀턴 피츠제럴드"Fightin'" Fintan Fitzgerald가 런던의 중고품 시장에서 찾아낸 안경이었다. 앨범을 녹음하는 동안 나는 그 안경을 스튜디오에 두고서 음악이 재미없을 때마다 그걸 쓰고 놀았다. 나는 그걸 쓰면 미래를 볼 수 있다고 제작팀에게 말했다. "그러면 최종 사운드 믹싱은 어떤 소리가 되나요?" 플러드가 물었다. "풀럼 축구팀은 프리미어 리그로 승격하나요?"

그전의 나는 미래의 일이 궁금할 때마다 엣지에게 물었다. 엣지가 미래에서 온 사람이라는 건 모두가 아는 사실이었다. 엣지는 잠깐 생각하다가 대답을 내놓지만, 그 대답은 거의 항상 똑같다. "더 나아져."

데이비드 보위라는 뮤즈와 꿈꾸며 걷기

데이비드 보위가 〈금주의 팝 차트Top of the Pops〉 프로그램에서 'Starman'을 공연하는 것을 본 건 12살 때의 일이었다. 그는 생기가 넘쳤다. 빛이 났다. 활짝 피어나고 있었다. 각자가 가져온 충격으로 보자면 데이비드 보위는 잉글랜드의 엘비스 프레슬리였다. 둘은 닮은 점도 무척 많았다. 여성성과 남성성을 모두 담고 있다는 점, 무대 위에서의 화려한 몸동작, 독창적인 실루엣 등. 사진이나 화면에서 튀어나올 듯한 그들의 윤곽은 오늘날에는 너무나 당연한 것으로 느껴지지만 그들 이전에는 존재하지도 않았던 형상이었다. 보위는 엘비스가 목에 둘렀던 그 유명한 반짝이 심볼, 이른바 TCB(taking care of business) 인식표를 〈Aladdin Sane〉 앨범의 얼굴 분장에서 그대로 빌려왔다.

그 둘은 우주가 낳은 쌍둥이로서, 12년 터울을 두고 같은 날 태어났고 두 사람 다 어느 정도는 이 세상 사람이 아닌 듯한 면을 지니고 있었다. 보위의 경우 그와 함께 오래 있다 보면 혹시 다른 세계로 통하는 문을 발견하게 되는 게 아닐까 하는 의심이 계속 생겨난다. 내가 10대 때에는 'Life on Mars?'

도 사실은 지상에서의 삶에 대한 것으로 여겨졌다. 우리는 정말 살아 있는가? 정말로 여기 있는 게 다인가?

우리가 〈Achtung Baby〉를 녹음하고 있던 어느 봄날, 데이비드 보위가 배의 선장과 같은 복장을 하고서 리피강River Liffey을 타고 낡고 더러운 더블린에 나타났다. 우리는 그가 우주선을 타고 나타나는 쪽을 더 좋아했지만, 그는 요트를 타고 오는 쪽을 택했다. 그때는 우리가 "도둑놈들한테서도 훔쳐라"를 모토로 삼고 있던 시절이었으므로, 명백히 그에게 영향을 받은 우리 앨범을 창피한 줄도 모르고 그에게 틀어주었다. 그는 'The Fly'는 좀 더 손을 보아야겠지만 다른 노래 중 일부에 대해서는 확신한다고 내게 말해주었다. 그가 우리의 표절 행위의 피해자임을 생각해보면 참으로 관대한 행동이었다. 그는 브라이언 이노가 자신만이 아니라 우리 두 쪽 모두에 영향을 주었기 때문에 약간의 유사성이 있을 수 있다고 했고, 자신도 남의 작품을 가져다가 쓰는 데에 상당히 이골이 난 사람이라는 점을 우리에게 상기시켜 주었다. 그는 자신이 카를로스 알로마Carlos Alomar 그리고 존 레넌과 함께 쓴 곡 'Fame'으로 그 주제에 뚜껑을 덮었다.

Fame (fame) what you like is in the limo
Fame (fame) what you get is no tomorrow
Fame (fame) what you need you have to borrow

그는 더블린에서 더 많은 시간을 보내게 되었고, 현지의 술집들과 클럽들에 대해서도 알고 싶어 했다. 우리는 그가 선장처럼 옷을 입고 있었으므로 그가 리피강가에 있는 술집 도커스Dockers를 좋아할지도 모르겠다고 생각했다. 이 술집은 윈드밀 레인 스튜디오의 뒤에 있었다. 아마도 그는 그 술집 이름을 듣고 말런 브랜도Marlon Brando의 영화 〈워터프론트On the Waterfront〉를 콘셉트로 한 술집이라고 상상한 듯하다. 다음번에 우리를 더블린에서 만나게 되었을 때는 아예 도커스에서 만나자고 했을 정도였다. 막상 술집에 갔다가 진짜 도커스 즉 부두 노동자들과 그 가족들이 우글거리는 모습을 보고 어리둥절한 듯 보였다. 놀란 것은 데이비드뿐만이 아니었다. 데이비드는 눈이 시리도록 밝은 강청색 수트를 입고 있었기에 옷에서 조명이 뿜어져 나오는 듯했다. 이런 모습으로 나타났으니 그는 이 술집에서 결코 있을 수 없는 불가능한 일을 해내게 되었다. 이 시끄럽던 아일랜드 술집이 상당히 긴 시간 동안 쥐 죽은 듯 조용해진 것이었다. 침묵 속에서 멍한 채 있었던 사람들은 곧 웃음과 휘파람 소리를 울리기 시작했고, 칭찬과 거친 조롱이 함께 쏟아졌다. 우리의 '스타맨' 데이비드 보위는 우아하게 이를 모두 못 들은 척했다.

다른 어느 일요일 그가 우리집을 방문했을 때였다. 앨리는 보위에게 반해 있었던 반면, 그는 우리의 작은 염소 조던에게 아양을 떨고 있었다. 그를 돌보는 매니저 코코Coco는 그를 우리집에서 하룻밤 묵어가도록 했는데, 앨리에게 몇 가지를 알려 주었다.

"데이비드는 한밤중에 이상하게 행동하기도 해요. 그가 잠이 든 채로 돌아다니다가 만약 당신들 침실에 들어와 침대 가장자리에 앉거든 그냥 자기 방으로 돌아가라고 하세요. 그러면 보통 돌아가요."

"안 돌아가면 어떻게 하죠?" 앨리가 물었다.

"제게 전화하세요."

데이비드는 잘 잤지만, 앨리는 두 살 된 딸 조던을 돌보느라 잘 자지 못했다. 그녀는 데이비드의 방 옆을 지나가다 문이 열린 것을 보고 닫아주었다. 한 시간 후에도 똑같은 일이 반복되었다. 다음 날 아침 나는 앨리에게 땅에 내려온 우주인 같은 데이비드의 수면 패턴에 관해 물어보았다.

"아휴, 너무 얌전해. 블레이크 시에 나오는 천사 같아." 그녀는 말했다. "그냥 땅에 묶여 있을 뿐이야."

백금의 사슬. 어떤 사람들은 그 곁에 있을 수 있다는 것만으로도 큰 행운이다. 그러다가 그 사람들의 모습이 더 이상 보이지 않게 되었을 때가 되어서야 그게 얼마나 큰 행운이었는지 겨우 깨닫는다. 그렇게 밝은 빛을 주위에 둔 순간이 얼마나 복된 순간이었는지.

그 후로도 우리는 데이비드를 볼 때가 많았지만, 그가 사라져 버린 기간도 있었다. 무수한 작품을 남긴 그의 인생이 끝자락에 다달았을 때 나는 계속 연락을 유지하려고 애를 썼지만 그는 대답이 없었다. 2015년 말 그가 'Blackstar'라는 곡을 발표했을 때 조던과 나는 킬리니 언덕Killiney Hill에서 산책하고 있었다. 우리는 무선 이어폰을 하나씩 끼고서 그의 새로운 음악을 함께 들었다. 차가운 고통의 노래 'Blackstar'는(이는 엘비스의 미발표곡에서 이름을 따온 곡이다) 팝이라기보다는 재즈에 가까우며, 마이클 잭슨보다는 마일스 데이비스에 가까운 곡이지만, 4분 25초의 시간 동안 1970년대 그의 보랏빛 시대로 되돌아간다. 갑자기 이 곡은 〈Hunky Dory〉 앨범에서 나온 노래같이 들렸으며, 나는 다시 15살로 되돌아갔다. 함께 걷고 있었던 내 딸은 26세였지만, 그녀가 가장 좋아하는 예술가는 항상 데이비드 보위였다. 언덕의 산등성이에 올라 걸음을 늦추었을 때 내 눈에는 눈물이 가득했다. 나는 조던을 꼭 끌어안았다. 조던도 나를 꼭 끌어안았다. 다시 10대로 돌아간 내 눈에서 눈물이 흘러 그녀의 차가운 진홍색 뺨 위로 떨어졌다.

두 달 후 데이비드의 생일이 되어 나는 그에게 우리가 얼마나 그를 아끼는지에 대해 보통 때보다 긴 편지를 써서 보냈다. 그리고 마이클 루닉Michael Leunig의 아름다운 시 '사랑과 두려움'을 적어 보냈다.

There are only two feelings.
Love and fear.
There are only two languages.
Love and fear.
There are only two activities.
Love and fear.

나는 조던과 내가 그의 생일에 축배를 드는 셀카도 함께 보냈다. 사흘 후 잠에서 깨었을 때, 그가 세상을 떠났다는 뉴스가 전해졌다. 시더우드 로드 10번지의 집 벽에 붙어 있던 포스터 사진이 떨어졌다. U2는 그에게 너무나 많은 것을 빚지고 있다. 심지어 그의 어리석은 짓이라고 여겨지는 〈Glass Spider Tour〉마저도 우리가 〈ZOO TV〉 투어를 착상하게 된 영감의 하나였으며, 《로스앤젤레스 타임스》의 로버트 힐번은 우리의 공연을 "록 음악 투어의 '페퍼 상사Sgt. Pepper's'"라고 불렀다. 우리가 항상 마음에 두고 있었던 것이 데이비드 보위였다는 것을 아는 훌륭한 비평가가 내놓은 훌륭한 칭찬이었다.

ZOO TV의 탄생

"동물원 라디오zoo radio"는 DJ가 미친 사람처럼 소리를 지르는 와중에 다음에는 무슨 일이 벌어질까 싶은 라디오 쇼를 부르는 말이다. 우리가 이동식 방송국을, 그것도 하나의 TV 방송국을 차려보자는 아이디어도 여기에서 시작되었다.

우리는 야외 방송도 할 수 있으며, 라이브로 위성 중계를 할 수도 있고, 여러 채널을 서핑해 볼 수도 있을 것이다. 또 미국 백악관에 장난 전화를 걸어볼 수도 있을 것이다. 이 모든 것을 하나의 쇼 안에서 해보자는 것이었다. 이 공연 여행을 〈ZOO TV〉라고 부를 수 있을 것이다.

그래서 우리는 실행으로 옮겼다.

U2의 라이브 공연 무대를 만드는 데에는 완전히 다른 또 하나의 팀을 구성해야 했고, 이 팀의 구축에 오랜 시간이 걸리기도 했다. 가장 중요한 사운드 문제에 있어서 우리에게는 조 오헐리히가 있었다. 우리는 1978년 그의 고향인 코르크의 아르카디아 볼룸Arcadia Ballroom에서 그를 처음 만났으며 그 이후로 지금까지 우리와 함께하고 있다. 처음 만났을 당시에는 마법사 수련을 받는 도제였지만, 그 후 그는 미래의 사운드를 알아내는 대마법사

가 되었다. 그는 음악을 귀보다는 직감이나 본능으로 들을 줄 아는 사람이었다.

공연 무대를 설계한 핵심 인물들은 소수였다. 수많은 디자이너가 기여했지만 끝까지 우리와 함께한 이는 마크 피셔Mark Fisher와 그의 팀 등 몇 명뿐이었다. 하지만 가장 중요한 역할을 했던 것은 윌리 윌리엄스Willie Williams로, 그는 1983년에 처음 우리의 조명 디자이너로 합류했다. 나는 예전에 그가 자신의 친구이자 포스트펑크 아트하우스 밴드인 리츠Writz의 멤버 스티브 페어니Steve Fairnie를 인용한 기억을 가지고 있었다. "나는 비전이 있어, 텔레비전이야." 윌리 또한 그러한 텔레비전의 비전을 여럿 가지고 있었고, 그것들을 모두 다 우리의 〈ZOO TV〉 무대에 쏟아부었다. 우리 무대 위로 동독의 국민차였던 트라반트Trabant를 여러 대 매달아 놓는 것도 그의 아이디어였다.

윌리의 목소리는 수많은 사람들에게 또렷이 전달되는 독자적인 시스템을 가지고 있는 듯했다. 그는 목소리를 높이고 내리기를 자유자재로 했지만, 배경에 아무리 큰 소음이나 함성이 있다고 해도 그의 목소리는 항상 또렷하게 들을 수 있었다. 잉글랜드의 셰필드Sheffiled 출신으로서 대학에 다니다가 우리처럼 펑크록에 미쳐 길을 틀었던 이력을 가지고 있었다. 우리는 더 클래시의 공연을 보면서 무대 위로 올라가 밴드가 되자고 결심했고, 윌리는 우리의 공연을 보러온 팬의 한 사람이었다. 그는 우리의 무대 위로 뛰어 올라오는 대신 우리 무대를 디자인하는 편이 낫겠다고 생각했다. 공연 중의 무대 침입을 거꾸로 했다고 할까. 이제 우리의 공연 디자이너가 되어 공연 제작의 모든 세부 사항을 속속들이 관찰하는 그에게 조명은 곧 삶이다. 우리 사운드가 조의 힘으로 만들어진다면, 조명은 윌리의 힘으로 만들어진다. 윌리는 체육관에서나 대형 운동장에서나 환상적인 조명을 오랫동안 맡아왔지만, 중요한 역할이 하나 더 있었다. 순회공연을 다니는 밴드에게 사기와 기분을 쾌활하게 유지하는 건 너무나 중요한 일이었는데, 그는 뛰어난 엔터테이너로서 원하면 언제든 기꺼이 스스로 쇼를 만들어 내는 인물이었다.

1992년 2월, 〈ZOO TV〉 공연이 플로리다에서 시작되었다. 당시 MTV의 커트 로더Kurt Loder는 나에게 이렇게 물었다. "보통 옷을 입고 다니는 보통의 평범한 모습"은 어디로 간 것이냐고.

"제가 제 모습대로 다닐 때 마음에 안 들어하셨잖아요. 그래서 완전히 새로운 모습을 찾아낸 거예요."

〈Achtung Baby〉의 앨범 커버는 테크니컬러의 총천연색으로 충격을 주었다. 이전의 우리 앨범들은 모두 흑백의 미학을 담고 있었으므로 이는 큰 대조가 되는 변신이었다. 이제 우리의 무대 또한 변화를 보일 때가 된 것이었다. 비록 "록 음악 공연에 가서 텔레비전을 본다"는 것은(래리의 표현이다) 그다지 재미있게 들리지 않지만, 그런지록의 시대였던 당시에는 오히려 이것이 하나의 반문화적인 시도였고, 좋은 의미에서 논쟁적인 일이었다. 당시는 픽시즈Pixies, 펄 잼Pearl Jam, 너바나의 시대였으며, 음악이 다시 모든 살과 근육을 발라내고 뼈대로 되돌아갔던 시절이었다. 커트 코베인Kurt Cobain의 노래들은 글러브도 없이 맨주먹으로 두드려 패는 듯한 사운드였으며, 에디 베더Eddie Vedder가 매일 밤 올렸던 심장 절개 수술 같은 공연에 황홀한 조명 쇼 따위는 없었다. 이렇게 그런지록이 로큰롤의 맨 밑바닥 뼈대와 기초로 돌아가는 것이 당대의 문화적 정신이었다면, 우리의 쇼는 이러한 정신과 완전히 엇박자를 낸 게 아니었을까? 맞다. 그랬다. 그리고 우리는 이를 아주 즐겼다. 우리 또한 새롭게 자라난 이 밴드들의 팬이었지만, 그런지록 판을 둘러싼 '진정성authenticity'이라는 개념에는 가짜라고 생각되는 면들이 있었고, 우리는 그런 면들과 일부러 마찰을 일으키면서 즐겼던 것이다. 우리는 픽시즈에 함께 순회공연을 하자고 제안하기도 했는데, 스타일로 보았을 때 완벽한 조합이었다.

물론 그들의 사운드는 잔혹할 정도로 흑백의 색깔만을 띤 로큰롤이었다. 하지만 가사로 보자면? 완전히 공상과학 영화였다.

이제 우리가 선택한 색채는 데이글로Day-Glo의 형광색이었고, 자외선과 강청색이 난무했다. 그리고 매일 밤 벌어지는 〈ZOO TV〉의 제작에는 무언가 혼돈의 에너지가 있었다. 희극과 비극 사이, 현실의 것들과 비현실의 것들 사이를 빠르게 오가며 거친 장면 편집이 이루어졌다. 〈Achtung Baby〉에 담긴 그러한 이중성이 TV 스크린의 둑에 확대되어 투사되었고, 이것이 휘광이 되어 우리의 무대를 밝혔다. 글로서 우리를 인도했던 사이버펑크 예언자 윌리엄 깁슨William Gibson의 다음과 같은 말은 그러한 장난기 섞인 가짜 미래주의를 잘 포착하고 있다. "미래는 이미 여기에 도착했다. 아직 널리 퍼지지 않았을 뿐."

매일 밤, 'The Fly'의 그 파리가 우리 무대를 벽으로 삼아 기어오르다가 또 어리둥절한 군중들 앞에서 추락하기도 했다. 매일 밤 그 공연은 'Love Is Blindness'로 끝을 맺었다.

Love is blindness, I don't want to see
Won't you wrap the night around me?
Oh my heart,
Love is blindness.
In a parked car, in a crowded street
You see your love made complete.
Thread is ripping, the knot is slipping
Love is blindness.

엘비스가 등장하고, 무대는 퇴장하다

공연 중 무대 위에서 우리는 거의 매일 밤 백악관의 조지 허버트 워커 부시 대통령에게 전화를 걸었다. 우리는 항상 몇 가지 질문을 했다. 그러고 나는 "텔레비전을 더 많이 보세요" 같은 헛소리를 음성 메시지로 남기곤 했다. 조금은 다다이즘 색깔이 느껴지는 것으로, 우리는 이를 독일에서 습득했다.

우리가 1992년 9월 미국 아칸소 주지사 윌리엄 제퍼슨 클린턴을 처음으로 만나게 된 것도 정치적인 점수 따기였다기보다는 그냥 못된 장난이나 쳐보자는 것이었다. 순회공연 중 우리 밴드의 룰 하나는 밴드 회의뿐 아니라 공연 뒤풀이 또한 호텔에서 가장 큰 방을 얻은 멤버의 방에서 한다는 것이었다. 하지만 그 자리는 뒤풀이도 아니고 뒤풀이 한참 뒤에 벌어진 2차 뒤풀이였다. 우리는 위스콘신주 매디슨에서 공연을 마치고 비행기를 타고 시카고에 토착해 리츠 칼턴Ritz-Carlton 호텔에 도착했고, 그다음에 2차 뒤풀이를 또 시작했던 것이다(하필 내 방이었다). 이 2차 뒤풀이는 그냥 록스타들이 모여 다니면서 친구들이나 스태프들과 수다를 떠는 그런 자리가 아니었다. 다음 날 아침 8시가 되자 내 방은 마치 험악한 유령 떼거리가 한바탕 휩쓸고 지나간 꼴이 되었다. 모두 다 진이 빠져 늘어져 있었다.

엣지와 나는 프랭크 시나트라Frank Sinatra에게 바치는 노래를 만드느라 꼭두새벽까지 깨어 있었다. 그렇게 해서 만들어진 우리 노래 'Two Shots of Happy, One Shot of Sad'를 지금 들어보면 꼭 프랭크의 고전인 'In the Wee Small Hours'를 오마주한 노래처럼 들린다. 하지만 우리는 프랭크 시나트라에 정신을 쏟느라 엘비스가 나타날 줄은 생각도 못 하고 있었다.

클린턴 주지사의 스태프들은 그들의 겁 없는 지도자에게 엘비스라는 별명을 붙여주었다. 그의 으스대는 걸음걸이와 테네시강만큼 넓은 미소를 보면 왜 그런 별명이 붙었는지 이해가 간다. 사실 그가 우리 방에 나타날 거라는 사실은 미리 생각하고 있었어야 했다. 왜냐하면 그 전날 저녁 우리가 그와 같은 호텔에 묵게 되었다는 것을 알았을 때, 우리는 미국 민주당 대통령 후보가 될 그를 우리 파티에 초대했었기 때문이다. 물론 우리의 술기운이 발동한 탓도 있었지만, 술은 한 방울도 입에 대지 않는 우리의 매니저 데니스 시핸이 클린턴의 방으로 가서 문 아래로 몸을 굽혀 직접 초대장을 밀어 넣으려고 했다. 그런데 그때 보안 요원 팀이 그를 가로막았다.

"서로들 아는 사이예요." 데니스는 설명했다. "U2는 라디오 인터뷰에서 주지사님과 이야기한 적이 있다고요."

"선생님의 초대장은 아침에 주지사님께 전달해 드리겠습니다. 우리는 막 비행기로 도착했고, 주지사님은 주무셔야 합니다."

데니스는 꿋꿋이 버티면서 기회를 엿보았다.

"우리도 비행기로 방금 도착했어요." 던가반Dungarvan 출신의 이 사나이는 대통령 후보팀 전체의 여행 일정이 자기가 책임지는 록 밴드 일정과 별로 다르지 않을 것이라고 확신했다. "우리는 다른 사람들이 다 잠들어 있을 때 비행기로 움직인답니다." 데니스는 미소를 지으며 말했다.

보안 요원 팀은 전혀 반응이 없었다.

"우리는 그저 피자나 좀 대접하려는 거예요. 뭐 이상한 짓 하고 있는 거 아닙니다."

그런데 사실은 좀 이상한 짓들을 하고 있었다. 〈ZOO TV〉 공연에서 6개월이나 록스타 패러디를 심하게 했더니 우리도 어느새 록스타의 모습과 좀 심하게 닮아가고 있었다. 심야 파티는 점점 밤늦게까지 이어졌다. 그래서 주지사가 황폐해진 우리의 2차 뒤풀이 장소로 들어왔을 때, 그 광경은 정치인이 배경으로 사진을 찍을 만하지 못하다는 게 우리의 눈에도 분명했다. 이 미래의 대통령을 따르는 스태프들은 이미 벌어진 일이니 어떻게 하면 손상을 최소화할 수 있을까만 생각하며 전전긍긍하고 있었다. 예정에도 없이 이 로큰롤 난장판에 들여놓은 발을 어떻게 하면 무사히 또 잽싸게 빼고 달아날 수 있을까.

하지만 아칸소주 리틀록Little Rock에서 온 빌 클린턴은 그러지 않았다. 이 미래의 대통령이 볼 때는 그저 네 명의 아일랜드 사나이들이 좀 놀고 있을 뿐이며, 또 자신이 이들을 아주 가까운 친구들로 얼마든지 만들 수 있다고 생각했던 것이다. 우리는 곧 그가 자신의 메시지를 전달하는 데에 보유한 각별한 능력이 그 어떤 탄도 미사일 프로그램보다도 치명적이라는 것을 알게 되었다. 대규모의 매력. 핵무기와 같은 매력.

그는 빈 와인병들과 피자 상자들의 잔해를 둘러본 후 껄껄 웃으면서 자기 비서들 쪽으로 돌아서서 두 팔을 벌리고 말했다.

"자, 이거야말로 록 밴드다운 모습이 아니겠어요…?"

다음으로 그는 자리에 앉아 아일랜드의 평화 협상, 마일스 데이비스, 프랭크 시나트라 등의 화제로 대화를 줄줄이 이어갔다. 이 사람의 마음에는 아주 부드러운 포용력이 있기에 이 세상에 그가 말을 걸지 못할 사람은 없다는 것이 너무나 분명했다.

"베어스팀 경기에 가본 적 있습니까?"

"주지사님, 우리는 미식축구 경기에는 한 번도 가본 적이 없습니다."

나중에 그는 우리를 초대하여 그의 자동차 행렬에 우리를 태우고서 시카고 베어스의 경기를 함께 보러 갔으며, 그때 우리는 확고한 우정을 맺었다. 한 달 정도 지난 뒤 그가 대통령에 당선되었을 때 새로 그의 절친이 된 우리들은 취임식에 초대받지 못해 김이 좀 빠지기도 했지만.

MTV에서는 "Rock the Vote" 파티를 열었고, 래리와 애덤은 R.E.M.의 마이클 스타이프Michael Stipe 및 마이크 밀즈Mike Mills와 함께 오토매틱 베이비Automatic Baby라는 밴드를 꾸려 'One'을 연주했다. 그 미국 남부 출신의 음악인들이 남부 출신의 대통령을 축하하는 뜻깊은 자리였다. 하지만 엣지와 나는? 그 여러 차례의 뒤풀이와 사후 행사들에도 모두 초대받지 못했다. 그래도 클린턴 대통령의 자문 중 하나인 마이크 펠드먼Mike Feldman이 우리와 계속 연락을 유지했다. 그러다 몇 년 후 자유세계의 새로운 지도자가 된 나의 새 절친을 만날 필요가 생겼을 때, 마침내 나도 백악관으로 초대를 받게 된다.

적을수록 좋다… 많을수록 더 좋다

우리는 자신감에 차서 〈ZOO TV〉 공연을 미국으로 가져갔다. 비록 미국용으로 재구성하기는 했지만, 이 공연은 본래 새로운 유럽의 위기와 기회를 주제로 만들어진 공연이었다. 베를린 장벽이 무너지고 철의 장막이 걷힌 뒤, 더 크고 더 통일된 자유로운 유럽이 만들어질 거라는 기대감이 높아가고 있었다. 서로 다른 목소리를 내는 유럽이 이제 똑같은 목소리로 소통하는 곳이 될 수 있지 않을까. 아니면 그 반대의 상황이 벌어질까.

브뤼셀은 보통 사람들은 잘 알아듣지도 못하는 유럽의 통일 이야기가 쏟아지는 중심이었다. 이렇게 포괄적 통합을 외치는 세력의 목소리가 커지게 되면 온갖 민족주의자들이 다 거리로 쏟아져 나오지 않을까? 그렇기도 하고 아니기도 했다. 우선 신나치 무리가 발호하고 있었고, 발칸반도에서는 2차 세계대전 이후 유럽에서 최초로 전면적인 군사 갈등이 벌어지고 있었다. 하지만 그 반대의 조짐도 있었다. 우리들 다수는 새로운 유럽이라는 이 지극히 낭만적인 아이디어를 너무나 사랑했기 때문이었다. 우리도 미국처럼 될 수 있다. 단 미국과 같이 모든 차이를 없애버리는 용광로가 아니라 모자이크에 더 가까운 모습으로. 문화적 기원과 옛날부터 내려온 문서들을 모두 보존하며, 여러 나라의 전통과 언어가 보호받는 모습으로.

이 극적인 정체 상태가 바로 〈ZOO TV〉 공연의 주제였고, 이를 계기로 우리는 새로운 노래들을 만들어서 〈Zooropa〉라는 이름의 앨범으로 모아내게 되었다. 이 앨범의 제목은 우리 유럽이 향하고 있는 방향을 암시하고 있었다. 동물원 사육사들과 서커스 동물들이 모두 올라탄 배. 미국과 유럽 사이에서, 또 실내 공연과 '야외 방송' 사이에서 앨범을 녹음하는 일이 가능할 것인가?

실내에서 제작된 앨범을 야외 공연으로 바꾸는 것도 몹시 어려운 일이었지만, 여기에 더해서 새로운 앨범까지? 어쩌면. 이 모든 거대한 광기에 몸을 맡긴다면. 우리는 그렇게 했다. 거대해지기보다는 광기의 방식으로.

지금 이 글을 쓰면서 생각해보니, 우리 밴드가 말도 안 되는 계획으로 치닫는 경향의 근원은 거품으로 가득 찬 나의 머릿속이며, 이 때문에 내 주변의 모든 이들이 힘들게 된다는 것이 분명하다. 특히 엣지가 힘든 상황에 처했고, 그는 그 이후 두 달 동안 거의 잠도 자지 못했을 가능성이 높다(믹싱 데스크에 얼굴을 박고 잠깐 졸았던 것을 빼면). 비록 나중에 애덤, 래리, 브라이언 이노가 스튜디오에서 즉흥적으로 기여했지만, 엣지가 준비했던 것들이 없었다면 〈Zooropa〉 앨범은 나오지 못했을 것이다.

헛웃음이 나올 정도로 대단히 큰 비용이 드는 일이었지만, 우리는 〈ZOO TV〉의 멀티미디어 장치들을 대형 운동장이라는 환경에 맞도록 크게 확장하고자 하였다. 게다가 거대 규모의 TV들을 마련했고 옛 동독 트라반트 차량들의 빈티지 컬렉션까지 마련해 무대 장치 위에 높게 매다는 설치 예술이 추가되었다. 그리고 이 차들의 헤드라이트를 조명으로 사용하기도 했다. 그래서 우리는 "많을수록 더 좋다more is more"는 말을 하게 되었다. 맥시멀리즘.

내가 대형 운동장을 사랑하는 데에는 아주 단순한 이유가 있다. 2층이나 3층의 관객들도 무대를 똑같이 볼 수 있기 때문이다. 사방이 열린 들판에서는 청중들의 노랫소리가 그냥 밤하늘로 퍼져 사라지지만, 이 콘크리트로 만든 도가니 속에서는 청중들의 함성이 큰 소리가 되어 메아리치기 때문이다. 나는 어렸을 때 아버지와 형과 럭비 시합을 보면서 자랐는데, 특히 우리는 아일랜드와 웨일스의 경기를 좋아했다. 웨일스 응원석의 합창 소리는 완전히 수준이 달랐으며, 상대편인 우리 아일랜드 사람들조차 들으면서 모골이 송연해졌던 기억이 있다. 물론 이렇게 해서 우글거리며 모인 운동장의 청중들은 아주 쉽게 조종당하고 쉽게 농락당하기도 한다. 좋은 면도 있고 나쁜 면도 있다.

역사가 아돌프 히틀러에게 내린 그 모든 평결 가운데 쇼 비즈니스에 저지른 죄악에 대한 평결은 도무지 찾아볼 수가 없다. 하지만 히틀러는 사운드 시스템에 대해 일종의 직감적 본능을 가지고 있었으며, 대형 운동장에서의 록 공연이야말로 그 위험한 매뉴얼의 중요한 부분이기도 했음이 분명하다. 요제프 괴벨스와 함께 그는 볼거리를 이용하여 나치의 검은 악령에 날개를 달아주었다. 그가 가장 좋아했던 건축가 알베르트 슈페어Albert Speer는 뉘른베르크 집회의 배경이 될 거대한 탑 건축을 맡았으며, 1936년 베를린 올림픽의 대형 운동장 건설에도 조언을 내놓았다. 흠잡을 데 없고, 스타일이 있으며, 디자인까지 갖춘 제3제국. 전 세계에 자신들의 미학적 우월성을 보여주는 것이 이 모든 설계의 목표였다. 영화 제작자 레니 리펜슈탈Leni Riefenstahl이 만든 〈의지의 승리Triumph of the Will〉와 〈올림피아Olympia〉는 지배 인종Herrenrasse이라는 히틀러의 비전을 드높이 상찬하고 있다.

우리의 계획은 이 모든 것들을 〈ZOO TV〉 공연에서 웃음거리로 만드는 데 있었다. C. S. 루이스C. S. Lewis가 그의 《스크루테이프의 편지Screwtape Letters》에서 말했던 것처럼 "악마를 조롱하라"는 것이었다. 우리는 스스로 제작한 이 멀티미디어 괴물을 높이 세워 유럽에서 발호하고 있는 신나치의 물결에 맞서고픈 유혹을 도저히 떨쳐낼 수가 없었다. 그리하여 우리의 공연은 희극과 비극이 뒤섞인 반파시즘 집회처럼 되었다. 매일 밤 공연은 항상 내가 나치식으로 다리를 높이 들면서 무대에 걸어 들어오는 것으로 시작하였다.

"조심해, 얘야!Achtung, baby!"

우리는 〈ZOO TV〉의 오프닝으로 영화 〈올림피아〉에서 걸맞은 장면들을 가져다 쓰기로 했다. 그런 결정을 내리고 한참 후에 우리는 1993년 6월 실제로 베를린의 올림피아슈타디온Olympiastadion에서 공연하게 되었다. 엄청난 순간이었다. 거의 60년이 지난 후 그 장면이 처음 촬영되었던 바로 그 운동장에서 그 장면을 다시 틀다니. 삶은 예술을 모방한다. 예술은 삶에게 약을 올린다. 그런데 이러한 우리의 행위를 보고서 열 받을 사람들 때문에 우리가 위험해지는 것은 아닐까? 당연하다. 다다이스트들과 초현실주의자들은 정치적 풍자를 아주 효과적인 도구로 사용했기에 제3제국의 나치들에게 제일 먼저 박해받는 이들이 되었다. 신나치들은 길거리에서 폭력적인 시비가 붙기를 기대한다. 폭력이야말로 그들의 잠든 마초주의를 일깨우는 언어이며, 특히 젊은이들에게는 섹스 어필이기도 하다. 반면 조롱은 아주 즐겁고 위험한 무기가 될 수 있다. 다다이즘은 파시스트 남성의 전투복 바지 지퍼를 열어 끌어내렸고, 이렇게 발가벗겨진 그들을 비웃음거리로 만들었다. 한 언론인은 우리에게 물었다. 올림피아슈타디온이라는 거대한 구조물이 우리를 짓누를까 두렵지 않냐고. 아니요. 나는 대답했다. 하지만 만약 베를린 사람들이 그러한 사태를 두려워한다면, 운동장을 핑크색으로 칠하시라고. 내가 좀 말재주를 피웠던 것일까? 하지만 이런 쟁점은 우리의 공연이 이탈리아로 들어가면서 갑자기 사라져 버렸다. 보스니아에서 벌어진 전쟁이 지중해 지역에서 오래전에 사라진 줄 알았던 인종 말살의 경향을 드러내고 있다는 것이 분명해졌기 때문이었다.

예술은 삶을 모방한다… 그리고 죽음도

빌 카터Bill Carter는 개성이 강한 미국의 영화 제작자이며 구호 활동가였다. 그는 보스니아 전쟁 기간에 그것도 1992년 봄부터 시작해 거의 4년간이나 지속된 현대의 가장 길었던 도시 포위전의 최절정 기간에 사라예보에서 생활하였다. 25세의 대담한 젊은이였던 빌은 목숨과 팔다리를 잃을 각오로 세르비아 군대의 저격수들을 피해서 포위망을 뚫고 국경을 넘어 이탈리아로 왔다. 그의 목적은 단 하나, 볼로냐에서 있었던 우리의 공연을 보기 위해서였다. 그는 우리의 팬이었다. 비록 돈은 한 푼도 없었지만 꾀가 많았던 빌은 그가 가장 좋아하는 밴드와 자신의 새로운 고향인 사라예보의 관계를 돈독하게 하려는 임무를 띠고 있었다. 그는 우리에게 옛 유고슬라비아에서 벌어진 전쟁을 이야기했으며, 보스니아인들이 거의 인종 말살에 직면해 있다는 사실 그리고 유럽이 여기에 대응하지 않는다면 통일된 유럽 같은 것도 다 창피한 이야기라고 말해주었다. 또한 저격수들이 언덕 위에서 도시를 겨냥하며 자기들의 옛 이웃들을 장난감처럼 손쉽게 죽이고 있다고 언급했다.

이 포위전 기간에 약 1만 4,000명이 살해당했으며, 도시의 인구는 10만 명이나 줄어들었다. 이곳은 지옥이었으며, 악마는 사라예보를 끔찍이도 사랑했는지 자기의 땅으로 만들어 버렸다. 악마가 이곳을 노리게 된 적지 않은 이유는 이곳이 한때 이 지역에서 관용의 중심 도시로 알려져 있었기 때문이었다. 1,000년 동안 이곳에서는 무슬림, 기독교인, 유대인들이 서로 평화롭게 살아왔었다.

이탈리아 공연의 무대 뒤에서 빌은 우리에게 바다 건너에 어떤 삶이 펼쳐지고 있는지 말해주었다. 유럽의 끝자락에서 보스니아인들은 끊임없는 폭격을 피해 방공호에 숨어 있었다. 이들은 건물이 파괴되는 소리를 귀에서 지우려고 일부러 음악을 크게 틀고 MTV를(U2도 포함하여) 보고 있으며, 유럽이 등을 돌리는 것에 항의하고 있다고 했다. 그는 포위전에 갇힌 팬들로부터 온 사랑의 메시지를 우리에게 전해주었으며, 우리에게 그 전투 중인 도시에 와서 연주해줄 수 있는지 물었다.

"물론이죠." 나는 말했다. 주변을 돌아보지도 않고서. 이는 U2와 같이 민주적인 단체에서는 좋은 행동이 아니었다.

세르비아 우익이 그 도시를 파괴하러 오기 전까지만 해도 여기에서 수많은 전통과 문화가 얼마나 조화를 이루고 있었는지도 이야기해주실 수 있는지? 무슬림과 유대인, 가톨릭과 정교회라는 독특한 혼합을 사라예보 사람들이 얼마나 자랑스러워하는지도 이야기해주실 수 있을지? 전쟁 전에는 이들 모두가 이 도시에서 아주 안전하다고 느꼈었다는 것도?

"그럼요." 또다시 내가 말했다.

그 첫 번째의 "물론이죠"는 무책임한 것이었다. 우리는 그곳 사람들이 문을 연 빵집에 줄을 섰다가 그것이 결국 박격포 싸움으로 비화되었다는 이야기를 들은 바 있다. 그러니 밴드가 공연을 하겠다고 나섰다가는 아수라장보다 더 끔찍한 일이 벌어질 터였다. 하지만 두 번째의 "그럼요"는 이야기가 다르다. 생중계 위성을 연결해보면 어떨까? 유럽에서 진행하는 모든 〈ZOO TV〉 공연에서? 사라예보에서는 빌이 여러 다른 종교인들과 민족 사람들을 모으고, 나는 무대에서 매일 밤 그들에게 위성 중계로 이야기하는 것이다.

MTV는 〈The Real World〉라는 제목의 프로그램을 내놓았다. 그 포맷은 나중에 리얼리티 TV쇼로 발전하게 되는데, 시청자들은 한 떼거리의 쿨한 젊은이들이 일상을 보내는 아파트 안을 속속들이 들여다볼 수 있다. 아주 재미있지만, 고도로 규제되고 심하게 편집된 버전의 현실이다.

우리의 〈ZOO TV〉 제작 또한 틀이 잡힌 혼돈을 보여주고 있지만, 여기에 들어가는 리얼리티 TV는 아무런 편집도 규제도 없었다. 어떤 일이 벌어질지 알 수 없었고 실제로 어떤 날 밤에는 황당한 일이 벌어지기도 했다. 한 예로 런던 웸블리 운동장에서는 화기애애했던 분위기가 완전히 싸늘해지는 일도 있었다. 사라예보의 카메라 앞에 선 세 소녀에게 내가 몇 개의 무난한 질문들을 했을 때, 그녀들은 이런 식으로 대충 넘어갈 듯한 분위기를 감지했다.

"여러분들이 이곳 사라예보의 상황에 대해 할 수 있는 게 있나요? 없어요. 그게 진실이에요."

"여러분들은 오늘 밤 공연이 끝나면 집에 갈 것이고 멋진 생활로 되돌아갈 것이며, 우리를 잊어버리겠죠. 우리는 죽을 거예요. 어쩌면 우리가 빨리 죽어버리는 편이 우리에게나 여러분에게나 더 나을지도 몰라요."

여기에 무슨 대답을 하겠는가. 매끈하게 다음 얘기로 넘어가는 것은 불가능하다. 그냥 침묵.

이 무자비한 현실의 침입에 7만 명의 청중과 우리 네 명은 내장까지 탈탈 털리고 말았다. 하늘 위로 떠오르던 초월적인 분위기의 로큰롤 공연이 순식간에 땅으로 내려앉았다. 그다음 곡 'Bad'가 시작되었다. 그 초입의 푸가와 같은 키보드가 나오면 보통 청중들이 갈채를 보내지만, 이번에는 거의 그런 소리가 들리지 않았다. 그래도 최소한 이 노래는 항상 슬픔의 감정을 품어주는 곡이기는 했다.

이 공연의 평론은 아주 무시무시했고, 우리가 사라예보 사람들을 이용해 먹는다는 비난이 쏟아졌다. 하지만 우리도 할 말은 있었다. 우리가 이 생중계를 시작할 때만 해도 사라예보 포위전은 매체의 헤드라인을 전혀 차지하지 못하고 있었다. 우리는 그래도 이 상황을 바꾸기 위해 나름의 힘을 보탰지만, 우리가 런던에 도착했을 무렵에는 보스니아 사태에 대한 보도가 모든 매체를 장식하고 있어서 꼭 우리가 이미 만들어진 판에 숟가락을 올린 것처럼 보이게 된 것이다.

하지만 그날 밤 웸블리 운동장에서 우리가 목격한 바에 호응해야겠다는 영감을 받은 이가 최소 한 사람은 있었다. 브라이언 이노는 전쟁 아동 구호회War Child에 가입하여 폭력에 겁박당하는 유럽의 이웃들에게 봉사하기로 결심한다. 1년 후 우리는 그와 함께 임시로 패신저스Passengers라는 이름의 밴드를 결성하여 그 노력에 힘을 보탰다. 지금까지 우리가 발매한 유일한 앨범인 〈Original Soundtracks 1〉에서 우리는 'Miss Sarajevo'라는 노래를 발표한다. 이 노래의 리브레토와 아리아는 루치아노 파바로티Luciano Pavarotti가 불렀다.

이 런던 공연에서 나온 또 한 곡의 노래가 'The Ground Beneath Her Feet'이다. 이 노래는 소설가 살만 루슈디Salman Rushdie와 함께 쓴 것으로, 그는 몇 년 동안의 은둔 생활을 깨고 우리와 함께 웸블리 운동장의 무대에 섰다. 살만은 그의 《악마의 시The Satanic Verses》를 출간한 이후 24시간 보호를 받아야 하는 신세가 되었다. 어떤 이들이 그 소설을 예언자 무하마드에 대한 모독이라고 여겼기 때문이었다. 이란의 아야톨라 호메이니Ayatollah Khomeini는 파트와fatwa를 칙령으로 내리기도 했다. 즉 "모든 용감한 무슬림들"에게 이슬람의 이름을 더럽힌 루슈디와 그의 출판인들을 즉각 살해하라는 허가 및 격려를 내린 것이었다.

이건 〈ZOO TV〉였으니, 이 위대한 작가가 용감하게 8만 명의 눈앞에서 무대 위에 올랐던 그 순간 나는 맥피스토Mr. MacPhisto의 예복을 차려입고 완전히 악마로 분장하고 있었으며, 이제 《악마의 시》의 저자와 얼굴을 맞대고 있었다. 완벽한 아치 곡선 모습인 그의 눈썹은 더욱 큰 아치가 되었으며, 나는 슬로모션 동작으로 사랑을 담은 코맹맹이 소리를 내며 나의 명대사를 내뱉었다. 이 연기는 내가 아주 오래전 스티븐 버코프Steven Berkoff가 오스카 와일드의 연극 〈살로메〉의 헤롯왕을 연기하는 것을 본 이후에 개발한 것이었다.

"전기 작가와 그 전기의 주인공이 서로 사이가 틀어지는 건 불가피한 일이겠죠, 그렇죠?"

예술이 끼어든다. 현실의 삶에… 그리고 현실의 살해 협박에.

Even better than the real thing

in which, in Australia, ADAM loses the plot and we nearly lose ADAM the band is degenerating until ADAM learns to breathe underwater and (BELIEVE IT OR NOT!) Friedrich Nietzsche comes to the rescue with the right turn of phrase and we discover the FLAW is sometimes even better than the perfect thing

ADAM ♡ SYDNEY

22

Even Better Than the Real Thing

진짜보다 더 좋아

Give me one more chance, and you'll be satisfied.
Give me two more chances, you won't be denied.
Well, my heart is where it's always been
My head is somewhere in between
Give me one more chance, let me be your lover tonight.

마운트 템플 복도를 벌거벗고 뛰어다니던 장난꾼이 이제는 파리, 뉴욕, 시드니에 있는 최고급 호텔의 홀에서 벌거벗고 뛰어다니고 있었다. 애덤은 마운트 템플에서는 그저 담배와 산소만 가지고도 환각 상태에 빠질 수 있었지만, 그 이후에는 담배와 산소보다 더 센 약물로 갈아탄 지 오래였다. 이렇게 정신이 나간 상태에서 이틀쯤 보낸 뒤에는 24시간 이상을 죽은 듯이 곯아떨어져 있곤 했고, 데니스는 그를 깨우기 위해 머리에다 물을 한 바가지 부어야만 했다. 우리는 그 이야기를 들을 때마다 깔깔거리고 웃었다.

비행기나 기차 시간이 다가오면 애덤의 머리 위에다 얼음물 한 양동이를 들이붓는다. 그러면 애덤은 말하곤 했다. "알았어요, 이제 일어납니다."

호텔 전화로 그를 깨워도, 그는 여전히 잠을 자면서 입으로만 "지금 샤워실로 들어가요"라고 말하는 실로 드문 재주를 익혔다. 애덤, 웃기지 마, 샤워실은 개뿔.

그러면 스태프들은 그의 방으로 들어가기 위해 호텔 마스터키를 달라고 했고, 심지어 한 번은 그의 객실 창문 옆의 비계飛階를 타고 올라가 창문으로 들어가서 그를 깨우기도 했다. 하지만 그는 철저한 프로페셔널이었고, 결국은 빨건 눈을 하고서 커피 한 양동이를 목에다 걸고 하루를 시작했다. 하지만 그가 가지고 놀던 불이 이제는 그를 가지고 놀기 시작했다. 한때 그의 절친이었던 음주가 이제는 그의 보스가 되어버린 것이다. 여기에 약물까지 하게 되면서 밤새워 놀 수 있는 능력마저 갖추게 되었다. 물론 반쯤만 깨어 있는 상태였지만, 술을 더 마시기에는 충분했다.

그는 그야말로 파티의 생명이자 영혼의 역할을 맡았다. 그러다 갑자기 충격적인 일이 생기면서 변화가 나타났다. 이는 애덤의 청춘이 종말을 맞은 것이라고도 할 수 있지만, 그 청춘이 계속되었더라면 큰일 날 뻔했다. 애덤의 종말. 이는 거의 U2의 종말이 될 뻔하기도 했다.

바닷속 밑바닥에 떨어진 애덤

1993년 11월, 애덤 클레이턴은 시드니에 온 것에 너무 신이 나서 우리 첫 공연 전날 밤 침대로 가는 것을 깜빡 잊어버렸다. 우리 모두 오스트레일리아를 사랑했지만, 이 나라로 되돌아온 것에 특별히 신이 난 이유가 있었다. 이곳의 두 공연을 가지고 방송용 영화를 만들기로 했고, 그것으로 우리의 〈ZOO TV〉 투어가 드디어 마침표를 찍게 되는 것이었다. 길고 긴 그래픽 노블이 마침내 대단원의 막을 내리는 것이다.

우리는 대단원을 좋아한다. 이 공연은 우리에게 있어서 순회공연이란 무엇인가를 다시 정의했을 뿐만 아니라 체육관과 운동장에서 가능한 공연의 한계를 크게 넓혀 놓았다. 그리고 이 공연이 이제 끝을 내고 긴 잠으로 들어가게 된 것이다. 하지만 애덤은 잠들려 하지 않았다.

술과 약물을 지나치게 들이켠 애덤은 결국 어떤 파티에 끼어들었고, 그곳 사람들은 어떻게 해서든 애덤을 재우지 않고 계속 놀도록 했다. 얼마나 엄청난 홍청망청 놀이판이 벌어졌는지 애덤은 기억조차 하지 못했다. 그 무리 중 한 사람이 있었던 일을 적어 신문에다가 팔아넘긴 기사를 읽은 다음에야 무슨 일이 있었는지를 알게 되었다.

시드니는 가장 유혹적인 도시 중 하나이며, 애덤은 그 도시를 유혹해보겠다고 거리로 나섰다. 시드니, 마치 무비스타처럼 물속에서 머리만 내민 그녀. 시드니, 모든 곳이 육로로 서로 가깝게 연결되어 모두가 쉽게 다른 곳으로 이동할 수 있는 도시. 시드니, 긴 교량이 멀리 뻗은 팔처럼 연결되어 멀리 가고자 하면 얼마든지 갈 수 있는 도시. 그리고 우리의 주인공 애덤은 그렇게 멀리멀리 가고자 했다. 그리하여 그는 시드니라는 아름다운 도시를 멀리멀리 벗어나 아예 사춘기 소년의 자유를 만끽하는 상황이 되었다. 그러다가 반전이 벌어진다. 33세가 되어도 여전히 13살처럼 굴던 애덤 클레이턴이 드디어 청춘을 끝내고 모든 변명과 구실을 때려치우는 도시 또한 바로 이 시드니가 된다.

그는 최고의 시간을 보냈고, 또 최악의 시간을 보냈다. 우리가 이 사실을 처음 알게 된 것은 첫 공연장인 시드니 크리켓 구장Sydney Cricket Ground의 사운드 체크에 그가 나타나지 않았다는 것을 알게 됐을 때였다. 밴드 멤버들과 스태프들이 무대 위에서 카메라의 시선과 동선을 한참 준비하고 있을 때, 매니저 폴 맥기니스가 무언가 일이 터졌다는 심각한 표정과 자세로 무대를 걸어 들어왔다. 그는 반은 속삭이듯 반은 비명을 지르듯 "애덤이 노쇼야"라고 했다.

나: "뭐라고요?"

폴: (아이에게 말하듯) "애덤이 노쇼라고. 그러니까 오늘 여기에 나타나지 않을 거라고."

나: "늦는다고요? 사운드 체크에 오지 못한다고요?"

나는 나의 결혼식 들러리였던 애덤이 시드니에 흠뻑 취해 실컷 놀고 자고 있을 거라고 생각했다.

래리: "애덤이 어제 몇 시에 호텔로 돌아갔지?"

엣지: "카메라 시선 및 동선 체크는 해야 하니까, 애덤 자리에 스튜어트가 서 있으면 되겠네."(스튜어트 모건Stuart Morgan은 옛날에도 지금도 애덤의 기타 테크니션이며, 훌륭하게 역할을 해내고 있다.)

래리: (철학적인 표정을 하고서 가까이 오면서) "흠… 애덤 괜찮나?"

폴: "아니, 괜찮지 못해. 죽지는 않겠지만. 지금 내 말 하나도 안 듣고 있구나. 애덤이 사운드 체크에 못 온다는 말이 아니야. 오늘 밤 공연에 오지 못한다고."

침묵.

폴: "애덤 없이 공연을 해야 한다고."

꼭 공포영화 장면이 슬로모션으로 지나가는 느낌이었다. 녹음했다가 느린 속도로 틀어놓은 음성처럼 저음의 느린 소리로 들렸다. 깊은 물속에서 말해도 그런 소리로 들린다. 애덤은 실제로 지금 깊은 물속에 잠겨 있으며, 이제 우리도 다 함께 깊은 물속으로 가라앉고 말았다. 시드니항의 바닷물속 깊이. 짠 물과 갈색 펄 깊이깊이. 애덤은 어마어마한 파티를 즐기고 난 뒤 시드니의 한 호텔 방에서 무의식 상태로 감금된 채 발견되었다. 문제는 TV 촬영도 무엇도 아니고, 바로 애덤의 상태였다. 폴은 우리에게 그가 괜찮을 거라고 안심시켰다. 단지 오늘 밤 공연에 오지 못할 뿐이라고.

우리는 밴드를 하면서 우리 중 누군가가 공연에서 빠진다는 말을 듣는 상황은 상상조차 한 적이 없었다.

모두가 동시에 입을 모아 물었다. "어떻게 하지?" 공연을 취소할까? 아니면 애덤 없이 공연을 할까? 청중들은 이미 공연장으로 오는 중이었고, 촬영팀도 준비를 마친 상태였다. 스튜어트 모건은 뛰어난 기타 테크니션이었으며 재능이 뛰어난 베이스 연주자이기도 했다. 애덤이 우리 노래들의 베이스 파트를 더 잘 알 뿐이었다. 아마도 공연 내내 스튜어트가 베이스를 담당할 수도 있을 것이다.

그리고 공연 중간에 애덤이 나타날 수도 있을 것이다. 등등. 하지만 이 모두 '가능성' 있는 이야기일 뿐이었다.

래리: "〈ZOO TV〉 유니폼을 스튜어트에게 입히면 아무도 모를 거야."
엣지: "래리, TV에서는 그거 다 들통나게 되어 있어."
래리: "그냥 농담한 거야."
나: "내일 밤에는 애덤이 올 수 있답니까?"

"아마 그럴 거야." 우리의 공연 매니저인 데니스 시핸이 말했다. "나는 이번보다 더 심한 상태도 본 적이 있는데 뭐."

우리는 생각했다. 이게 텔레비전을 위한 촬영이니까 어쩌면 길이 있을 수 있다. 이틀 밤의 공연을 촬영하여 마치 한 번의 콘서트처럼 영화를 만들면 된다. "애덤 부분은 내일 촬영해서 그 제일 괜찮은 장면들을 추리면 되지. 내일 애덤이 공연에 나타난다면 말이지만."

그리하여 우리는 그날 밤 오스트레일리아 사람 4만 5,000명 앞으로 걸어나갔지만, 우리의 슈퍼파워가 사라진 느낌이었다. 우리 네 명 중 한 사람이 무대에 오르지 못한 적은 한 번도 없었다. 딱 한 번, 1978년 래리가 오토바이 사고로 다리가 부러져서 가죽 잠바를 입은 에릭 브리그스Eric Briggs가 그의 자리를 메꾸었을 때만 빼고. 나 혼자서 무대에 선 적은 있었다. 또 나와 엣지가 무대에 선 적도 있었다. 하지만 네 사람 전부가 없으면 전혀 다른 느낌이었다. 그래도 우리는 해냈다. 우리는 회복했다. 애덤은 그때 이후로 회복 상태에 있다.

그리고 돌아서 생각해보니 애덤이 일으킨 문제의 부분적인 원인은 탈진일 수 있었다. 2년 반 동안 U2는 두 장의 앨범을 냈으며, 3년 동안이나 실내와 야외를 오가며 전 세계 순회공연을 했다. 아무리 우리라고 해도 이건 정말 빡센 삶이었다. 애덤은 이렇게 끊임없이 우리를 다시 만들어낼 필요가 있느냐고, 계속해서 새로운 모습을 상상해 낼 필요가 있느냐고 의문을 제기했다. 그는 그냥 이 세상의 꼭대기에 앉아서 세상을 내려다보고 싶어 했다. 사람마다 그런 본능이 있다는 것을 누가 부인할 것인가? 음… 나는 부인한다. 애덤의 밴드 멤버인 나는 어디에서건 좀 더 흥미로운 관점과 아이디어가 있으면 누구라도 붙잡고 떠들어대야 직성이 풀리는 사람이다. 성공이 가져다주는 안락함을 견디지 못하는 사람이다. 1970년대의 많은 록 밴드들이 노래 만드는 힘을 잃어버린 채 그저 청중들이 머리를 조아리는 맛으로 연명하는 것을 보았다. 나는 U2 또한 그런 운명에 빠져들 거라는 거의 피해망상에 가까운 공포를 느끼고 있었다. 우리는 그냥 록 음악의 신이 되어 만신전으로 들어가라는 유혹을 뿌리치고 계속 겸손한 학생으로 남고자 했다. 만신전으로 들어간다고 해도 아이러니를 잔뜩 품은 신이 되고자 했으며, 그것이 바로 〈ZOO TV〉의 중심 모티프였다.

엄청난 양의 앨범 판매고를 올려봐야 그건 인기가 좋다는 것 말고 어떤 것도 증명하지 못한다. 따라서 만약 위대함을 성취하는 게 목표라면 노래들이 팝 차트에 올라간다는 것 말고 다른 척도를 가지고 있어야 한다. 내 귀에는 아직 U2가 음반으로 만들지 못한 노래들만 들렸다. 내 눈에는 아직 우리가 무대에 올리지 못한 공연들만 보였다. 나는 이런 식으로 계속 나간다면 우리는 다른 누구도 하지 못한 일을 해낼 수 있겠다고 생각했다. 하지만 그러려면 우리는 계속 움직여야 하며, 계속 함께해야 하며, 계속 겸손함을 유지해야 했다. 우리 밴드를 계속 해체해야만 했다.

그리고 다시 결성해야만 했다.

모든 창조의 순환 주기는 탄생, 죽음, 부활이다. 우리 밴드 또한 그러한 순환 주기를 따라야만 한다.

밴드를 결성하고, 밴드를 해체하고, 밴드를 다시 결성하고.

발생, 퇴락, 갱생.

이제 〈ZOO TV〉 안에서 우리는 그 퇴락의 단계를 맞고 있었다.

그리고 애덤의 여행은 그 상징이라고 볼 수 있었다. 하지만 나는 나 자신에게도 질문을 던지게 되었다. 내가 선택한 약물은 무엇인가?

이렇게 끊임없이 한계에 도전하여 그걸 넘어서려 하는 것, 이건 도대체 어디에서 오는 것일까? 적당히 하는 법을 전혀 모르는 것, 이것도 일종의 장애가 아닐까? 1993년 앨범 〈Zoorpa〉에 실린 곡 'Lemon'은 내가 나에게 부르는 노래였을까?

A man builds a city, with banks and cathedrals
A man melts the sand so he can see the world outside.
A man makes a car, and builds a road to run (them) on.
A man dreams of leaving, but he always stays behind.
And these are the days when our work has come asunder.
And these are the days when we look for something other.

언제나 우리가 팔을 뻗었을 뿐 손에 쥐지는 못했다고 생각한다면, 그건 집착이라고 해야 하지 않을까? 우리는 20세 때 〈Boy〉 앨범으로 한 번 무언가를 이루었다. 26세 때 〈The Joshua Tree〉로 또 한 번 무언가를 이루었지만, 30세 때 〈Achtung Baby〉를 통해 완전히 다른 길을 발견했다. 비틀스처럼 100년 후에도 사람들에게 남을 팝송을 만든 것은 아니지만, 우리의 음악에 특별한 느낌을 불어넣었고 로큰롤에서 다루지 않았던 것들을 열린 주제로 끌고 들어왔다. 그리고 라이브 공연 때는 밴드와 청중 사이에 아주 드문 종류의 케미를 만들어 내기도 했다.

우리는 계속 나아가고 있었으며, 멈출 때가 아니었다.

나는 우리 밴드를 일종의 릴레이 달리기로 보게 되었다. 어떨 때는 멤버 중 한 사람이 다른 사람들보다 훨씬 앞질러 가기도 한다. 우리 밴드가 막 시작했을 때 애덤이 그랬다. 비교도 할 수 없이 앞질러 나갔다. 그런데 우리가 함께하는 이 장거리 달리기에서 시드니에 도착하자 그가 도로를 이탈한 것이다. 하지만 그는 또한 새로운 길로 들어섰다. 그 길은 평탄하지 않고 오르막길이 끊임없이 이어졌지만, 그는 지금도 계속 달리고 있다. 인생에서 무언가 위대한 일을 이루려면 "똑같은 방향으로 오랫동안 묵묵히" 가야 한다고 말했던 철학자 니체가 올랐던 바로 그 오르막길이다.

지난 30년간 애덤은 자신의 갱생을 위하여 알코올과 약물에서 빠져나오는 가파른 오르막길을 달리고 있다. 프란체스코회 수도승인 리처드 로어Richard Rohr는 "물속에서 숨쉬기"라는 생각을 내놓았으며, 거기에는 12단계가 있다. 나는 금주 모임인 익명의 알코올 중독자들Alcoholics Anonymous, AA에 가본 적은 없지만, 그 12단계라는 것이 담고 있는 영적인 의미를 감지할 수 있다. 가장 중요한 단계는 저 높은 곳의 권능에 나 자신을 온전히 맡긴다는 것이지만, 스스로를 책임질 수 있는 사람이 된다는 것 또한 그와 함께 가장 중요한 단계의 하나인 것이다.

애덤은 그 높은 곳의 권능에 자신을 온전히 맡겼다. 이전의 그는 종교와 거리가 먼 사람이었고, 우리가 모두 매료되어 있었던 샬롬 집단에서도 스스로 빠져나왔으며, 우리 세 사람이 공유하는 기독교 신앙에 대해 짜증을 냈었다. 하지만 이제 그는 우리 세 사람과 함께 결국 무릎을 꿇고 자기 자신으로부터의 구원을 갈구하고 있다.

자신보다 더 큰 무언가의 도움을 갈구하고 있다.

자신을 온전히 바치는 항복의 순간이야말로 특별하다. 무릎을 꿇고 그 깊은 침묵을 향해 나를 구원해 달라고, 내 앞에 제발 모습을 드러내 달라고 비는 것.

온전히 엎드리는 것, 애원하는 것, 자신을 허공에 내던지는 것, 나 자신이 얼마나 하찰것없는지 조용히 속삭이거나 큰 소리로 외치는 것. 땅바닥에 뻗어버린 채로 누군가에게 나를 업어달라고 부탁하는 것.

가족과 밴드 동료들 앞에서 겸손해지고, 그 고요의 얼굴과 이름을 알아내는 것.

Mysterious Ways

in which I wonder what is really going on with my ma and my DA and muse on the mysterious distance between a man and a woman while Edge's muse takes me on a dance where we all fall in love with the supermodels but my own supermuse isnt falling for it ..

23

Mysterious Ways

불가해한 방식으로

Johnny, take a walk with your sister the moon
Let her pale light in, to fill up your room.
You've been living underground, eating from a can
You've been running away from what you don't understand.
(Love)
She's slippy, you're sliding down.
But she'll be there when you hit the ground.

1969년 7월, 모든 이들의 화제는 달이었다. 닐 암스트롱이 막 거기에 발자국을 찍었다. 아빠는 "쉬워서가 아니라 어렵기 때문에" 달에 가야 한다던 케네디 대통령의 숙원이 이루어졌다고 말했다. 이 이미지는 오랜 세월 내 마음에서 지워지지 않았다. 믿음과 대담한 용기, 과학과 전략이 합쳐져서 불가능한 일을 가능하게 만들었다. 그 이후 나에게 달은 전혀 다른 방식으로 다가왔다. 낭만적인 꿈의 상징이면서 동시에 우리 인간 본성의 밀물과 썰물을 만들어 내는 존재로 말이다. 그리고 시더우드 로드 꼭대기의 정신병원에서 일하는 사람들에 따르면, 심지어 달은 상당한 깡패라고도 한다.

"보름달이 뜨면 미친 사람들은 더 미쳐버린다"는 말이 있다. "당연하지, 우리 몸은 물로 이루어져 있으니까." 한 간호사가 개빈의 어머니인 앤 한베이Ann Hanvey에게 말했다.

그날 밤, 담배 연기가 가득한 시끄러운 선창가의 술집에도 달이 미소 짓고 있었다. 우리 아빠와 바버라는 아폴로 11호가 달의 '고요의 바다Sea of Tranquility'에 먼지를 내며 착륙했던 이야기를 하고 있었다.

"그곳은 바다가 아니에요. 물이 없는 상태로 십억 년 정도 지났다고요."

"글쎄요, 밥. 달이 작은 태양이 아니라는 것을 사람들이 알아낸 것도 얼마 되지 않은 일이에요. 알죠? 얼마 전까지만 해도 사람들은 달이 태양을 반사하는 게 아니라 스스로 빛을 내는 작은 태양이라고 생각했다고요."

"지금 지구 위에 살고 있는 거 맞아요?"

아빠는 테드 삼촌 쪽으로 눈길을 돌렸다. 이제 화제는 일식으로 돌아갔다. 위대한 지성인들의 대화 속에서 학생인 나는 거대한 노란 불덩어리인 태양이 어떻게 쪼끄만 아이스크림 같은 달에 가려질 수 있는지 이상할 뿐이었다. 한편으론 아버지가 이토록 지적인 화제에 몰두해 있는 동안 어머니 모습이 아버지 시야에서 사라지는 것과 마찬가지일 수도 있겠다 생각했다. 그는 말했다. 일식은 각도의 문제이며, 완전히 숫자 계산의 문제라고.

아이리스, 눈동자를 칠하기

나는 불과 아홉 살이었지만 무슨 일이 벌어지고 있는지를 간파하는 나름의 시각을 가지고 있었다. 나중에 캐러밴으로 되돌아와서 나는 우리 엄마 아이리스를 지켜보았다. 그녀는 싱크대에서 발에 묻은 모래를 씻어내고 있었고, 그녀의 어깨 덧옷은 수영한 뒤의 물기로 젖어 있었다. 이 순간 이 우주에서 가장 아름다운 것은 바로 우리 엄마였다.

캐러밴 밖에서는 나의 여자 사촌들이 이야기하고 있었다. 나는 언제나 남자애들보다는 여자애들의 이야기가 더 재미있었다. 남자아이들은 툴툴거리기나 하지만, 여자아이들은 노래를 한다. 남자아이들은 나와 노는 것을 좋아했지만, 나는 구기나 니얼 번을 빼면 여자아이들과 놀기를 더 좋아했다. 결국 온 인생을 순회공연이나 스튜디오에서 남자들에 둘러싸여 살게 된 나는 되도록 여자들과 어울리는 것으로 균형을 맞추려 한다. 노래에 나오는 여자들, 영화에 나오는 여자들, 잡지에 나오는 여자들. 우리집 앞 길거리의 여자들. 나는 여자들을 그림으로 그리는 것을 좋아한다. 특히 우리 아버지처럼 사진 위에다가 색을 입히는 것을 좋아한다. 수채화 물감으로. 나는 아버지가 흑백 사진 속 우리 어머니의 입술 위에 붉은색을, 눈에다가 연한 녹색을 사랑스럽게 칠하는 것을 보았다. 이런 순간들에 그가 그녀를 사랑하는 것을 보는 것은 너무 사랑스럽다. 그는 우리 이모의 사진들에도 색을 입혔으며, 여성 인류에 대한 나의 사랑은 더욱 커져갔다.

춤을 못 춘다는 것을 모르는 게 유리하다

1990년대에 우리는 그냥 클럽에 가는 걸 넘어 아예 우리 클럽을 차리고 소유했다. "부엌Kitchen"이란 이름이었고, 더블린의 클래런스 호텔Clarence Hotel 1층에 있었다. 하지만 우리가 정말 즐겼던 건 집에서 연 파티들이었다. 이번에도 파티 장소는 집 "부엌"이었다. 우리가 들었던 음악은 프린스, 조지 클린턴George Clinton의 펑카델릭Funkadelic, 제임스 브라운James Brown, 언디스퓨티드 트루스Undisputed Truth 등이었다. 또한 해피 먼데이스Happy Mondays와 뉴오더New Order, 매시브 어택과 소울 투 소울Soul II Soul과 같은 영국 인디 밴드도 들었다. 미국 음악에 대한 우리의 사랑은 이제 블루스, 컨트리, 로큰롤을 넘어 우탱 클랜Wu-Tang Clan, 어 트라이브 콜드 퀘스트A Tribe Called Quest, N.W.A. 등의 힙합과 래퍼들의 도시적 음악으로 확장되고 있었다. 그리고 로린 힐Lauryn Hill도 있었다. 여기까지 얘기하고 나면 더 말할 것도 없게 된다.

당시 우리는 픽시즈, 너바나, 스매싱 펌킨스Smashing Pumpkins, 펄 잼, 홀Hole 등의 미국 그런지록도 들었다. 영국 음악 쪽에서 오아시스Oasis가 힙합과 멜로디를 갖추고 재도약하는 모습이 반가웠다. 참으로 뛰어난 음악들이 나왔던 시절이며, 리엄 갤러거Liam Gallagher는 목소리뿐 아니라 자유자재의 작곡

능력도 매우 근사했다. 그의 형제 노엘 갤러거Noel Gallagher가 뛰어난 싱어의 기준을 한껏 위로 올려놓았고, 리엄은 그 기준의 한참 위에서 놀고 있었다.

그리고 라디오헤드Radiohead. 이렇게 성스러운 재능을 가진 이들의 음악을 듣다 보면 신발이라도 벗어야 할 것 같다. 우리의 하우스 파티에서는 사람들이 들뜬 기분을 가라앉히고 명상적으로 되어갈 때쯤 라디오헤드를 많이 틀었다. 이들의 노래들은 단조가 많으니까.

하지만 엣지와 내가 특히 몰두했던 건 슬라이 앤 더 패밀리 스톤Sly and the Family Stone 같은 옛날 클래식 펑키 뮤직 흑인 음악가들이었다. 늦은 밤 부엌에서 춤을 추기에도 좋았지만, 엣지가 지적했듯이 리듬 기반의 음악이었고 마이너 코드가 거의 없었기 때문이다. 엣지는 밤새 춤을 추는 대신 그의 홈 스튜디오에 틀어박혀 댄스 음악을 해부하느라 밤을 새웠다. 이 리듬과 비트가 그렇게 쩍쩍 들러붙는 이유가 무언지를 알아내려는 작업이었다.

아마 그래서 홈 스튜디오라는 이름이 있는 것 같다. 그는 아예 스튜디오에서 생활하니까. 우리 U2의 집은 그가 세운 것이다. 그가 만든 새로운 데모 테이프들은 우리 음악에서 우리가 찾아 헤매던 즐거움을 담고 있었지만, 그 밑바닥의 기초는 펑키한 맛이 더했다. 그 데모 테이프들로부터 우리의 가장 섹시한 노래가 나왔다. 바로 'Mysterious Ways'다.

이 노래의 가사에 첫 영감을 준 건 잭 히슬립Jack Heaslip과의 대화였다. 그는 히브리어 원본 성경에서 하나님의 젠더가 분명하지 않다는 점을 깊게 음미하고 있었다. 실제로 하나님의 여러 이름 중 하나인 엘 샤따이El Shaddai는 '젖이 달린 사람'이란 뜻이다. 세상에서 가장 위대한 창조력은 바로 출산을 하는 여성의 힘이니, 우주에서 가장 큰 창조를 이룬 신이 여성일 가능성은 아주 높다.

성경의 시작은 "태초에 하나님이 천지를 창조하사"이다. "땅이 혼돈하고 공허하며 흑암이 깊음 위에" 있다.

그러다가 하나님이 그녀의 동작을 이루신다. "하나님의 영은 수면 위에 운행하시니라."

데이비드 번은 "이 세상은 한 여자의 엉덩이 위에서 움직인다"라고 했다. 여기에 섹스 이야기가 들어가는 것은 어색한 일일 수 있다.

섹스에 대한 노래를 만들되 록 밴드의 뻔한 클리셰는 피할 것. 우리 밴드는 '섹스, 약물, 로큰롤'이란 클리셰에 결코 빠진 적이 없다. 물론 섹스도, 약물도, 로큰롤도 있었지만, 우리 중 누구도 세 가지를 다 합쳐 놓은 문구에 빠져든 적은 없었다. 솔직히 애덤은 진짜로 자기 몸을 던졌던 사람이지만, 그조차도 세 가지를 한꺼번에 탐닉하진 않았다. 하지만 나는 노래를 만드는 사람으로서, 당대에 유행한 그루브의 노래들에 나오는 장난기 어린 섹스 이야기를 좋아했다. 프린스의 'Sexy M.F.', 돈 펜Dawn Penn의 'You Don't Love Me (No, No, No)', 소울 투 소울의 'Back to Life (However Do You Want Me)' 같은 곡들에는 내가 갈망하는 가벼운 표현이 있었다. 중력이 너무 부담스러워지고 있었다. 나는 무게가 사라진 상태를 갈망하고 있었다.

1990년대가 되면서 우리가 10대에 만들었던 상상의 공동체 립턴 빌리지는 더 큰 공동체로 확장되어 있었지만, 그 기반은 여전히 초현실적 철없음이었다. 우리는 성인이 되고 있었지만 영 철이 들지 않았다. 누구네 집에 몰려가 박살을 내는 일은 막상 그 집이 자기 집이면 완전히 다른 모습이 된다. 이제 성인이 된 셈이지만, 우리 중 일부는 그 역할을 거부하고 있는 듯했다. 구기와 나는 꼬마였을 때 결코 부모들처럼 되지 않겠다고, 재밌는 일을 계속하면서 장난기를 유지하겠다고 서로에게 약속했다… 라고 쓰고 신나는 술판이라고 읽는다. 그 놀이판은 대부분 무해한 재미였지만, 우리 중 일부는 클럽 놀이 밖에서 알코올과 약물로 다친 이들도 있었다.

이제 20대가 끝나고 30대로 들어섰지만, 우리는 여전히 서로 함께 모여 놀면서 신나게 즐기고 있었다.

우리는 그 신나는 기분의 많은 부분을 춤으로 표현했다. 춤을 못 추었지만, 한창 흥에 취한 순간에는 그 사실을 모른다는 점을 최대로 이용했다.

늘 하던 말이지만, 아일랜드 사람들은 세 가지만 빼면 브라질 사람들과 비슷하다. 첫째, 월드컵에 나가 본 적이 거의 없다. 둘째, 벌거벗는 일을 피한다. 셋째, 우리가 추는 춤을 보면… 그걸 춤이라고 하기 힘들 때가 많다.

이 시절을 통해 더 훌륭한 일을 이룬 사람들은 따로 있었다. 엣지는 이때 자신의 그루브를 찾아낸 것이 분명하다. 참선을 하는 장로교인 같은 엣지가 알고 보니 펑키한 자아를 품고 있는 사람이었고, 우리 밴드 음악의 성격 또한 그것을 반영하게 된다. 그리고 이 시절에 엣지는 또한 자기 일생의 춤 파트너를 만나게 된다.

몰리 스타인버그라는 뮤즈

우리가 몰리 스타인버그Morleigh Steinberg를 처음으로 만났던 것은 1992년이었다. 당시 우리는 〈ZOO TV〉 공연을 다니고 있었다. 애덤은 록스타답게 엄청난 광기를 한껏 뿜어내는 연주를 보여주었다. 나는 그 광기에 살짝 올라타고 있었다. 래리는 그러한 애덤의 연주와 보조를 맞추기 위해 죽을힘을 다했다. 엣지는 싱어인 나뿐만 아니라 애덤의 베이스를 지켜내는 호위무사 역할을 하고 있었다. 그 공연에서 가장 섹시한 순간은 바로 애덤의 베이스 파트였다.

It's all right, it's all right, it's all right
She moves in mysterious ways.
Johnny, take a walk with your sister the moon.
Let her pale light in, to fill up your room.

엣지는 이 노래에 맞추어 무대 위에서 춤을 추던 여성과 지금도 함께 춤을 추고 있다. 이 노래는 틀림없이 그 여성을 위해 쓰인 것이리라. 무대 위에서 벨리댄스를 추던 이 날씬한 여성은 '벨리'만 빼고 거의 모든 것을 갖추고 있었다. 몰리 스타인버그라는 이 뮤즈는, 뮤즈란 자신을 그리는 예술가를 조종할 때가 많다는 점을 태생적으로 이해하고 있었으며, 그 덕에 이 노래의 중심에 있었다. 이 노래를 조종하는 것은 바로 몰리라는 뮤즈였다.

몰리 스타인버그가 우리의 관심을 끌게 된 계기는, 우리가 그녀를 지상에서 가장 매력적인 겨드랑이라고 불렀기 때문이었다. 'With or Without You'의 뮤직비디오에 삽입된 맷 마후린Matt Mahurin의 영화 장면에서 그녀가 팔을 들어 올렸을 때 우리 네 사람은 모두 숨이 멎는 줄 알았다. 몰리는 캘리포니아의 예술가 가정에서 태어났으며, 전위 무용단 ISO의 공동 창립자이기도 하다. 그들은 자신들을 천장에 매달기도 하고, 무대 위에서 롤러스케이트를 타고 서로를 업고 다니기도 하고, 찍찍이가 달린 소도구들 위에다가 서로를 집어 던지기도 했다. 초현실적인 무대 경험으로 보자면 ISO를 따를 사람이 없었다. 무용수들은 무도회 가운을 입고 무대 위를 아이스링크처럼 미끄러져 다녔다. 롤러 보드를 가운에 숨긴 채 무릎을 꿇고서. 음악은 드뷔시의 '성스러운 춤과 세속적인 춤Danse Sacrée et Danse Profane'.

우리의 공연은 〈ZOO TV〉와 함께 무대예술의 성격이 더 강해졌고 이에 안무의 문제가 대두되었지만, 이는 우리가 강한 분야가 아니었다. 몰리가 그 답을 제시했으며, 이 거대한 순회공연 제작을 이끄는 윌리 윌리엄스, 캐서린 오언스Catherine Owens, 개빈 등에게 길을 보여주었다. 그 전에 우리는 플로리다의 부시 가든스Busch Gardens에서 뱀과 함께 춤을 추는 한 벨리댄서를 만나 이 공연의 실내 버전을 올리기 일주일 전에 그녀에게 합류를 제안했다. 지금 돌이켜보면 무대 위에서 대단한 힘을 발휘하는 여성이었지만, 우리가 무대 뒤에서 플라스틱과 비닐을 사용하는 것에 불평하면서 우리가 별로 이상주의적인 사람들이 못 된다는 의견을 내놓고 공연을 떠나고 말았다. 그리하여 몰리가 개입하게 된 것이었다. 그녀는 수선화처럼 날씬해서 벨리댄서 역할에 잘 맞지는 않았지만 우리 밴드와의 케미에 있어서는 실로 특출한 능력을 보여주었다. 'Mysterious Ways'의 공연 무대에서 그녀의 춤은 나와 함께 시작했지만 끝은 정말 펑키한 감성을 가진 엣지와 함께했다. 삶은 예술을 모방하게 되어 있다.

그렇게 25년이 흘렀고, 그녀는 엣지와 결혼하여 두 아이를 낳았다. 또 그녀의 안무 재능이 없었다면 우리의 순회공연 중 몇몇은 아예 생겨나지도 못했을 것이다. 이를테면 내가 무대 위를 가로지르며 다닐 수 있게 된 것은 순전히 그녀 덕분이다. 나는 무대에 자연스럽게 오르지만 연기나 다른 행위들에 있어서는 몸을 자연스럽게 움직일 줄 몰랐다. 이 둘은 다르다. 나는 내 몸에 집중하기 위해 일정한 생각과 준비가 필요한 사람이다. 나는 댄서가 아니지만 몰리는 나에게 몸을 움직이는 법을 가르쳐 주었다. 그리고 훨씬 더 힘든 일인, 무대에서 어떻게 가만히 있는지도 가르쳐 주었다.

안무 혹은 춤은 우리에게 익숙한 언어가 전혀 아니었다.

뛰어오르는 동작, 찌르는 동작, 미는 동작, 몸단장, 청중에게 뛰어들기, 쌓아놓은 스피커를 기어오르기 등은 물론 익숙하다. 하지만 멋지게 리듬을 타는 동작은? 별로다.

〈ZOO TV〉 공연은 내가 'Zoo Station'의 인트로 부분에서 엣지의 기타가 터져 나올 때마다 감전된 듯한, 혹은 등에 총을 맞은 듯한 동작을 하면서 시작된다. 그다음에는 내가 구즈스텝으로 걷기 시작한다.

그러다가 동작을 멈추고 비트에 몸을 맡겨야 한다. 하지만 그 타이밍은? 이런 일들은 나에게 전혀 자연스럽지 않다.

엣지가 늘 하는 이야기였지만, 나는 내 몸을 거추장스러운 무언가로 바라본다. 나는 내 몸의 감각과 분리되어 버리곤 했으니, 무대 위의 시간과 공간 안에서 몸을 움직이는 법은 새로 배워야 했다. 몰리는 나에게 우선 호흡하는 법부터, 그리고 몸을 느끼는 것부터 시작하라고 했다. 아마 초기 요가였을 것이다. 스트레칭. 이건 초기 필라테스. '나는 나무입니다'라고 하면서 즉흥으로 춤을 추는 데는 전혀 소질이 없었고 또 감히 롤러스케이트를 타고 무대를 누비는 건 상상할 수 없는 일이었지만, 그래도 내 몸과의 연결성을 느끼기 시작했고 즐기기 시작했다. 그리고 무대에서 나를 그토록 뻣뻣하게 만들던 긴장을 일부 내려놓자 기쁘게도 목소리까지 개선되었다. 몸을 스트레칭으로 이완시키니 억지로 후두부로 소리를 낼 때보다 고음을 더 잘 내게 된 것이다. 몰리는 무대에 선다는 게 신체와 어떻게 연관되어 있는지 이해하는 재능이 있었다. 물론 일생에 걸쳐 고된 연습을 통해 얻은 거지만.

슈퍼 뮤즈들이 장악하다

뮤즈를 맞아들이면 그녀는 자매들도 데리고 온다. 계속되는 〈ZOO TV〉의 즉흥적 변화 속에서 크리스티 털링턴Christy Turlington, 헬레나 크리스텐센Helena Christensen, 나오미 캠벨Naomi Campbell 등이 휩쓸고 지나갔다. 지금까지도 우리는 이 세 여성을 소중히 여기고 있다. 우리 세대에서는 슈퍼모델이야말로 무비스타를 무색하게 만들 수 있는 거의 유일한 존재다. 사람을 홀리는 화려한 매력. 이들은 카메라 앞에서는 말이 없지만 카메라 바깥으로 나가면 이루 말로 다할 수 없는 달변들이다. 묵종이란 절대 없으며 오로지 권위만 있다. 여성적인 권위. 우리는 이 슈퍼우먼들을 좋아했으며, 이들 중 한 사람은 우리와 사랑에 빠졌다.

대서양을 넘어가는 비행기에서 나는 우연히 "나오미 퍼킹 캠벨 수프Naomi Fucking Campbell Soup" 본인 옆에 앉게 됐다. 나는 이 이야기를 애덤 클레이턴에게 했으며, 결국 그녀에게 그날 저녁 뉴욕시에서 애덤과 만나도록 주선했다. 애덤은 몇 년 동안이나 나오미에게 온통 반해 있었으며, 결국 몇 달 후 신부가 되어달라 청혼한다. 그녀는 청혼을 받아들였다. 다음 이야기는 이렇게 흥미진진하진 않지만… 이 이야기는 정말 흥분되는 이야기이다.

나오미는 패션계의 천장에 붙어 있는 유리 거울을 아주 보란 듯이 박살냈을 뿐만 아니라, 그 유리 조각을 가루로 만들어 의상에 사용해 버렸다. 그 멋진 무대 위 걸음뿐 아니라 그녀의 존재감과 인격으로 유색인종 여성에 대한 편견을 깨버렸다. 패션계에 팽배한 구조적 인종주의에 항의하기 위해 활발히 활동했던 이만 압둘마지드Iman Abdulmajid 이후 처음 있는 일이었다.

나오미, 크리스티, 헬레나는 패션계에서만 재능을 보인 게 아니었다. 이들은 자기들에게 사람들이 기대하는 역할을 흔쾌히 받아들였을 뿐 아니라 역할을 더욱 진화시키기도 했다. 이들은 단순히 에이전트만 거느린다거나, 모델계의 슈퍼파워에 그치지도 않았다. 에이전트 회사를 거느리면서 실질적으로 사회적인 권력을 쥐었다. 이 여성들은 남자들의 시선에 위축되거나 여성들의 시선을 받는다고 황홀해하는 부류가 아니었다.

크리스티는 자신의 출산 경험에서 여러 합병증을 겪은 뒤 '모든 어머니는 소중하다Every Mother Counts'라는 단체를 설립했고, 출산 도중에 사망하는 개발도상국 어머니들에게 눈길을 돌렸다. 산모의 사망은 99퍼센트 개발도상국에서 벌어지는 일이니까.

헬레나는 자신에게 쏟아지는 시선에 만족하지 않고, 스스로 명성 높은 사진 예술가가 되어 시선이라는 것을 탐구해 들어갔다. 그녀는 UNHCR, ONE, EDUN 등의 단체와 협업하면서 세상에서 가장 가난하고 취약한 사람들에 대한 틀에 박힌 이미지들을 전복하는 작업을 해나갔다.

운영진의 뮤즈

가장 초기부터 우리의 미국 공연을 조직하고 운영했던 엘런 다스트Ellen Darst는 1992년 다른 곳으로 자리를 옮겼다. 그때 그녀가 독특한 윤리 하나를 남겨 놓았다는 걸 깨달았다. 멘토로서의 윤리로, 우리가 순회공연을 다닐 때마다 강력한 여성들로 운영진을 채우는 전통을 어느 정도 설명해준다. 엘런은 기꺼이 수많은 재능 있는 여성들의 멘토 역할을 맡았고, 그 여성들은 우리에게 영감을 주기도 하고 우리에게 도전하기도 했다. 그녀에게는 어딘가 학자 같은 면이 있었다. 안경을 낀 진지한 얼굴 때문만은 아니었다. 항상 마르지 않는 지혜의 샘물 같았다. 어떤 조직이든 그 성공에 있어서 멘토가 되어주는 사람이 있다는 것은 가장 중요한 요소다.

우리 운영진에는 항상 뮤즈 같은 인물들이 있었고, 팀을 이끄는 건 아주 초기부터 항상 역동적인 여성들이었다. 이런 여성들이 중요한 자리에 가지 않으면 음악업계는 완전히 남성들만 우글거리는 판이 되어버리며, 위계와

서열로 줄을 선 집단이 되어버린다. 생각해보라. 우리의 경우 네 명의 멤버와 한 명의 매니저로 시작했는데, 모두 남성들이다. 순회공연에 나서면 스태프들도 남자이며, 녹음 스튜디오에 가면 더 많은 남자와 만나게 된다.

이건 누구를 위해서도 좋은 상황이 아니다.

이렇게 운영진을 여성으로 채우는 것을 음악업계의 성별 균형을 맞추기 위한 의도적 노력이라 말하고 싶지만, 그건 사실과 다르다. 그냥 폴이 꺼떡대며 폼만 잡고 다니는 남자보다 훨씬 똑똑한 여성들을 채용한 것뿐이다.

밴드 전체가 항상 긴장 상태에 있기는 했지만, 아마도 긴장 상태가 제일 심한 것은 나였을 것이다. 나는 30대에 들어서도 여전히 U2가 이루어야 할 일이 너무나 많다고 느꼈다. 그런데 이 여성들은 우리들 배의 돛을 밀어주는 바람과 같았으며, 이들과 함께하면서 나도 밝아지게 되었다. 내 35번째 생일, 우리 부족의 여성들은 이층 버스를 동원해 나의 친숙한 동네들을(글래스네빈 묘지Glasnevin Cemetry 옆의 내가 제일 좋아하는 술집 그레이브 디거스Grave Diggers까지) 돌아 사람들을 모아왔다. 래리, 애덤, 엣지는 타지에 나가 있었지만, 우리가 만찬장에 도착하자 몇 사람이 인형극단 맥나스Macnas에서 디자인한 종이 반죽으로 만든 가면을 쓰고서 그 세 사람 역할을 했다.

나는 생일 때마다 래리의 소울메이트인 앤 애치슨을 생각한다. 앨리와 앤은 항상 아주 가까운 사이였다. 앤도 앨리와 마찬가지로 우리 밴드가 처음 시작할 때부터 함께했다. 그리고 생일잔치마다 눈부신 활약을 보여준다. 내가 춤 솜씨가 별로라는 말을 했던가? 하지만 그녀가 내게 푸른 상자에 든 댄싱슈즈 한 켤레를 선물하고 쿠바 출신 춤 선생님을 불러 10번의 살사 교습을 해준 덕에 내 춤 솜씨는 일취월장했다. 그뿐 아니다. 내가 이 재능을 계속 발전시키도록 시간을 들이라는 의미에서 앤은 나에게 교습을 해주겠다고 약속했다. 매주 우리는 옛날의 팩토리Factory 리허설 스튜디오에서 만났으며, 그녀의 우아한 살사춤에 맞추어 나는 차차차를 추곤 했다.

우리는 운이 좋게 풍요롭고 오래가는 공동체 속에서 살아왔다. 아마도 서로를 웃게 만들기 위해서라면 뭐든 할 준비가 되어 있기 때문일 것이다.

한 남자와 한 여자의 불가해한 거리감

자기 집 부엌에서 식탁 위에 올라가 춤을 춘다는 것은 로큰롤의 바빌론과는 거리가 먼 이야기로 들린다. 하지만 앨리와 나는 우리가 1970년대에 가지고 있었다가 1980년대에 다른 곳에 놓아두었던 장난기와 유혹을 1990년대에 다시 찾았다. 우리는 서로를 비웃으며 함께 웃었다. 춤은 유혹이다. 멍하니 있을 때 섹스가 끼어들면 순식간에 심각한 순간으로 바뀐다. 반면 춤은 낭만이 사라진 세기에 마지막 남은 낭만이다. 유혹은 어떤 우정 관계에서는 서로에게 축적된 정전기의 일부이기도 하다. 특히 이는 나의 첫사랑인 앨리와의 관계에서는 빠질 수 없는 것이기도 하다.

"나는 당신을 매력적이라고 느끼지 않는 남자는 신뢰하지 않아." 나는 그녀에게 말한다.

"나는 당신이 재미있다고 느끼지 않는 여자는 신뢰하지 않아." 그녀는 대답한다.

슈퍼우먼 주식회사

나는 1980년대 내내 그리고 1990년대에 들어서도 한참 앤-루이즈 켈리Anne-Louise Kelly와 이야기를 나누었다. 그녀는 유럽 공연은 물론 오스트레일리아, 일본, 뉴질랜드 공연에서도 우리 밴드를 돌보아 주었으며, IQ와 EQ는 말할 것도 없고 에너지 또한 더블린 도시 전체에 전력을 제공하고도 남을 정도로 넘쳐난다.

그녀가 키워낸 인재 바바라 갈라반Barbara Galavan은 그 어려운 음악 출판업을 운영하고 있다(그녀가 책임을 맡아 해낸 가장 유명한 작품은 빌 웰란Bill Whelan과 그의 《리버댄스Riverdance》다). 한편 수잔 도일Suzanne Doyle은 잠시 내 일을 봐주다가 회사를 세워 핀바 퓨리Finbar Furey 같은 아일랜드 전통 음악의 전설뿐 아니라 데클런 오루크Declan O'Rourke 같은 현대적 작곡가들의 일도 맡고 있다.

케린 카플란Keryn Kaplan은 미국에서 엘런과 함께 일했다. 유대인인 그녀는 우리들의 어머니 역할을 하다가 아이를 갖게 되었다. 30년 동안이나 우리를 돌보아 준 최고의 전략가다.
멀리 런던에서 우리의 옛 경쟁자였던 뉴 버전스New Versions의 키보드 주자 레진 모일렛Regine Moylett은 지금까지 우리의 홍보를 맡아오고 있다. 날카로운 심리학적 혜안과 소설가의 예리한 눈을 가진 그녀는 우리 이야기를 소설로 쓰기로 오래전에 결심했다.
실라 로체Sheila Roche는 1980년대에 올리비아 뉴턴 존Olivia Newton-John 스타일의 헤드밴드와 어깨가 과장된 수트를 입고서 우리 앞에 광고처럼 나타났다. 애덤과 사귀었던 일에서 애일린 블랙웰Aileen Blackwell과 결혼했던 일까지, 또 음악 사업에서 (RED)는 물론 여성들이 운영하는 소셜 임팩트 투자사 WRTHY에 이르는 정치적 활동까지, 당시 우리 이야기를 그녀처럼 속속들이 알고 있는 사람은 없을 것이다.
샤론 블랭크슨Sharon Blankson은 10대 때부터 알았다. 처음에는 스티프 레코드사Stiff Records에서 일하다가 레진 운영진에 합류했으며, 나중에는(그리고 오늘날까지) 우리의 스타일리스트로 일하면서 의상을 관리하고 최첨단까지는 아니어도 대충 유행에 맞도록 유지해주는 일을 하고 있다. 우리는 그녀에게 셰이커Shaker라는 별명을 붙여주었는데, 그 말과 발음이 같은 'Sheika'에 '공주'라는 뜻이 있다는 건 몰랐다. 험한 남자들과 함께 지내게 된 우아한 공주님인 셈이다.
래리의 여동생인 세실리아 멀런Cecilia Mullen은 우리 최초의 팬클럽을 운영한 이로, 수많은 U2 팬이 접촉했던 인물이다. 그리고 우리와 너무나 가까운 가족 같아서 우리에게 온 메일들을 죽 읽어나갈 뿐만 아니라 우리에게 전달해주기도 하는 인물이다. "이건 그냥 팬레터가 아니네요."

stuck in a moment you can't get out of
in which a sort of sabbatical summons us
to Matisse's chapel and paradise in
the south of France but the laughter
of our carnival is thrown into darkness
and I realize that I love my heroes
even more for growing old ... and
then Matisse offers illumination

24

Stuck in a Moment

어느 순간에 붙들려

And if the night runs over
And if the day won't last
And if your way should falter
along the stony pass
It's just a moment
This time will pass.

몽상reverie을 하기 위함이기도 했고 또 그 전날의 시끄러운 파티revelry 때문이기도 했다. 묵주rosary를 돌리기 위함이기도 했고 또 로제rose 와인 때문이기도 했다. 그날 나는 로제 드 방스 교회Chapelle du Rosaire de Vence에서 잠이 들었다. 2차 대전 직후 앙리 마티스가 설계하고 세운 신비한 작은 교회였다. 그렇게 잠이 든 건 습도가 높아서였을까 아니면 겸손한 태도가 부족해서였을까?

어느 쪽이었든, 한 성직자가 교회 의자에 앉아 졸고 있는 나를 보고 불경하다고 생각했는지 옆구리를 쿡 찔렀다. 나는 이 장소를 편하게 여겨 그 품 안에서 잠든 건 오히려 이 교회에 경의를 표하는 거라고 생각했었다. 언젠가 이 교회에 나 혼자 있었을 때는 노래를 한 적도 있었다. 옳은 일이라는 느낌이었다. 하지만 이 교회에서 벌어지는 진짜 공연은 마티스가 "빛 반사의 음악"이라고 불렀던 것으로, 하얀 카라라 대리석 바닥에서 펼쳐진다. 사람들은 아래를 내려다보면서도 위로 올라감을 느낀다.

지금까지 25년간 나는 이곳의 평화로움에 끌려 종종 찾아왔다. 마티스가 흰색 타일 위에 한 줄 그림으로 십자가 위의 예수를 그린 차가운 흑백 톤과, 빛의 소란이라고 할 그의 대담한 비구상의 스테인드글라스가 결합된 이 교회의 모습 때문에 나는 여기를 찾아오고 또 찾아온다.

나는 그 성직자에게 스테인드글라스에서 영화가 탄생했으며, 이것이야말로 프로젝터를 어떻게 사용할지 보여주는 최초의 예라고 설명하려고 했다.

"각각의 모든 내러티브를 추동하는 것은 태양이죠. 이 글라스는 필름이고요. 가톨릭은 위대한 이야기꾼이에요. 그냥 색깔인데도 말이죠. 이 녹색과 푸른색과 노란색을 보세요.

나는 계속해서 말했다. 이는 내가 어렸을 때 우리 어머니와 함께 다녔던 세인트 캐니스 성당을 생각나게 한다고.

그는 무슨 말인지 이해하지 못했다.

내가 처음으로 프로방스의 발 당페르Val d'Enfer를 통과해 남프랑스 해안을 따라 차를 몰았던 건 1986년의 일이다. 그때 나는 언젠가 이곳에 왔었다는 느낌이 들었다. 하지만 물론 그런 적은 없었다. 내가 10대 때 세잔의 그림을 공부하고 심지어 모사까지 해보았기 때문이었다. 세잔의 그림에는 이 풍경이 고스란히 담겨 있었다. 앨리와 나는 이 풍경을 사랑했고, 계속해서 찾아왔다.

1986년 5월 나는 혼자서 니스Nice의 푸른 바다를 보며 밤을 지내고 있었다. 나는 'With or Without You'의 가사를 쓰고 있었다. 외롭지 않았다. 번민이라는 친구가 있었으니까. 최소한 이 노래는 번민에 대한 노래였으니까. 나는 또 다른 두 곡 'One Tree Hill'과 'Walk to the Water'를 완성하고 있었다. 내가 묵은 호텔은 나이 지긋한 사랑스러운 귀부인 같은 캡 에스텔

Cap Estel로, 광고 문안에 따르면 "훌륭한 아가씨une grande dame"라고 했다. 나이 많은 아주머니의 품 안에 안긴 아기가 된 느낌이었다. 하늘은 믿을 수 없을 정도의 터키석 청록색으로 빛의 명암이 분명했고, 이것이 또 터키석 청록색의 물에 반사되어 마리티메 알프스Maritime Alps의 삐쭉삐쭉한 절벽들, 그랑드 코르니슈Grande Corniche와 같은 도로, 프티 아프리크Petite Afrique와 같은 이름의 해변 등을 비추고 있었다.

아무리 봐도 신기했다. 그 빛은 나를 완전히 사로잡았다.

화가들이 이곳을 찾는 건 당연했다. 특히 겨울이 되면 습기가 없어서 공기도 맑고 또 낮게 걸린 태양이 사람의 얼굴이나 풍경에 선명한 명암을 가져다주었다. 또한 나는 프랑스 사람들이 살아가는 방식도 믿을 수가 없었다. 그야말로 좋은 삶la belle vie이다. 거기에는 모종의 균형이 있었다. 한 집 건너 페이스트리 상점이 늘어서 있는데도 비만인 사람이 보이지 않으니 어찌 된 일인가? 프랑스 사람들은 자기들이 사랑하는 것을 조금씩만 즐긴다. 담배만 빼고.

그리고 1990년대 초의 우리들은 이미 얼굴이 널리 알려지기 시작했지만, 프랑스 사람들은 프라이버시를 소중히 여겨주었다. 사실을 말하자면, 그들은 누구에게도 그다지 관심이 없다. 다른 모든 이들에게 아첨을 떠는 아일랜드 사람들과는 다르다. 나는 이 지역 사람들이 서로 간에 따뜻한 인사와 말을 주고받는 것을 지켜봤다. 약국이나 신문 판매점에 가면 주인과 손님이 서로 거의 노래를 부르듯 즐겁게 떠들지만, 낯선 사람이 들어오면 마치 투명 인간 다루듯 한다. 술집이나 카페에 가면 '무얼 원하슈?'라는 표정으로 대한다. 그러면 나는 "당신에게 돈을 드리겠소"라고 대답한다. 불평하는 것 아니다. 사람들이 나를 알아보지만 모르는 체하는 것을 보면 이상하게 기분이 상쾌해진다.

우리는 모두 프랑스 남부 해안에 푹 빠졌으며, 특히 니스는 일생에 걸쳐 사랑하게 된다. 우리 네 사람은 1990년대에 여기에서 휴가를 보내기 시작했다. 함께. 동시에. 그런데 바닷가에 넓게 펼쳐진 빛바랜 분홍색 폐허가 있었다. 나는 모두에게 그걸 보라고 말했다.

"엄청난 짓을 했구만." 엣지가 말했다.

"완전히 미쳤어." 애덤이 말했다.

엣지와 나는 그 폐허를 걸으면서 이곳의 옛날 영광을 회복하려면 한 인생 전체가 걸릴 것임을 감지했다. 실제로 그랬다. 지금까지 30년 동안 음악을 만들고, 아이들을 키우고, 친구들과 휴가를 보내면서. 여름에는 천천히 잡담을 즐기며 오랫동안 점심을 먹는다. 저녁이 되면 칸Cannes으로 넘어가서 오페라Opera나 바올리Baoli와 같은 이름의 댄스클럽에 간다. 앨리와 나의 부부 관계는 1990년대에 더욱 무르익었고, 비록 아이들을 키우게 되었지만 그래도 '자유'가 가져다주는 시간을 즐겁게 누렸다. 다행히도 시어셔Saoirse라는(이 말은 아일랜드어로 '자유'를 뜻한다) 이름의 유모가 있어서 가능한 일이었고, 그녀가 우리 아이들 돌보기를 진지하게 또 아주 즐겁게 해주었다는 것은 더욱 다행스러운 일이었다. 우리는 15년 동안 정말 열심히 일했으며 이제 〈ZOO TV〉 투어도 1994년에 끝나게 되었으니 일종의 긴 안식년을 가지게 된 셈이었다. "웃음 가스를 기대하세요… 다음에 올 것을 기대하세요." 실험을 기대하세요. 늦은 밤과 이른 아침을 기대하세요. 빛을 찾으면서 더 가벼워지기를 기대하세요. 우리는 사방에서 빛을 찾아냈고, 심지어 밤에는 집에다가 디스코 무도장을 만들어 새벽까지 놀았다. 그리고 다음날에는 아이들과 함께 잠에서 깨어났다. 마치 그들이 우리의 젊음인 양 꼭 끌어안으면서. 로맨스를 기대하세요.

앨리는 이런 명대사도 남겼다. "인생은 너무 심각한 것이라서 심각한 태도로 임해서는 안 돼."

인상파 예술가들: 마이클과 헬레나

나는 항상 내가 가짜 록스타라고, 그저 파트타임 록스타일 뿐이라고 느껴왔다. 하지만 진짜 록스타들은 몇 명 알고 있었으며, 마이클 허친스Michael

Hutchence도 그중 한 명이었다. 그는 그야말로 제대로 된 록스타였으며, 그 역할을 수행할 모든 필수적 장비를 갖추고 있었다. 그는 지극히 남성적인 동시에 지극히 여성적이었다. 체크. 그는 생활 방식은 거창했지만 여행할 때는 아주 단출하게 다녔다. 체크. 그의 밴드 이름은 INXS였으니, 이는 비틀스와 마찬가지로 별로인 말장난이었다. 체크. 그의 여자 친구는 덴마크 출신의 슈퍼모델이었다. 두 번 체크. 그는 칸의 언덕 위에서 헬레나 크리스텐센Helena Christensen과 함께 살고 있었다. 그녀는 카메라 앞에서만이 아니라 뒤에서도 큰 힘을 가진 인물이었다. 그들은 올리브나무 숲이 있는 작은 땅에 살았다. 우리가 처음으로 그 집에서 밤을 보내고 아침 해를 맞았을 때 마이클은 정원에 있는 연한 슬레이트 그레이 색 수영장에서 수영을 마치고 벌거벗은 채 돌아다니고 있었다. 그야말로 제대로 된 록스타.

앨리, 엣지, 갱 오브 포Gang of Four의 음악인 앤디 길Andy Gill, 그와 함께 사는 작가이자 활동가인 캐서린 메이어Catherine Mayer 등을 포함한 우리 여덟 명 혹은 열 명은 그 전날 밤 파티를 즐겼고, 이제는 돌아가기 싫어서 뜸을 들이고 있었다.

"올리브나무는 영원히 살 수도 있다네." 마이클이 말씀하시니, 우리 모두 깨어 일어났다.

"이스라엘에는 예수 그리스도 시절에 있었던 올리브나무들이 여전히 살고 있대. 올리브나무들은 나이가 들면 모습도 더 좋아지고 더 비비 꼬인다지. 우리처럼."

"바지나 좀 입어!" 헬레나다. 하지만 마이클은 그녀를 무시하고 대신 큰 수건을 대충 걸치고 우리에게 아일랜드식 아침 식사를 만들어주러 부엌으로 간다. 하지만 그도 우리도 알고 있다. 아침 식사를 만들다 보면 그 수건이 벗겨지리라는 걸.

"저는 채식주의자예요." 앨리가 말했다.

우리는 콜롬브 도르Colombe d'Or에서 자주 점심을 먹었다. 이곳은 생 폴 드

방스Saint Paul de Vence라는 중세 마을의 입구에 있는 오래된 여관으로 마티스 성당에서 멀지 않았다. 이곳에서 저녁을 먹다 보면 벽에 걸린 미술품들에 시선이 가지 않을 수 없다. 소문에 따르면, 옛날에 이곳에 엄청난 외상을 지고 있었던 예술가들이(예를 들어 마티스, 피카소, 미로, 샤갈, 레제, 브라크) 돈 대신 이 그림들을 내놓았다고 한다. 무화과나무 아래 그늘에서 식사를 하면, 곧 나 자신이 정물화의 일부처럼 느껴진다.

앨리와 내가 이 슈퍼모델 및 록스타와 가까운 친구가 된 건 운명이었던 듯하다. 헬레나는 함께 깔깔거리고 웃을 수 있는 친구였지만 웃지 않을 때는 모딜리아니 그림처럼 슬픈 얼굴을 가지고 있었다. 물론 이는 자주 보이는 모습은 아니었다. 그녀는 우리를 웃음거리로 만들면서 또 우리와 함께 웃었다. 우리는 복수하기 위해 우리가 기르는 혈기 왕성한 강아지에 그녀의 이름을 붙였고, 그녀가 있을 때 강아지에게 "의자에서 내려와 헬레나!"라든가 "당장 나가, 헬레나!"라며 명령을 내렸다.

우리가 그녀에게 붙여준 별명은 "수소폭탄H-Bomb"이었다. 이는 마이클과 헬레나의 만남이 모종의 핵융합과 같다는 생각에서 나온 말이었다.

위대한 유혹자에게는 방 안의 여자들뿐 아니라 모든 남자도 유혹의 대상이 된다. 또한 모든 살아있는 것들도. 마이클은 여자를 좋아했지만 남자도 좋아했고, 여자와 남자 사이의 모든 이들을 좋아하는 남자였다. 하지만 그의 시선에 당신이 있다면 그 순간만큼은 당신이 그의 유일한 사람이 된다. 또 그는 시내로 놀러 갈 때에도 좋은 벗이었다.

하지만 집에 갈 때쯤에는 그다지 좋은 벗이 아니었다. 긴 주말 내내 그는 자신은 물론 자신과 함께 있는 이들에게도 한껏 신나게 놀도록 분위기를 띄우지만, 월요일 아침이 되어 소파에서 일어날 때가 되면 주말 동안 자신이 했던 자해 행위를 웃으며 돌아보곤 했다.

"너," 어느 날 아침 그가 장난스럽게 말했다. "너 때문에 내 인생 완전 망가졌어." 이런 말을 해도 우아하다. 그는 사진에는 절대로 나오지 않지만 피부에 약간의 얽은 자국이 있고, 거기에다가 일부러 살짝 혀짤배기소리까지 내고 있다. 그래도 여자들은 이 모습에 더욱 죽고 못 살 것이다. 실로 짜증 난다.

"너 지금 내 발음을 놀리는 거지?" 나는 그에게 물었다.

"바보 같은 소리 하지 마." 여전히 혀짤배기소리로 그가 말한다. 세상에서 제일 섹시한 남자가 지금 나를 조롱하고 있다.

우리의 너바나

1994년의 한 늦은 밤 마이클과 나는 몽돌 해변에 누워서 물 위에 춤추는 달빛을 보고 있었다. 대화는 점점 어두운 방향으로 흘러 자살로 세상을 떠난 커트 코베인 이야기에 이르렀다. 우리는 웅얼거리고 있었다. 나는 잔뜩 취한 채로 담배를 피우다가 담뱃재를 내 가슴에 떨어뜨렸다.

"만약 그가 좀 더 버텼다면 말이야," 마이클이 말했다. "그도 극복할 수 있지 않았을까? 자기가 어떤 삶을 살 수 있을지를 조금이라도 볼 수 있었다면 말이야."

나는 듣고 있었다. 그가 말했다.

"나는 사람들이 자기는 유명세를 감당할 수 없다고 말하는 게 싫어. 그건 완전히 책임 회피야."

"웃기는 소리지." 나는 대답했다. "징징거리며 불평하는 록스타를 누가 참아줄까? 커트 코베인 같은 위대한 인물은 그런 축에 낄 수가 없었던 거야. 그가 하는 이야기는 진짜야. 그리고 진짜 문제들에 대해 진짜 생각을 내놓는다고. 그의 노래들은 진짜 절망을 듬뿍 담고 있어. 물론 자기 밴드와 함께 연주하는 순수한 기쁨도 있지만, 모든 사람들의 문제를 안고 가야 한다는 부담은 감당하기 힘들지."

"맞아." 마이클이 대답했다. 연못처럼 잔잔한 지중해의 검은 바다를 바라보면서. "여기는 참 고요하네. 그가 조금만 버텼어도 아무리 힘들었다고 해도 빠져나오는 길을 찾았을 텐데. 그게 무덤일 필요는 없었다고."

나는 그가 돌을 던지며 물수제비 뜨는 것을 보았다. 생 로랑Saint Laurent의 언덕 위로 아침이 희끄무레하게 다가오고 있었다. 그때 헬레나가 끼어들었다.

"이렇게 아름다운 밤이라면 누구도 죽지 않을 거라고? 무슨 이야기했어? 재밌게들 노네?"

이 수소폭탄님은 위대한 배우처럼 타이밍도 완벽하다. 가벼운 대사를 쳐서 최대의 효과를 낼 수 있는 시점을 정확하게 파악한다.

클라크 게이블Clark Gable에게 말을 거는 캐롤 롬바드Carole Lombard처럼. 그녀는 리듬을 탈 줄 안다. 단, 노래는 시키지 말아야 한다. 안 돼, 이미 늦었다. 그녀가 노래를 시작했다. 헬레나는 사람들이 음악을 들으면 꼭 노래를 부르는 버릇이 있다. 완전 김빠지게.

"내 노래 마음에 들어? 실력 늘지 않았어?"

"전혀."

그러자 더 크게 부른다.

마이클은 스타들을 엿 먹이는 최고의 존재들은 다른 스타들이라고 말했다. 스타들은 서로를 넋 놓고 바라본다. 그건 일종의 나르시시즘이다. 그들은 다른 이들이 명성이라는 놈을 어떻게 다루는지 알아내려 한다. 다른 이들은 보안 요원에게 얼마나 의지할까? 만약 가족끼리 식사를 하고 있는데 누군가가 사인을 해달라고 하면 해줄까? 브루스 스프링스틴Bruce Springsteen은 누가 사인을 부탁하면 언제든 해준다. 단 그가 레스토랑을 나갈 때까지 기꺼이 기다려 준다면. "놀랍기도 하고 조금 아프기도 해요." 그는 웃으며 말했다. "사람들은 정말 안 기다려줘요."

1992년 헬레나와 함께 코펜하겐에 있을 때 마이클은 자전거를 타다가 한 택시 운전사와 말다툼을 벌였다. 그 운전사는 마이클의 머리를 한 대 쳤고, 자전거에서 떨어진 그는 머리가 깨졌으며 완전히 회복하지 못했다. 그는 후각과 미각을 잃었고(키스조차 달라졌다고 한다) 자기 감정을 통제하는 능력이 사라진 듯하다고 했다. 그가 기분을 바꿀 수 있는 약물들을 일종의 목발처럼 사용했던 것도 이것으로 설명할 수 있다. 이 걸출한 사랑꾼의 불안과 취약성은 더 높아질 수밖에 없었다.

헬레나와 마이클의 연인 관계는 끝장이 났다. 우리의 절친인 밥 겔도프의 아내 파울라 예이츠Paula Yates가 마이클에게 푹 빠져버렸고, 그는 그녀에게 더 깊이 빠져버렸던 것이다. 그녀는 단검처럼 날카로운 치명적인 위트를 가진 사람이다. 나는 그녀를 18세 때부터 알았고 그녀에게서 너무 진지해지지 않는 것의 중요성을 배운 바 있다. 하지만 지금 상황을 보라. 밥과 파울라라는 이 마성의 부부가 우리의 바로 눈앞에서 헤어지고 있었고 우리는 정말 진지하게 충격을 받았다. 그러고 나서 마이클과 파울라라는 다른 마성의 부부가 생겨났다. 당시 INXS는 무대 위에서나 밖에서나 일이 잘 풀리지 않고 있었고 마이클은 사람들이 바치는 경배를 정말로 필요로 하고 있을 때였는데, 마침 그때 파울라가 마이클에게 숭배를 바쳤던 것이다. 앨리와 나는 이 관계가 잘못될 것 같았으며 두 사람의 열렬한 애정이 오래가지 않을 것을 감지했다. 하지만 우리가 전혀 꿈도 꾸지 못했던 것은 두 사람 모두 곧 세상을 떠나게 되리라는 점이었다. 마이클은 1997년 11월 스스로 목숨을 끊었으며, 파울라는 그로부터 3년도 채 되지 않아 약물 과다 복용으로 세상을 떠났다. 심지어 이 글을 쓰는 지금도 그 사실이 믿어지지 않는다.

이들의 행동이 변하면서 우리의 우정에도 금이 갔으며, 그들이 우리를 방문하는 동안 점점 우리는 불편함을 느끼게 되었다. 1996년 어느 날 마이클과 파울라는 앨리와 나에게 전화를 걸어 자기들의 딸 타이거 릴리Tiger Lily에게 대부 대모가 되어달라고 부탁했다. 하지만 우리는 무척 화가 나 있었다. 그들은 과다한 약물 사용으로 한없이 아래로 추락하고 있었고, 이는 주변의 모든 사람들에게 큰 문제가 되고 있었다. 특히 그들의 가족, 그들의 어린 자식들에게.

파울라는 아주 좋은 어머니였고, 마이클은 사람의 기분을 살필 줄 아는 사람이었으므로 아주 좋은 아버지가 될 수 있었을 것이다. 앨리는 약물 남용 문제 때문에 새로 태어난 아기가 어떤 영향을 받게 될지 심각하게 걱정하고 있었으며, 우리는 신경을 곤두세우며 그들에게 설명하려고 노력했다. 그들이 그러한 상태에 있는 한 우리는 대부 대모의 역할을 해줄 수 없다고. 우리는 대부 대모가 되는 대신 그들의 가장 좋은 친구가 되어주려고 했고, 이는 곧 진실을 그들에게 알려주는 것이었다. 진정한 우정이란 감정에 치우쳐서는 안 되는 법이다.

이는 참으로 어려운 순간이었고, 우리는 둘 다 구토감을 느꼈다. 우리가 대부 대모 역할을 거부하면 과연 그들은 자기들의 상태를 다시 생각하게 될까? 그럴 리는 없다. 그저 우리들에 대해 다시 생각하게 될 뿐이다. 우리는 이런 결정을 후회한다. 효과가 없었기 때문만이 아니다. 양심을 지키고 살았든 어쨌든, 우리의 친구들이 이 세상을 떠나버렸다는 사실은 변함이 없기 때문이다. 그들은 사라졌다.

Two worlds collided
And they could never tear us apart

—INXS, 'Never Tear Us Apart'

낙원을 잃어버리다

고백하건대, 나의 성격에는 무자비한 측면이 있으며 그것 때문에 나도 깜짝 놀란다. 나는 내가 볼 때 사람들이 자기 스스로 꾸며낸 문제들에 빠져드는 걸 참지 못한다. 그래서 과거에는 섣불리 잘못된 방식으로 사람들을 판단해 버리고 그걸 고집하기도 했다. 나는 이 세계의 여러 구석에서 사람들이 굶주림과 질병 속에서 살려달라고 애원하며 몸부림치는 것을 보았기에, 특권적 조건에 사는 사람들이 스스로 목숨을 끊는 것을 보면 화를 내기도 했다. 나는 이것이 정말로 말이 안 되는 생각임을 알고 있다. 나는 사람들이 어둠에 휩싸이면 거기에서 벗어나기 위해 무슨 짓이든 할 수 있으며 그러다가 이 삶 자체에서 벗어나려고 할 수도 있다는 것을 안다. 사랑이 담긴 대응은 아니었지만, 분노에 찬 나는 'Stuck in a Moment You Can't Get Out Of'의 가사를 쓰게 된다.

I will not forsake, the colours that you bring
The nights you filled with fireworks
They left you with nothing
I am still enchanted by the light you brought to me
I listen through your ears,
And through your eyes I can see.

이 노래의 가사는 일방적인 대화이며, 너그러운 태도나 용서하는 태도는 가급적 절제하려고 했다. 나는 지금도 로큰롤에서 걸핏하면 머리를 드는 죽음 숭배의 태도를 혐오한다. 이미 1990년대 중반 'Hold Me, Thrill Me, Kiss Me, Kill Me'의 가사에서 나는 33세에 십자가에서 죽지 않으면 사람들이 자기들의 돈을 환불해 달라고 한다는 것을 노래했다. 이는 분명히 일말의 진실을 담고 있다. 크리시 하인드Chrissy Hynde는 내가 가장 좋아하는 싱어 중 하나일 뿐 아니라 공연을 하면 그녀 앨범에 있는 노래들을 펑크록보다 더 펑크하게 만드는 공연 예술가이며, 또 가사에 있어서는 가장 정곡을 찌르는 묵직한 주먹을 능숙하게 날리는 사람이기도 하다. 그녀는 언젠가 내게 말했다. "보노, 우리 어리석게 죽는 일은 하지 말아요. 우리의 토사물에 질식한다든가 수영장 안에서 잠이 든다든가 하는 일 말이에요."

크리시 본인이 끔찍한 경험을 했기에 하는 이야기였다. 그녀는 프리텐더스Pretenders의 밴드 멤버였던 피트 판던Pete Farndon과 제임스 허니맨-스콧James Honeyman-Scott을 잃었고, 이는 여전히 그녀의 마음에 생생한 고통으로 남아 있었다.

"나는 내 영웅들이 살아 있었으면 좋겠어요." 그녀는 내게 말했다. "나는 그들이 늙어가는 것을 보고 싶어요."

나도 나의 우상들이 주름살이 잔뜩 잡히고 얼굴에 검버섯이 피고 생채기가 난 모습을 가지고 있기에 더욱 존경하는 사람이다. 내 삶에 밥 딜런이 함께 있는 한, 나는 매년 그를 더욱더 존경하게 된다. 또한 훨씬 젊기는 하지만 이는 크리시 하인드에게도 해당되는 이야기다. 조니 캐시Johnny Cash, 프랭크 시나트라, 아레사 프랭클린Aretha Franklin, B.B. 킹이 우리 곁을 떠났지만, 그들은 떠나기 전에 자신들의 나이 든 자아를 발견했고, 우리는 그걸 알아차렸다.

누군가 말했듯이, 잘사는 것이야말로 최고의 복수다. 다시 생각해보니 굳이 잘살 것도 없다. 그저 살아만 있어도 된다.

마이클이 시드니의 한 호텔 방에서 죽은 채로 발견되었던 날, 나는 그가 커트 코베인에 대해 내게 말했던 것을 떠올렸다. "그가 그저 버티기만 했다면." 마치 우리의 온 세상이 다 박살이 난 느낌이었다. 낙원을 잃어버렸다. 그 여름날에 함께했던 영원의 순간들을 우리는 다시는 함께 보낼 수 없다.

우리는 통곡했다. 내가 〈PopMart Tour〉로 미국에 가 있는 동안 앨리는 더블린의 집에서 무너진 가슴을 추슬러야 했다. 그녀는 리안 룬슨과 함께 시드니의 장례식장으로 갔다. 리안은 그 10년 전에 우리에게 처음으로 마이클을 소개해주었다. 닉 케이브가 새 노래를 내놓았다.

I don't believe in an interventionist God
But I know, darling, that you do
But if I did I would kneel down and ask Him
Not to intervene when it came to you

—Nick Cave & The Bad Seeds, 'Into My Arms'

1990년대는 일종의 카니발이었다. 하지만 마이클이 죽은 뒤, 나는 카니발에서는 언제 떠나야 할지 알아야 한다는 사실을 상기했다. 우리는 이 좋은 삶에 너무 익숙해져 버린 게 아닐까? 우리 모두 이따금 자기 안에 침잠해야 할 때가 있는 법이지만, 그게 너무 심하면 곧 우울증이 찾아온다. 내 경우에서는 내 삶 전체를 한번 바라보는 것만이 유일한 치유책이었다. 이 기간이 내가 나의 정체성을 탐구하기 위해 보낸 시간이었다면, 그리고 내 안의 디오니소스를 드러내는 시간이었다면, 이제는 시선을 바깥세상으로 다시 돌려야 할 때라는 것을 깨달았다. 우리의 자그마한 낙원 바깥에 있는 진짜 세상. 더 많은 낙원이 사라지기 전에.

나는 다시 마티스 교회로 되돌아갔다. 이번에는 잠들지 않았고, 나의 앞길을 밝혀줄 빛을 찾으려 했다. 빛이야말로 우리가 교회, 성당, 모스크, 시나고그에서 찾아내고자 하는 것이다. 내 마음은 바울과 그가 쓴 고린도전서로 가고 있었다. 어째서 그가 사랑이 믿음보다, 심지어 소망보다도 더 중요하다고 했는지 생각했다.

"우리가 지금은 거울을 보는 것같이 희미하게 보지만 그때에는 얼굴과 얼굴을 맞대고 볼 것이며 지금은 내가 부분적으로 알지만 그때에는 하나님이 나를 아신 것처럼 내가 완전하게 알게 될 것입니다."

Wake up Dead Man

in which, Andy Warhol leads us on a quest for making the instant eternal but we get lost en route and lose our album and the tour opening flops and failure introduces herself and our friendship is under threat (AGAIN!) Note to self Maybe I'm the one who needs to wake up

25

Wake Up Dead Man

일어나라 죽은 자여

Jesus, I'm waiting here, boss
I know you're looking out for us
But maybe your hands aren't free.

앤디 워홀Andy Warhol은 예술계가 아는 것 이상으로 종교적인 사람이었다. 그가 어렸을 때 그린 최초의 스케치 중에는 프라하의 아기 예수상Child of Prague이 있었다. 1986년에 그가 남긴 마지막 작품 중에는 '60개의 최후의 만찬'도 있었다. 레오나르도 다빈치의 눈에 비친 최후의 만찬을 흑백으로 비춘 그림들이었다.

내가 17살, 개빈이 18살이었을 때 개빈이 나에게《앤디 워홀의 철학The Philosophy of Andy Warhol: From A to B and Back Again》이라는 책을 선물했다. 이는 일련의 대화록으로서, 어떤 것은 친구들 사이에 주고받는 하찮고 말도 안 되는 이야기들이었다. "'나로서는 무nothing에 대해 생각하는 것이 한마디로 거의 불가능한 일이야,'라고 B가 말했다. '나는 잠들어 있을 때에는 무에 대해 생각조차 할 수 없어.'"

A: 산책이나 할까? 바깥 날씨가 참 좋은데.

B: 싫어.

A: 알았어.

내가 대화에 매력을 느끼는 것은, 잘될 경우 이야기가 어디로 뻗어갈지 모르기 때문이다. 그저 어딘가 좋은 지점에 도달하리라는 것만 알 뿐이다. 나는 워홀이 말하는 바가 무엇인지 궁금해졌다. 벌어지는 모든 일들은 그것을 어떤 방식으로 보느냐에 따라 모두 가치를 지닌다는 것. 친구와 함께 누군가의 험담을 한다. 하지만 다시 한 번 보면 모종의 춤판이 벌어지고 있으며, 우리가 말하는 방식에는 무언가 강한 설득력을 가진 것이 있다. 이 책은 나에게 아주 가까이 다가왔다. 1977년의 일이다. 개빈과 나는 영화관에서 앤디 워홀에 대해 논쟁했다. 우리는 그의 영화 〈앤디 워홀스 배드Andy Warhol's BAD〉를 보았고, 그 영화의 가치에 대해 심각한 의견 충돌이 있었다. 나는 그 영화가 과연 무슨 가치가 있나 싶었다. 하지만 우리는 한 가지에서만큼은 같은 의견이었으니, 앤디 워홀, 루 리드, 패티 스미스, 벨벳 언더그라운드Velvet Underground가 갈수록 우리 대화에서 더 많은 부분을 차지하게 되었다는 점이었다.

그 대화는 일생에 걸쳐 펼쳐지게 되며, 그로부터 20년 후인 그리고 앤디 워홀이 세상을 떠난 지 10년 후인 1997년 U2는 그에게서 딴 〈Pop〉이라는 이름의 앨범을 발표하게 된다. 앤디 워홀은 팝 아트와 동의어였으니까. 우리는 심지어 우리의 순회공연에 〈PopMart〉라는 이름을 붙이기까지 했다.

그의 예술에는 소비주의가 작동하고 있으며, 이제 우리의 예술에서도 그랬다. 소비주의 속의 예술인 것이다.

"모든 백화점은 박물관이 될 것이며, 모든 박물관은 백화점이 될 것이다"가 그가 말한 바였다.

그가 창시한 팝 아트의 역할을 물려받은 이들은 무수히 많았지만, 그것을 실제로 원했던 이들은 그렇게 많지 않다. 제프 쿤스Jeff Koons 또한 그 왕관을 쓰고 싶어하지 않았다. 비록 그가 팝 문화의 오브제들을 자기 작품에 집어넣기는 했지만, 그가 그것들을 가져다 쓰는 방식은 훨씬 클래식에 가까웠다. 나는 그의 대담하고도 뼈아픈 유머를 사랑했고, 그도 우리를 만나서 〈Pop〉 앨범의 커버 이야기를 하기로 했다. 그는 품행에 있어서 워홀과 완전히 비슷했고, 반문화의 흔적은 전혀 찾아볼 수가 없었다. 분석적인 접근법과 딱 부러지는 대화법은 그가 월스트리트에서 일했던 시절을 반영하는 것이리라. 그날 그가 우리에게 했던 프레젠테이션은 마치 박사 논문 발표 같았다.

"빨랫줄에 매달린 양말들에다가 네 마리의 고양이를 집어넣고자 합니다." 그는 아주 정확한 학문적 어조로 말했다. "왜냐하면 여러분들은 개개인들이니까요. 여러분들 한 사람 한 사람을 빨랫줄에 매달린 양말에 들어간 채 바깥을 내다보고 있는 고양이로 표현하는 겁니다."

우리는 그가 웃기를 기다렸다. 혹은 우리가 웃어도 좋다는 신호를 기다렸다. 그는 웃지 않았다. 그는 대단히 진지했다.

그는 우리 네 사람의 이미지가 가볍기를 바랐다. 그래서 20년이나 질질 끌고 다녔던 무거운 꾸러미와 심각한 주제들을 내려놓기를 원했던 것이다. 그의 상상력의 세탁기에서 튀어나온 이미지는 비누 목욕을 방금 마친 네 마리의 아기 고양이들이었다. 농담이 아니었다. 그는 이 콘셉트를 이해하고 있었지만 우리는 이해하지 못했다. 실로 우리가 만들고자 했던 음악만큼 급진적인 제안이었지만, 우리는 그 안에 담긴 선동적 메시지를 놓쳐버린 것이었다.

기막힌 아이디어였지만 우리는 그것을 채택하지 않았다. 거의 그럴 뻔했지만, 결국 그렇게 되지 않았다. 이것이야말로 〈Pop〉 앨범의 이야기가 되어 버린다. 거의. 하지만 완성은 아닌.

비틀스냐 롤링 스톤스냐?

1970년대 말에 결성된 록 밴드라면 그 세계관이 비틀스식이든가 롤링

스톤스식이든가 둘 중 하나일 수밖에 없다. 믹 재거Mick Jagger는 비록 밴드의 간판 역할로서는 사상 최고의 인물이었지만, 우리는 롤링 스톤스보다는 모든 앨범마다 사운드를 계속 바꾸어 나가는 비틀스가 되고 싶어 했다.

어떨 때는 그들의 프로듀서인 조지 마틴George Martin이 오케스트라나 4중주단을 끌어들이기도 했다. 어떨 때는 비틀스가 직접 빌리 프레스턴Billy Preston이나 에릭 클랩턴 같은 음악인들을 데려오기도 했다. 심지어 어떨 때는 그 네 사람이 서로 악기를 바꾸어 연주하기도 했다. 폴 매카트니가 드럼을 치고 링고 스타가 'With a Little Help from My Friends'를 노래하기도 했다. 아무도 생각해내지 못할 실로 놀라운 아이디어가 아닌가! 자신들에게나 청중들에게나 계속 신선함을 유지하는 전략으로서, 노래의 세계에서 가장 위대한 곡들을 낳은 전략이기도 했다.

롤링 스톤스는 딴판이다. 그들의 작품을 잘 안다면 눈을 감고 머릿속에서 그들의 연주를 떠올려 보라. 어떤 곡을 듣든 그 사운드는 오직 하나다. 그것이야말로 이들의 사운드다. 먼저 소리를 지르고, 기타가 사운드를 짜나가고, 백인들이라고는 믿을 수 없을 정도로 흑인 음악과 같은 리듬이 진행된다. 이 솔직하게 터져 나오는 섹시한 사운드를 듣다 보면 나처럼 교외 지역에서 자라난 아이도 미터스Meters, 아이슬리 브러더스Isley Brothers와 같은 도심 지역의 음악과 나아가 블루스 음악 일반을 들어보고 싶은 생각이 든다. 그리고 그들이 만든 디스코 곡들을 몇 개 들었을 때의 흥분은 지금도 생생하다.

롤링 스톤스는 60년에 걸친 이력에서 수많은 모습과 다양한 측면들을 보여주었지만, 비평가들은 '2000 Light Years from Home'에서 그들이 이룬 사운드의 혁신이나 'Paint It Black' 같은 곡에서 브라이언 존스Brian Jones가 들려준 팍 꽂히는 이국적인 선율을 간과하는 경향이 있다. 롤링 스톤스의 노래들은 그 깊이를 알 수 없을 만큼 위대하며 무한히 많은 차원을 품고 있지만, 그래도 그들의 사운드는 거의 비슷한 팔레트에서 만들어져 나온 것이었다.

따지고 보면 똑같은 사람들이 똑같은 악기들을 연주하는 것이었으니까.

데이비드 보위 같은 솔로 아티스트는 여러 다른 음악인들을 사용하여 다른 사운드를 낼 수가 있었다. 하지만 우리 같은 밴드는? 똑같은 네 사람으로 이루어진 밴드가 계속 청중들의 흥미를 끌어낼 수 있을 만큼의 다양성을 창조하려면 어떻게 해야 할까? 어떻게 그런 일을 20년 넘게 계속할 수 있을까?

게다가 40세가 넘어서도 그럴 수 있을까? 그냥 가던 길을 계속 갈 건가 아니면 거기에서 이탈해 아무도 발견하지 못한 새로운 길을 찾아 나설 건가? 이 질문에 대해서 1980년대에는 〈The Unforgettable Fire〉와 〈The Joshua Tree〉 앨범이 그리고 1990년대에는 〈Achtung Baby〉와 〈Zooropa〉 앨범이 답을 제시했었다. 하지만 새천년이 다가오면서 이 질문은 새로운 난문으로 떠오르고 있었다. 리듬 지향성을 가진 음악이 점점 더 지배적인 자리를 차지하게 되면서 록 음악이 설 자리는 점점 줄어드는 중으로 보였기 때문이다. 2000년 이후에는 0과 1의 이진법 디지털 세계가 될 것이며, 랩 음악이 크게 발흥하고 힙합이 지배하게 될 것이며, 이에 도전할 수 있는 유일한 다른 포맷은 전자 댄스 음악electronic dance music, EDM뿐일 것이다. 이 디지털 세계에서는 많은 백인 밴드 또한 알고리즘을 통해 더 흑인 음악 냄새가 짙은 폴리리듬의 사운드를 사용하게 될 것이다.

1970년대 말 맨체스터의 위대한 밴드였던 조이 디비전을 들어보라. 또한 1980년대 초중반 광란의 파티rave scene를 만들어 냈던 뉴 오더를 들어보라. 조이 디비전은 비록 지극히 실험적 성격이 강했지만 그래도 여전히 록 밴드의 사운드를 유지하고 있었다. 그런데 뉴 오더는 전자음악 그룹이었고, 그들의 노래 'Blue Monday'는 록 밴드의 개념 자체를 바꾸기 시작했다. 이들은 1980년에 스스로 목숨을 끊은 뛰어난 싱어 이언 커티스만 빼면 조이 디비전과 거의 동일한 밴드였다. 새로운 멤버 질리언 길버트Gillian Gilbert를 가입시키고 새로이 출발한 뉴 오더는 크라프트베르크와 휴먼 리그The Human League와 같은 전자음악의 혁신가들에서 영감을 얻어 향후 30년간 팝 음악을(21세기 초에 크게 발흥했던 EDM은 말할 것도 없고) 규정하게 될 기초를 닦기 시작한다. 갑자기 예술에 관심이 있는 10대는 누구나 자기 방에서 신시사이저와 드럼머신을 사거나 빌릴 수 있게 되었고, 조금 더 시간이 지나면 아예 노트북을 사용하게 된다. 음악 학교에 다니지 않고도 독창적인 사운드나 그루브를 만들어낼 수 있게 된 것이다. 이는 펑크록에 맞먹는 해방의 경험이며, 게다가 이러한 디지털 음악은 리듬 섹션이 록 밴드가 1만 시간을 연습해도 도달할 수 없을 만큼 긴밀하고 탄탄하다. 빨라지는 법도 없고 느려지는 법도 없다. 그루브 또한 상당히 단순했지만 갈수록 더 세련되어졌으니, 흑인 음악인들이 이 디지털 전장에 뛰어들어 혁신을 새로운 수준으로 끌어올렸던 것도 이상한 일이 아니었다.

이 모든 것들을 감안해보면 어째서 1996년 완전한 백인 네 사람으로 구성된 아일랜드의 록 밴드가 이런 상황 속에서 설 자리를 찾기 위해 애쓰고 있었는지 이해할 수 있을 것이다. 이런 상황에서 비틀스라면 어떻게 했을까? 애비 로드 스튜디오Abbey Road Studios의 바깥에서 세상이 변하고 있다면 비틀스 또한 변했을 것이다. 항상 변화의 방향을 만들어낼 수는 없었겠지만 최소한 그러한 변화의 진로에 올라타고 이를 증폭시켰을 것이다. 롤링스톤스 또한 디스코에 펑크를 가미한 'Miss You'를 만들어 성공을 거둔 바 있었다.

우리 또한 이미 〈Achtung Baby〉와 〈Zooropa〉 앨범의 수록곡을 리믹스 버전으로 만들어서 대서양 양쪽 모두에서 댄스 음악 순위에 오른 바 있었고, 'Lemon'은 미국에서 1위를 차지하기도 했다. 사실 이미 그보다 좀 더 전에 만든 'Desire'의 '할리우드' 리믹스를 통해서 우리는 1980년대에 이별을 고하고 댄스클럽으로 뛰어든 바 있다. 그런데 이러한 과정에는 팬들이나 또 우리 밴드 자체나 항상 현재 상태를 뒤집은 요소가 있었다. 리믹스 버전을 만들다 보면 항상 리듬 섹션이 기계로 대체될 수 있었고, 어떨 때는 기타까지 그랬다. 아날로그 베이스와 드럼 대신 디지털로 소리를 내거나 증강된 그루브가 들어가는 것이다(애덤이나 래리는 이와 함께 사라진다). 만약 다른 음악인들이 우리의 멜로디와 가사를 가져다가 리믹스를 만드는 경우라면 괜찮겠지만, U2 스스로의 독자 앨범에서도 이렇게 할 수 있는 일일까?

문제가 있는 일이었다. 우리의 앨범은 우리의 자기표현이 되어야만 하는데, 만약 우리가 이러한 실험에 적극적이지 못하다면, 그래서 음악이라는 인간적 상호작용을 송두리째 바꾸어버릴 기계들을 우리 손으로 다루는 일에 적극적이지 못하다면, 그다음 10년은 아주 힘들어질 것이었다. 그리고 그런 힘든 상황은 영원히 갈 수도 있는 일이었다.

순간적인 것과 영원한 것

〈Pop〉 앨범은 우리 스스로가 가진 뉴 오더와 같은 모습을 탐색해보는 장이었으며, 새로운 음반을 들고 다시 U2를 주류로 돌려보내려는 시도였다. 〈Pop〉이라는 제목 그대로 이 앨범은 대중적이어야 했다. 재미를 줄 만큼 저속하면서도 사람을 붙들 만큼 지적이어야만 했다.

〈Pop〉은 대중음악을 추구했다. 현대적인. 앤디 워홀이 뉴스의 사건들과 유명 인사들을 사용했던 것처럼. 작은 질문들 바로 다음에 큰 질문들이 쏟아져야 했다. 이는 순간적인 것들을 영원한 것으로 만들고자 했던 시도였다. 지금 이 순간을 찍는 폴라로이드 사진들을 줄줄이 늘어놓아 영원히 간직하는 것이다. 그리하여 우리는 1995년에 하루 종일 이 작업에 매달렸고 96년에는 낮에는 물론 밤늦게까지 매달렸지만, 순간적인 것들을 포착하는 데에 우리가 별로 능력이 없다는 것도 분명해졌고, 영원한 것은 전혀 보이지 않는다는 것도 명백해졌다.

나는 우리 밴드가 이러한 아이디어를 온전히 자기 것으로 받아들이지 않았다고 느끼기 시작했다. 음악다운 음악이 나오고 있지 않다는 것도 그래서라고 생각했다.

완전히 스스로를 던져 몰입하지 않는 한 위대한 작품은 나오지 않는다. 〈Pop〉 앨범을 만드는 가운데 우리는 우리 밴드의 탄력성의 한계가 어디인지를 이해하기 시작했다. 아무리 멀리까지 잡아 늘인다고 해도, 결국 끊어질 수밖에 없는 두 지점이 있다. 밴드가 선율을 망각하게 되는 지점 혹은 밴드 구성원과 무관한 선율을 연주하게 되는 지점.

이제 엣지는 블루스 천재 B.B. 킹에 따르면 "세계에서 가장 위대한 리듬 기타 연주자"가 되었다. 그리고 매주 주말마다 눈에 띄는 현상이었지만, 엣지는 우리 중 누구보다도 댄스 음악에 관심이 많았다. 하지만 엣지는 댄스 음악이 과연 우리의 정체성에 맞는지 확신이 없었다. 댄스 음악에서 경쟁력을 가지려면 기계를 사용하여 음악을 만들어야 하는데, 굳이 밴드를 통해서 음악을 만들어낼 이유가 있는가? 엣지가 내게 한 말이었다.

나는 뉴 오더 이야기를 꺼냈다. 또한 해피 먼데이즈Happy Mondays가 어떻게 해서 블랙 그레이프Black Grape로 발효하여 변해갔는지도 이야기했다. 이들 사운드의 핵심은 드럼머신이라기보다는 디지털 루프와 샘플이 아닌가. 엣지는 설득되지 않았다.

"플러드는 래리가 드럼머신 보기를 교수대에 오른 사형수가 밧줄 보듯 한다고 생각해. 래리가 볼 때는 네가 그를 대체하려는 거나 마찬가지야."

"대체하려는 게 아니야." 나는 응수했다. "모습을 여러 가지로 늘리자는 거지."

"애덤은 네가 우리더러 크라프트베르크처럼 차려입고서 독일 미래주의자인 척하려 한다고 생각하기 시작했어. 우리 드러머는 래리 멀런이지 래리 뮐러가 아니잖아."

"아주 재밌는 농담이네." 나는 말했다. "농담 참 잘한다. 하지만…."

나는 거기서 물러설 수 없었다. 나는 어째서 리듬 섹션이 전자음악의 도래에서 도전을 느끼는지를 이해하기 어려웠다. 하지만 이는 아마도 내 상상력의 문제였을 것이다. 어쨌든 나는 다시 논쟁을 시작했다.

"네 말이 틀렸다고 봐. 애덤은 그루브에 미쳐 있고, 실험을 너무나 좋아해. 그는 비록 자기가 유명하게 만든 것이지만 그놈의 4-4 베이스를 둥둥

거리는 데에 진력이 났다고 항상 말한다고."

"애덤도 래리도 댄스 음악을 사랑해. 래리는 프린스를 사랑한다고. 래리가 카메오Cameo의 'Word Up!'을 듣는 거 본 적 있어? 그는 아예 가사를 다 외우더라고. 애덤은 매시브 어택, 소울 투 소울을 사랑해. 드럼머신은 그냥 그들이 사용할 수 있는 도구의 하나일 뿐이야. 네가 에코머신이나 퍼즈박스나 페달을 사용하는 것처럼. 그 기계를 다루는 건 그들이라고."

또 나는 덧붙였다. 우리가 전자음악 앨범을 만드는 것은 아니라고. 그냥 앨범 수록곡 중에 몇 곡일 뿐이라고. "조지 마틴이 현악 편곡을 들여왔다고 해서 비틀스가 자기들이 대체당했다고 생각했을까?"

엣지는 나를 보았다. "폴 매카트니가 드럼을 치기 시작했을 때 링고는 그렇게 생각했어."

"이거 봐." 그는 계속 말했다. "U2만의 장점은 손으로 만든 아날로그 음악을 체험한다는 거야. 여기서 너무 멀리 가버리면 우리의 장점을 살릴 수가 없어."

"그리고 하나 더." 잠시 머뭇거리더니 그가 말했다. "네가 말하는 댄스 음악은 본성적으로 누구나 알아들을 수 있어야 해. 누구나 알아들을 수 있는 가사가 필요하다고." 그는 나를 한번 보더니 결정적인 패를 꺼내 들었다. "그런 가사 하나라도 써 놓았어?"

나는 할 말이 없어졌다. 잠시 동안.

"알았어, 하고 싶은 말이 뭐야? 됐어, 다 토해놔 봐."

"이 'Discotheque'이라는 신곡 말야, 그 가사. 좀 추상적이야. 이게 정확히 무얼 이야기하는 거야?"

"사랑," 나는 대답했다. "사랑." 너무 당연한 사실이었다. 나에게는.

You can reach, but you can't grab it.
You can't hold it, control it, no
You can't bag it.

You can push, but you can't direct it
Circulate, regulate, oh no
You cannot connect it—love.

You know you're chewing bubble gum
You know what that is but you still want some.
You just can't get enough of that lovey-dovey stuff.

"그런데 풍선껌이라고?" 그는 물었다.

음, 그건 광란의 파티를 말하는 거야. 정크푸드 전염과 같은 약물들….

"알았어, 좋아, 그럼 하나는 설명이 됐네. 그런데 이런 이야기가 음악 순위에서도 통할지는 모르겠어."

이런 대화는 굉장히 많이 벌어졌다. 너무나 많이. 나는 우리가 왜 최상의 능력을 발휘하지 못하고 있는지 의아해졌다. 이 앨범의 아이디어 때문인가 아니면 그걸 수행하는 과정의 문제인가? 아이들 때문인가? 인테리어 디자이너들이 문제인가? 프랑스에서 느긋하게 여름휴가를 보내면서 너무 놀고 늘어졌던 것인가? 성공하는 바람에 관심과 주의가 다른 데로 새버렸나? 이 모든 것이 우리의 초심이었던 "주류에 남음으로써 주류를 엿 먹인다"는 결의를 무르게 만들어 버린 것일까?

"아니면…." 나는 다시 대화로 돌아와서 내 머릿속에 떠오르는 것을 그대로 뱉었다. "혹시 우리들의 관계가 너무 익숙하게 굳어져 버려서 그냥 '재미있는' 음악을 만드는 것 말고는 아무 도전도 서로에게 내놓지 않게 된 게 아닐까?"

"아마 그 전부 다가 원인일 거야." 엣지가 답했다. 그도 이제 나만큼 심각해졌다. 그는 내가 말하는 "재미있는"이라는 말이 나쁜 뜻이라는 것을 알고 있었다. 그보다 몇 년 전 우리가 브라이언 이노 및 다니엘 라노이스와 함께 대안적 밴드 패신저스를 결성해 앨범을 발매했을 때, 가장 쓰라린 비평이 바로 그 말이었다. 그 앨범의 아이디어는 록 음악 청중들을 헷갈리게 만들고 상업적 성공을 우회해보자는 것이었다. 그리고 두 가지 모두에서 빛나는 승리를 거두었다.

또 우리는 영화 〈배트맨 포에버Batman Forever〉의 음악으로 'Hold Me, Thrill Me, Kiss Me, Kill Me'를 녹음했었다. 그 곡의 프로듀서는 넬리 후퍼Nellee Hooper였다. 그는 아주 결단력 있고, 똑똑하고, 재미까지 있어서 우리는 〈Pop〉 앨범 작업을 시작하면서 그를 데리고 들어왔다. 하지만 확실한 규율을 갖춘 그조차도 우리가 계속해서 "재미있는" 세계로 뛰어드는 것을 막을 수가 없었다. 순간의 폭발력을 포착하려고 제목까지 〈Pop〉이라고 붙인 앨범을 작업하면서도 이는 변하지 않았다.

어느 날 밤, 그가 스튜디오를 나가면서 내 쪽으로 돌아섰다. "이 앨범, 〈Thriller〉는 아닌 거죠? 그죠?"

비요크Bjork와 시네이드 오코너Sinéad O'Connor의 클래식 앨범들의 프로듀서였던 그가 이 말과 함께 일을 그만두었다. "더이상 도와드릴 수가 없겠네요."

손을 뻗을 수는 있지만 잡을 수가 없다

마이클 잭슨의 〈Thriller〉는 차트 정상을 차지한 노래를 무려 일곱 곡이나 내놓은 팝 앨범이었다. 하지만 우리는 아직 한 곡도 찾아내지 못했다. 〈Pop〉 앨범은 그 이름값을 하지 못했다. 제프 쿤스는 대중적 음악을 만들고자 했던 우리의 본능을 "너그러운"이라는 말로 묘사했지만, 그것은 누구나 알아들을 수 있고 누구나 기억할 수 있는 곡을 만드는 일에는 한참 미치지 못했다. 나는 길을 잃은 느낌이 들었고, 경쟁하고자 하는 의지마저 잃고 있었다. 팝 차트와의 경쟁뿐만 아니라 밴드와의 경쟁도. 감히 말하건대, 아마 이런 느낌은 다른 멤버들도 마찬가지였을 것이다.

나는 뉴욕에서 몰리와 대화했다. 우리는 리들리 스콧Ridley Scott 감독의 아들인 제이크 스콧Jake Scott이 감독한 'Staring at the Sun'의 비디오 촬영 현장에 있었다. 창의적인 전문가들이 작업 시한을 맞추느라 분주하게 일하고 있었으니, 이때야말로 대화를 나눌 기회가 생겨날 때다. 당장 닥친 화제보다 더 중요한 문제에 대해 깊은 대화를 가질 수 있는 때이기도 하다. 우리는 몰리의 남자이지만 나의 남자이기도 한 엣지에 대해 이야기하게 됐다.

나: "엣지는 우리가 어떤 위험에 처했는지 이해하고 있나요?"

몰리: "아니요. 왜냐하면 진짜 위험에 닥친 것은 아니니까요."

나: "시류에서 밀려나게 되는 위험인데도요?"

몰리: "시류에서 밀려난다는 게 무슨 말이죠? 인기 말인가요?"

나: "대충 그렇죠. 하지만 그것보다는 지금의 흐름에 있는 것 말이에요. 특히 문화적인 흐름이요."

몰리: "보노?"

나: "예?"

몰리: "만족스럽지 않은가 봐요."

나: "만족스럽지 않아요. 밴드가 이 비전을 믿지 않고요, 엣지조차 토끼 굴로 사라져 버렸어요. 우리는 'Discotheque'의 믹스를 100번은 만들었을 거예요. 그 조합의 가능성이 무한대라는 건 엣지도 알고 있죠. 그런데 이번에는 그가 무한성이 무엇인지를 보고 싶어하는 것 같아요."

몰리는 아무 말도 하지 않고 정면을 응시하고 있었다.

나: "우리는 뭔가 확실한 곡이 없어요. 그냥 재미있는 곡들뿐이에요."

몰리: (이제 나를 보면서, 그리고 내 눈을 똑바로 보면서) "'Staring at the Sun'은 확실한 곡이죠. 멜로디도 아름답고요. 엣지가 그 멜로디를 썼잖아요? 이번 앨범에서 보노 당신이 쓴 확실한 멜로디가 있나요?"

나: (말이 없다. 정면을 응시한다.)

몰리: "당신이 만족하지 못하는 건 당신 자신이에요. 자기 자신한테 좀 너그러워져 보는 게 어때요? 남들한테도 그렇고."

나는 아무 말도 하지 않았다. 내가 좀 더 세게 나갔어야 했는데. 나 자신에게도. 다른 모든 이들에게도.

나는 우울했고 답답했다. 몰리에게 주장했던 나의 분석은 과연 옳은 것이었을까? 중요하지 않다. 나는 내 생각을 표현하는 데에서는 분명히 잘못을 저질렀다. 이게 내 성격에서 최악의 측면이다. 말싸움이 벌어지면 본래 생각보다 두 배 세 배로 심하게 말을 쏟아놓는다. 차갑고 냉정한 진실을 마치 곤봉처럼 휘두른다. 내가 정말 두려워하는 것은 무엇이었을까? 나는 우리가 어렸을 때 서로에게 했던 약속을 깰까 봐 두려웠다. 편한 삶을 위해서 우리 음악의 비전을 팔아먹지는 않겠다는 약속. 나는 우리가 어제의 우리에게 원수가 되어가는 것 같아 두려웠다. 그냥 한물간 밴드가 될까 두려운 게 아니었다. 완전히 퇴물이 되어 사라져서 아무 자리도 얻지 못하는 밴드가 될까 두려웠다.

나는 다시 대화를 이어갔다. 내가 이렇다. 흥분하면 이성을 잃는다. 그리고 밴드 안에서 정말로 문제를 일으켰던 내 모습이기도 하다. 하지만 다행히도 내 상대가 되어준 이는 몰리였다. 그녀 스스로가 뛰어난 예술가였다. 그래서 예술이라는 놈을 둘러싸고 어둡게 소용돌이치는 엔트로피를 충분히 이해하는 이였다.

"우리 꼴을 봐요. 가장 비싼 집에서 아이들을 키우며 잠에 취해 40대로 늙어가는 우리 꼴을. 그저 과거의 회상에나 잠기는 삶으로 들어가고 있잖아요. 지쳐서 퇴직했지만 아직 연금을 받을 준비는 되어 있지 않은. 그냥 위대한 척만 할 게 아니라 진짜로 위대해질 기회를 우리 스스로 걷어차 버렸다는 걸 뒤늦게 깨달으면 그때는 어떡할 거예요? 우리가 지금 그러고 있잖아요?"

"책임을 물을 사람은 따로 있어요. 아마 당신과 앨리가 문제일 거예요. 남자들이 남자로서의 힘을 잃었다고 느끼게 되면 다른 데에서 희생양을 찾는 법이죠."

이제 나는 고함을 지르기 시작한다. 이건 나의 친구이자 협업자이자 동료 예술가와의 대화가 아니라, 그냥 나 자신과의 다툼이었다.

이런 순간에는 자신이 옳은지 틀렸는지도 더 이상 중요하지 않다. 특히 정말 틀렸을 때는 더욱 그렇다.

예술가들은 자기들 내면의 실패 원인을 외부 세계에다 돌리는 최악의 족속들이다. 항상 문제는 라디오 프로그램을 편성하는 이들, 레코드 회사, 언론 매체 등에 있다. 항상 문제는 내 갤러리, 내 에이전트, 내 협업자들에게 있다. 이것이 예술가들의 딜레마다. 진짜 문제는 외부가 아니라 내 안에 있기 때문이다. 우리는 우리의 자기표현을 우리의 자존감과 혼동한다. 우리는 우리 작업이 잘 풀리지 않으면 작업과 삶을 혼동한다. 화가들은 자기 캔버스에 원인을 돌리는 법이 거의 없다. 그림이 엉망이 되면 항상 욕은 뮤즈에게 돌린다.

나는 그때 누구에게 상처를 내려고 했던 것일까? 마흔을 바라보는 나이의 내가 무엇에 홀렸던 것일까? 자아가 쪼그라들고 U2가 진부한 존재가 되게 생겼다는 직감. 그리고 우리가 방금 만든 노래에 나오듯이,

Referee won't blow the whistle.
God is good but will he listen?
I'm nearly great but there's something missing.
I left it in the duty free,
But you never really belonged to me.

You're not the only one staring at the sun
Afraid of what you'd find if you stepped back inside.
I'm not sucking on my thumb, I'm staring at the sun
I'm not the only one who's happy to go blind.

—'Staring at the Sun'

몰리와 나는 절망하고 있었지만 그 이유는 같지 않았다. 나의 행운이지만, 우리는 지금도 좋은 친구이며, 늙어서도 좋은 친구일 것이다. 나의 행운

이지만, 그녀는 나를 용서해줄 것이다.

음악사에서 가장 돈이 많이 든 데모 테이프

1997년 3월 〈Pop〉 앨범은 27개국에서 차트의 1위로 진입한다.

하지만 그건 나에게 중요하지 않았다.

우리 밴드는 커질 만큼 커졌고, 여전히 그 상태를 유지하고 있다. 오랜 시간 동안 챔피언스 리그에서 계속 우승하는 축구팀처럼.

매니저도 똑같다. 네 명의 선수도 똑같다. 심지어 선수 교체도 없었다. 하지만 모든 것에는 끝이 있는 법이지 않은가? 우리는 이제 절정을 지나버렸나? 더 올라갈 수 없는 것인가? 엣지, 너는 불과 35세의 나이에 예전의 명성으로 살아가는 그룹의 멤버가 되고 싶은가? 최고의 작품을 쓰는 것은 젊었을 때 끝장이 나버린다는 일은 소설가, 영화감독, 화가에게는 벌어지지 않는다. 어째서 록 밴드는 그렇게 되어야 하는가? (이것은 내가 선창가에서 했던 연설의 한 대목이다.)

U2는 절대로 마이클 잭슨이 되지 못할 것이다. 주제에 있어서 우리가 훨씬 가까운 것은 저 위대한 가스펠 가수 머핼리아 잭슨Mahalia Jackson일 것이다.

Lookin' for to save my, save my soul
Lookin' in the places where no flowers grow.
Lookin' for to fill that God-shaped hole
Mother, mother-suckin' rock an' roll.
Holy dunc, space junk comin' in for the splash
White dopes on punk staring into the flash.
Lookin' for the baby Jesus under the trash
Mother, mother-suckin' rock an' roll.

—'Mofo'

너바나는 팝 밴드였다. 커트 코베인은 이렇게 말하곤 했다. 'Smells Like Teen Spirit'는 팝송이라고. 그가 옳았다. 위대한 록 밴드들은 사실 팝 밴드들이다. 우리는 나중에 〈Pop〉 앨범의 몇 곡을 사랑하게 된다. 그 앨범을 완성시키려고 했던 그 정도 갈망의 크기로. 하지만 그 앨범을 완성할 수 있는 시간이 없었다. 순회공연이 이미 잡혀 있었고, 〈PopMart〉 투어의 티켓은 이미 판매에 들어갔다. 그러는 와중에 우리가 우선하는 일들의 순서가 바뀐 것이다. 지미 아이오빈Jimmy Iovine은 우리를 몰아붙였다. 어떤 음악인이 변하는 순간은 바로 음반 작업을 우선순위의 뒤로 돌리는 순간이라고. 그는 〈Pop〉 앨범이 역사상 가장 돈이 많이 들어간 데모 테이프가 될 수 있다고 생각했다. 하지만 그런 데모 테이프는 나오지 않았다.

완성된 채로 나온 것이 아니었다. 거의 완성된 모습이었다. 하지만 "거의" 완성되었을 뿐이다. 이러한 "거의"의 상태에 있는 작품은 누구도 신경 쓰지 않는다. 〈Pop〉 앨범 작업이 끝났을 때(하지만 완성된 것은 결코 아니었다) 그 앨범은 우리가 찾아 헤매던 파티가 아니었다. 그저 파티 뒤에 찾아오는 숙취였을 뿐이다.

팝. 풍선이 터지는 소리

"록 밴드를 따라다니다 보면 축구팀을 따라다니는 것 같다는 느낌이 들어." 폴 맥기니스는 보통 이런 이론을 이야기하곤 했으며, 1997년은 바로 그의 이론이 맞는 해였다. "그런데 축구에서는 자기 팀이 트로피를 탔으면 하잖아. 그런데 음악에서는 팬들도 그렇고 음악인들도 그렇고 그걸 인정하려 들지 않아."

핑크 플로이드의 팬들은 말한다. "새로운 음악을 다오. 우리는 〈The Dark Side of the Moon〉을 또다시 듣고 싶지 않다." 정말? 핑크 플로이드 팬들은 〈The Dark Side of the Moon〉을 사랑한다.

그 음반은 내내 차트에 머물렀던 앨범이다. 모든 이들에게 자신의 실험

작품들을 사랑해 달라고 강요할 수는 없는 일이다.

〈The Joshua Tree〉를 냈을 때 우리는 비평에 있어서나 상업적으로나 정상에 있었다. 하지만 이제는 길을 떠나야 할 때가 된 것 같다. 어쩌면 이 신곡들은 라이브로 연주함으로써 생명을 불어넣을 수 있을지도 모른다. 아마 〈PopMart〉 투어가 상황을 반전시킬 수 있을지도 모른다. 하지만 그렇게 안 될 수도 있다. 우리의 미국 공연 에이전트였던 바버라 스키델Barbara Skydel이 우리가 거물 프로모터 기획자인 프랭크 바르살로나Frank Barsalona와 공연 계약을 맺은 뒤로 계속 걱정했던 바가 있다. 세상이 바뀌었다고. 사람들은 우리가 내놓은 팝 아트의 신호에 반응하지 않는다고.

"지금 대세는 그런지록이에요. 시애틀 사운드라고요. 모두 체크무늬 셔츠와 찢어진 청바지를 입고 진지한 록 음악을 만들어요. 그런데 U2는 달라붙는 옷을 입고 맥도널드 아치 표지판 아래에서 연주를 하잖아요. 사람들이 이해 못 해요. 라디오에서도 이 음반을 틀지 않아요. U2는 크게 추락할지도 몰라요. 피터 프램프턴Peter Frampton 같은 천재를 보세요. 엄청난 성공을 거두었다가 되려 그 반동으로 내려앉아 버렸잖아요."

하지만 어쨌든 순회공연이다.

〈PopMart〉 투어는 그러한 이야기를 바꾸어 버릴 수 있다. 아닌가? 우리가 순회공연에 나서서 그 앨범을 연주하면 상황이 반전될 수도 있다. 그리고 이 투어의 아이디어도 대담했다. 팝 아트에 오마주를 바치면서 클라스 올든버그Claes Oldenberg의 과일 조각상들과 로이 리히텐슈타인Roy Lichtenstein이나 키스 해링Keith Haring의 거대한 만화들 옆에서 연주하는 것이다. 게다가 팝의 수도는 분명히 라스베이거스일 터이니, 우리는 순회공연의 첫 시작을 라스베이거스에서 열 것이다.

죽이지 않는가?

흠… 기대했던 것에는 크게 미치지 못한다.

전 세계 엔터테인먼트의 수도인 라스베이거스에서는 오히려 〈PopMart〉

공연이 정상적인 것으로 보일 수 있다.

우리의 작품도 슈퍼사이즈로 되어 있지만, 이곳은 허풍스런 아이러니라면 감히 타의 추종을 불허하는 도시이다. 이곳이야말로 파스티셰pastiche의 수도인 것이다. 우리의 〈PopMart〉 무대는 라스베이거스의 피라미드 바로 옆에 설치될 예정이었다.

우리의 무대와 공연이 따분해 보일 수 있는 유일의 도시가 바로 라스베이거스다. 그런데 정말 따분한 것이 되어버렸다.

게다가 우리는 제대로 연습할 시간도 충분치 않았다. 이 이야기를 했던가?

게다가 우리와 함께 다니던 우리 딸 조던이 하필 첫 공연 당일 개에게 물렸다.

게다가 라스베이거스 주변 사막의 풀들에(회전초 종류) 나처럼 알레르기가 있으면, 아예 목소리가 맛이 가버릴 수 있는 세계의 몇 안 되는 장소의 하나가 바로 여기다.

내가 그렇게 됐다.

그리하여 우리의 거창한 개막 공연에 찾아온 수많은 사람들 앞에서 나는 우리의 신곡들을 제대로 노래할 수가 없었다.

참으로 굴욕스러운 일이었다. 하지만 이건 시작에 불과했다.

갈수록 우리는 힘도 떨어졌고 돈도 잃어갔다. 길을 잃고 있었다. 그리고 어떤 곳에서는 대형 운동장에 청중이 절반밖에 차지 않은 채로 연주해야 했으니, 대중적인 "팝" 음악을 표방하고 나선 우리로서는 참으로 힘이 빠지는 일이었다. 결국 〈Pop〉 앨범은 〈PopMart〉라는 값비싼 파티가 시작되기도 전에 찾아온 숙취였던 셈이었다. 하지만 1998년 투어가 거의 끝나갈 무렵, 우리는 이 패배의 아가리에서 모종의 승리를 끌어낼 수 있었다. 부분적으로는, 'Please'와 'Last Night on Earth' 등 몇 곡을 우리가 그 앨범을 제대로 완성시켰다면 나왔을 모습에 가깝게 새로 만들었다는 점에서였다.

그래서 이 투어의 끝부분으로 가면서 우리는 투어를 한 번 더 할 수 있을 정도로 힘을 되찾았다. 멕시코시티에서의 공연은 실로 대단했다. 데이비드 맬릿David Mallet이 감독한 그 영화는 지금까지도 내가 가장 아끼는 U2의 순간 중 하나로 남아 있다.

그래도 이 앨범이 낸 소리는 풍선 하나가 터지는 소리였다. 팝.

우리가 크게 불어댄 풍선이었다. 1990년대라는 카니발은 이제 끝에 다가왔다. 가면은 어디서든 써도 이상할 게 없지만, 우리는 암탉과 달걀 모양의 카니발 의상을 입은 채 집으로 돌아오는 사람들처럼 보일 위험이 있었다.

그 복장으로는 진지한 대화를 하는 게 우스꽝스러워 보일 수 있다는 것도 모른 채.

이제 자기 스스로에 침잠하는 일은 그만둘 때가 되었다. 우리가 애초에 왜 밴드를 시작했었는지 그 이유로 되돌아갈 필요가 있었다. 이 세상에는 우리 말고 배고픈 이들이 많다. 이제 실험이니 얼굴에 칠한 페인트니 하는 것 말고 그 아래에 있는 진짜의 우리 모습으로 깨어날 때가 되었다. 확실한 선율의 옛날 노래들을 손에 든 불량기 있는 록 밴드로. 우리가 최고의 기량을 발휘했을 때의 모습으로.

잠을 깨우는 소리

앤디 워홀은 일요일마다 미사에 참석했고 평생 뉴욕 무료 급식소에서 자원봉사를 했다. 그는 한 번도 하나님 이야기를 한 적이 없었지만, 최초의 작품과 최후의 작품은 종교적인 것이었다. 예술의 사전에서 보면 팝이란 신의 죽음을 뜻한다. 만약 영원한 것이 존재하지 않는다면 우리는 순간적인 것들 속에서 살아가야만 하기 때문이다. 하지만 예술이 할 일은 순간적인 것들을 영원한 것으로 만들어 내는 것이다.

여기에는 아무런 모순도 없다.

〈Pop〉 앨범은 순간적인 것들을 영원한 것으로 만들려고 했다. 거의. 하지만 완성은 아니었다.

우리가 옛 천년의 마지막으로 만든 앨범은 신의 죽음에 대한 것이라기보다는 어떤 생각의 죽음에 대한 것이었다. 그 생각이란, 우리 밴드의 네 사람을 아무도 막을 수 없으며 아무도 파괴할 수 없을 것이라는 생각, 즉 우리가 무엇이든 할 수 있다는 생각이었다. 이는 모종의 겸손함이 생겨난 계기였다. 그 겸손함은 우리의 예술에 항상 어울리는 것은 아니지만, 인간으로서의 우리에게는 꼭 필요한 것이었다. 우리는 우리 밴드의 탄력성의 한계가 우리 네 사람의 탄력성의 한계라는 것을 발견하게 되었다. 창작 과정에서 어느 한 사람이든 자기 가치를 인정받지 못한다고 여겨질 경우 그 네 사람의 우정은 위험해지는 것이다.

'Wake Up Dead Man'은 우리가 만들려고 했던 본래 앨범의 폴라로이드 미학과는 한참 거리가 먼 곡이다. 나는 이 노래가 무덤 속의 예수에게 바친 곡이라고 생각했지만, 아마 이건 애덤, 래리, 엣지가 나에게 보낸 편지였을 것이다.

깨어날 필요가 있는 것은 나였을 것이다.

Listen to the words they'll tell you what to do
Listen over the rhythm that's confusing you
Listen to the reed in the saxophone
Listen over the hum of the radio
Listen over the sounds of blades in rotation
Listen through the traffic and circulation
Listen as hope and peace try to rhyme
Listen over marching bands playing out their time.

Wake up, wake up dead man
Wake up, wake up dead man.

SURRENDER

40곡, 하나의 이야기

BONO

I got just enough low self esteem
to get me where I want to go

26

The Showman
쇼맨

The showman gives you front row to his heart
The showman prays his heartache will chart
Making a spectacle of falling apart
Is just the start of the show.

볼거리. 쇼. 자신을 쇼로 만드는 것. 인생을 걸고 해볼 만한 흥미로운 짓. 쇼비즈니스. 샤머니즘. 우리가 시장 좌판에서 혹은 무대에서 내놓는 온갖 반역 행위.

공연예술인들에 대해 알아야 할 것이 있다. 우리는 진실을 추구하는 가운데 진실이 아닌 짓을 할 능력이 보통 사람들보다 월등하다. 여러 면에서 우리는 믿을 만한 존재가 아니다. 우리는 감정을 비틀어 버린다. 옆 사람이 우리를 소름 돋게 만들면 화난 얼굴을 하기도 한다. 속으로는 울고 있으면서도 사람들을 웃길 수 있다. 말런 브랜도는 연기란 생계비를 벌기 위해 거짓말을 하는 것이라고 말한 적이 있다. 위대한 예술가나 혹은 위대한 누군가를 '사기'라는 말과 연관 짓지는 않지만, 고백하건대 나의 사기 행각은 지금도 계속되고 있다. 공연예술가가 되는 데에는 정직성만큼이나 사기 또한 핵심 요소이며, 온갖 사기 중에서도 가장 큰 사기는 바로 진정성이다. 아주 오래된 점퍼를 입고 또 마약에 취한 채 카메라 앞에 선 로큰롤 스타.

위대한 연기 지도자 콘스탄틴 스타니슬랍스키Konstantin Stanislavski는 무대 위에서 가장 하기 힘든 연기가 바로 무대를 그냥 가로질러 걸어가는 것이라고 말했다. 관객의 시선은 우리를 바꾼다. 말런 브랜도가 스타니슬랍스키로부터 배웠던 메소드 연기는 연기하고 있는 인물 안으로 들어가는 동시에 자신의 진정한 자아를 유지하는 법이 핵심이다. 로큰롤에는 여러 다른 공연예술가들이 혼재되어 있다. 관심의 중심에(우리는 있어야 할 곳이기도 하다) 서는 것을 너무나 즐기는 사람부터 몸 둘 바를 몰라 하는 모습으로 연기하는 이들까지. 후자의 경우처럼 주저하는 이들이 영화에서는 유리한 위치에 서게 된다. 카메라는 카메라를 좋아하지 않는 배우들에게 끌린다. 반대로 카메라의 중심에 서기를 즐기는 너무 몸집이 크거나 너무 몸짓이 큰 배우들에 대해서는 의심한다.

그게 바로 나다.

이는 아주 옛날, 당시 팝 음악에서 사람들의 관심이 온통 집중된 최정상의 TV쇼 〈탑 오브 더 팝스Top of the Pops〉에 출연했을 때 배웠던 교훈이다. 우리는, 아니 좀 더 정확히 말하면 내가 아직 그런 최정상의 무대에 설 준비가 되어 있지 않았다. 당시의 영상을 보면 '히스테리컬'이라는 말만 떠오른다. 내 몸동작은 못된 강아지 같았고, 놀란 표정을 아예 얼굴에 새긴 채로 마치 용수철로 튀어 오르는 상자 속 인형같이 굴었다. 〈탑 오브 더 팝스〉에 출현했다가 노래가 순위 아래로 처박히는 몇몇 밴드들이 있었고, U2 또한 그런 밴드 중 하나가 된 건 이 때문이었을 것이다.

카메라는 진실을 추구할지 모르지만, 그것을 왜곡할 때가 더 많다.

"내가 조언 하나 할게." 생각에 잠긴 매니저 폴 맥기니스가 말했다. "얼굴 한복판에 그런 건축물을 올린 채로 광각 렌즈의 가장자리에 갈 생각은 절대로 하지 마."

나는 TV에 나올 때의 요령을 아직 체득하지 못한 상태였다. 아마 브랜던 비언의 말대로, "텔레비전에 나오기에는 내 머리가 너무 컸다." TV 카메라 앞에서 자연스러운 이들도 있지만, 그들조차도 일정한 훈련을 겪는다. 무대 위에서 가장 통제하기 힘든 것은 바로 자신의 자아다. 나의 경우, 무대 위에서 자아를 관리할 수 있는 순간은 아주 짧다. 내 자아의 스위치를 내리는 일이 너무나 어렵다. 내 머릿속에서 걸어 나오기 위해서는 정말로 노래 안으로 몰입해야만 한다. 자의식이야말로 적이다. 불안함과 취약함은 적이 아니다. 관객들은 무의식의 차원에서 공연예술가들이 자기들을 필요로 한다는 걸 알 필요가 있다.

It is what it is but it's not what it seems
This screwed up stuff is the stuff of dreams
I got just enough low self esteem
To get me where I want to go.

사례 연구 1: 그는 그의 길을 갔다

여기에 역사상 최고의 쇼맨 중 하나인 프랭크 시나트라가 등장한다. 요즘은 그의 노래가 음반 차트나 스트리밍 순위에 오르지 않지만, 2008년의 마지막 날 그는 나와 함께 더블린의 한 술집에 있었다. 술잔이 사방에서 부딪히고 아일랜드 고유어인 게일어Gaelic로 사람들이 마구 떠들어댄다. 사람들은 드나들고, 연인들은 깨지기도 하고 또 새로 맺어지기도 하며, 가문들 사이의 오랜 싸움은 가라앉기도 하고 다시 시작되기도 한다. 신이 나서 몰트 맛을 찾는 사람도 절망에 빠져 생강 맛을 찾는 사람도 모두 한 줄로 서서 기네스 맥주를 시킨다. 아서 기네스Arthur Guiness가 파인트 잔에 벨벳처럼 부드러운 흑맥주를 처음으로 부은 이후 250년이나 지속되어 온 전통이다.

그 순간에서 모든 이들을 깨우는 목소리가 스피커에서 나온다. 프랭크 시나트라가 'My Way'를 부른다. 당당함에 바치는 찬가인 이 노래는 이제 40년이나 되었고, 모든 이들이 각자의 구구한 사연을 가슴에 품고 다 함께

이 노래를 따라 부른다.

그의 노래가 울려 퍼지는 오늘 밤의 더블린은 특히 분위기가 묘하다. 금융 위기로 거품이 터졌기 때문이다. 아일랜드 사람들은 새로 벌어들인 돈을 도박에 걸었다가 몽땅 잃었다. 한때 켈트 호랑이라고 불렸던 아일랜드 경제가 이제 꼬리를 사타구니에 말아 넣었고, 건설업자들과 은행가들은 지난 한 해를 돌이키며 쓴웃음을 지으면서 새해에는 무사할 거라고 애써 스스로를 위로하고 있었다. 하지만 아일랜드 국가 경제는 거의 파산에 이르렀고, 상투를 잡고 비싼 값에 집을 사거나 빌리느라 큰돈을 대출받았던 사람들도 파산하게 된다. 이 사태에 대해 손가락질하는 사람이나 손가락질을 당하는 사람 모두 프랭크 시나트라의 노래를 부르고 있다는 것이 이상하게 들리기도 했다.

나는 그의 목소리에 한 가지 성질이 완전히 빠져 있다는 것에 충격을 받았다. 바로 감상적인 느낌이다.

우리의 비즈니스도, 우리의 연애도, 우리의 삶도 모두 불확실성에 휘말린 이 순간 어째서 시나트라의 목소리만큼은 모두가 귀를 기울이는 부둣가의 고동 소리가 되는가? 그래서 이 살 떨리는 순간에도 잠깐 사람들이 자신감과 낭만에 빠지게 하는가? 그러다 너무 빠져들면 술을 벌컥벌컥 마시게까지 만드는 것일까?

신뢰를 부르는 소리.

"지금 내게 거짓말하지 마"라고 말하는 목소리.

근사하지만fabulous, 꾸며낸 우화 같지는fabulist 않은. 믿고 의지할 수 있는 정직함.

새해가 시작됐다. 술집 사람들의 감정은 희망과 공포, 기대와 전율 사이를 오간다. 하지만 그 끝이 어떻게 되든 지금 이 순간만큼은 프랭크 시나트라의 목소리가 사람들의 손을 꼭 잡아 준다.

나는 술집에서 돌아와 와인 한 병을 땄다. 가족들도 친구들도 너무 오래 둔 바람에 식초로 변하기 직전이다. 나도 식초로 변하기 직전이었다. 부엌

문 옆에 기대어 서서 건너편 벽의 노란색 그림을 본다. 내가 프랭크 시나트라와 함께 그의 〈Duets〉 앨범에 수록된 곡 'I've Got You Under My Skin'을 부른 뒤인 15년 전, 그가 손수 그려 내게 보내 준 그림이었다. 온통 노란색의 캔버스 위에, 사막의 평원에서 거칠게 그려진 동심원들이 그려져 있었다.

프랜시스 앨버트 시나트라. 화가, 모더니스트modernista. 나는 약간의 우수에 젖어 그와 함께했던 추억을 영화 속 장면처럼 내 머릿속에 한번 투사해 본다. 그 순간들 이후로 나는 그를 잘 아는 척해왔지만, 내가 실제로 그에 대해 알게 된 것은 그의 노래들 때문이었다.

시나트라의 본 모습

엣지와 나는 팜스프링스Palm Springs에 있는 그의 집에서 함께 시간을 보냈다. 그의 집은 사막과 언덕이 내려다보이는 곳에 있었다. 주변에는 아무것도 없었다. 하지만 마일스 데이비스를 비롯한 재즈 음반이 정말 많았고, 우리는 재즈 이야기를 정말 많이 했다.

그가 내게 그 그림을 보여준 것도 그때였다. 나는 그 원들이 호른의 다이아미터나 트럼펫의 벨 모양을 연상시킨다고 생각했다. 그래서 그렇게 말했다.

또 나는 그가 마일스 데이비스에게 가장 큰 영향을 준 이들 중 하나라고 들었다고 말했다.

"이 그림의 제목은 'Jazz'야. 자네가 가지게."

(그래서 이 그림이 템플 힐의 우리집 계단 아래 벽에 걸리게 된 것이다.)

"귀걸이를 한 남자들 중에서 내가 유일하게 좋아하는 사람이 바로 자네야."

시나트라 부인이 화려한 진홍색 드레스를 입고 계단을 내려온다. 우아함 그 자체이며, 프랭크는 함박웃음을 짓는다. "바버라, 당신 꼭 핏덩이처럼 보여!"

"마일스 데이비스는 한 음도 허투루 내는 법이 없어. 그리고 바보에게는 한마디도 하질 않지."

그리고 이런 이야기가 나온다.

"재즈의 본질은 지금 이 순간이야. 모던하다는 것도 마찬가지야. 미래가 아니라 바로 지금 이 순간이라고."

문제는 지금 이 순간이라는 거죠? 하지만 내가 프랭크 시나트라와 함께 있었던 그 순간, 그는 현재를 잊어버리고 있었고, 더 이상 그 순간에 있지도 않았다. 그날 낮에 우리는 캘리포니아 사막에서 만나 'I've Got You Under My Skin'의 비디오를 찍기로 되어 있었다. 우리는 함께 리무진을 타고 프랭크의 친구가 운영하는 팜스프링스의 한 술집으로 가고 있었고, 케빈 고들리Kevin Godley 감독과 촬영팀이 우리를 따라오고 있었다. 프랭크와 내가 함께 수다를 떨고 있으면 그걸 케빈이 촬영한다는 계획이었다. 첫 장면은 프랭크가 혼자 앉아서 아일랜드의 크룬 창법 가수crooner가 도착하기를 기다리는 것이었다(크룬 창법은 나도 그때 처음 해보았다). 하지만 첫 장면을 반복해서 찍는 가운데 카메라 한 대가 문제를 일으켰고, 프랭크는 술집에서 10분이나 혼자서 기다려야 했다. 촬영이 늦어지는 사이에 그는 혼자 술집을 나와 촬영 현장에서 빠져나갔다. 사라진 것이다. 이 쇼맨은 혼자 그렇게 오래 내버려져 있느니 춤추는 듯한 걸음걸이로 사라져 버렸으며, 나와 촬영팀은 듀엣의 한 사람이 사라져 버렸으니 그냥 술집에서 기다리는 수밖에 없었다.

나중에 바버라로부터 전화가 왔다. 모종의 오해가 있었다고 했다. 그러니 우리가 그날 저녁 그의 집으로 와서 조촐하게 모여 위스키나 한잔하는 게 어떻겠냐고 했다. 엣지는 대답을 망설였지만, 나는 곧바로 그러겠다고 했다.

그렇게 그의 집에 갔다. 보통 내가 미국에서 위스키를 마실 때는 얼음 없이 잭 다니엘스를 스트레이트로 마신다. 테네시 위스키를 조금씩 맛보면서. 그런데 왜 하필 그날 나는 진저에일까지 주문해서 스타일을 구겼던 것일까?

"잭 다니엘스에 진저에일?" 프랭크가 물었다. "그건 여자들이나 마시는 거 아닌가?"

그가 나를 집 대문에서 맞았을 때, 나는 그가 내 귀걸이를 주의 깊게 보면서 나름대로 나에 대한 판단을 내리는 것을 감지했다. 아마 말은 안 했지만 그는 혼자 이렇게 생각했던 게 틀림없다. "완전히 여자 같구먼."

나는 이걸 벌충하느라 너무 빨리 마셔댔으며, 게다가 술을 섞어 마셨던 것은 최악이었다. 만찬에서(이탈리아식이 아닌 멕시코식이었다) 우리는 거대한 어항 같은 큰 잔에 테킬라를 마셨다. 프랭크가 그 큰 잔을 그대로 들이키는 것을 보면서 혼자 생각했다. "내 머리통보다 큰 건 절대 마시면 안 되는데."

프랭크는 푸른색 냅킨을 조심스럽게 접으면서 혼잣말했다. 그 말을 엣지가 살짝 들었다. "내 눈도 옛날에는 이렇게 푸른색이었는데…."

진짜다.

만찬 후에는 집 안에 차려진 영화 상영실에서 영화를 몇 개 틀어주었다. 그런데 나는 그곳의 눈처럼 하얀 소파에서 잠이 들어버렸다. 그러다가 화들짝 놀랐다. 깨어보니 내 다리 사이에 축축한 느낌이 온 것이다. 딘 마틴Dean Martin이 나오는 꿈은 모두 사라지고 패닉이 밀려왔다.

첫 번째 생각. 오줌을 쌌구나. 프랭크 시나트라 옆에서 오줌을 싼 거야. 두 번째 생각. 아무한테도 말하지 말아야지. 세 번째 생각. 이 하얀 소파 위에 오줌을 쌌으니, 움직이면 안 돼. 하얀 바탕에 노란 자국이 남으니까 바로 눈에 띌 거야. 네 번째 생각. 뭔가 계획을 세우자.

그렇게 나는 오줌을 지린 채로 20분을 앉아 있었다. 한마디도 못 하고. 영화가 끝나기만 기다리며. 이탈리아인 프랭크에게 아일랜드인인 내가 완전히 패배했음을 어떻게 설명해야 하나 생각하면서. 아까는 그저 입에서만 헛소리가 튀어나왔지만, 이제는 그게 커져서 엉뚱한 곳에서 엉뚱한 게 튀어나와 진짜 실금失禁이 되어버렸으니, 이거야말로 내가 잘못 초대된 손님이라는 확실한 증거가 아닌가. 나는 또라이야. 여기 괜히 온 거야. 나는 침대에 오줌을 싸고 앙 하고 우는 네 살배기로 되돌아가고 말았다.

"엄마, 옷 갈아입혀 줘… 나 오줌 쌌어."

그런데 사실은 아니었다. 내 잔의 술이 넘쳤던 것뿐이었다. 나는 취했었던 것 같다. 술에 취하고 프랭크에 취하고. 혼자 숨어서 잘난 체하던 이 뱁새가 진짜 거인의 황새걸음을 따라가려다가 그렇게 되었나 보다.

"내 사랑, 다 끝났소. 이제 어떻게 하려오?"

우리는 호텔로 되돌아갔다. 프랭크 시나트라 드라이브에서 좌회전. 나는 이 위대한 인물과 함께 술을 마시는 일은 절대로 없을 거라고 다짐했다. 또다시 초대받는 일도 없겠지. 그런데 내가 틀렸다. 두 번씩이나. 다음 해에 나는 로스앤젤레스의 쉬린 오디토리엄Shrine Auditorium의 꼭대기에 있는 매니저 수트룸의 바에 있었다. 그래미 시상식이었고, 프랭크가 나에게 그가 그래미 레전드상을 받을 때 소개하는 역할을 해달라고 부탁한 것이었다.

그는 조금 초조해 보였다. 나도 조금 초조했다.

바텐더에게. "한 잔 주십시오."

우리는 서로에게 무대에서 어떻게 할지를 명령하는 대신 술집 종업원들에게 명령을 내리고 있었다.

취하려고 마시는 것 아니잖아, 그냥 향취가 좋아서지, 그치?

그런데 왜 이번에도 술 취한 모습이 이렇게 나오는 거지? 프랭크가 내게 또 한 잔을 시켜줬기 때문이야, 그래서 그래. 이번에는 그가 권하는 대로 잭 다니엘스 스트레이트. 그것도 파인트 잔에다가. 나는 프랭크의 공보 담당이자 수호성인인 수잔 레이놀즈Susan Reynolds 그리고 나의 아내이자 수호성인인 앨리와 이야기하고 있었다. 폴 맥기니스는 그의 옷깃에 달린 핀에 대해 물어보고 있었다.

"이건 자유 훈장Medal of Freedom입니다. 대통령이 민간인에게 직접 수여하는 최고의 상이지요."

"대통령이 누구였나요?" 폴이 물었다.

"오, 기억이 안 나요. 그냥 어떤 늙은이. 아마 링컨이었던가?"

쿨하다. 나는 생각했다. 저 상은 미국인들에게만 주는 거겠지? 아, 술 때문에 다리가 풀려 버리는 것 아냐? 그리고 우리 앨범 〈Zooropa〉가 혹시나 베스트 얼터너티브 앨범상을 받게 되면 무대에서 뭐라고 말을 해야 할까?

에이, 설마. 그런데 진짜로 우리가 상을 받게 되었다. 나는 멀쩡히 두 다리로 단상으로 걸어 나가 마이크를 통해 200명 정도의 청중들에게 이렇게 말했다. "U2는 앞으로도 계속 주류에 엿을 먹여버릴 겁니다." 이는 그다지 재미가 있는 대사도 또 멋진 대사도 아니었지만, 되돌아오자 프랭크가 나타나서 이렇게 말해주었다. "나는 이 친구가 그냥 마음에 든다고 생각했었어. 그런데 이제 나는 이 친구 사랑해."

나는 33살에 불과했다.

우리는 커피를 마시면서 메인 이벤트를 준비했다. 상을 받게 될 사람은 우리의 이탈리아인 구세주이시며, 나는 그의 길을 예비하는 세례 요한의 역할에 불과했지만 단상 위에서 심각하게 짜증 나는 모습을 연출했다. 입에 작은 시가를 물고서 건들거리며 올라간 것이다. 나는 정말로 정말로 신경이 곤두서면 일부러 능글맞은 짓을 한다. 나는 시가를 피운다. 자극을 받는다. 기침을 한다. 장황한 연설을 늘어놓는다.

내가 무대에서 내려오고, 기립박수가 쏟아지는 가운데 클래식 만찬 정장을 입은 프랭크가 걸어 나왔다. 그는 다른 누구보다도 이 도시를 유명하게 만들어준 사람이었다. 최소한 이곳의 모든 사람들은 그렇게 생각하고 있었다. 그는 청중들을 바라보며 무대 뒤의 바텐더에 대해 이야기하고 나서 몇 가지 농담을 건넨다. 그러고는 순식간에 감동한 표정을 지으며 자리를 뜬다. 그 순간을 잃어버린 것도 아니고 그 순간에 빠져버린 것도 아니다. 그냥 길을 잃었다. 그래미 시상식이 광고로 바뀌었다. 프로듀서들과 프랭크의 운영팀은 패닉에 빠져 플러그를 뽑아버렸다.

모던해진다는 것의 본질은 미래가 아니라고 그는 내게 말했다. 그 본질은 바로 지금 이 순간이라고. "지금 이 순간에 있는 것"이야말로 그가 자신에게 또 자신의 예술에 요구했던 유일한 것이었다. 그런데 "지금 이 순간"이 그렇게 손아귀에서 빠져나가는 것을 느꼈을 때 그 느낌은 실로 공포스러웠을 것임이 틀림없다. 긴 세월을 살게 되면 수명은 길어지겠지만 영광은 항상 빛이 바래어 가게 되어 있다.

푸른색 눈 아니면 붉은색 눈

다시 2009년 1월 1일 템플 힐의 우리집이다. 나는 시나트라의 'My Way'를 틀어보았다. 그가 또 다른 대가 중의 대가인 루치아노 파바로티와 듀엣으로 부른 버전이다. 이 듀엣은 별로 어울리지 않았다. 두 사람 모두 최고 중의 최고인 음성을 가지고 있는 이들이었지만, 내 귀에는 이 두 이탈리아인들 중 오직 한 사람의 노래만이 가깝게 들려왔다. 그리고 이 목소리들의 엄청난 폭풍 아래로 나는 프랭크의 노래가 너무나 가슴에 다가와 꽂히는 것을 느꼈고, 결국 루치아노 없이 프랭크 혼자 부른 버전의 음반을 구해 들어보았다. 그 버전에서 프랭크의 노래는 실로 놀랄 만한 것이었고, 가사를 완전히 다른 시각에서 해석하고 있었다. 프랭크가 55세 때에 부른 이 노래는 호기롭게 뽐내는 내용이었지만, 그가 79세가 되어 부른 버전은 사과와 변명이었다.

전자는 1969년에 녹음된 것으로, 당시 이 노래를 그에게 준 폴 앙카Paul Anka에게 프랭크는 이렇게 말했다. "나는 이 비즈니스 그만둘 거야. 진력이 나. 완전히 떠나버릴 거야." 이 당시의 'My Way'는 헤어지면서 배웅하는 노래라기보다 헤어져서 시원하다는 느낌의 노래였고, 어떤 남자가 자기가 그동안 여러 방면에서 저질러 온 모든 실수에 대해 있는 대로 용기를 끌어모아 상남자인 척 당당하게 뻗대는 노래였다. 그런데 나중의 버전을 들어보니, 돈 코스타Don Costa의 편곡도 동일하고 가사와 멜로디 모두 똑같고, 템포,

조 등등 모두가 똑같지만, 완전히 다른 끝을 맺고 있었다. 이제 이 노래는 가슴을 에는 패배의 노래가 된 것이다. 싱어의 기고만장함은 완전히 사라져 버렸다.

어떻게 이렇게 할 수 있었을까? 이 노래는 이제 사과와 변명이 되었다. 진짜로. 그야말로 노래 해석의 천재성이다. 이중성. 그동안 이 노래에는 서로 다른 두 곡의 노래가 항상 숨어 있었던 셈이다.

시더우드 로드에서 온 이 '애'가 호보켄Hoboken에서 온 이 사나이와 듀엣을 할 수 있었다니 이 무슨 행운인가. 그 사나이는 이중성을 이해하며, 하나의 노래에서 두 가지 정반대의 생각을 읽어내는 재능을 가지고 있으며, 어떤 순간에 어떤 쪽을 드러내야 할지도 아는 지혜를 가지고 있다. 푸른색 눈이든 붉은색 눈이든.

밥 딜런, 니나 시몬Nina Simone, 마비스 스테이플스Mavis Staples와 마찬가지로 프랭크 시나트라 또한 나이가 들면서 목소리가 마치 오크통에 오랜 시간 숙성시킨 위스키처럼 더 좋아졌다. 싱어는 소통하는 사람이며, 고음이나 저음을 내는 것은 오직 부분적인 일일 뿐이다. 싱어들은 자기들이 알기 싫어하는 것이 아닌, 자기들이 세상에 대해 알고 있는 것에 더 많이 의존한다. 다른 음악인들보다 특히 싱어들이 더 그렇다. 여기에도 위험은 있다. 예를 들어 천진난만함은 분명히 일정한 힘을 가진 성격이지만 세상에 대해 많이 알다 보면 이런 성격이 사라지게 되니까. 하지만 파란만장한 삶이라 해도 잘 버텨내기만 한다면 그 과정에서 음악을 해석하는 기술은 많이 늘어나게 된다.

만약 어떤 노래를 부를 때 프랭크처럼 이번이 마지막인 것처럼 부를 수만 있다면. *만약* 프랭크처럼 이전에 한 번도 불러보지 못했던 것처럼 부를 수만 있다면. *만약* 그럴 수만 있다면.

사례 연구 2: 이 세상보다 더 큰 목소리

우리가 1990년대 초 유럽 전역을 헤매며 〈ZOO TV〉 공연을 해나가고 있을 때, 이에 주목한 이들 중 큰 제스처로 유명한 누군가가 있었다. 루치아노 파바로티는 이탈리아인이므로 자기 이웃 나라가 전쟁의 불길에 휩싸였다는 것을 너무나 잘 알고 있었다. 아드리아해 근처에 있는 그의 집은 보스니아와 헤르체고비나의 전쟁을 거의 눈으로 볼 수 있을 만큼 가까웠다. 파바로티는 '그의 정원 담장 너머에' 전쟁이 벌어지고 있다는 사실에 깊은 상처를 받았고, 여기에 도움을 줘야만 한다고 생각하고 있었다. 그는 누구도 따라올 수 없는 자신의 목소리를 몇 가지 방식으로 활용할 수 있었다. 이 전쟁이 초래한 고통의 정서를 노래에 담아 공연을 할 수 있으며, 내켜 하지 않는 사람들을 설득해서 모금 활동을 하고 전쟁 지대를 위한 모종의 구호 패키지를 만들어 내는 것이다. 결국 이 세상보다 더 큰 목소리를 가진 이 남자는 두 가지를 모두 다 하기로 결심했다.

감정의 팔씨름에 있어서는 세계 챔피언이라고 할 수 있는 루치아노 파바로티는 우리가 그를 위해 노래를 만들어줄지를 궁금해 했다. 우리는 결코 그렇게 하겠다고 말한 적이 없었지만, 그는 템플 힐의 우리집에 아마 스무 번은 전화했을 것이다. 대답은 항상 거절이었다. 나는 우리가 우리 노래들을 완성하느라고 몸부림치는 중이어서 도저히 그를 위한 노래를 만들 틈이 없다고 설명하려고 했다. 게다가 우리는 이미 브라이언 이노와 함께 패신저스라는 밴드를 만들어 새로운 음악적 실험을 시작한 상황이었다. 파바로티는 영어에 능했지만, 그가 전혀 이해하지 못하는 영어 단어가 하나 있었다.

'no'라는 단어다.

그는 계속 전화를 해댔고, 우리집의 살림을 맡아보는 테레사와도 이야기했으며, 앨리와도 이야기했으며, 전화를 받는 누구와도 이야기했다. 결국에는 운이 나쁘게도 (혹은 좋게도) 내가 전화를 받는 일이 벌어졌다. 그런데 그는 노래에 대해 물어보지 않고 나에 대해서, 우리 가족에 대해 물어보아서 나를 놀라게 했다. 나는 우리 가족이 프랑스에서 부활절 휴가를 보낼 계획이라고 했다.

"아주 멋져요. 그러니까 사랑스러운 부인과 아이들하고 시간을 보낸다는 말씀이죠… 아무 압박도 없이?"

"예," 나는 말했다. "저는 완전히 지쳤어요."

그는 말했다. "아주 좋아요. 그러면 노래를 만들 시간이 있다는 말이군요."

나는 기침을 했고, 최선을 다해보겠노라고 했다.

"부활절이야말로 가장 성스러운 날이니 하나님께서 좋은 노래를 내려 주실 거예요." 그가 말했다. "막 당신 안에서 노래가 샘솟듯 할 거예요. 틀림없어요."

그가 옳았다. 나는 노래를 찾아냈다.

패신저스 밴드의 녹음 세션 중에 즉흥적으로 곡을 만들게 되는 일이 있었고, 여기에 가사와 멜로디는 물론 게스트 싱어도 필요할 듯했다. 가사의 아이디어는 내가 사라예보 사람들에 대해 들은 한 이야기에서 나왔다. 그들은 포위에 맞서 자기들을 지키기 위해 모든 수단을 동원했고, 그중에는 초현실적인 유머 감각까지 있었다. 한 전문 첼로 연주자는 폭격을 맞은 건물의 폐허 더미에서 어둠을 방패로 삼아 소나타를 연주했다. 한 무리의 대담한 여인들은 함께 미스 사라예보 미인 대회를 열었다. 미인 대회에 나온 여인들이 두른 띠에는 이런 문구들이 쓰여 있었다. "여러분은 정말로 우리를 죽이고 싶나요?"

이 미인 대회를 담은 필름은 이 여성들이 증오에게 자신들의 여성성을 넘겨주기를 거부했음을 보여주는 강력한 증언이었다.

우리는 'Miss Sarajevo'의 반주를 녹음했고, 리드보컬인 파바로티의 목소리를 녹음하기 위해 페사로Pesaro에 있는 그의 저택을 방문했다. 이 전설의 오페라 가수는 내가 상상했던 것보다 더 보헤미안처럼 살고 있었다. 그는 자기 집에 스튜디오가 있다고 했지만, 우리가 그가 자는 침대 끝자락에서 마이크로폰을 발견하게 될 줄 누가 알았겠는가. 그는 자기 침실에서 노래했던 것이다. 하지만 그는 오직 식사를 한 뒤에만 노래를 한다고 했고, 그래서 우리는 그의 음식이 차려질 때까지 기다렸다. 파스타 그릇은 이탈리아 반도만큼 거대했다. 그다음에는 한숨 자야만 했다. 그는 오직 수면을 취한 뒤에만 노래를 한다고 했다.

그것도 식사를 한 뒤에. 그래서 우리는 기다렸다. 우리는 계속해서 먹고 마셨으며, 마침내 그가 해먹에서 깨어 일어나 마이크로폰을 잡았다.

우리 모두 조금은 휴가를 온 느낌이었다.

비평가들이 말해주지 않는 오페라 이야기

오페라 가수들은 단지 높이뛰기 선수들처럼 높은 C음을 내는 체육인도 아니며, 그 타고난 괴물 같은 유전자로 사람들의 갈채를 얻어내는 서커스 공연자들도 아니다. 오페라 가수들은 무엇보다도 감정을 전달하는 사람들이다.

감정 이입.

믿기 힘든 이야기들을 청중들이 이해할 수 있도록 만드는 것이 바로 이들의 재능이다. 누구든 평범한 인생이란 없기 때문이다. 따라서 오페라 가수들의 음성은 그들이 살았던 삶에 따라 그 질이 좌우된다. 더 많은 삶을 살수록 목소리는 더 좋아진다.

감정 이입.

인생이라는 것은 비록 지독하게 헷갈리는 것이지만, 인간의 목소리는 항상 어떤 노래의 감정 지형과 영적 지평을 드러내게 되어 있다. 노래만이 아니다. 사람들을 인도하는 싱어 본인의 감정과 영성도 드러나게 되어 있다. 이것이 바로 오페라의 본질이다. 이것이 바로 루치아노 파바로티의 가장 핵심적인 능력이다. 녹음을 시작한 지 얼마 되지 않아서 루치아노 파바로

티가 삶이 손아귀에서 빠져나가고 있는 사람들을 위해 노래를 할 수 있을 만큼 풍부한 삶을 살아온 사람이라는 것이 분명하게 드러났다. 그는 사라예보 사람들이 겪고 있는 초현실적인 슬픔을 이해할 수 있는 것으로 만들어 냈다.

감정 이입.

나는 이제 그가 나나 우리 가족들에게 전화를 걸어 괴롭히는 일이 없을 거라고 생각했지만, 잘못된 생각이었다. 일주일도 채 지나지 않아 그가 또 전화를 했다. 우리더러 모데나Modena에서 열리는 그의 연례 자선 연주회에서 함께 공연을 해야 한다는 것이었다. 나는 계속해서 안 된다고 했고, 그는 계속해서 된다고 했다. 나는 밴드에 이야기했다. 모두 말도 안 된다는 표정이었다.

"당신이 모데나에서 나를 위해 연주할 수 없는 이유를 하나만 대보세요." 그가 말했다.

"우리는 지금 스튜디오에 있습니다." 내가 말했다. "가고 싶다고 해도, 우리 밴드가 그걸 원하지 않아요."

"그럼 내가 밴드 분들과 이야기하면 그들도 분명히 된다고 할 거예요."

나는 내가 그들을 잘 아는데 이건 협상이 가능한 문제가 아니라고 말했다.

"밴드 분들에게 한 번만 더 이야기해주실래요?"

"알았습니다." 나는 말했다. 순전히 전화를 끊기 위해서. "내일 스튜디오에서 밴드 멤버들과 모입니다."

"더블린입니까?" 그가 말했다. "당신네 고향 사람들은 다 이해할 겁니다. 단지 나를 위해서가 아니라 인류를 위해서 옳은 일을 할 기회라는 것을요. 그들에게 내가 그렇게 말했다고 전해주세요."

알겠습니다.

그는 다음날 스튜디오로 전화했다. "보노, 거기 계세요?"

나는 말했다. "예, 저 스튜디오인데요."

"거기 계세요. 30분이면 도착합니다."

"뭐라고요!"

"저 지금 막 공항을 나왔어요. 이제 당신을 만나러 가는 길입니다."

"더블린에 오신 건 아니죠?"

"저 더블린이에요. 당신 밴드 분들과 이야기하고 싶어서요. 다른 분들도 거기 계신다고 했죠. 저 갑니다. 만나서 얘기해요."

우리 밴드 멤버들은 누가 강압적으로 마구 밀어붙이는 것을 좋아하지 않는다. 그래서 나는 이 만남이 좋게 끝날 수 있을지 걱정이 되었다. 나는 멤버들에게 파바로티가 지나가는 길에 인사하러 들를 것이라고 이야기를 꺼냈다.

래리: "누구 데려오는 거는 아니지?"

"그냥 니콜레타Nicoletta뿐일 거야. 나도 몰라."

그처럼 엄청난 전 지구적인 슈퍼스타가 우리를 방문한다는 것은 대단한 일이었지만, 나는 우쭐해지기보다는 걱정이 앞섰다. 우리 밴드 안에서 지금 나의 체면이 위태로워졌기 때문이다. 나는 그래서 그는 지구상의 가장 위대한 가수이므로 그가 혹시나 방문한다면 우리도 공손히 맞아야 한다고 설명했다. 결국에는 우리 모두 합의에 이르렀지만, 그 합의는 파바로티가 도착하는 순간에 바로 깨지고 말았다.

그는 텔레비전 촬영팀을 데리고 나타났다.

우리는 함정에 빠진 것이며, 밴드 멤버 중 몇은 이를 재밌다고 생각하지만은 않았다. 루치아노 파바로티가 도착했고, 우리는 항복했다. 음, 적어도 우리 중 절반은. 파바로티라는 오페라가 이동하며 데리고 온 TV 촬영팀의 카메라 앞에서 엣지와 나는 모데나 행사에 참여하여 연주하겠다고 동의하고 말았다. 그리하여 우리는 브라이언 이노까지 가세하여, 1995년 9월에 전쟁 아동 구호회를 후원하는 "파바로티와 친구들Pavarotti and Friends" 연례 연주회에서 'Miss Sarajevo'를 초연하게 되었다.

세 명의 테너들: 가빈, 밥, 루치아노

인생은 불가능할 것 같은 변화들로 점철되어 있다. 그리고 모데나에서 나는 우리 아빠의 변화를 목격했다. 세계 3대 테너의 한 사람인 루치아노 파바로티를 만날 수 있는 기회인데 테너임을 자처하는 아버지를 데려오지 않을 수 있겠는가? 엣지도 그의 웨일스 테너 아버지 가빈을 데려왔고, 급기야 밥, 가빈, 루치아노가 함께 브라이언 이노의 부인 앤시아Anthea에게 '해피 버스데이'를 부르기까지 했다. 가빈 에반스는 정말로 진지하게 파바로티를 압도해보겠다고 최고의 고음까지 따라 했다.

"우리 3대 테너 맞지?" 그는 말했다. "우리는 최고음 C도 속임수 쓰지 않고 그대로 냈어!"

그런데 파바로티마저도 빛을 잃게 만드는 후광을 가진 인물이 도착하면서 드라마가 펼쳐졌다. 바로 웨일스 공비 다이애나Diana였다. 그녀는 엄청난 스타였으며, 조용히 얌전히 있을수록 그 인기는 더 커졌다. 엣지는 그의 부모님이 다이애나 공비를 만날 것이며 우리 아빠도 거기 함께 있으면 좋겠다고 했다. 나는 아빠의 대답을 이미 알고 있었지만, 그래도 한 번 기회를 주기로 했다.

"아빠, 다이애나 공비 만나볼래요? 그웬다와 가빈은 웨일스 사람들이니까 엣지도 함께 웨일스 공비인 다이애나를 만난다네요."

"뭐? 뭐라고? 그 여자 여기 왜 왔대? 정말 사방을 설치고 다니는구먼! 내가 미쳤다고 영국 왕족을 만나? 로또 복권 당첨자를 만나보라고 하는 격이지. 로또 당첨자가 무슨 재미가 있다고? 내가 거기 무슨 흥미가 있겠냐?"

"알아요, 알아요." 나는 조금 조심스럽게 말했다. "알아요. 됐어요. 그냥 물어본 거예요."

"절대 안 만나. 웃기는 소리 하지 마라."

한 시간 후 루치아노 파바로티가 우리의 분장실로 다이애나 공비를 데려왔다. 그녀는 우리에게 인사를 했으며, 그녀가 들어오자마자 만난 첫 번째 사람은 바로 우리 아빠였다. 다이애나는 힐을 신어 키가 6피트에 달했으며, 가장 아름다운 산호초 백색의 드레스를 입고 있었다. 그야말로 광채가 났다. 아빠는 바로 녹아버리고 말았다. 영국 왕실 가문 사람을 가까이에서 마주친 충격이 곧 지나가고, 10대 소년처럼 그녀에게 반한 기색이 역력했다.

"안녕하십니까?" 그녀가 물었다.

"만나서 너무 반갑습니다." 그가 말했다. 몸을 떨면서. "이렇게 인사를 해주셔서 너무 감사합니다." 영국에 800년 동안 억압당한 아일랜드인의 원한이 불과 8초 만에 눈 녹듯 사라졌다.

누가 영국 왕실의 효용성이 무어냐고 물어보면 나는 항상 이 사건을 이야기한다. 800년을 8초 만에.

Here she comes, heads turn around
Here she comes, surreal in her crown

—'Miss Sarajevo'

파바로티는 'Miss Sarajevo'의 초연에서 관객을 완전히 휘어잡았다. 그가 그 곡을 여기에서 노래하게 될 때까지 무슨 일이 있었는지는 중요하지 않았다. 그는 의지력 하나로 이 노래가 생겨나도록 만들었고, 이제 그 노래는 그를 싱어로서 최고의 상태로 올려놓았다. 패신저스는 그해 말에 발매된 앨범 〈Original Soundtrack 1〉에 이 노래를 수록했으며, 이 곡은 지금까지도 내가 녹음한 곡들 중 가장 좋아하는 곡으로 남아 있다. 아마 그 이유는 이 노래의 감정을 내가 전달하는 부담을 지지 않았기 때문일 것이다. 활화산 같은 목소리를 가진 루치아노 파바로티가 그 힘든 부담을 모두 짊어지고 있었으며, 그는 이제 전쟁의 폐허에서 모든 것을 잃고 절망만을 안고 살아가는 보스니아의 생존자들을 위해 모스타Mostar에 음악 센터를 짓겠다고 약속하며 청중들의 분위기를 한껏 띄웠다. 이 위대한 감정의 팔씨름 선수가 우리에게 자신의 의지를 관철했으니, 그의 청중인 우리는 그저 항복하는 수밖에. 이 그랜드마스터가 엔드게임을 펼쳤으니 누가 감동하지 않겠는가? 그 게임의 중간 부분도 숭고했지만, 특히 그 게임의 오프닝을 생각하면 지금도 웃음이 나온다. 아주 흔하지만 고전적인 묘수다. 아주 시칠리아식이다. 체스판의 나이트, 비숍들을 죽 포진해 놓고서 그의 퀸, 즉 다이애나 공비를 움직였다. 의심하는 마음은 잠시 비워두라는 것이 이제 왕실의 칙령으로 떨어진 셈이다. 고수가 펼치는 게임의 드라마에서 우리는 모두 체스판의 졸일 뿐이다.

루치아노 파바로티는 어처구니없을 정도의 스케일을 가진 인물이다. 그 체격도 그렇고, 인격도 그렇고, 그의 재능, 그의 감히 넘볼 수 없는 능력 모두 그렇다. 그래서 그런 면을 두고서 풍자나 웃음거리를 만들기도 쉽다. 하지만 그 활화산의 밑바닥에는 용암처럼 뜨거운 장엄한 분노가 도사리고 있었다.

It's no secret that a conscience can sometimes be a pest
It's no secret that ambition bites the nails of success
Every artist is a cannibal, every poet is a thief
All kill their inspiration and sing about the grief.

—'The Fly'

오페라는 절대 멀리 있는 것이 아니다.

공연예술가

위대한 싱어라고 해서 꼭 위대한 공연예술가는 아니다. 공연예술가가 되려면 무엇을 가져야 하나? 정직성? 관객과의 연결성? 싱어가 청중보다 더욱 절실하게 노래를 원하는 것?

'정직성'은 틀린 단어이기도 하고 맞는 단어이기도 하다. 불성실함은 나쁘게 말하자면 거짓말이다. 나는 불성실함보다는 차라리 거짓말을 택하겠다. 나를 매료시키는 공연예술가는 무대를 신뢰하지 않는, 혹은 무대가 너무 답답하다고 여기는 이들이다. 그들은 보이지 않는 네 번째 벽을 끊임없이 깨려고 하며, 그 순간 배우가 영화에서 카메라를 대하듯 관객에게 직접 이야기한다. 이런 공연예술가들을 보면 청중들은 그런 생각을 하게 된다. 당장에라도 무대에서 이쪽으로 뛰어내릴 것 같아. 청중들을 팔꿈치로 밀어낸 뒤 다시 청중들을 몸싸움으로 바닥에 눕혀 자기 노래를 듣게 할 것 같아. 공연이 끝나면 집까지 따라올 것 같아. 그래서 차까지 한 잔 끓여 줄 것 같아. (설탕 넣으세요?) 아니면 강도짓을 할 것 같아. 이기 팝이나 패티 스미스처럼 들고양이 같은 연기자들. 이 자유분방하게 움직이는 공연예술가는 그들과 청중 사이의 거리를 우습게 본다. 그냥 정서적인 거리감만이 아니다. 어떤 때는 물리적 거리마저 우습게 본다.

공연예술가들은 자기들의 여러 감정을 조명 쇼로 만들고 자기들의 분노를 불 쇼로 만들어버린다. 그리하여 자기들의 생각을 특수 효과로 만들어 관중들의 눈을 아찔하게 만든다. 사람들이 밥 딜런이나 마일스 데이비스를 연극적인 쇼맨이라고 생각하지 않는 이유는 이들이 우리가 생각하는 '빅 쇼'를 내놓지 않기 때문이다. 그들은 그저 청중을 자기들의 분위기로 들어오게 만든다. 그들을 사랑하는 청중들에게 있어서는 그들이 베풀 수 있는 가장 너그러운 일이기도 하다. 하지만 도저히 눈을 뗄 수가 없는 정말로 위대한 쇼맨들이 있다. 앞에서 이야기했지만 그중 가장 빠져들 수밖에 없는 이가 믹 재거다.

연결성? 우리 밴드는 항상 우리의 음악을 청중들이 있는 곳으로 전달하기 위해 무슨 일이든 시도해보았다. 이러한 연결을 추구하는 데에 있어서 기술은 우리에게 중요한 친구였다. 우선 인이어 모니터링 이어폰. 그 덕에 우리는 공연장 뒤에서 위성을 활용한 무대들을 구축할 수 있었고 또 시간 지체로 김이 빠지는 것도 막을 수 있었다. 그리고 스크린은 단순히 비디오 용도뿐 아니라 하나의 설치 예술이 될 수 있었다. 이 모든 기술을 우리는 적극적으로 활용했다.

우리는 대형 운동장이나 페스티벌에 모인 군중 뒤쪽에 있는 사람들도 우리 무대에 완전히 빠져들기를 원했다. 나는 그런 사람들이 공연의 긴장감을 잃고 어슬렁거리는 일이 없도록, 청중에게 뛰어드는 일부터 시작해서 PA 시스템의 꼭대기로 기어오르는 일까지 모든 수법을 다 동원한다. 어떤 특정한 노래의 경우에는 연주 도중에 사람들이 술을 마시려고 들면 나는 길길이 화를 내기도 한다. 비 내리는 바깥으로 쫓겨난 개 꼴이 되었으니까. 이 노래를 연주하는 도중에 꼭 화장실을 가야 돼? 정말?

1983년 로스앤젤레스 스포츠 아레나에서 공연하던 당시, 나는 평화주의를 외치기 위해 흰색 깃발을 들고서 공연장의 발코니로 기어 올라갔다. 그런데 어떤 이가 내 손에서 그 깃발을 뺏으려고 들었고, 나는 그 사람을 주먹으로 패기 시작했다. 비폭력의 이름으로. 그러고 나서 발코니에서 뛰어 내렸으며, 이를 두고 한 평론가는 그가 보았던 가장 어리석은 스턴트의 하나였다고 말하기도 했다.

이걸 두고 쓸데없는 과시라고 할 수도 있을 것이다. 실제로도 그렇다. 하지만 나는 또한 이를 두고 신체적 상징주의의 추구라고 부르기도 한다. 그게 내가 이를 합리화하는 방식이다. 공연예술가와 팬 사이의 장벽을 무너뜨린다는 목적 하나를 위해 온갖 실험을 다 하는 것. 이를테면 팬들에게 무대에 올라와 기타를 쳐보거나 우리와 함께 춤을 추도록 초대하는 것. 아니면 그냥 함께 놀아도 좋다. 2015년 몬트리올 공연에서 나는 딱 우리 네 명만 올라서도록 만들어진 무대 위로 100명을 불러들이기도 했다. 나는 정신이 나가버리기도 한다.

엣지나 래리나 애덤이… 혹은 운영진의 다른 이가 주기적으로 개입하여 나에게 다짐시킨다. 이런 식으로 정신이 나가버리는 일은 절대 없을 거라고. 하지만 바로 그게 핵심이다. 음악은 우리를 정신이 나가버리도록 만든다. 아니면 환갑을 바라보는 아재가 뭐 하러 힘세고 덩치 큰 젊은 남자 혹은 여자의 팔로 뛰어내려 자기를 무대 위로 옮기게 만들겠는가? 이는 실제로 벌어지고 있는 사실, 즉 우리 밴드를 40년이나 떠받쳐준 것은 바로 이 청중들이라는 사실을 상징하는 행위다.

난장판을 구원으로 만든다

꽤 오래전부터 나는 쇼비즈니스의 뿌리가 샤머니즘에 있다는 것을 이해하고 있었다. 가장 얄팍한 예술들조차도 그보다 훨씬 오래된 훨씬 깊은 질문들을 품고 있다는 것을 이해하고 있었다. 영생불사, 죽음, 부활과 같은 쇼들이다. 이것이 록스타가 된다는 것에 숨어 있는 사이비 종교적 측면이다. 어떻게 하면 난장판messy을 구원으로messianic 만들어낼 것인가.

로건 P. 테일러Rogan P. Taylor의 저서 《죽음과 부활의 쇼The Death and Resurrection Show: From Shaman to Superstar》를 읽으면서 나는 쇼비즈니스가 샤머니즘의 한 분과가 아니라는 것을 이해하게 되었다. 쇼비즈니스 자체가 바로 샤머니즘인 것이다. 모자에서 토끼를 꺼내는 마술부터 힌두 밧줄 마술을 거쳐 록 공연의 불 쇼에 이르기까지, 우리는 마음속 깊이 마술과 제례와 의식에 대한 믿음이 있어야 하는 것이다. 우리는 연행자가 초월성을, 즉 '다른 세계'에 갔다 온 경험을 지니고 있을 것을 바라는 무의식적인 욕망을 두고 있다. 우리는 이들을 통해서 보고자 한다. 우리는 이들이 우리를 위해 미래를 보아주기를 원한다.

엘비스에서 짐 모리슨까지, 비욘세Beyoncé에서 움 쿨숨Umm Kulthum에 이르기까지, 이 슈퍼스타들은 초자연적인 것을 믿고자 하는 우리의 필요를 다시 살려내며, 이는 고대의 여러 신화로 거슬러 올라가는 일이다. 아일랜드 신화에는 쿠훌린Cúchulainn이라는 존재가 나온다. 이는 막대기로 공을 쳐서 허공에 띄운 뒤 뛰어가서 그 공을 잡을 수 있을 만큼 빠른 존재다. 슈퍼파워. 마블 만화 잡지와 로큰롤. 우리가 절대로 싫증 내는 법이 없는 10대 시절의 일용할 양식.

그런데 말도 없이 볼거리가 쏟아지는 이 비즈니스의 한복판에서 나는 끊임없이 분장실로 되돌아가게 된다. 렌트로 가져온 익숙한 가구들. 치즈와 먹을 것이 담긴 접시. 고음을 내야 하는 곡들이 남아 있는데 에너지는 다 떨어졌으니 어떡하나 하는 걱정들.

기적도 속임수도 아니다.

그 둘 모두 다. 막상 일이 벌어지면, 모두가 한다. 성체 변환transubstantiation이 벌어졌다는 것을. 샤먼은 쇼 도중에 무엇을 하나? 기술적 문제들이나 고음을 잘 낼 수 있을지의 문제로 씨름하는 것 말고? 티켓이 완판되었는지 그리고 연주 목록이 제대로 되었는지 묻는 것 말고? 이 모든 잡음이 가라앉고 나면, 그래서 공연 준비가 제대로 되었다는 것을 알게 되면 그 순간 나는 내가 노래를 부르는 것이 아니라 노래가 나를 노래하는 느낌이 들게 된다.

그러면 멋진 밤이 펼쳐진다.

정말로 멋진 밤에는 내가 곧 청중이 되고 청중이 곧 내가 된다. 이런 일이 정말로 벌어지는 것은 얼마든지 가능하다.

질문: 토끼가 모자 위에 앉아 있는 것을 남들보다 먼저 보고도 막상 청중들 눈앞에 토끼가 나타났을 때 여전히 놀라는 사람을 뭐라고 부르나?

답: 마술사.

이게 마술이다.

우리 밴드의 경우 우리가 만든 곡들이 완성되는 곳은 바로 공연이다. 청중들이 없다면 그 노래들은 불완전하게 느껴지기 때문이다.

자신이 청중들을 끌고 간다고 생각했던 샤먼은 곧 자신이야말로 끌려가는 존재임을 깨닫고 겸손해진다. 샤먼은 영들의 메시지를 사람들에게 전달할 뿐 아니라 또한 사람들의 소리를 받아안는 존재이기도 하다. 이 세상에는 엄청난 양의 잡음 신호들이 돌아다닌다. 그 모든 집착과 애착과 믿음들. 어떤 노래가 나와도 사람들은 그 노래에서 저마다 자기만의 독특한 삶을 찾아내 살아간다. 이 또한 마술이다. 그런데 이걸 너무 많이 생각하다 보면 아무 것도 할 수 없게 된다.

나는 쇼맨이라는 것을 순순히 자백한 덕에 아마도 구원을 받은 것 같다.

내가 우리 공연에서 얼굴에 분을 바르고 맥피스토Mr. MacPhisto 역을 맡았을 때, 나는 보통이라면 내 혓바닥에서 떠나보내지 못했을 말들을 얼마든지 할 수 있었다. 오스카 와일드가 말했듯이, 사람들에게 가면을 씌워주면 그들은 진실을 말할 것이다.

그런데 가면을 벗는 것 또한 많은 것을 드러내준다. 2018년 순회공연에서 나는 무대 위에서 어릿광대 분장을 얼굴에서 지워버리고 아일랜드의 집에 있는 앨리와 이야기하면서 카메라를 정면으로 응시했다. 2만 명의 사람들 앞에서 나는 거의 무너질 듯한 취약함의 순간을 정기적으로 겪었다. 나는 그 순간들을 채우려고 하기보다는 비우려고 했다. 그런 어색함 자체를 하나의 극적인 제스처로 내밀었다. 쇼맨에게 정직성과 같은 게 있다면, (앞에서 분명히 말했다. 그런 것은 없다고.) 이게 아마 거기에 제일 가까운 모습일 것이다.

거의 백기를 들고 항복하기 직전의 순간.

가장 중요한 것은 가사와 멜로디와 같은, 노래에서 나오는 지시다. 노래 자체에 순종한다면, 우리 싱어들 모두가 삶을 걸고 갈망하는 그 경험에 도달할 수 있을 것이다.

그것은 바로 노래가 나를 노래하는 경험이다. 내가 노래를 끌고 가는 것이 아니라 노래가 나를 끌고 가는 경험이다.

이런 것은 명령한다고 해서 벌어지는 일이 아니다. 하지만 일단 이런 일이 벌어지면, 모든 기술적, 신체적, 정신적 노력은 모두 사라져 버린다. 아무런 힘도 쓸 필요가 없다. 나는 무게를 버렸다. 놀이터의 아이처럼 자의식이 사라진 상태다. 이는 일종의 쇼에 불과하지만, 그래도 진실보다도 더 진실한 쇼이며, 모든 사람들이 여기에 올라탄다. 이는 자유이며, 이 자유는 사방으로 전염된다.

이 마술의 어딘가에는 과학도 있다. 스포츠 경기장은 하이테크 벽돌과 모르타르를 동원해 경쟁의 함성을 위해 지어진 장소이지만, 이제는 우리가 모두 하나라는 통일장 이론의 장소가 된다. 청중들과 엣지, 애덤, 래리, 나는 모두 서로와 혼연일체가 된다. "그들은 없다, 우리가 있을 뿐"의 상황이다. 누군가가 거대 도시의 외곽에 착륙시켜 놓은 이 우주 시대의 콘크리트 우주선은 엔진에 불을 켜고 어딘가 알려지지 않은 곳으로 이륙한다. 서로를 알지도 못하고 서로 좋아하지도 않던 사람들이 똑같은 노래를 따라 부른다. 각자 따로 도착했던 이들이 떠날 때는 하나가 된다. 하나의 목적으로 모였던 공동체가 이제 다른 목적을 찾아낸 것이다.

이런 일이 벌어질 때는 우리가 엔터테인먼트의 울타리를 벗어나 다른 무언가로 나아갔다는 것을 알게 된다. 이는 싱어의 얼굴에 있는 코만큼이나 당연하고 명백한 사실이다.

그게 광각 렌즈에 비친 코라고 해도.

PRIDE (IN THE NAME OF LOVE)

in which the millennium turns and I accidentally start a new band – NOW PLAYING – the White House and World Bank as I finally understand what our visit to Ethiopia fifteen years ago was all about. and we try to make 'Drop the Debt' a hit song and my days of dissorientation are about to be reorientated...

27

Pride (In the Name of Love)

자부심 (사랑이라는 이름으로)

One man caught on a barbed wire fence
One man he resist
One man washed up on an empty beach
One man betrayed with a kiss.

미국 대통령 집무실인 오벌 오피스Oval Office로 들어가다 보면 역사가 쓰이는 현장으로 들어간다는 느낌을 지울 수 없다. 그곳에 불법 침입자 같은 모습으로 들어가는 것은 정말로 피해야 하는 일이다. 1999년 3월 16일, 나는 크림색 떡갈나무 문을 통과해 그곳으로 들어갔다. 비록 내가 대단한 활동가인 척하고는 있었지만 내 모습은 영락없이 담 넘은 도둑놈 모습이었다. 이 만남에는 검은색 캐시미어 코트가 적절하겠다고 생각해 차려 입었지만, 뉴욕에서 워싱턴으로 가는 가운데 해가 나고 온도가 너무 올라가서 나는 그 점잖은 크롬비 코트를 벗어버렸고, 검은 티셔츠와 검은색 전투복 바지를 입은 채로 이 역사적 건물로 들어갔던 것이다. 진짜 록스타의 주변을 맴도는 순회공연 스태프 같은 모습이었지만, 어쩌면 그다지 빗나간 옷차림은 아니었을지도 모른다. 나는 미국 제42대 대통령 윌리엄 제퍼슨 클린턴을 '도울' 수 있기를 바라고 있었으니까.

나는 네 명으로 이루어진 집합체의 일원임에 익숙해 있었지만, 이제는 전 지구적인 한 집합체의 일원이 되었고, 반빈곤 캠페인을 호소하는 노래의 테너 싱어가 되어 있었다. 새천년이 다가오면서 이 노래는 갈수록 전 지구에 더 크게 울리고 있었다.

그 집무실의 연한 광채 속에 싸여 있던 클린턴 대통령은 그의 오후 2시 30분 일정에 나타난 나의 엉뚱한 옷차림에 살짝 재미를 느낀 듯했다. 지난번 시카고의 호텔 방에서 우리가 만났을 때 구겨진 벨벳처럼 숙취에 절어 있던 내 모습과는 아주 다른 모습이었다. 하지만 그가 살짝 어리둥절한 표정을 지었던 것은 내 모습보다도 내가 그에게 건네준 예이츠 시집에 내가 헌정사로 써놓은 글 때문이었다. "이 친구 가사도 괜찮게 쓰는군!"

대통령은 내가 손으로 휘갈긴 그 글을 소리 내어 읽으면서 그 글이 그냥 허세인지 아니면 영양가가 있는 글인지를 재어보고 있었고, 해변처럼 넓은 그의 얼굴에 마치 파도처럼 미소가 번져갔다. 그는 분명히 예이츠의 시를 잘 알고 있었고, 페이지들을 넘겨본 후 그 책을 '결단의 책상Resolute Desk'에 올려놓았다. "이 책상은 영국 빅토리아 여왕의 선물이었습니다." 그는 설명했다. "하지만 케네디 대통령은 사람들에게 이 나무가 아일랜드 떡갈나무임을 계속 상기시켰죠."

나도 오래전에 이 유명한 책상을 본 기억이 있다. 잡지에 실린 사진이었는데, 케네디 대통령의 세 살짜리 아들이 그 책상 아래에서 기어 나오고 있었다. 그날 그 책상 위에는 대통령 부부와 그들의 15살쯤으로 되어 보이는 딸 첼시Chelsea의 사진이 있었다. 로버트 케네디의 전기. 성경. 제퍼슨 대통령의 흉상. 내 두뇌는 무수한 원자들로 갈라지고 있었지만, 내가 보인 첫 번째 반응은 분위기를 되도록 차분하게 만들고자 노력하는 거였다.

빌 클린턴은 미국 대통령으로서는 20년 만에 처음으로 사하라 이남의 아프리카 지역을 실질적으로 방문한 이였다. 따라서 아프리카 대륙이 어떤 전략적 중요성을 가졌는지는 이미 충분히 확신하고 있었다. 아프리카는 50년 안에 중국과 같은 인구를 가지게 될 뿐만 아니라 전 세계 젊은이의 3분의 1이 사는 곳이 될 테니까.

내가 이야기의 템포를 늦추려 했던 건 팔려던 물건이 간단하게 팔 수 있는 게 아니었기 때문이었다. 그 물건은 전 세계의 가장 가난한 지역에 사는 무수한 사람들의 삶을 완전히 바꿀 수도 있는 복잡한 아이디어였다. 다양한 반빈곤 캠페인 단체들 가운데 점차 힘을 가지게 된 것은 '주빌리 2000Jubilee 2000'이라는 이름으로 모인 이들의 운동이었으며, 나도 여기에 소개를 받게 되었다. 나는 주빌리 2000 사람들과 함께 내가 클린턴 대통령을 만나서 할 이야기를 이미 여러 번 연습한 상태였고, 이제 실행에 들어갔다. 가장 가난한 나라들을 가두고 있는 빈곤이라는 감옥의 열쇠가 어떻게 해서 가장 부유한 나라들의 손에 들어있게 되었는지를 차근차근 설명했다. 그다음에는 이제 그 가장 가난한 나라들이 짊어지고 있는 해묵은, 게다가 갚을 수조차 없는 부채의 탕감을 진지하게 생각해야 할 때이며, 2000년 1월 1일이야말로 그 나라들이 자기들의 시계를 새롭게 맞출 수 있도록 해줄 상징적인 시점임을 이야기했다.

대통령은 고맙다고 했지만, 나는 분명히 그의 눈동자가 왔다갔다하는 것을 눈치챌 수밖에 없었다. 나는 그가 다른 것들을 생각하고 있음을 알아챘다. 그럴 수밖에. 전쟁들과 전쟁의 소문들. 소문들의 소문들. 민주당이 쿠데타라고 불렀던 그 한 달 전에 시작된 대통령 탄핵 움직임 등. 게다가 의료보험 개혁 싸움까지. 이는 영부인 힐러리가 시작한 싸움이며, 그 또한 사람들의 기억에 남을 가장 큰 싸움판인 여기로 걸어 들어온 상태였다. 우리 유럽인들로서는 모두가 건강보험에 가입할 수 있도록 하자는 게 왜 그렇게 큰 논란인지 이해하기 힘들지만, 미국 정계에서의 정치는 갈수록 인신공격으로 치닫고 있었다. 그는 세계에서 가장 권력 있는 사람이었지만, 갈수록 자기가 얼마나 권력이 없는지를 깨닫고 있었다. 이렇게 가뜩이나 머리가 터져버릴 듯한 상황 속의 대통령에게 형편없이 차려입고 갑자기 나타난 록스타가 또 다른 고민거리를 얹어놓으려고 하는 것이다. 대통령이 내 말에 귀를 꼭 기울여야 할 텐데.

"대통령님, 새천년이 다가옵니다. 자유세계의 지도자로서는 실로 중차대한 순간입니다."

"맞습니다."

"그때에 맞추어 내놓으실 큰 뭔가를 계획하고 계실 테죠?" 무례한 질문이었지만 그는 개의치 않는 듯했다.

"힐러리가 백악관 새천년위원회White House Milennium Council를 이끌고 있습니다. 미국 전역에 걸쳐 내놓을 거리를 산더미처럼 계획하고 있어요."

"미국 말고 세계 전체에 대한 것은 없습니까? 이런 역사적 기회에, 단 한 번뿐인… 제 말은 1,000년에 한 번뿐인 상황에서 말입니다."

물론 지금 돌이켜보면 웃지 않을 수가 없는 말이었다. 세상천지에 가장 똑똑한 사람의 하나인 클린턴 앞에서 이 당연한 사실을 말하고 있으니 얼마나 창피한 일인가. 하지만 나는 이 순간 뭔가 제대로 들어갔다는 느낌을 받았다. 그의 거대한 두뇌가 철컥거리며 움직이는 소리가 들렸다. 이 아이디어가 나를 사로잡았던 것과 똑같이 그도 사로잡고 있었다. 그의 푸른 눈이 더 푸른색이 되는 듯했다. 그리고 등을 기대었던 자세도 가다듬고 더 똑바로 앉는 듯했다. 나는 허공을 떠돌던 그의 생각이 이제 이 방으로 그의 몸으로 또 우리 대화로 돌아오는 것을 알아차렸고, 이제 그는 내 쪽으로 몸을 기울이고 있었다. "그 새천년 아이디어를 좀 더 이야기해보십시오. 우리는 이미 부채 구호 노력을 하고 있어요. 세계은행과 함께 말이죠."

"대통령님, 비난하려는 것은 아닙니다만, 세계은행 프로세스는 이미 죽어서 물속에 가라앉은 것으로 보입니다. 이건 세계은행 총재 짐 울펀슨Jim Wolfensohn의 표현이죠. 우리가 제안하는 것은 더 큰 것입니다. 가장 부유한 나라들이 가장 가난한 나라들에 새로운 출발의 기회를 공표함으로써 새천년의 이정표로 삼자는 것입니다. 옛 냉전 시대에 쌓인 부채들로 인해 자신들이 '경제적 노예 상태'에 들어갔다는 것이 그 가난한 나라들의 시각입니다."

그는 이제 내 말에 주의를 기울이고 있다.

"그 '우리'라는 게 누구죠?"

“전 세계에 걸쳐서 이 프로젝트로 움직이는 온갖 종류의 활동가들이 있습니다. 주로 교회들과 NGO들이죠. 지금까지 록 밴드는 하나뿐입니다만, 이것도 지금 저변을 더 넓히려고 작업 중입니다.”

“계속 말씀하시죠.”

“대통령님, 경제적 노예 상태라는 말은 영성적인 개념입니다. 서방 세계가 수백 년 동안 착취로 자행해 온 불의에 대전하는 말입니다. 저는 또 성경에 나오는 ‘구원Redemption’이라는 말이 본래 경제 용어라는 것도 알게 되었습니다.”

빌 클린턴은 크리스마스 선물을 받은 아이처럼 신이 나서 이 아이디어에 귀를 기울였다. 그는 인종분리 시대에 미국 남부에서 성장했다. 아칸소주 리틀록Little Rock 출신의 빌 클린턴은 인종적 불의가 무엇인지 이해하고 있었다. 그는 또한 정치적 상징주의의 대가였다. 몇 가지 질문을 더 한 후 그는 나를 서쪽 별관인 웨스트 윙West Wing의 복도로 내려보냈고, 그의 가장 가까운 보좌관들 몇 사람에게 이야기해보라고 말해주었다. 일을 실행으로 옮길 수 있는 실무진들이었다.

나는 물속으로 침몰하는 느낌이었다. 헤어 나올 수 없는 늪으로 들어가서 한없이 가라앉는 느낌이었다. 완전히 내 능력 밖의 일에 휘말렸으며, 여기에서 살아나려면 적응하기 위해 기를 쓰는 수밖에 없다는 느낌이었다. 그런데 이상하게도 이것이야말로 내가 그 어떤 것보다 갈망하던 느낌이었다.

명성이라는 화폐, 이를 어떻게 쓸 것인가

주빌리 2000은 또 하나의 NGO가 아니었다. 하나의 사회 운동이었으며, 종교에 관심이 없는 이들도 종교가 현실적인 의미를 갖는 무언가를 한다고 받아들이는 아주 드문 순간의 하나였다. 이 운동의 본질은 자선이 아니라 정의였다. 이 운동에 속한 사람들은 “안식일 경제학Sabbath economics”이라는 어구를 사용하고 있었다. 나는 이 '안식'이라는 개념에 항상 경외심을 품고 있었다. 하던 일을 멈추고 존재로 머무는 시간. 그리고 단순히 '안식일에 쉰다'라는 뜻만으로도 소중한 의미가 있다. 나는 화요일 같은 주중에라도 이러한 성스러운 시간을 가지려고 노력할 것이다.

나는 주빌리라는 것이 성경에 나오는 생각이라는 걸 알게 되었다. 히브리 예언자 이사야가 주님께서 선의를 베푸는 해라는 뜻으로 "희년a year of Jubilee"이라고 불렀던 개념이었다. 유대인들의 전통에서는 7년이 7번 반복되는 49년째마다 사람들의 부채를 탕감해주고 부채 때문에 노예가 된 이들을 풀어주어야만 했다. 이것이 또한 예수가 자신의 목회를 시작한 방식이기도 하다. "억압된 자들을 자유롭게 하라." 구원의 노래Redemptions songs. 이는 또 밥 말리의 노래 제목이 아닌가?

부채 탕감을 처음으로 제안했던 것은 데스몬드 투투 주교와 전 아프리카 교회 회의All Africal Conference of Churches였지만, 이를 새천년과 결부시키자는 아이디어를 시작한 건 두 명의 영국인 마틴 덴트Martin Dent와 빌 피터스Bill Peters였다. 주빌리 2000의 선도적 운동가 중 한 사람인 제이미 드러몬드Jammie Drummond가 나에게 편지를 보냈다. 그는 도덕적인 분노를 품고 있을 뿐만 아니라 자기 주변의 친숙한 사람들과 끊임없이 논쟁을 계속하는 활기찬 두뇌의 소유자였다. 그의 전화를 받고 나서 그의 상관인 두 사람을 만났다. 앤 페티포Ann Pettifor와 그녀의 조력자인 에이드리언 러빗Adrian Lovett. 앤은 그녀의 똑 부러지는 대화와 날카로운 지성으로 온갖 헛소리들을 가볍게 제치고 이야기를 진실로 이끌었다.

이 주빌리 활동가들과 시간을 보낼수록 나는 이게 내가 부수적으로 진행할 수 있는 프로젝트 이상의 것임을 감지하게 되었다. 이는 내가 멤버로서 가입해야 할 밴드였다. 나는 솔로 앨범을 내거나 솔로 아티스트가 될 생각이 없었지만, 나의 명성을 활용하여 줄 서 있는 레스토랑에서 먼저 자리를 안내받는 것보다(물론 이것도 대단한 일이다) 좀 더 유용한 곳에 쓰고 싶은 열망을 가지고 있었다. "명성은 화폐 같은 거야." 나는 누구에게나 이렇게 말했다. "나는 내가 가진 이 화폐를 제대로 된 데에다가 쓰고 싶어."

우리의 풀뿌리 캠페인은 곧 엄청나게 불어났고, 155개국에서 2,400만 명의 서명을(개중에는 지문 날인도 있었다) 얻어내는 신기록을 세우기도 했다. 그러는 가운데 주빌리 2000은 대변인을 찾고 있었다. 미국이 여기에 동참하게 만들려면 세일즈할 사람이 필요했다. 미국 자체가 거액의 채권국이었던 동시에 IMF 및 세계은행에서 큰 발언권을 가진 나라였다. 미국의 교회들은 상당히 조직할 수 있었지만, 아직 이 운동이 워싱턴 정가로까지 뚫고 나가지는 못했다. 나는 존 F. 케네디의 여동생인 유니스Eunice를 통해서 그 아들인 변호사 바비 슈라이버Bobby Shriver를 소개받았다. 또 유니스는 나에게 부채 탕감을 지지하는 주장과 반대하는 주장을 모두 공부하라고 권유했다. "이 문제의 모든 측면을 다 이해하도록 하세요."

학교로 돌아가야 할 판이었다. 바비는 하버드 대학교의 진보파 경제학자 제프리 색스Jeffrey Sachs와 하버드 대학교에서 약속을 잡아주었다. 나는 유니스의 충고를 따라서 색스 교수에게 보수파 경제학자인 로버트 J. 바로Robert J. Barro와 점심 약속을 잡아달라고 했다. 이렇게 왼쪽과 오른쪽이 각자의 확고한 입장을 정하기 전에 양쪽 모두를 같은 테이블에서 만나도록 하는 것은 이후 20년간 우리의 모델이 된다. 바로 교수는 부채 탕감이라는 생각에 회의적이었지만, 그것이 개혁과 반부패의 움직임과 결부될 수 있다는 생각에는 약간 수긍했다. 그는《비즈니스위크BusinessWeek》에 자신의 입장을 밝혔고, 이는 부채 탕감에 대해 조심스럽고 부분적이지만 동의하는 견해였다.

한편 색스 교수는 전폭적인 지지 입장이었다. 그는 신문 기고와 연설뿐 아니라 하버드 대학교의 국제개발센터Center for International Development도 이 작업에 참여하도록 했다. 어떨 때는 내가 그와 그의 부인인 소냐Sonia의 가족이 된 느낌이었다. 이들 또한 나의 어리석은 질문들을 참아주었을 뿐만 아니라 오히려 그것을 권장했고, 공을 들여 그 질문들에 답을 해주었다. 이들 또한 부자들의 나쁜 전략 때문에 가난한 이들이 대가를 치르는 데에 분노하고 있었다.

이렇게 경제 정책에 대해 집중 수업을 받는 한편(앨리는 우리 침대 옆 탁자에 세계은행과 IMF 보고서가 산처럼 쌓여가는 것을 보고 깜짝 놀랐다), 바비는 나에게 미국 정치를 가르치는 교사 역할을 했다.

"설령 대통령이 부채 탕감에 필요한 예산을 승인하는 수표를 써준다고 해도, 의회에 가서 그걸 현금으로 바꾸는 일은 완전히 별개의 문제예요. 이건 전혀 다른 경기라고요. 민주당만으로는 그렇게 할 수 없어요. 공화당 의원들을 끌어들여야 해요. 나는 케네디 집안 사람이고 당신은 록스타예요. 우리가 전화를 돌려봐야 그들이 답을 할 가능성은 아주 적어요."

바비가 옳았다. 국회의사당이 우리의 두 번째 집이 되어야 할 상황이었다.

나의 새 주거지: 국회의사당

지난 25년 동안 내 인생에서 가장 큰 등장인물은 미합중국의 수도 워싱턴이다. 나는 이곳에서 몇 주 몇 달을 머물렀다. 어떨 때는 이곳의 몇몇 혐오스러운 위계와 절차 때문에 하루가 1년처럼 길게 느껴지기도 했지만, 정치인들이 정치적 계산을 뒤로 물리기만 한다면 새로운 가능성의 지평이 열리는 것을 보면서 기뻐하는 날들도 있었다.

이 도시를 최초로 계획한 것은 보통 "그 아이the Child"라는 별명으로 알려진 프랑스의 엔지니어 피에르 샤를 랑팡Pierre Charles L'Enfant이다. 조지 워싱턴의 부탁으로 그는 이 엄청난 작업을 맡았다. 이 도시는 백악관과 의회라는 두 개의 기관을 중심으로 짜여 있었다. 거대한 도끼 모양의 이 두 기관이 직각으로 서로를 교차하면서 서로를 감시하게 되어 있는 형국이다. 이 신고전파 건축물들은 계몽주의, 그리고 로마 및 그리스의 질서에 대한 찬가다. 그 그리스식 기둥들은 한 나라에 대해 누군가가 품을 수 있는 가장 거대한 사상을 떠받들고 있다. 마치 이 수도 전체가 온 세상에 대해 한 단어를 외치고 있는 것 같았다. '그리스.' 그곳이야말로 민주주의가 성장한 곳이니까.

하지만 민주주의는 과연 얼마나 성장한 것일까?

나 또한 일부는 거기에서 성장을 해야만 했다. 내 생각을 집합체 전체의 생각보다 뒤로 미루는 도전을 받아들여야 했으니까.

나는 항상 나 자신을 일종의 세일즈맨이라고 여겼다. 노래들을 팔고, 아이디어들을 팔고, 밴드를 팔고, 그리고 내 최고의 날에는 희망을 팔고. 그리고 이 부채 탕감의 노래를 차트 순위에 올릴 수만 있다면, 이는 다른 희망이다. 무수한 사람들을 위한 희망.

하지만 이를 이루기 위해서는, 나는 새로운 밴드에 가입해야 했다. 내가 이미 속한 밴드로부터 축출당하지 않은 상태에서. 다른 일을 한다고, 부업을 한다고 쫓겨나지 않은 채. 하지만 나는 이 또한 우리 밴드의 역사라고 스스로에게 이야기했다. 1982년 이후 우리 네 사람은 우리 밖의 세상을 외면하지 않겠다고 약속했다. 히트곡을 만드는 것보다 더욱 절박한 필요가 가득한 세상을 외면하지 않겠다고 했다. 그리고 정당하게 말하건대, 이것은 우리끼리의 약속이기도 했다.

하지만 보통 때라면 들었을 확신이 어쩐지 이번에는 그다지 들지 않았다. 나는 이제 항상 적이라고 여겼던 사람들과 친구가 되어야 할 판이다. 그리고 내 친구라고 여겼던 사람들과는 사이가 틀어질 판이다. 나는 빈곤한 사람들과 함께 아파할 줄 아는 것이 좌파의 전유물이 아니라는 것을 알게 되었고, 이런 종류의 불평등에 대해 똑같이 모욕감을 느끼며 함께 아파하는 보수파들도 있다는 것을 알게 되었다.

우리의 부채 탕감 운동 캠프는 아주 커져야만 했다. 그래서 수녀들과 펑크족들, 풋볼 맘들과 노조원들뿐만 아니고 좌파 쪽의 사람들과 마찬가지로 우파 쪽의 사람들도 포용할 필요가 있었다. 이러한 전략을 통해 우리 캠페인의 크기를 두 배로 늘리고 정치가들에 대한 압력도 두 배로 늘릴 수 있었다.

어떤 곳에 가든 나는 내가 U2의 성공으로 과도한 보상과 시선을 받게 된 것임을 상기했다. 그리고 여기에 있는 정치가들이 가족과 멀리 떨어져서 오랜 시간 일하며 얼마나 많은 것을 포기해 가며 유권자들을 위해 일하는지도 상기했다.

논점은 한 개만

우리 밴드 멤버들도 서로에게 지독하게 일을 시키지만, 이 새로운 활동가 집단 또한 엄청나게 많은 일을 하도록 요구했다. 나는 후자와 함께하는 것에 대해서 우리 밴드 매니저의 환영을 받지는 못할 것이라고 거의 직감적으로 느꼈다. 나의 명성은 내가 마음대로 쓸 수 있는 화폐일지 모르지만, U2의 신뢰성은 전혀 다른 화폐이니까.

폴 맥기니스는 미국 정치의 진짜 연구자이며, 즉각 위험을 감지했다. 그는 양쪽으로 갈라진 미국 정치에서 가운데에 다리를 놓겠다는 생각은 고상한 것일지 모르지만 솔직히 말도 안 되는 이야기라고 나에게 말해왔다.

"'보노 씨, 워싱턴에 가다'라는 영화를 한번 찍어 보겠다는 거야? 개판까지는 아니어도 완전히 두 쪽으로 갈라진 정치를 풀로 붙여서 이어보겠다고? 네가 그걸 할 수 있을 것 같아?"

나는 이 말이 비록 거칠지만 사랑에서 나온 것으로 읽었다. 그렇지만 나는 꿈쩍도 하지 않았다.

"마틴 루터 킹의《사랑의 힘Strength to Love》에 나오는 설교 중에 이런 말씀이 있어요." 나는 그에게 말했다. "용기는 공포와 직면하여 그것을 정복합니다." 폴은 나를 보았다. 처칠과 같은 눈썹이 위로 치켜졌다. "심지어 한쪽 눈만 뜨고도…." 나는 덧붙였다.

"아마도 내가 워싱턴의 아웃사이더라는 게 도움이 될 거예요." 나는 계속 말했다. "어쨌든, 저는 열심히 배우고 있어요. 그리고 좋은 선생님들도 있어요."

워싱턴에서 나는 포토맥강Potomac River 주변에 있는 유니스와 그녀의 남편 사전트Sargent의 집을 방문했다. 슈라이버 가족은 내 인생에 결정적인 영향을 미치게 된다. 바비와 내가 미국 의회의 험한 파도를 뚫고 논쟁을 벌여나가는 가운데 그의 훌륭한 부모님들은 우리의 논리를 갈고 다듬어주었다.

유니스와 사전트의 집 부엌 식탁에 앉아 내가 버벅거리며 주장을 늘어놓으면 그들이 그 논리를 검토해주었다. 술집이나 록 공연장에서 장광설이나 늘어놓았던 나 같은 사람에게는 조금 초현실적인 느낌이었다.

"논점을 하나만 말해요, 열 개씩 늘어놓지 말고!" "그건 말이 안 되죠." "무슨 말인지 이해하지 못하겠어요."

하지만 존 F. 케네디 대통령의 연설문 작업을 했던 그들이었기에 비판은 권위가 있었다. 예전에 유니스 케네디 슈라이버는 대통령에 출마할 뻔하기도 했다. 하지만 이 아름다운 영혼을 가진 인물은 그에 못지않게 큰 영향력을 발휘하기도 했다. 스페셜 올림픽Special Olympic으로 알려지게 되는 대회를 창설하여 지적 혹은 학습 장애를 가진 무수한 젊은이들에게 운동으로 두각을 나타낼 기회를 제공한 것이다. 그녀가 세상을 떠났을 때 그녀의 가족은 그녀의 존재를 다음과 같은 말로 완벽하게 담아냈다. "그녀는 살아있는 기도자였습니다."

쥐구멍과 하수구

아주 짧은 만남이었지만 그래도 회의이긴 했다. 막 재무부 장관이 된 로런스 서머스Lawrence Summers는 "스파이 비행기 이름을 딴 그룹의, 이름도 한 단어에 불과한 록스타를 만나는 데에 소중한 시간을 낭비할" 마음이 없었다. 그는 엄청나게 똑똑한 젊은 여성 둘을 데리고 왔다. 이들은 내가 논리를 펴는 중에 상사가 가끔 참지 못하고 손가락을 두드릴 때마다 내 이야기에 끼어들어본 이야기로 되돌리곤 했다. 나중에 페이스북의 이인자가 되는 셰릴 샌드버그Sheryl Sandberg는 당시 미국 재무부의 가장 젊은 비서실장이었으며, 보좌관 스테파니 플랜더스Stephanie Flanders는 나중에 BBC의 경제 에디터가 된다.

나는 내가 주장을 제대로 펴지 못하고 있다는 것을 의식하고 있었다. "문장과 문단으로 말해야 한다"라고 나 스스로에게 경고했다. "대화할 때도 쉼

표와 마침표를 충분히 고려하라." 재무부 장관과 두 발키리 여인은 떠났으며, 나는 초라하게 남겨진 토르가 되어 상처를 더듬고 있었다. 그런데 셰릴이 돌아왔다. "일이 아주 잘 되었어요. 장관께서 함께하신답니다." 됐다. 아마 구두점은 잊어버려도 될 듯.

이제 민주당 행정부는 우리와 함께하기로 했다. 그렇다면 공화당이 통제하는 의회는 어떻게 손에 넣을 것인가?

"케네디 집안 사람과 일단 놀지 말아야겠지." 바비 케네디가 말했다.

바비는 자신의 매부이자 훗날 캘리포니아 주지사로 선출되는 아널드 슈워제네거Arnold Schwarzenegger로부터 조언을 들어보자고 했다.

"가서 오하이오주 출신 의원 존 케이식John Kasich을 만나보세요." 아널드는 나에게 말했다. "그는 두뇌도 있지만 가슴도 있는 사람이에요."

케이식 의원은 우리의 첫 대화에서 나에게 한 방 먹였다. 주제는 U2의 음악 동료인 라디오헤드였다.

"보노, 라디오헤드 앨범 〈OK Computer〉와 〈The Bend〉 중에서 어느 쪽을 더 좋아하세요? 나는 〈The Bend〉 쪽이었는데, 요즘은 좀 바뀌네요?"

나는 나중에 라디오헤드의 "수피Sufi" 신도 같은 싱어송라이터인 톰 요크Thom Yorke에게 케이식이 자기에 대해 물어보았다는 이야기를 했다. 그는 하늘로부터 받은 재능을 가지고 있을 뿐만 아니라 우리 운동에 참여해 정말로 바쁘게 움직이고 있었다. 이 이야기를 그에게 한 부분적인 목적은 그를 약 올리고 싶어서였다. 톰이라면 그런 사람들과 도저히 한 방에 함께 있을 수 없었을 것이다. "그 사람 정부 예산 삭감으로 유명한 사람 아니에요? 사람들이 그를 "가위"인가 뭐라고 하던데?"

맞아요, 내가 대답했다. "그는 재정 보수주의자이며, 우리 같은 사람들이 보통 동의할 수 없는 경제적 세계관을 가진 사람이에요."

톰은 나를 흘끗 보았다. "이건 당신과 제가 절대로 동의할 수 없는 지점이네요"라고 말하는 듯한 표정이었다.

이 대화에서 나는 이미 내가 내 고향으로부터 멀리 떠나왔다는 것, 가장 전투적인 정치 활동가의 핵심 무기인 적들에 대한 적개심을 내 스스로 버렸다는 것을 상기하게 되었다. 그런 적개심도 없이 전투에 나가는 것은 결코 쉬운 일이 아니다.

미국 하원을 장악한 보수파들은, 자기들이 보기에 부패한 정부가 이끄는 나라들을 위해 4억 3,500만 달러의 부채 탕감을 해주자는 아이디어를 탐탁히 여기지 않았다(이 액수는 착수금이며 오직 미국의 몫일 뿐이다. 하지만 미국을 설득하지 못한다면 다른 어떤 나라도 설득하지 못할 것이었다.) 그리고 양당 간의 합의도 충분히 생겨나지 않고 있었는데, 마침내 케이식 같은 이들이 하원에서 두 팔을 걷고 나서기 시작했다.

"우리가 워싱턴에서 밤에 쓸데없이 불을 밝히느라고 쓰는 돈이 훨씬 더 큽니다. 그러니 10억 달러도 되지 않는 돈으로 굶어 죽어가는 사람들을 살리고 그들이 경제를 일으키도록 돕는 게 너무나 맞는 일입니다."

똑같이 전투적인 태도로 이 주장에 맞선 이가 소니 캘러핸Sonny Callahan이었다. 그는 나중에 태도를 바꾼다.

앨라배마주 출신의 공화당 하원의원인 소니는 국회의사당에 있는 자기 사무실의 가죽 회전의자에 앉아 몸을 빙빙 돌리고 있었다. 하원 대외 사업 예산 전용 하부 위원회House Appropriations Subcommittee on Foreign Operations 의장인 그는 전 세계의 가난한 사람들에게 갈 미국 예산의 돈줄을 쥐고 있었다. 그는 모여든 방문자들에게 수사적인 말투로 이야기하면서 나의 시선만큼은 피하고 있었다. 모종의 정직성이랄까. 그는 내 앞에서 부채 탕감 이야기를 하고 싶지 않았던 것이다. 내가 그의 바로 앞에 서 있는데도. 그는 말투와 행동이 무언가 범죄 현장을 살펴보는 보안관 같았다. 위산과다였다. 그의 위장에서도 우르릉 소리가 났으며 그도 툴툴거리며 불평을 토하고 있었다.

"부채 구호를 위해 가는 돈은 쥐구멍으로 빠져나갑니다." 그는 모두에게 말했다. "직설적으로 말하죠. 여기 있는 보니오는(그거 나다!) 강단의 성직자들은 물론 심지어 로마의 교황까지도 자기편으로 삼고 있고, 우리 친구

사이에서 높은 인기의 물결을 타고 있죠. 하지만 저는 미국 납세자들 편입니다. 부채 탕감으로 미국 납세자들에게 좋을 일은 하나도 없습니다."

그는 숨을 한 번 쉬었지만… 말은 끝나지 않았다.

"그는(이번에도 나다) 나를 데리고 막후로 가서 대충 숫자를 꿰어 맞추려고 할지 모르지만, 저는 여기에서 분명히 말합니다. 저는 그를 막을 겁니다. (한 번 더 반복) 이 돈이 원래 가야 할 사람들에게 갈 리가 없다는 것을 저는 잘 압니다. 그래서 저는 그를 막을 겁니다."

보니오는(계속 나다) 소니의 길을 막기만 한 것이 아니었다. 그는 소니의 사무실까지 찾아갔다. 소니는 마치 밴 모리슨의 노래처럼 똑같은 주문을 계속해서 반복했다. "이 돈은 다 쥐구멍으로 빠져나가게 되어 있어요."

"이 돈은 다 쥐구멍으로 빠져나가게 되어 있다고요."

"그 나라들에서 대통령이네 수상이네 하는 도둑놈들, 그자들이 그 돈으로 고급 걸프스트림Gulfstream 제트기를 무슨 나이키 운동화 사듯 맘대로 사버릴 겁니다."

"의원님," 나는 대답했다. "우리 모두 부패에는 분노하고 있습니다. 그런데 이 자원을 약속받은 이들은 우리보다 더욱 분노하고 있으며, 그렇게 빠져나가는 현금을 추적할 준비가 철저하게 되어 있습니다."

최종적으로는 캘러핸이 케이식을 끝까지 가로막지는 않았다. 그는 그저 길을 피해주었다. 존 케이식은(후에 대통령에 출마한다) 동료 보수파 짐 리치Jim Leach와 스펜서 바처스Spencer Bachus의 지원을 얻었고, 이들은 크리스 도드Chris Dodd, 테디 케네디Teddy Kennedy, 조 바이든Joe Biden 등 민주당의 싸움꾼들과 함께 힘을 모았다.

조 바이든은 당시에도 아일랜드 시를 인용했으며, 아일랜드인 이외의 사람들에게도 그랬다는 것을 나는 인증할 수 있다. 그뿐만 아니라 녹색 넥타이를 가끔 매고 나와 동료 아일랜드 애호가들을 편하게 해주었다. 누구라도 경계를 풀게 만드는 따뜻한 사람이었지만, 자기의 지역구나 해외여행에서 만난 가난한 사람들의 어려움을 아주 직설적으로 이야기하기도 했다. 그는 종교도 가톨릭이었고, 모든 것을 포용하는 폭넓은 태도에 있어서도 가톨릭적이었다.

제일 멋진 교황님

이렇게 해서 부채 탕감의 노래는 미국 차트에서 순항 중이었다. 하지만 우리가 진짜로 필요로 하는 것은 세계 차트에서 히트곡을 만드는 것이었다. 1999년 여름 독일 쾰른에서 나와 톰 요크, 유수 엔도르Youssou N'Dor는 5만 명의 주빌리 지지자들을 모아 인간 사슬을 만들어 세계정상회의World Leaders Summit를 감싸버렸다. 그로부터 며칠 후, 주빌리의 보스인 앤 페티포가 갈수록 마음이 조급해졌고, 마침내 다른 아이디어를 가지고 내게 전화를 걸었다.

"분명히 우리 운동이 전진하고 있지만, 속도가 충분치 못해요. 내 생각에는 교황을 만날 방법을 찾아야겠어요."

요한 바오로 2세와 가톨릭교회는 시작부터 주빌리 운동을 널리 알리는 일을 해왔지만, 우리는 이제 일종의 공적인 선언이 필요했다. 그리하여 1999년 9월, 우리는 그것을 얻어냈다.

새천년이 밝기 100일 전이다. 요한 바오로 2세가 교황청의 여름 주거지 카스텔 간돌포 궁Palace of Castel Gandolfo에서 보행 보조기에 몸을 의지하고 나왔다. 그는 우리와 함께하려고 쇠약해져 가누기 힘든 몸을 끌고 나온 것이었다. 하지만 결국 우리와 함께했으며, 모습을 나타냈다. 주빌리 2000 운동에 공식적인 축복을 내려주기 위해서. 축복만이 아니었다. 그는 우리 누구도 예상하지 못한, 급진적이고도 급박한 지적인 호소까지 내놓았다.

1999년 9월, 이날 있었던 우리 모임에는 퀸시 존스, 밥 겔도프, 앤 페티포, 제프리 색스, 나이지리아의 경제학 교수 아데바요 아데데지Adebayo

Adedeji, 프란체스코 루텔리Francesco Rutelli 로마 시장, 페루의 주빌리 2000 연합 지도자인 라우라 바르가스Laura Vargas 등이 있었다. 카스텔 간돌포 궁은 바티칸만큼이나 미로처럼 복잡했다. 우리는 한 방에서 다른 방으로 움직였으며, 비디오게임처럼 다음 방이 그 방이려니 하면 또 다른 방이 나왔다. 그 덕에 우리는 여러 프레스코 벽화도 감상하고 또 르네상스 시대의 그림들에 경탄하는 시간을 가졌다.

"이거 완전히 힙합이네," 퀸시가 말했다.

밥 겔도프가 킥킥거리고 웃었다. 퀸시는 이 초현실적 상황을 두고 끊임없이 입 한쪽으로 자기가 무슨 생각을 하는지 슬슬 흘리고 있었기 때문이다. 우리 30명 앞에 나타난 교황은 그의 성직자 의상 아래로 진한 붉은색 구찌 구두를 신고 있었다.

"저건 펌프 로퍼인데," 퀸시가 말했다. 좀 큰 소리로. "저거 완전 펑키한 구두야."

교회에서 웃으면 안 되지만, 어쩔 수가 없었다. 그러다가 교황이 우리의 임무를 얼마나 진지하게 받아들이고 있는지 눈치채면서 웃음소리가 멎었다. 살아서 우리와 함께한다. 그리고 전 세계의 가장 가난한 공동체들을 위하여 이번 성명서를 스스로 읽는다. 교황은 이 임무를 잘 수행하겠다는 굳은 결의를 가지고 있었다.

"굶주림, 질병, 빈곤과의 싸움에서, 필수적인 것에 이윤의 법칙만 적용해서는 안 됩니다." 교황은 말했다. "우리가 제대로 된 결정을 내리지 못하고 시간을 끌면 그 대가는 가난한 사람들이 치릅니다."

그의 존재는 우리의 킥킥거리는 웃음을 숙연하게 만들었다. 밥조차 조금 눈물을 글썽였다.

그런데 교황이 나를 보고 있는 것인가?

분명히 나를 보고 있는 것 같아. 교황 성하께서 나를 보고 계신다.

나는 이게 나의 나르시시즘 때문이 아닌지 촘촘히 따져보았다. 아니야, 분명히 나를 보고 있어. 그가 나를 보고 있어. 나는 자리를 조금 옮겼다. 그의 시선이 나를 따라왔다. 그때 나는 알아차렸다.

내 안경 때문이야.

내 푸른색의 D&G 선글라스 때문이야.

그는 내가 선글라스를 쓰고 있는 게 불경하다고 여기는 걸까? 나는 가끔 그런 일을 겪는다. 하지만 내가 편두통이 있고 이게 나중에 녹내장으로 발전할 수 있다고 사람들에게 설명하기가 너무 복잡하다. 그래서 나는 선글라스를 벗어서 쥐고 있었다.

그랬더니 이제 그는 내 손을 보고 있다.

"교황이 내 손을 보고 계신 게 틀림없어요." 나는 퀸시에게 속삭였다.

"나는 그의 구두를 보고 있는 게 틀림없어." 그가 대답했다. "정말 스타일이 죽이는 교황이셔." 사실 더블린의 주교 디아무이드 마틴Diarmuid Martin이 처음 교황에게 나를 소개하던 순간에 나도 똑같은 생각을 했었다.

"교황 성하, 이쪽은 보노 씨입니다. 그는 싱어이며 주빌리 운동에서 많은 일을 했습니다."

나는 교황에게 다가가서 처음 계획대로 셰이머스 히니의 《시 전집Collected Poems》 한 권을 드렸고, 거기에 보너스 선물까지 얹었다.

내 안경. 내 푸른색 선글라스.

그랬더니 그는 답례로 자신의 물품을 선물로 주었다. 십자가가 달린 묵주였다.

"이거 아주 수지맞는 거래군요," 나는 말했다. 교황이 예전에 배우, 축구 골키퍼, 냉전의 전사 등등의 이력을 거쳐온 이인지라 유머 감각이 있을 거라고 짐작은 했지만 조금 불안했다. 하지만 걱정할 필요가 없었다. 유머 감각이 넘쳤다. 뿐만 아니었다. 그는 분명히 상징의 힘을 잘 이해하는 이였으며, 이제 그 푸른색 화려한 선글라스를 직접 썼다. 그 안경을 쓰고 우리를 보면서 그는, 내 표현을 용서해 달라, 악마의 미소라고 할 수밖에 없는 웃음을 지었다. 바티칸 소속의 신문 사진기자들의 카메라 플래시가 사방에서 터졌다. 나는 우리의 부채 탕감 운동이 드디어 내일 전 세계 모든 신문의

1면을 장식하게 될 것임을 직감했다.

확실한 결과를 얻어냈다!

나는 미소를 짓고 고개를 숙여 교황의 반지에 입을 맞추었다. 올려다보니 제프리 색스가 나를 보고 미소 짓고 있었다. 우리를 여기에 데려온 것은 교회의 주빌리 운동가들과 주빌리 운동 본부의 암약이었지만, 오늘 교황이 내놓은 담론의 모습을 만들어낸 데에는 누구보다도 제프리의 도움이 컸다.

식이 끝나고 교황 성하가 출발했다. 나는 오늘 담론의 힘에다 그 사진의 힘까지 합쳐지면 어떤 파급력이 있을지 계속 생각했다. 이거 완전히 바이럴이 될 거야. 당시는 아직 바이럴이라는 말이 쓰이지 않았지만.

"그 사진들 좀 볼 수 있을까요?" 나는 뒤따라가는 성직자들 아무나 붙잡고 물었다. "신문에 내보낼 사진을 골라보게요."

그 대답은 익숙한 아일랜드 목소리로 나왔다. "보노," 마틴 주교가 단호히 말했다. "그 사진들은 절대 볼 수 없을 겁니다. 절대로."

곧 대주교가 될 이 영리한 성직자는 그 이미지가 포스터, 티셔츠 등 가지가지 모습으로 사방에 떠돌아다닐 것을 이해하고 바로 사장시켜 버리기로 한 것이다.

말할 것도 없이 다음날 부채 탕감 운동 소식은 사방의 신문과 매체에서 조명받았다. 하지만 내가 그 이미지를 보게 된 것은 요한 바오로 2세가 선종하고 6년이 지난 뒤 바티칸의 사진사들 중 한 사람이(당시는 은퇴한 상태였다) 보여주었을 때였다. 나는 요한 바오로 2세의 그 멋진 장난을 결코 잊지 못할 것이며, 그가 준 십자가를 수도 없이 손에 꼭 쥐었다.

악마는 염주를 입는다

교황의 축복에 힘입어 우리의 주빌리 운동은 꼭 필요한 순간에 10억 가톨릭교도들의 도덕적 추동력을 얻게 되었다. 다음날 나와 우리 팀은 비행기를 타고 워싱턴으로 돌아와 세계은행과 IMF의 연례 회의를 준비했다. 우리가 조른 끝에 나는 진 스펄링Gene Sperling으로부터 초대를 받게 되었다. 아무도 없이 혼자서 집중할 수 있는 일요일에 웨스트 윙에서 만날 수 있느냐는 것이었다. 따뜻한 마음을 가진 흔치 않은 경제학자 진은 최근에 자기가 대통령 전용기에서 대통령에게 호출되었던 일을 이야기해주었다. 대통령은 손에 편지를 한 장 들고서 그에게 거의 소리를 지르다시피 했다는 것이었다.

"진, 도대체 왜 이 부채 탕감 문제를 아직도 우리가 정리하지 못한 겁니까? 진짜로 심각하게 묻는 겁니다. 이 옳은 일을 왜 우리가 하지 못하고 있는지 설명 좀 해주십시오."

내가 공들여 쓴 편지였다. 어떨 때는 몇 시간 얼굴을 맞대고 논쟁하는 것보다 편지 한 통이 더 효과적일 수 있다.

그 편지 때문에 이 불의의 초대가 이루어진 것이었으며, 그것이 재무부 장관 래리 서머스와 더불어 정부 재정의 숫자를 담당하는 진이 안식일에 쉬지도 못하고 경제학과 정치학 문제와 씨름하게 된 사연이었다.

진: "우리가 이 일을 한다고 해도, 유럽에서 영국 빼고 어느 나라가 따라올까요? (세계)은행의 짐 울펀슨은 열심히 힘을 쓰고 있지만, IMF의 (미셸) 캉드쉬는 어떨까요? 캉드쉬와 만나 이야기한 적 있는지요? 나는 그가 여러분들이 원하는 방식에 동의할지 확신이 없네요."

나: "사실 어제 그분을 만났습니다. 저는 IMF 총재가 악마라고 생각했는데 그렇지는 않더군요. 나는 그가 큰 사무실에서 수십 명의 경제학 박사들을 거느리고 여러 주권 국가들에게 구조조정 프로그램을 강요하고 있을 거라고 상상했거든요."

진: "정당하게 말해서, 그게 지금까지 벌어진 일이었지요…."

나: "그는 가톨릭이더군요. 그래서 저는 제 묵주를 꺼냈죠. 교황 성하가 내 선글라스와 맞바꾼 그 묵주요."

진: (내 말을 반쯤 의심하며) "계속 말씀하세요."

나: "그랬더니 그분이 자기 재킷 소매를 걷어올렸어요. 그도 손목에 염주를 하고 있었어요. 달라이라마가 그에게 준 불교식 염주였어요. 그는 소박한 사람이었어요. 내가 생각한 사탄의 모습과는 전혀 달랐죠."

진: "소박하다고요? 아니면 그냥 당신에 비해 소박하다는 뜻인가요?"

내가 진을 좋아한다고 이야기했던가?

진: "제 말씀 좀 들어보세요. 우선 이 일에 수고를 쏟아주셔서 감사합니다. 대통령께서도 정말로 더 많은 도움을 주고 싶어하세요. 하지만 문제는 올해 예산에 이걸 반영할 수 있을지 여부예요. 그래도 무언가 수를 찾아보려 하고 있습니다."

나: (우리를 털어내려 하는 것을 감지하고) "진, 지금은 1999년 9월이에요. 그리고 사람들의 마음속에는 그리고 교황의 마음속에는 이 모든 이야기가 새천년이 되기 전에 결판이 나야 해요. 이번 회계연도를 놓치고 나면 그러한 동력이 사라져 버려요. 의회가 걱정이시라면, 제가 책임지고 의회에서 통과되도록 하겠습니다."

재무부에서는 미국의 채권 중 90퍼센트를 탕감하는 정도에서 마무리 짓자는 입장인 반면, 우리 주빌리 운동가들은 100퍼센트 탕감을 요구하고 있었다. 그 두 가지가 얼마나 다른 것인지에 대해 우리는 깐깐한 토론을 벌였다. 나는 반복해서 말했다. 과거에도 이런 일이 여러 번 있었지만, 90퍼센트라고 하면 많은 액수인 것 같아도 결국 어차피 변제가 불가능한 총액과 대충 비슷한 액수라고. 그 남은 10퍼센트에 대한 원리금만으로도 어차피 그 나라들은 똑같은 액수를 지불해야 하므로 결국 그 나라들에 새로운 자원을 제공해주는 일이 못 된다고.

나는 나가는 길에 마지막으로 한 방을 날렸다. "대통령은 뭔가 아름다운 멜로디를 원하는 것 같아요. '세계에서 가장 가난한 나라들의 부채를 90퍼센트 탕감하겠습니다'는 그런 멜로디 라인이 못 됩니다."

며칠 후 나는 비행기로 니스로 되돌아갔다. 아이들과 앨리는 학교 방학이라서 집에 있었고, 형 노먼과 그의 아이들, 그리고 아빠 밥도 함께 있었다. 공항에서 오는 길에 나는 우리 아빠 옆에 앉았다.

"야, 너 정말 잘했다. 클린턴이 옳은 일을 했다더군. 나는 이게 정신 나간 아이디어인 줄 알았는데, 너 말고도 정신 나간 사람을 용케 잘 찾아냈더구나."

나는 어리둥절했다.

"무슨 말씀이에요?"

"맞아," 노먼이 끼어들었다. "오늘 아침 라디오에 온통 그 소식이었어. 빌 클린턴이 가장 가난한 36개국에 부채 탕감을 공표했어."

내가 무척 놀란 모습이었음이 틀림없다. "너 몰랐어?"

"몰랐어. 며칠 전에 마지막으로 들은 바로는 아무래도 안 될 것 같다고 했는데." 나는 잠깐 전화를 걸겠다고 말하고서 주빌리팀에 체크해보았다. 바비에게 전화를 걸었다.

"연락하려고 했는데 닿지 않더군…. 클린턴이 완전 해냈어. '오늘 저는 이 나라들이 미국에 대해 지고 있는 채무를 100퍼센트 탕감할 수 있도록 우리 행정부에 지시합니다. …그들의 기본적인 인간적 필요를 충족하는 데에 쓸 돈이 지금 절실한 상황입니다.'"

9월 29일 아침, 미국 제42대 대통령인 윌리엄 제퍼슨 클린턴은 (진 스펄링, 래리 서머스, 셰릴 샌드버그의 도움을 얻어) 부채 탕감을 결심한다. 그는 백악관에서 세계은행 회의장까지 가는 자동차에서 연설을 고쳐 썼다고 한다. 백악관과 세계은행은 멀리 떨어져 있지 않다. 걸어서도 갈 수 있는 거리다.

후일담

하원의원 소니 캘러핸을 기억하는지.

2년 후 우리는 그의 사무실을 다시 방문했고, 이번에는 사진 한 다발을 든 채였다. 부채 탕감으로 생겨난 돈으로 우간다에서 무슨 일이 있었는지에 대한 증거였다. 지 가리요Zie Gariyo가 이끄는 현지 활동가들이 핵심 역할을 맡았다. 약간 찌푸린 안색이었던 소니는 우리가 그에게 여러 교육 프로젝트의 목록을 제시하면서 그 돈이 모두 제대로 쓰이고 있는지를 추적하는 독자적 단위가 있다고 설명하자 환하게 밝아졌다. 나는 그에게 새로 건설한 하수도 구멍들을 보여주었다.

"캘러핸 의원님, 우리는 4억 3,500만 달러의 돈을 150 계정으로 전유해주신 데에 감사를 드리고자 돌아왔습니다. 우리 요구에 대한 우려에도 불구하고 그렇게 해주신 데에 감사를 드립니다. 미국의 세금으로 마련된 돈이 쥐구멍이 아니라 이 하수구 구멍으로 들어갔다고 자랑스럽게 말씀드립니다. 의원님도 자랑스러워하셔야 합니다. 일부 직원들이 예상했던 것과는 다르게 쓰였으니까요."

캘러핸 의원은 고개를 들고 나를 똑바로 쳐다보았다. 얼스터 아일랜드인다운 그의 눈이 웃음을 짓고 있었다.

"이번에 뭔가 다른 점은," 그가 말했다. "일이 잘 처리되었다는 게 아닙니다. 이 건물에 있는 모든 사람들은 하루 온종일 일을 잘 처리하기 위해 땀을 흘리니까요. 정말 다른 점은 이번엔 사람들이 제게 돌아와서 '고맙습니다'라고 말했다는 점입니다. 유명 인기인들이 돈을 요구하는 데에는 능하지만, 그게 어떻게 쓰였는지를 이야기해주는 법은 절대로 없죠. 여러분들처럼 좋은 일 하시는 이들이 이런 식으로 다시 찾아주시는 일은 드물거든요."

바비 슈라이버는 웃기 시작했다. "의원님," 그는 말했다. "저도 우선 고맙다고 말씀드리고요. 한 가지 더 있습니다. 방금 보노의 기분을 잡치게 해주셔서 무척 기쁩니다."

"제가 뭘 어떻게 했는데요?" 그가 소리쳤다.

"그를 '유명 인기인'이라고 부르셨잖아요."

모두 웃었다. 나만 빼고.

변화를 위한 사운드트랙

주빌리 2000이 결집해 낸 여러 조직과 단체의 연합이 어떤 힘을 발휘했는지를 가늠해보기란 불가능한 일이 아니다. 비록 모든 약속이 완전히 이루어지고 실행되려면 2005년까지 기다려야 했지만, 주빌리 2000과 그 수백만의 지지자들이 없었다면 세계에서 가장 가난한 나라들이 진 1,000억 달러의 부채를 탕감하는 일은 벌어지지 않았을 것이라는 데에 대부분의 경제학자들이 동의한다. 그리고 세계은행의 추산에 따르면, 옛날 냉전 시대의 부채를 갚을 필요가 없게 되어 각국 정부가 저축한 돈으로 학교를 지어 이제 학교에 가게 된 아이들의 숫자가 추가로 5,000만 명에 달할 것이라고 한다.

이러한 숫자들은 나에게는 음악과도 같다. 그리고 내 인생의 이러한 전환점은 내면을 심각하게 휘저어 놓았다. 이 정의를 위한 운동에 많은 시간을 바쳤지만, 나는 그보다 훨씬 많은 것들을 돌려받았다. 이 운동이 아니었더라면 결코 만날 수 없었을 사람들과 함께 시간을 보내면서 나 자신을 훨씬 잘 이해하게 되었다. 너무나 감사했다. 하지만 이 때문에 나를 계속 성가시게 했던 골치 아픈 질문이 더욱 커지게 되었다. 우리 밴드는 변화를 위한 사운드트랙이나 만들고 싶은 것인가 아니면 변화 그 자체를 만들어 내는 데에 도움을 주고 있는 것인가?

나는 이 질문으로부터 도망쳤다.

나는 항상 노래에서 내가 해야 할 일이 무엇인지에 대한 답을 찾았다. 1983년에는 'Sunday Bloody Sunday' 덕분에 우리가 아일랜드의 분파주의자들을 향해 노래할 수가 있었고, 4년 후에는 'Where the Streets Have No Name' 덕분에 아프리카에서 나올 수 있었다. 1984년에는 'Pride (In the Name of Love)' 덕분에 미국에서의 인종 관계에 주의를 돌릴 수가 있었다. 《롤링 스톤》의 짐 헨크Jim Henke가 나에게 마틴 루터 킹 목사의 삶과 죽음을 다룬 스티븐 B. 오츠Stephen B. Oates의 책 《트럼펫 소리를 울려라Let the Trumpet

Sound》를 읽으라고 주었다. 짐은 1983년 우리의 〈War Tour〉 당시 우리와 함께했는데, 당시 우리는 비폭력 활동가로 알려졌었고 나는 나의 실천과 생활이 내가 뱉어내는 말을 따라잡을 필요가 있음을 아프게 의식하고 있었다. (분노 조절 장애를 안고 있는 싱어가 비폭력이라는 이슈를 얼마나 효과적으로 받아 안을 수 있겠는가?)

《트럼펫 소리를 울려라》를 읽으면서 나는 더욱 깊은 차원으로 들어갈 수 있었다. 다시 성경으로 되돌아갔다. 톨스토이와 간디를 읽었고, 마틴 루터 킹의 연설들을 읽었다. 이들은 내가 비폭력으로 개종하도록 확실한 결론을 내려준 이들이다. 하지만 그로부터 15년이 지난 지금, 나의 새로운 역할에 있어서 무언가 불편한 문제가 남아 있다는 느낌이 들었다. 이 모든 것이 U2에는 어떤 의미를 갖게 되는가?

폴 맥기니스는 내가 다른 길로 나아가고 있다고 걱정했다. 엣지, 래리, 애덤은 나의 새로운 방향을 지지해주었지만, 또한 내가 거기에 너무나 많은 시간을 쏟아붓고 있다고 걱정했다. 그리고 이런 종류의 일이라는 게 힙한 것과는 거리가 멀어질 수 있지 않은가.

〈라이브 에이드〉 공연이 있고 난 뒤, 밥 겔도프는 나에게 이런 이야기를 해준 적이 있다. 그가 길거리를 걸어가면 사람들이 자기에게 돈을 집어 던졌다. 페니 동전들. 기부금이 아니었다. 록스타가 이런 종류의 사업에 너무 깊게 뛰어들었을 때 조롱거리가 되는 건 정해진 수순이었다.

그래도 이런 길로 갈 것인가? 나는 갈 수 있었다.

문제는 우리 밴드가 갈 수 있을 것인가였다. 혹은 밴드 멤버들에게 그렇게 하자고 말할 수 있을까였다. 그들은 항상 나를 지지해주었지만, 이 부채탕감 운동 문제는 그들에게 너무 많은 것을 요구하는 것이었다.

나는 1980년대 〈The Joshua Tree Tour〉 때를 회고하게 되었다. 당시 우리는 마틴 루터 킹 목사 그리고 미국을 세운 아프리카계 미국인들을 기념하기 위해 마틴 루터 킹의 날을 미국의 국경일로 삼자는 캠페인에 참여하고 있었다. 일부 주들은 그러한 제안을 거부하고 있었고, 그중에는 다루기 힘든 반동 인사인 에반 미첨Evan Meacham 주지사가 있는 애리조나주도 있었다. 우리는 이미 그곳의 도시 피닉스에서 공연하기로 한 상태였지만, 무슨 상황이 벌어지고 있는지는 공연에 닥쳐서야 알게 되었다. 우리는 부주의하게 문화적 금기를 깨고 우리 자신의 입장에 모순을 일으킨 것이다. 어떻게 할 것인가? 공연 전에 우리는 미첨 주지사와 애리조나주에 만연한 인종주의 반대하는 캠페인을 하기로 결정했으며, 기자회견 때는 내가 의도적으로 도발을 했다. 이번 공연은 그러한 도발의 절정이 될 터였지만, 우리가 이곳에 도착했을 때 여러 살해 협박이 우리에게 날아들었다. 우리가 무대에서 'Pride'를 연주할 경우 나는 살아서 노래를 끝내지 못할 거라는 내용이었다. 그리고 그 가운데에는 장난이 아닌 심각한 것들도 있었을 것이다.

나는 이런 정보에 개의치 않는 척했으며, 우리의 보안 팀이 더욱 열심히 뛰어 추가적인 조치를 할 거라고 믿었다. 공연장에는 모든 무기와 폭발물을 샅샅이 수색했고, 우리는 예정대로 공연하기로 결정을 내렸다. 우리는 'Pride'를 힘차고 당당하게 연주하기 시작했지만, 3절에 가자 나는 주눅이 들기 시작했거나 적어도 집중력을 잃어버리기 시작했다. 나는 눈을 감고 거의 반쯤 무릎을 꿇었다. 이건 그냥 멜로드라마가 아니었다. 나머지 가사를 다 부르기가 너무 겁이 났다는 사실을 숨기려는 것이었다.

Shot rings out in the Memphis sky.
Free at last, they took your life
They could not take your pride.

나는 불안에 빠진 나머지 이게 구세주 콤플렉스라는 점을 간과했었는지도 모른다. 그런데 눈을 떠보니 청중이 보이지 않았다. 애덤 클레이턴이 내 바로 앞에 서서 내 눈앞을 가로막고 있었다. 그는 3절이 끝날 때까지 내 앞에 서 있었다.

PART Ⅲ

이곳은 노스사이드 출신의 꽤 순진한 소년이었던 우리 네 사람의
출발지였습니다. 우리는 오늘밤 이곳으로 돌아왔습니다.
지혜와 좋은 벗들을 갖추고 있다면 경험의 맨 끝자락에서
다시 그러한 순진함을 회복하는 것도 불가능한 게 아니라는
대담한 믿음을 가진 네 명의 남자로서 말입니다.

—더 포인트, 더블린, 2018년 11월

Finnegan's Sorrento
anything strange or startling?
BLACK BUSH
DA

28

Beautiful Day

아름다운 날

The heart is a bloom
That shoots up through the stony ground
But there's no room
No space to rent in this town.

"뭐 이상한 이야기나 깜짝 놀랄 만한 이야기가 있나?"

우리 아빠는 이렇게 대화를 시작한다. 우리는 달키Dalkey에 있는 '로컬' 술집에서 만난다.

피니건Finnegan이 운영하는 이 술집은 나름의 법률과 관습이 있는 독립국가이다. 이 술집의 문턱을 넘는 순간 시간이 바뀐다고들 한다. 나도 그걸 경험한 바 있다. 이곳은 댄 피니건Dan Finnegan을 국가 원수로 하는 입헌군주국이며, 그의 맏아들 도널Donal을 수상으로 삼아 아들들이 이 정부를 실질적으로 운영하고 있다. 도널은 키가 6피트 4인치이지만, 시간에 따라 또 이 국가의 상태에 따라 6피트 7인치로 보이기도 한다. 나는 감히 도널 피니건 앞에서 까불 생각이 없다. 피니건 가족들은 좋은 사람들이지만 일정한 규율이 있다. 엄격성. 충분히 이해할 수 있는 일이지만, 댄은 아이들이 술집에 너무 오래 있는 것을 용납하지 않는다. 한번은 8살짜리 아기가 자기 아버지의 품에 있지 않고 돌아다니면서 "아빠가 시켰어요" 하며 과자 부스러기를 달라고 종업원들을 괴롭히는 등의 행태를 보인 때가 있었다. 댄은 이러한 꼬마 공화주의자들로부터 자신의 군주국을 지켜내기 위해 특이한 전술을 활용했다. 아이에게 차가운 물을 조금 끼얹은 뒤 아이를 원래 있던 자리로 돌려보내면서 "이거 끓는 물일 수도 있었어"라며 눈알을 굴린 것이다. 그러고는 하던 일로 돌아간다.

댄은 모종의 민주주의와 능력주의를 타고 앉아 있는 사람이었고, 우리 밴드가 유명해질수록 나는 더욱더 다른 모든 이들과 똑같은 대접을 받았다. 마땅히 그래야 한다. 하지만 그가 나보다 더 잘 알지도 못하는 사람을 나보다 더 따뜻하게 대할 때는 나도 화가 난다. 예를 들어 우리 아빠. 댄 피니건은 우리 아빠를 좋아한다. 그들 모두는 오페라와 뮤지컬을 사랑한다. 그리고 댄은 우리 아빠처럼 진짜로 노래를 잘하는 또 다른 군주가 왕림하시면 깍듯이 대접한다. 우리 아빠가 'The Way We Were'와 'The Black Hills of Dakota'를 연이어 열창하여 술집을 조용하게 만들 때면, 댄은 나를 뭔가 불쌍한 눈빛으로 쳐다본다. 아마도 속으로 '네가 너희 아버지 목소리를 타고났다면 이렇게 잘할 수 있을 텐데'라고 말하는 것 같다.

피니건의 술집은 일요일 오후에는 조용하다. 성에가 낀 창문으로 햇빛이 들어오고, 그 전날 밤만 해도 〈스타워즈〉에 나오는 술집같이 떠들썩하던 곳이 무슨 골프 클럽처럼 바뀌어 있다. 어두운 떡갈나무 무늬와 푸른 철틀로 된 가스를 태우는 벽난로가 구석에서 빛을 내고 있다. 아일랜드식 술집에는 작은 방으로 된 '스너그snug' 같은 공간이 있거니와, 술집 전체가 그런 분위기를 낸다. 그래서 아빠와 나는 이곳에서 서로를 더욱 친밀하게 느끼게 된다. 이제 둘 다 어엿한 남자가 되었으니 내가 아이였을 때처럼 안아주거나 하는 것은 아니지만. 아빠는 이 골프 코스 같은 느긋한 분위기를 좋아하여 일요일 외출 시간 대부분을 여기에서 보낸다.

"뭐 이상한 이야기나 깜짝 놀랄 만한 이야기가 있나?"

아빠는 가톨릭 신자이면서 아일랜드 북쪽 카운티 앤트림County Antrim에서 만드는 개신교도들의 위스키인 부시밀스 블랙 부시Bushmills Black Bush를 주문한다. 우리는 서로를 마주본다. 그러면서 이런저런 중요치 않은 이야기를 슬슬 주고받는다.

나도 조금 무서운 일이 있었다. 병원에 갔다가 내 인후에서 무언가가 발견되었기에 생체조직검사를 하게 되었다. 심각한 게 아닌 것으로 판명되기는 했지만, 정신이 확 깨는 경험이었다. 나는 마흔 문턱을 넘어 이른바 꺾어진 나이가 되어 있었고, 처음으로 영원히 사는 게 아니라는 것을 절감하게 되었다. 그리고 내가 사랑하는 이들도 마찬가지라는 것을. 마이클 허친스도. 우리 아빠도.

이것이 내가 'Kite'라는 노래를 쓰게 된 배경이었다.

Something is about to give
I can feel it coming
I think I know what it is
I'm not afraid to die
I'm not afraid to live
And when I'm flat on my back
I hope to feel like I did.

우리 아빠는 우리 밴드가 이룬 성취를 자랑스러워하게 되었다. 그는 여전히 딱딱한 남자의 모습을 연출하고 있지만, 마음속에는 그런 자랑스러움이 있다는 것을 나는 안다. 1985년 〈Unforgettable Fire〉 투어 도중 휴스턴 공연에서 아빠가 믹싱 데스크 뒤에서 만면에 미소를 띠고서 주먹을 휘둘러 대던 모습이 떠오른다. 나는 무대에서 그에게 조명을 비추었다. "신사 숙녀 여러분… 미국에 처음 온 사람이 있습니다. 아니 더 중요한 건 텍사스에 처음 온 거겠죠…. 저의 아버지 밥을 소개드립니다…!" 그러자 아빠의 머리 위로 747 비행기가 이륙하는 것 같은 큰 소리의 함성이 일어났다. 나에게나 아빠에게나 엄청난 순간이었다.

공연이 끝나고 우리는 분장실에 있었다. 아빠가 나에게 손을 내밀었다. 그의 눈은 붉은색이 되어 있었다. '아, 이건 더욱 엄청난 순간인데.' 나는 혼자 생각했다. '내가 아빠한테 칭찬을 받게 되는 거야?'

"너는 정말로 프로페셔널이다." 그는 말했다. 아주 프로페셔널하게.

아일랜드에서는 유명해지면 사랑과 증오를 함께 받게 된다. 시간이 지나면서 아빠도 자기 아들이 그렇게 사랑과 증오를 동시에 받고 있다는 것을 편하게 받아들이게 되었다. 그는 아들들의 신세를 크게 지려 하지 않았고, 그래서 옆집의 로이드 가족을 사실상의 새로운 가족으로 삼았다. 그는 이런 식으로 우정을 쌓은 이들이 꽤 있었다.

우선 음악 하는 친구들이 있었다. 또 골프를 함께하는 친구들이 있었다. 야심이 넘치는 형 노먼은 사업가로서 성공했거니와, 아빠는 나 또한 성공한 것을 아주 재미있게 여기고 있었다. 또한 내가 돈을 벌면 그 즉시 다 써버리고 마는 것을, 그러면서도 계속 돈을 벌어들이는 것을 아주 재미있게 여기고 있었다.

"야, 너 진짜 직업은 언제 가질 셈이냐?" 그는 윙크를 하면서 내게 말했다. 크리스마스가 되면 아직도 내게 5파운드짜리 지폐를 용돈으로 주었다.

이제 우리도 친구가 되는 걸까? 최소한 우리는 만나고 있다. 이야기하면서. 1999년 어느 일요일, 거꾸로 내가 이렇게 말했다.

"뭐 이상한 이야기나 놀랄 만한 이야기 있어요?" 그가 항상 하는 질문을 내 입으로 해본 건 그때가 처음이었다.

"나 암이란다." 그가 무표정하게 말했다.

거대한 암석이 이런 식으로 내 머리를 덮쳤다. 내가 올려다볼 생각도 하지 않은 언덕 위로부터. 아무 경계도 하지 않고 있던 상태에서. 다른 누군가의 삶에 변화가 벌어지면 나의 삶에도 큰 변화가 벌어지게 된다. 하지만 지금은 내 삶이 중요한 때가 아니다. 지금은 밥 휴슨이 자신의 상황을 '출발 승객 대합실departure lounge'이라고 묘사하고 있는 상황이니까. 이제 비로소 친해지기 시작한 아빠를 이렇게 보낼 준비가 되어 있지 않았다. 고아가 될 준비도 되어 있지 않았다. 그런 사람이 누가 있을까? 그날 나는 피니건 술집에서 빨리 이야기를 끝내 버렸고, 지금도 그렇게 하려고 한다. 싱어로서는 놀라운 일이지만, 나는 상황이 너무나 감정적인 것이 되면 오히려 밝고 힘찬 모습을 보이는 경향이 있다. 하지만 그런 태도가 그날 밥 휴슨에게 큰 도움이 되었던 것 같지는 않다. 그는 자립심이 강한 이라서 나로부터 무슨 도움을 받고 싶어 했던 게 아니었을 테니까.

섹스와 죽음의 관계는 무엇인가? 우리가 우리의 핏줄이 끊어질 것 같다는 두려움을 품게 되면 우리 DNA를 퍼뜨리고자 하는 본능이 절정에 달하게 된다. 배우자, 부모, 아이가 세상을 떠나게 되면 우리의 육체는 삶을 갈망하며 몸부림치게 된다. 밥이 병을 안게 되자 앨리와 나는 밥의 인생에 두 번의 새로운 장을 열어주게 된다. 그의 첫 번째 손자인 엘리야 밥 패트리셔스 구기 큐Elijah Bob Patricius Guggi Q가 1999년에 태어나며, 그의 두 번째 손자인 존 에이브러햄John Abraham은 2001년에 태어난다.

앨범 작업이 놀이라면

그 당시 나는 정치와 운동, 경제와 금융의 세계에 나를 던졌었다. 이는 양복, 샌드위치, 형광등의 세계였다. 우리 운동의 논리를 확실하게 설파하기 위해 여러 팩트들을 공부했고, 귀찮고 성가시지만 정치적 변화를 위해서는 반드시 외워두어야 할 세부 사실들까지 습득해야 했다. 이건 구호만 외친다고 되는 게 아니니까. 또 인상적인 한마디 멘트를 날린다고 되는 게 아니니까. 땀 흘려 공부해야 하는 문제이니까. 그리고 이와 동시에 4년 만에 처음으로 내는 우리의 앨범 작업도 함께 진행해야 했다.

전혀 예상치 못했지만, 음악과 공연의 세계로 나갈 때가 되었다는 느낌이 왔다. 음악은 다시 내가 놀고 쉬는 때에 하는 것으로 변했다. 옛날 우리가 함께 연습할 시간이 많지 않았을 때처럼 스튜디오는 다시 놀이터가 되었다. 옛날에는 스튜디오를 쓰려면 돈이 많이 들었기 때문에 모든 작업을 몇 주 만에 끝내기 위해 여러 세션을 전력 질주로 이어가야 했었다. 그래서 스튜디오 있는 동안은 정신 바싹 차리고 집중하지 않을 수 없었다. 휴식 공간에서 TV를 보며 오후를 보내거나 노래마다 다른 여러 믹스의 조합을 탐색해 볼 시간도 없었다. 스튜디오로 돌아오는 것이야말로 내가 갈망하는 일이 되었다.

1970년대 석유 위기 기간 동안에 주유소에서 일했던 10대 시절로 돌아간 것 같았다. 길게 늘어선 차들의 줄을 보면서 어디로든 도망치고 싶었던 그 시절. 너무나 지루하여 밴드 연습으로 돌아갈 때만 고대하던 그 시절. 차들이 빵빵거리는 소리보다 앰프 소리가 더 시끄럽고, 공항으로 달려가는 트럭들의 소음보다 베이스 소리가 더 깊게 울리는 연습실을 갈망하던 그 시절.

활동가 일을 하면서 지루했던 것은 아니었지만, 무수한 통계 문서들을 뒤지며 선명한 멜로디를 뽑아내려고 온종일 기를 쓰는 일은 정말 힘이 들고 진이 빠지는 일이었다. 빡빡한 일정에 비행기로 워싱턴을 오가는 일, 아침부터 잠들 때까지 줄줄이 회의로 하루를 보내는 일, 집에 와 있어도 조수인 수잔 도일Suzanne Doyle로부터 매일 해야 할 일들의 목록으로 전화와 노트가 밀물처럼 밀려드는 일 등. 주빌리 2000은 그녀 또한 못살게 굴었다.

"여러분들은 인권에 신경을 쓰는 분들 아닌가요?" 어느 날 하루 종일 고된 일에 시달린 뒤 그녀가 전화로 제이미Jamie에게 말하는 것을 들었다. "그러면 우선 제 인권부터 좀 생각해주시는 모습을 보여주시는 게 어떻겠어요?" 그녀는 눈을 깜빡거렸고, 그다음에는 윙크를 했다. 재밌다.

우리의 음악은 나에게는 그리운 도피처가 되었다.

아마도 우리가 'Beautiful Day'와 같은 기쁜 노래를 쓸 수 있었던 것도 그래서였을 것이다. 그리고 〈All That You Can't Leave Behind〉 앨범이 〈The

Joshua Tree〉 앨범과 〈Achtung Baby〉 앨범과 함께 우리의 3대 앨범으로 꼽히는 것도 그래서일 것이다. 기쁨이었을 것이다. 스튜디오로 되돌아온 기쁨. 우정과 가족으로 되돌아온 기쁨. 살아 있다는 기쁨. 인생은 짧다. 이렇게 신나는 삶에 앨리도 참여하였다. 그녀는 대학으로 되돌아가서 사회과학 학위를 받았으며, 세상에 소용이 되는 일을 하려는 야심으로 가득 차 있었다. 하지만 어디까지나 우리 아이들이 그녀의 1순위였다. 나는 사업을 시작하는 아버지로서는 집에 좀 소홀해도 할 수 없다고 생각했다. 식탁에 음식을 올려놓기 위해서는 아버지들이 다 그러니까. 앨리도 아이들에게 그렇게 말했다. 너희 아버지는 다른 사람들의 식탁에 음식을 올려놓는 일로 바쁘시단다. 가난한 사람들의 식탁에다가.

지금 돌이켜보면 그러한 내 행동이 이기적인 것이었음을 안다. 나는 바깥 나라에서의 불의와 싸워야 했으므로 집안일을 몽땅 앨리에게 맡겨 놓았다. 이 운동에 빠져든 결과 아내에게 빚을 지게 되었다. 그녀는 아이들을 키우는 일에 있어서 마땅히 나에게 더 많은 것을 요구할 권리가 있었지만, 그러한 권리를 행사하지 않고 나를 놓아주기로 의식적으로 결정하였다. 그녀는 자신의 시간을 나에게 주어 버렸다. 그녀 또한 우리 모두 함께하는 작업, 그리고 우리가 옹호하려 했던 사람들이 소중하다는 믿음을 가지고 있기 때문이었다.

하지만 그래도. 나는 그 시절을 생각하면 마음이 불편하다.

심장은 꽃이다

남녀 관계에서 상대방은 처음에는 친구였다가 그다음에는 열정의 대상이 되며 그다음에는 함께 아이를 키우는 이, 즉 내 아이의 아버지나 어머니가 된다. 그리고 아주 운이 좋으면 그 상대방은 여전히 친구로 남는다(혹은 돌아온다). 열정이 끓어오르던 연애 시절보다는 온도가 낮지만, 그 대신 오래가는 온기가 감돌게 된다. 나는 아주 운이 좋은 축이었다.

훌륭한 우정 관계는 아무리 힘들고 나쁜 일이 있어도 이를 대부분 견뎌낸다. 그런 우정은 서로가 서로에 대해 느끼는 실망과 온갖 개똥 같은 드라마를 거름으로 삼아 활짝 피어난다. 연애 감정처럼 큰 힘은 상상하기 힘들지만, 가까운 느낌으로 보면 우정이 더욱 강하다. 누군가 "우정이 사랑보다 더 상위에 있다"라고 주장했으며, 나는 그게 무슨 뜻인지를 이해한다. 우정은 사랑처럼 거창하고 열정이 넘치는 멜로드라마는 아니지만 더 깊고 더 넓을 때가 많다. 훌륭한 우정은 우리의 이 짧은 삶보다 더 오래 지속되므로 우리로 하여금 더욱더 삶을 꼭 붙들도록 만들기도 한다. 앨리와 내가 가장 좋은 친구가 되었듯이, 나는 우리 둘 다 우리의 관계보다 더 넓고 더 깊은 우정의 그물망 속에서 성장했다는 것을 잘 알고 있다. 우리 밴드는 말할 것도 없고 우리를 둘러싼 고귀한 우정. 우리의 의지와 무관하게 혈연으로 맺어진 관계가 아니라 우리가 스스로 선택한 관계들. 팬데믹 때를 제외하면, 나는 아직도 내가 만나는 사람들을 포옹한다. 이는 저 옛날 우리가 샬롬 집단에 있을 때 배운 인사법이다. 굳이 악수를 해야 하는 상황을 빼면, 나는 항상 자동으로 포옹이라는 인사법을 취했던 것으로 기억한다.

친구들을 맞이하는 나의 본능은 그들을 끌어안는 것이다.

〈All That You Can't Leave Behind〉 앨범 작업은 기쁜 시간이었으며, 주기적으로 터지는 우리들의 '음악적 차이점들'로 점철되는 일도 없었다. 아마 이는 우리가 주제로 보나 음악으로 보나 이번에는 좀 더 직선적인 U2 풍의 앨범을 만들어 보기로 결정했기 때문이었을 것이다. 우리 밴드는 우정에 굳건히 뿌리를 박고 있지만, 이 책의 앞에서 보았듯이 항상 서로에게 맞추는 관계는 아니었다. 우리의 관계는 깊고 오래가는 것이기는 하지만, 거의 대부분 긴장을 품고 있다. 예술과 사업에서 부닥치는 어려운 결정들을 내릴 때마다 각자 자기 입장을 분명히 해야 할 뿐만 아니라 다른 세 사람이 그걸 완전히 박살을 내는 것도 용인해야 했다. 이는 상처를 남기는 일일 수 있다. 그리고 나는 이 모든 일에서 나 자신의 역할을 잘 알고 있다. 나는 내가 믿는 바를 설파하는 데에 남들보다 더 큰 발언권을 가지고 있으며, 그게 아주 피곤한 일일 수밖에 없다는 것도.

나는 U2의 여러 약점들을 살펴서 그것들을 우리의 강점으로 만들어 내려고 하는 버릇을 가지고 있다. 1990년대에 우리가 했던 일들의 본질도 바로 그것이 아니었던가? 이제는 우리의 강점들이 드러나는 앨범을 만들 때가 왔다. 남들은 못하고 우리만 할 수 있는 것들을 할 때가 온 것이다. 나는 할 수 있지만 다른 이들은 좀 힘들어하는 그런 것들을 해야 할 때가 되었다. 감정을 어느 정도 솔직하게 드러내는 음악, 그래서 언쿨한uncool 음악. 다른 누구보다도 브라이언 이노는 U2가 절대로 쿨함에 항복해서는 안 된다고 믿었다. 음악적 정서의 온도로 볼 때 우리의 음악은 뜨거운 쪽이고 북유럽보다는 남유럽에 가깝다는 게 그의 이야기였다. 너희들 음악은 라틴 음악 같아. 미사곡, 오페라, 황홀경의 음악.

이노는 당시 더블린에 와 있었다.

"브라이언, 우리 앨범 하나 더 함께 만들어요."

"왜 우리가 그래야 하지?" 그는 대답했다. 그럴 만도 했다.

"삶에서 꼭 필요한 노래를 그냥 한 곡 한 곡 만들어봐요." 나는 대답했다. "너무 머리 쓰지 말고요. 그냥 부를 만한 노래를 만들어요. 사람들 삶에 꼭 필요한 소통의 앨범을 한번 만들어봐요."

브라이언 이노는 말도 정말 훌륭하게 하지만 남의 말도 잘 듣는다. 나는 그에게 물었다. '나는 당신을 사랑해요'라는 제목의 노래가 없다는 것, 알고 계세요? 아이러니라든가 관점이라든가 하는 것 없이, 반전이니 비약이니 하는 것 없이 그냥 그런 노래를 만들어 보는 게 어때요? 거의 창피할 지경으로 솔직하게요. 보통 로큰롤에서 사랑이 다루어지는 식 말고요.

브라이언도 생각에 잠겨 말했다. "'나는 당신을 사랑해요'라는 노래는 필요하지. 'Ich Liebe Dich'와 'She Loves You'라는 노래는 있지."

거기에 나는 'I Will Always Love You'를 추가해 넣었다. 왜냐면 브라이언이 휘트니 휴스턴을 좋아하니까. 이노는 무신론자임에도 불구하고 교회 음악 싱어들을 좋아한다.

그는 고개를 돌리고 템플 힐의 우리집 거실 창문 밖을 바라본다. 아직 내가 그를 설득하지 못한 것이다.

"'나는 당신을 사랑해요'라고?" 그가 생각에 잠겨 말했다.

나는 계속 밀어붙였다. "그런 노래가 있는 것 같아요?"

"음, 아냐. 네가 새로운 주제를 노래하면서 여전히 그 '사랑'이라는 말을 붙일 수 있을까?"

나는 듣고 있었다.

"네 아버님에 대한 노래를 쓸 수 있겠어?" 그가 물었다. "예전에 나한테 HIV 환자들의 추억을 모아서 책으로 만들어 보자는 아이디어를 이야기했었지? 그 사람들의 사랑하는 이들을 위해서? 추억의 책, 그게 앨범의 아이디어가 될 수 있어."

나는 생각하고 있었다.

말하지 않을 수가 없는 대화들, 떠날 때에도 가져가야만 할 사진들, 우리의 인간관계들. 나는 우리 아빠에 대해서 또 내 인후의 용종에 대해서 생각했다. 내 머릿속에서는 나도 암일 수 있다는 생각이 떠나질 않았다. 아버지는 죽어가고 있었고, 이제 그의 어린 아들은 더이상 젊지가 않다. 더이상 천하무적이 아니다. 참 불편한 사실. 나는 앨리와 우리 아이들에 대해 생각했다. 나이 든다는 것, 언젠가 죽어야 한다는 것, 우정과 가족이라는 것. 이런 것들에 대해 곡을 쓸 수 있다는 것은 알고 있었지만, 문제는 멜랑콜리에 빠지지 말고 정직함과 당당함을 가진 곡을 써야 한다는 것이리라.

우리가 해낼 수 있겠다고 내가 처음으로 생각하게 된 것은 'Beautiful Day'가 될 노래를 녹음하던 때였다. 이 곡은 'I Love You'는 아니었지만, 그만큼 악의가 없고 기쁨이 넘치는 제목이었다. 우리는 모종의 황홀함을 찾고 있었다. 가사 중의 "아름다운 날이죠"의 코러스를 부르기 위해서는 구름이 걷히고, 해가 나오고, 어떤 길이 선명하게 떠오르는 느낌을 가지고 있어야 한다. 엣지는 이 느낌을 내기 위해 그가 1980년대에 유명하게 만들었던 그 반복 에코를 사용하였지만, 이번에는 이 부분에서 버벅거리는 바람에 바로 얼굴을 붉혔다. 우리 모두 창피해했다.

"오 이런, 이건 U2 같은 사운드야."

"문제는," 내가 조심스럽게 한마디 보탰다. "이게 U2의 엣지 같은 사운드라는 거야." 여기에 엣지는 완벽한 대답을 내놓았다.

"나 실제로 U2의 엣지야. 원할 때는 언제든 이런 사운드를 낼 수 있어."

우리 모두 일어서서 환호를 내지를 만한 대답이었다. 엣지는 자신의 음악을 구축할 줄 아는 사람이지만 항상 겸손했다. 하지만 그는 이제 그의 세대를 뛰어넘어 가장 영향력 있는 기타리스트가 되었음을 나는 이따금 떠올린다. 어떤 기타리스트이든 붙잡고 물어보라.

이 곡은 수직 이륙의 순간을 담고 있으며, 라이브 중 어디서나 항상 우리들을 공중에 띄워 올려 지구의 궤도를 돌다가 4분 5초 후 다시 땅으로 내려놓아 준다. 그렇게 높이 떠오르는 순간 새로운 시야가 나타난다. 그렇지 않다면 무엇 하러 그렇게 높이 위로 올라가겠는가?

이 노래의 중간 부분은 달에 착륙했던 아폴로 11호의 우주인 닐 암스트롱의 관점에서 쓴 가사이다. 그는 이렇게 말했었다. "갑자기 저 조그마한 예쁜 푸른색의 콩알이 지구라는 것이 저에게 충격으로 다가왔습니다." 그에게 소중한 모든 이들과 모든 것들을 엄지손가락으로 가릴 수 있는 순간이었다.

버리고 떠날 수 있는 모든 것들. 실제로 우리가 버리고 떠나고 있는 모든 것들. 우리가 기후위기를 해결하지 않는다면.

See the world in green and blue
See China right in front of you
See the canyons broken by cloud
See the tuna fleets clearing the sea out
See the Bedouin fires at night

See the oil fields at first light.

그다음에는 노아가 홍수로 부풀어 오른 물에서 40일 만에 갇혀 있던 배에서 나온다.

See the bird with a leaf in her mouth
After the flood all the colours came out.

그렇다. 바벨탑 이야기에 나오는 대로 모두가 자기들의 언어로 이야기하는 혼란이 끝나자 '무지개'가 나온다. 우리가 단지 자연을 생태적으로 끌어안을 것만이 아니라 우리 인간들의 다양성을 어떻게 하면 품어 안을 수 있을지는 여전히 중요한 모티프이다.

It's a beautiful day.

세상은 그 아름다움에 눈을 뜰 것이다. 이는 그저 자연, 심지어 초자연적인 세상만이 아니다. 우리의 인간 세상 또한 그렇게 될 것이다.

하지만 엣지는 우리를 다시 땅으로 내려놓는다. 엣지는 우리가 들어본 적이 없는 사운드의 비평을 만들어 낼 수 있다. 'Elevation'에 나오는 추잉검 씹는 소리처럼. 하지만 그는 또한 특이할 것 없는 사운드에서도 흥겹게 놀 수 있다.

예를 들어 'In a Little While'의 기타 파트에서처럼. 이 블루스 느낌 나는 반주는 결코 낡은 사운드가 되지 않을 것이다. 전혀 새롭게 느껴진 적도 없으니까. 그 코드 진행은 브라이언 이노의 영향으로 만들어진 클래식 가스펠이다. 나는 어느 날 밤 외출하여 신나게 놀고 돌아와서 이 노래를 몇 가지 버전으로 불러보았다. 내 어깨 위의 큰 머리는 피곤하여 잠이 들려 하고 있었지만….

Man dreams one day to fly
A man takes a rocket ship into the sky
He lives on a star that's dying in the night
And follows in the trail the scatter of light.

'When I Look at the World' 또한 비슷한 관점을 가지고 있다.

I'm in the waiting room
I can't see for the smoke
I think of you and your holy book
While the rest of us choke.

나는 이 노래의 마지막 절은 우리 아빠가 제공해준 것이라고 항상 생각한다.

대부분 황홀함의 음악을 담고 있는 이 앨범은 리뷰 또한 거의 황홀했다. 이 앨범은 32개 국가에서 차트 1위로 올라섰고, 일곱 개의 그래미상을 받았다. 개빈 프라이데이는 이 앨범의 상징으로 가방 속에 든 하트를 고안해 냈거니와, 이는 또한 이후 우리가 시작한 투어의 상징물이 된다. 우리는 하트 모양의 무대를 만들고 우리의 가장 열성적인 팬들에게 그 하트 모양 안으로 들어오도록 했다. 그래서 이 〈Elevation Tour〉는 두 개의 공연장에서(하나는 체육관 또 하나는 클럽) 동시에 연주하는 느낌을 냈다. 우리 밴드는 다시 하늘로 수직 상승을 이루었고, 기쁨에 찬 당당함으로 공중을 떠다녔다. 하지만 당시의 나는 집을 떠나기가 어려웠다. 아빠가 있는 출발 승객 라운지가 완전히 다른 국면으로 들어섰기 때문이다.

아버지가 세상을 떠나려고 할 때 우리는 유럽에서 순회공연을 하고 있었다. 공연이 끝나면 나는 비행기를 타고 집으로 돌아와 밤 동안 아빠의 병상을 지켰고, 스태프들이 아빠 침대 옆에 준비해준 매트리스에서 잠을 잤다.

보몬트 병원Beaumont Hospital은 공항에서 아주 가까웠기에 나는 공연의 앙코르 함성 소리로부터 불과 1시간 반 뒤에 아빠의 병상에 앉아 있을 때가 많았다. 다음날 아침 우리는 대화를 나누었다. 아빠의 증상이 아주 안 좋을 때는 그저 눈빛으로라도. 그렇게 병상을 지키던 중 나는 아빠가 잠들었을 때 아빠를 그림으로 그려 보았다. 그 덕분에 나는 아빠를 가까이에서 볼 수 있었고, 그림은 구불구불한 기도문이 되었다. 누군가의 얼굴을 그리기 위해서는 그 사람을 정말로 잘 알아야만 한다. 불편하게 들릴지 모르겠지만 전혀 불편하지 않았다.

그러다가 노먼이 나와 교대하기 위해 도착하면 아빠와 나 둘 다 모든 게 잘될 거라는 걸 알고 있었다. 설령 그렇게 되지 않는다고 해도.

형 노먼은 이 어둡고 힘든 시기에 아빠에게 나보다 더 큰 도움이 되었다. 설령 내가 아빠 옆에서 시간을 더 보낼 수 있었다고 해도 내가 과연 내 앞에서 누군가가 죽어가는 어지러운 상황에 제대로 대처할 수 있었을지 자신이 없다. 나는 완전히 얼어붙어 있기 십상이었겠지만, 형 노먼은 나와 달리 아주 쓸모 있는 일들을 했다. 노먼은 내가 아주 어렸을 때부터 무엇이든 고칠 줄 알았다. 장난감, 기차 세트, 자전거, 오토바이, 라디오, 테이프 리코더 등. 하지만 이번에는 고칠 수가 없다.

우리 아빠 밥 휴슨은 여러 사람의 삶의 이야기를 고스란히 간직한 이였다. 그 이야기들을 우리가 모두 알고 있다면 우리의 삶이 어떻게 펼쳐져 왔는지도 더 잘 알 수 있었겠지만, 이제 그 정보의 도서관이 사라지고 있었다. 수많은 질문들에 대한 대답을 들을 수 있는 기회도 함께 사라지고 있었다. 우리 엄마에 대한 질문들. 어떤 이유에서인지 모를, 옛날에 있었던 가족 여행. 아빠의 성미를 고약하게 만들고 혼자 따로 놀게 만들었던 허리 통증. 그가 노래하는 사람으로서 가지고 있었던 죄의식. 그것 때문에 그의 막내아들에게 일으켰던 온갖 분노.

이제 그런 이야기를 들을 수가 없게 되었다. 그 모든 이야기가 담긴 아버지는 이제 삶의 끝으로 가고 있었고, 마침내 숨을 거둘 때가 올 것이다. 노먼도 이걸 고칠 수는 없다. 하지만 노먼은 한결같다. 그냥 있어주는 것만으로도 큰 힘이 된다.

거울을 볼 때마다 떠오르는 당신

아버지가 자꾸 의식을 잃기 시작했다. 이제 우리는 가까운 친구가 되었고 나는 이제 더이상 버려진 자식이라는 느낌을 갖지 않으려 했지만, 그가 자식에게 의존하지 않으려는 태도에서 항상 그런 느낌이 풍겼다. 아들이 아버지를 죽이는 행위를 친부살해라고 하지만, 이건 다른 경우일 수 있다. 내 친구인 짐 셰리단은(영화감독이자 심리학의 천재이다) 이렇게 말한 바 있었다. "만약 아들이 마음속 깊은 곳에서 그의 엄마가 일찍 죽은 것이 아빠의 잘못이라고 믿고 있다면 어떨까? 물론 말도 안 되지. 하지만 감정이란 원래 말이 안 되는 것이고, 그냥 표출되어 버리는 것뿐이잖아!"

이어서 이렇게 말했다. 분노가 함성이 된다, 그렇지. 그 분노가 아들의 폐를 가득 채우고, 그다음에는 심장의 맥박과 함께 핏줄을 타고 온몸으로 퍼져간 게 아닐까? 그래서 그 분노를 비우기 위해서 함성 소리로 바꾸어 대형 체육관 공연장을 채우고 그 수만 명의 청중의 마음을 채웠던 게 아닐까? 그 분노 때문에 사람들과 싸우고 약속도 마구 어긴 게 아니었을까? 선생님도 학생들도 가리지 않고 마구 멱살을 잡았던 게 아니었을까? 그 분노 때문에 깡패들에게도 막 덤볐던 게 아닐까? 그냥 너의 한순간의 모습을 훔쳐서 푼돈이라도 벌어보려고 했던 파파라치들을 두드려 팼던 것도 그 분노 때문이 아니었을까? 공연장 발코니에서 뛰어내리고 또 청중들의 품 안으로 뛰어들게 만들었던 것도 그 분노가 아니었을까? 록 밴드에다가 핵분열의 힘을 불어넣어 멜트다운 되도록 만든 것도 그 분노가 아니었을까? 아닌 게 아니라 몇 년 후 우리가 내는 앨범의 제목도 〈How to Dismantle and Atomic Bomb〉이 아닌가.

좋은 질문이야, 짐.

나는 스스로의 분노의 뿌리를 이해해보려고 했고, 가능하다면 그것을 다시 써보려고 노력하며 일생을 보냈다. 그 분노의 일부는 내가 다른 사람들에게 의존하고 있다는 것과 관련되어 있었지만, 또 다른 부분은 분명히 아빠와 관련이 되어 있었다. 그 분노 중 어떤 것은 정의롭고 올바른 것도 있었지만, 다른 것은 통제가 불가능하도록 마구 튀어나오는 것도 있었다.

아빠가 세상을 떠난 후, 앨리는 나의 불안정 상태가 점점 심해진다고 보았고, 내가 인간관계에서 좀 더 공격적으로 변하고 있다고 느꼈다. 정신 상담사에게 상담을 좀 받아보는 게 좋지 않을까? 그 제안을 받아들이지 않았지만, 아마도 무의식적으로 다른 종류의 상담사를 선택했던 것 같다. 《롤링스톤》지의 전설적인 편집장이자 발행인인 잰 웨너Zann Wenner와 인터뷰를 하기로 했던 것이다. 하지만 인터뷰가 시작되기 전까지는 내가 정신과 의사의 소파에 눕게 될 거라고는 전혀 예상치 못했다. 그런데 그가 밥 딜런 그리고 존 레논과 행했던 인터뷰들은 그들의 노래만큼이나 나를 크게 바꾸어 놓았던 것 또한 사실이었다.

웨너는 자기가 다룰 '환자들'의 급소가 어딘지를 연구 조사했던 것이 분명했다. 그는 나와 아빠와의 관계를 깊게 물어보았다. 몇 번의 긴 인터뷰 뒤에 그는 나를 깜짝 놀라게 했다. 나의 모든 기도와 명상이 비껴갔던 놀라운 혜안을 내놓은 것이다.

"아버님께 마땅히 사과를 하셔야 합니다." 그는 나를 꾸짖었다. "이 이야기를 아버님의 관점에서 한번 생각해보세요. 당신 아버님은 아내를 잃으셨고, 두 아이를 혼자 키워야 하는 상황이 되었는데 그중 한 명은 당신께 있는 대로 험악하게 덤벼들었죠. 또 그 아들은 아버님 스스로가 두려워서 추구하지 못했던 야심을 완전히 성취하여 주눅이 들게 했어요."

맞다. 그렇다면….

자신이 테너인 줄 아는 바리톤

2002년 부활절. 앨리와 나는 프랑스 에제Èze에 있는 작은 예배당에 들렀다. 이 교회는 언덕 위에 있었고, 파란만장한 역사를 가지고 있었다. 해변의 가파른 바윗돌 절벽 위에 있는 이 교회에 몇천 년 동안 마을 사람들이 모여서 쳐들어온 해적들과 군대들로부터(이제는 나 같은 관광객들로부터) 스스로를 지키기 위해 피를 흘린 바 있다. 바로크식 단상 위에는 팔 하나가 벽에서 튀어나와 십자가를 쥐고 있으며, 고깃배 한 척이 천장 위에 매달려 있다. 잘 모르는 언어로 예배가 이루어지면 더 은혜로워지기도 한다. 예배가 끝난 후 내가 앉았던 좌석으로 되돌아왔다. 나는 거기에 앉아서 아빠 밥 휴슨에게 용서를 빌었다. 나는 그가 흥분해서 저질렀던 잘못들을 용서한 바 있었지만, 내가 흥분해서 저질렀던 잘못에 대해 그에게 용서를 빈 적이 한 번도 없었던 것이다.

Tough, you think you've got the stuff
You're telling me and anyone
You're hard enough
You don't have to put up a fight

You don't have to always be right
Let me take some of the punches
For you tonight

Listen to me now
I need to let you know
You don't have to go it alone

And it's you when I look in the mirror
And it's you when I don't pick up the phone
Sometimes you can't make it on your own

We fight, all the time

You and I, that's alright
We're the same soul
I don't need, I don't need to hear you say
That if we weren't so alike
You'd like me a whole lot more

Listen to me now
I need to let you know
You don't have to go it alone

And it's you when I look in the mirror
And it's you when I don't pick up the phone
Sometimes you can't make it on your own.

—'Sometimes You Can't Make It on Your Own'

그 작은 예배당에서 아빠에게 용서를 빌었던 것과 관련이 있는지 모르겠지만, 아빠가 세상을 떠난 뒤 변화가 생겼다. 나는 고해성사 뒤에 사람들이 스스로 지고 있던 짐을 내려놓고 나간다는 이야기는 많이 들었다. 그런데 나에게 생겨난 변화는 내 목소리였다. 내 음역이 몇 음 정도 더 올라가게 되었고, 이제 테너인 척할 필요 없이 진짜 테너가 된 느낌이었다. 예전에는 어렵게만 올라가던 그 높은 음들도 이제는 교회 종소리처럼 가볍게 낼 수가 있게 된 것이다. 물론 과학적으로는 전혀 말이 안 되는 이야기이지만, 나는 누군가 가까운 사람이 죽으면 그들이 모종의 유산을 증여하고 간다는 말을 들었다. 눈에 보이지 않는 유서를 써서 특별한 축복을 물려주고 간다는 것이다. 아빠 밥 휴슨이 내게 마지막으로 남겨 준 선물은, 나를 낳을 때 물려주었던 내 타고난 음역을 더 넓혀 준 것이었다. 나는 이제 더이상 자기만 스스로 테너라고 생각하는 바리톤이 아니라 진정한 테너가 된 것이다.

And when I get that lonesome feelin'
And I'm miles away from home

I hear the voice of the mystic mountains
Callin' me back home.

노먼과 내가 하우스Howth에 있는 어섬션 처치Church of the Assumption에서 아빠의 관을 들고 걸어 나왔을 때 아빠의 오랜 친구들과 가족들은 'The Black Hills of Dakota'를 부르고 있었다. 마린 호텔Marine Hotel에서 조문객들을 대접하고 있을 때, 앤트림 카운티Antrim County에서 온 트럭 한 대가 주차하더니 블랙 부시 위스키 작은 병을 1백 개나 내려놓았다. 처음에는 이것이 일종의 광고인 줄 알았는데, 아니었다. 이는 북부 아일랜드에서 남쪽 아일랜드에 무작위로 보내는 선물이었다. 개신교도들이 가톨릭교도들에게. 밥 휴슨의 우주가 움직이는 방식이 이러하다.

the door through which

Right now we are his mirror as he tightens the belt of his trousers and locks us both in his gaze one eyebrow raised suggesting a collegial questioning of his appearance but with no interest in the reply

NO THEM
there's ONLY US

OPEN

things fall apart
the centre cannot
hold....
mere ANARCHY
is loosed upon the world.

we are another mirror Harry Belafonte now in his early seventies has been fighting injustice since before we were born

our movement will pass

29

Crumbs from Your Table

테이블 위의 부스러기

From the brightest star
Comes the blackest hole
You had so much to offer
Why did you offer your soul?
I was there for you baby
When you needed my help
Would you deny for others
What you demand for yourself?

나는 해리 벨라폰테Harry Belafonte의 침대에 앉아 있다. 이 작은 호텔 방에는 의자가 하나뿐인데 거기에는 밥 겔도프가 앉아 있고, 우리를 불러들인 방 주인은 옷을 입고 있다. "아무리 위대한 인물도 수발드는 하인의 눈에는 위대하게 보이지 않는다"라는 오래된 프랑스 속담이 생각났다. 하지만 해리 벨라폰테는 바지를 입고 있는 순간에도 위대하다.

내가 여기서 뭘 하는 걸까? 한때 해리 벨라폰테의 백 밴드에는 찰리 파커Charlie Parker와 마일스 데이비스Miles Davis가 있었다. 그는 칼립소의 왕으로, 'Banana Boat Song (Day-O)'가 수록된 앨범을 내서 사상 최초로 1백만 장의 판매고를 올렸던 인물이다. 또한 그는 일생 동안 평등을 위해 투쟁한 싸움꾼이기도 하다. 그리고 너무나 외모가 뛰어나서 아마 거울을 볼 필요도 전혀 없는 사람일 것이다.

그는 지금 바지의 벨트를 채우면서 우리의 시선을 거울로 이용하고 있다. 자기 모습 괜찮으냐고 우리에게 한쪽 눈썹을 들어 올리고 있지만, 무슨 대답이 나오는지에는 관심이 없다. 우리는 그저 거울일 뿐이다. 이제 70대에 들어선 벨라폰테는 우리가 세상에 태어나기 전부터 세상의 불의에 맞서 싸운 사람이다. 그는 자신의 매력과 경고를 결합하여 그 이후의 모든 예술가-활동가들에게 어떻게 행동하면 되는지에 대한 매뉴얼을 만들어준 이다. 그는 1960년대에 자신의 친구인 마틴 루터 킹 목사와 함께 운동했던 이야기를 해주고 있다. 그가 허리를 굽혀 구두끈을 매면서(그가 부탁했다면 나는 기쁘게 매어 드렸을 것이다) 해주었던 이야기는 그때 이후로 나의 일상을 모두 바꾸어 놓았다.

그는 처음에는 와일드와 베케트, 싱에Synge와 비한Behan 같은 아일랜드 극작가들에 매료되어 있었지만, 아일랜드 출신의 왕족인 케네디 가문이 미국 정치의 무대에 오르자 아일랜드 정치인들에게도 똑같은 매력을 기대하면서 관심을 갖게 되었다고 한다. 하지만 그런 기대는 실망이 되었다. 그는 로버트 케네디Robert Kennedy에게 갑자기 분통을 터뜨렸다. 모든 문제를 질질 끌면서 민권 운동의 힘을 충전하는 데 방해만 되는 장애물이었다는 것이다. 내 생각은 다르다고 반론을 하고 싶었지만 곧 나는 내가 흑인이 아니며 그 당시의 상황에 있지도 않았었다는 것을 상기하고 입을 닫았다. 해리가 마이크를 독점한다. 그는 또한 말할 때 보면 목청에 퍼즈박스fuzz box라도 달린 것 같은 목소리를 내며, 그래서 가장 단순한 표현에도 멜로드라마의 색채를 가미한다. 그리고 이렇게 무대 위에서 속삭이는 듯한 독백으로 그는 우리를 먼 옛날의 그때로 데리고 간다.

"잭 케네디가 1961년 법무부 장관에 로버트를 임명한 것은 우리 투쟁에는 큰 후퇴였어. 그래서 SCLC(남부 기독교 지도자 회의Southern Christian Leadership Conference)에서 우리는 아주 뜨거운 논쟁을 치르게 되었지."

"방 안에 있던 사람들은 하나같이 로버트 케네디에 대해 비난을 쏟아놓았어. 그는 형인 대통령 존과 같이 영감이 넘치는 인물이 전혀 아니라는 거였지. 또 소문에 따르면 그는 대통령 존 케네디에게 민주당의 의제와 목표에 맞도록 우리 운동의 의제 목표를 타협시켜야 한다고 계속 경고했다는 거야. 만약 백악관이 민권 운동 쪽과 너무 가까워지게 되면 남부에서의 민주당 유권자들이 등을 돌리게 될 것이라고. 이미 미국 남부에서는 케네디와 같은 가톨릭이 대통령이 되었다는 것만으로도 불편하게 여기고 있으니까 말이야." 그는 이렇게 털어놓았다. 사실을 말하자면, "민주당 깃발을 든 이들 다수는 한 꺼풀 벗겨보면 진짜로 노예제에 반대하는 이들이 아니었다고."

대화에 열기가 더해지면서 해리는 다시 회고했다. 그가 마틴 루터 킹 쪽을 쳐다보니 킹 목사는 이렇게 모든 이들이 로버트 케네디에 대해 욕을 퍼붓는 이야기들에 점점 지쳐가고 있는 기색이 역력했다고 한다.

"마틴은 손으로 탁자를 내리쳐서 모든 사람들을 조용히 시켰어. '우리의 새 법무부 장관에 대해 뭔가 긍정적인 이야기는 전혀 없습니까?'"

"없어요, 마틴. 우리 이야기가 그거예요." 이런 대답이 나왔다.

"그 사람 좋은 점이라고는 전혀 없어요. 그는 아일랜드 촌놈 꼴통일 뿐이고, 흑인들의 투쟁 따위에는 전혀 관심도 없는 사람이라고요."

해리의 말에 따르면, 킹 목사는 잘 알겠다며 정회를 선언하면서 이렇게 말했다고 한다. "여러분 모두 세상으로 흩어져서 로버트 케네디라는 인물에 대해 하나라도 긍정적인 지점을 찾아오도록 하세요. 하나라도 긍정적인 점을 찾아야만 우리 운동이 그 좁은 문으로 통과할 수 있을 테니까요."

내가 처음 해리 벨라폰테에게 찾아갈 때는 내가 찾는 게 무엇인지 나도 뚜렷이 인식하지 못했지만, 갑자기 모든 것이 분명해졌다. 공통 기반을 찾는 일은 더 높은 지평을 찾는 일로 시작한다는 것이다. 이는 심지어 적과의 관계에서도 마찬가지이며, 적과의 관계라면 특히 더 그러하다. 이는 내게 하나의 깨달음의 순간이었으며, 그때 이후로 내 삶의 지혜가 된 확신이기도 했다. 만약 하나라도 중요한 점에 동의할 수 있다면, 모든 것에 대해 동의할 필요는 없다는 단순하면서도 심오한 아이디어.

하지만 잠깐. 아직 학교다.

해리 벨라폰테의 수업은 끝나지 않았다.

"세월이 지난 뒤," 그는 계속 말했다. "로버트 케네디가 로스앤젤레스 호텔의 부엌 바닥에 죽어 쓰러졌을 때, 그는 이미 민권 운동의 영웅이었지. 우리 운동의 뒤에 질질 끌려오는 이가 아니라 우리 운동의 지도자였어. 그래서 나는 요즘도 묻곤 해. 우리가 초기에 그를 잘못 보았던 게 아니냐고. 뭐 알 수 없는 일이지. 하지만 나는 요즘도 그를 잃었다는 게 괴로워."

"그래서 찾아내셨어요?" 밥이 물었다. 우리 둘 다 궁금해하던 질문이었다. "다시 회의가 속개되었을 때 킹 목사가 물어보았던 대로 긍정적인 점 하나를 찾아내셨나요?"

"찾아냈어. 로버트는 자기 교구의 주교와 가까웠는데, 그 주교는 남부 출신의 우리 성직자들 중 몇 명과 가까웠어. 그렇게 해서 우리가 들어갈 문을 찾아낸 거야."

조지 부시의 앞문, 뒷문, 옆문

2001년 조지 W. 부시가 미국의 43대 대통령이 되자 우리가 클린턴 정부 때 가지고 있던 백악관과의 관계는 모두 끊어졌다. 새 정부에 들어선 사람들은 우리를 친구로 여길 이유가 없었다. 나아가 우리를 완전히 생각에서 지워버릴 이유가 충분했다. 내각에 들어선 새 인물들뿐만 아니라 그들의 총수인 대통령 자신도 그랬다. 내가 빌과 힐러리 부부의 친구라서 뿐만이 아니었다. 더 큰 문제가 있었다. 그 바로 몇 년 전 우리 밴드는 〈ZOO TV〉 공연에서 그의 아버지인 조지 W. H. 부시 대통령의 국정연설을 퀸Queen의 'We Will Rock You' 패러디로 만들어서 박살을 내버린 적이 있었기 때문이다.

게다가 그 공연기간 동안 나는 밤마다 아버지 부시 대통령에게 장난 전화를 걸었다. 정확히 말하면 백악관 교환수에게 장난 전화를 걸었다.

"대통령께 TV를 더 많이 보시라고 말해주세요."

내가 너무 자주 전화를 걸었기에 어느 날 밤 똑같은 교환수가 백악관에서 내 전화를 받고 있다는 것을 알게 되었다.

"말해주세요," 나는 그녀에게 물었다. "이름이 어떻게 되시죠?"

"2번 교환수입니다." 그녀가 답했다.

그 2번 교환수는 내가 가장 즐겨 찾는 이가 되었다. 나는 심지어 그녀를 공연에 초대하기까지 했다. 그녀가 말했다. "저는 매일 저녁 근무합니다."

나는 말했다. "저도 그런데요."

하지만 그 2번 교환수는 끝내 나타나지 않았다. 나는 종종 그녀를 바꾸어 달라고도 했지만, 다시 그녀와 이야기하지 못했다.

새로 백악관에 들어간 이들 중 누구도 내 전화번호를 수첩에 담아두고 있을 리 없었다. 심지어 2번 교환수조차도. 이건 큰 문제였다. 내가 참여하던 운동은 가난한 나라들의 부채 탕감이라는 임무를 완수하기 위해서 이 새 정부를 한편으로 끌어들일 필요가 있었기 때문이다. 게다가 AIDS 문제도 있었다. HIV 바이러스가 아프리카와 아시아에 급속하게 퍼지면서 이제는 부채 탕감이 개발도상국들의 경제에 가져다줄 혜택마저 침식당할 위기에 처했기 때문이었다. UN의 코피 아난 사무총장은 이를 이렇게 포착했다. "AIDS는 보건 위기를 훨씬 뛰어넘는 일입니다. 이는 개발 자체에 대한 위협입니다."

하지만 조지 W. 부시를 어떻게 친구로 만들 수 있단 말인가? 우리가 파고 들어갈 수 있는 문이 뭐가 있을까? 그런데 그 이전에 다른 문제가 있었다. 우리 운동은 지금 어떤 성격의 운동이 되었는가? 주빌리 2000이라는 빅 텐트 연합은 예전에 2000년 말에는 문을 닫을 것이라고 약속한 바 있었다…. 모든 부채가 탕감되었는지의 여부와 무관하게. 아직 우리는 문을 닫지 않은 상태였다. 하지만 우리 운동의 해체 논의가 이루어지는 가운데 나는 내가 이 새로운 밴드의 일원으로서 일하는 것을 정말로 사랑하고 있다는 것을 깨달았다. 나는 나의 새로운 동지들을 놓고 싶지 않았다.

나와 이야기하면서 제이미 드러몬드는 화를 많이 냈다. 하지만 그는 화를 낼수록 나에게 제정신이 들도록 만들어주었다. 그는 자신이 논의하는 어떤 문제에 대해서도 깊은 정보와 지식을 가지고 있었으며, 나 또한 그렇게 되도록 만들어준 것이다. 사람들이 나와 회의를 마치고 내가 자신들이 예상했던 것보다 더 똑똑하다고 생각했다면, 그건 모두 제이미 덕분이었다. 그는 손잡이만 돌리면 온갖 데이터와 어렵게 얻은 통계 수치들이 끝도 없이 쏟아져 나오는 수도꼭지와 같은 이였다. 하지만 언젠가 그와 아일랜드 축구 리그 결승전All-Ireland GAA Final에 카운티 마요County Mayo 팀이 오를 것인가를 논의하게 되었을 때는 예외였다. 그 수도꼭지가 잠겼고 대신 기니스 맥주 여러 잔이 흐르게 되었으며, 우리의 '증거 기반 활동가'는 슬그머니 어디론가 사라지고 전혀 다른 성격의 인물이 나타나게 되었던 것이다. 나의 새로운 밴드에서 제이미는 결코 없어서는 안 될 사람이었다.

바비는 최고 수준의 정치 전략가였다. 내 생각에는 그의 DNA와 관련이 있는 듯했지만, 그는 전면에 나서는 것보다는 항상 막후에서 활동하는 것을 더 좋아했다. 그가 AIDS 문제에 열정을 가지고 움직이게 된 것은 그의 절친이었던 사진사 허브 리츠Herb Ritts의 죽음 때문이라고 했다.

잠비아에서 활동한 주빌리 운동가였던 루시 매튜Lucy Matthew는 성숙한 사람이었으며, 우리에게 백악관 고위 인사에 대한 접근 가능성을 성공과 혼동해서는 안 된다고 일깨워 주었다. 그녀는 큰 문제들도 훨씬 작아 보이도록 만드는 재능을 가지고 있었다. 단순한 밝은 성품이라기보다는 강철같은 의지가 있기 때문이었다. 하지만 그녀의 밝음은 우리의 불빛이 이따금씩 깜빡거릴 때도 우리가 계속 전진하게 해주는 힘이었다.

2001년 8월, 나는 우리 활동가들과 밥 겔도프를 더블린으로 초대하여 우리 활동을 계속할 것인지를 결정하는 회의를 열었다. 우리가 슬레인 캐슬

Slane Castle에서 공연을 한 다음 날 아침이었다. 앨리 또한 우리의 갓난아기 아들 존이 목에 매달리고 또 2살짜리 아들 엘리가 무릎에 매달린 채로 왔다 갔다하면서 모임을 지켜보았다. 그녀는 마치 내가 새로 학교에 가게 된 아이인 것처럼 나를 바라보았다. 나는 학교에서 돌아왔을 때에도 그녀가 집에 있을지 불안해졌다. 그리고 우리가 내리려는 결론에 대해서도 잠깐 동안 의문을 가지게 되었다. 아주 잠깐 동안.

바비, 제이미, 루시, 그리고 나는 함께 일하는 것을 좋아했을 뿐만 아니라 우리 나름의 전략을 가지고 있었다. 우파를 밀어내고 좌파 행세를 하거나 언쿨인 사람들을 밀어내고 쿨한 사람들인 것 마냥 행세하지 않는 것이었다. 우리가 차지한 위치는 많은 벗들이 함께할 만한 위치가 아니었고, 비판자들은 우리를 타협적인 중도파라고 무시할 수도 있었지만, 나는 그 자리가 급진적 중도파라고 생각하였다. 회의를 마칠 때에 우리는 아직 할 일이 남아 있다는 결론에 도달하였다. 하지만 먼저 이름을 정해야 했다.

그 이름은 WONK로 정해질 뻔했다.

다행히도 그렇게 하지는 않았다. 겔도프는 DATA라는 이름을 제안하였다. 아프리카 활동가들에게 계속 제기되는 세 가지 절박한 이슈들, 즉 '부채debt, AIDS, 무역trade' 세 가지 문제의 머리글자를 딴 것이었다. 루시와 제이미도 DATA라는 이름에 찬성했지만, 그 세 가지 문제의 동전의 뒷면과도 같은 민주주의democracy, 석명성accountability, 투명성transparency, 아프리카Africa의 머리글자로 하자는 제안이었다.

그때 이후로 오랫동안 나는 이런 논의를 후회할 때가 많았다. 우리가 과연 이런 일을 스스로 떠맡아서 권력 있는 자들 사이를 휘젓고 다닐 권리가 있는지에 대해 좀 더 조심스럽게 생각하지 못했기 때문이다. 우리는 지구적 불평등의 여러 문제들이 대부분 북반구 나라들이 일으킨 것이기 때문에 당연히 그 문제들을 풀 책임도 북반구 나라들에 살고 있는 우리에게 떨어지는 것이라고 생각하였다. 하지만 지금의 나는 이러한 입장이 얼마나 거만한 것인지를 인식하고 있다. 세네갈의 다음과 같은 속담에 담긴 지혜를 나는 너무 늦게 배웠던 것이다. "어떤 사람의 머리를 깎아주고 싶다면 그 사람을 꼭 그 자리에 불러야 한다."

알리고 싶지 않은 비밀

"부시를 당선시킨 이들은 가톨릭 교인들입니다." 급진적 중도파는 그 나름의 자연스러운 동맹자들이 있게 마련이다. 제임스 카빌James Carville은 빌 클린턴이 백악관으로 들어갈 수 있도록 만든 이른바 '제3의 길'이라는 전략을 수립했던 그쪽 방면의 스타였다. 이제 대통령 선거를 치르고 난 뒤에도 그는 '레이진 케이전Ragin' Cajun'이라는 이름으로 알려진 민주당 쪽의 정치 컨설턴트로 힘을 발휘하고 있었다. 그는 자신의 인사이트를 플래너리 오코너Flannery O'Connor와 같은 남부 고딕 스타일로 전달하였으며, 목소리는 쉰 소리였고 속사포같이 말을 쏟아냈다. 총알처럼 빠르게 돌아가는 머리를 가진 카빌은 숲마다 어떤 사냥꾼이 숨어 있는지를 알아채는 정치적 동물이었다. 왜냐면 그도 그러한 사냥꾼들의 하나이니까. 루이지애나 토박이로서 망골리아 나무 위에 있는 새들도 홀려서 잡아낼 만한 능력의 소유자인 그는 빌 클린턴을 당선시켰던 저 유명한 주문, "바보야, 문제는 경제야It's the economy, stupid"를 만들어 낸 장본인이기도 했다.

바비 슈라이버가 카빌을 추적하여 찾아낸 이유는 그가 정치 전략가로서 최고였기 때문이다. 실제로 카빌은 정치 전략이란, 적수를 아주 깊게 이해할 때, 심지어 완전히 공감할 정도로 깊게 이해할 때에만 나온다는 것을 잘 아는 사람이었다. "부시는 자신이 당선된 힘이 '함께 아파할 줄 아는 보수주의compassionate conservatives'에서 나왔다고 믿고 있어요." 카빌은 이렇게 설명했다. "부시를 한편으로 끌어들이고 싶으세요? 그렇다면 가톨릭 사람들을 사귀어 두세요. 또 복음주의 개신교 목사들도요."

아, 한 가지 더. 그가 덧붙였다. "선거 그리고 당선자들에게는 남들에게 알리고 싶지 않은 비밀이 있어요."

쿵.

"대부분의 대통령들은 자기가 한 약속을 지키고 싶어 해요. 정말 그래요."

아마도 우리의 운동 또한 마틴 루터 킹이 찾아냈던 것과 똑같은 문으로 지나가야 할 듯싶었다. 아마도 종교적인 신념이 이번에도 그 문의 열쇠가 될 듯싶었다.

그런데 좀 더 따분한 일상의 차원에서 보자면, 우리가 백악관에 다시 들어가기 위해서 통과해야 할 관문이 하나 더 있었다. 나의 복장을 좀 더 가다듬어야 했다.

43대 대통령인 부시는 자기가 대표하는 보수주의자들의 전성시대였던 40대 대통령 로널드 레이건 대통령 시절의 엄격한 형식을 다시 도입해 놓았다는 말이 전해졌다. 그래서 텍사스 전 주지사였던 부시 자신도 대통령 집무실에서 항상 양복 상의와 넥타이를 갖추고 있다고 했으며, 그냥 모두 다 대학생처럼 입고 돌아다니던 42대 클린턴 대통령 시절은 완전히 옛날이야기가 되었다는 것이었다. 그래서 나도 준비를 하려고 넥타이를 사 두었지만, 여전히 대통령과의 면담 기회는 잡을 수가 없었다. 그렇다면 그의 재무부 장관인 폴 오닐Paul O'Neill은 어떨까? 그 사람이 바로 우리가 원하는 미국 정부 재정의 지출을 결재하는 이이니까. 비록 미국 정부는 그 돈으로 제트전투기를 사고 있지만, 그 돈으로 가난한 나라들에 학교와 병원을 지어주는 것이 훨씬 더 나은 방위 전략이라고 우리는 주장했다.

하지만 이번에도 정중한 거절. 우리는 또다시 면담을 요청했다. 다시 또 다시. 이번에는 재무부 장관의 명민한 수석 보좌관인 팀 애덤스Tim Adams에게 직접 찾아가서 부탁했다. 그때 내가 넥타이를 매고 있었는지는 기억에 없지만 어쨌든 우리는 마침내 돌파구를 마련하였다.

팀은 우리에게 재무부 장관과의 20분 면담을 주선해주었다. 그냥 인사 자리고, "그냥 예의를 갖추기 위한 자리"일 뿐이라고 했다.

"아프리카에 가보신 적이 있습니까?"

폴 오닐은 말하는 방식이 특별했다. 그의 입에서는 말들이 아주 빠른 속도로 아주 술술 쏟아져 나왔다. '직설적'이라는 말만으로는 다 표현할 수가 없다. 하지만 통상적인 정중한 말투를 벗겨내고 나면 그는 마음을 열 수 있을 만큼 정직하고 믿음직했다. 또 그는 아주 전투적이었다. 훌륭한 논쟁가들과 마찬가지로 그 또한 10대 여자아이와 같은 혀짤배기소리를 냈다.

"아프리카에 가보신 적이 있습니까?" 여러 번 가보았습니다, 장관님.

"알았어요, 알았어요. 가보셨다고요. 하지만 정말로 그곳에서 무슨 일을 해보신 적은 있나요? 저는 알코아Alcoa의 이곳저곳에서 일한 적이 있습니다. 알코아가 어딘지 아십니까? 기니아Guinea라는 나라는 아십니까? 세상에서 가장 부패한 나라 중의 하나죠. 우리 정부가 그곳에 한 푼이라도 쓰도록 당신에게 돈을 내줄 거라고 생각한다면 미친 짓입니다. 이미 좀 미치신 분인 듯하지만, 그렇게 생각하신다면 정말 미친 거예요."

알겠습니다. 장관님이 그곳에서 일하셨군요. 하지만 그의 말은 끝나지 않았다. "그 양아치 같은 독재자들은 자기 국민들을 강탈하고 도둑질합니다. 우리는 그 나라들에 나가 있는 우리 미국 정부 기관들조차도 과연 제대로 돈을 쓰고 있는지 잘 믿지 못하는 판인데, 당신을 무얼 믿고 돈을 내주겠습니까?"

나에게도 믿는 주문이 있다. 누구와도 공통의 기반이라는 게 있게 마련이고 그것이 일종의 문 역할을 해줄 수 있다는 것이다. 나는 그러한 공통의 기반을 찾기 시작했다. 그렇죠, 장관님. 부패, 정말 맞는 말씀입니다. 아프리카 대륙에서 사람들의 목숨을 빼앗아 가는 그 어떤 질병보다도 이게 더 심각한 문제입니다. "하지만 어떤 나라들도 여러 다른 개발 단계에서 반드시 그 문제는 겪게 마련입니다. 아일랜드도 마찬가지였습니다."

바비 슈라이버가 끼어들었다. 지금 아프리카에는 새로운 지도자들이 나타나고 있으며, 이들은 냉전 시대처럼 단순히 우리의 적이냐 친구냐 보다 훨씬 더 원칙 있는 입장들을 가지고 있다고 말했다. "새로운 아프리카가 일어나고 있습니다." 나도 모르게 이렇게 말했다. "식민주의의 폐허 그리고 자본주의 공산주의 사이의 대리전이 초래한 폐허를 딛고 말입니다."

"헛소리예요."

폴 오닐이 직설적인 사람이라고 이야기했던가?

"완전 헛소리예요. 엉뚱한 신문을 보고 계시는 거예요."

우리의 면담 시간이 끝났다(아마도 내 인생에서 가장 빠르게 흘러간 20분이 아니었을까?) 하지만 우리가 아주 점잖게 사무실을 나올 적에 나는 닫히는 문을 붙잡고 오닐 장관의 눈을 계속 응시하면서 말했다.

"만약 제가 훌륭한 통치와 석명성의 방향으로 나아가고 있는 아프리카 나라들 10곳을 보여드린다면 다시 한 번 생각해보시겠습니까?"

"10곳 아니라 5곳만 보여주어도 기꺼이 더 논의를 하겠습니다. 하지만 우리가 다시 볼 일은 없을 거 같네요. 감사합니다, 보노 씨. 잘 가십시오."

"젊은이, 자네에게 손을 얹도록 허락해주게나"

우리는 부시 대통령이 자신의 당선 1등 공신이라고 믿고 있다는 그 '함께 아파할 줄 아는 보수주의자들compassionate conservatives'을 찾아 나서야 했고, 그들에게 미국 납세자들의 돈을 해외로 보내 부채를 탕감하고 HIV/AIDS와 싸우도록 하는 것은 함께 아파할 줄 아는 행동일 뿐만 아니라 보수적인 행동이기도 하다는 것을 설득해야만 했다. 하지만 여론조사가 보여주는 바는 정반대였다. 2001년 조사에서 복음주의 기독교인들의 절반 이상은 심지어 AIDS 고아들마저도 "아마 혹은 분명하게 돕지 않을 것"이라고 답했다. 이들은 이 '새로운 돌림병'은 자신들이 걱정할 바가 아니라고 믿었다. 많은 이들이 AIDS의 창궐을 성적인 부도덕의 탓으로 돌렸고, 어떤 이들은 아예 그것이 죄짓는 삶에 대한 하나님의 심판이라고까지 주장하였다. 예수가 자신들 스스로를 도덕적으로 올바르다고 생각하는 이들을 위해서만이 아니라 모든 이들을 위해 목숨을 던졌다는 생각을 이들은 외면하고 있었다. 예수 당대의 이른바 불가촉 인간들(예를 들어 나병 환자들)을 예수가 환대하고 고쳐주었다는 사실도 이들은 외면하였다.

나는 영향력 있는 종교 지도자들을 만나며 돌아다니기 시작하였다. 그러면서 나는 성경의 무려 2,003개 절들이 가난한 이들에 대한 것이며, 개인의 구원이라는 것을 제외하면 성경 전체에서 가장 지배적인 모티프가 바로 가난한 이들에 대한 염려와 근심이라는 점을 상기시켰다. 누가 누구와 성관계를 맺는가가 아니라. 워싱턴에서 40명의 저명한 복음주의 지도자들과 만난 자리에서 나는 예수가 자신 이전의 예언자인 이사야를 인용했던 것을 인용하였다.

"주의 성령이 내게 임하셨으니 이는 가난한 자에게 기쁜 소식을 전하게 하시려고 내게 기름을 부으시고 나를 보내사 포로 된 자에게 자유를, 눈먼 자에게 다시 보게 함을 전파하며 눌린 자를 자유케 하려 하심이니라."

완전히 로큰롤은 아니었지만… 다시 보면 완전히 로큰롤일 수도 있다.

나는 성경이야말로 꿈쩍도 하지 않으려는 이들을 움직일 수 있는 방법일 수 있다는 것을 깨닫기 시작했다.

나는 이 말을 자주 했다. 네 이웃을 사랑하라는 것은 충고가 아닙니다. 이는 명령입니다, 그렇죠? 우리의 이웃이 누구이든. 그리고 어디에 있든.

상원의원 제시 헬름스Jesse Helms의 의원실에서 있었던 만남을 이야기해보겠다. 나는 마음속으로 그가 우리의 'Bullet the Blue Sky'의 이야기 배후에 있는 인물이라는 것을 상기하고 있었다. 그는 냉전의 전사로서 1980년대 미국이 중앙아메리카에 개입해야 한다고 주장했던 사람이었다. 그는 노스캐롤라이나주 최고의 보수주의자 상원의원으로서, 단지 AIDS 활동가들의 적일 뿐만 아니라(그는 이 병을 '게이병'이라고 불렀다) 예술국가기금National Endowment for Arts을 검열하려고 들었던 덕에 예술가들의 적이 되기도 했다. 그는 또한 마틴 루터 킹의 생일을 국경일로 만들자는 법안을 막으려고 필리버스터를 시도하기도 했다. 2001년 당시 헬름스는 외교위원회Foreign

Relations Committee 의장이라는 힘 있는 자리에 앉아 있었다.

그런 그가 나의 머리에 손을 얹으며 말했다.

"젊은이, 자네를 축복하고 싶네. 자네에게 손을 얹도록 허락해주게나."

그의 눈에는 눈물이 가득했으며, 나중에는 자신이 과거에 AIDS에 대해 발언했던 방식을 공식적으로 참회하였다. 이는 우파에게도 큰 충격이었지만 좌파에게도 큰 충격이었다. 그의 마음을 움직였던 것은 성경에 나오는 나병 환자 이야기와의 비교였다. 그는 여기에서 자신이 믿는 예수를 따를 수밖에 없었다. 하지만 이러한 순간순간에 나는 내가 아닌 다른 누군가가 쓴 드라마에 출연하는 느낌이었다. 언젠가 그 작가를 만나보게 될 것이다.

엣지는 특히 이 만남에 대해 듣고서 기분이 상했다. 나는 우리 밴드와 우리 청중들의 참을성을 시험에 들게 만들고 있었던 것이다. 그리고 그 이후에도 좀 더 시험에 들게 만든다.

아주 이상한 한 쌍

가나의 아크라Accra에 있는 코토카 공항Kotoka International Airport의 이야기로 가보자. 나는 이제 미국 군사 작전의 일원이 되어 있었다. 나의 새로운 절친 폴 오닐 재무부 장관과 함께 '미국 공군기'가 착륙한 시점부터 우리는 마치 침략군인 것 같았다. 나도 록 싱어로서 순회공연에 대해서라면 좀 아는 바가 있었지만, 미국 군대와 함께 돌아다니는 것에 비교할 바는 아니었다. 그야말로 '웨건즈 롤wagons roll'이었다. 하지만 이 모든 병참학적인 대소동은 그렇다 치고, 경제학자들, 관료들, 그리고 미디어까지 총동원된 이 잡색군은 우리가 아프리카 대륙에 대해 가지고 있던 편견에 도전하겠다는 진지한 열의를 가지고 있었다. 폴 오닐은 오전 5시면 일어나서 6시 정각에 자동차에 앉아 있었다(나는 새벽 5시가 되어야 잠자리에 들었으므로, 이따금씩 조금 늦기도 했으며, 보통 용서를 받았다.) 이 여행은 "이상한 한 쌍의 여행The Odd Couple Tour"이라고 불렸으며, 조지 부시 대통령이 주장하는 그 '함께 아파할 줄 아는 보수주의'라는 것이 정말 알맹이가 있는 것인지를 확인하고자 하는 미디어의 관심을 신속하게 끌어들였다.

우리는 현지의 여러 조직 및 단체들에게 그곳의 성노동자들, 의사들, AIDS 교육가들, 활동가들과의 만남을 조직해 달라고 부탁하였다. 재무부에서는 이곳의 주식시장, 치과기록 처리 사무소, 포드 자동차 공장 등의 방문 일정을 조직하였다.

그런데 여행이 계속되는 가운데 나는 참으로 기묘하지만 또한 아주 고무적인 변화가 벌어지는 것을 감지하기 시작했다. 오닐 장관과 그의 통화 이론가들의 팀은 우리가 가는 곳마다 만나게 되는 AIDS 팬데믹의 눈물겨운 이야기들을 접하면서 변화해 갔던 반면, 나는 현지의 국내 산업과 상업 특히 기간 시설의 건설을 통해 사람들이 극도의 빈곤에서 빠져나오는 모습을 보면서 관점이 바뀌기 시작하였다.

나는 이 지역 빈곤의 배후에 진짜로 도사리고 있는 게 무엇인지를 알려주는 종류의 경제 데이터들에 좀 더 많은 관심을 기울이기 시작하였고, 한편 폴과 그의 아내 낸시Nancy 그리고 딸인 줄리Julie는 시간 가는 줄도 모르고 병원의 간호사들, 의사들, 환자들과 이야기하다가 예정된 시간을 항상 넘기곤 했다.

나는 지금도 기억한다. 그들이 소웨토Soweto에 있는 한 병원을 방문하여 큰 충격을 받던 모습을. 미국은 임신한 어머니들이 배 속의 아이에게 HIV 바이러스를 전염시키지 않게 해주는 약인 네비라핀nevirapine의 공급에는 자금을 대어 주지만, 막상 어머니들의 목숨을 구해줄 약인 ARVs에(항레트로바이러스 의약품) 대해서는 아무런 자금도 지원하지 않는다는 것을 그들도 알게 되고 충격을 받았다. 나는 아니었지만, 오닐은 눈물을 멈추지 못했다. 우리는 모두 변화하고 있었다.

You speak of signs and wonders
I need something other

I would believe if I was able
But I'm waiting on the crumbs from your table.

공항에서 나와 재무부 장관은 서로 포옹하고 헤어졌으며, 나는 이제 우리의 수많은 차이점에도 불구하고 부시 정부에 동맹자 한 사람을 갖게 되었다는 것을 깨달았다. 우리가 아프리카를 떠날 때쯤에는 부시 대통령의 백악관 또한 아프리카의 AIDS 문제에 대해 진지한 행동을 취할 수 있다는 가능성을 믿게 되었고, 나는 더블린의 집으로 돌아와 엣지에게 이 모든 이야기를 해주었다.

피니건 술집에서 우리는 기니스 맥주를 마셨고, '지역 통합'이라는 실로 놀라운 변혁의 사실들과 가나에 생겨난 주식시장에 대해 세세하게 묘사해주었다. 다르 에스 살람Dar es Salaam 항구에서 2기통 세스나 비행기를 타고서 컨테이너 선박들과 철도 연동 장치들을 보았던 장면을 이야기해줄 때는 내 맥박이 빨라졌다.

"흠, 아무래도 가급적 빠른 시일 안에 너를 스튜디오로 데리고 가야겠어." 엣지가 말했다. 완전히 진지한 얼굴을 한 채로 기니스 파인트 잔을 입가로 가져가면서. "네 입에서 시가 막 쏟아져 나오고 있어."

그로부터 얼마 지나지 않아 우리는 프로듀서 크리스 토머스Chris Thomas와 함께 〈How to Dismantle an Atomic Bomb〉에 들어갈 노래들을 쓰기 위해 스튜디오로 돌아갈 준비를 하고 있었다. 그때 뉴스가 들려왔다.

폴 오닐, 미국의 지갑을 쥐고 있는 그가 재무부 장관 자리에서 해고당했다.

Miracles
"in science and in medicine
I was a stranger and you took me in"

PrEP

ARV

GOD BLE$$ AMERICA

30

Miracle Drug

기적의 약

Beneath the noise
Below the din
I hear your voice
It's whispering
In science and in medicine
I was a stranger
You took me in.

병원 하면 제일 먼저 떠오르는 것은 병원 복도의 냄새 아닐까? 소독약 냄새. 위생의 냄새. 하지만 병원의 보급품이 떨어지면 그렇지 않다. 전혀 다른 냄새가 난다. 샤워를 할 수가 없어서 씻지 못한 사람들의 냄새. 병원 마당에서 손에 잡히는 대로 먹을 것을 구해 불을 피워 익히느라고 그을린 연기 냄새. 말라위의 수도인 릴롱웨Lilongwe의 병원에서 나의 코를 찌르던 냄새였다. 이는 스스로의 생존이 끊어지기 직전의 병원, 병동을 어슬렁거리는 눈에 보이지 않는 살인마를 물리칠 방법이 없는 병원의 냄새이다.

2년에 걸친 3막 극
아마추어 AIDS 퇴치 활동가의 삶에서 가져온 아홉 장면들

1막 1장: 말라위 릴롱웨의 병원 병동에서 앤 수녀와 함께 (성자)

2002년 초, 나는 제프리 삭스 교수 및 그의 부인 소니아 삭스 박사와 함께 아프리카에 있었다. 오늘 우리는 앤 수녀Sister Anne를 만날 예정이다. 그녀의 말에 의하면 그녀는 더블린에서 태어나 코르크에서 자라났고, 의학 선교를 임무로 삼아 멀리 떨어진 여러 마을에서 산부인과 혹은 이동식 병원에서 일하며 일생을 보냈다고 한다.

우리가 이곳 병원에서 만났던 음완삼보 박사Dr. Mwansambo는 750개의 병상을 갖춘 이 병원이 수용 능력을 3백 퍼센트나 초과하여 완전히 압도당한 상태라고 말해주었다. 병원은 높은 주차 건물처럼 보였다. 여러 층이 빽빽하게 아래에서 위로 쌓여 있었고, 각 층마다 가로 전체로 경사진 복도가 둘러쳐 있었다. 외부인은 병원 안으로 들어오지 못했지만, 나는 잽싸게 문을 통과해 들어갔고, 아무도 캐어묻지 않았다.

"당신이 내 조카라고 이야기해 두었어요." 앤 수녀가 말했다.

나는 보자마자 그녀를 좋아하게 되었다. 비록 복도에 줄을 서 있는 환자들 가운데 그 누구도 나라는 록스타는 알아보지 못했지만 병원의 모든 이들이 그녀만큼은 알아보았기에 나는 자연스럽게 지나갈 수 있었다. 그 줄을 선 사람들은 HIV 양성 반응이 나온 이들이에요, 앤 수녀가 설명해주었다. 이들은 대기실로 들어가기 위해 줄을 서 있었다. 대기실에서 그들은 한 의료 노동자의 설명을 들을 것이다. 그들의 상태에 대한 치료약은 없다고. 따라서 죽을 준비를 해야만 한다고.

병동의 모습은 훨씬 더 보기 괴로운 것이었다. 병상 하나에 서너 명씩 누워 있었다. 어떨 때는 침대 위에 두 명이 머리와 발을 엇갈려 누워 있었다. 어떨 때는 침대 아래에 두 명이 더 있었다. 모두 죽을 준비를 하고 있는 이들이었다.

걸어가면서 나는 감히 눈을 들어 이 줄에 서 있는 사람들 몇몇의 얼굴을 쳐다보았다. 절망, 분노, 격분 등으로 일그러져 있지 않을까 생각하면서. 왜 아니겠는가? 나와 같은 백인 서양인이 같은 병에 걸렸더라면 그건 사형 선고는 아니었을 터인데. 나였다면 치료를 받았을 터인데. 하지만 내 시선을 마주 보는 그들의 얼굴에 격분 따위는 없었다. 묵묵히 받아들이는 표정이었을 뿐이다. 이제 곧 죽을 것이라는 말을 들은 이 사람들이 오히려 자기들의 상황을 미안해하는 것 같았다.

격분하는 모습은 보이지 않았고, 점잖게 행동하는 사람들만 있을 뿐이었다. 이들은 모두 자신들의 수치심을 숨기고, 공손하면서도 우아하게 행동하고 있었다. 그들은 자신들에게 최악의 소식을 가져다준 의료진에게 오히려 감사를 표하면서 자신들의 상처를 감추고 있었다. 게다가 이들은 죽는 날까지 낙인이 찍힌 채로 살아가야 한다. HIV 검사에서 양성이 나왔다는 낙인을.

하지만 나를 쳐다보는 다른 눈에는 분노가 깃들어 있었다. 병원 스태프들의 눈이었다. 진단만 할 수 있을 뿐 치료는 할 수 없는 의료진의 심정은 어떨까? 환자들에게 해줄 수 있는 게 아무것도 없다고 말하는 이들의 심정은 어떨까? 이 분노는 소리가 나지 않는다. 외침 소리는 고사하고 아예 입 밖으로 나오지도 않는다. 하지만 내 눈에는 보인다. 그리고 그보다 훨씬 크게 내게는 느껴진다. 그리고 지금 이 책을 읽고 있는 독자들에게도 그 분노가 전해졌으면 한다. 나의 가족과 친구들은 내가 도대체 왜 양복을 차려입고 권력자들의 주변을 들락거리면서 빌어먹을 악수질을 그렇게 해대며 그렇게 많은 시간을 보내는지 의아해했다. 나는 내가 본 이 병원의 모습을 그림으로 그려내고 싶을 뿐이었다.

릴롱웨에 있는 이 병원의 그림을.

HIV가 처음으로 발견된 지 20년이 지났고, 부유한 나라들에서는 생명을 건질 수 있는 약물요법이 개발된 지 5년이 지났건만, 이곳에서는 여전히 그 의약품들이 너무나 비쌌고 또 물량 자체가 없었다. 테스트 키트가 있다고 해도 테스트를 받아봐야 뭐하겠는가? 21세기 벽두의 몇 해 동안 동아프리카와 남아프리카는 이 전염병의 중심지였다. 보츠와나에서는 성인 인구의 38퍼센트가 HIV 양성이었다. 성인들의 3분의 1 이상이 병들고 죽어가게 되어 있었던 것이다. 시장에 붐비는 사람들을 한번 보면서 그중 3분의 1이 사라진다고 상상해보라. "우리는 지금 멸종 위기에 처해 있습니다"라는 페스투스 모가에Festus Mogae 대통령의 선언은 전혀 과장이 아니었다. 어린아이들과 가난한 사람들만이 아니라 간호원들, 의사들, 교사들, 농부들, 회계사들, 변호사들도 모두 이 병으로 스러져 갔다. 치료약이 오지 않는다면, 이 지역 전체의 꿈과 희망도 함께 스러져 갈 것이다.

앤 수녀는 나만큼 분노하지 않았다.

내가 그녀의 사무실에 앉아 있는데, 나는 무지막지한 똥 냄새로 인해 뻗을 지경이었다. 그녀의 사무실은 하수도 바로 위에 있었다.

"어떻게 여기에 익숙해지실 수가 있나요?" 내가 물었다.

"익숙해지다니, 무슨 말인가요?"

"이 냄새 말이에요." 내가 말했다.

"무슨 냄새요?" 그녀가 물었다. 전혀 믿지 못하겠다는 표정으로. 그러고는 내게 윙크를 했다.

앤 수녀는 죽음 앞에서 호통을 치거나 그 손을 잡음으로써 대처했다. 그녀는 웃음이 많은 이였지만, 가난한 이들의 삶을 바꾸어 내는 데 있어서는 그 누구보다도 진지한 이였다. 이것이 그녀가 하나님께 봉사하는 방식이었고, 그녀는 함께 살아가는 이 사람들 속에서 그녀의 하나님의 얼굴을 보는 이였다. 우리 중에 가장 힘들고 어려운 이들에게 우리가 봉사하는 순간이 의식을 하든 못하든 바로 하나님께 봉사하는 순간이라는 말씀을 성경에서 읽은 기억이 난다. 아마도 내가 앤 수녀의 곁에 가까이 서 있다면 나는 하나님께 가까이 서 있는 것이리라.

하지만 그래도 이 냄새만큼은 못 참겠다.

1막 2장: 남아프리카

보노 씨, 우리의 시간을 헛되게 하지 마세요 (프로페셔널들)

말라위와 남아프리카를 방문하면서 나는 급진적으로 변해갔다. DATA의 우리 팀 모두가 그러했다. 분노하는 것으로는 충분하지 않으며, 우리 스스로 조직하여 어려운 문제들에 대한 답을 찾아가야만 했다. 치료약의 비용이 얼마나 되는지 그리고 ARV 약품을 모두가 얻을 수 있도록 하려면 어떻게 해야 하는지. 우리는 HIV 문제가 동정이냐 좋은 개발이냐를 둘러싼 논쟁들을 넘어선 싸움이며, 자원에 대한 투자 수익률도 넘어선 싸움이라고 보았다. 나는 AIDS 의약품들에 대한 보편적 접근을 위해 생명을 내걸고 싸우고 있는 TAC(치료 행동 운동가들Treatment Action Campaigners) 사람들을 만났던바, 오늘날까지도 나는 그렇게 큰 힘으로 추동되는 운동을 경험해본 적이 없다. 이들은 분노를 속으로 삭이지 않았고, 그 분노의 소리는 화재경보 벨소리만큼 시끄럽고 꾸준했다. 프루던스 마벨레Prudence Mabele는 실로 가공할 만한 에너지를 가진 활동가로서(2017년 폐렴으로 45세의 나이에 세상을 떠났다) 남아프리카에서 자신이 HIV 양성임을 처음으로 공개한 여성들 중 하나였다. 그녀는 나를 만나러 오느라 자신의 가족 장례식에(HIV로 사망) 참석하지 못했다고 설명하면서 내 눈을 똑바로 쳐다보았다.

"보노 씨, 당신이 우리의 시간을 헛되게 쓰는 게 아니기를 바라요." 그녀는 말했다. "왜냐면 우리들 중에는 허비할 시간이 전혀 없는 이들이 있으니까요."

국경없는의사회Médecins Sans Frontières가 TAC에 ARVs 의약품을 기부했지만 충분한 것이 못 되었다. 그리하여 이 목숨을 좌우하는 의약품을 동료들 중, 가족들 중, 자식들 중 누구에게 주고 누구에게 주지 않을지를 결정해야 한다는 상상도 못할 상황이 벌어졌다.

TAC의 공동 창립자인 재키 아흐마트Zackie Achmat는 투약 거부 투쟁을 벌이고 있었다. ARVs 약품을 모든 남아프리카인들이 얻을 수 있을 때까지 투약을 거부한다는 것이었다. TAC는 거대 제약회사들을 상대로 그들이 더 저렴한 복제약의 제작을 허용하지 않는다는 것을 두고 법정 투쟁을 벌이고 있었다. 그리하여 남아프리카의 행정 수도인 프레토리아Pretoria에서 국가가 모든 HIV 양성인 임산부들에게 네비라핀을 공급해야 한다는 기념비적인 승리를 얻어내기도 했다.

이 비싼 알약들이 부자 나라들에서는 넘쳐나건만 가난한 나라들에서는 아예 구할 수가 없다는 사실이야말로 불평등이라는 게 무엇인지를 구체적으로 보여주는 사례였다. 지구적 차원의 불의를 현실로 만드는 사태였다.

1막 3장: 우간다의 캄팔라
당신의 아이들을 돌보아 줄 가정을 찾으세요 (지침들)

나는 그로부터 며칠 후 우간다의 캄팔라Kampala에서 TASO의(에이즈지원기구the Aids Support Organization) 여성들을 만나게 되었다. 그들은 이 참혹한 현실을 실로 뼈저리게 느끼도록 만들어주었다.

이 여성들은 자신들의 현실을 과장은커녕 오히려 축소해 가면서 사실만을 말해주었다. 그리하여 자기들이 처한 상황을 마치 교실 안에서 학생들에게 규칙을 설명해주듯이 묘사하였던 바, 그 내용은 이런 것이었다.

죽을 준비를 하는 규칙들

당신의 아이들을 돌보아 줄 가정을 찾으세요. 그들에게 남겨 줄 추억의 책을 애정을 듬뿍 담아 만들어 두세요.

당신의 마을에서 아직 HIV에 감염되지 않은 이들에게 교육하세요.
감염된 이들은 안아주고 기도해주세요.

서로서로를 돌보아 주세요.

이를 설명하는 중에도 그녀들은 침착했고 평정을 유지했다. 그러면서 우리에게 자신들이 아이들을 위해 준비한 추억의 책들을 보여주었다. 사진들, 기념품들, 가족사, 훗날을 위한 편지들, 조언들. 결코 죽지 않는 사랑의 메시지들. 이 방문이 끝난 후 만났던 이 기관의 장인 알렉스 쿠티노 박사Dr. Alex Coutinho는 우리에게 얼마 되지 않는 ARVs 약품을 누구에게 투약할지를 결정하는 일이 자기에게 떨어질 때가 많다고 하면서 목이 메어 말을 잇지 못했다.

나는 그 알약 3정을 손에 쥐고 삶과 죽음이 담겨 있는 그 젤라틴의 표면을 느끼며, 내 안에 있는 쇼맨/세일즈맨이야말로 논쟁을 승리로 이끌 수 있는 시각 장치라는 것을 깨닫고 있었다. 주빌리 2000과 마찬가지로 이 또한 자선이 아닌 정의를 내세우는 논리였다. ARVs 의약품에 대한 접근이 정말로 사람들이 살고 있는 지리적 주소에(내 표현으로는 "위도와 경도라는 우연") 좌우되는 것이라면, 우리는 공공 여론의 법정에서 우리의 논리를 승리로 이끌 수 있다고 믿었다. 그리고 그 법정에서 승리를 거둔다면 정치에서도 승리할 수 있을 것이었다.

나는 이러한 생각을 몇 년 후 우리가 앨범에 담은 곡 'Crumbs from Your Table'에서 표현했다.

Where you live should not decide
Whether you live or whether you die
Three to a bed
Sister Anne, she said
Dignity passes by.

—'Crumbs from Your Table'

이 말은 노래에서 확 꽂히는 가사이기도 하지만, 그 이전에 내 삶에서 확 꽂히는 말이었다. 그래서 이 말을 나는 라디오에서 또 공공 여론에서 계속 되풀이하고자 했다.

"어디에 사는지로 살지 죽을지가 결정되어서는 안 됩니다."

2막 1장: 뉴욕시, 맨해튼 시내

정치가들이 수천 마일 떨어진 곳의 사람들에게 혜택을 줄 대담한 결정을 내리도록 하려면 국회의원들만이 아니라 오피니언 리더들과도 붙잡고 씨름해야 했다. 그래서 그로부터 몇 달 후 나는 바비 슈라이버와 함께 맨해튼 시내에 있는 뉴스 코포레이션News Corp 본부를 방문하였다. 그 본부는 디즈니랜드 마냥 새롭게 단장된 타임스 스퀘어 주변에 자리 잡고 있었다. 당시로서는 이곳이 특별할 것이 없었지만, 지금 돌이켜보면 이곳이야말로 이후 미국 민주주의의 기반을 흔들어 놓게 될 우익 혁명이 소리 없이 자라나던 인큐베이터와 같은 곳이었다.

우리는 루퍼트 머독Rupert Murdoch과 마주 앉았다. 그는 바로 몇 년 전에 폭스뉴스를 출범시켰고, 이 채널은 이미 호전적인 TV 앵커들과 우익 투사들을 전면에 배치하여 미국 유권자들 전체의 불만을 자신들의 무기로 벼려내는 중이었다. 사람들 중에는 정규 뉴스 매체들이란 진보 지식인들이 자기들의 고통과 공포는 무시하고 그저 거만하게 가르치려 드는 곳이라고 생각하는 이들이 있다. 이때 이후로 수많은 미국인들이 세계화라는 것에서 소외되는 일이 벌어지자, 갈수록 더 많은 이들이 공포를 분노로 바꾸게 된다. 여기에 인터넷의 발흥, 이라크 전쟁의 엄청난 비용, 금융 위기, 대규모 이민 등의 요소들이 겹치면서 이들은 미국이 엉뚱한 곳에 돈을 쓰느라고 자기들을 갈취하고 있다고 느끼게 된다. 그리하여 이들은 도널드 트럼프가 대통령으로 나서게 되는 지지의 기초가 된다. 그렇다고 해서 트럼프라는 사람이 이들의 곤경을 그다지 고민한 것 같은 증거도 전혀 없는데 말이다.

루퍼트 머독은 도널드 트럼프와는 아주 다른 인물이었다. 말투에서는 먹물 냄새가 없었지만, 세련된 생각을 할 줄 아는 이였다. 하지만 닮은 점도 있었다. 루퍼트 머독 또한 사람들이 차마 말로 하지 못하는 이야기들을 대놓고 하는 것을 즐겼다. 그 또한 장로교 설교사였던 자신의 할아버지와 닮은 점이 있었지만, 옛날의 설교사들이 지옥불 이야기를 했던 대신 그는《더 선The Sun》이나《뉴욕포스트New York Post》의 1면에다가 미국 기성 권력층이 은폐하는 비밀이라고 자신이 믿는 것들을 줄줄이 폭로하는 것을 무기로 삼았다.

기성 권력층이란establishment?

권력자, 정치인, 부자, 유명인사 등을 총칭하는 말이다(결국 여기에는 머독 스스로도 포함된다. 몇 년 후 그는 자신의 매체인《뉴스 오브 더 월드News of the World》가 영국의 전화 도청 사건에 연루되면서 부메랑을 맞게 된다). 그들의 위선을 폭로한답시고 그의 미디어 제국이 사용하는 방법들이라는 것이 오히려 더욱더 큰 도덕적 결함을 지니고 있다고 볼 수도 있다. 하지만 머독은 그렇게 생각하지 않는다. 나의 생각? 지금의 나로서는 뉴스 코프의 여러 신문들을 적이 아닌 우리 편으로 끌고 와야 하는 판이니 내 생각은 중요한 것이 아니다.

비록 나의 신조가 "나는 적을 만났으며, 그들 얘기에도 일리가 있는 부분이 있더라"이지만, 정말 이렇게까지 해도 괜찮은 것일까? 나처럼 초진보파《롤링스톤》지의 커버에 즐겨 나오는 인물로서는 위험한 일이 아닐 수 없다. 흥미로운 것은, 나에게 그러한 위험을 감수하라고 격려했던 이가 바로 그 초진보파 매체의 발행인인(그리고 한때 나의 정신 상담사였던) 잰 웨너였다는 사실이다. 그는 나에게 "매체 권력을 쥐고 있는 자와는 말싸움을 하지 마라"는 옛 속담을 상기시켜 주면서 웃음을 터뜨렸다.

"머독 말이에요, 아니면 본인 이야기예요?" 나는 대답했다.

머독 옆에는 로저 에일스Roger Ailes가 앉아 있었다. 그는 폭스뉴스의 CEO 자리에 있다가 강제로 사직당하게 되지만, 그 전에 도널드 트럼프를 리얼리티 TV 프로그램 〈디 어프렌티스The Apprentice〉의 스타에서… 백악관의 리얼리티 TV 스타로 만든 인물이다. 그의 옆에는 다시 《뉴욕 포스트》의 편집장인 동료 오스트레일리아인 콜 앨런Col Allan이 앉아 있었다. 《뉴욕 포스트》는 뉴욕에서 《스파이더맨》 만화에 나오는 가상의 신문인 《데일리 버글Daily Bugle》에 해당하는 신문이다. 그들도 많은 다른 이들처럼 원조라는 게 무슨 효율성이 있겠느냐는 회의적 태도를 보였으며, 나는 이런 경우에 항상 준비된 설명을 내놓으면서 아프리카에서의 전염병은 바로 미국의 문제라고 이야기했다. 내 앞의 머독은 각국의 대통령과 수상들을 만들어 내는 이이며, 잘못 찍힌 인물들은 아예 저세상으로 보낼 수도 있는 강력한 권력자이다. 나는 조용히 그의 판단을 기다렸다. 그는 인상을 찌푸린 채 두 손으로 턱을 괴고 있다가 한 손을 떼었다.

"보노 씨, 오늘 방문하여 HIV/AIDS에 대한 당신의 주장을 전해주신 것에 감사합니다. 그 질병이 지금 무수한 이들의 삶을 파괴하고 있다는 것은 잘 알겠습니다. 하지만… 하지만… 하지만… 뉴스 코프가 직접 이 캠페인에 뛰어들어 미국 대통령을 움직일 용의가 있느냐고 물으신다면 대답은 '아니오'입니다. 아주 분명하고 절대 협상의 여지가 없는 '아니오'입니다."

나는 헛수고를 했구나 하고 낙담하면서 모두에게 시간을 내주셔서 감사하다고 인사하고 바비에게 가자고 고갯짓을 했다.

"하지만… 하지만… 제 말은 아직 안 끝났습니다."

이 뜻밖의 혁명가는 아직 할 말이 남아 있었다.

"만에 하나 미국 대통령이 당신이 말씀하신 종류의 역사적인 AIDS 대응 조치에 착수한다면, 이 건물 안에 있는 우리 모두가 그 흐름에 올라타겠습니다."

우리가 그 방을 나오자마자 바비는 부시 대통령의 수석 보좌관인 칼 로브Karl Rove에게 전화를 걸었다.

"이봐, 칼. 놀라운 소식이야. 루퍼트 머독이 방금 말했는데, 만약 백악관이 AIDS 긴급 조치를 크게 밀어붙이면 자기도 전면적으로 돕고 나서겠다네. 자 해보자고. 할 수 있어."

2막 2장: 워싱턴 수도

콘돌리자 라이스 박사와의 언쟁과 상호 이해 (연락선)

우리 DATA가 하고자 하는 바에 진심으로 관심을 보이고 항상 우리에게 문호를 열어준 부시 행정부의 인물이 두 사람 있다. 한 사람은 조시 볼턴Josh Bolten으로, 선임 경제 보좌관이자 나중에 부시 대통령의 비서실장이 되는 인물이다. 다른 사람은 콘돌리자 라이스 박사Dr. Condoleezza Rice로, 대통령의 국가 안보 보좌관이었다. 라이스 박사가 말했다. "대통령께서는 여러분들이 하시는 말씀을 듣고 이해해보도록 허락하셨습니다."

그녀가 자신 있게 바비와 루시와 제이미와 나를 그녀의 사무실로 부를 수 있었던 것도 그 때문이었다. 라이스 박사의 책상은 물론 사무실 바닥 전체에는 온갖 문서들이 펼쳐져 있었고 그녀는 크리스천 에이드Christian Aid와 옥스팜Oxfam의 여러 통계 숫자들을 꼼꼼히 뒤지고 있었으니, 이 문서들을 제이미와 루시가 모두 백팩에 챙겨 가져가게 된다. 부시 행정부 각료들에 대해 사람들은 대부분 딱딱하고 엄격한 이미지를 가지고 있지만, 이러한 사무실의 모습은 그런 이미지는 아니었다. 그리고 라이스 박사는 관련된 모든 정보에 대해 열린 자세로 대하는 점에서 깊은 인상을 심어주었다. 그녀는 항상 사실 확인과 인사이트를 원했다. 또한 그녀는 커피를 주문하면서 우리에게 이 숫자들이 정말로 서로 일관된 유의미한 것들인지에 대해 여러 어려운 질문들을 쏟아놓았다. 그 숫자들은 일관된 것 유의미한 것들이었으니, 그것이 우리에게 그녀가 질문을 계속했던 이유였다.

알고 보니 부시 행정부의 관심은 아프가니스탄에서 걸프만 국가들 특히 이라크에 이르는 '자유의 행진march of freedom'에 온통 관심이 쏠려 있을 뿐이었다. 자유는 진보의 초석이며, 미국 스타일의 자본주의야말로 이곳의 경제에 활력을 불어넣는 엔진이라는 게 이들의 주장이었다. 아주 거칠게 말하자면, 이 나라들의 양아치 독재자들과 종교 극단주의자들을 치워버리기만 하면 나머지는 시장경제가 알아서 할 것이며, 그러고도 안 되는 일들은 현지 사람들의 창의성이 발휘되면서 해결될 거라는 것이었다. 이런 주장 자체에 일말의 일관성은 있다고 볼 수 있을지도 모르지만, HIV/AIDS의 파괴적인 충격 그리고 뿌리 깊게 자리 잡은 종교 간 민족 간의 적대적 부족주의를 전혀 고려하지 않은 것이었다. 병원 복도에 사람들이 길게 늘어서서 죽음만을 기다리고 있고 병상 하나에 두세 명씩 붙어 있는 상황에서 노동시장이 작동하고 시장경제가 성공적으로 작동할 것이라는 생각은 이치에 닿지 않는 것이다.

그런데 9/11 테러가 있은 후에는 부시 행정부 또한 아프리카에 진지한 관심을 갖기 시작하였다. 테러와의 전쟁에 있어서 주역까지는 몰라도 최소한 파트너로라도 동참할 수 있다고 보았기 때문이었다. 그럼에도 불구하고 개발과 발전에 대한 부시 대통령의 사고방식은 여전히 시장과 상업의 변혁적 힘이라는 믿음에 붙들려 있었다. 우리는 재무부의 경제학자 존 테일러John Taylor와 남아프리카 대사 젠다이 프레이저Jendayi Frazer 같은 이들과 함께 훗날 밀레니엄 챌린지 계정MCA: Millennium Challenge Account으로 알려지게 되는 아이디어를 논의하였다. 이는 훌륭한 거버넌스와 경제의 신속한 발전 경로를 밟기로 서약한 나라들에 수억 달러의 신규 교부금을 내어주자는 내용을 담고 있었다. 이를 통해 탄자니아에 고속도로를 세울 수도 있고 또 나이지리아에 댐을 건설할 수도 있는 일이지만, 우선 제안된 예산의 숫자가 일관성과 합리성을 가지고 있어야 했으며, 또한 재정적 보수주의의 원칙에도 일치해야 했다. 가나의 존 쿠포르John Kufour와 모잠비크의 요아킴 치사노Joaquim Chissano와 같은 지도자들은 이 계획이 미국과의 불평등한 후원자 관계를 떠나 보다 평등한 동반자 관계로의 전환이라고 보아 이를 받아들이기도 했다.

하지만 문제가 있었다. 국가안전국 국장보national security deputy인 게리 에드슨Gary Edson이 MCA를 중심적 의제로 이끌어 나가면서 AIDS 문제를 위한 프로젝트의 문은 닫혀가는 느낌이었다. MCA는 뭔가 엄격하면서도 단단한 느낌이지만, AIDS 관련 프로젝트는 온정적이고 애매모호한 느낌을 준다. 게다가 비용도 많이 든다. 아주 많이. 걱정스러운 상황이었다. 하지만 이러한 대화가 진행되는 와중에서도 라이스 박사의 목소리는 확고하고도 분명했다. 나중에 국무부 장관이 되는 그녀를 우리는 이제 친근하게 콘디Condi라고 부르게 되었거니와, 그녀는 세련된 사유를 하는 뛰어난 학자이자 콘서트를 열 수 있는 수준의 피아니스트이기도 했고 러시아어 또한 유창하게 구사할 줄 알았다. 앨라배마주의 버밍햄Birmingham에서 태어난 그녀는 '신자'였다. 종교적 신념은 가지고 있지만 교회에서 춤을 추고 박수를 치는 종류의 신자는 아니었고 그녀의 교회도 그런 곳은 아니었다. 그녀는 아침 일찍 운동을 했으며 어떨 때는 대통령과 함께 운동을 하기도 했다. 그럴 때에는 꼭 귀에 이어폰을 끼고 있었으며, 음악의 종류는 로큰롤일 때도 있다고 했다. 뛰어난 클래식 음악 연주자가 로큰롤을 들으며 조깅을 하는 모습은 내 머릿속에서 지워지지 않도록 깊게 남았다.

"예를 들어 누구 음악인가요?" 나는 물었다.

"음, 레드제플린을 제일 좋아하기도 해요." 놀라운 일도 아니다. 그 누구보다도 단단하며, 백악관에서 나중에는 국무부에서 안보 문제의 매파 인사로서 명성을 다진 그녀에게 쇼팽의 야상곡에서 'Whole Lotta Love'를 아무렇지도 않게 오가는 일 따위가 뭐 대단하겠는가. 나는 앰네스티 인터내셔널Amnesty International의 종신회원이므로 그녀에게 미군에게 붙잡힌 이슬람 극단주의자들에 대한 고문 문제를 강력하게 제기하기도 했다. "고문은 미국의 신념에 위반되는 일입니다. 그렇게 해서 얻은 정보란 부정확한 것이며, 또 우리의 적들도 똑같이 대응하도록 만들기 때문입니다."

이 문제의 대화는 뒤로 미루어야만 했다.

콘디는 서로 모순되는 여러 다른 이슈들을 깨끗하게 정리하여 대통령에게 보고할 핵심 내용을 깔끔하게 뽑아냈다. 나는 조지 W. 부시의 입장이 바뀔 수 있다고 믿기 시작했으며, 그러한 변화를 만들어 내는 움직임의 대표

주자가 바로 그녀였다. 하지만 당시로서는 아무리 우리가 힘을 써보아도 AIDS 관련 대형 프로젝트를 미국 정부가 승인하는 문제에서는 전혀 진전을 보지 못하고 있었다.

2002년 3월, 경제와 비즈니스를 촉진하는 내용의 MCA가 발표되었지만 (바비는 이를 "새로운 민주주의 국가들의 스타트업 밑천"이라고 불렀다) 거기에 AIDS 관련 긴급자금에 대한 언급은 없었고 우리의 불안감은 극에 달했다. 그런데 백악관에서 연락이 왔다. MCA 계획을 입안하는 데 우리 DATA도 도움을 주었으므로, 부시 대통령이 북남미개발은행Inter-American Development Bank에서 전 세계를 향해 이 계획을 공표하는 자리에 나더러 배석해달라는 것이었다. 여기서 강조해 두어야 할 것이 있다. MCA는 가난한 나라들을 위한 개발 자금으로 무려 50억 달러의 거액을 신규 자금으로 (그것도 공화당 정부가) 내놓는 큰 사건이었으며, 이를 통해 도로, 전력망, 철강 용광로 등의 인프라를 구축할 수 있게 될 것이었다. 이 수혜를 받는 나라들에는 정말 대단한 일이었다. 또한 우리 DATA에게 있어서도 아주 대단한 일이었다.

하지만 난처한 일이었다.

참으로 난처한 일이었다.

우리 단체의 후원자들은 AIDS 의약품을 누구나 구할 수 있도록 하자는 캠페인을 펼쳐왔건만, MCA에는 그 문제에 대한 언급이 전혀 없었다.

게다가 나 개인에게도 난처한 일이었다.

참으로 난처한 일이었다.

싸움닭 같은 대통령 부시는 아프가니스탄 침략을 성공적으로 수행했으며, 또한 이라크에서 전쟁을 벌이겠다고 칼을 갈고 있었다. 카우보이와 같은 어법과 몸짓까지 시전하는 부시 대통령이라는 인물에게 이제는 온건한 보수주의자들마저 등을 돌리고 있는 판이었다. 부시는 공화당 우파인 네오콘들에게 완전히 붙들려 있으며, 이라크 전쟁은 그 결과로 빚어진 너무 심하게 막 나가는 행동으로 많은 이들이 여기고 있었다. 네오콘들은 참으로 충격적인 믿음을 가지고 있었다. 이라크에서 상당수를 차지하는 시아파가

들고일어나 수니파인 사담 후세인을 축출하고 민주주의를 수립하고 나면 이란 등 지역의 다른 나라들에서도 마찬가지로 독재자들이 축출되고 민주주의가 생겨날 거라는 것이었다. 국제 정치학계와 대서양위원회Atlantic Council 등에서는 이것이 "미국의 평화Pax Americana"(이게 '평화'라고?) 전략이라고 알려져 있었다.

나는 이라크 소식에 대해 공적인 발언을 삼가고 있었다. 나 같은 아일랜드 출신의 터진 입으로서는 이게 거의 불가능한 일이었지만, 그래도 악착같이 입을 꾹 다물고 있었다. 나는 사적인 자리에서 라이스 박사와 칼 로브 두 사람과 북아일랜드에 영국군이 진주했을 때 벌어진 일에 대해 대화를 나눈 적이 있었다. 처음에는 그곳의 소수파인 가톨릭교도들이 자기들을 보호하러 온 군대라고 여겨 영국군을 환대했다. 하지만 금세 영국군은 적이 되어 버렸다. 완전히 다른 '언어'를 사용하는 군인들이 길거리의 사람들을 불러 세워 몸수색을 하는 모습을 보면서 모두가 등을 돌려버린 것이었다. 칼 로브는 어느 순간 한숨을 쉬면서 솔직히 털어놓았다. "보노, 이렇게 말하면 알아들으시겠어요? 선거가 다가오고 있어요. 이 일이 잘못되면 우리를 백악관에서 더 보지 못하게 될 거예요."

보잘것없는 작은 문제이지만, 내가 부시 대통령의 등 뒤에서 사진을 찍는 일을 왜 그토록 괴롭게 여겼는지의 맥락이 이런 것이다. MCA는 우리 단체가 부분적으로 역할을 하여 만들어진 것이기는 하지만, 그게 우리의 존재 이유는 아니었다. 그런데 MCA가 출범하는 장소에 가서 박수나 치고 사진이나 찍는다면, 그야말로 부시 행정부에게 보기 좋게 놀아난 진보파의 호구가 되는 게 아니겠는가? 우리가 한 세대 전체의 도덕성을 떠받치는 지주라고 묘사했던 것은 AIDS 긴급구호 문제가 아니었는가? 그런데 이 문제는 완전히 간과당하지 않았는가?

나는 프루던스 마벨레의 시간을 완전히 허비해 버리는 꼴이 된다. 그러면서 전쟁이나 벌이는 대통령에게 암묵적인 지지까지 내어주는 꼴이 되게 생긴 것이다.

내 귀에는 벌써부터 야유 소리가 들려왔지만, 이는 그저 우리 밴드의 다른 성원들로부터 오는 소리였을 뿐이다. 미디어 비평가들과 우리의 팬들은 아마도 분노의 함성을 지를 것이다.

"권력 앞에서 진실을 말한다고…? 한때 당신이 휘두르던 비폭력의 흰색 깃발은 어디로 갔나?"

나는 스스로에게 말했다. 분명히 이는 지난 10년간 미국 정부가 내놓은 최대 규모의 구호이며, 그렇다면 미디어에서 두드려 맞는 것은 얼마든지 감내할 수 있다고. 하지만 우리 밴드는 뭐가 되는 것인가? 우리 밴드의 다른 성원들은 결코 이런 꼴을 원하지 않았다. 지금까지 참아준 것만으로도 실로 감지덕지한 일이다. 나중에 배운 표현인데, "모양새가 완전히 구겨지게 되어 우리는 안절부절못하게jitters 되었다." 바비는 콘디에게 전화로 설명했다. HIV/AIDS 프로젝트에 대해 어떤 형태로든 언급하지 않는다면 MCA는 우리에게 소용이 없는 것이라고. 우리는 이 두 요소를 동일한 전략의 부분들로 본다고.

결코 냉정을 잃는 법이 없는 콘디가 드디어 평정을 잃었다. 바비의 표현에 따르면, "그녀는 진짜로 진짜로 열받았어."

만약 우리가 그녀를 배신한다면 그야말로 DATA와 부시 정부와의 협업은 끝이 나버릴 것이었다. 나는 이러지도 저러지도 못하게 되었다. 나는 콘디나 백악관을 실망시킬 수가 없었지만(게다가 MCA는 정말로 의미가 큰 움직임이었다), 이용만 당하는 호구 꼴이 되고 싶지도 않았다. 그녀와 직접 이야기할 필요가 있었다. 나는 수요일 오후 서둘러서 백악관의 서문 보안 검문소와 TV 카메라들을 지나 웨스트윙을 통과하여 그녀의 사무실로 갔다. 나는 이제 더이상 웨스트윙의 경례하는 해병대와 대기실의 접수처 직원들에게도 낯선 인물이 아니었다. 콘디는 내가 사무실로 들어가자 문을 닫았으며, 나는 이 대화가 내 인생에서 가장 결정적인 대화의 하나가 될 것임을 직감하였다. 마호가니 나무 서가와 안락의자가 있는 평범한 사무실이었지만, 콘디라는 인물은 범상치 않은 힘을 가진 사람이었고, 사무적이었지만 결코 차갑지 않은 이였다. 그런데 왠지 오늘 그녀의 미소는 평소보다 더욱 심각해보였다. 또 나만큼이나 신경이 곤두서 있는 것 같기도 했다. "보노, 저는 인간관계를 중요하게 생각하는 사람입니다. 관계는 제게 있어서 가장 중요한 요소예요. 그런데 만약 당신이 내일 대통령의 발표 자리에 나오지 않는다면 우리에게 큰 망신을 주는 겁니다."

단도직입적이다.

"MCA는 무려 50억 달러의 자금을 신규로 공급하는 계획입니다. 당신에게 이 돈이 충분한 게 아니라면, 저는 우리 관계는 여기서 끝이라고 생각합니다. 최소한 제 쪽에서는 분명히 그렇습니다."

"콘디, 물론 우리는 이에 대해 감사하고 있어요. 당신도 아실 거예요. 하지만 우리가 몇 년 동안이나 밤낮으로 공을 들여온 조직적 캠페인의 대표라는 점도 이해해주세요. 우리가 가까워진 것이 지금으로서는 부시 행정부에 우리들이 그냥 팔려 갔다는 의심을 사고 있어요. 우리 운동이 정말로 관심을 갖는 유일의 의제는 AIDS 의약품을 사람들에게 공급할 수 있느냐입니다."

"의심을 하는 이들이 누구죠?"

"우선 전 지구 AIDS 연합Global AIDS Alliance이 있고요. 심지어 우리의 좋은 친구였던 폴 자이츠 박사Dr. Paul Zeitz 또한 우리가 팔려 갔다고 말하고 있어요. 부시 정부가 AIDS 긴급사태에 손을 놓고 있는 거에 대해 우리가 면죄부를 주고 있다는 거예요."

"보노, 우리도 AIDS 문제를 다룰 거예요. 하지만 지금은 아니에요. AIDS 퇴치는 좋은 개발정책을 이루는 네댓 개의 기둥 중 하나인 거예요."

갑자기 앤 수녀가, 그리고 하수구 위에 있는 그녀의 사무실이 떠올랐다. 나는 전 세계에서 가장 큰 권력을 쥐고 있는 이의 하나인 콘디의 사무실에 있지만, 나는 콘디에게 앤 수녀의 사무실을 한번 보여주고 싶었다. 또 프루던스가 이 사무실에 와서 콘디의 눈을 물끄러미 바라보았으면 하고 바랐다. 콘디는 분명히 실수를 저지르고 있었다. 그런데 그녀는 내가 실수를 저

지르고 있다고 믿고 있었다. 하지만 나는 또한 콘디를 믿고 싶었다. 그녀가 옳은 일을 하고자 한다고 믿었다. 나는 갑자기 그녀를 몇 년 동안이나 알고 지낸 사이처럼 느끼게 되었으며, 그녀의 우아한 갑옷 아래에 있는 참모습을 본 것 같았다. 내 생각에는 그녀 또한 나의 참모습을 본 것 같았다. 나는 마지막으로 시도해보았다.

"콘디, 이 바이러스는 대규모 보건 위기를 훨씬 넘어서는 것입니다. 이걸 그냥 두었다가는 부시 정부가 하고자 하는 모든 것들이 다 허사로 돌아가고 말 거예요."

(계속 말하고 싶었다. 그래서 그렇게 했다.)

"알겠어요, 잘 알겠다고요. 됐죠? 제가 분명히 약속을 드릴게요." 그녀가 말했다. "우리도 그렇게 하겠습니다. 저를 믿어주세요. 진짜의 관계란 항상 신뢰를 필요로 하는 거잖아요."

반박의 여지가 없는 말이었다. 그리고 그녀의 이 말에는 분명히 무언가 다른 것이 있었다. 나는 그게 무언지 알 수는 없었지만, 최소한 그게 무어가 아닌지는 알 수 있었다. 나를 가지고 장난을 치고 있는 것은 분명히 아니었다. 나는 그녀를 신뢰하였다.

"알겠어요, 그럼 이렇게 분명히 정리해보죠. 당신은 AIDS 구호 프로젝트를 분명히 추진하겠다고 약속하시는 거죠?"

예.

정말 중요한 건 그다음 질문이었다. "역사적인 대규모 프로젝트로 말이죠?"

잠깐의 침묵. "예."

나는 손을 내밀었고 그녀는 내 손을 잡았다. "좋아요. 내일 대통령 발표장에 오겠습니다."

숨을 한 번 크게 들이쉬고.

나는 콘디의 사무실에서 나와 우리 편의 친구들을 만났고, 아직 내 마음을 정하지 않은 척했다. 우리는 DATA 이사회의 멤버들과(조지 소로스의 열린 사회Open Society와 빌 앤 멜린다 게이츠 재단Bill and Melinda Gates Foundation도 들어와 있었다) 전화 회의를 연결하였다. 회의 분위기는 예상한 대로였다. 바비에서 제이미와 루시에 이르기까지 모두 그건 선을 넘은 이야기라고 했다. 협상을 하러 가면서 정말 관철시켜야 할 핵심을 다 놓친 것 아니냐는 비판이었다. 제이미는 특히 대부분의 AIDS 운동 집단들이 속해 있는 좌파 쪽에서 우리를 어떻게 생각하겠느냐며 흥분하였고, 루시는 그 "역사적인 대규모 프로젝트"라는 말에 아무런 숫자도 명토 박지 못했던 것을 나무랐다.

나는 설명했다. 나도 우리 조직의 명예가(그리고 나 개인의 명예가) 위기에 처해 있다는 것을 잘 알고 있지만, 나는 이 위험을 한번 감수할 필요가 있다고 믿는다고. 우리의 평판도 중요하지만, 우리가 백악관과의 관계가 끊어질 경우 우리가 봉사하겠다고 말해온 사람들의 생명이 어떤 위험에 처할지에 비하면 아무것도 아니라고.

내 설명은 그다지 설득력을 발휘하지 못했으며, 우리 단체의 이름이 DATA임에도 불구하고 나는 아무런 데이터도 없이 협상을 끝내 버린 것 같다는 지적이 쏟아졌다.

전화를 끊기 전에 조지 소로스의 분명한 헝가리 악센트의 말이 들려왔다.

"보노?"

"네, 조지."

"보노, 당신은 렌즈콩 한 접시에 그냥 팔려버린 거요."

다음날, 나는 그 렌즈콩 한 접시에 소화불량이 되어 창백한 얼굴을 하고서 내 얼굴보다 더 창백하게 빛나는 대통령 집무실로 가 처음으로 조지 W. 부시 대통령을 만났다. 그 방의 책상 뒤에 빌 클린턴이 앉아 있던 때가 떠올랐지만 그건 지난 얘기였다. 그 자리에 지미 카터 대통령이 앉아 있었을 당시에는 윌리 넬슨Willie Nelson이 약물을 가지고 들어와 지붕 위에서 피웠다는 소문도 있었다. 나도 약물을 가지고 들어갔다. 3정의 ARVs 작은 알약이었다. 나는 그 약들을 지금 그 책상에 앉아 있는 부시 대통령에게 건네주었다.

"대통령님, 필요하시다면 이 약들에 붉은색, 흰색, 푸른색을 칠하셔도 좋습니다. 하지만 아프리카에서는 이 약들이야말로 미국의 이야기에 귀를 기울이게 만들 수 있는 최고의 도구입니다."

나는 대통령의 호위 차량들로 향했으며, 그때 해리 벨라폰테가 킹 목사와 로버트 케네디 주교에 대해 해주었던 이야기가 떠올랐다. 과연 우리도 그 문을 찾아낸 것일까?

화창한 봄날이었다. 리무진 차량의 창밖으로는 신록이 다시 나무에 돌아오고 있었고, 정원에는 새싹이 돋아나고 있었다. 보도에는 행인들이 멈추어 서서 길게 늘어선 대통령의 자동차 행렬을 구경하고 있었다. 아마 25대는 되었을까. 맨 앞의 차량이 용의 머리처럼 번쩍거리는 조명으로 나머지 차량들을 이끄는 모습은 마치 한 마리 용이 꿈틀거리며 날아가는 것 같았다. 사람들은 멈추어 서서 손을 흔들었다. 내가 생각한 것보다 많은 사람들이 그렇게 했다. 예전에 바비 슈라이버가 말해준 바에 따르면, 그의 삼촌인 존 F. 케네디 대통령이 달라스에서 자동차 행렬 중에 살해당한 이후 대통령의 자동차 행렬에는 항상 앰뷸런스가 함께 다닌다고 했다. 혹시 모르니까. 무서운 생각이 스쳐 간다.

2002년 3월 14일, 미국이 아프가니스탄 전쟁을 시작한 지 5개월이며 9/11 테러가 벌어진 지는 6개월이 된 시점이었다.

"이곳에서 상당히 인기가 있으시네요." 나는 보도의 행인들에게 손을 흔들어주는 대통령에게 말했다.

"그럼요." 그는 말하면서 한숨을 내쉬었다. "항상 그랬던 것은 아니에요. 여기에 내가 처음 왔을 때에는," 그는 잠시 말을 끊었다. "사람들이 나에게 손가락 하나를 내밀고 흔들어 댔어요."

그의 말이 재미있어서 나는 웃는다.

나도 바보는 아니다. 설령 AIDS와 싸우는 것이 아니라고 해도, 가장 가난한 나라들에게 50억 달러를 내어주는 것은 정말로 큰돈이다. 그리고 몇 달이 지나자, 정말로 활동가들이 의회에서 쭉 이야기해온 방향으로 일이 전개되었다. 엘튼 존 경Sir Elton John은 미국 상원 위원회 청문회에 출석하여 증언을 하면서 간절히 요청했다. 인류 역사상 가장 부유한 나라가 인류 역사상 최악의 전염병을 종식시켜야 한다고.

우리는 국회의사당으로 가면 훨씬 더 큰 것을 지지해줄 지지자들이 있다는 것을 알고 있었다. 낸시 펠로시Nancy Pelosi는 미국에서 AIDS와 싸우는 것이 자기가 의회에 온 이유라고 말했다. 가족적이면서도 강력한 힘을 가진 이 민주당 지도자는 샌프란시스코의 자기 지역구에서 직접 보았던 바를 절대로 잊어버리지 않았고, 20년 후 미국 밖의 세상에서 벌어지고 있던 AIDS와의 싸움에서도 똑같이 굳건한 태도를 보여주었다. 그녀는 자신의 캘리포니아 출신 동료 의원들인 맥신 워터스Maxine Waters와 바바라 리Barbara Lee와 함께 이 질병과 싸우는 데 있어서는 실로 한 치의 타협도 없었다. 그리고 보수파 의사 출신의 빌 프리스트Bill Frist가 있었다. 내가 그를 우간다에서 만났을 때 그는 지역의 병원에서 심장 수술의로 자원하여 일하고 있었다. 그가 준 조언? "워싱턴 수도에서는 어떤 일이든 해낼 수 있습니다. 당신의 아이디어가 아니기만 하다면."

존 케리John Kerry는 퍼플하트 무공훈장에 빛나는 참전 용사로서, 그 누구보다도 강인한 강철같은 사람이었다. 나는 자전거 사고로 6주 동안이나 침상에 누워 있던 적이 있다. 케리도 자전거 사고를 당한 적이 있지만, 내 생각에 그는 아마 자기가 사고를 당했는지도 몰랐을 것이다. 그리고 버몬트 주의 산에서 뛰쳐나온 사자와 같은 인물 팻 리하이Pat Leahy가 있었다. 그는 항상 가장 가난한 이들을 지켜내는 데에 자부심을 가지고 있었고, 하이에나 같은 자들이 거기에 흠집을 내려고 하면 그야말로 사자와 같은 호령을 내질렀다.

우리는 계속해서 압력을 넣고 또 넣었다.

임산부에게서 태아로 이 악랄한 바이러스가 옮겨가는 것을 막기 위한 목적으로 5천만 달러의 예산을 쓴다는 발표가 나왔다. 제시 헴즈Jesse Helms 상원의원이 몸소 대통령에게 로비를 했던 결과였다. 이 정도의 액수로는 아직 어림도 없는 일이었다. 문제의 규모가 너무 크기 때문에 여기에 대응하기 위한 AIDS 프로젝트의 크기는 그야말로 역사적인 것이어야만 했다. 하지만 부시 대통령은 로즈가든Rose Garden에서의 기자회견에서 희망의 씨앗을 남겨 놓았다. "이게 효력을 발휘하는지를 보면서 우리는 더 많은 액수의 자금을 준비할 것입니다."

2막3장: 오프라와 이야기하여 온 미국에 이야기하다…
그리고 앤터니 파우치로부터의 진단 (여왕과 의사)

…이 씨앗이 싹을 틔우지 못하고 헛되이 말라 죽어가는 일은 없어야만 했다. 내가 《보스턴 글로브Boston Globe》에서 읽었던 한 기사에서 USAID의 수장인 앤드류 나치오스Andrew Natsios가 약물요법으로 HIV와 싸운다는 것은 웃기는 짓이라고 비웃는 글을 읽었다. 그의 말에 따르면 아프리카인들은 "서양인들의 시간 개념조차 없다. …아프리카의 많은 이들은 일생 동안 시계라는 것을 구경조차 한 적이 없다. 오후 1시라고 이야기해 봐야 그들은 그게 무슨 뜻인지 알지도 못한다."

비록 그는 나중에 이러한 발언에 대해 사과를 표명했지만, 한 대륙에 살고 있는 10억 명의 사람들이 약조차 제대로 먹을 줄 모르는 족속들이라고 말하는 것은 정말로 놀라운 일이었다(더군다나 USAID의 수장이라는 사람이). 그리고 바비 슈라이버가 백악관에서 전화 한 통을 받았을 때 우리의 공포는 극에 달했다. "이거 정말 놀라운 소식이야." 그는 말했다. "아주 대담하고 거대한 계획이 준비되고 있는데, 토니 파우치가 거기에 제동을 걸고 있다는 거야."

앤터니 파우치 박사Dr. Anthony Fauci? 그 저명한 면역학자이자 HIV 전문가 말인가? 국립 알레르기 및 전염병 연구소National Insitute of Allergy and Infectitious

Diseases의 수장 말인가?

"그는 이 조치를 단계적으로 조금씩 해야 한다고 조언하는 것으로 보여."

가뜩이나 에베레스트산처럼 높은 장벽이 더 높아졌지만, 나는 우선 당면한 봉우리부터 넘어야 했다. 미국의 가장 인기 있는 낮시간 TV 쇼인 〈오프라 윈프리 쇼〉에 출연하는 것이었다. 음악 이야기를 하는 게 아니라 AIDS 이야기를 하러. 나는 그 전날 밤 제대로 잘 수가 없었다. 지금까지 거쳐왔던 그 어떤 대형 운동장 공연보다도 그 스튜디오에 모인 250명의 청중들이 더욱 신경이 쓰여 노심초사했다.

우리는 9/11 테러 이후 슈퍼볼Super Bowl 경기장에서 열렸던 우리 밴드의 공연에 대해(우리는 스러져 간 모든 이들의 이름을 불렀다), 그리고 옛날 유럽을 전쟁에서 해방시켜 주었던 미국이 어쩌다가 세계 일부 지역에서는 그토록 미움을 받게 되었는지를 이야기했다. 또 아버지 노릇 이야기도 하고 명성이라는 화폐를 사용하는 방법에 대해서도 이야기했다. 그다음에 오프라는 바로 본론으로 들어갔다. 아프리카의 AIDS가 그녀의 1천만 시청자들과 무슨 관계가 있는가? 그중 다수는 집에서 아이들을 돌보는 평범한 주부들인데?

맞습니다…. 오프라, …제가 볼 때 이 문제는 우리가 한 아이의 생명에 어떤 가치를 부여할 것이냐의 문제입니다. 음악 팬들이라면 이런 논리는 상당히 설명을 해야 하는 이야기이며, 일반인들에게도 마찬가지이지만, 이 세상에는 바로 여기에 설명이 필요 없는 한 종류의 사람이 있었다.

"어떤 어머니라도, 아프리카에 있는 아이의 생명도 자기 아이와 똑같은 가치를 갖고 있다는 것을 이해 못 할 사람은 없어요. 설명 안 하셔도 돼요."

전율이 지나갔다. 스튜디오 청중들은 폭발적인 반응을 보였다. 우리 모두 그러한 뜨거운 호응에 놀랐다. 이는 아주 특별한 종류의 소리, 사람들의 마음이 하나로 이어지는 소리였다. 누군가 내게 말해준 대로, 오프라에게 이야기하는 것은 곧 미국에 이야기하는 것이다. 그녀는 우리가 찍어놓은 여러 점들을 하나의 선으로 연결해주었다.

출연이 잘 되어 한숨 돌린 나는 곧 더블린으로 돌아와 운동 동료들을 만났고, 이때 바비가 파우치 박사 이야기를 다시 꺼냈다.

"워싱턴에 있는 파우치 박사에게 전화를 걸어. 그래서 네가 떠나기 전에 그를 만나야 한다고 말해."

"하지만 나는 지금 떠나는 걸."

"가는 길에 들러. 만나는 장소는 어디든 좋다고 해. 필요하면 그의 집을 방문해서 아이들에게 침대 옆에서 소설을 읽어주겠다고 해. 필요한 모든 수단을 다 쓰라고."

루시, 제이미, 그리고 나는 조지타운에 있는 파우치 박사의 붉은 벽돌 집으로 찾아갔다. 창문으로 그의 아내 크리스틴Christine과 딸들이 보였다. 숙제를 도와주고 있던 것 같았다. 나도 집에 있는 우리 아이들이 떠올랐고 집에 가고 싶어졌지만, 먼저 파우치 박사가 염려하는 바가 무엇인지를 이해할 필요가 있었다. 그런데 곧 그가 백악관에서 흘러나온 소식만큼 걱정할 만한 주장을 하는 것은 아니라는 게 드러났다. 그는 AIDS 구호 예산의 규모를 늘리지 못하도록 하는 주장에 자신의 이름이 거론되는 것에 불쾌해했다. 우리는 폴 파머 박사Dr. Paul Farmer가 아이티에서 행했던 현장 작업에 대한 대화에 빠져들었다. 파머 또한 유능한 의학자로서, 가난한 농촌지역 마을들에서 폐결핵이 폭증하는 것을 막기 위해 그가 개발한 시스템을 활용하였다. 이는 DOTS(직접관찰치료, 단기과정directly observed treatment, short course)라고 알려져 있으며, 현지 주민들이 서로 서로의 투약 여부를 모니터하도록 만드는 전략으로, 이를 통해 꾸준히 투약하는 이들의 비율을 유럽이나 미국보다 더 높게 만들 수 있었다.

"ARVs를 모두가 얻을 수 있도록 하는 것은 우리들의 도덕적 의무이며, 이를 실현하는 것도 가능합니다." 파우치 박사는 헤어질 때 이렇게 말했다. "여러분들의 표현대로, 열기를 만들어 내는 것은 여러분들이 할 일이죠. 차가운 과학을 작동시키는 것은 제가 할 일입니다."

2막 4장: 아그네스, 애슐리, 크리스, 워런과 함께 미국의 내륙 지방으로 (플레이어들)

"저는 미국 운송노조원Teamster입니다. 남아프리카의 트럭 운전사 절반이 AIDS 때문에 죽어간다고 말씀하셨습니까?"

"맞습니다." 나는 대답했다. "미국에서는 어느 약국에나 진열되어 있는 종류의 의약품들이 거기에는 없기 때문입니다."

얼굴이 온통 문신으로 가득한 이 트럭 운전사는 고속도로 I-80의 휴게소에서 나를 만나고 있었다. 그는 여종업원에게 펜과 종이를 부탁하더니 자신의 전화번호를 적어 내게 건네주었다.

〈Heart of American Tour〉가 시작되는 순간이었다. 미국 연안의 대도시들을 멀리 떠나 내륙지역의 전혀 다른 미국과 만나는 여행이었고, 여기에서 우리들은 사람들이 도움을 주고자 한다는 것을 알게 된다. 그리고 보통 미국 중서부를 "비행기로 넘어가는 지역flyover country"이라고 부르는 이들에게 정말로 차를 몰고 이 지역에 가보아야 한다고 말하는 의미를 이해하는 계기였다.

투어는 2002년 12월 전 세계 AIDS의 날에 시작하였다. 이 공연은 미국 정부와 의회를 향해, 평범한 미국인들 또한 다른 대륙에서 AIDS로 죽어가는 이들의 생명에 관심을 두고 있음을 보여주기 위해 기획된 것이었다. 우리는 하원 외교위원회의 의장인 헨리 하이드Henry Hyde의 지역구와 같은 핵심 전략지역들을 골랐고, 거기에서 지역 신문사들은 물론 교회, 학교, 식당 등을 찾아다녔다.

이는 순회공연과 캠페인이 혼합된 대부대로서, 내가 한 번도 함께 다녀본 적이 없는 새로운 종류의 집단이었다. 가나에서 온 아동 합창단, 배우인 애슐리 저드Ashley Judd, 코미디언 크리스 터커Chris Tucker, 랜스 암스트롱Lance Armstrong, 그리고 훗날 세계은행 총재가 되는 짐 킴Jim Kim 등의 AIDS 전문가 집단들까지 있었다. 그리고 마지막 순간에 우리는 음향과 조명을 책임질 사람이 필요하다는 것을 깨달았다. 나는 우리 밴드에서 오랫동안 무대 매니저를 맡았던 로코 리디Rocko Reedy에게 전화를 했다.

문제는 해결되었다.

공연 중에 모두가 숨을 멈추고 숙연해진 순간이 있었다. 우간다에서 온 아그네스 니야마야로Agnes Nyamayarwo가 자기 나라에서 AIDS 때문에 무슨 일이 벌어지고 있는지를 설명하는 순간이었다.

미국은 인구로 보나 땅의 크기로 보나 보통 록 밴드들이 순회공연을 하면서 지나치는 것보다 훨씬 크고, 또 가보지 않은 곳이 많은 나라였다. U2는 20년 동안 미국 중서부와 남부에서 순회공연을 해오던 가운데 이곳을 사랑하게 되었다. 비록 정치적 관점은 우리와 매우 다르지만, 좋은 예절과 자립심 같은 보수적인 주제들에 높은 가치를 부여하는 이들로서, 대개 점잖고 훌륭하다는 느낌을 받았기 때문이다.

주빌리 2000의 활동가였으며 지금은 워싱턴 수도에서 DATA 활동을 이끌고 있는 톰 하트Tom Hart는 훌륭한 조언을 내놓았다. "총기류 이야기는 꺼내지 마세요. 이런 공연에서는 그저 한 가지 주제만 확실하게 전달하면 됩니다." 미국인들은 아일랜드인들이 알코올 문제를 겪고 있는 것과 비슷하게 총기류 문제를 겪고 있는 것 같았다. 그게 문제라는 것조차 깨닫지 못하고 있는 문제.

버크셔 헤서웨이Berkshire Hathaway의 CEO이자 존경받는 투자자인 워런 버핏Warren Buffett은 아마도 세계에서 가장 부유한 사람이겠지만, 이 '오마하의 현인'은 여전히 꼭 만나보고 싶은 마음이 드는 진짜의 평범한 미국인이었다. 그는 딸 수지Susie와 함께 직접 차를 몰아 우리의 개막 공연에 찾아왔다.

그는 사랑스러울 정도로 수줍은 사람으로 누구에게든 고함을 치는 법이 없었고, 한구석에 앉아 그의 조언을 들었을 때 나는 명료하게 생각하고 간결한 경구로 그것을 표현해내는 그의 능력에 빠져들었다.

현인의 조언

나는 이후 이 '오마하의 현인'으로부터 많은 지혜를 얻게 되었다.

사업 관계와 친구 관계에 대해: "저는 제가 함께 점심을 먹고 싶지 않은 이가 CEO로 있는 회사에는 투자하지 않습니다."

사람들을 실망시키는 일에 대해: "제가 제일 좋아하는 말은 '아니오' 입니다. 나는 그 말의 소리가 너무 좋아요."

운동과 건강한 식단에 대해: "저는 그런 거에 빠져들지 않습니다."

스트레스에 대해: "저는 그런 것에도 빠져들지 않습니다."

자신의 재산을 써버리는 일에 대해: "저는 제게 조금이라도 의미가 있는 것이라면 절대로 포기하지 않습니다. 저 개인의 재산은 저에게는 아무런 쓸모가 없습니다."

"여러분들은 오늘 밤 청중들에게 어떤 일을 부탁하려 하시나요?" 그가 물었다.

"좌석마다 엽서를 다 붙여 두려고 합니다." 내가 설명했다. "사람들이 자기들 지역구의 지도자들 및 상원의원들에게 그 엽서를 보내도록 할 겁니다."

그건 너무 쉬운 일인데요. 그가 대답했다. "사람들은 너무 쉬운 일을 부탁하는 이들을 신뢰하지 않습니다. 사람들에게 좀 더 어려운 일을 해달라고 하세요. 그러면 성공할 확률이 더 높아질 겁니다."

알겠습니다, 감사합니다. 하지만 당신은 미국이 아프리카에서의 전염병 파국에 대해 좀 더 큰 지도력을 보여야 한다는 우리의 기본 전제에 대해서는 어떻게 생각하시나요(총국민소득에서 차지하는 비중으로 볼 때, 미국의 구호 예산은 다른 산업국들 대부분의 절반 정도에 불과했다. 영국 0.4%, 노르웨이 0.9%에 비해 미국은 0.15%였다)?

"미국의 양심에 호소하지 마세요." 그는 대답했다. "미국의 위대함에 호소하세요. 그렇게 해야 일이 잘 성사될 거예요."

나는 여기에서 미국 시민들에 대해 또 미국이라는 나라에 대해 너무나 통찰력 넘치는 심리적 인사이트를 얻게 되었다. 특히 미국이라는 나라에 대한 혜안은 우리가 미국에서 벌이는 모든 캠페인의 틀이 되었다. 유럽인들 특히 아일랜드인들과 달리 미국인들은 죄의식에 호소하는 방식으로는 행동에 나서지 않는다. 하지만 이들에게 정의로운 기사도 정신을 호소하면 이들은 바로 당신 편이 된다.

공연 때마다 스타는 애슐리 저드였다. 우리는 그녀의 어머니 나오미Naomie와 자매 위노나Wynonna의 연기에 반하여 팬이 되었고, 나는 그녀가 17세일 때부터 알았다. 그녀는 배우로서뿐만 아니라 운동가로서도 대단히 뛰어났으며, 복잡한 아이디어와 논리를 명민하고 알기 쉬운 문장들 그리고 따뜻한 소통으로 사람들이 쉽게 이해하도록 만들어주었다. 그녀가 가는 곳에서는 항상 기립박수가 따라왔다. 위노나 또한 몇 번의 공연에서 우리와 함께하여 목소리를 보태주었다. 크리스 터커 또한 무대 위에서나 무대 아래에서나 분위기를 밝게 해주었고, 그 전에 우리가 에티오피아를 방문했을 때처럼 사람들은 그에게 가까이 가기 위해 우리들을 짓밟고 그를 향해 달려들었다. 그는 유머뿐만 아니라 겸손함에서도 깊은 인상을 남겼다.

매일 밤, 우리는 미국의 심장부가 쿵쿵 뛰는 것을 느꼈다. 아이오와 시티, 루이스빌, 시카고와 같은 곳의 겨울 풍경을 지나가면서도 우리는 그 심장부의 따뜻한 온기를 느낄 수 있었다. 이 사람들은 분명히 이른바 스스로의 도덕적 나침반이라는 것을 가지고 있었고, 비록 우리 스스로의 나침반과 가리키는 방향이 같지는 않았지만, 그들의 나침반은 실제로 존재하며 또 작동하고 있었다. 우리 공연팀 중 심지어 가장 냉소적인 사람들마저도 휘튼 칼리지Wheaton College에서 투어를 끝냈을 때는 하나의 큰 기운이 일어나고 있다는 것을 느낄 수 있었다. 휘튼 칼리지가 부시 대통령의 연설문 작성자인 마이크 거슨Mike Gerson을 비롯하여 수많은 영향력 있는 복음주의자들을 배출한 학교였던 것도 한 이유였다.

항상 공연의 주인공은 아그네스였다. 그녀는 우간다에서 간호사이자 활동가로서 살아가는 이로서 1992년에 HIV 양성 판정을 받았다. 그녀의 발언을 들으면서 나는 그녀의 이야기가 숫자로 가득하다는 것을 깨달았다. 미국 재무부가 얼마를 내놓아야 한다는 숫자뿐만이 아니었다. 그녀의 삶의 숫자들, 그녀의 남편이 사망한 해, 그녀가 몇 명의 자식을 잃었고 몇 명이 남아 있는지, 진단에 걸리는 시간, 그녀의 막내아들의 나이, 그 막내아들이 몇 년 전에 죽었는지 등. 그러한 세부사항들은 분명코 우리들 삶의 중요한 사실들임에도 불구하고 우리는 사람들의 삶을 이야기할 때 그런 것들을 무시하는 일이 너무나 많다는 것을 깨달았다.

아그네스가 읊조리는 숫자들의 운문은 속삭임 정도의 크기였지만, 그다음에 무대에 오른 4살에서 18살의 가나 아이들로 구성된 합창단은 놀이터를 그대로 가져온 듯이 떠들썩했다. 합창단 단장인 루스 버틀러 스토크스Ruth Butler Stokes 덕분에 그들은 아크라Accra의 안전한 곳에 머물 수 있었다. 미국의 래퍼 닥터 드레Dr. Dre가 믹싱을 맡은 곡 'Treason'을 부를 때에는 이들이 너무나 빛이 나서 나는 그 빛을 병에 담아두고 싶었다. 로스앤젤레스의 한 스튜디오에서 리허설을 하고 있을 때 어린 합창단원의 하나인 앤드류스Andrews가 하늘에서 드레 박사에게 전할 메시지를 자신이 받았노라고 하면서 우리에게 다가왔다.

"박사님이 위험한 것 같아요. 그분이 안전하실 수 있도록 기도해도 될까요?"

나는 그가 말하는 "박사님"이 누구를 말하는지 의아했지만, 그건 닥터 드레였다. 닥터 드레는 리코딩 스케줄에 다른 일이 끼어드는 것에 질색을 하는 이였지만 기꺼이 그 기도를 받아들였다. 비츠Beats의 거장인 닥터 드레는 그 신랄한 가사로 인해 오랫동안 일정한 적들을 만들었기에 대통령에 맞먹는 경호진을 데리고 다닐 때가 많았던 것이다.

닥터 드레가 맡은 세션에서 나온 또 다른 노래는 데이브 스튜어트Dave Stewart와 퍼렐 윌리엄스가 협업한 곡 'American Prayer'였고, 2003년 만델라 앞에서 행해졌던 46664 콘서트에서 비욘세가 이 곡을 부르게 되고 앤드류스는 그녀 옆에서 설교를 하게 된다. 당시 22세에 불과했던 비욘세였지만, 정치적 변화의 안무를 읽어내는 데 출중한 능력을 갖고 있음이 분명했다.

큰 스크린의 영화배우에 걸맞는 그녀였지만, 역사의 변화가 시보다는 산문을 닮을 때가 많다는 현실도 이해하고 있었다. 나는 이를 이해하는 데 그녀보다 두 배의 나이가 필요했다.

"만델라 님," 그녀는 나중에 이런 글을 남겼다. "당신은 나 같은 많은 사람들에게 불가능을 거부하고 우리의 능력을 믿도록 만들어주셨습니다. 우리는 당신의 꿈을 우리의 꿈으로 만들고자 합니다. …당신이 이루신 일 그리고 당신이 이루신 희생 모두 헛된 것이 아니었습니다."

비욘세를 보면 나는 또 다른 가수인 알리샤 키스Alicia Keys가 떠오른다. 나는 그녀가 2001년 AIDS에 맞서는 전 세계 예술가Artists Against AIDS Worldwide를 위해 마빈 게이Marvin Gaye의 노래 'What's Going On?'을 녹음하는 것을 보았다. 스튜디오의 유리창 너머로 나는 스타가 탄생하는 것을 지켜보고 있었다. 그녀는 붉은 불빛이 들어오는 것을 기다리고 있었다. 그녀는 유리창 너머 자신을 지켜보고 있는 나와 온 세상을 응시하고 있었다. 그녀의 음악과 이 세상을 갈라놓고 있는 그 유리창을 박살낼 것 같은 시선이었다. 또한 그녀는 운동가였다. 그녀는 자신의 음악을 정의의 편으로 이끄는 가치들과 한몸이 되어 있었다. 이미 25세에 그녀는 아이들의 생명을 구하자Keep a Child Alive를 설립하였다. 무수한 아이들이 그녀 덕분에 목숨을 구할 수 있었다.

〈Heart of America Tour〉 공연의 마지막 날 우리는 작별 인사를 했으며 나는 곧바로 나의 다른 밴드인 U2로 되돌아왔고, 뉴욕에서 열린 마틴 스코세이지 감독의 영화 〈갱스 오브 뉴욕Gangs of New York〉의 시사회에 참여하였다. 우리는 이 영화에 삽입된 곡 'The Hands that Built America'를 썼다.

3막 1장: 더블린, 초조하게 심야 TV를 지켜본다…
그 전화를 기다린다 ("과학과 인간의 마음에는/아무런 한계가 없다")

더블린으로 돌아와 음악 활동을 하고 있던 2003년 1월 28일, 부시 대통령이 국정연설에서 모종의 AIDS 관련 언급을 한다는 소식이 도착하였다.

우리 밴드는 부부 동반으로 세인트 스티븐스 그린St. Stephen's Green에 있는 레스토랑에서 식사를 하고 있었다. 크리스 토머스가 우리와 함께하였다. 그는 비틀스와 핑크 플로이드에서 록시 뮤직과 INXS에 이르기까지 무수한 음악인들과 함께 작업했던 이였다. 하지만 나는 대화에 집중할 수가 없었다. 내 귀에는 음악도 들리지 않았다. 오로지 머릿속에는 오늘 밤에 방영될 미국 대통령의 국정연설뿐이었다. 그 전에 콘디가 내게 말한 바가 있었다. "오늘 밤 당신은 기뻐하실 거예요. 저도 대통령이 무척 자랑스럽습니다. 여러분들 모두가 그동안 추구해왔던 것을 얻게 될 거예요. 오늘 있을 국정연설을 잘 보세요."

나는 물었다. "액수가 어떻게 됩니까? 액수가 중요해요."

그녀가 말했다. "아직 숫자는 말해줄 수 없어요. 아직도 액수를 놓고 최종 논의 중이에요. 하지만 큰 액수가 될 거예요. 연설 직전에 전화 드릴게요."

저녁식사 자리에서 나는 안절부절못하며 온 레스토랑을 돌아다녔다. 나는 앨리에게 아무래도 집에 가야겠다고 귓속말을 했다. 무슨 일인지 아는 건 그녀밖에 없었다. 나는 미안하다고 말하고 집으로 향했다. 겨울밤, 집에서 벽난로에 불을 붙이고 두 마리 개 챈티Chanty와 헬레나Helena와 함께 앉아 있었다. 개들이 나에게 기어오르는 가운데 CNN 채널에서는 조지 W. 부시 대통령이 미국 의회로 걸어 들어가는 모습이 보였다. 그에게 박수를 치는 군중들 속에서 나는 나의 영웅인 피터 무기에니 박사Dr. Peter Mugyenyi를 알아보았다. 그는 우간다의 의사로 그해 초 복제품 AIDS 약품을 캄팔라Kampala로 들여오려다가 체포당한 바 있었다.

그가 이 자리에 함께 있다는 것은 있을 수 없는 장면이었다.

나는 신경이 곤두섰다. 개들까지도 껑충껑충 뛰기 시작했다. 가족 문제 말고 내가 무슨 발표 같은 것에 이렇게 온 신경을 쏟아본 적이 있었을까? 그때 전화벨이 울렸다. 콘디가 아니었고 그녀를 대신해서 조시 볼턴이 전화를 한 것이었다.

"자, 액수가 나왔어요. 향후 5년에 걸쳐서 150억 달러입니다."

잠시 나는 머리가 어질거렸다. 이는 새로이 들어오는 신규 자금이라고 말했다. 혹시 다른 계정에서 이리저리 가져온 액수가 아닌가를 내가 걱정한다는 것을 알기 때문이었다. "전례가 없는 액수입니다."

"우와, 정말 그래요. 감사합니다, 조시. 콘디와 대통령께도 감사를 전해주세요. …오늘 밤 길거리에서 만나는 누구라도 무조건 감사하다고 전해주세요."

그 명칭은 AIDS 구호를 위한 대통령 긴급 플랜PEPFAR: President's Emergency Plan for AIDS Relief이었고, 나는 대통령이 의회에 AIDS에 가장 심한 타격을 입은 15개국부터 시작하여 AIDS 퇴치 자금으로 150억 달러를 배정해달라고 요청하는 것을 보았다. 코로나 사태 이전까지로 보면, 의학의 역사에서 단일 질병의 퇴치를 위해 투입된 최대 규모의 보건 조치였다.

나는 지난 2년 동안 얼마나 많은 힘을 여기에 쏟았는가를 돌아보면서 ACT UP과 같은 단체들이 수십 년간 절대로 포기하지 않고 버텨왔다는 사실을 상기하고는 그 활동가들의 지구력에 경탄하였다. 나는 아그네스, 프루던스, 앤 수녀, 그리고 나를 거기로 데려갔던 모든 이들을 떠올렸다. 이들은 가족, 친구, 동료를 잃은 것을 동력으로 움직인 이들이었다. 이 거인들의 어깨 위에 우리는 서 있었던 것이다.

루퍼트 머독으로부터 팩스가 날아왔다. 이쪽 활동가 생태계에서 내가 얼마나 이상한 위치를 점하고 있는지를 절실히 느끼는 순간이었다. "축하합니다. 우리가 도울 수 있는 게 있으면 뭐든지 말씀해주세요."

나는 우리의 첫 번째 만남에서 그가 했던 말을 그대로 보냈다. "친애하는 루퍼트, 친절한 소식에 감사합니다. 이제 '이 흐름에 올라타' 주시겠습니까?"

그 흐름이 밀려왔고, 그의 보수적인 미디어 제국 심지어 폭스뉴스까지도 이번 조치를 아주 호의적으로 다루는 기사로 넘쳐났다.

하지만… 하지만… 약이 도착하지 않았다.

3막 2장: 백악관에서 렌즈콩을 줍다… 그리고 대통령을 괴롭히다 (대통령)

…대통령은 국정연설에서 사태가 시급하니 약품을 사람들에게 전달하기 위해 자전거와 오토바이를 활용해서라도 보급하겠다고 약속한 바 있었다. 하지만 그 일정대로 약이 도착하지 않았다. 나는 백악관으로 가서 대통령을 만났다. 우선 그에게 연설에 대해 감사를 표했지만, 어째서 몇 달이 지나도록 약을 보급하는 차량들이 움직이지 않고 있는지를 물었다. 나는 점잖고 차분하게 말하려고 했지만 금세 말투가 격해졌으며, 이에 대통령도 격앙되어 마침내 대통령 사무실의 '결단의 책상Resolute Desk'을 손으로 내려치기 시작했다.

"말 끊어서 죄송합니다만, 내가 연설을 하는 이유는 그냥 내 목소리가 듣고 싶어서가 아니죠. 제 말은 진심이며, 꼭 지킬 겁니다. 맞습니다. 보급을 위한 이동상의 문제들이 있어요. 하지만 해결할 겁니다."

이 이야기의 뒷부분은 삭제하도록 한다. 신문 매체 등등에서 과도하게 열성적인 록스타 한 사람이 날뛰면서, 인류 역사상 백신의 발명 이후 가장 많은 인명을 살린 프로젝트의 주인공 면전에 항의하는 내용이다. 후에 나는 나의 이러한 신경질적인 행동을 사과하였으며… 용서를 받았다.

그 이후 몇 년에 걸쳐 미국 납세자들의 돈 1천억 달러 이상이 투입되어 예방 가능하고 치료 가능한 이 병 때문에 무수한 사람들이 목숨을 잃지 않도록 하는 데 쓰이게 된다. 이러한 대응 조치 규모는 위급 사태 규모에 거의 맞먹는 것이었다.

1천억 달러. 한 접시의 렌즈콩치고는 정말 많은 숫자이다.

Vertigo
(steve JOBS)RED

31

Vertigo

현기증

The night is full of holes
As bullets rip the sky of ink with gold
They sparkle as the boys play rock and roll
They know that they can't dance—at least they know.

현기증.

"Unos. Dos. Tres. Catorce하나. 둘. 셋. 열넷!"라는 어설픈 산수와 언어를 외치는 순간에 내가 갖는 느낌.

어지러움.

우리의 노래 'Vertigo'가 이륙하기 직전에 외치는 카운트다운. 현기증. 이를 한번 묘사해보겠다.

이런 산수가 그다지 어설픈 일은 아닐 수 있다. 이 곡을 이렇게 시작하는 게 로큰롤 밴드로서는 정확한 거라고 말해준 이가 다름 아닌 브루스 스프링스틴이기 때문이다. "예술, 사랑, 로큰롤에서는 전체가 부분의 총합보다 훨씬 커야죠. 그게 아니라면 그저 불을 일으키겠다고 나무 막대 두 개를 비벼대는 것과 뭐가 달라요?" 이는 U2에 너무나도 맞는 이야기이지만, 진짜 로큰롤 밴드라면 그런 전체의 조합에 꼭 필요한 또 하나의 연주자가 있다.

이는 한 사람이 아니라 청중 전체다. 비평가들은 4명으로 구성된 우리 밴드의 다섯째 멤버는 폴 맥기니스 같은 매니저 혹은 브라이언 이노나 다니엘 라노이스와 같은 프로듀서라고 말하기도 한다. 분명 맞는 말이지만, 이렇게 거명된 이들이 가장 먼저 인정할 만한 사실이 있다. 밴드로서 U2가 자기 모습을 갖추는 건 오로지 무대에서 청중과 함께하는 순간뿐이라는 것이다.

U2는 라이브 공연을 위해 살아간다.

라이브 공연의 느낌을 앨범에 담아보려고 무척 노력했지만, 항상 거의 불가능했다. 하지만 예외가 있으니, 'Vertigo'가 그 곡이다. 지금까지 녹음했던 곡들 중 어떤 것보다 우리 밴드가 스스로를 찢고 나오는 느낌의 사운드에 가깝다. 우리와 함께한 최초의 스튜디오 협업자 중 하나였던 스티브 릴리화이트가 2004년 다시 돌아와 앨범 〈How to Dismantle and Atomic Bomb〉의 완성을 도왔다. 그는 우리가 무엇을 해야 할지에 대해 이렇게 말해주었다. "이 곡은 작은 클럽에서 연주하듯 만들 필요가 있어요." 그는 우리의 처음 앨범 세 장을 프로듀싱 할 때와 똑같은 소년 같은 미소를 띠고 있었다. 스티브의 재능은 모종의 천진난만한 명쾌성으로, 그의 오랜 경험에서 나온 것이었다. 가사 작업에 매달리고 있을 때 그는 나에게 캐묻곤 했다.

"보노, 이 노래의 연주 시간이 어떻게 되죠?"

"3분 30초 정도요."

"얼마나 하드한 곡일까요?" 스티브는 항상 알고 싶어 했다. "코러스 부분은 어떻게 되죠? 귀에 팍 꽂히는 부분은 무어죠? 집중점은?"

기타 없이 연주할 수 없는 노래라면 그건 진짜 노래가 아니다. 이는 그때 이후로 내가 더욱더 소중히 간직하고 있는 혜안이다.

1980년 우리들을 만날 때까지 스티브는 그가 일하는 곳 어디에서든 항상 가장 나이가 어린 사람이었다. 그로부터 4반세기가 지나 'Vertigo'를 녹음하게 되었지만, 그도 우리도 여전히 정규 직업은 없었고, 나는 지금 그가 더블린의 선창가에 있는 우리 스튜디오에서 붉은 불빛을 켜는 모습을 떠올려보고 있다. 그런데 다시 생각해보니 붉은 불빛이 들어오는 스튜디오가 아니었다. 우리는 그 옆 창고의 다락에서 녹음 작업을 했다. 그래도 우리가 만들어내는 사운드는 완벽했다. 기타, 드럼, 베이스라는 최소 구성으로 이루어진 밴드였지만 그 탄력성의 극단에 도달했으며, 파워 트리오만이 낼 수 있는 깔끔하면서도 효과적인 사운드였다. 각 악기가 연주하는 사운드는 극도로 단순했으므로 아주 큰 볼륨으로 연주해도 듣는 데 무리가 없었다. 그리고 볼륨을 낮추어 듣는다 해도 'Vertigo'는 아주 시끄러운 사운드이다.

도로를 가로지르는 여우

나는 더블린의 르나르 나이트클럽Renards Nightclub에서 천재적 재능의 배우 킬리언 머피Cillian Murphy와 함께 앉아 있었다. 이곳은 1980년대 이후 U2가 춤과 술을 즐겨온 곳으로, 주인인 로비 폭스Robb Fox는 자신의 이름대로 '여우'를 뜻하는 프랑스어를 이름으로 삼았다. 로비는 선량하고 너그러운 사람으로 밸리먼Ballymun에서 태어나 자랐고, 불행히도 사우디의 무기 거래상 아드난 카쇼기Adnan Khashoggi와 아주 닮은 모습이었다. 나는 그런 콧수염을 달고 다니다가는 누군가 크게 다칠 것 같다는 농담을 자주 했다. 그는 내 농담이 하나도 안 웃긴다는 농담을 자주 했다. 늦은 밤에 술집을 돌아다니는 재미 중 하나는 딱 좋은 종류의 언쟁을 벌이는 것이고, 르나르 나이트클럽은 그런 종류의 자발적 열띤 언쟁을 얼마든 환영했다. 나이트클럽의 명칭은 말이나 보트의 이름과 마찬가지로 보통 나쁜 명사를 가져오게 돼 있다. 르나르 즉 여우라는 이름도 교활함을 상징하는 바, 그렇다면 나도 스스로 묻게 된다. "그렇게 교활하신 이가 왜 이 시간에 여기 계시는 거지?" 30세가 넘었는데 나이트클럽에 앉아 있는 이라면 누구나 스스로에게 던지는 질문이다. 그렇다면 40세도 훌쩍 넘은 내가 이 깊은 밤중에 나이트클럽에 앉아서 무얼 하고 있는 거지(60세가 넘은 지금도 나 스스로에게 던지는 질문이다)?

내게 보통 준비된 대답들은 다음과 같다.

1. 춤을 추기 위해. 이는 절반만 진실이며, 완전한 구실이 되기에는 한참 모자라다.
2. 계속 술을 마시기 위해. 이는 보다 진실에 가깝다.
3. 내가 성인이 되어가고 있다는 것을 부인하기 위해. 더욱더 진실에 가깝다.
4. 아직 성인이 되지 않은 이들과 함께 있고 싶어서. 너무나 진실이다.
5. 술집들이 문을 닫았을 때 벗들과 함께 갈 곳이 없어서. 이건 완전하면서도 정확한 진실이다.

나는 킬리언과 함께 이 대답들을 하나씩 토론해보았다. 그는 나보다 훨씬 젊은 코르크 출신 사람이었기에 이들 중 몇 개는 가볍게 웃어넘기도록 만들었다. 아일랜드식 표현으로 '살짝 취했을 때mildly overserved' 대화는 진지하고 솔직한 방향으로 들어서기 시작했다. 멋진 술자리라면 마땅히 그래야 하는 것처럼.

우리는 둘 다 예술가로서 이심전심으로 통하는 바가 있었다. 명성이 형식에 어떤 영향을 미치는지에 대해 인간 대 인간으로 터놓고 이야기했다. 그것이 우리를 바꾸어 놓았던가? 그렇다, 당연한 일 아닌가? 모든 변화를 거부하는 것은 슬픈 정체 상태일 뿐이다. 더 나아질 수 있다는 가능성을 우리 모두 간절히 원하지 않는가? 내가 이런 말을 하고 있을 때 고딕 화장을 하고 커다란 라티노 십자가 목걸이를 한 여종업원이 아이스버킷에 담긴 샴페인을 가지고 왔다. 여우는 길을 가로지르고 늑대는 먼 산에서 울부짖는다(무슨 말인지 생각해보라…). 우리는 패트 매케이브Pat McCabe와 그의 소설을 영화로 만든 〈명왕성에서의 아침Breakfast on Pluto〉을(킬리언이 출연하였다) 이야기하였다. 개빈 프라이데이도 함께 있었으며, 몇 명의 클럽 손님들이 떨어져 앉아 있었다. 정직성이야말로 창조성에 있어서 진정 환원할 수 없는 최소한의 요소이며, 이는 가면 갈수록 어려워지는 일이라는 데 우리는 의견의 일치를 보았다. 이 시점에서 킬리언이 대화의 방향을 주도하며 진정한 취중진담으로 이야기를 몰고 갔다.

"저는 예전에 정말로 U2 팬이었습니다." 그가 말했다. "저는 당신들의 초기 음악을 사랑했어요. 저는 〈The Joshua Tree〉를 사랑했습니다…."

극적인 침묵.

"…하지만 그다음에는 애정을 잃었어요."

그는 'One Tree Hill'의 가사를 외우기 시작했다.

We turn away to face the cold, enduring chill
As the day begs the night for mercy, love.
A sun so bright it leaves no shadows
only scars carved into stone on the face of earth.

그다음 그의 질문이 나왔다. "당신의 시적인 가사는 다 어디로 갔나요? 옛날에는 진짜 사랑과 진짜 삶에 대해 노래했었잖아요? 옛날에는 빅토르 하라Victor Jara와 같은 인물들 그리고 레드 힐 광산촌Red Hill Mining Town의 파업 노동자들을 노래했었잖아요?"

침묵.

"'Vertigo'라고요? 이건 대체 뭘 노래한 건가요? 그 노래는 누구 들으라고 만든 노래인가요?"

취중진담in vino veritas. 이는 마땅히 존경해야 할 일이다. 이 위대한 배우는 거짓말을 하질 못한다. 심지어 자신에게 샴페인을 따라주는 사람에게조차도. 나는 설명했다. 'Vertigo'는 우리에 대한 노래라고. 당신에게 또 나에게 쓴 노래라고.

Lights go down, it's dark
The jungle is your head can't rule your heart
A feeling so much stronger than a thought
Your eyes are wide
And though your soul it can't be bought
Your mind can wander . . .

The night is full of holes
As bullets rip the sky of ink with gold
They sparkle as the boys play rock and roll
They know that they can't dance
At least they know

I can't stand the beats
I'm asking for the cheque
The girl with crimson nails
Has Jesus round her neck.

이 대목에서 손톱을 진홍색으로 칠한, 혹은 그와 아주 비슷한 여종업원이 나타나서 술을 더 주문하겠느냐고 물었고, 우리 둘 다 웃음을 터뜨렸다. 나는 킬리언에게 말했다. "알고 있는 것을 써야 하고, 있는 곳에서 써야 해요." 나는 킬리언와 그의 파트너인 이본느Yvonne를 알게 되어 감사하며, 그들이 아직도 U2 공연에 나타나는 것을 고맙게 여긴다. 하지만 이 특별한 연기 예술가가 내게 있는 대로의 진실을 말해준 것을 더욱 고맙게 여긴다.

맥시멀 미니멀리스트의 집에서

2004년 10월, 'Vertigo'가 출시되기 한 달 전, 엣지, 폴 맥기니스, 지미 아이오빈, 그리고 나는 스티브 잡스Steve Jobs를 방문하였다. 우리는 애플사와 U2 모두에게 득이 될 만한 아이디어를 가지고 있었다.

스티브는 팔로 알토Palo Alto의 부유한 거리에 있는 나지막한 브릭앤슬레이트 튜더식 건물에서 아내 로렌Laurene 그리고 세 아이와 함께 살고 있었다. 이들은 영국 문화를 좋아했기에 들꽃과 채소들로 가득한 텃밭도 마련해 놓았다. 마당에 정문이 있었지만 집안 문은 아예 잠그지 않고 살고 있었다.

애플은 실로 놀라운 광고들을 만들어낸 역사를 가지고 있었으며, 이들이 최근에 내놓은 아이팟 광고들은 실로 현대의 데이글로Day-Glo 팝 아트였다.

우리는 우리의 신곡 'Vertigo'가 그런 광고들 중 하나와 완벽하게 어울린다고 말했다. 그러니 조건만 맞는다면 무언가 같이 해볼 수 있을 것이라고. 약간의 문제는 우리 밴드가 광고를 만들지 않는다는 것이라고 했다. 만들어 본 적도 전혀 없으며, 이는 원칙에 따른 결정이고, 이 원칙을 넘어서기 위해 우리가 요구할 만한 액수는 계속 높아지고 있다고 했다. 스티브는 키슈 파이와 녹차를 마시면서 우리에게 설명했다. 제안은 너무나 감사하지만, 자신들은 우리 같은 이들이 요구할 만큼의 돈을 내놓을 예산이 없다고 했다.

"스티브, 사실 우리는 돈은 필요 없어요." 내가 말했다. "우리는 그저 아이팟 광고에 나오고 싶을 뿐이에요." 스티브는 깜짝 놀랐다. 아이팟 광고에는 오직 음악 팬들이 춤추는 실루엣만 나오고 있었다. 그들은 머리에 흰색 아이팟 이어폰을 끼고 있었고, 아이팟이라 불리는 작은 MP3 플레이어에서 뻗어 나온 흰색 혈관들이 음악을 뿜어대는 내용이었다.

"이제는 강조점을 팬들로부터 아티스트 쪽으로 옮겨야 할 때 아닐까요?" 엣지가 덧붙였다. "우리 모습을 부각시키면 근사할 것 같지 않아요?"

스티브는 흥미가 당겼고, 만약 그게 조건이라면 두말할 것도 없다고 했다. 하지만 구체적인 디자인은 그의 회사 팀에게 맡겨야 한다고 했다.

"한 가지 조건이 더 있습니다." 폴 맥기니스가 덧붙였다. "우리 밴드가 돈을 요구하는 것은 아니지만, 상징적인 차원에서라도 애플사의 주식을 좀 내어주시는 게 합당한 일이 아닐까요?"

"죄송합니다." 스티브는 말했다. "그러면 이야기가 달라지는 거죠."

침묵.

나는 임시변통으로 제안했다. "그러면 우리를 위한 아이팟은 어때요? 검은색과 붉은색으로 U2 맞춤형 아이팟을 제작하는 거예요."

스티브는 아연실색하여 어쩔 줄 몰라했다. 애플은 항상 흰색 하드웨어를 고집한다고 그는 말했다. "검은색은 안 돼요."

그는 잠시 생각에 잠겼다.

"어떤 모습일지 보여드릴 수는 있습니다만, 마음에 들지 않으실 걸요."

나중에 그가 디자인을 보여주었을 때 우리 마음에 쏙 들었다. 우리가 워낙 마음에 들어 했기에 스티브는 애플사의 디자인 천재 조니 아이브Jony Ive에게 다시 한 번 디자인을 검토하고 아예 장치에 붉은색 부품도 한번 넣어 보는 실험을 해보라고까지 했다. 우리의 〈How to Dismantle an Atomic Bomb〉 앨범 커버를 반영하여. 조니는 스티브의 비밀병기였다. 영국인이었고, 예술학교 타입의 인물이었지만 전공은 산업 디자인이었다. 무표정한 얼굴로 농담을 늘어놓고 근육질의 불교 스님 같은 훌륭한 외모였다. 이 나무랄 데 없는 매너의 사나이가 두 달 후 더블린으로 하나님이 모세에게 내려준 석판처럼 U2 아이팟을 들고 몸소 나타났다. 사실 우리에게 있어서는 모세나 마찬가지였다. 애플은 세계적 수준의 하드웨어 및 소프트웨어 기업이었지만 크기는 중간 정도에 불과했다. 하지만 아이팟을 통하여 전 지구적인 거대 기업으로 변신하려는 참이었다. 가끔 폴이 일깨워주는 이야기이지만, 그날 점심 때 우리가 상징적인 차원에서 애플사 주식을 조금만 챙겼더라도 1-20년 사이에 가치는 35배로 뛰어올랐을 터였다. 폴은 항상 그때 주식을 챙기지 못한 걸 아쉽게 여겼지만(스티브가 그 이야기를 다시 꺼낼 리도 없었다), 사실 이 기간에 애플이 만들어낸 물결에 올라탈 수 있었다는 것만으로도 행운이었다. 그 환상적으로 역동적인 광고 덕분에 우리 밴드는 보다 젊은 청중들에게 다가갈 수 있었고, 수많은 사람들이 U2 아이팟을 그저 흰색이 아니라는 이유만으로 사들였다. 애플은 당시 무한대로 아니 그 너머로 비약하는 기세였고, 우리는 거기에 올라탈 수 있는 행운을 누렸다. 아무나 누릴 수 있는 게 아니었다.

스티브를 처음 만났을 때는 아직 애플이 아이폰으로 유명해지기 전이었지만, 스티브는 속으로 이미 자신의 회사야말로 예술과 과학이 교차하는 세계 최고의 기업이라고 생각하고 있었다. 그런데 애플이 성장을 거듭해 나가는 중에도 스티브는 사업 방식에 있어서나 집안 생활에 있어서나 선승禪僧 같은 태도를 유지했다. 그가 동양 문화를 진지하게 연구하고 공부하는 이라는 건 그와 점심 식사를 할 때마다 알 수 있었다. 스티브와 마주한 점심상에는 음식이 딱 한 가지밖에 없었다. 어떤 이들은 그와 한 식탁에 둘러앉아 콜리플라워 한 덩이를 나누어 먹었다고 한다. 그는 훗날 세계 최대가 될 기업을 이끄는 동시에 단순함의 방식을 추구하려고 했다. 그는 작은 규모로 살면서 큰 규모로 생각하는 사람이었고, 그런 점에서 맥시멀 미니멀리스트라고 할 수 있었다.

훗날 스티브는 나와 바비 슈라이버에게 (RED)의 창설에 대해 조언을 해주었다. (RED)는 HIV/AIDS 구호 운동에 거대 기업들과 대형 브랜드 홍보회사들을 끌어들이는 것을 목적으로 하는 단체였다. 커뮤니케이션에서나 디자인에서나 큰 스승이었던 스티브는 항상 본질만 남기고 나머지를 버리는 증류distillation를 추구하였다. 최소한의 클릭, 끼어드는 것들의 최소한, 한 곳에서 다른 곳으로 이동할 때의 최단 경로.

항상 간명함을 유지할 것, 이것이 변함없는 그의 가르침이었다(조니에게는 물론 이를 상기시킬 필요가 전혀 없었다).

"이걸 계속 반복해서 말할 필요가 있어요. 알약이 없으면 사람들이 죽는다. 알약이 있으면 사람들이 살아남는다. 이걸 하나의 주문처럼 사용하세요. 사람들에게 팍 꽂히는 주문으로요."

스티브는 나중에 바비와 만나 우리가 제안한 몇 개의 광고들을 보고 토론을 가졌다. 과연 그답게… 단도직입적이었다.

바비: 스티브가 말하기를, 우리가 비즈니스를 잘못 선택하고 있대. 우리는 사람들의 자비에 호소하는 비즈니스를 한다고 생각하는데, 그 생각이 잘못이라는 거야.

나: "그러면 어떤 비즈니스를 선택해야 한다는 거야?"

바비: "마술의 비즈니스. 자기가 하는 것과 똑같은 비즈니스라는 거야. 자기도 1만 곡의 노래를 사람들의 호주머니에 넣어주는 마법의 일을

하고 있는 거라고."

사실이다. 아이팟은 일종의 마법이다. 가지고 있는 음반 컬렉션 전체를 호주머니에 가지고 다니면서 언제 어디서나 들을 수 있도록 만들어주니까. 바비는 스티브와의 대화를 이야기해주면서 웃음을 터뜨렸다.

바비: "스티브는 이 ARVs 알약이 페니실린과 마찬가지라는 점을 계속 이야기하더라고. 페니실린이나 마찬가지로 마법이라는 거야. 매직 존슨이 매직이고 마법인 것처럼 말이야."

나: "매직 존슨? 그 농구 선수?"

바비: "매직 존슨은 HIV 양성 판정을 받았는데 스티브가 보기엔 그가 상당히 멀쩡하고 건강하게 보인다는 거야. 말인즉슨, 이 의약품들의 효과가 어떤지를 보여줄 필요가 있다는 거지. 이 약들을 사용하기 전과 후의 달라진 모습을 사진으로 영화로 보여주어야 한다는 거야."

그 대화가 있은 후 우리는 〈라자루스 효과The Lazarus Effect〉라는 영화의 제작을 위임하였고, 스파이크 존즈Spike Jonze와 랜스 뱅스Lance Bangs가 이를 만들었다. 이 영화는 스티브의 충고를 정확히 따랐다. 영상은 HIV/AIDS라는 살인자에게 걸려들어 수척하여 뼈만 남은 부모나 아이를 보여준다. 신체는 상처투성이이며 죽음이 임박해보인다. 그다음에는 하루에 두 알씩 이 약을 꾸준히 투약하는 시간 경과를 보여준다. 환자는 불과 몇 주 만에 임박했던 죽음에서 풀려나 가족의 품으로 되돌아갈 수 있게 된다.

마법.

매직 존슨처럼.

또한 마법의 조언.

스티브 잡스처럼.

(RED)는 프로이트 커뮤니케이션즈Freud Communications와 함께 2006년에

출범하였고, 세계 곳곳의 높은 명성을 가진 스타들의 힘으로 단박에 유명해졌다. 오프라 윈프리, 줄리아 로버츠, 페넬로페 크루즈, 다미엔 허스트Damien Hirst, 테스터 게이츠Theaster Gates, 데이비드 아드자예David Adjaye, 스칼렛 요한슨, 브루스 스프링스틴, 애니 리보비츠Annie Leibovitz, 크리스티 털링턴Christie Turlington, 지젤 번천Gisele Bündchen, 메리 블라이즈Mary J. Blige, 카니에 웨스트, 크리스 마틴, 알리샤 키스, 레이디 가가, 올리비아 와일드Olivia Wilde, 피비 로빈슨Pheobe Robinson, 지미 키멜Jimmy Kimmel, 크리스텐 벨Kristen Bell, 더 킬러스The Killers, 조니 아이브Jony Ive, 마크 뉴슨Marc Newson 등이다.

(RED)는 우리가 ONE이라는 단체를 만든 지 불과 2년 후에 만들어졌고, ONE은 다시 DATA를 만든 지 불과 2년 후에 만들어졌다. 5년 동안 단체 3개를 만들었으니, 나도 그 부작용을 느끼기 시작하였다.

그러는 사이에 우리 밴드는(독자들이 기억할지 모르겠지만, 나는 다른 밴드에 소속되어 있다) 두 장의 앨범을 냈다. 그리고 두 번의 세계 순회공연을 가졌다. 나는 사회 운동이라는 일이 이토록 사람들을 만나고 관리하는 일과 복잡하게 얽혀 있을 거라고는 미처 생각지 못했으며, '조직 개발'에 대한 나의 지식은 국제적 개발에 대한 나의 지식만큼 빠르게 늘어나 주질 못했다. 나는 내가 형 노먼이 이야기했던 "갈매기 경영자seagull management"가 되고 있는 건 아닐까 하는 생각이 들었다. 아무것도 모르는 경영자가 일이 생기면 갈매기처럼 날아든다. 그러고는 사무실에 있는 모든 이들의 일에 이것저것 간섭을 하고는 무책임하게 사라져 버린다. 너무나 많은 역할을 이것저것 해치우다 보니 내 능력도 바닥이 나 버렸다. 기진맥진하고 말았다.

이제 운동에서 발을 빼기에는 너무 깊이 들어와 있었고, 게다가 발을 빼고 싶지도 않았다.

나는 여전히 한 음악 밴드 소속이었다. 그리고 여기에서도 빠져나오고 싶지 않았다.

게다가 아직 10대인 딸들과 아직 기저귀를 차고 있는 아들들이 항상 눈앞에 어른거렸다.

내가 U2의 순회공연을 떠나는 뒷모습을 지켜보는 데 너무나 익숙해진 아이들과 그들의 어머니는 이제 내가 아프리카로 사라지는 뒷모습까지 지켜보아야 했다.

U2 순회공연은 놀러 가는 게 아니라 임무였다.

아프리카로 가는 것도 모종의 임무 변경이었다.

그래서 처음 밴드에 들어갔던 10대 시절마냥 나는 여전히 집에서 도망치고 있다.

그러면서 시끄러운 클럽과 술집에서 새벽까지 술을 마시며 예술과 사회운동을 논하는 것이 나의 직업이라고 여기고 있다.

그렇지만 이건 아니지.

아내 앨리는 어디에 두고? 물론 어떨 때는 그녀가 나와 함께하기도 했다. 하지만 대부분의 시간 동안 그녀는 내가 말처럼 자유롭게 혼자서 이리저리 뛰어다닐 필요가 있다고 여겼다.

어떨 때는 그녀가 나와 말을 나누기도 한다. 하지만 어떨 때는 나 혼자 나 스스로와 이야기해야만 한다.

여기에서 지혜와 매력으로 가득한 한 사람이 등장한다. 그는 10대들 및 젊은 청년들과 소통하는 능력으로 명성과 재산을 쌓은 이였다. MTV를 설립하여 키워온 톰 프레스턴Tom Freston으로, 우리는 MTV가 하나의 전 지구적 현상으로 자라나는 과정을 처음부터 쭉 지켜보았다. 그는 〈Spongebob〉에서 존 스튜어트Jon Stewart의 〈데일리쇼Daily Show〉에 이르는 무수한 히트작들을 만들었을 뿐만 아니라 파라마운트 영화사를 포함한 글로벌 거대 미디어 바이어컴Viacom까지 이끌게 되며, 그러한 그를 바비는 "팝 문화의 월트 디즈니"라고 부르곤 했다. 그는 훌륭한 유머뿐 아니라 훌륭한 가치들을 내걸고 준수하여 사랑을 받았으며, 우리들의 1년에 걸친 구애 끝에(그리고 그 스스로의 결단으로) 결국 우리들을 맡아 주기로 결정한다. DATA와 ONE은 하나로 합쳐졌고, ONE의 새로운 회장이 된 톰은 (RED) 또한 동일한 거버넌스 구조 아래 포괄하기로 결정했다. 큰 변화였고 큰 개선이었다. 나도 이제 내 삶을 어느 정도 되찾게 되었을 뿐 아니라, 새로 출범한 단체들도 더이상 나의 개인적인 시간제한에 묶이지 않을 수 있게 되었다. 단체들은 이제 각자에 맞는 구조로 들어가서 각자의 갈 길로 전력 질주를 할 수 있게 되었다.

이 단체들에서는 지금 2백 명의 활동가들을 조직하여 3개 대륙에 걸쳐 11개 수도에서 활동하고 있다. 정책 덕후들, 선동가들, 기성 권력에 도전하는 이들… 나는 사회 정의에 자신들의 삶을 바치고 있는 이들의 한결같은 맹렬함에 항상 놀란다. 그리고 그들에게 내가 얼마나 하잘것없고 필요 없는 존재인지를 느끼면서 항상 겸허해진다.

"우노스, 도스, 트레스, 카토르체!"

다시 'Vertigo' 이야기로 돌아가자. 이 곡은 가라지 밴드의 로큰롤이다. 매일 밤 이 곡을 연주할 때마다 뭔가 힘이 붙는 걸 느꼈고, 히트송이 될 거라는 느낌이 들었으며, 결국 순회공연 제목도 이 곡의 제목을 따라 붙이게 되었다. 우리가 가장 펑크록 밴드답게 되는 순간은 청중이 우리를 20대의 젊은 밴드처럼 맞아줄 때다. 엣지가 이 곡의 기타 리프를 우리에게 처음 연주했을 때 나는 판단을 잘못했고, 아주 좋진 못하다고 생각했다. 하지만 "'아주 좋다'는 '위대하다'의 상극" 아닌가? 좋은 것도 아니고 나쁜 것도 아니고 그저 '아주 좋다' 정도라고? 엣지의 기타 파트들은 미묘하고 세련되어 여러 번 반복해 들어야 한다. 그러면 팍 꽂히는 정도가 아니라 마치 가느다란 선으로 새겨진 기하학적 문신처럼 피부 속으로 파고들어 평생 잊어버릴 수 없게 된다.

위대한 곡들임에도 불구하고 그 곡들을 밀어 올릴 추진력이 부족하여 그냥 묻혀 버린 노래들이 많다. 'Vertigo'는 팝송과는 거리가 멀지만 내가 가장 좋아하는 U2의 싱글일 것이다. 이 곡을 연주했던 순간들 중에서도 내가 가장 좋아하는 순간은 2006년 3월 부에노스아이레스의 리버 플레이트 대형 운동장River Plate Stadium에서의 공연이었다. 우리는 〈U2 3D〉라는 야심찬 제목의 영화를 찍고 있었고, 공연장에는 어마어마한 크기의 3D 카메라들이 설치돼 있었다. 그런데 고도로 예민한 이 카메라들은 청중들이 "우노스, 도스, 트레스, 카토르체!"라고 외치는 함성이 땅을 울리고 운동장 전체가 흔들리게 된 순간 거의 모두 쓸모없게 되고 말았다.

전에도 경험한 현상이었다. 수십만 명의 심장과 마음이 전기 에너지로 꽉 차 그 안에 담긴 희망과 꿈이 운동장 콘크리트의 원자들을 흔들어 놓는 경험. 다른 설명도 가능할 수 있다. 운동장이 지어진 지 너무 오래돼서 그렇게 된 것일 수도 있다. 하지만 내가 확신하는 진짜 설명이 있다.

애덤 클레이턴이다.

'Vertigo'의 베이스 파트는 기타 리프와 일치하게 되어 있다. 이는 기타 파트를 반영하지만 완전히 똑같은 건 아니다. 조 헐리히는 데시벨이 높은 사운드의 음향을 관리해야 하는 상황에서는 그 사운드의 고음 부분이 아니라 저음 부분으로 내려가는 방법을 쓸 때가 많다. 그래서 베이스가 듣는 사람의 배 속을 휘저을 정도의 낮은 주파수로 떨어지도록 만들며, 이렇게 되면 듣는 사람은 몸 전체에서 이상하고도 근사한 방식으로 흔들리게 된다. 벨기에에서의 초기 공연에서 애덤의 베이스는 리히터 지진계에 잡히기도 했다. 한 여성이 자기 집 벽이 갈라진 틈을 가리키고 있는 사진이 뉴스에 보도되기도 했다. 그녀는 그게 지진 때문이라고 믿었다. 하지만 우리는 주범이 애덤 클레이턴이라는 걸 알고 있었다.

남미의 청중들은 우리 밴드의 심장이 가장 흥분되게 뛰면 라틴 음악이 되어 버린다는 것을 우리에게 상기시켜 주었다.

오페라와 같다. 또 유혹적이다.

그리고 살짝 마초적이다. 하지만 코러스 합창에선 눈물이 나오기도 한다.

'Vertigo'의 내용은 예수 그리스도가 겪었던 시험에 대한 이야기이며, 남미의 청중들이 모국어도 아닌 영어로 사탄이 말하는 가사를 함께 따라 부르는 것은 실로 압도적인 경험이다.

All of this, all of this can be yours
All of this, all of this can be yours
All of this, all of this can be yours
Just give me what I want and no one gets hurt.

요구에 먼저 답하는 건 베이스. 도움을 요청하는 외침은 그다음 따라온다.

Hello, hello . . .
I'm at a place called Vertigo
It's everything I wish I didn't know.

이 세상 안에 살면서도 이 세상 사람이 되지 않는 것. 나는 이것이 이 노래의 아이디어라고 생각한다. 노래하는 이가 과연 그런 일이 가능한지 확신이 없지만 죽을힘을 다해 노력할 것임을 듣는 이들은 느낄 수 있다. 곡의 끝에서 사탄의 유혹에 확실한 거부를 표하는 것은 바로 베이스이다. 그 소리는 실로 거대한 "꺼져버려!"라는 답을 담고 있다.

'Vertigo'는 우리에게 아주 의미 있고 중요한 곡이 될 수밖에 없는 노래일 테지만, 나는 결국 스티브 잡스에게 크게 감사하게 되었다. 무수한 이유가 있었지만, 특히 이 곡에서 우리는 문화와 비즈니스가 어떻게 맞닥뜨리게 되는지를 경험했고, 지금도 그러한 관계를 계속 실험하고 있기 때문이다.

세월이 지나면서 나는, 그와 아주 가까운 친지들이나 가족들 말고는 거의 이야기하지 않는 그의 부드러운 측면을 보게 된다. 2010년 나는 독일에서 긴급하게 허리를 수술하게 되어 병원에 입원한 적이 있었다. 집에 돌아오자 곧 책들과 영화들을 담은 보물 상자가 문 앞에 배달되었고, 그 속에는 집에서 만든 벌꿀도 한 병 들어있었다. 이것만으로도 사려 깊은 선물이었을 텐데, 거기에는 손으로 쓴 쪽지도 들어있었다.

"이 벌꿀은 우리집 정원에서 거둔 거예요. 우리 동네 벌들이 만든 꿀이에요." 그를 사무라이에 비유한다면 부인 로렌 파웰 잡스laurene Powell Jobs는 스탠포드 대학에서 MBA를 밟은 제다이 기사라고 할 수 있다. 스티브를 능가하는 정신력의 소유자일 뿐 아니라, 나타나면 영화배우처럼 온 방 안을 환하게 만든다. 로렌 또한 스티브와 마찬가지로 자신들이 소중히 여기는 사람들에 대해 보호 본능을 보여주는 이였고, 나 또한 그들의 보살핌을 얻는 행운을 누리게 된 것이다.

내가 스티브와 마지막으로 대화를 나눈 것은 그가 갑자기 전화를 걸었을 때였다. 그는 지난번 만났을 때 내 얼굴이 좋지 않아 보였다고 걱정하였다.

"아파 보이시던데요."

만났던 날 우리는 조용하고 사랑스러운 저녁을 함께 보냈으며, 헤어질 때 그가 문 앞까지 배웅해주느라 힘겹게 비틀거리는 것을 보면서 나는 그가 얼마나 쇠약해진 상태인지 느낄 수 있었다.

그런데 이제 그가 전화를 걸어 내 건강을 걱정해주고 있는 것이었다.

스티브는 자신이 곧 죽을 것임을 알고 있었다.

"개인적으로는 자신을 돌보지 않고 있는 것 같아요. 정치적으로는 이제 더이상 함께할 수 없는 사람들 때문에 고민하고 있는 것 같고요. 게다가 체중도 늘었더라고요. 속상해하는 것처럼 보이고. 뭐가 그렇게 속상했나요?"

스티브는 '덤 시그널dumb signal' 위에 얹어 온 세계에 스마트폰을 갖다준 사람이지만, 막상 자신에 대해서는 자기의식이라고는 찾아볼 수 없는 이였다. 그래서 그날 내가 그렇게 속상해했던 건 바로 자기 때문이라는 걸 전혀 눈치채지 못하고 있었다. 그날 저녁 나는 스티브와 로렌에게 오스카 와일드의 시 '리딩 감옥의 발라드Ballad of Reading Gaol' 일부를 읽어주다 감정이 북받쳤다. 나는 오스카 와일드의 사인이 있는 책을 구해 그들에게 선물했으며, 예상대로 무척 기뻐했다. 하지만 그 시를 낭독하다 가장 유명한 마지막

부분에 다다르자 나는 스티브 또한 질병이라는 감옥의 형벌을 받고 있다는 사실이 너무 강하게 느껴졌다. 그래서 그 부분에서 목이 메이고 말았다.

In Reading gaol by Reading town
There is a pit of shame,
And in it lies a wretched man
Eaten by teeth of flame,
In burning winding-sheet
he lies,
And his grave has got no name.

And there, till Christ call forth the dead,
In silence let him lie:
No need to waste the foolish tear,
Or heave the windy sigh:
The man had killed the thing he loved,
And so he had to die.

And all men kill the thing they love,
By all let this be heard,
Some do it with a bitter look,
Some with a flattering word,
The coward does it with a kiss,
The brave man with a sword!

그러니 스티브의 눈에 내가 좋은 상태로 보였을 리가 없다. 나는 정말로 슬펐다. 그날 헤어지고 나서 몇 주 뒤, 그는 자신은 곧 죽을 수밖에 없지만 주변의 모든 사람들이 잘 살아가고 있는지를 걱정하여 내게 전화한 것이었다. 2011년 10월 5일, 그는 자신의 질병이라는 감옥의 형벌에서 풀려났다. 숨을 거두던 순간 그의 입에서 흘러나왔던 것은 말이 아닌 정말로 그 순간에 걸맞는 외침이었다. 과연 스티브 잡스다운 간결한 정수의 표현이었다.

"오, 와. 오, 와. 오, 와."

truth and reconcilliation
nothing ordinary about Love

32

Ordinary Love

평범한 사랑

The sea wants to kiss the golden shore.
The sunlight wants your skin.
All the beauty that's been lost before
Wants to find us again.
I can't fight you anymore
It's you I'm fighting for.
The sea throws rocks together
But time leaves us polished stones.

U2의 노래 'Ordinary Love'의 여러 버전 중 가장 좋아하는 건 2014년 오스카 시상식에서 연주했던 어쿠스틱 버전이다. 영화 〈만델라: 자유를 향한 머나먼 여정Long Walk to Freedom〉에 삽입된 곡으로 영화 음악상 후보로 지명됐다. 이 영화는 넬슨 만델라와 위니 만델라Winnie Mandela의 파란만장한 관계를 다룬 전기 영화로, 이드리스 엘바Idris Elba와 나오미 해리스Naomie Harris가 주연을 맡았다. 우리는 시상식에서 이 노래를 아주 큰 규모의 편곡으로 준비하려 했고, 무대감독 해미시 해밀턴Hamish Hamilton과 몇 주 동안이나 준비했다. 하지만 마지막 순간 조용한 어쿠스틱 버전으로 연주하기로 마음을 바꿨다.

오스카 시상식이야말로 팡파르와 퍼레이드가 난무하는 가장 화려하고 유명한 행사니까, 차라리 여기에선 어쿠스틱 버전으로 연주하는 편이 쇼비즈니스의 거품을 터뜨리고, 차분하게 들을 수 있도록 만드는 길이라는 생각이었다. 그러면 이 깨어진 사랑의 아픈 이야기가 사람들의 가슴속 깊이 파고들 수 있지 않을까? 프로듀서 중에는 여기에 전혀 공감하지 않는 이가 있었고, 끝내 우리에게 "이런 식으로 나오면 다시는 같이 일 못 합니다!"라고 말하기도 했다. 이런 이야기를 들어본 게 너무 오랜만이라 반갑게까지 느껴졌다. TV를 U2가 자연스럽게 사용할 수 있는 미디어가 아니란 점은 알고 있지만, 그래도 우리는 늘 상황과 조건에 최대한 부응하려 노력한다.

최소의 악기 구성으로 연주했고, 배경은 그저 생각에 잠긴 채 청중을 응시하는 젊은 만델라 사진만을 사용했으며, 행사장의 감정적 분위기를 휘어잡는 데 성공했다. 하지만 심성이 고상하지 못한 우리들은 내심 우리 노래가 애니메이션 캐릭터가 부른 아이들 노래에 밀려 오스카상을 타지 못할까 봐 노심초사하고 있었다. 또한 퍼렐 윌리엄스Pharrell Williams의 차디찬 클래식 'Happy'도 신경을 곤두세우던 경쟁 곡이었다. 결국 수상한 'Let It Go'는 참 잘 만들었고 기억하기 쉬운 노래로, 깊은 밤의 환상적 정서와 분위기를 잘 담고 있었다. "나의 영혼은 사방에 흩날리는 눈 결정結晶 속에서 소용돌이 친다네." 대단한 가사다. 우리도 그래서 그냥 포기해야 했다. 나도 나 자신을 표현하는 애니메이션 캐릭터를 만들어야지, 라고 혼자 생각했다.

그래도 그날 시상식에는 후보곡을 쓴 이들이 모두 참석했다. 그 전에 우리가 수상에 실패했던 날 밤에는(2002년 오스카 시상식에서 'The Hands That Build America'였다) 에미넴이 불참했었다. 그날 밤의 수상곡은 길거리 음악의 걸작인 에미넴의 노래 'Lose Yourself'였지만, 막상 에미넴은 디트로이트에 있는 자기 집에서 잠들어 있었다.

오스카 시상식 자리에 앉으면, 밴드 성원들 모두의 집단적 자존심이 이상할 만큼 경쟁적인 측면으로 나타나는 걸 느끼게 된다. 그 푹신한 좌석에 몸을 맡겨도 전혀 몸이 편하지 않다. 마치 좌석이 공중에 매달려 있는 듯한 느낌이며, 엉덩이에는 '여기를 걷어차시오'라고 쓰인 스티커가 붙어 있는 느낌이다. 시상식이 시작되자 래리가 나에게 손을 뻗어 어깨를 톡톡 쳤다.

"우리 여기 그냥 놀러 온 거 아니지, 그치?" 그가 속삭였다. "우리 정말 정말 이 상을 타고 싶어하는 거 맞지?"

응, 맞아.

지는 건 너무 싫어.

그날 이후 우리는 스스로를 오스카의 2등 상 수상자라고 불러왔다.

Birds fly high in the summer sky
And rest on the breeze.
The same wind will take care of you and I,
we'll build our house in the trees.
Your heart is on my sleeve,
did you put it there with a magic marker?
For years I would believe,
that the world, couldn't wash it away.

넬슨 만델라. 20세기 거인. 백발의 미소 띤 얼굴. 뛰어난 유머로 스스로의 시대를 훌쩍 뛰어넘은 위인. 만약 자유롭다는 증거가 웃음이라면, 마디바Madiba는(이는 그의 부족명clan name이며 그는 친구들에게 자신을 이 이름으로 부르라고 했다) 분명히 우리들 그 누구보다도 자유로운 인간이었다. 그가 지고 갔던 엄청난 짐을 생각해보면 믿을 수 없도록 기쁨이 샘솟는 인간이었다.

"왜 자네 같은 젊은이가 나 같은 지루한 늙은이 옆에 앉으려고 하는 거지?"

그를 방문할 기회가 생길 때마다 이렇게 되물으면서 가르침을 주었다.

그는 자신의 인간적 매력으로 가장 암울한 상황에서도 희망을 만들어냈고, 사람들의 지갑에서 돈을 꺼내오기도 했다. 그는 내게 마거릿 대처 전 영국 수상이 개인적으로 자신의 재단에 2만 파운드를 기부했다고 말했다.

"어떻게 그 돈을 받아 내셨어요?"

철의 여인 마거릿 대처는 돈 씀씀이가 짠 것으로 잘 알려져 있다.

"부탁을 했지," 씩 웃으며 말했다. "원하는 게 있으면 부탁을 해야지 뭐."

당시 대처가 돈을 기부했다는 데 대해 만델라 주변의 일부는 심한 반감을 표하기도 했다. "대처는 우리 운동을 분쇄하려 했던 사람 아닙니까?" 그들은 만델라에게 대들었다.

그가 무어라고 대답했냐고?

"드 클레르크F. W. de Klerk도 우리 흑인들을 파리처럼 잡아 족친 놈 아닌가? 나 지난주에 그 사람하고 차 한 잔 했어. 그 사람도 돈 낼 거야."

그는 로벤 아일랜드Robben Island에 있는 감옥의 1.6평 독방에 무려 26년 동안 갇혀 있었다. 그간 그에게 무슨 일이 벌어졌을까. 학자이기도 했던 그는 고된 노동을 피하지 않았으며, 육체를 잘 기름 쳐서 유지할 기계로 다뤘다. 매일 2백 개의 윗몸 일으키기와 1백 개의 한 손가락 팔굽혀펴기를 하고 나서 45분간 제자리 뛰기를 하며 신체를 단련했다. 쏟아지는 구타와 학대도 자신을 성숙한 인격체로 또 지도자로 성장시키는 계기로 삼았다 한다.

그는 독서에서 답을 찾을 수 있었다고 말해주었다. 그렇게 간단할까? 그렇다. 그는 자신을 더 나은 인간으로 만들어준 것은 책이었다고 했다. 그는 독서를 통해 위대함이라는 걸 발견했고, 여러 아일랜드 작가들 특히 조지 버나드 쇼를 자주 언급했다. 독서광이었던 그는 투옥 초기에 모든 책이 금지되었을 때 성경에다 셰익스피어를 숨겨 놓았다고 했다. 백인 압제자들도 개신교도들인지라 감히 성경까지는 빼앗아 가지 못할 것을 알았기에.

넬슨 만델라는 무수한 사람들에게 엄청난 감격과 감동을 불러일으킨 인물이지만, 막상 그 자신은 울 수 없는 사람이라는 사실을 아는 이가 거의 없다. 만델라의 증조부는 한 부족의 왕이었고 그 자신도 왕족 출신이었지만, 감옥에 있는 동안 매일 석회석 채석장에서 강제 노역을 해야 했다. 석회가 부식성 채광효과corrosive glare effect를 낳는다는 것을 그가 알 리 없었다. 이 때문에 그는 눈물샘을 영영 못 쓰게 되어 버렸고, 넬슨 만델라는 울 수 없게 되었다. 이는 내게 더욱 큰 감동으로 다가온다.

그의 자연스러운 우아함과 확고한 자신감은 늘 흥미로운 관찰 대상이었다. 27년의 고난 끝에 공포 따위는 완전히 비껴가는 인간이 된 것 같았다. 로벤 아일랜드에서의 세월이 끝나갈 때도 그는 여전히 똑같은 원대한 야망을 품고 있었지만, 이제는 그것이 겸손으로 표출되었다. 그러한 그의 겉모습이 그저 상대를 편하게 해주기 위한 배려이거나 일을 성사되게 하려고 짐짓 꾸민 게 아닐까 하는 의심도 품었지만, 어느 화창한 저녁 스페인에서 그가 속속들이 그러한 인간이라는 걸 아주 근거리에서 발견하게 되었다.

"프로큰롤"

그 계기를 만든 건 명성으로나 신망으로나 최고의 인물, 애덤 클레이턴의 전 처였던 나오미 캠벨이었다. 그녀는 일생에 걸쳐 인종주의와 싸워 왔으며, 아프리카가 처한 경제적 불평등은 그런 인종주의가 표출된 한 모습이라 믿었다. 나오미도 우리 다수와 마찬가지로 넬슨 만델라에게 엄청난 그라grá를('홀딱 반함'을 뜻하는 갤릭어이다) 품고 있었다. 그리고 내가 볼 때는 만델라 또한 그녀에게 마찬가지 감정을 품고 있었다. 만델라의 부인 그라사 마셸Graça Machel이(그녀 또한 위대한 인물로 추앙받는 이다) 자신의 남편이 영국 슈퍼모델에게 빠져 있는 걸 보면서 얼굴 가득 함박웃음을 짓는 모습은 인상적이었다. 나오미는 만델라를 "할아버지grandad"라 불렀으며, "할아버지"는 나오미만 곁에 있으면 신이 나서 농담도 하고, 웃기도 하고, 몸을 숙여 귓속말을 하기도 했다. 그녀 눈에 비친 그는 한 명의 소년이었다.

이렇게 응축된 사랑의 에너지는 2001년 여름 하나의 아이디어로 모습을 드러냈다. 패션계의 최고 인물들과 음악계의 최고 인물들이 한자리에 모여 스페인 바르셀로나에서 만델라를 위한 행사를 열자는 것이었다. 제목을 〈프로큰롤Frock 'n' Roll〉로 정하여 종합선물세트와 같은 공연을 열자는 것이었다. 퓨전이라 할 수도 있겠다. 아니면 그냥 혼란이라 할 수도 있겠다. 현지 카탈로니아의 언론 매체들은 그렇게 어마어마한 이름들이, 특히 그중에서도 가장 큰 이름인 넬슨 만델라가 자기들 지역에 나타날 거라고는 믿지 못하는 분위기였다. 여기서 패션계 사람들의 공로를 정당하게 평가해 둘 필요가 있다. 케이트 모스Kate Moss와 엘리 맥퍼슨Elle Macpherson 같은 슈퍼스타들이 나섰고, 베르사체에서 알렉산더 맥퀸에 이르는 명품 컬렉션을 입고 무대 위를 누볐다.

하지만 음악계 쪽은 그렇게 되지 않았다. 언론 매체에서 자꾸 이 행사를 다루자 모두 도망가 버렸다. 결국 음악 쪽은 나와 레퓨지reFuge의 와이클레프 진Wyclef Jean에게 맡겨지게 되었다. 거의 2만 명이 들어갈 수 있는 장소를 예약해 놓았지만 예매는 2천 석에 불과했으며, 당연히 걱정을 하게 되었다.

내가 전 세계의 대통령으로 우러러보는 넬슨 만델라는 8시 정각에 무대에 올라 축사를 하게 돼 있었다. 하지만 행사가 시작됐는데도 객석은 1천 명 정도밖에 차지 않았고, 축사는 8시 30분으로 연기됐다. 시간이 지나도 3천 명 정도밖에 차지 않았으며 축사는 다시 9시로 연기됐다. 하지만 만델라는 비행기 시간이 있었으므로 더 기다릴 수 없었고, 주최 측은 조명을 모두 꺼서 텅 빈 공연장 모습을 가리는 아이디어를 냈다. 마침내 그가 우리를 불러 함께 무대로 올랐다. 나오미가 그의 오른쪽에, 내가 왼쪽에 서 있었다.

"바르셀로나 청년 여러분, 저는 여러분이 베풀어주신 이 환영을 받을 만한 자격이 전혀 없는 몸입니다. 그런데도 이렇게 따뜻하게 맞아주시니 정말 마음 깊은 곳으로부터 감사를 드립니다."

나는 눈을 내리깔고 무대 위의 한 구멍을 바라보고 있었다.

"저는 바르셀로나에 올 때 아주 큰 기대를 가지고 있었고, 이제 그 큰 기대가 넘치도록 이루어졌다는 것을 여러분께 기쁘게 말씀드립니다."

처음에는 그가 우리를 놀리는 줄 알았다. 하지만 곧 그렇지 않다는 걸 알게 됐다. 그가 손에 든 잔은 반만 차 있는 게 아니었다. 넘치고 넘쳐 흐르고 있었다. 자신을 위해 3천 명이 모여 주었다는 것으로도 그의 세상은 기쁨과 감사로 꽉 차 있었다. 그는 머리끝에서 발끝까지 감사로 꽉 찬 사람이었다. 그리고 나도 청중을 바라보니 정말로 공연장이 더 꽉 차 있는 느낌이었다.

"자선이 아니라 정의"

2013년 12월, 앨리와 내가 프레토리아Pretoria에 있는 넬슨 만델라의 묘를 방문했을 때 나는 2005년 어느 겨울날의 런던 트래펄가 광장의 추억을 떠올렸다. '빈곤을 역사로 만들자Make Poverty History' 운동의 집회였으며, 여기에 나온 만델라는 내가 지금까지 들었던 가장 마법 같은 연설의 하나를 그 특유의 차근차근한 방식으로 풀어 놓았다.

"노예제나 인종분리와 마찬가지로," 그는 말했다. "빈곤은 자연적이지 않습니다. 이는 인간이 만든 것이며, 따라서 인간들의 행동을 통해 극복하고 뿌리 뽑을 수 있습니다. 그리고 빈곤을 정복하는 것은 자선 행위가 아닙니다. 이는 정의의 행동입니다. 이는 가장 기초적인 인권을 지켜내는 일이며, 존엄 그리고 훌륭한 삶에 대한 권리를 지켜내는 일입니다."

그의 말 중 어떤 것은 신념이며 어떤 것은 이미 모두 알고 있는 것이다. 나는 그가 말하는 바를 이미 진리라고 믿고 있었지만, 이 얼어붙은 2월의 어느 날 나는 그 진리를 완전히 다른 수준에서 새로 인식하게 되었다. 그의 연설은 이 세계를 렌즈로 확대하여 지구적 빈곤이라는 정의롭지 못한 상황을 그 어느 때보다도 명확히 볼 수 있게 만들어주었다. 나에게 만델라의 연설은 일종의 부름으로 들려왔다.

"역사의 어떤 순간에는 한 세대에게 위대해지라는 명령이 떨어지기도 합니다. 여러분은 바로 그 위대한 세대가 될 수 있습니다."

그럴 수 있을까? 우리 세대가?

이런 아이디어에는 대담한 무언가가 있었고, 이를 생각하다 보니 아프리카 최초의 여성 대통령 엘렌 존슨 설리프Ellen Johnson Sirleaf의 말을 상기하게 되었다. "만약 당신의 꿈이 당신을 두렵게 만들지 못한다면, 충분히 큰 꿈이 못됩니다."

새천년이 시작된 직후, 반빈곤 운동은 순풍에 돛을 달고 순항하고 있었으며, 유럽에서도 미국에서도 좌파와 우파가 서로의 공통 기반을 찾아 나가고 있었다. 한 예로 영국에서는 리처드 커티스Richard curtis, 엠마 프로이트Emma Freud, 코믹 릴리프Comic Relief 같은 조직들의 사람들이 연 2회의 '레드 노즈 데이Red Nose Day'를 개최하여 가장 가난한 나라 사람들의 삶에 나타나는 불평등을 가장 부유한 나라 사람 중 하나인 영국인들이 마음속에 기억하도록 했다. 활동가 단체들, 구호 기관들, NGO들은 정치인들과 만날 수 있는 귀한 기회를 얻었고, 이를 통해 블레어와 브라운 같은 정치인들의 의제에 영향을 줄 수 있었다(훗날 ONE 또한 이런 네트워크에 가담하여 데이비드 카메런David Cameron의 연립 정부를 설득, 영국이 국민소득의 0.7퍼센트를 해외원조로 내놓는 것을 법으로 정하도록 했다. 이는 1퍼센트에도 미치지 못하지만 그래도 여전히 엄청난 액수이며, 옛 식민권력 국가가 내린 결정으로서는 참으로 기념비적인 것이었다. 이 법안을 철폐하려고 하는 자들은 과거의 여러 관계뿐만 아니라 미래에 생겨날 여러 관계들에 대해서도 무지한 이들뿐이었다. 이들은 결국 이 법을 철폐하고 말았다).

나는 우리가 부자들과 가난한 사람들의 관계를 실질적으로 바꾸어 놓는 진짜 운동에 참여하고 있다고 믿고 싶었지만, 세상에 유용한 존재가 되고 싶은 욕망이 있는 나로서는 배워야 할 교훈이 더 있었다. 모든 사람들이 외면하는 상황에서, 유명 인사들이 운동에 가담하여 진짜로 사람들의 주목을 끌어 준다면 그들의 노력을 폄하해서는 안 될 일이지만, 아픈 이들 그리고 죽어가는 이들과 함께 사진을 찍으려고 줄을 선 록스타, 슈퍼모델, 배우, 억만장자들에 대해서는 의심을 품는 것이 옳다.

나는 의심을 품고 있다.

나의 의심이 항상 옳은 것은 아니다. 뉴올리언즈에서의 태풍 그리고 아이티에서의 지진 사태 뒤에 벌어졌던 현장에서의 캠페인 활동에서 나는 숀 펜Sean Penn보다 더 열심히 일하는 사람을 결코 본 적이 없다. 그리고 나는 주연을 맡는 것도 아니며 *자신이 연기를 펼치는 것도 아닌* 일에 그토록 열성을 바치는 배우도 결코 본 적이 없다.

우리 같은 백인들이 배워야 할 또 하나의 교훈은, 전 세계의 가난한 이들을 흑인들의 모습으로 상징화하는 종류의 프레임을 피해야 한다는 것이다.

뼈만 남은 모습일 때가 많다. '아프리카인'일 때가 많다. 이는 공정하지 않을 뿐 아니라 정확한 이야기도 아니다. 이는 정의의 정반대에 해당하는 짓이다. 아프리카의 여러 역동적인 수도와 도시들에 가보면 청년들의 에너지, 온갖 기업활동, 예술적 창의성이 넘쳐나고 있지만 이런 것들은 아직도 세계의 다른 곳에서 이야기되는 법이 거의 없다. 다카르Dakar, 더반Durban, 라고스Lagos 등의 거리를 5분만 걸어보면 실로 넘치는 활기를 느낄 수 있다. 길모퉁이의 커피집에서 더블 에스프레소를 마시며 한번 서 있어 보라.

나이지리아의 놀리우드Nollywood에서 제작되는 영화의 편수는 할리우드보다도 많다. 핸드폰을 가진 아프리카인들의 숫자는(6억 5천만 명) 유럽이나 미국보다 많다. 핸드폰을 사용하는 금융에서는 아프리카 기술이 전 세계를 이끌고 있다. 콩고 민주공화국은 모든 배터리에 쓰이는 전 지구 코발트의 70퍼센트 이상을 보유하고 있으며, 남아프리카는 연료전지와 전자제품에 필요한 백금 매장량의 90퍼센트를 차지하고 있다. 아프리카는 세계에서 가장 오래된 대륙이지만 세계에서 가장 젊은 인구를 보유하고 있는 곳이기도 하며, 코로나 사태 이전에는 전 세계에서 성장률이 가장 높은 10개국 중 6개국이 있는 곳이기도 했다. 미래를 보고 싶으면 중국을 볼 일이 아니다. 아프리카에 있는 어느 시장 어느 주식시장에라도 가보라. 미래를 볼 수 있다.

이렇게 수많은 나라, 수많은 언어, 그리고 엄청난 문화적 다양성이 깃들어 있는 거대한 대륙이 그 넘쳐나는 부에도 불구하고 잘사는 나라들에서는 여전히 빈곤이라는 관점으로만 다루어지고 있는 것이다. 어떻게 이런 일이 가능한 것일까? 식민주의 군홧발에서 빠져나오려고 몸부림쳤던 모든 나라들은 보통 아주 나쁜 정부 치하에서 시달리는 기간을 겪게 된다. 하지만 이런 고정관념에서 빠져나오려는 몸부림은 도대체 얼마나 더 계속되어야 하는 것일까? 아마도 이는 우리 캠페인 활동가들과 관련되어 있을 것이다.

캠페인 활동가들은 참으로 성가신 존재가 될 수 있다. 나 또한 그렇게 될 수 있다는 것을 안다. 우리들 스스로는 전 지구적 개발을 위해 일하는 우리들이 다른 이들의 삶을 위해 싸우는 존재라고 여기고 있다.

그러니 우리는 옳다.

정말 옳은가?

틀렸다.

하지만 이런 논쟁이 나올 때마다 비판자들의 입을 막아버리기 위해 우리가 휘두르는 전가傳家의 보도寶刀가 있지 않은가?

우리들의 활동에 수많은 이들의 목숨이 달려 있다는 것이다.

이것도 틀린 이야기이다.

백인 메시아 증후군

그게 바로 백인 메시아 증후군White Messiah Syndrome이다. 어느 로큰롤 밴드의 얼굴이 되어 앞에 나서려면 어느 정도 메시아 콤플렉스가 필요한 것도 사실이지만, 반빈곤 활동가에게 있어서는 도움이 되지 않는다.

한동안 우리에게 유리한 방향으로 불어오던 정치적 문화적 순풍이 이제는 남방세계 일부 나라들에서는 역풍으로 바뀌고 있었다. 일부 활동가들은 그들의 표현으로 '빈곤 포르노'라는 것에 진저리를 내고 있었다. 이들은 '구호 원조는 이제 필요 없다Keep Your Aid'를 주제곡으로 삼게 되었다. 나는 이 문제에 대한 토론이 필요하다고 느꼈다. 우선 그들의 이야기를 들을 필요가 있었다. TED의 크리스 앤더슨Chris Anderson은 2007년 TEDGlobal 회의를 탄자니아의 아루샤Arusha에서 개최할 것이며 거기에 나도 참여하도록 초빙하겠다고 했다. 이곳에 모인 청중들이 통상적인 기부자-수혜자의 대화라는 것에 의구심을 품고 있다는 걸 알고 있었기에 내가 나타난다고 해서 환호성이 일어날 것으로 기대하진 않았다…. 하지만 야유가 터져 나올 것이라고 생각하지도 않았다. 우간다의 라디오 진행자이자 저널리스트인 앤드류 무웬다Andrew Mwenda는 가난한 나라들이 빈곤에서 벗어나기 위해서는 국제원조가 필수적이라는 논리를 분쇄하기 시작했다. 한 나라만 이름을 대보세요. 그는 청중들에게 물었다. 해외구호에서 혜택을 본 나라가 한 나라라도 있었는지. 나는 손을 들었다.

오, 보노 씨? 정말 궁금하군요. 어서 말해주세요.

아일랜드요. 나는 말했다.

아일랜드요?

예, 아일랜드요. 유럽에서 온 돈이 아니었다면 우리 아일랜드는 지금 같은 상태로 발전할 수 없었을 것입니다. 유럽에서 온 원조 덕분에 아일랜드가 현대적 경제를 갖출 수 있게 되었거든요.

좋습니다, 아마 아일랜드라는 예외가 있겠죠. 이건 보노 씨 말씀이 맞다고 합시다. 그럼 다른 나라의 예를 들 수 있는 분 여기 계십니까? 나는 다시 손을 들었다.

독일요. 나는 말했다. 지금은 독일이 번영하는 현대적 경제이지만, 2차 세계대전이 끝난 후 미국에서 온 마셜플랜 원조가 없었다면 아마 그런 경제는 존재하지도 않았을 겁니다. 비록 이렇게 잘난 척하는 대답으로 톡톡 끼어들기는 했지만 나는 대개 열심히 경청하였고, 청중들이 정말로 분개하고 있다는 걸 감지할 수 있었다. 나는 이 문제를 이해할 필요가 있음을 직감했다. 우리는 원조를 항상 일종의 투자라고 생각했다. 원조라는 것은 한시적인 비즈니스일 뿐 수혜국이 스스로 일어서면 끝나는 것이라 생각했던 것이다. 하지만 그렇게 되지 않는 예가 얼마든지 있다. 경제학자 담비사 모요Dambisa Moyo는 저서 《죽은 원조Dead Aid》에서(Live Aid를 패러디한 제목이다), 원조가 잘못된 방향으로 잘못 쓰일 수 있으며 최악의 경우에는 자국 국민들을 속이는 정부를 지지하는 데 쓰일 수도 있다는 걸 보여준 바 있다.

그때 청중들의 여러 목소리가 머릿속에서 떠나질 않았다. 그러면서 더 많은 원조를 요구하는 다른 이들의 목소리와 마구 충돌하고 있었다. 나는 목표를 정확하게 타깃으로 삼은 개입을 통해 많은 이들의 목숨을 구할 수 있다는 걸 알고 있었지만, 한 나라를 빈곤에서 영구적으로 벗어나게 하여 번영으로 이끄는 걸 돕지 않는 한 그런 식의 개입은 수혜국의 종속 상태를 영구화하고 심지어 민주주의까지 침식시킬 수 있다는 것도 알고 있었다.

나는 부채 탕감으로 들어간 돈 그리고 AIDS와 싸우기 위해 국제적으로 자원을 동원했던 것이 많은 나라에서 보건 및 교육 부문을 강화하는 데 도움을 주었음을 알고 있다. 하지만 2020-2021년의 코로나 사태 당시에는 그러한 도움의 지구적 대응을 볼 수 없었다. 그런 대응이 아예 없었기 때문이다. 백신을 공급하겠다는 약속은 있었지만 실제로는 공급되지 않았고, 그러는 가운데 가난한 나라들은 순전히 부자 나라들의 선의에 의존하고 있는 상태라는 것이 적나라하게 드러났다. 더 나쁜 일은, 자기들 스스로 백신을 구입할 자원을 가진 아프리카 나라들조차도 부유한 서방 국가들이 백신의 공급 사슬을 독점해 버리는 바람에 백신을 살 수 없었다는 것이다.

아프리카연합African Union을 대표하여 백신 조달 책임을 맡았던 스트라이브 마시이와Strive Msiyiwa는 이 상황을 이렇게 묘사하였다. "한 마을이 있다고 하자. 가뭄이 들었다. 빵이 충분하지 않을 것이 분명해지자 부자들이 빵집 주인을 붙잡아 놓고 빵 생산을 통제하기 시작했다. 그래서 다른 사람들은 모두 다 이 부자들에게 가서 빵 한 덩어리만 달라고 부탁해야 하는 상황이 되었다. 이것이 현재 작동하는 구조이다." 남아프리카의 대통령인 시릴 라마포사Cyril Ramaphosa가 백신의 인종분리를 경고했던 것도 이 때문이었다.

나는 지금도 원조와 구호가 꼭 필요하다고 믿는다. 하지만 그 결정과정과 전달과정은 돈 그 자체와 똑같이 중요하며, 그 돈으로 지원하도록 되어 있는 사람들의 목소리를 듣는 것도 똑같이 중요하다. 원조국이 수혜국에 대해 일방적인 우위에 있는 관계가 아니라 동등한 파트너십을 맺는 것도 똑같이 중요하다. 무엇을 얼마나 주었고, 무엇을 얼마나 받았는지에 대해 명확하게 제시할 수 있도록 정부의 석명성을 요구하는 것도 똑같이 중요하다. 케냐의 저널리스트 출신 활동가 존 기손고John Githongo와 같은 사람들은 부패를 폭로하고 투명성을 요구하기 위해 목숨을 내걸고 싸우기도 했다. 수단 출신 사업가 모 이브라힘Mo Ibrahim은 개발이라는 과제에 대해서 또 국가 간 및 국내의 보다 평등한 번영의 추구에 있어서 대답이 되는 단어가 하나 있다고 했다. 그 단어는 '거버넌스governance'이다. 이게 없으면 어떤 성공도 지속될 수 없다고 말한다. "통치가 적절히 이뤄지지 않으면 우리는 앞으로 나아갈 수 없습니다. 다른 모든 문제는 부차적입니다. 모든 문제가요."

하지만 넬슨 만델라가 옳다면, 그래서 빈곤 속의 삶이라는 것이 인간 스스로가 만들어낸 문제이므로 또한 인간 스스로가 해결해야 할 문제라면, *어떻게* 그것을 이룰 것인가야말로 인류 전체의 역사에서 가장 절실한 질문이 아닐 수 없게 된다.

"모두 머리 숙여 인사를 합시다"

그 대답을 찾으려면 여러 토론장을 찾아보고 또 넬슨 만델라처럼 빈곤을 끝장내기 위한 노력으로 점철된 삶을 사는 이들의 목소리를 들어보아야 한다. 나는 우간다에서 아그네스 냠아야르워Agnes Nyamayarwo와 르완다의 키갈리Kigali에 있는 대학병원University Teaching Hospital 출신의 플로렌스 가사투라Florence Gasatura 같은 이들과 토론을 해보기도 했다. 하지만 나에게 가장 명쾌하고도 분명한 답을 주었던 토론은 데스몬드 투투 대주교Archbishop Desmond Tutu와의 대화였다.

이 '대주교'는 넬슨 만델라와 더불어 그가 경제적 노예제라고 불렀던 것과의 싸움으로 나를 불러들인 이들 중 하나였다. 그리고 그는 나에게 값을 매길 수 없을 정도로 소중한 선물을 넘겨주었으니, 사람의 말을 듣는 법을 가르쳐 준 것이다. 자기 생각은 다 말하다가, 걸핏하면 싸움이나 벌이는 나 같은 사람에게 있어서, 남의 말을 주의 깊게 듣는다는 것은 상당한 영적 결단이 필요한 일이었다.

1998년 어느 날 케이프타운Cape Town에 있는 그의 진실과화해위원회Truth and Reconciliation Commission 사무실은 초대된 여러 손님들로 북적였고, 우리 밴드도 그중에 있었다. 나는 그때 그의 얼굴에 떠오른 표정을 잊지 못한다. 공손하기는 하지만 무시에 가까운 표정.

"모두 머리 숙여 인사를 합시다." 그가 우리 집단을 보면서 말했지만, 우리 중 절반은 종교와는 거리가 먼 이들이었다. "이 건물에서 이루어지는 사업에 성령의 축복이 함께하도록 기도합시다. 또한 하늘에서 하나님의 뜻이 이루어진 것과 같이 땅에서도 이루어지려면 우리가 무엇을 해야 하는지를 가르쳐 주시기를 기도합시다."

그는 진실과 화해의 근저에 깔려 있는 철학에 대해 이야기했다. 그는 화해 이전에 진실이 먼저 있어야 한다는 깊은 믿음을 가지고 있었다. 우리가 용서와 죄사함을 받기 위해서는 그 전에 우리 자신의 모습을 있는 대로 볼 수 있어야만 한다는 것이었다. 진실이 분명하게 드러난 다음에야 비로소 굳게 쥔 주먹들이 열린 손으로 펴지게 될 수 있다는 것이었다.

그리고 그는 우리를 위층으로 데리고 갔다. 거기에는 1백 명 정도의 자원봉사자들이 모여 있었으며, 그는 다음과 같은 말로 우리를 놀라게 했다. "신사 숙녀 여러분… U2가 우리를 위해 음악을 연주한다고 합니다!"

황당했다. 우리는 악기도 없었고, 아카펠라 같은 것은 전혀 자신이 없었다. 우리는 'I Still Haven't Found What I'm Looking For'를 시도해보았다. 노래가 끝나자 그는 "아멘"이라고 덧붙였다. 그의 입에서 나온 그 말은 무척 많은 의미를 담고 있는 것이었다.

우리 활동가들 중 일부는 비록 의도는 선하다고 해도 스스로의 공상적인 생각에 너무나 빠져서 스스로를 망칠 때가 있다. 이를 피할 수 있는 비결은 입을 다물고 남의 말을 경청해야 할 때가 언제인지를 아는 데 있다. 나는 언젠가 그에게 그렇게 많은 일을 하시다 보면 기도와 명상의 시간을 갖기 힘들지 않으신지 물었다. 그랬더니 그는 앞의 그 공손하면서도 무시에 가까운 표정으로 나를 쏘아보았다. "기도와 명상 없이 우리가 이 작업을 어떻게 할 수 있을 거라고 생각하십니까?"

그는 나에게 기도란 현실 세계에서의 도피가 아니라 그것을 향해 뚫려있는 통로임을 가르쳐 주었다. 우리도 그와 마찬가지로 우리의 원수들과 한 식탁에 앉아야만 하며, 서로를 이해하고 이해시켜야 한다. 하지만 그는 우리가 어렵고 불편한 진실들을 직면할 수 있으려면 우리가 국가로서나 개인으로서나 어떻게 지금의 우리가 되었는지를 철저하게 먼저 드러낼 필요가 있다는 것을 알고 있었다. 우리는 상처와 아픔을 안고 있고 이리저리 분열되어 있지만, 그런 모든 추한 모습을 있는 그대로 볼 줄 알아야만 그 상처를 치유할 수 있다는 것이었다. 우리들 한 사람 한 사람 모두가 진실과 화해를 필요로 한다는 것이었다.

빈곤에서 권력으로

극도의 빈곤을 끝내기 위해서, 지속 가능한 공평한 세상을 만들기 위해서, 모든 이들이 스스로의 존엄을 통해 자기들의 미래를 결정하는 세상을 만들기 위해서… 내가 활동가들과 사회 운동으로부터 배운 11가지 중요한 요소가 있다.

1. 사람들의 권력을 믿어라
"사람들은 권력을 가지고 있어요"라고 패티 스미스Patti Smith는 노래했다. "꿈꾸고, 지배하고, 바보들로부터 이 세상을 빼앗아 올 권력을 사람들은 가지고 있어요." 그녀는 알고 있다. 그녀는 항상 알고 있다. 궁극적으로 세상을 바꾸는 것은 마을회의, 호별 방문, 행진, 청원 등과 같은 지루한 것들이다. 선거. 앙젤리크 키조Angélique Kidjo는 항상 알고 있다. "사람들이 변화의 일부가 되지 않는 한 사람들이 살고 있는 사회를 바꿀 수는 없습니다."

2. 권력을 가진 사람들과 함께 일하라
아이디어들은 이데올로기보다 중요하다. 모든 문제에 있어서 견해가 다르다고 해도 아주 중요한 한 가지에만 의견이 같다고 해도 함께 일할 수 있다. 이는 가끔 그야말로 똥끝이 타는 일이다. 속이 뒤집히게 괴롭다. 대통령이나 수상에게 조언할 수 있는 '내부의 활동가들'을 찾아보아라. 지휘권을 쥐고 있는 것은 이들일 때가 많다.

3. 권력을 향해 진실을 말하라
정치가들이 약속한 바를 지키지 않을 때에는 그들의 엉덩이를 걷어차도 좋다. 그리고 만약 그렇게 한다고 해도 꼭 그들의 엉덩이에 입을 맞출 필요는 없다…. 하지만 이따금 나는 입을 맞추어 주기도 했다. 사람들의 대표가 사람들을 위해 옳은 일을 하기 위해 입장을 바꾼다면 이는 마땅히 박수를 쳐줄 일이다.

4. 여성 권력
데이터와 사실들은 상이한 지역마다 상이한 접근법이 필요하다는 것을 말해주지만, 그래도 보편적인 진리들이 몇 가지 존재한다. 예를 들어 성평등이 우리의 힘을 몇 배로 늘려준다는 것이 그중 하나이다. ONE의 캠페인 지휘자인 세라 마카-우그바베Serah Makka-Ugbabe는 "빈곤은 성차별적"이라고 말했다. 여기에 ONE의 CEO인 게일 스미스Gayle Smith는 이렇게 덧붙였다. "사람들이 보통 여성 문제라고 말하는 것들은 사실 모든 이들의 문제인 것이 보통입니다."

5. 권력의 칼자루를 누가 쥐고 있는가
식탁의 한 자리를 차지하지 못하게 되면 결국은 메뉴 위의 먹잇감이 되기 십상이다. 권력의 칼자루를 누가 쥐고 있는지는 정말로 중요한 문제이다. 54개국이 모여 있으며 전 세계에서 두 번째로 인구가 많은 대륙인 아프리카는 어째서 G7에서도 또 UN 안보리 상임이사회에서도 한 자리조차 차지하지 못하고 있는가? 그리고 G20에서는 한 자리밖에 차지하지 못하고 있는가? 지금은 21세기가 아닌가? 우리가 살고 있는 이 행성은 도대체 무엇인가?

6. 태양의 권력
태양 자체에서도 풍부한 재생에너지를 얻을 수 있지만, 태양과 같은 핵융합 원리를 활용할 수 있다. 기후변화는 인간 사회의 갈등과 마찬가지로 발전을 거꾸로 뒤집는 것이다.

7. 권력은 부패한다
대낮 같은 밝은 빛을 비누로 사용하여 씻어내야 한다. 투명성이야말로 부패를 막아주는 백신이다. 누가 규칙을 깨트리는지를 시민들이 명확히 볼 수 있을 때 비로소 거버넌스의 규칙들은 제대로 작동할 수 있다. 이는 국가, 기업, 마을 공동체 등에서 모두 동일하다.

8. 호주머니 속의 권력

지갑 속의 돈은 투표용지와 같다. 세상에서 가장 큰 대기업이라고 해도 사람들이 그 기업의 제품에 돈을 쓸지 안 쓸지를 선택하는 것에 따라 무너질 수 있다. 상업은 누구도 상상하지 못한 규모로 많은 이들을 빈곤에서 끌어냈다. 따라서 상업은 빈곤을 정복하는 쪽으로도, 그것을 계속 수호하는 쪽으로도 활용할 수 있다. 상업은 지구를 녹색으로 만들 수도 있고, 기후위기를 심화시킬 수도 있다. 문제는 우리가 어떻게 하느냐에 달려 있다. 소비자들과 생산자들이 어떻게 생각하고 행동할 것이냐. 또 어떤 기업에 투자할 것이며 어떤 기업에서 투자를 철회할 것이냐.

9. 글자의 권력

선한 행동을 한다는 단체들의 이름은 온갖 알 수 없는 알파벳으로 점철되어 있다. HIPC, PRSP, PRGT, GFATM, SDRs, MDGs, SDGs, IDA, IADB, ADB, COP 등등. '무책임한 약자 만들기 중단 운동'이라도 시작해야 할 판이다. 이런 약자 명칭들이 무슨 뜻인지를 사람들이 알 수 없어서 자신들을 무지하다고 느끼게 된다면, 이런 명칭들을 짜낸 이들은 정말로 무지한 것이다.

10. 숫자의 권력

증거에 기반한 사회 운동, 이른바 '팩티비즘factivism'이다. 데이터에는 여러 해법과 스토리가 들어 있다. 통계 수치는 스스로 노래를 할 수가 있다. 가장 중요한 숫자는 1이다. 존 스튜어트 밀이 말한 바 있듯이, "신념을 가진 한 사람의 힘은 오직 이해관계로만 움직이는 99명의 힘과 맞먹는다." 숫자를 무기로 장착하면 더 많은 권력을 가질 수 있다.

11. 연성 권력

지구적으로 생각하고, 마을 사람들과 술을 마셔라(건배!).

1998년, 나는 그러한 민중의 공복公僕의 한 사람인 카더 아스말Kader Asmal과 함께 케이프타운에서 가장 좋은 호텔의 하나인 '넬리the Nellie'의 정원에서 만남을 가지고 있었다. 마운트 넬슨Mount Nelson 호텔은 넬슨 경Lord Nelson이라는 영국 식민권력 해적의 이름에서 따온 것이다. 아주 조용하고 평온한 정원이었지만, 우리가 이야기하는 동안 카더는 점점 더 분통을 터뜨리고 있었다. 그런데 분노의 내용은 식민주의자들 때문에 자기 나라가 엉망이 되었다는 것이 아니었다. 그는 식민권력에 의해 국외로 추방당했다가 1990년에 남아프리카로 돌아온 이이며, 지금은 최초의 아프리카국민회의ANC: African National Congress 정부에서 수자원 및 삼림자원부 장관을 맡고 있었다. 지금 그가 식민주의자들보다 더 심하게 분노를 쏟아놓고 있는 대상은, 남아프리카에서 자신과 자신의 정부가 이렇다 할 만한 진척을 이루지 못하고 있는 답답한 상태였다. 그는 자동 스프링클러가 잔디에 물을 뿌리는 소리만 들으면 분노가 치민다고 나에게 말했으며, 나는 조니 미첼Joni Mitchell의 노래 'The Hissing of Summer Lawns'가 떠올랐다.

"우리는 모든 남아프리카 국민들에게 누구나 3백 야드 반경 안에서 꼭 상수도에 접근할 수 있도록 하겠다고 약속했지만, 실패하고 말았습니다." 그가 말했다. "하지만 이곳 정원에서는 엘리트 방문객들에게 향기를 맡으라고 베고니아와 펠라고니엄을 재배하고 있단 말이죠."

그는 잠깐 말을 멈추었다. "기분 나쁘라고 드린 말씀은 아닙니다."

기분 나쁘지 않아요. 나는 그를 안심시켰다. 그가 말하고 싶은 바를 충분히 이해했으니까.

카더의 이야기를 들으면 정치적 변혁이 얼마나 어려운 것인지가 분명히 드러난다. 비록 백인들의 통치에서 권력을 찾아오는 역사적인 일이 벌어지기는 했지만, 변화의 속도는 너무나 느렸다. 이러한 상황은 단순히 카더에게 소화불량과 위산 역류를 안겨주기만 한 것이 아니었다. 1인 1표라는 보통선거가 아직 제대로 정착되지 않은 상황이니 참을성이 떨어진 사람들 사이에서는 민주주의에 대한 불신과 파괴적 본능이 스멀거리며 나타나고 있는 위험한 상황이었다. 만인은 법 앞에서 평등하다…. 평등하지 않을 때만 빼고.

구겨진 옷을 입은 카더 장관은 전화를 받으려고 손에 담배를 들고 일어섰다. 그는 담배를 엄지와 검지로 잡아 담뱃재를 손바닥으로 받아 내고 있었다. 마치 시더우드 로드의 청소년들이 담배를 피울 때 바람을 막으려고 하는 모습과 같았다. 그의 젊었을 때의 모습을 상상해보았다. 젊은 시절 그는 추방당한 ANC 활동가로서 더블린의 트리니티 칼리지에서 거의 30년간 법을 가르쳤고, 아일랜드 반인종분리운동Irish Anti-Apartheid Movement을 창립하였다(우리 U2는 10대 시절 여기에서 최초의 선전 선동 연주를 하기도 했다). 아일랜드에서는 ANC가 테러 조직으로 간주되지 않았으며, 나는 폭스록Foxrock에 있는 그의 집 부엌 식탁에 그가 앉아서 무릎에 노트패드를 두고 무언가를 열심히 쓰고 있는 것을 보기도 했다. 그 노트는 나중에 남아프리카 헌법에서 가장 중요한 부분의 일부로 여겨지게 되는 글이었다.

결국 반란이라는 것은 가까이에서 세세히 들여다보면 이런 모습인 것인가? 궁극적으로 오로지 중요한 문제는 하나만 남는다. 대부분의 사람들의 삶이 개선되고 있는가?

반란은 음악과 같지만, 그것이 경제적 진보의 숫자 계산과 맞아떨어지지 않으면 결국은 끔찍한 불협화음이 될 뿐이다.

카더는 회고했다. 넬슨 만델라가 석방되어 자유인으로서 그의 첫 번째 연설을 준비하고 있었을 때, 그는 국민자결권을 선언하기로 결심했다고 한다. 그래서 만델라는 주변 사람들에게 자신이 다이아몬드 산업의 국유화를 선포할 것이며, 이것이 국민들에게 밝은 빛을 넘겨주는 것이라고 했다고 한다.

"마디바는 이것이 상징적 차원에서 아주 큰 힘을 가지고 있다고 생각했어요. 땅속에 묻혀 있는 부가 이제는 그 땅 위에 서 있는 국민들의 것이 된다는 의미이죠."

카더 아스말은 나를 쳐다보았고, 잠시 말을 쉬었다. 그의 말투는 인도식 악센트가 약간 묻어있는 남아프리카 영어였다. 그는 계속 말했다. 만델라의 말은 듣기에는 훌륭했지만, 결코 현실에서 실현 가능한 건 아니었다는 것이었다.

"마디바, 우리가 다이아몬드 산업을 떠맡는 것은 좋은 생각이 아닙니다. 그건 그냥 드 비어스De Beers 기업이 하라고 하세요. 지금까지 하던 대로 말이죠."

그러자 만델라가 되물었다고 한다. "그렇게 엄청난 부를 어째서 똑같은 옛날 주인 손에 그대로 두자는 겁니까?"

"동지, 그 다이아몬드는 대기업 카르텔의 손에 있을 때만 가치를 가질 수 있는 것이기 때문입니다. 우리의 땅속에는 우리가 파낸 것 말고도 훨씬 더 많은 다양한 다이아몬드들이 있잖아요. 우리가 그것들을 파낼 수만 있다면 그 빛나는 탄소 덩어리는 그저 반짝거리는 장신구에 불과하게 될 거예요."

만델라의 표정이 변했다고 한다.

"동지, 지금 말씀은 곧 다이아몬드는 쇼비즈니스의 세계에 속하는 물건일 뿐이고, 우리가 거기에 뛰어들어봐야 별로 재미를 볼 일이 없다는 뜻인가요?"

"그렇습니다, 마디바. 다이아몬드를 파는 것은 현실에 존재하지 않는 이런저런 꿈들을 파는 비즈니스입니다."

국민들이 공유하는 스토리가 곧 그 나라이다

카더의 이야기가 기억에서 떠나지 않았다. 어느 대륙의 나라이건 잘 작동하는 거버넌스가 필요한 것은 사실이다. 하지만 그것만으로는 부족하다. 이런저런 신화가 있어야 하며… 신화를 만들어내는 사람들이 있어야 한다. 이는 나라에도 적용되는 이야기이며 또 다이아몬드에도 적용되는 이야기이다. 양쪽 모두 우리가 믿고 싶어하는 이야기인 것이다. 나는 반빈곤 활동가로서 보낸 오랜 세월 동안 내가 배운 것이 무엇인지를 따져본다. 1980년대에 나와 앨리는 에티오피아로 자원봉사를 떠났던 천진난만한 25세 청년 시절과는 생각하는 방식이 달라지게 되었다.

나는 옛날 학교 역사 시간에 배웠던 이야기로 다시 돌아가 본다. 그리고 우리나라 아일랜드가 어떻게 해서 최근에 와서야 빈곤에서 벗어나게 되었는지도 돌아본다. 19세기의 아일랜드는 인구 8백만의 나라였지만, 기근과 이민으로 20세기 중반이 되면 인구가 3백만 명으로 떨어진다. 그랬던 우리나라가 어떻게 해서 빈곤의 역사를 떨쳐 버릴 수 있었던가?

아일랜드는 섬나라이며, 우리들은 정치적 난민 그리고 경제적 난민으로서 전 세계로 흩어졌던 역사를 가지고 있다. 우리는 빈곤 때문에 온 지구를 헤매고 뛰어다니는 민족이 되었고, 그렇게 해서 발견한 것들을 고향으로 가지고 돌아왔다. 해외로 나간 아일랜드인들이 본국으로 보내온 것은 물질적인 의미의 송금만이 아니었다. 이들이 들려준 이야기를 통해 아일랜드인들은 정서적 차원에서의 지성도 갖추게 되었고 또 전 세계에서 들려오는 소식들을 통해 세계가 어떻게 돌아가는지에 대해서도 더 제대로 된 관점을 가지게 되었다. 그리고 유대인들의 경우에서처럼 우리들 또한 큰 발견을 이룬다. 바로 물체들보다는 아이디어들이 더 운반하기 쉽다는 사실이다. 아일랜드인들은 그래서 종교 사상, 문학, 음악으로 먼저 발을 들여놓게 되었고, 이것이 훗날 소프트웨어라는 비물질적 지식산업으로 이어지게 되었다.

1970년대 이후 우리는 해외원조, 그리고 유럽연합 회원국으로서의 무역을 통하여 우리가 가진 하드웨어를 완전히 새롭게 배치하게 된다. 성자들과 학자들의 땅이었던 아일랜드는 이제 죄인들과 소프트웨어 엔지니어들의 나라로 탈바꿈하게 되었고, 한때 경공업 위주였던 우리의 산업구조는 이제 완전히 비물질적 산업 위주로 바뀌게 되었다.

무시무시한 비바람에 휩쓸리고 시달리던 북대서양의 작은 돌덩어리인 아일랜드는 이제 우리의 젊고 잘 교육받은 인구를 앞세워 기업들과 투자를 끌어당길 수 있는 새로운 기후를 창조해냈다. 낮은 세율의 조세 경쟁력은 아일랜드의 산업정책에 있어서 중심적인 발판이 되었고, 이를 통해 많은 기업들이 아일랜드로 몰려들어 왔으며 그렇게 해서 확장된 조세를 기반으로 교육, 의료, 도로, 인프라 등에 투자를 확장할 수 있었다. 하이테크 산업으로의 경제적 변형에 발맞추어 예술 및 예술가들에 대한 인센티브가 주어졌고, 우리 밴드 또한 수혜자의 하나였다. 지적재산권과 의약산업에서 하이테크 및 바이오 테크 그리고 새로이 생겨난 컴퓨터산업에 이르기까지 아일랜드에서는 대환영을 받았다. 이제 아일랜드 사람들은 조국을 떠나기는 커녕 오히려 다시 조국으로 돌아오고 있으며, 이렇게 해서 새로운 아일랜드 스토리가 나오게 되었다.

이러한 아일랜드의 성공 스토리는 누가 우리를 위해 써 준 것이 아니다. 이는 우리가 우리를 위하여 스스로 만들어낸 이야기이다. 아직 이 스토리가 진행 중이기는 하지만, 그래도 우리는 여기에서부터 현대의 신화를 만들어냈다. 우리가 오스카 시상식에서 노래했던 만델라의 삶은 도저히 믿어지지 않는 스토리이다. 장엄한 스토리. 신화에 버금가는 스토리. 그러면서도 실화의 스토리.

한 나라의 국민들이 스스로 공유하는 스토리들은 그 국민들의 정체성과 발전에 있어서 필수적인 요소이다. 이는 남아프리카에도 아일랜드에도 적용되는 이야기이며, 유럽과 미국에도 적용되는 이야기이다. 미국이라는 나라가 뿌리를 내리는 데에는 소설가들, 시인들, 영화제작자들, 작곡가들, 모든 종류의 예술가들이 단일의 캔버스 위에다 미국의 다양한 모습을 그려내는 것이 필요했다. 미국은 지금도 그 캔버스를 늘려가고 있으며, 이젤은 지금도 뒤뚱거리고 있다.

반면 유럽인들은 유럽이라는 스토리텔링에 그다지 열성을 보이지 않는다. 자기들 나라의 내러티브는 아주 잘 알고 있지만, 유럽대륙 전체라는 메타 내러티브에 대해서는 잘 모르고 있다. 프랑스 철학자 시몬 베이유Simon Weil가 "우리 현실 생활의 4분의 3 이상은 상상과 허구로 이루어져 있다"라고 말했던 것이 옳다면, 유럽은 '거대한 설계grand design'의 감각을 놓치고 있을 때가 너무나 많다. 유럽이라는 정체성은 너무나 차가운 개념으로만 느껴진다. 그러다가 최근 우크라이나 국민들이 자기들의 자유를 가로막는 푸틴의 전차들에 분연히 맞서면서 달라지기 시작했다. 우크라이나 국민들은 궁극적으로 유럽이라는 스토리의 일부가 되기를 열망하고 있으며, 그 과정에서 그들은 스토리를 다시 쓰기 시작했고, 결국 이는 우리 모든 유럽인들의 이야기가 될 것이다.

우리는 모두가 공유할 수 있는 스토리를 써줄 우리의 예술가들을 필요로 한다. 이드리스 엘바와 나오미 해리스가 〈만델라: 자유를 향한 머나먼 여정〉에서 넬슨과 위니 만델라의 이야기를 풀어놓아 주었던 것처럼. 유로파Europa라는 비전은 가장 실현이 불가능한 것처럼 보인다. 오랜 숙적들과 까마득한 옛날부터 전쟁을 벌여온 여러 언어들이 하나의 목소리로 합창을 이루는 비전이다. 참으로 낭만적인 비전이다. 하지만 나는 그 비전을 현실로 이루자고 간곡하게 호소하고자 한다.

유럽은 차가운 개념을 넘어서 하나의 느낌이 될 필요가 있으며, 그러한 느낌을 사람들의 마음속에 심어주기 위해서는 예술가들이 꼭 필요하다는 사실을 나는 스스로에게 상기시킨다.

할리우드라는 이름을 만들어낸 것은 카운티 위크로우County Wicklow의 작은 마을 할리우드였다는 사실을 나는 스스로에게 상기시킨다.

스토리 라인이야말로 가장 중요한 것이다.

It's not a place, this country is to me a sound
of drum and bass, you close your eyes to look around
It's not a place this [illegible] is a dream
the pilgrims face
to call her home
the whole world owns
she had your heart

CITY OF BLINDING ~~lights~~ Us lies

Blessed are the bullies
For one day they'll have to stand up
to themselves
Blessed are the liars For the truth
can be AWKWARD
Blessed are the arrogant
For theirs is the KINGDOM OF THEIR OWN
COMPANY
Blessed are the FILTHY RICH
For you can only truly own
what you give away...

like your pain

33

City of Blinding Lights

눈부신 빛의 도시

The more you see the less you know
The less you find out as you grow
I knew much more then than I do now.

"자유의 종소리를 울립시다. 46년 전 킹 목사가 자신의 꿈을 이야기한 장소에 우리는 지금 서 있습니다. 이제 화요일, 그 꿈이 이루어집니다."

2009년 1월이었다. 나는 마틴 루터 킹 목사가 1963년 8월 "저에게는 꿈이 있습니다I Have a Dream" 연설을 행했던 바로 그 무대에서 꽁꽁 얼어붙은 U2 멤버들을 대표하여 발언하였다.

에이브러햄 링컨은 화강암으로 만들어진 의자에 앉아 무게 있게 우리를 내려다보고 있었다. 키가 큰 것으로 유명했던 링컨이지만 지금은 의자에 앉아 있다. 만약 그가 일어선다면 너무나 큰 그림자가 드리워질 것이다. 과연 링컨은 오늘 같은 날이 올 것이라고 상상이라도 했을까? 흑인이 차기 미국 대통령이 되는 날이 올 것이라고?

링컨 기념관 안에 모여든 사람들은 백만 명쯤 되어 보였고, 그들 중 다수는 이런 일이 벌어진다는 것을 도무지 믿기 힘들어하고 있었다.

우리는 킹 목사를 기념하여 만든 곡 'Pride (In the Name of Love)'를 연주

하고 나서 다시 'City of Blinding Lights'를 연주하였다. 거의 2년 전 버락 오바마는 일리노이주 스프링필드Springfield에서의 대통령 선거운동 시작 자리에서 이 곡을 틀었던 바 있다. 그날도 오늘처럼 추운 겨울 아침이었다. 나는 오늘의 자리를 위해 가사를 업데이트했다.

America, let your road rise
Under Lincoln's unblinking eyes.

무슬림의 이름을 가진 흑인 대통령 당선자 오바마는 그의 부인 미셸Michelle과 두 딸을 대동하고 옆에 앉아 있었다. 나는 ONE과 관련된 일로 버락 오바마가 상원의원이었던 시절부터 그와 아는 사이였다. 처음에는 그가 사람을 좀 가리는 듯싶었지만 나중에는 그게 그의 매너라는 것을 이해하게 되었다. 그는 그저 가볍게 알고 지내는 사이로 사람을 사귀는 이가 아니었다. 그가 대통령으로 취임하게 되는 이 무수한 모순의 도시 워싱턴 수도는 남북전쟁 이후 그 어느 때보다도 분파와 당파 간의 갈등으로 찢어져 버린 정치문화로 점철되어 있었고, 여기에서 그는 사랑받는 존재임과 동시에 저주받는 존재가 된다. 권력 구조에 깊게 내재한 인종주의 때문만은 아니었다. 미국 의회가 이제는 소셜 미디어라는 다루기 힘든 뺀질거리는 존재에 힘입어 돌아가는 시대가 되었기 때문이다.

우리 세대가 자라날 때는, 정치라는 것이 일단 팩트 자체는 모두가 공유하고 합의한 상태에서 의견만 서로 다르게 표출하는 장이었다. 하지만 오바마가 물려받은 워싱턴의 정치에서는 모두가 공유하고 합의하는 사실이라는 것이 거의 없는 상태에서 서로를 극단까지 밀어붙이겠다고 이를 악문 적대자들만 넘쳐나는 상황이었다. 따라서 진정한 대화나 타협의 가능성 따위는 참으로 찾아보기 힘들었다.

1백 년 전 예이츠W. B. Yates는 시 '두 번째 재림The Second Coming'에서 이를 노래했다. "모든 것이 무너진다네/중심조차 버텨내지 못한다네, 세상은 온통 무질서의 난장판이 되어 버린다네."

이곳 국립기념공원National Mall에 모인 군중들은 너무나 숫자가 많아 그 끝이 보이지 않을 정도였다. 버락 오바마는 마력을 가지고 있었다. 누군가 더 높은 지평으로 올라설 수 있는 이가 있다면 그가 바로 그 사람이었다. 그렇다. 그는 할 수 있다. 하지만 양극화되어가는 정치 지형으로 볼 때 과연 그가 모든 이들의 공통 기반을 마련하는 일을 해낼 수 있을 것인가? 그와 그의 가족은 이곳 워싱턴을 자기들의 집이라고 부르겠지만, 결코 여기에서 집에 있는 것처럼 편하게 지낼 수는 없을 것이다. 좋다. 이것이 바로 두 개로 갈라진 미국의 이야기이다. 두 개의 다른 취임식 이야기.

그런데 나는 지금 여기서 무얼 하는 것인가? 나는 미국 사람도 아닌데. 나의 대답은 'American Soul'이라는 곡의 가사에 담겨 있다. 이 곡은 내가 10년 후에 쓴 곡이다.

It's not a place
This country is to me a thought
That offers grace
For every welcome that is sought.

우리가 미국의 해변에 착륙한 뒤 거의 40년이 지난 뒤에 쓰인 곡이다.

It's not a place
This is a dream the whole world owns
The pilgrim's face
She had your heart to call her home.

이는 아주 깊은 사상이다.

빔 벤더스는 미국이 영화와 문학, TV와 음악을 통해 우리의 의식을 식민화했다고 생각하지만, 미국이라는 사상은 그것보다 더 깊다. 미국의 로큰롤은 나 이전 한 세대의 의식을 형성하였지만, 그것보다 더 깊다. 미국이라는 신화의 심연으로 더 파고들어본 다음에야 비로소 나는 잠을 깨고 난 뒤에도 미국이라는 꿈속에서 살겠다는 나의 결심이 무엇을 뜻하는지 알게 되었다. 모두에게 삶, 자유, 행복 추구의 실질적 권리가 주어지는 나라의 꿈, 바로 그 꿈이다.

"너희는 세상의 빛이다. 산 위에 세운 마을은 숨길 수 없다."

성경에 나오는 이 말씀은 나에게 이 미국이라는 나라가 인류 역사에서 어떤 존재가 될 수 있는지에 대해 대담한 상상을 하게 만들었으며, 이는 그 후에도 여러 번 있었던 일이다. 미국은 피하고 두려워야 할 존재이지만, 나에게는 끌어안고 사랑해야 할 존재이기도 하다. 미국은 나의 상상 속에 살아 있다. 오바마 상원의원은 선거운동 기간에 공화당이 지배하는 주red states나 민주당이 지배하는 주blue states란 없으며 오로지 미합중국United States이 있을 뿐이라고 말했지만, 내 눈에는 항상 두 개의 미국이 보였다. 공화당의 미국과 민주당의 미국을 말하는 것도, 부자들의 미국과 가난한 자들의 미국을 말하는 것도 아니다. 현실에 존재하는 미국과 상상 속의 미국이다. 기업가 자본주의로 온 세상으로 진격하여 바꾸어 내는 현실에 작동하는 미국과, 우리 모두의 것이라는 시적 아이디어로서의 신화적 미국이다.

아일랜드는 위대한 나라이지만 하나의 사상은 아니다. 영국은 위대한 나라이지만 하나의 사상은 아니다. 미국은 하나의 사상이다. 위대한 사상이다. 우리는 그것이 프랑스의 사상이며(자유, 평화, 박애), 미국에 도착하는 모든 이들에게 그 사상을 일깨워 주는 자유의 여신상 또한 프랑스인들의 선물이라고 말할 수도 있다. 하지만 우리는 또한 미국이라는 사상이 어떻게 인류에게 새롭게 시작하는 출발점이 되었는지도 알고 있다.

The promised land is there for those who need it most
And Lincoln's ghost
Says…

Get out of your own way.

—'Get Out of Your Own Way'

항공기가 대서양을 넘어 날아다니기 전에는 아일랜드 사람들이 고향을 떠나 미국으로 가는 건 곧 죽음과 같았다. 그들의 얼굴을 다시는 볼 수가 없으므로. 하지만 그들은 이 약속의 땅에서 새로이 태어나게 된다. 이것이 미국의 신화이다. 하지만 미국은 지금도 온 세상의 것인가? 심지어 미국은 많은 미국인들조차 배제하고 있지 않은가?

예를 들어 흑인 미국인들을 생각해보자. 그들 중 다수는 이곳이 자기들의 집이지만 전혀 이 나라를 집에 있는 것처럼 느끼지 못하고 있다. 그들의 조상들이 '백인들의 짐'을 지고 나르도록 강제로 여기에 끌려온 지 무려 4백 년이 지났는데도. 미국이라는 노래는 아직 완성되지 못했고, 음반으로 취입되려면 더욱 멀었다. 많은 미국인들에게 미국이란 아직 존재하지도 않는 나라이다. 하지만 아마도 이것이 더 큰 영감을 불러올 수 있을지 모른다. 아마도 미국은 지금까지 이 세상이 들어보지 못한 가장 위대한 노래가 될 수 있을지 모른다.

마침내, 저 약속의 땅

하지만 그날 날씨에는 신화적인 요소라곤 전혀 없었다. 영하의 추위였고, 래리의 입김은 차가운 1월 하늘 위로 바람에 날리고 있었다. 애덤은 1928년의 마터호른 등반대마냥 뚱뚱 껴입고 있었고, 엣지는 손가락이 꽁꽁 얼어붙었는데 어떻게 기타를 치라는 거냐며 애처로운 표정으로 나를 보고 있었다. 'City of Blinding Lights'는 미국 44대 대통령인 버락 오바마가 그의 선거운동 여정에서 열었던 수백 번의 대중 집회에서 항상 틀었던 시그니처 테마송이었다. 이 곡은 순진함과 천진난만함의 상실에 대한 노래이며, 거대한 도시가 무엇을 내줄 수 있는지, 또 무엇을 빼앗아 갈 수 있는지를 알아가는 일에 대한 노래이다. 이 노래를 선거운동 테마송으로 선택한 것은 좀 이상해 보이지만, 꼭 그런 것은 아니다.

"네가 곁에 없으면 나는 네가 그리워"

젊은 시절에 대한 추억. 젊은 시절의 우리를 그토록 강하게 만들어주었던 천진난만함에 대한 추억. 이 곡은 버락 오바마라는 젊은 정치인을 신뢰하는 정치인들에게 공감을 불러일으켰다. 아마 그 산 위에 세운 도시라는 아이디어에 들어있는 약속 때문이었는지도 모른다.

Oh, you look so beautiful tonight
In the city of blinding lights.

텀, 텀, 텀. 12시 22분이 되자 헬리콥터 한 대가 국립기념공원 위로 요란하게 아치를 그리면서 날아올랐다. 아직은 현직 대통령인 조지 W. 부시가 마지막으로 이 헬리콥터를 타고 백악관을 떠나고 있던 것이다. 거대한 청중들이 그 아래에서 일부는 손을 흔들고 일부는 야유를 보내고 있었지만, 부시 대통령도 또 부통령 가족들도 뒤돌아보지는 않는 것 같았다.

"텍사스의 친구들과 도박 한판 벌이러 가나?"

"이제 다시 석유 비즈니스로 돌아가는 건가?"

"왜, 떠나기 전에 전쟁 한 번 더 일으키시지?"

내 주변의 사람들은 새로운 시대가 왔다고 기뻐하면서 하이파이브를 하고 있었고, 현대에 들어 가장 조용하게 백악관을 떠난 인물인 조지 W. 부시에게 가운뎃손가락을 들이밀고 있었다. 그로 인해 전쟁의 불길에 끌려 들어간 무수한 사람들을 마음속에 가만히 그려보면서 나는 생각에 잠겼다. 나로서는 전혀 이해할 수 없는 전쟁이었지만, 최소한 부시 본인은 피할 수 없는 전쟁이라고 여겼으며 필요하다면 몸소 전쟁터에라도 나갔을 것이었다.

하지만 이제 오바마 정부가 출범하여 우리 앞에 닥친 엄청난 문제들을 (의료보험, 기후위기, 금융 붕괴) 해결하는 작업에 착수하여 역사를 다시 쓰게 된다. 오바마는 월스트리트에도 절제와 질서를 불어넣게 된다.

마침내 약속의 땅에 도착하였다(물론 정확히 그런 것은 아니었다). 미국의 44대 대통령은 높은 이상을 품고 있었으며, 그 이상을 설명하는 스토리텔링 기술 또한 뛰어났다.

나는 버락 오바마 대통령의 재임 기간에 그와 좀 더 친해지게 되었다. 그의 깊은 도덕성도 알게 되었고, 진지한 모습 뒤의 부드러운 모습도 알게 되었다. 새로운 U2 노래들의 초기 믹스들을 그와 함께 들을 기회가 있었는데, 그때 음악이 어떻게 만들어지는지에 대해 그가 보여준 지적 호기심에 나도 깊이 빠져들었다. 그는 정치가라기보다는 작가에 가까운 사람이었지만, 우리 음악 만드는 이들처럼 나르시시즘에 빠져 있지는 않았으며, 그가 가족을 얼마나 사랑하는지 또 가족들이 그를 얼마나 사랑하는지도 알게 되었다. 그의 부인 미셸은 힙합 사업가 안드레 하렐Andre Harrell이 "암사자의 에너지"라고 불렀던 게 무엇인지를 보여주는 인물이었다. 그녀와 앨리는 자기들 가족과 자기들의 이상을 철저히 지켜내려고 하는 공통점이 있었으며 항상 서로와 잘 지냈고, 두 사람 모두 자기들의 삶이 남편들에 의해 규정당하는 것을 한사코 거부하였다. 오바마의 백악관은 소울이 가득한 백악관이었지만, 또한 그 이상으로 엄격하고 합리적인 백악관이었다.

그는 조심스럽고, 사려 깊고, 히스테리나 가짜 연극 따위와는 거리가 먼 사람이었다. "오바마는 드라마를 만들지 않는다"가 당시 웨스트윙의 모토였다. "어려운 일들은… 그냥 어렵습니다." 그는 게일 스미스Gayle Smith에게

(USAID를 이끌던 인물로서 후에 우리는 ONE 캠페인을 이끌도록 훔쳐 온다) 말하곤 했다.

눈부신 거짓말의 도시

그로부터 몇 년 후의 1월 8일로 시간을 앞당겨 가보자. 향정신성 약물의 힘으로 과거의 회상으로 돌아가는 것과 비슷하지만, 이것은 미래의 사건으로 끌려가는 것이라서 더 끔찍하다. 이제 그 첫 번째 조치는 미국이라는 공화국을 해체하는 것이다. 우선 취임식 자체가 취임식이 아니라 대관식이었고, 왕관은 황금빛이 아니라 오렌지색이었다. 트럼프 왕은 강박적인 거짓말들로 통치를 이어갔으며, 그 시작은 취임식의 국립기념공원에 모인 사람들의 사진을 잘라 붙인 이미지였다. 실제로는 당시 모인 사람들의 수가 그 공원의 4분의 3도 채우지 못했지만, 그는 사진의 귀퉁이를 잘라 마치 끝없이 많은 사람들이 모인 것과 같은 이미지를 만들어 냈던 것이다. 도대체 취임식장에 모인 사람들의 수를 가지고 이런 짓을 할 이유가 무엇인가? 미국의 45대 대통령 트럼프가 이 거짓 사진을 웨스트윙에 걸어놓으라고 명령하는 것을 보면서 우리는 미국인들의 삶이 새로운 차원으로 들어섰다는 것을 직감하였다.

"모두가 안다, 거짓말쟁이는 아무도 믿지 않는다는 것"

ONE을 통해서 우리는 트럼프 정부와 최소한의 대화라도 하기 위해 시도해보기로 결정하였다. 하지만 아무리 시도하고 노력해보아도 소용이 없었다. 우리의 주인공 트럼프는 자신이 틀렸다는 것을 절대로 인정하지 않았으며, 누가 거기에 이의를 제기하면 두 배 세 배로 목소리를 더 올렸다. 그리고 그는 전체의 내러티브를 통제하였다. 그는 어떻게 이런 일을 할 수 있었을까?

그가 소셜 미디어에 능한 이였기 때문이다. 소셜 미디어 플랫폼은 충격과 분노를 자극하는 내용이 크게 뜨는 곳이며, 이 충격과 분노야말로 그가 모국어처럼 구사할 줄 아는 언어였던 것이다. 그는 딱 280글자만 쓸 수 있는 실시간 매체인 트위터를 능수능란하게 활용하는 이야기꾼이었으며, 그가 전하는 이야기들은 모두 그림동화에 나오는 것처럼 괴물이 침대 밑에, 문밖에 서 있다는 무시무시한 것들이었다. 그리고 그의 이야기를 한 번 들으면 거기에 나오는 괴물이 머리에서 떠나가지 않게 된다. 나는 프로레슬링이라는 것을 전혀 이해할 수 없었는데, 누군가가 그건 경기가 아니라 극장에서 벌어지는 놀이판이라고 설명해준 적이 있다. 관객들은 그냥 시무룩하게 앉아 있는 것이 아니다. 그 거대하고 험악한 오렌지색 늑대들이 치고받으면서 펼쳐내는 드라마, 욕설과 험담, 헐떡거림에 완전히 매료되어 빠져 있는 것이다. 이는 무언극이다. "뒤에 뭐 있다!" 트럼프는 온 인생에 걸쳐서 정치가 이러한 엔터테인먼트 산업의 한 부문이 되어가는 상황을 준비해온 인물이지만, 그의 상대 후보였던 힐러리 클린턴은 그런 인물이 아니었다. 이 점을 생각해보면 그녀가 일반투표에서 트럼프를 앞섰다는 것이 더욱더 돋보인다.

아침에 일어나보니 트럼프가 당선되었다는 뉴스가 날아들었고, 나는 충격보다는 구역질을 느꼈다. 하지만 다른 많은 이들과 마찬가지로 나 또한 트럼프는 문제 그 자체가 아니라는 것을 이미 이해하고 있었다. 그는 문제의 증상일 뿐이었다. 그는 바이러스 자체는 아니었다. 그저 바이러스를 운반하는 초감염자였을 뿐이었다. 그 바이러스는 포퓰리즘이었고, 흑사병만큼이나 치명적인 것이었다. 이 바이러스가 깃들게 되는 진정한 숙주는 바로 공포였다. 래퍼/공공 지식인인 처크 디Chuck D가 1992년 우리와 함께 순회공연을 할 적에 내게 상기시켜 준 말이 있다.

I've been wonderin' why
People livin' in fear

Of my shade
(Or my high-top fade)
I'm not the one that's runnin'
But they got me on the run
Treat me like I have a gun
All I got is genes and chromosomes

—Public Enemy, 'Fear of a Black Planet'

나는 내가 또 우리가 우리의 자유의 안락에 취해 잠이 들어버렸던 것이 아닌가 하는 두려움을 안게 되었다. 우리 밴드 이야기의 궤적은 우리 시대의 궤적을 그대로 반영하였다. 우리 세대는 도저히 벌어질 것 같지 않은 큰 사건들을 줄줄이 직접 목격하였다. 베를린 장벽이 무너졌다. 인종분리가 종식을 고했다. 아일랜드에서는 성금요일협정Good Friday Agreement이 있었다. 그러다 보니 우리들은 우리가 신봉하는 보다 정의로운 세계로 나아가고 있으며 아무도 그것을 막을 수 없다는 게으른 믿음에 빠져 버리게 된 게 아닐까? 심지어 우리 활동가들 및 선행가들마저. 특히 우리들.

나는 다시 마틴 루터 킹의 이야기를 생각해보았다. "도덕적 우주가 나아가는 궤적은 길고 길지만, 결국에는 정의를 향해 휘어가게 되어 있습니다." 나는 이 말을 이제 믿지 않는다. 도덕적 우주의 궤적은 정의를 향해 휘어있지 않다. 우리가 그 궤적을 휘어야 하며, 이를 위해서는 우리에게 강철같은 의지력이 있어야만 한다. 역사는 직선으로 나아가지 않는다. 우리는 역사를 걷어차고 악다구니를 하면서 질질 끌어 그 길로 나아가도록 만들어야만 한다.

미셸과 버락 오바마는 조용하고 점잖게 백악관을 떠났다. 그가 임기 중에 남긴 가장 큰 논란은, 모든 미국인들이 평등하게 의료보험을 얻어야 마땅하다고 주장하고 이를 실행에 옮겼던 일이다. 어째서 의료보험인가? 그 두 사람은 미국 독립선언문에 약속된 "생명, 자유, 행복의 추구"에 대한 권리라는 것이 평등한 의료보험이 없다면 속 빈 강정에 불과하다는 것을 알고 있었기 때문이다. 오바마가 이루려고 했던 것들 중에는 이른바 '오바마 케어Affordabel Care Act'만 있었던 것은 아니었지만, 이 제도는 수많은 사람들의 삶을 완전히 바꾸어 놓았다. 물론 아직 그 기초가 단단히 뿌리내리지 못한 상태에서 누군가가 이 제도를 파괴하려 든다면 이야기는 완전히 달라진다.

링컨의 침대에서 혼수상태에 빠지다

오바마 가족이 백악관을 떠나는 것이 이 세계에 얼마나 큰 손실이 될 것인지 알고 있는 이들이 있었을까? 우리 가족은 비록 아일랜드 사람들이었지만 이를 개인적 인간적인 손실로 여기고 있었다. 백악관에서 그와 나 단둘이 가졌던 마지막 만찬에서 나는 그에게 부시 대통령이 시작한 AIDS 사업을 계속 추진해준 것에 대해 제대로 예를 갖추어 감사를 표했다. 부시 정부가 내놓은 180억 달러에 더하여 그는 5백2십억 달러를 추가로 내놓았던 것이다. 이렇게 큰돈이 들어가는 정책이나 조치에 대해 대통령들은 보통 이건 자기가 한 일이라고 분명히 하기를 원하는 게 보통이다. 전임 대통령이 남긴 사업을 계승하기 위해 큰돈을 쓴다는 것은 어찌 보면 대단한 일이 아니지만, 실제로는 정말로 대단한 일이다.

게다가 오바마 정부는 AIDS, 폐결핵, 말라리아 퇴치 지구적 기금Global Fund to Fight AIDS, Tuberclosis, and Malaria에도 큰돈을 내놓았다. 오바마는 프랑스의 에마뉘엘 마크롱과 캐나다의 저스틴 트뤼도와 나란히 이를 강력하게 지지하였다.

그는 나의 감사 인사를 가볍게 받아넘겼다. 하지만 자기 사무실에 무하마드 알리와 조지 포먼의 역사적인 권투 경기 사진을 걸어두고 있는(앨리는 조지 포먼 앞에 서 있었다) 이 남자는 내게 마지막 치명타를 날리고 말았다.

44대 대통령: "그런데 당신이 U2의 싱어로서 출마할 수 있는 최대 임기 횟수는 몇 회나 되나요, 하하하."

나: “새로운 앨범을 낼 때마다 그게 선거라고 항상 말하고 있습니다. 두 장 연속 후진 앨범을 내면 그걸로 쫓겨납니다.”

오바마의 8년 임기가 끝나갈 무렵 대통령 사저에서 오바마 부부와 다른 이들 여덟 명이 함께 식사를 한 적이 있었다. 이제 아이들이 좀 컸는지라 미셸과 버락은 친구들을 좀 더 자주 저녁식사에 초대하였다. 내가 그날 밤 그냥 칵테일만 마셨더라면 별일 없었을 것을, 식사에 곁들여 와인을 한 잔(두 잔이었던가?) 마셨던 것이 문제가 되었다.

내가 와인을 좋아한다고 말했던가? 그런데 나는 알레르기가 있다. 문제의 물질은 살리실산염이었는데, 이 물질은 과일에서 아스피린과 토마토 소스에 이르기까지 어디에나 있다. 그리고 레드 와인에도 있다. 그래서 나는 피자, 레드 와인, 아스피린까지 섭취하게 되는 날에는 머리가 부어오르고 잠이 들어버리고 만다. 앨리는 그래서 나보고 항상 조심하라고 말하지만, 나는 대신 항히스타민제를 먹는다. 만약 이를 먹지 않고 그냥 레드 와인을 마시게 되면 나는 바로 곯아떨어진다. 쿨쿨 잠이 든다. 어느 장소에서건.

나는 자동차 본넷에서도 잠든 적이 있고, 상점 문 앞에서 잠든 적도 있었다. 한번은 소닉 유스Sonci Youth 공연장의 조명 데스크 위에서 잠든 적도 있었다. 어느 장소든 상관없다. 설령 그게 백악관이라 해도.

정확히 말하자면, 미국의 44대 대통령은 아일랜드 사람처럼 술을 마시지는 않는다. 그는 칵테일을 좋아한다. 나도 그냥 칵테일만 마셨더라면 얼마나 좋았을까.

나는 잠이 쏟아지기 시작하자 자리를 떴고, 그다음 일은 잘 기억이 나지 않는다. 하지만 앨리에 따르면 한 10분이 지났는데도 내가 돌아오지 않자 자유 세계의 지도자인 오바마가 친히 그녀에게 질문을 했다고 한다. “보노가 아직도 돌아오질 않네요. 괜찮은 건가요?”

“그럼요,” 그녀가 별 것 아니라는 식으로 말했다. “아마 그는 지금 어디서 자고 있을 거예요.”

"아니, 무슨 말씀이세요? 어디서 자고 있을 거라니? 어디인가요?"

"음, 보통은 차 안으로 들어가요. 하지만 지금은 어디 있는지 모르겠네요. 걱정 마세요. 10분밖에 안 지났으니까요. 곧 돌아올 거예요."

"잠깐만요." 대통령이 말을 끊었다. "잠깐, 잠깐, 잠깐만. 그러니까 그가 지금 어디에선가 자고 있을 거라는 말씀인가요?"

"예." 대통령이 정말로 걱정을 하고 있다는 것을 느낀 그녀가 대답했다. "그가 더블린에서 여기로 오는 비행기에서 한숨도 못 잤거든요. 제가 가서 찾아볼게요. 걱정하지 마세요, 대통령님."

그녀가 일어섰지만, 오바마 또한 그녀를 따라왔다.

"저도 같이 갑시다. 보노가 어디로 갔을까요?"

앨리가 말했다. "전혀 모르겠는데요."

대통령이 대답했다. "그가 아까 저에게 링컨의 게티즈버그 연설에 대해 물어보았어요."

훌륭한 직감이었다. 그들은 링컨의 침실Lincoln Bedroom로 걸어갔으며, 거기에서 내가 자고 있었다. 방은 추웠고, 나는 에이브러햄 링컨이 쓰던 침대에 누운 채 그의 품에 안겨 잠들어 있었다. "우리의 자유의 이불을 덮고서 잠이 들었다"라고 나는 나중에 돌려서 표현했다.

대통령이 나를 깨웠고, 내가 정신을 차렸다. 그와 앨리는 배를 잡고 웃었으며 나도 함께 따라 웃어보려고 애를 썼다. 그는 처음에는 내가 그런 알레르기를 가지고 있다는 것을 믿지 않았다. 그는 앨리가 그냥 나를 감싸려고 둘러댄 이야기라고 생각했다. 그래서 사람들에게 자기가 보노를 술 시합에서 완전히 이겨버렸다고 말하고 다녔다. 말도 안 돼. 하지만 그가 만든 마티니가 좀 센 것은 분명 사실이다.

34

Get Out of Your Own Way

자신의 방식에서 벗어나

I can sing it to you all night, all night
If I could I'd make it alright, alright
Nothing's stopping you except what's inside
I can help you but it's your fight, your fight.

나는 붉은색 레인지 로버Range Rover의 앞 좌석에 앉아 있다. 나를 방금 리버풀의 존 레논 공항에서 태운 운전사는 바로 폴 매카트니이다.

그는 나와 지미 아이오빈을 데리고 자신의 고향인 리버풀을 훑는 방법과 신비의 여행으로 이끌었고, 비틀스의 네 사람이 자라난 동네들을 보여주었다. 그는 이곳, 저곳, 모든 곳을 가리키며 설명해주었다. 그러고는 사과를 했다.

"이런 이야기 지루하지 않아요?"

"아니요, 전혀 안 지루해요." 나는 대답했다. "너무너무 재미있어요."

"그래요? 그럼 좋아요. 저기가 조지가 살던 동네였어요. 사실 좀 험한 동네였죠. 그런데 링고가 살던 동네는 좀 더 험했어요. 조금 있으면 거기에도 가볼 거예요. 존이 살던 동네는 좀 말쑥한 동네였어요. 많이는 아니고 조금. 그리고 우리 동네, 우리 가족도 괜찮았어요. 우리 동네는 저쪽이었어요."

그는 차를 몰면서 창문 밖을 가리켰다.

"저기 86번 버스가 오네요. 나랑 존이 저기에서 저 버스를 탔었는데. 방금 지나간 자리요. 이런 이야기 정말 괜찮아요? 지루하지 않아요?"

"전혀 안 지루해요. 계속해주세요."

지루하다니?

이건 모세가 나를 데리고 약속의 땅을 돌아다니며 안내해주는 느낌이다.

이는 프로이트가 나를 데리고 인간 두뇌를 돌아다니며 안내해주는 느낌이다.

이는 닐 암스트롱이 나를 데리고 달을 돌아다니며 안내해주는 느낌이다.

이는 폴 매카트니가 내 삶을 바꾸어 버린 음악의 지리학을 차를 몰아 가르쳐주고 있는 느낌이다. 신호등에 걸려 차를 세웠다.

"저기 보여요? 저기 신문 가판대? 조금 바뀌긴 했네요. 하지만 저기가 나랑 존이랑 정말로 진지한 대화를 처음으로 했던 곳이에요."

나도 비틀스의 전설에 대해서는 조금 아는 바가 있었고, 이번에는 그의 기억이 좀 틀린 것일 수 있다는 생각이 들었다.

"하지만 폴 당신이 처음으로 존과 대화를 나누었던 것은 그가 쿼리맨Quarrymen의 일원으로서 세인트 피터스 교회St. Peter's Church의 모금 행사에서 연주했던 때 아니었나요?"

폴은 내 얼굴을 보았다. 경외심이 깃든 표정이라고 느껴졌다.

"맞아요. 그래요." 그는 미소지으며 말했다. "하지만 내 말은 진짜의 대화, 속내를 알 수 있는 대화 말이에요. '너 무슨 기타 치니?'라든가 '무슨 음악 들어?' 이런 거 말고요."

"속내를 알 수 있는 대화라면? 어떤 의미죠?"

"음, 존이 저기 신문 가판대에서 초콜릿을 하나 샀어요. 캐드버리 초콜릿이요. 그러고는 나한테 오면서 그 초콜릿을 반으로 뚝 자르는 거예요. 그리고 나한테 그 반토막을 주더라고요. 나는 놀랐어요. 그 당시에는 초콜릿이 정말 귀했거든요. 대부분의 아이들은 초콜릿에서 그 조그만 사각형 하나를 떼어 주는데, 존은 그냥 반을 뚝 잘라서 주더라고요."

이 이야기를 들으며 생각에 잠겨 있을 때 폴은 악셀을 밟으면서 속도를 내 그곳을 떠났다.

"내가 왜 이런 이야기까지 하는지 모르겠네요."

하지만 그는 분명히 알고 있었을 것이다. 최소한 나는 알고 있었다. 팝 문화의 역사에서 가장 위대한 협업관계가 이렇게 초콜릿 하나를 두고 50대 50으로 나누는 거래에서 시작되었다는 사실이 내게 뚜렷하게 다가왔다. 레논과 매카트니. 캐드버리 초콜릿 하나에서 태어난 관계.

음악인들이 생산수단을 장악한다면

그때는 2008년이었고, 나는 MTV의 평생공로상Ultimate Legend Award 수상자로 폴을 소개하기 위해 리버풀을 방문하고 있었다. 로큰롤을 주류로 끌고 나온 것이 엘비스였다면, 비틀스는 로큰롤을 그다음의 수준으로 끌어올려 완전히 주류의 자리를 굳히게 만들었다. 비틀스는 로큰롤의 청사진이었다. 하지만 그 후 50년이 지나자 이들이 가져온 로큰롤의 독립 시대는 위협을 당하고 있었다. 몇십 년 동안은 예술가들이 가장 높은 자리를 차지했지만, 그 기간은 빠르게 끝이 나고 있었다. 기술 발전이 문화를 교란시키고 있었고, 음악산업 또한 그 흐름을 쫓아가느라 내홍을 겪고 있었다.

후원자 제도라는 것은 시작부터 예술세계가 작동하는 중요한 방식이었지만, 특히 음악에서 가장 중요했다. 오케스트라 하나를 운영할 돈이 있는 사람이 어디 있는가? 차이코프스키가 그럴 돈이 있었을까? 모차르트가? 오케스트라는 정말로 큰 밴드가 아닌가? 당연히 아니다. 이들은 모두 후원자들을 가지고 있었고, 그 시스템에 스스로를 연결시켰다. 음반이 나오기 전에는 대부분의 사람들이 차이코프스키나 모차르트의 사운드에 접근할 수 있는 가장 가까운 방식은 악보였다. 음악은 순전히 후원자 제도에 근거를 두고 있었다.

방랑 음유시인들minstrels은 요즘과 마찬가지로 이 도시 저 도시를 떠돌아 다녔지만, 그들이 노래를 하는 목표는 저녁밥을 확보하기 위해서였다. 참으로 미안한 일이다. *우리*도 그때였다면 저녁밥을 위해 노래를 했을 것이다. 장원의 영주에게. 연주를 잘하면 좋은 음식과 좋은 와인을 얻어먹었을 것이며, 그것도 순전히 우리 영주님의 선의에 달린 문제였다.

하지만 존, 폴, 조지, 링고가 애비 로드 2 스튜디오Studio 2 Abbey Road의 유리창을 넘어 흰 코트를 입은 EMI 엔지니어들을 보았을 때, 이들은 감히 상상조차 하지 못할 일을 상상하게 된다. 아마 우리는 저 공학 학위를 받은 흰색 코트들에게 우리 음악을, 미안, 우리 음악을 사운드로 바꾸어 주는 이 기술을 온전히 내맡길 필요가 없을 거야. 우리는 스스로 음악을 만들어서 연주할 수 있을 뿐만 아니라 우리 음반의 취입 작업도 직접 맡을 수 있는 작가들이야. 음반이 취입되는 과정뿐만 아니라 음반이 발매되는 과정까지 모두 맡을 수 있을 거야.

이들이 먼저 길을 냈으며, 다른 음악인들이 그 길을 따랐다. 그리하여 1960년대의 예술가들은, 레닌의 말을 인용하자면, "생산수단을 장악하였다." 이는 음악의 르네상스였다. 음악의 질과 사회적 영향력에서뿐만 아니라 음악가들이 받는 금전적 보상에 있어서도 르네상스였다. 음악인들이 제대로 된 보수를 받기 시작한 것이다. 물론 모두는 아니었고, 특히 흑인 음악가들의 경우에는 배제되는 경우가 더 많았다. 로큰롤 음악이 나온 모태가 흑인 음악이었다는 점을 생각하면 참으로 어이없는 일이다. 이 음악가들은 계속해서 일방적으로 돈을 뜯겼으며 나중이 되어서도 완전히 개선되지는 않았다. 하지만 많은 음악인들이 자기들의 음악으로부터 제대로 된 보수를 받기 시작한 것은 맞다. 그래서 더욱 잔인한 아이러니가 있었다면, 비틀스가 그들의 매니저였던 브라이언 엡스타인Brian Epstein이 죽은 뒤 자신들이 아주 나쁜 계약 거래에 속박당했다는 사실을 발견했다는 점이다. 시간이 흘러 CD라는 새로운 기술이 나오면서 이들의 현금 흐름은 개선되었지만, 존은 이미 죽은 뒤였다. 존은 뉴욕시에 아파트 한 채를 사기 위해서 영국에 있는 자신의 집을 팔아야만 했다.

1968년 비틀스는 자신들의 음반회사인 애플 레코드Apple Records를 설립한다. 비틀스는 스티브 잡스가 가장 좋아하는 밴드가 되며, 1967년 만우절 스티브는 자신의 컴퓨터 애플에 대해서도 비틀스가 했던 바와 똑같은 독립성을 부여하기를 원하였다. 사과. 욕망과 유혹의 상징. '앎의 나무Tree of Knowledge'의 상징. 스티브는 그 사과Apple를 한 입 깨어 물었다. 비틀스는 법정으로 가서 그를 고소했다.

우리가 활동해 온 기간 동안 폴 맥기니스가 우리를 위해 훌륭한 거래들을 수행해 왔지만, 누구나 폴 맥기니스 같은 매니저를 얻을 만큼 운이 좋은 것은 아니었다. 지구상 가장 뛰어난 재능을 가진 예술가들 중에서도 이는 마찬가지였다.

Fight back, don't take it lying down you've got to bite back
The face of liberty is starting to crack
She had a plan until she got a smack in the mouth and it all went south like
Freedom.

왕의 방문

쇼비즈니스에서는 등장도 중요하고 퇴장도 중요하다. '예전에 프린스Prince로 알려졌던 음악인'으로 유명해지는 그가 등장하는 방식도 참으로 화려하기 짝이 없었다. 그리고 퇴장은 더욱더 화려했다. 프린스와 한잔하러 나가면 그날 밤은 그가 테이블에서 테이블로 메뚜기처럼 뛰어다니면서 사라지는 것으로 막을 내린다. 참으로 볼만한 광경이었다. 그가 한 테이블에 앉았다가 곧 다른 테이블로 옮겨가는 속도가 워낙 빨라 사람들이 무슨 일이 일어난 것인지 이해하기도 전에 이미 출입구에 도달해 있으며 그다음에는 홀연히 사라진다(그들도 또 최초의 나도 전혀 이해하지 못했던 것 하나는 그가 우리들 사이를 춤추며 사라지는 동안 우리가 그저 테이블을 꽉 잡은 채 서 있었다는 점이었다.)

나는 언제나 음악인들의 팬이었다. 음악에 빠져든 것도 그래서였다. 나에게 주어진 이 엄청난 삶에서 오는 혜택의 하나는 내가 항상 팬이고자 하는 이들과 함께 시간을 보낼 수 있는 기회가 주어진다는 것이었다. 그중 한 사람이 바로 프린스였다.

나는 프린스와 함께할 수 있는 영광과 기쁨을 몇 번 누릴 수 있었다. 이는 감히 손을 댈 수도 없는 존재, 듀크 엘링턴Duke Ellington이나 지미 헨드릭스와 함께하는 느낌이었다. 프린스는 게다가 진정한 천재였다. 그 스스로도 자신을 천재라고 말하고 있었다…. 여기서 질문이 나온다.

천재란 정확히 무엇인가?

나는 천재란 사람이 아니라 하나의 과정이라고, 어떤 이가 스스로의 재능을 발견하겠다고 굳게 결심하고 일정 기간 동안 그 안으로 들어갈 수 있게 되는 과정이라고 믿는다. 이 '재능'이란 따로 설명이 필요 없는 자명한 상태로서, 마치 미인으로 태어났다거나 부잣집 자식으로 태어났다거나 하는 식의 DNA 로또로 주어지는 상이다. 그렇기 때문에 천재라고 해서 거만할 이유는 전혀 없다.

하지만 프린스를 만나보면 이런 식의 생각은 순식간에 사라지고 만다. 그의 광채로 인해 이 세상 전체가 더 밝아진다. 그는 여전히 록시 뮤직, 제임스 브라운, 마일스 데이비스 등과 마찬가지로 나의 음악적 상상력을 장악하고 있다. 이 예술가들을 나는 단지 사랑하는 것만이 아니라 절실히 필요로 한다.

나는 이 최고 수준의 쇼맨이 '퇴장'을 행하는 것을 몇 번 보았지만, 가장 기억에 남는 밤은 1994년 더블린의 키친 나이트클럽에서 나와 앨리가 그와 함께 보낸 밤이었다. 그는 얼굴에 '노예'라는 단어를 써놓았다. 앨리는 아일랜드 개신교도답게 그에게 바로 질문을 던졌다. 예를 들어…

"왜 얼굴에 '노예'라는 단어를 써놓으셨어요?"(나라면 그런 질문 안 했을 텐데)

"저는 노예랍니다." 그는 딱딱한 음성으로 대답했다. "왜냐면 내 음악을 소유하고 있지 못하니까요."

그는 대단히 진지했지만, 이야기하면서 계속 막대사탕을 핥고 있었다.

"무슨 말씀이신지 알 듯 말 듯하네요."

바깥의 홀에서 음악 소리 특히 베이스 소리가 방문을 통해 들어와 벽을 흔들어 놓고 있었다. 그래서 나는 더 큰 소리로 말했다.

이 위대한 예술가는 계속 쇳소리로 속삭이듯 말하고 있었지만, 내 귀에는 그의 이야기가 쏙쏙 들려왔다.

"내 마스터 테이프도 내 게 아닙니다. 내 노래들의 저작권도 없어요. 그런 것들은 레코드 회사가 소유하고 있습니다. 주인을 소유하지 못하면 주인이 당신을 소유하게 됩니다. 따라서 저는 노예입니다."

우리는 말 없이 듣고 있었다. 그의 말은 큰 설득력이 있었다.

"저는 레코드 회사가 나를 소유할 수 있다고, 또 내 이름을 소유할 수 있다고 생각하는 게 싫습니다. 프린스라는 이름은 노예의 이름이에요. 그래서 그 이름을 버린 겁니다."

1970년대에 미니애폴리스에서 온 이름 없는 한 흑인 10대 소년, 1인 밴드의 솔로 아티스트가 대형 미국 레코드 회사와 협상을 벌였던 장면이 어땠을지 나로서는 감히 상상할 수도 없다. 프린스는 U2가 한 번도 만난 적이 없는 장벽들에 부닥쳐야만 했을 것임이 분명하다. 그런데 더블린에서 술집에 가는 의식을 치른다는 것은, 아주 잘 알지 못하는 사람에게도 이런저런 질문과 이야기를 막 들이대는 것을 뜻한다. 나는 그의 이야기에 공감했지만, 좀 더 이야기를 시켜보고 싶었다.

"저는 그렇게 노예가 된 느낌은 아닌데요."

아일랜드 개신교인 앨리는 이제 프린스의 막대사탕을 바라보는 눈빛으로 나를 보고 있었다.

"왜냐면 당신은 노예가 아니니까요." 그가 답했다. "당신들의 매니저가 협상을 잘해서 당신들의 음악, 마스터 테이프, 저작권을 모두 소유하도록 만들었다는 건 잘 알려져 있어요."

"그건 맞습니다." 나는 대답했다.

"어떻게 그렇게 할 수 있었죠?" 그가 물었다.

"아일랜드 레코드 설립자인 크리스 블랙웰이 역할을 좀 했죠." 나는 대답했다. "하지만 로열티 요율을 낮추었던 것도 크게 작용했어요."

"로열티 요율을 낮추었다고요?"

"폴 맥기니스가 일종의 거래를 했던 거죠."

"어떤 거래요?"

"우리도 당신처럼 음반 계약서에서 독소 조항을 발견했어요. 음반회사가 우리를 영원히 소유한다는 '영원토록in perpetuity' 조항이 들어있을 때가 많죠…. 당신도 그것 때문에 열 받은 것일 테고, 우리도 그것 때문에 열 받았어요. 우리는 그 조항을 제거하기 위해 고통스러운 대가를 치렀어요. 선금으로 받는 돈도 낮추었고 로열티도 낮추었어요. 하지만 이는 곧 일정 기간이 끝나면 우리가 우리 권리를 되찾고 우리들이 녹음한 것들에 대한 소유권을 회복한다는 것을 뜻하죠."

"모두가 그런 권리를 누려야 합니다." 그가 힘주어 말했다.

우리 둘 다 동의했지만, 지금 생각해보면 내가 말을 덜하고 그의 이야기를 더 들을 걸 그랬다는 생각이 든다. 나는 그때 이 위대한 아이돌에게 잘 보이고자 하는 팬 역할에 바빠서 그의 이야기를 들어주는 친구 역할을 제대로 하지 못했다는 생각이다. 프린스가 네온사인으로 얼굴을 돌리는 모습은 마치 무슨 예언자를 보는 듯했으며, 나는 이 소유권이라는 문제를 내가 너무 당연한 것으로 여기고 있다는 것을 깨닫기 시작했다.

우리는 독립성을 얻기 위해 치러야 하는 대가에 대해 이야기하며 웃었다. 자기 스스로의 방식으로 일을 해나가려면 큰 대가를 치러야 하는 일이 벌어질 수 있다. 하지만 우리의 계약서가 어떻든 우리 둘 다 어떤 기준으로 보더라도 큰돈을 벌었고 또 큰돈을 쓰고 있었다. 우리가 여기저기 많은 호텔들을 돌아다니다 보니 자기들이 무슨 호텔 경영업 전문가인 양 생각하게 되었고, 더블린에 있는 이 호텔 클래런스를 소유하게 되어 지금 그 지하의 클럽에 앉아 있는 것이라고 나는 말했다. 나는 그의 유명한 스튜디오 콤플렉스인 파이슬리 파크Paisley Park로 들어간 돈이 얼마나 되느냐고 물었다….
그랬더니 천재 프린스는 그 위대한 '퇴장'을 행하였다.

자유는 참으로 사람을 사로잡는 개념이지만, 도무지 손에 넣을 수 없는 경우가 너무나 많다.

음악의 자유는 쉽게 오지 않는다

우리는 더이상 경제적 노예가 아니었다. 폴이 언제나 강조한 것이 있었다. 우리가 우리의 예술을 중요하게 생각한다면 우리 예술의 비즈니스에 대해서도 중요하게 생각해야 한다고. 폴은 음악 비즈니스에서 음악 때문에 깨진 밴드보다 비즈니스 때문에 깨진 밴드가 더 많다는 것을 잘 알고 있었다. 폴은 항상 우리에게 거의 최상의 계약을 만들어 왔다. 매니저들은 보통 선금과 로열티 요율을 높게 잡는 식으로 협상을 하려 들게 되어 있다. 그래야 자기들이 가져갈 수 있는 몫도 많아지니까. 하지만 폴은 항상 자신의 이익보다는 우리들의 이익을 앞세우는 쪽으로 협상을 했다.

예술가들 중에는 자기들의 그림이 어떻게 해서 이 세상에 알려지게 되는지에 대해 항상 무관심한 이들이 있다. 하지만 우리 밴드는 그렇지 않았다. 자기 작품을 중요하게 생각한다면 그 작품이 어떤 과정을 거쳐 세상에 드러나게 되는지도 중요하게 생각해야 한다. 협상 대표를 누가 맡는지, 우리 노래가 연주되는 곳이 어디인지 등등. 아마도 폴이 그렇게 느슨한 내용의 계약을 결코 용납하지 않았던 것은 그가 영화 비즈니스 출신이기 때문일 것이다. 영화 제작은 감독이 어느 날 아침 잠에서 깨어 그냥 영화 만들러 가는 식으로 이루어지지 않는다. 금전적 고려의 방정식과 예술적 고려의 방정식 그리고 자원 동원의 방정식을 모두 맞추어 연립방정식으로 풀어야 한다. 이렇게 해서 풀어야 할 산적한 문제들을 모두 풀어야만 영화 제작자가 예술작품을 만들기 시작할 수가 있다. 현금. 문화. 협업.

시더우드 로드에서 자라나던 시절, 정치와 문화는 항상 서로 엮여 있었지만 우리 아버지는 항상 나에게 눈앞에 자명하게 드러난 것들을 넘어서 더 깊게 생각해보라고 했다. 15살이 되었을 때 나는 조지 오웰이 쓴 작품들이라면 손에 넣는 대로 모두 읽었고, 특히 그의《동물 농장》에 나오는 풍유가 내 머리에서 떠나지 않았다. 돼지들이 힘을 합쳐 자기들을 키우는 농부들에 반란을 일으킨다. 그다음에는 자기들이 뒤엎은 농부들보다 더 끔찍한 존재들이 된다.

오웰의 작품은 나에게 정치 풍자의 힘이 무엇인지를 가르쳐 주었고 또 오랜 세월 동안 나의 생각을 아주 풍부하게 해주었지만, 참으로 불편한 질문도 하나 남겨 주었다. 나는 지금 돼지인가 농부인가? 둘 다가 될 수도 있는가? 한번은 누군가가 내게 물었다. 내가 "자본가 돼지"가 된 것이냐고. 비록 그 질문을 했던 이가 조지 오웰을 염두에 둔 것은 아니었을 테지만, 나는 그 질문에 답하기 위해 다른 질문을 던졌다. "돼지가 아닌 자본가가 되는 게 가능한 일일까요?" 나는 자유시장free market이라는 신앙의 교리들 중 일부를 받아들이게 되었지만, 자유시장이라는 게 '공짜로free' 주어진다는 생각에는 동의하지 않는다.

냉혹한 자본주의

문명화된 나라라면, 지구 위의 다른 곳에 임금이 더 싼 곳이 있다고 해서

고되게 노동하는 사람들의 공동체를 하루아침에 희생시키는 짓을 해서는 안 된다. 일자리가 그쪽으로 옮겨가는 과정은 그냥 시장에 내맡겨 두는 게 아니라 여러 사항을 고려하여 잘 관리되어야 한다. 우리는 경쟁이 혁신의 원동력이 될 때가 많다는 것을 알고 있지만, 그 경쟁에 내재해 있는 다윈적 불공정성까지 받아 안아서는 안 된다. 적자생존이라는 교리는 나중에 온 자가 맨 처음이 될 것이라는 예수의 가르침과는 완전히 동떨어져 있는 것이다.

그 어떤 이념보다 자본주의가 많은 사람들을 극도의 빈곤으로부터 끄집어 올렸을지는 모르지만, 동시에 너무나 많은 사람들의 삶을 파괴하기도 했다. 자본주의는 비도덕적인 것이 아니라 도덕에 무관심한 것이다. 이는 한 마리의 짐승이며, 우리가 훈련하고 지시하여 우리에게 복무하도록 만들어야 할 야수이다. 자본주의 자체를 완전히 새롭게 상상할 필요가 있다. 처음으로 돌아가 다시 리부트해야 한다.

하지만 돈을 조심하는 것도 지혜로운 일이지만 돈을 무시하지 않는 것도 지혜로운 일이다. 우리 아버지는 나라는 놈은 절대로 큰돈을 벌 수 있을 것 같지가 않다고 했다. 도대체 돈에 대해 아무런 존경심도 없는 듯 보이기 때문이었다. 나는 심지어 땡전 한 푼 없을 때마저도 내가 원하는 것은 모두 가지고 있다고 느꼈다. 나는 꼬마 시절부터 구기와 모든 것을 함께 나누었다. 공연장 티켓, 식당의 밥값, 청바지와 부츠, 그 밖의 사치품들 모두 다른 사람이 돈을 내주었다. 보통 앨리였다. 나는 우리 밴드가 성공하기만 하면 이 모든 걸 다 갚고도 남을 것이라고 생각하곤 했다.

우리가 최초의 음반 출시 계약을 맺으려고 할 때, 폴은 회의를 소집하여 그 음반의 곡들 중 누가 어느 노래 어느 부분을 썼는지와 무관하게 우리 네 사람이 동등하게 크레디트를 나누어야 한다고 설득하였다. "최고의 밴드들도 돈 때문에 해체되는 일이 너무 많아." 나는 이미 그렇게 생각하고 있었다.

그렇게 해서 우리 네 사람이 맺은 약속은 모든 문제에 있어서 앞으로도 "서로에게 더욱더 너그러워지도록" 노력하는 것이었다. 이렇게 되면 우리 네 사람이 가진 여러 재능을 각자 여러 다른 문제들과 분야로 분산시킬 수 있게 된다. 어떤 밴드가 그 성원들의 여러 재능을 하나로 합쳐서 대응해야 할 영역들이 너무나 많다. 예술작품, 비디오, 무대 작업, 판매, 우리와 우리의 음악을 위해 열심히 일해주는 이들을 만나고 인사하는 일. 더 중요한 것으로, 우리가 연주하는 것을 듣고 보려고 돈을 내주는 사람들과 만나는 일. 이 사람들이야말로 우리에게 월급을 주는 이들이 아닌가.

지극히 공동체적인 정신으로 결성된 밴드들이라고 해도 누가 무엇을 했고 왜 했는지를 놓고 싸우다가 해체되는 일은 너무나 흔하다. 하지만 폴이 항상 강조하듯이, "예술에는 유능하면서 예술 비즈니스에는 무능하다면 이는 정말로 어리석은 짓이다." 폴은 우리에게 최고의 변호사들과 협상가들을 구해주었고, 원리에 입각한 경영Principle Management라는 것은 고상한 정신만큼이나 독한 태도를 지녀야 한다고 설명해주었다. 그 둘은 절대로 모순되는 욕구가 아니라고 누누이 강조하였다.

우리가 절세를 위해서 우리의 여러 회사들 중 하나를 네덜란드로 이전한 것은 지나친 일이었을 것이다. 어떤 이들은 이를 애국적이지 못한 짓이라고 비난하였다. 우리는 아일랜드가 세금 경쟁력을 앞세워서 스스로를 홍보하는 나라이니 우리 밴드도 똑같은 일을 한 것뿐이라고 주장하였다. 우리는 완강하게 버텼다. 지금 돌이켜 보면 우리의 고집불통 기질이 발동되었던 것이라고 보인다. 세상에는 외면해야 할 논쟁이라는 것도 있다. 거기에 휘말려들면 이미 진 것이나 마찬가지인 그런 논쟁이다.

1990년대에 폴은 순회공연을 조직할 때 밴드, 현지의 흥행사, 에이전트라는 전통적인 관계를 깨버리고 단일의 흥행사와 직접 계약을 맺는 방법을 쓰면 많은 돈을 절감할 수 있다고 주장하였고, 그것 때문에 몇 명의 친구들이 떠나가기도 했다.

"이렇게 방만하게 큰 규모의 제작비용으로 가다가는 파산하고 말 거야." 그는 말했다. "우리는 이 리스크를 함께 떠안아 줄 파트너들이 필요해."

그렇게 해서 라이브 네이션Live Nation이라는 대형 기획사가 등장하게 된다. 아서 포겔Arthur Fogel과 마이클 라피노Michael Rapino는 지금도 우리와 공연 비용을 놓고 씨름을 벌인다. 그래도 큰 비용을 들이면 팬들이 정말로 좋은 경험을 하게 될 것이라는 확신이 생기면 그들도 싸움을 멈춘다. "팬들을 우선으로 삼으면 다음에 또 공연을 보러 오게 될 테니까요."

2000년대가 되면 앨범을 내는 음악인들 대부분이 갈수록 라이브 음악을 생명줄로 삼게 된다. 기술 진보로 인해 음악산업의 경제학이 완전히 뒤집히게 되었기 때문이다. 물론 밝은 면도 있었다. 음악 팬들로서는 더 쉽고 싼 값으로 음악을 접할 수 있게 되었고, 음악 제작자들로서는 만든 음악을 확산시키는 방식에서 혁명을 겪게 되었기 때문이다. 하지만 그때나 지금이나 잠재적으로 재앙을 가져올 만한 어두운 면도 있었다. 음악을 공짜 파일로 전달하는 일이 너무나 쉬워졌으므로 작사 · 작곡자들과 음악인들이 얻을 수 있는 보수가 갈수록 줄어들었던 것이다. 이러다가는 한 푼도 못 받는 지경에 이르는 일도 벌어질 수가 있다.

폴은 이를 "대규모 두뇌 강탈the great brain robbery"이라고 불렀다.

"대형 하이테크 기업에 있는 네 친구들이 음악 비즈니스에 있는 네 친구들을 점심밥으로 먹어치우고 있어. 누가 했던 말이지? '식탁의 한 자리를 차지하지 못하면 메뉴에 올라 먹잇감이 될 뿐'이라고?"

아마 폴 당신이었을 거예요. 나는 속으로 말했다.

이 골치 아픈 문제를 풀기 위해 나는 로저 맥나미Roger McNamee를 만났다. 그는 그레이트풀 데드Grateful Dead의 기술 자문이자 투자회사 실버 레이크Silver Lake의 창립자 중 한 사람이기도 했다. 우리는 함께 음악산업의 대형 기업집단 하나를 인수하자는 대담한(아마 '한심한'이라고 부르는 게 더 맞는 듯하다) 아이디어를 고민하기 위해 팀을 조직하였다. 바스티유 감옥을 습격하여 예술가가 주인 되는 세상의 혁명을 이룰 수 있지 않을까?

불가능했다.

하지만 상당한 전진을 이루기도 했다. 그래서 로저는 다시 나에게 또 다른 '밴드'를 결성해보자고 했다. 미디어 및 하이테크 세계의 투자자들로 구성된 밴드였다. 이것도 한심한 아이디어였지만 시간이 없던 나는 그래서 하겠다고 했다. 우리는 함께 엘리베이션 파트너스Elevation Partners를 설립하였다. 이 이름은 U2의 노래에서 따왔으며, 이후 10년간 나는 여기에서 기술 전환이라는 게 무엇인지 학교에 입학한 학생처럼 차근차근 배워가게 된다.

로저는 생각이 자유롭고 심할 정도의 이타주의자였으며, 이 새로 생긴 학교에서 기꺼이 나의 교사가 되어주었다. 나는 예전에 제프리 삭스 교수 아래에서 국제개발 경제학을 공부했을 때와 마찬가지로 대학에 갓 입학한 10대 소년이 된 느낌이었고, 계속 공부하고 또 공부할 것 투성이라는 것을 알게 되었다. 그리고 나는 직접 실행을 통해 배워 나갔다.

좀 더 최근에는 제프 스콜Jeff Skoll 슬하에서 공부하게 되었다. 그는 앨 고어의 다큐멘터리 〈불편한 진실An Inconvenient Truth〉를 비롯하여 사회적 임팩트를 가져온 다른 여러 영화들을 제작한 파티시펀트 미디어Participant Media를 소유한 하이테크 기업가이다. 제프는 사업 머리가 비상했는데 동시에 사회에 봉사하고자 하는 영혼을 가진 이였으며, '좋은 일'을 하고자 하는 혁신가들을 '공격적badass' 투자자들이 집단을 이루어 지원하게 되면 '사람과 지구를 위한 지속 가능한 미래'와 같은 '불분명한' 개념도 현실에서 이루어지도록 도울 수 있다는 것을 증명하고자 했다. 나도 내 소프트웨어를 다시 업그레이드할 필요가 있었다.

또 새로운 밴드를 결성한다고? 한심한 생각이었다. 나는 시간도 없었다. 그래서 하겠다고 했다. 나는 투자회사 TPG에 있는 데이비드 본더먼David Bonderman, 짐 쿨터Jim Coulter, 빌 맥글래샨Bill McGlashan, 그리고 제프와 함께 라이즈 펀드Rise Fund를 함께 설립하였다. 이 라이즈 펀드를 만드는 작업은 아직도 진행 중이며, 나는 사람들 특히 비즈니스에 깊이 물든 사람들이 어떤 영역에서든 '좋은 일' 하려는 사람들에 대해 지독히 냉소적이 되는 이유를 알게 되었다. 하지만 라이즈는(이제는 라이즈 클라이밋Rise Climate이다) 전직 미국 재무부 장관이자 환경주의자인 행크 폴슨Hank Paulson과 같은 거물이 길잡이 역할을 하고 있으며, 이미 몇 개의 획기적인 기업들을 창업하는 데 참여한 바 있다. 이런 기금들은 내가 불과 몇 년 전까지만 해도 전혀 가능하다고 생각하지 못했던 거대한 사회적 임팩트를 만들어 내고 있다.

하지만 마음에 걸리는 문제가 있다.

이러한 노력들이 성공을 거두었다고 해도, 이 글을 쓰는 지금 아직도 하이테크와 음악의 세계에서는 대형 팝 스타가 아닌 무수한 음악인들에게 공정한 보상을 내어주지 못하고 있다. 그리고 내게는 이 상황이 개인적으로나 직업적으로나 실패라고 느껴진다. 내 가까운 친지들은 나에게 "너무 일을 벌인다"라고 정기적으로 일깨워 주고 있고 또 내가 새로운 미디어로부터 많은 것을 배우기도 했지만, 나는 U2가 좀 더 공정한 음악산업을 형성하는 데에 도움이 되지 못했다는 것에 대해 지금도 아프게 생각한다. 자기들이 만든 노래가 사방에서 연주되고 있는데도 아무 보상도 받지 못하는 작사 · 작곡가들을 만나면 여전히 분통이 터진다.

예술가/활동가/투자자

나는 하나의 차선으로 달리고 있지는 않다. 그렇다고 해서 도로 위의 모든 차선들을 누비면서 비틀거리고 있는 것은 아니다. 아마도 열기구를 타고서 아주 흥미로운 지형 위를 날아다니며 탐색하고 있다고 말하는 게 맞을 것이다.

내 앞에 펼쳐진 풍경은 거대한 캔버스이며, 예술작품이기도 하다. 나는 내가 예술가로서 하는 일과 내 삶의 다른 측면에서 하는 일 사이의 차이점을 모르겠다. 사실 나는 "내 삶의 다른 측면"이라는 것 자체가 없다. 그런 것을 원하지도 않는다. 나에게는 이번 삶이 있을 뿐이다.

싱어/작곡가/예술가/프로듀서/활동가인 비요크Björk가 내게 해준 말에 따르면, 아이슬란드에서는 예술가라는 것이 목수나 배관수리공과 마찬가지로 공동체에 복무하는 하나의 직업에 불과하다고 한다.

"모두 다 가치가 있는 일들이죠…. 물론 잘해야 하겠지만. 의자가 불편하다든가 화장실 물이 잘 안 내려간다든가 하면 안 되잖아요." 그녀는 신화에 나오는 요정처럼 미소지으며 덧붙였다.

나는 이런 관점이 좋다. 예를 들어 예술이 사람 목숨을 구하는 약품을 설계하는 것보다 더 중요한 일인가? 아니다. 물론 나는 예술이 사람의 목숨을 구하는 때도 있다는 것을 분명히 믿는 사람이지만, 이 사실은 변함이 없다. 나도 노래 가사를 쓰려고 집에 들어앉아 머리를 쥐어뜯곤 하지만, 그 순간에도 방문 보호사들이나 사회복지사들이나 쓰레기 수거원들이 내가 하는 일보다 더 필수적인 일들을 하고 있다는 사실을 잘 알고 있다. 하지만 내 희망을 고백하자면, 내가 *지금* 하고 있는 일도 궁극적으로는 그들에게 꼭 필요한 것이 되었으면 한다.

어떤 사람의 삶에 있어서 물질적 세계와 비물질적 세계 사이에 어째서 긴장이 존재해야 하는가? 예술이 비즈니스보다 꼭 더 고상한 세계에 있는 것도 아니며, 예술가들이 예술 작업을 한다는 이유에서 그 영혼이 더욱 신성한 것도 아니다. 내가 만났던 사람들 중에 가장 자기중심적인 인간들 다수는(나도 그중 하나이다) 예술가들이며, 가장 자기를 내려놓을 줄 아는 사람들의 일부는 자기 직원들을 훌륭하게 대접하기 위해 노력하는 비즈니스 리더들이었다.

랩과 힙합이 발흥하면서 그러한 이분법은 쓸모없는 것이 되었다. 그 세계의 문화에서는 예술가, 활동가, 투자자가 서로 맞닥뜨리면서 멋진 장관을 만들어 내고 있으며, 거기에서 나온 패션과 철학은 록 음악이 전혀 이루지 못한 방식으로 온 지구촌에 스며들고 있다. 흑인 음악인들은 자본주의와 잘 지낸다는 문제에 백인 음악인들만큼 감정적으로 반응하지 않는다.

그럴 수밖에 없었다. 샘 쿡Sam Cooke은 자기 스스로의 라벨을 설립하였다. 커티스 메이필드Curtis Mayfield 또한 마찬가지이다. 베리 고디Berry Gordy는 음악 제국을 건설하였다. 제임스 브라운James Brown은 라디오 방송국들을 소유하였다. 제이-지Jay-Z와 비욘세, 퍼프 대디Puff Daddy, 카니예Kanye, 리아나Rihanna 등과 같은 음악적 신동들도 모두 사업가 자본주의의 세계에 뛰어들었으며 그 덕분에 슈퍼스타의 위치에 오를 수 있었다.

'사업가entrepreneur'라는 근대적인 아이디어를 처음으로 도입한 것은 카운트 케리Count Kerry에서 태어난 18세기의 경제학자 리처드 캉티용Richard Cantillon이었다. 그에 따르면 '사업가'란 자신들이 알고 있는 것에 기반하여 자신들이 모르는 리스크에 도전하는 이들이라고 한다(대충 그런 의미이다). 나는 내가 사업가라고 생각하지 않는다. 내가 한참 기고만장한 순간에는 스스로를 '현실주의자actualist'라고 부른다. 이 말은 내가 만들어 낸 거라고 생각했는데… 나중에 사전을 찾아보니 이상주의자인 동시에 실용주의자인 사람을 일컫는 말이었다.

현실적으로 작동하는 게 무엇인가? 이것이 내가 항상 던지는 질문이다. 누구든 예술가의 임무는 문제를 묘사하는 것이지, 해결하는 게 아니라고 말하면 나는 고개를 돌려버린다. 나는 현실을 따라가면서 현실을 실제로 개선하기 위해 애쓰는 사람들과 함께하고 싶다. 실제로 말이다. 나는 기능적 효율성을 사랑한다.

또한 나는 머리글자를 일치시키는 것을 좋아한다. 예술가artist, 활동가activist, 현실주의자actualist. 내가 빌 게이츠에게 매료되었던 것도 그 때문일 것이다.

빌과 멜린다의 주머니를 털다

내가 애초에 빌과 멜린다 게이츠를 만나려고 했던 목적은 그들의 재킷 안주머니에 손을 넣어 돈을 털기 위해서였다. 그들의 부를 재분배하여 당시 준비하고 있던 운동단체 ONE에 필요한 상당한 자원을 마련해보려는 생각에서였다. 하지만 그들 주머니 속에 있는 것보다 그들의 두뇌와 그들의 우정이 훨씬 더 가치가 있다는 것이 판명되었다.

멜린다는 빌만큼 유명하지는 않지만, 에너지 그리고 결과에 대한 책임감에 있어서는 전혀 뒤지지 않았다. 그들의 오랜 관계에서 좀 더 성찰적이며 깊이 생각할 줄 아는 쪽도 그녀였다. 그녀는 항상 맑게 볼 줄 아는 눈을 가지고 있었고 그 눈으로 항상 해답을 찾아 헤매었다. 자신의 재단의 자원을 동원하여 해결하고자 하는 물질적 문제들뿐만 아니라, 그녀가 자신의 신앙을 통해 볼 수 있게 된 비물질적 세계를 이해하는 데 있어서도 그녀의 맑은 눈은 항상 바쁘게 움직였다. 그녀와 20년 동안 우정과 협업의 관계를 지속해 오면서 나는 그녀가 자기 목소리에 취해 마구 떠들어대는 그런 사람이 아니라는 것을 알게 되었다. 그렇기 때문에 그녀가 입을 열면 그녀의 그 명쾌한 말들이 더욱 큰 힘을 발휘했던 것인지도 모른다. 물론 말은 중요하다. 하지만 나는 말이 너무 장황하다. 멜린다는 전혀 그렇지 않다.

한편 빌은 대형 공연장의 스타가 되어가고 있었다. 이는 그가 마이크로소프트의 빌 게이츠이기 때문이기도 했지만, 그가 조명, 카메라, 연기 등에 있어서 전혀 위축되는 법이 없기 때문이기도 했다. 그는 허세가 없었다. 그래서 그는 2005년의 〈라이브 에이트Live 8〉 무대에까지 오르게 된다. 이는 1985년의 〈라이브 에이드Live Aid〉 20주년을 기념하기 위해 전 세계에서 다발적으로 열렸던 공연들로서, 극도의 빈곤이 가져오는 절망과 고통이 결코 어쩔 수 없는 것이 아님을 온 세계에 상기시키고자 한 것이었다. 특히 스코틀랜드에서 열린 G8 회의에 참가한 정치가들에게 빈곤 문제의 해결을 촉구하기 위함이었다.

"저는 성공이란, 현실적으로 작동하는 게 무언지를 알아내고 그 문제에 자원을 가져오는 데 달려 있다는 것을 배웠습니다."

팝송이라고 할 수는 없었지만, 대단히 명쾌한 멜로디 라인이었다. 빌은 음악 팬들 앞에서도 내가 경제학자들을 청중으로 연설해야 할 때만큼이나 자연스럽게 연설하였다.

그로부터 1년 후, 앨리와 나는 프랑스에서 ONE의 이사진들 및 직원들과 함께 회의를 열고 있었다. 그때 빌로부터 전화가 왔다.

"안 오셔서 아쉽습니다." 그에게 말했다.

"제가 가야 하는 자리가 있었나요?"

"우리는 지금 ONE 이사회를 열고 있어요."

"깜빡 잊었어요."

"지금 전화하신 게 이사회 때문 아닌가요?"

"아니요," 빌이 말했다. "지금 통화하실 수 있나요?"

"예, 말씀하세요."

나는 이사회 회의장을 둘러보았다. 하늘과 바다를 배경으로 열성적인 활동가들과 후원자들이 각자 회의자료를 손에 들고 있었다. 이렇게 하루를 보내기에는 너무나 바쁜 사람들.

"회의에 오셔야죠." 나는 그에게 타일렀다. 하지만 그는 멜린다와 함께 긴 시간 동안 ONE은 물론 (RED)에도 가장 많은 자원을 후원한 이였다. "무슨 일이신지요?"

"내가 아니라 워런이 할 말이 있답니다."

워런 버핏, 역사상 가장 성공한 투자자의 한 사람. 그의 행동은 특이했다. 교수가 아니라 학생에 가까웠다. 항상 겸손하고 항상 질문하는 이였기 때문이다.

"앨리는 잘 지내고 있습니까? 프랑스에 와 있는 분들 모두에게 인사를 전합니다." 그는 말했다. "수지도 그곳을 참 좋아했는데요."

"감사합니다, 워런. 어떻게 지내세요?"

"음…." 그가 말했다. "수지가 세상을 떠난 뒤로 좀 생각을 해보았습니다."

그의 부인 수지는 50세의 나이에 2년 전 암으로 숨을 거두었다. 'All I Want Is You'는 그녀가 가장 좋아했던 노래였고, 나는 그녀의 장례식에서 그녀의 손자 마이클의 기타 반주로 그 노래를 부르기도 했다. 나는 워런의 가족에게 깊은 애정을 가지고 있다. 워런의 딸 수지는 우리 이사진의 한 사람으로서 워런과 마찬가지로 미국 중서부식의 도덕적 가치관을 가진 이이다. 좋은 친구일 뿐만 아니라 좋은 후원자이기도 했다.

"저는 자원이 넘쳐나는 사람입니다." 워런이 계속 말을 이어갔다.

"그러니까 '돈' 말씀이죠?" 내가 웃으며 끼어들었다. 조금 긴장한 상태로.

"음, 그렇죠. 그리고 이 돈, 나한테는 별 쓸모가 없어요. 뭔가 이 돈을 쓸 목적을 찾아야겠습니다."

내 귀에 들리던 모든 소음이 싹 사라졌다. 그는 평소처럼 약간 삐딱하게 떨리는 어조로 말을 하고 있었지만, 아주 진지한 이야기를 하고 있다는 것을 알 수 있었다. 창밖으로 수영복을 입은 한 아이가 허리에 튜브를 두르고 지나가는 게 보인다. 그 아이의 뒤에 있는 바다는 고요하여 파도조차 없다.

"대략 3백1억 달러의 돈인데, 방금 빌 앤 멜린다 게이츠 재단에 기부하였소. 여러분들이 중요하다고 보는 문제들이 어떤 것이고, 어디에다 돈을 써야 하는지는 빌과 멜린다가 잘 아니까. 수지도 그런 문제들을 중요하게 여겼어요."

"워런," 나는 말했다. 내가 방금 들은 이야기를 머릿속에서 처리하느라 순간적으로 말문이 막혔다. 확실하게 하려면 한 번 더 말하도록 해야겠지. 이 이사회장에 있는 모든 사람들도 들을 필요가 있어.

"워런, 제가 스피커폰으로 돌려도 괜찮을지요?"

이사회장의 모든 이들이 귀를 쫑긋 세우고 있는 상태에서 워런의 이야기가 나의 고물 소니 에릭슨 휴대폰에서 흘러나왔다. 이야기를 들은 사람들의 표정은 모두 다양하게 변했다. 우리가 이 자리에 모인 이유인 빈곤과의 싸움에 있어서 이 순간이 어떤 의미인지를 모두 이해했기 때문이었다.

세계 1위와 2위의 부자 가문들이 전 지구의 의료 보건 상태를 개선하고 가장 가난한 사람들의 빈곤 상태와 싸우기 위해 엄청난 재산을 모아준 것이다. 이런 아름다운 순간은 물론 분명히 기억해 둘 일이지만, 세계가 이런 식의 자선에 의존해서는 안 된다는 것은 그 자리에 있었던 모든 이들이 확고하게 명심하고 있는 바이기도 했다. 정의라는 관점에 서게 되면 우리의 기준은 항상 더 높아지게 된다.*

시끄러운 말들, 조용한 말들

내가 18살 때 내 최초의 노래를 만들었을 때, 내 마음에 돈에 대한 생각은 전혀 없었다. 내가 마음을 쏟았던 일은 무에서 유를 만들어 내는 것이었다. 내 마음에 있었던 것은 음악이었다. 예술. 그런데 지금 나는 참으로 알쏭달쏭한 삶을 살게 되었다. 과도하게 넘치는 돈을 벌어들이는 록스타가 되어 가장 빈곤한 사람들의 딱한 처지를 놓고 떠들어 대는 삶이라니. 그리고 나는 이러한 모순을 숨긴 적도 없다.

Don't believe in excess
Success is to give
Don't believe in riches
But you should see where I live…

— 'God Part II'

---

* 워런과 빌의 그 전화는 우리의 ONE 사업을 완전히 바꾸어 놓게 된다. 우리는 런던과 워싱턴, 브뤼셀과 베를린에서의 존재를 강화했을 뿐만 아니라 아프리카 대륙으로 우리의 사무소를 확장할 수 있게 되었다. 그전에는 우리 운동이 남반구에 뿌리를 내리지 못했고 아프리카에서의 회원 가입도 유럽 및 미국보다 떨어졌기에 나는 실제 우리 단체의 이름은 '하나ONE'가 아니라 '절반HALF'이라고 말하곤 했다. 하지만 이제 명실상부한 ONE이 되었으니, 아프리카 사람들이 우리 조직의 모습을 새롭게 만들 필요가 있었다. 그리고 응고지 오콘조-이웨알라Ngozi Okonjo-Iweala, 알리코 당고테Aliko Dangote, 주에라 유수푸Zouera Youssoufou, 모 이브라힘Mo Ibrahim 같은 이들도 우리와 함께하게 되었고 또 아부자Abuja, 요하네스버그, 다카르, 나이로비, 아디스아바바 등에서 사람들을 채용할 수 있게 되면서 우리 운동은 외양에 있어서나 운동 방식에 있어서나 변화를 겪게 되었다.

빌과 멜린다, 워런과 수지 등과 같은 자선가/자본가들 덕분에 ONE은 이제 다시는 공공에게 돈을 요구할 필요가 없게 되었다. 마이크 블룸버그, 조지 소로스, 존 도어John Doerr, 멜로디 호브슨Mellody Hobson 등과 같은 슈퍼리치 기부자들 덕분에…. 그리고 생각해보니 나와 우리 밴드와 같은 얄팍한 부자들도 여기에 들어간다.

나는 가끔 높은 지위에 있는 이들 중에도 이렇게 예외적인 인물들이 있다는 것을 보면서, 시더우드 로드 출신의 평범한 소년이, 학교 다니던 시절에 시리얼과 캐드버리 스매시Cadbery's Smash로 배를 채우고 또 밴드 연습 때는 엣지와 래리의 샌드위치나 뺏어 먹던 소년이 어떻게 이런 사람들과 어울리게 되었는지를 궁금히 여기게 된다.

그런데 이렇게 각각 출신은 달라도, ONE과 같은 NGO를 운영하는 이들은 모두가 공유하는 확신이 하나 있다. 개개인들이 이 세상을 더 좋게 혹은 더 나쁘게 만들 수는 있지만, 변화가 지속되기 위해서는 사회 운동이 필요하다는 점이다.

그렇게 되면 수익률은 극대로 오르게 된다.

나는 세상을 바꿀 수 없다. 세상을 바꿀 수 있는 것은 우리이다.

여기서 '애드보커시 운동advocacy'이라는 단어가 등장하게 된다.

이 단어는 가난한 나라에 학교와 병원을 세우도록 직접 자금을 지원하는 것만큼 확 다가오지는 않지만, 앰네스티Amnesty나 글로벌 시티즌Global Citizen, 옥스팜Oxfam이나 세이브 더 칠드런Save the Children과 같은 NGO들이 힘을 발휘하게 되면 여러 정책들을 바꿀 수가 있게 되며, 이는 다시 무수한 사람들의 삶을 바꾸어 놓게 된다. ONE과 같은 단체들이 아주 제대로 활동하게 되면 지구촌이라는 무대에서 거의 초대받는 법이 없는 사람들과 나라들의 목소리를 전하는 확성기 역할을 할 수 있게 된다.

왜냐면 궁극적으로 우리가 요구하는 것은 정부가 바뀌어야 한다는 것이기 때문이다.

우리가 요구하는 것은, 배제당한 이들에게 유리한 방향으로 이 지구적 구조의 설계를 다시 짜는 것이다.

우리가 요구하는 것은 정의이다.

그래서 정의를 위한 싸움에 등장하는 단어들은 티셔츠에 새기기에는 너무 지루하고 재미없는 것들일 때가 많다.

권한.

거버넌스.

투명성.

석명성.

이런 단어들이 진정한 변혁을 가져온다.

구호로 외칠 만한 단어들도 아니다. 이 단어들은 조용한 단어들이지만, 이 거꾸로 뒤집힌 세상을 바로 세울 수 있는 말들이다.

말은 중요하다.

말이 사람들을 이끌고 가며, 사람들이 또 말을 이끌어 간다.

하지만 이 글을 쓰고 있는 지금, 이 말들은 러시아, 예멘, 시리아, 에티오피아 등에서(그밖에도 많은 곳에서) 엄혹한 시련을 겪고 있다.

우리는 이집트의 활동가인 와엘 고님Wael Ghonim의 말을 믿고자 한다. "보통 사람들의 힘은 권력자들의 힘보다 훨씬 강합니다."

이 말은 곧 이 세상의 모든 돈, 모든 권력, 그리고 나 같은 유명인을 포함한 모든 부자들까지 다 결국에는 보통 사람들에 의해 짓밟히게 될 것임을 뜻한다.

심지어 지금 우크라이나 사람들을 짓밟고 있는 전차들마저도 언젠가는 짓밟히게 될 것이다.

If you go your way
and I go mine

always dressed for the occasion even if it wasn't
hand made shirts from Turn Bull and Asser
tailored. Suits from Edward Sexton of
Paul Smith and the faint whiff of a ridiculously
expensive Japanese scent trailing in his wake
...then his eyes sparkled a little
in anticipation of the
grudge he was going to bear

PRINCIPLE
MGMT
Tropical
St John Ro

MELODIA
player of
the West

our office
the rain

35

Every Breaking Wave

부서지는 모든 파도

Every sailor knows that the sea
Is a friend made enemy
And every shipwrecked soul, knows what it is
To live without intimacy
I thought I heard the captain's voice
It's hard to listen while you preach
Like every broken wave on the shore
This is as far as I could reach.

더블린의 템플 힐이다. 킬리니 베이Killiney Bay의 바다가 수평선으로 펼쳐져 있고 그 앞에 바다 소나무들이 하늘로 뻗어 수직선을 만들고 있다.

한 친구와의 대화.

"당신이 없는 삶은 상상하기가 힘드네요."

아주 당황한 눈으로 나를 돌아본다.

"내가 거절을 잘 못해... 관계가 끊어질까봐 소심하게 구는 병abandonment issues 때문이지." 으르렁거리는 낮은 목소리.

우리 집 개 잭슨Jackson은 아이리쉬 울프하운드, 콜리, 러처의 혼종이며, 우리 가족 모두의 절친이다. 하지만 이제 살날이 몇 달 남지 않았다. 작별은 항상 또 다른 작별이 기다리고 있음을 일깨워 준다. 그래서 비록 내가 작별의 노래를 가장 많이 쓴 가수의 한 사람이지만, 작별은 정말 싫다.

문의 쇠 손잡이가 돌아가더니 문이 열리고 우리집의 다른 개 레미Lemmy가(모터헤드Motörhead 싱어의 이름을 따왔다) 들어 온다. 두 마리 개 모두 앞발로 문의 손잡이 돌리는 법을 터득하였고, 레미는 걸핏하면 먹을 것을 뒤지기 위해 문을 열고 들어온다. 레미는 러처와 래트의 혼종이며, 항상 먹을 것을 찾아다닐 뿐만 아니라 관리하기도 어렵다. 나는 내가 레미와 같다고 생각한다. 그래도 나는 성년 기간 대부분 동안 폴 맥기니스가 옆에 있어서 나를 관리해주려고 했다.

나는 작별이 싫다.

우리의 다섯 번째 멤버와 작별하다

폴 맥기니스는 그 세월 동안 독특한 캐릭터로 변해갔다. 특출한 방식으로 자기를 표현하는 특출한 존재로서.

그는 항상 큰 행사가 있는 것처럼 차려입고 다녔으며, 별 행사가 아니더라도 그가 나타나면 대단한 행사가 되었다. 저민 스트리트Jermyn Street에 있는 턴불 앤 애서Turnbull & Asser에서 맞춘 셔츠와 타이에 에드워드 섹스턴Edward Sexton이나 폴 스미스Paul Smith에서 맞춘 양복을 입었으며, 그가 지나가면 값비싼 일본제 향수 냄새가 연하게 풍겼다. 딱 적당한 정도로. 폴은 숙취가 있는 날에는 뜨거운 물로 샤워를 하고 아주 깨끗하게 면도를 했다. 그래서 그날 아침에 그와 회의를 한다고 해도 그가 전날 밤 얼마나 거창하게 퍼마셨는지가 전혀 티나지 않으며, 그는 아주 진지하게 전략과 작전을 논의한다. 물론 아주 심하게 퍼마신 다음 날에는 그의 면도 자국에 붙어 있는 작은 피부 조직들을 통해 얼마나 큰 난리법석이 있었는지를 짐작할 수 있게 된다. 폴은 옛날 세계의 분위기를 담고 있는 사람이었다. 그의 어머니는 학교 교사였으며 리버풀 출신인 아버지는 RAF에서 폭격기를 몰았던 사람이었으니, 출신과 교육 배경을 보면 이렇게 신사와 같은 삶을 살 만한 이는 아니었다. 폴은 돈을 펑펑 쓰고 살았으며, 주변 사람들에게도 천성적으로 인심이 후했다. 그러다가 자기가 배신당했다고 생각되면 태도가 돌변하고 눈빛이 달라지며, 그 이후로는 계속 앙심을 간직하게 된다.

나는 지금 더블린의 서 존 로저슨스 키Sir John Rogerson's Quay에 있는 프린시플 매니지먼트Principle Management의 사옥에서 새롭고 근사하게 바뀐 더블린의 모습을 내려다보고 있다. 더블린이 이렇게 바뀌는 데에는 폴 또한 작지만 아주 중요한 방식으로 기여하기도 했다. 이제 더블린은 중도우파의 정치학과 중도좌파의 경제학으로 추동되는 현대적 도시로 바뀌었다. 우드패널로 된 폴의 사무실 끝자락에는 폭 2미터에 달하는 해리 커노프Harry Kernoff의 그림 '서아일랜드의 멜로디언 연주자Melodeon Player of the West Ireland'가 구식 이젤 위에 놓여 있다. 그의 책상 위에는 결재를 기다리는 문서들이 결재를 받은 문서들보다 조금 더 높게 쌓여 있다. 그의 바로 뒤에는 그의 거창한 삶에 있었던 중요한 순간들을 포착한 이미지들이 붙어 있다. 중요한 사람들의 초상화. 친구들. 예전의 친구들. 그가 별로 좋아하지 않는 사람들의 초상화도 있다. 기념할 만한 순간들과 인물들뿐만 아니라 그와 사이가 나빠진 사람들의 사진들도 마치 범죄자 사진 대장처럼 붙어 있다. 물론 쉽사리 벌어지는 일은 아니지만, 폴은 필요하다면 얼마든지 사람들과 척을 지어 버린다. 관계가 끊어질까 하는 걱정과 불안 따위는 전혀 없다. 또한 어떤 부탁을 거절할 때도 변명을 하는 일이 없다(나에게도 하는 말이다).

"우리 밴드는 귀하의 TV 쇼/라디오 프로그램/그 밖의 무슨 무슨 행사에 참가할 수 없음을 알려드립니다."

"불행히도 우리가 다른 일정이 있습니다"라든가 "우리가 다른 곳에 있습니다" 따위의 말들은 일체 없다.

폴만이 아니다. 그는 회사 직원들 모두에게 그의 방식을 훈련시켰다. 프린시플 매니지먼트의 누구도 변명을 하거나, 과장을 하거나, 폴의 이름을 빌어 거짓말을 하거나 하는 법이 없다. 폴은 삶의 원칙이 있으며 그 원칙에 맞는 스타일을 가지고 있었다. 소설에 이런 인물이 나왔다면 사람들은 비현실적이라고 했을 법하지만, 우리에게는 또 우리 밴드에게는 이런 멋진 인물이 현실에 존재한다는 게 참으로 큰 행운이다.

2013년이다. 그는 양복과 넥타이를 완벽하게 차려입고 책상에 앉아 있다. 그는 우리 밴드를 걸음마 단계에서부터 어른이 될 때까지 키워낸 사람이지만, 내가 내놓은 세계 정복의 계획에 더 이상 함께할 수 없다고 나에게 설명하고 있다. 나는 당시 '길 막기 이론Roadblock Theory'이라는 걸 내세우고 있었으니, 프린시플 매니지먼트를 확장하여 여러 음악 장르를 고르게 커버할 수 있도록 해 놓으면 음악을 미끼상품으로 이용해 먹으려는 디지털 플랫폼 등의 횡포를 막을 수 있을 거라는 구상이었다.

폴: "보노, 나는 그렇게 할 시간도 없고 의사도 없어. 그리고 경영에 관해서 말하자면, 나는 프린시플 매니지먼트를 그렇게 확장해서 차세대 거물로 만드는 일에도 관심이 없어."

나: (말을 끊으며) "하지만 당신이야말로 이 일에 최고 적임자예요. 다른 모든 매니저들도 당신만 바라보고 있다고요. 프린시플 매니지먼트는 그들을 모을 수 있는 완벽한 구심점이고요. 새 이름을 짓죠. 프린시플…."

폴은 내 입을 막았다.

폴: "내가 말했잖아. 나는 이 일을 하고 싶지가 않다고."

나: (말을 끊으려 한다.)

폴: (말을 끊으려는 나의 말을 끊는다.) "그리고 물어보자. 내가 이 모든 일을 맡아보게 된다면 U2는 누가 관리하지?"

나: "당연히 당신이죠. 혼자 하시라는 말씀이 아니에요. 다른 매니저들이 도우면 일이 더 쉬워지겠죠. 가이 오시어리Guy Oseary는 지금 이 새로

운 계획에 대해 마돈나에게 설명하려고 준비하고 있어요. 나는 그를 좋아하고 그를 믿어요. 우리보다 젊고, 혁신적이고, 테크놀로지에도 능숙해요."

폴: "가이 오시어리가 U2라는 밴드는 블랙베리 휴대전화로 관리할 수 있는 밴드가 아니라는 점을 과연 이해할까? 너희 네 사람을 관리하는 것은 마돈나를 관리하는 것과는 다르다는 점을? 사실 네 명의 마돈나를 관리하는 일이라는 점을? 나도 예술가들의 이익을 위해 발언하고 있고 음악 비즈니스의 운명에 대해 발언하고 있어. 내 생각에는 아마 내가 너보다 이 문제를 더 많이 고민했을 거야. 내가 미뎀Midem에서 했던 연설문을 혹시 읽어 보았나?"

나: "그럼요. 지난주랑 지지난주에 읽으라고 하셨잖아요…. 그리고 그 한 달 전에도요. '온라인 노다지: 이 모든 돈을 누가 벌고 있으며 왜 다른 이들과 나누지 않을까?The Online Bonanza: Who Is Making All the Money and Why Aren't They Sharing It?' 물론 읽었어요. 지금 이 대화도 거기에서 이어지는 이야기예요."

폴: (하늘을 바라보며) "보노, 나는 이런 일 할 사람이 아니야. 게다가 너는 틀림없이 중간에 임무를 변경해서 세상의 모든 예술가들을 다 포괄하려고 들 거야. 그리고 나는 스타 시스템이 좋아. 왜냐면 모두가 빛을 낼 수 있는 건 아니니까. 이봐, 나 정말 이런 일 할 에너지가 없어. 나 그동안 쭉 생각해 봤는데, 음악 비즈니스를 그만두고 내가 원래 시작했던 영화랑 TV 비즈니스로 돌아갈까 싶어. 만약 지금 말한 게 네 계획이라면, 아마 이제 나는 다른 일로 옮겨가야 할 때가 된 것 같아."

속사포처럼 말을 쏟아놓던 우리는 이 지점에서 둘 다 숨을 쉬기 위해 말을 멈추었다.

참으로 놀랐다. 폴은 항상 무한의 야망과 에너지를 가진 이였는데, 그는 지금 거기에도 한계가 있다는 점을 분명히 말하고 있는 것이다. 폴은 좀 더 단순한 삶을 찾고 있었으며, 더 복잡한 일에 엮이는 것을 원하지 않았다. 아마 그가 60세를 맞았을 때 그는 이제 우리와 그냥 친구로 남을 뿐 함께 또 다른 전쟁에 뛰어들지는 않겠다고 생각했던 것 같다. 음반 산업은 그 어느 때보다도 빠르게 변하고 있었으며, 지적으로 정직한 폴은 이렇게 말한 것이다. "만약 그다음 행보가 음악 비즈니스 전체를 재편하자는 것이라면 나는 거기에 함께할 수가 없어."

나는 그의 말이 담고 있는 의미가 무엇인지 알고 있었다. "이것이 네가 다음에 등반해야 할 산이라면, 새로운 베이스캠프를 구성해야 할 거야."

폴은 계속해서 거절 의사를 분명히 했다. "라이브 네이션의 아서 포겔과 마이클 라피노하고 이야기해보는 게 어때? 그들이 혹시 프린시플 매니지먼트를 인수할 생각이 있는지도 알아보고?"

네 명의 교외 지역 아이들의 꿈을 이끌고 현실로 만들어준 폴. 그는 이제 그 면도한 얼굴을 한 번 더 건드리면서 이제 우리의 삶으로부터 빠져나갈 사직서를 쓰기 시작한 것이다.

그가 헤어지면서 남긴 말?

"나 거기에는 못 가. 하지만 항상 여기에서 너를 도와줄게."

나중에 나는 혼자 앉아 생각에 잠겼다. 방금 무슨 일이 있었던 거지? 이게 작별이라는 건가?

두 가지 추억이 떠올랐다.

첫 번째 추억. "내가 왜 나의 남은 삶 동안 너희들과 함께 일하려고 하는지 알아?"

1979년 어느 금요일 밤이었고, 폴은 윈드밀 레인 스튜디오 옆에 있는 술집 도커스Dockers에서 소리지르듯 속삭였다. 술집은 붐비고 시끄러웠지만 그의 바리톤 목소리는 쉽게 알아들을 수 있었다. 술잔들이 마치 공항의 비행기들마냥 테이블을 떠나고 또 테이블로 내려앉는다. 당시 19살이었던 나에게는 그의 "나의 남은 삶 동안"이라는 말이 기껏해야 26살이나 27살까지 정도로밖에 들리지 않았다.

"전체적인 계산이 다 맞아서 그런 거잖아요?" 그는 나를 쳐다보았다.

"너 내가 무슨 말 하는지 알고 있니?"

"예." 나는 말했다. 그가 무슨 말을 하고 있는지는 전혀 모른 채. 이 말이 스콧 피츠제럴드F. Scott Fitzgerald의 《마지막 타이쿤The Last Tycoon》에 나오는 말이라는 것을 나중에야 알게 되었다.

두 번째 추억. 그로부터 20년 후인 1999년의 일이다. 나는 U2 없이 혼자서 자이언츠 운동장Giants Stadium으로 걸어 들어가고 있었다. 나는 위클레프 진Wyclef Jean과 함께 넷 에이드Net Aid에서 공연을 하고 있었다. 우리의 운동은 부채 탕감이었고, 이는 엄청난 운동이었다. 그런데 오늘 밤 모인 청중들은? 그다지 엄청난 규모가 아니었다. 8만 명을 수용할 수 있는 장소였지만 모인 이들은 2만 명도 되지 않을 듯싶었다. 내 옆에 있었던 폴은 이번에도 소리 지르듯 속삭였다. 도대체 언제 철들려고 하느냐는 태도로.

"너한테 이런 일은 절대로 안 벌어지게 하려고 나는 내 인생을 바쳤다고. 이제 네가 너한테 무슨 짓을 했는지 봐."

무대 위에서는 퀸시 존스가 오케스트라를 지휘하고 있었다. "퀸시," 나는 말했다. "사람이 없어요."

그는 나를 보고 말했다. "보노, 나는 뒤를 돌아볼 필요가 없어."

낡은 다리가 무너지다

폴은 잘 지낼 거라는 것을 안다. 하지만 우리들은 어떻게 되는 것인가? 나는 한 친구의 장례식에서 시머스 헤니의 시 '비계 작업Scaffolding'이 낭독되는 것을 들었다. 시머스의 시는 힘들 때 항상 위로가 되어준다.

Masons, when they start upon a building,
Are careful to test out the scaffolding;
Make sure that planks won't slip at busy points,
Secure all ladders, tighten bolted joints.
And yet all this comes down when the job's done
Showing off walls of sure and solid stone.
So if, my dear, there sometimes seems to be
Old bridges breaking between you and me
Never fear. We may let the scaffolds fall
Confident that we have built our wall.

나는 폴과 프린시플 매니지먼트가 없어도 벽이 계속 온전히 서 있을지 생각해보았다. 어쩌면 어차피 이미 다 무너져야 했을 벽이었는지도 생각해보았다.

다른 무엇인가를 세운다…. 여기에서 기존의 관계가 끊어지는 것을 두려워하는 증상이 발동한다.

이건 뭔가에 종지부를 찍는다는 것인가? 아니면 다른 무언가를 시작한다는 것인가?

다른 주춧돌 하나가 또 헐거워졌다. 마운트 템플 이후 우리의 정신적 지주였던 잭 히슬립Jack Heaslip이 병이 들어 살날이 얼마 남지 않게 되었다. 좋을 때나 나쁠 때나 우리를 단단히 지켜 주었던 이 사람들, 험난한 풍랑 속에서도 우리를 이끌어주었던 이 사람들… 이제 이들이 없다면 우리는 표류하게 되거나 아니면 새로 다시 시작하는 수밖에 없다. 다시 새롭게.

세상이 정말로 새로운 U2 앨범을 필요로 할까? 만약 그렇다면… 그 이유는? 이것이 내가 답하고자 했던 질문이었다.

우리 밴드는 음악이 숨 쉬는 장소로 돌아갈 준비가 되어 있을까?

음악을 담고 있는 거대한 창고에는 몇 개의 출입구가 있다. 하지만 그 문들은 잠겨 있으며, 들어갈 수 있는 열쇠는 아주 드물다.

굴욕에 가까운 겸손함이 그중 하나이지만, 대부분의 예술가들은 성공을 이루고 나면 그 열쇠를 던져 버린다.

도움을 요청한다. 이것도 열쇠의 하나이다. 다른 열쇠로는 비판을 받아들이는 것이 있다.

남자들의 자존심이라는 것은 성공을 한다고 해서 튼튼해지는 것이 아니라 오히려 더 깨어지기 쉬운 것이 된다("여보세요, 나 U2 멤버예요…. U2 멤버라고 해서 말씀 함부로 하시는 거 아니에요?")

정직하지 못하다면 그 '노래의 창고'의 문은 절대로 열리지 않는다. 그런데도 좀 지나친 성공을 거둔 이들은 자기의 모든 생각은 남들과 나눌 가치가 있는 것들이라는 잘못된 생각을 품게 된다. 하지만 그 창고의 열쇠는 좀 더 깊은 곳에, 예술가의 영혼 밑바닥에 놓여 있다. 이 말을 좀 더 직설적으로 해본다면… 너를 정신이 나가도록 무섭게 만드는 것은 무엇인가?

정말로 마음속에 품고 있는 것은 무엇인가?

나는 우리가 밴드를 처음 시작했던 때로 돌아가 보았으며, 그다음에는 더 깊이 시더우드 로드 10번지의 가장 처음 추억들까지 거슬러 올라갔다. 내 방이었던 골방으로, 집 안팎에서 벌어지던 싸움들로. 아이리스가 갑자기 떠난 뒤 앨리가 때맞추어 재빨리 도착해주었던 때로. 길거리를 어슬렁거리던 친구 무리들이 그리고 그다음에는 한 밴드가 어떻게 그렇게 빨리 나의 새로운 가족이 되어주었는지로.

나는 나를 형성했던 음악들을 다시 들어 보았으며, 특히 아드레날린이 뿜어나오게 만들던 펑크록을 다시 들어 보았다. 나는 애초에 왜 우리가 밴드를 시작했는지를 회상하였다. 단순한 멜로디의 기쁨, 그 단순한 가사를 뒷받침해주는 강렬하고 부서지는 듯한 기타 소리들. 무엇보다도 순수한 마음으로 사람들 앞에 나선다는 것. 우리의 마지막 앨범 〈No Line on the Horizon〉은 우리의 그러한 뿌리에서 너무 멀리 떠나버린 것은 아니었을까? 그렇다면 이제 최초의 원칙으로 돌아갈 때인가? 펑크의 원칙들로?

"그건 옛날 것에 대한 향수일 뿐이야." 엣지가 말했다. "그건 과거의 것들이라고."

그렇지…. 하지만 나는 이기적인 이유에서 그곳으로 되돌아가야만 했다. 나는 시더우드 로드를 걸어보아야 했으며, 그 길의 모퉁이에서 지금의 나로부터 빠져나올 수 있는 길을 찾아야만 했다.

나는 나를 형성했던 싱어들에 대해 쓰기 시작했다. 나는 조이 라몬에 대한 곡을 만들기 시작했다. 또 내 첫 번째의 펑크록 공연이었던 클래시의 첫 번째 순회공연에 대해 쓰기 시작했다. 그 공연에 갔다 온 후 어떻게 해서 나의 마음속에 시더우드 로드의 집을 떠나고 싶은 열망이 자리 잡았는지에 대해 써 보았다. 이 곡이 'This is Where You Can Reach Me Now'이다.

On a double decker bus
Into College Square
If you won't let us in your world
Your world just isn't there

Old man says that we never listen
We shout about what we don't know
We're taking the path of most resistance
The only way for us to go.

나는 밴 모리슨, 패티 스미스, 크리스 크리스토퍼슨Kris Kristofferson 등을 통해 빠져들게 된 18세기의 영국 화가이자 시인인 윌리엄 블레이크William Blake를 다시 읽기 시작하였다. 블레이크는 자신의 인생에 대해 두 가지 완전히 다른 관점에서 글을 쓴 바 있다. 하나는 '순진함dnnocence'이라는 관점에서 쓴 1789년의 글이며, 다른 하나는 '경험experienced'이라는 관점에서 쓴 1794년의 글이다. 두 글 사이에는 5년의 시간 차이가 있다. 우리는 〈Songs of Innocence〉라는 앨범을 만들기로 하였고, 이는 곧 우리가 또한 〈Songs of Experience〉라는 앨범도 만들기로 했다는 것을 뜻했다.

이 두 앨범을 이어주는 끈은 우리의 두 번째 앨범이었던 〈October〉에 나오는 한 가사이다. 1981년, 젊었던 나는 이렇게 노래했다. "나는 세상을 바꿀 수는 없어. 하지만 내 안의 세상은 바꿀 수 있지." 이제 50대에 들어선 나는 전혀 다른 말을 하게 되었다. "나는 세상을 바꿀 *수는 있어. 하지만* 내 안의 세상은 바꿀 수가 없네."

중심점.

두 장의 앨범. 그리고 블레이크의 경우와 마찬가지로, 그 둘 사이의 시간 차이가 불과 몇 년에 불과하다는 것은 중요한 일이 아니다.

당신이 여기에 있었더라면 좋았을 텐데

〈Songs of Innocence〉 앨범 작업은 무척 고된 일이었지만 당시에는 힘든 줄도 잘 몰랐다. 아마도 그 이유는 우리가 일이 끝난 다음에 아주 신나게 놀았기 때문이었을 것이다. 우리는 크라우치 엔드Crouch End에 있는 오래된 교회에서 녹음 작업을 했는데, 애덤이 이미 런던에 집을 마련했기 때문에 그가 머물 수 있는 집을 마련해야 한다는 구실 아래 우리도 모두 같은 집에 살게 되었다. 이는 우리가 참으로 오랜만에 해보게 된 생활이었다. 마지막으로 우리가 도시에 집 하나를 구해 같이 살았던 것은 아마 거의 40년 전의 일이었을 것이니까, 마치 우리의 순진했던 시절로 되돌아간 느낌이었다. 물론 훨씬 더 많은 경험을 갖춘 채로.

런던에서 온 엽서들 (24시간)

#1: 오전 4시 30분. U2의 빅 브라더 하우스

나는 잘 수가 없었다. 위층에서 엣지가 기타를 치고 있었기 때문이다. 어쿠스틱에 스페니시 캣거트 줄을 단 기타였던 것 같다. 새벽 두 시에 기타 소리에 잠이 깼지만 다시 잠이 들었다. 이제 새벽 4시가 지났는데 그는 지금도 똑같은 부분을 연주하고 있다. 정말로 똑같은 부분이었다. 두 시간째.

'Song for Someone'의 아르페지오. 그는 이 부분을 연주하면서 멀리 에덴 동산의 동쪽으로 떠나버린 듯했다. 엣지는 기타로 유명해졌고 기타를 정말로 진지하게 대했다. 그는 다른 기타 연주자들과 '함께 앉을 수 있는sit in' 사람은 아니었지만, 나는 분명코 말할 수 있다…. 그는 자면서도 기타를 친다.

#2: 오후 4시. 노엘 갤러거가 처치 스튜디오를 방문

"우리 엄마가 여기 정말 마음에 들어할 것 같아. 이거 가톨릭교회인가?"

우리 밴드는 오아시스Oasis의 첫 번째 앨범 〈Definitely Maybe〉가 나왔을 때부터 노엘과 친했다. 공연이 일찍 끝나면 우리는 앨버트 스트리트Albert Street에 있는 그의 지하 아파트로 돌아가서 함께 어울리곤 했다. 그는 재미있을 뿐만 아니라 영리하기도 했으며, 도저히 손에 넣을 수 없는 멜로디들 그리고 도저히 건드릴 수 없는 멋을 숭상하는 이였다. 또 폴 매카트니 이후로 영국에서 가장 위대한 멜로디 장인匠人이었다. 그는 마치 총이나 나이프를 수집하는 사람들처럼 노래들을 수집했다. "뭔가 정체 상태에 빠졌을 때 거기서 꺼내 주는 게 이 노래들이야…. 너는 그런 노래들이 있어?"

#3: 오후 10시. 칠턴 소방서Chiltern Firehouse

브라이언 이노가 늦게 도착하여 우리와 함께 식사를 하게 되었고, 여기에서 걸쭉한 놀이판이 벌어졌다. 노엘과 사라Sara, 다미엔 허스트Damien Hirst, 스텔라 매카트니Stella McCartney, 앤트 겐Ant Genn이 축구장 응원단 스타일로 노래를 부르기 시작했다. "이이이노, 이이이노." 브라이언은 어리둥절했지만 곧 감격하였고, 이 일은 훗날 모종의 음향으로 리믹스되어 쓰이게 된다. 이날 밤을 통해 우리는 힘을 충전하였다.

#4: 심야에 시장님과의 대화

윤리적 패션이라는 길을 연 사람인 스텔라 매카트니는 오늘 밤 런던 시장님이 된 것 같은 분위기였다. 방안의 이야기가 그녀를 중심으로 진행되었기 때문이다. 그녀와 그녀의 남편인 알라스데어Alasdhair는 둘 다 디자인, 순환경제, 아이들 양육 그리고… 재미있게 노는 것에 열성적이었다. 스텔라는 U2의 네 멤버들이 함께 노는 것을 보는 것이 참 멋있다고 말했다. 그녀는 자신의 아버지가 자신의 밴드 멤버들과(리버풀 출신의 비트 그룹) 함께 놀았던 것에 대한 기억이 없으니까. "슬쩍 보고 지나치지 말고, 멈추어서 잘 보세요." 그녀가 내게 말했다. "당신이 갖고 있는 것이 무엇인지 잘 보세요."

#5: 오전 5시: "지금 뭐 드십니까?"

새벽 5시이지만, 래리는 우리의 엔지니어/프로듀서인 데클란 개프니Declan Gaffney와 함께 바 뒤에서 사람들에게 먹일 것을 준비하느라고 바쁘다. 그전에 호텔 매니저가 우리에게 올라왔을 때 우리는 새벽 5시에는 침대로 가겠다고 했다(매니저가 떠난 뒤에는 우리 모두 다시 먹고 마시며 즐겼다).

"우리 어떻게 해서 성인이 된 거지?" 동녘에서 해가 떠오를 때쯤, 내가 래리에게 이렇게 물었던 것 같다. "뭐라고?" 그는 이 물음표를 우리 두 사람의 머리 위에 매달아 놓았다. "무슨 근거로 그런 혐의를 씌우는 거지?"

〈Songs of Innocence〉를 통해 우리는 실로 많은 경험을 얻게 되었다. 우리는 다시 우물로 돌아갔으며, 우리가 너무나 목이 마르면 언제든 물통을 내려 물을 길어 올릴 수 있다는 것도 알게 되었다. 우리가 계속 이 밴드에 남아 있기를 원한다면, 우리가 왜 애초에 이 밴드에 참가했는지를 상기시킬 필요가 있을 것이다. 이 앨범은 우리가 지리적으로, 영적으로, 성적으로 처음으로 경험했던 여러 여행들을 회상하는 앨범이다. 설령 우리의 머리가 맑지 않았다고 해도 이것만큼은 명확한 아이디어였다. 우리는 이 앨범을 뉴욕의 일렉트릭 레이디 스튜디오Electric Lady Studios에서 믹싱하였으니, 이 스튜디오 또한 내가 집처럼 편하게 여기는 곳이었다.

금지된 과일

우리의 새 매니저 가이 오시어리는('가이 오Guy O'라는 이름으로 불렸다) 디지털 테크놀로지에 전혀 두려움이 없었다. 그는 오히려 여기에 아주 흥분하고 있었으니, 궁극적으로는 더 많은 사람들이 더 많은 음악을 접할 수 있게 될 것이며 때가 되면 작사 · 작곡자들과 싱어들과 연주자들에게도 이익이 될 것이라는 생각이었다. 그는 또한 예술가들이 이러한 기술의 물결 위에 올라타서 우리의 청중과 직접 소통해야 한다고 생각했다. 〈Songs of Innocence〉 앨범의 발매 계획 또한 그런 생각에서 나왔다. 디지털 기술을 이용하면 한 번이라도 U2 앨범을 샀던 모든 이들에게 곧바로 새 앨범을 전달할 수 있는데 왜 이제 사람들이 사지도 않는 CD로 앨범을 낸단 말인가?

"공짜 음악이라고요?" 팀 쿡Tim Cook이 물었다. 살짝 못 믿겠다는 표정으로. "공짜 음악을 말씀하시는 건가요?"

팀은 애플의 CEO이며, 우리는 쿠퍼티노Cupertino에 있는 그의 사무실에 와 있다. 가이, 나, 에디 큐Eddy Cue, 필 쉴러Phil Schiller 등이 있었고, 우리 앨범의 곡들을 팀과 다른 이들에게 틀어준 다음이었다.

"이 음악을 공짜로 주어 버린다고요? 하지만 우리 애플이 총력을 기울여 하고자 하는 바는 음악을 공짜로 주는 일이 *없도록* 하는 것입니다. 음악인들이 정당한 보수를 받도록 하자는 거예요. 우리는 음악을 미끼상품으로 보지 않습니다."

"아니에요," 내가 말했다. "그냥 공짜로 주자는 게 아니에요. 애플이 우리에게 돈을 내고, *애플에서* 공짜로 사람들에게 선물로 뿌리자는 겁니다. 그러면 근사하지 않겠어요?"

팀 쿡은 놀란 표정으로 말했다. "그러니까 우리가 앨범의 값을 지불하고 그다음에는 노래를 배포한다는 겁니까?"

나는 말했다. "그렇죠, 넷플릭스에서 영화를 사들여서 구독자들에게 뿌리는 것과 마찬가지죠."

팀 쿡은 나를 마치 영문학과 교수가 알파벳을 설명하는 사람을 보는 듯한 표정으로 말했다. "하지만 우리는 구독경제 기업이 아닙니다."

"아직은 아니죠," 내가 말했다. "우리 앨범으로 시작하면 되죠."

팀은 확신하지 못했다.

"당신들의 예술작품을 그냥 뿌린다는 것이 뭔가 옳지 않은 것 같습니다." 그가 말했다. "그럼 U2를 좋아하는 이들에게만 뿌리자는 건가요?"

"음," 나는 대답했다. "제 생각에는 모두에게 뿌려야 한다고 봅니다. 그걸 들을지 말지는 각자의 선택에 맡기는 거죠."

이런 일이 있었던 것이다.

이를 허세의 야망이라고 할 수도 있겠다. 아니면 그냥 허세. 비판자들은 우리가 과도하게 많은 사람들에게 손을 뻗친다고 했다. 그 말이 맞다.

만약 우리 음악을 좋아하는 이들에게만 우리 음악을 전해주는 것이었다면 이는 좋은 아이디어였을 것이다. 하지만 우리 음악에 조금도 관심이 없는 이들에게까지 우리 음악을 밀어넣게 되면 일정한 반발이 있을 수 있다. 하지만 그래 봐야 뭐 대단한 일인가? 그냥 정크메일이 될 뿐이지 않은가? 우리가 했던 일은 이를테면 우유를 병에 담아 동네 이웃들의 집집마다 문 앞에 놓아둔 것이 아닌가?

전혀 그렇지 않았다.

2014년 9월 9일에 실제로 벌어졌던 일은, 그냥 우유병을 문 앞에 놓아둔 정도가 아니라 가가호호 모든 집의 냉장고 안에까지 침입하여 넣어놓은 격이었다. 어떤 경우에는 아예 멀쩡한 사람들의 시리얼 그릇에 우유를 부어주기까지 한 격이었다. 하지만 개중에는 자기 집 우유를 마시고자 했던 사람도 있었고, 또 우유를 마시면 설사를 하는 사람들도 있었다.

그 모든 책임은 나에게 있다. 가이오, 엣지, 애덤, 래리, 팀 쿡, 에디 큐 누구의 잘못도 아니다. 나는 그저 우리 음악을 사람들의 손에 닿을 수 있는 곳에 가져다 놓으면 각자 알아서 선택하여 손을 뻗으리라고 생각했었다. 하지만 그렇지 않았다. 한 소셜 미디어 재담꾼의 표현을 빌자면, "아침에 일어나보니 보노가 우리집 부엌에 들어와 내 커피를 마시고, 내 가운을 입고, 내 신문을 읽고 있었다."

좀 더 악의적인 표현도 있었다. "이 공짜 U2 앨범은 가격이 너무 높다."

내 탓이오.

처음에는 이것들을 그저 인터넷에 떠도는 악플 같은 것들로만 여겼다. 우리는 산타클로스이고, 보따리에 우리 노래를 잔뜩 싣고 굴뚝 속으로 들어갔다가 벽돌 몇 장을 부순 정도가 아니냐고 생각했던 것이다. 하지만 곧 우리가 깨닫게 된 것이 있었다. 거대 하이테크 기업들이 우리의 삶에 얼마나 깊이 밀고 들어오는가에 대한 사람들의 우려, 그리고 이와 관련된 심각한 논쟁들이 확대되고 있다는 사실이었다. 내 마음속의 펑크록 기질로 보자면, 이거야말로 록 그룹 더 클래시였다면 했을 바로 그런 일이라고 항변하였다. 전복적인 일. 하지만 지상 최대의 거대기업이 되기 직전인 애플사와 함께 그런 일을 벌여놓고서 그걸 전복적이라고 주장하기는 힘든 일이다.

이것 때문에 애플사는 엄청난 야유와 비난을 받아야 했지만(애플사에서는 신속하게 그 앨범을 지우는 방법을 배포하였다), 팀 쿡은 눈 하나 깜빡하지 않았다.

"우리에게 함께 실험을 해보자고 한 거잖아요." 그는 말했다. "우리도 여기에 참여했고요. 뭐 성공하지는 못했지만, 실험은 불가피합니다. 현재의 음악 비즈니스가 모든 이들에게 만족스러운 것은 아니니까요."

스티브 잡스가 어째서 팀 쿡에게 애플의 지도자 자리를 넘겼는지를 알고 싶다면, 바로 이 사건이 단서가 된다. 아마도 그는 본능적으로는 보수적인 이인 듯하지만, 어떤 문제를 풀기 위해서 뭔가 다른 것을 기꺼이 시도해보고자 했다. 결과가 잘못되면 그는 모든 책임을 기꺼이 떠맡는다. 만약 문제를 일으킨 것이 애플사 내부의 사람이었다면 그것 때문에 해고할 수는 없었겠지만 나는 애플사와 상관도 없는 사람이며 따라서 이 실패의 모든 책임을 나에게 돌리는 것은 너무나 쉬운 일이었을 것이다. 하지만 오히려 그는 계속 우리를 믿어주었고, 애플사는 (RED)에 2억 5천만 달러 이상을 지출하였다. 이 돈은 AIDS, 폐결핵, 말라리아와 싸우는 전 지구 기금Global Fund to Fight AIDS, Tuberclosis, and Malaria으로 직접 들어갔다.

우리는 커뮤니케이션과 시민의 권리라는 지뢰밭의 영역으로 발을 들이고 말았다. 큰 교훈을 배웠고, 당분간 앞으로의 행보를 조심해야 할 것이다. 이건 그냥 바나나 껍질처럼 손쉬운 문제가 아니다. 이는 그야말로 지뢰밭이다.

다른 급박한 사건들이 있었다. 한 비극은, 래리의 아버지가 세상을 떠난 일이었다. 우리가 밴쿠버 공연에서 〈Innocence + Experience Tour〉를 시작하면서 우리 노래들을 처음으로 연주하고자 했던 날의 바로 이틀 전 일이었다. 래리의 아버지 래리 멀런 시니어Larry Mullen Sr.는 향년 92세였다. 래리는 자신의 삶에서 너무나 큰 존재였던 아버지의 장례를 치르기 위해 하루 동안 4천5백 마일을 날아갔다. 하지만 공연 첫날 밤에는 시간에 맞추어 무대에 도착하였다. 공연이 진행되면서 나는 우리 밴드 스스로가 만든 음악에 대한 사랑이 그 어느 때보다도 깊어졌다고 느꼈다.

그리고 서로에 대한 사랑도.

사랑. 이건 함부로 내뱉기에는 너무나 큰 단어이다.

사랑 노래들

여성들에게 쓰는 사랑 노래보다 남성들에게 쓰는 사랑 노래가 내게는 더 어렵다. 'Bad'가 그런 곡이다. 비틀스에게는 'A Day in the Life'가 있다. 롤링 스톤스에게는 'Waiting on a Friend'가 있다. 더 클래시에게는 'Stay Free'가 있다. 〈Songs of Innocence〉에는 우리의 그 전 앨범 어떤 것보다 더 많은 남자 주인공들이 나온다. 'Raised by Wolves'와 'Cedarwood Road'는 라이브에서 연주하면 더욱더 힘을 받게 되지만, 개인적으로 보면 'Song for Someone'과 'Every Breaking Wave'가 전혀 다른 방식으로 나의 마음을 뒤흔들어 놓는다. 전자는 서로와 굳은 약속을 맺는 두 연인의 천진난만한 초상화이다. 후자는 세월이 더 지나 리듬과 힘이 떨어진 연인들을 좀 더 영화처럼 그려 본 노래이다.

우정도 연료가 떨어질 수 있다. 연애의 사랑은 항상 연료가 떨어진다.

연애의 사랑은 실로 장구한 사연을 담은 주제이지만, 판타지를 벗어나 좀 더 현실로 다가오지 않으면 아주 진부한 것이 된다. 나는 그런 노래들을 더 잘 썼으면 하는 바람이 있다. 내 삶 속의 여성들을 좀 더 명예롭게 만들어주고 싶다. 나의 아내, 나의 딸들, 나의 친구들.

나는 노래한다. "미래의 여성들은/크나큰 계시들revelations을 품고 있습니다."

앨리는 말한다. "나를 내려다보지도 말고 올려다보지도 마. 나를 지나쳐 다른 데 보지도 마. 나는 여기에 있어."

사랑 노래의 해부

사랑의 고통이라는 주제로 나는 돌아가고 또 돌아간다…. 심지어 내게 사랑의 고통이 없을 때에도. 그건 내가 나의 결혼 생활을 소중히 간직하고자 하는 절실한 마음과도 관련이 있지만, 내가 자꾸 끌리는 나만의 독특한 분위기와도 관련이 있다. 나는 위대한 예술 일반 그리고 특히 위대한 음악이 되려면 모종의 이중성duality이 있어야 한다고 생각한다. 로이 오비슨Roy Orbison, 브루스 스프링스틴, 콜 포터Cole Porter의 사랑 노래에는 안절부절못하는 이중적 감정이 깃들어 있다. 내가 완벽한 이상으로 삼는 곡은 마크 아몬드Marc Almond와 진 피트니Gene Pitney의 거의 집착에 가까운 버전 'Something's Gotten Hold of My Heart'이다. 앞에서 말했지만, 해리 닐슨의 노래 'Without You'는 내가 'With or Without You'를 쓰는 동안 항상 머리를 맴돌았고, 아마도 에코 앤 더 버니맨Echo and the Bunnymen의 노래 'Killing Moon'도 머리에서 메아리쳤던 것 같다.

나의 내면에서는 항상 기쁨의 아래 깔려 있는 절망, 달콤함 속에 깃든 쓰디씀을 찾는 면이 있다. 아마 그것은 내가 세상의 그 어떤 관계도 그런 종류의 복합성을 피할 길이 없다는 것을 알고 있기 때문일 것이다. 위대한 관계는 위대한 노래처럼 감상적인 감정 이상의 것이 마땅히 깃들어 있어야만 한다. 순수한 사랑 노래를 논한다면 절대 빼놓을 수 없는 곡이 바로 프린스가 만들고 시네이드 오코너Sinéad O'Connor가 노래한 'Nothing Compares 2 U'이다. 이 곡에 나오는 구체적이고 세세한 시간과 장소를 음미해보라. 사실 싱어로서도 나는 그녀를 이길 수 없다. 이것도 이중성의 문제이다. 그녀의 음성에는 바로 그 이중성이 담겨 있으니까.

"당신이 내 삶에서 최고의 존재라면 어째서 내가 당신을 떠나가는 것일까?" 이는 내가 'You're the Best Thing About Me'라는 곡에 집어넣은 가사이다. 성화聖畫가 될 뻔한 노래에다 깊이와 음영을 넣기 위해 넣은 가사이다. 이 곡을 쓰던 당시(이 책 1장의 심장 수술 후) 나는 건강을 심각하게 걱정하게 되었고, 앨리와 함께할 수 있는 시간이 많이 남지 않았다는 불안감을 인생 처음으로 안게 되었다. 소녀일 때 만나 지금까지 함께해 온 앨리. 나는 항상 모든 인간의 감정 가장자리에 있는 경계의 공간을 찾아 헤맨다. 내가 만약 믿음에 대한 곡을 쓴다면 나는 그것을 의심을 통해 표현한다. 왜냐하면 “나는 아직 내가 찾는 것을 찾지 못했으니까”. 내가 만약 ‘아름다운 날’에 대한 노래를 만든다면, 이 또한 잃어버린 친구에 대한 그리움으로 표현된다.

지난 세월을 돌아보면, 가끔은 내가 내 상상 속의 인물이지만 내가 실제로 존재한다고 잘못 생각한 인물에게 홀딱 빠져든 적들이 있다. 너무 반한 나머지 내 아내의 감정을 부수어 놓을 뻔하기까지 했다. 그런 순간들에는 비록 당신을 홀리거나 멍하게 만드는 것에 대한 통제력을 행사할 수 없지만, 그런 감정들에 대해서 당신이 무슨 행동을 할 것인지는 통제할 수 있다. 당신이 내리는 선택이다. 연애에서 사랑은 사람을 위대하게 만들 수도 있고 왜소하게 만들 수도 있다. 어떨 때는 가장 확고한 사랑의 행동이 그 사람을 그저 본래의 모습대로 놓아두는 것일 수도 있다. 그 사람이 없는 것처럼 살아간다. 나는 노래를 만드는 사람이므로 경계 밖에 놓인 어떤 주제나 어떤 영역에도 매력을 느낀다. 나의 상상력에 충격을 줄 수 있는 새로운 누군가 혹은 새로운 무엇.

남자로서도 그렇다. 이건 문제가 될 수 있다. 존재하지도 않는 사람에게 홀딱 반해 버릴 수도 있으니까.

앨리는 그녀의 사랑에 있어서 다른 장애물들을 가지고 있다.

우리 두 사람 모두가 우리의 결혼 때문에 생겨나는 여러 책무들에 대해 분개한 날들이 있었던가? 당연하다. 하지만 그렇다고 해서 우리가 결혼이라는(구닥다리이지만 여전히 기능하고 있는 사회적 구성물이다) 방식으로 표출되는 서로의 사랑을 벗어나서 살아보고자 했던 적은 한 번도 없다.

우리는 우리 결혼 관계의 시적인 측면도 즐기지만, 항상 감정만 가지고 살아갈 순 없다는 것도 잘 알고 있다. 우리의 관계는 장거리 마라톤과 같아서 로맨스라는 것만으로 유지될 수가 없다는 것을 오래전부터 직감적으로 알고 있었다. 우리에게는 서로가 너무나 기쁨이기에, 그렇게 되지 못할 때는 서로에게 그 고통의 장벽을 뚫고 나오라고 지금도 서로에게 압력을 넣고 있다. 그리하여 관계를 그다음 수준으로 끌고 올라가려 하는 것이다. 앨리는 이를 두고 "사랑이라는 노동"이라고 부른다. 아마도 내가 열심히 노력하는 것을 두고 짧게 표현한 말일 것이다. 하지만 그녀가 옳다. 사랑은 노동이다. 좋은 노동. 비계는 무너질지 모르지만, 그 안에 우리가 세운 벽은 여전히 남아 있다.

내가 너무 진지해지면 앨리는 불편해한다. 지금 나는 아주 진지하다. 우리가 서로에게 선사하는 매일매일이 우리를 굳건히 땅에 서게 해줄 뿐만 아니라… 하늘로 가볍게 떠오를 수 있는 존재로 만들어준다는 것을 어떻게 하면 그녀에게 표현할 수 있을까. 중력gravity과 은총grace.

내가 우리의 결혼이 잘 이어지기를 앨리보다 더 간절히 원하는 것일까? 앨리는 결코 남편만큼 간절한 것 같지 않은데? 나는 우리의 결혼으로부터 너무나 많은 것을 배우고 있으며, 그중에서도 가장 심오한 가르침은 아이들을 기르면서 찾아왔다. 나는 내 어린 시절의 친구인 구기와 함께 절대로 어른이 되지 말자고 피로 맹세한 바 있다. 하지만 앨리와 내가 아이를 가지게 되면서 나는 아이로 남아 있는 채로 아이를 기를 수는 없다는 것을 서서히 이해하게 되었다.

나는 정말로 작별이 싫다. 하지만 작별을 고해야만 하는 순간들도 있다.

심지어 스스로에게도.

CASH ZOO
A
B

36

I Still Haven't Found What I'm Looking For

나는 아직도 찾아내지 못했네

I have spoke with the tongue of angels
I have held the hand of a devil
It was warm in the night
I was cold as a stone.

이 백인 친구는 훗날 미국에서 힙합이 뜨게 되는 데 있어서 음악산업에 있는 대부분의 백인들보다 더 크게 기여하게 된다. 힙합이야말로 비틀스가 로큰롤을 다시 발명한 이후에 나타난 가장 중요한 음악적 힘이 아닌가. 그리고 이 친구는 애플사에 스트리밍을 가져다주게 된다. 그는 성공한 프로듀서로서, 20세기의 가장 중요한 프로듀서의 한 사람인 래퍼 닥터 드레Dr. Dre와(N.W.A. 전 멤버) 파트너이자 친구가 되며, 그와 함께 비츠Beats 헤드폰을 문화적 배지로 자리 잡게 만들어서 대제국을 건설하게 된다. 또한 내가 아는 바로, 이 백인 친구야말로 흑인 천재 음악가들이 스스로를 표현하고 또 정당한 보상을 받도록 만들기 위해 음악산업 내에서 누구보다도 열심히 싸웠던 사람이다. 이 친구는 어떻게 해서 이 모든 일을 이룰 수 있었을까? 이제 그 친구가 어떤 친구인지를 보여주는 사건을 이야기할 것이다. 이를 보면 그 친구가 충분히 그럴 수 있는 재목임을 알아볼 수 있을 것이다. 그는 이제 음악 투어리즘에 있어서 또 요즘 일각에서 문화적 도둑질cultural appropriation이라고 부르는 것에 있어서 조심해야 할 게 무엇인지에 대해 이야기해줄 것이다.

간단히 말하자면, 문화적 도둑질이란 백인 녀석들이 흑인 음악까지 그 맥락도 제대로 이해하지 못한 채 옷만 갖추어 입고 흑인 흉내를 내는 짓이다. 우리도 버스를 타고 흑인들의 할렘가로 들어간 적이 있다. 그 백인 친구는 절대로 버스에서 내리려고 하지 않았다. 우리가 왜 여기에 오게 되었는지 아주 분명한 이유가 있다는 것을 일깨워주기 전까지.

사실 그 버스는 목적지에서 이탈한 셈이었다. 본래 목적지는 한 교회였고, 거기에서는 뉴 보이시스 오브 프리덤New Voices of Freedom이라는 이름의 가스펠 합창단의 에너지로 불이 날 지경이었다. 그 열기를 직접 느끼기 위해 우리 버스가 그 교회로 가던 중, 나는 어떤 길모퉁이에서 버스를 세웠다. 뭔가 쿨해 보이는 모퉁이였고 쿨한 일들이 벌어지고 있는 것 같아서였다. 우리는 음악 영화를 찍기 위해 미국을 돌아다니던 중이었거니와, 나는 그 영화가 음악적 분위기뿐만 아니라 영화적 사실감도 담기를 바라고 있었다.

"보노, 여기는 할렘가 중에서도 관광객들이 함부로 들어가면 안 되는 곳이야. 그냥 영화 촬영팀 한 부대를 이끌고 불쑥 쳐들어가서 이곳 사람들의 얼굴에 카메라를 들이댔다가는 큰일이 난다고. 그럴 수 있는 데가 아니야."

"너는 아일랜드 사람이라고." 그는 계속 말했다. "너는 그냥 좋은 사진들 몇 장 찍으려는 거지? 알았어. 나는 이탈리아 사람이야. 진짜야. 나 브루클린의 레드 후크Red Hook에서 자란 몸이야. 이탈리아 사람들은 이 동네 저 동네 쑤시고 다니는 짓은 안 해. 우리는 애초에 미국에 이민 올 때 배가 도착한 곳에서 멀리 떨어지지도 않은 곳에 동네를 만들고 살아왔어. 멈출 때를 알아야 해."

그의 말은 끝나지 않았다.

"1970년대까지만 해도 뉴욕은 여러 구역으로 찢어진 도시였어. 다른 사람들이 살고 있는 구역으로 들어갈 때는 뭔가 분명한 이유가 있어야만 했다고. 여기 이러고 있는 동안 이 버스 안에 있는 사람들의 시간만 낭비하고 있는 거야. 잘 알겠지만, 나 아직도 1970년대 분위기를 일부 담고 있는 사람이라고."

"그러니까 말씀은," 나는 물었다. "우리가 여기를 괜히 싸돌아다니게 된다는 거죠? 아니면 여기 올 만큼 쿨한 존재가 못 된다는 뜻인가요?"

"양쪽 다 조금씩 해당 돼." 그가 말했다. "이봐, 나도 우리가 왜 여기 왔는지 알아. 너 지금 흑인 합창단을 기록에 담고 싶은 거잖아. 그런데 말이야. 저 합창하는 친구들을 조직한 건 백인이야. 내 말은, 백인 음악인들이 이곳에서 '쿨'해지는 게 불가능한 일이라는 건 아니야. 하지만 여기에서 돌아다니려면 일정한 통행증, 일정한 냉정함, 일정한 존경심을 가져야 한다고."

엣지, 래리, 애덤, 나는 일이 어떻게 풀릴지 알 수 없었다. 우리 프로듀서는 과연 버스에서 내리기로 결정할까?

"잠깐만 나 여기 내려 줘. 내 자세랑 분위기를 좀 바로잡아야 하니까. 곧 적응될 거야."

외국에 나온 아일랜드 사람들

이 남자의 이름은 지미 아이오빈Jimmy Iovine이며, 그는 우리와 함께 할렘가에 와서 가스펠 합창을 필름에 담고 있다. 뉴 보이시스 오브 프리덤은 'I Still Haven't Found What I'm Looking for'를 노래할 것이며, 메디슨 스퀘어 가든에서는 우리 무대에도 오르기로 되어 있었다. 우리는 1980년대 말 미국 음악에 무릎을 꿇고 경의를 표하는 시간을 가졌다. 가스펠이야말로 블루스와 마찬가지로 로큰롤의 심장을 이루는 원천이며, 이 로큰롤이라는 음악이 어디서 왔는지를 좀 더 깊게 이해하기 위한 탐구의 중심적인 것이었다. 지미 아이오빈이 할렘에 들어온 백인이라는 것에 대해 지나친 자의식을 가지고 있었다면, 우리는 아마도 자의식이 충분치 않은 상태였을 것이다. 우리는 아무 생각 없이 순진하게 외국에 나온 아일랜드 청년들로서, 그냥 돌아다니다가 교회로 들어가서 우리의 가스펠 곡을 다른 수준으로 올려줄 만한 경험을 할 수 있을지 모른다는 생각에 마냥 들떠 있었으니까.

'I Still Haven't Found What I'm Looking For'의(이 곡의 제목은 엣지가 지었다) 중심 어딘가에는《천로역정》이라는 존 번연John Bunyan의 사상이 들어있다. 하지만 나의 경우에는 그 반대였다. 내가 대부분의 경우 종교라는 것에 짜증이 나는 가장 큰 이유는 경건한 자들이 아무런 의심도 없이 부여안고 있는 그 고집스런 확실성이다. 자신들이 따르는 하나님에 대해 아무 의심도 들어설 여지가 없을 뿐만 아니라 성경을 해독하는 자신들의 능력에 대해서도 전혀 의심을 품지 않는다. 그러니 그들이 엮어내는 이 세상의 수많은 사건들의 이야기는 항상 옳을 수밖에 없다.

이미 확고하게 마음을 다진 사람과 대화를 해봐야 무슨 소용인가? 1987년 당시의 나는 여전히 이것을 이해하려 애쓰고 있었다. 인간은 타고난 천성이든, 양육된 훈련이든 매일같이 부정적인 영향력과 단절하고 끊임없이 새로워지려고 하며, 그게 바로 삶이다. 이렇게 매일매일 자유로워지지 않는다면, 우리는 확률로 주어진 우리의 DNA 숫자들로부터 벗어날 수 없다. 삶이란 끊임없이 죽고 다시 태어나고, 죽고 다시 태어나고 하는 과정이다.

밥 딜런의 유대교 랍비와 같은 다음 구절 또한 이렇게 말하고 있다. "태어나느라고 바쁘지 않은 사람은 죽느라고 바쁜 사람이다." 그리고 여기 이 아일랜드 아이들은 할렘의 한 교회에 와서 이렇게 노래한다. "주님의 왕국이 도래할 때 모든 색채는 보혈의 붉은색으로 하나가 될 것입니다."

나는 침착한 듯 보이려 노력했지만, 자의식이 조금 요동치고 있었다. 게다가 워싱턴 수도의 RFK 운동장RFK Stadium의 무대에서 비에 젖은 바닥을 뛰어다니다가 미끄러져 쇄골이 부러진 상태라 통증도 있었다. 하지만 지금, 내 목소리가 이 합창단의 새로운 목소리들과 합쳐지자 그들이 표출하는 자유가 그 어떤 진통제보다 효과적인 약임을 알게 되었다. 나는 어디론가 실려 가고 있었다. 무수히 많은 물줄기들이 거대한 강의 어귀로 모아지고 있었고, 현실의 삶들과 삶의 이야기들이 우리 앞의 소나무로 된 교회 의자들 바로 거기에 모여 앉아 있었다. 음악이라는 신비를 통해 모든 이들의 영혼이 하나가 되고 있었다. 애초에 이곳에 온 이유는 흑인 교회 음악이 훨씬 정직한 느낌을 주기 때문이었다. 그런데 이제 나는 다시 한 번 상기하게 되었다. 삶이 엉망이 된 상태야말로 우리가 노래를 시작하는 순간이며, 마음속의 공허는 항상 충만함을 불러오게 되어 있다는 사실을. 나와 우리 밴드는 물론 지미조차도 이제 어색함은 벗어던지게 되었고, 이 노래에 들어있는 여러 사람들의 영혼이 바로 이 자리에 함께하고 있다고 느꼈다. 브라이언 이노, 그가 연결해준 스완 실버스톤스Swan Silverstones, 골든 게이트 4중주단Golden Gate Quartet, 도로시 러브 코츠Dorothy Love Coates, 그리고 클로드 지터 목사Reverend Claude Jeter라는 이름의 켄터키주 출신의 광부. 그리고 다니엘 라노이스. 그는 리듬 섹션이 거의 레게처럼 들리게 만드는 비결을 찾아냈을 뿐 아니라, 플랫피킹 스타일로 기타에도 도움을 주었고 나에게 옛날 소울의 고전들을 멜로디를 바꾸어가며 가르쳐 주었다. 우리의 가장 가스펠에 가까운 이 곡은 탐구의 끝없는 여정에 대한 노래이지, 낙원에의 도착에 대한 노래가 아니다. 그리고 이것이야말로 내가 신앙을 찾아내게 된 방법이었다.

이 곡은 "모든 색채는 보혈의 붉은색으로 하나가 될 거야"라는 황홀경으로 몰고 가지만, 경주는 결코 끝나지 않는다. "그래, 나는 지금도 달리고 있다네." 모든 순례자들의 이야기는 깨달음으로부터 도망치고 또 깨달음으로 달려가는 이야기이다. 성령으로부터 도망친다. 여호와로부터 도망친다. 모세는 불타오르는 가시덤불을 보고서 공포에 질려 도망갔으며, 블루스맨 로버트 존슨Robert Johnson은 지옥에서 온 악마의 개를 데리고 다녔다.

요단강을 바라보며, 무엇을 보았던가?

그 비슷한 때에 우리 밴드는 오스트레일리아에도 갔다. 그때 나는 목소리에 계속 문제가 생기고 있었기에 특히 싱어들에게 도움을 주는 것으로 평판이 높은 한 의사를 찾아가 보라는 조언을 듣게 되었다. 가까운 친지들은 내가 이렇게 계속 목이 붓는 이유는 궐련, 술, 새벽까지의 토론 등에 있다고 보았지만, 이 의사는 그런 것들보다는 불안감이 원인일 거라고 생각했다. 좋은 의사를 신뢰하는 것이 나에게도 이로운 일이며, 그는 아주 좋은 평판을 얻고 있는 이였다. 그래서 나는 그 전이라면 절대로 동의하지 않을 일에 동의하였다. 나는 그가 최면을 걸도록 허락하였다.

음, 최면이 걸렸는지는….

"상상해보세요." 의사가 말했다. "당신의 가장 좋은 추억들로 가득한 방입니다. 그 방으로 들어가세요. 자, 이제 서랍을 열어보세요. 그 추억들이 있을 겁니다. 당신에게 벌어졌던 가장 좋은 일들이요. 사람들의 인정과 긍정. 당신의 아내, 당신의 아이들, 당신의 가장 좋은 친구들. 당신의 삶을 바꾸어 놓았던 순간들. 모든 좋은 것들. 그 방 안으로 들어가세요."

나는 그 방 안에 있었다. 아마 새로운 곡을 만들던 연습실에 있었던 것 같은데, 이는 곧 어느 시골길을 걷는 장면으로 바뀌었다.

"자," 의사가 계속 말했다. "당신을 가장 안전하면서도 강력하게 느끼게 해주는 그 느낌. 그 느낌을 끌어내서 제게 묘사해보세요."

"저는 제 가장 친한 친구와 함께 강가를 따라 걷고 있어요." 나는 말했다. "모든 것이 다 제대로예요. 내 발걸음도 든든해요. 나는 판단하는 법을 배우고 있지만 내가 판단 당한다는 느낌은 아니에요. 원하는 이야기는 뭐든 할 수 있어요. 어떨 때는 친구가 대답하지만 어떨 때는 대답이 없어요. 그저 친구 사이의 대화예요."

"그 친구," 의사가 물었다. "누구예요?"

나는 말했다. "예수님인 것 같아요."

의사가 의자에서 불편하게 몸을 뒤척였다. 그의 최면에 내가 그다지 깊이 들어가지 못한 것 같았다.

그리고 그가 물었다. "지금 어디이신가요?"

나는 말했다. "그냥 강가의 시골길을 걷고 있어요. 톨카Tolka 강도 아니도 리피Liffey 강도 아니고 미시시피강도 아니에요. 아마 요단강일까? 저는 항상 요단강에 대해 로망이 있었어요."

이 '깊은 이완'에서 깨어나면서 나는 이 훌륭한 의사가 내가 내 맨 밑 서랍에서 예수를 찾을 것이라고는 예상하지 못했음을 감지하였다. 그 의사는 공손했지만 분명히 실망한 것 같았다. 내 목소리 문제의 원인을 발견하지는 못하고 대신 내가 가진 메시아 콤플렉스의 연원만 찾아낸 셈이다. 하지만 그에게 감사를 표했다. 이 이미지들은 어렸을 때 교회에서 'What a Friend We Have in Jesus' 같은 복음성가를 부르던 당시 나에게 아주 깊은 평안을 가져다준 것들이었기 때문이다. 진실을 말하자면, 그는 자신이 내가 나 자신을 이해하는 데 도움이 되는 경험을 일깨워주었다는 사실을 결코 알지 못할 것이다. 어째서 내가 우정을 일종의 성사聖事로 보는지, 내가 신앙에 있어서 동반자로 삼았던 이가 어떻게 해서 구약성서에 나오는 아버지로서의 신이 아니라 신약에 나오는 동반자이자 친구로서의 신으로 변모했는지를 이제 나는 이해할 수 있게 된 것이다.

그 최면의 경험에서 30년이 지난 2016년 4월, 나는 딸 조던과 함께 요르단의 요단강을 찾았다.

사실 온 가족이 함께 왔다. 일 년 중 그때에는 강이 갈색 흙빛이었으며, 수위는 낮았다. 우리는 베타바라Bethabara에 있는 강 동쪽 둑에 있었는데, 이 지명은 예수가 세례 요한으로부터 세례를 받았던 장소라는 데에서 나온 것이었다. 거기에서 30킬로미터 정도 가면 마운트 네보Mount Nebo가 있었으니, 이곳은 여호와가 모세에게 약속의 땅의 비전을 보여준 곳이었다고 한다. 몇백 미터 밖에는 러시아 정교회와 그리스 정교회의 교회들이 있었다. 이 교회들은 비잔틴 양식으로 장식이 많았으며, 하늘로부터 찬란한 황금빛을 온통 빨아들이고 있었다. 우리 가족은 이 신비로운 나라의 국경선에서 직접 목격한 절망으로부터 완전히 회복하게 되었다. 우리는 내전을 피해 온

시리아인들을 수용한 요르단의 가장 큰 난민 수용소인 자타리Zaatari를 거쳐 왔던 것이다. 요르단의 인구 20퍼센트는 이미 다른 곳에서 온 난민들인 상태였다. 우리 아들들은 UNHCR의 작업을 도왔으며, 나는 ONE을 방문하여 그들의 훌륭한 작업에 조명을 비추어보고자 했다. 절실하게 필요한 자원은 많았지만, 이들은 정말 얼마 되지 않는 자원으로 분투하고 있었다. 이 수용소들은 "영구적 임시 해법"이라고 불리고 있었다. 이 수용소들 중 하나에서 사람들이 머무는 기간은 평균 17년이다.

우리 가족과 함께한 이는 오직 우리의 가이드뿐이었다. 그는 히브리 경전들과 이슬람 문헌에 모두 능한 잘 차려입은 대학교수였다.

"예, 여기가 세례 요한이 예수에게 세례를 준 곳입니다."

나는 그가 확신하는 모습에 미소를 지었다. "어떻게 그렇게 확신할 수 있죠?"

고고학자이기도 한 이 가이드는 이렇게 설명했다. "사실 생각보다 쉽습니다. 당시에는 이 근처에 사람이 거의 살지 않았어요. 그래서 예를 들어 예수의 탄생과 같은 중요한 사건들이 있으면 아주 옛날부터 신전이나 사당 같은 것을 세워서 기념했어요. 땅을 계속 파다 보면 누군가가 기념하고자 만든 제단을 발견하게 될 확률이 높습니다. 그래서 우리가 여기를 세례 요한이 예수에게 세례를 준 곳으로 거의 확신하는 겁니다."

"여기 아무도 없으니," 나는 주제를 바꾸어 물었다. "우리가 물속으로 들어가도 될까요? 수영 좀 하게?"

"얼마든지요."

그리하여 비록 이 주변에 깊은 경외심을 간직하고 있었지만 경건한 모습 같은 것은 없었던 우리 가족은 요단강으로 뛰어들어 모종의 세례를 받게 되었다. 우리는 소리 내어 웃으면서 한껏 수영을 즐겼다. 그리고 그 기쁨에 놀랐다. 옛날과 현재를 함께 느끼며 조용해졌다.

이 신화 속 강물로 들어가는 것은 내가 이해할 수 있는 것 이상의 의미를 가지고 있었다. 세례라는 의식의 상징은 새로운 삶으로 떠오르기 위하여 죽음으로 파묻히는 것으로서, 실로 강력한 시적 상상력이다. 그리고 나를 따라 이 상징주의로 빠져든 어리석은 순례자들인 가족을 보면서 나는 참으로 행운아라는 생각이 들었다. 이 순간은 어리석음이라는 말로는 부족하다. 어불성설이라고 말해야 할 것이다.

세례 장소인 베타바라 혹은 알-마그타스Al-Maghtas('빠져듦') 강이 갈대밭 사이로 굽이치면서 흘러 들어가는 자연적인 연못으로서, 나는 눈으로 저기 붉은 뻘밭에서 맑고 밝은 물가로 내려오는 저 옛날의 발자국들을 따라가 보았다. 왱왱거리는 벌들은 나에게 꿀처럼 달콤한 생각을 하게 만들었다. 우리 교수님은 시간 여행자가 되어 무수한 탐구자들이 여기에 남겨 놓은 수많은 이야기들을 풀어주면서 역사의 시간을 한꺼풀씩 벗겨주었고, 벌들이 왱왱거리면서 나에게 이 장소는 2천 년 동안 거의 변한 것이 없을 것이라는 꿀처럼 달콤한 생각을 넣어주었다. "이 지역의 전설에 따르면," 그는 설명했다. "세례 요한은 메뚜기와 꿀만을 먹으면서 광야에 살던 사람이었기에, 어떤 이들은 그가 옛날의 선지자 엘리야가 다시 나타난 것이라고 여겼답니다. 하지만 여러분 주위에는 과거와 현재가 서로 함께 춤추며 얽혀 있지요."

그의 음악적인 목소리의 억양이 오르내리는 가운데 우리들의 발 앞에 작고 고요한 물줄기가 흐르는 희미한 소리를 들었다. "엘리야의 시내입니다." 그가 말했다. 요단강은 여러 물줄기가 합쳐지면서 생겨난 강으로, 그중 하나가 허몬Hermon 언덕, 즉 엘리야의 언덕에서 나오는 물줄기라고 했다. 또 다른 물줄기는 호렙 산Mount Horeb에서 내려오는 바, 저기 멀리에서 반짝이고 있었다. 그 산에서 모세가 십계명이 적힌 두 석판을 내려받아 어떻게 사는 게 가장 좋은 삶인지 알고자 하는 이들에게 전해주었다고 전해진다.

우리는 조금 물러서서 더 큰 그림을 보면서 감탄에 빠졌다. 심지어 이곳에서는 물리적인 풍경조차도 스토리텔링의 한 부분인 것 같았다. 그 스토리의 세세한 사항들이 처음에는 동물 가죽, 그다음에는 파피루스에 쓰여 전해져 왔지만, 지금은 돌과 색채의 파편들의 모습으로 나를 경탄에 빠지게 하고 있다. 나는 이 풍경의 전체 그림을 보고 싶어서 다른 곳으로 시점을 옮겨 보기도 하였다.

하지만 이 풍경이 전하는 시詩는 그 압운만이 희미하게 들릴 뿐이었다. 나는 성경에 담긴 시적인 힘에 항상 경외심을 느끼며, 하나님이라는 주제는 메타포를 사용하지 않으면 접근할 수가 없다고 생각한다. 아담과 이브의 이야기에서 시작하여 그 모든 환상적인 이야기들은 우리들이 삶의 형이상학적 측면을 헤치고 나갈 수 있도록 도와준다. 물리적 우주를 헤치고 나갈 수 있도록 해주는 것이 과학이라면, 종교적 경전들은 물리적인 것을 넘어서는 세계, 심지어 우리가 존재하는지를 증명조차 할 수 없는 세계를 헤치고 나갈 수 있도록 해준다.

그 이야기들은, 눈에 보이지 않지만 우리가 꿰뚫어 보겠다고 계속 노려보는 세계, 우리가 예술과 가족과 우정을 통해 흘끗 보게 되는 그 세계로 탐구하는 도구가 되어준다. 그 이야기들은 시작도 없고 끝도 없는 사랑의 이야기들이다.

나는 이 무한한 사랑이라는 아이디어로 마음의 평안을 얻고, 눈에 보이는 것을 넘어서는 더 큰 그림을 보게 된다. 나는 1980년대 중반 어느 크리스마스 이브의 추억으로 돌아간다. 더블린의 세인트 패트릭 성당St. Patrick's Cathedral에서 있었던 캐롤 미사였고, 졸지 않으려고 필사적으로 기를 쓰고 있었다. 여행에서 돌아온 지 얼마 되지 않아 몸은 여전히 시차에 시달리고 있었다. 앨리와 나는 미사 시작 직전에 붐비는 성당 안으로 들어갔으며, 12세기의 아치형 신랑nave을 떠받치는 커다란 석회 기둥들 중 하나의 바로 뒤에 있는 좌석에 행복하게 자리를 차지했다. 크리스마스 이야기를 전해주는 합창단이나 배우들의 모습을 볼 수 없었던 나는 대신 소프라노 소년들의 노래에 귀를 기울였다.

Once in royal David's city
Stood a lowly cattle shed,
Where a mother laid her baby
In a manger for His bed

하지만 앨리가 계속 팔꿈치로 쿡쿡 쳤음에도 불구하고 나는 얼마 지나지 않아 잠이 들고 말았다. 꿈속에서 내 생각은 짧았던 학창시절로 돌아갔고, 이 성당의 주임 사제였던 아일랜드 작가 조나단 스위프트의《걸리버 여행기》로도 돌아갔다. 앨리가 또 한 번 팔꿈치로 나를 쳤고, 나는 잠을 깨려고 염소와 양들에게 둘러싸여 아이를 낳고 있는 어머니를 머릿속에 그려보았다. 예수 탄생은 이렇게 위태로운 환경에서 이루어졌으며, 염소 똥과 지푸라기 사이에서 예수는 태어나고 강보에 싸였다.

사람의 감각이 작동하는 방식은 참 재미있다. 나는 그 장면의 냄새를 맡을 수 있었다. 가난은 냄새로 나타나는 법이다. 나는 마치 크리스마스 이야기를 처음 들은 사람처럼 그 이야기에 담긴 시와 정치학으로 충격을 받았다. 이 신비로운 우주에 내재한 사랑과 논리의 일정한 힘이, 어느 헐벗은 집안 한 아이의 위태로운 출산으로 이름 없는 장소에서 스스로 모습을 드러낸 것이다. 인류가 어떻게 서로를 받들면서 살아갈 수 있는지를 가르쳐 주기 위해서. 이는 정말로 넋을 잃을 만한 이야기이다.

이 이야기의 감화력은 실로 넋을 잃을 만하다. 깊이를 알 수 없는 이 우주의 힘이 아무 힘도 없는 자들의 모습으로 표출되었다는 것. 나는 하마터면 웃음을 터뜨릴 뻔했다.

천재적이다.

표현조차 불가능한 존재가 궁궐이 아닌 보잘것없는 가난한 곳을 자기 임재의 장소로 선택했다는 것. "그리고 주께서는 우리의 슬픔을 함께하시며, 우리의 기쁨을 함께하신다네."

우리 가족은 이런 이야기를 함께 나누면서 베들레헴을 방문하였다. 그곳에는 예수가 태어난 그 누추한 외양간 위에 세워졌다고 전해지는 교회가 있었다. 우리의 가이드는, 예수가 태어난 외양간은 크리스마스 카드에 나오는 것과 같은 예쁜 모습이 아니라 이 지역에서 보통 가축들의 피난처로 사용되는 모종의 동굴 같은 것이었다고 했다. 우리의 막내둥이 존John은 거기에서 그려지는 홈리스의 모습을 이해하게 되었고, 우리는 우리가 살고 있는 도시에서도 하나님이 길거리에서 종이 박스로 바람을 피하면서 자고 있을 것이라고 이야기하였다.

우리가 예루살렘 구시가지에 있는 성묘의 교회Church of the Holy Sepulchre를 방문했을 때에도 나는 여전히 그 1980년대 중반 세인트 패트릭 성당에서 내 눈앞에 나타난 장면을 생각하고 있었다. 그 교회가 세워진 자리는 예수가 십자가에 못 박혔다고 전해지는 곳이었다. 이곳에서 예수의 추종자들은 죽음 그 자체가 죽었다고 믿었다. 대담하게 이런 믿음을 받아들이는 이들에게는 엄청난 아이디어이지만, 보통 사람들 대부분에게 있어서 영생불사란 여전히 멀고 먼 생각이다. 어쨌든 이곳은 아직 상업화된 지역은 아니었다.

우리가 만났던 예루살렘 시장 니르 바르카트Nir Barkat는 온 세계 인류의 3분의 2가 1주일에 한 번은 이 도시를 생각하면서 잠을 깬다고 말했다. 나는 지금도 그 말을 생각하고 있다. 비록 예루살렘을 둘러싼 현재의 정치 상황은 로켓 발사와 고무 탄환으로 얼룩져 있지만.

사막 하늘 아래의 꿈

순례자는 사막으로 들어서게 될 때가 많다. 오디세이. 장거리 자동차 여행. 방랑자. 성스러운 땅으로 가는 순례의 길에는 많은 사막이 있으며, 이는 우리 밴드의 작품에 지속적으로 등장하는 메타포이기도 하다. 우리의 가장 유명한 앨범 커버에서 우리는 사막에 서서 이 세상을 바라보고 있다.

소노란Sonoran이나 모하비Mojave와 같은 미국의 사막들은 우리 밴드의 가장 오래가는 상징 중 하나인 조슈아 나무를 선사하였다. 안톤 코르빈Anton Corbijn과 함께 했던 사진 촬영 작업 중 우리는 사막이 밤이 되면 얼마나 춥고 가혹한 곳이 되는지를 알게 되었다. 겨울이나 때로는 낮에도 그러하다. 앨범 슬리브에 실린 안톤의 사진들은 차가운 풍경 속에서 사진 모델로서 안 추운 척해야 한다는 배우의 역할을 용감하게 거부하고 오들오들 떨고 있는 우리들의 모습을 그대로 담고 있다. 나는 심지어 영상 6도의 온도에서 러닝셔츠 하나만 입고 포즈를 취하기도 했다.

그 열정. 우리는 네덜란드의 사진 대가인 안톤이 조슈아Joshua라는 이름을 제대로 발음하지 못하는 것을 보고 끊임없이 웃어댔다. 그는 "요슈아Yoshua"라고 발음했던 것이다. 〈The Yoshua Tree〉. 그런데 사실 그의 발음이 히브리 원어인 "예슈아Yeshua"에 더 가까울지도 모른다. 그리고 우리는 세월이 지난 뒤 이것이 예수를 뜻하는 Yeshua와 발음만 다를 뿐 같은 이름이라는 것을 알게 되었다. 우리는 우리의 가장 인기 있는 앨범의 제목을 〈The Jesus Tree〉라고 지은 셈이다. 참으로 우리답다….

이 이름의 앨범과 순회공연을 통해서 우리의 명성은 다른 수준으로 올라가게 되었다. 이러한 종류의 성공을 경험하게 되면 본래의 자기 모습을 스스로 잊어버리게 되기 십상이다. 그래서 어떨 때에는 도망쳐서 집으로 돌아갈 필요가 있다. 아마 이것이 내가 애덤과 함께 우리 스스로의 순례길에 오르게 된 배경이었을 것이다. 자동차로. 사막의 장거리 자동차 여행. 우리가 사랑에 빠진 이 미국이라는 나라의 음악을 어쩌면 더 잘 알게 될지도 모를 여행. 쳇 베이커Chet Baker의 'Let's Get Lost'가 우리의 테마송이었으며, 실제로 우리는 사라져 버렸다. 로스앤젤레스에서 뉴올리언즈까지. 우리는 자동차에 온갖 미국적인 물건들을 잔뜩 싣고서 페인티드 사막Painted Desert을 통과하기 시작했다. 그리하여 뉴멕시코주에 있는 트루스Truth나 컨시퀀세스Consequences와 같은 이름의 도시들을 통과하여 애리조나로 향했다. 그러는 가운데 우리는 책을 읽고, 이야기를 하고, 음악을 듣고, 멋진 멕시코식 아침 식사를 하고… 또 차창을 내리고 바람을 맞았다.

가장 위대한 소울 가수의 한 사람인 앨 그린Al Green은 이제 풀 가스펠 태버나클 처치Full Gospel Tabernacle Church에서 목회를 하고 있었지만, 우리가 멤피스시에 도착했을 때는 그가 없었다. 하지만 그의 팀원 중 한 사람이 우리를 교회로 데려갔고, 거기에서 우리는 실로 스릴 넘치는 경험을 한다. 그곳의 설교사가 설교의 절정에 올랐을 때는 완전히 등골이 오싹할 만큼 짜릿했다.

"여러분이 어디에서 왔는지는 상관없습니다. 사막을 통과했는지 계곡을 지나왔는지, L.A.에서 쭉 고속도로를 타고 왔는지 어땠는지는 상관없습니다. 지금 당신들은 위험에 빠져 있습니다. 여러분이 가는 길에는 가드레일도 없습니다. 여러분이 유명 인사들일지 모르지만, 여러분이 이 세상 꼭대기에 있는 이들일지 모르지만, 여러분이 탄 차는 지금 산꼭대기에서 추락하기 직전입니다. 나는 여러분이 누군지 모릅니다. 하지만 뭔가 분명한 느낌이 옵니다."

그는 우리 이야기를 하고 있었던 것일까?

우리가 바로 그 산꼭대기에서 추락하기 직전의 그 사람들인가?

우리 둘은 모두 진땀을 흘렸는데, 아마도 우리를 데리고 간 그 사람이 오늘의 방문객들은 타락한 로큰롤 바빌론에서 온 자들이라고 그 설교사에게 귀띔을 해주었을 것이라고 추측하면서 마음을 달랬다.

캐시의 집

애덤과 나는 우리의 순례길이 어디로 향하는지 정확히 알지 못했지만, 누구를 향해서 가는지는 알고 있었다. 그는 내슈빌에 살고 있었고, 자기만의 길을 지나온 최초의 순례자이기도 했다. 나는 1980년대에 이미 조니 캐시Johny Cash를 알고 있었다. 아일랜드에서는 그의 인기가 전혀 사그러들지 않았기 때문이다. 아일랜드 사람들은 그의 음울한 컨트리 스타일과 그가 전하는 있는 그대로의 진실을 높이 찬양했으며, 그가 더블린 공항에 도착하자마자 했던 일이 기네스 맥주를 파인트 잔으로 들이키는 것이었음도 알고 있었다.

사람들은 그것을 알코올 중독과 연관시키지 못했다. 1987년 우리가 내슈빌을 방문하여 조니 캐시가 우리를 집으로 점심 초대했던 그 날, 조니는 전혀 술 냄새를 풍기지 않았다. 우리가 그 집 다이닝룸을 지날 때 40명을 위한 식탁이 준비되어 있었기에 그도 조금 움찔하는 듯싶었다. 그러자 그의 부인 준 카터 캐시June Carter Cash가 나타났다.

"안녕, 어서 와요. 제가 지금 제 요리책의 사진 촬영을 하고 있어요. 오늘 식사는 부엌에서 하도록 해요."

우리 네 사람은 부엌 식탁에 앉았고, 우리가 머리를 숙인 가운데 조니는 내가 지금까지 들었던 가장 은혜로운 식전 기도를 올렸다. 하지만 그다음에 그는 살짝 미소지으며 부인이 듣든 말든 이렇게 말했다. "하지만 마약이 정말 그리워요."

그 집은 프랑스, 영국, 아일랜드에서 가져온 정교하게 조각된 19세기 떡갈나무 가구들로 가득했다.

"나는 역사에 관심이 많아요. 준도 그렇고."

"아일랜드 사람이시죠?" 애덤이 물었다.

"아니에요. 이 캐시라는 성은 스코틀랜드에서 내려온 거예요. 캐시 가문House of Cash. 스코틀랜드의 남작 계급이었다죠."

나는 말했다. "조니, 진지한 말씀인 줄 압니다만, 그래도 다시 한 번 알아보세요. 당신 얼굴이 아일랜드의 카운티 웩스포드County Wexford에서 말을 기르는 사람들과 아주 닮았거든요. 그 말 기르는 사람들의 성이 캐시예요."

"그 캐시라는 성이 아일랜드에 있는 트래블러Traveller 공동체와 관련이 있다는 것 아시나요? 그 공동체는 양철과 금속을 다루는 데 대대로 전문성이 있다는 역사를 가지고 있는데요. 제가 어렸을 때도 그쪽 사람들이 집집마다 돌아다니면서 칼을 갈아주고 냄비를 때워주던 게 기억이 나요."

"아마도 당신 같은 연금술사들이었을 테죠. 천한 금속들을 금으로 바꾸는… 당신의 경우에는 골드 레코드이지만요. 트래블러들 중에는 위대한 음악인들도 있었어요. 핀바 퍼레이Finbar Furey나 그만큼 잘 알려져 있지는 않지만 페커 더니Pecker Dunnie 같은 이들요."

조니는 준보다는 이 간추린 역사 이야기를 잘 받아들였다. "우리 집 동물원 보러 갈래요?"

"동물원이요? 여기 동물원이 있나요?"

"그럼요. 카터 캐시 동물원이라고 해요. 정말 보여드리고 싶어요."

"여러분들 조니의 동물원 꼭 보셔야 해요." 준이 끼어들었다. "그리고 에뮤emu 이야기도 꼭 해달라고 하세요. 조니가 잘 안 하려고 하는 이야기예요."

조니는 그의 픽업트럭에 우리를 태우고 자랑스럽게 자기 동물원을 둘러보았다. 지역 주민들은 정기적으로 이곳에 온다고 했다. 동물들을 안전하게 지키기 위해 울타리와 문이 설치되어 있었다. 이곳의 동물들 중에는 예측불허인 것들도 있었으니까.

"준이 에뮤 이야기를 했죠? 별로 이야기하고 싶지는 않지만, 에뮤는 정말 위험한 동물이고 절대 만만하게 보아서는 안 돼요."

그의 걸걸한 목소리가 아주 심각해졌다. 그는 자신이 이 "역사 이전부터 살았던 지옥에서 온 닭"과 대결했던 이야기를 해주었다.

"농담 아니고, 정말 그놈과 마주쳤을 때 죽을 뻔했어요. 그놈이 공격하데요. 발로 나를 찼어요. 그 거대한 새가 걷어차서 내가 쓰러졌고, 그러자 인정사정없이 내 가슴을 짓밟더군요."

"내가 울타리로 쓰려고 나무 말뚝들을 놓아두었기에 그걸로 이 공룡 같은 새를 겨우 물리칠 수 있었어요. 거의 죽을 뻔했어요. 이거 꾸며낸 얘기 아니에요."

나중에 애덤이 웃으면서 내게 말했다. "조니 캐시, 에뮤에게 살해당하다"라는 신문 헤드라인을 상상했다고. 한 번 머릿속에 들어오면 지워버릴 수 없는 이야기이다. 이 검은 옷의 사나이 조니는 그 사건을 회상만 했는데도 얼굴이 하얗게 되었다. "나는 리노Reno에서 그냥 재미로 사람을 죽였다네" 라는 가사를 노래했던 이 사나이도 그 오스트레일리아산 무법자 새는 쉽사리 떨쳐내지 못했던 것이다.

훗날 나는 크리스 크리스토퍼슨Kris Kristofferson과 시간을 보냈는데, 그가 조니 캐시에 대한 자세한 이야기를 더 해주었다. 다른 모든 남자들을 기죽게 만드는 상남자 중의 상남자인 존 또한 한창 때에는 막 나가는 사나이였다고 한다.

"조니는 나무 위에서 잠들곤 했어요. 마치 짐승처럼, 황야에서 마주치는 가장 험한 짐승처럼 말이에요. 그래서 우리는 그를 좋아했죠." 조니가 처음에 내슈빌에 집을 구했을 때는 아직 준이 나타나서 그를 길들이기 이전이었고, 그때는 집에 가구라고는 딱 하나밖에 없었다고 한다.

"나무로 된 궤짝이었어요. 조니는 그 안에서 잤어요. 그는 그걸 자기 관이라고 불렀는데, 죽음 따위는 웃음거리였다는 거죠."

온 세상에 이 남자를 길들일 수 있는 사람은 준 카터 캐시뿐이었다. 그런데 그가 신앙심도, 구원의 확신도 깊은 사람이었지만 절대로 경건한 타입은 아니었으며, 아마도 그것 때문에 많은 이들이 그에게 끌렸던 것 같다. 가스펠 음악은 기쁨을 담고 있지만 어떤 이들에게 걸리면 감상적인 음악이 되어 사카린과 같은 달콤함이 되고 만다. 반면 조니 캐시의 음악을 들으면 항상 바로 앞에 천사들이 악마들과 뒤섞여 나타나는 느낌이다. 그는 자신의 천막을 "지옥Sheol의 문 앞에" 칠 것을 선택한 사람이다. 조니는 저주받은 자들에게 노래하지 않는다. 그는 저주받은 자들과 함께 노래하며, 어떨 때는 차라리 그가 저주받은 자들과 함께하는 것을 더 선호하는 느낌을 받는다.

조니 캐시를 사랑할 수밖에 없는 이유들

1. 그는 'I Walk the Line'이라는 곡을 썼으며, 대부분의 사람들보다 더 'Walk the Line'을 위해 열심히 노력하였다.
2. 키가 193센티미터이지만, 아무도 아래로 보는 법이 없다.
3. 그는 산 퀜틴San Quentin과 폴섬Folsom의 감옥 위문 공연을 너무나 즐거운 놀이로 삼았고, 그때의 공연 실황을 들으면 아직도 많은 이들이 자유를 느낀다.
4. 그는 크리스 크리스토퍼슨이 힘들었던 시절, 내슈빌의 CBS 녹음 스튜디오에서 청소부로 일할 때, 잠깐 쉬는 시간 동안 크리스가 자신의 노래를 휘파람으로 부는 것을 듣고서 그를 발견하였다. 또 전직 미 해병대 헬리콥터 파일럿이었던 크리스가 'Sunday Morning Coming Down'의 데모 테이프를 들고서 그의 정원에 착륙했을 때에도 경찰을 부르지 않았다.
5. 그는 크리스, 윌리 넬슨Willie Nelson, 웨일런 제닝스Waylon Jennings와 함께 하이웨이맨Highwaymen을 결성하여 허식 없는 무법자 컨트리 음악을 만들어 냈다. 그들의 음악은 컨트리 음악 안의 좌파적 관점과 우파적 관점의 간극을 메꾸고자 했던 것이었다. 그 밴드 내에서도 마찬가지이고.
6. 예수 그리스도Jesus Christ의 이름 약자는 그의 이름에서 따온 것이다.

방랑자 안의 방랑벽

그 몇 년 후인 1993년, 우리는 〈Zooropa〉 앨범 작업을 하면서 조니에게 전자음악 한 곡의 보컬을 맡아달라고 요청했다. 나는 구약성서 한가운데의 '전도서'를 염두에 두고 있었다. 이 곡은 탐구자, 순례자에 대한 노래였다.

나는 무례하게도 'Wanderer'의 가사를 쓸 적에 그의 목소리를 흉내 내어 보려고 했다.

I went drifting through the capitals of tin
Where men can't walk or freely talk
And sons turn their fathers in.
I stopped outside a church house
Where the citizens like to sit.
They say they want the kingdom
But they don't want God in it.

"이 전자음악은 당신이 보통 마시는 차는 아니지만, 당신의 목소리와 좋은 대비를 이룰 겁니다."

"저 차 안 마셔요. 요즘 내가 마시는 건 물밖에 없어요. 한번 해보죠."

조니 캐시는 어느 곳에 가든 헤비급 챔피언이지만, 부인인 준 카터가 나타나면 힘을 못 쓴다. 그녀도 대단한 컨트리 음악인이다. 준은 'Ring of Fire'라는 아주 아름답고 조심스러운 결혼식 축가를 썼거니와, 이 곡은 그녀와 존을 위한 것이었다. 그녀는 자신의 쓰라린 경험으로부터 결혼이라는 것이 마냥 들뜨기만 하는 게 아니라는 걸 잘 이해하고 있었다. 2000년대 초반, 조니가 위중한 상태라는 말을 듣고 전화를 걸었고, 받은 것은 준이었다.

"오, 보노, 안녕하세요. 아일랜드는 요즘 어때요? 앨리는 어때요? U2는 어떻게 지내요? 벌링턴 호텔Burlington Hotel은 요즘 어때요?"

우리는 15분간이나 통화했으며, 조니는 병 때문에 전화를 받을 수 없다고 추측했다.

"준, 조니에게 우리가 쾌차를 빈다고 전해주세요."

"오, 보노, 조니는 지금 바로 옆에 있어요. 우리는 침대에 있어요. 바로 지금 바꿔 줄게요."

조니 특유의 바리톤은 이제 으릉거리는 베이스 목소리로 바뀌어 있었다. "이거 미안하게 됐네요."

더 무슨 말을 하랴. 그는 그의 사랑하는 아내의 품에 있었다. 그런데 결국은 조니보다 준이 먼저 세상을 떠났다. 조니는 그의 음악 덕분에 삶을 유지했다. 그 몇 해 전 릭 루빈Rick Rubin과의 전화 덕분이었다.

"나 음반을 만들어야겠어. 만들지 못하면 나 죽게 될 거야."

그래서 아메리칸 리코딩American Recording에서 음반을 내게 되었고, 몇 곡은 조니 스스로의 역사상 가장 뛰어난 음악적 재해석이었다. 그중에는 우리의 노래 'One'을 조니가 차가운 돌덩어리 같은 목소리로 부른 곡도 들어있다.

"하지만 마약이 정말 그리워요."

이게 조니의 모습이다. 우리를 편하게 해주려고 애쓰는 사람.

2013년 여름, U2는 우리의 오래된 크리에이티브 디렉터 윌리 윌리엄스Willie Williams, 미술 및 디자인을 맡은 에스 데블린Es Devlin 등과 함께 회의를 하고 있었다. 거기에는 마크 피셔Mark Fisher도 함께했는데, 그는 우리 순회공연의 무대를 디자인하는 데 큰 역할을 했던 로큰롤 설계자였다. 열성적인 공공 미술 애호가이기도 한 마크는 핑크 플로이드의 〈Wall〉 공연을 시작으로 라이브 무대의 설계에 있어서는 누구도 따라올 수 없는 권위자였다. 그는 죽음을 몇 달 앞둔 몸 상태였으므로 회의에 나타나지는 못했지만 온라인으로 우리와 함께했다. 다가오는 〈Innocence + Experience Tour〉는 블레이크의 시집에서 제목을 따왔으며, 거기의 노래들도 그의 시집에서 영감을 얻은 것들이다. 그렇다면 그 무대는 어떻게 만들어야 할까?

윌리는 우리가 무슨 말을 하고 싶은지를 먼저 결정해야 우리가 무엇을 보여줄지를 결정할 수 있다고 강력하게 주장했다. 옳은 말이었다. 그렇다면 우리는 무슨 말을 하고 싶은 것인가? 에스는 이런 상상을 해보았다. 두 개의 무대를 만든 뒤 그 둘을 잇는 일종의 영적인 간선도로로서 내가 자라난 거리인 시더우드 로드를(우리의 신곡들 중 하나는 이를 주제로 한 노래이다) 활용하자는 것이었다. 그 시점에서 어두운 디지털 스페이스 너머로 마크의 목소리가 들려왔다. 겁쟁이 참모들의 회의 자리에서 호통을 치는 장군처럼 그는 우렁찬 목소리로 우리를 꾸짖었다.

"운동장 한가운데에 아주 큰 십자가 형태의 무대를 세우는 게 맞지 않나? 그게 당신들이 정말로 말하고 싶은 거잖아? 내 말이 맞지?"

"음," 내가 대답했다. "아주 정확하지는 않지만, 틀린 말씀은 아닙니다. 십자가라는 이미지야말로 우리가 견고하게 움켜쥐고자 하는 것 맞습니다. 공동체 전체로 손을 뻗기 위한 수평선과 우리의 온갖 상상을 땅에 굳건하게 뿌리박게 해주는 수직선이 교차되는 형태이니까요."

아마 마크가 이렇게 말하려고 한다는 느낌을 받았다. "그럼 당장 그렇게 해버려!" 하지만 그의 말은 이러했다. "음, 윌리엄 블레이크라고 해도 그렇게 했을 거야."

생각해보면 조니 캐시도 마찬가지였을 것이다. 그리고 이게 바로 내가 걷고자 하는 선이기도 하다. 방랑자 안의 방랑벽. 스스로가 찾는 것을 아직도 찾지 못한 영혼. 확실성만큼이나 의구심 또한 중요하게 여기는, 목적지보다는 여정 자체를 중요하게 여기는 삶과 가스펠 노래. 우리 밴드가 계속 힘을 얻는 것이 바로 여기에 있다. 약속의 땅에 닿는 바로 그 순간, 그곳이 약속의 땅이 아니라는 것을 발견하고 다시 떠나는 것이다.

구약성경에는 '전도서'라는 제목의 고대의 지혜를 담은 글이 있다. 기원전 몇백 년 전에 쓰였다고 한다. 이 글에는 내가 노래로 담았던 방랑자의 모습이 있다. 섹스, 약물, 돈, 명성… 등이 결코 약속의 땅이 아니라는 것을 알게 된 여행자의 이야기이다.

이 글의 저자는(아마 솔로몬일 것이다) 그 모든 것들이 헛되고도 헛된 것들이라고 말한다. 인간의 삶에서 추구할 가장 좋은 것은 바로 자신의 일을 즐기는 것이다. 좋아하는 일을 하는 것.

약속의 땅은 항상 어딘가 다른 곳에 있다.

나는 내가 약속의 땅을 손에 넣을 수 있다고 생각한다. 하지만 그것을 향해 손을 뻗을 수 있는지는 모르겠다.

Dearest

Elijah + John.

if you can step over the shite

love is bigger than anything in its way

papa nu guinea

37

Love Is Bigger Than Anything in Its Way

사랑은 그 길에 있는 어떤 것보다도 커요

The door is open to go through
If I could I would come too
But the path is made by you
As you're walking, start singing and stop talking.

사랑은 그 길을 가로막는 어떤 것보다도 크다. 하지만 이 말도 해두어야 한다. 그 길을 가로막는 것들은 많고도 많다.

장면 1: 한 로큰롤 공연장

땀과 열기로 가득한 더블린의 어느 공연장. 젊은 청중들이 하늘을 날아보려고 온몸으로 펄펄 뛰면서 밴드와 하나가 되어간다. 싱어는 아무도 예상하지 못한 두 개의 깜짝쇼를 보여준다. 우선 드럼 키트를 향해 뛰어 올라간다. 그다음에는 그대로 떨어져서 찐득거리는 무대 위에 죽은 듯이 쓰러져 버린다. 남자들은 숨을 들이켜고 여자들은 비명을 지르지만, 그는 감전되어 죽거나 한 것은 아니다. 그는 그저 쇼비즈니스의 한 연기를 행한 것뿐이다.

그 싱어는 내가 아니다. 그는 내 아들이다. 하지만 2018년 겨울 이 젊은 이가 올렸던 무대의 규모는 내가 우리 학교 친구들과 함께 연주하던 무대의 규모와 똑같다. 나도 그 젊은이처럼 당시에는 10대였다.

그 싱어의 어머니도 여기에 와 있다. 그녀는 아들의 공연을 보러 다니고 있다. 이것이 이상한가? 그렇지 않다. 우리의 셋째이자 맏아들인 엘리야Elijah가 스스로의 음악적 비전을 깨우쳐 가는 과정을 직접 찾아가 경험한다는 것은 놀랍고도 감동적인 일이다. 하지만 엘리야는 자신의 아버지가 공연마다 얼굴을 들이민다는 것은 반드시 좋은 일만은 아니라는 것을 의식하고 있다. 6분 내내. 엘리야는 조숙한 척하거나 너무 쿨한 척하거나 하지 않는다. 그는 가끔씩 나에게 조언을 구하곤 하는데, 나는 그가 무대 위에서도 또 무대 밖에서도 있는 그대로의 모습을 보여줄 수 있는 능력이 부럽다고 대답해주었다. 있는 그대로의 자기 모습으로 편하게 있을 수 있다는 것이야말로 청중들이 공연예술가에게서 발견할 수 있는 가장 매력적인 점이라고.

"너 자신이 된다는 것은 세상에서 제일 어려운 일인데, 너는 그걸 쉽게 할 줄 아는구나. 나는 지금까지 한 번도 나 자신이 되어본 적이 없는데. 그러면서 연주도 훌륭해. 사람들에게 큰 임팩트를 주기 위해서 꼭 대단한 공연예술가가 되어야 하는 건 아니야."

"그러니까 말씀은 제가 대단한 공연예술가가 아니라는 거죠?"

그는 얼굴에 엘비스와 같은 미소를 띤 채 아버지에게 대든다. 앞에서 말한 더블린 공연장에서의 기절 쇼는 이 대화 1주일 후의 일이다. 우리 아들은 그런 놈이다. 사냥개. 이 소년은 자기가 원한다면 어떤 사람도 될 수가 있다.

장면 2: 럭비 시합

나는 원더러스Wanderes라는 럭비 클럽의 시합 경기장에 서 있다. 이 팀에 소속된 16살짜리 소년들은 쿨마인Coolmine이라는 클럽과 붙어서 점점 더 밀리고 있다. 우리 아들인 3번 선수는 16살이지만 키가 6피트이다. 우리 가족 중에서는 완전히 거인이라고 할 수 있는데, 동료 선수들과의 팀워크를 무엇보다 중요하게 여기고 있다. 그와 동료들은 호전적인 상대 팀 앞에서 큰 점수 차로 뒤지고 있었는데, 나는 바로 이때 우리 아들 존이 위대한 운동선수가 될 수 있는 능력이 있음을 발견하게 되었다. 위대한 권투 선수가 되는 것은 큰 펀치를 날릴 줄 아는 능력에 달려 있는 것이 아니라 큰 펀치를 맞을 줄 아는 능력에 달려 있다고 하며, 위대한 사람이 되는 데에도 이 원리는 똑같이 적용된다. 우리집 막내는 어떤 면에서는 우리 가족 누구보다도 어른스러운 아이다. 태어날 때는 아주 급하게 태어났던 아이다. 진통이 시작된 앨리를 데리고 병원으로 급히 차를 몰아갈 때 앨리는 나보고 비상등을 켜도록 만들었다.

"이 애는 도망자의 차량을 몰게 되든가 그걸 쫓는 경찰차를 몰게 될 거야." 나는 그녀에게 말했다. "커서 강도가 되든가 덩치 큰 경호원이 되든가 할 거야."

"과속 위반 티켓 정도는 엄청 떼이게 될 게 확실해."

우리 존은 가족들 가운데 누구라도 소외되는 이가 없는지를 항상 주의 깊게 살핀다. 우리 모두가 되고 싶어하는 사람의 모습이다.

시작은 우리가 우리 아이들을 돌보는 것이지만, 때가 되면 그리고 우리가 아주 축복을 받았다면, 아이들이 우리를 돌보게 된다.

장면 3: 가족의 비밀이 드러나다

아이들에게 자상한 아버지가 되어주는 것이 나로서는 쉽지 않은 일이었다. 내가 아버지와 가까이 지내지 못했기 때문이다. 아버지 노릇은 학교에서가 아니라 집에서 배우는 것이지만, 아버지는 아이들을 별로 좋아하지 않았고 나와도 가깝지 않았다. 또 내가 자라면서 가끔은 마구 투정을 부릴 때도 있었는데, 당시에는 아버지도 어머니를 잃고 매우 위태로운 상태였다. 그런데 이제 나는 아버지와 내가 가까워지지 못했던 최소한 또 하나의 이유를 알게 되었다. 아버지가 다른 누군가와 매우 가까웠기 때문이었다. 2000년 9월, 내가 더블린의 집에 있을 때 갑자기 형 노먼으로부터 전화가 왔다.

"네게 말해줄 가족 소식이 있어. 이제부터 할 이야기는 정말 놀랄 만한 이야기야."

"우리 사촌이 사실 우리 친형제라는 이야기?" 내가 끼어들었다. "스콧 랭킨Scott Rankin 말이야?"

내가 이 사실을 어떻게 알게 되었을까? 나의 무의식 어딘가에서 나는 노먼이 내게 해줄 이야기를 이미 알고 있었던 것이다. 노먼은 믿을 수 없다는 반응이었다.

"내가 하려던 이야기가 그건데, 너 어떻게 알았어?"

"첫째와 막내 사이에 낀 둘째 아들 증후군middle-child syndrome이다. 왜?" 내 말에 노먼이 반응하는 것을 보면서 나는 내 아래로 동생이 하나 더 있었다는 것을 확증하게 되었다.

이러한 직감은 분명히 기이한 것이다. 더욱 놀라운 일은, 내가 전혀 당황하지 않았다는 것이다.

이상한 일이지만, 내가 품고 있는 줄도 모르던 통증이 낫는 느낌이 들었다.

우리 사촌 스콧은 항상 우리와 가까웠고, 어떨 때는 그의 친형제들인 애덤과 마이클이 우리의 친형제들처럼 느껴지기도 했다. 우리 아버지와 우리 외숙모 바바라가 친하다는 것은 모두가 알고 있는 사실이었지만, 아이리스와 잭이 남매 사이인지라 그 각각의 배우자들이 친하다는 것을 이상하게 생각하는 이는 아무도 없었다. 우리 두 가족은 가까운 사이였지만, 우애 이상의 감정이 나타나는 것을 본 적은 전혀 없었다. 하지만 확실한 것은 전혀 아니지만 아마도 사춘기가 되기 전부터 내 머릿속에는 묘한 생각이 들어와 있었던 것 같다. 그래서 노먼의 전화는 충격이라기보다는 이미 짐작하고 있었던 것이 사실로 드러난 것일 뿐이었다. 나는 다시 생각을 정리해보려 했고, 그러자 어느 해 아름다운 여름날 러쉬Rush에서 두 가족이 캠핑카를 몰고 가서 며칠을 보냈던 때가 기억났다. 그때의 대화가 영화 장면들처럼 떠올랐다.

스콧이 태어난 것은 내가 11살 때, 즉 어머니 아이리스가 세상을 떠나기 3년 전이었다. 아이리스는 이 사실을 전혀 알지 못했다. 그녀의 남편이나 아버지 밥은 아무에게도 이 사실을 말하지 않았고, 스콧의 어머니인 바바라 또한 아무에게도 말하지 않았다. 30년 세월 동안 이 사실을 알고 있었던 것은 오직 두 사람뿐이었다. 결국 스콧의 아버지인 잭에게 이를 털어놓았지만, 그래도 그는 바바라와 헤어지지 않았으며 스콧에게도 여느 때와 마찬가지로 사랑이 넘치는 아버지로 남아 있었다.

이 사실이 밝혀진 이후로 스콧과 나는 더욱 가까워졌다. 그는 머리가 좋고 진실한 사람이다. 이제 그도 자신의 과거 및 현재를 평안한 마음으로 받아들이게 되었다. 그는 최근 나에게 이렇게 말했다. 거짓 이야기로 자기 아이들을 속이고 싶지도 않고, 또 자기 아이들이 무슨 거짓말로 사실을 왜곡하는 것도 원하지 않는다고. 그는 자기 아이들이 자신의 랭킨/휴슨이라는 정체성을 편하게 받아들였으면 한다고 했다. 나는 지금 이를 존중하고자 한다. 스콧과 그의 가족들은 이제 복잡하고 시끄러운 성을 이름 뒤에 달게 되었으니 쉬운 일은 아닐 것이다. 그는 신중한 사람이기에 우리 가족의 사생활과 그의 가족의 사생활을 보호하려고 노력해 왔다는 것을 나는 알게 되었다. 이건 어떨 때는 참으로 힘든 일이었을 것이다.

가족들과 우리 모두의 비밀들. 하지만 비밀이 없는 가족이 있는가?

이 소식은 며칠 동안 머릿속을 가득 채웠으며, 나는 묻기 시작했다. 혹시 내가 아버지에게 품은 공격성의 중심에 이 사실이 있는 것일까? 아마도 내가 분개했던 것은 그가 내게 관심을 갖지 않았다는 게 아닐지도 모른다. 그건 어머니가 무시당했다는 느낌 때문이었을지도 모른다. 이것으로 나의 분노를 일부 설명할 수 있을까? 어머니가 내 삶을 버리고 떠난 것은 그녀의 선택이 아니었다. 하지만 스콧과 관련된 비밀이 드러나면서 아버지는 내가 없는 다른 삶을 가지고 있었다는 것을 나는 갑자기 이해하게 되었다. 그리고 그의 마음은 거기에 가 있었던 것이다. 어떤 관계에서든 몸이 함께 있는 게 다가 아니다. 정서적인 가까움이 가장 중요한 것이다. 나는 성장기에 아버지가 나와 함께 있을 때에도 나와 함께 있는 게 아니었다는 것을 이해하기 시작했다.

나는 아버지에게 물어야 할 질문이 하나 있었다. 이 질문을 꺼내려면 상당한 용기가 필요했다. 나는 차를 몰고 더블린을 가로질러 하우스Howth에 있는 아버지의 아파트로 갔다. 그곳에서는 아이리스가 어린 시절 수영을 했던 해변이 내려다보였다. 아버지는 쇠약한 상태였고, 바다를 바라보는 그의 눈은 조금 붉은색을 띠고 있었다.

"우리 어머니를 사랑하셨나요?"

"물론 나는 네 어머니를 사랑했다. 그냥 어쩌다 그렇게 된 거야."

나는 다시 물었다. "그녀를 사랑했나요?"

"그렇다. 나는 네 어머니를 사랑했다."

그 순간 나는 그가 진실하려고 애쓰고 있다는 것을 알았다.

이제 내 형제 중에는 노먼뿐만 아니라 스콧도 있다는 것을 알게 되었으니, 도대체 가족이라는 게 무언지 스스로에게 묻지 않을 수 없다. 또 내 다른 형제들은 누구인지도 묻지 않을 수 없었다. 어머니가 세상을 떠나고 내 가족이 나와 멀어진 뒤 내가 찾아낸 형제들.

나라는 사람의 중심에는 항상 가족이 있었다. 나는 아이리스가 세상을 떠난 뒤 몇 개의 대체 가족들을 시도해보았다. 기존에 있던 가족들에게 끼어들어 가려고도 했고… 아예 새로 가족을 만들어보기도 했다. 그 시작은 시더우드 로드에서 길거리의 초현실주의 무리들과 함께 만들었던 립턴 빌리지였고, 마운트 템플 학교 시절에는 1976년 래리네 집 부엌에서 내가 찾아낸 가족 U2로 이어졌다.

거의 동시에 나는 또 다른 가족을 찾아냈다. 내가 16살 때 앨리의 부모님은 내가 절실히 가족을 필요로 한다는 것을 깨닫고서 나를 기꺼이 받아주었다. 우리 밴드가 성공을 거둔 뒤에는 아마도 내가 사회 운동과 정치의 세계에서 또다시 가족을 찾아 헤맸던 것 같다. 가족을 필요로 하는 모습을 하고서.

장면 4: 2018년 11월 베를린, 무대 위에서

〈Innoncence + Experience Tour〉 순회공연의 마지막 밤이다. 여기는 베를린이며, 원형 무대에서 'Acrobat'이라는 노래를 연주하고 있으며, 정말로 아크로바틱한 모습을 보여주고 있다. 네 사람이 모두 공중에 매단 밧줄을 타는 길거리 공연자들처럼 차려입었다. 밧줄에서 떨어지지 않고, 그 위를 걸어가며, 중력과 싸우면서 춤을 춘다. 우리는 20년 동안 연주해보지 않았던 노래를 연주하면서(연주가 무척 어려운 곡이다) 흠뻑 도취되어 있다. 하지만 오늘 밤 엣지는 그의 크림색 레스폴 기타를 (기타 잡지의 표현대로) "채를 치듯 잘게 썰고shredding" 있다. 이 선승과 장로교인을 섞어놓은 듯한 사나이가 지금은 핼러윈과 같은 장엄 미사를 펼치고 있다. 그 소용돌이치는 듯한 빠른 춤 속에서 기타로 일종의 엑소시즘을 행하고 있으며, 무대에서 모든 사악한 눈동자들voodoo-eyes을 잠재우는 드라마를 펼치는 나에게서 모든 악마를 물리쳐 준다. 그러면서 우리의 지옥에 있는 모든 박쥐들을 풀어주고 있다.

나는 래리를 쳐다본다. 그는 그의 아버지가 항상 원했던 드러머가 되었다. 진정한 재즈 음악가, 자신을 제외한 모든 이들의 기대를 훌쩍 넘어선. 드럼 키트 너머의 그는 이제 학생이 아니라 대가이며, 그의 드럼 스틱은 마치 버디 리치Buddy Rich처럼 혹은 1950년대의 비밥 아이리쉬맨Be Bop Irishman처럼 드럼의 가죽을 때리고 스네어 드럼을 울리게 한다. 그는 이제 그야말로 재즈 음악인의 이름과 같은 의미의 래리 멀런 '주니어'가 되었다. '주니어'란 곧 '시니어'가 있다는 말이며, 아버지가 있다는 말이다. 계보가 있는 음악인이라는 말이 된다. '주니어'라고 따옴표를 친 이유는 펑크 밴드였던 우리가 재즈 음악인 행세를 하고 있다는 아이러니를 나타내기 위해서다. 나는 공연 때마다 항상 멤버들을 소개하면서 "드럼에 래리 멀런 주니어!"라고 외치는 순간을 기대한다. 그러면 청중들이 일제히 함성으로 답하게 되니까. 하지만 오늘 밤은 그 함성이 내 귀에 들리지 않는다. 나는 일종의 황홀 상태 속에 있으며, 높은 데시벨의 외침은 침묵 속으로 빨려 들어가고 있다.

아무것도 들리지 않는다. 사방이 조용하다. 모든 것이 사라진다. 군중들도 시간처럼 사라진다. 오직 우리 넷만이 무대 위에 있다.

나는 래리에게 감사할 뿐이다. 스스로를 끝없이 도야하여 뛰어난 드러머가 된 것뿐만 아니라 나에게 자신의 밴드에 들어오라고 해준 것을. 나는 마운트 템플 종합학교 맥켄지 선생님의 음악실 붉은 복도로 돌아간다. 래리는 사람들이 생각하는 것만큼 수줍은 아이가 아니었으며, 자신이 드러머로서 함께할 멤버들을 찾아냈다는 것에 기쁜 미소를 만면에 드러냈다. 그가 원하는 것은 오직 그것뿐이었다.

노란색 통로에서 나는 애덤 클레이턴을 본다. 딸기색 금발이면서 아프리카식 곱슬머리에 양털로 만든 아프가니스탄식 코트를 76년이라고 쓰인 파키스탄 티셔츠 위에 걸쳐 입었던 어렸을 때의 그 모습으로. 모두들 허세 없이 얌전하게 살아가던 그 시절에 가장 큰 허세를 부리던 그 소년. 세기가 바뀌고 난 뒤 그 소년은 이제 어른이 되었다. 기타보다 베이스가 훨씬 좋다고 생각했던 그 소년, 록스타가 되겠다는 일념밖에 없었던 그 소년은 이제 자신의 베이스는 물론 자신의 삶도 확고하게 자기 의지대로 다루고 있다. 슈퍼스타 애덤 클레이턴은 옛날의 그와 완전히 똑같으면서도 완전히 다른 사람이 되었다. 물론 그는 지금도 무대 위에서 자신과 눈이 마주치는 모든 청중의 여성들에게 추파를 던지고 있지만, 이제는 부인과 두 아이를 둔 아버지일 뿐만 아니라 그가 한때 추구했던 세속적 지식보다는 지혜가 훨씬 더 넘치는 사람이 되어 있다. 나는 지금도 그를 소개할 때 일종의 명품과 같은 존재로 소개하며, 그에게 우리의 여성 청중들을 꼬셔 보라고 꼬시지만, 우리가 어떤 길을 거쳐 지나왔는지에 대해 깊은 경외감을 가지고 있다. 아마 그중에서도 애덤은 가장 먼 길을 거쳐왔을 것이다. 흔해 빠진 퇴물로 끝나버릴 수도 있었던 그가 지금은 흔한 데라고는 찾아볼 수가 없는 생명력의 존재가 되었으니까.

시간을 멈추는 데에도 시간이 필요하다. 순간에서 영원을 뽑아내는 데에도 시간이 필요하다. 시간을 잡아 늘이는 데에도 시간이 필요하다. 그런데 지금은 시간이 소멸해 버렸고, 그와 함께 모든 이들도 소멸해 버렸다. 나는 지금 이 거대한 운동장의 한가운데에 설치된 원형 무대의 끝자락에 서 있으며, 내 머릿속에는 이 U2라고 불리는 밴드의 시작과 끝에 대한 생각뿐이다. 우리 네 사람.

우리가 〈Innocence + Experience Tour〉 순회공연 내내 사용했던 데이비드 벤틀리 하트 박사Dr. David Bentley Hart의 경구가 있다. "지혜란 경험의 극단에서 되찾은 순진함이다."

이 경험의 극단에서 내가 찾아낸 것은? 감사의 마음이다.

내 경우에는, 살아 있다는 것이 감사하다. 내가 마운트 시나이 병원의 수술실에 누워 있었던 후로 1년 11개월 5일이 지났다.

거의 죽을 뻔한 경험을 하게 되면 너무나 생생한 삶을 살게 된다. 이제 만사 만물이 새로운 명징함을 띠고 다시 눈앞에 나타난다.

한 예로 이제 나는 우리 밴드라는 존재가 여러 노래들을 모아 놓은 것이 아님을 알게 되었다. 우리 밴드는 단 한 곡의 노래, 아직 끝나지 않은 한 곡의 노래에 더 가깝다. 그래서 우리는 계속해서 연습실, 스튜디오, 무대로 되돌아와 이 노래를 끝내려고 그리하여 U2라는 곡을 완성시키려고 하는 것이다. 아마도 우리는 이 밴드를 시작한 이후로 언제나 그것을 끝내려고, 완성시키려고 애써왔던 것이리라. 그리고 그 U2라는 노래는 우리의 삶이 되었다. 그 짐에서 풀려나려고. 이제 이게 끝임에 틀림없다. 더 이상 좋을 수는 없다.

이제 우리는 완성된 것일까? 우리는 끝난 것일까? 나는 감사할 뿐이다.

내가 부르고 있는 노래 가사는 그 긴 무대 생활의 대부분 우리의 팬들에게 바치는 것이었지만, 지금은 나의 형제들, 처음 만났을 때는 앞으로 우리가 어떤 길을 가게 될지 아무것도 모르고 여기까지 함께한 이들에게 바치고 있었다. 나에게 멋진 삶을 선사해줘서 고마워. 나를 너희들 밴드에 넣어줘서 고마워. 내가 너희들을 괴롭히고 을러대고 밀어붙이고 막 쥐고 흔들어도 용납해줘서 고마워.

너희들에게 영감도 주고 실망시키기도 했지만, 그래도 용납해줘서 고마워.

어릿광대 분장을 한 나의 얼굴 위로 눈물이 흘러내렸다. 그건 기쁨의 눈물이 아니었다.

우리를 하늘로 띄워보겠다고 너무 심한 힘을 사용한 것에 대해 나는 사죄하고 있었다. 그들이 각자의 최고의 존재를 끌어내고 있는 동안 나는 항상 그러지 못했던 것 같다. 하지만 이게 끝이라면, 그렇게 되라지. 우리의 성취가 꼭대기에 달한 순간 나는 우리가 길의 끝에 도달한 것은 아닌지, 이제 함께 길동무가 되어야 할 이유도 사라진 것은 아닌지 생각했다.

내가 왜 이런 생각을 하고 있을까?

아직도 우리는 미완성곡일까? 만약 노래가 완성되었다면? 이는 일리가 있는 이야기이다.

게다가 이 밴드를 계속 밀어붙이는 일이 모든 이들의 신경 시스템에 어떤 대가를 초래하는지를 생각해보라. 나이가 들수록, 그리고 함께한 시간이 길수록 그 대가는 더욱 커지게 되어 있다.

많은 이들에게 해당되는 이야기이지만 특히나 공연예술가들에게는 확실하게 해당되는 이야기가 있다. 아침에 일어나 옷을 차려입고 나서기 위해서는 일정한 정도의 거짓말과 헛소리로 스스로를 덮어야 한다. 하루를 살아가는 일은 이미 충분히 힘든 일이며, 거기에다 자신의 맨얼굴까지 곧바로 본다는 것은 도저히 감당하기 힘든 일이다. 그런데 그보다 더 감당하기 힘든 일은, 내가 아무리 거짓말과 헛소리로 나를 덮어본다 해도 그걸 다 꿰뚫고 나의 맨얼굴을 알아보는 세 명의 다른 사람들이 있다는 것이다. 만약 내 자신에게 스스로의 모습이라고 믿게 만드는 것이 다른 밴드 멤버들이 알고 있는 모습과 일치하지 않는다면, 나는 '약에 취해on one' 있는 상태일 가능성이 대단히 크다. 뱀이나 도마뱀에게는 스스로 껍질을 벗고 새로운 모습으로 나타나는 일이 허락되지만, 이 사랑하는 밴드 멤버들은 내가 벗어버린 껍질 주변과 그 위를 걸어 다닌다. 내가 내 최초의 모습을 벗어던진 것에 이들이 기뻐할 수는 있지만, 그들은 그 과거의 모습을 너무나도 잘 알고 있다. 이걸 견딜 수가 없다면, 아마 스스로 밴드를 떠나야 할 때가 된 것이리라.

밴드가 뭉칠 수 있는 이유는 무엇일까?

우리는 어떤 밴드들의 경우 멤버들이 서로 대화를 거의 하지 않으며 그들의 가장 긴밀한 만남이 공연 무대와 회계사 사무실에서만 이루어진다는 소문을 종종 듣곤 한다. 이렇게 서로 간의 감정이 상할 대로 상한 상태에서 금전적 보상이 주어진다고 해봐야 그게 다 무엇인가? 우리는 밴드란 가족 사업과도 같아서 여러 명의 식탁에 음식을 놓아주는 일일 뿐만 아니라 어떤 종류의 행동들에 대해서는 아주 넓은 아량이 허락되어야만 하는 것임을 잘 이해하고 있다. 또한 가족 사업은 그 성원들이 자의식으로부터 벗어날 수 있는, 그래서 각자의 모든 다양한 색깔들과 분위기들을 서슴없이 드러낼 수 있는 장소를 제공하는 것이기 때문에 인간의 여러 노력 중에서도 가장 큰 노력이 들어가는 사업이라 할 수 있다. 가족이란 성원들 모두가 모든 두려움을 떨쳐 버릴 수 있는 곳이다. 아마도 가족이 최상의 모습으로 완성이 된다면, 그야말로 "완벽한 사랑이 모든 두려움을 몰아내는" 장소가 될 것이다.

그런데 내가 무대 위에서 이런 생각을 하면서 멤버들을 바라보고 있는 것일까? 우리는 이 문제에 대해 그전에도 이미 많이 생각해보지 않았던가? 우리 밴드는 항상 해체를 겪으며, 여러 번의 순회공연과 앨범을 거치면서 서로를 좀 너무 심하게 밀어붙여 왔다. 최고의 앨범을 완성하는 일은 실로 어려울 때가 많다. 최고의 노래들을 만들기 위해서는 멤버들 모두가 최고의 창의력을 발휘하면서 서로 싸울 수밖에 없기 때문에 훨씬 심한 후과를 남길 때가 많다. 한 가족 안에서 싸움이 벌어지게 되면 흉터가 남는 것을 피할 수 없지만, 그렇다고 해서 싸우는 일을 멈추게 되면 밴드 전체가 아예 기능을 멈추게 되는 일이 벌어진다.

작가인 존 파렐스John Pareles는 우리에게 이렇게 질문한 적이 있다. 우리가 서로 존중하는 관계를 유지해온 것이 진짜 마음에서 우러나온 존중 때문인지, 아니면 좁은 방 안에 여러 명이 갇혀 있으면 칼부림이 날 가능성이 높다는 두려움에서 나온 감옥 예절 같은 것인지. 제발, 다음 질문으로 넘어가 주기를.

나는 이 책에서 최대한 솔직하게 내 이야기를 털어놓으면서도 내가 사랑하고 또 함께 일하는 다른 세 사람의 관점도 존중하려고 노력했다. 우리는 공적인 자리에서 서로를 비판한 적은 한 번도 없지만, 어떨 때에는 서로에 대한 사랑이 바닥나 버릴 때도 있다. 이는 실제로 벌어지는 일이다. 우정의 우물이 말라버리는 일은 가족에서도, 부부 관계에서도, 공동체에서도, 또 밴드에서도 얼마든지 벌어질 수 있는 일이다.

이런 상황에서 벗어나기 위해 내가 즐겨 쓰는 전략은 계속해서 다시 지혜의 원천으로 돌아가는 것이다. 그래서 다시 물통에 물이 그득 찰 것이라고 희망하면서 물통을 우물 바닥까지 깊이 내려보는 것이다. 내가 항상 성경 이야기를 하는 이유도 여기에 있다. 우리 밴드가 가장 힘들었던 시절에도 나를 지탱해준 것이 성경이며, 또 지금도 여전히 나의 자아의 벽이 얼마나 비뚤어졌는지를 재어보는 다림줄 역할을 해주기 때문이다. 성경이야말로 내가 계속 앞으로 나아갈 수 있도록 해주는 영감의 원천이다. 더욱 힘을 내어 내 자아와 투쟁하도록 이끌어주는 권면. 그런 일을 할 수 있도록 만들어주는 지혜.

나는 기원후 1세기의 사도 바울과 같은 영적인 스승에게로 되돌아간다. 스스로를 완전히 극복한 사람에게 찾아가 본다.

장면 5: 고요함 속으로 찾아가는 여행

나는 이 고대의 저술가 사도 바울로부터 배울 것이 너무나 많다. 처음에는 아주 기념비적인 꼴통 근본주의자였던 사람이 어떻게 해서 2천년 전에 가장 위대한 사랑의 찬가를 쓴 사람으로 변할 수 있었을까? 그의 영적인 행로 어린가에서 그는 사랑이 그 앞을 가로막는 그 어떤 것보다도 크다는 것을 알게 된다. "내가 무슨 말을 하든, 무엇을 하든, 무엇을 믿든, 사랑이 없다면 나는 아무것도 아니"라는 것을.

Love never gives up.
Love cares more for others than for self.
Love doesn't want what it doesn't have.
Love doesn't strut,
Doesn't have a swelled head,
Doesn't force itself on others,
Isn't always "me first,"
Doesn't fly off the handle,
Doesn't keep score of the sins of others,
Doesn't revel when others grovel,
Takes pleasure in the flowering of truth,
Puts up with anything,
Trusts God always,
Always looks for the best,
Never looks back,

But keeps going to the end.

— St. Paul, 1 Corinthians 13, The Message

처음에는 열심당Zealot의 학자였던 그가 결국에는 날품을 팔아 여비를 마련하고 사방을 떠돌면서 천막을 세우는 여행자가 되고 말았다. 자신의 신앙으로 인해 투옥과 죽음에 직면하면서 사랑은 감상적인 감정이 아니라 거칠고 험한 일이라는 것, 권력 앞에서 불편한 진실을 말하는 일이라는 것, 그리고 자기 자신에게 불편한 진실을 말하는 일이라는 것을 배워 나간다. 다마스커스로 가는 길에 말에서 떨어진 뒤 역사상 가장 중요한 여행을 시작하게 되는 사도 바울. 고요함 속으로 찾아가는 여행. 자기 말을 하는 것에서 엄청난 거리를 지나 남의 말을 듣는 것으로 나아간 사람.

처음에는 보기 싫은 인간으로 등장하지만, 나중에는 갈등 속에서도 평화를, 혼돈 속에서도 위안을 찾아내는 스승으로 변모한다. 그가 사랑의 본성을 탐구하는 역사상 가장 위대한 글을 쓴 것은 그가 신앙에 대한 탄압으로 옥중에 있을 때였다. 나로서는 감히 엄두도 내지 못할 정도의 영적인 성숙함이다. 나는 긴급한 상황에서는 명확하게 생각할 줄 알지만, 갈등에 빠지면 싸워 버리든가 도망가 버리든가 할 때가 너무나 많다. 그냥 허공에 주먹을 휘두르면서 시더우드 로드의 어린 시절의 나로 바로 되돌아가 버리고 마는 것이다.

하지만 신앙이라는 것이 목발 같은 것에 불과하다면 나는 이를 과감히 던져 버리겠다. 차라리 쓰러지고 말겠다. 나는 교회의 문을 한 번도 두드려 본 적이 없는 대부분의 사람들 이상으로 종교에 대해 의구심을 갖고 있다. 나는 내가 집이라고 부를 수 있는 교회를 만나본 적이 없으며, 우리 아이들에게는 종교를 조심하라고 말한다. 인간의 영혼이 갈망하는 것을 어느 하나의 교파나 종파의 건물 안에 가두어 놓는 것은 불가능한 일이라고 가르친다. 차라리 일상의 삶에서의 기율 그리고 자기를 버리고 다시 태어나는 훈련 같은 것이 더욱 중요하다. 교회는 장소가 아니라 실천이며, 그 실천이 바로 교회라는 장소가 된다. 약속의 땅 같은 것은 존재하지 않는다. 오직 약속의 여행, 순례만이 있을 뿐이다. 우리는 시끄러운 잡음 속에서 신호를 찾아내려 하며, 우리 스스로에 대해 또 서로에 대해 더 나은 질문을 던지는 법을 배워간다.

나는 그 신호를 '하나님'이라고 부르며, 그 영원의 존재가 임재하는 곳을 찾아낼 단서를 얻기 위해 나의 삶을 샅샅이 훑는다. 우선 그 시작으로 우리 옆에 혹은 길 저편에 서 있는 게 누구인지, 나와 한지붕에 사는 게 누구인지, 아니면 저 길모퉁이에서 지붕도 없이 살고 있는 게 누구인지를 먼저 살펴본다. 신비주의자들은 하나님은 현재에 임재한다고 말한다. 루터 킹 목사가 "지금이라고 하는 극심한 급박성fierce urgency of now"이라고 불렀던 그것이다.

하나님은 우리들 사이의 사랑에 임재한다. 군중 속에서. 밴드 안에서.

결혼 안에서.

우리가 세상과 마주하는 방식에서.

하나님은 행동으로 표현되는 사랑 안에 임재한다.

나는 27세 때 "나는 아직 내가 찾는 것을 찾지 못했네"라는 가사를 하나의 질문으로서 던졌다. 하지만 확신하지 못하는 나의 마음과 평화를 이루려고 애쓰는 가운데 최소한 한 가지에 있어서 만큼은 확신을 갖게 되었다. 하나님이라고 하는(남성인지 여성인지 복수인지는 중요하지 않다) 이 거대한 신비에 대해 우리가 어떤 본능 어떤 생각을 갖고 있든, 또 위대한 신앙의 전통들 사이에 존재하는 여러 차이점들이 무엇이든, 그 모든 본능과 생각과 전통들은 한 장소에서 공통의 지반을 얻게 된다. 그 장소란 가난하고 위태로운 처지에 있는 사람들 속을 뜻하며, 하나님이라는 신호는 그 장소에서 가장 강력하게 울리게 된다.

그렇다면 하나님은 어디에 있는가?

나는 나처럼 안락한 삶을 누리는 자들에게도 하나님이 함께해주시기를 소망하지만, 하나님이 있는 곳이 가장 가난하고 가장 위태로운 이들 속이라는 것을 *분명히 알고 있다*. 빈민촌에서. 길가의 홈리스들이 집으로 삼아 덮고 자는 종이 박스 속에서. 우리가 일터로 향하는 문 앞에서. 모르는 사이에 배 속의 아기에게 바이러스를 옮겨 결국 자신도 아기도 목숨을 잃게 된 엄마의 침묵 속에서. 전쟁으로 파괴된 건물의 잔해에 깔려 있는 이들의 비명 속에서, 질식해 죽어가면서 허공에 내젓는 그들의 맨손에서. 하나님은 겁에 질린 이들과 함께한다. 바다에서 난파를 맞은 뱃사람들, 그 절망 속에서도 꿈을 놓지 않으려고 꼭 쥐고 있는 그들과 함께한다. 하나님은 난민들과 함께한다. 내가 듣기로 하나님의 외아들 또한 난민이었다고 한다. 하나님은 가난한 이들과 위태로운 처지의 이들과 함께하며, 우리가 그들과 함께한다면 하나님은 우리와도 함께한다.

사람들은 가족은 선택할 수 없지만 친구들은 선택할 수 있다고 말한다. 그렇다면 밴드의 경우는 어떻게 되는 것일까? 이는 여전히 수수께끼로 남아 있다. 아마도 음악이 우리를 선택했다고 말하는 게 맞을 것이다.

하지만 이 밴드와 함께 나는 하나님이라는 신호를 귀로 들었으며, 이제 베를린에 있는 이 무대 위에서 또다시 그 신호를 듣게 된다. 그 신호의 음파가 우리 모두를 감싼다. 이것이야말로 내가 이 책의 첫 부분을 시작할 때부터 갈망한 것이었다. 그리고 아마도 우리들 사이의 우정이야말로 음악 그 자체보다 더욱 중요한 일종의 성사聖事와 같은 것이리라. 천한 금속들을 황금으로 바꾸는 연금술처럼, 개개인의 재능을 모아 위대한 밴드로 만들어주는 황금의 열기.

나는 조이 라몬에 대해서 또 우리가 그 밴드를 위해 썼던 노래에 대해 생각해본다. 그 밴드의 아름다운 사운드는 최초에 우리가 이 순례의 길을 떠나게 된 계기였고 우리는 지금도 그 순례의 길 위에 있다. "기적이 일어나는 순간에 잠이 깨었네/이 세상을 이해하게 해줄 노래가 들려왔네."

바로 그 신호.

If you listen you can hear the silence say

"When you think you're done, you've just begun"
Love is bigger than anything in its way.

그리고 나는 노래를 하면서 밤의 어둠 속으로 팔을 뻗는다. 다른 손을 잡기 위해 있는 힘껏 팔을 늘여 본다.

at the moment of
SURRENDER
I folded to my knees
I did not notice
the passers by
and they
did not
notice me

38

Moment of Surrender

항복의 순간

I was speeding on the subway
Through the stations of the cross
Every eye looking every other way
Counting down 'til the pentecost

At the moment of surrender
Of vision over visibility
I did not notice the passers-by
And they did not notice me.

나는 앨리의 손을 잡고서 탁자 아래에 있다. 니스의 구시가지에 있는 우리가 가장 좋아하는 레스토랑의 하나인 라 프티트 메종La Petite Maison이다. 우리는 여기에 종종 친구들을 데려오는데 오늘도 몇 명의 친구들이 함께 있다. 함께 탁자 아래에. 나와 앨리와 우리 맏딸 조던이 함께 있으며, 함께 있는 친구들은 안톤 코르빈Anton Corbijn(그는 키가 무려 6피트 4인치이다. 그가 어떻게 그 긴 몸을 탁자 아래에 쑤셔 넣을 수 있단 말인가?), 그의 파트너, 의상 디자이너 니미, 그리고 우리와 함께 살고 있는 노니Nonie와 미키Miki이다. 그리고 나의 조수 엠마누엘Emmanuelle. 우리는 어린 소년 테오Theo를 달래주고 있으며, 그는 다시 그의 어머니를 달래주고 있다. 그의 어머니는 말을 하지 못한다.

나는 폭죽놀이를 좋아한 적이 없다. 하늘은 색채의 폭동으로 폭발하며, 그 초신성과 같은 통형 촛불에 사람들은 "우우"와 "아아"의 탄성을 터뜨린다. 오늘은 프랑스 혁명 기념일이며, 프랑스 전체가 스스로를 축하하면서 또 전 세계의 축하를 받고 있다. 바스티유 감옥 습격, 권력 장악. 프랑스인들은 폭동과 혁명에 능하며, 어떤 의미에서는 그것들을 발명했다고 볼 수 있다. 이날 밤은 니스 사람들이 영국인 산책로Promenade des Anglais에 쏟아져 나와 함께 즐기는 큰 행사가 벌어지며, 프랑스 시민들은 성대한 장관의 예식을 즐긴다는 것을 온 세상에 상기시켜 준다. 전쟁에서 포위당한 상태에서는 폭죽의 불꽃과 황 냄새가 소름이 끼치도록 익숙하다고 들었다. 죽음과 파괴가 오기 직전의 순간.

이 2016년 7월 밤, 나는 산책로를 걸으며 앨리에게 속삭였다. "이제 모두 충분히 구경도 다 했으니까 레스토랑으로 돌아가는 게 좋지 않을까?" 5분 후 우리는 라 프티트 메종으로 돌아왔으며 그 길에서 니스시의 '녹색 시장' 크리스티앙 에스트로시Christian Estrosi를 만났다. 그가 해변을 따라 놓고자 했던 노면전차에 대해 우리가 함께 대화를 나누고 있는데 경찰차 한 대가 빠른 속도로 길을 틀어 우리를 향해 달려오고 있었다. 그러더니 에스트로시는 모종의 긴급사태가 터졌음을 직감하고 우리에게 작별 인사도 없이 재빨리 경찰차에 올라탔다. 우리는 무슨 일인지 궁금해하다가 사람들의 비명과 고함소리가 높아지는 것을 감지하였다. 사람들 한 무리가 우리가 걸어온 길을 따라서 우리 쪽으로 다가왔다가 멀어지며 몰려가고 있었다. 뭔가 아주 불안한 일이 벌어지고 있는 중이었다. 우리는 테러 사건임을 직감하였다. 나는 가족을 부둥켜안고 반쯤 열린 창문으로 레스토랑 안으로 밀어 넣었다.

"모두 탁자 아래로 들어가세요!"

나는 주제넘은 일이라고 느꼈지만 그래도 레스토랑의 손님들에게 소리 질렀다. 아일랜드 사람들은 이런 일에 대해 아는 바가 있다. 폭발이라도 벌어지게 되면 유리창이 깨어지게 될 테니까. 테오의 어머니는 숨을 몰아쉬고 있었고, 테오는 그녀의 머리를 쓰다듬었다.

"엄마, 엄마, 괜찮을 거야. 걱정 마."

직원들이 셔터 문을 내렸고 몸을 숨겼으며, 우리는 기다렸다. 우리가 폭죽놀이를 즐겼던 곳 바로 위에서 31세의 한 튀니지인이 대형 트럭을 몰고 군중들에게 돌진한 것이었다. 84명이 목숨을 잃은 테러 공격이었지만, 그때에는 무슨 일인지 알 수가 없었다. 하지만 이럴 때 패닉에 빠져서는 안 된다는 것은 분명히 알고 있었다. 셰프인 노니가 말했다. "제가 키친으로 가서 저 작은 소년을 달랠 수 있는 걸 좀 찾아볼까요? 아이스크림이라도 있을 거예요."

나는 그보다 8개월 전에 있었던 파리에서의 사건을 떠올리게 되었다. 11월 13일 금요일이었다. 네 번의 공연 중간에 하루 쉬는 날이었다. 우리는 운동장에서 이민자들이 유럽으로 건너오는 부분을 연습하고 있었는데 갑자기 알림도 없이 전기도 뭐도 다 나가 버렸고 우리는 무대 아래로 끌려 내려왔다. 파리에서 테러 공격이 벌어졌으며 음악 공연장들이 그 타깃이었던 것이다. 바타클랑Bataclan 극장에서는 당시 이글스 오브 데스 메탈Eagles of Death Metal이 공연을 하다가 테러 공격을 당하게 되었거니와 우리는 그 밴드의 조시 홈Josh Homme을 통해서 그 밴드를 알고 있었다. 호텔로 돌아온 우리는 모두 내 방에 모여 있었고, 길거리의 상점들이 셔터를 내리고 있는 가운데 총성이 연달아 들렸다. 그 총성은 그 이후 결코 내 귀에서 떠나지 않았다. 스타드 드 프랑스Stade de France 경기장에서의 축구 시합 도중에도 공격이 있었고, 그 밤에 사람들이 모이는 다른 장소들에서도 공격이 이루어졌으며 음악 팬들이 무참히 살해당했다는 뉴스였다. 우리 모두 입 밖으로 내지는 못했지만 똑같은 생각을 하고 있었다. 우리 공연장에 온 청중들이 당할 수도 있었구나.

다음 날 나는 이글즈 오브 데스의 싱어인 제시 휴즈Jesse Hughes의 전화번호를 알아내어 우리가 도울 것이 있는지를 묻기 위해 전화를 걸었다. 제시는 큰 충격에 빠진 상태였고, 아마도 심리적 외상 후 스트레스 장애를 겪고 있는 것 같았다. 그는 계속해서 나를 "님sir"이라고 불렀다. 경찰은 심문 조사를 위해 밴드 전체를 경찰서에 머물게 하고 있었다. 그 공연장은 그야말로 범죄 현장이었던 것이다. 제시는 자기가 어떻게 살아남았는지를 설명하였다. 그와 그의 여자친구는 무대 뒤 복도를 따라 도망치다가 테러범에게 걸렸다고 했다. 그런데 두 사람 모두가 테러범의 총격에 쓰러지기 직전에 락이 걸렸다. 그래서 라이플이 멈춘 사이에 그 두 사람은 도망칠 수 있는 시간을 벌었다.

"저는 이 무기들이 어떻게 작동하는지 압니다, 보노 님. 저는 총들과 함께 자라났습니다."

"제시, 저한테 '님'이라고 부를 필요 없어요."

"예, 보노 님. 알겠습니다, 보노 님. 하지만 알려드려야 하겠습니다. 저는 총기 소리만 들어도 총알이 몇 발 남았는지를 알 수 있고, 탄창을 갈아끼우느라고 틈이 언제 생길 것인지도 알 수 있습니다. 완전히 도살장이었습니다, 보노 님. 제가 살아 있다는 게 믿어지지가 않습니다."

그는 말을 멈추었다. 그의 울음소리가 들렸다.

우리가 라 프티트 메종의 탁자 아래에 웅크리고 있을 때 이런 장면들이 휙 지나갔다. 처음에는 이러한 음악인들과 팬들을 타깃으로 삼는 테러 공격이 새로운 것이라고 생각했다. 하지만 나는 곧 내가 10대였을 때에 있었던 다른 학살 사건을 떠올렸다. 마이애미 쇼밴드Miami Showband가 반브리지Banbridge에서 공연한 후 더블린으로 돌아오는 길에 얼스터 자원군Ulster Volunteer Force이 그 밴드 멤버들을 살해한 사건이었다. 나는 또 14살 때 있었던 또 다른 끔찍한 학살 사건의 날을 회상하게 되었다. 그날 나는 학교에 가는 버스를 타지 않았고, 구기의 아버지와 구기의 동생 앤드루 국 팬츠 델라니 로언이 테러 현장에 휘말렸다. 탁자 아래에서 작은 소년이 자기 엄마를 달래고 있었고, 우리의 친구 세르즈 팍튀Serge Pactus가 바깥에 우리를 이 레스토랑에서 무사히 빼내어줄 수 있는 프랑스 군인들이 와 있다는 소식을 알려주었다.

그 군인들도 겁을 집어먹고 있는 상태로 보였다. 적이 누구인지 어디에 있는지 확신할 수 없었으니까. "머리 위로 손 들어!"

그들은 우리에게 이 명령을 소리쳤고, 우리는 항복의 표시로 하늘 높이 손을 올린 채 옛 광장을 가로질러 걸어갔다.

무한성은 최고의 출발점이다

"'항복'은 사전에 나와 있는 가장 강력한 단어야." 브라이언 이노가 말했다. 우리는 스기모토Sugimoto의 사진 그리고 리소토를 요리하는 게 얼마나 어려운지 등과 같은 자극적인 주제들을 이야기하고 있었다. 나는 정말로 승리를 거두는 유일의 진리는 바로 항복하는 것이라는 생각을 받아들이고 있었다. 서로에게. 사랑에게. 더 상위의 권능에게.

브라이언 이노와는 이런 대화를 하면서도 위선적이라든가 잘난 척하는 느낌이 들지 않는다. 우리는 우리의 새로운 앨범 〈No Line on the Horizon〉의 제목에 대해 이야기하고 있었으며, 그 일본 예술가가 이 앨범의 미술 작업을 함께할 최고 적임자라고 생각하고 있었다.

"그가 찍은 바다 풍경은 정말 언제까지라도 들여다보게 돼."

집에 있을 때 나는 킬리니 베이Killiney Bay를 내려다보는 것을 좋아한다. 특히 안개가 딱 알맞은 정도로 피어나게 되면 바다와 하늘의 경계선이 사라지면서, 그 광경 속에서 마치 무한성을 흘끗 보는 것만 같은 느낌이 들게 된다. 나의 경우 대개 무한성이란 종교와 연결될 때가 많지만, 지금 우리는 이 새 앨범을 어떻게 하면 섹시하게 만들 수 있을까를 논의하는 중이다. 그래서 나는 바다를 여성에 비유하는 내가 오래전부터 즐겨 쓰는 테마를 가져와 보았다.

I know a girl who's like the sea
I watch her changing every day for me, oh yeah
One day she's still, the next she swells
You can hear the universe in her sea shells, oh yeah

No, no line on the horizon, no, no line

I know a girl, a hole in her heart
She said infinity is a great place to start.

—'No Line on the Horizon'

2007년, 우리는 고대의 성벽이 남아 있는 도시 모로코의 페즈Fez에 있었다. 우리 네 사람은 여기에 브라이언 및 다니엘과 함께 스튜디오를 설립해 놓았다. 브라이언은 신에게 바치는 노래를 부르는 가수가 어째서 자신의 자아를 내려놓아야 하는지 그래서 자신들이 숭배하는 존재에 의해 완전히 몰입되도록 해야 하는지를 설명하고 있었다.

이슬람은 간혹 '항복surrender'으로 번역되기도 한다. 이슬람 또한 기독교와 마찬가지로, 그리고 유대교와 마찬가지로, 그 밖의 여러 위대한 신앙과 마찬가지로 사람들이 제멋대로 가져가고, 다시 상품화시키고, 어떨 때에는 본모습을 알아볼 수 없을 정도로 왜곡시켜 버리는 일들을 겪어야 했다. 신에게 봉사할 것을 내건 종교가 여성을 혐오하고 음악을 혐오한다는 것은 도대체 무슨 왜곡인가? 내가 10대에 가장 좋아했던 가수의 한 사람인 캣 스티븐스Cat Stevens는 이슬람으로 개종하는 바람에 음악을 그만 둔 바 있었다. 하지만 유수프 이슬람Yusuf Islam으로 이름을 바꾼 그는 2001년 9/11 테러 사건 이후 그러한 입장을 버리고 이슬람은 근대성과 여러 측면에서 불편한 관계에 있는 것은 사실이지만 결코 이 세상에 적개심을 불어넣는 힘은 아니라는 점을 사람들에게 상기시키기 위해 노력했다. 이슬람의 핵심은 개인들보다 공동체를 우선으로 섬기는 것에 있다는 것이었다. 이슬람. 살람Salām.

평화를 뜻하는 아랍어.

항복을 통한 평화.

항복이란 많은 위대한 신앙들에 있어서 핵심을 차지하는 사상이다. 예수는 로마 병사들이 그를 잡으러 왔던 밤 이렇게 기도했다. "저의 뜻이 아닌 당신의 뜻대로."

페즈로의 순례길

우리는 작은 모로코식 가옥riad에 스튜디오를 설치하였고, 우리의 새로운 곡들을 쓰고 연주하는 장소로서 하늘이 뚫린 내정內庭을 선택했다. 건물의 지붕으로 둘러싸인 사각형의 하늘 아래에서. 이 명징한 기하학적 모습 위로 새들이 날아다녔고, 이 새들은 우리처럼 애를 쓰지 않고도 수월하게 노래했다. 모로코의 하늘이 밤으로 접어들 때면 우리 내정 위 사각형의 하늘이 터키옥 청록색에서 코발트블루로 또 사파이어색으로 변했다가 마침내 가장 끈적끈적한 검은색으로 바뀌었고, 그 위에는 별들이 수놓아져 있었다. 세상에 수학을 가져다준 것은 아라비아 사람들이었고, 그들이 만들어 놓은 대수代數는 양, 형태, 측량, 달의 주기 등을 이해하고자 하는 인간의 열망과는 상당이 동떨어진 순수한 형상을 띠고 있어서 항상 나는 거기에 매료되었다. 체스판에 앉아 있다 보면 나는 페르시아를 정복하고 이 게임을 우리 유럽인들에게 가져다준 것이 아랍인들이라는 것을 생각한다. 전략에 기반하여 모험을 한다는 것은 유대교, 기독교, 이슬람교에 공통된 생각이다. 아랍 세계는 항상 나를 매료시키며, 나는 한 번 매료되면 관련된 모든 곳을 쏘다니게 된다.

우리는 페즈에서 열린 신께 바치는 음악 페스티벌Fez Festival of World Sacred Music에 초청되었다. 이곳은 유대교, 이슬람교, 힌두교 등의 전통에서 나온 여러 종교음악 가수들의 목소리를 들을 수 있는 곳으로서 음악인들의 성지이며, 우리도 이곳으로 순례를 온 셈이었다. 이 페스티벌이 열리는 지구의 좁은 도로와 시장들을 걸어가다 보면 모든 교파의 기독교 교회들이 유대교 교당과 함께 여전히 남아 있는 이 종교적 도시를 즐길 수 있게 되며, 이는 내게 큰 영감을 주었다. 종교들 사이의 관용이 명확하게 자리 잡고 있을 뿐만 아니라 종교에서 뻗어 나온 수피Sufi나 카발라주의자들Cabalist에 대해서도 존중하는 느낌을 받았다. 우리는 현지의 음악인들과 함께 녹음 작업을 했으며, 그중에는 그나와 및 수피Gnawa and Sufi 전통들을 내려받은 타악기 연주자들과 현악기 우드oud 연주자들도 있었다.

무슬림 세계의 한 중간에 이렇게 다양성을 높이 존중하는 아름다운 도시가 있다. 나는 래리, 애덤, 엣지, 브라이언, 다니엘과 함께 커다란 나무 아래에 앉아 있다. 우리는 위대한 수피 가수인 파리자가 노래를 부르면서 내는 울부짖는 소리ululation가 나의 울부짖는 소리와 똑같다는 것을 느끼고 있었다. 하지만 스킬, 능력, 그 빠른 변음 등에 있어서는 그녀가 나보다 분명 한 수 위에 있었다. 그래도 나는 내가 이제 어디로 가야 할지를 알게 되었다. 나라는 가수를 도구로 하여 단순히 하나님만을 찬양할 것이 아니라 내 아내를 위해, 우리 아이들을 위해, 우리 청중들을 위해 노래하고 또 내 삶을 노래할 수 있도록 나의 창법을 완전히 마스터하고 싶다. 음악이라는 언어를 들으면 그 언어를 이해할 수 있는 내가, 존재하는지조차 확신이 없었던 내가 깨어나게 된다. 그것이 우리의 영혼이든 우리의 본질이든 그 밖의 무엇이든, 이는 우리의 몸과 마음을 넘어서 있는 것이며, 이는 타자인 어떤 것이다.

잠깐 아는 체를 좀 하자면, 나는 모로코와 아일랜드의 음악 문화, 5음 음계, 가수들의 타고난 재능 등의 사이에 유전적 연관이 있다는 것을 감지하였다. 실제로 1980년대에 음악학자들과 음악인들은 아일랜드에서 내려오는 멜로디들의 기원을 레반트Levant에서 찾기도 했다.

아랍인들은 무엇인가에 매혹되어 아일랜드로 건너오게 되었다. 그리고 아일랜드인들은 북아프리카로 건너오게 되었다.

뛸 듯이 춤추며 노래하세

Sing yourself on down the street
Sing yourself right off your feet
Sing yourself away from victory and from defeat
Sing yourself with fife and drum
Sing yourself to overcome
The thought that someone's lost
And someone else has won.

—'Soon'

우리가 이해하지 못하는 어딘가에서 노래는 터져 나오며, 또 우리가 노래 말고는 닿을 수가 없는 우리 안의 어느 부분과 소통하게 된다. 노래를 하게 되면 감정이 풀려나오게 되는데, 뻔한 감정이 아닌 그보다 훨씬 깊은 감정들이 터져 나오게 된다. 나는 내 노트북에 이렇게 썼다. "어떤 이들은 생계비를 벌려고 노래를 한다네/어떤 이들은 살아남기 위해 노래를 한다네/나는 오늘 밤 혼자 있고 싶지 않아 노래를 한다네."

고대의 흔적이 남아 있는 이 환경에서 다니엘 및 브라이언과 함께 작업하는 것은 많은 성과를 가져왔으며, 그렇게 해서 생겨난 노래들 가운데 하나의 제목은 'Moment of Surrender'이다. 다니엘이 권하는 바에 따라 우리는 하나의 원을 이루고 연주를 하였으며, 파리자로부터서 영감을 얻은 나는 내 목소리의 또 다른 측면들을 실험하였다. 내가 새로운 영역으로 나 자신을 밀어내는 가운데 나는 내가 가지고 있는 새로운 캐릭터들도 탐구해보았다. 이 노래는 내가 스냅 사진으로 만들어서 간직해 온 몇 가지 감정들로부터 나온 멜로드라마이며 동시에 현대적 오페라이다. 그중에서도 가장 극적인 이미지는 다 큰 어른이 사람 많은 거리 한복판에서 무릎을 꿇고 앉아 있는 이미지이다. 눈물을 흘리며 엉엉 울면서. 그의 항복의 순간인 것이다. 애덤이 말해준 바에 따르면, 금주 협회 모임에서는 이를 "바닥을 친다bottoming out"라고 부른다고 한다. 완전히 빈털터리가 되어 버리고, 차를 타고 도망을 치려 해도 차에 기름이 없는 상황. 끝장이 난. 완전한 바닥. 길이 끝나버린 곳.

나는 한 편의 영화 같은 장면들을 그려 보았다. 결혼식. 그리고 신랑 신부는 마약에 취해 있다. 지하철을 타고 마약을 구하러 간다. ATM 기계 앞에서 한 장면.

이 노래의 녹음은 우리 가운데 그 누구도 예상하지 못하던 순간에 갑자기 시작되었다. 브라이언은 '낙타' 루프loop를 가지고 놀고 있었으며, 이는 중심에서 벗어난 리듬 모티프인데 이 트랙의 전체에 걸쳐 깔려 있다. 하지만 브라이언도 처음에는 이 루프가 우리에게 어떻게 쓰이게 될 것이라는 생각은 전혀 하지 못했다. 그런데 갑자기 래리가 그 루프 소리에 더하여 드럼을 연주하기 시작했고, 브라이언은 하모니움/교회 오르간 사운드를 만들어 냈으며, 여기에 내가 보컬을 덧붙이기 시작하자 뭔가 특별한 곡이 생겨날 것 같은 직감이 왔다. 나중에 브라이언은 당시에 "소름이 끼쳤으며", 자기가 연주를 하고 있다는 사실조차 거의 망각했다고 말했다. 하지만 그는 그 순간들을 모두 생생하게 기억하고 있었다. "그건 내가 스튜디오에서 겪었던 경험 중 가장 강렬한 것이었어. 그 충격이 얼마나 갈지 알 수 없었지. 30분이 될 수도, 하루 종일이 될 수도. 나는 완전히 몰입 상태에 빠져 있었고, 내가 무얼 해야 할지가 그렇게 명확하게 떠오른 순간은 내 인생에 몇 번 없었어."

항복의 순간은 스스로 자신의 삶에 대한 통제력을 놓기로 결정하는 순간이다. 내가 내 삶을 통제하지 않으므로, 모종의 '더 높은 권능'에 온전히 나를 맡길 수밖에 없는 무력감을 느끼는 아주 짧은 찰나의 순간이다.

1998년 애덤은 프라이오리 인 런던Priory in London에 입소한다. 이는 중독 문제의 치유에 특화된 병원이다. 그때 이후로 나는 애덤이라는 사람의 놀라운 삶과 시간 전체에 걸쳐 '항복'이라는 게 어떻게 작동하는지를 관찰할 수 있는 영광을 허락받았다. 아담은 자신의 삶을 되찾아 가는 과정에서 일련의 좋은 결정들을 내렸고, 그 속에서 나는 이 '항복'이라는 가장 이해하기 힘든 단어가 육화되어 나타나는 것을 지켜보았다. 애덤은 50살이 되자 자신이 더 높은 권능으로 모시는 존재에게만 항복한 것이 아니라 마리아나 카르발호Mariana Teixeira De Carvalho라는 지상의 권력에도 항복하기로 결정한다. 그녀는 명석하고 아름다운 브라질 인권 변호사로서, 그 둘은 미술에 대한 사랑을 매개로 서로 만나게 되었다.

오랜 기간 죽 한 방향으로 애덤이 복종을 해왔던 과정은 이제 그를 그녀의 문 앞으로 데려가는 여정이었던 것처럼 보이게 되었다. 두 사람은 서로에게 있어서 완벽한 짝이다. 지난번 순회공연 때 애덤의 새로 태어난 딸인 알바Alba가 까르르 웃으면서 비행기 복도를 걸으며 조종석 쪽으로 애덤을 쫓아간 적이 있었다. 그 순간만큼 애덤의 얼굴에 충만한 행복의 표정이 떠오르는 모습을 나는 본 적이 없었다. 나는 우리가 착륙하기 전에 그가 딸에게 안전벨트를 채워주는 모습을 보았다. 이는 작가로서는 빠트릴 수 없는 메타포이다.

이륙의 순간.

착륙의 순간. 나는 이 두 순간 모두를 겪었다. 하지만 다른 순간들도 겪었다.

침몰의 순간. 내가 물에 빠지는 것 같은, 혹은 물에 빠진 누군가에게 물속으로 끌려 들어갈 것 같다고 느끼는 순간. 구조원들은 자신들이 구조를 행한다고 생각할 때가 많지만, 사실 정말로 구조될 필요가 있는 것은 바로 *우리*들이다.

스티비 스미스Stevie Smith의 말처럼, "손을 흔드는 것이 아니라 물에 빠지는 것"이다.

이러한 몸부림들은 술이나 마약과 같은 보통의 중독과는 관련이 없다.

그래서 나는 내가 다른 종류의 강박을 가지고 있는지 스스로에게 물었다. 나는 이겨내기 어려운 극단적인 도전에 끌린다. 나는 에베레스트산에 끌린다. 그 산의 정상을 보게 되면 거기에 오를 수 있는 방법을 생각하지 않으려야 않을 수가 없다. 일종의 중독 상태. 이건 도대체 어떤 종류의 중독일까? 나 자신의 자아라는 산을 정복하고자 하는 것.

산꼭대기이든 다이빙 벨이든 정복하고 말겠다는 이 말도 안 되는 탐험. 여기에도 긍정적인 면이 있다. 내 잠재력의 한계로까지 나 자신를 밀고 나가는 힘이 되어주는 것이다. 하지만 동시에 어두운 면도 있다. 항상 신경을 곤두세울 뿐만 아니라 남들의 신경까지 곤두서게 만들면서 살아간다. 내가 물속에서도 숨을 쉴 수 있을 것이라고 믿는 것…. 그리고 나는 감압증을 느껴 결국 물 위로 올라올 수밖에 없게 될 때에도 여전히 조금 더 깊이 물속으로 들어가고 싶어 한다. 짠 소금물만 한 번 더 들이키게 되는 한이 있더라도.

그리고 독자 여러분, 나는 모두가 나와 함께 물속으로 들어가기를 원한다.

"U2는 누구에게든 벌어질 수 있습니다"는 1978년 우리가 처음으로 만들었던 배지에 써넣은 문구였다. 나는 그것이 실현될 것이라고 믿었고, 또 실제로도 실현되었다. 나는 노래하는 법을 알게 되기 한참 전부터 싱어로 행세하고 다녔다. 악기 하나를 제대로 연주할 수 있게 되기도 전에 작곡가로 행세하고 다녔다. 나와 청중들을 갈라놓는 무대라는 것에 크게 분노한 공연예술가로서, 스스로 나는 그 갈라놓은 간격을 뛰어넘을 수 있다고 믿었다. 그리고 공연 중에 내가 실제로 무대에서 뛰어내리면 누군가가 받아줄 거라는 것을 한 번도 의심하지 않았다. 우리의 청중이라는 이 더 높은 권능. 루 리드Lou Reed의 표현을 따르자면, "해낼 수 있다는 엄청난 크기의 믿음"이다.

불가능한 것으로 보였던 일들이 우리에게는 현실로 이루어졌다. 내가 그런 불가능한 이륙과 위험한 다이빙에 중독되게 된 것은 그러한 성공의 경험 때문이었을까? 결과를 내고야 말겠다는 이 임무의 기초에는 우리 모두에게 그러한 섭리가 작동할 것이라는 10대 때부터의 나의 강한 확신이 있다. 하지만 나이가 들면서 나는 이렇게 내 한계를 뛰어넘겠다는 결사적인 욕망에 큰 위험이 숨어 있다는 것을 깨닫게 된다. 서서히, 그리고 내키지 않는 마음으로 나는 놓아버리는 법을 배워가고 있다. 그렇게 내려놓게 되면 바로 그 순간 나의 정신적인 잠재력은 내가 가진 것에 있는 게 아니라 내가 갖지 못한 것에 있다는 것을 깨닫게 된다. 고통스러운 고민거리를 안고 있다가 그게 내가 감당할 수 있는 무게가 아니라면 그 무게가 나를 어디론가 끌고 가게 된다. 우리의 여러 가지 번민 거리와 중독은 일종의 재능이다. 이런 것들 때문에 우리는 채우지 않으면 안 되겠다 싶은 빈 공간으로 이끌려 가는 것이다. 그러다 보면 그런 번민 거리와 중독에 거의 감사하는 마음까지 품게 된다.

엄청난 규모로 사랑을 받고 싶다는 욕구도 그 한 예이다.

물론 매일 밤 그 모든 사람들이 나의 이름을 외치게 만들어야만 마음이 편하다면 이는 좀 한심한 일이다. 하지만 최고의 공연예술가들은 청중들이 그들을 필요로 하는 것보다 훨씬 더 청중들을 필요로 한다. 그리고 군중들도 그것을 느낄 수 있다.

나에게 찾아오는 멜로디

어떤 이들은 그림을 본다. 어떤 이들은 노래를 듣는다. 어떤 이들은 기도문이나 주문을 반복해서 외운다. 나의 경우에는 어떠한가? 나에게는 예전에 들었던 하나의 멜로디가 있으며, 그 멜로디는 지금도 내 마음이 어지러울 때마다 내 영혼을 달래준다. 내가 어떻게 이 멜로디와 마주치게 되었는지는 알지 못한다. 아마도 내가 9살이나 10살 때 소년 소프라노 곡 같은 것을 통해 맨처음 들었던 것 같다. 이 멜로디를 알게 된 것은 내가 변성기를 맞기 한참 이전의 일이었으니까. 이것은 주기도문의 가사에 붙여진 멜로디였다.

"하늘에 계신 우리 아버지 이름을 거룩하게 하옵시며"

잠에 들지 못하고 뒤척이는 밤이면 나는 머릿속으로 그 멜로디를 노래한다. 내가 길을 잃었다고 느끼는 순간들에는 그 멜로디가 나를 찾아와 준다. 그러면 내 마음은 개념이나 아이디어를 훌쩍 넘어서, 신학 이론 같은 것도 훌쩍 넘어서 나아가게 된다. 그 멜로디는 나에게 이름을 가져다주며, 비록 아주 짧은 찰나이지만 나는 그 이름으로 불리게 된다. 내가 누구인지를 나는 발견하게 된다. 나는 내 본래의 정체성을 감지하게 되며, 내가 버림을 받거나 고독하게 될까봐 두려워하는 마음을 감추기 위해 쓰고 있는 모든 종류의 가면들 뒤에 있는 나의 진짜 자아를 발견하게 된다. 자신의 불안정성이야말로 최고의 안정성이라고 오랫동안 믿어왔던 어느 공연예술가의 가면들. 내면의 빛이 모두 꺼져버린 상태에서도 스타 노릇을 해야 하는 이의 가면들. 내가 그 어떤 우주의 중심도 아니며 심지어 나의 우주에서도 중심이 못 된다는 것을 깨닫는 순간 무너져 내리는 자아. 남들이 쳐다보아 주기를 멈추는 순간 또는 경배해주는 일을 멈추는 순간 얼굴에서 떨어져 내리는 가면. 그 순간, 자기를 과장해서 크게 보이려고 하다 보면 그 뒤에는 반드시 자기혐오가 따라오게 되어 있다는 진실이 드러난다. 존 업다이크John Updike가 명성에 대해 말한 것처럼, 나의 얼굴을 갉아 먹고 들어 오는 가면.

이러한 순간이 꼭 극적으로 찾아오는 것은 아니다. 이러한 순간은 눈이 감지할 수조차 없도록 조금 녹아내리는 것처럼 찾아올 수도 있다. 하지만 그 순간에도 우리는 봄이 찾아오고 있다는 아주 희미한 가능성을 보게 된다. 루이스C. S. Lewis가 영국 옥스퍼드시의 한 2층 버스 위층에 앉아 느낀 것처럼, "긴긴 기다림 끝에 드디어 녹기 시작한 눈사람"처럼 자신이 느껴지게 되는 것이다.

나에게 있어서 이러한 발견의 과정은 눈 녹은 물이 연속으로 방울방울

떨어지는 과정이다. 계시와 깨달음의 순간들이 아주 작은 규모로 연이어 찾아온다. 하지만 나와 내가 사랑하는 이들의 존재에 대해서, 나의 호흡 길이의 연장에 대해서, '타자'인 어떤 것을 가깝게 감지하는 것에 대해서 가장 깊은 질문을 던지게 되면 다시 평안이 찾아온다. 어떨 때는 삶이 우리에게 말을 걸 필요도 있다. 심장에서 나오는 잡음 소리가 점점 커지고, 그다음에는 잦아든다.

일생에 걸쳐서 나는 이러한 여러 모습의 현현顯現을 경험하였지만, 내가 이번 삶의 3장으로 들어가고 있는 지금의 나에게 나타난 현현은 그다지 평안한 것만은 아니다. 이는 나는 나에게 나 자신을 정복하라는 도전을 던지고 있다. 지금까지의 나를 넘어서서, 나를 새롭게 만들라는 것이다. 내가 그렇게 할 수 있을지는 자신이 없다. 나는 나 자신에 대해 의구심을 가지고 있다.

칼 융Carl Jung은 전반부 인생에서 성공으로 이끌어주었던 것들이 후반부에서는 더 이상 작동하지 않을 뿐만 아니라 오히려 확실하게 불리한 힘으로 작동하게 된다고 말한 바 있다. 프란체스코 수도회의 리처드 로어Richard Rohr는 나에게 다음과 같이 말해주었다. "우리가 더 나아가기 못하도록 만드는 것은 우리의 약점들이 아니라 오히려 우리의 강점들입니다."

봉사, 야망, 의무, 진실성, 최고가 되고 싶다는 욕망, 긍정을 말하고 싶은 욕망 등. 이런 것들은 좋은 품성들로서 소중히 할 만한 것들이다. 나는 이런 것들을 항상 강점들이라고 생각해 왔지만, 최근에는 이런 것들이 언젠가부터 좀 더 의심스러운 무엇인가를 덮기 위한 치장이 된 게 아닌가 하는 생각이 든다. 행동의 중심에 있겠다는 요구. 우리의 이미지에 따라 신을 만들어 내겠다는, 그래서 마치 신이 작고 늙은 할머니인 듯 길을 무사히 건너갈 수 있도록 도와주겠다는 요구. 이렇게 특출한 것들을 추구하려는 갈망에 영구적으로 시달리다 보면 평범한 것들을 이해하고 감사할 수 있는 능력을 잃어가기 시작한다.

모든 방들을 문을 부수고 들어가느라 어깨에 멍이 들었다면, 아마도 들어갈 필요가 없는 방들도 있었을 것이다. 어떤 문들은 이미 열쇠가 꽂혀 있어서 부드럽게 열릴 것이다. 예술을 위한, 정의를 위한, 자기를 과장되게 커 보이도록 만들기 위한 이 오랜 몸부림. 이 모든 야망, 이 모든 자아. 이러한 목표들을 향해 나를 추동하는 엔진은 의무감일까 아니면 비대해진 자의식일까?

싸움은 세상과 벌어지는 것이 아니라 나 자신과 벌어지는 것일 때가 아주 많다.

나는 엘리야의 이야기에 항상 매료되었다. 그는 언덕 위의 동굴에서 하나님의 목소리를 기다렸다고 한다. 그래서 땅이 흔들리는 것을 기다렸고 실제로 땅이 흔들렸지만, 그 소리에서는 한마디의 말도 나오지 않았다고 한다. 또한 천상의 불이나 사이클론과 같은 멜로드라마도 아무런 단서를 제공하지 않는다. 신이 말씀하실 때는 그 소리가 속삭임과 같아서 엘리야도 거의 인식하지를 못했다고 한다. 어떤 번역에 보면 그 소리가 "고요하고 작은 목소리"라고 묘사되어 있지만, 다른 번역에서는 "침묵의 소리"라고 되어 있다.

아마도 폴 사이먼Paul Simon이 그 소리를 들었던 것 같다.

And the sign said "The words of the prophets
Are written on the subway walls
And tenement halls
And whispered in the sounds of silence"

—'The Sound of Silence'

입을 다물고 귀를 기울이라는 명령은 내가 듣고자 하는 것이 아니다. "고요하라"는 것도 하나님의 현현이라고는 하기 힘들다. 하지만 내가 침묵에서 들을 수 있는 말은 오직 "고요하라"는 것뿐이다. 나는 뭔가 좀 더 로큰롤에 가까운 것을 희망한다.

'항복'이라는 말은 이 세상에서 가장 강력한 단어일지 모른다. 그런데 나는 이제 내가 알고 있는 삶과 내가 알지 못하는 삶 사이에 붙들려 있다. 내 가장 좋은 친구인 아내와 함께 그냥 킬리니 언덕을 산책하고서 바다가 보이는 나무 의자에 앉아 시간을 보내는 일이 가능할까? 세상 다른 곳 어딘가에서 무슨 일이 벌어지는지를 체크하기 위해 스마트폰을 들여다보지 않고서?

내가 어떤 광경 속으로 뛰어들 필요 없이 그저 느긋하게 그 광경들을 지켜보는 일이 가능할까? 나는 다른 부름에 응하는 쪽을 선택하여 그 고요함으로의 부름을 외면하게 되지는 않을까? 눈에 보이는 것보다 마음속의 비전을 쫓으며 살아왔던 내가 과연 그렇게 할 수 있을까? 나는 레너드 코헨Leonard Cohen에 대한 사랑과 존경에 있어서는 누구에게도 뒤지지 않지만, 내가 코헨의 뒤를 따라서 조용히 뒤로 물러앉아 참선에 몰입하게 될 것이라고는 상상하기가 힘들다. 나는 그런 언덕들을 정복하도록 만들어진 사람은 아닌 것 같다. 하지만 눈사람은 지금도 계속해서 녹고 있으며, 녹은 물은 한 방울씩 똑똑 떨어지고 있다. 나는 또 다른 수피 시인인 루미Rumi의 말을 듣는다.

Out beyond ideas of wrongdoing and rightdoing,
there is a field. I'll meet you there.

When the soul lies down in that grass,
the world is too full to talk about.

아마도 내가 지금 깨닫고 있는 것은, 항복이라는 것이 반드시 패배 뒤에 따라오는 것은 아니라는 점, 오히려 승리 뒤의 항복이라는 것이 더 충만한 항복일 수 있다는 점이다. 예를 들어 논쟁에서 승리했지만 그 논쟁을 할 필요조차 없었다는 것을 뒤늦게 깨달았을 때. 이제 더 이상 나의 삶과의 논쟁이 필요하지 않게 되었을 때.

꿈꿀 수 있는 힘

우리는 테러 공격으로 취소되었던 공연을 다시 하기 위해 파리로 돌아갔으며, 이글스 오브 데스 메탈 또한 자기들의 공포를 용감하게 직면하여 극복하기 위해 우리와 함께 파리로 돌아왔다. 우리의 공연이 끝날 무렵 우리는 무대와 악기들을 그들에게 건네주었다. 로큰롤이 할 수 있는 말을 우리가 아닌 그들의 목소리로 하도록 만들기 위함이었다.

"모두들 잘 즐기고 계신가요? 안 들려요. 다시 말합니다. 모두들 잘 즐기고 계신가요?"

압도적인 반응이 청중으로부터 터져 나왔다. 무대 한 켠에서 본 느낌은 그러했다. 제시 휴즈는 흰색 칼리코 양복을 입고서 자기 밴드의 전면에 나서 2만 명의 파리인들을 모두 로큰롤로 들뜨게 만들었다. 그리고 그의 이러한 외침은 이제 감동적인 정서로 바뀌어 갔다.

"여러분들, 아름다워요," 그가 청중들에게 말했다. "여러분들, 정말 아름다워요."

그가 옳다. 청중들은 아름답다. 그도 아름답다. 우리 모두 패티 스미스Patti Smith의 'People Have the Power'를 연주하는 가운데 파리의 청중들은 우리를 하늘로 올라가도록 만들었고, 이 노래에 담긴 치유의 힘도 분명하게 나타났다. 이 노래는 우리가 왜 여기에 모였는지를 상기시켜 주었고, 위대한 노래가 담을 수 있는 거대한 비전을 다시 떠올리게 만들었다.

I was dreaming in my dreaming
Of an aspect bright and fair
And my sleeping it was broken

But my dream it lingered near
In the form of shining valleys
Where the pure air recognized
And my senses newly opened
I awakened to the cry
That the people have the power
To redeem the work of fools
Upon the meek the graces shower
It's decreed the people rule
The people have the power
The people have the power

그 전날 밤의 공연에서는 패티 스미스가 마치 비둘기를 풀어놓은 것처럼 우리의 무대 위로 올라와서 깜짝 출연으로 함께 마지막 곡을 불렀다. 그녀는 지금껏 한 번도 프랑스에서 살아본 적이 없었지만 이곳 사람들은 항상 그녀를 사랑했기에 커다란 박수와 호응이 쏟아져 나왔다. 패티와 함께 노래를 부를 적에 나는 그녀가 내게도 소중한 영적 인도자의 하나라는 것을 의식하고 있었다. 그녀의 첫 번째 앨범인 〈Horses〉는 우리에게 우리의 신앙을 의문으로 표현할 수 있는 기회를 제공하였다. "예수가 죽은 것은 누군가의 죄 때문이지만 나의 죄 때문은 아니에요." 이 목소리는 내가 20대 초반에 들어서자 점점 커졌으며, 나에게 나 또한 비전을 가질 수 있고 또 그 비전들에 대해 노래할 수 있다는 것을 보여주었다. 〈Radio Ethiopia〉 앨범에 담긴 그녀의 목소리는 나에게 그곳으로 가도록 인도해주었다. 〈Wave〉 앨범에서는 그녀가 어떤 비전 속에서 교황에게 말을 걸었으며, 1978년의 〈Easter〉의 불처럼 뜨거운 기도에서 보여주었던 그 너무나 공경한 불경함이야말로 내가 원하는 모든 것이었다. 그녀가 자신의 종교성이 그냥 흘러넘치도록 내버려 두는 자세는 내가 음악을 바라보는 방식에 결정적인 영향을 주었다.

이제 68세가 된 그녀는 우아한 모습과 길고양이 같은 느낌을 동시에 풍기면서 펄쩍펄쩍 뛰고 있었다. 나는 이 싱어가 노래에 자신을 맞출 뿐만 아니라 노래 그 자체가 되어가는 것을 볼 수 있었다. 이는 보는 사람들 모두에게 놀라운 경험이었고, 특히 나와 같은 싱어로서는 이런 경험을 한다는 것이 더욱더 큰 놀라움이었다.

내 삶에서 노래하는 것 말고 다른 일을 하고 싶어 할 이유가 뭐란 말인가?

엣지, 애덤, 래리는 무얼 하면서 살란 말인가? 더욱 중요한 핵심은, 그들 없이 내가 무엇을 하며 살란 말인가?

건강한 질문들은 있다. 우리가 하나의 밴드로 계속 음악을 하기를 원하는 이가 아직 있을까? 또 우리의 노래는 완성되었는가? 그런데 이 순간 나는 이 질문에 대해 질문을 던져 본다.

나는 이제 싱어와 노래 이외의 다른 것이 될 수 있는 자유가 사라져 주기를 소망한다. 싱어가 노래 자체가 되어 버리는 이 이미지는 내가 자라면서 멀리하려고 했던 것이 아니었다. 이것이야말로 내가 자라면서 간절히 희망했던 것이었다. 나는 오롯이 이것만을 할 수 있는 자유를 누리고 싶다. 패티 스미스는 가사 및 멜로디에 자기 자신을 맞추어 갔으며, 나는 그녀가 가진 목적의식과 싱귤래러티singularity에 질투를 느끼고 있다는 것을 알게 되었다.

I believe everything we dream
Can come to pass through our union
We can turn the world around
We can turn the earth's revolution
We have the power
People have the power

패티 스미스에게는 내가 함께 내 것으로 키우고 싶은 여러 캐릭터들이 너무나 많이 있다. 시인, 예언자, 독을 뿜는 펑크록 음악인, 훙청대며 놀다가 또 몽상에 빠지는 사람, 동물과 같은 물성物性, 울부짖는 목소리, 기도하는 듯한 침묵, 음악이라는 성사聖事에 대한 경배심.

그리고 무엇보다도 순례자. 집을 찾기 위해 집을 떠나는 사람. 나는 집에서 얼마나 멀리 떨어져 왔는가?

every wave that broke me
every song that wrote me
every dawn that woke me
was to get me home to you, see

every soul that left me
every heart that kept me
the strategies
that protected me
to bring me home to you

every magic potion
every false emotion
how unswerving our devotion
to the lies we know are almost true

every sweet confusion
every grand illusion
I will win and call it losing
if the prize is not for you

39

Landlady

여주인

Roam, the phone is where I live till I get home
And when the doorbell rings
You tell me that I have a key

The road, no road without a turn
And if there was, the road would be too long
What keeps us standing in this view
Is the view that we can be brand new.
I ask you, how you know it's me?

파리 공연 이틀 후이다. 나는 다섯 시간 전인 오전 1시에 잠으로 빠져들었다. 지금은 6시이며 내가 자라난 도시로 돌아와 템플 힐의 집에 있는 내 침대의 깨끗한 시트 위에서 헤엄을 치고 있다.

우리는 바다를 내려다보며 언덕 위에 서 있는 이 집에서 30년 이상 살아왔으며, 그 집 꼭대기에 있는 커다란 침대가 내 침대이다. 이 침대는 워낙 커서 온 가족이 다 누울 수 있으며, 가끔은 우리 여섯 명 모두가 이 침대에서 영화를 보거나 이야기를 하기도 한다. 하지만 지금은 아니다. 이 침대에서 벌어지고 있는 유일한 대화는 내가 나 자신과 그리고 나의 창조주와 나누고 있는 대화이다.

이불을 뒤집어쓰고 있다. 미친 척하고 이불 밖으로 머리를 내밀면 차갑고 신선한 공기가 기다리고 있지만, 그렇게 하지 않는다.

내가 지금 나누고 있는 대화는 사실 아주 오래전에 나누었어야 할 대화이다.

사방이 조용한 것은 아니다.

앨리의 숨소리도 들리고, 심지어 내 귀는 아직도 로큰롤 공연을 올리고 내리는 가운데 듣게 된 온갖 잡음과 청중들의 함성 소리로 멍멍한 상태다. 하지만 이게 침묵보다는 낫다.

이 대화는 작은 것들에 대한 명상이다.

순회공연의 시끄러운 소리들과 그 엄청난 운동 에너지는 사라지고 이제 그 자리에는 킬리니 해변의 파도 소리와 내가 10대 시절부터 사랑해온 여자의 웅얼거림만이 있을 뿐이다.

보통 나는 할 수만 있다면 가족들 중 제일 먼저 잠자리에서 일어나며, 특히 순회공연에서 막 돌아왔을 때는 더욱 그러하다. 조니 캐시는 세상에서 제일 좋은 느낌은 자기 집 뒷마당에서 맨발로(!) 돌아다니는 것이라고 말하곤 했다. 나의 경우에는 우리집을 어둠 속에서 맨발로 걸어 다니면서 방마다 돌아보는 것이다. 방이 비었든 꽉 차 있든 그냥 그 방을 느껴보는 것이며, 아마도 내가 집을 비웠었다는 것을 느껴보기 위함일 것이다.

내게 집이 있다는 것을 느끼면 항상 그런 것은 아니지만 대부분 감사 기도를 드리고 싶어진다. 지난 세월 동안 나는 아이들의 침실로 걸어 들어가 아이들이 자는 모습을 그냥 바라보면서 그 모습 위로 기도문을 속삭인 적이 많았다. 이 아이들의 잠재력과 장래를 위해, 그들이 장래에 만나게 될 배우자를 위해 기도한다. 하지만 오늘 아침은 아니다.

오늘 아침에는 침대에 누워 꼼짝도 하지 않는다. 나는 내 정신의 주의력을 확장하여 내가 지나왔던 곳이 아니라 바로 지금 누워 있는 이 자리로 가져온다. 2만 명의 사람들에게 몸을 던지는 록 밴드 프론트맨은 무수한 상처와 아픔을 안게 되며, 그 생각을 하다 보면 자다가도 이불을 걷어차며 잠에서 깨어나게 된다. "아, 안돼! 아, 제기랄! 내가 나한테 도대체 왜 그런 짓을 했을까!"

또한 내가 나 스스로에게 입힌 상처들도 나를 깨어나게 만든다. 하지만 아침이 되기 직전 동이 트는 순간에는 그 모든 생각들이 가라앉는다. 아직 서둘러서 제대로 깨어날 필요는 없으며 의식은 다른 수준에서 깨어나 있다. 내 인생에 의식이 이렇게 총총하게 깨어 있었던 적은 없었다.

나는 기지개를 크게 켜면서 몸 구석구석이 살아있는지 느껴본다. 내 손가락, 발가락, 목, 상체. 바로 이 순간 쑤셔오는 나의 몸체가 살아 있음의 통증으로 아파한다.

나는 당신에게 손을 내민다. 내가 그 수많은 낭떠러지들을 피할 수 있었던 것은… 바로 당신 덕분이다. 내가 마운트 템플 학교에서 만났던 소녀. 타르탄 무늬 치마, 털 많은 사프란 점퍼에 장화를 신고 있었던 그 소녀.

당신의 몸 윤곽이 느껴지지만, 나는 눈으로 보고 싶다.

나는 전화기에 손을 뻗는다. 전화기는 항상 켜 두지만 진동으로 두고 있다. 나는 그 전화기의 불빛을 이용하여 당신의 얼굴을 본다. 아주 약한 불빛이지만 당신은 잠결에 그 빛을 피해 돌아눕는다. 나의 눈은 잠든 당신의 얼굴을 계속 어루만진다. 내가 눈을 깜빡일 때마다 당신의 여러 다른 자아들이 새롭게 나타난다. 유한한 것들에서 무한한 것들에 이르기까지. 당신이 옆으로 돌아눕는다. 당신의 가장자리 머리카락도 눈썹도 보인다. 당신의 감은 눈은 나에게 너무나 많은 이야기를 해주고 있다. 그리고 나 또한 우리에게 해줄 이야기가 너무나 많다. 당신에게 감사하고 우리의 창조주에게 감사하며 온 우주에 감사한다….

내가 이 모험을 떠나게 된 이유

그토록 특출한 벗들과 함께 40년 이상을 함께 여행해왔던 이유

황막하게 펼쳐진 사막에서 모래 위에 동그라미를 그리면서 방황해왔던

이유

내 마음의 빈 구멍을 음악으로 채우고 미지의 것들과 사랑을 나누면서 살아온 이유

그 이유가 이제는 사라졌다

10대 시절 내 마음에 큰 구멍을 남겨 놓았던 상처가 이제 메꾸어졌다

집을 찾는 여정은 이제 끝났다

당신이다

나는 집이다

나는 집에서조차도 망명자였지만

이제는 아니다

그리고

나는 배워야 한다

집에 있는 법을

고요하게 멈추어 있는 법을

그리고 항복하는 법을

그 끝에는 새로운 시작이…

SURRENDER

40곡, 하나의 이야기

BONO

IRIS

the star that
gives us light
has been gone awhile
but it's not an illusion

why at 55 years old I'm still waiting for my mother
and why the apple doesn't fall far from the tree
but it can roll

40

Breathe

숨쉬다

To walk out into the street
Sing your heart out
The people we meet will not be drowned out
There's nothing you have that I need
I can breathe.

저 아크등들.

저 아크등들에서 방안 가득히 차가운 불빛이 쏟아져 나온다.

이 장면의 주인공은 내가 아니다.

이 방의 온도는 냉장고처럼 낮다. 이런 냉장고 속에 있고 싶지는 않다. 나처럼 다혈질인 놈에게 냉장고는 맞지 않는다. 나는 바다의 파도 속으로 들어가든가 그 파도를 타고서 떠다니고 싶다.

이 대양의 느낌이 좋다.

태아를 둘러싼 양막과 같다.

최면을 거는 듯하다.

나는 심장이 뛰는 소리를 듣는다.

내가 있는 곳에서도 나는 익사하지 않는다.

나는 물속에 있으면서도 숨을 쉬고 있다.

내 귀에 들려오는 점점 커지는 심장 소리로 나의 마음은 평안하다. 그 심장은 바로 내 옆에 있다.

물속에서 들려오는 북소리라고나 할까.

탐 탐

바 범 바 범 바 범 바 범 바 범

약강 5보격.

셰익스피어는 심장의 리듬에서 자신의 말들을 추동해줄 음보를 찾아냈다.

"조용히 하라! 저 창문에서 밝아오는 불빛은 무엇인가But, soft! what light through yonder window breaks?"

나는 윌리 셰익스피어를 사랑한다.

나는 파티에서 신나게 노는 사람을 사랑한다. 나는 신나는 파티를 사랑한다. 나는 댄스 음악을 사랑한다.

일렉트로닉 댄스 음악은 마라톤 주자의 심장 박동을 발견하였다.

120 BPM. EDM. 테크노 음악.

이제 내가 마라톤 출발선에서 막 뛰어나가려는 순간이다.

심장의 문을 두드리는 소리가 난다. 이건 내 심장 박동이 아니다.

그 심장은 나의 어머니 아이리스의 심장이다. 빨리 어머니를 만나고 싶다.

어떤 면에서 보면 나는 그녀와 너무나 가까이 붙어 있다. 이미 그녀를 알고 있다. 그녀의 바깥에서가 아니라 그녀의 몸속에서.

하지만 이제 그녀라는 보금자리를 떠나야만 한다. 그녀의 얼굴을 바깥세상에서 보고 싶다면.

그리고 나는 그녀의 얼굴을 보고 싶다.

그리고 나는 그녀의 얼굴을 보고 싶지 않기도 하다.

바깥은 춥다. 나가기 싫다. 그런데 아이리스의 부풀어 오른 배라는 우주로부터 더블린의 노스 서큘러 로드North Circular Road에 있는 로툰다 병원

Rotunda Hospital의 세상으로 큰 움직임이 일어난다.

피투성이가 된 내 머리는 방향을 바꾸며 돌아가고 있다. 바깥세상과 마찬가지로. 내가 자세를 바꾸며 돌아가는 그 당시의 세상도 방향을 바꾸며 돌아가고 있었다. 하지만 이 유치한 세상은 철이 들 줄을 모른다. 이번 주에 어른들의 세상은 거꾸로 된 방향으로 가고 있었다.

우리 아빠가 말한다. "이곳 아일랜드에서는 에드나 오브라이언Edna O'Brien의 《시골 소녀들Country Girls》을 구할 수가 없어. 그 소설이 너무 야하기 때문이라는 거야."

아빠는 말한다. 유럽은 한 나라가 되며 미국보다 더 커질 것이라고.

아빠는 말한다. 미국인들과 러시아인들이 갈수록 우리 삼촌 레슬리가 말하는 인류 절멸 대사건이라고 부르는 것에 가까워 가고 있다고.

아빠는 말한다. 그들은 이 온 세상을 다 날려 버릴 수 있는 폭탄을 가지고 있다고. 5월 10일이다.

바로 그 지난주에 러시아인들은 미국의 가장 비밀스러운 스파이 정찰기 중 하나를 격추시켰다.

U-2.

《타임》지는 그 조종사의 사진을 그다음 호의 커버로 싣는다.

소문에 따르면, 아일랜드계 미국 대통령 후보가 평화를 사람들에게 충분히 설명할 수만 있다면 그것을 성취하는 것이 가능하다고 생각한다고 한다. 그리고 그다음 개척지는 우주라고 생각한다고 한다.

JFK는 말한다. 우주인들이야말로 새로운 카우보이들이라고. 카운트다운이 시작된 것 같다.

10

물속의 삶으로부터 공기 속의 삶으로

9

자궁 속의 삶으로부터 야생의 삶으로

8

꿈속의 삶으로부터 꿈속의 아내로

7

아이리스의 몸속의 집으로부터 "이 세상에서는 절대로 집 따위는 만들지 않아!"로

6

아들이야? 딸이야?

5

제발 조금만 기다려 줘

둑이 터지듯 양수가 터지는 순간으로부터 세상으로 등장하는 순간으로—한 번에 해내야 돼!

4

사보이 영화관의 영사막

주홍빛 잠으로부터 진홍색의 기쁨으로

벨벳 커튼 뒤로부터 남자아이가 나온다

3

통로가 조금씩 확장된다

웅얼거리며 들리던 소리가 더 크게 중얼거리는 소리로 들린다

섬나라에게는 너무나 크게 열린 하늘이다

2

밝은 조명을 받으니 동공이 축소된다

나는 무대 오른쪽에서 등장한다

작별의 눈물이 줄줄 흐르는 곳으로부터

나는 내 빛을 찾아갈 줄 안다

무대공포증. 그건 아닌 것 같다

거부의 뜻으로 눈을 깜박이는 짓조차 하지 않는다

나는 평안을 느낀다

이 커다란 스크린에서

이제 여기는 범죄 현장이다

피와 상상 속의 진흙

발사대를 떠나 궤적을 그리며

나는 당신의 보고를 그리워할 거야

벌써 당신의 목소리가 들려

나는 여러 서류들을 훑어보면서 이미 '낱말'을 찾아내는 선택을 행사하고 있다

아이들이 보일 거야, 아이들의 소리가 들릴 거야

2

아이리스가 비명을 지른다

사랑과 분노 속에 로켓이 이륙한 제2단계이다

우리를 지구의 대기권 바깥으로 데려가 줄 로켓이다

"물론 우리를 여기에 묶어놓는 것은 중력뿐이죠"

궤도를 따라 태양을 돈다. 나는 아내이지만 나는 뭔가…

1

아이리스가 심연을 향해 비명을 지른다

1

산통의 평안과 축복의 공포로부터

1

그 모든 입들을 먹이고 입맞추고 채워줄 이… 이…

1

항복의 이야기…

내 심장 뛰는 소리가 너무 커서 더 이상 아이리스의 심장 소리가 들리지 않는다.

이것은 나의 심장이다.

이 심장으로 내 온 인생을 버텨야 한다.

이것이 나의 시작이다.

나는 내 첫 번째 숨을 쉴 준비를 하고 있다.

To walk out into the street
Sing my heart out
The people we meet will not be drowned out
There's nothing you have that I need
I can breathe…

40

I waited patiently for the Lord.
He inclined and heard my cry.
He brought me up out of the pit
Out of the miry clay.

I will sing, sing a new song.
I will sing, sing a new song.

How long to sing this song?
How long to sing this song?
How long, how long, how long
How long to sing this song?

You set my feet upon a rock
And made my footsteps firm.
Many will see, many will see and hear.

I will sing, sing a new song.
I will sing, sing a new song.
I will sing, sing a new song.
I will sing, sing a new song.

How long to sing this song?
How long to sing this song?
How long, how long, how long
How long to sing this song?

부록 1. 인용한 노래의 가사와 시 번역*

PART Ⅰ

1. Lights of Home 집으로 향하는 불빛

I shouldn't be here 'cause I should be dead
I can see the lights in front of me
I believe my best days are ahead
I can see the lights in front of me.

여기 있으면 안 돼, 나는 사라져 있을 테니까
내 앞에 불빛이 보여
최고의 날들이 펼쳐질 거야
내 앞에 불빛이 보여

(이하 성경 '시편' 32장)
While I kept silence, my body wasted away
through my groaning all day long.
For day and night your hand was heavy upon me;
my strength was dried up as by the heat of summer.
Therefore let all who are faithful offer prayer to you;
at a time of distress, the rush of mighty waters shall not reach them.
You are a hiding-place for me; you preserve me from trouble;
you surround me with glad cries of deliverance.

제가 입 밖에 내지 않으려 하였더니

---

* 본문에서 원서와 동일하게 실은 노래의 가사, 시, 성경의 시편 등을 우리말로 번역하여 여기에 모았다(편집자).

나날이 신음 속에 저의 뼈들이 말라들었습니다
낮이고 밤이고 당신 손이 저를 짓누르신 까닭입니다
저의 기운은 여름날 한더위에 다 빠져 버렸습니다
그러므로 당신께 충실한 이들이 모두 곤경의 때에 기도드립니다
큰물이 닥친다고 하더라도 그들에게는 미치지 못하리이다
당신은 저의 피신처. 곤경에서 저를 보호하시고
구원의 환호로 저를 에워싸십니다

2. Out of Control 내 뜻이 아니야

Monday morning
Eighteen years of dawning
I said how long
Said how long.
It was one dull morning
I woke the world with bawling
I was so sad
They were so glad.
I had the feeling it was out of control
I was of the opinion it was out of control.

월요일 아침
열여덟 해 동안 밝아온 새벽
얼마나 걸리냐고 했어
얼마나 오래냐고
어느 따분한 아침
나는 울음소리 요란하게 세상에 나왔네
나는 너무 슬펐어
사람들은 아주 기뻐했어
하지만 내 뜻이 아니라는 느낌이 들었어
내 뜻이 아니라고 생각했어

(이하 라몬즈Ramones—'Glad to See You Go')
You gotta go go go go goodbye
Glad to see you go go go go goodbye

너는 가야 돼 가 가 가 가 잘 가
네가 가서 기뻐 가 가 가 가 잘 가

3. Iris (Hold Me Close) 아이리스 (꽉 안아주세요)

The star,
that gives us light
Has been gone a while
But it's not an illusion
The ache
In my heart
Is so much a part of who I am
Something in your eyes
Took a thousand years to get here
Something in your eyes
Took a thousand years, a thousand years.

별,
우리를 밝혀주는 별
오랫동안 보이지 않았어요
그렇지만 환각이 아니에요
이 아픔
내 가슴속의 아픔은
나의 일부가 되어버렸죠
그대 눈동자에 무언가 있어요
여기 오기까지 천 년이 걸렸어요
그대 눈동자에 무언가 있어요
천 년, 천 년이 걸렸죠

Hold me close, hold me close and don't let me go.
Hold me close like I'm someone that you might know
Hold me close the darkness just lets us see
Who we are
I've got your light inside of me.

꽉 안아주세요, 날 끌어안고 놓지 말아요
꽉 안아주세요, 그대가 알고 있는 사람인 것처럼
꽉 안아주세요, 어둠은 우리가 서로를 볼 수 있게 해요
우리가 누구인지
내 안에서 그대가 빛나고 있어요

Once we are born, we begin to forget
The very reason we came
But you I'm sure I've met
Long before the night the stars went out
We're meeting up again.

태어난 순간부터 우리는 잊기 시작하죠
우리가 온 그 이유를
하지만 그대를 만났던 건 분명히 기억해요
별빛이 사그라들던 밤 그 훨씬 전에
우리는 또다시 만날 거예요

The stars are bright but do they know
The universe is beautiful but cold.

별들은 밝아요, 하지만 알고 있을까요
우주는 아름답지만 냉정하다는 것을

You took me by the hand
I thought that I was leading you
But it was you made me your man
Machine
I dream
Where you are
Iris standing in the hall
She tells me I can do it all.

그대가 내 손을 잡고 이끌었죠
당신을 이끄는 건 나라고 생각했는데

나를 남자로 만든 건 그대였어요
무엇이든 할 수 있는 기계로
나는 꿈꾸어요
당신이 있는 곳을
홀에 서 있는 아이리스
그녀는 내가 뭐든지 해낼 수 있다고 말해요

Iris playing on the strand
She buries the boy beneath the sand,
Iris says that I will be the death of her
It was not me.

물가를 노니는 아이리스
소년을 모래 속에 묻고는
그녀가 말해요, 내가 자기의 숨을 앗아갈 거라고
나 때문이 아니었죠

(이하 'Lights Of Home')
Free yourself to be yourself
If only you could see yourself.

자유롭게 너 자신이 되어봐
자신을 또렷이 볼 수만 있으면 돼

4. Cedarwood Road 시더우드 로드

I was running down the road
The fear was all I knew
I was looking for a soul that's real
Then I ran into you
And that cherry blossom tree
Was a gateway to the sun
And friendship once it's won
It's won… it's won.

나는 길을 뛰어가고 있었지
내 머릿속에는 두려움뿐이었네
나는 진정한 영혼을 찾아 헤매었지
그러다 당신과 마주쳤네
그리고 벚꽃이 피어나던 저 나무는
태양에 이르는 길이었어
그리고 언젠가 얻었던 우정으로 향하는…

Sleepwalking down the road
I'm not waking from these dreams
Alive or dead they're in my head
It was a warzone in my teens
I'm still standing on that street
Still need an enemy
The worst ones I can't see
You can… you can

몽유병자처럼 그 길을 서성인다네
이 꿈들이 깨어나지를 않고
살았든 죽었든 내 머릿속을 떠돈다네
나의 어린 시절은 그야말로 전쟁터였고
아직도 나는 그 거리 위에 서 있다네
여전히 적을 찾고 있지
최악의 적들은 내 눈에는 보이지 않는다네
그대라면 볼 수 있겠지

If the door is open it isn't theft
You cannot return to where you've never left
Blossoms falling from a tree, they cover you and cover me
Symbols clashing, bibles smashing
You paint the world you need to see
Sometimes fear is the only place we can call home
Cedarwood Road.

문이 열려 있다면 그건 도둑질이 아니야

한 번도 떠난 적이 없다면 돌아올 수도 없어
나무에서 꽃비가 내리고, 그대를 덮고 내게도 쌓이네
상징들이 맞싸우고, 경전들이 충돌해
그대는 그대가 봐야 할 세상을 그려내지
때로는 두려움만이 우리가 집이라고 부를 수 있는 곳이야
시더우드 로드

5. Stories for Boys 소년들을 위한 이야기

There's a picture book
With coloured photographs
Where there is no shame
There is no laugh
Sometimes I find it thrilling
That I can't have what
I don't know
Hello hello

그림책이 있어
형형색색의 컬러 사진들
부끄러움이 없다면
웃음도 없는 거야
때로는 짜릿하게도 느껴져
내가 모르는 것들은
가질 수 없다는 사실이
이런 이런

In my imagination
There is just static and flow
No yes or no
Just stories for boys.

내 상상 속에는
잡음과 흐름뿐이야
예나 아니오는 없어

소년들을 위한 이야기일 뿐

(이하 'Shadows and Tall Trees')
Who is it now? Who calls me inside?
Are the leaves on the trees a cover or disguise?
I walk the street rain tragicomedy
I'll walk home again to the street melody.

이게 누구지? 내 안에서 나를 부르는 사람은?
나무 위의 잎사귀들은 덮개인가 아니면 변장인가?
비를 맞으며 거리를 걷는 거, 웃기고 슬픈 일이야
거리의 노랫소리와 함께 또 집으로 걸어오겠지

6. Song for Someone 어떤 이를 위한 노래

You got a face not spoiled by beauty
I have some scars from where I've been
You've got eyes that can see right through me
You're not afraid of anything they've seen.

그대는 자연스러운 얼굴을 가졌네요
내게는 지난 시간 동안 생긴 상처들이 있어요
당신은 나를 꿰뚫어보는 눈을 가지고 있네요
무엇이 보인다 해도 두려워하지 않네요

You let me into a conversation
A conversation only we could make
You break and enter my imagination
Whatever's in there
It's yours to take

당신은 내게 대화를 베풀어주네요
오직 우리만이 나눌 수 있는 대화를
그대가 나의 상상 속으로 불쑥 들어와요
그 상상 속에 무엇이 있든

마음껏 가져가세요

7. I Will Follow 나는 따르리라

A boy tries hard to be a man
His mother lets go of his hand
The gift of grief
Will bring a voice to life.

어떤 소년이 남자가 되겠다고 기를 쓰고 있네
그의 어머니는 그의 손을 놓아버렸지
슬픔이라는 선물이
삶에 목소리를 가져다주리라

If you walk away, walk away
I walk away, walk away
I will follow.

당신이 떠나간다면
나도 떠나가겠소
나는 따르리라

8. 11 O'Clock Tick Tock 11시가 되면

It's cold outside
It gets so hot in here.
The boys and girls collide
To the music in my ear.
I hear the children crying
And I see it's time to go.
I hear the children crying
Take me home.

밖은 추워요
여기는 아주 더워지죠

소년들과 소녀들은 서로 부딪쳐요
내 귀에 들리는 음악에 맞추어
아이들이 우는 소리가 들려요
이제는 가야 할 시간
아이들이 우는 소리가 들려요
나를 집에 데려다줘요

(이하 라이너 마리아 릴케Rainer Maria Rilke—'오르페우스에게 바치는 소네트Sonnets to Orpheus')

and it was not from any dullness, not
from fear, that they were so quiet in themselves,

but from just listening. Bellow, roar, shriek
seemed small inside their hearts. And where there had been
at most a makeshift hut to receive the music,

a shelter nailed up out of their darkest longing,
with an entryway that shuddered in the wind—
you built a temple deep inside their hearing.

어떤 지루함 때문이나
공포 때문에 그 짐승들이 그렇게 조용히 침잠한 것은 아니었다

그냥 듣기 위해서였다. 포효, 함성, 비명 등은
오히려 그들의 마음속에서는 작은 소리 같았다. 그리고 그들 마음에서
음악이 담길 수 있는 자리는 기껏해야 간이 오두막 정도였지만,

그들의 가장 어두운 욕망의 바깥에 고정된 은신처로서,
거기에 이르는 길은 바람에 위태로워지곤 했지만,
그대는 음악을 듣는 그들 마음속 깊은 곳에 신전을 세워 놓았도다

9. Invisible 눈에 보이지 않는

I've finally found my real name
I won't be me when you see me again.

나는 마침내 내 진짜 이름을 찾았어요
당신이 나를 다시 볼 때 그건 내가 아닐 거예요

You don't see me but you will
I am not invisible

지금은 나를 보지 못하지만 곧 보게 될 거예요
나는 투명인간이 아니에요

There is no them
There's only us.

거기에 그들은 없어요
오로지 우리뿐

(이하 '11 O'Clock Tick Tock')
A painted face
And I know we haven't long
We thought that we had the answers,
It was the questions we had wrong.

색을 칠한 얼굴
그리고 남은 시간이 얼마 없다는 것을 알고 있어요
우리는 답을 갖고 있다고 생각했지만,
애초에 질문 자체가 잘못되었던 거죠

10. October 10월

October and the trees are stripped bare
Of all they wear.
What do I care?

October and kingdoms rise
And kingdoms fall
But you go on

And on.

10월, 나무들은 앙상하게 헐벗었네
그 풍성하던 잎들은 어디로 갔나
내가 알 바 아니지

10월, 세계가 흥하고
세계가 무너지네
하지만 그대는 계속해 나가야지
계속해야지

(이하 'Guide Me O Thou Great Jehovah')
Guide me, O thou great Jehovah,
Pilgrim through this barren land;
I am weak, but thou art mighty;
Hold me with thy powerful hand;
Bread of heaven, bread of heaven,
Feed me till I want no more.

이끌어 주소서, 오 위대하신 여호와여
이 척박한 땅을 지나는 순례자들을
저는 약하나 당신은 강하시니
당신의 강한 손으로 저를 잡아 주시고
하늘의 양식을, 하늘의 양식을
제 배가 부를 때까지 먹여 주소서

(이하 'Gloria')
I try to sing this song
I, I try to stand up
But I can't find my feet.
I, I try to speak up
But only in you I'm complete.

저는 이 노래를 부르고자 합니다
저는, 저는 일어서고자 합니다

하지만 제 발을 찾을 수가 없습니다
저는, 저는 소리 높여 말하고자 합니다
하지만 당신 안에서만 완전할 수 있습니다

Gloria
In te domine
Gloria
Exultate
Gloria
Gloria
Oh, Lord, loosen my lips.

영광
주님 안에서
영광
기뻐하라
영광
영광
오 주님, 제 입을 열어 주소서

(이하 'Rejoice')
I can't change the world
but I can change the world in me.

세상을 바꿀 수는 없어
하지만 내 안의 세상은 바꿀 수 있지

(이하 'Lucifer's Hands')
I can change the world,
but I can't change the world in me.

세상을 바꿀 수는 있어
하지만 내 안의 세상은 바꿀 수가 없네

11. Two Hearts Beats as One 하나로 뛰는 두 심장

They say I'm a fool,
They say I'm nothing
But if I'm a fool for you
Oh, that's something.

사람들이 말하죠, 나는 바보라고
사람들이 말하죠, 나는 아무것도 아니라고
하지만 내가 당신을 향한 바보라면
오, 나는 별처럼 빛나는 사람이죠

(이하 폴리스Police—'King Of Pain Police')
There's a little black spot on the sun today
That's my soul up there.

오늘은 태양에 작은 반점이 있어요
내 영혼도 거기에 매달려 있죠

12. Sunday Bloody Sunday 일요일 핏빛의 일요일

I can't believe the news today
I can't close my eyes and make it go away
How long, how long must we sing this song?

오늘 나온 뉴스를 믿을 수가 없어
눈을 감아도 계속 눈앞에 선명하게 떠오르지
얼마나, 얼마나 오랫동안 우리는 이 노래를 불러야만 하나?

13. Bad 나쁜

If you twist and turn away
If you tear yourself in two again
If I could, you know I would
If I could, I would let it go

Surrender.

네가 피하고 돌아서 버린다면
네가 또다시 자신을 두 동강 내버린다면
내가 그럴 수 있다면, 너도 알잖아
내가 할 수만 있다면, 다 놓아 버릴 거야
다 내놓을 거야

14. Bullet the Blue Sky 푸른 하늘을 향한 총알

In the locust wind
Comes a rattle and hum.
Jacob wrestled the angel
And the angel was overcome.

You plant a demon seed
You raise a flower of fire.
See them burnin' crosses
See the flames, higher and higher.

메뚜기 떼의 바람과 함께
불길한 소음이 몰려오네
야곱은 천사와 씨름을 벌였고
천사는 압도당했지

당신은 악마의 씨앗을 심고 있어
당신은 불바다를 만들고 있지
십자가들이 불타는 것을 보아라
불길이 더 높이, 더 높이 타오르는 것을 보아라

And I can see those fighter planes
And I can see those fighter planes
Across the mud huts as children sleep
Through the alleys of a quiet city street.
You take the staircase to the first floor

You turn the key and you slowly unlock the door
As a man breathes into his saxophone
And through the walls you hear the city groan.
Outside, it's America
Outside, it's America
America

그리고 저 전투기들이 보이네
그리고 저 전투기들이 보이네
아이들이 자고 있는 흙벽집을 가로질러
고요한 도시의 길거리와 골목을 지나서
계단을 타고 1층으로 내려온다네
열쇠를 돌려 서서히 문을 열지
한 남자가 색소폰에 숨을 불어넣고 있다네
그리고 벽 너머로 도시가 신음하는 소리가 들리지
바깥으로, 미국이라네
바깥으로, 미국이라네
미국

This boy comes up to me
His face red like a rose on a thornbush
A young man, a young man's blush
And this boy looks a whole lot like me
And the boy asks me
Have you forgotten who you are?
Have you forgotten where you come from?
You're Irish
A long way from home
But here you are, all smilin' and makin'
out with the powerful.

이 소년이 내게로 다가오네
그의 얼굴은 가시덤불의 장미꽃처럼 붉지
젊디 젊은 앳된 얼굴의 홍조
그리고 이 소년은 나와 똑같이 생겼다네

그리고 소년이 내게 묻지
자네가 누군지 잊은 거야?
자네가 어디 출신인지를 잊은 거야?
아일랜드 사람이잖아
집에서 참 멀리도 떠나왔구나
이게 무슨 꼴이야, 저 권력자 놈들과 붙어서
히히덕거리며 붙어먹는 꼴이라니

15. Where the Streets Have No Name 이름 없는 거리에서

I want to run, I want to hide
I want to tear down the walls
That hold me inside.

도망치고 싶어요, 숨고 싶네요
이 벽을 찢어버리고 싶어요
나를 가두는 이 벽을

The city's a flood, our love turns to rust
We're beaten and blown by the wind
We labour and lust
Your word is a whisper
In the hurricane
Where the streets have no name.

도시는 물에 잠기고 우리의 사랑은 녹이 슬어요
우리는 바람에 시달리고 날려가며
노동하고 욕망합니다
그대의 말은 속삭임이죠
이 폭풍우 속에서
이름 없는 거리에서

16. With or Without You 함께 혹은 따로

Through the storm,

We reach the shore
You give it all
But I want more.

폭풍을 뚫고
우리는 해변에 닿았죠
당신은 다 주었지만
나는 더 많이 원해요

(이하 'Sweetest Thing')
Blue-eyed boy meets a brown-eyed girl
The sweetest thing.

푸른 눈의 소년이 갈색 눈의 소녀를 만났네
세상에서 가장 달콤한 것

Baby's got blue skies up ahead
But in this, I'm a rain-cloud,
Ours is a stormy kind of love.
(Oh, the sweetest thing.)

I'm losin' you, I'm losin' you
Ain't love the sweetest thing?

내 사랑은 푸른 하늘을 머리 위에 이고 있지만
나는 그 위에 비를 머금은 먹구름
우리의 사랑은 폭풍우 같은 사랑
(오, 세상에서 가장 달콤한 것)

당신을 잃고 있어요, 당신을 잃고 있어요
사랑이야말로 세상에서 가장 달콤한 것

(이하 'One Tree Hill')
I'll see you again when the stars fall from the sky
And the moon has turned red over One Tree Hill.

다시 만나요, 하늘에서 별이 떨어질 그날
그리고 달이 저 나무 한 그루의 언덕 위에서 붉게 물들 그날

17. Desire 욕망

Lover, I'm off the streets
Gonna go where the bright lights
And the big city meet
With a red guitar, on fire
Desire.

내 사랑, 나는 거리로 나왔어
휘황찬란한 불빛이
거대한 도시와 만나는 곳으로 갈 거야
빨간색 기타를 뜨겁게 두드리기를
간절히 바라네

She's the candle burnin' in my room
Yeah, I'm like the needle
The needle and spoon
Over the counter, with a shotgun
Pretty soon, everybody's got one
I'm in a fever, when I'm beside her
Desire
Desire.

그녀는 내 방 안에서 타오르는 촛불이야
그래, 나는 주삿바늘 같아
주삿바늘과 숟가락
카운터 너머로 샷건 한 방을
이제 곧 모두들 한 방씩 갖게 될 거야
온몸이 달아오르지, 그녀가 곁에 있으면
간절히 바라네
욕망하네

She's the dollars
She's my protection
Yeah, she's the promise
In the year of election.
Oh, sister, I can't let you go
I'm like a preacher stealin' hearts at a travellin' show
For love or money, money, money…
And the fever, gettin' higher
Desire.

그녀는 돈이야
그녀는 나를 지켜주지
그래, 그녀는 선거가 있는 해의
공약이야
오 그대여, 나는 보낼 수 없어
나는 순회공연에서 사람들 마음을 훔치는 설교자
사랑을 위해, 아니면 오직 돈을 위해…
이 열기는 뜨거워만 가네
욕망하네

(이하 'All I Want Is You')
You say you want diamonds on a ring of gold
You say you want your story to remain untold.
All the promises we make
From the cradle to the grave
When all I want is you.

You say you'll give me a highway with no-one on it
Treasure, just to look upon it
All the riches in the night.
You say you'll give me eyes in the moon of blindness

당신은 말했지, 다이아몬드로 수놓은 금반지를 원한다고
당신은 말했지, 당신의 이야기는 묻어두어 달라고
우리가 했던 모든 약속들

요람에서 무덤까지
하지만 내가 원하는 건 당신뿐이야

당신은 말했지, 아무도 없는 고속도로를 내게 주겠다고
보물, 그저 보기만 할 것
밤에 존재하는 모든 부유함
당신은 말했지, 모두가 눈먼 달에서 내게만 눈을 주겠다고

A river in a time of dryness
A harbour in the tempest.
All the promises we make
From the cradle to the grave
When all I want is you.

가뭄에는 강물을
폭풍우 속에서는 숨을 수 있는 항구를
우리가 했던 모든 약속들
요람에서 무덤까지
하지만 내가 원하는 것은 당신뿐

PART Ⅱ

18. Who's Gonna Ride Your Wild Horses 누가 너의 야생마를 탈 것인가

You're dangerous, 'cos you're honest.
You're dangerous, 'cos you don't know what you want.
Well you left my heart empty as a vacant lot
For any spirit to haunt.

당신은 위험해요, 정직하니까
당신은 위험해요, 뭘 원하는지도 모르니까
당신은 내 마음을 텅 빈 주차장처럼 멍하게 만드네요
유령도 얼씬 않을 만큼

(이하 크리스티나 아길레라Christina Aguilera—'You Are What You Are (Beautiful)')

Every day is so wonderful
Then suddenly it's hard to breathe
Now and then, I get insecure
From all the pain,
I'm so ashamed

매일매일이 너무 행복하다가
갑자기 숨조차 쉬기 힘들어요
이따금씩, 나는 초조하고 어쩔 줄 모르게 돼요
그 모든 고통 때문에
너무 부끄러워요

19. Until the End of the World 세상 끝까지

Haven't seen you in quite a while
I was down the hold, just killing time.
Last time we met it was a low-lit room
We were as close together as a bride and groom.
We broke the bread, we drank the wine
Everybody having a good time
Except you.
You were talking about the end of the world.

그대 얼마 만에 보는 건가요
나는 창고에 처박혀서 시간을 죽이고 있었어요
우리는 지난번 불빛이 침침한 방에서 만났었죠
신랑 신부처럼 꼭 붙어 있었어요
우리는 빵을 나누어 먹고 포도주도 함께 마셨죠
모두 즐거웠어요
그대만 빼고
당신은 세상의 종말을 이야기하고 있었어요

(이하 'Walk On')

And if the comic takes the stage and no one laughs

And dances on his own grave for a photograph
This is not a curtain call this is the greatest act of all
A stand up for freedom...

만약 코미디언이 무대에 올라왔는데 아무도 웃지 않는다면
그리고 사진을 찍기 위해 자기 무덤 위에서 춤을 춘다면
이건 커튼콜이 아니죠, 가장 위대한 연기예요
자유를 향한 스탠드업 코미디…

20. One 하나

You say love is a temple, love a higher law
Love is a temple, love the higher law
You ask me to enter, but then you make me crawl
And I can't be holding on to what you got,
When all you got is hurt.

당신은 말해요, 사랑은 신전이고 법보다 더 높다고
사랑은 신전이고 법보다 더 높다고
내게 들어오라고 했지만 그대는 내가 기어가도록 하네요
당신이 가진 것이 상처뿐이라면
나는 그걸 붙들 수가 없어요.

(이하 'Until the End of the World')
I took the money
I spiked your drink
You miss too much these days if you stop to think
You lead me on with those innocent eyes
You know I love the element of surprise.

나는 돈을 가져갔고
당신의 잔에 독을 탔어요
지금 세상에서는 멈추어 생각하다가는 너무 많은 걸 잃게 되니까
당신은 그 순수한 눈을 하고 나를 이끌었지만
알잖아요, 내가 예상치 못한 놀라움을 좋아한다는 걸

In the garden I was playing the tart
I kissed your lips and broke your heart.
You, you were acting like it was the end of the world.

정원에서 나는 말을 비꼬아 쏘아붙이고
당신에게 입을 맞추고 그대를 배반했죠.
당신, 당신은 꼭 세상의 마지막 날인 것처럼 굴었죠

21. The Fly 파리

It's no secret that the stars are falling from the sky
It's no secret that our world is in darkness tonight.
They say the sun is sometimes eclipsed by a moon
Y'know I didn't see you when she walked in the room.

별들도 하늘에서 떨어진다는 건 모두가 아는 사실
우리 세상이 오늘 밤 어둠 속에 있다는 것도 모두가 아는 사실
태양도 가끔은 달이 가려 버린다고 해요
그녀가 방에서 걸어 다니면 내 눈엔 당신이 보이지 않아요

A man will rise, a man will fall,
from the sheer face of love,
like a fly from a wall.
It's no secret at all.

사람들은 떠오르기도 하고 넘어지기도 할 거예요
사랑의 맨얼굴로부터
벽에 붙은 파리가 그러는 것처럼
이건 모두가 아는 이야기

(이하 데이비드 보위David Bowie—'Fame')
Fame (fame) what you like is in the limo
Fame (fame) what you get is no tomorrow
Fame (fame) what you need you have to borrow

명성 (명성), 네가 좋아하는 건 모두 리무진에 있지
명성 (명성), 너에게는 내일이 없어
명성 (명성), 네가 필요로 하는 건 모조리 빌려와야만 해

(이하 마이클 루닉Michael Leunig—'사랑과 두려움Love and fear')
There are only two feelings.
Love and fear.
There are only two languages.
Love and fear.
There are only two activities.
Love and fear.

감정은 오직 두 가지뿐입니다.
사랑과 두려움.
언어는 오직 두 가지뿐입니다.
사랑과 두려움.
행동은 오직 두 가지뿐입니다.
사랑과 두려움.

(이하 'Love Is Blindness')
Love is blindness, I don't want to see
Won't you wrap the night around me?
Oh my heart,
Love is blindness.
In a parked car, in a crowded street
You see your love made complete.
Thread is ripping, the knot is slipping
Love is blindness.

사랑은 눈이 멀었어요, 나는 보고 싶지 않아요
이 밤으로 나를 감싸 안아주세요
오, 내 마음을
사랑은 눈이 멀었어요
주차한 차 안에서, 붐비는 거리에서
당신의 사랑은 완성되죠

실은 끊어지고, 매듭은 풀리고
사랑은 눈이 멀었어요

22. Even Better Than the Real Thing 진짜보다 더 좋은

Give me one more chance, and you'll be satisfied.
Give me two more chances, you won't be denied.
Well, my heart is where it's always been
My head is somewhere in between
Give me one more chance, let me be your lover tonight.

한 번만 더 기회를 주세요, 만족할 거예요
두 번만 더 기회를 주세요, 실망하지 않을 거예요
아, 나의 마음은 항상 있던 곳에
내 머리는 그 중간 어딘가에
한 번만 더 기회를 주세요, 오늘 밤 당신의 연인이 될래요

(이하 'Lemon')
A man builds a city, with banks and cathedrals
A man melts the sand so he can see the world outside.
A man makes a car, and builds a road to run (them) on.
A man dreams of leaving, but he always stays behind.
And these are the days when our work has come asunder.
And these are the days when we look for something other.

어떤 이가 도시를 세웠네, 은행들과 성당들도
어떤 이가 바깥세상을 보고 싶어서 모래를 녹였다네
어떤 이가 차를 만들고, 그걸로 달려갈 도로도 만들었네
어떤 이가 떠날 것을 꿈꾸네, 하지만 항상 뒤에 남는다네
우리가 이루어 놓은 것들이 산산이 무너지는 시간이라네
우리가 다른 무언가를 찾아 헤매는 시간이라네

23. Mysterious Ways 알 수 없는 방식

Johnny, take a walk with your sister the moon

Let her pale light in, to fill up your room.
You've been living underground, eating from a can
You've been running away from what you don't understand.
(Love)
She's slippy, you're sliding down.
But she'll be there when you hit the ground.

조니, 걸어가 보자 네 누이 달님과 함께
누이의 창백한 빛이 들어와 네 방을 채우게 해
넌 지하에서 캔 음식이나 먹으며 살고 있잖아
네가 이해하지 못하는 것들로부터 도망가고 있잖아
(사랑)
누이는 미끌어지고 너는 하락하고 있지
하지만 네가 쓰러질 때 그녀가 네 옆에 있어 줄 거야

It's all right, it's all right, it's all right
She moves in mysterious ways.
Johnny, take a walk with your sister the moon.
Let her pale light in, to fill up your room.

괜찮아, 괜찮아, 괜찮아
그녀는 알 수 없는 방식으로 움직이니까
조니, 걸어가 보자 네 누이 달님과 함께
그녀의 창백한 빛이 들어와 네 방을 채우게 해

24. Stuck in a Moment 순간에 갇혀

And if the night runs over
And if the day won't last
And if your way should falter
along the stony pass
It's just a moment
This time will pass.

그리고 밤이 너무 길다고 해도

낮이 너무 짧다고 해도
당신이 가는 길이 꼬여
험하고 힘들어진다 해도
그건 그냥 잠깐일 뿐
그 또한 지나갈 거예요

(이하 INXS - 'Never Tear Us Apart')
Two worlds collided
And they could never tear us apart

두 세계가 충돌했어
그리고 그 둘은 절대로 우리를 둘로 갈라놓지 못할 거야

(이하 'The Miracle (of Joey Ramone)')
I will not forsake, the colours that you bring
The nights you filled with fireworks
They left you with nothing
I am still enchanted by the light you brought to me
I listen through your ears,
And through your eyes I can see.

나는 당신이 가져다준 색깔들을 버리지 않을 거예요
당신이 불꽃놀이로 밝혀준 밤들도
그것들은 당신에게 아무것도 남기지 않았어요
하지만 나는 당신이 내게 전해준 빛에 여전히 홀려 있는 걸요
나는 당신의 귀를 통해 듣고
당신의 눈을 통해 바라봐요

(이하 닉 케이브 앤 배드 시스Nick Cave & The Bad Seeds—'Into My Arms')
I don't believe in an interventionist God
But I know, darling, that you do
But if I did I would kneel down and ask Him
Not to intervene when it came to you

나는 당신이 가져다준 색깔들을 버리지 않을 거예요

당신이 불꽃놀이로 밝혀준 밤들도
그들이 당신을 빈털터리로 만들었나요
하지만 나는 당신이 내게 전해준 빛에 여전히 홀려 있는 걸요
나는 당신의 귀를 통해 듣고
당신의 눈을 통해 본답니다

25. Wake Up Dead Man 깨어나라, 죽은 자여

Jesus, I'm waiting here, boss
I know you're looking out for us
But maybe your hands aren't free.

예수님, 저 여기서 기다립니다
우리를 항상 돌보시는 걸 알지만
아마 지금은 바쁘신가 봅니다.

Listen to the words they'll tell you what to do
Listen over the rhythm that's confusing you
Listen to the reed in the saxophone
Listen over the hum of the radio
Listen over the sounds of blades in rotation
Listen through the traffic and circulation
Listen as hope and peace try to rhyme
Listen over marching bands playing out their time.

그들이 알려주는 말을 들어라
헷갈리게 하는 리듬 너머로 들어라
색소폰의 리드 소리를 들어라
라디오의 잡음 너머로 들어라
천장의 선풍기 소리 너머로 들어라
길거리 소음을 꿰뚫고 들어라
희망과 평화가 짝을 맞추는 소리를 들어라
군악대가 행진하는 소리 너머로 들어라

Wake up, wake up dead man

Wake up, wake up dead man.

깨어나라, 깨어나라 죽은 자여
깨어나라, 깨어나라 죽은 자여

(이하 'Discothèque')
You can reach, but you can't grab it.
You can't hold it, control it, no
You can't bag it.

You can push, but you can't direct it
Circulate, regulate, oh no
You cannot connect it—love.

You know you're chewing bubble gum
You know what that is but you still want some.
You just can't get enough of that lovey-dovey stuff.

손을 뻗을 수는 있지만, 잡을 수는 없네
쥘 수도, 통제할 수도 없네
가방에 넣을 수도 없다네

밀어붙일 수는 있지만 이끌지는 못한다네
유통시킬 수도, 규제할 수도 없다네
연결시킬 수도 없다네, 사랑이라는 것은

풍선껌을 씹고 있는 걸 알지만
그게 뭔지는 알지만 그래도 더 원하지
그 단물을 아무리 빨아도 더 원하게 되지

(이하 'Staring At The Sun')
Referee won't blow the whistle.
God is good but will he listen?
I'm nearly great but there's something missing.
I left it in the duty free,

But you never really belonged to me.

심판은 호각을 불려 하질 않아
하나님은 선하시지만 귀 기울여 주실까?
나는 충분히 해냈지만 그래도 뭔가가 부족해
그걸 면세점에 두고 왔지만
너는 한 번도 내 것이 된 적이 없네

You're not the only one staring at the sun
Afraid of what you'd find if you stepped back inside.
I'm not sucking on my thumb, I'm staring at the sun
I'm not the only one who's happy to go blind.

태양을 쏘아 보는 게 너만은 아니야
뒤로 물러서면 무얼 보게 될지 두려워
나는 손가락을 빨고 있는 게 아니야, 나도 태양을 쏘아 보고 있어
나도 그래, 눈이 멀라면 멀라지

(이하 'Mofo')
Lookin' for to save my, save my soul
Lookin' in the places where no flowers grow.
Lookin' for to fill that God-shaped hole
Mother, mother-suckin' rock an' roll.
Holy dunc, space junk comin' in for the splash
White dopes on punk staring into the flash.
Lookin' for the baby Jesus under the trash
Mother, mother-suckin' rock an' roll.

나의, 내 영혼을 구원하려고
꽃들이 자라지 않는 곳들에 들르고
신의 모습을 한 빈자리를 메우고
이 빌어먹을 로큰롤 음악으로
세례의 성수를, 우주 쓰레기를 뿌려대고
섬광을 쏘아보는 녀석들에게는 하얀 마약을
쓰레기 아래에서 아기 예수를 찾아보지

이 빌어먹을 로큰롤 음악으로

26. The Showman 쇼맨

The showman gives you front row to his heart
The showman prays his heartache will chart
Making a spectacle of falling apart
Is just the start of the show.

쇼맨이 자기 심장을 그대 눈앞에 활짝 열어보여요
쇼맨은 마음이 아픈 모든 게 차트로 다 그려지기를 빌지요
망가지고 무너지는 볼거리를 내놓는 것은
쇼의 시작일 뿐

It is what it is but it's not what it seems
This screwed up stuff is the stuff of dreams
I got just enough low self esteem
To get me where I want to go.

그게 바로 그거지만 보이는 것과는 달라요
이 망가진 물건은 숱한 꿈속에서 나온 물건이랍니다
저는 자부심이라고는 별로 없지만
그 덕에 내가 원하는 곳으로 갈 수 있어요

(이하 'Miss Sarajevo')
Here she comes, heads turn around
Here she comes, surreal in her crown

여기 그녀가 와요, 사람들이 고개를 돌리네요
여기 그녀가 와요, 왕관을 쓴 초현실적인 모습으로

(이하 'The Fly')
It's no secret that a conscience can sometimes be a pest
It's no secret that ambition bites the nails of success
Every artist is a cannibal, every poet is a thief

All kill their inspiration and sing about the grief.

모두 다 아는 이야기, 양심은 때로 전염병이 될 수 있어요
모두 다 아는 이야기, 야망이 있으면 성공을 해도 초조하지요
모든 예술가들은 식인종, 모든 시인들은 도둑놈
모두 자기들의 영감은 죽여버리고 그 슬픔을 노래하네요

27. Pride (In the Name of Love) 자존심 (사랑의 이름으로)

One man caught on a barbed wire fence
One man he resist
One man washed up on an empty beach
One man betrayed with a kiss.

한 남자가 철조망에 걸렸어요
한 남자, 그가 저항하네요
한 남자가 텅 빈 해변에서 바닷물에 휩쓸렸어요
한 남자가 키스로 배반당했어요

Shot rings out in the Memphis sky.
Free at last, they took your life
They could not take your pride.

멤피스시의 하늘에 총소리가 울리네요
마침내 자유, 그들이 당신의 목숨을 앗아갔지만
당신의 자존심은 앗아갈 수 없었습니다.

PART Ⅲ

28. Beautiful Day 아름다운 날

The heart is a bloom
That shoots up through the stony ground

But there's no room
No space to rent in this town.

심장은 꽃이에요
돌투성이 땅을 뚫고 피어나죠
하지만 자리가 없네요
이 도시에는 세를 낼 집도 없어요

See the world in green and blue
See China right in front of you
See the canyons broken by cloud
See the tuna fleets clearing the sea out
See the Bedouin fires at night
See the oil fields at first light.

녹색과 푸른색의 세상을 보세요
중국이 당신 바로 앞에 다가왔어요
참다랑어 떼가 바다를 헤치고 가는 것을 보세요
한밤중에 불타는 베두인 모닥불과
처음으로 불을 붙여 타오르는 유전도요

See the bird with a leaf in her mouth
After the flood all the colours came out.

나뭇잎을 입에 문 새를 보세요
홍수는 끝났고 모든 색들이 다시 피어나네요

It's a beautiful day.

아름다운 날이죠

(이하 'Kite')
Something is about to give
I can feel it coming
I think I know what it is

I'm not afraid to die
I'm not afraid to live
And when I'm flat on my back
I hope to feel like I did.

뭔가 끝날 때가 된 것 같아
끝이 오는 걸 느낄 수 있어
그게 뭔지도 알 것 같아
죽는 것은 무섭지 않지
사는 것도 무섭지 않아
그리고 내가 완전히 쓰러졌을 때
나는 예전처럼 느꼈으면 해

(이하 'In a Little While')
Man dreams one day to fly
A man takes a rocket ship into the sky
He lives on a star that's dying in the night
And follows in the trail the scatter of light.

남자는 누구나 언젠가 날아갈 꿈을 꾸죠
로켓을 타고 하늘을 날아가고
밤하늘에 죽어가는 별 위에 살아요
그러면서 또 하늘에 뿌려진 빛을 따라가죠

(이하 'When I Look at the World')
I'm in the waiting room
I can't see for the smoke
I think of you and your holy book
While the rest of us choke.

저는 대기실에 있습니다
연기가 자욱해서 제대로 보이지도 않네요
저는 당신과 당신의 거룩한 책을 생각합니다
다른 이들은 켁켁거리고 있고

(이하 'Sometimes You Can't Make It on Your Own')

Tough, you think you've got the stuff
You're telling me and anyone
You're hard enough
You don't have to put up a fight

You don't have to always be right
Let me take some of the punches
For you tonight

Listen to me now
I need to let you know
You don't have to go it alone

And it's you when I look in the mirror
And it's you when I don't pick up the phone
Sometimes you can't make it on your own

We fight, all the time
You and I, that's alright
We're the same soul
I don't need, I don't need to hear you say
That if we weren't so alike
You'd like me a whole lot more

Listen to me now
I need to let you know
You don't have to go it alone

And it's you when I look in the mirror
And it's you when I don't pick up the phone
Sometimes you can't make it on your own.

억센 당신, 당신은 진짜 사나이라고 생각하시죠
나에게도 누구에게도 말하죠

당신은 센 놈이라고
꼭 싸우지 않아도 돼요

항상 옳을 필요도 없어요
주먹이 날아오면 제가 대신 맞아드릴게요
오늘 밤만큼은

제 말이 들리나요
꼭 알았으면 해요
혼자 그렇게 가지 않아도 돼요
거울을 볼 때마다 떠오르는 당신
전화를 해도 내가 받지 않는 당신
가끔씩은 그대 혼자 힘으로 할 수 없는 것도 있어요

우리는 항상 싸우죠
당신과 나, 항상 싸우죠. 뭐 괜찮아요
우리 둘 다 똑같은 영혼을 가졌으니까
필요 없어요, 말하지 않아도 알아요
우리가 이렇게 똑같지만 않았어도
나를 훨씬 더 좋아했을 거라고

제 말이 들리나요
꼭 알았으면 해요
혼자 그렇게 가지 않아도 돼요

거울을 볼 때마다 떠오르는 당신
전화를 해도 내가 받지 않는 당신
가끔씩은 그대 혼자 힘으로 할 수 없는 것도 있어요

(이하 도리스 데이Doris Day—'The Black Hills of Dakota')
And when I get that lonesome feelin'
And I'm miles away from home
I hear the voice of the mystic mountains
Callin' me back home.

그리고 내가 그 외로움을 느낄 때
집에서 멀리 떨어져 있을 때
나는 그 신비로운 산의 목소리가
나를 집으로 부르는 것을 듣는다네

29. Crumbs from Your Table 테이블 위의 부스러기

From the brightest star
Comes the blackest hole
You had so much to offer
Why did you offer your soul?
I was there for you baby
When you needed my help
Would you deny for others
What you demand for yourself?

우주에서 가장 밝은 별이
가장 어두운 블랙홀이 된다고 해요
당신은 그토록 가진 것이 많은데
어째서 당신 영혼을 내놓았던가요?
당신이 내 도움을 필요로 할 때
나는 거기에 있었어요
그대 자신을 위해서 당신이 요구했던 것을
남들에게는 거절할 것인가요?

You speak of signs and wonders
I need something other
I would believe if I was able
But I'm waiting on the crumbs from your table.

당신은 여러 징조와 기적을 이야기하지만
내가 필요한 건 그런 게 아니에요
그런 것들은 믿든지 말든지
나는 당신의 밥상에서 그저 부스러기라도 떨어지기를 기다리고 있어요

30. Miracle Drug 기적의 약

Beneath the noise
Below the din
I hear your voice
It's whispering
In science and in medicine
I was a stranger
You took me in.

잡음 아래에서
그 소음 아래로
당신의 목소리가 들려요
속삭이네요
과학과 의학의 이름으로
나는 낯 모르는 사람이었지만
당신은 나를 들여보내 주었죠

(이하 'Crumbs from Your Table')
Where you live should not decide
Whether you live or whether you die
Three to a bed
Sister Anne, she said
Dignity passes by.

어디에 사는지에 따라
살지 죽을지가 결정되어서는 안 돼요
세 명을 위한 침대 하나
앤 수녀는 말했어요
존엄이 비껴간다고

31. Vertigo 현기증

The night is full of holes
As bullets rip the sky of ink with gold

They sparkle as the boys play rock and roll
They know that they can't dance—at least they know.

구멍이 가득한 밤하늘
별이 빛나는 칠흑 같은 하늘을 총알들이 찢어놓네
소년들이 로큰롤을 연주하면 총알은 반짝거리며 빛을 발하지
최소한 본인들이 춤을 못 춘다는 건 알고 있다네

Lights go down, it's dark
The jungle is your head can't rule your heart
A feeling so much stronger than a thought
Your eyes are wide
And though your soul it can't be bought
Your mind can wander…
The night is full of holes
As bullets rip the sky of ink with gold
They sparkle as the boys play rock and roll
They know that they can't dance
At least they know

I can't stand the beats
I'm asking for the cheque
The girl with crimson nails
Has Jesus round her neck.

불이 나가고, 어두워졌지
머릿속은 정글이 되고, 너의 심장은 미쳐 날뛰고 있어
강한 느낌은 생각을 압도하지
눈이 활짝 열리고
비록 영혼은 팔 수 없다 해도
마음만큼은 사방을 뛰어다닐 수 있어…
구멍이 가득한 밤하늘
별이 빛나는 칠흑 같은 하늘을 총알들이 찢어놓네
소년들이 로큰롤을 연주하면 총알은 반짝거리며 빛을 발하지
최소한 본인들이 춤을 못 춘다는 건 알고 있다네

이 비트는 도저히 견딜 수 없어
계산서를 달라고 했지
진홍색으로 손톱을 물들인 여자
목에 예수님을 두르고 있네

All of this, all of this can be yours
All of this, all of this can be yours
All of this, all of this can be yours
Just give me what I want and no one gets hurt.

이 모든 것, 다 네 것이 될 수 있어
이 모든 것, 다 네 것이 될 수 있어
이 모든 것, 다 네 것이 될 수 있어
그냥 내가 원하는 것만 내다오, 아무도 다칠 일 없지

Hello, hello…
I'm at a place called Vertigo
It's everything I wish I didn't know.

여보세요, 여보세요…
저는 버티고Vertigo라는 곳에 있어요
알고 싶지 않은 모든 것이 여기 다 있지요

(이하 'One Tree Hill')
We turn away to face the cold, enduring chill
As the day begs the night for mercy, love.
A sun so bright it leaves no shadows
only scars carved into stone on the face of earth.

우리는 돌아서서 추위에 맞서네, 온몸이 떨리는 것을 참아가며
한낮이 밤에게 자비와 사랑을 간청하네
태양이 너무 밝아 그림자가 생길 수도 없지
땅의 얼굴에 놓인 돌들에 새겨진 상처들만이 보일 뿐

(이하 오스카 와일드Oscar Wilde—'리딩 감옥의 발라드Ballad of Reading Gaol')

In Reading gaol by Reading town
There is a pit of shame,
And in it lies a wretched man
Eaten by teeth of flame,
In burning winding-sheet
he lies,
And his grave has got no name.

And there, till Christ call forth the dead,
In silence let him lie:
No need to waste the foolish tear,
Or heave the windy sigh:
The man had killed the thing he loved,
And so he had to die.

And all men kill the thing they love,
By all let this be heard,
Some do it with a bitter look,
Some with a flattering word,
The coward does it with a kiss,
The brave man with a sword!

리딩 타운 옆의 리딩 감옥에는
굴욕의 구덩이가 있다
그 안에는 가련한 남자가 누워 있다
화염의 이빨에 뜯어 먹힌 채
불타는 수의壽衣에 싸여
그리고 그의 무덤에는 이름조차 없다

그곳에, 예수 그리스도께서 죽은 자들을 무덤에서 일으키실 때까지
그가 침묵 속에 누워 있도록 하라
필요 없다, 바보스런 눈물 따위를 흘리는 일도
또 땅이 꺼지는 한숨 따위도
그 남자는 자신이 사랑하는 것을 죽여 버렸으니
그 남자도 죽어야만 했다

그리고 모든 이들은 자신이 사랑하는 것을 죽여 버린다
이 점을 모든 이들이 알도록 하라
어떤 이들은 쓰디쓴 표정을 하고서 그렇게 한다
어떤 이들은 달콤한 아첨의 말로써
겁쟁이는 입맞춤으로써
하지만 용감한 자는 칼을 들어서!

32. Ordinary Love 평범한 사랑

The sea wants to kiss the golden shore.
The sunlight wants your skin.
All the beauty that's been lost before
Wants to find us again.
I can't fight you anymore
It's you I'm fighting for.
The sea throws rocks together
But time leaves us polished stones.

바다는 황금빛 해변에 입을 맞추고 싶어 해요
햇빛은 당신의 피부에 입을 맞추고 싶어 하죠
예전에 사라진 모든 아름다움이
다시 우리를 찾아오려 해요
이제 당신과 싸우지 못하겠어요 더 이상은
내가 하는 모든 싸움은 당신을 위한 것
바다는 돌들을 집어 던져요
하지만 시간은 그 돌들을 매끈하게 다듬어 우리에게 내놓아요

Birds fly high in the summer sky
And rest on the breeze.
The same wind will take care of you and I,
we'll build our house in the trees.
Your heart is on my sleeve,
did you put it there with a magic marker?
For years I would believe,
that the world, couldn't wash it away.

새들은 여름 하늘 높이 날고
또 선선한 바람을 타고 날아요
그 바람이 돌보아 줄 거예요, 당신과 나
우리 나무 위에 집을 지어요
당신의 심장은 내 옷소매에 있네요
마법의 표식으로 거기에 두었나요?
오랜 세월 동안, 저는 그렇게 믿어요
이 세상이 그 표식을 지워낼 수 없었다고

33. City of Blinding Lights 눈부신 빛의 도시

The more you see the less you know
The less you find out as you grow
I knew much more then than I do now.

더 많이 볼수록 아는 건 줄어들지
철이 들수록 알게 되는 건 줄어들지
아는 건 지금보다 옛날에 훨씬 많았네

America, let your road rise
Under Lincoln's unblinking eyes.

미국이여, 그대의 길이 뚜렷해지기를
링컨의 형형한 눈빛 아래에서

Oh, you look so beautiful tonight
In the city of blinding lights.

오, 당신은 오늘 밤 너무나 아름답지
이 찬란한 도시의 불빛 속에서

(이하 'American Soul')
It's not a place
This country is to me a thought
That offers grace

For every welcome that is sought.

이 나라는 장소가 아니에요
이 나라는 내게는 하나의 사상이죠
그 사상은 자비를 베풉니다
환영받기를 바라고 찾아오는 모든 이들에게

It's not a place
This is a dream the whole world owns
The pilgrim's face
She had your heart to call her home.

이 나라는 장소가 아니에요
이 나라는 온 세상이 품고 있는 꿈이죠
순례자의 얼굴
당신도 이 나라를 집이라고 부르고 싶어지게 하죠

(이하 'Get Out of Your Own Way')
The promised land is there for those who need it most
And Lincoln's ghost
Says…

Get out of your own way.

이 약속의 땅은 여기를 가장 필요로 하는 이들을 위한 곳
그리고 링컨의 유령이
말하지요…

자신의 방식에서 벗어나라고

(이하 퍼블릭 에너미Public Enemy—'검은 행성의 공포Fear of a Black Planet')
I've been wonderin' why
People livin' in fear
Of my shade
(Or my high-top fade)

I'm not the one that's runnin'
But they got me on the run
Treat me like I have a gun
All I got is genes and chromosomes

나는 궁금해요, 왜 사람들이
두려워하며 살고 있는지
나의 그림자를
(혹은 나의 하이탑 페이드 헤어 스타일을)
나는 도망자가 아닌데
그들은 나를 도망치게 만들어요
내가 무슨 총이라도 갖고 있는 것처럼
내가 가진 것은 유전자와 염색체뿐인데

34. Get Out of Your Own Way 자신의 방식에서 벗어나

I can sing it to you all night, all night
If I could I'd make it alright, alright
Nothing's stopping you except what's inside
I can help you but it's your fight, your fight.

당신에게 노래할 수 있어요, 밤새도록 밤새도록
내가 할 수만 있다면 그렇게 만들고 싶어요, 괜찮도록 괜찮도록
당신을 막을 수 있는 것은 그 안의 마음뿐
내가 도울 수는 있지만 이건 당신의 싸움, 당신의 싸움이죠

Fight back, don't take it lying down you've got to bite back
The face of liberty is starting to crack
She had a plan until she got a smack in the mouth and it all went south like
Freedom.

반격하세요, 눈감고 외면하지 마세요, 맞서 싸워야 해요
자유liberty의 얼굴이 뭉개지기 시작했어요
그녀도 얼굴을 맞기 전까지는 계획이 있었죠 그런데 모든 게

틀어져 버렸어요
자유freedom처럼

(이하 'God Part II')
Don't believe in excess
Success is to give
Don't believe in riches
But you should see where I live...

과도하게 믿지는 않아요
성공이 주어질 것이라고
부를 신봉하지는 않습니다
하지만 내가 사는 곳을 보셔야 해요…

35. Every Breaking Wave 부서지는 모든 파도

Every sailor knows that the sea
Is a friend made enemy
And every shipwrecked soul, knows what it is
To live without intimacy
I thought I heard the captain's voice
It's hard to listen while you preach
Like every broken wave on the shore
This is as far as I could reach.

선원들은 다 알아요, 바다는
적이었다가 친구가 된 존재라는 것을
난파를 겪은 이들은 다 알아요,
안아주는 이 없이 사는 게 어떤 것인지를
선장의 목소리를 들은 것 같아요
설교만 늘어놓는다면 들릴 리가 없죠
바닷가에서 무수히 부수어지는 파도 소리처럼
내가 닿을 수 있는 곳은 여기까지예요

(이하 'This Is Where You Can Reach Me Now')

On a double decker bus
Into College Square
If you won't let us in your world
Your world just isn't there

Old man says that we never listen
We shout about what we don't know
We're taking the path of most resistance
The only way for us to go.

이층버스를 타고
칼리지 스퀘어로 가는 길
우리를 당신의 세상에 들이지 않는다면
당신의 세상은 그냥 거기에 없는 거예요

우리는 듣는 법을 모른다고
알지도 못하는 것에 대해 소리나 지른다고
우리는 최대한 저항하는 길을 선택합니다
우리가 갈 길은 그것뿐

(이하 시머스 헤니Seamus Heaney—'비계 작업Scaffolding')
Masons, when they start upon a building,
Are careful to test out the scaffolding;
Make sure that planks won't slip at busy points,
Secure all ladders, tighten bolted joints.
And yet all this comes down when the job's done
Showing off walls of sure and solid stone.
So if, my dear, there sometimes seems to be
Old bridges breaking between you and me
Never fear. We may let the scaffolds fall
Confident that we have built our wall.

석공들이 건물을 짓기 시작할 때에는
비계가 튼튼한지 세심히 살펴요
많이 지나는 곳의 발판이 미끄러지지 않는지

모든 사다리가 튼튼한지, 볼트 결합부가 튼튼한지
하지만 일이 다 끝나면 모두 해체되지요
튼튼하고 확고한 돌벽만이 모습을 드러내지요
그러니, 내 사랑, 가끔 우리 사이에
낡은 다리가 무너지는 것처럼 보여도
절대 두려워하지 마세요. 비계는 무너져도 괜찮아요
우리 함께 벽을 이룬 것을 확신하니까

36. I Still Haven't Found What I'm Looking For 나는 아직도 찾아내지 못했네

I have spoke with the tongue of angels
I have held the hand of a devil
It was warm in the night
I was cold as a stone.

천사의 혀로 나는 말했지
악마의 손을 잡았다네
밤은 따뜻했지만
나는 돌처럼 차가웠지

(이하 'The Wanderer')
I went drifting through the capitals of tin
Where men can't walk or freely talk
And sons turn their fathers in.
I stopped outside a church house
Where the citizens like to sit.
They say they want the kingdom
But they don't want God in it.

나는 양철로 만들어진 도시들을 떠돌았네
그곳에서 사람들은 자유롭게 걷지도 말하지도 못하고
아들이 아버지를 밀고한다네
교회당 건물 밖에 멈추어
거기에 앉아 있는 시민들이 말하는 것을 들었네
그들은 천년왕국은 원하지만

그 안에 신은 없었으면 한다고

(이하 'Once in Royal David's City')
Once in royal David's city
Stood a lowly cattle shed,
Where a mother laid her baby
In a manger for His bed

옛날 다윗왕의 도시에
누추한 외양간이 있었다네
그곳에서 한 어머니가 아기를 낳아
말구유를 아기의 침대로 삼았지

37. Love Is Bigger Than Anything in Its Way 사랑은 그 길에 있는 어떤 것보다도 커요

The door is open to go through
If I could I would come too
But the path is made by you
As you're walking, start singing and stop talking.
문은 지나갈 수 있도록 활짝 열려 있어요
나도 지나가 보고 싶지만
이 길을 닦은 것은 당신이니까
이제 걸어가요, 이야기는 멈추고 노래를 시작하세요

If you listen you can hear the silence say
"When you think you're done, you've just begun"
Love is bigger than anything in its way.

귀 기울여 보세요, 침묵이 말하는 소리를
"생각에 잠기면 끝장이에요, 당신은 방금 시작했잖아요"
사랑은 그 길에 있는 어떤 것보다도 커요

38. Moment of Surrender 항복의 순간

I was speeding on the subway
Through the stations of the cross
Every eye looking every other way
Counting down 'til the pentecost

At the moment of surrender
Of vision over visibility
I did not notice the passers-by
And they did not notice me.

나는 지하철로 서둘러 가고 있었네
십자가의 길을 지나
사람들은 모두 다른 곳을 보고 있다네
성령강림절이 오는 날만 손꼽아 기다리며

항복의 순간
눈앞에 보이는 것을 비전이 압도하는 순간에
나는 지나가는 사람들을 알아채지 못했지
그들도 나를 의식하지 못하고

(이하 'No Line on the Horizon')
I know a girl who's like the sea
I watch her changing every day for me, oh yeah
One day she's still, the next she swells
You can hear the universe in her sea shells, oh yeah

No, no line on the horizon, no, no line

I know a girl, a hole in her heart
She said infinity is a great place to start.

내가 아는 소녀는 바다와 같다네
내 눈앞의 그녀는 매일 변한다네, 오

어느 날에는 고요했다가 바로 다음 날에는 한없이 부풀어 오르네
그녀의 조개껍데기에서 우주의 소리가 들린다네, 오

수평선에는 선이 없어, 아무런, 아무런 선도 없다네

내가 아는 소녀는 심장에 구멍이 나 있다네
그녀가 말했지, 무한성이야말로 최고의 출발점이라고

(이하 'Soon')
Sing yourself on down the street
Sing yourself right off your feet
Sing yourself away from victory and from defeat
Sing yourself with fife and drum
Sing yourself to overcome
The thought that someone's lost
And someone else has won.

길을 걸으면서 계속 노래하세
뛸 듯이 춤추며 노래하세
승리도 패배도 개의치 말고 노래하세
피리와 북으로 노래하세
노래로 잊어버리세
누군가는 패배했고
누군가가 승리했다는 생각을

(이하 사이먼 앤 가펑클Simon & Garfunkel—'침묵의 소리The Sound of Silence')
And the sign said "The words of the prophets
Are written on the subway walls
And tenement halls
And whispered in the sounds of silence"

그리고 푯말에 써 있다네, "예언자들의 말은
지하철 벽 위에 써 있으며
공동주택의 홀에 써 있으며
침묵의 소리 속에 속삭여지고 있다"고

(이하 패티 스미스Patti Smith—'민중들은 힘이 있다네People Have the Power')

I was dreaming in my dreaming
Of an aspect bright and fair
And my sleeping it was broken
But my dream it lingered near
In the form of shining valleys
Where the pure air recognized
And my senses newly opened
I awakened to the cry
That the people have the power
To redeem the work of fools
Upon the meek the graces shower
It's decreed the people rule
The people have the power
The people have the power

I believe everything we dream
Can come to pass through our union
We can turn the world around
We can turn the earth's revolution
We have the power
People have the power

나는 나의 꿈속에서 꿈을 꾸고 있었네
밝고도 공정한 한 모습을
그리고 나의 잠은 어수선했지만
나의 꿈만큼은 가까이에서 나를 맴돌았다네
빛나는 계곡의 모습으로
그곳에서는 순수한 공기가 폐를 가득 채우고
나의 모든 감각들이 새로이 열린다네
나는 그 함성에 깨어나고 눈을 뜬다네
민중들이 힘을 가지고 있다고
어리석은 자들이 저질러 놓은 일들을 바로잡을 수 있는 힘
온순한 이들 위로 은총이 쏟아진다네
하늘의 명령이라네, 민중들이 통치할지어다

민중들은 힘이 있다네
민중들은 힘이 있다네

나는 믿는다네, 우리가 꿈꾸는 모든 것들은
우리의 단결을 통해 이루어낼 수 있다고
우리는 이 세계를 반대 방향으로 돌릴 수 있고
지구의 공전 또한 되돌릴 수 있다고
우리에겐 힘이 있다네
민중들은 힘이 있다네

39. Landlady 여주인

Roam, the phone is where I live till I get home
And when the doorbell rings
You tell me that I have a key
I ask you, how you know it's me?

The road, no road without a turn
And if there was, the road would be too long
What keeps us standing in this view
Is the view that we can be brand new.

배회, 집에 갈 때까지도 계속 전화기를 붙잡고 있었다네
초인종이 울리자
당신은 내게 말하네, 내가 열쇠를 갖고 있다고
나는 묻지, 나인 줄 어떻게 아느냐고?

길, 꺾이지 않는 길은 없어
그런 길이 있다면, 너무 긴 길일 테지
우리가 이 관점에 계속 머물러 있게 되는 것은
우리가 완전히 새로운 존재가 될 수 있다는 전망 때문이지

40. Breathe 숨쉬다

To walk out into the street

Sing my heart out
The people we meet will not be drowned out
There's nothing you have that I need
I can breathe…

거리로 걸어 나가
가슴이 터지도록 노래를 불러보자
우리가 만나는 이들은 떠내려가지 않을 테니
내게 필요로 하는 것은 내게 다 있다네
나는 숨 쉴 수 있어…

(이하 '40')
I waited patiently for the Lord.
He inclined and heard my cry.
He brought me up out of the pit
Out of the miry clay.

I will sing, sing a new song.
I will sing, sing a new song.

How long to sing this song?
How long to sing this song?
How long, how long, how long
How long to sing this song?

You set my feet upon a rock
And made my footsteps firm.
Many will see, many will see and hear.

I will sing, sing a new song.
I will sing, sing a new song.
I will sing, sing a new song.
I will sing, sing a new song.

How long to sing this song?

How long to sing this song?
How long, how long, how long
How long to sing this song?

나는 주님의 도움을 끈기 있게 기다렸다네
그가 귀를 기울이시고 나의 부르짖음을 들으셨다네
그가 나를 절망의 웅덩이와
진흙탕 속에서 끌어내셨다네

노래하리라, 새로운 노래를 부르리라
노래하리라, 새로운 노래를 부르리라

얼마나 오래 이 노래를 부르리까
얼마나 오래 이 노래를 부르리까
얼마나 오래, 얼마나 오래, 얼마나 오래
얼마나 오래 이 노래를 부르리까

당신께서 나를 반석 위에 세우시고
내 발걸음을 든든히 하셨나이다
많은 사람들이 이를 보고 들을 것이라네

노래하리라, 새로운 노래를 부르리라
노래하리라, 새로운 노래를 부르리라
노래하리라, 새로운 노래를 부르리라
노래하리라, 새로운 노래를 부르리라

얼마나 오래 이 노래를 부르리까?
얼마나 오래 이 노래를 부르리까?
얼마나 오래, 얼마나 오래, 얼마나 오래
얼마나 오래 이 노래를 부르리까?

부록 2. 각 장의 드로잉과 사진 번역*

1. 각 장의 드로잉

1장

세상을 바라보는 심장 이첨판의 관점은 훨씬 오래전에 시작되었다.

나는 내 심장이 정상과 다르다고 들었다.

2장

조이 라몬의 'The Miracle'

3장

아이리스

4장

5 / 구기

10 / 시더우드 로드, '자기가 테너인 줄 아는 바리톤' 보노와 진짜 테너인 밥 휴슨의 집

140 / 프라이데이의 집

5장

개빈과 구기

눈여겨보지 않아서 지나칠 뿐, 우리가 필요로 하는 사람들은 항상 바로 옆에 있다는 것을 나는 이해해 가고 있다. 구기와 나는 너무 서로에게 의지하였으므로 우리는 무언가가, 누군가가 있어야만 했다.

---

* 보노의 손글씨를 대체로 왼쪽에서 오른쪽으로, 위쪽에서 아래쪽으로 번역하였다. 난해한 일부는 생략하였으며, 일부는 분문 내용을 참고하여 유추하였다(옮긴이).

6장
1976년 11월 마운트 템플 종합학교라는 로큰롤 고등학교에서의 길었던 나의 일주일

7장
깁슨 익스플로러
아이리스 폴
노란 집

8장
아일랜드 레코드의 캡틴을 만나다
국립경기장
패딩턴
11시에 만나—개빈

9장
밴에 들어갈 사람들
물리적 우주의 중심이 정보인지 물질인지는 논쟁이 될 수 있지만, 로큰롤 태양계의 핵심 구성 요소가 밴이라는 점은 논란의 여지가 없다.

10장
독실한 뮤지션이냐 하나님을 직접 따르느냐

11장
1982년 8월 31일이 우리의 결혼식이었고, 그날 아침 나는 마침내 내가 태어나고 자란 시더우드 로드의 집을 떠나게 되었다. 그날 내가 찍었던 비디오를 지금도 돌려볼 수 있다. 항상 빵을 시커먼 숯덩이로 만들던 우리 부엌의 말 안 듣는 토스트 기계. 아버지는 물 끓는 주전자 옆에서 조끼를 입은 채로 싱크대 위에 둔 작은 거울을 흘겨보면서 면도를 하고 할아버지에게서 물려받은 콧수염을 세심히 다듬는다. 푸른색 1회용 면도기가 하얀 거품이 덮인 목을 긁어내고, 김이 모락모락 나는 수건으로 한 번 닦아내면 그의 벌겋게 된 얼굴이 드러난다. 하지만 아버지는 카메라를 들이대도 쑥스러워하지 않는다. 밥 휴슨 씨는 그가 버리지 않고 계속 쓰는 두 줄짜리 질레트 면도기만큼 샤프한 느낌이다. A + B = 가족. 앨리는 불편해 보였지만 언제나와 마찬가지로 고요함을 유지하고 있었다. 나는 그런 고요함을 내게 익히는 데에 내 온 삶을 보내게 된다. 그녀

는 주변의 사람들도 아름답게 만들어 주는 그런 종류의 아름다움을 가지고 있다.

12장

나는 오늘 나온 뉴스를 믿을 수가 없다….

모든 악기는 사랑과 설득에 쓸모가 있다. 하지만 전쟁에는 단 하나의 악기만 있으면 된다. 북. 북은 빈 통에다가(주로 나무로 만든다) 얇은 가죽을 팽팽하게 당겨 씌워 만들어진다. 그 때문에 북은 세속적이면서도 섹시한 성격을 갖는다. 괜한 간지럽힘 없이 바로 뺨따귀를 날려버리는 소리. 북의 가죽 위로 손이나 스틱이 튀어 오르고, 듣는 사람은 춤을 추는 등 온몸으로 반응하게 된다. 특히 전쟁으로 진군하게 된다. 전쟁에서는 특히 행군하는 중에는 나무 대신 쇠가 쓰였다. 스네어 드럼은(적절한 이름이다) 이미 충분히 우락부락하게 선택된 재질에다가 다시 갑옷을 입힌 것이다. 나는 래리 멀런과 전쟁을 할 생각이 전혀 없지만, 그가 없이 전쟁을 나갈 생각도 전혀 없다.

13장

좋은, 더 좋은, 최고의

이노 + 라노이스

국 팬츠 델라니, 우리가 함께하는 이들 덕분에 우리의 최상의 것들이 더 좋아질 수도 더 나빠질 수도 있다는 것.

14장

나는 더 넓은 세상에서의 모험이란 빛이 꺼진 방에 홀로 있게 되었을 때 우리가 누구인지를 발견하기 위한 시도라는 것을 깨달아 가고 있었다.

꺼져라, 미국이여

안에서도, 여기도 미국이다

푸른 하늘의 총알

푸른 하늘의 총알

15장

우리 아일랜드어는 설명할 수 없는 것을 설명하기 위해 "keening"이라는 단어를 기억하고 있다.

16장

그녀라는 요새에 도착하면 모든 무장을 스스로 해제하는 것이 최선이다. 그녀의 방어

시스템은 거의 난공불락인지라 그렇게 먼저 갑옷과 무기를 내려놓을 때 그나마 조금이라도 그녀의 방어를 뚫고 들어갈 가능성이 생기니까.
앨리는 쉽게 꿰뚫어 볼 수 없는 사람이지만, 알 길이 없는 존재는 아니다. 그래서 자신이 준 것에 화답할 줄 아는 이에게만 자신의 영혼을 탐색하는 것을 허락하며, 당신이 그녀 속으로 깊이 잠겨 있을 수 있도록 너그럽게 기다려 준다.
하얀 파도 물살이 검은 돌들에 입을 맞추며, 주변의 모든 것들이 고요에 잠긴다.
쉬… 쉬.
겨울이 되어 인적이 끊긴 해변 관광 도시는 본래 모종의 색바랜 낭만이 있는 법이다. 당신의 마음속에는 오페라가 울리며, 돌 많은 해변 위로 떨어지는 파도 소리가 오케스트라가 되어 준다. 파도가 땅 위에 머물지 떠날지 마음을 정하려 하는 동안 모든 것이 고요에 잠긴다. 하얀 파도 물살이 검은 돌들에 입을 맞추며, 주변의 모든 것들이 고요에 잠긴다.

18장
멤피스 이브EVE
조던 조이JoJo

19장
엣지와 나는 우크라이나의 수도에서 지하철을 타고서 지하철 겸 방공호로 가고, 한때 '비자유 세계'의 지도자였던 미하일 고르바초프는 테디베어를 들고 우리집에 놀러와 문을 두드린다.
세상의 끝날까지

20장
ONE
그 곡에서, 엣지, 애덤, 래리가 없다면 한 예술가의 4분의 1에 불과하다는 것을 궁극적으로 깨닫게 될 때까지, 한자의 망령에 사로잡힌 채 베를린에서, 그룹 U2가 무너지고 거의 역사가 된다.

21장
The Fly
그 곡에서, 너무나 심각하지 않은 것의 중요함을 발견함으로써 내 길에서 벗어나기 시작한다. 그리고 나는 시카고의 호텔 방에서 자유세계의 지도자가 되기를, 엘비스가 나타나기 전에 엘비스와 소통하기를 시작한다.

22장

오스트레일리아에서 애덤이 길을 잃고, 우리는 거의 애덤을 잃을 뻔하고, 결국 애덤이 물속에서 호흡하는 법을 배울 때까지 밴드는 계속 추락했으며(믿거나 말거나!) 프리드리히 니체가 딱 맞는 구절을 들고서 구조하러 왔으며, 우리는 '결함'이라는 것이 완벽한 것보다 더 낫다는 것을 알게 된다.

23장

나는 우리 아빠와 엄마 사이에 정말로 무슨 일이 있었는지 궁금해하며 남자와 여자 사이의 신비로운 거리감에 대해 생각에 빠진다. 한편 엣지의 뮤즈는 나를 춤으로 이끌고 우리는 거기에서 모두 슈퍼모델들과 사랑에 빠지지만 나의 슈퍼 뮤즈는 탐탁지 않아 한다….

24장

일종의 안식년을 맞아 우리는 프랑스 남부에 있는 마티스의 교회당과 낙원으로 가지만 우리 사육제의 웃음소리는 어둠으로 처박히고 나는 내 영웅들이 늙어가는 모습을 보면 좋겠다고 생각하게 되며… 그때 마티스가 빛을 비추어 준다.

25장

순간적인 것을 영원한 것으로 만들기 위한 우리의 탐구에 앤디 워홀이 길을 안내하지만, 우리는 중간에 길을 잃고, 앨범도 순회공연도 실패하게 되며, 우리의 우정도 (또 다시!) 위협당하게 된다. 자신에게 쓰는 노트: 아마도 깨어나야 하는 것은 나인 것 같다.

26장

나는 내가 원하는 곳으로 갈 수 있을 만큼 충분히 낮은 자아를 가지고 있다.

27장

새천년이 되면서 나는 우연히 새로운 밴드를 시작하게 되었고, 이제 그 밴드는 백악관과 세계은행에서 공연을 하며, 나는 그로부터 15년 전의 에티오피아 여행의 의미를 마침내 이해하게 된다. 그리고 우리는 '부채 탕감하라' 운동을 히트곡으로 만들었고, 방향을 못 찾아 헤매던 나는 새로운 방향을 얻게 된다….

28장
피니건의 술집
이상한 이야기나 깜짝 놀랄 이야기가 있나?

29장
모든 사회 운동이 통과해야 할 문.
그는 지금 바지의 벨트를 채우면서 우리의 시선을 거울로 이용하고 있다. 자기 모습 괜찮으냐고 우리에게 한쪽 눈썹을 들어 올리고 있지만, 무슨 대답이 나오는지에는 관심이 없다. 우리는 그저 거울일 뿐이다. 이제 70대에 들어선 벨라폰테는 우리가 세상에 태어나기 전부터 세상의 불의에 맞서 싸운 사람이다.

30장
기적들
"과학과 의학에 아는 것이 없는 나를 당신들은 기꺼이 받아들여 주었죠."
PrEP
A | RV
미국에 신의 축복이 있기를

31장
VERTIGO
(스티브 잡스) 붉은색

32장
스토리텔러들
아일랜드인들 마음속의 아일랜드
진실과 화해
사랑에 평범한 것이란 없다

33장
이곳은 장소가 아니다. 나에게 있어서 이 나라는 드럼과 베이스이다. 눈을 감고서 둘러보라. 이는 장소가 아니라, 온 세계의 순례자들이 마음을 빼앗겨 집이라고 부르고 싶다고 고백하는 꿈이다.
눈부신 불빛 대 눈부신 거짓의 도시.

힘으로 남을 억압하는 자들은 복이 있나니 언젠가 그들은 자신들과 맞서야 할 것이다. 거짓말쟁이들은 복이 있나니 진리는 어색한 것일 수 있기 때문이다. 거만한 자들은 복이 있나니 그들의 나라는 그들만의 왕국이기 때문이다. 더러운 부자들은 복이 있나니 그들이 정말로 소유할 수 있는 것은 남에게 줘버린 것들뿐이기 때문이다….
그들의 고통처럼.

35장
너는 네 갈 길을 가라. 나는 내 길을 갈 테니. 턴불 앤 애서에서 맞춘 셔츠가 아니더라도 항상 잘 차려입고 나타나는 사람. 폴 스미스가 에드워드 섹스턴에서 맞춘 양복을 입고 지나가면 어처구니없이 비싼 일본 향수의 냄새가 살짝 풍긴다…. 그리고 그의 눈은 당신에게 앞으로 품을 앙심을 예고하는 듯 살짝 번득인다.

36장
캐시 동물원
A B

37장
친애하는 엘리야와 존에게
너희들이 지저분한 것들을 지나간다면
사랑은 그 길에 있는 어떤 것보다도 크단다
아빠

38장
항복의 순간
나는 무릎을 굽히고 앉는다. 나는 지나가는 사람들을 의식하지 못하며 그들은 나를 의식하지 못한다.

39장
나를 부수는 모든 물결. 나를 쓰는 모든 노래. 나를 깨우는 모든 새벽은 나를 당신이 있는 집으로 데려간다. 나를 떠난 모든 이들. 나를 지켜주는 모든 이들의 마음. 나를 보호해주는 낯선 이들. 나를 당신에게 다시 데려온다. 모든 마법의 약. 모든 거짓 감정들. 우리가 거짓인 줄 알면서도 끊임없이 붙들고 있는 것들은 어째서 거의 진실인가. 모든 달콤한 혼동. 모든 거대한 환상. 상으로 돌아오는 게 당신이 아니라면 나는 이긴다고 해도 졌다고 할 것이다.

40장
어째서 55세가 되어도 나는 여전히 나의 어머니를 찾으며 울어 대는 것이며 어째서 사과는 완전히 익은 뒤에야만 땅으로 떨어져 굴러가는가.
우리에게 빛을 주는 별이 잠깐 빛을 잃지만 그 별은 환상이 아니다.

2. 사진 설명 번역

사진 1
(왼쪽부터) 나, 아이리스, 밥, 노먼
1971년 하우스Howth의 수영장

사진 2
나의 엄마와 아빠
사랑이 찾아왔을 때
누구?

사진 3
라이언 킹과 모래사장의 그의 성들
대부와 대자녀代子女
이 물결은 결코 들어오지 않는다

사진 4
안아주는 편안함과 안고 있는 기쁨
나와 이브, 밥과 아이리스

사진 5
아버지와 딸들
특히 함께 있을 때에는 항상 붙어 있다.

사진 6

우리에게 빛을 주는 별이 잠깐 빛을 잃지만 그 별은 환상이 아니다. 내 마음속의 고통은 나라는 사람을 이루는 일부가 되었다. 아이리스가 홀에 서 있다. 그녀는 내게 내가 모두 다 할 수 있다고 말한다. 아이리스는 나의 악몽에 나타난다. 세상을 두려워하지 마. 그런 건 존재하지 않아. 바닷가에서 놀고 있는 아이리스. 그녀는 그 남자아이를 모래 아래에 묻으며, 내가 곧 그녀의 죽음이 될 것이라고 말한다. 그건 내가 아니야. 나를 꽉 안아주세요. 당신이 알지도 모를 사람인 것처럼.

사진 7

10대에서 20대로

사진 8

내게 쓰기를 가르치는 펀 웻포드 조던Ferns Wetford Jordan

예술가 이브Eve of Eve, 파리의 몽소 공원Parc Monceau

사진 9

우리집의 막내이지만 가장 어른스러운 리틀 존

나, 아버지. 엘리야, 휴슨 가의 3대

스테이지 코치

사진 10

테리와 조이는 길 잃은 개와 같았던 나를 받아들여 모든 방식으로 먹여 주었다.

사진 11

엘리야와 내가 우연히 같은 멜로디를 듣다.

사진 12

사랑하는 사촌들과 보낸 여름

에드위나

에드가, 아이리스, 바바라, 마이클 애덤, 잭, 나

사진 13

마지막 레코딩 세션, 폴 데이비드 휴슨, 데이브 에반스, 래리 멀런, 애덤 클레이턴

더블린 말라하이드의 U2. 팝 78 리머릭Limerick 콘테스트에서 우승. 왼쪽부터 폴 휴슨, 데이비드 에반스, 래리 멀런, 애덤 클레이턴(리더)
U2와 우리 운영진들, 글래스네빈

사진 14
그 들뜬 분위기가 U2가 된다
구기, 화성을 내지 않는 나, 개빈

사진 15
포즈를 취하는 것은 우리 중 일부에게는 쉬운 일이었다.

사진 16
애덤이 결혼식에서 내 들러리 역할을 하게 된 몇 가지 이유들. 1. 그가 이 일에 최고 적임자이기 때문이었다. 그는 예식을 주재하는 데에 아주 능했다(아일랜드 결혼식에서는 결정적으로 중요한 일이다). 2. 아마도 우리 공연장 무대 맨 앞줄의 10대들은 애덤이 좀 더 앞으로 나오는 것을 항상 좋아하지는 않았다! 하지만 그는 많은 일에서 남들보다 뛰어나다. "vision over visibility", "gig", "circuit", "demo tape" 같은 용어들을 마음대로 쓴다.

사진 17
U2와 버진 프룬스
"U2가 신이라면 프룬스는 악마다."
개빈, 데이비드, 마르크스, 스트롱맨, 구기, 딕
개빈 프라이데이, 핫 프레스, 1980년

사진 18
나를 그의 삶, 가정주부 딸, 40년 후 아들 이언에게 들여준 남자 테리 스튜어트
조이 스튜어트, 조이가 가족을 더 가깝게 만들다
아삼스 애비뉴 10가가 더블린의 라헤니Raheny다

사진 19
폴 맥기니스가 U2에게 MGMT 계약에 서명하게 만들든가 아니면 우리가 그에게 술을 사주든가 밴을 사주게 만들든가…

1978년 9월 18일 공연 후의 프로젝트 아트.
곧 우리의 매니저가 될 폴 맥기니스와의 첫 만남.
구기와 개빈이 우리가 밴드로서 연주하는 것을 보고 있다.
명사수 엣지. 그 옆은 래리. 나는 "놀란 표정"을 보인다. 애덤은 "상스러운 말씨"를 가다듬고 있다.

사진 20
두 개의 햄, 두 개의 삶은 달걀

사진 21
보노, 앨리, 가장 개화된 마운트 템플 종합학교의 1978년 졸업생 친구들과 함께,
윈드밀 레인 녹음 스튜디오. 'Boy'를 녹음하며

사진 22
울타리
시더우드 로드 10번지와 힐먼 어벤저

사진 23
맨해튼에서 앞머리만 짧게 친 뮬렛 머리를 하고 그런 것들을 더 잘 아는 소녀를 찾다.

사진 24
이 사진을 찍은 게 앨리였는지 엣지였는지 모르지만, 우리가 'Fire'를 믹싱하고 있었던 1981년의 나소Nassau였던 것은 분명하다.
이 그네는 1980년 Gorey, Weford, Ireland AUG에 있던 것이다. 앨리가 내게 기대고 있는 것 같다….

후기

이 책에 담긴 나의 생각들이 어떻게 당신의 생각과 만나게 되었는지, 내가 어떻게 해서 내 삶을 글로 쓰게 되었는지, 작가가 독자와 만나는 방식은 무엇인지. 이 질문에 대한 답은 대부분 이 책에서 찾을 수 있을 것이다. 하지만 글쓰기란 주로 편집의 문제가 된다. 이 책은 노래들을 제목으로 하여 내 삶을 좀 더 에피소드 방식으로 엮어 놓는 방식을 취하고 있으므로, 많은 중요한 인물들과 변화의 순간들은 내가 *쓰지 않은* 책으로 미루어 두어야만 했다. 이 책을 쓰면서 가장 어려웠던 것은 내가 배우고 또 의지하는 수많은 사람들, 동지들, 동료들, 스태프들을 다 이야기에 넣을 수 없다는 점이었다. 관례에 따라 이 책에서 나올 수 있는 모든 오류는 나의 책임이다. 나는 기억력이 상당히 좋지만, 그건 제대로 기억하는 일들에 한해서의 이야기이다. 내가 이 책에 써놓은 모든 대화들은 실제로 벌어진 대화들이지만, 가끔 그 대화의 내용을 좀 더 아름답게 꾸미기도 했다. 좋은 편집자로부터 큰 도움을 받을 수 있다는 것을 앨리에게서 배웠다. 모든 이야기들은 결국 화자가 자신에게 하는 이야기일 수밖에 없지만, 나는 이 책에서 내 이야기를 하는 가운데 다른 사람들의 이야기도 충분히 정당하게 다루었기를 바란다.

나의 삶에 중심이 되는 사람들이 이 책을 쓰라고 권유하지 않았다면 나는 이 책을 쓰지 않았을 것이다. 첫째, 에드 빅터Ed Victor. 우리가 나눈 수많은 대화를 책으로 쓰라고 오랜 시간 동안 나를 설득해주었다. 내가 그의 조언을 받아들여 책을 쓰기 시작했을 때 그가 소니 메타Sonny Mehta를 소개해주었던 것이 결정적으로 중요했다. 나는 신경이 곤두선 상태에서 이 책의 처음 몇 장을 소니에게 보냈고, 그가 노프Knopf 출판사에 보낸 "그는 글을 쓸 줄 압니다"라는 메시지에서 큰 격려를 얻었다. 소니 메타가 그렇다고 생각한다면 정말 그런 것이리라. 소니의 출신 배경을 가르쳐준 것은 패티 스미스였으며, 그녀가 나를 이끌어준 격려에 항상 감사할 것이다.

몇 년 사이에 에드 그다음에는 소니가 세상을 떠났을 때, 나는 그들이 없으니 이 프로젝트도 끝난 것이라고 생각했다. 하지만 그때 런던의 조니 겔러Johnny Geller와 게일 레벅Gail Rebuck 그리고 뉴욕시의 새로운 편집자 레이건 아서Reagan Arthur가 이 출판 계획을 살려냈다. 그들이 이끄는 솜씨 있는 팀들이 인사이트 넘치는 혜안으로 나를 감독해 주었다.

나의 세상에는 내 손에 계속 연필을 쥐여주고 연필깎이, 지우개, 양피지의 역할까지 해주었던 편집위원회가 있다. 마틴 우로Martin Wroe와 루시 매튜Lucy Matthew에게 감사한다. 나의 이야기에 공감해주고 또 단단하게 압축해준 것에 감사한다. 또 그 이야기 너머에 있는 나의 삶에 대해 솔직한 관점을 보여준 것에 감사한다. 이 책이 완성되어 나오게 해준 다음의 사람들에게 감사한다. 에마Emma, 리아Leah, 카트리오나Catriona, 젠Jenn, 켈리Kelly, 나딘Nadine, 가이 오Guy O, 개빈 안톤Gavin, Anton, 숀Shaughn, 시어리스 Saoirse, 칸디다Candida, 캐시Kathy, 더글러스Douglas, 디디Didi, 칼란Callan, 레지네와 브리 Regine and Bri, 해킹 매킨Hackin' Mackin, 프로이트 가족the Freuds, 매튜와 조나Matthew and Jonah 등이다. 이렇게 풍부한 격려와 지혜에 더하여 여러 다른 장들을 시간을 내어 읽고 가위질과 풀질을 해준 이들이 있다. 에드나 오브라이언Edna O'Brien, 노먼 스콧 Norman, Scott, 시안Sian, 올라프Orlagh, 캐시Kathy, 폴Paul, 빌Bill, 바비Bobby, 제프Jeff, 잔 Jann, 조시Josh, 제이미Jamie, 톰Tom, 세라Serah, 케이트Kate, 셰리단 가족the Sheridans, 카머디the Carmody 등이다. 이 책의 끝부분을 나의 시작으로의 카운트다운으로 마감하라는 조언을 해준 매닉스 플린Mannix Flynn에게 감사한다.

내 아들 딸인 조던, 이브, 엘리, 존은 자신들의 삶에 대해 글을 써도 좋다는 허락을 해주었다. 미래의 어느 시점에는 앨리 또한 그렇게 해줄 가능성이 높다고 나는 믿는다.

삶은 나에게 부를 노래를 가져다주었고, 엣지, 애덤, 래리는 나에게 쓸 이야기를 가져다주었다.

U2 팬들은 나에게 계속해서 노래와 이야기를 써야 할 이유를 가져다주었다.

나에게 언어를 사랑하도록 가르쳐준 선생님은 없지만, 나 자신 그리고 나의 창조주와 솔직한 대화를 나누는 훨씬 더 어려운 언어를 가르쳐준 두 사람이 있다. 마운트 템플 종합학교의 교사들이었던 도널드 목스햄Donald Moxham과 잭 히슬립Jack Heaslip이 그들이다. 이들에게 감사한다. 나는 여전히 그들의 학생이다.

후기의 후기

내게 영감을 준 다음의 인물들이 이미 출간되었던 그들의 시와 가사를 이 책에 전재하는 것을 허락하였다. 감사드린다.

Page 7: 'Every Grain of Sand,' written by Bob Dylan and published by Universal Tunes.

Page 20: 'Cars,' written by Gary Numan. Published by Universal Music Publishing Ltd. and Gary Numan USA Universe (BMI).

Page 25: 'Glad to See You Go,' words and music by Johnny Ramone, Joey Ramone, Tommy Ramone, and Dee Dee Ramone. Cretin Hop Music (ASCAP), Mutated Music (ASCAP), WC Music Corp. (ASCAP) and Taco Tunes (ASCAP): All rights on behalf of itself Cretin Hop Music administered by Wixen Music Publishing, Inc., and Mutated Music and Taco Tunes administered by WC Music Corp.

Page 60-61: 'For the Good Times,' written by Kristoffer Kristofferson and published by Universal Music—Careers.

Page 120: '신이여, 여왕을 구하소서God Save the Queen,' words and music by John Lydon, Paul Thomas Cook, Steve (Gb 1) Jones, and Glen Matlock Rotten Music Ltd. (RS) and Warner Chappell Music Ltd. (PRS). All rights on behalf of itself and Rotten Music Ltd. administered by Warner Chappell Music Ltd. Published by Universal Music—Careers, Universal PolyGram Int. Publishing, Inc. on behalf of Thousand Miles Long, Inc., A and Universal Music Publishing Ltd.

Page 121: '백인 폭동White Riot,' by Strummer / Jones and published by Nineden Ltd./Universal Music Publishing Ltd.

Page 124: 'Blowin' in the Wind,' written by Bob Dylan and published by Universal Tunes.

Page 146: '오르페우스에게 바치는 소네트Sonnets to Orpheus, I, 1' by Rainer Maria Rilke, edited and translated by Stephen Mitchell, from *Selected Poetry of Rainer Maria Rilke*, translation copyright © 1980, 1981, 1982 by Stephen Mitchell. Used by permission of Random House, an imprint and division of Penguin Random House LLC. All rights reserved.

Page 160: ''A' Bomb in Wardour Street,' written by Paul John Weller, published by Universal Music—Careers on behalf of Stylist Music Ltd.

Page 178: 'Oh My Love,' words and music by John Lennon and Yoko Ono. Copyright © 1971 by Lenono Music, copyright renewed. All rights administered by Downtown DMP Songs. All rights reserved.*

Page 178: 'Instant Karma!,' words and music by John Lennon, copyright © 1980 by Lenono Music, copyright renewed. All rights administered by Downtown DMP Songs. All rights reserved.*

Page 209: 'Come on Eileen,' words and music by Kevin Rowland, James Patterson, and Kevin Adams. Copyright © 1982 by EMI Music Publishing Ltd. All rights administered by Sony Music Publishing (US) LLC. International copyright secured. All rights reserved.*

Page 218: 'King of Pain,' written by Sting and published by Songs of Universal, Inc.

Page 223: "시대, 그건 항상 변하게 되어 있지The Times They Are A-Changin'," written by Bob Dylan and published by Universal Tunes.

Page 270: 'Rise,' words and music by Bill Laswell and John Lydon. Copyright © 1986 by BMG Platinum Songs US, Adageo BV/Atal Music Ltd. (PRS) and Rotten Music Ltd. (PRS). All rights for BMG Platinum Songs US administered by BMG Rights Management (US) LLD. All rights on behalf of Rotten Music Ltd. (PRS) administered by Warner Chappell Music Ltd. All rights reserved.*

Page 277: 'Do They Know It's Christmas? (Feed the World),' words and music by Bob Geld of and Midge Ure. Chappell Music Ltd. (PRS). All rights administered by WC Music Corp.

Page 298: 'Without You,' words and music by Peter Ham and Thomas Evans. Copyright © 1971 by The Estate for Peter William Ham and The Estate for Thomas Evans, copyright renewed. All rights in the United

States administered by Kobalt Songs Music Publishing. Copyright © 1970 by Apply Publishing Ltd. All rights administered by Concord Copyrights UK c/o Concord Music Publishing and Westminster Music Ltd. All Rights Reserved. Reprinted by permission of Hal Leonard Europe Ltd. and TRO Essex.*

Page 325: 'Beautiful,' courtesy of Linda Perry.

Page 370: 'Fame,' words and music by John Winston Lennon, David Bowie, and Carlos Alomar. Copyright © 1975 by EMI Music Publishing Ltd., Lenono Music, Jones Music America (ASCAP), Unitunes Music (ASCAP), and BMG Rights Management (UK) Limited. Copyright Renewed. All rights on behalf of EMI Music Publishing Ltd. administered by Sony Music Publishing (US) LLC. All rights on behalf of Lenono Music administered by Downtown DMP Songs. All rights on behalf of Jones Music America (ASCAP) administered by Warner Chappell Music Ltd. All rights on behalf of Unitunes Music (ASCAP) administered by Warner Chappell North America Ltd. International copyright secured. All rights reserved.*

Page 372: 'Love and Fear,' courtesy of Michael Leunig.

Page 403: 'The Great Curve,' words and music by Brian Eno, Chris Frantz, Jerry Harrison, Tina Weymouth, and David Byrne. Copyright © 1980 by Index Music Inc. (ASCAP) and WC Music Corp. (ASCAP). All rights on behalf of itself and Index Music Inc. administered by WC Music Corp. Published by Universal Music—Careers on behalf of Universal Music MGB Ltd.

Page 422: 'Never Tear Us Apart,' words and music by Michael Hutchence and Andrew Garriss. Chardonnay Investments Ltd (NS). All rights on behalf of Chardonnay Investments Ltd administered by WC Music Corp. and Universal—PolyGram Int. Tunes, Inc. on behalf of INXS Publishing Pty. Ltd.

Page 424: 'Into My Arms,' words and music by Nick Cave. Copyright © 1997 by BMG Rights Management (UK) Limited. All rights administered by BMG Rights Management (US) LLC. All rights reserved.*

Page 520-521: 'The Black Hills of Dakota,' words and music by Sammy Fain and Paul Francis Webster. Copyright © 1953 by WC Music Corp.

(ASCAP). All rights administered by Warner Chappell North America Ltd.

Page 592: 'Let It Go,' music and lyrics by Kristen Anderson-Lopez and Robert Lopez. Copyright © 2013 by Wonderland Music Company, Inc. All rights reserved.*

Page 623-624: 'Fear of a Black Planet,' written by Carlton Douglas Ridenhour, Keith M. Boxley, Eric T. Sadler, (Ralph Middlebrooks), (Leroy Bonner), (Walter Morrison), (Marshall Eugene Jones), (Norman Bruce Napier), (Marvin R. Pierce), (Andrew Noland), (Gregory A. Webster). Published by Songs of Universal, Inc., Bridgeport Music, Terrordome Music Publishing LLC, Songs of Reach Music, and Your Mother's Music.

Page 660: 'Scaffolding' by Seamus Heaney, copyright © 1966 by The Estate of Seamus Heaney.

Page 678: 'It's Alright, Ma (I'm Only Bleeding),' written by Bob Dylan and published by Universal Tunes.

PAGE 705 : *The Experience of God: Being, Consciousness, Bliss*, by David Bentley Hart (Yale University Press, 2013).

Page 709-710+503: *The Message*, 1 Corinthians 13:4-7(MSG). Scripture quotation taken from *The Message*, copyright © 1993, 2002, 2018 by Eugene H. Peterson. Used by permission of NavPress, represented by Tyndale House Publishers. All rights reserved.

Page 726: 'Busload of Faith,' words and music by Lou Reed. Copyright © 1988 by Metal Machine Music. All rights administered by Sony Music Publishing(US) LLC. International copyright secured. All rights reserved.*

Page 730: 'The Sound of Silence,' written by Paul Simon. Copyright © 1964 by Sony Music Publishing US (LLC). All rights administered by Sony Music Publishing US (LLC). All rights reserved.

Page 732-733: 'People Have the Power,' words and music by Fred Smith and Patti Smith. Stratium Music Inc. (ASCAP) and Druse Music Inc. (ASCAP). "In Excelsis Deo," words and music by Patti Smith. Linda S Music Corp (ASCAP). All rights administered by Warner Chappell Music Publishing Ltd.

* Hal Leonard Europe Ltd.의 허락을 받아 재수록되었음.

또한 다음에 대해 감사드린다.

Page 731: *The Essential Rumi* by Jalal ad-Din Rumi, translation by Coleman Barks (HarperOne, 2011).

U2의 노래들에서 인용을 허락해 준 내 밴드 멤버들과 유니버설 뮤직 퍼블리싱 그룹Universal Music Publishing Group에 감사드린다. 독자들은 아마 알아챘겠지만 나는 가끔 가사 일부를 바꾸어 썼다. 코로나 봉쇄 기간 동안 우리는 우리의 노래 모음집 〈Songs of Surrender〉를 위해 40곡의 노래를 다시 생각해볼 수 있었다. 나는 이때 이 책의 원고를 쓰고 있었으며, 그 노래들의 이야기로 푹 빠져볼 수 있는 기회를 얻었다. 또한 그 덕에 상당 기간 나를 괴롭히던 무언가를 해결할 수 있었다. 그중 몇 곡들은 가사가 완성된 게 아니라고 항상 느끼고 있던 것들이었는데, 이제 완성될 수 있게 되었다. (나는 그렇게 생각한다.)

나는 이모털 인비저블immortal invisible이 내놓은 성스러운 책의 여러 다른 버전들로부터 인용하였고, 이를 허용해준 데 대해 감사한다. 특히 너무나 아쉽게도 세상을 떠나버린 유진 피터슨Eugen Peterson의 아주 특별한 현대어 성경 번역《메시지The Message》에서도 인용하였고, 이를 허용해준 데 대해 감사한다.

사회 운동의 세계에서 나에게 영감을 준 멘토들, 교사들, 친구들 모두에게 감사를 전한다. 그리고 그들이란 없으며… 오직 우리가 있을 뿐임을 항상 일깨워준 모든 이들에게 감사한다. 특히 다음 단체들에게 감사한다. Amnesty International (amnesty.org), Chernobyl Children International (chernobyl-international.com), Greenpeace (greenpeace.org), The Irish Hospice Foundation (hospicefoundation.ie), The ONE Campaign (one.org), (RED) (red.org), Special Olympics (specialolympics.org), The UN Refugee Agency (unhcr.org).

사진 제공 및 저작권 / 디자인

앞면 속지: 이반 어스킨Ivan Erskine 촬영 사진
뒷면 속지: 휴슨 패밀리 아카이브 제공

삽입 사진

별도의 표기가 없는 한 모든 사진은 휴슨 패밀리 아카이브 제공이다.

9쪽: (왼쪽 아래) 저작권 안톤 코르빈Anton Corbijn
13쪽: (위부터) 아이리쉬 뉴스 아카이브 제공; 저작권 패트릭 브록클뱅크Patrick Brocklebank
14쪽: (아래) 저작권 휴고 맥기니스Hugo McGuinness
15쪽: 저작권 폴 슬래터리Paul Slattery
17쪽: (위부터) IMAGO / Future Image; 저작권 패트릭 브록클뱅크Patrick Brocklebank; 저작권 콜럼 헨리Colm Henry
19쪽: 저작권 패트릭 브록클뱅크Patrick Brocklebank
20쪽: (왼쪽 위) 저작권 안톤 코르빈
21쪽: (위부터) 마운트 템플 종합학교 더블린 제공; 저작권 톰 쉬한Tom Sheehan
24쪽: (왼쪽 아래와 오른쪽 위) 저작권 폴 슬래터리Paul Slattery

삽입 사진 디자인: 안톤 코르빈, 가빈 프라이데이Gavin Friday, 쇼운 맥그래스Shaughn McGrath

디자인

Designed by 안나 B. 나이트턴Anna B. Knighton

보노(본명 폴 데이비드 휴슨Paul David Hewson)

U2와 함께 40년간 주요 공연의 헤드라이너로 활동해 왔다. 그의 밴드는 1억 7,000만 장의 음반을 판매했으며, 그래미상 22개를 비롯해 더블린시가 수여하는 명예 시민권과 국제앰네스티의 '양심 대사상' 등 많은 상을 수상했다. 아일랜드 더블린에서 아내 앨리, 그리고 네 자녀와 함께 살고 있다. 이 책은 그가 쓴 첫 번째 책이다.

홍기빈

서울대학교 경제학과를 졸업하고, 동 대학원 외교학과 석사과정을 마쳤으며, 캐나다 요크대학교 대학원 정치학과에서 박사과정을 수료했다. 금융경제연구소 연구위원을 거쳐 현재 칼폴라니사회경제연구소(KPIA) 연구위원장과 글로벌정치경제연구소 소장을 맡고 있다. 팟캐스트 '홍기빈의 이야기로 풀어보는 거대한 전환'을 진행했으며, 여러 매체에 칼럼을 기고하고 있다. 지은 책으로《어나더 경제사》《살림/살이 경제학을 위하여》《비그포르스, 복지 국가와 잠정적 유토피아》《소유는 춤춘다》《위기 이후의 정치철학》 등이 있고, 옮긴 책으로《자유시장》《모두를 위한 경제》《도넛 경제학》《차가운 계산기》《경제인류학 특강》《돈의 본성》《거대한 전환》《카를 마르크스》(제59회 한국출판문화상 번역 부문 수상)《20세기 경제사》 등이 있다. 현재 유튜브 채널 〈홍기빈 클럽〉과 네이버 카페 '어나더 경제학과'를 운영하고 있다.

SURRENDER 서렌더
40곡, 하나의 이야기

1판 1쇄 펴냄 | 2024년 9월 20일

지은이 | 보노
옮긴이 | 홍기빈
발행인 | 김병준 고세규
편　집 | 정혜지
디자인 | 김미정
마케팅 | 차현지
발행처 | 생각의힘

등록 | 2011. 10. 27. 제406-2011-000127호
주소 | 서울시 마포구 독막로6길 11, 우대빌딩 2, 3층
전화 | 02-6925-4183(편집), 02-6925-4187(영업)
팩스 | 02-6925-4182
전자우편 | tpbook1@tpbook.co.kr
홈페이지 | www.tpbook.co.kr

ISBN 979-11-93166-69-7 (03840)

Me
Iris
Bob
Norman
Butlins
Mosney
swimming
pool
Co Meath
1971

this is my ma and my da ↓
when love came to town
who?

"Lion King" and his castles
in the sand

godfather
&
godchild
embrace.
this tide is never coming in

the comfort of being held
and
the joy of holding . . .

Father & daughters
cannot be apart especially
when we are together

the star that gives us light
has been gone awhile
but it's not an illusion
the ache in my heart is so much a part
of who I am
standing in the hall
IRIS
she tells me I can do it all
IRIS wakes to my nightmares
don't fear the world
it isn't there
IRIS
playing on the strand
she buries the boy
beneath the sand
IRIS says that I will be
the death of her
it was not me
Hold me close
like I'm someone
that you might know

teens into twenties

FERN'S WEXFORD JORDAN teaching me to write + Eve OF Eve the artist Parc Monceau Paris

the youngest as the eldest...
lil John

stage coach

me, BOB + ELIJAH 3 generations of Hewson

terry & Joy took me in as a stray dog and fed me in every which way.

Elijah and I overhear
the same melody

summers of love + cousins

Paul DAVID
eh Hensen Dave Evans Larry Mullen
ADAM CLAYTON
with our 1st
Recording
Session
U2 from Malahide, Dublin, winners of the Pop '78 contest at Limerick (left to right) Paul Hensen, Dave Evans, Larry Mullin and Adam Clayton (leader).
U2 & the
Virgin Prunes
Glasnevin
BILL GRAHAM

the Hype
becomes U2
guggi
me
not singing
HARMONY
Gavin

posing came easily to some of us

ADAM the best man for a couple of
reasons 1. best at being M.C and
critical for IRISH wedding, give the best
best man's speech
2... maybe my teenage FRONT
didn't always appreciate
ADAM getting more out Front!
but he was just better at lots of things
"vision and visibility?"
"gig" "circuit" "demo tape"

the blond leading the blind....

U2 & the Virgin Prunes

"If U2 is God then the prunes are the devil"

the man who would let me in
to his life, home wife daughter
+ son Ian 40 years
later

Terry
Stewart

Dot
Stewart

JoJo
brings the
family
closer

10 St Assams Ave Raheny Dublin

either Paul McGuinness getting U2 to sign mgmt contract or we getting him to buy us a drink or a van.....

Project Arts aftershow 18/9/78

First meeting with our soon to be manager Paul McG

Guggi and Gavin look on as we play at being in a band

Edge the marksman, Larry the boy next door, me perfecting "the startled look", Adam perfecting "potty mouth"

two hams & and two boiled eggs

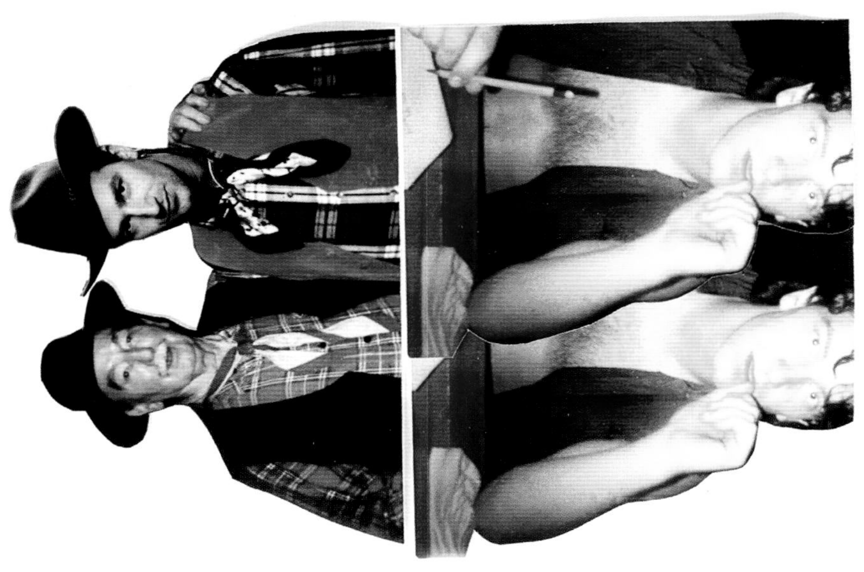

the BONO
the Ali
'enlightened' with class of 78 at the most
Mount Temple Comprehensive

the edge

Class of 1978, Mount Temple Comprehensive School

Windmill lane recording studios
recording "BOY"

10 CEDARWOOD RD and the avenger Hillman

I ♥ NYC

mullet in madhattan seeks
and finds a girl who will know better
about such things.

dont know if this photo is taken by Ali or Edge
but I know it was 1981 in NASSAU where we were
mixing 'Fire'

the swing is
Gorey, Wexford, ireland AUG. 1980
thats Ali's head on my BODY
I think.....